シオラン

# カイエ
# CAHIERS

1957-1972

金井　裕訳

法政大学出版局

CIORAN
CAHIERS 1957-1972

This book is published in Japan by arrangement with Gallimard
through le Bureau des Copyrights Français, Tokyo.

# 凡　例

一、原書（Cioran, *Cahiers 1957–1972*, Gallimard, 1997.）に、各年ごと年号の見出しをつけ、章を立てた。

一、原文中の《　》は、引用文（語句）には「　」を、強調と思われるものには〈　〉を用いた。また強調の大文字は「　」で括った。

一、原文中のイタリック体には、書名などを除き、傍点を付した。

一、原文中のフランス語以外の外国語は、原則として原語をそのまま訳文中に残し、必要に応じて訳注で説明を加えた。ただし、書名、作品名（文学、音楽）についてはこの限りではない。

一、本文行間のアステリックス（*）は原注を、数字は訳注を示す。原注は当該パラグラフに後置し、訳注は章末に一括した。

一、書名、作品名は原則として『　』で、新聞・雑誌名は「　」で括った。

一、巻末に「人名索引」と「シオラン略年譜」とを付した。

— Les grands systèmes du XIXe — Hegel, Schelling, Schopenhauer, Hartmann — s'apparentent aux systèmes gnostiques.

— Toutes ces grandes constructions métaphysiques ne pouvaient surgir qu'au milieu d'une nation si visiblement dépourvue d'ironie et de bon sens.

— L'ironie est la mort de la métaphysique.

— Relire du Heidegger = ces mélanges de profondeur et d'imposture.

Le manque de «probité» de la langue allemande. L'imposture est donc à l'origine.

# 序　文

シオランの机の上には、いつも閉じられたままのノートがずっと置いてあった。

彼が死んだとき、私は彼の遺稿をドゥセー図書館に寄託すべくとりまとめたが、その際、番号と日付の入った表紙が異なるだけの同じようなノートが三四冊あることに気づいた。ノートは一九五七年六月二六日に書きはじめられ、一九七二年で終わっている。

これらのノートの一冊を、シオランは一五年間、机上に、手許に置いていたのだが、私は、いつも同じものと見えたこれらのノートをついぞ開いたことはなかった。ノートの記述は概して短く（「私は生まれついての断章好きだ」）、大半は日付がない。日付があるのは、重要と思われる事件、つまり野外への遠出とか不眠の夜などに限られる。たとえば、「四月三日、日曜日。ドゥールダンのあたりを一日中歩く……」「四月一〇日。ウルク運河ぞいに歩く。」「一一月二四日。恐ろしい夜。」「五月四日。ひどい夜。」こういう記述は単調で繰り返しのめだつものだが、これらの繰り言には日付があるという理由で、すべてそのままにしておいた。

シオランのノートには、一日の出来事を詳細に書きとめるといった日記のようなところはすこしもない。日記は彼にはまるで関心のない形式だった。彼のノートから得られるのは、むしろ下書きや草稿を目の前にしている印象である。ここに記されている考察、あるいは断章でそのまま本に採られているものもすくなくない。いくつかの記述の項目には、保存として、欄外に朱の十字の印がつけられ、あるいは枠で囲まれている。

一九七一年六月、彼は次のように書きとめている。「この三二冊のノートに散らばっている考察のいくつかを集めてみることにした。それで一冊の本になるかどうかは、二、三か月もすれば分かるだろう（本の表題は〝間投詞〟、さもなければ〝生誕の過ち〟がいいかも知れない）。」

下書きのノート、だがまた練習のノート。同じ考察が、別の形で三回も四回も取り上げられ、いつもと同じように簡潔、簡明さを心がけつつ、推敲され、精錬されている。

一九六八年一二月には、彼は次のように記している。「これらのノートにしがみついているつもりだ。なぜなら、これが私の〝エクリチュール〟との唯一の接点だから。数か月というもの、もう何も書いていない。」そして、こうつけ加えている。「だが、こういう毎日の練習は捨てたものではない。この練習のおかげで私は言葉に近づくことができるし、私のさまざまの妄想ともどもも気まぐれをぶちまけることができる。［……］というのも、〝思想〟の追求ほど無味乾燥で無意味なものはないからだ。」

こうしてさまざまの逸話が、人との出会いの話が書きとめられ、頭文字か文字Ｘで表示された友人あるいは敵意をもつ人々についての多少とも酷薄な肖像が、というよりむしろ素描が書きとめられることになる。はじめはフルネームで書かれていた、ある名前は、跡形もなく消されていたが、まるでシオランは、自分が攻撃し、あるいは嘲笑している人たちの名前をふせることで、彼らを守りたいと思っていたかのようである。とすると彼は、これらのノートがいつか人に読まれると思ったのだろうか。

ノートのⅠ、Ⅱ、Ⅳ、Ⅷ、Ⅹの表紙には、「破棄すること」と書いてある。そして第Ⅰのノートに、シオランはさらに言葉を加えて、「これらのノートはすべて破棄しなければならない」と強調している。第Ⅷ、第Ⅹのノートについてもそうだ。だが彼は、これらのノートをきちんと整理して保存していたのだ……彼が世界と、なかんずく自分自身と決着をつける上で彼の力になったのは、これらのノートだった。くる日もくる日も、彼は挫折を、苦しみを、不安を、恐怖を、怒りを、屈辱を並べ立てる。からかい好きで活気があり、滑稽で気まぐれなシオラン、あの昼のシオランは、この悲痛な秘められた物語からはうかがうべくもない。だが、筆を執るのは「ひと思いに命を絶ちたい」と思うときに限られると、彼は繰り返し断言してはいなかったか。

彼がここに報告しているさまざまの事件、描いているさまざまの場面（たとえば、母の死の報せ）、私が立ち会い、いまも忘れずにいる場面――シオランの証言とは、ときとして明らかに食い違っている思い出。というのも彼は、これらの場面を独りで生き、そして独りで感受したからであり、彼はどこにいようとつねに独りであるからである。

独り生き、そして独り死ぬ。はるか昔、挑発的で気違いじみた若者だった彼を人々が晒し台にかけようとするとき、そして一方では、彼の著作の分析が、客観的と称する研究書があらわれ、保守派の猟犬の群れが猛威をふるいつつあるとき――いま環は閉じられる。独り生きた者は、死において二重に孤独だ。

一九九五年六月、フェルナンド・サヴァテールは、「エル・パイス」紙に感動的な訣れの言葉を寄せ、その末尾に「いまきみが赴こうとしているところへも、きみは独りで下りてゆかなければならない」（*Tienes que bajar solo*）と書いた。そしてまた私の脳裏には、一九九〇年、ルーマニア語で書かれた青年期のいくつかの論文がフマニタス社でまとめられたときの本の表題、私にはシオランという人間を端的に語っているように思われる、あの美しい表題――『孤独と運命』（*Singurătate şi Destin*）がよみがえるのである。

シモーヌ・ブエ

一九九七年九月一一日、シモーヌ・ブエは、本書の校正を目前にして不慮の死を遂げた。本書は彼女に多くを負うものだが、遺憾ながら彼女は本書の出版を見届けることができなかった。

本書の注は、アラン・パリュイ、マルク・ド・ローネー、アントワーヌ・ジャコッテの協力で作成された。

目次

# ［一九五七年］

一九五七年六月二六日

コンスタンチノープル陥落記を読む。私は、この都市とともに崩壊したのだ。

通りの真ん中で泣きたくなる！　私には涙のダイモンがいる。

私の懐疑思想は眩暈と切り離せない。方法としての懐疑——そんなことができるとはついぞ思ったことはない。

エミリ・ディキンソンの詩、〈I felt a funeral in my brain〉*、ド・レスピナス嬢のように、「生涯、絶え間なく」とつけ加えることもできよう。

精神の絶え間のない葬式。

＊「私は葬式を感じた、頭のなかに」。エミリ・ディキンソンの死後、発見された一七七五篇の詩のなかの二八〇番の詩の第一行。

生涯のいついかなる瞬間にも楽園のことが忘れられなかった人間、こういう人間の悲劇がいつか理解されることがあるだろうか。

私は片足を楽園に突っ込んでいる。ほかの人々が棺桶に片足を突っ込んでいるように。

神よ、自己憎悪と自己憐憫のかぎりを尽くし、自己へのとめどない恐れが消えてなくなりますように力を貸したまえ！

私の内部では、すべてが祈りと瀆神に変わり、すべてが哀訴と拒否になる。

乞食の言葉、「花のそばでお祈りをすると、ずっと早く育つよ。」

失業中の暴君であること。

詩想は絶え間なく湧くが言葉にならない。私の内部で爆発せんばかりの沈黙。どうして私には「言葉《ヴェルブ》」の才能がないのか。こんなにも多くの感情を抱きながら不毛であるとは！

感受性を培うあまり表現を犠牲にし、言葉《パロル》で生きてきた——こうして私は、表現を犠牲にしたのだ——

こんなにも長い年月を経、まるまる一生かけたというのに、

——一行の詩句も書けぬとは！

私にも詩が書けたかも知れないが、才能がなかったのか、それとも散文が好きだったのか、私は詩を自分の内部に圧殺した。その圧殺された詩のすべてが、いまにわかに存在の権利を要求しはじめ、私にむかって怒りのたけを叫び、私を取り囲むのだ。

私の文章の理想。自分の内部に隠れている詩人の口を永遠に塞ぎ、自分のかかえる叙情性の遺物をくまなく一掃すること。——時流に逆らい、自分の霊感に背き、自分の衝動のみならずしかめ面さえ踏みにじること。

詩の悪臭はどれもみな散文に毒を盛り、散文を呼吸不全におとし入れる。

負の勇気、つまり自己否定の勇気が私にはある。生が私に定めた方向、その外へ私は自分の生を方向づけた。私は私の未来を無効としたのだ。

死より私ははるか先を行っている。

私は吠える哲学者だ。私の思想——そんなものがあるとすればだが——は吠える。それは何ひとつ説明せず、炸裂する。

血と悔恨に身動きならなくなった名だたる暴君たち、いままでずっと私は彼らを崇めてきた。

私が「文学」などに迷い込んだのは、人殺しが、あるいは自殺ができなかったからだ。この無能、この臆病のゆえにこそ、私は三文文士になったのだ。

どんな些細な行為ですら私にはどれほどの重圧であるか、もしそれが神に分かったら、神はたまらず私に同情するか、さもなければ神の地位を私に譲るだろう。私の落ち込んだ身動きならぬ状態には、途方もなくさもしい、また途方もなく神的な何かがともにあるからだ。私ほど、生まれつきこの世に生きるべくもなかった者はいない。私は別の世界の者、地下の世界の者といっても同じだ。悪魔の吐いた痰、私とは、この痰だ。だがしかし！

闘志と恐怖に引き裂かれている。

いとしのモンゴル。

彼は苦悩で堕落した人間だった。

一九五七年八月二日、Eの自殺。私の過去に大きな深淵が開き、そこから甘美な、そして悲痛ないくつもの思い出が湧いてくる。

あんなにも失墜を愛していたのに！　だが、その失墜を避けるために彼女は自死したのだ。

計画を十に一つでも達成していたら、私は、かつて存在したどんな豊かな作家をもはるかにしのぐ作家になっていただろう。不幸なことに、あるいは幸いなことに、私はつねに現実よりは可能事に執着してきた。私という人間に達成ほど無縁なものはない。どんな些細なものであれ、私が深く究めたのは、万が一つにも実行しようとは思わぬものだった。潜在的なものをとことん突きつめたのだ。

一九五七年一二月二二日

人間のものとも思われぬ空虚感、やっとの思いで手に入れた、ここ数年の一切の確信が突如として崩れ去る……

今月の一八日、父の死。どうしてかは分からないが、いつかまた父の死を嘆くことになるような気がする。今はひどい放心状態、父を悼む気持ちはおろか、思い出や悔恨にひたる気持ちにもなれないほど落ち込んでいる。

どんなものにもどこかに非実在性を感じ取る――真理に近づきつつある動かぬしるし……

私の卑しさ、そして堕落ぶりについての神秘的感情。

今日、一九五七年一二月二五日、水曜日、柩に横たわる死んだ父の顔を見た。

ユートピアに救いを探してみた。だが、わずかに慰めとなったのはヨハネの黙示録だけだった。

コレージュ・ド・フランス。「マタイによる福音書」（エジプトの聖書外典）についてのプエクの講義。恐ろしい感覚に襲われる。聴講者全員が、にわかに死者に見えた。

# ［一九五八年］

一九五八年一月一七日

数日前のこと……外出の身支度をしていて、マフラーの具合を見るため、私は鏡をのぞいた。だしぬけに、いいようのない恐怖に襲われた。だれなのだ、この男は？　自分の顔がそれと分からない。コートやマフラーや帽子は自分のものだと分かった。それなのに、自分がだれなのかが分からない。私は私ではなかったからだ。この状態は三〇秒ほどつづいた。やっと自分を取り戻すことができたが、恐怖はすぐには消えず、わずかに弱まっただけだった。正気であること、これは私たちから取り上げられてもおかしくない特権だ。

沈滞のきわみ！　これを避けるために、ナポレオンに関する本を、私はときどき読む。他人の勇気が強壮剤として役立つこともあるのだ。

私の夜、それがどういうものかやっと分かった。天地創造以前の「混沌」と私との隔たり、夜、その隔たりを私は想像裡にさかのぼるのだ。

放棄の能力、これこそ信仰生活での私たちの進歩の基準、唯一無二の基準であるというのが私のつねに変わらぬ考えだ。

しかるに！　自分の放棄の行為のあれこれを再検討してみると、いずれの行為にも、明からさまではないにしても、慢心の、つまり一切の内面の深化とはまったく相容れぬ衝動の満足感がすくなからずともなっていたことが分かる。

それでいてすんでのところで聖性に手が届きそうだったとは！　だが、もう遠い昔のこと、そのころの思い出は私には苦痛だ。

朝から晩まで私がやっているのは復讐だけ。だれに対する、何に対する復讐なのか。そんなことは分からない、というか忘れている。あらゆる人間が復讐の対象だから……絶望的怒りというものがどういうものか、これは私が一番よく知っている。おお！　わが衰弱の爆発！

「そして最後の者が最初の者となるだろう[1]」。この約束だけで、キリスト教の運命には充分説明がつくだろう。

（すさまじい衰弱に見舞われているとき、こういう約束の言葉を聞くと、いささか衝撃を受けないわけにはいかない。一月三〇日、コレージュ・ド・フランスで、プエクの「トマスによる福音書（聖書外典）」の講義を聴いていたとき、私を見舞った事態がまさにそうだった。）

未来はどうなるのか。

歴史なき民族の反抗。

ヨーロッパでは、これははっきりしている。ヨーロッパで勝利を収めるのは、生きた経験のない民族だけだろう。

私の生きる能力の欠如も、稼ぐ能力の欠如もともに見上げたものだ。私には金銭は身につかないのだ。四七歳になったというのに、一度も収入というものを得たことがない！

金銭の形では何も考えられないのだ。

生活費を稼ぐには、他人に関心をもたなければならない。ところが、私を必要としているのは……神と私、つまりすべてと無だけだ。

私はいま死んだところだ……

最底辺にまで堕ち、屈辱のかぎりを味わい、そこに溺れ、別に意識してのことではないが、一種の病的執拗さで、断固としてそこに沈湎する！　腑抜けとなり、売女《ばいた》となって泥のなかに沈み、そして恥辱の重さと恐怖に耐えられず、おのれの残骸をかき集めては爆発し、立ち直る。

自分の虚無のなかをもうこれよりは下降することはできない。私の失墜の限界、私にはこの限界を越えることはできない。

夜が私の血管をめぐる。

だれが、いったいだれが私を呼び覚ますのだろうか。

重要なものは何もないということが分かった結果、いまや私には、私の精神を行使すべきどんな主題、どんな口実もない始末である。もし破局を回避したいと思うなら、どうしても自分のために一つの材料を案出し、新しい対象を、要するに、私ではない何かを、もはや〈私〉を要求しない何かを創り出さなければならない。

「プロシア擁護」を――あるいは「プロシア再評価のために」を書くこと。

プロシアが息の根をとめられ滅び去ってしまってからというもの、それが原因で私は眠れなくなった。プロシアの滅亡を嘆き悲しんでいるのは、ドイツ以外では、たぶん私だけだ。プロシアは、ヨーロッパでは唯一の強固な現実だった。そのプロシアが滅亡してしまった以上、西欧はロシア人の支配下に入らなければならない。
プロシア人は、どんな〈文明人〉よりも残酷ではない。――反プロシアのバカげた偏見（この点はフランスに責任がある）、プロシア人に比べればはるかに残酷なオーストリア人、ラインラント人、バイエルン人、こういう人々への好意的偏見。ナチズムは南ドイツの産物（これは明白な事実なのに、だれも認めようとしない）。
真実を語るべき時がやっと来たのだ。

プロシア解体の政策を後押ししていたロシア人は、その意味をよくわきまえていた。アングロサクソン人は、フランス大革命以後、世界に主義主張なるものを、つまりさまざまの偏見を作り出しているフランス人（彼らにはそうする口実がある）から引き継いだ一つの偏見にしたがっただけだった。［判読不能の言葉］アメリカの政治。一方、イギリスは、千年来はじめて、自国の利害に反する行動をとり、ヨーロッパの均衡という思想を放棄している――これはまさしく自殺行為だ。

名状しがたい高揚、耐えがたい興奮、太陽が私の血管のなかに身をひそめてしまったかのようだ！

空虚か充実、つまり過剰の内部でしか生きられない。

「存在」とのほんとうのつき合い、これは私にもどうやらできそうだが、人間とのつき合いとなるとお手あげだ。

愛することができず、自分の悲しみから抜け出せない。あらゆる不可能性は、この二つの不可能性の一つにすぎない。

絶望は、おそらく罪だが、自分に反する罪だ。（キリスト教にはなんと深い直観のあることか！　希望の欠如を罪の一つと見なしたとは！）

私の窮乏に味がつき、貧乏の味が一段と利いてくる――これが病気になるということだ。

だれに向かって叫ぶのか。これが私の生涯のただ一つの問題だった。

一九五八年二月一九日　耐えがたい幸福感！　幾千もの惑星が無限の意識のなかに広がる。恐るべき幸福感！

バカな男の感覚と神の感覚――私はこのほかの感覚を味わったことはない。点と無限、私のサイズにして、私の存在様式。

すべては虚しいという思いがあれば、それだけで聖性が与えられるとすれば、いったい私はどんな聖者か！　聖者の位のなかでも最高位を占めるだろう！

絶望の本質、それは自分に対する懐疑だ。

万事休す、私はいままさに祈りを捧げようとしている。

今日、一九五八年二月二〇日、死んだ友人たちと父の腐敗状態を考え、自分自身の腐敗のことを思った。

私の救いになるのは仕事だけかも知れないのに、仕事ができない。私の意欲は、生まれたときからすでに損なわれていたのだ。夢のような計画をいくつとなく立てたが、みな自分の能力にそぐわぬものばかり。

私の内部の何かがつねに私の力を奪い、いまも奪いつづけている。私の血と精神に不可分の悪しき原理。

注視するにしてもほんの数秒だけ、それ以上に注視に値する主題などただのひとつもない。私が私のあらゆる観念を固定観念に変えようとしたのは、右の確信に逆らうためだ。それが観念を持続させるための唯一の方法だった——私の……精神の立場からすれば。

私の生理学のほんの気まぐれで、私は「混沌」にまみえる。断腸の思い！　まったく風変わりな神学のはじまり。

私は、この世の者ではない。亡命者そのものの条件。どこにも私の家はない——何に対してであれ絶対的な非帰属性。

失われた楽園——私の絶えることのない固定観念。

雲がなかったら、私はどうなるのか、どうするのだろうか。私は、私の時間の大部分を流れてゆく雲を眺めて過ごす。

一九五八年二月二四日

数日前から、再び自殺の思いに取りつかれている。もちろん、自殺についてはよく考える。だが、考えることと、圧倒されることとは別だ。陰鬱な固定観念の恐るべき発作。私のもてる能力だけでは、このまま生きながらえることはできない。自分を慰める力は涸れてしまった。

コルシカ島、アンダルシア、プロヴァンス——こうしてみると、この地球もまんざら捨てたものではない。

彼の無能ぶりは、ほとんど天才の域に達していた……

ペテン師、あるいは探検家も及ばぬ数々の計画を胸に秘め、それでいて無意志症の病に冒され——言葉の綾などではなく——意志の根っこを冒されている。

病んだ脳髄、病んだ胃袋——すべてがこの調子だ。——大切なものが傷ついている。

没落のヴィジョン、一日中、このヴィジョンにつきまとわれる。私には予言者の欠陥はすべてあるが、才能はないのだ。だが、未来についての知ではないにしても、いずれにしろ閃きぐらいは自分にあることを知っている——抑えがたい、激烈な知として。しかも、その未来たるや！

私は自分が未来のあらゆる恐怖の同時代者だと思っている。

破滅へのわが大いなる偏愛。

私には癲癇患者のすべてがある。ただし、癲癇は例外。

人間のものとも思われぬ冷酷無情な激情の発作！　私の全肉体、私の物質のすべてが、ある日、突然、神のほかにはだれにも意味の分からぬ叫び声になってしまうのではないか、よくそんな気持ちになる……

エセ予言者、つまり、私の幻滅そのものが挫折したのだ。

私に好都合な唯一のこと、それは世界の終わりだ……恐怖が、あるいは際限のない無気力が必要なのか。

私は断念した、とりわけ詩を……

私の不平不満が、激昂が、苦渋がどういうものであるにしろ、それらの発生源は、この世の人間にはどう転んでも同じものは経験できないような、自分自身に対する不満にある。自己嫌悪、世界嫌悪。

宗教の言葉に翻訳できないものは、生きるに値しない。

「きわめつけの悪党でさえ、はなからおじけづいてしまうほど、ひとりの人間を情け容赦なく懲らしめ、苦しめ、打ちのめしてやりたいと思うなら、その人間のやっている仕事がまったくバカげたものだ、まったく無益のものだと思わせることができれば充分だ、と思ったことがある。」（『死の家の記録』）

私が生活の資を得るためにやっているほとんどすべてのものには、この無益性の烙印が押されている。というのも私には、まったく関心がないわけでもないすべてのものが、ほとんど刑苦にも等しい無益なものに見えるからだ。

私にしても、自分の最深部に無限の力を感じることはある。だが残念ながら、その力を何に使っていいか分からないのだ！　私は何も信じていない。ところが、行動するには信じることが必要だ、信じることが……自分に住みついている人間が死んでゆくのに手をこまねいているのだから、私は毎日、自分を無駄にしているのだ。だがそれでも、狂人の誇りをもって、愚劣さに、不毛の悲しみに沈湎し、無力と無言に沈湎する。

ロシアは「何ものにも囚われない国家」だ、とドストエフスキーは言った。かつてはそうだったが、残念ながら、いまはもうそうではない！

「この世の悲しみは死をもたらすが、それにひきかえ神のみこころに添うた悲しみは、悔いのない、救いとなる悔悛をもたらす。」(2)（聖パウロ）

「宝物よりも熱心にそれ［死］を探す者……」(3)（ヨブ）。

自殺の誘惑に逆らう一種の快楽がある。

ロシア！　この、私の国を滅ぼした国に私は深く惹かれる。

慈悲——この言葉には日月星辰のことは何も含まれていない。宗教よ、もっと壮大であれ！　私はキリストを見くびり、断固として否認してきた。私の邪悪なところだが、後悔する気にはなれない。

書くためには、いささかなりと現実への関心がなければならない。そしてさらに、現実は言葉で捉えることができる、というか、すくなくとも触れることができると信じることが——ところが私には、もうこういう関心もなければ、そう信じてもいないのだ……

彼の退化した笑み。

シニシズムか悲歌か去就に迷う。

もし毎日、一篇の詩篇《プソーム》を書くことができれば、どんなにか私の運命は軽くなるだろうに。書くまでもない！　一篇の詩篇が読めさえすればいいのだ！　——私は救いから見放されている。というよりむしろ、自分を救う手立ては考えつくものの、私にはその手立てがなく、もてないのだ……

終焉を迎えつつあった古代文明のもっとも偉大な二人の賢者、すなわちエピクテトスとマルクス・アウレリウス。一人は奴隷、一人は皇帝だった。

一九五八年六月四日

自分のしていることは重要なことだとみな思っている。私だけは例外、だから私には何もできないのだ……

アレクサンドル・ブロークのいくつかの詩を読む。――ああ、このロシア人たち――彼らは私になんと似ていることか！　――私の倦怠のさまは、まったくスラブ的だ。私の祖先は、いったいどんな草原の出身だったのか！　無限なものについての遺伝性の思い出、それが毒素のように私のなかにある。

それにまた私は、サルマチア人のようでもある。つまり、当てにならぬ人間、利害に超然としたものだけにいっそう由々しい裏表があって、うさんくさく、いかがわしい、どっちつかずの人間だ。私の内部では幾千とも知れぬ奴隷が、自分の意見を叫び、ちぐはぐな苦しみを訴えている。

まんじりともしない夜を過ごしたあとで街に出る。通行人はどいつもこいつもロボットのようで、生きているように見える者は一人もいない。目に見えないバネで動かされているようだ。規則正しい身のこなし、自発的なものは一切ない。機械的な笑み、幽霊の身ぶり――すべては硬直していた……

不眠のあとで、世界が硬直し、生命から見放されているという、こういう印象を受けるのは、これがはじめてではない。――こうした不眠の夜を過ごすと、私の血は吸い取られ、食い尽くされてしまう。私自身が幽霊だとすれば、どうして他人に実在のしるしを見届けられようか。

聖書よりギリシア悲劇にずっと親しみを覚える。私はいつも神よりは「運命」をずっとよく理解し、また感じ取ってきた。

ロシア的なもので私に無縁なものは一つもない。

私の倦怠は、爆発性のものだ。名だたる倦怠者は、一般に受動的でおとなしかったが、私は、この点で彼らよりすぐれている。

騒音――懲罰、というよりむしろ原罪の物質化。

一九五八年六月七日

ずっと捨てたままだったチーズのきれっぱしを部屋の隅に見つける。まわりにはびっしり黒い虫。脳髄の最後の残りかすを食うのも、これと同じ虫なのだと思う。自分の屍を、屍が受けるであろう恐るべき変容のことを思うと、どこかこころ安まるものがある。悲しみや不安に動じなくなるからだ。ほかの幾千もの恐怖を消し去る一つの恐怖。

死のヴィジョンがしつこくつきまとって離れない。私がいつまでも砂漠の教父たちから離れられないのはこのためだ。パリのどまんなかの隠者。

徳性というものはみな密接な関連があり、一つの徳性をもつことは、あらゆる徳性をもつにひとしいとは思わない。実際は、徳性というものはたがいに相殺しあっているだけだ。つまり、徳性は嫉妬深いのだ。私たちの凡庸さ、そして沈滞の原因はここにある。

神よ、どうして私には、祈りの資質がないのでしょうか。この世で私ほどおまえの近くにいる者はいないし、またおまえから遠くにいる者もいない。ひとかけらの確信、わずかばかりの慰め、これが私がおまえに希うすべて。なのに、おまえは答えようとしない。

一九五八年六月八日

耐えがたい日曜日。神のまぶたをすこし開いてみたところだ。

同じ日曜日

ここ三〇年来というもの、無数の蟻が足のなかにいて、片時も眠らずにいるのを毎日、感じている。日常のものとなった無数の刺し傷、その痛みがわずかに感じられるときもあれば、苦痛に感じられるときもある。不安と災厄の入りまじった感じ。

作品を創るためには、自分を、あるいは自分がしていることを最低限、信じる必要がある。だが、自分を、そして自分が企てたことを疑うとき、ついにはこの疑念が信仰の域に達してしまうとは！　負の、不毛の信念、これは事態の際限のない悪化か、喉のつまった叫び声以外には何ももたらさない。

パリ、一つの箱に押し込められた虫けらども。有名な虫になること。あらゆる栄光は、例外なく笑止なものだ。栄光を希う者は、まさに失墜が大好きであるに違いない。

一九五八年六月九日

世界が私の脳髄のなかで爆発する。耐えがたい熱。私は「混沌」のすぐ近くにいる。元素の爆発。私は足を取られる。私になんでもいいから何かへの希望を与えてくれるのはだれだろうか。定点、私は定点を探すが、私に見つけられるのは、不確実性と汚辱にすぎず、抑えがたい逆上だけだ。人間とは抹消されたテキスト、そしてもう私にはテキストを書き直す力がない。

すべては仮象だ——だが何の仮象か。「無」の仮象だ。

私には懐疑主義の土台がある。それは、私の信念、私の形而上学的意志が寄ってたかって攻撃してもびくともせず、どんなものにも屈しない。

この不毛の、純粋状態の熱、そしてこの凍りついた叫び声。

自分は役立たずだとの思いがつきまとって離れないからといって、控え目だなどとともいえたものではない。おそらく私はだれよりも、もうすこし自分を卑下する必要があるのだろうが、自分は役立たずだとの思いが、私を慢心させるのである。

見えない十字架にひっかかった虫の感覚、宇宙規模の、そして無限小の劇。恐るべき、捉えがたい手が私の上に重くのしかかる。

自分のために笑みを作り、それで武装し、自分を守らなければならない。世界と自分のあいだに介在させる何かをもち、自分の傷口を覆いかくし、要するに、仮面を身につける訓練をしなければならない。

落伍者の、浮浪者の生、無益で消耗をもたらす悲しみの、対象も方向もない郷愁の生。のろのろと歩みながらも、自分の苦しみに溺れ、冷笑に耽るしがない男……

ああ！　自分の本性に自分を変えることができるなら！　だが、それも腐っていたとしたら？　結局、私は自分を否定し、すべてが私を否定する。私自身のなかには、もう私の痕跡はない。

私たちにとって他者が存在しなくなったとき、今度は私たちが自分にとって存在しなくなる。

一九五八年六月二一日　土曜日

ちょうど半年前、父が死んだ。

幼年期のある日曜日に経験し、私の青春期を荒廃させた、あの倦怠[4]、またそれに捉えられる。空間をからっぽにしてしまう空虚感、これに対する防衛策といえばアルコールぐらいだろうが、私にはアルコールは、いやすべての薬は禁じられている。それでいていまだにしぶとく生きつづけているとは！　だが、私は何に固執しているのか。たぶん、存在にではあるまい。

小心のゆえに、私は私であることができなかった。私には生きる勇気も、死ぬ勇気もなかったのだ。生きていながら死んでいるようないつも中途半端な状態。

「孤独のたった一日で、あらゆる勝利の悦びにまさる悦びを味わう。」（カール五世）

二十歳《はたち》のとき、私は栄光へのあくなき欲望をいだいていた。――いまはもう、そんなものはない。それでどうして行動することができるのか。内奥の、無益な思考の慰め、私に残されているのはもうこれだけだ。

ここ数か月というもの、私はエミリ・ディキンソンといっしょに私の不安のあらゆる瞬間を生きている。

六月二四日

詩と和解できそうな気がする。けだし、当然のことだろう。私は自分のことしか考えられないのだから……

カール五世の退位は、私にとっては歴史上もっとも重要な瞬間である。私はユステで痛風に苦しむ皇帝と文字どおりいっしょに生活した。

〈被造物どもとの話〉はあきらめよう、ずっとそう思いながら、うまくゆくのはほんの時たまだけ、それもいやいやながらといったていたらく！

人々が私に恵んで下さる軽蔑、私はこの軽蔑でもって自分を鍛え、彼らから見て私は無であるという恵みだけを求める。

私の心に叶う「本」、キリストなき『キリストのまねび』。

成功は必ずしも成功を呼ばないが、挫折は必ず挫折を呼ぶ。運命とは、不幸のなかでしか意味のない言葉だ。

「天」の支配者よ！　人々がおまえの加護を祈り、確かな手応えを覚えつつ叫び、そして虚しさそのものがまだ存在していなかった時代、あの時代をどんなに私が待ち焦がれていることか！

一九五八年六月二五日

若かったとき、私は死についてとことん考えた。(5)　歳をとったいまとなっては、死について語ることはもう何もない。語り尽くされた恐怖。

一九五八年六月二五日、午後四時

途方もない幸福感。いったいどこから来るのか。何もかもがなんと神秘的で常軌を逸していることか！

悦び以上に謎めいたものはない。

一九五八年六月二七日

メランコリーとは、ある別の世界の愛惜のことだが、それがどういう世界だったか私はまるで知らなかった。

私の矛盾撞着ぶりには神でさえ終止符を打つことはできまい。

知性の体系に私は溜息を導入した。

節度をおもんぱかって、私は自分の叫び声の調子を抑えた。そうでもしなかったら、ほかの人にとって私は、ぞっとするような人間ということになっていただろう。自分にとってもまた。

宇宙に変わる、というか堕落する前の「混沌」、その「混沌」の上げる呼び声と苦しみの叫びが私の内部に聞こえる。ほんの少し内部に下降しただけでも。

現実の根っこを攻撃し、現実の構成と意味を変えよう。

Xは、ひどく芝居がかった、計算づくめの人間で、どんな些細な自然な身振りもできないほどだ。彼にあっては、すべてが企みであり、術策である。まるで計算づくで呼吸しているかのようだ。

調子の狂ったピアノをちょっと叩いていただきたい。私のなかにはメランコリーの流れが流れていますから。

N・R・F誌の七月号に掲載された、私の「ユートピア」に関する論文[6]は、どうしようもない代物で、寝込まなければならなかったほどだ——絶望のあまり。——興奮剤がないと私は書けないが、興奮剤は禁じられている。コーヒーがすべての秘密だ。

静止した眩暈、異常なまでの怠惰。

あらゆるものに痛烈にノンと言い、すべてが困惑と化するようできる限り努めること。

私の両親ほど性格の違う二人の人間はちょっと考えられない。二人の、それぞれに頑固な性格、私は自分のなかでこの性格をうまく弱めることができなかった。二重の、相容れない遺伝的性格が私の精神に重くのしかかっているのはこのためだ。

対象のない、純粋な憎しみは、たぶん最悪の絶望の一種である。だが、これはどう説明すればいいのか。

私のもつ最良のものと最悪のもの、これは不眠の賜だ。

彼の古めかしい笑み。

X、死んだような作家。

七月一三日

つらい日曜日。一切のもののまったき虚しさを経験した日曜日を残らず思い出さないわけにはいかない。

私は私の空虚感を徹底的に究め、掘り下げ、それについてくどくど述べてきた。その結果、もう空虚感のひとかけらも残ってはいないようだ。空虚感を汲み尽くし、その源泉を涸らしてしまったのだ。

空虚感、これについて考えれば考えるほど、私が空虚感を一種の神秘的な概念、あるいは無限の、おそらくは神の代用品としていたことにますます合点がゆく。

出来損ないの惑星の上で愚かにも駆けずりまわる。

「……怠惰とは魂の至福のようなもの、あらゆる別離の悲しみから魂を癒し、魂のあらゆる幸福の代わりになる。」（ラ・ロシュフーコー）

楽園がすべてだ。このすべてを、私も時には知ることがある。

倦怠、つまり空疎な苦悩、曖昧な苦しみ。倦怠は楽園でのみ味わえるもので、地獄では味わえない。（「おかしな男の夢」[7]の解説で敷衍すること――）

神のなかでの倦怠。

計画を放棄する快楽、これを知らない者は、いまだかつて倦怠を経験したことはないのだ。

詐欺行為をしているのだと思わなければ、私にはどう転んでも、この世界は受け入れられないだろう。

一匹のハイエナの絶望を想像する、この驚くべき能力が私にはある。

生がにわかに一切の意味を失い、嫌悪感に圧倒されて、精神の熱狂状態にいわば終止符が打たれる――こういう瞬間があるものだが、この瞬間を描くこと。

頽廃した王宮でだったら、私にしても生を愛し、好んで王おかかえの懐疑論者になったであろうに……

七月二七日

アーリマンは、私の原理にして私の神。言い伝えによれば、オルムズドとの一万二千年に及ぶ戦いののち、オルムズドが勝利を収めることになるという。* 差し当たり……

＊　アーリマンはマズダ教の悪霊、オルムズドはマズダ教の至高神。

私は自分の享受している自由の償いをつけなければならない。この、亡命者という贅沢代を、私は、現実の、あるいは想像上の不幸で支払う。

八月八日
もし人間であることが他人に似ることだとすれば、私は、人間のくずであることを受け入れる。

アルマニャック派のパルチザンたちの絞首刑のさまを描いた一枚の古い複製画を壁に懸けておいた。パルチザンたちの表情には、冷笑と哄笑が浮かんでいる。この光景は、いっかな見飽きることがない。

思い出すかぎり、私が信じたのは熱狂の力だけだった。

八月二二日
私がやっているものには、どれをとってみてもジャーナリズムと形而上学が抱き合わせになっている。これはよく承知している。

生きるということは、妥協するということだ。飢えて死なない人間は、みなうさんくさい。

九月一四日
レ島から帰る。完璧な一週間。地上の楽園の印象。パリに戻ってみると、なんという堕落か！　幻覚にとらわれた人のように、街を歩きまわる。何を求めてのことか。あらゆる人間から切り離されていて、だれともどんな接点もない感じだ。ああ！　海岸で味わった、あの無欲の快楽！〈生〉（この言葉を用いるだけでも恥ずかしい）を免れていたのだ。

どう考えても、私は人間のなかを駆けずりまわるように生まれついてはいなかったのだ。絶える間のない苦しみ。涙の境涯をどれほど究めたことか！

私の内部には、何をもってしても弱めることも薄めることもできない毒素がある。

一九五八年一〇月二九日
あの原初の「統一体」のようなものであること。これを除けば何もないが、リグ・ヴェーダの第二の讃歌はこれについて、それは「呼吸することなくおのずと息をしていた」と語っている。

彼は、褒め殺しの技の巨匠で通っていた。

〈われらが〉神に、（アヴィラのテレジアの隠喩を用いるなら）「おのれの意志の鍵を預ける」こと。

お粗末な『三段論法』の数ページを再読する。ここにあるのは、ソネットの切れっぱしと、愚弄されて見る影もない詩的観念である。

私は次から次へと本をむさぼり読んでいるが、そのただ一つの目的は、問題を回避し、もうこれ以上、問題を考えないためだ。混乱状態のさなかにあって、自分の孤独の確信は揺るがない。

真理も、そして真理という観念そのものも、まったく理解しがたいもの、考えられないもののように思われ、その結果、ほんの些細な真理らしきものさえ、あたかも望外の眺望のように見える――そういう衰弱と懐疑の瞬間がある。

私が克服したのは、自殺の観念ではなく自殺の欲望だ。敗北によって、私は賢くなったのだ。

一切の感覚は魂の悪化、そして一切の感情は魂の病――ストア学派の人々とともに、私にしてもそう思いたいときがよくある。

哲学者とは突進する人間。だが、幾千もの懐疑に足を取られたこの私に、何を主張し、何に向かって突きすすむことができようか。懐疑的態度は、精神の活力を涸らす。というよりむしろ、干からびた精神は、懐疑的態度に陥りやすく、枯渇と欠如感からそこに沈湎するのである。

懐疑の極みにあるとき、絶対の、神の切れっぱしぐらいは私にも必要だ。

「われらの主の私への思し召しをこと細かにお話しなければならないなら……」――聖女テレジアは、こう語っている。――神あるいはイエスが自分に目を向け、自分に関心をもっていてくれると考える、あの〈魂〉が羨ましい！

生きとし生けるすべてのものは、どんな小さな虫でさえ、近くから見れば、うかがい知れぬ神秘に覆われているように見えるが、距離を置いて見れば、まったくどうということもないものだ。

形而上学を解消してしまう距離というものがある。哲学的思索をめぐらすことは、いまだに世界に加担していることだ。

アヴィラのテレジアの自伝——何度読んだだろうか。こんなに繰り返し読んだにもかかわらず、信仰というものが分からないとすれば、私は、信仰がもてない運命だったからだ。

私が肉にいだく嫌悪！　肉とは、失墜の無限大の総和、私たちの日々の堕落が実現される様態だ。もし神が存在するなら、腐敗を溜め込み、肉体を引きずっているという労役を免除してくれるだろうが。

もし私が神の足もとにひれ伏すとすれば、憤怒にかられてか、途方もない自己嫌悪にかられてのことだろう。

私の倦怠ほど濃硫酸に似ている倦怠はなかった。私が目を注ぐと、それっきりどんなものも歪んでしまう。私の斜視は物に伝染する。

ヒポクラテスの時代の医学概論は、『肉について』という題だった。これこそ私の理想とする本であり、これだったら私にしても主観的に書けるだろう。

〈Weltlosigkeit〉*、私を魅惑し、私の気にいっているすべての外国の言葉の例にもれず、これも翻訳不可能な、私の好きな言葉。

＊　文字どおりには、世界喪失の意。

寝覚めが悪く、夜が明けてもすっきりしない朝があるが、こういう朝には、通りすがりの人が私の名前を口にし、それが空気をつたって聞こえてくるような気がする。今日、一一月二八日、ヴォージラール通りの郵便局で、一人の老婆がボックスで電話をかけていたが、私は、シオランと言っているのを聞いた……老婆でさえ私のことを話題にしている。これはおかしな、また恐るべきことだ。なんたる兆候か！

私のことを〈利用できる〉と思っている人がまだいるとは、いやはや驚いたものだ！

私の家族には狂人はいない。いたら、私はどんな恐怖をいだいて生きるだろうか。

懐疑論者にして同時に熱狂者……

崩れやすい均衡のなかに居座ること。

私には虚しさの思いはあるが、謙虚さはない。前者は後者とは正反対のものだ。

自分を憎む者は謙虚ではない。

一九五八年一二月八日　神よ、私の不毛を憐れみたまえ。私のうつけた精神を揺さぶり、あの遺棄と麻痺の極限に立ち会わせたまえ！

おのが失墜の悔恨に捉えられ、気力をなくし、うち沈んだ天使。

失墜の強迫観念と失墜を避けようとする意志、これだけが私の救いだ。

同情、親切心というこの悪徳。

悪徳としての同情あるいは親切心……

〈深遠〉であることの無礼。

自分が世にも尋常な人間であると思ってそら恐ろしくなり、まるまるひと冬、精神医学の古本を読んで過ごした時があった。

一生物乞いとして生き、いつも戸口で物を乞い、呼吸するために恥をしのぶ。呼吸から罷免された者！

私のやり方は画家に似ている。まず下絵を描く、つまり、テキストの輪郭を書く。それから、肉づけし、だんだんと塗ってゆく。当然のことながら、矛盾、撞着、くい違いは避けられない。これは冒さなければならない危険だが、私はこの危険を冒す。

だが、首尾一貫した精神はどうするのだろうか。まず定義し、その定義を固執しようとする。つまり、自分の扱っている問題を冒瀆する。いずれにしろ、問題を拷問にかける。論理は勝利するが、生はそのために苦しむ。彼もまた、彼なりの危険を冒しているのだ。

### 訳注

(1)「マルコ伝」第九章三五節から。「そこで、イエスは座って十二弟子を呼び、そして言われた、〝だれでも一番さきになろうと思うならば、一番あとになり、みんなに仕える者とならねばならない〟」。

(2)「コリント人への第二の手紙」第七章一〇節。

(3)「ヨブ記」第三章二一節。

(4) ある意味でシオランのすべてを決定したといってもいい、この幼年期の「倦怠」の経験については『カイエ』にしばしば言及されているが、特に四七六、七七〇、七七一ページを参照のこと。

(5) 処女作『絶望のきわみで』（一九三三年）を見れば、その内実は明らかだが、たとえばそこにはこんな注記がある。「一九三三年四月八日、わが二二歳の誕生日に記す。この歳で、自分が死の問題の専門家だと思うと奇妙な感じを覚える」。

(6) のちに『歴史とユートピア』に収録される「ユートピアの構造」を指すと思われる。『歴史とユートピア』は、五七年から五八年にかけて書かれたとする著者自身の証言があるから、この項執筆の時期と重なっており、右の推定も許されるだろう。

(7) ドストエフスキー『作家の日記』中の挿話。シオランは、『歴史とユートピア』の「黄金時代」でこれに触れている。

## ［一九五九年］

一九五九年一月一二日

スザンナ・ソッカが死んだ。*

* シオラン『オマージュの試み』（ガリマール、アーケード叢書、一九四六年）所収「この世の女《ひと》ならず……」参照。新版、シオラン『作品集』（ガリマール、クワルト叢書、一九九五年、一六二三―二四ページ）

I am not sorrowful but I am tired
Of everything that I ever desired.*

ああ！　このダウソンの詩句を何度、口ずさんだことだろうか！　私の生は、この詩句に満ちあふれている。

* 「私は悲しんでいるのではない。うんざりしているのだ。かつて願ったすべてのものに」。

未達成のもの、それどころか、手つかずのもの、手を染めなかったもののもたらす悦び。

時々、ヴェーダを、ウパニシャッドを読み返す。インド熱の発作に捉えられない年はない。

スペイン人が崇高なものから逸脱したら、笑い者になる。

全インド哲学の帰着するところは恐怖だ。といっても死の恐怖ではなく生誕の恐怖だ。

私の生涯で唯一の深い経験といえるものは、倦怠の経験だ。私にとって、この世には〈仕事〉もないし、実をいえば、〈気晴らし〉もない。空無さえ乗り越えた。私が自殺できないのはそのためだ。

一九五九年三月一二日

私の場合、観念をはじめとするすべてのもの、掛け値なしにすべてのものが、どれほど私の生理学に由来するか信じられないくらいだ。私の肉体は私の思想、というよりむしろ、私の思想は私の肉体だ。

二五のときから私はホテル暮らし。これには一つの利点がある。つまり、どこへ行こうと自由、執着するものは何もなく、ゆきずりの生活が送れる。つねに出発まぎわにいるのだと思い、現実はまったく仮のものだと知る。

一九五九年三月二六日

三か月のあいだに二回も風邪をひく！　ひどい衰弱、息苦しく、ほとんど呼吸できない。私はすでに死んでしまったのか。肉体が手足まといになりはじめてからの膨大な歳月！　私がいままでの生涯で何か理解したものがあるとすれば、それは病気の賜だ。健康なときにも、私はいつも半病人だった。

急に涙がこぼれそうになる。ド・ラヴァリエール嬢に関するつまらぬ本を読み終えたところ。修道院への出発を前にして、国王とド・モンテスパン夫人と共にした晩餐会のシーンに感動したのだ……実は、どんなものにも心を揺すられる。極端に衰弱すると、あらゆるものに関心を失うが、同時に、これとは裏腹に、どんなつまらぬものにも、あるいはもう過去のことで私たちの生活にはどんな直接的な意味もないものにも、途方もない意味を与えてしまうものだ。私は何にでも同情し、小娘のように感じやすい。たぶんこのために、自分に涙することができないのだ。

一七歳にしてはやくも打ちひしがれた気力！　いままで生きてこられたのがほとんど信じられない！

一九五九年三月三〇日

ヘンデルの『メサイア』。楽園は存在しなければならない。あるいはすくなくとも、かつて存在していたはずだ——そうでなければ、これほどの崇高さは何のためか。

ブリュージュのカリヨン[1]よ、お前のことを思い出すと、私の内部には天国の名残りがうずき、私は私の失墜以前に立ち返る。

一七歳のときからすでに私は、わけのわからぬ病に冒されていた。私の思想、そして私の幻想を打ち砕いたのはこの病だ。つまり、夜となく昼となく神経のなかを蟻が走りまわり、そのため眠っているとき以外は、一瞬たりと忘れるということができなかったのである。治療を、あるいは責め苦を延々と受けつづけている思い。

本を読みすぎた……私の思考は読書に食い尽くされた。本を読んでいるとき、私は自分が何かを〈している〉と思い、〈世間〉に弁明し、自分にも仕事があり、暇人であるという恥から逃げているような気がする……無益の、役立たずの人間。

どんな苦しみも例外なく忘れることができる。だが屈辱となると、ひとつとして忘れることはできない。

昨日、四月五日、トラップ近くの小さな森で復讐のことを考えながら午後を過ごす。尽きざるテーマ。——復讐しないことは、復讐すること以上にとはいわぬまでも、同じくらい魂の害になる。

復讐しない権利が人にあるのだろうか。

O・メシアンの生誕（五〇歳）記念コンサート。私の席は作曲家の後ろ側だったが、横顔は見ることができた。彼は敬虔に聴いている。彼の作品はまさに一つの世界――ただ彼にとってのみ。私は、うわの空で聴いていた。そして人はみな自分の世界に閉じこもっていて、その人のすることは他人にはなんの意味ももたないのだと考えていた。私たちは自分の敵にとってのみ――それに私たちのことを嫌っている二、三の友人にとってのみ存在しているのだ。

一九五九年四月二四日、金曜日――一月からずっと事実上の病人、仕事ができない。一つの病気が治ったかと思うとまた次の病気、肉体の器官がそれぞれ順番を待っているかのようだ……私は「自然」に試されていて、すこしの抵抗もできずに、この試しに乗ってしまう。〈病気の善用〉――私にはほど遠いことだ！

この冬のこと、ある日、風邪をひいて寝込み、ベッドからひどく荒涼とした空を眺めていたとき、二羽の小鳥（いったい何という鳥だったのか）が、交尾期の盛りとみえて、陰鬱な空のもと追いかけあっているのを見かけた。こういう光景に接すると、私たちは死と、そしておそらくは生とさえも和解する。

エミリ・ディキンソンのためなら全詩人をくれてやってもいい。

街で夕食――私の〈魂〉はほったらかし。

ディオゲネス・ラエルティオスは、エピクロスの教義の魅力について語り、その教義には、いわばセイレンの優しさがあったと言っている。

私のすべての才能は悲しみによって破壊された。

メランコリーにすさんだモンゴル人、これが私だ。

一七日、日曜日――植物園。爬虫類にますます魅せられる。錦蛇の目。これほど神秘的で、〈生命〉から遠い動物はいない。みんな「混沌」の終焉期のもの。一足飛びに後退し、永遠に戻った感じ。

タキトゥス、私の好きな歴史家。

『同時代史』六七節から六八節にかけて語られているウィテリウス帝の失脚、これほどにも美しいものを私は知らない。「このような光景に接すれば、人間の有為転変のほどがしのばれて、心ゆさぶられぬ者はひとりもいなかった。ローマの皇帝、昨日まで世界の支配者であった者が……」

「論理学」の教科書ふうの言葉を使えば、賓辞なき幸福感。

私は、いつも偽の霊感のなかに生きている。だから、霊感から何も生まれないとしても驚くにはあたらない。だが、これがまた私の不毛の秘密なのか。

私の胃袋と精神のなかではすべてのものが酸っぱくなる。すべてのものを苦しみに変える、というよりむしろ自分の苦しみという苦しみをみな悪化させる——この、私の能力ははかり知れない。

苦悩の発生。

私は真理など言い立てない。中途半端の確信、どうでもいいような異端・邪説のたぐいで、だれにとっても毒にも薬にもならない代物だ。私は、いつまでたっても弟子などできない人間、また弟子など一人ももとうとも思わない。取り巻きができるのは、白黒をつけたり、一つの態度を積極的に受け入れたり、あるいは人間や神の名で語ったりする場合にかぎられる。だが、こんなことは私の柄にあわない。私は独り、そして独りであることを不満には思っていない。

その欠陥と精神の不均衡のゆえに私が尊敬している浮浪者がいる。もう何年も野外で寝泊まりしているが、いつだったか、私に言ったことがある、「俺はね、とことん自由だよ」と。

自分を哀れと思った者は、そう思うことで神を哀れと思ったのだ。

一九五九年九月二七日

不安が不安を生み、病が病を生む。私はどこへ行くのか。あらゆるものを前にしての根本的な無力感。生まれついての文なし。

「悪」は、「善」と同じ理由で、一つの創造的な力だ。この点では両者は同じだが、しかし「悪」のほうがずっと活力がある。というのも、「善」はよく休業するから。

何時間か音楽を聴く、あるいは一篇の詩を読む——昔は、そうしない日は一日とてなかった。今は、散文がその代わり。なんという衰え、なんという堕落か！

私の関心をひく唯一の問題は、怪物の問題だ。

天地創造の諸結果を無化すること。

どんな些細な行為も、私にはあらゆる行為の問題を提起する。私にとって、生はつねに「生」に変わる。呼吸することが、息苦しいまでにややこしくなるのはこのためだ。

朝から晩までひっきりなしの怒りの発作。商売人をはじめ、あらゆる人間と喧嘩する。怒りを爆発させると、その後では決まって屈辱感に捉えられる。〈おぞましい〉人間の反応、その結果としての自己嫌悪。

何かを売る人間は、例外なく私を逆上させる。

まんじりともしないで夜を明かした後のタバコには、死の味がする。

私は書かない作家。私の夜に、私の〈運命〉に悖り、それを裏切り、自分の時間を浪費しているような気がする。

圧迫感。作家に生まれついてはいなかったのだという確信。

〈癲癇〉の発作に見舞われると、自分は残念ながら聖パウロのような人間だと思う。激しやすい人間との、自分が忌み嫌うあらゆる人間との私の類似性。私ほどにも、自分が敵とする者に一段と似てしまった者がいただろうか。

情熱家、激しやすい人、彼らは総じて無力、いわば〈死人〉だ。自分たちの肉体を消耗しつつ、つねに燃焼しながら生きているからだ。

私がどんな計画も一向に実現させようとせず、何ひとつ生み出さないのは、私が見出しがたいものを、あるいは昔ふうの言葉でいえば、真理を探しているからだ。それを手に入れることができないから、私はもたつき、待っているのだ。

私は過激な懐疑家だ。

キリスト紀元の初頭に生まれあわせていたら、私はマニ教徒に、もっと正確にいえば、マルキオンの弟子になっていただろう。

同情、ゆがんだ好意。

「私とはさまざまの気分の生まれる場所」——自分のことをこのように定義したのはだれであったかもう忘れてしまったが、この定義は、まことに私にふさわしく、ほとんど私の本質を言い尽くしている。

一九五九年一一月一八日

午睡。目を覚ましたとき、私は一瞬、死者が感じるであろうと思われることを感じた。屍体の電光石火のひらめきのようなものだった。

もし毎日、一五分間ほえる勇気があるなら、私は完璧な精神の均衡状態を享受できるだろうに。

私の〈作品〉はどれも、結局のところ反 - ユートピアの訓練にすぎない。

恨みというものがどういうものか分からないよ、と言う手合いには、私はいつも平手打ちをくらわしてやりたくなる。それが間違いだ、ということを教えてやるために。

結局、生とは異常なものだ。

一九五九年一一月二九日

きらびやかな精神、これほどに期待を裏切り、もろく、見かけだおしのものはない。これよりは退屈な精神のほうがずっと望ましい。後者は、事物にしろ観念にしろ永遠に変わらないものを、つまり凡庸性を大切にしているからだ。

Xという人間が分からない。凡庸ではないのに退屈な人間だから。オリジナリティーを追求したり、いつもとっぴなものだの、人の意表をつくものだのを、らちもなく追いかけまわしていると、つい退屈の印象を与えてしまうからだ。

自分の立言はすべて解き明かさなければならないと信じ、どの問題をも言葉で埋めつくしてしまう思想家ほど不愉快な者はいない。多弁――精神に反する罪。傑出した思想家でさえ、この罪を犯した。

私が尊敬する人間のタイプ、すなわちランセ。

だれも神のためにすすんで自分の身を犠牲にしようとは思わなくなる――神が偽ものになるのはこのときだ。

私の、宇宙発生論の強迫観念、これは内面のどんな混乱に発するのか！　この種の強迫観念が狂人によく見られるのももっともだ。

タキトゥス、私の好きな作家。ヒュームによれば、タキトゥスは古代文明でもっとも深遠な精神だということだが、私は、このヒュームの判断に全面的に同意する。

私たちが悩み、心を煩わすのは、幸福のことではなく、他人の長所のことだ。

狂喜する私の鬱状態、「祈り」はここから生まれる。

不毛に蝕まれた精神、あるいは飛び抜けて不毛な精神、私が好きなのは、こういう精神だけだ。ジュベールでさえ、私には多産に過ぎるように見えるときがある。

宗教は、異端を生み出さなくなったとき、命脈が尽きる。

一九五九年一二月一二日　数日まえの夜、忘れられない夢を見る。私の前を、蛇が一列に並んで通ってゆく、というより次々に姿を現す。そしてどの蛇も姿を現すと、立ち上がり、小型の二つの太陽のような、膨張した、らんらんと輝く目で私を見つめている。

すべてを歪めてしまったのは、歴史の知識だ。人々が問うのは、神のさまざまの形態であって神ではなく、感受性や宗教的経験であって、これらの根拠となっている対象ではない。

一九五九年一二月一六日

フランスのモラリストたち、逸話による善悪二元論者

あるいは、逸話的な善悪二元論者

あるいは、〈社交界の〉レベルの善悪二元論者。

「散文」の神性。

歳をとるにつれて、詩の感興はますます薄れる。涸れてしまったメロディー、塞がってしまった魂。

私たちには仰ぎ見る人がつねにいる。神そのものの向こうには「無」が聳え立っている。

六世紀にヨハネ黙示録の注解を書いた、あの西ゴート族の王とはだれなのか。写本は、いつ、だれの手によって刊行されたのか。どこの図書館でだったか、走り読みした索引カードをぼんやり覚えている。

侮辱されると、平手打ちを食らわせたものか、とどめの一撃を食らわせたものかいつも迷う。この迷いで、私たちは貴重な時間を失い、自分の怯懦を是認してしまう。

ロバート・バートンの『憂鬱の解剖』。いままでに見つけられたもっとも美しい表題。本そのものは読めた代物ではないにしても、どうでもいいではないか。

どんな信念でもおよそ信念をもっている人間は、みな例外なしに神をもっている。というよりも、神が存在すると思っている。というのも、あらゆる信念は絶対を仮定し、あるいは絶対の代用だから。

人は自由ではなく自由の幻想を求める。人類が幾千年というもの奮闘してきたのは、この幻想のためだ。

しかし、すでに指摘されているように、自由とは感覚だから、自由であることと自由であると思うこととどういう相違があるのか。

読まなければならない本、聖女テレジアと同時代の人、リバデネイラ師の『苦悩論』。

一九五九年一二月一九日

私に神秘家たちのことが分かるのは、私もまた彼らとまったく同じように、肉を嫌悪しつつも、欲望に苛まれているからだ。死なんばかりの肉欲の苦しみ、〈誘惑〉。

一二月二〇日

午後、名声について書こうと思ったが、言いたいことが何もないのが分かり就寝。壮大なことを企てても、果てはベッド、私にはこういうことがよくある。ベッド、私の野望の嘆かわしい最後。

性急の、だが煮え切らない精神。

タキトゥスに寄せる私の病的な好み、恐ろしいものを貪りたいという私の欲望。次いで、雄弁を、憤怒のポエジーを貪りたいという欲望。

『年代記』と『マクベス』、私の日々の気分を語っている本、いや絵だ。

脳髄の物的存在を感じることほど思考をつづける邪魔になるものはない。狂人たちがひらめきによってのみ考えるのは、たぶんこのためだ。

楽園を崩壊させたのは、名声の誘惑だ。無名という、あの幸福の象徴からの脱出を希う、そのたびごとに、私たちは蛇の誘惑に屈しているのだ。

戦慄のよぎる、骨と皮ばかりの散文、これにもまして私の重んずるものはない。

人間が破局を迎えるのは避けがたい。そう納得している限り、私の人間への、飽くことない、熱烈な関心は止むことはあるまい。

いわゆる詩というものが、私にはますますもって理解しがたいものに見える。婉曲で、暗黙の、まさに直接には何も語られてはいない詩、私に許容できるのは、もうこういう詩だけだ。つまり通常、詩に不可欠のものとされている手練手管のない詩。

オリジナリティーというものは、古い文明の特性にして呪詛である〈よき趣味〉とは両立しない。

悪趣味をたっぷり持ちあわせていない天才などいない。

笑いを誘うエピソード、世界はこのエピソードほどにも確実ではない。

X――私がこの男を尊敬しているのは、彼には自分がどれほど滑稽であるか分かっていないからだ。

滅びる！　私はこの言葉がやたらと好きだが、この言葉から取り返しのつかないものを何ひとつ思いつかないのは、不思議といえば不思議だ。

〈趣味〉がよいということは、月並みなものに追随し、凡庸性を上品に愛することだ。

上品ぶった趣味に、ユゴーのご大層な言葉を用いれば、上流階級の趣味に反逆しなければならない。

温和か激烈、私が人間で愛するものは、このどちらかに限られる。

温和の範疇に入るのは、ジュベール、ヴァレリー。

激烈の範疇に入るのは、テルトゥリアヌス、ニーチェ。

一人の懐疑家が生まれるためには、わがもの顔にのさばる信者がゴマンといなければならない。[2]

一九五九年一二月二五日

あるスペインの詩人から鼠の絵の入った年賀状が届く。詩人のただし書きによれば、鼠は、私たちが一九六〇年に〈寄せるうる期待〉のすべての象徴であるということだ。

一年のうち半年も風邪をひいている！『鼻づまりの現象学』といった、ソルボンヌふうの表題の本を書くべきかも知れない。

誘惑者マーラが誘惑と脅しのあらゆる手を使って、仏陀をそのすすむべき道から遠ざけようとしたとき、仏陀の吐いた言葉に、とりわけ次のようなものがある。すなわち、「いかなる権利があって、お前は人間と世界を支配していると言い張るのかね。認識のために苦しんだことがあるのかね。」

事実、精神の深さと広さは、その精神が知をうるために引き受けた苦しみによって量られる。試練の経験がなければ、人は何も知ることはない。鋭敏な精神が、まったく浅薄であることもある。どんなにわずかでも知に近づくためには、応分の代償を払わなければならない。（これをモラリストの区別に利用すること、一方にパスカル、他方にモンテーニュ。）

異端になれる――この、信者に恵まれている幸運のなんと妬ましいことか！　一つの学説は、どんなにバカげたものでも排斥されれば、永遠に笑い草にならずにすむ。教会から断罪されなかった異端の開祖よ、呪われてあれ！

「モラリスト選集」の次に『時間への失墜』*を書くこと。

* 『時間への失墜』は一九六四年に、「モラリスト選集」は、実際は『肖像選集』の表題で、シオランの死後一九九六年に出版される。

私は誇張に走りやすいが、それは私が退屈し、うんざりしていて、強烈な感覚が欲しいからであり、また沈滞から抜け出たいと思っているからだ。

一九五九年一二月三一日　真夜中。独りで生き、「時間」について絶えず考えるべきだろう。

## 訳注

（1）古都ブリュージュには、一三世紀に建てられた、高さ八〇メートルの有名な鐘楼がある。また『死都ブリュージュ』で知られるローデンバックに『鐘つき番《カリヨヌール》』という作品がある。

（2）ここは原文が〈……il faut que mille croyants sévissent. l'ordre〉となっていて、〈l'ordre〉と前文とのつづき具合がはっきりしない。

## ［一九六〇年］

一九六〇年一月一日　ボードレールを読まなくなってもう何年にもなるが、でも毎日、彼のものを読んでいるかのように、彼のことを考える。彼が〈ふさぎの虫〉の経験で、私よりはるかに徹底していたただ一人の人間のように見えるからだろうか。

　Xと偶然に逢う――やくざと狂人が同居しているような、あの法外な感じは相変わらずだが、でも、ほんとうのところはよく分からない。つまり、〈誠実さ〉という観念そのものがない人間、生理学的に〈不正確で〉、無節操な人間。自分の身のまわりにあるすべてのものに無頓着でいられるようになったというのが、彼のご大層な口実である。彼には蛇のようなところがある。私は彼に嫌悪感と――興味をずっと抱いてきた。それにまた蛇のような人間を前にした恐怖と、その振る舞いを前にした不安とを。冷たい、光かがやく目。その眼差しには金属のようなものがある。おそらく彼の血には、ギリシア的なものとスラブ的なものとが、つまり、怪物を生み出すことしかできない、両立不可能な二つの要素が混じり合っている。陰険にして尊大。眩暈の印象。記念碑的なバカ丁寧。これらすべての埋め合わせとしての天賦の才能。彼にはじめて会ったとき、私は彼の書いたものは何も読んでいなかったが、Mに言ったものである、「たしかに彼には才能がある。嫌らしさも度はずれだ」と。精神と肉体の嫌らしさ。

　彼について「蛇の肖像」をいつか書くこと。

　追記。以上のノートは、まったく情け容赦のないもので恥ずかしいくらいだ。私の場合、同情は嫌悪のあとに来る。ああ！人間はなんと私を苦しめることか。

　またXについて。彼のような人間、彼が具現している異常な才能、これはルーマニアのような国でのみ考えられるものだ。私たちの国では、雑多な民族によってもたらされたものが、〈溶接〉されずに有機的に溶けて混じり合っており、血は、いわば荒れ地のままである。というのも、〈文化〉は、平等化と同時に個性化という、その本来の仕事を遂行することができなかったからである。Xは、矯正されていない、自然状態のままの怪物である。彼の弄する策略、不誠実、これは途方もないものだが、まったく〈ワニス〉が欠落している。彼は、あからさまの偽善……正々堂々たるペテンというものであり、明々白々のおぞましさというものだ。しかもその原因は、まさに彼がいつも、はっきりと誤魔化しをしているところにある。驚くべきことに、彼の振る舞い、その言葉のどこにも誠実さなど薬にしたくもないが、しかし不誠実というのは当たらない。なぜなら、不誠実であるとは、真実を、あるいは計略を、あるいはまた何かを隠すことであるのに、すべてを隠している彼は、何ひとつ隠していないからである。彼の内部にはどんな真実も、また彼の行動あるいは判断のどんな基準も存在しないからである。ある途方もない頑固さ、下劣な貪欲、金儲けと名声への俗悪きわまりない渇望、彼にあるのはこれだけだ。彼は汚物、信仰なき狂信者、利にさとい痴呆である……

成功以外に、人間を完全に駄目にしてしまうものはない。〈名声〉は、人間に降りかかる最悪の呪詛である。

俗悪さは、つねに伝染する。繊細さは、決してそういうことはない。

苦しみとは感覚であり、苦悩とは感情だ。正確には、苦悩の感覚とは言えない。

ヴァランジュヴィルの断崖の下でのこと。眼前に聳える岩を前に、あらゆる肉の果敢なさと虚しさを、また生の無意味さを知り愕然とする。持続など私たちにはないのだ！　そのときまで経験したことのない強烈な、この啓示を私は忘れることはあるまい。

毅然とした人物は、愛想のいい人間ではなく冷淡な人間だ。つまり、彼の強みは、拒否を、膨大な拒否をやってのけるところにあるのだ。

あらゆる気絶には、またほんのわずかの失神の兆候にも、いささか快楽めいたものがある。

快楽は、崩壊の一形式なのだろうか。

あらゆる肉欲は、苦しみだ。もちろん、特別の苦しみだが。

私の悦びは、潜在する悲しみだ。

アルベール・カミュがクルマの事故で死ぬ。彼にはもう語るべきことは何もない、生きていたとしても、その不釣り合いで、度を越した、あえて言えばバカげた名声を失うだけだということを、だれもが、おそらく彼自身にしても知っていた、その矢先の死。昨夜一一時、モンパルナスで彼の死を知ったときのはかり知れぬ悲しみ。すぐれたマイナーの作家だったが、ありとあらゆる名誉に浴したにもかかわらず、俗悪さとは一切無縁だった点で偉大だった。

X、彼は何にでも興味を示す。これが彼の明白な弱点……どうでもいいようなもの、〈生きているもの〉にほだされて、本質的なものをやり過ごし、何がわけても重要であるかがもう分からない。あらゆるものに及ぶ、痛ましい散乱状態。

一九六〇年一月六日

たった一度だけカミュに話しかけたことがある。一九五〇年のことだったと思う。彼についてはさんざん悪口をいったが、いまはいわれなくも耐えがたい悔恨に捉えられている。一つの屍を前にして、しかもそれが尊敬すべき屍であるとき、私に何ができるというのか。名状しがたい悲しみ。

悲嘆すれすれの衰弱。だが、仮象を救い、仮象を信じることなく闘いつづけなければならない。なんと悪しき生者に私は見えることか！

正義とは、文学的には凡庸な理想である。

どこへ行っても、他人ならぬこの自分に覚える、同じ帰属意識の欠如、徒労感、欺瞞意識。面白くもないことに興味があるような振りをし、無気力から、あるいは仮象を救うために、いつもある役割を果たしてはいるが、何ごとかに参加しているという意識はない。なぜなら、私の心に取りついて離れぬものは、ほかの場所だから。楽園から投げ出されてしまった私に、私の場所が、私の家がどこにあるというのだろう？　私は失墜した、何度となく。私の内部にあるのは、砕け散ったホサナのようなもの、粉砕された讃歌、悔恨の爆発だ。

この世に祖国をもたぬ人間。

この世にまるでかかわりがないのに商売の話をし、宗教の劇を生きているのに、日常生活に骨身を削るとは！

フランス語との格闘、すなわち言葉の真の意味での断末魔の苦しみ、私がいつも敗北する闘い。

「……だが主なる神は、あなたがたがそれを食べると、あなたがたの目が開けるのを知っておられる……(1)」

あなたがたの目が開ける！　認識の悲劇のすべてはここにある。理解せずに見ること、これこそ楽園というものだ。この条件でのみ生は耐えられるだろう。

堕罪の物語は、おそらくあらゆる時代を通して人間が書いたもっとも深遠なものだ。私たちがやがて経験し、苦しむことになったすべてのことが、全歴史が、ここにはたったの一ページで語り尽くされている。

「彼らは、日の涼しい風の吹くころ、園のなかに主なる神の歩まれる音を聞いた……」

これを読むと、私たちはアダムの恐れを感じ、それが自分の恐れであると思う。「おまえが裸であるのを、だれが知らせたのか？(2)」

神はアダムとイヴに幸福を与えた。ただし、彼らが知と権力とを望まず、それらを手にしないという条件つきで。

ある批評家の指摘によれば、エデンの園の神は田園の神だということだが、これはいかにも的を射た指摘だ。

なぜアダムとイヴは、生命の樹にすぐに手を触れようとはしなかったのか。不死の誘惑は、知の、なかんずく権力の誘惑より強くはないからだ。

一月一一日。おしゃべりで食い尽くされた一日。

自然死というものは、いずれも累を他に及ぼす危険がある。

堕罪の物語があんなにも美しいのは、作者が象徴的な人物を描いているわけでも、神話を描いているわけでもないからだ。彼が楽園に見ているのは、血肉をそなえた神であって、観念的な存在ではない。

いつか人間は、知と権力とを棄てることになろう。それらを断念するか、さもなければそれらゆえに死ぬだろう。

どんな風土も私には苦痛だ。私の肉体は、どんな緯度にも我慢できない。

神話という言葉を用いる者が、自分には信仰はないし、宗教的感覚もまったくもちあわせていないと公言している。

考えるべきものは神であって宗教ではないし、エクスタシーであって神秘思想ではない。宗教の理論家と信者との相違は、精神科医と狂人のそれと同じくらい大きい。

文明というものはすべて派生したものであり、派生したものはすべて価値がない。

神から遠ざかるにつれて、人間はますます宗教の認識を深める。

どのように考えるにしろ、歴史とは、私たちから絶対を隠す遮蔽幕だ。

生まれついてのものだけが真実なものであり、精神の発明にかかるものはすべて嘘っぱちだ。

古くから身についた欠点の多くを失った代わりに別の欠点を身につけた。バランスはもとのままである。

ひとりの人間とほんとうに理解し合えるのは、その人間が土台という土台のすべてを失い、そればかりか成功の望みもすべて失って敗北のどん底にあるときだけだ、ということに私は気づいた。こういう事態に見舞われると、人間は一切の欺瞞を脱ぎ棄てて裸に、ほんとうの自分になり、運命の打撃で本来の自分に戻るからである。

他人を批判し、その作品をあげつらって時間を無駄にするな。おまえの作品を創り、作品に全時間を注げ。その余のことは、ガラクタか下劣なもの。おまえのなかの真実と〈永遠なるもの〉に連帯せよ。

「存在するとは、他人とは別の者であることだ」と、うまいことを言った者がいる。――異端を、ドグマあるいは一般の趨勢に逆らう意志を禁止する、どんな宗教あるいは政治体制のもとでも、人は存在しなくなる。

私たちの喉もとを襲い、私たちを麻痺させては屈辱的な茫然自失の状態に置きざりにする、あの動機もなければ根拠もなく、どんな明白な理由とてない恐怖の発作。――過日、真っ暗やみのなか、階段を上っていたとき、外部からと同時に私自身からやって来た、ある目に見えない力の仕業か、私は動けなくなった。前へ進むこともできず、数分間というもの、私はその場に釘づけになったまま身動きできず恐怖と恥辱にまみれていた。こういうことは初めてのことではないが、発作がおさまると、決まって激しい怒りと困惑に捉えられる。この現象は何の兆候なのか。

自分と同じ時代の人間を情け容赦なく批判していると、自分が正しいのだと思い込み、後世からは辛辣で炯眼の人だったとみなされる危険がある。と同時に、賞賛というものがもつ危険な側面を、賞賛の前提となる熱烈な、誤った思い込みを棄ててしまうことになる。そうだ、賞賛とは冒険、ほとんどつねに間違いを犯すがゆえになおのこと美しい冒険だ。どんな人間にもひとかけらの幻想をさえ抱かない――これはもっともなことだとしても、恐ろしいことだ。

不可避的な正しさほど嘆かわしいものはない。
（まさにこの悪癖に陥ったモラリストたちについて。）

統辞法が尊重されている限りは、どんな文学的オリジナリティーもいまだ不可能だ。文章から何かを引き出そうと思うなら、文章を打ち砕かねばならない。

ただ思想家だけは、古いさまざまの迷信を、明晰な言葉遣いと、決められた統辞法を守らなければならない。根底的なオリジナリティーには、タレスの時代と変わらぬ制約があるからである。

ヘラクレイトスとパスカル、前者は後者よりずっと幸せだ。作品としては断片しか残っていないから。――それにしても、自分の問いを体系化することのなかった二人はなんと幸運だったことか！〈思想〉あるいは箴言の遺漏や隙間を埋めて、荒唐無稽なことを好き勝手に言い立てるのが大好きな注釈者は、心ゆくまで楽しむことができるし、それほどの危険も犯さずに、自分の好きなように人物像をこしらえ上げることができる。というのも、注釈者が好むのは、自分に自由と創意の幻想を与えてくれる自由裁量だから。つまりは安あがりの厳密さ。

カミュについて何か書いて欲しいと言われるが、断る。私は彼の死に衝撃を受けたが、栄光の絶頂にまで登りつめた作家、その作品の意味が、断りの手紙で言ったように、〈絶望的なまでに明白〉であるような作家については、何も語ることはないのである。

カミュは不正に対して果敢に抗議したが、もし首尾一貫した態度を貫きたかったのなら、自分の栄光の不正に対して抗議すべきだった。だが、それは下品というものであり、おそらく彼は、自分の栄光を当然のものと思っていたのだ。

正義愛をとことん貫いたら、人は笑い者になるか、自滅する。反抗よりは断念のほうが優雅だし、一つの名前をめぐって交わされる騒ぎや騒音より無名のほうがずっと美しい。

自分の名声に固執し、それを恥とも痛みとも思わぬ者はだれといわず軽蔑すべきだ。

私の賞賛は、どんなに熱烈なものであっても、いつもひとかけらの毒を含んでいる。私には賞賛者の素質はないのだ。

私の思想をどれもこれも生き生きとしたものにし、私の態度をどれもこれも不可避なものとし、それらを確かな、体系だったものとさえ思わせる、悲嘆の資質、これがなかったら、私は完全なディレッタントになっていただろう。

失業中の神ほどにも孤独。

虚構は、いずれも例外なく有益なものだ。ほかの人ほどではないにしても、私は虚構なしではいられない。（歳をとるにつれて、私はますます自分の挫折の告白を繰り返さざるをえなくなる。）

古代ローマの初期の歴史家たちがその資料としたものは、貴族の家の古文書だったが、その資料は、つまりは弔辞、したがって当然のことながら嘘っぱちの賞賛の辞にほかならなかった。そしてどの貴族の家でも、先祖は神であると思っていたのだから、上古の鷹揚さのほどが、無益な高貴さのほどが分かるというものだ。

才能のある人間に例外なく見られるペテン師の側面。才能というものは、もともと自然には存在せず、それをもっている者が発明し、演じているかのようであり、あるいは当の本人が、自分に才能があることに驚いているかのようである。特に詩人の場合。つまり恩恵にあずかってはいるのだが、その恩恵がなにやらいかがわしいのだ。

否定に魅せられたその余り、私は、否定にのみ関心を寄せる、偏狭で、かたくなな、かたわな人間になってしまった。〈進歩〉の魅力に取りつかれて生きている人がいるように、私は「ノン」の魅力に取りつかれて生きている。もっとも、私たちは肯定することができるし、あらゆるものに同意することができるということ、これは私にしても分からぬではないが、このような、ほかの人には造作のない快挙をやってのけようとすると、私には跳躍が必要で、それはいまのところ私にはできそうにない。「ノン」が私の精神を堕落させたあげく、私の血のなかに入り込んでしまったからだ。

抽象的な言葉遣いには何かむかつくような、不快なものがある。いわゆる思想という実在しないものを表現するために積み重ねられた、あの空虚な言葉のすべて。

ああ！　幾千もの驚くべき、支離滅裂な言葉で表現すべきものとては、もっぱら感覚、概念以前の世界、感受された印象の微細な変化にのみ限定したいものだ！　感覚をじかに書き写し、肉体と調整不能の魂との通訳になること！　自分が見、自分に触れるもののみを書き写し、仕事に取りかかった蛇がやることをすること、いや蛇ではなく、虫だ。蛇には利口者との困った評判があるから。純然たる生理学によって詩的であるような一冊の本。

古典にあまりに親しみすぎたために、私はいままで一度も起源にまで遡ることができなかったし、言葉によって言葉の彼岸に行くことができなかった。

ジェームス・ジョイス、今世紀のもっとも誇り高い男。その理由は、彼が狂った神のように執拗に「不可能なこと」を希い、一部分、それを達成したからであり、また読者と決して妥協せず、読みやすさを心掛けようなどとは思わなかったからだ。晦渋の極みに達したからだ。

読者を消滅させ、読者なしで済まし、だれにも頼らず、世界を食い尽くす――これをうまくやってのけること。

才人の大部分が駄目になってしまうのは、自分を限定する術《すべ》を知らないからだ。

完璧さを追求する――これほど作家を枯渇させてしまうものはない。創造には、自分の本性に従い、本来の自分に戻り、自分の声に耳傾けることが……イロニーあるいはよき趣味の検閲を排除することが必要である。

古代の二つのテキスト。一つはそのものとして美しく、もう一つはきわめて意義深いもの。すなわち、博物学者プリニウスによる、ヴェズヴィオ山の噴火とポンペイ消滅の記述と、キリスト教徒の取り扱い方についてプリニウスがトラヤヌス帝に送った手紙。

私にあるよきもの、これはすべて私の怠惰の賜だ。もし私が怠惰でなかったら、いったいだれが悪しき計画の実行を私に思いとどまらせることができたであろうか。怠惰であったがゆえに、幸い私は、ぎりぎり〈徳〉のなかにとどまることができたのだ。

仕事のしすぎ、自分の意図を実現しようとし、自分の悪癖を立派なものに見せようとする、あの傾向、私たちの悪徳はみなここに原因がある。

フランス人、イギリス人、この幸せな、飽食の民族……ああ！　私はこの国の者ではない。私の後ろには、途切れることのない不幸の幾世紀がある。私は、幸運から見放された国に生まれた。幸運はウィーンどまり、その向こうは「呪詛」だ！

生を前にしての途方もないおじけ、そして無気力の戦慄のようなもの。

快感を覚えずに、私は孤独という言葉を口にしたり書いたりしたことは一度もない。

いつもだれかについての、作者についての、作品についての、他人の思想についての論文、研究、本、さらには大げさな書評、無益で凡庸な解説、こういうものは、どんなにみごとなものだとしても、それで事態が変わるわけではない。個性的なもの、オリジナルなものは何もなく、すべては何かから派生したものだ。他人を語って才気を見せるより、ぶざまでも自分について語るほうがずっとましだ！　生きられたものでも、根源から流れ出たものでもない思想、こんなものになんの価値もない。頭でっかちで物知りで、精神に寄食している、あの偽の人間の姿ほど不快なものはない。

哲学史家は哲学者ではない。さまざまの疑問をいだく門番のほうがずっと哲学者だ。

発明の点では、人間は手押し車で満足すべきだった。技術上の改良は、どれも有害なものであり、有害なものとして告発されなければならない。〈進歩〉の唯一の意味は、どうやら騒音の増大、地獄の強化に寄与することであるらしい。

よく知らないことについてはしゃべらず、決して即興演説はせず、自分の取り扱う主題にふさわしい人間であり、自分から見て自分の信用を失わないこと――私はこれを誓う。

（ひどくうすっぺらなMの講演を聞き終えたときの誓い。）

一九六〇年一月二〇日

虚栄心で幸福が妨げられることがないなら、フランス人は、世にも幸せな民族だろう。

虚栄心とは、私たちがそれによって自分の幸福を償う方法であり（幸福の報いだ）。

自分の野望を断念すると、断念したことをよく悔いるものだが、これは、得意になって野望をはぐくむことよりもずっと由々しいことだ。まるで人間にはなんでもできるが、ただし知恵の境地にだけは行き着けない、といったような具合である。

物質の無感覚の水準以下のところに落ち込み、精神が死んでしまったかのような、恐ろしい無力感。稀な例外を除けば、私は、有罪性と途方もない恥辱とを重く意識しつつ自分自身からはほど遠いところに生きている。怠惰あるいは気まぐれから放棄してしまった、ありとあらゆる計画、これを思うと、私には自分が最悪の変節者であるように思われる。悲しみを熱愛すれば、人は無事には生きられない。

「時間」は私の血管のなかで凝固してしまったかのようだ……

おまえの時間を自分との、いやそれよりも神との対話に変えよ。人間のことなど考えず、おまえの孤独を外部の何ものによっても辱めることなく、同胞をもつ気遣いなど道化者に任せよ。他人はおまえに一つの役割を果たすことを強いる。だから、おまえの力を殺ぐ。おまえの生から行為を一掃し、本質的なものに専念せよ。

書くこと
――「創世記」注解。
――時間について、つまり自伝の問題。
聖アウグスティヌス（G・ミッシ『自伝の歴史』）。
――時間の経験[3]。

作者に語るべきことがもう何もないとき――栄光が突然に作者を襲うのはこういうときだ。つまり、栄光は屍を聖別するのだ。

人はそれぞれ自分の仕掛けた罠に落ちる。あたかも自分の運命をそらんじていたかのように。

作家が独創的であれば、その分、古くさく退屈なものになる危険は大きい。その作家独特の秘策に読者が慣れてしまえば、もうそれで終わりだから。真の独創性は、自分の方法については意識していないものだ。そして作者は、自分の才能を導いたり利用したりはせず、才能によって支えられていなければならない。

創意に富んだ精神は自分の才能を回避する、つまり、才能をでっち上げるのだ。これが文学者の定義ではあるまいか。

作品では、恐るべきものは、読者を熱狂させるものでなければならない。不安を与えるとすれば、それが良質のものでないからだ。

信者ではないが、宗教的危機を経験し、そして生涯その危機の影響を受けているような人、私が心底わかり合えるのは、こういう人々に限られる。宗教――内面の葛藤としての――は、私たちを本質的なものから隔てる仮象の層をつきとめ、それに穴をうがつ唯一の方式である。

アヴィラのテレジアは、神との合一の一段階を特徴づけるために「栄光に包まれた錯乱」なる言葉を使っているが、私も、この段階に何度か近づいたことがある……それにしても、なんと昔のことか！

傷ついた魂の特権としての皮肉。皮肉な言葉は、いずれも例外なく秘められた傷があるということの証拠である。皮肉はそれ自体が告白であり、あるいは自己憐憫のまとう仮面である。

「賢者が考えていれば、その間、狂人もまた考えている……」、この恐るべき諺。

一九六〇年二月二四日　今日、申込み用紙に自分の名前を書いたが、なんだか初めて書くような、一向に見覚えがないような感じだった。自分の生年月日がまったく新しい、不可解なものに、私とはなんの関係もないもののように思われた。これは精神科医の言う疎遠感。顔についても、それが自分の顔であると確認するには、一定の努力を要することが私にはよくある。辛い、屈辱的な順応の努力を。

自分であるという啓示を前にして、打ちひしがれ、とまどい、げんなりしている。

自由とは健康のようなものだ。つまり、それは失われてはじめて価値があり、そのときはじめて私たちは自由というものを意識する。だからそれは、それを所有している者にとっては理想にも魅力にもなりえない。いわゆる〈自由〉世界とは、それ自体にとって空疎な世界だ。

限りない幸福感、エクスタシーのヴィジョンにだしぬけに捉えられる。それも、収税吏に会い、身分証明書のために警視庁に出向いて行列に並び、注射をしてもらうために看護婦に会うといったようなことをしたあげくのはてにだ。私たちの内的変化の神秘、悪魔をも困惑させ、天使をも粉砕しかねないメタモルフォーシス。

フランスでは、知的で才気に富んでいるという評判を得るには不遜であれば充分。
あるいは
フランスでは、不遜は知性と才気の代わりになる。

今日、J・シュペルヴィエルの家でJ・Cのことが話題になる。私は、彼は卑劣だと言ったが、反論される。ドミニック・オーリーとポーランは、彼は卑劣ではない、そこまではいっていないと言う。

私が言いたいのは、彼は卑劣さからの落伍者だということだ。
奥行きのない人間。

生きてみたかった二つの時代、フランス一八世紀と帝政時代のロシア……

優雅な倦怠と、陰鬱で、引きつった、果てのない倦怠……

神経性の不安、長くつづく不眠、理由のない苦しみ、耐えがたい不安、こういうものを経験したあとではじめて私は、あふれんばかりの幸福の状態を知った。当然の償いなのか、それとも決着なのか。

一瞬一瞬が私に警告をつきつけてくるが——私はなんとか矛先をかわしている。どう考えても、私は「時間」に対する私の義務を怠ったのだ。

私は、私の欠陥、私の逃亡、私の拒否によってのみ存在している。まったく否定的な存在。私は、自分のありとあらゆる良き決意に反逆し、良き決意をば容赦なく捨て去る——私の決意などよりはるかにましな信条にふさわしい一貫性をもって。

H・Mは、メスカリンについて三冊の本を書いた。物事を究めようとする、この欲求、この執拗さは、フランス的ではない。ブリュッセル生まれの長所と短所。

Dは、病気をする前は歴史家だった。病気をしてからは形而上学に沈潜している。本質的な彷徨というものを理解するためには、フランス人には失墜が、〈深淵〉が必要なのだ。

日記をつける、これは自分の考えを整理できない無能ぶりのあかしそのものだ！　それは自分の根を絶ち切られ、時代の、自分の時代の変化のひそかな共犯者にして犠牲者である、連続を欠いた精神の特徴である。考えることができないから、自分のことを考える……またしても私的なカレンダーになり下がった哲学。

自分を知れば知るほど、自分を当てにしなくなる。あるすさんだ人間の話……

怨恨についての私の論文[4]。私が他人について書いたものではもっとも大胆なものだが、私の駄作のなかでももっとも反響のなかったもの……自分のことが書かれているとはだれも思わなかったのだ。鏡には一点の曇りもなかったからだ。

散文の到達できる極限は、崇高なものにわずかに触れることだ。崇高なものが染み込んでしまうと、散文は滑稽なもの、仰々しいものになり、不快なものになる。

フランス——好事家の国——そしてその趣味の積極的な側面、すなわちニュアンスがいまだに重きをなしている世界で唯一の場所。

極端なものを自分から一掃したいと思っているが、それでも私が好きなのは、熱烈な語り口、一つひとつの真実に含まれる叫び声の可能性だけだ。もう一つの才能があり、もう一つの恵みがあり、沈思へのほんとうの愛があれば、どんな神秘家になっていたことか！　だが、何をしてみたところで、私は決定的な段階の手前にとどまっていなければならない。私の内部で消えてしまった声のなんとおびただしいことか！　自分の魂にふさわしからぬ者、その存在に値せぬ者、かかる者にわざわいあれ！

ジャクリーヌ・パスカル、リュシル・ド・シャトーブリアン、ド・ボーモン夫人、そして男ではジュベール、――私の好きな魂。

この、眩暈に近い悲しみ……天使の庇護の下にいられたら！　私は悪魔に誘惑されるがままだった。そしていま、罪ふかい衰弱の瞬間を永遠に償わねばならないのである。

断末魔好みと死への恐れ、私は、この矛盾した感情の動きを、すね者の、また殉教者ばりの貪欲さで養い育ててきたが、いまその報いを受けている。

B――独身で貧しかったころは、私に生の虚しさについて語ったものだが、金持ちとなったいまでは、卑猥な話しかできない。貧苦を裏切るとろくなことにはならない。所有というものはどんなものでも、精神の死の原因だ。

朝、胸を締めつけられるような罪悪感で目を覚ますことがよくあるが、まるで幾千もの罪の重荷を背負っているかのようだ……

私のしゃべり方ときたら、口ごもったり、せきこんで早口にまくし立てるといったたぐいのものだが、こういう話し方の欠陥、なかんずく自分のアクセントに対する痛切な強迫観念があったからこそ、その反動として私は、フランス語の私の文体に気を配り、毎日、話し言葉で破壊している国語に、いささかなりとも自分をふさわしいものにしようとしたのだ……

土着の人のようにしゃべれたら、私は、うまく書こうと工夫を凝らすこともなかったであろうし、文体の探究につきものの気取りだの、無益な凝りすぎだのに頭をひねることもなかったであろう。
冴えた技の秘訣は、大なり小なり秘められた欠陥にある。

数日前から熱がつづいているが、体温計にはあらわれない。いつも三七度前後。だが私は、私の理性が蒸気と化す沸騰のただなかにいるのだ……

ある者は「栄光」を、ある者は真実を求める。あえて分けるとすれば、私は後者。達成不可能な仕事のほうが達成可能な目的よりずっと魅力がある。人間からの賞賛、こんなことを目指すとはなんという屈辱か！

Dとの会話。――彼は聡明だ。なかんずく聡明のようなふりをし、そう見せようとしている。私がいままでに知ったほとんどすべての優れた人間は、極端に虚栄心が強かった。だが虚栄心は、知性の領域では欠陥ではない。

一九六〇年三月一二日　強烈な郷愁にかられた状態で午後を過ごす。すべてのもの、私の国、私の幼年時代、台無しにしてしまったすべてのもの、無益だったながの年月、泣き悲しむことのなかったすべての日々への郷愁……〈生〉は私には向いていない。独り居の生活、時間の外の、黄昏の楽園のただなかでの絶対的な孤独、私はこういうものにこそ生まれついていたのだ。悲しみを好む傾向を悪癖にまで昂じさせたのだ。

春が近くなると、私の脳髄は溶ける。春は私がもっとも恐れる季節。凍りついたメロディーの感覚、――打ちひしがれてもだした魂、そこに消えうせた幾千もの呼び声。

もう何年もボードレールを読んでいないが、彼ほど頻繁に私が思いをいたす人間はいない。

死の次元をそなえた精神、私に興味があるのはこういう精神だけだ。

私は『涙概論』を書くべきだろう。泣きたいという途方もない欲求はいまに始まったことではない（チェーホフの人物がとても親しく感じられるのはこのためだ）。何時間もじっと空を見つめながらすべてのことを懐かしむ……こうして私は自分の時間を過ごしている。それなのに、人は私に仕事を期待し、どいつもこいつも仕事をするように勧めるのである。

「悦びとは、それを通して魂がより大きな完全性へ移行する感情である。悲しみとは、それを通して魂がより小さな完全性へ移行する感情である。」（スピノザ）

ほんとうだろうか。

私には哲学的資質などかけらもない。私がさまざまの態度にしか、思想の悲壮な側面にしか興味がもてないのはそのためだ……

いわゆる断固たる過ちは、精彩のない言葉で表現された真実よりも価値がある。

異端の放つ輝き、正統の味気なさ。

秘められた感情だけが深い。さもしい感情の力はここに由来する。

ここ、外国人とよばれるここでしか私は生きられない。祖国――私の祖国だろうか――は、私には太古の「楽園」に劣らず遠くはるかな、近づきがたいものに思われる。

「雪の上に字を書くな」――これはピタゴラスが定めた禁止事項の一つだ。どういう意味なのだろうか。長持ちしないということか。

病弱に次ぐ病弱。私の肉体は私の拷問者だ。病弱の重さに押しつぶされずにどうしてこんなにも齢《よわい》を重ねることができたのか、自分でもよく分からない。

私の友人はほとんどだれもが皮膚をはがされた人体標本のようなもので、病的に敏感である。彼らのことを念頭に私は、「怨恨」について書いた。「怨恨」をあらゆる人間に共通の側面としたのは、一般化のしすぎだっただろうか。そうは思わない。

郷愁は一つしかない。つまり、「楽園」への郷愁。そしてたぶんスペインへの。

古代人の〈極楽島〉、あるいは道教時代の中国人の〈黄金の島〉について書かれたものを読むと、私は体力の衰えのようなものを感じないわけにはいかない。「楽園」のほんの些細な暗示、私に「楽園」のイメージをほのめかす、どんなに拙劣な表現あるいは形式さえもが、私の内部に悔恨の激発を誘い、その余り、私はこの世界にどんな親近感も覚えないのだ！

私の〈作品〉はどれをとって見ても、ゆとりというものがない。これは、ほんのわずかしか書かず、〈呼吸する〉ようにいつも書いていない者の不幸である。私は、にわか作家。なぜなら、いっときの息苦しさから自由になるために筆を執るにすぎないのだから。

禅、すなわち、救済の強迫観念とその探究とによって贖われる警句。背景としての絶対とのアクロバット。

悲しみがきわまると思考は死に、そして悲しみは、空疎な熱狂のようなものと化す。

中国のある作品にいわく、「夢を見ているとき、人間は疑ったりはしない」と。

人間の本質（！）についてエッセーを書いていたとき、こういうものは告白口調で書いたほうがずっといいのではないかと気づく。つまり、すぐれて自伝的な主題なのだ。

宇宙の片隅、おびただしい量のきみという言葉に取り囲まれて、私は、くる日もくる日も小さな空間の上を這いまわっている。

*Ama nesciri*（『イエス・キリストのまねび』）、無名であることを愛せ。私たちが幸福なのは、この教えに従う分別のあるときにかぎられる。

この宇宙の出来損ないぶりはなんとみごとなものか！　自分に自信をもち、ものごとを楽観しているとき、私はよくこう考えて自分を慰める。

ほんとうに崇高な情熱を経験するには私は苦しみすぎた。私の苦しみが情熱に取って代わってしまったのだ。

夜の眠り、昼間の茫然自失の瞬間、こういうものを別にすれば、私は、生に対する居心地の悪さから自分の状態を絶えず反省せざるをえなくなり、意識の一種の自動症に追い込まれ、こういう事態から想像できるありとあらゆる苦しさ、恐ろしさを経験した。要するに私は、生に敵対して生きてきたのだ。

私は強迫観念に取りつかれた人間だ。この点に疑いはないが、だが何かにしつっこくこだわる人間は好きではない。

さまざまの奇跡を想像し、奇跡を生み出す能力をもち、魔術師であること……

書くということはなんたる堕落か！

私が西欧の人間を好かないのは、彼らが人から憎まれたいと思っているからだ。まったくもって信じがたい破壊願望！　死体のなかの楽園！

悪魔のような熱情、これが私の宗教的感情のニュアンスだ。

本質的でないものには決して手を染めず、聡明な神に釈明するかのように振る舞い、知的誠実さへの心づかいを細心症にまで嵩じさせること。

孤独のきわみにあるとき赤面せざるをえないようなことは何も書くな。ごまかしたり嘘をついたりして生きるくらいなら死ね。

あらゆるもの対してシニックであれ。ただし、精神に対するおまえの義務の理想のイメージについては別だ。

人が高潔な態度をとるとき、何という秘められた葛藤が、軋轢があることか！　自分の卑劣さをいとも自然に受け入れる勇気は稀有、それどころか不可能だ。

ただひたすら絶対のみを信じ、軽薄な精神のありとあらゆる欲望と悲惨を自分の内部に認め、暴き出すこと。

X——なぜ彼は狂人なのか。自分の最初の衝動を決して偽ることができないからだ。彼においては、すべてが自然のままの状態にあり、彼の内部にあるすべてのものが、本物の自然のもつ放埒ぶりを彷彿させる。

「アール」誌で、Rは私のことを私の読書傾向で説明しようとしている。彼への返事に、私は、自分という人間は自分の病弱・不具の結果であり、たとえ一冊の本さえ読まなくとも、同じような人間であっただろうと書いてやる。私のものの見方は、私の知的教養に先立つものだ。片田舎にとどまっていたとしても、自分がいま実際に知っていることは、同じように知っていたのだ。

頭痛、白痴の感覚、副鼻腔炎、鈍い聴覚など——毎年毎年、同じていたらくだ。私の「怨恨のオデュッセイア」を説明しようとすれば、この点を逸するわけにはいかない。

私は外見は健康そうだが、根は病気体質。人に見えるのは人間の外側だけだから、私は不誠実な者、流行に追随する者と思われてしまう。

老人たちはどんなことにもなんくせをつけ、過去の風習を、自分たちの時代の生活様式を懐かしむが、これももっともだ。現在と未来が過去に劣るのはいつものこと。だが、その過去にしても取るに足りぬものだったのだ……

私たちは進歩の理由もその方向も知らない。この二重の無知、これこそまさに歴史というものだ。

人間の形而上学的深化と向上にとって重大な障害となるのは、〈気苦労〉だ。絶対に働きかけようとすれば、独身、禁欲などが不可欠なのはこのためだ。

断念の能力をもつ人間の力には限りがない。あらゆる欲望を克服すれば、人は強者になり、自分の自然な欲望に逆らうそのかぎり、人は偉大になる。自分に打ち克てないものは、いずれも敗北だ。

私の生の常態、それは不安ではなく不満だった。それはある本質的な不満であって、何をもってしても克服できぬものだったし、今後とて克服されることはあるまい。

散漫な思考を克服すること。じっとしたまま行動し、現世を棄て現世への執着を断ち切っていればこそ、一段と現世への影響力をもつ人々、あの行者たちといっしょに生活したいものだ。

途方もない意志力をもちながら、それを行為に向けず、膨大なエネルギーをもちながら、どうやらそれを手つかずのままにしておく……

あらゆる禁欲において、私たちは火薬をため込む。
欲望を意図的に断って抑圧する結果、私たちは聖者か悪魔に近づく。

サン゠シモンからトックヴィルまでの肖像のアンソロジーを作る仕事にどうしても取りかからなければならない。
それは私の人間への訣別となるだろう。*

* 前記、三二ページ、注参照。

禁欲、つまり一切を断念することによってのみ私たちは不死身となる。そのときはじめて、世界など私たちにはもう物の数ではなくなる。

観念は歩行中にやってくるとはニーチェの言葉だが、シャンカラは、歩行は思考を散漫にすると言っている。
私はこの二つの考えを〈実験した〉。

人間は自由をつねに悪用しているが、これはしかし不可避のことだ。自由を標榜し、自由に立脚するあらゆる体制が破滅せざるをえないのはこのためだ。

人間は曖昧な動物である。

「木は自分が悲惨であるとは知らない。」(パスカル)
植物への私の郷愁……

同情の地獄より恐ろしい地獄はない。存在するすべてのものに、存在するという事実そのものに同情すること。
(一九六〇年六月六日。同情に蝕まれた日)

行為を回避してのみ、考えることができる。考えるとは後退することだ。

M・Sは、裁判官の前にひざまずいて無罪放免を求めるだろうが、無駄だろう。一二年の刑を宣告されれば、彼女は自殺するだろう。たぶん屈辱感のあまり。かくも辱めを受けるとは!ある種の運命を直視するには、同情心の無限の蓄えが必要である。

ほんの些細な印象、何でもないようなものが、私の内部では桁はずれに大きくなり、憂慮すべき規模となり、破局の様相を帯びたものになる。まるで私が大地の下にいて、大地の全重量で押し潰されているかのようだ。

私はいまだかつて、成功まちがいなしの主義主張に熱を上げたことはない。自分では内心ひそかに死を宣告されていると思っている主義主張、これが私のつねに変わらぬ偏愛の対象だった。たとえその主義主張が見上げたものではなかったにしても、私は本能的にいつも敗者の味方だった。正義よりは悲劇が好きだったのだ。

このモラリストの主張によれば、私たちにとって、もうかけがえのない人間も物もなくなったとき、私たちはたちまち涸れ果てるということだが、むべなるかな！

私はこれまでずっと、無所有を悦びとして、一通行人として生きてきた。どんな物も私の物であったためしはなかった。そもそも私は、自分の物というのが大嫌いだ。だれかが私の妻などというのを聞くと、恐ろしさで鳥肌が立つ。私は形而上学的に独身者。

所有する、*besitzen* とは、もっとも忌まわしい言葉だ。修道士には嫌悪感をそそるものが必ずあるが、そういうものにさえ私は惹かれる。

一切を、自分の名前をさえ断念し、狂おしくも熱狂的に無名性に沈湎しなければなるまい。——無所有とは、絶対に代わるもう一つの言葉だ。

*Entwerden*、生成を免れる——私の知っているもっとも美しい、もっとも意味深いドイツ語。

生きているもの、つまり動くものは、どれもこれも私を脅えさせる。物質ではないあらゆるものに、私はいたく同情している。なぜなら、生命としての生命の上にのしかかる呪いを感じて、私は苦しみ、絶望せんばかりであるから。

人から非難されるところが私にあるとすれば、幻滅に甘いところかも知れない。だが、人はみな成功が好きなのだから、釣り合いへの考慮にすぎないにしても、敗北を好む人間がいなければならない。

私を見捨てた神は一人にとどまらない。それなのに、どんな神にも心から執着する幸運に恵まれなかったため、どの神を告発していいのか分からない。

ものごとを疑ったところで別にどうということはない。だが、自分を疑っているのだと知ること、これこそまさに苦しむということだ。このときはじめて、人は懐疑主義を通り越して眩暈にゆき着く。

自我一般が問題のときはどうということもないが、問題が私たち、私たちの自我の場合はそうはいかない。そのとき、懐疑は病的で致命的な意味をもつものとなり、耐えがたいものになる恐れがある。

栄光を欲しがるのは、自分の価値に不安でならず、自分に自信がもてないからだ。どんなわずかな価値すら自分に認めがたいとなると、私にしても、宇宙大の盛名を希い、生きとし生けるあらゆるものに、小さな蝿やうじ虫にさえ認められたいと思うだろう。

人間が〈生〉を前にして私ほど無力だったことは一度もない。どんなに些細な実際的行動ですら、私には英雄的な壮挙に見える。生活の外的側面は、私にはまったくどうでもいいものなのだ。まだとても幼かったときでさえ、私はカルパティアの羊飼を羨んだものだが、いまその羨望はかつてなく強い。文明に属するものはなにもかも私には頽廃のしるし、停滞と荒廃のしるしのように見える。

私は三〇年来ホテル住まい、どこにも根を下ろすことができなかったとDによく言ったものだが、するとユダヤ人であることを誇りにしているユダヤ人として、彼は私に答えた、きみは「さまよえる異教徒」だよと。

祖国のたぐいなど一つとしてもたぬ者、私が理解し合えるのは、こういう者にかぎられる。ユダヤ人との私の深い類似性。

消滅の運命にあるすべてのもの、これこそ私がつねに愛してきたものだ。私を魅惑したのは、明日なきものだけだった。私たちの日々がそれによって構成されている、あの束の間の内的変化。

自殺の思想は、もっとも刺激に富んだ思想だ。

一九六〇年七月二〇日　一〇年来、私はアパルトマンに住むことを夢みてきた。その夢は実現したけれど、どうということもない。もうホテル住まいの年月を懐かしんでいる。所有は、無一物の状態より私には苦痛だ。

ところで、私のホテル住まいはなんと一九三七年以来だ！

自宅をもつ。神よ、かかる私の堕落を許したまえ！

「汝の意志は汝のイヴなり」と聖ボナヴェントゥラは言う。事実、意志は鎖であり、欲望であり、束縛であり、女性が私たちにおよぼす影響力にも比すべき従属である。自分を救い、解放を求めることは、意志の支配から自由になり、そこから離れることだ。

小さな島に住み、退屈し祈り、祈り退屈する……

さまざまの状態、気分、その連なりが私というものであって、私の〈自己〉など探しても無駄だ。というより、私が自分の〈自己〉に出会うのは、自分が無と化する歓喜のなかで私の痕跡がことごとく消えてなくなる瞬間に限られる。そのとき、まさに〈自己〉と呼ばれるものは失効し、消滅する。自分を見出すためには自分を滅ぼさねばならない。本質、それは犠牲だ。

現代の混乱、今世紀に私たちが経験した逸脱、こういうものはどれも、私たちが神をなおざりにした結果であると言う者がいるが、彼らは、中世が私たちの時代よりずっと残酷であったこと、信仰というものが、私たち人間の凶暴性を弱めるどころかかえっていっそう煽り立てるものであることを、もうすっかり忘れている。信仰とは情熱だ。例外はない。そして情熱とは、苦しみたいという欲望でもあれば他人を苦しめたいという欲望でもある。私たちが物ではなくなり、物質を、冷淡かつ冷酷な宇宙を手本としなくなれば、そのとたん、私たちは狂気に、魂の逸脱に陥る。魂、それは焼尽する限りでのみ存在する火だ。

不眠、あの途絶えることのない時間、このとき、時間は夜であり、夜の、液状の夜の広がりである。時間が流れてゆくのが感じられるのは、こういうときに限られる。

一冊の本の本質的な価値、それは主題の性質にも重要性にも関係ない。そうでなかったら、神学者が最良の作家ということになってしまうだろう……

本質的なものは、文学の問題ではない。あえて言えば、作家の価値は、どうでもいいような偶発的なものを取り上げ、それを表現する方法いかんにかかっている。芸術で特に重要なのは細部、全体はせいぜい二番目。練達の技は、限定があってはじめて可能なのだ。

過去というものが面白いのは、それぞれの世代がそれぞれ勝手に過去を考えるからだ。「歴史」の尽きることのない新しさ、その原因はここにある。

あるイスラムの神秘家のいわく、「被造物を殺さぬ真理は真理にあらず」と。これはマイスター・エックハルトが言ってもおかしくない言葉だ。

蝸牛のようにゆっくりと這いまわり、慎ましくも熱心に、その実どうでもいいと思いつつ……のどかな楽しみと無名性に浸りながら足跡を残す。

私に欠けているもの、それは作品を作ろうとする意志だ。この欠如こそ、二流の精神の属性だ。

私たちの内部および外部に突発するあらゆる事態は、幸運にして同時に不運というかたちでやって来る。だから個々の事件について二重の見方をし、事態の一側面だけを見ることができない。こうして私たちは曖昧さを余儀なくされる。

ほかの人々が幻想に酔うように、私は悔恨に酔った。取り返しのつかぬものの分野でさまざまのタイトルを獲得すること、これが私のつねに変わらぬ務めだった。

考えるとは、人を遠ざけ、現実を排除することであり、世界については、精神の問いかけに、またその苦しみに必要なきっかけだけを残すことだ。思考とは抹殺すること、それは思考そのものを除きすべてを無と化す。

物質とは異なる現象としての生を考えれば考えるほど、私の生への恐怖は募る。生には何の根拠もない。それは一種の即興、試み、冒険のようなものであり、私には、いかにも脆くはかなく、何らの実在性もないもののように見え、それについて、またその条件について考えると、きまって恐怖の戦慄を覚えざるをえないほどだ。それは物質の見世物、気まぐれにすぎない。私たちがいかに実在性のないものか、これを知ったなら、私たちは存在しなくなるだろう。もし生きたいと思うなら、生について考えることを差し控えねばならず、宇宙のなかで生を切り離して検討しようなどと思ってはならない。

私は思想を表明したことは一度もない。いつも思想に捉えられていたのだ。ある思想を包懐していると思うとき、私を捉え、私を縛りつけているのは思想だ。

歴史の偉大な時代、それはいまもって〈啓蒙専制主義〉の時代だ（一八世紀）。

自由が限度を越えても圧政が限度を越えても、精神の花は開かない。精神には我慢できる束縛が必要だ。快適な時代とは、皮肉を飛ばしても投獄のおそれのない時代だ。

ほとんど毎朝やってくる、この無力な、自己破壊的な怒り……胸もはりさけんばかりの思い出の数々、そして眼前にあらわれる私の幼年時代。

私という人間は、矛盾・撞着したさまざまの遺伝的特徴の結果だ。私には両親の性質、特に虚栄心が強く、むら気で、メランコリックな母の性質があるように思う。その上、私ときたら、こういう相容れない私の性質（というより両親の性質）をすこしもなおそうとせず、かえって逆に養い育て、激化させてきたのだ。

かつてリルケに熱中したことがあったが（いまは済んだことだ）、それ以来、エミリ・ディキンソンほどにも熱中した詩人はいない。私には馴染み深い彼女の世界は、もし私に自分の孤独に完全に与《くみ》する勇気とエネルギーがあったなら、ずっと馴染み深いものになっていただろう。だが、無気力からか軽薄からか、それとも不安からか、私は勇気を、そしてエネルギーを欠くことがよくあった。たくまれた計算と自己保存本能とによって、深淵をひとつならず避けたのだ。詩人になる勇気が私には欠けていたからだ。おのれの内面の声について反芻しすぎたからだろうか。考えすぎたために、私は自分の最良のものを失ったのだ。

喘息の発作に最初に見舞われた日のことをはっきり覚えている人がいるが、それと同じように、私も、五歳のとき、最初の倦怠の発作に見舞われた瞬間を示して見せることができるだろう。だが、それが何になるというのか。私は、途方もない倦怠をずっと生きてきた。思い起こせば、シビウでの午後、私は、だれもいない家で、耐えがたい空虚感に打ちひしがれて床に身を投げていたものだった。そのとき、私は青年だった。つまりは、あんなにも幸せだった私の幼年時代を、ときとして悲しみの底に沈めてしまうこともあった、あの陰鬱な気分をずっと強烈に生きていたということだ。恐ろしい倦怠、ベルリンで、なかんずくドレスデンで、(5) 次いでパリで普遍的なものと化した倦怠。ブラショフで過ごした年も忘れられない。私はそこで『涙と聖者』を書いたが、ジェニー・アクテリアンが私に言うには、それはかつて例のないもっとも悲しい本だということだった。*

倦怠ほどに破壊的な感情はない。倦怠によって、私たちはあらゆるものが無意味であることを知るばかりか、無意味への沈淪を余儀なくされる。永遠に、容赦なく沈みこみ、流れていって無の底に触れるような感覚。つねに自分に帰り着く否定的な無限、虚無のエクスタシー、砂漠のなかの……袋小路。

＊　一九三七年ブカレスト刊。サンダ・ストロジャンによるフランス語版は、一九八六年エルヌ社より刊行され、前掲『作品集』に収録。

倦怠を覚えるとは、自分が世界から切り離されていると感じることだ。

曇り空、私はいつもそれを天の恵みと思っていた。青空は、出発の思いをかき立てる。それは差出がましく私たちの生活に口出しし、私たちの敬虔な願いに潜む病的なものを、神秘的な意志にある悪魔的側面を目覚めさせる。

不幸にして〈作家〉などというものになると、無名に耐えるのは名声に耐えるのと同じようにむつかしい。

賢者より文学者のほうがペテンがすくないとしたら？

一九六〇年八月一五日

バッハの『ロ単調ミサ曲』を聴く。音楽を聴かなくなって間もなく三年。私は死んでいた。バッハが私を生き返らせてくれた。

一九六〇年九月一日

曖昧で雑然とした思想と感情が、ま、かなり明晰に表現されている――私のいくつかの小品は、ほぼこうもいえようか。

あの古代人たちのなんと変わっていることか！　人間は「影の夢」（ピンダロス）にすぎないのだから、人間など棄ててしまえとなるところなのに、彼らときたら名誉欲を賞賛する。彼らにとって名誉欲こそ、あらゆるものは虚しいという明白な事実に対する唯一の反論なのだ。現代人は、この名誉心を失ってしまった（ただしナポレオンは例外。彼は古代の人間だ。彼の出現がほんのかりそめのものと見えるのはそのためだ）。

電話、クルマ、その他ほんの些細な機器に対しても、私は、いかんともしがたい嫌悪感と恐怖とを覚える。技術の粋をこらして産み出されたあらゆるものが、ほとんど聖なる恐怖を抱かせるのだ。現代世界の一切の象徴を前にしての、帰属感の完全な喪失。

不安、形而上学的不安のなかにさえ、無気力の残滓が入り込んでいる。なぜなら不安とは、それがどのようなものであるにしても、いずれも構成《コンストリュクシオン》であり、自省であり、遁走であり、不快感であるから。

抽象的思考を玩ぶ悪党、これが私たちの人間性の本質だ……

「季《とき》が私にもたらすもの、それはどれも私には美味しい果実だ、おお、〈自然〉よ！」

めざすべきは、たぶんこの同意だ。マルクス・アウレリウス……――この非難。

輝かしいものをではなく、衝撃的なものをこそ愛すべきだろう。

石にも劣らず反時代的であること。

余人に遅れをとる――あるいは先を行くこと一万年、人類の始まり、あるいは終末にいるのだと思い、歴史の両端だけが自分の居場所だと思う。

私は毒舌に目がない。一八世紀がひどく好きなのはそのためだ。

神、エミリ・ディキンソンの呼び方によれば、「our old neighbour」。

私はためらう。

私が知恵に向いていない原因は私には分かっている。私が架空の群衆を相手にやらかしている無言の駄弁や、私の青春時代を台無しにした、あの誇大妄想の発作について何かを主張したいと思っているからであり、そして高揚あるいは疲労に見舞われると、きまって手ひどいしっぺ返しを受けているからだ。つまりは懐疑思想に染まった薄志弱行の者、知恵のヤジ馬、挫折という終わりのない詩情を生きている熱狂者であるからだ。

スピノザの主張によれば、悦びはより大きな完全性への移行であるとのことだが、その通りだ。というのも、悦びは世界の必然、つまり運命に対する勝利であり、取り返しのつかぬものの無視であるから。

二三年前（一九三七年）、私は涙についてまるまる一冊の本を書いた。それ以来、一滴の涙も流さず、泣きつづけた。

ゲーテと同時代の人たちの書いた話を楽しく読む。一向に好きになれなかった人間の言葉に興味がもてるようになる。五〇前にはゲーテには興味はもてないものだ。

嘆きを概念化すること。

相変わらずの満たされぬ思い。「そうじゃない、そうじゃない」、これがいつもの私の繰り言。

信仰なき者の宗教の劇、これはもううんざりするほど経験ずみだ。現世の虚しさ、あの世の非在……私は二つの確信に押しつぶされたのだ。

イェイツ――エミリ・ディキンソンを知ってからというもの、ほかの詩人が好きになるなんて考えられただろうか。

イェイツほど私にシェリーを思い起こさせる者はいない。詩に対する熱狂は完全に終わってしまったと思っていた私に！

記憶の不思議な風化によって、原初の混沌を思いもかけずはっきりと知覚する。私の内部の物質のすべてが、突然その最初の記憶を選び取ったのだ。

悲しみを忘れ、死の強迫観念を忘れるためには、手仕事にまさるものはない。私は便利屋として、数か月、手仕事に没頭し、いままでにない稼ぎを手にしたことがある。精神が働き、妄想に浸り、あるいは深まるためのエネルギーの貯蔵庫、そんな貯蔵庫を精神から一掃するには、肉体を酷使しなければならない。

私の脳髄の上にかかる霧、ぶっ通しこの霧と闘わねばならない日々……私の本性にふさわしい気候は、砂漠の気候だ。気候だけではない。砂漠全体が私を誘い、私を捉えて放さない。それは私に必要不可欠のものだが、にもかかわらず私は、都市のなかをうろついている。そして通りの真ん中で息を詰まらせ、人間と接している。

私はこの世を棄てている。私の値打ちは、この事実にのみかかっている。

ほんとうの詩は、詩を越えたところに始まる。哲学、その他すべてみな同じだ。

精神科医の使う特殊な言葉を用いるなら、無力症は私の常態であり、私はつねにこれと闘っている。ありがたいことに、無力症はそう重いものではない。重症だったら、闘う力など私のどこにあるというのか。

〈絶望〉という言葉が手垢にまみれ、それを使うと評判を落とすことになる時代、こんな時代に生きるとは私はなんと不幸なことか！

生にとことん耐える明敏な人間には、だれといわず聖性が充分にあることは明らかである。彼はそれを意識していないし、意識することもできないだろう。それは一つの資質、秘められた偉大さであり――もし彼がその存在に気づくようなことになれば、恥ずかしく思うようなものだ。

私の全生涯は、一連の病弱・不具にほかならなかったが、だれもその現実を信じてはくれなかった。これらの病弱・不具こそ、文字どおり私を作ったものであり、それなくしては、私は何ものでもあるまい。私をしつこく悩まし、私の思想と気分の糧となった、この日々の病に比べれば、文学の影響などいずれもたかが知れている。私は願ってもないベッドに釘づけになり、はりつけになっていた。なぜなら、立っていたとしても、私は数しれぬ苦しみの餌食となり、結局は横たわっているのだから。

同じことをしている人どうしには純粋な感情などありえないだろう。小説家が哲学者を妬むことはないが、小説家どうしは間違いなくお互いを憎みあっているものだ。哲学者どうしもそうだし、特に詩人どうしがそうだ。同じ歩道を仕事場にしている街娼が互いに交わす憎しみの眼差し、これを考えてみればいい。アダムは新米にすぎなかった。私たちだれもの師ということになれば、それは依然カインであり、彼こそは私たち人類のまぎれもない祖先である。

分かりやすいものに成り下がり、万人向きの語法で下落した、私の翻訳された作品、これを読むと、いつも私は、やりきれない思いと疑惑に捉えられる。私の書くものは、すべて言葉にかかっているだけなのか。輝きはほかの言葉には移せない。詩情などより移せない。一つひとつの語に何時間となく苦しみ悩んだそのあげく、調書のような文章で書かれた自分の作品を読む羽目になるとは、謙遜と失望のなんというレッスンか！　もう翻訳など願い下げだ。自分に赤っ恥をかくなどまっぴらだ。

ルーマニア語、なんと法外な言葉か！　ルーマニア語に再びはまり込み、というよりルーマニア語のことを考えると（なぜなら、残念ながらルーマニア語はもう使っていないから）、きまって私は、ルーマニア語を棄てた自分は不実の罪を犯したのではないかという思いに捉えられる。一つひとつの語に親密さのニュアンスを与え、一つひとつの語を愛称にすることができるルーマニア語の可能性、たとえば死さえも、〈mortișoara〉のようにその恩恵にあずかっている、あの穏和化……こういう現象に、私は、ただ卑小、卑下、堕落への傾向しか見ていなかったときがあったが、いまは逆に、それは私には豊かさの象徴とも、あらゆるものに〈かすかな希望〉を与えようとする欲求のようにも思われる。

私は矛盾に毒されており、私のあらゆる行為が互いに相殺されてしまうほどだ。一つの決断をすると、それは同時に逆の決断によって捨て去られる。幸い、不意に逆上して、葛藤にけりをつけ、余儀なく行為におよぶこともある。こういう予期せぬ突発事がなければ、私は永遠にじっとしていなければならないだろう。

間違った状況のなかに生きるのは耐えがたいことだ。私は『概論』を書き、すべてを無と化した。なのに賞をもらった。『誘惑』の場合もそうだった。そして今度は、『歴史とユートピア』に賞を与えるという。私は断ったが、この申し出は受け入れられない。真価を認められない人間であるという満足感、この私の満足感をだれも大目に見てくれないのだ。

あらゆるものの虚しさを公言したあげく、名誉に自分の身をさらすとは！　それなら本など書いて出版すべきではなかったんだ、と私に言う者もいる。だがソロモンだって本を出した。ヨブもそのほかの連中も。だから、本を出すという私の堕落ぶりはもっともなものであり、言い訳の立つものでさえある。だがそれでも、栄誉が目当てなどとは言われたくない。名誉をめざすこともできると考えることさえ私には恥辱だし、私にすれば身の破滅だ。自分自身を恥じるのはもうたくさんだ。

齢《よわい》を重ねるにつれて、自分の出自との絆がどんなに深いものかがますますよく分かる。祖国が私に取りついて離れないのだ。祖国から自分を切り離すことも、祖国を忘れることもできない。それに反して、国を同じくする人々は、私の期待を裏切り、私を激昂させる。彼らには我慢がならない。人は他者に自分の欠点を見たくないのだ。彼らとつきあえばつきあうほど、彼らのうちにある自分の欠陥が私にはますますよく見える。つまり、彼らの一人ひとりが私には一つの批判、いわば私のまばゆいばかりの戯画なのだ。

陶酔感は私には不安と同じ効果がある。それに捉えられると、私は逆上し、途方に暮れ、孤独のなかに、予感にあふれた高揚のただなかに取り残されるのである。

派手な喧嘩をやったあとは、自分が前よりもずっと軽快、ずっと鷹揚になったように感じられる。

私たちは自分の弱点や弱みは隠すものだ。他人は私たちの秘密をやっきになって探し、私たちにしても秘密をいつまでも隠し通すことはできない。隠し通そうとすればするほど、私たちの秘密は議論の的になり、ついにはスキャンダルの的になる。一方、卑劣な言動（あるいは世間でそう呼ばれているもの）を隠すことにもまして人を充実させるものはない。たぶん私たちは、自分で懸命に隠そうとするものによってのみほんとうに存在しているのだ。私たち各人の秘密、それはその人の宝だ。憐れむべきは、恐るべき新事実をもたぬ者たちだ。

この二月《ふたつき》、ただの一語も書いていない。昔なじみの怠惰にまた浸っている。私が活気を取り戻すのは、悔恨と悔悟にふけっているときだけだ。日ごと日ごと、自分に対する軽蔑の気持ちが深まる。ほぐれてまとまらぬ考え、立てるそばから放棄する計画、激しく、果敢に踏みにじる夢。にもかかわらず、片時たりと仕事のことを考えないときはない。仕事こそ、自分の唯一の救済手段といつも思っているのだ。もし自分から見て自分の汚名をそそげないなら、私は決定的に敗北したのだ。身のまわりに落伍者をいやというほど見てきた私としては、自分も落伍者の一人になると恐れないわけにはいかない。いや、たぶんもう落伍者なのだ……

街での夕食、訪問、降りかかる厄介事。時間に対する罪、これが私の常態だ。自分の孤独を保持するためには、人に忌み嫌われる者である勇気をもたねばなるまい。人間から身を守る手段として、人間に憎しみの気持ちを抱かせること。

　意志に当たりちらしたそのあげく、意志を悪の原理にしてしまったのだから、私がついには意志に見捨てられたとしても不思議ではない。

　パリにおける栄光、これほど無に似ているものはない！　私がそんなものを希っていたとは！　そんな夢からはもう永遠に覚めた。そしてこれが、手探り、挫折、欲望のながの年月を生きてきたあげく、私に自賛できる唯一のまぎれもない進歩なのだ。無名を目指して仕事をし、自分を消しさるべく全力を尽くし、孤独と闇とをはぐくむ――これだけが私の意図だ。隠者に帰ろう！　自分のために孤独をつくり、私に残る野心と誇りの残骸でもって魂のなかに僧院を作り上げること。

　あのギリシア人たち、彼らはみなソフィスト、深遠な弁護士だ。

　確信なき偏執者……

## 訳注

（1）「創世記」第三章五節からの引用。

（2）右同八―一一節からの引用。

（3）この時点でシオランの念頭には、六四年に刊行される『時間への失墜』を構成するテーマがすでにあったことがうかがわれる。すなわち、ここにいう「創世記注解」は『失墜』の「生命の樹」に、「時間について」および「時間の経験」は、同書「時間から墜ちる……」にそれぞれ対応するものと考えられる。

（4）『歴史とユートピア』所収の「怨恨のオデュッセイア」のこと。

（5）シオランは、一九三三年九月から三五年七月までのほぼ二年間、フンボルト財団の給費留学生としてドイツに留学し、ベルリン、ミュンヘン、ドレスデンの各都市に滞在している。この二年ちかいドイツでの生活について、彼は生涯ほとんど何も語らなかった。その意味でも、『カイエ』に散見する、当時を回想する記述は貴重である。これらをあわせ読めば、当時のシオランの、すくなくとも精神状態の一端をうかがい知ることができるように思われる。

# ［一九六一年］

一九六一年四月八日
今日、私は五〇歳！

自分の不幸を誇張するのは、うぬぼれ屋のやることだ。

名誉を犠牲にしなければ金は稼げない。

いままでずっと私は病気がちだった。自分の病気に注意を怠らなかったが、おかげで倦怠の悪魔を追い払うことができた。何はともあれ、私は忙しい人間だったのだろう。

突進したところで無駄で、鉛のように重い血で下に引っぱられる。

マラーの伝記を読む。〈悪魔に取りつかれた人間〉をロシアの特産品と考えるのはとんでもない間違いだ。

「無関心」を私ほど尊重した者はいない。その境地に達したいものと激しく熱狂的に希ったが、その結果はといえば、希えば希うほど、ますますそこから遠ざかるという始末だった。自分という人間と正反対の理想を抱くとこういうことになる。自分の目的の達成にあたって、私は決まって手段と方法を間違え、いつももっとも長く、もっとも入り組んだ回り道をするのだった。

私たちの祈りは抑えられると、嘲弄に変わる。

「無関心」に向いていない者は、哀願なしには生きられない。魂とは永遠の磔刑である。

一九六一年五月五日――カトリック学院の図書館で、私はピエール・ド・ラブリオールの本を読んでいた。そのとき突然――身のまわりのすべてのものが消えうせ、たちまち私は〈アモク〉状態に陥った。

私はこの世にいささかも執着していないが、その原因が自尊心にあると思ってみても、慰めにも逃げ口上にもならない。いや、その原因は、すべて私という人間――生きていようと死んでいようと、私という人間にある。

簡潔な表現、引き締まった文体、『詞華集』に収録されている墓碑銘――こういうものが私の好みだ。

私は作家ではない。自分が感じていること、耐え忍んでいることにぴったり合った言葉が見つからないのだ。経験と言葉との溝、その溝を埋めることができる能力、それが〈才能〉というものだが、私の場合、その溝は口を開いたままそこにあり、埋めることも、ごまかすこともできない。悲嘆が私の生の常態、私は悲歌をうたうロボットだ。

私の場合、否定は一種の根本的な困惑に由来するもので、断じて推論にもとづくものではない。理屈は後から生まれて、否定を補強したのだ。あらゆるノンは、まずもって血のノンだ。

マクベス夫人、ブランヴィリエ侯爵夫人――私ごのみの女性。深く落ち込んでいるときは、残酷さに何か郷愁めいたものを覚えるものだ。

一九六一年五月二七日

モーツァルトの『レクイエム』。ここに漂う彼岸の息吹。こういう音楽を聴くと、宇宙には何の意味もないなどとどうして信じられようか。宇宙には意味がなければならない。かくも崇高なものが無と化してしまう、これは悟性のみならず心情からしても認めがたい。どこかに何かが存在しているはずだ、この世界には、実在性のかけらくらいは含まれているはずだ。生を贖う可能事の陶酔。幻滅に、苦い知のぶりかえしに心しよう。

熱狂状態のときでなければ私は書けないが、それでいて私は熱狂を避ける。「無関心」に熱中のあまり、私は不毛を余儀なくされている。

私が、ある確信を予感する。すると数しれぬ懐疑がたちまち視野に姿を現し、確信が明確なものになり、その名が明らかになる前に、確信を覆い、確信の息の根を止めるのだ……

私は行為など何ひとつ信じていない。それでいて、計画を企み、それをうまくやり遂げたときの満足感ときたら！

五月三〇日　昨夜、眠りに入る前、地球がただの点になり、いわばゼロの大きさになるのを、幻覚に捉えられたかのようにはっきりと見るにおよんで、つねづね思っていたことながら、こんな小さな、なきにひとしい空間の上で動きまわり苦しむことが、それより何より書くことが、どんなに無駄で愚かなことかあらためて知った。行為に没頭する、いや、ただたんに存在する、そのためには、自分の行為を外から眺め、思考によって地球と宇宙そのものを外から眺める能力、こんな有害な能力はもつべきではあるまい。

自分の時代を棄てた者、それどころか時代と歴史に背いた者、私が感心するは、こういう者だけだが、同じように私がある人間を尊敬するのは、その人間が自分の時代に離反しているその限りでのことだ。

ヨハネ黙示録の天使は、「もう猶予はない」と言って、「もう時間はない」とは言わない。

時間は内部から蝕まれている、その可能性はいままさに使い尽くされようとしており、持続を失っている——こう思いながら私はずっと生きてきた。時間のものである、この無能・無気力に、私はいつも満足と恐怖を覚えた。
（コメントすべし）

不安が消えてなくなったら、私には幽霊の実質さえあるまい。

麻痺してしまった私の病める意志、そいつを立ち直らせ、そのなすべきことを遂行させるために、私のはらった多大の努力！　だが残念なことに、私の意志は中枢を冒され、魔力に眩惑されてどうにもならない。意志はもう意志ではなく、どうしたいのか自分でも分からない。しかも私が一度ならず意志を悪の原理、この世のありとあらゆる異常事の原因と決めつけたとは！　意志を無力化し、武装解除し、解体する何か、悪魔に由来する何かが私を下へ引っぱるのだ。

生を物質から切り離し、いわば純粋状態において眺めてみるならば、生の例外的な脆さがよく分かるだろう。つまりそれは、空中の〈楼閣〉、不安定で、どんな支点もなく、どんな実在の痕跡もない。

私が支えも、摑まるものもなくしてしまったのは、たぶん生と一対一で、生を真正面から見据えるために、生を土台から切り離すことが度重なったからだ。

仕事の妨げになるもの、それはみないいものだと私は思うし、私の生きている瞬間は、どれもみな仕事からの逃げ口上である。

責任回避、どんなに取るに足りぬものでも、責任を取ることの恐ろしさ、自分を冷静に観察してみると、どうやらこれが私という人間の顕著な特徴のようだ。私は魂のなかの脱走兵。私が放棄をあらゆる点で知恵の特徴と考えるのは、理由のないことではない。

悲しみを「苦しみの後にやって来る夕暮れのようなもの」ときわめて適切に定義した人がいる。

可能事をデジャ・ヴュとして取り扱う不安は、未来の記憶のようなものではあるまいか。

私はすべてを悔やむどころか、私は生きている悔恨だ。私の血は郷愁に苛まれ、そして郷愁はみずからを苛む。私が苦しんでいる病、その病を癒す薬はこの世にはなく、病をいっそう募らせ耐えがたいものにする毒があるばかり。涙の信用を失墜させた文明を私はどんなにか恨んでいることか。泣くすべを忘れてしまった私たちは、みな万策尽きて乾いた目に縛りつけられている。

他人をあげつらうのではなく自分について考える——こうしてはじめて私たちは、「真理」に巡り逢うことができる。私たちの孤独にゆき着かず、あるいは私たちの孤独に発するものではない道、こういう道はどれも、迂回であり、彷徨であり、時間の浪費であるから。

存在を言葉で探すとは！——これこそ私たちのドン・キホーテぶりであり、私たちの本質的企ての妄想である。

自分に対する疑念に苦しめられ責め苛まれた人間がいたとすれば、それは私だ。一から十まで私はそういう人間だ。たとえば、雑誌に原稿を渡すと、すぐ原稿を取り返して手直ししたいと思い、それより何よりボツにしてしまいたいと思ってしまう。私は、自分の行為、自分の考えが何ひとつ信じられないのだ。自分への不信、それが私の確信であり、この不信によって、私の能力にとどまらず、存在の根拠や理由までもが疑わしいものになってしまうのである。私はまさに不安の固まり。こんなていたらくで、私に何ができただろうか。こんな当惑状態で、どんな些細な行為、どんな当たり障りのない考えさえどうして決断できただろうか。

ド・クインシーの言う「人間の顔の恐怖」、私はいままでずっと、この恐怖を感じてきた。繁殖する、この烏合の衆、跳ねまわっている、この小怪物、こういうものから私たちを解放してくれるのはだれか。例外なく生殖の汚物から生まれ出た、この小怪物どもは、その面貌に出生の恐怖をさらけ出している。親というものが存在しうるとは！

「……死語について与えることのできる最良の定義、すなわち、そこには間違いを犯す権利がないという事実によって、死語は死語と識別される。」(ヴァンドリエス)

私はもともと軽佻浮薄な人間だった。ところが、さまざまの苦しみが降りかかり、そのため深刻にならざるをえなかったが、私には深刻なものに向いた才能はまるでない。

私たちの未来に避けがたい災厄、その災厄が私にはじかに感知できるものだから、現在に立ち向かう力をいまさらどこに探したものやら分からない。

神々に見捨てられてしまったとき、もう自尊心のほかには頼るもののない人間、かかる人間は呪われてあれ！

私たちが完全に自分に立ち返る、究極の孤独、これを除けば、私たちは欺瞞の生活を送っており、私たちは欺瞞そのものだ。

死を忘れると、私はいつも決まって、自分の内部のだれかをごまかし欺いているように思ってしまう。

散歩の折り通行人を目にすると、自分が彼らとはまるで縁もゆかりもない者のように思われ、あの世で見た悪夢でも思い出しているような気持ちになるほどだ。本来の意味でも比喩的な意味でも、私にはどんな呼称も似合わないし、よそ者という呼称ほどにも私の気持ちをそそらない。私は祖国なしに生まれついた。私がどんな祖国ももたず、あるいは自分の祖国を失ったとすれば、それはまったく「運命」のしからしめたことだ。

私が文章に並々ならぬ関心をもっているのは、そこに虚無への挑戦を見ているからだ。つまり、世界と妥協することができなかったために、言葉と妥協しなければならなかったのだ。

毎日、自分でも恥ずかしいと思うような同じバカげた妄想が現れるのを知る――これほど下劣なことはない。妄想の頻度、規則性、これはまさに懲罰と解釈しなければなるまい。そうでもしなければ、恥ずかしくてとても生きてはいられまい。

郷愁と不安――私の〈魂〉はここに帰着する。この二つの状態に対応するのが二つの深淵、つまり過去と未来だ。両者の間にあるのは、呼吸できるぎりぎりの空気と、立っていられるぎりぎりの空間。

もし文明が断罪されたものでなければ、それは醜悪なものだろう。

キリスト教については留保しなければならない点が私にはいくつもあるが、それでも一点――決定的に重要な一点において、キリスト教は正しいと認めないわけにはいかない。つまり、人間は自分の運命の主ではないということ、そして人間によってすべてを説明しなければならないとしても、何ひとつ説明できないということだ。私の考えには、悪しき摂理という観念がますます抜きがたいものなっている。もし人間のたどった度はずれな歩みを理解したいと思うなら、この観念に頼らざるをえまい。

彼は書くのを止めた、つまり、もう隠すべきものは何もなかったのである。

作家の世襲財産、それは彼のかかえている秘密、痛切な、口には出せぬ挫折だ。恥辱の醱酵こそ、作家の多産性の抵当だ。

一九六一年七月一七日

私の家系、そう遠くない先祖に狂人はいないかどうかを考えて午前を過ごす……

生の〈神秘〉は、あげて生への執着に、ほとんど奇跡的ともいえる意識の昏蒙にある。そのおかげで私たちは、自分のはかなさ、自分の幻想に気づかずにいられるのだ。

これらすべての西欧の国々——豊満な屍。

酔っぱらっているか狂人でもなければ、ありきたりの言葉で何でも表現できるなどとは思わないはずだ、と言ったのは、私の間違いでなければ、シエイエスだ。

作家たち——私に読めるのは、そのなかでも偉大な病者に限られる。つまり、どのページ、どの行を取っても、病んでいることが明らかな作家だ。私が好きなのは意図的につくられた健康であって、遺伝的な、あるいは後天性の健康ではない。

書いているとき、攻撃が終わり、呪詛が終わると、とたんに私は退屈し書くのを止める。

私がほんとうに生きているのは熱狂しているときだけなのではないか、そういう疑念にかられるときがよくある。熱狂が終わってしまうと、私はただ漫然と無気力に生きているだけだ。

フランス大革命以前の社会情勢に関する報告書をかなり読んだ。その結果、どの報告書からも、大革命が必然的で不可避のものであったことが分かった。また私は、大革命そのものについてもほぼ同量の報告書を読んだが、その結果——残念ながら、大革命を激しく呪った。

恐怖でたじたじとなるもの、そういうものはみな私の発奮材料だ。

N・J・Hが死ぬ。——友人の死を〈同化する〉ことはできない。それは私たちの精神の外にある新しい恐怖であって、精神の内部に入りこむことはないが、私たちの心には、無意識の悲しみのように、ゆっくりと染み込んでくる。

死はどれも、一切を問題と化し、私たちに、生をやり直すようにすべてをやり直すことを強いる。

あらゆる残酷な民族の例にもれず、スペイン人は優しい……

死の信じがたい厚かましさ……

世界など存在しないと思ったところで、不安はなくならない。

スペインと別れるのは自分と別れるようなものだと思う人がいるが、私もそういう人間の一人だ。

生にも、いや死にも存在しない何かへの郷愁が、そして音楽があの世への断腸の思いをかき立てる瞬間を除けば、この世の何をもってしても満たすことのできない欲望が私にはある。

私の生は、どの一瞬を取っても、懐疑と夢想のないまぜのようなものだが、私はここに、この出来損ないの宇宙の姿が写し出されていると思っている。ギリシアの懐疑派とドイツ浪漫派、どうして両者が同じ一つの魂のなかで結びつくことができるのか。熱狂のアポリアのただなかで苦しむことが……

私は、悲しみよりはむしろパンと水なしで済ますだろうと思っている。超自然の、とでもいうような悲しみ、それが私には必要なのだ。

どんなに天分に恵まれた拷問者にも考え出せないような不眠の夜がある。こういう夜を過ごすと、人は粉々になり、惑乱し、茫然自失し、記憶も予感もなくし、自分がだれであるかも分からない。このとき、日の光は危険なものでもあれば無益なものに、夜よりもずっと有害なものに見える。

九月二日　明け方の四時

眠れない。すべてが苦痛だ。私の肉体！　いましがたテラスに出た。どんな希望も悔恨もなく、こうして星を眺めたのは初めてのことではないかと思う。思考を伴わぬ絶対的知覚。たぶん、自分の骨のなかで演じられている劇について考えるのが、そしてまた昼との関係を永遠に絶つのが恐ろしいからだ。

九月五日　痴呆めいた朝、急性の中毒にかかったような具合だ。街に出る。目に映るものがどれといわず見ていられない。薬局で、とうとう堪えきれずに店員をどやしつけた。あらゆる人間に、絶望的で無益な怒りのたけをぶちまける。血管のなかに毒があって、どんな悪魔にもできないどえらいことを仕出かしてしまったように思う。
　私が自分を抑えられるようになるには、イギリス流の教育を長いあいだ受けなければならないだろう。ところがあいにく私は、埋葬にのぞんで人々がわめくような国の生まれだ……

　友人ニュネス・モランテによれば、すばらしい風景に囲まれた、サンタンデルの放牧地の牛は、悲しそうだった。
　——どうしてかしら、と私は彼に尋ねる、牛には、私の渇望するすべてのもの、つまり静寂が、空があるのに……
　——生きているがゆえに、*por ser,* 悲しいのさ、と彼は答えた。

　別の日、彼は私に、「労働者は自分の生活状態をよくしたいとは思っていない、支配したいと思っているんだよ」と言った。その通りかも知れない。

　また同じサンタンデルの放牧地の寒村。居酒屋で、数人の羊飼いたちが歌い出した。スペインは、西ヨーロッパで魂というものをいまだに失わずにいる最後の国だ。
　スペインがなし遂げたあらゆる偉業、また未達成に終わったものは、スペインの歌となった。スペイン固有の秘密、それは知としての郷愁、悔恨の知恵だ。

　生きる希望となるようなものを探し求めたとて詮ないことだ。解決策は生の外、生の上に、あるいは彼岸にあることを私は知っている。希望はどれもこれも無力にして無効、解答のどんな可能性もなく、また問いかけは、無益でないとすれば、有害、これこそまさにこの世というものだ。

　先日、あるイギリスの記者から電話がかかってきて、神と二〇世紀について私の意見を聞きたいと言う。ちょうど市《いち》に出掛けるところだったので、私はその旨を彼に告げ、そしてこんなとっぴな問題を論ずる気持ちにはとてもなれないと言い添えた。時代が進むにつれて、問題はますます品位を失い、時代の様相を帯びてくる。

　神、そして途方もなく卑俗なもの、私の熱烈な関心の対象になりうるのはこれだけだ。両者の中間にある重大な問題など、私にはありそうにも思われぬし、また無益なもののように思われる。

　チェーホフ——かつて存在したもっとも絶望的な作家。戦時中、私はピッキー・Pにチェーホフの本をよく貸してやったものだが、その私に重病だった彼は、お願いだ、もういいよと言った。それは、チェーホフの本を読むと病気に抵抗する気力が失せてしまうというただそれだけの理由からだった。

私の『概論』——エッセーに下落したチェーホフの世界。

私は曇り日が好きだ。いままでもずっとそうだった。雲を見るとほっとする。朝、ベッドで流れてゆく雲を目にすると、今日もなんとかやってみようという力が湧いてくるのが感じられる。ところが、太陽とはうまくいったためしがない。太陽とうまくやってゆけるだけの充分な光が私にはないのだ。太陽は、私の闇を目覚めさせ、かき立てるだけ。一〇日も青空がつづけば、私はほとんど狂ってしまうだろう。

人間はだれも自分とは別の人間になりたいと思っている。若いころ、私は行為を、ついで哲学を夢みた。行為に熱狂し、思想に絶望した。いったい私に何ができるのか。眺め、待ちあぐね、時間の破裂を待つほかに。

ホテルで、一五年間、私は屋根裏部屋に住んでいた。いまも〈アパルトマン〉で、相変わらず屋根裏部屋に住んでいる。いつも屋根の下に住んでいたのだ。私は最上階の人間、屋根の人間である。

蛮族に魅惑されてしまえば、〈文明人〉は一巻の終わりだ。〈文明人〉が他者の未来にとことん眩惑されて、自分を否定するものに期待を寄せるようになるのはこのときだ。

五世紀のサルヴィアヌスは、徳性はもうゴート族のほかにはないと思っていた。

文明人と蛮族とが、最後の〈釈明〉をする前に、対峙し合っていた、あの時代。

街での夕食、なんたる浪費！　翌日は仕事ができない。自分のした、あるいは人から聞いた話の余韻が残っていると、どうしてあんな熱烈な、そして無駄な話をすることになったのか、その理由をあれこれと、日がな一日おもい返してしまう。こうして、あの精神の汚点ともいうべき、支離滅裂の習性が生まれる。

あらゆるものが私に祖国を棄てるよう促す。でも、どうあっても棄てたくはない。

気違いじみた同情心、つまり私には、鉱物の苦しみさえ想像できるのだ。

すべてが存続してゆくのは、人間に絶望する勇気がないからだ。

〈訣別の形而上学〉を書くこと。

屠殺場に入るように眠りに入る。

自分の五人の娘を弁証家に育てあげた、あるギリシアの哲学者（ディオドロスだったか）は、娘たちに男の名前をつけ、使用人たちを、なぜならとか、しかしなどといった接続詞で呼んでいた。

言葉にもとづく至上権、同時に言葉のもつ専制の無視。

# ［一九六二年］

一九六二年一月八日

自己嫌悪の経験には限界はない。魂の負の無限のなか――底へ底へと落ちてゆく。

読んだり書いたりするのではなく、野外で生活し、手仕事をしたり、中庭や庭園の手間仕事をする――これが私の〈天職〉だった。実は、私が経験した最大の断絶は、一九二〇年に起こった断絶だった。そのとき私は、シビウのリセに行くためにカルパティア山脈の生まれ故郷の村を去らねばならなかったのである。あのときから四〇年以上の歳月が流れたが、それでも、あのとき味わった故郷喪失の苦しみは忘れることができない(1)。そしていまも形こそ違え、同じ苦しみを私は味わっている。

六二年一月一七日　二週間前、タバコをやめた。刑苦の二週間。今後は〈中毒患者〉にはずっと寛大になるだろう。

その後、またタバコを喫う……なんたる恥辱！

作家はだれも、自分の仕事に対するどんな些細な批判にも耐えられない。自分に対する疑念がありすぎるので、他人が自分に抱く疑念には太刀打ちできないのだ。

困惑を、耐えがたい不安を感ずることなく、また自分の能力と〈使命〉について根本的な疑念を抱かずに、私はただの一行も書いたことはない。明晰な精神の持ち主なら、ペンなど執るべきではあるまい――自分を苦しめたいと思うなら別だが。自信とは、〈神の恵み〉に与《あずか》っていることと同じことだ。神よ、私に自信を与えたまえ。回心は、もうこれ以上明晰さに耐えられぬからこそ起こるのではないか。それは、頻繁に過ぎる自己省察によって傷ついた人のやることではないか。自分を知る地獄、これは預言者もソクラテスも知らなかった地獄だ。

あらゆる孤独、「空《くう》」の、神の孤独でさえ、私からすれば卑小すぎる。私の郷愁には、どんな恐るべき要求がしみ込んでしまったのか。

あらゆる欲望という欲望を断ち切れ！――これが私の決意、私の絶対的欲望だ。

六二年二月一二日

いわゆる全体、その全体の埒外に自分はいるような気がする。私は呪われていたに違いない。私は魔法にかかっている。私は摑まえられているが、だれが摑んでいるのか。

もう何日も何週間も、ただの一語も書かず、他人とも自分とも一言も言葉を交わしていない。

今日の午後、流れてゆく雲を眺めていたが、雲が私の脳髄に触れ、脳髄を覆ってしまうように思われた。こんな状態からは抜け出さなければなるまい。祈らなければなるまい……

レールモントフ――私の好きな人間だ。結婚についての彼の考え……このロシアのバイロンは、幸いなことに、彼の影にかくれている他人のことを忘れさせてくれる。

懐疑家は、もっとも神秘的でない人間だが、それでも、ある瞬間以後、彼はもうこの世の人間ではない。

バッハの音楽を聴くと、すべてが仮象だなんてありえない、といつも私は思う。別のものがなければならないと。それからまた懐疑に捉えられる。

無名であるという強み、その自分の強みを、彼は鼻にかけすぎていた。

名状しがたい不毛状態。書くことが、計画を実行に移すことができない。ほとんど病気に近い、無味乾燥と虚しさの感じ。憂慮すべき兆候だが、私は、いわば徐々に野心を失いつつある。野心が活動の原動力であることは明白だ。

創造するためには、世論に敏感であることもまた必要だ。ところが、私ときたら、そういうものにますます関心をなくしている。そして憂慮すべきは、私の孤独が自尊心からなるものではなく、離脱と、自分をはじめとするすべてのものへの無関心からなるものだということだ。

人間はもう私の情熱ではない。この情熱は、鈍くなっただけなのか。そう希いたいところだが、分かりはしない。

知恵への不吉な移行……

死ぬ前、ソクラテスはクリトンにこう語っている、「不適切な言葉遣いをしてはならない。なぜなら、そういう言葉遣いは文法にもとるだけでなく、魂を苦しめるから。」

（アルヴェールの臨終の言葉と比較すること――なおリルケのコメントを引いておく、「彼は詩人だった、駄洒落が嫌いだった。」）

私たちの行為をとくと考えてみるなら、たとえどんなに高邁な行為も、ある点では非難さるべきもの、それどころか有害なものでさえあり、そんな行為をしてしまったことを後悔せざるをえないようなものばかりである。したがって、私たちに残されている選択は、実は行為拒否か普遍的後悔かのいずれかにすぎない。

ディヌ*の手紙に返事を出すとは何というヘマをやらかしてしまったことか。私が彼に返事を書いたのは——彼の孤独に同情したからであり、友達としての義務からだった。こと志に反して、私は彼の敵に武器を渡し、彼の破滅に手を貸したのだ。

* シオランの友人の哲学者コンスタンティン・ノイカ（一九〇九―一九八七）のこと。フランスでは、クリテリオン社から『現代精神の六つの病』（九一年）と、シオランとの共著『はるかな友』（九一年）が出版されている。シオランと交わした手紙が原因で、二五年の禁錮刑に処せられた。

マイスター・エックハルトの言葉。「もしおまえに明白な意志があり、力が欠けているにすぎないなら、神から見て、おまえはすべてをなし遂げたのだ。」

過ぎ去り、私が見ているうちに消え去ってゆく、この時間。私の悔恨、何もしないという悔恨、時間を埋めているのは悔恨ばかり。自分の無益さの痛切な自覚、これだけが私の実質的内実だ。

私の悔恨の本質、すなわち不安と恥の混じり合ったもの。

魂は死を免れないということを証明しようとするルクレティウス、自由に反論しようとするルター、両者が見せる執拗さ——その理由、その裏にあるものを探らねばなるまい。自己破壊の意志、屈辱を求める欲望。自分に向けられた暴力、どういう形のものにしろ、私はこういう暴力が好きだ。

市《いち》で、二人の太った老婆が話している。話しが終わろうとするとき、「安らかな気持ちでいたいなら、生活のいつものペースを守らないと駄目ね」と一人が相手に言うのが聞こえた。

サン＝セヴラン教会で、イタリアの合唱団によるパレストリーナの『ミサ・ブレヴィス』とカヴァリエーリのみごとな『エレミアの嘆き』を聴く。

この一六世紀の音楽に私はいたく感動する。それでも、私の注意は一瞬ゆるみ、そのほんのわずかな瞬間に、私はXを殴らなければと考えた……私の感動が純粋なものであれば、かえって、私はますますおかしな、いやらしい、下劣な欲望を抱くようになることに気づいた。いつでもどこでも出会うのは「恥」だ。

古い教会で覚える奇妙な感覚。何百年間というもの唱えられてきたお祈り、あのお祈りはみなどこへ行ってしまったのか。

お祈りが、それを唱えた人々のあとに、彼らの希望と不安のあとに生き残らなかったと考えるのは恐ろしい。

時間を無駄にできる者、「時間」の本質に近づけるのは、こういう者に限られる。まったく役立たずの人間。

取り返しのつかぬものとの出会いを延期すること。

一九六二年四月四日

悲しみが罪であることは知っている。だが私はどうすることもできない。悲しみを防ぎ、悲しみを克服するどんな手立ても私にはない。それに悲しみは、明白な原因が一つもないときは、みずからを糧とし、みずからを活力源にしている。実をいえば、悲しみは罪ではなく悪癖だ。それは習慣の結果ではあるまいか。だが、もしこの習慣に生まれついていたとしたら？

私の考え、私の書くもの、いずれもみな、凄まじいばかりの一本調子の跡をとどめている。ほかにどうしようもあるまい。というのも、私たち人間はみな出来損ないの宇宙に投げ出されているという観念が、私の場合、固定観念になってしまっているからだ。

私の場合、悲しみの可能性のすべてが悲しみになる。

仏陀のもっとも手強い敵の一人が彼のことをよく知っていた者、幼友達のたぐいだったことは、軽々には見過ごせない。私たちと同じように無名だった者に、どうして名声を（ましてや聖性を）認めることができようか。

人間のありとあらゆる欠点が私にはある。それでいて私には、人間のやることがどれもこれも不可解なものに見える。

「あらゆる山が本、あらゆる湖がインク、あらゆる木がペン――仮にそうだとしても、世界の苦しみのすべてを描き出すにはとても足りないだろう。」（ヤーコプ・ベーメ）

テラスでひとり陽を浴びていた。突然、すべては地下で腐り切って死に絶えると考えてぞっとした。死は許しがたい。
死ぬ厚かましさ……

自然にのっとった見方をすれば、人間はもっぱら外を向いて生きるように生まれついていた。自分の内部を見るためには、人間は目を閉じ、行為を諦め、大勢から逸脱しなければならない……いわゆる〈内面の生〉とは、私たちの生命機能の必然的な鈍化によってはじめて可能となった、遅れて現れた現象である。したがって〈魂〉は、私たちの肉体器官の犠牲においてはじめて出現可能だったのだ。
何ごとにも解決策を見出したことがない、これが私の強みだ。
実をいえば、別の文明、別の時代、たとえばインドに、ヴェーダの時代に生きていたら、私は幸福になれたかも知れない。中国、日本！
私の内部には東洋の土壌がある。この耐えがたい現代の世界から顔をそむけるとき、私がいつも決まって見出すのは、この土壌だ。
東洋、この時間なき世界、この絶対の田舎――私のありとあらゆる哀惜の対象。

はっきり決まっている仕事の開始を一日のばしにして、かっきり三か月が経つ。ところが、私はまさに始めることができない。私は書くすべを失い、言葉は私から逃げ去る。私は言葉に、あらゆる言葉に見放されている。

一九六二年四月七日
ハンガリーのジプシー音楽をラジオで聴く。もう何年もジプシー音楽を聴いていない。卑俗な悲しみ。トランシルヴァニアでの酒盛りの思い出。相手かまわず私を飲酒へと駆り立てた途方もない倦怠。中央ヨーロッパのあらゆる男の例にもれず、私は、ほんとうは〈センチメンタルな人間〉なのだ。

四月八日（私の誕生日！）五区内をさまよい歩く。エヴリーヌが住んでいたラトー街、一九三五年に一月《ひとつき》、私が住んでいたロモン街、それに私の〈青春時代〉を偲ばせる、あの古い街々、すなわちデュ・ポ＝ド＝フェル街、アミオ街、デュ・カルディナル＝ルモワヌ街の丘など。陰鬱な散歩、なぜなら、私は私の精神の喪の悲しみをかかえていたのだから。
誕生日の贈り物。ここしばらく、昔なじみの自殺の思いにまた付きまとわれているが、ほかでもない今日この日、私はその思いに捉えられた。ひるむな、まだ立っていよう。

いま私は、私の一番すきだった町シビウのことを、その町で経験した、すさまじい倦怠の危機のことを考える。人気《ひとけ》のない通りを、さもなければ、森を、野原をたった一人でよくさまよい歩いた日曜日の午後……あのころのことがこんなにも懐かしく思われるのは、その環境のためだ。私は根っからの田舎者だ。

情熱を爆発させることができたころ、私は絶望がどういうものか分かっていたつもりだった。だが、それがほんとうに分かったのは、あの感情の冷酷非情な枯渇を、自分のあらゆる能力の、あの恐るべき欠落を、おのが全存在の、あのまったき無を経験する羽目になってからのことにすぎない。

離脱において私にいくらかでも見るべきものがあったとすれば、それは私の精神の力によるのではなく惨苦による。自分の力によるより、むしろ余儀ないものとしての〈賢者〉。知恵というものが、何であれ何かを芽生えさせ花さかせるものなら、その知恵の果実が私にとって苦いのは、たぶんこのためだ。

一九六二年四月九日

賢者の教えが悲しみの克服に役立たないなら、賢者たちのものを読んだところで何になろうか。だが、悲しみを知らなかった賢者たちは、そもそも私たちに悲しみからの離脱の方法を示す立場にはいなかったのだ。

私たちの幸福、それはすべて執着から生まれる。私たちの不幸にしてもそうだ。「救済」も「滅び」も、その原因は人間にある。離脱は願わしいものだが、また不可能でもある。

キリスト教が隣人愛の代わりに「無関心」を掲げていたら、私たちの生活はずっと耐えやすいものになっていたであろうに。

苦難に遭っても敢然とそれに立ち向かう唯一の方法は、この世において私たちの身に降りかかるあらゆる事態は実際は無であり、あらゆるものは、私たちの苦しみさえも、跡かたもなく消えうせてしまうと考えることだ。

たぶん狂気とは、もう進行しない悲しみにほかならない。

数日来、サン゠セヴラン教会で聴いたバッハのモテト『イエス、わが喜び』が頭にこびりついて離れない。私の生活で、音楽がまた重要なものになりはじめる。つまり、慰めの必要に迫られていることのいつもながらの兆候。

また禁煙。今夜、目を覚まし、タバコ憎さのあまり、起き上がって、残っていたタバコの箱とパイプ、それに世にもグロテスクな中毒の小道具一式をたたき壊した。

意志で習慣を棄てようとしてもできない。習慣を棄てるきっかけになるのは、どれだけその習慣にうんざりしているか、その程度いかんであり、嫌悪と苛立たしさだ。好きだったあげく憎むようになったもの、私たちに克服できるのは、こういうものに限られる。

……こんなことをいまさら言い立てるのは、私の世界嫌悪が不充分であり、本物とは言いがたいからである。

自分は無だと思っているのに、どうして何かであろうとするのか。あらゆるものは虚しいという明白な事実、この事実の反証となる論拠には、どんな本にも絶えてお目にかかったことはない。

人間は自分がいかに取るに足りないものであるかを知らないが、実はこれが人間の救いである。呪詛あるいは特権というべきか、私は、自分の、そしてあらゆる人間の無を目くるめくまでつねに感じていた。

私の場合、悲しみは常態になってしまったが、これは私の〈救い〉の大きな障害だ。そして悲しみがつづき、私が悲しみから逃れられない限り、私はこの世の惨苦から自由にはなれまい。悲しみは私たちをこの世から切り離すが、またその分、私たちをこの世に執着させる。これが悲しみの逆説だから。悲しみ、悲痛と悲嘆の自己満足。

生命が目障りである、この宇宙で。

一九六二年四月一〇日

困惑してうすら笑いを浮かべている〈外国人〉らしい男と、こわばり、憔悴した女がベンチに座っている。彼らの前を通りすぎたとき、「終わりね」と言う女の言葉が聞こえる。

これこそまさに、彼女の顔から私の期待していた言葉だ。

復活祭

攻撃するためか、嘆くためか、これ以外には私には書けない。暴力と悲しみの泉が私のなかで涸れてしまったら、私はペンを永久に棄てるだろう。

ヘロドトス――彼の書いたものを読むと、ルーマニアの百姓が〈議論している〉のを聞いているような気持ちになる（ヘロドトスがスキタイ人の住む地方に赴いたのは、それなりの意味がある）。

「なんぴとにも新語を作ることは許されぬ、君主とて許されぬ。」（ヴォージュラ、一六四九年）

フランスをサイクリングして回り、何か月も旅に出ていたころ、思い出せば、田舎の墓地に足を止めて一服つけるのが私のまたとない喜びだった。

私には才能以上のもの、悔恨の本能がある。

……〈Hope without an object cannot live〉*――（コールリッジ）

＊「目的のない希望は生きられない。」『希望なき仕事』（一八二八年）所収。

私よりも本質的に孤独な人間がいるとは思わない。

郷愁——私の日々の鎮痛剤にして毒。私は異郷に文字どおり溶けている。私がどんな楽園を渇望しているかは分からない。私には「除け者」の旋律とリズムがあり、そして私は、自分の狼狽とこの世への追放を口ずさみつつ生きている。

もし悲しみの純粋な〈論理的な〉展開で狂人になれるとすれば、私は、とうの昔に気がふれていただろう。

もし苦しみが生の本質なら、生からの解放を試みる者がほとんど存在せず、救済の探究がかくも稀なのを、どう説明したらいいのか。生の本質は、生への執着、つまり生そのものだ。この執着の帰するところは苦しみだという事実、人はだれもこの事実を認めはするものの、この事実から結論を引き出そうとはしない。「解放よりは苦しみを！」、実はこれが人間の叫びだ。それというのも、解放が空疎な喜びにすぎないのにひきかえ、苦しみはいまだに生の一部であるから。

仏典に繰り返しあらわれる表現に〈生誕の深淵〉というのがあるが、こういう言葉を一つの明証性として、あえて使おうとする人間は西洋には一人もいない。だが、生誕はまさに深淵、奈落の底だ。

無能と無気力が、そして衰弱がきわまり、自分を軽蔑する気力さえうせてしまい、要するに、われながら自分がうとましく、こんな人間など願い下げだと思っている、その折りも折り、私は苦心惨憺してエッセーを……栄光についてのエッセーを書いている[2]。逆説もいいところだ。

無垢、無垢——無垢なくして人は生きられない。

悪魔は懐疑的ではない。つまり、否定はするが疑はない。人間に懐疑をそそのかしてやれ、そう思うことはあっても、ご本人は懐疑とは無縁。悪魔は積極的な精神だ。なぜなら、あらゆる否定には活動が含まれているから。

懐疑の深淵とは言えても、否定の深淵とは言えない。

懐疑派の立場は、悪魔のそれよりも快適ではない。

自分の書くものに名前など書きそえるべきではあるまい。真実を求めているとき、名前などどうでもいいではないか。重要なのは、つまりは無名の詩と思想、文学以前の、いわゆる〈誠実な時代〉の作品である。

マイナーな作家に限って、絶えず自分の作品の運命について自問する。本はみな滅びる。滅びないのは、本質的なものの追求だけだ。

人間的事象を、やや高みから眺めてみる。すると、その悲劇性などたちまち雲散霧消してしまう。事実、悲劇は行動人にとってしか存在しない。

私の苦しんでいる病、その正体が日増しにはっきりしてくる。つまり、仕事ができず、絶えず放心し、一時間も努力するとたちまち疲労を覚える——要するに耄碌だ。私の早発性老衰のさまざまの兆候、これにはとうの昔、もう三〇年も前に気づいていたが、それほどまでに、私はいつも明晰だったのだ……

私の自分自身に対する不満は、宗教に似たようなものだ。

五分ごとに、ま、体裁よく言えば一時間ごとに、私は、仕事をする理想の場所を探しているかのように、テーブルを替え、椅子を替え、部屋を替える。自分のいる場所が、一向にしっくりしないように思われるからだ。このおかしな落ち着きのなさに、私は言いようのないほど困惑している。根気のいる仕事に嬉々として勤しめる歳になりながら、こんなていたらくとは！　こうして生きているよりくたばったほうがましだ。(一九六二年五月七日)。

悪魔が懐疑派ではない証拠は、時代の流れのなかで悪魔に与えられてきた役割を見れば明らかだ。もし悪魔が懐疑を楽しみ、あるいは人間を懐疑派に改宗させようとしていたなら、悪魔の重要性は、いちじるしく減じていたことだろう。悪魔に割り当てられたのは悪の世界で、それは懐疑の世界などよりはるかに広大なものだった。悪魔は、ただ少数の人間の疑念を大切にするだけではなく、全人類を支配する。それに懐疑は、人間を行動に導くどころか逆に行動から遠ざける。つまり、懐疑を賛美し、懐疑を宣伝する者の影響力などタカが知れているのだ。一方、否定は、いずれにしろつねに行動の共犯者だ。〈つねにノンと言う者〉は、懐疑主義から遠いこと、ほとんど天使に異ならない。けだし、悪魔が元天使であるのは、それなりの意味があることなのだ。

もう愛など信じてはいないのに、それでも愛することはできる。それはちょうど、確信なしにも戦えるようなものだ。だが、いずれの場合においても、何かが壊れている。ひび割れが様式代わりになっている建物。

どんな主題も、私にはわざわざ論ずるまでもないもののように思われる。そう思うのは、私の精神の欠陥が原因だが、この欠陥、仕方がないので、絶望的軽薄さ、とでも呼んでおこうか。こんな、自分を固定できない仕儀に立ちいたり、それでいて重病の偏執狂の、つまり、まさに主体の、いつも同じ、限られた円環からどうしても抜け出せない偏執狂の、ありとあらゆる兆候を見せているとは！

ちょっと気温が変化しただけでも、私のあらゆる確信とはいわぬまでも、私のあらゆる計画が巻き添えを食ってしまう。こういう世にも屈辱的な依存性に、私は絶望せずにいられないが、同時にこれによって、私が自由である可能性、そして自由一般について私に残るわずかな幻想は息の根をとめられる。もし「湿気」と「乾燥」のなすがままなら、気取ったところで何になろうか。もうすこしましな専制、別の手合いの神々が願わしいところだ。

悔恨は私の生命力、私の大きな資産だ。

私は何ものにも同調できないが、そのため現実と私との溝は、日ごとに深まるばかりだ。実をいえば、この同調不能は、私の内部で溝の生成、溝の発生が絶えず行われる原因である。

哲学において、またあらゆるものにおいて、独創性とは、つまるところ不完全な説明の謂にほかならない。

あらゆる独創的な見解は、偏った見解、意図的に不十分な見解である。

すべてが実在しないことは知っているが、私にはそれを証明するすべがない。

哀愁に満ちた人殺しの感覚。

すべてを、傍観者の役割をも断念すること。

どんなつまらぬ本だって書ける——これが私には分からない。だが……

本質的でないものにはもう追随することができず、そして書くことが労役に、それどころか試練に帰着する——こういう時がやってくる。

一九六二年五月三一日

私の気分はいつも陰鬱だが、その原因は、私に仕事ができず、無駄にした日々を眺めては、曖昧な悔恨の雰囲気のうちに生きているところにある。私が自分について抱いていたイメージ、そのイメージに私は背き、自分にかけていた期待のすべてを裏切り打ち砕いたのだ。

人間は、神々の加護のもとに——神々と協力して生きるべく創られていた。自分ひとりになった人間には、何か恐るべきものと同時に哀れを誘うものがある。打ちのめされた怪物。

自分の能力や才能を越えるような創造をやってのける者がいるが、そういう者を創造に駆り立てるのは、口に出しては言えないような情熱だ。自分の力量のほどを見せてしまったのに、なお懸命に努力して自分を越えようとする人間、こういう人間を私はだれといわず羨み、そして軽蔑する。作家の（そして作品に手を染めたあらゆる人間の）不幸は、しかるべきときに立ち止まるすべを知らないことだ。

屋外で肉体労働をし、山野を動きまわってまめまめしく家畜の世話をする——私はもともとこういう人間であって、部屋に閉じこもって〈仕事〉机にしがみつき、永遠に白いままの紙の上に身をかがめているような人間ではなかった。

私たちは、絵画の世界から人間が姿を消してしまった時代に生きている。人間の肖像も顔ももう描かれることはない。この過程は避けがたいものだった。いずれにしろ、人間の顔からはもう何ひとつ引き出すことはできなかった。顔はその秘密をさらけ出し、その表情はもうだれの関心も呼ばないのである。

絵画はほかの芸術より進んでいるのだろうか。私たちが迎えている転換期をほかの芸術よりも鋭く感じ取っているのだろうか。人間の顔が消滅してしまえば、人間の出番など来るはずもないのではあるまいか。

どう考えても、現代は私たちが想像する以上に重要なものなのだ。

ヘーゲルの書簡を読む。ひどい落胆！　哲学と私との決裂が決定的に深まる。それに、「教授」の手紙を読むという見下げはてた了見！

昨日、六月三日、日曜日、コンピエーニュからパリに戻る車中でのこと。正面に、娘（一九ぐらいか）と若者。私は娘に、彼女の魅力にそそられた興味を、何とか抑えようとし、仕方なしに、死んで腐りかけた死体の彼女を、すっかり腐敗した彼女の目を、頬を、鼻を、唇を想像してみるがうまくゆかない。私は彼女の魅力に捉えられたままだった。生の奇跡とはこういうものだ。

自分の思想を実行に移さなければならない時がやって来るときがある。私はいまだかつて、自分の思想にまったく矛盾するような生き方をしたことはない。にもかかわらず、いつか自分が思想に順応し、思想から最後の帰結を引き出すのを恐れている。というのも、私の思想は、私を排除するものだから。

私は一七歳のときから懐疑の病を患っている。それに罹れば、私より頑健な者でも死んでしまうような病だ。だが私には、力の代わりとなる弱さが、生に対立するものなら何でもよしとする、あの執拗な弱さがある。

また風邪をひく。一年に半年、風邪をひいている！　『鼻づまりの現象学』——博士論文のみごとな表題……
頭痛はないが頭痛以上のものがある。つまり、脳髄につねに感じられる重苦しさ、精神に聞こえる陰鬱な音。

国立劇場で『幽霊曲』（スウェーデン語による）を観る。ストリンドベルイ、生のおぞましさについて私に教えるものをいまだに持っているはずの数すくない一人の人間について、私がかくも無知なのは許しがたい。

怒りから自由にならない限り、〈完徳〉にはほんのわずかでも近づくことはできない。ところで、私は何をしても、すぐ怒りにかられる。はしたないとはよく分かっていても、どうにもならないのだ。かりに——私が怒りにかられぬようになり、私の〈発作〉によって不可避的にゆき着くはずの結論を引き出さないようになるとする。私が何か取り返しのつかない行為をやらずにすんだとすれば、それはすべてのものは虚しいという固定観念のおかげだ。なぜなら、私が怒りを、なかんずくその連続を抑えることができたのは、そんなこと何になる？　と幸いにも考えることができたからにほかならないから。

もし私に何か確たる信仰がもてていたなら、私のかかえた問題はすべて解決されていたことだろう。だが、信じることは（私の言う意味は、神秘思想に帰着するような信仰のことだ）、私の能力外のことだ。というのも、ほんとうに信じることとは愛することであり、そして私は愛することができないからだ。私にしても熱狂し、賞賛の、いや崇拝の発作にかられることはある。だが神への、あるいは被造物への、あの熱烈な信仰心《フィデリテ》となると、漠然と理解し身にしみて感じたことさえあったにしても、私には人に擢《ぬき》んでるものがあるとは言えないだろう。これは認めなければならない。

六月一三日　一〇時間眠ったあと、あらゆるところに重苦しさと苦痛とを感じて起き上がる。だれにしても、また何ものをもってしても私の不快感の流れを変えることはできない、私を支配する必然性は微動だにしない〈不壊《ふえ》なるもの〉であり、そこから逃れようとしても無駄であり、それによって私には一切の自由が奪われていると確認するその限りでのみ私は自由であるにすぎない——この思いをこれほど思い知ったことはない。私が自分の〈運命〉を忘れようとしても無駄であり、私は自分のあらゆる苦しみによって再び運命の手に落ちる。かくて私の驚きがまたきざす、健康でないのに、どうして自由が信じられるのかと。

運命という観念は、病者の観念だ。
私は作品を残すつもりはない。自分から出られぬように運命づけられた者、私はこういう者の一族だ。

感覚の強度だけで才能が与えられるなら、私はひとかどの人物だったかも知れない。だが……

ジュール・ルメートルの書いたいくつかの〈肖像〉を読む。ユゴーの肖像はみごとだ。ロシュフォールのそれも。現在ではもう読まれていない批評家にこんなにも繊細なところがあるとは。――読み進めたところ、残念ながらピエール・ロチについて書かれたくだりを読むはめになる。やれやれ！　ロチは並みでない偉人のように描かれていて、バルザック、シェークスピアほどではないにしても、彼らに並ぶ者として描かれている。開いた口が塞がらぬとはこのことだ！　これは、一批評家のみならず、あらゆる〈三文文士〉にとっても、謙譲のまたとない教訓だ。〈名声〉なるものを信じるには、それこそおめでたいところがたっぷりなければならない。

人間のすることは、私にはどれもこれもわざとらしい無益なものに思われる。私の気にいっているのは動物だけ。会社に出勤する、この猿とは、なんとバカげたしろものか！　部屋に閉じこもり、何時間となくデスクについている――そうだ、最低の動物でさえ、人間よりはずっと真実に近い。
自分にはかかわりはないし、自分の心配事にも、あるいは自分の存在そのものにも共通のものは何もないことに忙殺されて日々を送っている役人、あの呪われた種族を思うとき！　現代の生活では、自分のなすべきことを、なかんずく自分のしたいことをしている人間は一人もいない。そしてまた農民が姿を消しつつあることを思うとき！　何をもってしても、私を人間の未来と和解させることは断じてできまい。

病気を前にしても持ち堪えられるような自尊心はない。病気にぶつかれば自尊心は崩れる。
私たちをたしなめ、現実に立ち返らせ、私たちの思い上がりを打ち砕くのは病気だ。絶えざる屈辱感。というのも、病んでいるとは、ある不可視の力の平手打ちを休みなく受けているようなものだから。

他人を道徳的に批判するのは、ほとんどつねに卑しさのしるしである。私たちの行為を吟味する権利、その権利をもっているのは神々だけだ――いや、それも怪しい！

六月一七日　日曜日。眠れず五時半ごろ起きる。リュクサンブール公園のまわりを散歩。澄みきった光、つまり朝の光があるのみ。日がたけると光は堕落する。

謎めいていて取るに足りぬもの、深遠にして無きにひとしきもの——私にとって生とはつねにこういうものに思われた。茫然自失を誘う瑣事。

五日前からアンギャンで湯治をしている。神経が昂り、眠れない。ちょっとした治療を受けただけでも体調が狂ってしまう。養生とは、別のやり方で病気になることだ。

マンハイムのバッハ合唱団によるバッハのカンタータ一八九番と一四〇番を聴く。途方もない鎮静感、そして泣きたい気持ち。

私は数知れぬ懐疑を経験したが、そのあげく私の立てた手柄といえば、私たちの内部のほかに現実はないということを発見したことだ。

私の〈哲学上の〉立場は、仏教とヴェーダーンタ哲学の間のどこかにある。

だが私は、私の〈外観〉のどこを取ってみても、西洋の人間である。外観からだけか。いや、欠陥からしてもそうだ。私が一つの体系を選ぶことができず、救済の一つの定義ないし形式に固執することができないのは、この欠陥による。


悲壮な語り口、私に向いているのは、実はこういう語り口だけだ。ほかの語り口を使うと、とたんに私は退屈しペンを放り出す。

『パンセ』を再読したあとで、ラス・カーズの『セント・ヘレナのメモリアル』にまた没頭する。パスカルとナポレオン！一方を味方とし他方を敵として闘う必要が私にはあるのだ。

私は間抜けだ。とっくの昔に、この世の何かくだらぬものに宗旨を変え、かくておのが生を断念し、おのれ自身と縁を切るべきだったのだ。

私の精神は私の感受性の水準に達していない。

自分から離脱しようとしても無駄であり、私は、自分のさまざまの病によって、どうしても自分に引き戻されてしまう。つねに自分自身と出会う病、自己同一性の病——もしこの病を知っていたなら！

セント・ヘレナ島で、時折、ナポレオンは文法書を繙くことがあった……すくなくともこの点で、彼は自分がフランス人であることを証明していた。

いま私は書くことができない状態だ。「語」は、私のぶつかっている壁、私の前に立ちはだかり、びくともしない。だが私は、自分が何を語りたいと思っているかはよく知っており、自分のテーマを所有しており、全体の構図も分かっている。ところが、私には表現方法が欠けていて、どうしても「言葉」の障壁が突破できないのだ。こんな麻痺状態、あまりのことに書くことに絶望し、それどころか嫌悪すら覚えるほどの麻痺状態は、いまだかつて経験したことはない。なぐり書きをはじめてもう半年になるというのに、満足のゆくものはただの一ページも書いていない。もうこれからは、インド哲学など一行たりと読まないことにしよう。私をこんなていたらくにしたのは、〈行為の果実の断念〉についての省察なのだから。もし私が何かをやり遂げてさえいたら！　ああ、私の行為放棄は、私の意志そのものに先立つのだ！

　何かをするためには、知恵はどんなたぐいのものにしろ、私はこれを自分の義務とすることを断念しなければならない。自分の本性に際限なく逆らうことはできない。その本性を、私は賢者になろうとして、おろかにも、また無益にもねじ曲げているのだ。自分を克服するのではなく自分を爆発させる――私はそのためにこそ生まれついた人間だ。

自分の意図が半分しか達成できない――これが私の星まわり。私の場合、すべてが欠損状態。私の生き方もそうだし、書き方もそうだ。断片人間。

　もちろん、私は多くの苦しみをなめてきた。けれども私の苦しみは、一つの中心に収斂して、体系とはいわぬまでもすくなくとも一つの全体に組織されるどころか、ばらばらになってしまった。それぞれが自分を独自のものと思い込んで滅ぼし合い、時を待って成熟するすべを知らなかったからである。

　私が幸福になれるとしたら、時間の意味が存在しない世界に限られるだろう。こういう利点が私の生まれた国にはあった。私の国の教会には――おそらくいまもそうだと思うが、掛け時計はなかった。要するに、人々は――すくなくとも田舎では、時というものを知らなかった。時間を計る――おそらくこれは、時間そのもののみならず人間に対する侵害である。私たちが何かを分析すれば、その何かはたちまち私たちによって汚される。精神とは冒瀆者そのものであって、時間にしても魂にしてもそのままにはしておかない。反射しない眼差し、幸福はここにしかない。

　実現できそうもない企てに手を染めてしまった。なにしろ〈栄光〉について書くという企てなのだから。――だいたいテーマが私にはなじまない。数か月も考えたのに――まったく徒労。成果はゼロ。それに取り組むこと自体が不愉快な問題、私にはこういう問題をあげつらうことはできない。しかし一方では、無関心だの離脱だのをつねづね話題にしていることにもうんざりしているのだ。私は無関心な人間でもなければ、離脱した者でもなく――ただの無為症患者だが――しかし無為症は、離脱とは別のものだ。

また私は、一方では、ある種の活力を、それどころか効率をも渇望しながら、その一方では、努力としては、世界からの離脱の努力しか認めない。私は、この対立・葛藤に引き裂かれ、それを解消することができない。矛盾・対立した二つの性向、両者を和解させることは不可能だ。両者を代わるがわる――いささかなりと超然と、あるいはいやいやながら経験する――私に残されているのはこれだけだ。

現代の絵を見ると、どんな絵についても例外なく私は〈顔〉が消えていてよかったなと思ってしまう。

私を執拗に攻撃するのはどの神か。

失墜――私に魔術的影響をつねに与えた言葉――失墜のための熱狂。

昨夜、劇場でジゴロといっしょの……を見かける。頭にかつらでもつけていなければとてももつまいと思われる途方もない飾りつけをしていておぞましい限り。一晩中、その姿が取りついて離れない。彼女と寝るくらいなら、歯医者で一〇時間すごすほうがずっとましだ。

六月二七日　街で昼食。恥による清めの式。解放をもたらす汚れ。

自分自身に耐える方法が見つけられなかったのに、この世に耐える方法などどうして私に知ることができただろうか。病は、つねに私たちの内部にある。内部以外のところにそれを求めるのは、私たちがいまだに知恵の幼年期にいる証拠だ。

ノルマンディーのとある村で、葬式が行われている。一人の農民に事情を聞いてみる。「まだ若くてなあ。やっと六〇かそこらだろうよ。畑で死んでいたんだがね。仕方がないよ。そんなもんさ。」そして何度となく「そんなもんさ」と繰り返すのである。これ以外に何と言えただろうか。死についてこれ以外に何と言えようか。「そんなもんさ、そんなもんさ。」取り返しのつかぬもの、それは人を痴呆にする。

私は、私の精神の最良のものをこの世で浪費した。これが私の永遠の罪だ。

ラテン民族なんてタカが知れたもの、私はラテン民族よりアングロサクソン人のほうが好きだし、もの書きの、イタリア、フランスあるいはスペインの女性など、イギリスの女性に比べればものの数にも入らない――昼食を摂りながら、あるイタリア人を相手に、私はこんなことを言ったことがある。「その通りだよ、と相手。自分の経験を語ったところで、どうということはないよね。何しろ自分の経験は、証人を前にしてすくなくとも二〇回は話しているんだから。」

ラテン民族は秘密をもたぬ民族だ。才能の欠如を臆病と自制で埋め合わせたアングロサクソン人。生において臆病でない作家には何の価値もない。

私は人間を行為ではなく存在によって判断する。何も書いたことのない人間、私はこういう人間に、私がいままでに近づきになり、そして軽蔑した、あれやこれやの著名な作家などよりずっと尊敬の念をいだくことができる。

自分の天与の才を活用したことのない者、偉大な浪費家、私が彼らに共感していることは申すまでもない。

いままで、私は窮地について語ってきた。もう語るまい。私は窮地にいるのだ。自分の砂漠のなかをもうほとんど先に進むことはできない。私は希ってもない不毛状態にあり、自分の最低点に追い込まれているように感じられる。私を救えるのは、天の恩寵だけだろう。それでも私は、恩寵を希う力を、あるいはすくなくとも恩寵を待つ力をもたねばなるまい。

インスピレーション皆無の状態、だれも私ほどにもこの状態を経験することはできまい。不毛の爆風にさらされて私の精神は荒廃し、すべては奪い去られ、私ひとり、一群の悔恨とともに取り残される。

七月一日　パリに二か月監禁されたあとで、田舎で日曜日を過ごす。樹木のように、われ関せず焉《えん》といった態度で成長し、樹木に劣らず寡黙であること。幸いなことに、樹木に倣うことは私にはますますたやすくなった。

自前の思想家は、現実について考える。そうでない連中は、問題について考える。精神ではなく存在につらつきあわせて生きなければならない。

時間をすっぽかした連中、〈鍵〉を発見したのは彼らだけだった。

パスカルとボードレール――真に情熱的だった唯一のフランス人。そのほかの連中は、計画的な人間か、さもなければ譫妄性患者だ。

フランス文学ほど知的な文学はない。私と深く通じ合うものがあるのはロシア文学だけだ。

私は文体という偏見からますます遠ざかりつつある。こんなにも長い年月、その偏見にとらわれていたとは！

冗漫さを恐れたあまり、その結果たるや惨憺たるものだった。つまり、私は書く意欲を失ってしまったのだ。

人間との関係で自分がいまどこにいるのか、すくなくともこれが私に分かっていれば……

「文体とは警句の書き方である」と言った者がいる。私にある唯一の文体は、ほぼこういうたぐいのものだ。

この、いま過ぎ去った瞬間は、もう永久に戻らないという事実に、私は恐怖で縮み上がる。時間を鋭く意識するがゆえの、この恐怖を、私は日に何度も経験している。

私が鍵を握っている問題、そんな問題などあったためしはない――いったい何度こういう思いにかられたことか！　ところが、何が問題であり、何が解決であるかを示さなければならないとなると……

万事にわたり人間の知識は神に劣らない、と唐突に思い、そしてまた同じように唐突に、この幻想から覚める。

私は救われていると思うときが稀にあるが、そういう瞬間を別にすれば、私の日々は、落伍者の、貧乏人の日々であり、悲嘆に暮れた痛ましい街娼の日々である。

私の〈思想〉は、私の意志との、私の意志の欠陥との対話に帰着する。

私の覚えている限り、責任を伴う一切の行動が私にはほんとうに恐ろしかった。権限の行使、これこそまさに私とは正反対のものだった。小学校でもリセでも、私は両親を動かして〈組長〉にならないようにしてもらったものだった。いまでも、私を頼りにしている人がいるかも知れないと考えたり、他人の〈生〉に自分は責任があるなどと考えたりすると気が狂いそうになる。結婚は私にはつねに、自分の倫理的な能力にそぐわない冒険のように思われた。

私は他人が好きではない。けれども私は、狂おしいほど自分に不満を抱いている。私が他人を嫌うのは、自分を嫌うその限りでのことだ。自分を嫌う者は、だれひとり愛さない。だが、自己嫌悪の糸のもつれを解きほぐし、その迷路に分け入るには、悪魔の明敏をもってしても足りない。

だれかを、あるいは何かを攻撃するために考えるという私の困った習慣！　精神を手段に闘いたいというこの欲求は、生活の上で敵意が満たされないから、いや、たんに臆病だから生まれるのではないか。ペンを手にすると、私には確かに勇気が湧いてくるが、それは敵を前にしては決して覚えることのないものだ。

無関心——狂人の理想。

タリアン夫人の伝記を読む。革命と帝国、ここにしか運命はない。

フランスの歴史——おあつらえの歴史。ここではすべてが——演劇的観点から見て、完璧である。それは演じられた歴史。観客向けの事件。千年間というもの、フランスが信じがたい現代性を享受し、不滅の人気を博してきた原因はここにある。

一時期、栄光の独占権を握っていた民族、世界の歴史が注目するのはこういう民族だけだ。

懐疑論者は悪魔の困惑の種だ。だれの味方でもない懐疑論者は、善にも、ましてや悪にも役立ちそうもないからだ。彼は何ものとも、自分自身とすら協力することはない。

一瞬、これを除けばすべては嘘っぱちだ。

現在の過去への変化、私はこの変化を、覚めた強迫観念をもって経験している。変化？　いや、下落だ。私は絶えずこの下落について、そして意味について考える。

一九六二年七月一三日

恐るべき夜。こういう夜を経験すると、私たちはすべてをやり直したい、生を学び直したいと思う。

嫌われ者の孤独、私にはその孤独がいつも妬ましかった。

七月一四日　戦争前、一年のこの時期になると、私は自転車でよくブルターニュへ出掛けたものだった。雨に降りこめられた、ブレア島、ラ岬、ポン＝タヴァン！　宿屋での女教師たちとの恋のアヴァンチュール！　当時、私は野外で退屈していたが、いまは部屋のなかで退屈している。

ロスカンヴェル、ロストレーナン、ロク・マリアケ（？）、リリアの砂浜、これらの名前だけが私に啓示できるなつかしさ、今後このなつかしさを私は経験することはあるまい。

眠り、この日々の無意識の療法によって、私たちははじめて気力を回復する。たとえ動かず横になっていたとしても、覚醒状態とは疲労であり、磨耗である。眠りによって私たちは、生命の無名の流れを取り戻し、固体化以前の状態に融合し、人格としてコスモスから分離する前の私たちになる。つまり眠りによって、私たちは再び宇宙の胚となるのだ。

それにひきかえ、私たちは意識によって私たちの本源を侵害する。私たちが意識に捉えられ、意識に執着している限り、私たちの救いはない。意識は、私たちの生を毒する原理だ。

美辞麗句を並べ、あるいは毒舌を弄する嗜好を失ってからというもの、書くことは私には刑苦だ。私が論証に退屈し、うんざりしてしまうことは別にしても、もともと私は、客観的真実をこととするような人間ではない。論証が嫌いなのは、人を説得する気持ちなどさらさらないからだ。他者とは、弁証家あるいは博愛家のための存在だ。

A・Gは、つい最近、私の〈作品〉について興味深い論文を「フランス文化」誌に発表したが、その彼への手紙がほとんど書けない状態だ。いったい、この賛辞はだれに向けられたものなのか。私はもうこれらの本を書いた者ではないし、私自身でもない。私についてのこれらの考察を、私は、見知らぬ人間についてのものでででもあるかのように、超然と、没我的な満足感を覚えながら読んだ。

シビウでの日曜日の午後。私はよく下町の通りをぶらついたものだが、そこには下働きのハンガリーの女と兵士たちがいるだけだった。私は死ぬほど退屈していたけれど、自分のことは信じていた。将来、自分がうだつの上がらぬ人間になるなどとは思ってはいなかったが、いずれにしろ、私の将来の上には、困惑の天使が舞っているであろうと思っていた。

どんなに奇妙に見えようと、私は街なかでしか寛げない。

私の内部で何かが砕け、そしてそれによって私の思考の流れと中途半端な生活のスタイルが決定されてしまったのは、いつだったのか、何歳のときだったのか、それは自分でも分からない。私に分かっているのは、この破砕はかなり早い時期に、青春期の終わりに起こったに違いないということだ。

ラシナリで過ごした年月を除けば、私は不安のなかで、不安の恐れのなかで生きてきた。私の幼年時代、王冠をいただいた幼年時代に似たものが、ほかのだれにあっただろうか、だれにあるだろうか。

カロリーネ・フォン・ギュンデローデ。私ほど彼女のことを考えた者はいない。私は彼女の自殺をむさぼった。

眩暈がするほど、あるいは吐き気を覚えるほど自分が信じられなくなると、それでも自分は、「涙」についてまるまる一冊の本を書いた者であることを思いだす。

断念のなかにしか、たぶん真の幸福はないのだ。この世を棄てよ！

私はつねに何かの終焉のなかに生き、どこに行こうと、どんなものにも必ず終わりはあると思いながら生きながらえてきた。だが実をいえば、この考えは何にでもあてはまり、どんな場合にも通用する。

老いるにつれて、自分はルーマニア人だとの思いはいよいよ強く、年月が経つにつれて、自分の出自への回帰と沈潜はますます深まる。そしてかつて自分があれほど呪った、あの祖父たちを、いまや私は理解し〈許して〉いるのだ！　そして世界的名声を得たのち、帰国して死んだパナイト・イストラチのような人間のことを考える。

あの古代の人々には、運命の有為転変について私たちとは比較にならぬすぐれたセンスがあった。敗北を絢爛豪華なものにしようとする心構えは並みはずれたものだった。

「努めてあなたの意識をとらえ、それを探ってみられるがいい。そうすれば、あなたは自分の意識が空《から》であることが分かるだろうし、そこに未来しか見出さないだろう。」どんな詩人も、このサルトルの言葉（フォークナー論に見られる）から逃れられまい。だが、この言葉が正しいとすれば、詩の存在そのものが訳の分からぬものになってしまうだろう。

一切のものの不条理性について語ろうとするとき、実に多くの人々が、自分では必要な語調を見つけ出せないために、必ずマクベスを引き合いに出すとは驚きだ。

私に興味があるのは、私の経験ではなく、経験についての私の考察だ。

「時空がなくとも、私は閉じこもっていられるだろう、
紙の饒舌な孤独とともに」（マヤコフスキー）

紙の饒舌な孤独とともに
なんと、私が言ってもおかしくない言葉だ。
私の場合、紙の孤独は冷たく、暗く、寡黙なものだ。

思い起こす限り、時間を過度に意識することこそ、私のつねに変わらぬ重大な疾患であり、時間は私にとって、強迫観念と苦しみの対象だった。時間の重圧は私から去ったためしはなく、それどころか、この重圧感は歳とともにつのる。私は、四六時中、何かにつけ時間のことを考える。時間は私を捉えて離さない。ところで、時間という観念を絶えず隠蔽し、時間を精神に現前させないという幸運に恵まれてはじめて、生きることは可能なのだ。私たちは行為によって、また行為のなかで生きるのであって、私たちの行為の枠組みによって、また枠組みのなかで生きているのではない。私にとって事件は存在しない。存在するのは、事件のあいだの推移、持続の流れであり、私たちの経験の間隔をなす、あの抽象的な生成であり、さらには、各瞬間の過去への失墜についての、あの明瞭な知覚である。私は、過去が作られてゆくのを見、消滅し、過ぎ去ったもののなかに沈んだ各瞬間の出資で、過去が厚みを増してゆくのを見る。かくていま私にあるのは、まったく新しい過ぎ去ったものについての、いま作り出されたばかりの過去についての感覚だ。

七月二三日

昨日、あの郊外電車のなかで、少女（四歳くらいか）が絵本を読んでいた。たまたま〈パッサージュ〉という言葉を目にして読むのを止め、その言葉の意味を母親に尋ねる。母親が説明する、〈パッサージュ〉というのはね、走っている電車のことだし、通りを通ってゆく人のことだし、吹く風のことなの、と。とても利発そうな少女は、分からないらしい。たぶん、母親の挙げた事例が具体的にすぎると思ったのだ。

きのうの朝、市《いち》へゆく（いつものように）。何を買ったらいいのかふんぎりがつかず、三周したあげく市を後にする。買う気をそそるもの、気に入ったものが何もないのだ。選択は、あらゆる点において、生涯、私の疫病神だった。

七月二四日

この陽の光、そして私の神経に染み込んでくる、この暖炉のなかの風。

かなり厳格な食餌療法をし、規則的な生活をはじめてから、いいことはこれといって何もない。不毛の五年、理性の五年。私の精神は、無秩序と何かの中毒があってはじめて機能するのだ。コーヒーをやめたのは高くついた。

考えないために、思想を追求したり究めたりしないために、私がどれほど努力し、さまざまの口実をデッチ上げているか、これに気づくと愕然とする。私は、おそらく本能的に、軽薄の技法を開発したのだ。

私のまわりの連中はみな何かを完成させる。予告すべきものが何もないのは、この私だけだ。そんなわけで私は、かなりつらい、あえていえば屈辱的立場にいる。だが私は、何かを（あるいは自分の意図を）達成する者を軽蔑している。そういう者から学ぶべきものは私には何もない。なぜなら、私の不毛は、私が彼らなどよりはるか遠くまで歩んだという事実によるのだから。

一九三七年ころ、「ヴレメア」*に発表した論文、〈Nimic n'a fost niciodată〉（何ものもかつて存在していたことはなかった）という言葉がリフレインのように繰り返されている、あの論文のことが唐突に思い浮かぶ。それにまた、この論文を車中で読んで、車窓から身投げしたいと思ったと私に打ち明けた、あのブラショフの友人のことが。

＊「ヴレメア」（時代）、両次大戦間のブカレストの月刊誌。[3]

一九六二年八月一七日

オーストリアで、おもにブルゲンラント州のノイジーデル湖畔のルストで、三週間を過ごしたところだ。この地で、私はほとんど幸福だった。体を動かし、歩く――私にとって幸福は、肉体の疲労にあり、思考不能に、意識の消滅にある。体を動かすことを止めると、とたんに私は、ふさぎの虫に取りつかれ、一切はまた不可能となる。

私は〈自然の子〉のままであるべきだったのだ。幼年時代を裏切ったために、私は何という罰を受けたのか！

孤独は私が大切にしている唯一のものだ。だが、独りになると――私は恐ろしい。

カルパティアの山村の生まれなのに、山にいると息がつまる。幼年時代には山の魅力が分かっていたが、いまはもう平原の詩情にしか心が動かない。

私は自分の精神を救うことができない。ああ、私の精神のなんと転落してしまったことか！

オーストリアに行って、自分が中欧の人間であることが分かった。かつてのオーストリア＝ハンガリー帝国臣民のあらゆる痕跡が私にはある。[4] フランスにいてアット・ホームな気持ちになれないのは、おそらくここに原因がある。

自分が抱いている主義主張の帰結からもう逃れられなくなるような時がある。内的必然性によるにしろ、あるいは逆説の精神によるにしろ、私たちが主張したすべてのことが、私たちの生の要素そのものとなってしまうのだ。このとき、私たちはみずから破壊した幻想を懐かしみ、幻想の再興を希うが、もうあとの祭りである。

私たちには〈魂〉があるとほんとうに感じられるのは、音楽を聴いているときに限られる。

自分の生の根拠を掘り崩すと、ただでは済まされない。おそかれはやかれ、理屈は現実になる。私たちが自分に向ける攻撃、これ以上に効き目のあるものはない。

〈*Ca timpul drag surpat in vis*〉*——このヨーン・バルブの詩句は、私の知るもっとも美しい詩句の一つだ。(*Oul dogmatic*)

* 「夢に見る、瓦解したかけがえのない時代のように。」『独断論の卵』中の詩句。ヨーン・バルブ(一八五九—一九六一)は、ルーマニアのモダニズム派のもっとも重要な詩人。

文学あるいはその他なんにおいても、私は「神秘」を好まないが、その理由は、すべてのものが私には説明不可能なものであり、というより、私が「説明不可能なもの」を生きているからだ。

よく考えてみると、私の感受性はロマン派のそれに似ている。つまり、私は絶対的な価値が信じられないから、自分の気分を世界とみなし、気分を究極的実在に代わるものと考えているということだ。

喜びには理由はない。悲しみにはゴマンと理由がある。悲しみがかくも恐ろしく、私たちが悲しみからなかなか癒えないのはこのためだ。

人間のものとも思われぬ絶望。

オーストリアは、もはやそれ自身の影にしかすぎないが、そのオーストリアのことが念頭を離れない。もっとも、私が愛着を抱いているのは、死の原理にひそかに支配されている国だけだ。私が、死を宣告されていることを知っていた「帝国」に生まれたのは、たんなる偶然ではない。

好むと好まざるとにかかわらず、苦しみはある。苦しみがなかったら、私は、あらゆるものは空《くう》なりという考えに完全に同意するだろう。

八月二三日

ロラン・ド・ルネヴィルが死ぬ。死は生を愛する者に襲いかかることに気づいた。彼の死は残念だ。この思いは今後いっそうつのるだろう。彼ほどにもフランス的で、しかも非フランス的な側面〈神秘〉への偏執、オカルティズムへの情熱など）をもった者は思い当たらない。

私の知性にしろ表現方法にしろ、私の感受能力、つまり私の苦悶に見合うものではない。

自分が苦しんだことを充分に自覚し、自分の悲しみを思い返すことができたなら！　幸いなことに、だれにもそんなことはできない！

『アドルフ』、『見出された時』、パスカル、ボードレール、これを除けば、私にはフランス文学は、一連の練習のように見える。私たちとはじかに血の繋がっていない、完璧であるにすぎぬ、あのすべての作家たち。

暖炉にきしむ風の音を聞いていると、エミリ・ブロンテの足跡をたどってハワースの荒れ地をそぞろ歩いたことを思い出す。そして私はコルヌアーユの荒れ地のことを思う。これほど魅力的な荒廃がこの世にあるだろうか。

音楽の、そして詩の代用品として本物にすこしの遜色もない風。風のよく吹く地方で、人々が自分たちのそれとは異なる表現方法を求めているとは驚きだ。

埋葬の唯一の有用性、それは自分の敵と和解できるということだ。

私の悲しみ——それは私の精神にのしかかり、その飛躍を妨げる死の重荷だ。ああ！　悲しみなしに私はどこへゆけようか！　だが、悲しみのため私は未来に目を向けることができない。悲しみ、それはまさに〈罪〉だ。なぜなら、私たちは悲しみによって宿命に、過去に、時間を不動のものと化すあれこれの事件に縛りつけられているのだから。

たとえ未来が死だとしても、未来に目を向けなければならない。

九月一日

昨日と今日、数時間、田園を歩く。私がさまざまの強迫観念から解放されるのは、歩いているときだけだ。横になり空を見ていると、すべてのものは虚しいとの思いに、私はたちまち茫然自失する。

私には人々に語るべきことは何もない。また人々が私に語ることに興味はない。にもかかわらず、私が人づきあいのいい人間であることは否定すべくもない。だれかといっしょだと、とたんに生き生きしてくるのだから。

もの悲しい性格の人、こういう人たちだけが悔恨に耽ることができる。もっとも、彼らは悔恨を育て、悔恨を楽しんでいるのだと付け加えなければならないが。悔恨のうちにうきうきと生きているのだ。

死んでしまった人たちのことをいつまでも嘆き悲しむことほど不毛なことはない。死者の顔を見てみたまえ。もう彼はこの世のものではない。私たちから顔をそむけ、まさによそを見ているのだから。

忘却不能、ここには一種病的な歪みと（いささかの臆病）とがある。悔恨もそうだが、切りのない未練は、生命力が干上がってしまったしるしだ。いずれにしろ明らかなのは、未練を断ち切れない者は、この世で果たすべきどんな些細な使命すら放棄してしまったということだ。

九月四日。　今日、数時間にわたって地獄の定義を探してみたが、満足のゆくものは一つも見つからなかった。もっとも、この場合、問題はキリスト教の地獄ではなく、神も悪魔も不在の、個人的経験にかかわるものだったのも確かだが。

パスカルの意に反して、〈慰戯〉には、凝縮されたもの、意図されたものという条件つきながら、予想以上の英知がある。

子細に考えてみれば、私には、熟慮にもとづく軽薄な精神だけが正しいものと思われる。生には、ふらついているもの、脆弱なものがあり、そしてさらに由々しいことには、宗教と悲劇をもってしては理解できない見せかけのものがある。人間の過度の重要視、この点に宗教と悲劇の罪がある。

私が生に不信を抱くようになったのは、一六のころだったに違いない。幻想を抱くにはまったく不向きの資質でありながら、よくも五〇まで生きてこられたものだとの驚きはいっかな止まない。

本を読めば読むほど——ああ、本の読みすぎだ！——ますます「そうじゃない」、〈真実〉は、怠惰からむさぼり読んでいるどんな本にもありはしないと思う。なぜなら、〈真実〉は、よそにではなく自分のなかに発見しなければならないのだから。ところが、私が自分の内部で出会うのはもっぱら懐疑、そしてこの懐疑についての考察だけだ。

いつか決定的に激昂の発作を克服することができれば、そのときはじめて、自分もまんざら捨てた者ではないと思えるだろう。

［あれこれと計画を立てて未来を楽しむ、そんな人々の能力

など、私の不幸を想像する能力には及びもつかない。]
私にとって不幸は、幻想の役割を果たしている。つまり、私はおのずと不幸を想像してしまうのだ。

もう私には友情は不可能だ。人間との一切の〈生の接触〉を失ってしまったからだ。いずれ私は、もう〈会話〉にしか向いていない人間になるだろう。だが、私が落ち込んだ、このまがいものの生活から抜け出そうとすれば、人間との関係を自分のために考え出さなければなるまい。

人間への愛着こそ、私たちのあらゆる苦しみの原因だ。だが、この愛着は私たちの内部に固く根ざしており、もしそれが緩むようなことになれば、私たちの存在のすべての構造が均衡を失ってしまうほどだ。

何か重要なものを、要するに一つの作品を創るためには、自分の使命を信じるか使命を自分に課さなければならない。この点は譲れない。だが、こういう信念、あるいはこういう意志をもつことは、すべてをもつことだ。

死を前にしては、可能な方策は二つしかない。つまり、ニヒリズムとヴェーダーンタ哲学。私の立場は前者から後者に移ったが、しかし両者いずれとも決めかねている。

この世界は非現実。これは事実だ、いや、それどころか明白事だ。だが、この明白事は答えではないし、私たちの生きる助けにもならない。

……真実が私たちの生きる助けにならなければならないのは、いったいいつからなのか。

私たちが一つのことを究めたとする。すると、そんなものはだれにとっても何の助けにもならないことがすぐ分かる。

おまえは裏切り者にすぎぬ――みずからの立場を裏切り、自分をすっぽかしたのだ。

騒音で気が狂いそうだ。とくにラジオの騒音ときたら、癲癇性の痙攣を引き起こすほどだ。見かけに騙されないでもらいたいが、文明とは騒音の製造であり、喧騒の組織化だ。不潔なばあさんでも、スウィッチをひねるだけで私たちの生活を耐えがたいものにすることができる――この事実は理解を越えている。技術は、だれにでも怪物の力を与えるのだ。

結局のところ、自然のほうがましだった。人間はもはや自分が作り出したものの主ではないし、人間の作品がますますもって有害なものであることが明らかである以上、原爆戦争こそ待ちどおしい！

怒りの発作を抑えつけると、いつも私は嬉しくなり、文字どおり得意然たる気持ちになる。だが、抑えつけられた怒りは仕返しをし、密かに私を苦しめる。

パリに一時滞在しているアメリカの出版業者から、私の〈事務所〉で私に会えるかどうか問い合わせの手紙が届く。私の事務所！　永遠に吐き気を覚えるものだ。

私の不安は私を越えている。それは私よりも大きく、私にはそれを言葉にし、一つの表現に圧縮することができない。ある〈事例〉の偶発事を越えた悲劇、自分がそういう悲劇の中心であるとの思いがますます強くなる。どんな人の内部にも、一つの世界——むしろ、世界そのものというべきだろう——が生まれ、そして滅びる。

「私には感情というものがもうさっぱり分からない」と言ったのは、ある狂女だった。ときに、いやしばしば、私はこの狂女のようになることがある。

「私と同じように考えない者は耄碌しているのだ」——これは、だれもが多少とも意識的に自分に言って聞かせている言葉だ。

結局のところ、あらゆる執着は例外なく苦しみの原因だ。執着などもたずに生きられる人は、なんと幸せなことか。孤独な者は、だれの死も悼まないし、まただれも、孤独な者の死を悼まない。苦しみたくない者、悲しみを恐れる者、かかる者は、人間から自由になればよい。

あの欠如と不毛の数か月、その〈成果〉がもたらせられればと希う。明らかに虚しい、この果てしない期待の期間、私たちがほんとうの自分であるのは、たぶんこの期間に限られており、この明らかな枯渇の期間においてのみ、おそらく私たちは内的蓄えを蓄積しているのだ。そう思わねばならない。いずれにしろ、情熱と活動の時期は、私たちの衰弱ないし活動放棄の時期に比べれば、無条件に不毛であり、未来を欠いている。

何をしているの？——自分を待っているのさ。

自分に不満である限りは、すべてが失われてしまったわけではない。

私の何よりの喜びといえば、太陽が爆発し、砕け、永久に消えてなくなってしまうのを目撃することだろう。だから、私がどんなにあせり、どんなにほっとして落日を待ち、落日を眺めていることか！

不思議なことに、老いてなお私たちは、もう一つの世界の可能性をあきらめずに考える。あきらめは、人間には絶えて見られぬ現象であり、人間はその本性からして、あるがままの、自然の悪、凡庸でつねに変わらぬ悪を受け入れるよりは最悪事を期待しがちだ。

齢《よわい》を重ねるにつれて、ニーチェの考えには、あらゆる点で、ますますもって同調できなくなる。狂気じみた思想家連中がますますもって厭わしくなる。彼らよりは、賢者や懐疑論者のほうが、どんな苦悩にも動ぜず、いきり立つことのない、典型的な〈非幻視者〉のほうがずっと好ましい。休火山を思わせる思想家、私が好きなのはこういう思想家だ。

あらゆる不幸は、外から見ると、些細なものに、あるいはわけの分からぬものに見える。もし生に耐えようとするなら、こういう光学を採用しなければならない。

仕事という行為そのものに障害物を積み重ねることにかけては、私ほど器用な者はいない。

九月一四日。

おれは宇宙の主！　あらゆる謎を解く鍵がおれにはある！と、だしぬけに思う。

この世に辛辣な目をそそぎ、自分など取るに足りないと思い、いつも無気力なのに、その私が、こんなにも強烈な、こんなにも不相応な眩暈を覚えるとは、いったいどうしてか。

九月二八日。

自分の考えの帰結をもはや回避できず、考えたことのすべてを実行に移さなければならなくなり、かくて自分のすべての考えが、すべての思いつきと同じように、経験に変わる——こういう時があるものだ。お遊びが終わり、試練が始まるのはこの時だ。

意識の零度、この近くにあってのみ私は幸福だ。

内面的に枯渇していると思えば思うほど、私はますます言葉の問題に熱中する。あらゆることに無関心の、好奇心をなくし、磨耗したもの書きのなれの果ては、文法学者だ。無意味な、そして名誉ある結末、常軌逸脱と絶叫のあげくの凡庸性。

自制はしてみても、私はつい「運命」という観念を受け入れてしまう。この世の恐るべき混乱を説明する上で、私は、この観念にまさるものに何ひとつお目にかかったことはない。この観念は、それ自体はなんの意味もないのに、私たちの苦しみに、また私たちが被っている、ありとあらゆる不公平に一つの意味を与える。よく考えてみれば、神を信じるよりは「運命」を信じるほうがずっと便利だし、またおそらくずっと有益である。

　プルタルコスの語っているところによると、紀元一世紀になると、デルフォイ詣での目的は、もはやしみったれたお伺い（結婚、買い物）を立てるだけのものになり下がっていたということである。

　神託がたどった運命は、精神の次元に確立されはじめる、どんな制度の研究にとってもモデルとして役立つだろう。制度の終わりは、きまって期待を裏切るものだ。――神託の凋落――教会の凋落。両者の平行関係は不可避だ。

　一つの作品が生きたものであるのは、作品が抗議である場合にのみ限られる。だが、作品の生命力になるものは、そのまま作品の脆さになる。なぜなら、作品を生み出した反抗の理由が、いつかは私たちには理解できないものに、あるいは無意味なものに思えるようになるからである。

　にもかかわらず、作品の名に値するあらゆる作品には、反抗の特徴があることに変わりはない。

　ブルターニュ地方の海浜で数日を過ごす。私は完全に孤独だった。海岸沿いにクロアジックからラ・ロシュ＝ベルナールまで行き、ヴィレーヌ川をさかのぼる。この完璧な孤独のなかで、私は一度ならず、原爆戦争のもたらす魅惑を思ったものだ、とうとう人間のいなくなった地球！

　嫌悪は一つの積極的状態、活力の証拠だ。ここ数か月、私が経験したのは嫌悪ではなく、無感覚だ。一種の陰鬱な無気力、ほとんど本能的な拒絶。あらゆるものから締め出されているということがどういうことか、お分かりだろうか。私の状態がまさにそれだった。私を感動させるものも、苛立たせるものもなければ、私を発奮させるものもなかった。魂の死！　これに比べれば、嫌悪は熱狂であり、活力である。

　私はすべての人間を判断し、すべての人間は私を判断する。もし私が他人の目で自分が見られるなら、私は即刻その場で消えてなくなるだろう。私たちはどんなに明晰であっても、自分を完全に外部から見ることができるほど明晰にはなれない。私は自分のことを、他人には知りようがないように知っているが、しかし他人が私のことを知っているようには自分のことを知らない。つまり、私は私自身の純粋で、公平な、そして実は無関心の傍観者にはなれず、自分の死を、自分とは直接かかわりない事件として想像することもできない。学ぶべきは、自分など捨てて死ぬすべ、自分の断末魔を、ある不思議な現象か、他人に降りかかった偶発事でもあるかのように、まったく客観的に考えるすべだ。

この歳になると、なぜ哲学者より歴史家の本を好んで読むのか、その理由がよく分かる。つまり、ある人物なり事件なりに関するこまごました事実がどんなに退屈なものだとしても、その結末にはどうしても興味をもたざるをえないからである。ところが残念ながら、思想には結末はない！

着想やひらめきがひきもきらずに湧き、気力も横溢して仕事に興が乗ってきそうだと思っているのに、夜会に出て、人前で、こんな思いなどなかったかのような顔をさらしていなければならない——これは最悪の事態だ。私の気分は、いつものけものにされる。そこで私に一杯食わせるのだ！　気分は指図どおりにはゆかない。

晩餐会で味わう退屈は、神への反証である。

他人への幻想を失ったあげく、自分自身への幻想を失う羽目になる。

死んだR。顔にはもう冷かしの跡は見られなかった。彼が生を情熱的に、ほとんどさもしいばかりに愛していたからだ。だが、彼ほど生に執着していない者は、死んでも、あざけりの笑みを、解放と勝利の笑みを浮かべている。彼らは死ぬのではない、死を棄てたのだ。

私の好み、私の欠陥からして、私は、崩壊する「帝国」に生きるべく生まれついた人間だ。第一次大戦前のウィーン、ここでのんびりと生きたかったものだ。

「海は私の聴罪司祭」——この、オーストリアのエリザベートの言葉が私はたまらなく好きだ！

私ほどにも愚かな〈センチメンタルな人間〉は考えられない。私は、中央ヨーロッパのありとあらゆる欠陥を——ある甘美な呪いとして、引きずっている。この呪いに対して、私は闘う気持ちも気力もない。

あらゆる問題はすでに論じ尽くされている。したがって、どのような問題、どんなに重要そうに見える問題にしても、問題に取り組むこと自体、厚かましいことであり、それどころかバカげたことである——私はこう固く信じて生きている。たとえてみれば、私は知性の領域から出てしまって、自然の力と直接かかわって生きているかのようであり、私自身が自然の一要素でもあるかのようなのだ。

ショーペンハウアー、あるいはルソーのような人間は、自分の説く教義に従って生きたわけではないから、インドでは決して重んじられはしなかっただろうという指摘があるが、けだし、これは当然の指摘である。私たちにしてみれば、彼らに関心を寄せる理由は、まさにこの点にある。ニーチェが成功したのは、彼が、自分では生涯一度も遵守したことのないさまざまの考えを擁護したという事実によるところが大きい。ひとりの病人、弱者、オールドミス専用ペンションの常連、私たちは、こういう人間が力の、エゴイズムの、遅疑逡巡などとは無縁の英雄の擁護者であって欲しいと思うのだ。もしニーチェが、自分の本で賛美している人間を地でいっていたら、とっくのむかしに私たちは彼に興味を失っていただろう。

自分のかかえる問題も病も解決できず、他人とも自分とも折り合えずに、気まぐれから、また不幸な巡り合わせから同じようにペテンをやらかす思想家、実は私たちが好むのは、こういう思想家に限られる。ちょっと悲劇らしく見せること、ちょっとした不誠実を不治のものとさえみせること、これこそ私には現代作家の顕著な特徴であるように思われる。

孤立した問題などない。私たちの取り組む問題がどのようなものだとしても、それは他のすべての問題を暗黙のうちに提起している。かくて、一見どんなに取るに足りないような問題も、実際はいずれも果てしのないものなのだ。私たちが勝手に加える制限、これを除けば、精神の拡大を妨げるものはなにもない。どんな問題も、いったん掘り下げると、たちまち錯綜したものになる。

若者の雑誌に目を通す。問題はもっぱら文学であって、直接の経験、体験した事実、あるいは個人の悲劇に由来するものは一つもない。話題はもっぱら、変わりばえのしない、おきまりの数人の作家に関するものだけ。ブランショ、バタイユ、〈深遠な〉ことをぶつくさ語る、曖昧で、饒舌な精神、鮮烈さもイロニーもない。

私の態度、私の虚しい怒りに接していると、「わしは何か恐ろしいことを仕出かすだろうが、それが何かは分からない」というリア王の言葉を思い出すと、Cが私に言う。

「世界の終わり」――これを思うとどんなにほっとすることか！　だが、私たちが真面目に語ることができるものといえば、予見可能で、確かなものでさえある「人間の終わり」についてだけであり、これにひきかえ、「世界の終わり」のほうは、ほとんど考えられそうにない。事実、物質の終わりについて語ることにどんな意味があるのかは分からない。なぜなら、はるか未来の終わりは、だれにもかかわりはないからだ。災厄が風景の、そして計画の一部になっている人間の周辺、ここに止まろう。

一九六二年一〇月六日　青空、この都市には青空は似合わない。サン＝ジェルマン大通り沿いの、クルマの汚らわしい行列。クルマに劣らず汚らわしい群衆。この光景のただなか、散りいそぐ木の葉は、過分の、現実のものとも思えぬ、心ゆさぶる一種の詩情をかもし出していた。この都市には、青空と同じように秋も似合わない。

孤独な人間を攻撃する。政治において、そしてすべてのことにおいて、これほど卑劣なことはない。

一〇月七日　田園での日曜日。横になり大地の匂いをかぐ。大地の上だけが私たちの憩いの場、疲労に打ちひしがれると、私たちは大地を求める。そしてその大地をわが身にひしと感じながら、私は、大地のなかで腐り果ててゆくのをそれほど恐ろしいとも思わなかった。私たちの疲労が大地を求め、大地の汚名をそそいでいるのはほんとうだ。

生を前にしての私の不安、一族から私のもらった贈りもの。先祖など厄介払いし、遠ざけ、お払い箱にしようとするのだが、一向に効き目はなく、彼らはがんとして退かない。それどころか、歳をとるにつれて私は、彼らの力は私にまさり、彼らと闘っても勝つ見込みはないということを、ますますはっきりと確認する始末。そこで私は自分の出自に舞い戻り、とりあえずそこに沈潜する。

ヴィトゲンシュタインの『日記　一九一四年―一九一六年』で、次のような言葉を読む。〈Die Furcht vor dem Tode ist das beste Zeichen eines falschen, d. h. schlechten Lebens.〉*

これは、私がずっと前に発見した（不幸にも自分のことを考えて）真実だ。

＊「死の不安は、いつわりの生の、つまり悪しき生の、最良の指標だ。」

この日の午後のこと。あるオフィスの、そう広くもないフロアに、数えてみると一八人の従業員。やつれた、醜い女たち。だが、私に必要なことを教えてくれた娘は、どう見ても農家の娘で、美人ではないが健康そうだった。この地獄で、彼女は何を探していたのか、どんな悪魔にそそのかされて田舎を捨てたのか。この薬局の有毒の臭い、それよりは牛の糞の匂いのほうが私にははるかに好ましい。鼻をつく病的な匂いがしたら、もうお手あげだ。鼻をつく病的な匂いがしたら、もうお手あげだ。人間に悪臭がする以上、人間とのかかわりは一切避けなければならない。

哲学や宗教で成功を収めるのは、人間に迎合するものだけだ。

数百年にわたるキリスト教の支配の原因は、原罪でも地獄でもなく、神の子が人間の姿となって示現されたからだ。この点で、人間には破格の地位が与えられたのだが、この地位は、人間が、どんなものであるにしろ、とにかく〈進歩〉のヴィジョンをもっているからこそ認められているのだ。人間は、どうしても一切のものの中心にいなければならない。自分が取るに足りぬものであり、自分が人間として出現したのは偶然であるということを正しく知ったなら、人間は〈やる気〉の一部をなくしてしまうだろう。人間が降伏する――たぶん、こんなことはとても考えられないだろう。

私のような考え方する人がいたら、その人は、私のようにここまで生きながらえることはできなかったであろう。そんなわけで、どれほど不思議に思われようと、私には自分が英雄のように見える日もあるのだ。

ひょっとして何らかの真実にゆき当たり、意味深い発見をするのは、自分以外のこと、自分の経験と試練以外のことについては語らない者に限られる。彼らは自分の経験を検討する。したがって当然のことながら、他人に何かをもたらす。普遍性に到達するのは哲学者ではなく詩人だ。

自分では一つの体系を入念に作り上げたと思っている哲学者、こういう哲学者は、実はあらゆるものに同じ図式を当てはめ、明白な事実を、多様性を、常識を無視しているだけだ。一般に哲学者の過ちは、予知能力がありすぎるということである。自分の守るべき分、私たちがすくなくとも哲学者から知るのはこれだ。

私の青春時代の魅力でもあれば苦しみでもあった熱狂する能力、この能力はもう見出すべくもあるまい。熱狂の歳月よ、いまいずこ?

バッハのモテト『イエス、わが喜び』を再び聴く。こういうものを聴いたあとでは、信仰心でないものはすべて無益なものに、俗悪なものに見える。

アルバン・ベルクの『ルル』は、私にとっては、ここ数年のもっとも重要な音楽上の発見である。

激情にかられた心情吐露のたぐいが、どれもこれもますます疎ましい。だが、激情なしでは、私にはとても書けない。激情が消えてなくなると、私は、まったき覚醒状態、つまり、自分の無能性の意識状態に戻ってしまう。

昨夜、明け方の三時、私は眠れずにまだ起きていた。たまたま手許にあった本――モラリストの選集を開いて、ラ・ブリュイエールのものを数ページ読む。ラ・ブリュイエールはすごい、深遠でさえあると思う。彼は、この夜の時刻にあらがえる作家、間違いなく第一級の作家だ。辛辣さにかけては、ラ・ロシュフーコーほど厳しくない、というよりむしろ徹底的ではない。ラ・ロシュフーコーとパスカルの中間にいる者を想像してもらえばいい。

パスカルは不安にさいなまれたただ一人のモラリストだ。そのほかの連中は辛辣であるにすぎない。彼がほかの連中よりすぐれているのは、まさに彼が精神の均衡を欠き、健康がすぐれなかったところにある。

何者かになることを恐れて、私はついに何者でもなくなった。

私の内部の懐疑家による神秘家（自分について、この言葉が使えるなら）の抑圧は強まるばかりだ。私の懐疑は現実だが、それにひきかえ、祈りとなると、私は意志薄弱者にも劣る。私は、生理学によって、遺伝によって、習慣と性向によって、さらにはまた哲学上の好みによって懐疑家なのであって、絶対や絶対にかかわるものを含む、その他すべてのものに私が近づくとすれば、それは私の本性が分裂したときか、枯渇をもたらす私の洞察力がだしぬけに消失してしまうときに限られる。

わが身を労ろうとしないといって苦言を呈する妹にパスカルが書き送った言葉、これはよく知られている。いわく、「おまえは健康の不都合な点と病気の利点を知らないからだよ。」私はシェストフのある本ではじめてこの言葉に出会って、異様な印象を受けた。あやうく叫び声を上げそうになったことを覚えている。私は一七歳、ブカレストの〈カロル財団〉図書館でのことだった。

一〇月一一日　サン＝シュルピス教会でルネヴィルのミサ。祭壇の上の小聖堂に、地球の上に立つ聖母子像の絵が見える。この絵は、いいようがないほど醜い。キリスト教の自信たっぷりなところを見せつけているだけになおさらだ。キリスト教は、その外的起源を、つまり、帝政ローマの刻印を永遠に負った宗教だ。かつてない一大帝国を征服し、その美点と欠陥とを受け継いだユダヤ人の一セクト。

このところ英語もドイツ語もだんだん読まなくなった。英語もドイツ語も、私の考えをひどく曖昧なものにしてしまう――私の考えには曖昧にぼかす必要などまったくない。

それに私は、明確な表現はフランス語でしかできない、ほかの言葉だったら、曖昧な表現の魅力に惹かれて、ついそういう表現を濫用してしまうのではないかと思っている。いや、それどころか確信している。

フランス語は、すぐれて人工的な言葉だ。

あらゆる体系は、ほかの体系の、ある意味ではほかのすべての体系の犠牲の上に構築される。攻撃性が哲学者の内的本質といかに不可分のものであるか、信じられないほどだ。ベルグソンも、自分のすべての著作は抗議の著作であると告白している。私たちはつねに、だれかに、あるいは何かに反対して考える。この攻撃を隠蔽し、それを非個人的なものに見せかける――ここが腕のみせどころだ。客観的な思想家は、ほかの思想家よりずっとたちが悪い。

ドイツ人に会って話をすると、いつも私は、この民族には世界を支配するだけのものはないと思ってしまう。素朴さ、これは美点だけれど、世界帝国の樹立にはなくもがなのものだ。ドイツ人には、心理的繊細さというものがまるでない。シニックなときも、そのシニックぶりは下品だ。彼らに比べれば、イギリス人やロシア人――前者は過去の、後者は未来の象徴――のほうがどんなにか繊細なことか！

私たちが語るすべてのことは、精神の世界では偽物の範疇に入る。「おまえは本質的なものに触れることはあるまい！」――これが作家に、あるいは読者のいる哲学者にかけられた呪いだ。

懐疑思想の恐ろしいところは、それが超越されなければならないということだ。懐疑思想に固執していない者でさえ、ある不可解な力にかられて自分でも知らぬうちに、その超越に血道を上げる。

それでも私たちは、つねに自分の最初の懐疑に戻る。

節操は賞賛に値するものだが、しかしそれには欠点があり、それは私たちを衰弱させる。友情だの尊敬の念だのを洗いざらい再検討したい、偶像を変え、別のところへ行って祈りたい――私たちにはまだ資力が、とっておきの幻想があることを証して見せるのは、この欲求だ。

万事休す――だが、どうしてこの事態を聖性への道として利用しないのか。

絶対への情熱は、この世における一切の使命の廃棄から生まれる。世界の克服を希うなら、この世のための私たちの能力を解体しよう。

悔やみ状を書くなんてできない。たとえ心から悔やんでいるにしても。これ以上ない嘘いつわりの作法なのに、人々の全員一致の同意によって廃止されないのが不思議だ。

午前中、墓地でシルヴィア・ビーチの火葬。一時間にわたり、バッハの音楽の演奏。オルガンは死に、もともと死にはない地位を与える。何かしら醜い、恥ずべきものがある生命なきものへの、このあわれな失墜を、オルガンは変容させ、あるいは私たちから隠す。いずれにしろ、私たちはオルガンによって、私たちの破壊という明白な事実を超越する。オルガンは、この事実を隠し、私たちにこの事実を正視させない。オルガンによって私たちは、はるか高みに祭り上げられ、死と同一の平面にいることは許されないのだ。

私たちの周りをうろついているのは悪魔ではなく死だ。だが、これとは反対のことを私たちにまんまと信じ込ませたところが、キリスト教のなんとも抜かりのないところだ。それというのも、悪魔は偉大な闘士である以上、私たちに闘いを促すが、それにひきかえ、死は闘いを思いとどまらせるからだ。

何時間もぶっつづけに仕事をし、仕事に呑み込まれてしまうようなときがある。そういうとき、私は〈生〉についても、どんなものにしろ〈意味〉についてもまったく考えない。

思考と実践は両立しない。行動拒否は意識の条件である。

自分がどんなものにも向いていない者であることを知ると、私は決まって困惑するが、どうしてそうなのか、そのほんとうの理由がわからない。

「信心の喜び」を断ってはならないと言った者がいるが、うまいことを言ったものだ。

ブレイクの「恋の園」――私の人生で重要な意味をもつ詩篇の一つ。

読書は、有害でもあれば不毛でもある活動だ。精神の進歩、その維持のためには、他人の思想に寄食するより、なぐり書きをし、とりとめもないことを書きちらし、自前の戯言を述べるほうがはるかにましだ。『バガヴァッド・ギーター』がもっと一般的な観点から言っていることも、これと別のことではない。すなわち、その主張によれば、他人の道によって救われるより自分の道（あるいは法？）で死ぬほうがましなのだ。

夢は時間を消滅させることで、死を消滅させる。夢のなかでは死者がやってきて私たちに語りかける。この夜、私は父に再会した。いつも私が知っていたままの父だった。私たちはルーマニアの流儀で抱き合ったが、冷ややかなところも、いつもの父と変わらなかった。この冷たい、控え目な口づけで、私は相手がまさに父であることを知った。

復活は夢のなかにしかない。これがあらゆる信者の絶望の種だ。

『ゾーハル』に、こんな言葉がある。「人間が出現すると間もなく、花々が姿を現した。」

だが、この逆がほんとうである。人間の誕生、それはいずれも花の死だ。

二十歳《はたち》のとき私は、哲学はなんの答えにもならない、哲学の問いでさえ重要ではないと思い知ったが、これが私の数すくない取柄の一つだ。

〈真摯さ〉は、私が自分に認めている第一の取柄なのに、おかしなことに、私を知らない連中は、私にはそんなものはまるでないと決めてかかっている……

生きるとは、怒ることができるということだ。賢者とは、もう怒らない人間の謂だ。賢者が生の上にではなく生の傍らにいるのはそのためだ。

私の病気は口実として役立つ。病気だからといって仕事をしなくていいし、自分自身にもいいわけができるし、自分の無能ぶりにも説明がつく。

自分と同じ欠点をもっている連中は、みな例外なく（似たような欠点をもっている連中よりも）私たちにはずっと耐えがたい。フランス人がイタリア人に抱く軽蔑、スペイン的事象（もちろん、文学における）に対するフランス人の無関心。

これらの、いわゆるラテン民族は、いずれも気取り屋の民族だ。

未知の者からの手紙には断じて返事を出すべきではあるまい。いまにして分かるのだが、私によくそういう手紙が舞い込んでいたのは、〈新聞・雑誌〉で私のことが話題になっていたときだった。私がもう本を出さなくなり、一種の〈黙殺の申し合わせ〉（！）ができてからというもの、私が生きていることに気づく者などもう一人もいない。私にすれば願ってもないことだが、それにしても、なんたる戒めか！　それに、この私が、ごたぶんに漏れず、〈崇拝者〉がいるものと信じていたとは！

ここ数日、超人思想の意味の検討をしている。ところが、その意味を明確にしようと努めれば努めるほど、超人思想にはまるで意味のないことがいよいよもって明らかになる始末。それは狂気じみた思想というより子供じみた思想、いやむしろ、若者か下層民むけの大仰な思想だ。ニーチェにはとても痛ましいところがあるが、その原因の大部分は、彼の度はずれの天分と成熟の欠如にあり、彼には老いる余裕、つまり、幻滅を、晴朗な嫌悪を経験する余裕がなかったという事実にある。

書かなくなってからというもの、私には他人のしていることがどれもこれも現実性を欠いているものに見える。以前もそう思っていたが、いまのような確信があったわけではない。不毛によって、人は明晰に、冷酷になり、冷静になる。幻想、つまり、他人および自分について思い違いをする能力、情熱はここにしかない。

五〇も過ぎると、時間が逆の運動をしたがっているように見える。つまり、起源にむかって後退し、瞬間を逆さまに展開し、まるで前へすすむのを恐れ、最善を尽くしてしまったかのようだ。実際のところ、これから埋め草仕事に精を出したところでなんになろうか。

アンギャンとパリ間、それから北駅とオデオン間──列車とメトロに詰め込まれた、信じがたい数の乗客。多くの娘たち。どこの出身か。どうして生まれたのか。この必然性なき肉体、この人間の無の陳列、これを見ると私の嫌悪は募る。人間の恐るべき増殖、これは私には、人間が危機にひんしていることの、破滅の曲がり角にさしかかっていることの、またとない明白な指標のように見える。

アンギャンの温泉宿の休息室、わずか四、五人の湯治客。シーズンの終わり、あらゆるものにおいて、私にはこれがどんなにか好ましいことか！

サラミスの海戦のくだりに先立つ一節。

「アテナイ人に土地と海とを要求するために王［クセルクセス］の派遣した使者たちの通訳に対する振る舞いによって、彼［テミストクレス］は、ギリシア人のあいだにその名を高めた。彼は通訳の逮捕を進言し、一バルバロイの命令を述べるにギリシア語を使うことを辞さなかったかどにより、通訳を市民の裁決にもとづき死刑に処した。」（プルタルコス、『テミストクレス伝』）

聖女テレジアが、とりわけ『創建の書』で、いかに従順の重要性を強調し、それを何よりも高く評価しているかを知って衝撃を受ける。彼女があえてこういう主張をしているのは、従順がスペイン人の魂にはもともと縁遠い徳目であるからだ。けだし、聖女自身も、従順を学ぶにかなりの努力をしたに違いないと思われるし、彼女には、反抗と異端・邪説を説いてひとかどの人物たるに必要なあらゆる資質がそなわっていたように思われる。

まわりを見ても、プルタルコスを読んだ人はひとりもいない。

私にしても、プルタルコスは一五年ぶりだが――一八世紀の末までは、プルタルコスは人々の枕頭の書のようなものだった。

仕事をせよ、書け、いや生きよ――こういう命令を私は人から受けなければならないのかも知れない。

古代の政治家は、哲学者たちを好んで身のまわりにはべらせていた。現代の政治家は、ジャーナリストとのつきあいのほうを好む。

一〇月二二日

午後、晴天のもとリュクサンブール公園を散策。だしぬけに、あの動機のない憤怒の発作――その隠された理由は分かっている――に襲われる。私は即刻その場で、宇宙に宣戦を布告し、諸国家を撃破したかも知れない。

この爆発、というより、この激しやすい気分は、その場では人を鼓舞するが、やがて人を疲労困憊させるものになる。それは、何らかの真の活力が原因ではなく、偽の生命力が原因なのだ。エネルギーと興奮を混同してはならない。

聖女テレジアの『創建の書』には、まるまる一章を費やしてメランコリーについて述べたくだりがある。聖女が、かくも長々とメランコリーに筆を費やしているのは、彼女によれば、ほかの病だったら治ることもあれば死ぬこともあるが、この病は治らないからである。医者にも手の打ちようはなく、この種の病人が出ると、修道院長にも、病人を抑えつけるにはたった一つの方途しかなかった。すなわち、権力への恐怖を植えつけ、威嚇するのである。要するに、威光を前にしてはじめてわずかに退却する病。

技術への熱狂は、今日ではもう不可能だ。技術に熱狂するような手合いは、バカか狂人だ。

人類の危険は日ましに募り、人類は、その止むことない〈進歩〉のために痛い目に遭うことになるだろう。生命維持の方策など、生命を破壊するおそれのある手段に比べれば取るに足りない。何をやってみたところで人間は、この不均衡を打破することはできまい。成長するのに数か月、あるいは数年を要するものも、瞬時にして破壊される。破壊一般がかくも背徳的なのは、破壊が容易であるからだ。自殺を除けば、破壊はどれも簡単だ。と、まあ、以上の有益な考え……

あらゆる意識活動は、生命を妨げる。自然さと意識、両者は両立しない。

あらゆる本質的な生命活動は、それに注意がむけられると、たちまち遂行困難になり、遂行されたあとにも、一種の不満感を残す。

邪魔者、これが生命現象との関係での精神の役どころだ。

無意識の状態は、生命の自然の状態、生命の家であり、ここにおいてこそ生命は育ち、成長をはぐくむ眠りを経験する。生命は目覚め、あらゆるものに監視の目をそそぐようになると、たちまちあえぎ、息をつまらせ、虚弱化する。

決断をしたいと思うとき、他人に相談することほど危険なことはない。二、三の人を除けば、私たちをよかれと思ってくれる者などこの世にはいない。

友人どうしの感情は、どうしてもうわべだけのものだ。よく知りすぎている者を、どうして心から愛することなどできようか。

生命を妬む物質は、懸命になって生命をうかがい、生命の弱点をみつけ、予想だにしないとき生命を攻撃しようとしているかのようだ。それというのも、物質を裏切ってはじめて、生命は生命なのだから。

変化もなければ驚きもない、いつも同じ組合せにいや気のさした物質の元素が、陳腐な命題の繰り返しを打破したいと思っている――この元素の気持ちはとてもよくわかる。生命とは物質の脱線にほかならない。

若かったとき、アナーキストは私には、もっとも完成された人間の典型と見えたものだった！　それを思うにつけても、あらゆる反逆行為を幼児性の一特徴とみなすような諦めの境地にいたったのは、進歩なのだろうか、堕落なのだろうか。

だが、もう反抗はしないにしても、私は腹を立てなくなったわけではない（おそらく、両者は同じことになる）。というのも、生と憤怒はほとんど同義語だから。生きているもので中立的なものなど一つもない。中立性は生の勝利ではなく、生に対する勝利である。

抽象のなかで苦しむことができ、苦しみと苦しみの観念とを区別しない者、私が高く評価するのは、こういう者たちだけだ。

世界が消えてなくなったところで、別にどうということはあるまい。重要なのは、わずか一瞬にしろ、世界が存在したということ、そしていまも存在しているということだ。

未来というものが私にも考えられうるもの、許容できるものに見えると、いつも私は、自分の気分と思想を克服したような気持ちになる。それどころか、「恩寵」にでも見舞われた気持ちになる。

一九六二年一〇月二六日

数か月、晴天がつづいたあと、やっとおとずれた曇り空。ほっとする。ほかの人に青空が必要なように、私には雲が必要だ。

プルーストの作品に見られる三つの形容詞の単位。三つの形容詞は相殺しあっているようだが、実際は補完しあっている。ゴマンとある例のうちの一つ、シャルリュス氏の皮肉は典型的である。すなわち、「辛辣で、独断的で、いらだった」。

プルーストの再読に取りかかると、いつもはじめのうちは苛々し、プルーストはもう古いと思い、本を投げ出してしまいたいとしか思わない。ところが、(いくつかのシーンを飛ばして)数ページ読みすすめると、思わぬ言葉の掘り出しものにでっくわしたり、あるいは心理描写にお目にかかったりすることが原因であるにすぎないにしても、ともかく惹きつけられてしまう。(プルーストはフランスのモラリストの直系である。彼の作品にはアフォリズムがわんさとあり、どのページ、いやどの文章にも見られるが、しかしそれらのマキシムは、文章のめまぐるしい動きのなかに呑み込まれてしまっている。これらのマキシムを発見するためには、読者は立ち止まり、文章に乗せられすぎないようにしなければならない。)

切れぎれの、断片的な思想には、生の支離滅裂さがそっくりそのままある。それにひきかえ、これとは別の、首尾一貫した思想は、ただひたすら自分の規則だけを尊重し、決して生の反映には応じない。ましてや生と手を結ぶことには。

自分がいかに取るに足りない者であるかが分からず、したがって、賞賛に有頂天になる者、私はこういう手合いを〈お人好し〉と呼ぶ。お分かりのように、人間のほとんどすべてがこの定義に当てはまる。

上流社会に顔を出すのは私には責め苦だ。他人におのれ自身の弱点を見つけ、いたるところに原罪の痕跡を見出し、数をました自分の姿を見、だれの目のなかにも自分の欠点を読み取ることは。

かなり早い時期に猜疑心を知ってしまったこと、これが私の不幸だった。かりに私が信者だとしても、神への私の熱烈な思いには制限が、一抹の不誠実があることだろう。

しゃくに触る言いぐさは、人間である限りは許せない。忘れることはある――もちろん、ついうっかりと。これが一番よくあることだ。度忘れの原因は、自己保存本能である。

私たちはみな束縛を受けている。聖者にしても縛られている――永遠に。

もう何年も前から、ヴァレリーに対する幻想をずっと捨てつづけている。彼が私に与えた影響（『崩壊概論』にはっきりしている）を忘れているわけではないが。かつて好きだった彼の文体にも、いまは苛々する。それに彼は、いつも自分を知的に見せたがっている。上品ぶった表現は思想を損なう。そして彼は、あまりに上品すぎる。

再びヴァレリーについて。言葉の注視は有害だ。だが、ことはこれだけにとどまらない。思想が持続し、私たちの心を捉えるためには、思想には必然的な何か、悲痛な何か（この悲痛なものは多くは秘匿されている）がなければならない。だがヴァレリーは、知性を気取り、自分の知性について抱いている考えを濫用した人間だった。私は彼のニヒリズムに魅了された。私たちが何も信じていないとき——一抹の悲劇、これが必要だ。これがなければ、私たちは練習の域を出ない。ヴァレリーの場合がそうだった。

有能な人間は、みな例外なく自分固有の伝説をつくり出す。そしてその伝説を、ついには自分でも信じ込んでしまい、すべてを捨て、無益をかこつ危険を犯してでも、その伝説を信じなければならないのである。

本を次々に書いて同じようなことを際限もなく語っている、これこれしかじかの連中——どうして名指しする必要があろうか。

一定の年齢に達したら、作家はそれ以後ジャンルを変えるべきだろう——あるいは書くのを止めるか、あるいはすくなくとも本を出すのは止めるべきだろう。

繰り返しは精神に反する罪だ。ほとんど何も書かなかったもの書き、こういう連中が私にはどんなに好ましいことか！

もっとも誠実な告白は、他人をダシにして間接的になされる告白だ。

私の知るかぎり最良の翻訳書の一冊としては、ジェームズの『宗教的経験の諸相』が考えられるが、私の見たところ、ここには疑わしいところは一つしかない。すなわち、「懐疑論の深淵」という言葉だ……ここは懐疑という言葉を使うべきだった。なぜなら、フランス語の懐疑論という言葉には、ディレッタンティズムと軽薄さのニュアンスがあり、〈深淵〉との連想がすべて排除されてしまうからだ。

一冊の本、それは重みがあり、宿命として提示されなければならず、それを読む私たちに、どうしても書かれなければならなかったのだという印象を与えるものでなければならない。要するに、神の裁きで作られたものでなければならない。

フランス人の特性は、定型的表現の才能である。フランス人は定義を、つまり、事物とはもっともかかわりのないものを好む民族だ。

確信に捉えられると、とたんに私たちはもう探さない。そして自分を、また事物を信じるようになる。自信こそは、行動と錯誤の原因だ。

口語体だけが我慢できる。率直な語り口にまさるものはない。

私たちが或る信仰を抱くのは、その信仰が正しいからではなく（信仰というものはいずれも正しい）、私たちが信仰を必要としているからであり、ある得体の知れぬ力が私たちに信仰を強いるからである。

この力が私たちになければ——懐疑思想が生まれる。

ラディカルな、お望みなら〈苦渋の〉懐疑思想、これは、私たちの懐疑の原因、つまり生命力の減退がなければ、ほとんど考えられないものだ。

あるいは、生命力の減退がなければ、懐疑思想はない。

日がな一日モーツァルトの『レクイエム』の断片を口ずさむ。ウィーンで、私が何をおいてもまず第一に探したのは、彼が『レクイエム』を作曲した家ではなかったか。残念ながら、その家は、百年以上も前に取り壊されていた！

「死はあまりに確実すぎる。死を忘れよう。」（バルザック）

精神医学の研究書で、ある修道女の症例を読む。それによると、彼女は血に浸した針でもって、「おお、サタン、私の主よ、永遠におんみに身を捧げます！」と紙に書いたということだ。

悪魔を追い払うには、ベッドの足元で砂糖を焼いてもらわなければならない。フランスの民間習俗。

覚えている限り、私は隣人という隣人をすべて憎んだ。だれかがそばに生きていると思い、壁越しに、彼の立てる音を聞き、その存在を感じ取り、その呼吸を想像する——こうなるといつも私は、気も狂わんばかりになった。いまだかつて私は、隣人を、言葉の物質的な意味で、愛したためしはない。それに、そもそも隣人は愛せるものではない——だれにとっても本質的に厭わしいものなのだ。もし自分の知っている隣人を愛することができないなら、抽象的なイメージを抱いている未知の者を愛したところでなんになろうか。要するに、私たちは人間に同情はもてても愛情はもてないのだ……

真に深遠なものは何ひとつ、反抗からは生まれない。

新しく生まれ変わるとは、意見を変え、自説を曲げることだ。幸いなことに、あらゆる変節には、ある密かな、きわめて曖昧な悦びがあり、その悦びを断念するのはバカげているだろう。

三〇年以上も経って、『ファウスト』再読を試みる。相変わらず読めない。つまり私はゲーテの世界には入れないのだ。私が好きな作家は、病んだ作家、何らかの傷を負った作家だけだ。私にとってゲーテは、いまもって冷たく、堅苦しい。落ち込んだときに助けを求めたいと思うような人間ではない。ずっと親しみを覚えるのはクライストのような人間で、ゲーテではない。大きな、不可解な、あるいはうさんくさい挫折、こういう挫折のない生に、私たちはほとんど魅力を感じない。

一冊の本は、作者にとってのみ事件だ。すでにかなりの本を出している作家が新人のように感激しているのを見ると、いつもながら驚かざるをえない。

作者とは何も理解しなかった人間の謂だ。

ここ数日、クライストの短編を読んでいる。みごとなものだ。だが、これらの短編に一つの次元を与えているのは、彼の自殺だ。彼が自殺しなかったら、こういう次元は生まれなかっただろう。というのも、彼の自殺を考えずには、その作品を一行たりと読むことはできないからだ。彼の『自殺』は、あたかも彼がとっくのむかしに自殺していたかのように、その生涯と切り離すことはできない。

この怒りの、狂気の発作！　現実の、あるいは架空の――いや、現実の、としておこう――敵を相手に、架空の事件について駄弁を弄し、疲労困憊する。

精神分析に多少とも通じている者に、私がかかえるあらゆる種類の障害について話したことがあるが、そういうとき、相手の説明は、私にはいつも不十分なものに、それどころか無意味なものに思われた。説明が〈当てはまらなかった〉、というほかない。それにそもそも私は、心的現象については生物学的、あるいは神学的説明しか信じない。一方では生化学――一方では神と悪魔。

またまたギリシアの懐疑論者に没頭している――陶然として、と付け加えなければなるまい。その演技のゆきつく果てが無であるような、これらの曲芸師、仏陀と同じ結論に達する、これらの饒舌家、私は彼らが好きだ。すでに言ったことと思うが、これらのギリシア人は、深遠な弁護士だった。

同時に、あるいはその直後に、反対のものを欲することなしに、私があるものを欲したことはない。

言葉になんの価値もないラテン諸国では、簡潔な表現は、下らないものとみなされている。

私たちの意識にのぼらない確信は、いずれもはじめは意識の荷を軽くするが、やがて新しい問いで意識の荷を重くする。

書くことは考えることではない。思考のしかめ面か、せいぜい思考の模倣だ。

私のリルケへの関心がどんなに薄れてしまったか想像を絶するほどだ！　彼には詩的語調の濫用があり、それがまさに耐えがたいのだ。彼へのかつての熱中ぶりが分からない。おそらく私は、時代とともに変わったのだ。リルケには（いくつかのソネットと悲歌を除き）甘ったるいところがある、といわねばならないのは残念だ。かつて彼のうちで詩そのものと思われていたもの、いまやそのすべてがうつろに響く。またしてもお別れだ。

一九六二年一一月一一日

私たちが懐疑論を捨てるのは理屈によってではなく、意志の行為、つまり、本能的な決断によってだ。

（私がどのように〈進歩〉したところで、私は決して懐疑を捨てられないだろうと確信している。なぜなら、私は生理的に懐疑癖に染まったのだから。）

すでに早く、二十歳《はたち》になる前、私に理解できたと誇れる唯一のことは、子供をつくってはならないということだった。結婚、家庭、あらゆる社会制度、こういうものに対する私の嫌悪は、ここに由来する。子孫に自分の欠陥を伝え、かくて子孫に自分と同じ試練を経験させ、おそらくは自分のそれよりも過酷な苦難を経験させる――これは罪だ。私は、私のさまざまの不幸と病を受け継いだ者を生むことに、どうしても同意するわけにはいかなかった。両親とは、いずれも無責任な者か人殺しだ。畜生だけが子供つくりにいそしむべきだろう。同情心があれば、私たちは〈人の親〉にはなれまい。〈人の親〉、私の知るもっともむごい言葉。

「虚栄心による冷酷」――フランス人についての、このキュスティーヌの言葉は、文句なく正しい。いずれにしろ、この言葉、大革命をはじめその他の群小の革命の説明にもひとしく役立つ。

一九六二年一一月一三日

昨夜、二時間眠ったあとで、すっかり目が覚めてしまった。意識の意識化（！）を、つまり、自分が意識していることを自覚しているという事実を、こんなに強烈に経験したことはめったにない。

肉体にささった刺、いや、匕首——これが私の見る意識というものだ。

昨日、『ハインリヒ・フォン・クライストの生涯の軌跡』を読む——クライストの生涯、挫折で変容つねない、その生涯について残されているあらゆる資料が含まれている本。

散漫——私の精神の重大な欠陥。私は、集中できない偏執狂。わが神よ！　まとまりをすこし与えたまえ。私は、このまとまりを待っている、ほかの人が恵みを待っているように。

他者とは、私の不安の糧にすぎない。私は人づきあいがいいが——自分に逆らい、自分を罰しながら、そう振る舞っているのだ。

神への「告白」でないなら、「告白」などまったく書くには及ばない。この点をわきまえていたことからして、アウグスティヌスは、どんなに苛立たしくとも、頻繁に再読されてしかるべきだ。（私の見るところ、アウグスティヌスは饒舌で、キケロを思い出さないわけにはいかないところがある。）

ある思想の輪郭が描き終わらぬうちに、私は、その思想を棄て去るという快楽を不当にも味わった。

私たちが見せるもっともさもしい反応ほど、私たちという人間をあからさまに見せるものはない。こういう反応は、私たちの力などまったく受けずに現れるから、私たちのほんとうの姿が暴露されるのだ。

多くの連中と手を切りたい、まず第一に友人たちと手を切りたい、としきりに思う。私が諦めれば、やがて時間が引き受けてくれるだろう。

ある一定の時間が経つと、もうそれ以後は、ある人には会いたくないと思うものだが、このことは私にはとてもよく分かる。いま私はXとYのことを考えている。彼らは、パリに来ると欠かさず私に連絡をくれたものだが、その後、消息を絶ってしまった。私が彼らを恨んだのは間違っていた。というのも、私の反応は、彼ら以外の者が対象である点は別にしても、彼らのそれと同じものなのだから。人生とは別離の学校である。友情の絆を断ち切るすべを学ばなければならない。

私の思想は、私の思い出、つまりイメージによって絶えず侵害されている。思い出で思考が邪魔されるわけではないが、思考中、息切れがしてしまうのだ。記憶がコントロールできなくなってしまったように思われるときもある。過去が脈絡もなく殺到してきて瞬間を塞ぎ、瞬間のなかでの精神の展開を妨げるのだ。

作家にとっては、本を読むより黙々と書くほうがずっといい。書くことは訓練だが、読書はそうではない。

＊(*Ich habe mich...totgelesen*)

『精神現象学』を読むより、一葉の絵はがきを書くことのほうがずっと創造活動に近い。

自分なりの文章を書くには、自分のすべての能力を使わなければならないが、作品にざっと目を通すには、すこしばかりの注意力があれば足りる。

＊ 私はうんざりするほど本を読んだ。

享楽主義者、怠け者、無為症患者、簡単にいえば、責任を負わぬ手合い――これが大読書家というものだ。

一六歳のとき、アミエルの覚書から受けた深い印象はいまだに忘れられない。いわく、「責任は、私の見えざる悪夢だ」。

禅に関する、ある論文の筆者が語っているところによると、あるキリスト教の宣教師は、一八年も日本に住みつきながら、全部あわせてもわずか六〇人しか改宗させることができなかった。しかも、これらの改宗者は、最期のどたんばになると、宣教師のいいなりにはならず、みな苦悶も悔恨も見せず、生まれてもまるでこの世は仮りの住処ででもあったかのように、日本の流儀で死んだ。

結局のところ、離脱とは学んで体得できるものではなく、文明に刻みこまれているものだ。それは目的ではなく天与の才だ。

元寇のころの日本の兵士の歌について。「世界には一本の棒の立てられるわずかな土地もない。嬉しきかな、すべては、おのれも、全宇宙も無だ。蒙古の勇猛果敢な兵士どもの振りかざす大だんびらを讃えよ。なぜなら、それは春のそよ風を切り裂く稲妻のようなものだから。」(『仏教の現代性』中のトゥッチによる引用)

ドイツ・ロマン派の文学サロンを、ヘンリエッテ・ヘルツやラーヘル・レヴィンのことを、ユダヤ人レヴィンとルイス＝フェルディナント皇太子との友情のことを思うとき、そして一世紀後、同じ国でナチズムにお目にかかることになるのを思うにつけても！　だれが何と言おうと、進歩信仰は、あらゆる信仰のなかでもっとも下らぬもの、もっとも愚かなものだ。
ドイツ・ロマン主義には（ロマン派には、と言うべきかも知れない）誤りがあることは私にしてもよく承知している。だが私は、この誤りそのものが好きなのだ。それほどまでに、私はドイツ・ロマン主義が気に入っているのだ。できれば自分の全時間を割いてそれを研究し、当時のあらゆる手紙を、何をおいてもまず女性たちの手紙を読んでみたいと思っている。――その私が、これらのなかば実在の人物たちに対する私の情熱は終わってしまったものと考えていたのだ！　精神の不均衡といささかの美辞麗句、私にはこれがまたとない魅力なのだ。

あらゆるものを、なかでもおもに自分のことを嘆くに費やした膨大な時間を思うと驚かざるをえない。だが、私という人間がまんざら捨てたものでないとすれば、神に応じてではなく人間に応じて浪費した、この時間のためだ。

共通点などまるでない数冊の本を並行して読み、三つの異なるテキストを書いている。テキストは一様に暗い私の気分を反映しているから、どれもとてもよく似ている。

昨日、サマリテーヌ百貨店でのこと。レジにいたところ、かたわらの女に悪臭がし、あまりのひどさにあやうく失神するところだった。断言してもいいが、いかなる動物も、いまだかつてこんな臭いを発散させたことはない。私をこういう女といっしょに閉じ込めれば、どんな秘密でも私からせしめることができるだろう。こんな悪臭をものの一分も我慢するくらいなら、恥辱だろうと裏切りだろうと何だろうと厭いはしない。――拷問者は想像力を欠いている。

フランスの詩というものはある。だが、フランスの生活には詩的なものは一つもない（ただし、観光旅行が始まる前のブルターニュは例外）。

「悲しみはずっとつづくだろう」――これがファン・ゴッホの最後の言葉だったようだ。生涯のいついかなるときでも、私にもこれと同じ言葉が言えたかも知れない。

私の内部では、すべてのものに生理学的かつ形而上学的基盤がある。私は〈精神的なもの〉を飛び越えてしまったのだ……

範とすべきはもう自分だけ――こういうときが人生にはある。

賢者にまさる有害なものはない――饒舌家。知恵の書は、『道徳経』の規模を越えてはなるまい。だが、考えてみれば、老子その人も同じことを繰り返している！

昨夜、夢だったのか、うつつだったのかいまとなってはもう定かではないが、幼年期のいくつかの挿話的な出来事を幻覚のようにありありと見た。文字どおり自分の幼年期に捉えられた感じ――幼年期が目覚め、少しずつ老いてゆく私、というより老いてしまったというべき私を追い払ってしまうのだ。

私にあるのはスラブ的なものとマジャール的なものだ。ラテン的なものなど一つもない。

あまりに大きな影響を与える作家、とくに詩人は、たちまち読むにたえなくなる。バイロンがそのもっとも顕著な例だ。バイロンほどではないが、ルソーもそうだ。

作品は三つの時期を経過する。すなわち、熱狂者の時期、ついで好事家の時期、最後に教授連中の時期。

「無常なるものは苦、苦なるものは無我。無我なるものはわがものならず、われはそれならず、そはわれならず。」(『相応部』)

苦なるものは無我。この点、しかも重要なこの点について、仏教に同ずることは困難だし、不可能だ。私たちにとって、苦とは、われにとどまらぬすべてのものだ。仏教とは、なんと奇妙な宗教か！　いたるところに苦を見ながら、同時に苦を存在しないものと断定するのだ。

私は苦を認める。私は苦なしでは済まされないし、慈悲の名において(仏陀がしたように)苦に一切の形而上学的地位を拒否することはできない。仏教は仮象を苦と同一視し、そればかりか両者を混同する。事実、仮象に次元を、深さを、実在性を与えるのは苦だ。

無常なものがすべて苦というわけではない。仮象は苦ではない、幻想は苦ではない。幻想がなければ、苦そのものも本質的に幻想のようなものだろう。――これは認めがたい。

「覚者には常住なるものはない。」(仏陀)

一二月三日　昨夜、〈死の〉発作。あらゆるものが私には死んだように、つまり死の顔をしているように見えた。

リウマチ！　リウマチに苦しむようになって三〇年になる。ところで、これはむしろ神経炎。酷寒、あるいは酷暑の期間、私は、特に左脚を引きずる。痛みがないときは、ひりひりするようなむずがゆさを感じる。肉体を意識して三〇年。この事実の痕跡は、私の気分にとはいわぬまでも、私の〈思想〉に残っている。

極端な態度を執ると、本気だとは思ってもらえない。だが、過激さは苦しみであり、苦しい振りをするのはむずかしい。

『実存の誘惑』で私は祖国について書いたが、その論考に祖国では抗議の嵐が巻き起こり、一向に鎮まる気配がない。罵詈雑言に満ちた十指にあまる論文、しかもそのすべてが必ずしもお義理で書かれたものとはいえないのだ。憤激がこういうふうにつづいている、その遠因はどこにあるのだろうか。ルーマニア民族の歴史的劣等性の問題を提起したことが、ことの核心に触れ、人々の意識に何かを目覚めさせたからだと思う。人々は私をののしるが、私の覚える傷の痛みは、それがまさに私のものであるがゆえに、私が人々にかきたてたものだ。私たちルーマニア民族は、自分の役割、価値、使命に疑念を抱き、内心ではそんなものなど信じていない。私たちは、かつて存在したもっとも覚めた民族の一つであり、軽薄で、陰口をたたくのが好きで、節操を欠くが、同時にまた辛辣で、虚勢を張ってはいても、絶望的なまでに虚無的である。とても考えられないことだが、私たちは集団的規模で覚めているのだ。同胞とのつき合いは、いつも人の気力を殺ぎ、彼らの影響は、破壊的なものだが、それも、屈辱が大きかった分、それだけ悟ることも大きかった連中らしいというべきだ。炯眼の奴隷。

私にも人並みに自尊心はある。だが、すこしでも自分を省みると、吐きたくなるときがある。いや、しょっちゅうある。

私ほどにも生を愛し、同時に生への非帰属感を、生からの追放と遺棄の思いを、ほとんど絶え間なく感じている者はいない——私のあらゆる矛盾の原因はここにある。私は、飢餓による衰弱のことを考えて食欲を失ってしまう貪食漢に似ている。

人々が自分のかかえる葛藤をやすやすと解決しているさまを見るとつい感心してしまう。私ときたら、いつまでたっても自分の葛藤が解決できず、その犠牲になっている。このため、私は青春期を抜け出ていないといって非難される。葛藤が避けられないのがまさに青春期だ。

Xは、自分は〈深遠〉だと公言している。こう公言しているのは彼だけではない。こういう手合いに浅薄だと思われるのは、ちょっとした喜びだ。

同じ分野で仕事をしている二人ないし数人の人間関係を考える必要が生じたら、カインとアベルの物語をゆめゆめ忘れてはならない。ここにあるのは人間関係を解く鍵だ。そのほかはすべて理屈、そして飾りだ。

私たちの行為はすべて有害であり、最良の場合でも無益であると考えているのに、その私に、どうしてみんなが参加している仮装行列への参加を求め、参加を強制するのか。こういう私のような確信を抱いているとき、死を回避するための企ては、すべて不名誉なことなのだ。

私はルチアン・ブラガ*を（若い下女たちの使う言葉で言えば）崇めていた。ブラガを傑出した人間と考え、無頓着なのかそれとも考え込んでいるのか分からないが、私たちのいざこざを超然と見下ろし、バルカン人らしい反応を見せることもなければ、かんしゃくを起こすことも、嫉妬の激烈な発作にかられることもない人間だと思っていた。距離が彼の美化をもたらしたといってよく、私の記憶には彼の純粋な特徴だけが残り、私は彼の沈黙を、強烈な個性と俗悪さの明白な欠如を高く買っていたのだ。ああ！　神は崩れ落ちた。たぶん、こうなるほうがよかったのだ。いまや彼は私たちと変わらぬ人間（ただし、この不幸な男は死んだ）、人間的で、軽蔑すべき者だ。

（長いあいだ尊敬していた者にはもっと寛大な態度を執るべきかも知れない。だが、彼が私について書いた、辛辣で、ひどく不愉快な悪意に満ちた文章、彼の死後、二、三年たって、作品の抜粋として出版されたばかりの文章は、遺言のように、墓のかなたからの悪口のように見える――そのため私は、しかるべきほどには客観的になれないのだ。）

＊ ルチアン・ブラガ（一八九五―一九六一）ルーマニアの詩人、哲学者、劇作家。

私たちに何がしかの〈深み〉を与えるのは、私たちの病だけだ。健康な者に才能があれば、その者はどうしても浅薄たらざるをえない。

ほかの人々が事件に巻き込まれるように、私は言葉で身動きできなくなった。

人々がかくもやすやすと絶望するところを見ると、絶望にはもう価値も意味もない（といっても、絶望が恐ろしいものであることに変わりはない）。

自分にある純粋なもの、持ち前の無垢でもって書く人がいる。私はといえば、自分のくず以外のものでは書くことができない。私は自分を浄化するために書く。私の書いたものが、私という人間について不十分なイメージしか与えないのはこのためだ。

ワーズワースのコールリッジ評。〈Eternal activity without action〉――私がこの言葉に感動した理由は、ゴマンとある。

同じくワーズワースの言葉。「神々は魂の深さを愛するのであって、魂の動揺を愛するのではない。」

隠棲する人間。放棄の天才。敗北による変容。

ジュベールがその典型であるような、人の話題にはのぼらぬ作家、私が好きなのは、こういうたぐいの作家に限られる。無名の作家。

没個性的な語り口で自分について語るすべ、これこそ偉大な芸術というものだ。（モラリストたちの秘訣）。

どのような領域においても、拒否するすべを知らなければならない。承諾の仮面を被りながら、最大限に拒否する人間、それが賢者だ。つまり、彼は何ものとも一体となることがないから、すべてに同意するのである。

私は詩の定義を二つしか知らない。すなわち、一つは古代メキシコ人の定義。いわく、「神々から吹いてくる風」……

もう一つはエミリ・ディキンソンの定義（そこで彼女はこう言っている、つまり、自分がどんなことをしても暖かくはなれないと思われるほどの凍えるような冷たさに捉えられたものにこそ、真の詩を認めると）。（この一節を探すこと。）

東洋の知恵の本を読むのは控えるべきかも知れない。なぜなら、そこから得られるのは、私の生への不適応性を助長するものだけだから。

懐疑思想は評判が悪い。だが、その尊大かつ超然たる態度にはなんたる苦しみの隠されていることか！　それは、深く傷ついた、あやふやな生命力の所産でさえある。

一二月一四日　昨夜はなかなか寝つかれなかった。肉体嫌悪の思いに文字どおりひどく苦しめられて、こんなことだったら眠ることなど諦めて、どこかへ行って、したたかに泥酔したほうがよかったのにと思ったほどだった。

植物は悪臭を出さない、腐ったところで別に嫌悪はそそらない、と私は考えたものだ。ところが肉体ときたら、これはもう腐敗そのものだ。生命は、植物を越えようと努めるべきではなかったのだ。その後に出来したものは、どれをとってもまさに醜悪なもの、おぞましいものばかりだ。まだ悪臭を出さないもの、これが生けるものの定義だ。私の死体を含む、これらの私をとり囲むすべての死体、これを見ると私は愕然とし、虫から人間まで、身動きするどんなものを見ても、戦慄を覚え、嫌悪で震えおののく。植物界の鉱物界への関係が裏切りであるように、動物界の植物界への関係は裏切りだ。

今朝、私はまるまる一時間、考えた。ということは、私の不確実性をいささか悪化させたということだ。

もし私にもうすこし明晰で厳密な精神があるなら、言葉の病気の研究に没頭するのだが。

「意識を売りたいが、だれも買わない」と、あるルーマニアのジャーナリストは好んで繰り返したものだ。バルカン人のシニシズムは、西欧の人間には想像を絶する態のものだ。ここに見てとれるのは、名状しがたい屈辱と、あまりに古いものでもう意識にはのぼらない絶望である。

バレスの生誕百年。再読してみたいとはすこしも思わないが、しかし三五年前、『愛と苦悩とにささぐ』、『血、愉楽、死について』、『オロント河畔の園』が、私のうちにどんな反響をもたらしたことか！　この百年、死について彼ほど深い感情をもったフランス人はいないし、彼ほど熱烈にメランコリーの秘密を見つけ出したフランス人もいない。

いちど〈狂人〉になって正気に戻ると、どうしても生き恥をさらすことになる。二十歳《はたち》のときの私！　あのときのことを思うと、私は、いまここにいる私を激しく憎まざるをえない。

あらゆる創造の衝動には、いささか売春めいたところがある。ちょっとした才能のある者はだれもそうだが、神にしてもそうだ。純粋なままでいたいと思うなら、自分をさらけだすべきではあるまい。どんな場合でも、自分から出ない――これが〈内的〉人間の義務であるように思われる。外部の人間である他者、そんなものはどうでもいい。〈人類〉の一部なのだから。

一二月一五日　雨、終日ねむる。物質に漬かり、そこに帰り、物質と一つになりたい欲求。それは私の『四大めぐり』[5]だった。

五〇にもなって、いま私が経験しつつあるような疲労の危機を経験するとは思いもよらぬこと、この事実は私をたじろがせる。宇宙の無気力の中心、それがこの私であるかのようで、私はみるみるうちに個性を失ってゆく。こんな古くさい「自我」など片づけてしまおう！

無関心のこつがあるとすれば、それは無為に過ごすこつにしかあるまい。これによってのみ私たちは、人間ではないにしても生に対して優位に立つことができる。

私たちが自分で発見したものだけが存在し、そういうものだけが私たちの知っているものだ。その他はすべておしゃべりにすぎない。

学び知る情熱など信用してはならぬ。そういう情熱は、つねに私たちの破滅の方向にむかい、いずれにしろ、私たちの妨げとなる。ほんのわずかのものを、ただし絶対的に知るべきだ。『ギーター』の意味ふかい次の言葉を、つねに念頭に置いておかなければならない。すなわち、「他人の法に従って救われるよりも自分の法に従って死んだほうがましだ。」

自己実現を果たすとは、自己限定ができるということだ。挫折は、どうにでも使える可能性があまりに大きすぎる結果だ。

私たちは私たちに苦痛を強いるどんなものによっても、例外なく自分がどういう人間かはっきり知ることができる。障害がなければ、自意識はない。

一二月一九日――昨日、ソルボンヌの図書館で二時間を無駄にした。今日はカトリック学院の図書館で、同じように二時間を無駄にする。なぜか。本を探すためだ。午後、カトリック学院の資料室を、眩暈でふらふらになるまで探しまわったあげく、うんざりしてリュクサンブール公園へゆき、自分の置かれた状況についてお粗末な反省をめぐらしてみた。図書館からこんなにぶざまに逃げ出したところで何になるのか。そんなことではだれも、自分さえ騙せない。私が古書を探し、そしていわばそのことを楯にしているのは、ただ仕事をしないためであり、書いて〈作品〉を作るという自分の義務を回避し、落伍者の姿を他人に冷笑されたくないからなのだ。これは自分でもよく知っているが、しかし私の気持ちは定まらず、みんなを騙そうと躍起になり、それがまた私の気難しさに拍車をかけるという始末。実は、私はもはや、かなり痛ましい学者でしかない。というのも、私は自分の学殖――そんなものがあればの話だが――を隠し、間違ってもそれを利用することはないのだから。

私にひどく尊敬された作家は気の毒だ。私の尊敬の気持ちは、憎しみか嫌悪にすぐ変わってしまうから。自分の崇拝していた者が私には許せないのだ。おそかれはやかれ、私は偶像破壊者を気取ることになる。

私、私、私――なんと疲れることか！

理論、教義、宗教、要するに抽象概念についてはだれもが語るが、生きているもの、経験されたもの、直接的なものについてはだれも語らない。哲学その他のものは、言葉のもっとも悪い意味で抽象的な活動、二次的な活動だ。そこでは、一切のものは生気を失い、時間は時間性と化する。何もかもが二次製品だ。

別の面では、人々の生の意味の探究は、もはや自分の経験にもとづくものではなく、歴史の、あるいは種々の宗教の既知事項にもとづくものだ。もし私に、苦悩ないし無について語るべきものがないなら、仏教の研究に時間を浪費したところでなんになろうか。すべては自分のなかに探さなければならない。そしてもしそこに探すものがないなら、ままよ！　探究など断念すべきだ。

私に興味があるのは私の生であって、生についての教義ではない。本などめくってみても無駄で、直接的なもの、絶対的なもの、かけがえのないものなど何ひとつ見つからない。あるのは相も変わらぬ哲学的な戯言だ。

一二月二〇日　午後、ついうっかりしてコレージュ・ド・フランスの、ある教室に入り込んでしまった。教室では、教授が高等数学の数式を黒板に書いている。一時間、私は、不思議な、私にはまったくわけのわからない記号をひっきりなしに繰り出すこの手品師を、うっとりと眺めていた。言葉など実際に無用な、この目くるめくような演習に比べれば、私たちの文学の仕事はなんと俗悪なものか。しかも教授は、演習のつなぎにしか言葉は使わなかった。素人には近づけず、ほんのわずかな人にのみ理解できるような仕事に没頭する、ああ、私がやってみたかったのはこういう仕事であって、だれにでも読めてバカにされるような論文を書くことではなかった。

名声の望ましい形態、たぶんもっとも美しいものの一つは、宗教の崩壊に自分の名をとどめることだ。

一二月二一日　短い中断はあったものの、一気に九時間眠った。目を覚ますと疲れはすっかりとれていた。で、私の精神は動かない。

一八四二年に書かれたハイネの政治論文を読んだところだ。当然のことながら、これらの論文はいずれも時代遅れのものだが、しかしまた正しいものでもある。フランス人の特徴、その無節操ぶりについての透徹した批判、また同様に、共産主義についての予言的な見解の数々。――ルーアンとオルレアンの鉄道開通に接して彼が抱いた考えは、その後の飛行機あるいは人工衛星についての私たちの考えと寸毫も違いはない。こういうことから読者には、慎み深さの貴重な教訓が得られる。私たちが自分の時代に属するのは、私たちの驚きによってだ。熱中しないこと、これこそ、ホゾを噛みたくないと思う者には、救いの、あえていえば不可欠のモットーだ。

散文中の、ほんのちょっとした詩的な表現でも、どんなに時代遅れのものか信じられないくらいだ。ポエジーは文体の滅びやすい側面で、持続しない。明瞭なものではなく言外のもの、意図的なものではなく密かな、それと気づかれぬもの、こういうものであってはじめて、ポエジーは生きつづけることができる。

「無関心」の境地に至ろうと死力を尽くしながらも、麻痺という迂回と災難によらなければ、いまだかつてそこに到達したことのない熱狂者、これが私だ。

普遍的法則。作家が認められ、もてはやされるようになるのは、もう語るべきことが何ひとつなくなるときだ。名声の到来は、不毛の到来に一致する。

才能は書いているうちに生まれる。それは姿を変えた訓練だ。

彼女には泣き癖がついてしまった。それからというもの、やることなすことすべてがうまくいった。一つの方法があれば、目的は簡単に達成できる。

ここ数年、私は悲しみの定義を探している……決して見つからなければいいのに。

一晩中、暖炉に風が吹き込んでうなり声を上げ、ベッドからわずか数センチのところで激しくのたうっていた。コンサートにゆかず、ラジオをつけなくなってから、私は音楽を聴けない苦しさを味わっていたが、その苦しみを癒してくれた夜。

人間が事物と完全に一体化すると、とたんにその人間は一種の天才の域に達していることに気づいた。

知恵を目指し、人類の精神の再生のために〈学派〉の創設を望んでいた何人かの者に私は近づきになったことがある。彼らはみな、どう見ても精神異常者だった。まずみずからによるみずからの再生の仕事から始めなければならないことが、だれにも分かっていなかった。彼らが無意識にしろほんとうに望んでいたのは、自分の精神の不均衡を他人に伝染させることであり、自分が苦しんでいる矛盾と混沌とした欲望の余剰分を人類に転嫁することだった。

あらゆる偏執狂は、例外なく深遠で天才のように見えるが、実はそのいずれでもない。

自分の取柄を意識し、それが一瞬たりと念頭から離れないように見える人間、これほど有害なものはない。

クリスマス。雪が降る。私の全幼少期が意識の表面に押し寄せる。

昨日、市《いち》で、次のようなやり取りを耳にする。――寒いね――どうということはないよ。雪さえ降らなきゃ。

どうころんでも、私はこの国の者ではない。

モーツァルトのクラリネット協奏曲。私の人生でなんという役割を果たしたことか！

馬齢を重ねるにつれて、私たちはさまざまの問題をほったらかしにし、もう自分の過去にしか興味をもたない。構想よりは思い出のほうが抱きやすいからだ。

カルパティア山麓で過ごした幼年時代のことを思い出すと、努力しないと涙がこらえられない。その理由は、いかにも簡単だ。つまり私には、私の幼年時代に匹敵しうるような幼年時代をもった人がいるとはとても思えないのだ。空と大地は文字どおり私のものだったし、心配事でさえ喜ばしいものだった。私は——万物の「主」として目を覚まし、床に就いたものだった。自分が幸せであることは知っていたが、それがやがて失われることも予感していた。私の日々は、ある密かな不安にむしばまれていたのだ。私は、いま自分が言い張るほど幸福ではなかったのだ。

あらゆるものについて、私にはすくなくとも二つの対立した視点がある。理論上および実践上の私の不決断の理由はここにある。

本が実り豊かでいつまでも読みつがれるのは、それが異なったさまざまの解釈の余地を残すものである場合に限られる。意味の限定できる作品は、本質的に滅びやすい。

作品は、それが生み出す誤解によって生きる。

私のうちにある、絶対に対する懐疑と郷愁、これは何をもってしても破壊されることはあるまい。

四〇歳のころ、ひょっとするともっと前のことかも知れないが、私は自分の〈運命〉を信じなくなり、運命をもちたいとさえ思わなくなった。私が運命をもっている者たちに興味を抱きはじめ、歴史に関心をむけたのはそのころだ（それはおそらく、自分の無意味な生におぎないをつけるためでもあった）。現在でも、作家か歴史家かのどちらかといえば、私が好んで読むのは後者だ。

二十歳《はたち》のころ、私が読んでいたのは哲学者たち、三〇のころは詩人たち、そしていまは歴史家たちだ。

では神秘家たちは？　読んでいることに変わりはないが、このところ前よりも読まなくなった。そのうちにまったく読まなくなってしまうかも知れない。トランスはおろか、そのかけらさえ経験できなくなったのに、他人のトランスを追いかけまわしたところでなんになろうか。私はいままでに三度か四度エクスタシーに触れた、いや、経験した。信者の経験ではなく、キリーロフばりの経験だったが、でも神的な経験だった。なぜなら、その経験で私は神を越えたのだから。

ほんとうの作家は仮象を熱愛し、「真理」など求めはしない。（サン＝シモンを数ページ読んだあとの感想）。

私たちは神なくしては生きられない――こういういいぐさは間違っている。まず第一に、私たちは神のさまざまの模造品をデッチ上げる。それにまた、人間はどんなものをも許容し、どんなものにも慣れる。人間は幻滅から死ぬほど高貴ではないのだ。

形はどうあれ、公衆に自分の姿をさらしている私の知人連中は、みな熱烈に栄光を、すくなくとも名声を求めている。これは日々、私が経験していることだ。なんとも胸くそ悪い情熱だが、わからぬものではないし、いや、避けがたいものでさえある。

これと同じような栄光を自分でも求めたことがあるなら、他人がそれを求めて絵空事のために苦しんでいるのを見ると心おだやかではいられない。こういう情熱を棄てることは、苦悩の明白な根源を失うことだ。だが、私たちにはすべてが得られるわけではない。

パスカルのような人間が〈独創的で〉ありたいと思っていたなどとは考えられない。

独創性を求めるのは、ほとんどつねに二流の精神の特徴だ。

レースを棄権し、レースについて考えはじめるランナー、どうやら私は、この種のランナーのようだ。

思考という行為には、ある種の息切れがつきものだ。さまざまの機能不全、挫折した試み、種類を問わぬ、ありとあらゆる無能性の現れ、精神はこういうものの原因にして結果である。

宗教とのかかわりで、ある種の聖性に達していたと思われる人間は、私の出会った限りでは二人しかいない。一人はルーマニアの地方出身のジャーナリスト、もう一人はアルゼンチンのダイヤモンド商人。前者は東方帰一教会信徒、後者はユダヤ人だった（彼は二年間インドに滞在し、甚大な影響を受けた）。宗教にかかわることについて、彼らほど純粋無垢に私に語った者はいない。二人からは一種の光が漂っていたが、それはほかのどこにも絶えて見られぬものだった。

ほかの連中ときたら仕事をやりすぎる、と自分に言いきかせてきたが、そのためいまは――婉曲表現を用いていえば、ろくに仕事をしていないようなていたらくだ。

自分の全力量を示さずに死ぬと考えるのは、人を元気づけないまでも、いずれにしろ自尊心を満足させる。

私たちは、だれよりも私たちが裏切ったことのある者に対して、私たちへの不誠実を許さない。
または、私たちはすべての人の不誠実を許すが、ただし、私たちが裏切ったことのある者は例外。
または、私たちは、自分が裏切ったことのある者には一貫して妥協しない。

知己になり、そして死んでしまった多くの人々のことを考える。彼らの何が残っているか。何も、その思い出さえ残っていない。思い出は彼らの死の確認だから。

〈人々〉と言ったほうがずっと適切なのに、〈私〉と言うのは下品だ。そうかも知れない。だが、〈私〉のほうがずっと便利で、ずっと快適なのだ！　没個性という偽善。

私は物の血を引く者ではない。

長いあいだ、とても長いあいだ、私は起きしなに、世界の終わりがその日のうちにやって来て欲しいと希ったものだ。

別の現実に目覚めるには、精神が閉じ込められているカテゴリーを破壊しなければならない。「認識」をやり直さなければならない。

皮肉も交えずに自分の成功を口にするのは、途方もない不作法というものだ（自分の富を口にするよりも不作法だ。なぜなら、富は事実なのに、名声は一つの意見、一つの価値判断だから）。

一九六二年一二月三一日――省略。
Xが私にその願いを打ち明け、絶望に沈んだ声で病気のことを語る。この世には、生まれついての星まわりで苦しまなければならない人がいる――私にはせいぜいこんなことしか彼に言えない。ただ慰め代わりに、失望し落胆しても、それでも生きて苦しみに耐え、なんとか生きつづけてゆくことさえできるとつけ加え、自分を例に出す。さまざまの病に苦しんで三十余年！

「たとえライプニッツの論証が正しく、いくつもの可能な世界のなかでも、この世界が最良のものだということが認められるにしても、この論証ではまだどんな弁神論も生まれないだろう。なぜなら、創造主は、たんに世界だけではなく可能性その

ものをも創造したのだから。したがって創造主は、もっとましな世界を可能にしたはずだ。」（ショーペンハウアー）

*Schadenfreude*＊——不正確な表現だ。喜びの場合を除き、あらゆる感情には残酷さがある。喜びは、この世で経験できるもっとも純粋なものだ。快楽、絶望、悲しみ、あらゆる感情は残酷なものになりうる。ただし、繰り返せば、「喜び」は例外。

＊ 他人の不幸を見て抱くよこしまな喜び、あるいは、何かの企てが失敗するのを見て喜ぶこと。

「死、このかくも顕著な、かくも恐るべき状態の変化は、自然のなかでは先行状態の最後のニュアンスにすぎない……」（ビュフォン）

「私たちはもっぱら行為によって、自分の怒りや憎しみを示すべきだ。冷血動物だけが毒をもっている。」（ショーペンハウアー）

愛とはまったく異常な感情だ。というのも、通常は気のふれた者の特徴である、あらゆる混乱状態、つまり不安、絶望、病的猜疑心、至福のひらめき、残忍さにまで嵩じたエゴイズムなどを伴うからだ。それは熱狂者の幸福だ。

一つのことを深く知っていたり、専門的問題を研究していたり、そうかと思うと、文学あるいは芸術といったような曖昧な分野で才能を発揮したりする女性、こういう女性ほど我慢ならないものはない。女性がいつまでも魅力を保ちつづけるためには、何ごとにも深入りはやめて推察にとどまるべきで、何かを深く知ってしまうと、とたんに魅力を失ってしまう。

これと同じように、何かのテーマなり主題なりを掘り下げ、主張し、究め尽くそうとする詩人ほど腹立たしいものはない。詩人が詩人としての生命力を保ちつづけていたいと思うなら、彼に必要なのは逆に、たぐい稀な洞察力であり、全事象についての反芻であって瞑想ではない。同じモチーフをこねくりまわすのは、霊感に見放された詩人だけであり、そういう詩人だけが、ある分野で権威者づらをしたがるのだ。放棄、何よりも保持しがたいものはこれだ。

私とフランス人がうまくゆかないのは、私がフランス人と同じようにすぐ、そしてしょっちゅう腹を立てるからだ。私は、デンマーク人かドイツ人、つまり〈間抜け〉づらした連中のなかでしかしっくりいかない。

私は怒りでもって絶望と闘い、絶望でもって怒りと闘っている。ホメオパシーか？

私は過去の人を気取っている。以前は有名人だったかのように！

「何をしているの？　新しい本はいつ出るの？」と、みんなが私に尋ねる。――本を出す必要性がどれほど習慣化しているか、ほとんど信じられないくらいだ。本を出すことが強制されており、出さなければ落伍者とみなされる。だが、こんなことに負けてはならない。

私が病んでいるメランコリー、それは言葉とはそりの合わないメランコリーだ。それに必要なのは音楽なのかも知れない。

私が恐れているのは死ではなく生だ。思い出す限り、生は私には、つねに底知れぬ、恐ろしいものに思われた。生に同化できぬこと、次いで、まるで自分が別の種《しゅ》であるかのような、人間に対する恐怖。自分の関心は、いかなる点でも、人間たちの関心とは一致しないという、つねに変わらぬ思い。

私が何もかもしくじったのは、人間であれ、物であれ、思想であれ、何かを究める前に、その限界が見えてしまうからだ。この点で、まさに直観という言葉を使わねばならないが、私としては、直観など喜んで返上するだろう。これほどにも有害な能力は考えられない。

「夢去りぬ」――どんなに残酷な思いをこめ、いったいどれだけのことに、いままで私はこの言葉を繰り返してきたことか！　というのも、かくまで幻滅への執着を示すのは、残酷であることだから。

ほかの人がやっていることぐらい自分ならもっとうまくやれると、いつも思うし、いや確信さえしている。それなら自分のしていることに、どうして同じ反応を見せないのか。

体の調子がすこしでもいいと、私は霊感から見放され、論ずべき主題さえなくなってしまう。私がまたとない強烈な印象を受けた言葉、それが、身を労るように勧める妹に答えたパスカルの言葉であるのは理由のないことではない。いわく、「おまえは健康の不都合な面も病気の利点も知らないからね。」いまでもよく覚えているが、ブカレストのカロル財団の図書館でこの言葉を読んだとき、私は、あやうく叫び声を上げそうになるのをやっとこらえた。

不正に対しては反抗できるが、世界の疲労と磨耗には反抗できない。

どんな友人も私たちにはほんとうのことは言わない。敵対する人との無言の対話だけが実り豊かなのはこのためだ。
私たちはみな、生涯の絶頂期に最大の苦しみに出会う。例ならいくらでも引ける。

もう駄目だ。こうして時間を無駄にしていていいのか。午前中、ほとんど昼ちかくになって、例によってまだ仕事に取りかかっていないのに気づき、あやうく落涙するところだった。破滅は目に見えている。「ルーマニア人よ、目覚めよ、おまえの死の眠りから」ではじまるルーマニアの国歌――ああ！　なんという反響を目覚めさせることか！

ある若者への忠告。「上司と友人にはほんとうのことは決して言えないことを忘れるな。」

今日、その本を一冊残らず読んでいたXにはじめて会う。裏声の、小柄の男で、愛らしい人形といった感じ。たぶんベルグソンの印象もこんなところだったのではあるまいか。まあしかし、体つきなどどうでもいいことだ。人の容姿に失望するのは、幼稚さのしるしだが、でもそういうものに無頓着になるには、どうすればいいのか。

三時間ぶっつづけに人を退屈させてもいいと思っている連中がいるとは！
私などは、人の邪魔をするだけで、ほんとうは気晴らしにもならないのではないかと思うから、とても人など訪ねられない――よほどの努力でもしない限りは。

## 訳注

(1) 一九二一年九月、一〇歳のシオランは、生まれ故郷のラシナリを離れ、シビウで、サクソン人の老嬢姉妹の下宿に預けられて、中等教育を受けることになる。この下宿生活は、父親がシビウの司祭に任命される二四年までつづく。六二三、六七四、九七八ページ参照。
(2) 『時間への失墜』中のエッセー「栄光への欲望と恐怖」のこと。これについては本書八七、一四一ページ参照。
(3) 「月刊誌」(Journal) とあるが、正しくは月二回発行の雑誌。
(4) シオランの生まれ育ったトランシルヴァニア地方は、一九一八年に「大ルーマニア」が成立するまではオーストリア＝ハンガリー帝国領だった。一一年生まれのシオランは、したがって七歳までは帝国の〈臣民〉だったということになる。九七一ページ参照。
(5) *Descente aux Éléments.*『四大めぐり』としたが、詳細は未詳。

## ［一九六三年］

一月一三日――日曜日の朝、肌を刺すような寒さ。疲れ果てたような通行人が私を見つめている――帽子も被らずにハンガリーの聞きふるされた歌をうたっている私を、たぶん気がふれていると思っているのだ。この寒さで、私は幼年期の冬を思い出し――（残念ながら、この国では雪はずっとすくない！）、上機嫌。

ほかの人がみな悲しんでいるとき、私はほとんどいつも陽気であることに気づいた。

「アダムがまだ水とも粘土ともつかなかったころ、私は〈預言者〉だった。」

このマホメットの言葉の、なんたる誇り！

横になっていなければ、ほんとうのところは永遠など考えられない。永遠が特に東洋の人々によって把握されたのも理由のないことではない。彼らは、水平の姿勢を執っていたのではなかったか。目をいつも空にむけていれば、当然のことながら思考の流れは変わる。

ベッドか大地に身を横たえれば、とたんに時間はもう流れず、どうでもいいものになる。歴史とは直立した人類の所産だ。

人間は直立した動物として、空間の内部にとどまらず時間の内部でも、どうしても自分の前方を見る習慣を身につけなければならなかった。未来という思想の淵源のなんというつつましさ！

嫉妬――もちろん愛における――は、どんな人間にも才能を与え、きわめて豊かな想像力の持ち主よりも及びがたい存在と化す。

ダンテの『地獄篇』を翻訳したリヴァロルは、ダンテが「空には星はなかった」と書いたといってダンテを非難している。――一八世紀の美学は、アンチ・ポエジーの絶頂に達していたのだ。ヴォルテールのもたらした荒廃は途方もないものだ。

私は人に面とむかってほんとうのことが言えない。要するに臆病なのだが、そのため自分が道徳上の偉人であるよりもずっと複雑な立場に追い込まれている。

私は人間一般に嚙みつくが、個人を前にすると勇気をなくしてしまう。個人を傷つけるのではないか、たぶん自分も傷つけられるのではないかと思ってしまうのだ。人は過度の感じやすさからも臆病になる。

私は「時間」の吐き出したへど、おのが失墜に酔い痴れている。

だしぬけに自分が「伝達不可能なもの」のなかにいることに気づき、言表不可能な曖昧なものの重みを自分の上に感じる……

苦悩は生を罪とせず、生を贖う。（私が仏教徒でない理由。）

宗教的資質をもちながら、どんな宗教をも信じることができず、絶対への入り口で（過剰の覚醒からか、それとも無力からか）つまずいてしまう者がいるが、同情しなければならないのはこういう人たちだけだ。だれであれ祈ることのできる人を、彼らがどんなにうっとりと見とれていることか！

想像上の苦しみは、人が必要としているものであるから、またそれなしでは済まされないがゆえに考え出されたものであるから、あらゆる苦しみでもっとも現実的な苦しみだ。

人間に同情することはできても愛することはできない――私は日々つねにこの事実を確認している。このまさに枢要な点で、キリスト教は間違っている。

フランス。ヨーロッパでもっとも天分に恵まれた国家。

私は〈考える〉ことにはむいていない。考えに没頭していると、私の推論の脈絡は、なんらかの内的なリフレイン、というよりむしろ呟きによってたちまち断ち切られてしまう。私の〈思考〉そのものが音楽好きなのである。

文学作品の、あるいは歴史上の人物いかんを問わず、私はあらゆる残酷な人間に惹かれる。私の悲しみには信じがたい残酷さが隠されていて、それは満ち足りるということがないらしいのだ。

一九六三年一月二六日、土曜日

泣きたくなる。欲望はすべて克服した。私の存在のすべての連なりは、（本来の意味で）引き裂かれた。〈覚めた狂気〉の場合と同じ明白かつ強烈な孤独感。

「生」は私を置き去りにする。そうしなければ「生」は先へはすすめない。自分を事態の進行の障害物と思う私は、「生成」の邪魔者だ。

私にとって未来がぞっとしないのは、未来においてはすべてのものが現在よりもずっと醜悪になるだろうと確信しているからだ。一九世紀の初めから現在までの、建物の破損ぶりを考えただけでも、背筋に戦慄を覚える。将来の建物の姿など想像できようか。考えないほうがましだ。

あらゆる問題は、それがどのようなものであれ、限界のないものだ。問題を限定してしまうのは、私たちの狭量な精神、私たちの定義癖だ。

この醜悪な屋根と灰色の空、眺めつづけていると頭がぼうっとしてくる。希望と実在の最小限のしるし、それはどこにあるのか。見えるのは現世の荒廃そのもの、破局の姿だ。

触目の、身のまわりのすべてのものが私の絶望をそそり、私の世界嫌悪を強める。

私たちは神とともにも、また神なしでも生きられない。これが私の使いふるした理屈。

サンチリャナ・デル・マール！　私はこの村のことを、涙まじりの悔恨というやり方で、この上なく深い断腸の思いをまじえつつ、祈りの気持ちで考える。*

私たちの思想が徐々に下降し――ついには私たちの墓にいたる、この時代。思想は墓をよぎり、それからどこかわからぬところへと昇ってゆく……

私と世界とのあいだには違和の状態があり、違和は年とともに募る。もちろん、かつてそうだったような熱狂的なものではなく、冷静なものだが。（この世界を自分の住処と心得ている点では、天使は私などの比ではあるまいと心の底から信じている。もっとも、この比較は適切ではない。というのも、私のこの世界への親和の妨げになっているのは純粋さではなく、何か別のもの、つまり郷愁の毒であり、これについて予感か観念をもつことができるのは悪魔、あのかつての天使だけだから。）

継ぎはぎをしたメロディー。

成りゆきまかせにしていたら、さいわいなことに、何ひとつ現れない。事件とは頑固ということだ。

一九六三年二月一日

午後、二時間ぶっつづけに、一五年ぶりに会った級友の話を

＊ サンチリャナ・デル・マールは、カンタブリア海岸ぞいにある、サンタンデル近くの美しい村。

聞く。聞く、という言葉をあえて使ったのは、彼が、その艶福のことだの、成功のことだの、財産や妻、さてはあらゆる人のことについて休みなく語ったからだ。彼の話がデッチあげだったとは思わないが、彼には自分の冒険談のほんのささいな細部さえ面白おかしく飾りたてるところがあり、そのため聞いているほうは、驚きとも嫌気ともつかない状態に置かれてしまうのだ。なにしろ事件に次ぐ事件で、「あいつに言ってやったがね」とか、「おれが先手を打ったのさ」とか、「一日、二〇時間働いたよ」などとつづくのだ。とうとう最後には、困ったことがあったら頼りにして欲しいと言い出す始末……こういうルーマニア人たちとつき合うのも悪くはない。人間一般の欠点が赤裸々に見てとれるからだ。彼らは嘘をついても、うまくとぼけられない。というよりむしろ、独特のとぼけ方があるのだが、そのとぼけ方ときたら、嘘をついていることがみえみえなのだ。

「聖霊は疑い深くはない。」（ルター）

眠れぬときの暇つぶしに心ゆくまで考えてみたいと思う、汲めども尽きぬ言葉の一つだ。

あの病んだ老詩人が生きていたのは戦前のことだった。彼は世間からまったく忘れられていたが、私の読みかじったところでは、だれにも会わないときつく命じておいたということだ。哀れに思った妻がときどき訪ねて行った……

マイナーな作家は、偉大な作家よりも古くならない。（というよりむしろ、偉大な作家よりも読んで面白い。）その理由は、自分の生きている時代の欠点や長所の影響が偉大な作家よりすくないからだ。

昨日、カクテルパーティーに行き、たけり狂い憤然として帰る。あんなたぐいのお芝居はもうこりごりだ。必要もないのに集まった連中に会うのは私には耐えられない。〈上流社会〉のお芝居、こんなものは、この歳ではもう問題外のはずだ。今後は、こんなものは一切拒否し、人を遠ざけ、まるでパリにいないかのようにパリで生きてゆくことにした。

純粋・無垢なものとのつき合いは、陰険なものとのつき合いに劣らず退屈だ。社会と自然とのあいだに中間項を探さなければならない。

自分への不満によって天才が生まれるとしたら！

「……私たちは生まれながらに死の義務を負った。」（聖イグナティウス・デ・ロヨラ、『霊操』）

作家は、自分の創造したものを破壊し、満足のゆかぬ作品を火に投じることによって力量のほどを示す。本を出すのは可能なかぎりわずかにすること、これこそ作家のモットーであるべきだろう。

生命力、仕事あるいは才能の過剰から、ほかの連中が落ち込んでいる本のインフレーションとは無縁でいられた点で、実は私は自分の怠惰に感謝している。

もし私に、ほかの人々、知り合いの連中に劣らぬ欠点があると確信していたら、私はただちに自殺して果てるだろう。

……だが、どうして欠点がないと思えようか。

〈親切で〉寛大、すすんで他人の世話をやく連中は、ほぼ例外なくうぬぼれ屋で、人のいい自慢屋だ。

親切心とは、うぬぼれと自慢癖の特殊形態である。

親切心とは、うぬぼれと自慢癖の上品な形態である。

不眠が歴史に果たした役割。カリギュラからヒトラーまで。不眠は残虐行為の原因なのか結果なのか。暴君は眠らない、これが暴君の本来の定義だ。

私のしていることもそうだが、ほかの連中のしていることも、私にはどれもこれも必然性がないように見える。あらゆる行為が私には重荷であり、〈生きること〉が責め苦なのはこのためだ。

存在と自分との関係がしっくりゆかないと明言すること、これが書くということだ。

栄光について一文を書き終えたところだ。どういうこともないしろもの。こんな主題にどうして取り組む気になったのか! どんないきさつでこんなことについて語ることになったのか。何もかもバカげている。

いささかなりと偶像に祭り上げられた者は、必ず時代遅れになる。流行は精神の死だ。

わが祖国、すなわち魅惑、俗悪性、荒廃。

ある英国史の本でウィリアム征服王の肖像を読み、すっかり夢中になってしまった。この王の野生動物好きときたら大変なもので、野生動物を仕留めるにも王の目を盗んでやらなければならないほどだった。野生動物を好むあまり、彼はよく暗い深い森をさまよい歩いた。人間を嫌い、ほとんどしゃべらず、人を許すことがなかった。

私は孤独の誓いを立てた。

あらゆるものに無の部分を知覚すればするほど人は覚めている。

あるいは、覚めているとは、あらゆるものに無のゾーンを知覚することだ。

多大の労力を費やし、もうすこし手を加えたいと思いながらも、疲れ切っていて一個のコンマさえもう打てず、思うにまかせない――人生もこういう作品のようなものだ。不完全で欠けているところがあると分かっていても、肉づけするものが何もみつからないのだ。

いったん懐疑思想を知ってしまうと、それと手を切ろうとどんなに努力したところで、間違いなく再びそれに捉えられてしまう。これが懐疑思想の特性だ。それは循環性の病気である。

私はたった二つの問題、つまり神と文体に苦しめられているだけだ、と言った者がいる。

もし人間と真摯な関係が保てたなら、私にはおそらく神の観念など不要だったであろう。

生誕、結婚、埋葬――こういう取り返しのつかぬ事件は、どうしていつも偽りの感情を惹き起こすのか。

一九六三年二月二六日

私は私の感覚とは別だ。どうしてか。

おしゃべりで無駄にした日々と、自分の無能ぶりへの、この慣れ。

私の関心事は、この世界からどこまで自分を切り離すことができるか見届けることだ。

先日、バスのなかで若い前衛（！）の作家に逢う。彼は、私が革命的でない、何も変革しようとしない、要するに何も新しいものをもたらさない、と言って私を非難する。――「でもね、私は何も変えたくないんですよ」と私は言ったが、彼は私の言葉をさっぱり理解せず、私を控え目な人間と思ったようだ。

死に瀕した神々、人々から見放され、窮地に陥った、未来なき宗教、これが一貫して私の愛したものだ。ケルススへの私の熱狂はここに由来する。

齢《よわい》を重ねるにつれて、読む価値のない本の量がますます増える。もう何も読めなくなり、見るだけで満足する、そんな日がやがて来るだろう。

　午後、きっぱりと明確な態度を執ろうと思って〈商談〉に出掛ける。プロン書店から出ている叢書の編集顧問を辞する件だ。案の定、私はためらい、諾否のあいだで迷い、とうとう何も決められずにその場をあとにする。一人の人間の顔を前にしては私には何ひとつ決断することができない。相手がだれであっても、私はお手上げだ。

　自分とむかい合って過ごすことのない時間、そんなものはいずれも無駄だ。

　清算する、これが私の偏執、私の悪癖だ。私は、いかに陶然と清算に没頭することか！　そしてその後の苦々しい思い！

　考えられるのはもう自分の幼年時代だけ、こうなったとき、一つの生涯の円環が閉じられる。

　死につきまとわれていればいるほど、人間はますます栄光を希求する。あらゆるものは虚しいという思いは、刺激剤だ。

　「生まれつき神である者は、自分が愛によって神々とした者たちと語り合う……」（「新神学者」聖シメオン）

キリスト教神秘思想のエッセンスのすべてがここにある。

　一九六三年三月五日　昨夜、『ヨハネ受難曲』を聴く。エクスタシーにまごう悦び。通りに出て、この下劣な、日常的なものに触れたとき、私は、いま自分が経験したばかりの〈崇高な〉三時間は幻覚ではなかったのかと訝った。だが、この三時間が私に与えたのは、至高の実在の確信であり、同時にその感動だった。

　時間を意識する者は、時間に抵抗するものに、時間の脆さを越えるものにますます強く執着するだろう。稀な例を除き、形式を熱愛するあらゆる者には、すべてのものは無意味であり、行為にしても、こういう生にしても無であるという鋭い意識がある。彼らが言葉に賭け、言葉を利用するのは、何か強固なものに、長もちするものにしがみつくためだ。

　完璧好みというものには、ある種の傷が隠されている。時間に傷つけられていればいるほど、私たちは時間から逃れたいと思う。完璧な一ページ、一つの文章が書けさえすれば、私たちは生成の腐敗を克服することができる。つまり私たちは、完璧への固定観念によって、もろさの象徴そのものである言葉をとおして不壊《ふえ》なるものを激しく探究することによって死を克服するのだ。

「解きがたきもの」の要求するすべての条件、生はこれをすべて満たしている。

埋葬は、あらゆる形而上学の勝利であると同時に破滅である。

生と死、この荒廃の元凶たる凡庸なるものを除き、あらゆるものについて考えることができるなら！

哲学の観点からすれば、自由はほとんどありえない。観念としては、皮相なものであり、態をなさないからだ。だが信仰としては、深いものであり、そして根拠のないものだ。

昨夜、床につく前、グノーシス文書『トマスによる福音書』中の次の言葉が目にとまった。「イエスは言った、魂の一部たる、この肉よ、呪われてあれ、肉の一部たる、この魂よ、呪われてあれ！」

眠れなくなるほどの、異様な感銘。

意志の病と言われるが、意志そのものが一つの病であり、意志することは不自然な活動であることが忘れられている。

私は概念をとおしてすべてのものを見る。卑俗この上ない細部も、また稀有この上ない細部も。私が詩にむいていないのはこのためだ。

世界の終末による神経過敏の状態。賢者を残らず読んだところでなんになろうか。物質を手本にし、その例に従い、その静寂に倣う——そう努めても、うまくゆかない。

私の知り合いで成功を収めた連中のことを考えてみると、自分の期待どおりの栄光を手に入れた者は一人もいない。これが避けられない定めなのか、自然の計略なのか。だれ一人として自分が夢みていた運命に出会うことはない。そして成功すればするほど、運命からはますます遠ざかる。イロニーのくまなき支配。

ぶらぶらしていて自分の力量のほどを示すことがないからこそ、私もまんざら捨てたものではないのだ。

花は無言の祈りだ。なんの役にも立たぬもの、それ自体が無益なものについては、例外なく同じことが言える。

三月一〇日、日曜日　散歩に出たが、すぐ戻る。通行人を目にするのが耐えられず、彼らの〈存在〉さえ私にはありうべからざるものに見えたからだ。恥辱に引き裂かれながら下をむいて歩くわけにはいかない。何に対する恥辱か。それが分かれば！　私の血に宿る、このふさぎの虫！
　私の感情はどれもこれも、このふさぎの虫の副産物だ。
「ハンガリー人は泣いてうさを晴らす」――これが詩の一行なのか、マジャールの諺なのかは分からない。だが、私がこの世界の人間であることは分かっている。私のふさぎの虫によるにすぎないにしても。

　仕事への逃亡。どんなけちくさい仕事にさえのめり込むのは、ただ考えないため、本質的なものとの出会いを回避するためだ。これは私の確信である。

　私はもともと修道院か舞踏会にむいた人間で、書かない作家になるような人間ではなかった。

　悔恨にさえ天井というものがある。私は天井に届いてしまったのか。心配だ。

　生物《いきもの》をよく検討してみると、ほんとうに羨望を抱けるようなものは一つもいない。ここからどういう結論を引き出すべきか。

　告白にむいているのに、いつも問題に取り組んでいる、これが私の不幸だ。

　プルーストについての写真入りの本をひもとく。一九〇〇年のモードは耐えがたい。悲しみと吐き気の印象。服装は、思想あるいは感情よりもつねにはやくすたれる。

　齢《よわい》を重ねるにつれて、「言葉」はますます私の〈要塞〉ではなくなり、私の〈feste Burg〉ではなくなる。

　だれであれだれかの世話になるのは私には悪夢だ。貧困に、いや貧困の脅威に立ち向かうつらさ、私ほどこのつらさを知る者はいない。

　存在への情熱、人間への嫌悪。

　自分ではないものをなにもかも恐れるようになるとは！　恐れ、恐れ！

　考えるとは、考えと言葉のあいだに間《ま》を置くことだ。人間にはできない芸当だ。

　おしゃべりの三時間。私が失った沈黙の三時間。

三月一四日　昨晩、街で食事。ほんのふたことみこと口にするだけ。絶望に近い倦怠。

体の一つひとつの細胞には、あの鼻唄まじりの破壊者、空《くう》がいる。私はこれを「メランコリー」と呼ぶ。

キルケゴール、多弁な思考、あいまいな深さ。彼が自分の考えをまとめられなかったのはいかにも残念だ！

人間と物との関係をいちど断ち切ってしまうと、人間と物に再び慣れ、かつての幻想に順応し、幻想を一つひとつ繰り返す——なんといってもこれが一番むつかしい。

相手がだれであれ、道徳的判断を下すのはやめるべきだろう。私たちはだれも自分の存在に責任はないし、また生まれ変わるわけにもいかない。これはだれもが知っている明白なことだ。それならどうして人を褒めたりけなしたりするのか。それは、生きることが評価すること、判断を表明することだからであり、判断回避には、それが臆病の結果でない場合には、必死の努力が要求されるからである。

痴愚の前兆である、あの漠とした不安……

哲学者たちは自然学の考察から始め、道徳の考察をもって終わる。ギリシアを見よ。

ある一九世紀の哲学者の本によれば、ラ・ロシュフーコーは過去については正しいが、その『箴言録』は、未来の人間には適用できないだろうということだ。

私の本はどれもこれも、興奮剤（コーヒー、タバコ）を用いて書いたものだ。こういうものが摂れなくなってから、私の〈生産〉は底をついた。精神の活動の原因がこれだ！

遠いむかしの思い出にしか精神を集中することができない。思い出が私のありとあらゆる注意力を奪い取ってしまうのだ。老いが始まったのか、それとももういいかげん私は耄碌しているのか。

希望を抱かせるような調子で終わるあらゆる分析は、習慣に追随しており、自壊する。

私の友人たちは、次から次へと私に本を送ってよこす。本を書かないのは私だけ。これを自慢の種にしようと思い、ときにはほんとうに自慢していることがよくある。

辛辣さ、それは実現を阻止された、満たされない、度はずれの野望の結果であり、見下げはてた卑しさの、とは言わぬまでも、どえらい欠陥のしるしである。

自分以外のものについて書くことができるなら、書くのは簡単だ……

はやる気持ちはどんな種類のものも、なんらかの精神の混乱のあらわれだ。

私は「苦悩」について書かなければならない。何を言うべきかはよく分かっている——だが、どうして言わねばならないのか。動物のように、どうしてだまって苦しまないのか。

近所で、一羽のおんどりが、ほとんど絶え間なくトキをつくっている（オデオン広場でだ！）やつは私の友、ただひとりの友だ。向かいの家のどこかの屋根裏をねぐらにしているに違いない。やつがいると思い、特にそのトキの声を聞くと、私はパリと、それどころか自分自身とさえ和解したような気持ちになる。もともと私は、農家の少年として牛の糞にまみれてのんびり生きてゆくのが似つかわしい人間だった。

悲歌の魂を抱いたまま、「歴史」のなかに生きて異彩を放つことはできない。一日が過ぎれば、それだけ「楽園」から遠ざかったのだと思われ感じられるというのに、どうして「歴史」の舞台などに登場することができようか。

「世の終わり」は、神の観念そのものが消えうせたときに現れるだろう。人間は忘却に忘却を重ねて、ついにはおのれの過去の、そしておのれみずからの消滅に成功するだろう。

どういう主題でもかまわないが、ある主題についての科学的説明と〈神秘的〉説明とを比べてみると、浅薄で期待を裏切るのはつねに前者だ。

にもかかわらず、〈深遠な〉説明にも退屈を覚えるのも事実だ。

私が批評家だったら、その価値が明白な作家については決して語らないだろうに。

霊感に見舞われながら思想を欠き、空虚な熱狂のなかにあって、活力と無能、恍惚と欠如とを組み合わせ、詩情のなかに生きつつ詩を書かず……表現のとば口にさしかかりながらあきらめ、「ことば」を前にして、あの引きつった沈黙を知る……

一九六二年[1]三月二五日

今朝、悪魔の軍団の捕虜になったと思った。すぐそこにある「地獄」。

「時間」の存在は願ってもないことだ。もし「時間」が存在しないなら、屈辱も恥辱も決して避けられまい。永遠を要求しないばかりか逆に永遠を恐れる思い、私はそういう思いで生きている。

何かが出来し、脳髄の運命が決定されるのでないかという、あのだしぬけの不安、期待……

どんなもの、どんな人間にも私は欺瞞を嗅ぎつける。どんなところにも私が見届けるのは、非現実と虚偽だけだ。このため他人と私とのつき合いは、ひどくおかしなものだ。ほんとうの人間に出会うと、何かの間違いか幻覚ではないかとまず考えてしまうのである。

ほかの人が未来を恐れているなと思うと、自分が同じ恐れを抱いているのが恥ずかしくなり、そういう気持ちを厄介払いしようとする。自分の臆病だけが正当で許容できるものに見え、他人のそれは、いつも不愉快なものなのだ。

無頓着、〈高貴な心〉の象徴そのもの。不安には小心が、いや臆病さえ絡んでいる。

悲しみは、無限に小さくなる苦しみだ。

私は絶えず壁に突き当たっている。どこといってどこへもゆき着けず、ただ問いかけにゆき着くばかりだが、その問いかけも懐疑に堕する。

三月二九日

耐えがたい夜。一瞬一瞬が——際限がない。神経、リウマチ、とくに胃——すべてのものが、まるで示し合わせたかのように、私を押しつぶし、私をのけものにしようとやっきだった。

救済の方式を探したところで徒労だ。なるがままに生き、自分の生きざまから結論を引き出すこと、なかんずく『バガヴァッド・ギーター』の勧めを忘れないこと、これが大切だ。すなわち「他人の法で救われるよりも自分の法に従って死んだほうがましだ。」

三〇日、日曜日（あるいは三月三一日）——午後、Sを駅に送って行ったあとで、ほとんど自殺行為に近い鬱症状の発作に襲われる。無、無、無！　私の内部にもまわりにも何もない。こういう瞬間から精神病院へは一本道だ。けだし私たちは、言葉の本来の意味で狂っている。もう自分ではないのだ。私は、ある教会のそばを通ったが、なかに入ってみようとさえ思わなかった。耐えがたいものに神を巻き込んだところでなんになろうか。それでもしかし、祈りの文句は見つけなければなるまい。

いったいどんな奇跡で生きながらえることができたのか分からない。

存在について悪口をたたくのは、私の場合、気まぐれでも習慣でもなく、一種の治療法だ。悪口をたたくとほっとする。これはもう、何度となく経験したことだ。私は不安や恐怖に打ち克つために、不安や恐怖の原因となるものを徹底的に忌み嫌うのである。

自分が取り逃がしたもの、あるいは自分にはないもの、私たちが執着するのは、こういうものに限られる。一般則、すなわち、もしことの本質を衝きたいと思うなら、だれかの欠点を褒めるべきで、長所は決して褒めてはならないこと。

みんなが顔見知りのショーや会合に出掛ける、これはまぎれもない悪夢だ。良識ある人間がどうして有名になりたがるのか、私にはわけが分からない。「主よ、私をして無名のままでおいてください！」——このルヴェルディの祈りの言葉は、なるほど美しいものだが、しかし必ずしも真摯なものではなかった。

生において、私たちは反抗にすぐ飽きてしまうのに、失墜にはつねに本物の印象が伴うが、どうしてなのか。

屈辱にはどんなにか血の燃えていることか！　私たちの血管中にゆらめく灼熱の鉄。

私の「無関心」、これについて私が抱いていたイメージは、日ごとに汚れつつある。

私はもう役立たずにしかなるまいと思っているが、それでも他人には言葉どおりに取ってもらいたくはないのだ。私は他人の軽視など断じて受け入れるつもりはない。恥辱と困惑。自分の名前を克服しなかった者に災いあれ！

官能の人は死を恐れる（トルストイ）。〈天使のような人〉（ノヴァーリス）は死をすこしも恐れない。

ひとりの人間の秘密を見破るには、もっとも低俗なところを探るだけでいい。といっても、その人にあると考えられ、そして確かに彼がもっている、こういう卑俗なところにその人のすべてがさらけ出されているからではない。こういうものによって、その人の目指す方向ではなく行動一般の理由が明らかになるからである。

私のまわりの者はだれもかれも、さまざまの主義主張を口にするが、現実ないし経験を口にする者はほとんどいない。思想家、批評家、作家、学者――外的人間の変種。

あえいでいる真実への私の情熱――これは未成熟のしるしなのか、私が知恵にむいていない証拠なのか。

もし私が信者だったら、カタリ派になるだろうに。

私の生が絶えざる試練なのは、ほかの人には存在するものが私には存在しないからであり、しきたりどおりに行動しようとすれば、私には努力が必要で、その努力に苦しめられて疲労困憊せずにはいられないからだ。

私の精神は傷ついている。その傷口のおかげで、何かをかいま見るだろうか。

私の脳髄の未来にときとして私の抱く不安ときたら！

一九六三年四月七日

半年ぶりにパリを去って田舎に行く。出獄したような感じ。すばらしい。ウルク川にそってラ・フェルテ＝ミロンのほうへ二〇キロ歩く。私が都会人だとは、運命のおおいなる皮肉だ。森のなかで目をつむり、小鳥の啼き声を聞く。小鳥のさえずりは、ただのおしゃべりとは考えられないし、小鳥が自分たちの幸せを自覚していないとは考えられない。

私は若者が、私のかつての熱狂を思い出させる者がだれといわず嫌いだ。

ラ・フェルテ＝ミロンは、お義理にも美しいとはいえぬ寒村だが、家々は小さく、人間の背丈をわずかに越えるくらい。この点で、私にはこの村は好ましい。建物は、このくらいの大きさであるべきだろう。数段かさねの棺桶などない。

マルキオンとは違って、私は、デミウルゴスは邪悪だったのではなく無能だったのだと思っている。

私がわが意に反して抱いた考えのすべてがどれほど経験となり、ついには現実となったか信じられないくらいだ。私は私の破滅をとくと考えたのだ。

私の理論上の懐疑は、ことごとく実践上の懐疑と化した。これが私の賢者としてのあり方だった。いま私は、懐疑思想に見せた媚の償いをしている。知恵と不幸、こういう言い方を理解できるのは私だけだ。私の希求と深い欲望は、賢者のものではないからである。

お追従を「軽蔑の礼儀」と定義したのは、ラムネーだったと思う。

狂人になるのは賢者になるのと同じくらいむつかしい。序列をあきらめ、条件を無視し、重い無為症に満足しよう。

栄光というものは、ポーズの、そしてもちろん挑発のセンスのある者――聖者を含む――にのみついてまわる。これはパスカルのような者にさえ当てはまる。ただし、パスカルよりもずっと純粋な、また軽妙なところからしてずっと悩みもすくない精神、たとえばジュベールのような者には当てはまらない。

私が「有名」にならずにすんだ者を偏愛していることは明白だ。

書いているとき、私たちはいつも自分の考えを完全なものにしようとしがちだが、それが間違いなく私たちの考えを台無しにしてしまう。むつかしいのは深めることではなく止まることだ。問題のむつかしさを示唆するより、問題を論じ尽くすほうがずっと簡単だ。（この最後の言葉がすべてを台無しにする。）

みごとな挫折のためとあれば何事も辞さない者をいやというほど私は知っている。だが、挫折は運命に属するもので文学に属するものではない。

自分のあらゆる行為が向けられるべき目的、そういう目的が一つとしてないとき、私たちが好むのは、自分の砕け散った生のイメージともいうべき、きれぎれの、断片的な思想に限られる。

娘トゥッリアの死後、田舎に隠栖したキケロは、そこで自分に宛てて慰めの手紙を書いている。これらの手紙が失われてしまったのは残念でもあるし、また嬉しいことでもある。絶望の真っただなかにありながらも、彼はどこまでも文人のままだろう。彼にはギリシア人の虚栄心があった。彼はタキトゥスより聡明だが、タキトゥスよりすぐれているところは、この点だけだ。

フランスを擁護すること。ケチな国民が浅薄なはずはなかろうから。

私の気づいたことだが、多大の努力を傾注する者が例外なくその目的を達成するのは、病気、名誉欲、嫉妬などといった、さもしい情熱の力によるのであって、精神のたんなる自発性によるのでは決してない。人間を行動に、目的達成に、征服にかりたてる、おおかれすくなかれ外部の力、この力がなかったら、人間は無為症患者のようなものだろう。観念論が哲学においていかに間違っていることか、そして心理学ではいかに無意味であることか！

一人称で書いていたころは、すべてがうまくいっていた。ところが〈私〉を廃してからというもの、ちょっとした文章を書くにも努力が必要なのだが、そんな努力は、とてもする気になれない。私の自発性は、非人称では動きがとれないのだ。自分の心配ごとを語ったり手柄話をしているときにかぎって楽しそうにしている、実をいえば、うさんくさい人がいるが、私はこういう人種だ。

倦怠のあまりに狂ってしまうことがあるなどと、むかしは考えたことはなかった。いまは、ときどきそう思うことがある……動かぬ雲をしばらく眺めているだけで、いまも失われずにいる私の生命力と均衡がたちまち危うくなってしまうのである。

四月一三日　昨晩、プレイエルへ『マタイ受難曲』を聴きに行く。一瞬、このオーケストラとコーラスの男女は、五〇年も経てばみな屍体になってしまうのだと思った。するとたちまち、骸骨が歌い、ヴァイオリンやフルートを演奏しているのが見えた。

私がもっとも敬服した二つの民族、すなわちドイツ人とユダヤ人。ヒトラー以後、相容れぬものとなった、この二つの尊敬の念のために、私はすくなくとも微妙な立場に立たされ、生きてゆく上で、あらずもがなの葛藤を経験しなければならなかった。

私に興味があるのはきみの経験ではない。きみが経験を提示する、そのやり方だ。生は作品ではない。

なかなかやって来ない人を、あるいは結局はやって来ない人を待ちあぐねていると、一瞬ごとに神経が苛立ち、一時間も待ちあぐねていると、いらいらしながら耐えていた全瞬間とともにいまにも感情の爆発に見舞われるのではないかと思う。

結局のところ、ものの行列を内容とする独白、これが現代小説だ。

土曜の夜、復活祭の前夜。散歩に外出。サン＝シュルピス教会の前に信者が集まっている。教会の入り口で、司祭や修道士が、わざとらしい声で、ときにはラテン語、ときにはフランス語を叫んでいるが、その多くは〈イエス〉という言葉で、その語調ときたら権柄ずくなばかりで一向に信念など感じられない。不愉快になって立ち去る。今朝、すでに私は反教権主義の激発に見舞われていた。新聞によると、政府はパリに、つまり、栄光でもなんでも手に入れられる、なんでもござれの都会、ただしアパルトマンだけは見つけられない都会に四つの教会を建てるために数百万フランを割り当てたということだ。（まだ私の憤慨は収まっていないのか。どうやらそのようだ。）

ある主題を極めてしまうと、とたんに私は、その主題に情熱を失ってしまう。そして主題が分かってしまうと、関心をなくしてしまい、その主題を論ずるにはえらく苦労しなければならない。もし私が、（大仰な例を挙げるなら、ヴァレリー流に）問題をわきまえずに問題を論ずることに応じるなら、私は〈多作〉になれるかも知れない。

この現世、この有情、すべては絶対精神の夢にすぎず、マーヤー、すなわち宇宙幻力の投影にすぎない。

私はどちらかといえば、ヴェーダーンタはもっとも深遠な、もっとも〈実在〉に近い体系ではないかと思っている。

私が無上の悦びをもって読む本、それは言葉についての本だ。五〇ちかくになると、人はすすんで文法家になる。つまらぬもののへの情熱。

非‐形而上学者に、エピクロスとルクレティウスに発しラ・ロシュフーコーとイギリスの哲学者を経由する思想家たちの血統に私を結びつける、ある種の血脈が私にはある。ヴェーダーンタからドイツ観念論にいたる高等形而上学を私が非難するのは、それが「人間」をあまりにも重視し、「人間」の笑止な、グロテスクな性質を閑却しているからである。「人間」ではなく「精神」と言うべきかも知れない。だが、それはまったく同じものだ。慎み深さは形而上学者にはそぐわない。私が懐疑派になったのは卑下からであり、自尊心を踏みにじられたからだ。

どこのだれからの手紙だろうと、手紙に返事を書くのは私には責め苦のようなものだが、かくまで、私にとってもう外部世界は存在しない。後生だから、私のことなどもういいかげん忘れてもらいたい。私はすこしずつあらゆる感情を失いつつある。

神々に自分が見捨てられていると思うときに感じる、ひそかな満足感。

絶えず存在だの、存在者だのについて語っていれば何ごとかを語っているのだと思い込んでいる、あの哲学者たち。こういう繰り返しから明らかなのは、この場合、問われているのは真の問題でも経験でもなく、専門用語だということだ。これらの思想家連中は、言葉をとおして考えるのではなく言葉について考える。

私の生の、そして自己撞着の処方だって？　ひとりの無神論者の祈りを想像してもらいたい。

あらゆる女は娼婦か教師のように見える。

マルクス・アウレリウスの考えによると、数日生きようが数百年生きようが別にどうということはない。というのも、死によって私たちの命が奪われるのは、現在にのみ限られていることで、私たちのものではない過去のことでも未来のことでもないからだ。この考えは、私たちの本性の分析にも、またその深い要求にも耐えられるものではない。だが、死の重要性をすこしでも軽く考えようとする試みにおいて、終焉を迎えつつあった古代文明のいかに悲壮であることか！

慰めになるものとしては、重要な書は二つしかない。このローマ皇帝の『自省録』と『キリストのまねび』だ。後者の約束にもかかわらず、前者の悲嘆のほうを選ばないわけにはいかない。

翻訳できないのは詩ではなくイロニーだ。イロニーは詩そのものよりもはるかに密接に言葉に、言葉の微妙なニュアンスと感情の負荷物に結びついているからだ。

もって生まれた根深い気質からして私は、ストア学派の哲学者たちの知恵よりもローマの皇帝たちの常軌逸脱ぶりにずっと親近感を覚える。

仕事をして欲しい、書いて本を出して欲しい、と人々は私に言い、私をせき立て、怠けていて何もしないのはけしからん、と言って私を非難する。だが、怠惰も無為もかつて私の賞賛した欠点であり、すべては無益であるとつねに公言してはばからなかった者に仕事に精を出すよう求めるのはバカげている、ということを人々は忘れている。

私が自分の考えをどれほど遵守しているか、自分が知り、自分が告発したすべてのもののために、どれほどひそかに犠牲を払っているかだれにも分かるまい。

自分自身としっくりゆかないのを、私は夜となく昼となく悔やんでいる。

精神のアンバランスを聖なるものと断言して数年間もただですまされるわけはないのだ。

生活上の気苦労のあいま、倦怠のあいま、つまり、私たちの惨苦が奮発するデラックスな瞬間、ほんとうの思想というのは、こういう瞬間に現れる思想だけだ。

「懐疑」の先行現象は、つねに感情的な性質のものだ。論理的な解体というものはないし、理性は、理性にとっては外的なモチーフがなければ、みずからに反旗を翻すことはない。

終焉を迎えつつあった古代文明のもっとも偉大な二人の賢者、すなわちエピクテトスとマルクス・アウレリウス。ひとりは奴隷、ひとりは皇帝だった。

この対称の妙を強調して私は一向に飽きるということがない。

「暴徒の一人ひとりは五人の暴君を隠しもっている。」(ルター)

待ち人があったり、だれかに会いにゆかねばならなくなったりすると、きまってむしょうに仕事がしたくなり、いつもははぐらかされているばかりなのに、インスピレーションにも恵まれて天にも昇らんばかりの気持ちになる。——たぶん、インスピレーションにはその真価のほどを示す必要がないからだ！

無気力の方法というのはなんともややこしい！

何をしたところで、私は自分のもつ力を発揮できない、つまり自分の真価を発揮できないと思っているが、これが事実であるにしろ幻想であるにしろ、私のつねに変わらぬ困惑状態の原因はここにある。私は、遂行できずに終わったものの重みで押しつぶされそうだ。私の意志が私をうずかせる。つまりそれは、私を苛む毒物。賢者の資質をもつには、私には悔恨が多すぎる。賢者は悩まず、動じない。知恵などくそくらえ！　こんな固定観念などうんざりだ。

私の体に〈公平に〉配分されていた疲労が、ここ数年来、特に脳髄に集中されたかのようだ。そんなわけで私は、あのバランス喪失を毎日、確認しているのだが、どう直したものか手立てがみつからない。

マルクス・アウレリウスにあるろくでもないもの、滅びやすいもの、その原因はいずれもストア哲学にある。反対に、深遠なもの、永続するものの原因は、いずれも彼の悲しみに、言い換えれば、教養の忘却にある。(パスカルが見せているのが、これと対をなす事例。)

恥辱と軽い不快感とを覚えつつおしゃべりで過ごした六時間。

ある種の決まり文句、それも特に、事物の頼みがたさ、栄光の虚しさ、忘却などを述べた決まり文句が、ある瞬間に読み上げられると、私たちはたとえようもない衝撃を受ける。

すべての人間を軽蔑していながら、だれの賞賛でもおかまいなしに受け入れるとは！

カフカが好きだった、タルムードの言葉。「われわれユダヤ人はオリーブの実のようなもの、押し潰されてはじめて、自分の最良のものを出す。」

ロマン主義の時代だったら、私の欠点はどれもこれも、みごとに私の役に立ったであろう……

厭飽のあらゆるニュアンスを経験し、日を迎え日を送るたびごとに、あの無の後味を噛みしめる――カルパティア生まれの私にどうしてこんなことができたのか。こうなるのが、わが先祖の活力の運命だったのだ！

一九六三年五月二〇日一九時　いましがた、恐ろしい印象。温度計が〇度に急降下し、私の血のなかでも、同じ作用が同じ速度で遂行された。

普通の人間のようには絶対に生きられず、そして自分が例外の人間であることを悔いる――これがキルケゴールの悲劇だ。死の床で、彼は自分の「肉にささった刺」についてしきりに反芻している。――すべては結婚することが肉体的にできなかったことが原因だ！

エピクロスとマルクス・アウレリウスの相違は外見上のものにすぎない。私は二人に助けられ、二人とともに生きている。彼らに比べれば、セネカのごときは、ただのおしゃべりにすぎない。

好んで自分を苦しめ、自分の意識と生を無益に紛糾させる、この点でのみ私はキリスト教徒だ。

同時代の人々にまさる私の取柄はどれも、私には生産性がないという事実にもとづく。

一週間か二週間、ときには一月《ひとつき》、いやもっと長く、私は新聞の購読をやめることがある。新聞などもう一切読むまいと自分を励ましてさえいるのだ。なんという安らぎ！　非時間性の湯浴みの毎日。パリにいながら、どこか遠い部落にでも住んでいるくらいに事件とは無縁に生きている。

しばらく前に、病気についての論文を書き始めた(2)。論文ははかどったが、自分が病気になってしまった（風邪、副鼻腔炎など）。それ以来、論文を書く気が失せている。

このところ、古代の人たち（エピクロスなど）に親しんでいたが、おろかにも変化が欲しいばかりに、またキルケゴールに没頭した。キルケゴールを読むのは、私には有害だ。異教徒的なものはまるでなく、どんな〈知恵〉ももたなかった彼は、その魂（古代の人にとっては想像できないもの）の犠牲者だった。

カルパティア山中のそぞろ歩きを、聞こえるものといえば草の茎のそよぐ音だけだった、あの裸の頂きを領する静寂のことを思う。これらの思い出に相当するものがどこにあるだろうか。あの孤独の瞬間を忘れさせることができるような何を、あれ以来、私は経験したのか。

幸せでいたいと思うなら、記憶を掘り返してはならない。

聖者にむいているものなど生まれつき何ひとつ持ち合わせてはいなかったのに、聖者たらんと希ったがために、トルストイは悲しみのうちに、嫌悪と恐怖のうちに死ななければならなかった。

高すぎる理想をもったがために破滅した者、愛せるのはこういう人たちだけだ。「なんじ自身を知れ」とは、人を不毛にするマキシムだ。自分を知ってしまったら、人はもうどんな危険も犯さないし、運命をもとうとはしない。

ちょっと風邪をひいただけで、私は副鼻腔炎をおこし、頭痛がして、白痴になってしまったような感じにほとんど絶え間なしにつきまとわれる。私の生はなんという受難か！　だが、だれひとりとして私の言うことを信じようとしない。何はともあれ、私が健康そうに見えるからだ。それでも年に三、四か月は、もっぱら自分の病気にかまけて、書けないことがある。私は脳髄の〈障害物〉を突破することができない。その重苦しさは私にはどうにもならず、そのため長期間、私は役立たずでいなければならないのである。

人間から能力、私の言う意味は、不満をかこつ快楽のことだが、その能力を取り上げてみたまえ。すると人間は、そのすべての方策を奪われて、すっかり困惑するだろう。

バッハは私には音楽のすべてでありうるが、その人だけではかのすべての作家の代わりになる作家は思い当たらない――シェークスピアでもだめだ。言葉というものには、よしんばそれがマクベスの、あるいはリア王の言葉だとしても、飽きがくる。ところが、音が、ある種のモテトとなり、カンタータとなると、一向に飽きるということはない。

歌うような魂――おかしな表現だが、それでもここにはとても美しいもの、とても高貴なものがあるのではないか。

私は絶望しやすい傾向に全力をあげて闘わなければならないだろう。

生は死の恐怖のうちに磨耗する。ただそれだけだ。もはや死を恐れない者は、生者以上の者であり、以下の者である。彼は人間の条件を越えたか、条件以下に失墜したのだ。

死の観念にかまけすぎていると、死そのものを前にして慌てふためく。

一九六三年五月二六日　悪夢すれすれに過ごした夜。

ダニエル・デフォーの『疫病流行記』を読む。私ごのみの、私の欲求にぴったりの恐怖に満ちた本。私が喜びを覚えるのは、暗黒のなか、とめどない悲しみを私に想起させるあらゆるもののなかでだ。

何ごとにおいても〈絶望者〉のように振る舞っているのに、賢者のように振る舞いたいと思う——これが私の悲劇だ。

人間——偉大なる「冒瀆者」。

どんな理由もないのに、私は困惑状態に生きている。おお神よ、ひとつの理由があるときも！

困ったとき、重大な試練のときを迎えたら、そのときはどんな慰めの本を読んだらいいのか。ところが、そんな本はまるでないのだ！　そういう本がないことを考えると、慰めは不可能だと思うほかに致し方がないのではあるまいか。悩みや苦しみを癒してくれるのは、時間、つまり衰弱だけだ。忠告などなんの役にも立たない。まして〈思想〉などは。

生にも芸術にも、〈悪趣味〉を伴わぬ独創性などない。

恐るべきものとはかかわりなしに生きていたうちは、恐るべきものを表現する言葉がみつけられたものだが、恐るべきものを内部から知り、自分がその内部に生きるようになってからというもの、そんな言葉はもう一つとしてみつからない。

よくよく考えてみると、正気ではいられない。

三月[3]三〇日——たまらない夜。ひっきりなしに襲う脚の痛み。三〇年に及ぶ神経炎（？）、どこが悪いのか知りたいと思わない。医者とは縁を切った、縁を切った……

悪い文体を使うために、私は「不吉なもの」の範疇に生きている。

自分の悩みや苦しみを、あるいはただの心配ごとだのを、だれかほかの人に、友人にさえ語るのは、残酷なことだし、拷問者のする振る舞いだ。黙って苦しみに耐える、そういう態度を執るには、例外的な精神の強さをもっていなければならない。

意志の弱い人にとって、懐疑思想は有効な助けになるものだ。つまり、懐疑思想によって、彼らは自分の弱点、あるいは試練に、ある一定の距離を保つことができるのであり、ずっと意志の強い人間になる——無気力によって。

もともと取るに足りぬ微細なものにむいていたのに、私は巨大なものを賞賛した。私が倦怠を、いやそれどころか不幸をさえ身に被ることになったのはこのためだが、その影響は完全には〈消えて〉いない。

取り返しのつかぬ事態というものを認めない、するとそのとたん、またしても自殺の固定観念がつきまとって離れぬことになる。

人は試練によってとげとげしくなるとは限らない。鷹揚にさえなることもある。多くの人のために苦しんでいるのに、他人に苦しみを押しつけたところでなんになろうか。

重要なのは、苦悩から生まれるもの、そして苦悩を越えるものだけだ。苦悩に屈する者は、精神的に贖われることはない。

きみを幸福にしてくれた人、その人からきみは不幸を知ることになるだろう。

だれにも執着しない人、神々に祝福されているのはこういう人だ。

自分が愛している人の苦しみは、自分自身の苦しみより精神的に耐えがたい。

作家になるには、才能だけでは足りない。何ひとつ忘却しない能力が必要だ。すぐれた作家とは、恨みを抱いた人間だ。

今朝（六月四日）、ある本屋の店頭で、『生きることの重要性』なる表題の本を見かけ不安になったが、この不安はいっかな消えそうにない。生と私との関係は、想像以上に、ありそうもないものになってしまった。私は、疑わしいもののなかで難渋している、いや、途方に暮れている。

思い出す限り、いつも私は、挫折した主義主張、つまり挫折の運命にある主義主張に与《くみ》してきた。私の熱狂、そのどれもが挫折との暗黙の合意の上のものだったのだ！　私が祖国の悲劇を耐え忍んだのは当然のことだが、ほかの国々の悲劇をともに耐えたのは尋常のことではない。どうしてある国の運命を嘆き、どうしてヘカベ[4]に涙を流すのか。

人の話題になりたいのなら、言葉の改悪につとめ、（ジョイスばりの）言葉の拷問者になることだ。

遅刻する連中には死刑を導入しなければなるまい。確かに、だれもが不安に苦しんでいるわけではない。というのも、不安に苛まれている人なら時間を厳守するから。遅れないためとあれば、私は犯罪だって犯しかねない。待ち合わせ時間を守らない者は、天才だろうと、私からすれば〈用なし〉だ。こういう手合いと何かをいっしょにやる気にはとてもなれまい。

……

通りのまんなか、あるいは人なかで、その効用のほどをよく経験する、あの横溢感あふれる瞬間、こういう瞬間にひとりでいて、書くことができたら、奇跡が出現するだろうにと考える

脳髄のすき勝手にさせておいたら、枝葉末節と瑣事にたちまち満足してしまう。

昨夜（六月八日）、哀れな光景。Xが酒に酔って「フランス人が憎い、フランス人が憎い」と、ひっきりなしに繰り返す——だが、自分の挫折と堕落をフランス人のせいにしていることに、一瞬たりと気づかない。〈更生する〉ためには、自分自身をこそ責めなければなるまい。ところが、堕落した者にはまさにそれができない。堕落の光景に比べれば、死の光景はずっと悲痛なものでも（また教訓に富んでも）いない。

浮浪者になるのではないかと恐れている者は、浮浪者よりずっと不幸だ（浮浪者が不幸だとしての話だが）。浮浪者は限界に達していて、社会的にこれよりも堕ちる気づかいはない。つまり、ある意味で、彼は自分の問題をすべて解決してしまっているのだ。彼は自分の運命をはっきり知っており、それどころか、彼の運命は固定されている。

今朝（六月一〇日）、目を覚ます直前、悪夢が途切れたとき、私は、混沌が生成されつつあるさなか、自分が原初の破局に立ち会っている夢を見た。

最初の人間の強迫観念。私はアダムにつきまとわれている。ここ数年、アダムは、私の書くもののすべての関心の対象である。

最後の人間も私の念頭を離れないが、アダムほどではない。そのすべての原因は、私が歴史のなかでは寛げず、歴史の外、歴史の極限でしかいい気分になれないという事実にある。

私の考えはどれもみな、赤面してしかるべきみみっちい動機から、怒りから生まれたものだ。〈純粋な〉起源をもつものなどまるでない。

生そのものを越えたところに生の意味を求める。そうすると、生にはたちまち別の重みが加わってしまう。こういう生の意味の探究は、どんな神学的な下心がないものでも、それ自体、本質的に宗教的なものだ。

リセの生徒だったとき、私はシビウの市民階層のある女の子に、ひねくれた恋をしたことがある。その思い出が、いまにわかに甦る。彼女はチェルラといった。ただの一度も言葉をかけたことはなかったが、二年間というもの、彼女のことが頭から離れたことがなかった。若かったときの、この私の臆病ぶりは、その後の私の成長に決定的な役割を果たした。たぶん有益な苦しみだったであろうが、名状しがたい情熱でもあった！　思い起こせば、ある日曜日の午後、私は弟といっしょにシビウの近くの森へゆきシェークスピア（どの作品だったかはもう覚えていない）を読んでいたが、そのとき突然、チェルラが、私の級友のひとりと連れ立って通り過ぎてゆくのに気づいた。その級友というのは、クラスのなかでもっとも軽蔑すべき、またもっとも軽蔑されている生徒だった。三五年以上も前のことなのに、このとき味わった苦しみと恥辱はいまも忘れることができない。その生徒は「シラミ」というあだ名だった。

だが、私はほんとうにじたばたもがいているのか。私にしても栄光は欲しいと思う――だがそのために努力はしたくないし、どんな形にしろ自分の姿をさらしたくない。いわば奇跡のように降って湧く栄光。

痛ましい民族のなかで、あるいはすくなくとも、たとえばファド、タンゴ、アラブの、ハンガリーの哀歌……といったような物憂い、悲痛な音楽をもっている民族のなかで生きてみたかった。

生のどんな行為をも度はずれに重要視している限り、私たちは意気軒昂である。だが、これらの行為の正確な価値を知るや、私たちは生きてはいても、もう意気軒昂というわけにはいかない。

「火のように激しい悪行に、私たちは、いままで決して見られなかった月のもうひとつの面を発見する。」（ローザノフ）

慰めの書について一文を書き、怒りについて別の一文を書く……

私は、音楽への唐突な、病的情熱に捉えられることがよくある。

ダニエル・デフォーについて書かれた、ある本で次のような一節を読む。「小間物商になったかと思うと、風刺文の書き手になったり、税務吏になったかと思うと、富くじ検査官になったり、煉瓦製造人になったと思ったら、国王の秘密の助言者になり、そうかと思うと、新聞記者になり、かと思うと警察への密告者となって、さらし台にさらされたり、二回、破産のうきめ目に遭い、三回、下獄し、詐欺の独創的形式、つまり現代小説を発明した。」

慢性的な困惑状態のなかに生きている者には、ほんのささいな悲しみも桁外れに大きなものになる。だが、悲しみが実際に桁外れのものなら、いったいどうなるのか。

自分の考えと明白に矛盾する振る舞いに及ぶと、きまって私は一種の軽い快感を覚え、やがて不快感に襲われる。

歳をとったからといって素行が改まるわけではない。自分の恥の隠しかたを知るだけだ。

どんな戦列にも加わらず、どんな使命をも引き受けたことはなく、確信にしても信念にしても、そんなものはほんのきれっぱししか残っていないのに、書くことに固執する、これはまたなんと奇っ怪なことか！

知恵の助言を与え、そして熱狂者として振る舞う——私はこういう人間だ。

「無名のままに生き、そして死ぬこと」——これは、当時、もっとも著名な人間だったヴォルテールのたどり着いた結論だが、ここには栄光の本質が語り尽くされている。

だが、いちど有名になった人間は、もう二度と無名の状態にあまんじてはいられないだろう。栄光の毒から逃れるには、まぎれもない変貌が、まさに奇跡が必要なのだ。

私にエリートの話などをする人がいると、相手は白痴なんだとすぐ思ってしまう。

〈虚しい栄光〉の防止策として、イグナティウス・デ・ロヨラは、あらゆる善行を神に結びつけ、善行の功徳をすべて神に帰するように勧めている。――だが、信仰なき者はどうすればいいのか。自分の利点をだれのせいにすればいいのか。

幸せだった幼少期に、私は孤独とメランコリーの危機を知った。齢《よわい》をかさね、だしぬけに消えうせた年月の代わりに、幼いころの悲しみが忽然と現れてくるのをしばしば経験するにつれて、この忘れて久しい危機の思い出が、にわかに生き生きと甦ってくる。

魂のなかで神との分離がどのように行われるのか、詳細に記述することができれば！

もう駄目だ、精も根も尽き果てた！

身のまわりにいる多くの著名人、彼らのなんという堕落ぶりか！　それでも彼らは死なない。社会的名士というのは、一定の瞬間以後は、例外なく死に損いであるからだ。だれかを熱烈に尊敬しているなら、その人のために、その人の暗殺を買って出なければなるまい。

女は自分の悲しみを誇張するわざにたけている。

限界のある悲しみはない。

どこかに引きこもって、祈りについて、つまり祈ることのできない悲劇について、長い省察を書きたいものだ。

『ゾーハル』に次のようにある。「この世で悪をなす者はみな例外なく、天上においてすでに至聖所（その名の祝福されんことを）から遠ざかりはじめていた。彼らは地獄の入り口に殺到し、地上に下りなければならぬ時間の到来をはやめた。これが、私たちのなかにやって来る前の魂だった。」（フランク、『カバラ』一八三ページ）

人間には特にもてないもの、そして永遠に失ってしまったもの、つまり無垢のなかにしか幸福はない。

どんなに強く無名でありたいと思っていても、だからといって私たちは、自分のことなどもうきれいさっぱり話題にして欲しくないと思っているわけではない。私たちは完全に忘れ去られることを夢みているが、しかしほんとうにそんなことになったら、おそらくそういう事態を甘んじて受け入れることはできないのではあるまいか。

数百年にわたって、人間は懸命に神の定義を探し求めたが、この数百年をすべて無駄な時間だったと考えるのはバカげていよう。

鈍感な人間だけが意志をもつ。

あるいは、

意志は鈍感な人間の専有物だ。

バカな動物など考えられない。

彼は、自殺の年齢を越えてしまった。

イグナティウス・デ・ロヨラの自伝を読む。あまりに異常な人物で、こちらもイエズス会士になりたいとさえ思ってしまうほどだ。

疲労によって、好奇心の喪失によって謙虚になる……

魂が病んでいるとき、脳髄が無傷なのは稀だ。

自分が長所と思い短所と思っているものを、幸いなことに他人は知らない。

生に対する私の臆病ぶりは生まれついてのものだ。責任、果たさなければならない仕事、そういうものがどれといわず、私にはつねに耐えがたかったのだ――つまりは、自分には直接かかわりのないあらゆるものに対する本能的な嫌悪。〈指導者〉とは正反対の人間。若かったとき、私が神をしばしば妬んだのは、あらゆるものを越えている神が私には「無責任者」そのものと見えたからではなかったか。

立っている神があるうちは、人間のなすべき任務は終わっていない。

呪われた使命。

言いたいことはなんだって言うことはできるが、まるっきり希望なしに生きることはできない。私たちは自分でも知らぬうちに、いつもひとつの希望を抱いており、この意識にのぼらない希望が、私たちが拒否したり失ったりしたすべての希望を埋め合わせるのである。

どんな努力にも犠牲はつきものだ。努力をしない者は犠牲を払わない。

一九六三年六月二二日

ここ六週間、ただの一本のタバコも喫《す》わず、ただの一紙の新聞も事実上、読んでいない。修道院に滞在するよりはるかに有効な解毒治療。

すばらしい日曜日——死の思いにたっぷりと浸った。

考えない悦び、生はここに尽きる。見る物体であること、ただそれだけだ。

悲しみをまぎらわす有効な方法。すなわち、よく知らない国語の辞書を引きまくり（?）、決して使われることはあるまいと思われる言葉を特に探すこと。痴呆化は、魂のあらゆる病の解毒剤だ。

「悔恨」を運命づけられているなら、「悔恨」の原因にならぬものはほとんど取るに足りない。

フランス語で悩み、文法家むきの、明晰この上ない国語で苦しむとは逆説もいいところだ！　幾何学的な悲しみ！

私は名誉欲を告発したけれど、名誉欲が私にないといえるのか。そんな傲慢な態度、名誉欲を忌み嫌っているような態度を執る権利が私にあるのか。

私がどんなささいな企てすら考えようとしないのは、嫌気がさすのを恐れているからだ。私がいたるところに見るのは「空《くう》」だ。なぜなら「空」はすべてだから。

なんとか紛らわせようとしていた不安が、ひとつの声、あるいは軽率なひとつの言葉のちょっとした調子で、どれほど私たちの内部に甦るか、考えてみれば不思議だ。

私たちは青ざめ色を失って、自分がどれほどこの世の者ではないかを示して見せる。

無思慮への遁走。

風のポエジーとエゴイズム……

不毛の源泉、すなわち思考の自閉。

自分の気分を、なかんずく悲しみを隠すことのできる者は、だれであれ〈文明人〉だ。

この世が私の領分でないことは明白だ。

悪夢という悪夢をすべて見、ずっと前から脳髄の底に転落していた無数の思い出が忽然と姿をあらわす、あの夜また夜。

その能力にそぐわぬ影響を及ぼした作家には一種の軽蔑を覚えざるをえない。たとえば、ジャン＝ジャック・ルソー。

一九六三年六月二一日、日曜日

二つの矛盾した感情、というよりむしろ連続する感情、つまり不安と倦怠が同時に起こり、かつ共存しうることを、街なかで思い知った。両者の混淆を、混淆の結果の状態を書くとなると、私にはできそうにない。

私は何も望まぬ、何も、何ひとつ……神よ！

あのジプシーの音楽が私の内部に、またも忽然とあらわれ、そして音楽とともにいくつもの思い出が甦り、私をさいなむ。中央ヨーロッパの刻印は、私から永遠に消えることはあるまい。人は生まれた場所からも、最初の思い出からも逃れられない。

病気があるのは、私たちは生との契約をいつでも結ぶことができることを私たちに思い出させるためだ。

先日、抜粋と解説とからなるスペイン内戦の映画『マドリードに死す』を観る。――双方がこうして残虐と憤激の限りを見せ、裁判抜きの処刑を執行するさまは、いうもおろかな光景なばかりか、さらに由々しいことに、なんと気まぐれの光景であることか！　何もかもが悪魔の楽しみのために考え出されたもののように見えるからだ。いや、これだってあやしいもんだ！　スクリーンに諸国民の行進を、言い換えれば世界史の替え玉を見たなら、私たちは同じ無益性の印象を、無益で哀れな狂気の印象を抱くのではあるまいか。

絶望の危機は過ぎ去る。だが、絶望の生まれる土台は存続しつづけ、どんなものにもびくともしない。それは攻撃不可能なものにして不変のもの、私たちの *fatum*[5] だ。

昨日、カクテルパーティーで、医学部の元教授で心臓病の権威と話し合う。田舎の公証人かパリの乾物屋といった感じ。私の語ることにいちいち驚く。印象から判断すると、人生についてはまるで無知。それでも、不安にかられ、あるいは絶望に沈んだ病人を何人となく治療したに違いないのだ！　たぶん病人の治療はしただろうが、病人の惨劇などついぞ考えたことはなかったのだ。こういうことはみなありふれたことだが、しかし恐ろしいことだ。

Xは幸福に見舞われたところだが、幸福から立ち直ることはあるまい。

病院の待合室で三時間すごす。これらの男女は、いったいなんでこんな屠殺場へ来たのか。死が怖いからだ。あの醜い老婆に、そんな歳で死を怖がるなんて似合わないよと言ってやりたかった。

不安に耐えられないときは、群衆にまぎれ込み、彼らの顔を眺め、どうでもいいようなことを、あるいは奇抜なことを考え、自分の最重要事を先のばしにする、これが一番だ。

一九六三年七月九日

「いつ出掛けるんだい?」と、だれもが異口同音に尋ねるが、私には答えようがない。明日以降の決断は私にはできないからだ。自分も、そして一切のものも不確かだ、と明瞭に意識しすぎたあげくがこのざまだ。

「トルストイと死の強迫観念」(6)について書かねばならないが、他人の劇など私には不要だ。自分の劇で充分すぎるほど充分なのだから。

自分よりも有名な、はるかに有名なあらゆる人間に、私たちは羨望と同情の入りまじった気持ちを抱いている。それというのも、有名になった人間が私たちの願っているものを手に入れながら、その成功そのものによって、同時にまた堕落してしまったことを知っているからだ。人は有名になればなるほど、ますますその孤独を失い、ますます自分ではなくなる。たとえどんなにわずかでも自分本来の存在に忠実であるならば——孤立し無名でなければ、この状態は維持できない——私たちが抱くのは自尊心ではなく、自尊心を越えた何かであって、この何かによって私たちは、人間の賞賛をえた者をだれといわず同情の目で見ることができるのである。

恐ろしい夜。天気のちょっとした変化で、実をいえば毎日、こういうふうに両脚に感じる蟻走感は、三〇年来のものだ。私は生まれつき無意味な人生を送るべき人間であって、こんな果てのない受難にさらされるべき人間ではなかった。

頽廃期のローマ人が尊重していたのは、もはやただ一つのことだけだった。すなわち、かつて彼らが軽蔑していたギリシアふうの安らぎ *otium graecum*。

喪の悲しみにくれている人を慰めるために、人はだれも死ぬ、弱者も強者も、帝国もその他のものもみな死ぬ、といったような決まり文句がよく口にされるが、これは指摘されているように、こういう凡庸な言葉以外に、慰めとなるものが何もないからである。

すべて主張というものは、私たちがもっているとは限らない、いや、ある者にいたってはまったくもち合わせていない、ある程度の本能を前提としている。

一九六三年七月一四日

一九六三年七月一五日

倦怠の不安で私は麻痺状態に陥り、計画も企図も実現されそうにない。それは治療法もわからない、まぎれもない病で、私を辱め、私にいわせれば、私を堕落させる。五〇を過ぎたというのに、いまだにこんなていたらく……

あらゆる人生に秘められている解決不可能なもの、私たちと私たち自身の生とのギャップ、あのアメリカ人たちには、こういうものは決して分からないだろう。彼らの一人からアメリカ行きを誘われたとき、私が、*It is too late* と、うんざりした口調で答えると、相手はびっくりして、*Never too late* と答えた。彼の答えは咄嗟の反応だった。けだし、すべてはつねに遅すぎるということが、いったいどれだけの人に分かっているだろうか。すべてはつねに遅すぎる、これは私の紋章の一部だ。

本が私の内部にそそぎ込む混乱と毒、これによってのみ私は本を評価する。

生に同調できる者はいずれも例外なく忘却の無限の能力をもっている。だから忘れることができない者、つまり心配性の人や悲哀をかこつ人は、どうしても死にかたむきがちなのだ。

〈Who has not found the heaven below
Will fail of it above.〉*

（E・ディキンソン）

空は、すでにこの世で空を見出した人たちへの褒美だ。

＊「〈空〉を——この世——に見出さなかった者は、天上でも〈空〉を見出すことはあるまい。」エミリ・ディキンソン『小競り合い』所収、詩篇一五五四番、シャルロット・メランソンによる翻訳詩選集、オルフェ・ラ・ディフェランス版、一九九二年、一〇五ページ。

エミリ・ディキンソンふうの簡潔な文体で表現された哲学体系、私が夢みているのはこういう哲学体系だ。

私には人に教えるものなど何もない。私は典型的な非‐専門家。

八〇になるXが自分の死について、遠い未来の、まったくありそうもない事件として私に語る。人間、こうも歳をとると、生きる癖がついてしまうのだ。

人間嫌悪のあまり、私にはまともにものが考えられない。絶えず激昂している始末だ。もう人間のそばにいるのが耐えられない。

今朝、メトロの駅で、おそらく本物と思われるひとりの盲人が手をさしのべていた。その物腰、厳しい顔つきには、何か人をすくませるもの、息を詰まらせるものがあった。その失明の病を、人に感染させるのだった。

神よ、願わくば私を崩壊から救い、眼前の死滅から守り、おのが破滅に見物人として立ち会わせることなく、逆に破滅と闘わしめたまえ。あるいはさもなくば、破滅を全面的に引き受け、心おきなく破滅にのめり込ませたまえ！

だれかに会いにゆかなければならなくなると、そういうときに限って〈インスピレーション〉が湧くことに気づいた……そんなわけで私はいつも、あたら天才になるチャンスを逸したと思いつつ人に会いにゆく。

賢者は手紙を書かない。

完全無欠の社会の第一条件、すなわち、嫌いな人間をひとり残らず殺すことができること。

マラルメばりの散文はどれもこれも読めたものではない――三行以上は。

目標とは反対のことをほとんどつねに実現してしまう――これが偉大な野心家のみごとなところだ。

人の気持ちは本よりは会話のほうにずっとよく現れる。作家の本を読むより本人とつき合うほうがずっと重要なのはこのためだ。

苦しんでいるとき、苦しみを恐れるのは、苦しみの追加のようなものだ（あるいは、余分の苦しみのようなものだ）。

他人の憤激を買わずに自分について語る、これ以上にむつかしいことはない。作者が自分を哀れな男に仕立てたものでなければ、告白は読むに耐えない。

人に嘘いつわりのない態度を示す――というより、あえてそういう態度を示したことを黙って見逃すような者はひとりもいない。

だれかにほんとうのことを言うのは、不作法の罪を犯すこと、相手より自分がまさっていることを認めることだ。

「私のことで、そんな率直な物言いはできないよ」――

「どんな権利で、ほんとうのことを面と向かって言うのかね？」

……祈りを中断する必要がないようにと、大地を耕す天使をもっていた、あの聖者……

幻想が幻想であるとは知らずに幻想に熱中する、これが生の秘密のすべてだ。幻想が幻想であることが分かれば、とたんに夢は覚める。

創造を運命づけられている人、あるいはただたんに何か言うべきことのある人は、自分の能力や気質、あるいは限界について四六時中、問うような真似はしない。彼は突っ走る。

幻想を棄てることは、自分自身の存在を侵害するようなものだ。

八月一六日――オーストリアから帰る（ツェル・アム・ゼーとザルツカンマーグート）。アッター湖畔のウンターアッハ。

ここ二週間、ただの一行も書いていない。それでいていまもって〈作家〉を自称しているのは、〈職業〉を鼻にかける欺瞞と必要性からだ。

ツェル・アム・ゼーに近いツンマーズバッハでヴァカンスを過ごしていたときのこと。ある夜、明け方の四時ごろ、自分はもう永久に目覚めたままで、眠りの世界に自分の場所はないのだと思い、そう信じて、はっと目を覚ましたことがある。

一九六三年八月一七日　禁煙して二か月以上になるが、いっこうに苦しくはないし、またやりたいとついぞ思ったこともなかった。ところが昨日から、急にまた喫《す》いたくなり、自分には有害な（胃、喉、ああ、すべてはタバコが原因で損なわれた）習慣に再び染まるまいと必死に闘っている。もう二度と喫煙はしまいと誓ったのに、いままさにその誓いを破ろうとしている。なんとしんどい断末魔か！

呑んだくれ、薬物中毒者、放蕩者、こういう連中に私はとことん甘いし、またとことん同情している。悪癖の根は私たちの深部にあり、それは私たちそのものだ。悪癖は死ななければ治らない。

アイスキュロスはシチリア島のジェラで死んだ。この町が古代にはどんなたたずまいだったのか知るよしもないが、逆に私がこの町について知っているのは、それがかつて私の知った、もっとも恐ろしい町だということだ。私がアグリジェントに行けなかったのも、この町のためだ。というのも、アグリジェントに行こうとして、乗換えを間違えたため、ジェラで一泊しなければならなかったからだ。私には想像だにできないことだった。

もうなん年というもの、私はつねに自分の力を発揮できずにいる！

ほとんど書かない作家にだけ秘密がある。
あるいは
ほとんど書かない作家だけが秘密という特権を享受する。

あらゆる独創性には、たとえそれが本物だとしても、気取りの一部がある。

Xは長老の年齢のはずだが（たぶん八〇を越えている）、二時間にわたり、あらゆる人間をこき下ろしたあげく、私に言ったものだ。「だれも憎んじゃいませんよ。人を憎めないのが私の生き方の大きな弱点でしてね。」

もし死が恐ろしいもの、想像を絶するものなら、それに事実はそのとおりに違いないのだが、しかしそれなら、友人が死んでしばらく経つと、どの友人も幸せに思えてならないのはどうしてか。

柩を再び開いて見るスペインの変わった習慣は、スペインの歴史の欠落をひとつならず説明している。骸骨はどう見ても、現代世界への良き手引ではない。

マラルメについてきわめて正鵠を射た次の言葉をどこかで読んだことがある。いわく、「彼は上品なものを熱愛していた」。

「ぼくは臆病です。幸せである苦しみに耐えられません。」ファニー・ブローンへの（キーツの）言葉。

地球の年齢は、推算によれば四〇億年。今朝、耐えねばならぬ別の一日の、めくるめくような重さを感じながら、この数字のことを考える。

二八年ぶりのミュンヘン再訪[7]。この間、私はただひたすらミュンヘンを懐かしみ、美化していただけだ。私の想像のなかで、ミュンヘンはいつしか失われた楽園と化していた。深い失望感。その原因の一部は、爆撃による荒廃にある。なるほど都市は破壊されていて、ほとんど昔の面影をとどめていないが、それでも、私がかくも長く、かくも持続的にミュンヘンに抱きつづけた郷愁、この郷愁は誤りであったと考えざるをえない。

現在までのところ、私が示したたった一つの勇気、つまり自殺しないという勇気。

生きることは私の本領ではない。私の不幸はすべてここに起因する。

もう決して怒るまい、どんな侮辱にも耐え、反撃するにしても狡猾な侮辱だけにしよう、つまり、けっして反撃はしまいと決心した。

ここ三か月、一本のタバコも喫っていない。喉の痛み、食欲不振、きつい口臭などが重なって喫う気になれなかった。これでとうとうやめられたな、今後は、胃を傷めた有害な、この昔からの習慣に二度と染まることはあるまいと思っていたが、ところが今日、禁を破ってしまった。なんたる恥辱！　タバコに毒されなければ仕事はできないというバカげた考えから、タバコに手を出してしまったのだ。だが私は、たとえ仕事を諦めなければならないとしても、あんなどうしようもない習慣は捨ててしまおうと誓っていたのだ。刺激剤の力を借りなければ書けないなら、なぜ書くのか。しかもタバコは刺激剤ですらなく、逆に鈍化剤だ。何か月ものあいだ、何ひとつ書けなかったではないか。そして注文仕事を片づけなければならない今となって、私はまったく途方に暮れ、猛り狂っている。

トルストイについて論文を、というより序文を書かなければならないが、どうやら私にはほとんど不可能のようだ。自分以外の者について語るためには、わずかながらも客観性が必要だ。ところが私は、もうだれに対しても客観的な態度は執れないし、自分のこと以外は語れない。客観的であるとは、公平であるということではなく、他人を対象として扱うことだ。批評家連中のやっていることだが、私にはできない。私は他人を、他人があたかも自分自身であるかのように扱う。それならなぜ論文を、あるいは序文を書くのか。なぜ嘘をつくのか。私の到達した主観性の程度からして、私は、ひとつの問題の、この場合は、ひとつの肖像のデータを提示するという基本的な仕事にさえむいていない。

それでも、この仕事はしなければならないのだ。*

＊　シオランは、プロン書店で短期間、編集の任に当たった「シュミヌマン」叢書で、トルストイの『イワン・イリイチの死』を、序文をつけて出版した。

私は義務を憎む。だが、私の陰鬱な気分の原因は、私が自分の義務を回避しているという事実にある。自分の果たすべき義務を怠ればただでは済まされないし、計画をつぎつぎに放棄すれば何かしら手ひどいとばっちりを受けるものだ。私の陰鬱な気分は、もとをただせば、こういう計画放棄の総和にすぎない。つまり、この気分は、あの往生ぎわの悪いすべての計画の腹いせなのだ。

二十歳《はたち》のとき、私はすぐにも自殺しかねない状態だった。その後、事態は変わった。といっても、この三〇年の長い年月、私が自殺を考えることも、ときには真剣に自殺を思い描くことさえしなくなったというのではなく、何かいわく言いがたいものによって、自分には自殺はできないと思い知ったのだ。この何か、この〈声〉が、いまや消えかかっているのではないかといたく恐れる。すくなくとも、この声は、このところ私にはますます聞き取りにくくなっている。

「空《くう》」に深々とのめり込んでしまったあまり、「空」は、ほんのささいなことで充分に神に変わってしまうほどだ。

簡潔な表現に執着するから私は書けないのだ。というのも、書くとは敷衍することだから。

すでに作品を書き、そこに自分の言わねばならないことはすべて言ってしまっているのに、まだ自分は未完成で、「大著《グラン・リーヴル》」に取り組んでいるのだと他人に思い込ませる——これがマラルメの、なかば無意識的な、なかば計画的な術策だった。自分への要求が強すぎるあまりの不毛という伝説を作り出す、このいかにも高貴な真実には、なんという計算のまぎれ込んでいることか！　マラルメの場合、後世の者は、彼がみずから描いた肖像を誠実に受け入れた。マラルメが遭遇したとも、抱懐したともいわれる、並はずれた不可能性を一瞬たりと疑ったことはなかった。だから、その不可能性はマラルメという人間から切り離せないのだ。つまり、その不可能性でマラルメは偉大な人間と化すが、彼がこの偉大化の張本人であることを人は知らない。

書くことは私にとって刑苦と化し、不可能性と化した。言葉は（私の本質）にはまったくかかわりのないものに思われ、言葉に接触することができないほどだ。私と言葉との乖離は完璧だ。もう私たちには自分に語るべきことは何もない。私が言葉を使い利用するのは、言葉を告発するためであり、私たちのあいだに開いた深淵を嘆くためだ。

*

Memnons Klage um Diotima

すべてを失ってしまったとき、悲歌は希望の代わりになる。

＊「ディオティーマを悼むメノン」、ヘルダーリンの悲歌。

トルストイの危機について、その間、彼が自殺の観念にとりつかれていた危機について書かなければならない。ああ！　私はいまトルストイと同じ苦しみをなめている。なんってことだ！　外出することにしたが、そのまま自室にとどまっていたら、だしぬけにやって来る決断を抑える自信がないからだ。どうしてこんなていたらくになってしまったのか。だが実をいえば、多かれ少なかれ、これが私の生きざまだったのだ。

あらゆる作品は、苦しみに依存している。作家は自分の苦しみの寄食者だ。

私の抱いている確信にもかかわらず、私にも自分の仕事（仕事をしているときだが！）に悦びを見出すことができるのは不思議なことだ。私たちに本質的なことを、つまり、何かを企て、その痕跡を残しておきたいと思うなら考えてはならないものを、忘れさせるのは仕事だけだ。

仕事——崇高な意識混濁！

自分の知る一切のことを忘れることができれば！

憤怒を、人間への憎しみを克服することができたら！　無関心の境地に達することができたら！

だれもが、なかでもとくに作家が自分の欠点に気づかない理由は以下のとおりだ。つまり、どんなつまらないものでも書いているときは、私たちはどうしても一種の興奮状態にあり、その状態をすぐインスピレーションと思い込んでしまう。絵はがきひとつ書くにも、いささかなりと〈熱気〉が、いずれにしろ無関心の欠如が、ちょっとしたリズムが必要だ。冷静な状態でやれるものは何もないから、何かをやり遂げるや、私たちはすぐ自分には……才能があると思ってしまう。だれにしても、自分の行為が無意味だとは思い切れない。〈創造〉はどんな形のものにしろ、私たちの存在の参加を要求するが、その私たちに由来するものが、まったくなんの意味もないとは私たちには考えられないのである。

八月二九日——午前一時。眠れない。神経が緊張していて痛みを覚える。相変わらず、あの同じ蟻走感。気が狂いそうだ。病気は昼夜の別なく目を覚ましている。みんなが眠り、休んでいるのに、病気だけは例外。

悲劇を書くことが悲劇を生きるほどにも簡単だったら！

どんな恐ろしい病でも、それを名づけないという条件があれば耐えられる。

ひとつの〈決まり文句〉を見つけたとき、私が幸せだと思うのはこのときだけだ。

彼女はまったく孤独な生活を送っているが、その生活から何を得、何を引き出したのか。何もない。というのも、彼女の書くものは、上流社会に生きているXの方法の模倣だから。

教義の歴史を、あるいはただたんに教会の歴史を読んでみるだけでも、ヴォルテールの放った嘲笑の言葉を大目にみないわけにはいかない。だが結局のところ、ヴォルテール自身も、それなりに狂信者だった。

大きな間違いはしていないとの確信がもちたいなら、結局のところ、懐疑思想の周辺にとどまっていなければならない。

悔恨と恨みをむし返し、憤懣を楽しみ、倦怠のなかで白痴のようになる――これが私の十八番。

私にはまともな器官はひとつもないと思う。

九月二日　パリに再び人々が戻り、ネズミどもが戻って来る。

ここ数日というもの、脳髄は私の呼びかけに答えない。

トルストイの作品における死の不安について書く。いつものデンで、語らなければならない作者のことよりも自分のことを考える。

自分の感覚を考えることも思考というものだ――やむを得ないときは！

九月二三日――スペインへ出掛けたが、風邪をひく。私の「病気」との結びつきは、まったくもって切り離しがたいものなのだ。悪寒がしたのに、入浴せずに床についたときの、自分への、あの怒りの発作！ 自分のかかえる病気への憎しみから、このときほど自殺に近づいたことはない。別の肉体に住むことができれば！ もう自分の肉体には耐えられない。でも耐えなければならない。この義務は、恐怖と臆病にかられて私のデッチ上げたものだ。けれども、いつかは私の手が私の肉体に向けられ、ついに私は肉体から解放されるだろう。

一〇月一日　あらゆる観念は誇張だ。考えることは誇張することだ。

反‐宗教に根拠があるのは、それが、神を失墜させる快楽に発するものである場合に限られる。教会あるいは信者に対する闘いなら、それにはなんの価値もない。

体系と混沌のどちらを採るかといえば、一貫して混沌を採る者、私はこういう者の一人だ。

私の気分と脳髄の状態との関係を、数年来、観察している。私たちは自分の細胞の変調次第だ、という事実の確認ほど、私たちを謙虚にさせるものはない。

Xが手紙で、とても誠実で気骨のある若者を差し向けるから、何か文学上の助言を与えてはくれまいかといってよこす。私は、そもそも助言などというものはないから与えようもないと答えたが、私が拒否したほんとうの理由は、道徳上、非の打ちどころのない、その若者に、作家の資質があるとはアプリオリに思えないからだ。——将来を期待させるもの、それは私たちの美点ではなく欠点だ。

立派な人間など信用するな、こと精神に関することで、彼らからは何も期待するな。毒のある源泉、潜在的な地獄、未発の悪行の総和——才能とはこういうものを前提にしている。

私の叫び声を骨ぬきにできる者がいるだろうか。

私のことが話題にならなくなってずいぶん経つ。そのことがちょっとばかり悲しいとも、悲しくないとも言えない。無視・黙殺は経験ずみだ。

ヴィヨンを、それにたぶんランボーを除けば、フランスの詩人は詩句の技術者だ。つまり私のいう意味は、彼らは詩人ではなく教養人だということだ。彼らに求めるべきものも期待すべきものも何もない。

フランスの文学は、文学についてのおしゃべりだ。

ここしばらくの間、私が読んだほとんどすべての詩で問題にされているのは……もっぱら「詩」のことだけだ。みずからのほかに素材のない詩は、たちまち枯渇し、読者を退屈させる。読者が問題なのに！

宗教を対象とするような祈りなど想像できようか。自選集に『神学的祈り』という題をつけたのはヴァルディニだったと思うが、これは言葉の矛盾である。

音楽を聴くと、私にあるすべての不純なものがうずく。そして音楽が〈高貴なもの〉であればあるほど、ますます私の鈍った恨みと、普段だったら恥ずかしくて自分にも言えないような憎しみとが呼び覚まされる。

私の悪臭の広がりと深さ、私がこれを知るのは、なかでも特にバッハのおかげだ。

あらゆる確信は、例外なく自由への邪魔ものだ。

自由な人間は、何ものにも、名誉にさえ煩わせられない。

私の恐怖の肉体的なあらわれにほかならぬ、私が苦しんでいる、この悪寒。

しかるべき歳になれば、私にしても自分の病は甘んじて受け入れるのではないかと思っていた。ところが、病の苦しみは以前の比ではない。私が病を知りすぎていて、もう病に不意をつかれることがないからだ。私たちの持病にもいささかなりと不測のものは必要で、それがないと、持病は耐えるに値しないのだ。

彼は、その懐疑のすべてをさらけ出した。

病気になると、自分のことが意識につきまとって離れない。いつも自分に立ち返っては、その自分を厭い、自分に対して、無益にもそこからの分離を試みている、あの自分に対して、怒りのすべてをぶつけることになるのは、病気のおかげだ。

こんなにも苦しんだのに、苦しみについて分かりきったことしかしゃべれないとは！

一〇月八日――今日、いくつかのデパートで二時間を過ごす。ルーヴル美術館の地階で木製のスプーンを選んでいたとき、だしぬけに自分はこの世の者ではない、自分のいるべき場所は人間のなかにはないと思った――私の生活によくあらわれる啓示。

確信を失ったときよりも確信のあるときのほうが、書くにも熱が入る。確信は、精神を限定することで、精神を刺激する。確信がなかったら、精神は拡散し、ついにはもう輪郭を失ってしまう。すべてのものと一体となるが、精神がその名において語りうるものをことごとく失ってしまう。

攻撃するときでなければ、私には熱が入らない。だが、だれを攻撃するのか、攻撃してなんになるというのか。

すべてを検討の対象にする精神も、幾千もの問いと分析の果てには、ほぼ完全な事実上の無気力に、無気力な人間なら、まさになんの造作もなく本能的に知っている状況にゆき着く。というのも無気力とは、先天的な困惑のことだから。

ものを考え始めるや、私はすぐ幻滅の語り口を採り入れ、以来、手放したことはない。

情熱のことを、若かったときの熱狂のことを思うと、こんな苛立たしいばかりの、つらい無意味な生活に沈淪する羽目になったことが悔やまれてならない。

日曜日の午後。四半世紀来、歩きまわって熟知の街を散歩。変わりばえのしない、荒廃した、醜い街々。もう何も得るところのない都市に住むのはバカげたことだし愚かなことだ。私はパリにげんなりしているが、自分に対してもそうだ。どんなささいな喜びも、どんなささいな失望もパリにも私にも期待すべくもない。

何か荒々しいものを秘めていない思想は、私にはどれもこれも退屈だ。

ラシーヌによれば、〈虚しい崇拝者〉のほかに隠者の利点はなかったということだが、それでも彼は、「遺言」でポール・ロワイヤルへの埋葬を求めている……

アミヨが聖書をフランス語に訳していたなら、フランスの文学、なかんずくフランス語は、まったく別の展開を見せたであろう。

私がどんな宗教の信者にもならなかったのは、何者かの力による救済が私には考えられないからである。私はキリスト教あるいはバラモン教よりも、異教の知恵にずっと親近感を抱いている。

現在、道教が成功を収めているのは、「道《タオ》」というものがまったく無限定であるという事実にもとづく。そうであればこそ、東洋の人々は、ある種の宗教的な信仰に帰依しながらも、信仰の制約に従わずともすむのだ。

人格神などもう通用しないから、私たちは、ある曖昧な名辞をもって、ある実体——もちろん、申し開きの必要などない——をもって人格神に代えるさまざまの宗教にますます向かいがちなのだ。

だれの助けも借りずに私は私を〈解放〉したい。

絶望は私に生まれついてのものだ。私にあるのは感情ないし態度ではなく、ある生理学的な——あえて生理的とは言わない——現実だ。絶望は私の信仰、生まれついての信仰だ。

病気は、どんな病気も治らない。風邪でさえも。いずれにしろ、病気はつねに再発し、治ったと思うとぶり返す。実際は鳴りをひそめていただけなのだから。

健康とは、まどろんでいる病気だ。

ほんとうのことを言えば、だれも自分が無視されるのは耐えられないし、いくらかでも自分の取柄を自覚していれば、他人の無関心に我慢がならない。だが、他人の意見に左右されている限り、生は地獄だ。

病気も病人も好きではないが、それでも私は、健康な人の言動を真に受けることはできない。

作家にとって、いささかなりとも威厳を保つ唯一の方法は、書くのを止めることだ。

、、、、、、、、、、、、
ダンテとマイスター・エックハルト、中世が生んだもっとも深い、もっとも情熱的な二つの精神。

午後、ヴィオーヌ川ぞいにポントワーズの先まで歩く。川面に散る枯れ葉、はかなさの二重の象徴。

母が耐えているさまざまの障害と苦しみについて、弟が手紙に書いてくる。いわく「老いは自然の自己批判。」

オーストリアのエリザベートへの情熱ほど、私という人間を示唆するものはない。

ユダヤ人は自分たちの解決不可能な運命を陶然として反芻するが、この彼らの陶然たるさまが私は好きだ。実は、彼らにほんとうにかかわりがあるのは、この運命をおいてほかにない。

私は歌へのかすかな望みを絶えず追っているが、歌はやって来ない。

人々が夢判断に夢中になり、夢に未来の姿を探すのは、予言者のいない時代だ。

もし私に信仰があるなら、だれにも知らせずに、即刻この世を棄てるだろう。だが、たとえ信仰がなくとも、このようないたらくになったからには、私は一切の関係を絶ち、どこかの砂漠にでも行って生きるべきだろう。

私の確信が次々についえ去った、あれらの夜、私の生涯で重要だったのは、あれらの夜だった。

キリスト教によってすべてが台無しにされた、といったところで無駄だ。もともとキリスト教は座興をそぐもの。無益にも深遠だった数百年。キリスト教を糧にしたことを私はいたく悔やむ。食いすぎた。不幸、なんという不幸か！

私は苦しみながら、苦しみの余波のうちに日々を過ごして来たといっていい。ことに最近はそうだ。その私が五〇まで〈生きのびる〉という手柄を立てたのだ。もともと私は、なんでも楽しむ、陽気なたちだったが、健康にすぐれなかったために、こんな資質も台無しになってしまった。もって生まれた性向と後天的な気質の矛盾から、いつも苛立ってばかりいる、あの絶え間ない不快感が生まれたのだ。

自己への憐憫の情をくみ尽くしてしまったあとで、やっと私たちは、ある種の平穏に近づく。

私に確信できる稀有の一事は次のことだ。すなわち、人間が共同生活をする唯一の理由は、苦しむためであり、おたがいを苦しめ合うためだ。この明白事を私は何度でも飽きずに繰り返すだろう。

ある考えを述べはじめると、とたんにそのつながりを見失ってしまう。私の精神には脈絡が欠けているのだ。そして隠喩をつづけるには、私の〈流儀〉ほど支離滅裂なものがあろうか。

私は虚ろな穴、〈音楽〉は跡も残さない。永遠に荒廃した精神。どうしてこんなことになったのか。どうしてこんなことが可能だったのか。

一〇月二〇日　数日前から、向かいのホテルの最上階で、ひとりの男（アメリカ人だろうか、ドイツ人だろうか）がひっきりなしにタイプを打っているのが見える。いったい言葉はどこから湧いてくるのだろうか。何を言わねばならないのか。見たところバカ者のようで、どう背伸びしても、月並みな文章すら書けないのではないかと思われる。

二〇年以上も前にルーマニア語で書いたものを数ページ読み返したところだ。どうしようもない詩的文章。絶え間のない〈おののき〉のようなもので、吐き気を覚える。いま私に当時のヴァイタリティーがあれば、たぶんもうすこしうまく、いずれにしろもっと楽に書くだろう。詩的なものをペストのように警戒し、あるいはきっぱりと詩を書くだろう。

ただひとつのプラス面といえば、戦時中パリで、いまでも驚くばかりのルーマニア語の知識を身につけていたことだ。私は毎日、聖書を（もちろんルーマニア語で）読んでいた。〈宗教の〉本を探しに、ジャン＝ド＝ボーヴェ街の教会*（当時、その近くに住んでいた）へよく行ったことを覚えている。そんなわけで、私はルーマニア語の源泉へとさかのぼったのだ。当時、書いたものを今にして見れば、あのころの私の努力は、期待していたほどの成果を上げられなかったと認めざるをえない。

* パリのルーマニア正教会。

苦しんだからといって必ずしも謙虚になれるわけではない。むしろ逆の事態が見られる。というのも、苦しみのあまり死を意識するにしても、苦しめば苦しむほど、ますます私たちは自分をひとかどの人物と思い込むからだ。しかも、この死の意識は自尊心と完全に両立しうるのだ。

野心家は、あらゆる長所を兼ね備えていても、誠実なのはうわっつらだけだ。無関心な連中だけを信頼すべきだ。

この世で水にまさる不思議なものを知らない。

殴りたい奴を殴れるならどんなにかいいだろうに。大嫌いな奴の抹殺を私たちに要求する衝動を抑えるのは、まったくもって不健全である。

六年前の〈カイエ〉にざっと目を通したところだ。なんという混乱か！　なんというとげとげしさ、麻痺ぶりか！　憂鬱の深刻さにわれながら衝撃を受ける。

本は、それを書いた者にとってのみ事件だ。見込み違いをしないためには、作者たる者はひとりならず、この事実を考え、頭にたたき込んでおくべきだろう。もっとも、この事実を納得したら、書くのはやめてしまうだろうが。

行動においてもそうだが、思考においても私には持続的な努力はとてもできそうにない。妄想に憑かれた人間で、私ほど腰のすわらない者はいなかった。

ルクレティウス、ボシュエ、ボードレール――この三人にもまして肉というものをよく理解した者がいただろうか。肉にある腐敗したもの、厭わしいもの、途方もなく果敢ないものを？

いままでに見たすべての死者の顔、その最期の、耐えがたい相貌が、だしぬけに念頭に甦り、そればかりか、死を迎えたときのすべての友人の表情が目に浮かび、死骸の列の先頭と最後にいる自分の姿さえ見える。名指しできぬ者よ、私たちすべての者を憐れみたまえ。

かつての野心家であること、これが私の悲劇だ。むかしの私の希求と熱狂、そのさまざまの結果に時おり気づくことがある。私は自分の過去から完全には癒えていないのだ。

不眠
「眠りの鳥が私の瞳のなかに巣を作ろうと思ったとき、まつげに気づき、網にかかったと思って驚いた。」（一二世紀のアン

ダルシアのアラブの詩人ベン・アル＝ハンマラ）

気質上、私は享楽者だった。さまざまの病で私は〈殉教者〉になったのだ。この抑圧された本能の悲劇を感じない日はない。

西暦紀元の初頭、ユダヤ人はキリスト教徒であるといって非難され、イエスを認めてはいなかったにもかかわらず、そのイエスの責任を負わされた。二千年後、彼らがマルクスをかつぐような真似はだんだんしなくなっているのに、そのマルクスの責任を負わされている。かつてはキリストゆえに苦しんだが、今後はマルクスゆえに同じように苦しむだろう。

挫折を正当化しようとするのは、挫折を卑小化し、台無しにすることだ。

賢者モンテーニュは後継者をもたなかった。忌まわしいヒステリー患者ルソーは、いまだに弟子どもを生み出している。

聞き役になるのを恐れて、二時間ぶっつづけにしゃべった。異常なまでに惨めで陰気な、いまのこの私が、おどけ者と思われるとは！

作品など残さず、本を書くほど堕落しなかった、すぐれた人物が私に及ぼした魅惑。

なかなかやって来ない人を待っていると、時間が経つにつれて、その人の名声はすこしずつ損なわれ、一時間もすると、そんな人間などもうどうということのない者、威信を失墜した者のように思われる。

私に悪魔がとり憑いたことがあるとすれば、それはまさしく何ごともずるずる先のばしにする悪魔だ。

簡潔な表現の狂信者でありながら、もの書きとして生活費を稼ごうとする。

XやYが自分をいつも売り込んでいるのを見ると、控え目にしよう、わが身をくらましてしまおう、としかもう思わない。

……それでも私は、〈順調な〉運命が、バイロンふうの大げさな気取り屋が好きだ。それは二十歳《はたち》前の私の、栄光狂いの残滓だ。

頻繁につき合い、よく知っていて、その人が成功すればきっと嬉しいと思うに違いない人たち、私たちが妬むのは、こういう人たちに限られる。あらゆる友情に何かしら〈腐ったもの〉

があるのはこのためだし、私たちが親しい友人をほんとうに愛するのは、友人が犠牲者である場合に限られるのもこのためだ。友人が犠牲者でなくなれば、とたんに私たちは、警戒し、不安げに友人をうかがう。

彼には不幸の才能があった。

表と裏とを使い分けて生き、だれかに賛同し、かくてみずからの無節操ぶりに立ち会うことになる——こういう羽目に追い込まれることほど、私たちを疑い深い人間にするものはない。下っ端の地位の人間は、もしその地位にとどまっていたいと思うなら、おそらくだれにしても真実など屁とも思わず、あるいはすくなくとも、真実が可能であるとは思わないはずだ。

老人とつき合うのは危険だ。彼らは知恵にはほど遠く、どう見ても知恵を受け入れられそうにもなく、彼らに比べれば、自分のほうがまったく例外的に成熟していると思われるほどだから。老人に対する、この事実上の、あるいは仮想上の優位から、つい私たちは思い上がり、不遜になりがちである。

この世を人間に喩えるなら、その生きざまは、月並みどころか悪しき法外さというものだ。この世で何も、またたれ一人、その所を得ていないのはこのためだ。これに反し、もしかりにこの世が月並みなものだったら、さまざまの境遇と運命にはなんらかの釣り合いがあるだろうに。

自分のことを話題にしてもらいたいと思っている人間、こういう人間はだれといわず潜在的な敵とみなすべきだ。

たぶん私の狂気の沙汰にすぎないのだろうが、私ほどにも本質的なものに付きまとわれ、麻痺させられている者がこの世にいるとはどうしても思えない。

尊敬しているか憎んでいるかするだれかの顔を、本人には一度も会わずに想像してみる、これ以上にむつかしいことはない。秘密はつきとめられても、表情となるとそうはいかない。ひとりの人間の、もっとも見やすいものこそ、私たちの想像力をもっともまごつかせるものだ。

いま私は、詩にも神秘思想にもいっこうに興味が湧かない時期を経験しつつある。叙情性というものには、形を変えたどんなものにも吐き気を覚える。辛辣で痛烈な散文、気に入っているのはこれだけだ。

一〇月二八日　きわめて知的で聡明、万般におよぶ知識を備えた、一九歳のドイツの青年と話し合う。この青年に比べれば、私などは無知で古くさく、別の世代の人間のようなものだった。若者ぎらいの罰が当たって、私は時代遅れになりつつあるが、この事実がまた一段と私の嫌悪感をそそる。

思想家で私に興味があるのは、作家としての側面、そして作家では気質だ。

名誉と不名誉とを区別せず、まったく無頓着な者、こういう者だけが悟った人間なのだ。*Alles ist einerlei**、これが知恵の究極の言葉だ。この言葉を受け入れる気になれない者、あるいは、おいそれとこの言葉に賛成できそうにない者は、なんという苦しみを、なんという惨苦を経験することになることか！

＊すべてはひとつ。

自分の無能を、もう蒸し返すにはおよばぬひとつの事実として受け入れてからというもの、生はずっと耐えやすいものになったように思われる。

私にはもうどんな属性もない。私は廃用になった人間、つまりは簡単に賢者になれるかも知れないということだ……

いままで生きてきた女性について、彼女には過去があると言われるが、その意味で、言葉にもそれぞれ過去がある……シエイエスによれば、「ありきたりの言葉で巧みにしゃべるには、酔っているか、あるいは狂っていなければならない」ということだ。

私としては次のようにつけ加えるだろう。すなわち、どんな言葉にしろ、言葉をさらにあえて利用するためには、酔っているか、あるいは狂っていなければならない、と。

忙しく立ち回ってみたところで、私たちの内部でつづく死の長ながしい反芻が、絶え間のない独言《ひとりごと》がやむわけではない。

拍手喝采がいつまでも鳴りやまないでいると、私はつい革命を想像してしまう。たとえコンサートホールのなかでさえ、熱狂する群衆を目にすると、私はまず何をおいても、即刻その場から逃げ出す。

私は明らかに*Gemütskranke**（翻訳不可能）。信じられないような憎しみにかられ、ぞっとするような辛辣さを爆発させるが、こういう感情の激発には、まったく動機がない。ということは、何か体質上の欠陥があり、身体に重大な故障があるということだ。私の憎しみにはまるで必然性がない。ほんとうにこれは憎しみなのか。むしろ、あいまいな狂気がずっとつづいている状態なのではないか。

＊魂を病み、感情を病む者。

『デカメロン』でフィレンツェにおけるペストのありさまを描いたくだりを読んだところだ。(トゥキュディデスの描いたアテネのペストのほうが、はるかにましだ!) 私は、災厄ならどんな災厄にも満足し、安心する。恐怖がみごとに語られたものなら、恐怖で私はたくましくなる。

犯罪にかかわりがあると、「秘儀」への参入は許されなかった。自分の母を殺害させたネロは、ギリシア旅行の際、イニシエーションを求めなかった。

一九六三年一一月五日　多くの夜の例にもれず、恐ろしい夜。薬を使いすぎる。体がもう薬を受けつけない。病気はそっとしておくべきだろう。

私を〈動転させる〉ものしかもう読めない。(セルゲイ・エセーニンの『ならず者の告白』読了後。)

純粋主義者ティベリウス。スエトニウスによれば、彼はギリシア語の独占という言葉の使用に激怒し、ラテン語にも同じ意味の言葉があると主張したという。若いころの取り巻きが文法学者だったから、こんなろくでもないことを言うのだ。

ヴォージュ広場のヴィクトル・ユゴー美術館に行く。彼の作品も生涯も、なぜ私の関心をいっこうにそそらないのか、その理由を納得しようとしているわけでもない。

作家たちに会うのだと思うと、私はほんとうに病気になってしまう。自分の最悪の欠点に再びお目にかかるのは耐えがたい。それに、自分に輪をかけたみえっぱりは我慢ならないものだ。

きのう(一一月六日)、オアーズ川ぞいに、ボーモンとボランの間を、ひとりで歩く。秋、川にそって歩き、努力もせず、急ぎもせず、人間の活動の特徴をなすものなど何もかも棄てて、水とともに流れ下る——この世でこれほどにも美しいものを私は知らない。

海について語られたすべてのことは、不安について言うことができる……

一般に主張されているのとは違って、独身者はエゴイストではなく、だれのことも苦しめたくないと思っている人間だ。結婚あるいはそのほかのことで、だれかと親しく交わることは、自分が経験したり遭遇したりする困ったことをなんでも、そのだれかのせいにすることができるということだ。共同生活というものはどんなものも、自分の不機嫌を他人に転嫁しようとする意志を前提にしている。

一九二九年といえば、ブカレストの大学へ行くためにシビウを去った年だが、そのころはやった流行歌「ラモナ」を聴いたところだ。解説者にはバカげた歌のようだ。たぶんそのとおりなのかも知れないが、しかし私にとって、この歌は、記憶を総動員するよりも、あるいは青春の現場を再訪するよりもはるかにあざやかに私の生涯の一時期を思い出させてくれる。

スタール夫人は、フランス人の無節操の衒学趣味について語っている。

一九六三年一一月一五日　果てしない夜、リルケの詩句を思う。〈In solche Nächte wissen die Unheilbaren: wir waren.〉＊

＊「かつて私たちは存在した、ということをあらゆる不治の病の者が知るのは、こういう夜を過ごしているときだ……」ライナー・マリーア・リルケ、作品集第二巻（ル・スーユ、一九七二年）、『形象詩集』、ジャック・ルグラン訳。

他人について書くのは、自分について語るものは何もないと告白しているに等しい。

『ニコマコス倫理学』で、公正と正義について書かれたみごとな一章を読む。

ろくでもない思想家に限って影響力が大きい。フーリエは実際のところ読めたものではないが、そのフーリエが、ロシアの一九世紀全体に圧倒的な影響を与え、人々はフーリエ主義者と反フーリエ主義者とに分かれていたものだ。ドストエフスキーは、シベリア流刑以前は前者、流刑以後は後者だった。ドストエフスキーをいささか羨望しながらも軽蔑していたトルストイは、いつも彼のことを〈あのフーリエ主義者〉と呼んでいた。

一派をなす作家、あるいは思想家よ、呪われてあれ！

フォークロアのなかにいまも生きているものは、いずれもキリスト教以前のものだ。——私たちそれぞれのうちにいまも生きているすべてのものも同じだ。

他人の富や外面的な成功はひどく妬むのに、不思議なことに私たちは、祈りの天分に恵まれた人々のことは妬まない。ほかの人が救われるのは許せても、富み栄えることとなるとそうはいかない。

『ロ短調ミサ曲』とユダヤの小セクトの教義にはどんな関係があるのか。教義が『ロ短調ミサ曲』を生み出すことになったなどとどうして考えられようか。事実、シナゴーグあるいはカタコンベからどうしてゴシックの大聖堂が生み出されるようになったのか、その理由にしても分からない。——宗教はそれ自体は何ものでもない。すべては、その宗教に帰依する共同体にかかっている。ナチのある種の神学者たちが提唱したドイツ的キリスト教というものは、理論上、そして教義上はバカげたものにすぎなかったが、実際的な、また歴史的な観点からすれば、ある現実に対応するものだった。

生——悲嘆の均衡。

だれもみな例外なく仕事のしすぎ。無為による救い。

何がなんでも異様なものを絶えず追求している芸術家にはすぐ飽きがくる。新奇なもの一本槍、これほど耐えがたいものはないからだ。凡庸なものが最小限、いやそれどころか、たっぷりなければ、ほんとうの芸術は存在しない。

芸術で大切なものは必然性だ。作品の必然性が絶対的なものと思われなければならない。そうでなかったら、作品はなんの価値もない退屈なものだ。ほんの一瞬にしろ、作品が交換可能なものとの印象が生まれたら、すべては御破算だ。

人はそれぞれ自分の仕掛けた罠に落ちる。そして私たちはみな生きているうちは、これを繰り返しているだけだ。

陰鬱な気分を厄介払いするために、私は実際よりもずっと自分を〈陰鬱なもの〉に見せかけた。陰鬱な気分を克服したわけではないが、すくなくとも、そういう気分に耐えることはできた。

虚偽は生活より芸術によく見られる。虚偽に陥るのは、熟慮反省する芸術家、本能を欠いている芸術家だ。

自分の方法について考えすぎる芸術家は、自分の本能を犠牲にして方法について考える。

私はコーヒーとタバコの子。タバコもコーヒーもやめた。何やら相続権を失い、自分の財産を、つまり私を酷使させた毒を、何もかも失ってしまったような気持ちだ。

堂々めぐりをしては同じような妄想に耽ってはいても、私は一つの問題を徹底的に論じ尽くすことができない。問題が分かってしまうと、とたんに退屈してしまうが、といって問題をきれいさっぱり忘れてしまったわけではなく、問題を考えつづけている。

「私たちの身に降りかかるものは、春の薔薇、夏の果実のごとく、どれもみな日常よく知られたものである。病気も死も、私たちを苦しめる誹謗にしても、私たちにとってはそういうものだ……」（マルクス・アウレリウス）
悪の序列のなかで、誹謗を病気と死のすぐあとに位置づける、この深遠な考え……

どんな観念も生まれず、思想にも、「精神」にもゆき着けず、無益な緊張のうちに過ごした数日。覚醒した空《くう》、いつ果てるともなく自分を見つめている虚無。

死を考えても、私はもう動ずることはない。私は死を考えずに死を考えている。私のなかの何かが生から決定的に逸脱してしまったのだ。ああ！　わが熱狂の時代。

客観性とは磨耗のしるし。活力は選び、拒否する。すべての価値を認め、解決不可能なものを回避するのは衰弱だ。折衷主義は、どのような形のものであろうと、無力と無味乾燥のしるしだ。

ケネディの死は私には大きな悲しみだった。（追記。悲しみに〈大きい〉と言うのは、不適当だし、ほとんど不正確だ。つまり、大きな喪の悲しみと言えるのは、喪の悲しみには外的特徴があるからだ。悲しみは延長をもたない。）（この指摘のなんとバカげていることか！）死の文法学。

生を、いまや捨て去るべき執着と考えようと努めているにもかかわらず、私のなかの何かが、この私の努力に抵抗し、努力の効果を無に帰する。

熱狂は病的状態だから、公私いずれの大きな災難も熱狂が原因だったとしても驚くには当たるまい。
私の青春は絶望的で、かつ熱狂的なものだった。いまも私は、そのさまざまの結果を耐えつづけている。

人間は、無為によってのみ、行動回避と夢想の瞬間によってのみ価値がある。
私たちはだれにしても、自分の浪費した時の、無駄にした時間の産物だ。

一年ごとに、私の病は精度をます。

自分は自由だと思う、これほどにも美しく——そして皮相なことはない。

一一月二九日　不眠の夜——眠れぬまま、私は多くの問題に取り組み、いくつかの〈巧みな〉表現を発見した。ところが、これらの問題も表現ももう記憶に残っていない。朝の空気のなかに雲散霧消してしまったのだ。例の不眠の〈深遠さ〉というものには、曖昧なものがあるに違いない。不眠に抱いていた私の敬意はうすらいだ。不眠をけなすようになるとは思ってもいなかったのに！

機知に富んだ言葉は書くべきではない。私は『三段論法』でこの過ちを犯した。

礼状あるいは祝いの手紙を書くことの、ほとんど恐るべき試練。

感謝の気持ちでへとへとになる……

現代のさまざまの問題についての私の考え方は、ますます老人の考え方になりつつある。無秩序が、若者や貧乏人など、あらゆる不満分子どもの自主的行動が、要するに未来が恐ろしくもあれば厭わしくもあるのだ。私は、あらゆる浮浪者とともに、現状肯定派だ。

できの悪い詩も、苦心の跡がうかがえる詩も私には我慢ならない。だが、どこをむいても提供されるのはこんなものばかり。これほど惨めな品揃えはほとんどない。

人の書いた本をあれこれ繙いたところでなんになろうか。作者にはとっくの昔に語ることなどもう何もないことぐらいこちらは先刻承知だが、ところが作者ご本人は、人から忘れられるよりは人を退屈させるほうが好きなのだ。

ある一定の時期以後、人はみな、同じことを繰り返しているだけだ。芸術家もそうなら学者もそうだし、繊細な人もそうなら俗人もそうだ。時には新しい境地を拓こうとする人がいるが、そういう人の試みは、絶えざる変節によらなければ成功しない。彼は姿を変え、もう本人ではない。実は、私たちは生において、自分を深められるし、あるいは浅薄になることもできる。つまり進化することはできるが、変身となるとそうはいかない。精神の生には変化は存在しない。なぜなら、私たちのあらゆる変化がそうであるように、私たちのあらゆる危機は、事実上、私たちの内部にあったのだから。

芸術作品がかび臭く感じられるのは、内容によるのではなく形式による。詩の場合、流麗な詩句は古くさくなり、読者をいらいらさせる。散文の場合は、凝りすぎた文章、美文のたぐいはみんなそうだ。未完成のある種の深み、これが現代の芸術家の本質的特徴であるように私には思われる。

芸術は、隣接する芸術からの借用が多すぎると衰弱する。音楽からその富を盗む――これは詩にとっては有害な考えであり、詩人のとっぴな気まぐれだ。言葉に、言葉が本来あたえられないものを求めてはならない。

教え子と友人の書いたゲオルク・ジンメルの回想記をくまなく読んだ。三〇年前、彼は私の好きな哲学者だったが――その生涯についてはほとんど何も知らなかった。それがいま、この回想記で彼の生涯の多くの細部が明らかになり、不思議なことに、私は、おそらく若かったときと同じくらい、これらの細部に感動している。

「歴史」という言葉を口にしながら、明らかに歴史的教養など何ひとつもち合わせていない、あのすべての哲学者たち……

一八二〇年ころ、ヘーゲルはいまをときめく大哲学者だった。同じころ、ショーペンハウアーは私講師として大学での生活を試みたが、これは完全な失敗だった。聴講する学生がいなかったのである。半世紀後、彼は「はやりの哲学者」になり、彼の思想が時代の教育を支配した。ヘーゲルはその犠牲になったが、やがてまたヘーゲルがショーペンハウアーに勝利を収めた。私たちの時代は彼を必要としないのである。

本来の意味の断章に戻らなければならない。私の精神は、〈構築する〉ことも、一連の下書きより先にゆくこともできないようにできているのだ。

ただの一度もてんかんの発作を経験したことはないのに、通常、発作のあとにやって来る茫然自失の状態でつねに生きているとは！　精神を覆う暗闇と絶えず闘いつづけるとは！

三位一体という幻想（？？？）を正当化するために、私たちが費やしてきた知力と思考と時間の総和を考えるとき、私は絶望的な気持ちになる。だが、私たちの思考にひとつの口実があり、思考の傾注する、また傾注せずにはいられぬ努力を正当化する目的のようなものがありさえすれば、思考の対象などどうでもいいのだ！

美しい妙なる声の人にはだれもみな、ある種の精神の欠陥があることに気づいた。

不機嫌――ほとんど絶え間がない。その原因は分かっている。つまり、私が果たすべき義務を果たさず、自分の計画を何ひとつ実現できないからだ。何かの約束をする、するともうそれだけで、私は悪夢のような状態に陥ってしまう。遁走に次ぐ遁走――これだけが私の生の秘密だ。おそらく私は、未完成のものを無意識に熱愛しているに違いない。だが私は、それがなんであれ何ものにもかかわりをもてないが、この私の無能性とは別のものを利用するのを極度に恐れている。これは確かだ。私にとって、至上のものは、行動回避と切り離せない。

自分の条件を、あれこれの人のもっと劣悪な条件に比較しながら、私は相当のことに耐えた。だが、この種の慰めは倒錯的ではないにしても間違っている。私たちは、この種の慰めによって、さもしい感情を抱き、そればかりか他人が自分よりも不幸であって欲しいとさえ思い、それでいて、この種の慰めが役に立つのは、自分が不幸のまったただなかにいるときではなく、狂乱を、あるいは耐えがたい事態を脱した、そのあとに過ぎないことを考えてもみないのである。

私が知り合った面白い人は、まさに面白いという才能を別にすれば、ほとんどだれ一人として才能がなかった。

自己実現できぬという私の天分は神のおかげだ。

芸術と生のあらゆる分野で注目に値するのは、人々に理解されなかった者たちだけだ。誤解されたまま死ぬ！

どこかで読んだことだが、ゴアル（彼は詩人だったのか、聖者だったのか、それとも狂人だったのか）は、自分の外套をうっかりして太陽の光線にひっかけていたということだ……

幸福と栄光の探究は両立しない。アリストテレスの言うように、幸福は、自足している者のものだ。

書き、なおそのうえ考えたいと思うなら、言葉の論理的分析を行うことは慎むべきだ。

だれも憎んではいないよ、Xは例外だけど、と言う人がいる。──これで充分で、あらゆる人間を憎んでいるようなものだ。だから、こういうことを言う人には、あらゆるものを無差別に嫌っている者と同じくらいの毒があるのだ。

『撤回』──この、聖アウグスティヌスの本の表題が好きだ。私にある否認の情熱をそそるからだ。

冬がどれほど詩的であるか信じられないくらいだ。

ドイツ人の思い上がりは耐えがたい。ドイツ人は攻撃的で、ニュアンスというものがない。えりすぐりの人でさえそうだ。この国民に懐疑思想が理解できないのはいかにも残念だ！（虚無的にはなれても懐疑的にはなれない。）哲学とは、思い上がりの展開であり、しかも思い上がりを前提としている。自分を神と思わないで、どうして体系の構築ができようか、どうして構築しようなどと思えようか。
のけ者、落伍者、不具者、私に思い上がりが耐えられるのは、こういう人たちの場合に限られる。

エミリ・ディキンソンのいくつかの詩を読み返す。感動のあまり落涙。彼女に発するすべてのものには、私を感動させる特徴がある。

一二月一〇日　一羽の黒い大きな鳥が飛び去ってゆくのがベッドから見える。この煙で汚れた、暗い空にはいかにも似つかわしい鳥だ。

昨夜、プレイエルで『メサイア』を聴く。
歓喜はヘンデルの本質的特徴であるように私には思われる。幸いなことに、彼はあらゆる形而上学から自由だった。

〈デュロストール〉——〈シリストラ〉——そのブルガリア名で、ラシナリの小学校に上がった六歳の私におそらく強い印象を与えたに違いない、これらのドブロジャ南部の県*——があったのを今にわかに思い出したところだ。同時に、通りを上ってゆく私の登校姿が目に浮かぶ。〈厳密に〉四五年まえのことだ！

* 一九一三年から四〇年まで、いずれもルーマニア領だった。

苦悩の全体も激しさもだれにも気づかれずに生きてきたのかも知れない、そう思うとほっとする。こうして私たちの孤独は、ずっと保持されるのだろう。

すでに述べたことと思うが、いままで訪ねた高地で、私がもっとも感動したのはハワースだ。

みな殺しの微笑。

おまえは苦悶に耐えて生まれたのだから、十字架の上で死ぬには及ばない。

一九六三年一二月一一日。

一九六三年一二月一一日　誇大妄想と夢。
ジャックリーヌ・ケネディが、夫が暗殺されたあと私に電話をかけてくる。森（セナールの森）を散歩。熱心な話し合い、上機嫌、などなど。
ヤルタ会談のあと、スターリンとルーズベルトとチャーチルが、ホテルの部屋に私を訪ねてきて、会談に臨む前に私に相談しなかったことを詫びる。
（またイギリス女王の暗殺の夢も見る）

ラスコーの近くで最初に発見された洞窟のひとつで三体の骸骨が見つかったが、そのうちの一体の頭蓋骨は砕かれていた。人間が稀であった時代においてすら、おそらく軋轢と狂信は、ほとんど今日に劣らず激しかったのだ。カインとアベルの物語は、全人類史を——決定的な要約として——先取りしている。

……それでも私は、人間は現在よりも当時のほうがずっと〈幸せ〉だったと固く信じている。確信さえしている。

私たちは神とともにも生きられないし、神なしでも生きられない。

「ふさぎの虫」という「人間」。

肉の非‐在を、私はときには平然と鋭く、かと思うと狂ったように鋭く知覚しない時とてはない。

私たちの内部にだしぬけに生まれる旋律は、無の絶対的支配への反証だ。

陰鬱で抑揚ゆたかな朝。一篇の詩が私のなかで消えてゆく。

妄想にとり憑かれた人間でありながら、その精神ときたら固定することがない。これが私の逆説だ。同じ主題をめぐる混沌。

私は霊的影響力のある作品にしか関心はない。ということは、文学のほとんどは私には無用だということだ。

空が……手の届きそうな近くにあると、一五分以上は集中できないことに気づいた。つまり、こういうことだ。見晴らしのいい部屋にいると、私の思考はちりぢりになり、自分の視線の奴隷（！）と化してしまうのだ。事実、そういうとき、私はもう目にすぎず、何時間というもの、白痴めいた夢想に耽ってしまうのである。

考えようと思うなら、窓を閉め、無限との接触を絶つこと！

精神生活を深めたいと思う者は、文学について考えるのは慎むべきだ。

大切なのは経験であって問題ではない。

「私は平和をもたらすために来たのではない……」——いかにもそのとおり、キリスト教は平和をもたらさなかった。だが、これほど攻撃的な物言いをしたら、どうして異教の賢者がキリスト教を恐れないわけがあろうか。こんな宣告を発するストア学派の哲学者など想像できようか。

五〇の坂を越えてほっとしている。多大の努力をし、途方もない重荷に耐えた。

冷静に書かれた本は嫌いだ。その一方で、興奮している者には腹立たしさを禁じえない。正確な語り口をどうみつけたものか。

「熱狂的なペテン師」――エリオについての、このレオン・ドーデの言葉を奉りたいと思う連中が、知り合いにどんなにいることか！

朝から晩まで、そして夜っぴて何時間となく、奇妙な独白を繰り返し、愚にもつかぬひらめきに見舞われる。

自分の夢を写真に撮ることができれば！

総じてフランスの作家連中にはどんな難癖がつけられるにしても、一つの文章を細心にこねくりまわすことができるのは彼らだけだ、ということを忘れているわけではない。

私の大の絶叫好みを殺した犯人は、滑稽さについての私のセンスだ。

絶叫で死ぬ！

むしろ、彼はその絶叫によって殺された。

嫌悪感は事物との接触から生まれるのではなく、人間との接触から生まれる。

私は読書を繰り返しているが、それでも稀な例外はあるにしても、自分の読んでいる作品がいっこうに現実のものとは思えない。作品に何が欠けているのか、それは私にも分からない。重さだろうか。そうかも知れないが、それなら作品に重さを与えるのは何か。情熱あるいは病――これ以外には何もない。にもかかわらず、病者にしても情熱家にしても、なんらかの才能がなければならない。確かなのは、情熱も病もない才能は無、あるいはほとんど無であるということだ。

辛辣な人間は、どうにか休息は見つけられても、救済はそうはいかない。

詩はすべてのものにある。〈高貴な〉ジャンル（リルケ！）が結局のところ耐えがたいのはこのためだ。

何よりも耐えがたい騒音は、人間がしゃべったり叫んだりするときの騒音だ。一九三八年、パリに着いて間もないころ、私はルーマニア語で〈Păcatul vocii omeneşti〉*という論文(8)を書いた。

＊「人間の声の罪」。

ゴットフリート・ベンの初期詩篇集『死体公示所』を読む——ある時期の私の生の見方ととてもよく似ている。それにしても、ほかの人が自分と同じ恐怖を体験し想像していたことを知るのは、なんと嬉しいことか！ ベンは医者として語っている。彼のものの見方は、たとえどれほど恐ろしいものであっても、正常なものであり、ある点までは健全なものだ。だが、肉の汚物を外的必然性なしに、たんなる病的衝動にかられて想像するとは！

あまりにみごとに書かれた文章に出会ったら、いつも賢者になど用はないと知れ！

私がどんなふさぎの虫の能力をもっているか、だれにも決して分かるまい。

身についた習慣で、私は文学であるものはほとんどすべて信用しなかった。作品から大なり小なり感動を受けながら、そのあとで作品を判断すれば、必ず間違いを犯す。感動というものは、いつも人を誤らせるものであり、そして感動なき文学は存在しないから、ことは一段と厄介である。だが、どういう感動が本物で、どういう感動が偽物かは、自分の判断を固めたあとでなければ分からない。

間違いを犯さぬためには、熱狂した連中からも辛辣な連中からも、すべてにおいて等距離を保っていさえすればいい。

仕事の妨げになるものなら、なんでも歓迎だ。私は朝から晩まで雑用をしている——仕事を恐れ、仕事を避け、どうにでもなれという気持ちから……

自分に取りついて離れぬ永遠の固定観念、つまり同じもののほかには精神を集中させることができない、これこそまさに精神の死というものだ。

私ほどにも自分の欠点をかくも入念に、かくも熱心に育て上げた者はいまい。

ネチャーエフの伝記を読む。狂信者にしか生涯はない。

他人を支配したいと思っているような人間を、私はだれであれ信用しない。支配欲は、だれにでもある根深い本能だ。優越感なのだろうか、欠陥なのだろうか。私にはそんなものはないと思っている。だいたい指図するという考えそのものが私には無縁のものだ。指図を受けることも。私は主でもなければ奴隷でもない。つまりは永遠に無。

　私の観念の結びつく、そのリズムはきわめて速く、かつきわめて恣意的なものだ。私は、いつの間にか（言いえて妙な言葉だ）、ある観念から別の観念に移行している。私はさまざまの観念に圧倒されるが、といってすこしの利益も得られるわけではない。観念の一つひとつに、「止まれ！」と言えればと思うのだが、そのいとまがない。
　もし私が、私の脳髄をよぎるものを口にしたら、ただちに精神病院送りとなるだろう。といっても、私が口にする観念やイメージが支離滅裂だからではなく、それらがめくるめくように継起し、途方もなく、ほとんどあきれかえるほど後から後からつづくからである。

　あらゆる人間との関係を絶ち、洞窟に引き籠もるという、私の昔からの固定観念……ああ！　もし寒さが苦にならないなら、すべてを棄てる勇気が自分にはあると思っている……虚弱ゆえに私は臆病になり、ありとあらゆる妥協を余儀なくされている。

　流れ去る時間についての強迫観念。
　過ぎ去る一瞬は、どれもみな永遠に過ぎ去ってしまうとは！
この確認は、ありふれたものだ。だが、ベッドに横たわって、この事実を確認し、自分から逃げ去っていって虚無のなかに決定的に沈んでしまう、あの明確な瞬間のことを考えるとき、この確認は、ありふれたものではなくなる。このとき、私たちはもう決して起き上がりたいとは思わないだろう。そして知恵の発作のなかで、飢えて死ぬことを夢みる。
　私は、一瞬一瞬の取り返しのつかぬものへの失墜を肉体的に知覚し、そして私の幼年期の風景をあれこれと考える。かつての私は今いずこ。私たちは、風と同じように実体を欠いている。詩を書いたところで、真実を追い求めたところで無駄だ。「虚しさ」の確実性、これだけが現実だ。「空《くう》」の思想を除けば、すべては虚しい！

　ショパンを聴く――彼に関心をもたなくなってもうどのくらい経つことやら。

　私たちが思い上がるのは、苦しんでいるときではない。苦しんだ経験があるときだ。試練を経験したからといって、謙虚が身につくわけではない。そして実をいえば、人はどんなことでも謙虚にはならない。

　言葉を憎んでいるがゆえにすぐ息ぎれする作家、私はこういうたぐいの作家だ。

ある友人が近く結婚することになって、私に相談（？？？）をもちかけてきた。私は、やめたほうがいいと言った。「でもやっぱり自分の名をだれかに継いでもらいたいんですよ、子孫が、息子が欲しいんですよ。——息子ですって？　でも息子が人殺しにならないとも限らないんじゃない？」——以来、この友人からはもうなんの音沙汰もない。

キリスト教とはなんと奇妙な宗教か！　その中心人物は、お尋ね者である。

一二月二四日　夜の一〇時。独りだ。今年は、オーストリアのエリザベートに関する本を三、四冊よんだ。いま別の一冊を読了したところだ。エリザベートへの私の熱狂は、一九三五年春、ミュンヘンでバレスの『孤独の皇妃』を読んだときにさかのぼる。

創造者とそうでない者との相違は、前者が自分のことを好んで語るのに、後者は好まないということだ。個性的な作品は、多かれ少なかれ形を変えた告白であらざるをえない。

おまえの魂のなかには歌があった。だれがそれを殺したのか。

もの笑いになっても平気でいられるただひとつの都市、それはパリだ。パリでは虚偽が容認され、ほとんどつねに勝利を収めているからだ。つまり、もの笑いになっているという感覚を消し去るには願ってもないところなのだ。

よく知っている人を、それどころか友人だと思われている人をくさすのは、はなはだもって痛快である。

くさしたあとの、恥ずかしさと悲しみ。

私たちがほんとうに好きな友人は、自分との共通点がきわめてすくなく、自分とは別の関心をもっていて、会える可能性もめったにない、そういう友人に限られる。けだし、友情というものは、私たちが自分をひけらかさず、背伸びもしたくないと思う、その限りでのみ存続する。

だれかに電話をしながら、にわかに相手の声を聞くのが怖くなって電話を切る。——要するに、これが私の他人との関係だ。どことなく人づきあいのよさがうかがわれる隠遁生活。

私が毛嫌いしているのは、今はこいつ、明日はあいつ……以下同じという具合だ。私たちはだれかに憤懣のありったけをぶちまけることができるが（しかも、相手がいずれにしても知らず、気づかぬうちに）、この私たちの可能性こそ、神の恵みのひとつと考えなければならない。こういう代価を支払って、私たちの均衡は得られる。そうでなかったら、私たち自身があらゆる毒舌の的となるだろう。

ゴットフリート・ベン——死の叙情詩人の特徴をもった、まあ、偉大な詩人。

何かの宿命に苦しんでいる人間、こういう人間にしか私は興味がもてない（ハプスブルク家への私の情熱）。

きのう一二月二八日の夜、ハイルブロン合唱団によるカンタータ第六八番『かくも神は世を愛したまえり』を聴く。最後の合唱——トロンボーンの伴奏によるフーガ——は歓喜と、何か異様な力強いものとが入りまじったもので、私はほとんど狂わんばかりであった。最後の審判の歓喜もかくやと思われた。——狂ったように拍手喝采をおくる。もう久しく、このような興奮は経験していない。

私が苦しんでいる、この慢性疾患、いや、慢性疾患のひとつは、鼻の粘膜の萎縮をともなう管性カタルだ。——もの書きにとっては紛れもない不幸。けれども、ことはいたって単純なのだ。私が書かなければ、大半は、脳髄の上に下りてきて私の機能を麻痺させてしまう、あの重苦しさが原因なのだ。耳を塞がれ、鼻窩がうっ血し、私は毎日、半ば白痴のような状態に陥る。この精神の機能停止、目の前に繰り広げられる、この思想の断末魔、このインスピレーションの敗北——その悲惨な、痛ましい原因を私は知っている。

あるイギリスの雑誌で、オスマン男爵の大事業で取り壊された記念建造物のリストを読んだ。オスマン男爵のなすがまま、住民は拱手傍観、暴動も起こらなかったというのだから恐れ入る。——平時に、ひとつの都市がパリほど姿を変えたことはかつてない。

だれが無罪でだれが有罪かを立証するのは不可能だと知りつつ、なお人を裁きつづける——私たちがだれしも例外なくやっているのは、大なり小なりこういうことだ。いつか、もうだれのことも批判しないでいられるようになったとすれば、私は不満だろうが、そういう私にしても、虚栄心を別にすれば、あらゆる人の言い分をもっともだと思うときがままある。死刑執行人は犠牲者よりも自由ではない。生きるという仕事を始めると、とたんに私たちは似たりよったり、他人さまとさして変わりはしないのだ。

あえて他人にへつらい、おおっぴらに臆病ぶりを発揮し、自分の弱点を公言してはばからない者を、私たちは密かに尊敬しないわけにはいかない。〈尊敬する〉という言葉は当たっていないかも知れないが、まあ、そんなことはどうでもいい。——おそらく私たちが妬むのは、成功のためとあらば、もの笑いになることなど屁とも思わない連中だ。

もの笑いになることなどいっこうに恐れず、それどころかすすんでもの笑いになる——これには一種の精神力が必要だ。言葉の肯定的な、また否定的な意味での冒険家が発揮するのは、おそらくこの力だ。

失敗を恐れるのは、もの笑いになることを恐れることであり、狭量これに過ぎるものはない。積極的に行動する——これはまさに自分の同胞の嘲笑の的になるのを恐れないということだ。

なんらかの秘密の欠点を多少とももたない人間で面白い人間には一人として逢ったことはない。

もうさんざん言い尽くされたことに注目したところでなんになろうか。精神は、堂々めぐりの、つまり深化する辛抱強さがあってはじめて前進する。

すぐれた作家は、〈die spitzen und überscharfen Leser〉(ひどく鋭敏な読者)のためには書かない、とニーチェは言う……まさにそのとおりで、大作家には審美家めいたところは微塵もない。

芸術において、愛において、そしてすべてのものにおいて、洗練はヴァイタリティー欠乏のしるしだ。

ほんとうの作家は自分の母語に執着し、外国語をあれでもないこれでもないとあさるような真似はしない。自分を限定するすべを心得ている——これが彼の秘訣だ。大きすぎる精神の自由、芸術にとってこれほど有害なものはない。

私たちは、私たちの自尊心に訴える者を決して許さない。

スエトニウスによれば、ポンペイウスは、内乱が始まって間もないころ、自分に味方しない者はすべて敵とみなすと宣言したが、これに対してカエサルは、無関心な者も中立者も自分の友とみなすと言ったという。天才のまぎれもない特徴がここにある。

仕事をし、創造することは、考えることではない。まさにその反対だ。考えるとは、あらゆる観念から自分を切り離すように、あらゆる行為から自分を切り離すことだ。

神よ、どうして私に、私が感受するものにふさわしい能力を、私の喜びの、あるいは憂鬱の激発にふさわしい言葉を与えてはくれなかったのか。

私は不幸に不意打ちをくらうのではないかという恐怖を抱きながらずっと生きてきた——そのため私の生涯は台無しになった。よく考えてみると、この恐怖は正当なものだった。そこで、私は機先を制しようとした。つまり不幸に見舞われる前に、不幸のなかに飛び込んだのだ。

忍耐してかかる、これはまたなんと正確な言いまわしか！　忍耐とは、事実上ひとつの武器であり、これを身につけている者は、どんなものにもひるむことはあるまい。私にはもっとも欠けている美徳。忍耐がないと、人はどうしてもすぐむら気を起こしたり、絶望に陥ったりする。

何がむつかしいといって、存在に調子を合わせることほどむつかしいことはない。存在の調子を模倣すること。

ミルチア・ザプラツァン*の死。最近の手紙に、この世での唯一無二の友を失ったと書いてきた弟に返事を書く。そのなかで、私はザプラツァンの陽気な絶望について語った。事実、私は、彼ほどこの逆説を体現していた人間をひとりとして知らない。彼がその才能を浪費しなかったら、その結果は——たぶん一冊の著作となっていたかも知れない。まあしかし、こんなことはどうでもいい。彼は人間だった、そして天才だった。もし著作をものしていたら、その独特の〈infinite jest〉[9]をだれの前でも開陳して見せはしなかったであろう。

* ミルチア・ザプラツァン（一九〇八—一九六三）、哲学の教授で、シオランの友人。

文法など気にせず、よい慣用など妄信せず、破格語法など恐れずに、サン＝シモンのように自由に書ければと思う。文章に躍動感を与えたいと思うなら、絶えず間違いすれすれの危険を犯さなければならない。文章に気を配り、過ちを直すのは、文章を殺すことだ。借り物の言葉で書く不幸は、まさに自分の犯す過ちで、あえてその言葉を変革することができないことである。

ほんとうの作家は、文体のことも文学のことも考えない。ただ書くだけだ——つまり、彼が見ているのは現実であって言葉ではないということだ。

ホルヘ・ギレンはロルカに関する論文で、一九三三年ごろのスペインにおける知識人の熱狂状態について論じている。三年後、やって来たのは破局だった。知的に豊穣なあらゆる時代は、いずれも例外なく歴史の災厄の前兆だ。ひとつの世代を巻き込む思想の対立・抗争と熱狂的な論争は、決して精神の領域にのみとどまるものではない。こういう沸き立つ興奮には、よい兆しは何もない。さまざまの革命と戦乱、それは活動する精神であり、つまりは精神の勝利にして、かつ精神の究極の堕落である。

サン＝シモンは、父親が六八歳のとき生まれた。（ボードレールと同じように）老人の子である。これはどういうことの証明か。これほどの活力あふれる天才は、老衰の結果ということか。注目に値する事実だが、何かはっきりした結論をここから導き出すのは控えるべきだ。

フッサールの現象学に関する論文をいくつか読む。学派の専門用語を固執する、これらの〈哲学者〉連中の思い上がりは信じがたい。セクト主義的な思い上がり。もっとも、この場合は、まさに一セクトなのだが。

……それにまた、人間と言わずに、〈哲学的人間学〉などとぬかす、あの連中。しかし、こんなことはすべて、私は経験ずみだ。同じような言葉の冒険と欺瞞に引きずりこまれたことがあるが、そこから私を救ってくれたのはパスカルであり、ニーチェであり、シェストフだ。

現実を直視するのはいかにも困難、問題で満足するのはどんなに簡単なことか！

考えるという行為はどういうことか、あるいは考えるのはだれか——これはいままでずっと問われてきたことだ。所与の事実をそのまま受け入れない者は、だれであれ考える人だ。最初の思想家は、おそらく、なぜの最初の偏執者だった。実は、この偏執に苦しんでいる人間はごくわずかである。いずれにしろ私は、こういう人間にはごくわずかしか出会っていない。事の本質を究め、というより究めようとし、究められないのに苦しむには、一般に考えられているよりもはるかに稀有な、ある種の精神が必要とされる。いずれにしろ、なぜは尋常ならざる病、したがってまったく感染しない病である。

自分の過去の〈過ち〉[10]を考えると、後悔せざるをえないが、そう思うのは、自分の青春を踏みにじることだろう。こんなことはどうしてもしたくない。当時、ニヒリズムを信奉していたにもかかわらず、かつて私があれほど熱狂したのは、私のヴァイタリティーに、スキャンダルと挑発欲に、有効性への意志に促されてのことだ。——自分の過去を受け入れられれば一番い い、あるいは、もう過去のことなど考えず、過去をまさしく死んだものと考えられれば。

私の精神の働き具合には、どこか調子の悪いところがある。もっと由々しいのは、サボタージュのあること。だが、その原因を突き止めるのにこだわりすぎないほうがいい。

詩人といっしょに夜のひとときを過ごしたかった……だがいま、私が待っているのは散文作家。

ローザノフ――私の兄弟。

おそらく、私と一番似ている思想家、いや人間。

訳　注

(1) 原文のまま。

(2) 『時間への失墜』中の同名のエッセーのことと思われる。

(3) 原文のまま。

(4) Hécube. ギリシア神話、トロイア最後の王、プリアモスの妻。夫や子を失う母親の苦悩の象徴として、『イーリアス』をはじめギリシア悲劇に登場する。

(5) fatum.「宿命」、「運命」の意味のラテン語。

(6) これはのちに『時間への失墜』中のエッセー「最古の恐怖――トルストイについて」に結実する。

(7) 本書六一ページ、訳注（5）参照。

(8) 雑誌「クヴァントゥル」（三八年三月）に発表され、のちに論文集『孤独と運命』（九一年）に収録される。

(9) 〈infinite jest〉英語、「はてしない冗談、しゃれ」くらいの意。

(10) 三〇年代における政治参加、特に極右政党「鉄衛団」への思想的加担のことと思われる。

## ［一九六四年］

一九六四年二月七日

不運の感情をほんとうに経験するのは、エデンの園のなかでさえこれを感じるのではないかと思う場合に限られる。

ソローニュ地方を三日歩く——パリのこんな近くで、こんなメランコリックな風景にお目にかかれるとは！（ファヴェールの池）。

うめき声を立てて天使たちをぞっとさせる……

自分はいま霊感に見舞われた状態、精神錯乱ぎりぎりの状態にあると思うが、実際は、熱を出したときのように疲れているにすぎない。

自分には怪物の威厳があるとうぬぼれるのは簡単だが、威厳を身につけるのはむつかしい。

私がすべてを疑い、持ちこたえるものは何もなく、物質は崩れ、花崗石さえ私には脆すぎるように見える、この瞬間……

憎しみ礼讃を書いたところだ。しかし実は、私のいう憎しみとは、絶望の衝動、絶望の暗さ、まったく主観的な状態のことで、悪意にも、他人に対する執拗な攻撃にも関係はない。

マクベスのように、私がもっとも必要としているものは祈りだが、しかし、マクベスに劣らず、私にはもうアーメンとは言えない。

錯乱するまで支離滅裂な言動をしてみたい。いや、ことは好みの問題ではなく、宿命の問題だ。つまり、私はそうするよりほかはないのだ。

愛することをではなく憎むことを止めたとき、人は〈死ぬ〉。憎しみは長持ちする。

さまざまの思想に取り組み、かかわり合い、もう思想から自由にはなれない悲歌の詩人、それが私だ。

考えてみれば、私は普通の人よりははるかに強烈に同情の気持ちを抱いている。しかしそれは、私が彼らよりましな人間だということではなく、ずっと弱い人間だということだ。

明け方の四時、ほろ酔いで帰宅。六区の通りに人影はなく、どこのシャッターも下りている。見捨てられた都市のようだ。いや、すべての住民が、それぞれのアパルトマンで死んで横たわっている都市。昼間、どうして人の往き来があるのだろうか。

アカデミー・フランセーズ会員の佩剣がPに授与されるのを祝うためにガリマール書店にゆく。カクテルパーティの常連がみな来ている。葬式のような感じ。いままでずっと、さまざまの栄誉を拒否してきたそのあげく、いまPは制服を着て、老婆やいかがわしいもの書き連中に取り囲まれている。田舎の葬式、あるいは結婚式の感じにぴったりだ。

私のそれのような憂鬱の危機は、青春時代か極度に老いぼれたときにしか〈正常なもの〉ではない。

あるロシア人の家族のところで、すばらしい二時間を過ごす。この人たちは、その偉大な小説以後まったく変わっていない！彼らの非順応ぶりはみごとだ。けだし、順応性とは、特性欠如の、そして内的虚無のしるしだ。

詩と散文のどちらを採るべきか決めかねて、その中間のどこかに私は止まってしまった。私には詩人のリズムがあり、散文作家のしつこさがある。しかし、ほんとうのところは、私は言葉にはむいていなかったのだと思っている。

ドイツ人は天才にはなれるかも知れないが、才人には決してなることはあるまい。（ドイツでの才人はユダヤ人――これがユダヤ人の大きな不幸だった。というのも、彼らよりも鈍感な同国人の嫉妬の原因はここにあったのだから。）

それぞれの世代は絶対性において生きている。つまり、あたかも自分が歴史の頂点に達したかのように振る舞っている。自分を世界の中心だと思う――これが一切のものの重大な秘密であり、まさに各個人が心中ひそかに思っていることだ。

二月二二日　……春めいた陽気。私の内部で、あらゆるものが崩れ、一つひとつの細胞がぽっかりと開く。すでに私は五三回、春を耐え忍んだが、春というやつは、いつも私のあらゆる傷口を押し開くのに余念がなかった。

世評など知ったことかと思っていても、実情はさにあらずで、自分のことがあれこれと話題になっていると知らされると、つい〈じーんときてしまう〉。無関心の思想が信じがたいほど深まってしまったため、私がそれをひとつの状態と取り違えているというのが真相だ。

Aは、あるイギリスの雑誌に私の「苦悩の定義」の掲載を勧めたが、〈It is too *depressing*〉という返事をもらった。

自伝の起源はカトリックの〈告解〉にあるとするシュペングラーの考えには含蓄がある。
キリスト教以前に〈告白〉はあるだろうか。

私のつね日頃の状態は、問題を真剣に議論するにはむいていない。熱狂ぶりが、あるいは落ち込みぶりが極端すぎるのだ。最低限度の客観性、これだけはなんとしても手に入れたいと思っているが、思うにまかせない。

歴史についてすこしばかり書いてみようと思ったことがある。かつて歴史は、私をひどく熱中させた主題だったが、いまやまったく興味をそそられず、数日間はともかくそれ以上は、とても身を入れて考えられないほどだ。自分に直接かかわりのないものは、どれもこれも私には退屈だ……こんなことを口にするのは、私としてはかなりつらいことだが、それでも詩人や自分の救済を追求している者にはまったく当然と思われることだと言って、すくなくとも弁解はできる。

〈改宗〉したい。でも何に？

不遇に甘んじるためには、ある種の精神の高邁さが必要だ。自分にある苦しみの蓄えを使い尽くしたあとでなければ、この高邁な境地にはゆき着けない。
あるいは
野心家は、自分にある苦しみのあらゆる可能性を使い尽くしたあとでなければ、不遇に甘んじられない。

おのれ自身の傍観者として、自分の取柄の外に身を置くこと。

「絵筆も使わず
柳は風を画く。」
（サリュ）(1)

昨夜、サン＝ロシュ教会でヘンデルのオラトリオ『メサイア』を聴く。歓喜の二時間。こんなにも長い年月、憂鬱を固く信じ込んでいたのが恥ずかしい。なるほど私は、わけなく（そして毎日）憂鬱になるが、それにひきかえ歓喜となると、それをほんとうに経験した回数をやっと数えられるくらいだ。だが、そのとき私は、「世界の魂」だった。

「無我夢中で動きまわっているとき、ふと立ち止まって、なんじが心を〝見よ〟。」

これが曹洞禅の修業の第八の戒律（戒律は一〇ある）である。

「私たちが夢を見るのは、どうしても免れない覚醒を避けるためです。なぜなら、私たちは眠りたいのですから。」（フロイト、『ヴィルヘルム・フリースへの手紙』、二五一ページ）

『概論』が出たとき、ほんのいっとき〈反響〉を巻き起こしたが、そのときを除けば、私はずっと無名だった。無名であることをほんとうに苦にしていたのか。いまだに訝しく思っているていたらく。

理解されるという憂鬱――作家にとってこれ以上の憂鬱はない。

私になじみの憂鬱の発作、外出しなければ、発作は避けられない。薬としての街……部屋にいる限り、発作は消えない。

生理学的で同時に形而上学的な根拠のある深い発作などない。

一九六四年三月一日　ほぼ一年来、私の観た恐ろしい映画は二つだけだ。つまり、『わが闘争』と『動物たち』。後者は〈家族〉向けのものだが、実際は、人殺しと〈ペシミスト〉を除き、あらゆる人に禁じられてしかるべきものだ。〈生命〉の有害ぶりは、想像を絶する。それは永続する悪夢。あらゆる生き物は、ライオンでさえ震える。これは恐ろしいことだ。

憐憫、それはいまもって、私たちが想像した最良のものだ。

三月二日　この『動物たち』という映画に私は動転した。この映画について昨夜も、目を覚ましてからも考え、今日になっても考えている。殺し合う動物たちの――弱い動物をむさぼり食う猛獣ではない――繰り広げる、この光景には新しいものは何もない。私たちには馴染みのものだ。だが私は、一時間のあいだに、これほど多くの恐怖と逃走をいまだかつて見たことがない。これらの、追い、追われるすべての動物たちは、死にもの狂いの競争に巻き込まれる！　殺し合わなければ命は保てない以上、そこからさまざまの帰結を導き出す勇気をもたねばならない。どんな帰結か。まずは、命を回避すること。

〈生存競争〉で、私はひどく無防備だ。〈生存〉は、その名において闘うには私には面白味がなさすぎるからだ。

残酷さなしには、偉大なことは何も達成されない。

〈個性〉があるとは、残酷になれるということだ。

五三年間というもの、私は人間に耐えてきた――自分に対する懐疑に捉えられたときは、これはいつも考えてみるべきことだ。私たちはみな、聖者になれるものをもっている。いやそれどころか、その苦しみのほどが分かったら、みな聖者と見られるだろう。

またいつもの繰り言。つまり、天使と話し合いたいと思いながら、街での夕食に出掛けてゆかねばならない……

三月五日『時間への失墜』――これがいま書き上げた〈本〉の題だ。自分のしていることが信じられたら！

〈人類の敵〉――うぬぼれるには心地よいが、それでいてもう授けられない唯一の肩書。

挫折に耐えるには、絶対かシニシズム以外の方策はまずない。(それに挫折を隠すために、絶対に逃げ込むには、一定量のシニシズムが、というよりイロニーが前提だ。)

憂鬱は、生のあらゆる重大な、したがって日々の現象と切り離せない。つまり、まず第一に消化現象と。もう何度も言ったことだが、私たちの内部にある重大なものの根は、いずれもみな生理学にある。

この世界は、腹黒い神、呪われたデミウルゴスの所産だとする考えは、何をもってしても私から拭い去ることはできまい。私は、この神と秘密の絆で結ばれており、その家系に連なる者、その影の延長だ。いやそれどころか、この神とその制作物にかけられた呪いの結果を探究し尽くすのは私の責任だとつい考えてしまいがちだ。

パリで何よりも好ましいのは、☆人間の失墜に立ち会えることだ。☆どうしてパリでだけなのか。人間性の基本的特徴にかかわることだからだ。

人を謙虚にするものは何もないから、謙虚な人はいない。挫折の思い上がり。

彼の額には成功の傷痕があった。

ユダヤの伝承によれば、アダムは、エルサレムの祭壇のあったところで創られた。楽園から追放されたのち、彼はここに死ぬまでとどまった。

なんたる恥ずかしさか。たかがビュターヌワイン一瓶のことで商人と口論。相手をおどしながら私はひどく逆上してしまい、もう言葉もままならず、わめき立て、震えている。そして興奮のあまり、自分を省みることすらできず、もう自分がどういう状態なのかも〈分からない〉。怒りを爆発させてもいつもはこんなことはなく、自分でも自分が激怒していることが分かっている。

逆上の原因は分かっている。この商人とは、せいぜい三度か四度しか顔を合わせてはいないのに、私はずっと彼を憎んでいたが、それというのも、彼が私の依頼を拒否して喜んでいると思ったからだ。

動物の消滅、というより事実上は動物の排除、これは前代未聞の由々しき事態である。動物の死刑執行人が、文字どおり風景を独り占めにし、もう彼のための場所しか残されていない。かつては一頭の馬が眺められたその場所で、人間の姿を認めたときのなんたるおぞましさ！

アステカ人が人身御供を行っていたのは、神々の怒りを宥めるためであり、神々に血を捧げて、神々の力で宇宙が混沌状態に陥るのを防ぐためだった。

自然の解体と崩壊を防ぐためには、反自然の操作が必要であって、それは毎日、反復されなければならないと信じていた、これらの、コロンブスによる大陸発見以前の人々は、いかに正しかったことか！

……何をするにしても、私には〈法則〉など信じられない。

宇宙は、何か超自然的な関与があってはじめて存続する。宇宙の一周期の終末がやって来て、ひとたびこの関与が終われば、世界は、たちどころに崩壊する。

挫折に溺れる……

宗教が生命力を保っているのは、教義が練り上げられる以前に限られる。人がほんとうに信じるのは、まさに信ずべきものが何かを知らぬ、そのあいだだけだ。

不正――この世の土台。不正は、この世の基礎だ。これがなかったら、この世で何が持続し、何が確かか、人は疑問に思うだろう。

内臓の苦しみ。

春に立ち向かうには絶大な勇気が必要だ。

ペチョーリンからスタヴローギンにいたるロシアのバイロン主義、私はこれにことのほか親近感を覚える。

『時間への失墜』についてアルメル・ゲルヌに宛てて次のように書いた。「私が懐疑を抱いているからといって、無意識の機械的行為がなくなったわけではない。自分には同意できない行為を依然としてやっている。この不誠実の劇が、私の小品の主題そのものである。」

パリにいながら、私は祖国の百姓のうめき声にも劣らぬ無益なうめき声を上げている。幾千年来の、あのいつもの溜息を。

『悪しき造物主』(2)

この世界は、うさんくさい、いや、悪しき造物主の制作物でしかありえない。

「一二世紀末、イタリアで、曖昧な二元論を奉じていた者たちが信じていたところによると、悪魔はイヴを造ったあとでイヴと通じ、その子がカインであった。そしてカインの血から犬が生まれたが、犬が人間に忠実なのは、犬の人間起源の証明であるに違いない。」(C・シュミット、『カタリ派あるいはアルビジョワ派の歴史と教義』パリ、一八四九年、第二巻、六九ページ)

あるマニ教の文書によると、怒りは死の樹の根である。

不幸の裏を読み取る能力にかけては私にまさる者はいない。

脳髄の辞任。

私は、ある立場の殉教者ではなく、存在の殉教者である。

苦しみの要因としての存在という純然たる事実。

何が苦しいのか——ここに、あそこに、あるいはいずこにあれ生きていることが。

各人が起きぬけになすべき第一の義務、自分を恥じること。

動物のなかで犬がもっともさげすまれているのは、人間が自分を知りすぎていて、こんなにも自分に忠実な仲間などとても買う気になれないからである。

老いた狂女たちには未知の人間がみな人殺しに見えてしまうものだが、私はこういう狂女に似ている。

非本質的なものの支配。

言っておかねばならぬが、私の思想はどれもみな、私の惨苦の関数だ。もし私に何か理解したものがあるとすれば、その功績の帰するところは、ひとえに健康の欠如にある。

戦時中に書かれ、『神を待ちのぞむ』のなかに発表された、ペラン神父あてのシモーヌ・ヴェーユの手紙――自分に向けられた絶対的要求として、かくも強固なものはめったに読んだことがない。「真理」尊重は、ここでは悲劇の域に達している。

この色あせた宇宙の底でだれが祈っているのか。

それみずからを糧とする、この不安。大きくなり、激しくなるためとあれば、どんな口実でもいいのだ。この不安には〈理由〉がないと知りつつ、なおその影響を受け、それに苦しんでいる。この不安を私は抑えることができない。それは私のありとあらゆる機能不全から、まさに存在論的ともいうべき衰弱から流れ出る……

〈無限〉および〈永遠〉という言葉を、ペストを避けるように可能な限り避けること。

不幸で、かつ不誠実な民族……

深みのある仕事はみなどれも、なんらかの繰り返しの好みが前提になっている。

このところ、たとえばちょっとした都合の悪い報せに接するというような、取り立てていうまでもないようなことで、深い憂鬱に落ち込んでしまう。落ち込んだが最後もうそこからは出られず、この憂鬱はずっと終わらないのではないか、私が死んだあとも生き残るのではないかと思ってしまう。

カリギュラは、彼の愛馬が円形競技場で演技を行う前の晩は、厩舎の周辺に静寂を保つよう衛兵に命じている。カリギュラで何が私の気に入っているかといって、この命令にまさるものはない。

自死する前のオトーの演説。彼は不平も言わず、さりとて非難もしない。というのも、彼によれば、「神々を、あるいは人間を責めるのは、まだ生きたがっていることのしるしだから」。

一九六四年三月一七日

いましがた、ベルリンはシューマン街の、私の住んでいた小部屋がありありと思い浮かぶ。なんと三〇年まえだ！　あの当時、私はどんなにか不幸だったことか！　あれ以上に息苦しい孤独は、その後たえて経験していない。

ハイデガーとセリーヌ――自分の言葉に繋がれた二人の奴隷。彼らにとって、言葉から自由になることは死に匹敵するほどだ。自分自身の方法への隷属化には、必然性が、遊びが、欺瞞が絡んでいる。これらの要素から、どうしてそれぞれの部分が見分けられようか。いずれにしろ、何よりも重要な事実は必然性だ。彼らのような言葉の偏執者が許されるゆえんである。

一九四二年か四三年に結核で死んだL。記憶をたどれば、一九四〇年、ドイツの攻勢がつづくさなか、彼が私をホテルに訪ねて来たことがある。私の部屋には、二人のルーマニアの学生――だれだったかもう覚えていないが――の先客があった。私は、よんどころない用事で三〇分ほど外出したが、戻ってみると、学生の姿はなく、結局、私はLと二人きりになった。Lが言った、「きみの国の連中はほんとにバカだね。フランスが好きなんだから！」

Lは兵隊に取られるのを極度におそれていたので、フランスが早く負けて欲しいと思っていた。だが、良い意味でも悪い意味でも彼ほどフランス的だった者を私は知らない。

音楽への情熱は、それ自体、すでにひとつの告白だ。毎日顔を合わせている、音楽に無関心な人よりも、音楽に没頭している未知の人のほうが、その人間がずっとよく分かる。

ドイツ的被虐趣味は耐えがたい。昨夜、ハンス・M・エンツェンスベルガーの講演を聞く。彼の言葉を信じるなら、今度の大戦で犯罪を犯したのはドイツ人だけだということだ。

この民族は傲慢か卑屈でしかありえず、挑発者か臆病者でしかありえない。

真理を追求しているのは自分だけ、ほかの連中は追求などできないし、そもそも真理は彼らには猫に小判のようなものだ、とみな思っている。

自由は健康な人にとってのみ意味があり、病人にとっては無意味な言葉だ、と私は飽きもせず繰り返すだろう。

アルビジョワ十字軍。
こういう残虐行為を読むと、カトリック教会とかかわりがないのはほんとうに幸せだ。こんな残虐なことができた制度は、超自然的と呼ばれるにふさわしい。

私の望み？　いつだれが教えてくれるのだろうか。

幻想がなければ、何もない。現実の謎が非現実にあるとは不思議だ。

重要なものを知ること――この世でもっとも稀有なことだ。私の知ったあらゆる人のなかで、この種の認識に抜きんでていた人はほんのわずか、名前を挙げられるのは（全部で四、五人〉くらいだ。

生物学の観点からすれば、慈悲は一種の邪説。〈健全な〉社会は、慈悲などとはまったく無縁だ。

自分の判断を、それどころか懐疑までをも中断したら、あとはもう血の流れを中断するだけだ。

人々から忘れられて死ぬのがいいのか、それとも軽蔑されて死ぬのがいいのか。（軽蔑は、いまだどこかに栄光を含んでおり、栄光の残滓である。）

相変わらずの読書。読書は私流の逃亡、日々の怠惰であり、仕事ができないことの言いわけ、あらゆることの口実であり、自分の失敗と不可能性とを隠すヴェールだ。

ムージルの『日記』。あの長大な小説よりこれらの断章のほうにずっとムージルらしさが感じられる。誠実（イレーネ）[3]を、生きる意志の衰弱（おもに夫婦の誠実）とする彼の見解。思うに、彼が言いたいのは、誠実とは無関心のあらわれであり、率直さの欠如であるということだ。ところで生は……

モラリストの第一の義務は、その散文から詩趣を殺ぎ落とすことだ。

一九六四年三月二一日

現代の文学は、ロマン主義とは何から何まで正反対である。今日の夢想家は反ノヴァーリスだ。

ああ！　そうありたいと思っていた人の水準に自分を高められたら！　だが私には、何が年とともに募る力で私を下へ下へとひっぱるのか分からない。自分の表面に再び登ってくるのにさえ、私は努力しなければならず、私を外から見ている人には、その努力がどういうものかだれにも見当がつかないだろう。

どんな形容詞も必ずしもぴったりとは合わない。したがって、あらゆる形容詞は批判の余地のあるものであり、形容詞を使えば、危険を犯すことになる。

形容詞は、価値判断を、解釈を前提とする。形容詞の使用は控え目にすべきだろう。その濫用こそ、ろくでもない作家の特徴だ。

私は冒険家とは正反対の人間だ。この世のあらゆるものが恐ろしく、あらゆるものにうんざりしている。私にいささかの冒険欲があるのは、わずかに思想の〈次元〉においてだけだ。

〈多形性倒錯〉――フロイトによる子供のみごとな定義。

ソクラテスの最後の言葉のひとつ。「クリトンよ、不適当な言葉遣いは、魂に加えられる災いであると知るべきだろう。」死に臨んで、言葉について考える――見上げたものだ。

三月二三日　*despondency* の発作。

午前中いっぱい、絶望の危機。神が必要不可欠である瞬間がある。

フロイト――彼の心理学、宗教の創始者としての彼の振る舞い。その不寛容、駆け引き、〈邪説〉恐怖。裏切り、変節、弟子たちとの劇的関係、弟子をもちたい欲望など。魅惑的でもあれば吐き気を覚える。

人はどうして弟子をもちたがるのか私には理解できない。しかし、そういう私にしても、あの狂気の時期、予言者の思い上がりと熱狂を何ひとつ欠いてはいなかった。以来、私は生きてきたが……

ジュラ山中でのすばらしい三日間。ビエンヌの渓谷とラムラのスキー場。単独行は――一時的にしろ――私のあらゆる病を癒してくれる。

――ペシミズムは――もっともオプティミズムにしてもそうだが――精神の不均衡の兆候である。

一九六四年四月一日

「悪魔」でさえ妬むようなメランコリーの激発。

憂鬱に捉えられると、はじめのころはものを考えることができるが、憂鬱が異常に強烈になると、もう考えられなくなる。(言い換えれば、憂鬱の一定の段階を越えてしまうと、もう考えることはできない) 激しい憂鬱は、精神を殺す。

四月三日――今夜、帰りがけに思わず口にした〈途方に暮れた〉という言葉が、アパルトマンを――そして宇宙を満たした。

私の書くものはどれをとってみても、愚痴、暴言、前言取り消しにすぎない。

撤回の英雄であること。

ミミズに私の気持ちが分かったら、私へのどんな同情の衝動にかられることか！

先日、市《いち》で、皮を剥がされた牛の頭部をちらりと見た。その目に、あるいは目の残骸に激しい戦慄を覚えた。

アレクサンドル・ブロークの詩は、なんという響きを私の内部に呼び覚ますことか！　そして深い親しみを覚える、その人間！

アレクサンドル・ブロークは、一九一二年四月一五日付けの『日記』に次のように書きとめている。「昨日、タイタニック号の難破を知って狂喜。してみると、まだ大西洋は存在しているのだ。」

ほんのささいなことを思い出しただけで、私の現在は崩壊してしまう。あふれて来ては私を押し包む、あの過去の、あのすべての歳月と幾千もの日々の急襲にどう耐えたものか。

私の内部で砕けてしまったもの、それと過去の私のいまに残るもの、せめてこれだけでも分かっていれば。

破局へのノスタルジーと惰性的な行動のエクスタシー、私は両者の中間に生きている。

カロリーネ・フォン・ギュンデローデに関する文献を読む。新たに知ったことは何もないのだが、しかし彼女のこととなると、先刻承知のことを読んでも、私はいっこうに飽きないだろう。そういうことも私にすれば初めて読むようなもので、「彼女」に関するほんのちょっとした言葉にも私の覚える反応はそれほど深いのだ。

一九六四年四月八日　私の誕生日。

作品を創造する人間は――意識してのことではないにしても――だれしも自分の作品は世界が滅んだあとも生き残るはずだと思っている。もし制作しているときに、作品などはかないものだと思っていたら、作品を創ることはできないだろう。

私はもともと思考ではなくハミングに向いていたのだ。それに、私の〈思想〉は一種のリフレインにすぎない――陰鬱な、終わりのないリフレイン。

モンパルナス駅へSを迎えに行く。――復活祭の休暇の終わり。革命かなにか大規模な集団の惨事でも起こったときのような、かなりの群衆。私は目を閉じ、嫌悪感に沈み夢想に耽る。この忌まわしい群衆は――詩的な、同時に憎むべき意味で――私にわれを忘れさせてくれる。この世からの脱出、これこそ群衆が誘い、かつ強いるものだ。雑踏のただなかでの放心――自分のまわりにあらゆるものがうごめいているのに、それでもなされる神秘的な訣別。

彼は悲しみのなかに閉じこもった。

マニ教徒によれば、酒は悪魔の苦汁であった。

ある種の問いは、際限もなく反芻していると、持続する鈍い痛みにも劣らず私たちの土台を掘り崩す。

人間とのつき合いでは、私のもっている悪しきものだけがやたらと目立つ。

〈ルーマニア的なペシミズム〉が、というよりむしろ国民的な〈生の不安〉がある。もちろん、私はこれを受け継いでいる。

いましがたXが電話をかけてきて——その精神のどうしようもない混迷ぶりについて語る。その話によると、精神科医に診てもらい、処方された薬物を呑んだところ、多幸感を味わったものの、やがて鬱の発作に襲われたという。そこで私は、そういう〈金で買った喜び〉など二束三文の価値もない、それより、きみという人間が分かるだれかに相談しなけりゃ駄目だ、精神科医は、ま、よほどの人は別だけど、きみのことなど分かりはしないよ、と言い、さらに、そういう発作は、きみの栄光の、それにまたきみの作品の代償だよ、とも言った。それがどのようなものであれ、あらゆる成功には代償を支払わねばならない。自然をみくびればただでは済まされない。特に作家は、その名声の報いを受けなければならないのだ。

ルター派の浸透を阻止する闘争がスペインで行われていたとき、俗語の聖書を読むことはきつい御法度だった。カール五世でさえ、フランス語の聖書を読むに当たり、異端審問所に伺いを立てなければならず、やっとのことで許しを得たような始末！　だが、退位後、隠棲所のユステの修道院から手紙を書き送って、息子に異端者殲滅をけしかけたのは彼だった。

「病の癒えた病人ほど始末に困るものはない。」——これはドイツの諺なのか。私はルターの『卓上語録』でこれを読んだが、驚くべき正確な言葉である。

オリゲネスの断言によれば、それぞれの魂にはそれにふさわしい肉体があるとのことだが、これは間違っている。

この世で自分が求めているものについて絶えず考えているが、いまもって私には分からない。

私の気持ちに一番しっくりした活動ということになれば、天使の条件について際限もなく考えをめぐらすことだろう。

春だ。どんな季節に対しても、私には心構えというものができていない。つまり、季節にどう対処し、どう耐えたものかも分からぬままに、季節に不意打ちをくらうのだ。

ボードレールは〈堕ちる悦び〉について語っているが、私にしてもこれを経験し、育て、恐れたことだろう——人並みに！

もう玄人のいない時代、こういう時代になってはじめてペーパーバックが出現した。

自分を不遇だと思うことほどつらいことはない。自覚されていない取柄、感嘆すべきはこれだけだ。

実をいえば、私は当世の人間ではない。私の『概論』にしたところで別の時代のものだ。私の反時代性は歴史的にして同時に形而上学的なものであって、だれにしたところで私よりは現代的である。

〈有効な〉唯一の規律。すなわち、ほかのことなど考えずひたすら自分の作品を追求し、信者のいない神のように、おごらず悲しまず自分の内部にとどまること。

人間が原因で苦しむような羽目になると、いつも私は自己蔑視という手を使う。こうして人間どもに打ち克ち、彼らの殴打を忘れるのである。

何か隠された傷のない者とは理解し合えない。

私が感じているものの調子をそのまま出そうとしたら、いちいちの言葉のあとに感嘆符を打たねばなるまい。

自分の悲しみに対決しようとしても無駄だ。勝つのはいつも悲しみだ。

じっとしていると、決まって私は悲しみに捉えられる。

すたれた神々とがらんとした寺院に私はいつもつきまとわれていた。

J・P・サルトル、マゾヒズムに罹った教師。

異端の全面的な名誉回復を書きたい。

ほんとうの予言者とは、〈進歩〉を信じず、それでいて未来の強迫観念に苦しんでいる予言者のことだ。

聖アウグスティヌスの反マニ教論のいくつかを読む。彼は一〇年間、マニの信徒であったが、その後、マニのもっとも危険な敵対者になっている。転向者の機知・機略のたぐいで彼に欠けているものは何もない。饒舌で、くだらぬ議論を好む屁理屈屋ぶりは、ソフィストたちにもお目にかかれないようなものだ。その上、聖パウロの後継者たるにふさわしい、ほんものの情熱が彼にはある。――冗漫、これが彼の最大の欠点だ。

憂鬱ですっかり気が滅入っているとき、恋だってできるかも知れないと考えると、どんなにか慰めになることか。そして気が滅入っていないときは、こうしてとめどもない苦しみの原因から逃れるのである。――(かつて私は、おれは不幸にも……王になれたかも知れないと考えてすべてを諦めていたときがあった!)

全員の賞賛を呼ぶ、これがエセ予言者の特性だ。作家、政治家、人間のあいだで成功する者はみなしかり。

もし私が憂鬱と同じくらい頻繁に歓喜を経験していたら、私の抱えるあらゆる問題は解決されてしまうだろう。(歓喜においていて、私たちは存在のすべてを受け入れる。)

私は日々の大部分を、人を殴り、人を罵倒しては取っ組み合いをやらかして過ごしている。朝から晩まで、自分でも赤面するようなスキャンダルを巻き起こし、未知の人を挑発し、当たるを幸いとばかりすべてをひっくり返す――ああ、想像のなかでもこんなていたらく!

通常、私たちは自分にとって憎らしかった人のことが忘れられず苦しむ。だが、なるほど稀なことではあるが、私たち自身が憎むべき者、それどころか恥ずべき者であった場合を思い出すこともある。そのとき、私たちの覚える苦しみは、ことのほか痛切だ。

彼はすぐ後悔するのだった。つまり、いともたやすく良心の発作に見舞われるのだった。いわば悔恨のロボットだった。

シュールレアリスム展を観る。〈ショック〉であり、挑発であるすべてのものは、数年もすれば、おのずと無効になる。あらゆるものにおいてそうであるように、芸術においても生き残るのは、信者であるなしにかかわらず神と向き合い、孤独のうちに達成したものだけだ。

人間は、罪を犯したあとのマクベスに似ている。つまり、人間にとって後退することは、取り返しのつかぬ事態に執拗にこだわり、いっそう深くそこにはまり込むよりも、ずっと困難で、ずっと気乗りのしないことなのだ。

Xは奮闘してはいるが、彼には弟子の魂しかない。

ジュラ山脈を旅して歩いていたとき、私は、道路を横切ろうとして車にぶつかり遠くにはね飛ばされた犬を見た。そのときの犬の悲鳴は、忘れようにも忘れられないだろう。そして犬は、道路の端で動かなくなり、どこか知らぬ空間の一点をじっと見つめていた――あの眼差しもまた、決して忘れられないだろう。

私が忌み嫌う二種類の人間。すなわち、すべてのことに感心する人間と何ごとにも感心しない人間。どうせなら、私は前者のほうを採る。

私は私の情熱のすべてを押し殺した。だが、それは存在しており、私の未開拓の資質であり、たぶん、私の未来である。

ある問題を〈掘り下げ〉はじめると、いつも私の思考の過程は中断され、むかしの恨みつらみが不意に現れて、やがて宙に浮いてしまう。そうなると私の意識にあるのは、このむかしの恨みつらみだけになり、関心事だったテーマは、意識から消えてしまうのだ。

彼は、神の言いなりに生きるのを潔しとしなかった。

キルケゴール、すなわち、ドイツ・ロマン主義のあとのテルトゥリアヌス。

四月二七日　日曜日の午後。太陽、したがって群衆のひしめく街――この醜悪ぶりは想像を絶する。怪物ども。どいつもこいつも、あらゆるところから流れてきた貧民、脱落者。つまりは大陸の死骸、地球の吐きだした反吐だ。カエサルたちのローマが、帝国のカスどもに占拠されたローマのことが思われる。一時期、世界の中心となったあらゆる都市は――この事実そのものによって、例外なく世界の汚物処理場だ。

何になったらいいのか自分でもまるっきり見当がつかなかった。だから、こんな長い年月をすり抜けてこられたことに驚かざるをえない。

私は人間には何も期待していない。それでも、期待し、期待しつづけている……何を？――それは私には語れないだろう。

アレクサンドル・ブロークの伝記で、彼が衰弱してゆく、その有様について次のような素朴な、そして意味ふかい言葉を読んだ。「笑いが消え、ついで微笑みが消えた。」

他人を侮辱しつづけたために貧血を起こす。

思想の歴史についての講釈ほど精神の創造の努力に水を差すものはない。哲学の歴史は哲学の否定だ。（一九三一年、ブカレストで、私は、哲学の学位取得試験の冒頭、こう断言した。仰天した老教授は、私に〈説明〉を求めた。）

五月一日　ピカルディー地方を四日間あるく。サン゠ヴァレリ゠シュル゠ソム、カイユー、クリエル、イエールの谷、ガマシュ近くのラ・オート・フォレ——すばらしい。でも結局、すべては一種の危機で終わった。つまり、多すぎる緑は私には適していないのだ。海も野原も耐えがたいほど緑だった。いまだかつて私は、このような不快感をこれほど強烈に感じたことはなく、緑の神経衰弱とでも呼びたいほどだった。

「イエスは言った、〝預言者は故郷の町では容れられず、医者は、彼を知る者を癒すことはできない〟と。」（『トマスによる福音書』三一八）

どんなに才能に恵まれた人間でも、同胞に一目置かれるようになると、たちまち例外なく同胞の奴隷となる。いずれにしろ、もう自由ではなくなる。そして欺瞞すれすれのことを絶えずやらなければ、同胞に対する自分の地位を保つことはできない。〈無名〉である利点は、役割を、それもスターの役割などよりずっとおぞましい〈不遇の人〉の役割さえ果たすには及ばないということだ。

常軌逸脱に価値を与え、それを償うのは苦しみだ。苦しみがなければ、常軌逸脱はおどけにすぎない。

高い代償を払い、償いをしたものでなければ、文学上の、あるいはその他の独創性は、いずれも遊びであり、曲芸である。信じられるのは殉教者だけという例の事実。

無能はどんなたぐいのものも、形而上の次元では積極的な特徴をもっている。

私たちのあとに生き残るのは、私たちの叫びだけだ。

信者でもなくそうかといって無神論者でもないとき、神について書くのは容易ではない。もう前者にも後者にもなれないというのが、たぶん私たちの悲劇であるからだ。

私は文学をやるための必須の条件をクリアしている。つまり、非本質的なもののなかに生きている。

文学をやるための必須の条件とは、非本質的なもののなかに生きることだ。

私たちが幸せなのは、非本質的なものへの欲望にさいなまれているときだけだ。

五月九日　六時間半に及ぶおしゃべり。嫌悪感、疲労、怒り、頭にピストルをぶっぱなして死にたいと思う。

不可能性——私の全時間は、この、いつも変わらぬ確信に集中する。

この言葉は私に魔力を振るい、私のさまざまの問題を解決し、「乗り越えがたいもの」を前にしても私をみじめな思いにはさせない。

重要な人間とは、ある絶対的要求をはぐくんでいる人間だ（あるいは、絶対を要求する人間だ）。そのほかの連中はどれもこれも人間の塵かくずのようなものだ。

瀆聖の思想には、いずれも例外なく子供じみたものがある。

タキトゥスについてのヒュームの意見に同感だ。いわく、「古代文明のもっとも深遠な精神」。あれやこれやの教父の著作がそっくりそのまま残されたのにひきかえ、彼の著作の大部分が失われてしまったと思うと！

人間が、顔が多すぎる——もう私たちは神に向き合ってはいられないのだ！

コンサートに行かねばならない。行く約束なのだが、行けない。

ときおり孤独の要求がひどく募り、だれかに会いに行くと考えただけで、ほとんど狂わんばかりになってしまうほどだ。

シモーヌ・ヴェーユにはアンティゴネのようなところがある。彼女が懐疑主義に陥らず、聖性に近づけたのはそのためだ。

〈不治の倦怠〉——こういう決まり文句に出会うと、胸が締めつけられる思いがする。つまり、この決まり文句は、診断、私の診断だ。

毒を盛られた神のように、身をよじる。

善行としての誹謗。

「人間にとって改宗は、作家にとって言葉を変えるのに劣らぬ危険なことだと思います。」(シモーヌ・ヴェーユ、『ある修道者への手紙』、三四ページ)

聖霊降臨祭。ド・スタール夫人の最後の恋について書かれた本にざっと目を通したところだ。この本に言及されている人々はみな死んでしまったのだと考えると、ひどく耐えがたく、横にならなければならないほどだった。

もう絶対に生きられない人間がいるとすれば、それは「未来」を一瞬ありありと見てしまった人間だろう。

生きるとは、日ごと日ごと、まあ、あえて言えば四〇年間、私が自覚しないこととてはなかった不可能性である……

作家にとって、〈解放〉は未曾有の災厄である。作家はだれよりも固有の欠陥を必要としており、欠陥から自由になってしまえば万事休すだ。

だからましな人間になどならぬように気をつけよ! そんなものになったら痛恨のきわみだろう。

ルーマニアの一部の村の荒廃ぶりを思い出す。それを考えただけで気が遠くなりそうだ……

神経症患者とは忘却不能の人間だ。
(あらゆる神経症の原因は忘却不能性にある。)

私が同時代の人間に抱いている憎しみ、いや、恐れには限度がない。おそらく私の振る舞いぶりは、まるで自分が別の時代に生きているようなものなのではないかと思う。

私が恐れているのは現在ではなく未来だ。未来のことを考えると、いつも自分はほんとうに病気なのではないかと思ってしまう。私は——反予言者として、遠く、やがて来る時代を見ている。

結局のところ、疑うべくもない私のものといえば、私の懐疑的態度だ。紛れもない〈優柔不断〉の人ならだれしも同じことだろう。

およそ信念などただのひとかけらも持たぬまま目を覚ます朝がある。目を覚ましたあとは、日がな一日、何かを信じているかのような振りをしなければならない。

こうもあっさりやる気をなくしてしまうのは、つまりは挫折なしでは済まされないほど挫折が好きなのではあるまいか。

「なんじ自身を知れ。」——これを各人の義務とすべきなのか。おそらく、そうではない。私が自分の目的を達成し、何かを実現できるのは、私が自分を知らないその限りにおいてだ。幸いなことに、自分を知ることは不可能だ。というのも、自分の現状を知り、自分の欠点と長所を吟味し、自分の能力を正確に見届けることほど私たちの力を殺ぐものはないからだ。自分のことを誤解し、自分の行為の隠された意図を知らぬ者、仕事というものができるのはこういう者に限られる。自分自身がすけて見える創造者は、もはや制作しない。自分を知れば、彼は自分の、そして他人の批評家となる。自己認識は、私たちのデモンを窒息させる。なぜソクラテスは何も書かなかったのか、その深い理由はまさにこの点に求めなければならない。彼は自分についての知に全幅の信頼を置き、もし作品を残そうとすれば、だれにしてもそれなしでは済まされぬ、あの秘められた闇が、その知によって狭められ、それどころか危険にさらされることになるとは思っていなかったのである。

イタリアの劇団によるゴルドーニの『ヴェネツィアの双子』を観る。非の打ちどころのない見世物。なぜか。これ以上すぐれた解釈は想像できないし、この解釈にまさるほかの解釈など思いつかないからだ。

ローマのもの書き連中はみな田舎出だ。ローマに生まれたのはユリウス・カエサルとルクレティウスのみ。

世界は天使たちの籤引で決められたという、あのグノーシス派の考えがかなり気に入っている。

自分の両親を恥ずかしいと思わないような子供は、ぼんくらと相場がきまっている。

自分の〈生みの親〉を尊敬することほど不毛なことはない。

一九六四年五月二五日　同時にいくつもの考えを追うことができず、特にいくつもの道に沿ってすすむことができない不便さ！　これがことのほか私には苦痛だ。ある方向に私がすすみかけると、また別の申し出があって、方向転換をしなければならなくなる。なんてこった！　私は最初の計画を放棄し、もう次の計画のことしか考えない。私の手をつけることがどれもこれも失敗に終わらざるをえない原因はここにある。

断絶は精神の不幸だ。

散漫状態は有害だ。妄想にしても有害だが、それでも散漫状態ほどではない。豊穣な精神とは、自分の強迫観念を新しいものにつくり変えることができる偏執者だ。何かを達成できるのは、同じ観念の堂々めぐりにつきまとわれた知性だけだ。ひそかに反復するすべを知るべきだ。

私たちに芸術の本質をかいま見せてくれるのは失敗作だけだ。「よみがえる痛恨の思い」（ボードレール）。

何ものも実在しないと知ることは、すべてを理解したということだ。だが、この知は瞑想によっては得られない。それは私たちとともに生まれ、私たちとともに育つ。この知があるからといって一向に自慢にはならない。

総稽古。批評家連中が来ていた。なんという職業か！　批判しながら一生を過ごすとは！　こんな生涯を送るより、死んでわれ関せず焉《えん》たる境地に浸るほうがずっとましだ。

一九六四年五月二七日

一日中、何もできない日がある。脳髄の機能麻痺。記憶力の日々の減退。こういう兆候のすべてに立ち向かうには、ある種の勇気が必要だ。

肉体の磨耗に精神はどこまで闘えるのだろうか。精神がどれほどの緊張に耐えられるにしても、肉体の磨耗の影響は避けられないのではないか。

「異常なものを好むのは凡人の特徴だ。」（ディドロ）

フランス一八世紀はこの言葉に尽きる。シェークスピアが〈野蛮人〉よばわりされたのも驚くに当たらない。

五月二八日――昨夜、あるサロンで、ある夫人のうなじを見ながら、この白い肉もいずれは墓に入らなければならないのだと考えたものだ。ウイスキーをあおったおかげで、この考え、というよりイメージが消えてくれたのは、もっけの幸いだった。死の強迫観念の頻発は、私の精神が危険な時期にさしかかっている前兆だ。

謙虚というものを信じているようなふりをしながら、謙虚について書いている連中を見ると、つい笑ってしまう。そもそも謙虚は不可能な感情だ。ありもしないものについて語ったところでなんになるというのか。だが、義務としての感情がなければならないとすれば、謙虚がまさにそういうものだ。謙虚が普遍的なもの、あらゆる人間に共通のものだと想像してみよう。そうなると、生は様相を一変させてしまうだろう。ところが実際は、そんなことにはならない。というのも、生は存在の衝動、その肯定である限りにおいて、謙虚を嫌い、全力をあげてそれを拒否し、その存在すら認めないからだ。

私が夢みているのは、個々の言葉があたかも拳のように顎の骨を打ち砕く、そんな言語だ……

今朝から怒りがおさまらない。出版されているのは文学のくずばかり。にがにがしい限りの電話のベル。バカ者とののしり合い。こんな連中とかかわりあって時間を浪費していいのか。

怒りの発作のあとで。恥ずかしさ。もちろん、この気持ちには、「ま、いずれにしろこれが人生さ」という決まりきった考えがつきものだ。

憤怒を爆発させてしまうと、私たちは怒りつづけようとも怒りをおさめようとも思わない。むしろ、激昂と冷静さを両立させることができるかのように、この二つのことを同時に希う。

夕暮れどきの空に小鳥たちの旋回しているのが天窓越しに見える。はるかな昔から、小鳥たちのしていることに変わりはない！　先天性の絶対的知恵。私たちは彼らを見習うべきだろう。私たちの生きざま以外なら、何であってもずっとましなのだから。

凡庸なラファエロがドイツ・ロマン派の偶像であり、次いで一九世紀を通じて絵画の最高峰と目されていたことを考えると！　あるいは、同じ一九世紀のあいだ、読むに耐えぬシラーが詩そのものの象徴と考えられ、ヘルダーリンのような詩人がほんとうに重要視されるようになるのは今世紀初頭以後にすぎないことを考えるとき！

苦しみや悲しみに見舞われたとき、私たちは哲学者に助けを求めようとは思わない。これをもってしても、ほとんどすべての哲学者の役立たずぶりは明らかだ（例外はほんのわずか）。

私のいらいらの爆発、その原因は何もかもよく分かっている。つまり、私は自分にむかっ腹を立てていて、仕事ができないのに困惑しているのである。その結果、私は他人を責め、私こそがその唯一の対象たるべき怒りを他人にぶちまけているのだ。

散漫という悪魔。

敵を作るのではないかという不安の原因は、繊細さにある場合もあれば、臆病にある場合もある。この不安を支配するものが両者のいずれであるかを知るには、人間というものをよく知らねばならない。

興奮したり声を荒らげたりする人間は、みな自信のなさを暴露している。

ペシミストの言い分は正しいとは言えない。というのも、遠くから見れば、生には悲劇的なところは何もなく、近くから、細部を見たときはじめて、生は悲劇的なものなのだから。全体を見れば、生は無益なものに、そして喜劇的なものになってしまう。これは私たちの内的経験にも当てはまる。

ある考えに捉えられると、なぜ私たちはもうその考えから自由になれないのか、その理由を言うことはできない。まるで、その考えが私たちの精神のもっとも弱い点に、もっと正確にいえば、脳髄のもっとももろい点に忽然と現れたようなのだ。

絶望する能力は、なんらかの秘められた残忍さを前提にしている。一切の希望を失いたいと思い、取り返しのつかぬものを好む者、こういう者はだれであれ警戒すること。
（自分の悲しみを大切にはぐくみ育てる者を、いったいダンテはどんな「地獄」圏に落としたか。）

もし私が、私のもっとも深い本能に従っていたら、朝から晩まで、そして夜は夜どおし「助けてくれ！」と叫ぶだろう。

悲しみの原因は〈血の減速〉にあるとは、どんな古い本でお目にかかったのだろうか。

……淀んだ血、悲しみとはまさにこれにほかならない。

はやる気持ち、あらゆる悲劇の唯一の原因はこれだ。
（ヒトラーの存命中、スターリンがそのヒトラーについて言った言葉を思い出すこと。いわく、「彼は有能な人間だが、待つすべを知らない。」）

歳月とともに、人間のすべては変わる。ただし、声だけは例外。ひとりの個人の同一性を保証するのは声だけだ。声紋を取っておくべきだろう。

六月一一日——午後、ベッドに横になる——まるで自分の死体の通夜をしているかのようだ。いつか、こういう姿勢をずっと〈取る〉ようになるとは！

悪しき創造者という思想を除き他の一切の思想を受けつけぬ、閉ざされた精神。

主よ、私の精神を解放し、「敵対者」が精神に課した桎梏を吹き飛ばす力を与えたまえ。惑わされたまま、私はもうこれ以上、「時間」の死点に生きられない。この沈滞の外に、この、私を見舞った神の失寵の外に飛躍できれば！　私は神々の厳しい拒絶に遭ったのだ。

街での夕食。人の長広舌を聞く、こういうときにこそ、どうして疲労が憎しみに堕してゆくかが分かる。

ある日は断続的に、またときには来る日も来る日も長期間、私を捉える、この不安の原因はどこにあるのだろうか。

彼は病的に善良だった。

人々（一部の人、というべきかも知れない）は、私のことをむしろ善人だと一般に思っているが、それは私に悪人になるだけの充分なチャンスがないからだ。それに私には悔恨の桁はずれに大きな能力があるものだから、たまたま恥知らずな言動をやらかすと、そのためにどうしても苦しんでしまうからだ。私は、自分のやった善行にしろ悪行にしろすべてを悔やむ。行為のこちら側かむこう側に永遠にとどまり、潜在的なもののなかで磨耗すべきなのだろう……もっとも、私はいつもそうしている。私ほど優柔不断な者はいない。私は出来損ない、バカな男――なにがしかの形而上学的口実があるにしても。

私は作家ではない。文章の展開の仕方も心得ていないし、文章の引き延ばし方も知らない。その結果、私の書くものはどれも、ぎくしゃくした、きれぎれの、ぎこちない、連続性のないもののように見える。私は言葉が嫌いだ。ところで……

簡潔さ――私の天性にして私の不幸。

私の父は絶望して死んだ――私にはそう思われてならない。死の一年か二年まえ、シビウの大聖堂の階段で出会った或る俳優に、父は、多くの不当な試練にさらされてみると、まだ神に何かの意味があるかどうか疑問に思うと語った。齢《よわい》七〇を過ぎ、聖職者の職を五〇年つとめ上げたあげく、自分の仕えてきた神を本気で疑うとは！　それはたぶん父にとって、長い眠りの歳月のあとに訪れてきた、ほんとうの目覚めだった。

肉体のよみがえり――死体を見れば復活などというものはひとたまりもなく否定されてしまうのに、信じがたいことに、それが事実として認められてきた。宗教に想像を絶するものが多ければ多いほど、その宗教の永続する可能性はますます高まる。この点において、キリスト教は群を抜いていた。想像を絶するものはキリスト教にきわまる。

私のことをまんざら捨てたものではないと思っていたほとんどすべての人が、しばらく経つと、結局そっぽを向いてしまった。私にひとりでも〈ファン〉がいたとすれば、その〈ファン〉を私はみな失ってしまった。期待はずれ、人々が私から受け取るのはこれだ。

もの笑いになるのではないかと思うと、ほんのちょっとした行為もできなくなってしまう。こういうセンスに欠けている者は幸いだ！　神がみそなわしたのだろう。

M――ほとんど病的なほど、もの笑いになるのを恐れるセンスが彼女にはある。だから彼女は不幸だし、これからも不幸だろう。

私がもっとも忌み嫌う手合いは、型にはまった考え方をする連中、思想などはなく、あるのは思想の上に押すスタンプといった連中だ。彼らには特徴はあるが個性がない。X――この男は、どんな質問に対しても、いつも決まりきった回答をする。だから彼は、すべての問題を解決してしまったのだ。

遺伝、――この言葉を聞いただけで背筋に戦慄の走るのを覚える。宿命という古代の言葉のほうがずっと耐えやすく、またずっと穏やかだった。

いつの日にか、精神分析が完全な信用失墜の憂き目にあうことは火を見るよりも明らかだ。しかしそうなったからといって、私の純真さの最後の残りかすが破壊されずに済むというわけではない。精神分析のあとでは、もう私たちは決して純粋無垢ではありえないだろう。

明晰性に深くうがたれた精神。

私には自分の欠点を直すことはできない。――直す努力をすべきだろう。だが、努力はしたのだ。それより欠点をそのまま受け入れるほうが賢明だろう。キリスト教の幻想など捨てよう。取り返しのつかぬものを臆することなく認めよう。

そしてたまたまある欠点を克服したとしても、そうなるのが私たちの本性の必然だったからだ。実をいえば、それは欠点ではなく障害にすぎなかったのだ。

ある日、いくつもの障害をかかえた老婆が私に言ったものだ、「自然というのは私たち人間をなんて無様にこしらえたんでしょうかね」。「いえ、無様にこしらえられたのは自然そのものなんですよ」、と私は答えるべきだっただろう。

私はもともと聖歌に、冒瀆に、癲癇に向いた人間だった。

神のことなど嘲笑してはばからぬ私だが、にもかかわらず、いつかは私も神のなかに消えうせることができるものと固く信じている。こういう可能性が自分にもあると思うと、神に対する私の嘲笑もいささか甘いものにならざるをえない。

人間は祈りなしでも生きられるが、祈りの可能性がなければ生きられない……

地獄とは禁じられた祈りのことだ。

私にはみじんの疑いもなく宗教的性質をもつものと思われる、あの遺棄感、これを私から取り去ることはできない。

「信仰の欠如は、克服できないときには隠しておくべき欠点だ。」（スウィフト）

絶望に効く薬は一つしかない。つまり、祈りだ――祈りはなんでもできる、神を創造することさえ……

自分の国を攻撃し、国がくたばりかけているときは、誹謗・中傷でとどめの一撃をくらわしてやる――これはだれにでもできることではない。ある稀有な勇気が必要だ（卑劣な勇気とでも呼ばなければならないのではないか）。

生きているという事実を考えただけで、あやうく気がふれそうになる――というのも、それはいままさに神へ跳躍しようとする瞬間だからだ。

両目を開けたまま自省することなど絶対に不可能だ。

人々が言うように、悔恨は〈一種の微妙なエゴイズム〉にすぎないというのはほんとうだろうか。

信じがたいことに、人々は他人の創始した宗教に平気で加入する。

サン＝セヴラン教会で、ボン大学の「コレギュム・ムジクーム」の演奏を聴く。マルチェッロのコンチェルト、この世のものとも思われぬほど優雅で、あまりの心地よさに涙をとどめえなかった。

もうとっくに八〇を過ぎたC老人。私がトルストイの『イワン・イリイチの死』を出版したのが気にくわぬと言って、私に怒りをぶちまける。出版のことを知ると、彼はほんとうに病気になってしまった。あの作品は病的だ、と私に言うのだが、実はそれは口実で、自分が死をひどく恐れていることを、そして死を想起させるあらゆるものを忌み嫌っていることを認めたくないのである。

自分の責任を回避し仕事を避けるために、私はありとあらゆる口実を考え出す。この点にかけては自分は天才じゃないかと思わざるをえない。義務としてしなければならないこと以外なら、私にはなんでもいいのだ。

孤独への欲求、これ以外に私には確実なものはない。そのほかのものはいずれも自分を偽り、自分を裏切るもの、自分への不誠実だ。

ひとつの、ただひとつの思想を——だが宇宙を粉砕する思想を考え出すこと。

あらゆる事件で私にとって重要なのは、この世界とは別の世界の存在をそれとなく暗示している事件だけだ。要するに、宗教的趣きを、この世のものならぬ色合いをおびた事件だ。

有効性というものは破壊という形でしか考えられない。

懐疑思想は不寛容のもっとも巧妙な形だ。

百年もすれば、いや、ひょっとするとそこまで待たなくとも、現代が地上の楽園として語られるようになるだろう。全地球に人間が住みついてしまったら、人間には過去にしか希望はもてないだろう……

いうまでもないことだが、私のさまざまの計画がうまくゆかないのは、計画の達成に私が全力を挙げないからであり、私の下心を知る他人には私が信頼できないからである。私たちが本質的にこの世の人間ではないとき、この世で何をしてみたところで挫折は避けられない。——挫折を誇り喜びにさえするどころか、ときとして挫折を嘆く、これが私のただひとつの過ちだ。

激しさで老人の憎しみに匹敵するものはない。歳をとっても恨みはなくならず、逆に募る。

あらゆる残酷さの根は悲しみにある。私たちが犯罪者の魂をいだいてそこから脱する、あの意気消沈。

私が書くのは、もっぱら衰弱の危機から自由になるためだ。——読者にとってはいい迷惑だが、しかし私は、人に読んでもらうために書いているのではない。

バカロレアの答案にあるような、愚にもつかぬものの例。いわく、「過去は現在ではない、なかんずく未来ではない。」だが、こういうたぐいの決まり文句は、サルトルやほかのどんな哲学者にも見られるだろう。

スウィフトについて書かれたものを読むと、決まって強烈な感動を覚えないわけにはいかない。彼の生涯のすべてが衝撃的であるからだ。彼の運命ほどにも奇妙な運命を私は知らない。

生のむなしさの自覚にかけては私の右に出る者はいない。

私は、もっぱらわが不幸の産物だ。

私が生にいだく、この恐怖。それに効く薬を無益にも私は探している。

仕事のできないのが特につらく感じられるときは、私はとっくの昔に死んでいたかもしれない、だから仕事もずっとすくなくて済んだだろうと考えて自分を慰める。

彼の神経は生に耐えられなかった。

人はみなすたれた讃歌だ。

たったひとつの溜息は、すべての知にまさる。

私は自分を当てにしていない。

悔いとして精算することができたもの——そしていまだに手持ちのストック！

一般に〈息切れしない〉と言われているのは、冗漫であるということだ。

生命の潮の引いてしまったところにしか神秘はない。砂漠への私の固定観念。

（七月二一日、日曜日。ほとんどもぬけの空《から》のパリ——なんというすばらしさ。）

精神が荒れ狂い、もう何をもってしても、神という、あの最後の障壁をもってしても精神を押しとどめることができないとき。

自分の最深部の本能の声を聞いたなら、どんな神も生き残れないほど激しく壊滅的に〈助けてくれ〉と叫ぶ者、〈宗教〉というものがほんとうに分かっているのは、こういう者だけだ。

私がどうして〈生〉に適応できないのか、その原因は探してみても無駄で、私には見つからない。もしそれが生まれついてのひび割れだったら、それについては〈形而上学的〉といううさんくさい形容詞を使わなければならないだろう。

神の内部においてさえ、いや、特にそこでこそ私は退屈するだろう。この最後の退屈への恐れ、私が宗教に関して何も達成できなかった理由はどうやらここにある。

（慢性的な空虚感に苦しんでいると、私たちは、どこへ行っても、神の内部においてさえ退屈するのではないかと恐れる。）

輪郭が極度に明確で鮮明であり、あらゆるものが陰影に富んでいる夢、悪夢とはみなこういうものだ。

人間にあるもっとも根深いもの、それは復讐欲だ、との私の思いは、歳とともに強まるばかりだ。どんなにささいな侮辱も屈辱もひとつとして〈消化〉されることはない。「復讐」は、心的世界の基本的事実である。

私の精神にどんな考えもきざさないとき、私が幸福感を覚えるのは、こういうときだけだ。

あるいは、

私たちが幸福感を覚えるのは、思考が絶えた場合だけだ。

（幸福は思考の手前にしか存在しない。）

〈悪しき造物主〉についての論文が捗らない。この神について、あたかも私がその存在を信じているかのように書きたいと思っているからだ——ところで私は、そんなものは信じていない。この神が私には必要なのだ。といっても、信仰とは関係はない。

満ち足りた人間は死を恐れない。死を恐れるのは気難し屋だけだ。自分の可能性を実現していないとき、死ぬのは恐ろしいからだ。

地獄の亡者たちの運命についてのルスブローク*の言葉。「彼らは決して死にとどまることなく永遠に死につづけるだろう。」

* 俗に「アドミラーブル」と呼ばれた、フランドルの神学者で神秘家のファン・ロイスブルークあるいはファン・ルースブルーク（一二九三―一三八一）のこと。

私はペシミストではない。この恐ろしい世界が好きだ。

生を耐えがたく世界を忌まわしく感じさせる障害で耳の障害にまさるものはない。私には、耳の障害に苦しんでいたスウィフトの気持ちがとてもよく分かる。

健康な自分の姿など私にはとても想像できない。

今晩（七月一九日）、いつものようにリュクサンブール公園の周りを散歩していたとき、一切のものへの激しい嫌悪感に捉えられ、深刻な衰弱に見舞われたときのように、頭をかかえ込んでしまった。

私の記憶力のたった一つの機能は、私が何かを懐かしむのを助けることだ。

ある種の生活無能力の見られる者、私はこういう者しか好きになれない。

私は一点に精神を、注意力を集中させることができないが、おそらくその原因は、私が絶えず倦怠を感じているところにある。だがそれなら、私がさまざまの強迫観念に、言い換えれば、集中の病的形態に囚われてしまうのはどうしてか。というのも、そもそも強迫観念とは激化した注意力の謂ではないのか。

スウィフトほど私を〈徴用した〉作家はいない。彼に関することならどんなことにも私は飽きるということがない。いまも、ウォルター・スコットの書いた伝記を読んでいるところだ。

彼は慢性の明晰病を病んでいた。

ここ二日間、Xとパリを歩き回っている。ひとりになれる時間は片時もない。自分といっしょにいて退屈する、これが私にとっての幸福というものだ。

Xは、投宿先のホテルのテーブルに、かなりの量の薬をひろげて見せる。つまりはこれが現代の長寿の秘訣なのだ。朝に一錠、夜に一錠、食事のたびに一錠というわけだ。

現代人とは、薬で栄養を摂っている人間のことだ。

悲しみがどのようにして精神をゆっくりと掘り崩してゆくか私は観察している。

いままで生きてきて、正真正銘のユニークな人間をどれだけ知っただろうか。わずかに三人か四人だ。そのほかは人間という物質。

歩きたくて居ても立ってもいられない思いだ。この七月が酷暑であるだけに、この私の思いはいよいよ募る。だが、私は田舎に行くどころか、ひょっとしたら仕事ができるのではないかと思ってアパルトマンでだらだらと過ごしている。

モーリス・ルジャンドルとかいう人の『スペイン史』で、「スペインのならわしである寛容」という常識はずれもはなはだしい言葉にお目にかかる。それも、異端審問所を論じた章に！

ヘボ詩人どもは、無能な哲学者がほかの哲学者のものを読むように、ほとんどもっぱら同業者のものを読んでいる。――詩人にとっては、詩集などより植物学か歴史の本を読むほうがずっといい。一般に、ライヴァルの作品を見習うのは危険だ。

八月一日――パリに人がいないうちに、私は、檻のなかの野獣よろしく、リュクサンブール公園のなかをぐるぐる歩きまわる。

他人に依頼できるただひとつの助力は、私たちがどれほどみじめであるか推察しないでもらうことだ。

八月二日――三週間ぶりに、午前中、曇り空。まぎれもない解放感。

造物主についてのエッセーを書き終えたら、倦怠について何か書くつもりだ――まあ、告白のようなもので、自分がどうして退屈しているのか、等々について書いてみよう。

X。彼にはじめて逢ったのは一九三二年ころ、ブカレストは大学の文学部でのことだ。三〇分ほど議論したあげく、私たちはあやうく殴り合いになるところだった。以来、彼に会うと――ということは、ほぼ三年に一度ということだが、私はいつも三〇年前と同じように振る舞ってしまう。彼ほど私を激怒させた人間はそうはいない。饒舌で、うぬぼれ屋、〈空論家〉で、〈軍団派〉*の彼は、どんなことだろうと知識はだれにも劣らないと豪語し、その点を相手に証明しようとして相手を放さない……

* 一九三八年一一月、国王カロル二世によって、鉄衛団の極右運動からコドレアヌと主な指導者が排除されると、その後、鉄衛団の党員たちは、ホリア・シマの軍団運動のなかに再結集した。ホリア・シマは、一九四〇年九月、アントネスク将軍の創設した、親独の独裁政権で副首相になるが、このとき、ルーマニアは、〈軍団民族国家〉の名のもとにファシズム国家となった。

午後、河岸通りで、あるアフリカの国家指導者、ガーナのエンクルマの本を見かけた。本の表題には解説の要はないだろうと思う。いわく『良心主義』。

その生涯に関することなら何を読んでも飽きない人々がいる。すなわち、スウィフト、ナポレオン、タレーラン、クライスト。

戦争末期、あるスペインの共和主義者が、南米人のカクテルパーティでフランコ派の役人に出会い、こう言った。「なんとも羨ましい限りです。これからはまったく孤立していられるでしょうからね。」スペインが完全に孤立状態にあるときだった。これ以上にスペイン的な言葉を私は知らない。

一九六四年八月三〇日　恐ろしい夜。何度も起き上がっては神経を鎮めようとしてみるがうまくゆかない。とうとう鎮静剤エカニルを呑まなければならなかった。――すべての原因は、昨日、太陽の降りそそぐなか、ヴァンセンヌの森を一時間ばかり歩きまわったことにある――肌を焼くために。その罰が当たって、今日はいままでになく青ざめている……

私は夜どおし、太陽は人間の敵だと繰り返した。私の言葉に間違いはなかった。

きわめて実際的な人間である母からの手紙の一節。「おまえの手紙にはどれもこれもメランコリーの跡が歴然としています。神経に気を配るのね！」

完全無欠の人間は、どんな悪行でもやる勇気があるはずだし、また好奇心からにすぎないにしても、実際に悪行をやったことがあるに違いない。

トゥールトレ（ロット＝エ＝ガロンヌ県）の墓地。自殺した男の新しい墓石。家族ではなく墓掘り人のたむけた、しおれた小さな花束のほかには、墓石の上には何もない。

（自殺に先立って、〈故人〉は自分の親友を殺していた、親友の前には妻を。）

私の〈作品〉がいくらかでももてたのは、女性たち、それもごくわずかな女性たちに限られる。私の見るところ、そのわけは、ヒポクラテスのいかにも正鵠を射た言葉、すなわち「女性とは病なり」という言葉にある。

健康な人は私の書くものになど興味はもてない。

ジュリアン・グラックがヴァレリーについて言っている、「アルバム用の思想の巨人」と。このひどく意地の悪い言葉は、残念ながらかなり正確だ！　ヴァレリーが軽蔑した、多くのもの書き連中のことを考えるとき。

形而上学に没頭し、鋭敏な、バカばかしさのセンスをもつことはできない。

（形而上学とバカばかしさのセンスは両立しない。）

九月一一日　憂鬱。自分の計画はどれも挫折するに決まっていると思ってしまう。そういう気持ちを抑えようとし、しばらくは抑えることができても、やがてまた憂鬱の発作に見舞われる。自分は運命に迫害されていると私が思うのも、理由のないことではないと言わなければならない。

どんなに少数だとしても、私を当てにしている人たちがいる

――そう思うとやりきれない。人に提供するものなど私には何もない。ああ！　なんと情けないことか！

私が絶対的な価値を認めているのは孤独だけだ。私のすべての判断、そして感情でさえ、この極端な基準によって決定されている。

性欲を抑えるのは最難事のひとつだ。欲望を克服する力をもつには、まさに神を信じなければならない。

私の主張はいずれもみな私の本能に、私の生命力に発するものであって、私の精神は、伝達の仲介役を果たしているにすぎない。あらゆる信念の核心を見届けてしまったことの危険！

〈文化〉という偏見。私が出会った（特にルーマニアで）最高に面白い人たちは、読み書きができなかった。

☆☆

そしてまたもっとも誠実な。

ひとつの問題をこねくりまわし、あらゆる角度からその問題を検討しはじめると、問題は解決できないことが、問題にはそもそも解答などないことがすぐ分かる。

一七七五年八月三日の手紙で、ヴォルテールは〈パリの騒音〉について語っている。当節なら彼は何と言うだろうか。

人々は――真実を恐れて自分をあざむき騙しているだけだとの私の思いは、齢《よわい》を重ねるにつれて深まるばかりだ。これは〈文学者と芸術家〉にとって全面的に当てはまる。

ミレナに宛てたカフカの手紙の一節。「きみがいなければ、ぼくには、恐怖を除いて、この世にだれもいない。ぼくの上に寝そべる恐怖、その恐怖の上にぼくは寝そべっていますが、夜ともなると、ぼくたちはお互いしがみついたまま落下するのです。」

自分の将来を見ることができたら、私たちはたちまち気がふれてしまうだろう。

一九四〇年、〈奇妙な戦争〉がつづいていたとき、私は身についた習慣で深夜おそく帰宅するのが常だった。ソムラール街に住んでいたが、ある夜、白髪の、不思議な品のある老売春婦に、一斉手入れの恐れがあるから同道して欲しいと頼まれた。道々、話がはずんだ。次の夜、私はまた彼女に出会った。私たちは友達になった。いつも明け方の三時ころ、彼女は帰宅する私を待ち伏せていた。そしてときには夜が白みはじめるころまで、私たちは語り合ったものだ。そんな状態がドイツ軍のパリ入城のときまでつづいたが、それを境に彼女はふっつりと姿を消した。彼女には、ある人物なり状況なりを生き生きと語って聞かせる驚くべき才能があった。そしてその仕種には、悲劇女優の気品があった。ある夜、私が、眠りこけているあらゆる人間、当時の私の言葉でいえば、どこにでもいる、あのシラミたかりどもに怒りをぶちまけると、彼女は、世にも美しいシーンにふさわしい仕種で手をかざし空を仰いで、「天上のシラミたかりもね！」と言った。

一〇月二日——北駅——サン＝ドニ、アンギャン——外を眺めることさえできない。すべてが悪夢のようにおぞましい。列車の乗客についていえば——ほとんど宗教的な、耐えがたい嫌悪の戦慄。

時代遅れになりたくないと思っている、あのすべての神学者ども。そのうちの一人は、いずれにしろシャルダン＊の弟子だ。シャルダンの頭には未来しかないが、いつか私が、あなたは原罪を忘れていると言ったら、「あなたはペシミストすぎますよ」と応えた。

こういう連中に左翼の神学などないことをどう説明したものか。

＊　ティヤール・ド・シャルダンのこと。

一〇月一四日——世界終末の神経過敏。これほどの興奮に肉体的にどう耐えればいいのか。

憤怒の力を弱めることなど私にはとてもできない。憤怒は私を捉えて放さず、私のほうこそ憤怒に精も根も尽き果てる……ほとんど毎日、私は憤怒の発作に見舞われ、思いついた言葉で相手かまわず攻撃する。ポレミストの独言《ひとりごと》。

怒りというものはいくらでも使えるのだ。

苦しむことにかけては、私は自分の敵の失墜にさえ心を痛めることができるほどだ。

私のペンと私の内的反芻でもっとも頻繁に繰り返される言葉は〈不安〉だ——生理学的および形而上学的な二重の意味において。

あらゆる倫理的判断は、根本的に間違っている。善にも悪にも、なんら本質的な実在性はない。というのも、それらはまさに判断だから。善悪といったようなものについて考えたことのある人にとっては、判断回避こそが一種の至上命令だ。

自分にとってもっとも謎めいて見えるのは自分が一番よく知っている人間だとの私の思いは、歳とともにいよいよ深まる。

私の友人たちは謎だ。

私にとって生きることは、毎日、解かねばならない問題である――まるで初めてお目にかかる問題であるかのような。

苦しみのなかにあっても、死を考えることを忘れるな。あらゆる考えのなかでもっとも慰めとなり、励ましとなる考えを。

私ほど見下げはてた人間はいない。いま友人たちのところで三時間ぶっつづけに長広舌をふるってきたところだ。自分の家に留まって仕事をするかわりに……

平穏無事な唯一の生き方は、他人の欠点を我慢し、他人に決して欠点の矯正を求めないことだ。それに、欠点を直すことなどできないだろう。欠点というものはどれもみなどうにもならないものだから。（どうにもならないというのが欠点の特質だから。）

私の生涯のある時期に、なんらかの役割を果たした人の場合も例外なくそうなのだが、私は、青春時代の友人に再会するのが恐ろしい。彼らに会うと、私の、そして彼らの堕落ぶりを、おうおうにして両者を同時に私は推し量ってしまうのだ。

パリ、つまりは小説、絵、芝居――精神の外的（あえて商売上の、とは言わない）形態。

一〇月二九日――リュクサンブール公園の、かすかに金色をおびた霧と赤褐色の木の葉。だが、私の内部の秋のほうがずっと深い。

ペートレ・ツーツェア*。私が出会った、正真正銘の唯一の天才。いくつとも知れぬ、機知に富んだ言葉の数々は、永遠に消えてしまった。彼の才気煥発と熱狂ぶりをどう説明したものか。ある日、私が「きみはドン・キホーテと神の雑種だね」と言うと、その場ではいたって御満悦だったが、翌朝早々、私のところに来るなり開口一番、「あのドン・キホーテの話しは気に入らないね」と言った。

* 〈対話主義の〉哲学者ペートレ・ツーツェア（一九〇一―一九九一）は、著作を残さなかった。

ティヤール・ド・シャルダン――私たちが見つけた、原爆の唯一の解毒剤。あわれな人類。

一一月一日――リュクサンブール公園の木の葉が紙吹雪のように散っている。さまざまの考えが浮かぶが、一つとして私にふさわしいものはない。

一一月一五日——昨夜、わが不倶戴天の敵Xに口づけされる夢を見た。あまりの不快さに、もう眠ることができなかった。

セネカは考証に反論してこう言っている。「ユリシーズの船の漕ぎ手は何人いたのか、『イーリアス』は『オデュッセイア』の前に書かれたのか、それとも後だったのか、両者は同じ作者の手になるのかどうか、こんなことを詮索するのはギリシア人の悪癖だ。」

イギリスの週刊誌に発表した論文で、ある教授が言うには、形而上学の諸問題を問うことは、〈What is the colour of Wednesday?〉と問う以上に無意味だ。

「造物主」に関する論文を「メルキュール・ド・フランス」誌に渡したところだ。論文にはひどく不満だが、インスピレーションが湧かず、もっとましなものにすることはできなかったのだ。ところが、なんたる逆説か、手渡したあとになって、自分を襲った興奮状態を利用すれば、かなり手を加えることができるのではないかと思った。なんたる喜劇！

北駅。そこの掛け時計を見れば、時刻が分きざみで分かる。たとえば、午後四時四三分というように。——私は、この時刻は決して戻らない、永遠に消え去ってしまい、取り返しのつかぬものの無名の総体のなかに沈んでしまったのだと思った。永遠回帰の学説は、私にはなんと浅薄な、根拠のないものに見えることか！ すべては永遠に消えうせる。私は、この瞬間を二度と再び見ることはあるまい。すべては独自なもの、しかもどうということのないものだ。

哲学を学んでいる〈科学者〉、あるいは科学を担ぎ出す哲学者の鼻もちならぬ思い上がり。〈世界観〉などでっち上げる手合いは、だれにしても憎むべきもの、我慢ならないものになる。だが、さらに手に負えない連中がいる。体系を作り出す連中だ。彼らはまぎれもない怪物だ。

理由は異なるけれど、私がまたとなく好む古代の二つの精神は、エピクロスとタキトゥスだ。私は前者の知恵と後者の散文に飽きることがない。

（私は、あれこれの悔恨に生きているのではない、悔恨それ自体のなかに生きているのだ。）

一九六四年一一月二二日　先日、朝の五時半ころ起きて、散歩に出た。六時半ころ、オプセルヴァトワール通りで、一羽の小鳥の、日の出前の試し啼きの声を聞く。おそらく最初に目を覚ましたに違いない、この小鳥のために、私はひどく興奮してしまった……と突然、近くで恐ろしいうなり声が聞こえるが、方角は分からない。やっと、一台のクルマと歩道の縁のあいだの地面に二人の浮浪者が寝ているのが分かる。そのうちの一人が何か悪い夢でも見ていたに違いない。二人とも目を覚ましていたようには見えなかったから。サン゠シュルピス広場に行くと、はるかにすさまじい光景が私を待っていた。そこの男子用共同便所で、おそらく浮浪者の小柄な老婆がいままさに用を足しつつあるのを見かけ……私は恐怖の叫び声を上げ、半狂乱のていで教会に駆け込んだ……教会では、せむしの、やぶにらみの司祭が、一五人ばかりの落伍者に、この世の終わりが近づいても、主は私たちをお捨てにならず、どんな事態になろうとも、私たちとともにおられるだろうといったような、キリスト教の数々の驚異を説き聞かせているところだった。聴衆のすっかり感動した様子から見て、司祭の論証には説得力があったと認めなければならない。

欲望消滅へのすべての暗示が私のうちに呼び覚ます深い反響……

『時間への失墜』が出たところだ。本の売込みになるようなことはすべて断るように、インタヴューを断る。「そんなことはほんとに下らないよ」と、ある人に言ったところ、「でもそれなら、どうして本を出したの？　つじつまが合わないよ」と言うものだから、「そうかも知れないけど、恥知らずにも程度というものがあるよ」と応えた。

不治の病はひとつしかない、つまり不安だ——私たちが生誕とともにもたらし、世界によって保持され、正当化され、かき立てられる不安。——私がもっとも必要とする賢者は、エピクロスだ。アタラクシアへの郷愁で私はくたくただ。

ソポクレスもアイスキュロスもエウリピデスも喜劇は書かなかった。作者に書けるものが自分の生の現実に限られていた幸福な時代。

近代の文学は、諸ジャンルの混乱から、あるいはお望みなら、諸ジャンルの同等性から生まれた。シェークスピアが悲劇も笑劇も同じようにやすやすと書くことができたのは〈とんでもないこと〉だ。

「神という言葉がほれぼれと口にされるとき、人間のあらゆる言葉は、砂漠に泉を探す盲いたライオンのようなものだ。」
（レオン・ブロワ）

三〇年まえ、この文章に大きな影響を受けたことを思い出す。その後、私は、ブロワの、型にはまった誇張法とは縁を切った。いまでは、堂々とはしていても、ほとんど読めたものではないと思っている。

俗悪な晩餐会。洒落を飛ばすこと、これはフランス人の耐えがたい欠点であり、国民的悪癖だ。晩餐会には、ひどく金持ちの男がいて、やたらと機知のあるところを見せたがり、何かにつけ〈洒落〉を言おうとするものだから、議論もなにもあったものではない。洒落とは、堕落した才気にほかならならず、問題を論じる妨げとなる。それに才気そのものも、バンジャマン・コンスタンがいみじくも定義したように、まさに「思想を狙い撃ちすること」だ。

実際以上に頭のいいところを見せたがる――これにはうんざりする。イギリス人によく見られる、これとは逆の欠点のほうがずっと我慢できる。

才気を狙うとは！

一二月二日――昨夜、メトロのなかで。肉に覆われた、あの骸骨どもを目の前にして覚えた耐えがたい恐怖。

雑然とした考えは、必要もないのに繋がっているさまざまの思想の結果である。それは前にすすむかわりに、あらゆる方向に溢れ出ては、ついにはそれ自身に飲みこまれてしまう考えであり、決まったコースを流れられずに、水そのもののなかに姿を消してしまう川に似ている。

行為の動機への私の無関心ぶりはかなり徹底したものだった。この知恵による侵害に対しては、幸いなことに、私のもって生まれた本性が、その欠陥ともども、抵抗しなければならなかった。

エピクロスは、なんと三百冊以上もの本を書いた！　これらの本が失われてしまったのは、なんという幸運か！　最大の賢者が雑文家だったとは！　なんたる失望。

キルケゴールが、ヨブと自分にとってのヨブの意味について語っている一節を探し出すこと。

同じヨブと伝道者ソロモン、それに仏陀の説教は、私にとって読後、なんと強烈な酩酊感をもたらしたことか。

私たちを中傷する連中に対する曖昧な態度。つまり、私たちを孤立させた点で彼らを恨むべきか、それとも感謝すべきか分からないのである。

戦前有名だった、ある文芸批評家に逢う。彼が言うには、三か月前、ガリマール社に原稿を預けたが（新人のように！）、なしのつぶてだとのこと。パリでは、流行の法則ですべてが決まる。

ほんとうの読者は、ものを書かない人だ。こういう人だけが本をすなおに読むことができる——すなおに、これが作品を理解する唯一のやりかただ。

個性をもつには明晰すぎる。

第一次大戦後、私の村に電気が引かれたとき、「悪魔だ、悪魔だ」と異口同音にささやく農民の声が、ほとんどいたるところで聞かれたものだ。とうとう教会（教会は三つあった！）に電気が引かれると、農民は仰天し、「偽メシアだ、世の終わりだ」とささやいた。

これらの、世界から切り離されていた素朴な人々の見方は正しかった、つまり、彼らは遠くまで見通していた、と認めなければならないと私は思う。当時、科学技術の進歩のもたらす害は明らかではなかったが、彼らは、見上げたことに、その害を本能的に恐れていたのだ。

だが、こんな分かりきったことを繰り返したところでなんになろうか。

神々も人間もおかまいなしにすべてを告発する私の偏執。それは、自分の被る惨苦での自分の責任を考えまいとするためだ。

信仰をもたぬよりもつほうがずっと賞賛に値する。

信仰ではなく宗教に関して、私がどういう境地にまで達しているか、これは神にさえ分かるまい。私の現世離脱ぶりは徹底しており、自分を無信仰者と考えることさえできないほどだ。この離脱によって、私は（キルケゴールを真似て言えば）〈修道士〉である。

とても若かったとき、ゾラの『獣人』のルーマニア語の表題 *Bestia umană* から影響を受けたことを覚えている。本は、シビウの一軒の本屋のショーウインドーで見かけたのだが、何か月も店ざらしになっていた。

タキトゥス——私のもっとも敬愛する作家。読んで飽きるということがない。その文章にはうっとりしてしまう。私の糧にもなれば、私のうちにあるかも知れない辛辣なものをかき立てる。これほど私を満足させる毒はない。

タキトゥスから。「施しは、それに対してお返しができると思われている限り、価値がある。お返しができないほどのものになると、感謝の気持ちは憎しみに代わる。(4)」

「賢者たちにとってさえ、栄光への情熱は、もっとも捨てがたいものだ。」（〈Etiam sapientibus cupido gloriae novissima exuitur.〉)(『同時代史』第四巻六節)。

C・M——医者で、この上なく誠実な男、彼が私に言うには、『時間への失墜』にひどい衝撃を受け、自分のしていることにはまるで意味がないのかどうか疑問に思ったほどだと言う。それでも私に尋ねる、

——お書きになったことはほんとうに信じておられるのですか。心からそう思っているんですか。

私は、彼の質問が矛盾していることを彼に示して見せようとする。——「嘘をついて私に得になるものがありますかね。だれを騙すというのですか。私には読者はいない。ですから私は、だれの奴隷でもない。私は自分のために書いている。それに自分を作家だとは思っていないんですよ。」

もの書きというものがどれほどうさんくさいものか、また軽蔑されているか、世間では周知のことだ。もの書きのやっていることなど、稽古ごとと見られているにすぎない。こうして文学は、ジャーナリズムと同じものとみなされる。もの書きは、誠実であると思われるためには、たぶん生存中は何ひとつ公にすべきではあるまい。

自己への執着を断ち切るためには、自分の容貌と名前を軽蔑するか忘却するよう自分をしつけなければなるまい。私たちの鏡とサインを破壊しよう。自分の顔を見るのを忘れよう。

戦闘的な人間でありながら——どんな確信をも持ち出すことができないとは!

一二月一八日——父が死んで七年が経つ。ということは、骸骨を除き、父のものは何も、何ひとつ残っていないということだ。

意気消沈のあまり、この世界は生き残るためにどんなうまい手を打っているのかいぶかしく思う。

私の青春時代ほどにも苦しく不幸だった青春時代は想像できない。それでいて、あの悲惨な時代はなんと充実していたことか!

謙虚な人はいない。というのも、人は謙虚にはなれないから。この不可能性は肉体的なもの、したがって打つ手はない。

私よりも強烈に取り返しのつかぬものの感情をもっていたと思われるのは、私の見るところボードレールだけだ。(いま謙虚について語ったところだから……)

作家は自分について書かれたものは読むべきではあるまい。自分が〈説明されて〉しまい、自分がどういう人間か、どのく

らいの力量があるのかを知るのは、はなはだもって有害である。自分にいだく幻想はどんなものでも実り豊かなものだ。たとえそれが過ちのもとだとしても。というより、まさにそれが過ちの、したがって〈生〉のものであるがゆえに。

必要に迫られて、内的欲求にうながされて書かれたもの、大切なのはこれだけだ。その他のものはみな絶対的に無益だ。

妄想から解放されると、とたんに私は退屈する。私が堂々めぐりをし、語りうる〈主題〉にこんなにもこと欠くのはこのためだ。

仕事をしたいと思いながら、その能力のない不幸。

私は恐ろしいものを本能的に必要としている。私は、それなしではすまされない。人はそれぞれ自分なりに、またどこかに自分の均衡を求めるものだ。

一二月二五日――昨夜、午前零時、たまたまサン＝セヴラン教会の近くを通りかかったので、群衆とともに教会のなかに入った。司祭たちが、香炉を振る助祭（？）に先導されて教会を一巡しはじめたとき、私はあやうく大声で笑い出すところだった。というのも、初期のキリスト教徒の皇帝の時代、焚香は古代の神々への捧げものであり、香を焚くのがみつかれば、その者は死刑に処せられる危険があったということを、この日、私は読んでいたからである。こうして異教徒の家は不意に踏み込まれて、香の臭いの残る家の者に不幸が訪れたのだ！

私が深く感動したディラン・トマスの二つの詩。

〈And death shall have no dominion〉*

それと、

〈The force that through the green fuse〉**――

この最後がとくにいい、

〈And I am dumb to tell the lover's tomb
How at my sheet goes the same crooked worm〉***

* 「そして死は力を失うだろう」。

** 「緑のヒューズの先端に花をもち上げる力」。

*** 「そして私は黙って恋人の墓に言う／どうして私のシーツの上に弱った同じ虫がはっているのかと」。ディラン・トマス全集第一巻「詩」（パトリック・ルモー訳、ル・スーユ、一九七〇）、三五四ページ。

懐疑思想が宗教になれないのがいかにも残念だ。

死はいずれも不幸の減少だが、それと同じように、私からすれば、あらゆる新生児は不幸の追加だ。――私の場合、こういう考えは、いわば無意識的な反応だ。生誕への弔意、死への祝意。

自分を観察してみても、私の振る舞いには、気取ったところもないし、わざとらしいところもない。そういうものがもうすこしあればむしろいいのだが。

聡明な者がバカのように言う戯言の大半は、目的原因論的な魂胆が原因である。（フェヌロンの例。「水は、船と呼ばれる、あの驚くべき浮かぶ建造物を支えるためのものだ。」）

懐疑的態度とは脱眩惑の状態だ。

私の悲しみは、実は宗教的なものだ。悲しみが癒えないのはそのためだ。

私の新刊の本を面白いと思っている人がいる。だが、校正を二度読まなければならなかった、この八月、私が感じた退屈、これは決して忘れられないだろう。

一二月二七日――今夜、「永遠回帰」は不可能だ、と吐き気を覚えるほど感じ取った。何時かは分からないが、鐘（ソルボンヌの礼拝堂だと思うが）が鳴るのが聞こえた。だが、その瞬間、私は、この瞬間は決して戻らない、永遠に飲み込まれてしまい、どんな生によっても再び見出されることはないだろうと思った。

H・M――感覚、自分の感覚についての考察。

だが、肝心なのは、自分を表現しながら、自分の思想の源泉へと読者を導く筋道を、読者に（そして自分自身に！）見失わせることだ。

考えるということは、自分の感覚を変容し、忘却することであり、自分の感覚をもっぱら雑然とした素材と考え、その素材をもっぱら感覚を打ち捨てるために利用することだ。

あらゆる感覚を問題に変えること。思想だけを述べること。〈心理学〉を最少に抑えること。

ソヴィエットの〈文体論〉の教授（彼は作家養成学校を主宰している）がインタヴューで語っているところによると、「三つの形容詞をつづけて」使用する権利があるのは天才だけだということだ。もっともだ……原則として、彼は生徒に一つの形容詞の使用しか許さない。

人間の本質にぴたりと当てはまる言葉を探しているのだが、ゆき着くところは結局は〈冒瀆者〉という言葉だ。これ以上ぴったりの言葉は見当たらない。

新聞に掲載された自分の写真を見る。これが私だろうか。それに、この賞賛の言葉に私はほんとうに感激しているのか。非難・攻撃に対しても同じように超然としていられたら！　中傷に対してはともかく、賞賛に対しては平然としていること。

肉を恐れる官能の人、私はこういう人が好きだ（伝道者ソロモン、ボードレール、トルストイ）。

倦怠、すなわち故障した時間。

なんらかの形で自分の考えを明らかにすると、とたんに敵ができる。友人をつくり、あるいは友人を失わずにいるには、意見の表明は差し控えなければならない。

自分の苦い経験を介して心理学を学び、自分を観察し、自分自身に対して無遠慮な者の役割を果たすこと。

一二月三〇日＊〈In solche Nächte wissen die Unheilbaren: wir waren.〉（リルケ）

すさまじい夜。風は私の骨を吹き抜け、どう考えても私には未来はなかった。

＊　前記、一八六ページ、注参照。

一二月三〇日――一週間前「コンバ」紙に掲載された私への反論を読んだところだ。攻撃の卑劣さと激しさは前代未聞だ。私にはほとんどなんの効果もない。だが、この論文で私は「生まれついての人殺し」扱いされている。ま、当たらずといえども遠からずだ。自分のことを〈人殺し〉というのはいかにも私の好みだが、しかし他人からそう決めつけられると、そういう決めつけ方は、とたんに私にはバカげた中傷のように思われる。もっともその一方で私は、中傷は有効だとも思っている。この信念が私を支え、同時に攻撃の効果は、この信念によって弱められてしまう。

私たちのことを〈怪物〉よばわりする者に、私たちは腹を立てることはできない。どうしてか。あらゆる怪物は孤独であるからであり、そして孤独は、たとえそれが恥辱の孤独であっても、ある確実な思想と逆さまの恩寵の状態を前提にしているからだ。

夢のことを〈モデル小説〉と呼んだ者がいる。なんとみごとな定義か！

一九六四年一二月三一日――午後、暗い灰色の、荒れ模様の空をベッドから眺めていた。時化《しけ》のときの海岸のように風が吹いている。自分についての思い、虚栄心、取るに足りぬ自分を捨てがたく思う、あの根深いさもしさ、もしこういうものがなかったら、私たちのことなど眼中にない世界で、人間のことなど歯牙にもかけぬ生き物たちのなかで、いったいだれが生きていけようか、ふんばれようか。

間もなく外出し、友人たちに会い、ともに年の終わりを祝わねばならない。

ここにひとり留まり、泣きたい。

A・Bは、私の本は「シニシズムの訓練」、「まったくの小手先だけの芸」だと思っている。こうまで誤解される責任の一端は私にある。あの逆説の使用、あの懐疑論者ふうの態度（懐疑思想を装ったりせずに、むしろそれを公言すべきだろう。なぜなら、いずれにせよ私は懐疑思想を信じているのだから）、自分の主題に対する、あのあざけり、自分の行為の一切を見くびる、あのやり方……

だが、私の場合、こういうやり方はいずれも、デリカシーへの配慮に発するものだと言わねばならない。つまり、私には自分の取柄を、たとえそれがどんなもの、どんなにささいなものでさえ、ことあげすることなどとても恥ずかしくてできないのだ。私が自分を実際よりも卑小に見せ、自分の存在そのものを笑いものにしているのは、他人を傷つけないためなのだ。

「しぼんだ葡萄を植える者は、天候を恨み、不平を並べては世を呪う。彼は、あらゆるものが少しずつ弱ってゆき、生きとし生けるすべてのものが、長い歳月にやつれて、ついには死にいたることを知らないのである。」（『物の本質について』）

ルクレティウスの〈ペシミスティックな〉文章は、どれもみな私の気に入っている。彼が事物の疲労を、物質の磨耗を感じ取っているように思われる箇所は特にそうだ。

「かつて多くの種《しゅ》を、逞しい体をした大きな野獣たちを産んだ大地も、歳月にやつれて、産み出すものは、もうひよわな動物のみ。」

この痛ましいヴィジョンから、私たちは結局のところ一種の勇気を得ることになる。つまり、真の〈偉大さ〉は神々の廃棄から生まれるのだ。私たちの前にもう何も残っていないとき、生き残るのは私たちであり、私たちの孤独である。

他人が私たちの言うことを信用しはじめると、私たちは他人の言いなりになり、他人に輪をかけたことを言う危険がある。作家にとって、この危険はことに大きい。作家は、その本が存在するや、もう万事休すだ。作家を殺すのはその読者だ。

人間関係でもっとも難しくもっとも厄介なのは、友人との関係だ。というのも、私たちはお互い知り合いの仲だから。友情は実際には不可能なものだ。人が友情を賞賛してやまないのも、たぶんこのためだ。（もっとも、この種の訓練はもう学校でしか行われていない。つまり、友情は一つの論題になっているが、ただそれだけのことだ。）

友情の問題でただひとつ興味をそそる側面は、悲劇的な友情（ニーチェ－ワーグナー型の）側面だ。（この種の友情の場合、尊敬される者に反対の声を上げるのは、まずたいていは尊敬するほうの人間である。）

訳注

（1） Saryu. インド人と思われるが未詳。
（2） これは一九六九年に刊行される本の表題である。つまり、この時点で、次の本を『悪しき造物主』とする構想がシオランにはあったということである。
（3） イレーネ（Irène）未詳。
（4）『年代記』第四巻一八節からの引用。

## ［一九六五年］

一九六五年一月一日

昨夜、メトロで、浮浪者ともなんとも得体の知れぬ呑んだくれが二人、夢中になって議論していた。だれのことかは知らないがだれかを難じ、おどし、したり顔をし、そしてときどき耳打ちをしては目くばせをする。一人は痩せていて、一九〇〇年ころ落ち目になった詩人に似ている。もう一人はデブで、不潔きわまりなく、目鼻だちもはっきりしない。顔はボールのようにまん丸で、わずかに孔口がそれと知れるのみ。こっちはむしろ聞き役で、相手がメートルを上げるにつれていよいよ喜色満面、ついには大声で笑いだす。ここにいるのは彼ら二人だけだった。この都市のどんな人間にもひけをとらぬ二人、また妄想に、あるいは幻想にかられてもいる二人だけだった。

ジョルジュ・プーレがきつく私に言う。気持ちを鎮め、自分を苦しめるのは諦め、刑の執行人にして同時に受刑者であることはやめるようにと。私にしてもそうしたいところだが、しかし私は、まだ選択が可能な段階は越えてしまった。私の対決相手は天地創造であって、引き下がるわけにはいかない。この世の掟と闘うことが私には肉体的に必要であることは別にしても。苦しみなしですますには私は苦しみすぎた。自分の運命を取り消すことはできない。私が生きているのは、宇宙へ、自分自身へ不利な証言をするためであり、そしてまた私なりのやり方で歓喜に酔うためだ。

私にとって書くことは復讐することだ。世界に、そして自分に対する復讐。私の書いたものはほとんどすべて、復讐の産物だった。だからこそ、ほっとした安堵の気持ちにもなれたのだ。私にとって健康は攻撃にある。沈滞状態のなかでの崩壊ほど私には恐ろしいものはない。攻撃は、私の均衡の条件の一部である。

アラブ人がスペインに侵入しスペインを占領したとき、ユダヤ人は、ゴート族の王たちにひどい扱いを受けていたので、アラブ人に〈協力した〉。占領当初、ユダヤ人は町の警察の職務さえ行った。七百年後、カトリックの王たちはユダヤ人追放を宣言した。（そしていまユダヤ人は、記憶力がよすぎて忘れることも許すこともできないのだといって非難されている！）

歴史には常数があり、これは見落とすわけにはいかない。一八世紀に〈狂信〉とも〈迷信〉とも呼ばれていたものがそれだ。——だが、こういう欠陥はなにも宗教にのみ固有のものではない。というのも、それはどんな種類の信仰にも、またなんらかの熱狂のあるところならどこにでもあるのだから。

ヴェルホーヴェンスキーがスタヴローギンに言う驚くべき言葉。いわく、「あなたを見ながら、あなたという人間をでっち上げてしまいました。」

熱烈で、それでいて誠実な敵、いままでずっと私が夢みてきたのはこういう敵だ。ところが残念なことに、私がこれまでに出会ったのは、私のほうで赤面しなければならないような敵だけだった。

(自分のほうで赤面しなければならないような敵だけしか集めなかった不幸。)

人々が話題にするのは、私たちが隠していることだけだ。私たちがもっとも恥ずかしく思う欠点、それは話をはずませるような欠点だ。昔、ある過ちを犯したとする。そしてそれを隠せば隠すほど、いよいよもって他人はそれを蒸し返し、それについてとやかく言うのである。

一九六五年一月四日　今朝、起きぬけに、すべてはまやかしだという耐えがたくも抗しがたい思いに襲われる。私たちの苦しみさえ無意味であり、すべては、かつて何ものも存在していなかったかのようである。

書くことはほとんど絶対的に不可能だ。個々の言葉のとばっ口で私はお手あげだ。私はすべての言葉から切断されている。

私は形而上学的にはユダヤ人だ。

ヨブ――わが守護聖人。

引用をもってしなければ動き出さない精神、こういう精神の思想家は信用しないこと。

私たちの記憶から一切のテキストを一掃しよう。

人にはニュアンスのセンスか決まり文句のセンスがある。

私は後者、残念ながら！

多神教について八〇ページのノートがある。でも、このノートをもとに論文を書くには、はずみが必要で、私にはそれがない。草稿、準備、準備作業、こういうものが私は大好きだ。これ以上のものは私に求めないで欲しい！

神はうさんくさい者、有罪者でさえあったと教理問答で教えられていたなら、私たちはだれしももっとずっとまともだったであろうに。

パリ——なん層にもなった墓石のある墓地。

私の敵どもの凡庸ぶりは私にはとても諦めきれないだろう。

私たちを謙虚にするはずのものといえば、自分では誇らしく思っている憎しみを人に抱かせることができなかったということだろう。

私の論文「悪しき造物主」が「メルキュール・ド・フランス」誌に発表されたところだ。自分のやることなすことすべてに対する私の確信のなさ、不安といったらひどいもので、論文がまんざら捨てたものではないと思うまでには三回も読みなおさねばならない始末……

私たちがどれほど覚めていようと、いつかはきっとお人好しと見られるだろう。未来は私たちの最悪のヴィジョンをすらはるかに越えているだろうから。

自分はかつて存在したもっとも騙されにくい人間のひとりと考えるところが、私の気の弱いところだ。

仕事をするには、私には刺激が、だれかに対する義務が必要であり、そればかりか日時を決めておかなければならない。というのも、私はもともとなげやりだから、あるいは無関心に沈んでしまうから。

数百年間というもの、人間はただひたすら自分たちのあとにやって来る者たちを羨んでいた！　未来という迷信は、永遠に廃棄された。

私のキリスト教的本質（資質）が方々で話題になっている。これは正しいのか、間違っているのか。

人はだれも自分という人間から逃れられない、これは絶対的法則だ——この思いは、歳とともにいよいよ深まる。

Xは、妻の自殺は自分のせいだと思ってひどい衝撃を受けているが、そのXに、私は次のように説明して聞かせる。自殺は彼女が抱えていたもので、彼女は自殺のきっかけを待っていたにすぎないこと、そして彼に咎められることがあるとすれば、そのきっかけを与えてしまったことだけだと。「私たちに悔恨があるように、彼女には自殺があったんですよ」と私は彼に言う。

悔恨とは何か。自分には罪があると思う意志であり、自分を苛み、自分を実際よりも汚れていると思い、かつ感じる快楽である。

たとえどんな中傷を浴びせられようと、何ごともなかったかのように平然と、幻想など抱かずに前進しなければならない。

「最初から、船倉に浸水口のある人生に、私は飛び込んだ。」(キルケゴール)

人間は自分の外部にある何かに従わなければ生きられないということが事実だとすれば、私の悲劇は、不服従に、あらゆる客観的な秩序の拒否にある。

私はソクラテスよりエピクロスのほうが優れていると思っている。エピクロス、偉大なる解放者。

だれかと闘っていると、私たちはどうしても相手と同じところに立ってしまう。敵対者はお互い似てしまう。それどころか、二人の敵は分割された同じ人間だ。

憎しみには、おそらく生命に不可欠の力がある。生きている限り、私たちは憎しみなしにはすまされない。生を諦めるとは、もう憎しみを覚えないということだ。だが、憎しみを覚えるとは――なんという堕落、なんという頽廃か!

自由を愛する者は、自由を救うためにはどんな卑劣なことも辞さない覚悟がなければならない。

いつも変わらずに澄み切った空の下に生きる――私にはこれにまさる劫罰はあるまい。雲こそ、私の詩想の唯一の源泉なのだから。

フランスでは郷愁というものは分からない。分かるのは憂鬱というものだけだ。

〈生の現象〉(!)をとことん考え、その深層を執拗に探っていると、いつも私ははっきりと、いま自分は狂気すれすれのところにいるのだと思ってしまう。

けだし、気もふれずにどうして〈生〉が考えられようか。

私が夢に描いている国、外モンゴル――人間よりも馬のほうが多く(そして子供たちが、歩けるようになる前に乗馬を習うところ)。

一月一七日――昨夜、明け方の三時ころ帰宅したが、途中、通りでほとんど耐えがたい不安に捉えられる。眠れたからよかったものの、眠れなかったら、不安で私の精神は破裂してしまっただろう。

「人間」は私の嫌われ者だ。

昨夜、一一時ころ、通りで一人の女が泣きながら私に話しかけてくる。「うちの人は殺されたのよ。フランスは腐り切ってるわ。ありがたいことに私はブルトン人だけど、やつらは私から子供を取り上げ、半年も私を薬づけにするんだから……」

はじめのうち、私は彼女が狂っていることに気づかなかった。それほど彼女の悲しみは真に迫っていた（もっとも、悲しみは本物だったが）。しゃべれば気も晴れるだろうと思って、私は三〇分以上も彼女に勝手にしゃべらせておいた。その後で、私は思った。不平・不満を並べるとき、私たちはだれにしたところで彼女と似たり寄ったりではないか、ただ違うところは、相手かまわず自分の不平・不満を言い立てないだけではないかと。私にしたところで、人間や運命、あるいはその他のものに自分が迫害され、自分はその犠牲者だと思うことがよくあるではないか。こういう自分の気持ちを素直に吐露したら、私もまた、この哀れな女と似たり寄ったりではないか。

朝から晩まで、私は仕事をしたいと思ってへとへとになっている。

私が記憶している限り、私は人間を病的に恐れていた。その理由は、いまは分かっている。まだ子供だったけど、人間のやっていることに興味がもてなかったのだ。これは現在とても同じだ。私には人間のやっていることにどんな現実性も認められないし、その仕事にはとても協力できない。私は人間の活動から締め出されていると思っており、私は何ものにも向いていない。

この出来損ないの、売春婦の世界にあって、肝心なのは何はともあれ毅然としていることだ。

私は、検閲官を自認するあらゆる人間に卑劣漢を嗅ぎつける。（パリの文学的習俗、つまりここでは、あらゆる人間があらゆる人間を監視している。その厳しさといったら、最悪時の教会でさえ二の足を踏むようなものだ。）

尊敬に値するただ一人の作家X、なんとも幸運なことに、彼はだれともかかわり合いをもたない。しかし付け加えておかねばならないが、こういう彼の利点は持病（ルソーのそれ）のおかげである。

孤独を余儀なくされ、譲歩も妥協もできない生理的状態に置かれていること、自然が人間にしてやれる贈物で、これにまさる有益なものがあろうか。

ある女性のところで昼食。とうとうむかっ腹を立てる。彼女が言う。「あなたの本を読むと気が滅入ります。あなたは何ひとつ容赦しない。ドストエフスキーを読んだって気が滅入ることはないし、ボードレールだって、いえチェーホフだってそうです。」食事のあいだ、いつもはとても細心な彼女が、私の『失墜』が読者に与える耐えがたい印象についてくどくど語りつづけた。私はこう言ってやりたかった。「でもね、私はあなたに私の本を読むよう強制はしていませんよ。エッセーは芸術作品ではない。読者を魅了してはならないし、熱狂させてもならない。私はね、証明するだけ。芸術家は生を創造し描く。私は、その生を分析しますが、その結果のことなど考えないし、分析の結果、読者が満足するか不愉快に思うか、そんなこと知っちゃあいない。」

否定的な賛辞は悪口よりたちが悪い。「あなたは天才じゃない」などと言って人の才能を褒めそやすべきではないし、彼は神ではないなどと人に言わせてはならない。人を褒めておきながら、その言葉のなかに、いや相手かまわず使う儀礼的な言葉のなかにさえ、さまざまの留保の言葉をさしはさむ、これは雅量の欠如というべきだ。

傲慢無礼に振る舞う権利は規制されてしかるべきだろう。その権利の行使には、最高度に厳格な競争試験を課すべきだろう。あらゆる人間が傲慢であることを自分の義務と心得ている国、こんな国については言葉もない！

この不安の発作、その原因を突き止め、その発生の場を突き止められればと思う。というのも、それが私の生理学に関係があることを私はよく知っているからだ。つまり私は、不安の発作を自分の体内にぼんやり感じていながら、それを特定の器官に関係づけることができないのである。苦しみというものは、いつでも現にいま存在するものだが、不安は、いわば未来に向けられた、点在する苦しみである。だから不安は、未来を（あるいは私たちの未来についての意識を）襲う由々しくも唐突な不快感であり、私たちの時間感覚の激しい（？）混乱である。

この世界が厭わしいものであっても、それでも私はこの世界にそそのかされ、いまにいたるも、この世界にほんとうに代わりうる主題にただの一度もお目にかかったことはない。私はこの世界の惨状から離れられない。というより、惨状と自分の見分けがつかないほど惨状と一体なのだ。

二、三〇人の集まりで、文学について語る資格などだれにもないのに文学を論じることができるところ、そういうところは

〈世界〉ひろしといえどパリしかない。フランスは、並み程度というものが大目に見られている唯一の国だ。

私は人よりも大声でわめいた。それでも私は、自分の叫び声を抑えた人間だ。

自分がどことなく（あるいは自分では気づかずに）似ているもの、私たちに憎めるのはこういうものだけだ。自分の抱いている憎しみについてはとくと考えてみなければならない。それが憎しみを厄介払いするただひとつの方法だ。私たちという人間をさらけ出して見せるのは、私たちの抱いている憎しみだ。憎しみを克服し厄介払いしようとする下心がなければ、憎しみに身を任せるべきではない。

なんらかの重要な作品が生まれるのは、言葉の探究からではなく現実についての絶対的な感情からだ。サン＝シモンもタキトゥスも文学などにうつつを抜かしてはいなかった。彼らは作家で文学者ではなかった。偉大な作家は言葉のなかに生き、外から言葉に関心を寄せはしない。文体などは考えない。彼には彼の文体があり、彼は文体とともに生まれたのだ。

オリンポスの神々は、地上に下りてくるとき、よく動物に身をやつしたものである。神々が人間をどう思っていたか、これは雄弁に物語っている。

また風邪をひく。

「人の立場になってみないうちは人の判断はするな。」この古い諺（出所はどこか）からすると、あらゆる判断は不可能になる。なぜなら、私たちが人を判断するのは、まさに私たちがその人の立場になれないその限りでのことだから。

人を理解するとは、たんに人を許すというだけではなく、判定という考えそのものを控え、断念することでもある。

どうしても自分のことを語りたい、そう思っている限りにおいて、人ははじめて作家というものだ。自分を語ることに嫌気がさしてしまえば、筆を捨てるに等しい。

自分のさまざまの感情に距離を置きすぎてはなるまい。感情から遠ざかりすぎると、もうそれにどんな興味ももてなくなる危険がある。

それ相当の理由があって、あるいは理由のないままに、私のしている自己非難や後悔について、母からの手紙が届いたところだ。いわく「人間はどんなことをしたって、いつも後悔するでしょうよ。」

私の〈源泉〉、これは私の読書体験ではなく私の種族のなかに探るべきだ。
私の本のことを話題にするB夫人に、私はこういって答える。私の本は私にとっては存在しない。まるでそんな本など書いたことなどないみたいなんですよ。ほんとうです。本など私にはなんの頼りにもならないし、なんの助けにもならない。私の本が攻撃されても、私は断固として無関心であるべきでしょうね、と。

私の時間は行為の時間ではない。つまり、行動することは、現在と差し迫った未来のなかに生きることだが、私は、遠い過去と、それよりもはるかに遠い未来に生きているにすぎない。
大ブリテン島は、五〇万年もすれば完全に水没してしまうだろうということだ（科学の言っていることだ）。もし私がイギリス人だったら、この事実ひとつだけでも、身動きならなくなってしまうだろうし、私の行為拒否も当然と思われるだろう。

自分の本を自分とは無縁だと思う私の気持ちは、もうなんの感興も呼ばない自分の過去の事件に対する気持ちと変わらない。
何かが存在するのは、その何かを遂行しつつあるそのときだけだ。興奮から覚めてしまえば、とたんに私たちは後退の危険を迎える。

雅量とは、自分の好む人間に幻想を抱く能力のことだ。自分に好意をもっている人間に幻想を抱くのは、反対に一般的な弱点であって、これについては縷々のべるまでもない。

ユダヤ人とキリスト教徒――二千年の誤解。

見たところすべてはうまくいっているが、内実はそうではない。この事実はだれもが認めるものだが、ここからもろもろの帰結を導き出す人はひとりもいない。歴史が前へ進むのは、この〈矛盾〉のおかげだ。

宿命という観念ほど明白で、またもっとも受け入れがたいものを私はほかに知らない。私たちは自分の存在から逃がれられないのに、それでも日々、それから逃がれようとしている。私たちは不幸を避けられない。不幸は消えたかと思えばまた現れて消長を繰り返すが、私たちの力では不幸を厄介払いすることはできない。自分の体内に宿命の支配を感じることは、生理的にユダヤ人の運命をもつことだ。
どういう立場を取ろうと、私たちの立ち戻るところは、原初の不運という、あの古い観念だ。

世に容れられぬ天才を気取るのは、あらゆるポーズのなかでもっともつらいものだ（これこそ、アンドレ・シュアレスが生涯やり通したことだ）。

もっとも、謙虚ぶりで大向こうをうならせようとするのも、同じようなものだが。

「時間」に締め出されている。

人はみな有罪を宣告されているが、にもかかわらず生きている。この逆説に美のすべてが、世界の口実のすべてがある。

私のすべての歳月、すべての苦悩、その何がいまに残っているのか。わずか数ページ——私の二度と読まない。

雪。ブラショフで『涙と聖者』*を書いていた、あの冬（一九三七年？）が偲ばれる——山々を見下ろす丘（リヴァダ・ポスツィイ）のてっぺんで。なんと孤独だったことか！　私の悲しい挫折の生が頂点に達したときだった。

＊　前記、五五ページ、注参照。

世を忍ぶ私の仮の姿は律儀者、愛想のよさは私の仮面だ。もっとも、陰気をかこつのにうんざりしているのも事実——ひとりのときはいつもそうなのだから。

生とは何か、生にはどんな価値があるのか、こういうことを知ろうとしたら、私たちを生と和解させるただ一つのものは眠りであるということを、つまり、まさに生ではないもの、生の否定であるものであるということを思い出してみなければならない。

私は芸術について考える手合いが嫌いだ。個々の人間、それにもまして個々の芸術家のなかにいる哲学者が嫌いだ。もし私が詩人だったら、ディラン・トマスのように振る舞うだろう。人が彼の前でその詩の説明をはじめたとき、彼は、ほんとうに痙攣を起こしたのか、それともその振りをしたのか、地面に倒れ込んでしまった……

ヴァグラムの戦いで、ナポレオンは三万人の兵士を失ったが、いっこうに後悔などしなかった。ただ不機嫌なだけだった。

——だが、こんなことを指摘してなんになるというのか。後悔を知るのは、行動しない者、行動できない者だけだ。彼らにとって後悔は行為に代わるものだ。

——袋小路に来てしまいましたね。

——それは違います。私は袋小路からはじめたのです。

……すくなくともこの点に関しては、私を限定するものは何もない、私はまったく自由だと思う原因はここにある。

神の霊を宿していること——神に呪われているのとは正反対。だがユダヤ人は、神の祝福と呪いとをともに受けるという逆説をみごとに実現している。

〈In aer timpu-i despărțit de ore.〉*（アルゲージ）

＊「天空では、時間は時とは切り離されている。」

絶望によってのみ彼は才気を発揮するのだった。

自己実現は不可能だという私の固定観念は、どうしても宗教的な様相を帯びたものにならざるをえなかった。悔恨とは、その究極の本質において宗教的なものだ。それは、祈ることができるあらゆる人間の特徴でさえある。

だが、予言者たちは悔恨のうちに生きてはいない。それというのも、彼らは未来によって、つまり未来において後悔せざるをえないものによって、鼓舞されてもいれば同時に苛まれてもいるからだ。

チャーチル。後世の記憶に残るのは、彼よりは彼の敵のほうだろう。ヒトラーは怪物だった。こと栄光に関しては、これは稀に見る利点だった。

私にとって書くことは、非難することだ。〈分析する〉ことさえ、非難することだ。分析というものが破壊的な企てである以上、これは当然だ。

ロベール・アマドゥから、やりきれないほど尊大な手紙が届く。「メルキュール・ド・フランス」誌に発表した私の論文に関して、神学についての私の知識はいかにも浅薄だと言う。彼によれば、デミウルゴスは邪悪ではなく、邪悪のような振りをしているだけで、裏で糸を引いているのだそうだ…… この後にくだくだしい説明がつづくのだが、その説明の出所には疑問が残る。彼は、私が「聖母の無原罪の御宿り」の意味を取り違えていたといって私を激烈な口調で非難する。やれやれ、ごもっとも！ 私はこのドグマを、庶民の考えている意味に取っていた。つまり、マリアは罪なくして身籠もったのだから、イエスは性行為なしに宿ったのだと。

その著作は破棄され、一部を切り取られた、期待にたがわず不可解な文章がわずかに残っているだけの、あの異端の開祖たち、私は彼らが好きだ。

私たちが達成するもの、私たちから生まれるものは、いずれもその起源を忘れたいと希っているが、私たちの敵と化さなければ、この願いは実現しない。私たちのあらゆる勝利に不可分の否定的要因はここにある。

「私は自分の『ツァラトゥストラ』をちょっと覗き込むようなことがあると、耐えがたい嗚咽の発作をどうにも抑えることができず、半時間ほども部屋のなかを往ったり来たりする。」（ニーチェ、『この人を見よ』）。

怨恨は悔恨と本質を同じくする。というのも、それは悔恨とまったく同じように、忘却不能ということに帰着するから。

理解されることは理解されないことよりも大きな屈辱だ。国民葬よりも共同墓穴のほうがましだ。

私はいつも自分のとっさの衝動を恨んだ――あまりに鷹揚で無邪気なものだったから。私が倦怠を経験したのは、そしていまも経験しているのはそのためだ。

客を待っている。客など迎えずにすむならなんだってくれてやる。下心も恐怖も抱かずに待てる人など私にはいない。

開始する――私の悪夢。何かをはじめることは、私にはつねに困難きわまりないことのように思われる。なぜならそれは、私のものの考え方にも、事態を現状のままにしておきたいとする私の欲求にももっとも反することだから。

私の不毛性は私には神の下した懲罰のように見える。ありきたりの理由では説明できないのだ。

私という人間を作ったのは苦しみだが、私はまた苦しみによって解体されるだろう。私は苦しみの作品。私が苦しみに手を貸し、苦しみは私を介して生き、私の払う犠牲によって存在している。

（病人とその病には奇妙な連帯性がある。）

私の病が私を引きずってゆく。ゆき着く先はどこだろうか。

新しい神々について論文(1)を書かねばならない。そのためのノートは必要以上にあるが、しかしスタートが切れない。――書くために必要なのは、題材を把握し主題を知ることではなく、私たちを奮い立たせては、がっくりとして声も立てずに待っている言葉を、思想を表現する言葉を私たちに発見させる衝動を感じ取ることだ。

一片の鉄の破片、あるいはその他のどんなものにも、私はよく哀れみの気持ちを抱いたものだが、かくまで存在するあらゆるものが私には遺棄され、幸運に恵まれず、理解されていないように思われるのだ。たぶん、御影石も苦しんでいる。形あるすべてのもの、原初の混沌から切り離されて個別の運命を歩んでいるすべてのものは苦しんでいる。物質は孤独だ。存在するすべてのものは孤独だ。この世界をかくも古い孤独から解放しうる、どんな人間も神もいない！

Mから手紙が届く。それによると、『時間への失墜』は気に入ったが、そのほかの私の本は「形而上学的な虚勢」のように見えるとのことだ。だが、そのほかの私の本について、かつて彼は講演したことがあり、そこで、ま、当たらずといえども遠からず、私をパスカルに比較していたのである。

たとえだれからの賛辞だろうと、そんなものはいささかも信用しないよう警戒する権利、いかにも私にはこの権利がある！

G・Mのところでバッハのカンタータを聴く——私には間違いなく宗教的な本質（資質）がある。それは自分の失墜についてのきわだった感情となって、また自分が運命づけられていた存在の水準よりも劣る水準に生きているという、あの確信となって現れている。（ここに言う水準とは形而上学的次元ということだ。）

結局のところ、私が熱心に読んだのは、二人の小説家、つまりドストエフスキーとプルーストだけだったのかも知れない。

……彼らには、ほかのどこにも見出せなかった、独特のリズムがあるからなのだろうか。あるいはそれとも、あの比類ない一種のあえぎに私が魅せられているからなのだろうか。

最後に会ったそのあとで犯した数々の恥ずべき行為を私たちに語ってくれるに違いないだれか、なかでも友人、彼らを待っているときほど官能的な焦燥はない。

フランスでは、すべては〈文学的経験〉から派生し、あるいはそこに帰着する。あらゆる作品は別の作品から生まれる。ここでは文学が存在に取って代わり、そしてすべてが経験の犠牲の上に進化する。

死ぬとは属を変えること、再生することだ。

読者のいない作家だけがあえて誠実でありうる。彼はだれにも語りかけないから。

迫害される者、不幸な者、病人——彼らは——絶対的に——もっとも同情に値しない人々だ。なぜなら、私たちが苦しんだという事実だけが私たちの記憶に残るとすれば、結局のところ、もっとも有利に生きたのは彼らなのだから。その他の、幸運に恵まれた人々は、なるほど生きたにしても生きたという記憶はもたない。

生まれることで私たちが何を失ったのか私には分からないが、

死によって何かを失うように、生きることで私たちが何かを失ったのは確かだ。

その微笑みさえ荒々しかった。

他人の堕落の告発に血道を上げれば上げるほど、私には自分自身の堕落がいっそう明白なものに、反論の余地ないものに見えてくる。

私たちの最深部に秘められているものとの言葉なき対話、これを除けば一切はなんとバカげたことか！

人に時間を取られたり、そうかと思うと愚かにもあちこちでみずから時間を浪費しては満足している――こういうことが私にはよくあるが、それというのも、言わずもがなことまで言う羽目に陥らずにすむからであり、〈作品〉を残す恥をかかずにすむからである。

ある主義主張に囚われているか、その影響のもとにあるあらゆる人間は、どうしても間違った生き方をせざるをえないし、また間違いを仕出かさないわけにはいかない。正しい考えと正しい行為はほとんど一致しない。それというのも、人間は思想によって、つまりはさまざまの模造品によって永遠に毒されていたから。

二月二一日――ソローニュ地方で四日すごす。パリからものの一時間ぐらいのところに、こんなにも詩趣に富んだ風景があると思うと心強い限りだ。――ロモランタン側のソールドル川――それからピュイの池に発してラ・モット＝ブーヴロンまでつづくソールドル川の運河。恍惚として歩く。

考えないことの、そして自分が考えていないと知ることの無上の喜び！

だが、人は言うかも知れない、自分が考えていないと知ることは、それもまた考えることだと。そうかも知れないが、しかし〈思考〉は、もう先へはすすまないという明白な事実に釘づけになり、それ自身の不在の知覚のなか、みずからの中断の快感のなかに凝固しているのだ。

異教の最後の詩人リュティリウス・ナマチアヌスの絶叫ほど悲壮な絶叫はない、「ユダヤが決して征服されなければよかったのに！」

エクスタシーか冷笑か去就に迷う――私とはこの迷いそのものであって、他のなにものでもない。

ゆきつけの床屋で。たっぷり半時間、待たされる。衝立の向こうで、店の主人がしゃべっている。客で忙しいのだと思っていたが、やっと姿を見せたかと思うと、税金の申告をしていたのだと言う。そこで私が「そうと分かっていたら、帰っていたのに」と言うと、「うちだって髪の毛だけじゃないのよ」と女房が、いかにも横柄な口調で私に答える。私は怒りで気が動転したが、しかしいつもの習慣に反して口をつぐんだ。この自己抑制はまったく思いがけないもので、自分でも大いに満足したほどだった。

読者の心臓に匕首のように突き立てられた本、重要なのはこういう本だけだ。

未処理のままの私のすべての欲望、休みを取ってしまった私のすべての情熱。

目立ちたい、〈才知〉のほどをひけらかしたい、そう思うのは見栄っ張りの連中だけだ。ためしにイギリス人かドイツ人、あるいはアメリカ人に話しかけてみたまえ。彼らは私たちを威圧しようなどとは思っていないし、実際以上に才能があるように見せかけたり、私たちをおもしろがらせるような真似は絶対しないだろう。〈才知〉とは芝居がかったもので、確固たる民族にそんなものはない。古代ギリシア人とフランス人――芝居小屋の民族――が、ほとんどそれを独占している。かつてギリシア人がそうだったように、フランス人は他人のために考える。あらゆる手段を用いて、深遠さというものさえ使って他人を誑かす……

虚栄心をもたぬ者、人目に立ちたいとはいっこうに思わぬ者、こういう連中はみな退屈だ。見栄っ張り屋は腹立たしいかも知れないが、退屈ではない。効果というものをまるで考えない者とどうつき合えばいいのか、何を言い、何を期待すればいいのか。

西洋の詩は叫び声の機能を失った。詩はいまや言葉の鍛練、軽業師と審美家どもの思考のスタイルだ。疲労困憊した者たちのアクロバット。

自分が今後こうむるだろう屈辱のことを考えると、ほとんど目くるめくような脅えの気持ちを抱かざるをえない。

二月二八日。日曜日――自然史博物館に行く。恐竜の絵を前にして、ひとりの母親が息子に言う、「この写真、どうやって撮ったのかしらね」。

もう何年も前のことになるが、「酩酊船」を、そんなものなど知らぬ者（おまけに彼は、文学の門外漢だった）に読んで聞かせたことがある。

私が読み終わると、「まるで第三紀から来たようだね」と彼は言った。

私にとってもっとも耐えがたいのは屈辱だ。私に金が稼げないのは毎度のことだが――その結果のすべては、屈辱のようなものだ。――傷つけられた自尊心――病んだ自尊心。

私たちのためになる実質的な唯一の現実は、忘却にある。私たちの恥の、敗北の、恐怖の忘却。

ナポレオンこの方……だれもがやりすぎだ。能力がありながらその能力を発揮しない人たちがいるのは、やりすぎに対して釣り合いを取ろうとするからだ。私は後者の人間――といっても選択によってではなく宿命によってだ。どういう重りでいつも下へ引かれるのか自分では分からない。血のなかの、この重り！　不思議なのは、私の失墜が現状にとどまっているということだ。

私は私なりに英雄だ。つまり、自分の知っていることを何もかもわきまえつつ生きているのだから――請け合ってもいいが、これはだれにもできないお手柄というものだ。

三月二日

恐ろしい夜。何時間ものあいだ私は考えつづけ、私の脳髄にはさまざまの考えがひしめき合っているかのように思われるのだった。ところが夜が明けると、それらの考えは跡形もなく、私の記憶に残っているものも、言葉にすることのできるものも一つもなかった。幻影、ただそれだけだった。

彼は挫折で名をはせた。そのほかの栄光はすべて彼には禁じられていた。

「この世でも天上でも私はよそものだ。」（レールモントフ）私はロシアの倦怠の嫡子。どうして私のスラブの出自を疑えようか。

一九六五年三月二日

私たちのことをよく知っている者にとって私たちは神ではない――これは幾多の事例によって立証されている事実だ。なかでももっとも有名なのは、仏陀とその従兄弟（名前は失念した）の例だ。従兄弟は仏陀を妬み、彼の邪魔をし、彼を信頼していない。だが、彼は従兄弟でなければならなかった。もっとも、若いころの友人でも、この従兄弟の役は果たせたかも知れない。人はだれも、私たちに幻想を抱くことができるが、ただし友人は例外。私たちのまわりに作られる伝説を打ち砕くのは友人だし、私たちを文字どおり無に帰するために、友人はただひたすら私たちの死を待っている。——神話の破壊者としての友情。

フランス革命が起こった当初、引き合いに出されたのはルソーだけだったが、しまいにはタキトゥスだけだった。

私とスウィフトの類似性、いやそればかりか彼の私への影響についてさえ気づいた人がいないのは不思議だ。

哲学だのその他の流行が延々とつづいているのに接すると、どんな寺院によっても担がれることのない神の威厳をもたねばならない。

私は〈筆の運ぶまま〉すらすらと書けないが、私のすべての欠点——たぶんすべての取柄——の原因はここにある。

きみが自分を純粋な人間だと思っているなら、私は卑劣漢なのを嬉しく思うよ、と敵には言おう。

『時間への失墜』

重みもなければ熱気もない本だ。こんなにも退屈な——腹立たしいほど見え透いたことを書いた自分が許せない。

ブランウェル・ブロンテの伝記を読む。

私の書くものには、同世代の大部分の人の作品に比べてずっと多くの苦しみ、ずっと多くの〈経験〉があるように私には思われる。しかしだからといって、ほんとうに優れているといえるのか。

三月——春の気配。季節が変わるときいつもそうであるように、私の脳髄は雲がかかったようではっきりしない。私のような体質は、いつも一定の気温にしか適応できないのだろう。でも、その気温は？　それをなんとか知りたいものだ。

私は自分の愛したすべてのものに、つねに衝撃を受けた。

「悔恨とは何か。

——それは、力仕事をしようとした弱さを罰する不安の苦しみである。」（パラケルスス）

真夜中に目を覚まし眠れぬままに、自分が意識しているこの時間は私が無から手に入れたもの、もし私が眠っていたら、私のものになることはなかったであろうし、そもそも存在することさえなかっただろうと考えて自分を慰めるのだった。

反抗ほど急速に時代遅れになるものはない。

私はパリでしか生きられないが、それなのにパリで生活していないすべての人をうらやむ。

私はこの世に落下し、どんな仕事もここにはない——この私の思いに嘘いつわりはない。

外に出て街々をへめぐり歩くのが楽しかったときもあった。いまは街でも自分をよそものと思い、しぶしぶ街に下りてゆくだけだ。

三月一〇日——昨夜、ビエットの教会で『ヨハネ受難曲』を聴く。演奏に先立って「ヨハネによる福音書」が朗読されるが、すくなくともイエス逮捕のくだり以降に聞き取れるのは、ユダヤ人に対する激しい攻撃だけである。キリスト教の反ユダヤ主義は、あらゆる反ユダヤ主義のなかでももっとも辛辣なものだ。それというのも、それはもっとも古く、またもっとも透徹したものであるからだが、どうしてこういうテキストが人前で公然と読まれるのかわけが分からない！

文芸批評家だの劇評家だのといった、あのすべての批評家連中。他人の作品をあげつらって一生を過ごし、激烈に生きることができぬものだから、神の、それも不毛の神の代わりをつとめる。

周期的に襲ってくる、この悪寒……それが身内にしみこんでくると、生きようとする私の試み、あるいは意欲がことごとくバカげたものになってしまう。

効果てきめんの毒薬が手許にないのが私の幸運。

独創的な祈りなどというものはない。人はみな同じように祈らなければならない。信仰の最大の困難のひとつがここにある。

私たちが友人に求めるのは、嘘をつくこと、私たちにほんとうのことは言わぬことだ。友情というものがいかにも過酷な、いかにも不純なものなのはこのためだ。友情が仮定する、デリカシーへの変わらぬ気遣い、これは自然に反するものだ。私たちはだれとでも寛いでいられるが、ただし友人は例外。

自分の過去の、そして未来の惨苦を考えるあまり、私は現在のそれを無視した。その結果、注意力の貯えを現在の惨苦にそそぐよりも、私にはそれはずっと耐えやすいものに思われた。

憂鬱になりがちなとき、青空ほどそういう気持ちを誘うものはない。おそらく平穏の象徴は、陰鬱な気分を募らせるほかないからだ。この場合、問題は一種の生理的な不寛容である。

暗黒のユートピアなどというものはない。その理由は、地獄というものがともかく常に存在したこと、そしてそれが、お人好しを含むあらゆる人間の手の届くところにあるからだ。

私たちは自分を尊敬してくれる者を好むとはラ・ロシュフーコーの言葉だが、これは必ずしも正しいとはいえない。そういう者を軽蔑することもよくあるからだ。私たちの価値を誇張し、自分に対して幻想を抱くのに、そういう者しかいないのはやりきれない。それにもし私たちにそれ以上の価値がなかったら？

文学が発達し洗練の度をますにつれて、文学における〈感情〉はますますどうでもいいものになる。ある瞬間以後、それはほぼ完全に文学から追放される。文学は感情の技法と化し、それ以上のものではなくなる——現在のフランスにおけるように。

私が探し求めているもの、実はそれは救済ではなく慰めだ。それどころか、慰めの言葉（ただひとつの！）だ。そしてそれが私にはどこにも見つけられないのだ。

……これが、生まれつき苦しみを背負った人間の状態だ。

ネペンテスから〈精神安定剤〉まで。

『オデュッセイア』第四巻二二〇行のホメーロスの言葉。

「［ネペンテス］を飲んだ者は、たとえ父母が死に、自分の目の前で兄弟や愛する息子が敵の刀で殺されても、その日一日は一滴の涙もこぼさないだろう。」

ポーランについて書き、彼の『全集』の第五巻を紹介して欲しいとの依頼をうける。

しかしポーランについて書くには、卓越した、あの快活な精神、いかにもフランス的な、あの陽気さが私には欠けている。こういうものに比べれば、私に何を言い、何をすることができるにしても、そんなものはいずれも間抜けな人間のすることだ。

一種の本能的な暗黙の了解によって、私はつねに敗者たちの味方だった。彼らの主義主張の善し悪しにかかわらず——区別なく。

公共の利益のためには、他人に関係のあることより自分にかまけたほうがはるかにましだ。

天地創造の出来損ないぶりときては、一瞬ごと、どの細部をとってみても明白だ。このやっつけ仕事！

自分の感じていることを表現することができれば！　だが私は、自分の感情を言葉にすることができない。言葉のせいで、自分の気持ちが思うに任せず、自分の生にふさわしい言葉、自分が感じたり耐えたりしている気持ちにしっくり合った言葉が見つけられず、いつも自分の生の現実の手前に生きている……

マルクス・アウレリウスは（次のような新語を作って）自分に言っている、「帝王切開しないように気をつけろ。(2)」

お追従の私への効き目はほかの人の場合と変わらない。だが、ほかの人とは逆に、私は効き目が確認されると、そのために苦しむ（ほんとうを言えば、そのことに無感覚でいられないのだ）。いずれにせよ、お追従に驚くことはめったにないし、それを楽しむときは、いつもそのことを意識している。

フランス語は、樹液の涸れてしまった国語だ。詩、小説、哲学その他すべてのものが、フランス語ではひとつの訓練、名人芸のように見えるのはこのためだ。

私の仕事机を見て、「ここでお書きになるんですか」と尋ねる客には――「書くところなどどこにもありませんよ」と答えたい思いにかられる。

ポーラン『全集』の第五巻に序文を書くのを断ったところだ。まずほっとしたが、たちまち後ろめたさ、不快感、自己嫌悪に襲われる。私は忘恩の徒にはなりたくない。

神よ、時間に耐える力を与えたまえ。どの時間も、私が思っているほど重くないものになしたまえ。

私は自分のあらゆる感情を物に投影する。物の絶望、感覚を、まるで生き物のそれであるかのように私は知覚する。私の前にあるこのテーブルは絶望している。ほかのあらゆる物にしてもしかり。そして私は、こういう物の深い悲しみ、この混乱、この、物の世界の内的崩壊に対して――私自身に対して可能の限り闘うのだ。

難破したわが祖先たち、彼らを運ぶ私の血、これらすべての残骸との出会いの場。

彼は天使たちの無能を目指したが、ほぼその目的を達成した。

私が何より好きなのは歩行だ。ところが数か月前から足の親指がうっ血し、動くとたちまち痛みが走り、私の無二の道楽もままならなくなってしまった。

いずれにもせよ、私はいつも〈人の情け〉にすがって生きてきた（奨学金、援助、賞金など）。体面より自分の作品（！）を重んじた（なんたる屈辱と引き換えに！）。

役に立たず、しかも奇妙な多くの言葉……

私たちのことを当てにしていた人々、そして私たちが懸命になって欺こうとしたすべての人々。

私は確かに失墜した（むしろ落伍者だ）。だが、私にも弁解ができるなら、私の失墜は、遠く彼岸に発するものであり、生理学あるいは歴史の次元とは別の次元に属するものだ。

「虚しさ」の気持ちがあるからといって、人生が楽しめないわけではないが、しかし人生での成功は困難だ。

結局のところ、俗悪さより愚かさのほうがましだ（俗悪さは、残念ながら知性と、いやそればかりか才気とさえ両立しうる）。

（その必要があれば）自殺できる確信がないとき、私たちが未来を恐れるのはこういうときだけだ。

動物はその感覚をもとのままに保っているのに、人間は自分の感覚を衰えさせ、犠牲にすることによってはじめて人間になった。

ボシュエもマールブランシュもフェヌロンも『パンセ』に言及していない。どうやらパスカルは、彼らにはそれほど信頼できる人物とは思われなかったのだ。

私は自分がこの世で何を探しているのか分からない。そして人はだれも、この事実を、自分にとっても他人にとっても取り繕うことはできない。私の場合、この〈無知〉は強迫観念になり、不安になる。つまり、私は絶え間なくこのことを考えているのだ。

「認識」について吐かれるあらゆる辛辣な言葉に接したときに覚える快感。

苦しみ、苦しみ、苦しみぬくこと。――

生の本質は死の恐怖にある。もしこの恐怖が消えてしまえば、生はその存在理由を失うだろう。

一切を棄て去り、象や鼠のように、孤独のうちにくたばる勇気と慎ましさとをもとう。

Xは、その信仰によって神に敬意を表しているのだと思っている。

たとえすべての人間に見捨てられたとしても、自分の苦悩はつねに変わらず信頼できよう。だから絶望するな。

そうしようと思っても、私には懐疑思想を忘れることはできない。

「袋小路に来てしまいましたね」と、だれ彼となく私を非難する。妙ないいがかりだ。『悪の華』について、それが袋小路に通じているなどとだれが言うだろうか。あることについて考えるとき、私は詩人以上に解決については考えない。

ロシア語を学んだことがあるが、これ以上つづけたいとは思わない。多くの言葉を記憶につめこんだところでなんになろうか。でもロシア語は、私の心に深くつきささる言葉だ。

キュスティーヌ（『ロシアだより』）を再読する。これほど透徹した、予言的な本をほかに知らない。

辞書をめくっていたら、たまたま次の引用が目にとまる。「時間はどんな小さな残骸までも破壊する」――この引用に、私はまぎれもない形而上学的な戦慄を覚えた。実をいえば、戦慄はもともと私の内部にあったのだ――ほかのどんな凡庸なことでも戦慄を覚えたことだろう。

「物質」がその遊びをつづけようと私の知ったことじゃない。

Bがドイツの新聞に寄せた文章によると、フランスのエッセイストのなかで最良の文章家はロジェ・カイヨワと私だとのことだ。この断定を正しいとして、その根本的理由を探ってみよう。カイヨワがすぐれた文章を書くのは、彼がどもるからであり、私の場合は、早口だからである。うまくしゃべることができたら、私は文章上の努力など決してしなかったであろう。流暢にしゃべる人（雄弁家あるいは話し上手）は、概して文章がへただ。文章を書いているとき、私たちが言葉を吟味し（あるいは愛撫し）たりしなければならないのは、自分の考えを表現するのが困難だからであり、言葉、つまりしゃべるという行為がスムースにいかないからだ。（あの典型的な早口ヴァレリーの例を考えていただきたい。）

この肉も、いつかは私の骨から欠け落ちてしまうだろう。

（平静を保ち、いささかなりとも自信をもって未来を眺めたいなら、あらゆることを考えてみなければならないが、ただし自分の肉だけは別だ。）

三月二二日

昨日、Rを訪ねる。——彼の前で名前が思い出せない。この責め苦はしばらくつづいたが、友人の名前を思い出す必要などなかっただけに私にはなおのこと耐えがたいものに思われた。自分の名前が時々、思い出せなくなるボケ老人の不安がいまは分かる。

どんなに遠く過去にさかのぼってみたところで、そこにあるのはただ不安感、満たされぬ野心、何かを企てることの、そしてそれ以上に、成功することの不安だけだ……みずからをむさぼり食う激情、永遠に苦しみと化した渇望だけだ。

大部分の夢は悪しき文学のようなものだ。だが、ひどく意味深い夢もある。私たちの敵が出てくる夢である。

簡潔な表現は、厳密さのしるしでもあれば怠惰のしるしでもありうる。

三月二五日

復讐しなければと思って起床したが、相手がだれなのか分からない。

たまたま機会があって、フォントネルに関する本と仏陀に関する本とを買ったところだ。これはたんなる偶然なのか。そうは思わない。この二人は、見たところ共通のものは何もなさそうだが、その程度は異なるにしても、ともに迷妄から覚めた人間である。いずれにせよ、私は自分が二人に似ていると思っている。それというのも、私には軽薄な覚醒も深刻な覚醒もともによく分かるからだ。大切なのは一切の迷妄から覚めることだ。その余のことはニュアンスの問題だ。

回心（いかなるものへのそれであれ）は、狂気の危機を回避するもっとも確実な方法である。

心底、悲嘆にくれているとき、私たちには、信者であるなしにかかわらず、神よりほかに何も考えられない。

論文をひとつ書かねばならない。私のもくろみでは、反キリスト教的なものになるはずだが、手をつかねている。神にしろイエスにしろ、誹謗する気になれないのだ。信仰とは、途方もなく巨大な現実だ。人間が祈りというものを用いなくなってから、どれほどの損失を被ったか計り知れない。

実は私たちは、ほかの何ものでもなくただ祈りのために生まれたのだ。

情熱家と無為症患者、理由は逆だが、彼らには宗教的資質がある。

眠り、また眠る。不眠の歳月に食い尽くされたエネルギーの一部を取り戻してくれるのは眠りだけだ。不眠は例外なく消耗であり、衰弱だ。眠りを修繕屋とはよく言ったものだ。

他人が私を見るように自分を見る努力を、しばらくやってみたところだ。自己像幻視の能力が私にはあるのだが、残念ながら、うまくいかなかった。私たちは自分の外にいることはできない。「おれは自分とは疎遠だ」と思うとき、それはほとんどつねに幻想であり、詩的な歪曲である。

二流の、しかし悲劇的な運命をもった国の人間であること。(二流の悲劇。いまだかつて成功を収めたためしがなく、「歴史」によってその意図がつねに妨害されてきた国々、私がこういう国々に関心を寄せざるをえなかったのは生まれついてのことだ。)

衰弱に対する、記憶を絶するほど古い横暴な疲労に対する日々の闘い。

私が〈辛辣〉なのは、怒りあるいは復讐心からではなく、まさに辛辣さそのものに飢え、それに快感を感じているからだ。私は辛辣さなしではいられない。そして生活のなかだろうと文学のなかだろうと、辛辣さに出会うと、きまってそれに飛びかかり、辛辣さをほしいままにする。それは落伍者の願ってもない糧だ。それこそは落伍者の欲しているものであり、もし彼を満足させたいなら、これを与えるしかない。

田園での日曜日。丘の上をサン＝シェロンのほうへ歩く。メランコリーの発作、何が起ころうと自分はいつも孤独だろうという痛切な思い。――歩き、そして疲労を覚えつつある間は、すべては快適なのに、いったん立ち止まると、たちまちいつもの気分と思いに捉えられる。

〈自然〉そのものさえ私の助けにはなるまい。それどころか、自然はかえって私の憂鬱を助長する。田園で生活したら、私は別人になり、さまざまの妄想から解放されるだろうという私の考えは、まったく間違っている。静寂があり孤独があったところで、私が惨苦を経験せずにいられるわけではないし、私がいまの自分とは別の人間になれるような場所がこの世にあるわけでもない――これが真実だ。幸福はメランコリーには効かない。

それどころか、幸福によってメランコリーは悪化する。というのも、それは私たちの喜びも苦しみも同じように貪婪に食って生きているからだ。私たちを犠牲にするものなら、メランコリーには何でもいいのだ。

きみはだれか。私はよそものだ——お巡りにとって、神にとって、そして自分自身にとって。

誠実さ——友情では不可能なもの。知性の点でも趣味の点でも特に高く買っているわけではない友人のX、その彼が私に——なんともいえぬ口調で！——デミウルゴスに関する私の論文に失望したと言う。それを聞いたとき、私は別に動じなかったが、すると彼は〈私をほろりとさせる〉ことを言った。

私は人並みの人間だし、人はみな私と同じようなものだ。だれも自分についての真実には耐えられない。嘘をつくか、消え去るかどちらかだ。

哲学の場合もそうだが何においても、人が取り巻くのは幻想の販売人に限られる。いつでも空きがあるのは、身を落としてまで何かを提案しようとはしない者のまわりだ。

自信を失う——これこそまさに生における死というものだ。

死の恐怖が消えてなくなったら、すべては恐ろしいほど単純明快なものと化するだろう。

死を恐れている限り、よしんば人間に所有できるありとあらゆる才能、あるいは財産に恵まれていても、私たちは奴隷だ。自由であるとは、死の恐怖を知らぬことだ。

三月三〇日——恐ろしい夜。

ある種の不眠の夜を過ごしたあとでは、新しい生をはじめるか、それとも生に決着をつけるか、もうこの二者択一しかない。

希望するために生まれた者もいれば、まったく逆の者もいる。人はだれも自分の絶望に責任はない。

人間事象の有為転変を説明するために、「運命」は人間が考えだした最良のものだ。そして骨抜きにされた神でないとしたら、運命とは何か。

無所有に慣れなければならない。この意味で、私はホテル住まいの二五年間で、たっぷり修業をした。蔵書は財産、厄介物だ。何も貯めないこと、歳月さえ貯めず、自分の過去と未来から自分を切り離し、現在に立ち向かうこと、いや、現在を甘受すること。

無神論的な宗教感情、これが現代人の *Stimmung*＊だ。

＊ 感受性ないし感情の傾向、気持ち、気分。

リア王が、ぼろをまとい、はだか同然のエドガーを見て、自分の着ている衣服を引き裂く場面、あらゆる芝居のなかで、私はこの場面にもっとも感動する。

せんだって、田園を歩いていたとき、私は突然ヘルダーリンの詩句を思いだした。昔、好んで引用した詩句である、

「おまえはいつも私におまえの孤独を訴えた
美しい世界のさなかにあって、
おお、わがいとしの人！」——

私は落伍者にして同時に失墜の理論家。

すべてのものは虚しいという私の思いは、いまにはじまるものではない。だが、にもかかわらず、私はまるでなにごともなかったかのように生きつづけている。この矛盾はそれだけで、生の神秘のすべてを語っている。

（追記。「なにごともなかったかのように」——たぶん、これは言い過ぎだ。私は生においても死においても、自分の家にいるような気がしない。つまり、すべてのものは虚しいという思いは、私を絶えず麻痺させるどころか、私の〈現実〉への対処を妨げるのだ。）

私がどうして挫折に挫折を重ねているのか、その理由をいつか説明しなければならないだろう。

先日、いつも私の本を出してくれる出版社で、ある申し出を拒否される。いつもだったら、私は激怒し、けんかをやらかす羽目になっていたに違いない。私は何も言わず、こらえ、立派に振る舞った。自分を抑えるすべを知る——こんなことは、奴隷の民の生まれでなければ、とても自然にできることではない。

抽象的な不幸のなかにつねに生きていると、具体的な不幸に襲われるとまったく不測のことで、どう対処していいか分からない。

いっこうに私の興味もそそらなければ、私にはかかわりのない本、そして私には客観的価値など認められない本、こういう本が多いのに私は仰天している。こういう本は書かれてはならないものだったのだろうと私は心得ている。

高揚し熱狂しているときでなければ、私には書けない。ところで、胃炎その他の持病のため、私は鎮静剤をやたらと飲む。そ

んなわけで、私は自分で自分の仕事、〈インスピレーション〉、〈作品〉の妨害に手を貸している。――冷めていては私は無だ。それでいて私は、一切の不節制を、つまり最低限の生産性を可能にするやも知れぬあらゆるものを自分に禁じるのである。

フランス人は自分が知的であると思っている。フランス人のすべての欠点の原因はここにある。

四月一日

今朝、目を覚ます前、悪夢を見た。その悪夢ときたら、画家あるいは幻視家でも、これほどのものはとても想像できまいといってもいいほど、巧妙、入念に仕組まれた恐ろしいものだった。そのさまを描いてみるなんて危険な真似は御免こうむる。

四月二日

昨夜、サン゠セヴラン教会で、『フーガの技法』のオルガン演奏を聴く。

――これが〈悪しき造物主〉への反論だ、と二時間にわたり、私は絶えず繰り返した。

私たちが眠って過ごした夜は、存在しなかったも同然のものだ。私たちが眠れずにもがき苦しんだ夜、記憶に残るのはこういう夜だけだ。したがって、夜の総和は私たちの不眠の総和である。

四月三日　衰弱の日が幾日もつづいたあと、今日、数時間にわたり、絶え間のない陶酔感に襲われる。ほとんど至福にちかい、こういう高揚のなかで生涯の大半を過ごす人々がいるとは！

相手がだれであれ叱責などするな。変わることができれば人間は変わるだろうが、しかし人間は変わることはできない。おまえはなおさらだ。

私はソロヴィヨフの虜だ。彼について書かれたものはどれを読んでも感動する（その作品についても同じように言えたらいいのだが）。

彼はトルストイが分からなかった。予言者は共存しないのだ。二人のうちで正しかったのはソロヴィヨフのほうだったし、聖性にもっとも近づいたのはソロヴィヨフだけだった。彼はすべてを与えた。通りで着ている衣服を（ときには靴も！）脱ぎ、乞食たちに分け与えたものだ。彼は、トルストイがそうありたいと希っていた人間だった。

ハイデガーについて、「彼はいろいろなことに手を出した。哲学者として許せないよ」と言う人がいる。――「賢者として」と言うべきだろう。ところで、ハイデガーは賢者ではないし、自分でもそうだとは言っていない。

詩人にとってほかの詩人を読むことほど不毛なことはない。同じように、哲学者を読み、それしか読まない（教授連中のやっていることだ）のは、哲学的な思考などただの一つもついぞもたぬ羽目に自分を追い込むことだ。

胃、ひどく悪い腸。もうほとんど何も消化できない。野菜の次は水——あるいは死、これが私に残された唯一の選択だ。

昨夜、ある劇評家にこう言っている夢を見た。「芝居を観ていると、あのくらいの俳優の演技なら自分でもできるとよく思うんですよ。そう思うもんだから、ぜんぜん楽しめない。で、芝居を観に行く回数を減らそうと決心しましてね。」

四月五日——午後五時一五分。どうしても散歩に行かねばならぬ。そうしないと、私はきっと、何か自分の意志に反することをやりかねない。神よ（といって、どうなるというのか？）

この危機を、いままでに経験したもっとも恐るべき危機を克服しなければならない。私はさまざまの病に包囲され、つい勇気も挫けてしまう。もし病人でなかったら、私は必ずや立ち直るだろう。だが、病に対してどう闘えばいいのか。物質に戦いを宣するようなものではないか。私の肉体は私のものではなく、まさに物質のものだ。

貧困、病、死。これらは持続する状態であり、したがって真実の状態である。その余のものはすべて偶発事にすぎず、欺瞞にすぎない。

もしこの試練を切り抜けたら、誓ってどんなものももう二度と自分のものとは思うまい。

放棄は大いなる神秘だ。もし私たちが自分の生の外に立ち、自分の生を、あたかもそれが他人のものでもあるかのように扱うことができるなら、私たちはついには自分の死の恐怖を克服し、それを無視することさえできるはずだ。

倦怠の解毒剤、それは不安だ。薬は病気より強いものでなければならない。

私の全生涯は、両者の交互の経験にほかならなかったのかも知れない。

自分を生き残りとみなす力がないとは！

私はこの世の者ではないと、いったいなんど言い、書いたことか！　いまはもうほとんど現実となった。

私の戦術は、戦術として唯一正当で、有効なものだ。つまり、自分の絶望についてとことん考え、それを分析し尽くして、ついにはそれを磨耗させ、弱め、消滅させること。

四月六日――昨夜、プレイエル・ホールで、ベルリン合唱団つきの『ヨハネ受難曲』を聴く。

強烈な感動。「死ぬことになんの意味もない、死は一種の喜びだ」――私は私で、このリフレインを歌っていた。

こと切れる寸前、ソロヴィヨフは、「やがてユダヤ人に訪れる大きな試練」を思い、彼らのために祈った。一九〇〇年のことだった。彼が死ぬと、ロシアの全シナゴーグで彼のために祈りが捧げられた。

問題を客観的に扱うことは私にはできない。ただし、問題が他人の不幸、言い換えれば、他人のものでありながら私に自分のことを考えさせるものの場合はこの限りではない。

一九六五年四月八日

私の誕生日。つまり、五四歳というわけだ。

ルーマニア人であるという考えに慣れるためには、私にはまるまる一生涯かかるかも知れない。

論文など書きちらすより祈ったほうがずっと時間の善用になるだろう。

文学生活においては――いないが良い。(3) 作家は自分を見せてはならない。

形而上学的不安と消化不良――メランコリーは両者の出会いから生まれる。

ほんとうの作家は、作品のためにすべてを、名誉さえも犠牲にする。

四月一〇日――耐えがたい夜。同じ苦痛。たぶん私は不治の病人なのだ。肝心なのは、安易に絶望に沈まぬこと、そしてこの世におさらばしなければならないにしても、後悔など一切しないことだ。

チオトリ老人*がクルマにはねられて死んだ。Poor Yorick! (4)

＊　オルテニア出身のシオランの友人。外交官、パリで引退後の生活を送っていた。

四月一三日――夜、一秒、一分、一時間と時間の流れてゆくのを知覚しつづけていたとき（流れ！　時間はほとんど〈過ぎてゆかなかった〉）、私は考えたものだ。もし私が眠っていたら、これらの瞬間は私にとって存在さえしなかったであろうし、してみると、不眠という災難も必ずしも捨てたものではないと。

死者は私たちの困惑など一切あずかり知らないのだから、永遠に無関心な者となるのもまんざらではないと思わざるをえない。

あれこれの薬品は苦痛を〈鎮める〉などということを読んでも、どんな薬でもさっぱり鎮静しない苦痛があることを私はよく知っている。

生物学的には、私は〈進化〉の落ちこぼれだ。だが、仔細に見てみれば、人間一般が落ちこぼれなのだ。

四月一三日――昨日、腸を診てくれた医者が「自殺を考えていないかどうか」尋ねる。――「いままでずっとそれだけを考えてきましたよ」――と私は答えた。医者は満足そうに、つまり、間抜けづらで私を見た。

何か卑劣なこと（たとえば復讐がそのひとつ、おそらく最悪の）はやりたくないなと思うときはいつも、というかほとんどいつも、私は自分を死者とみなす努力をしたものだ。――すると気持ちも落ち着き和らいだものだ。私たちの死体にも何がしかの利点がないわけではないのである。

私は周期的に仏教に没入したくなるが、でも今度はこらえている。どうして神々に関する文献を読みつづけるのか。私には読まないではいられないが、その理由は、いまの私の状態では、仏教は私の混乱とはまったくかかわりのない主題であり、ほとんど政治だからだ（実際にそうなのだ）。

専門家とは、ますますもってものが分からなくなる人間のことだという指摘は、まさにその通りだ。

もしすべてのものが見せかけなら、まさに幻想のほかに実在するものはない。

人間が異常な出現であることに異論の余地はないが、しかし人間は成功作ではない。

足のタコが化膿。切開。抗生物質を飲みつつ過ごす復活祭。

私には罪の感覚、ましてや悪の感覚はない――私にあるのは不幸の感覚だけだ。

精神は、私たちが何か困惑を覚えたときにしか動かない。考えるという行為は、どれもみな満たされない気持ちから生まれる。

私のもっとも好きな三つの都市、シビウ、ドレスデン、パリ。ドレスデンはもうない。パリは私には耐えがたい。シビウには行けない。

私の幼年時代よりも野蛮な幼年時代（copil al naturii）*がかつてあったとは思われない。多くのこと、事実上、一切のことがこれによって説明がつく。私は、フロイトとは別の意味で、〈*das Unbehagen in der Kultur*〉**をつねに感じていた。

＊　自然児。
＊＊　『文化の不安』（一九二九年）

バニューの墓地でチオトリの埋葬。私たちはすこし遅刻する。半分ほど土に埋まった墓穴を前にして、ルパスコ*に「バカげてるよ！」と言わざるをえなかった。――チオトリ老人の痕跡はもう一つとしてなく、その冗談もことごとく消えていた。早晩、彼はだれからも忘れ去られてしまうだろう。それにしても、なんとまあ、退屈なことか！

＊　ステファーヌ・ルパスコ（一九〇〇―一九八八）、ルーマニア生まれのフランスの哲学者。

私はつねに確信を欠いている。私の挫折はみなこのためだが、この欠点をついに直すことはできなかった。

私はいまだかつて宗教（語源的意味での）を奉じたことはない。いまだかつて何ものとも関係をもったことはないからだ。私には宗教への郷愁、宗教的な憧憬があるだけだった。

自由であること、つまり、どんな形にしろ他人から容喙されず、放っておいてもらうこと、私の願いはこの一事だけだった。好意を示されたり、贈物をもらったりするのが、私には侮辱にも劣らず迷惑なのはこのためだ。私はだれにも頼りたくない。私の孤独、そして私の無信仰の原因はここにある。

四月二二日　眠ろうとして五時間格闘し、モルヒネの入った座薬さえ使った。明け方の四時ころ、とうとう何かが根負けし、私は無意識の至福に沈んだ。

経験したことがなければ語れない唯一のこと、それは不眠だ。不眠についてシェークスピアが語っていることは、どうみても眠れなかったか、よく眠れなかった者のものだ。この分野では、でっちあげはできない。

文学、哲学、宗教、いずれも人間を重要視しすぎる。

生きながらえたあげく、私は万象の虚無の専門家になった。

不眠の夜を過ごしたあとでは、世界はいつも以前よりすこしばかり色あせたものに見える。

きみはだれか。「覚者」だ。

真夜中、ひどく口あたりのいい睡眠薬に飛びつく。

現実を深く掘り下げてみるにつれて、善悪の区別には形而上学的根拠などまるでないことが分かる。

A・W・ワッツの禅仏教に関する本で次のような文章を読む。
〈But the anxiety-laden problem of what will happen to me when I die is, after all, like asking what happens to my fist when I open my hand, or where my lap goes when I stand up.〉*

* 「私が死んだときどうなるかを不安になって問うことは、要するに、私が手をひろげたとき私の握りこぶしがどうなるか、あるいは私が立ち上がったとき、私の膝がどうなるかという問いに帰着する。」

足の切開をしてから一〇日後、外科医に化膿が心配だと言うと、彼は包帯を取って、「あなたの足の指は立派なもんですよ」と、とがめるような、また得意気の口調で私に言う。立派な指！　人の判断は形容詞にもとづいてしなければなるまい。

仕事をしたいと思うと、いつもだれかが妨害する。そのだれかは必ずしも私ではない。

フランス人は実にみごとに皮肉を弄するが、皮肉の理論家役ではない。この点で、皮肉の実際的な使い方を知らず、それを使わなければならない段になると途方に暮れてしまう多くのドイツ人に似ている。皮肉の実践者と理論家、二者をかね備えていたのはキルケゴールだけだった。

自発的な改宗と強制された変節との大きな相違。

あらゆる時代を通じてもっとも抑圧的な制度は、もちろん異端審問所だった。こんな怪物めいたものを作り出すことのできた宗教、つまりカトリシズムには私はとても改宗できないだろう。

今次大戦中、ジョイスとムージルはチューリヒですぐ近くに住んでいたが、会って知り合いになろうとはしなかった。創造者というものはお互い連絡を取らない。彼らに必要なのは崇拝者であって対等の人間ではないのだ。

Xは人間ではなく人間の下絵、あるいは古生物学の用語を用いるなら、ヒト類だ。

キリスト教反論の一文を書き終えたところだ。結局、私はキリスト教への哀惜をとどめられず、その気持ちを語らざるをえず、そのため、私の論文の骨子をすべて御破算にしなければならなかった。私にとって攻撃の対象であったさまざまの思想（ああ！ *Iron Guard**）、それらの思想に、やがて私はほとんどつねに転向したのだった。

今回は、寛容の立場、したがってほとんど政治的な視点から、多神教を擁護するつもりだった。それに私が自分の健康上の悩みにかこつけて、かつての不安を取り戻しつつあったとき、当然のことながらキリスト教は不安に耐える助けになった。異教は外的にすぎるものであり、悲嘆のただなかにある私たちの慰めとなるようなものは何ももたない。

* 鉄衛団、コドレアヌの極右運動、前記二三三ページ、およびシオラン『対談集』（アーケード叢書、ガリマール、一九九五年、一二ページ）参照。

人間にひどく苦しめられるあまり、私は、自分の意志に反して、彼らの運命について考え、彼らを憎み、彼らを、そして自分を哀れむことしかできない。

他人と深く連帯する唯一の方法は、もっぱら自分にのみかかずらい、自分の最深部にかかずらうことだ。〈愛他主義者〉、博愛家、〈寛大な〉人々、彼らは人のことなどまるで分かっていないし、実際にだれを助けているわけでもない。浪費すべきエネルギーのある連中にすぎない。

五月三日　左足を切開したため、ここ二週間、上履きで歩きまわっている。今日、ちょっと散歩に出ての帰るさ、オデオン広場を横断したとき、錆びた鋲が左足にささった。

人間を容認したため、自然は計算違いを犯した。

五月七日　地獄のような夜。座薬を二つ使ったにもかかわらず眠れない。私が『イワン・イリイチの死』を出版したのは理由（そしてまた何らかの予感）のないことではない。

つらい夜、その夜を過ごしたあとでは名前を変えなければならないほどつらい夜がある。そのとき、人はもう同じ人間ではないからでもある。

キリスト教反論の論文を書き上げる。いつものデンで、激しく攻撃した立場に結局は加担してしまい、私は敵に寝返っている。

短い、また細やかな賞賛の言葉を書き送ってきた人へ、ちょっとした礼状を書くことほどむつかしいことはない。

五月一六日　信仰のあらゆるメタファーとは関係なく、人は山をも動かしうるということが肉体的に理解できる状態、いま私はそういう状態にいる。

神よ、あの情熱——私の、それともおまえのものであるかも知れぬ情熱に負けぬよう私を守りたまえ。

五月二二日——ある人、それも往々にして未知の人が、さぞ退屈しているに違いないと想像するだけで、その人の退屈が私の退屈となり、私自身がすっかり退屈してしまう。

同じ種の動物どうしは殺し合いはしない。人間だけが人間を殺す。この点で、人間は激しく非難される。——だが、ここだけの話だが、これは異常でもなんでもない。人間でないとしたら、いったいだれを殺すのか。人間以上に殺害に値するものがあるのか。

私は、あらゆる人間を精神の病者だといって非難する。まるで私はそうではないかのように！　もっとも私は非難を控えることはできる。——そうしなかったら、精神科医をびっくり仰天させてしまうだろう。

宗教的なものとは何か。人間を犠牲にして私たちの内部で深められるもの、心地よい沈黙への前進である。

私が自分の孤独に聞き入っているとき、見出したいと思うもの、それを除きすべてのものが消えうせる。私が自分を実在していると感じるのは、こういうときに限られる。

私の理解を絶するすべてのもの、それが私だ。
（私の存在は、つまりはそれを否定するすべてのものだ。）

私は痩せて幽霊のよう。どうしたの、どこか悪いの、と皆が尋ねる。——世間への顔だしは私には悪夢となってしまった。

守るべき規則。だれに向かっても、顔色が悪いですよ、と言わぬこと。こういう場違いな同情が相手に与える苦しみは想像を絶する。先日、明け方の二時ころ帰宅したとき、私は、晩餐会のあいだ私を見つめていた人々の様子が頭にこびりついて離れず、その夜はとうとう眠れなかった。

私は仏教徒ではない。だが、仏教のさまざまの固定観念は私のものでもある。

存在への執着。

この主題は、私が〈考え〉はじめてからずっと語りつづけてきたものだが、もう一度、取り組んでみたいと思う。――そういう思いに私を駆り立てるのは、相変わらず私のかかえている持病だ。私のような健康状態で、わずかばかりの自分の存在について考えるほかに何ができようか。

あらゆる苦しみは例外なく闘いだ。たぶん、唯一の現実的な闘いでさえある。レスラーのエネルギー消耗に匹敵するものがあるだろうか。

多様性は無知の、あるいは精神の不均衡の結果であると思うことはあるが、それでもたいてい私は、この考えを反射的に、習慣的に、本能的に拒否する。

〈一元論〉の誘惑と拒否。

苦悩を使命に変え、苦しみを誇りに思うことを学ばなければなるまい。ときたま私はこれに没頭し、いささかの成果もなくはないのだが、しかし私に救いがありうるとすれば、ここにしかない。

私たちの記憶に残るのは、私たちが精神的にも肉体的にも苦しんだときだけだ。その他のもの、つまり〈幸福〉は、一度として存在したためしなどなかったようなものだ。

死のすこし前、モーツァルトがダ・ポンテに書いた手紙をメトロのなかで読む。「いまぼくは、最期の時が告げられるのを聞いているような心境です。自分の才能を享受できぬまま、ぼくは最期を迎え、いままさに死のうとしています……もうやめます。これがぼくの葬送の歌です。未完成にしておくわけにはいきません。[5]」

彼は『魔笛』を書き終え、『レクイエム』を書いていた。

チオトリ老人のことを考える。彼は、毎日、三つないし四つの新聞を買って読んでいた。いま墓のなかにいる彼に、最新ニュースなどどうということはない！　ラテン・アメリカのある国々では、死んだばかりの人について「彼は無関心になった」と言うらしい。

新しい現象。つまり、ユダヤ人にはもう実際には *heimatlos* * はいない。彼らはみんなパスポートをもっている。これはユダヤ人の歴史が曲がり角にさしかかっていることを意味する。だが、変わったのは彼らの法的身分だけで、形而上学的身分についてはいささかの変化もない。

＊ 無国籍者。

徹底的に苦しみ、苦しみが信じられなくなる瞬間まで苦しまなければならない。この瞬間を迎えたら、武器を捨てて退場せよ。

職業作家というのはブルジョワの時代の発明だ。

ユウェナリス、古代ローマの最後の重要な詩人。ルキアノス、ギリシアの第一級の最後の作家。

両者とも皮肉をもっぱらにした。ついには風刺で終わる二人の文学者。

〈過敏性〉——この恐るべき言葉は無能な医者が使うが、それでも私の常態をみごとに表現している。

『概論』のペーパーバック版に序文めいたものを書かねばならないが、ほとほと困惑している。こんな〈破壊的な〉作品をだれでも簡単に買えるものにするのに同意したのは、私の弱さ——金ほしさからだ。読者には、この作品は逆に読み、ここにもられた毒など玩味してはならないと警告しなければならない。読者が若かったら、悪い影響を受ける危険がある。だから問題は警戒令を、可能な限りもったいぶった、不快な警戒令を出すことである。ま、こんなふうな。「注意！　お読みになろうとする本は危険ですぞ！　用心して下さい。この本をゆめゆめ聖書などとはお考えにならず、ここに語られていることがみんな正しいなどと思わないで下さい。私はときに誇張しますし、ゆき過ぎはしょっちゅうです。私の真似だけはしないで下さい、等々。」

『概論』を書いてからというもの、私の抱いた野望はただひとつだけだった。すなわち、叙情性を克服すること、散文へ方向転換すること……

私の生きざま、私の知るところのもの、すべての原因は私の持病にある。それによって、私は他人とは別の人間であるすべを知った。

人間には病気は避けられないから、人間のどんな些細な仕種にも兆候の価値がある。

私はどんなことも、自分で書いたものでさえ記憶していないから、遺憾なことに、同じことを繰り返すことがよくある。こういう不都合なことを避けるためには、どんな仕事をはじめるにしても、その前には自分の書いたものを読み返す必要があるだろう。

体のことなど放っておくことにした。なるようになるがいい。五四まで生きて、この上なお〈生〉に何を期待するというのか。私の患っている病気は今にはじまるものではない。これ以上、医者を煩わせるのはやめよう。

遺伝は変えられない。

夜の浸食作用。この哀れな肉にどうしてこれが切り抜けられようか。

午前、コシャン病院で、リウマチの高名な専門医に会う。二時間待たされて、やっと診てもらう。私の症状、つまり三〇年来ひっきりなしにつづいている足のむずがゆさを説明すると、専門医は手早く私を診察するなり、弟子のほうに向きなおり「本人の思い込み」と言った。私はそのまま放免され、ほっと胸をなでおろしたが、医者は明らかに私のことを頭がイカレていると思ったのだ。

パスカルのほとんどすべての思想は、明け方の三時ころ、苦しい不眠のさなかに抱懐されたように思われる。

カトリシズムはなんと無内容なものになってしまったことか！　私が新著で堕罪、罪、呪詛について語ったことを理由に、カトリックの雑誌は私のことをニヒリスト呼ばわりしている！　もちろん、もし私が新著で〈社会〉問題にいくらかでも取り組んでいたら……

あらゆる不幸のなかでもっとも耐えがたいのは、あらかじめ予見されていた不幸だ。ところで、私はカッサンドラのような人間だから……

死の不安がなくなったら、生はたちまちにして美しい、魅惑的なものとなり、そしてまったく無益なものとなる。

先日、関節症を病んでいる、ある病人が私に言うには、すこしでも摂生を怠ると、病気に摂生を命じられるということだった。

病気の役目とはまさにこういうものだ。つまり、病気は私たちに摂生を命じ、忘却を許さない。

時間の本質は、期待のなかで明らかになる。もう何も期待しないことの、なんという優越！

文学における大法則は軽蔑だ。作家は並び立たない。不可両立性。

ヴァレリーについて証言を求められるが、逃げる。ほとんどすべての人、特に若い人が逃げる。だが、ヴァレリーに対する私の賞賛の気持ちに変わりはない。もっとももう読むことはないが。

六月一六日　氷河期の人間。昨日まる一日、これについて考えた。

三〇分もしたら、もう話すことは何もなかった。それでもおしゃべりは、なおたっぷり一時間つづいた。だらだらつづくおしゃべり、これは最低だ。

ルーマニア人Xに逢うが、名前が思い出せない。どうしようもないバカ。それでも三〇分間なんとかつき合ったが、それというのも、ここ数か月で、私に顔色がいいねと言った人間は彼ひとりだったから……

人間関係はまったくむつかしい！　物が存在すると考える——これはとても大きな慰めだ。

落伍者の傷つきやすい自尊心。

フランス解放の翌日、リュクサンブール公園でのことだった。ドイツ人亡命者のW・K、J・C・N、それに私がいた。ベンチに坐ったとき、私は悪い思いつきで「三人の落伍者」と言った。——すると、いつもは私をむげに軽んじることもなかったW・Kがにわかに怒り出し、私につっかかり、ほとんど私を罵倒し、それから私たちが別れるまでのあいだずっと、ひどく不機嫌だった。彼をなだめることはできなかった。私は気づかなかったが、私の言葉はことの核心を突いていたのだ。たぶん、それだけは彼の前では口にしてはならない言葉だったのである。私は心ならずも彼を傷つけてしまった。

六月一六日　午後、私がだれよりもその苦しさを知っている不安、その不安の発作にだしぬけに襲われる。

人間はへとへとに疲れた動物である。

ハムレットの独白は月並みなことしか語っていない、とイヨネスコが私に言う。そうかも知れない。だが私たちの問いの要点は、こういう月並みなことに尽きる。——深遠なものに独創性など不要だ。

一九三七年（？）、『涙と聖者＊』を書いていたとき、ブラショフで経験した、あの泣きたい気持ち、その気持ちにまた捉えられる。

＊前記、五五ページ、注参照。

私は、宇宙発生論《コスモゴニー》の気温に生きている。

穴居人が経験していた恐怖、この恐怖を私ほどにも想像できる者はいない。彼は野生動物に包囲されていたから、その子孫たちは彼の仇を打たねばならなかったのである。その結果は周知の通りだ。

私たちはなんという恐怖を受け継いだのか！

自分にふさわしい地位を手に入れ、不当な扱いを受けたことのない作家は呪われてあれ！

理解された作家は、買いかぶられた作家だ。

「レフ・ニコラエヴィチよ、私たちのために祈れ！」

同時代の人々はトルストイについていかに誤解していたことか！　自分のために人々から祈ってもらいたかったのはトルストイのほうだ。それに、彼は自分を哀れだと思っていたし、彼に救いを求めていた人々のだれよりもずっと惨めだった。

行動する前に消耗し、じっとしていてへとへとになる。本気で何かをしようとすると、エネルギーが不足するのはこのためだ。

祈りの才能に恵まれていたら、私の問題はすべて解決されていただろう。

六月一七日　耐えがたい夜。すべてが疑問と化す。

自分の本など忘れること、これが作者にできる最善のことだ。自分の本を読み返すほど滑稽なことはない。

馬齢を重ねるにつれて、自分が〈追いつめられている〉との思いがますます募る。こんな健康状態では、自由な動作もますますおぼつかなくなっている。身体はままならず、かつては私がその主だったとしても、いまはもうそうではない。

私には使命がある、そう思っていた時があった。その時は、なかなか思い出せない以上、とっくに過ぎ去ってしまったに違いない。

私がどれほどパスカルのことを考えているか信じられないほどだ。彼のテーマは私のテーマ、彼の苦しみも私の苦しみだ。私の経験から判断すると！　さぞかし彼は苦しんだに違いない。

私ほど運命なき者になろうと努めた人間はいない。

大地、五〇億年。
生命、二〇ないし三〇億年。
とまどい、苦しんだところでなんになろうか。これらの数字には、私たちが必要とする慰めのすべてがある。自分の言動をあまりに重大視したり、あえて苦しもうとするときには、これらの数字を思い出してみなければなるまい。

ナポレオンに関するものなら読んで飽きるということがない。これは無為の人間の道楽だ。

むこうの作家連中が訪ねて来る。彼らに言うべきことは何もない。だいたい私は彼らの作品を知らないし、私たちの国語もあらかた忘れてしまった。人々が巡礼行としてそのもとを訪れる、任を解かれた温厚な総主教、なんだか自分がそんな者にでもなったような気がする。ま、これが私の〈人物像〉。

すぐれた作家との会話より下らぬ作家との会話のほうが学ぶところが多い。下らぬ作家は会話で努力するのに、すぐれた作家は、もう作品で努力ずみで、生活の上では努力などしないからである。

私の本はどれもこれも中途半端な本、言葉の本来の意味でエッセーだ。

五〇年間、私は闘いつづけ、おまけに退屈のしどおしだった。神々の望みとあれば、このままつづけよう。――一七歳のときから、私の健康はすぐれない。してみると、不安の、期待の、恐怖の三七年ということになる。

若かったとき、こんなにも生きながらえると一度でも思ったことがあっただろうか。私に与えられた、この全期間、それは私が望んだものではない。つまりは天の恵みであって、それを利用するすべを私は知らなかった。

私の次の論文は骸骨に関するものになるだろう。古生物学博物館。つまり、生き残っているもの、私たち人間をはじめすべての生き残っているものについての論文だ。博物館でハムレットの真似をすること。いや、違う、博物館のハムレット(6)だ。

『概論』のペーパーバック版にちょっとした序文を書かねば

ならない。書けない。この本については、くさすことも褒めることもできない。まるで未知の人が書いたものでもあるかのようなのだ。本は私のものではなく、私は作者ではない。それでいて私には、この本が自分のものではないとも言い切れない。この本のもとになっている物の見方は、いぜん私には正しいと思われるからだ。

それに、ゆきづまり、もう何も書いていない現状では、自分の作品について書くのは私にはつらい。

私の神経は損なわれている——おかしなほどに。

どんなことについても、自分のことについてさえ、私は注文では書けない。

こんなにまで落ちぶれられるのか。こんなにまで私は神々に罪を犯したのか。

精神は肉体の転落に抗わない。

私を苦しめ、私を奴隷と化しては私を押しつぶす不安、ときには私にもこの不安を抑えることができるが、しかし不安は、ただちに復讐し、以前とは比較にならぬ毒性で私を捉えて離さない。

父祖伝来の、生まれついての不安に対してはお手あげだ。

六月二三日　不眠の夜。不眠は私の血管を干上がらせ、私の骨に残っているわずかばかりの物質を私から奪い取る。ついに意識を失い眠りのなかに消えうせるどんな希望ももてぬまま、何時間もベットのなかを輾々とする。これは肉体と精神のまぎれもない袋づめだ。

不安——生まれついての不安ではなく病的不安は、私たちを意識的にする。そうでなかったら、動物は私たち人間にまさる意識段階に到達していただろう。

六月二五日——死——「人間の最良の友」。——モーツァルトがこう言った（瀕死の父への手紙で）のは不思議だ、と夜、考えたものだ。

繰り返し言っていることだが、この世に幸福があるとすれば、それは未来など想像できない人々にとってだけだろう。

（すなわち、幸福は未来など想像できない人々に固有のものということ。）

（すなわち、幸福は未来の想像不可能性／想像不能性のなかにしか存在しないということ）。

ゴリラの目に浮かんでいる途方もない悲しみ。ゴリラは哀愁に満ちた動物だ。私はその眼差しの末裔。

不眠、不眠。
こういう夜を過ごしているとき、不思議なのは、死と和解できるということだ。ところで、この和解こそ、人間の至高の目的であり、というか、目的であるべきだろう。

国立図書館で開催中のマルセル・プルースト展を観る。プルーストが巨人に、怪物に仕立てあげた、あのすべての木偶《でく》の坊ども、女神に（あるいは、不相応な重要な役割を果たしているために戯画に）仕立てあげた、あのすべての女たち、魔力を与えられて変容した、あのすべての館、鐘楼、温泉町、平凡な海岸――芸術とは荘厳化する能力のことだ。プルーストの世界といわれるのも当然だ。実際、彼はひとつの世界を創造したのだ。（世界を描くよりも創造したのだ。）

人間は動物としては老いぼれだが、歴史的動物としては新参者だ。生でどう振る舞うべきか学ぶ暇のなかった成り上がり者でさえある。

国立図書館での展示会に展示してあったプルーストが死んだベッド。

六月二九日
ディエプで三日過ごす。この、数百万年来つづいている潮騒――そして私たちの一瞬の不安。
思い出せば、ここからほど近いヴァランジュヴィルで、一二年ほど前、私は断崖の下に立って、岩の耐久性にひきくらべ、いかに肉が脆くはかないものかを知り衝撃を受け、打ちのめされたことがある。こんなことは、言うもおろかなありふれたことだ。だが、こういうコントラストを経験すると、私たちの心には深い断腸の思いがきざす。

Endzeiterwartung*。

* 時の終わりへの、最後の審判への期待。

卑怯であるときの、卑怯であると知りつつ、自分の卑怯そのものを味わっているときの、あの奇妙な感情。

知的な卑劣さを除き、私はあらゆる種類の卑劣を知っている。白紙を前にしてのある種の勇気、これが私にあることは否定できない。
（私は自分の信念に反することはただの一行もいまだかつて書いたことはない。この点もつけ加えておかなければならない。)

生は信じがたいとの感覚をいだいて、私は五四年のあいだ生きてきた。

この世に私ほど嘆かわしい人間はいない。

不運の強迫観念を私ほどにも味わった者といえばボードレールくらいだ。

(この虚栄心を大目に見てもらいたい!)

七月二日　昨日、病院で、たっぷり二時間待たされる。私の傍らで、二人の老婆がぺちゃくちゃしゃべっている。こういう下劣なおしゃべり女どもは、生きたところでまるで無意味で、だれからも必要とされていないにもかかわらず、それでもなお生きたいと思い、どうしても生きつづけたい思っている。ラスコーリニコフが、有益な行為をしたあとで、なるほど後悔ではないにしても、ある種の不安と混乱に陥ってしまうのは信じられないことだ。

自然は後悔を知らない。

できればすべてを忘れ去り、天地創造の翌日のような汚れを知らぬ光を前にして、ある日、目覚めたいものだ。

メランコリーはこの世界を贖うが、しかしこの世界から私たちを切り離すのはメランコリーだ。

涙のひそかな生成について。

どうして祈らないでいられようか。

「方法としての文学」——若者の雑誌に掲載されている、ある論文のタイトル。これらの去勢された者どもの好みを語ってあまりあることか!

時限式の不安。

七月三日　アンリ・マニャンの自殺。

彼に会ったのは一週間前だ。大酒飲みにしか見られないような、愛想のいい、そして退屈な男。彼の長所も欠点も、飲酒で一段と際立ったものだ。彼の現状では、自殺以外に解決策はなかったのだ。

Xと電話で話しこむ。話題は経営問題に関することだけだったのに、彼は何かにつけ〈歴史性〉などという表現を使う。

七月六日――憂鬱の発作。狂人なら私のことを羨むだろう。街に出なければならない。ひとりで自宅にいるのが恐ろしいから……

こんな状態なら、再び詩に転向することになろう。

パスカル、ドストエフスキー、ニーチェ、ボードレール――私が親近感を覚える、これらの人々は、みな病人だった。

病人にとって、健康より楽園のほうがずっと想像しやすい。

マニャンの埋葬。

ペール＝ラシェーズ墓地の醜悪さときたら想像を絶する。ただちに取り払い、公園に変える必要があろう。こんな醜い、無益な、屈辱的な墓がなんになるというのか。こんなものがあるということに愕然とする。こんな墓の累積はほとんど狂気の沙汰、あるいは市《いち》のようなものだ。もう死者を容れる余地はない。ましてや生者を容れる余地は。

本質的な不安には手の打ちようがない。

ただひとつの惨劇、それは形而上学的惨劇だ。その他のものはすべて駄弁だ。

私の機械はいつも修理中（ガレージを出るやすぐ引き返さざるをえない、あの古いクルマに似ている）。

パスカルの科学嫌い、パスカルで私が何より好きなのはこれだ。

一九三七年以来、私の人生の事件は、リュクサンブール公園と切り離すことができない。この公園で、私は自分のあらゆる悲しみを反芻した。

必要に迫られてはじめて書き、沈黙に耐えるすべを学び、過剰生産しないこと。

「六億年の隔たり、つまりは私たちのすぐそば」（強調は私）。もちろん、これはティヤール・ド・シャルダンからの引用だ。バカらしさの感覚は古生物学には通用しない。

何時間も歩き、街の匂いを身にまとい、「地獄」にひけをとらぬ界隈を歩きまわる。それもこれもすべては、わが不可能事を忘れ去るためであり、面《つら》つき合わせればたちまち私を蝕む、あのさまざまの考えから逃れるためである。

懐疑好きな人間は苦しみを好む。懐疑思想には被虐趣味がいささかかかわりがあることは否定できない。

私の憂鬱を治せる者なら、同時に私のあらゆる苦しみを厄介払いすることができよう。もっとも、私の苦しみが私の憂鬱の原因でない限りでのことだが。

落ち込んでいるとき、一冊の文法書を手にして覚える安堵感に私は気づいた。

外にいても自宅にいても、もっとも頻繁に思い浮かぶ言葉は、欺瞞という言葉だ。私の全〈哲学〉は、この言葉ひとつに要約される。

〈心的なもの〉と見なされているあらゆるもののなかで、倦怠ほど生理学に属するものはない。私たちは倦怠を肉に、血に、骨に、個々の器官のどんなものにも感ずる。放っておけば、倦怠は爪でさえ駄目にしてしまうだろう。

チェーホフの短編をいくつか読み返す。戦時中、チェーホフは私の神だったが、読み返して失望した。登場人物の説明が多すぎ、解説が多すぎる。チェーホフの救いは、その絶望だ。これほど深い悲しみを味わった作家は、たぶんいない。

フランス人は決して心の底から *wholeheartedly*（？）笑うことはない。それはただ頭だけの笑いであって——伝染性もなければ、率直な人間らしさもまるでない。パリの、うわべだけの陽気さ。

シニックでそれでいてもの悲しい。

今世紀のもっとも重要な二人のフランスの作家、つまりプルーストとヴァレリーは社交界の人間だった。

歳をとるにつれて、ますます誤魔化しはしたくないと思う。ほら吹きになれたかも知れないのに、そのチャンスも歳とともにみな失われた。

「汝自身を知れ」——不幸の状態というものが、これほど簡潔な言葉で表現されたことはいまだかつてない。

私たちが妬むのは、親しく知っている人間に限られる。

何をし、何を企てようと、私たちは戦いを始める前に戦いに破れている。

「欲望と憎しみでいっぱいの者には真理は見えない。」（仏陀）
……とはつまり、生者としてのあらゆる生者には、ということだ。

七月三〇日
サンタンデルの薬剤師マニュエル・ニュネース・モランテが死んだ。驚くべき教養の持ち主で、私が最近に知り合った友人では、たぶんもっとも誠実な友人だった。この月はじめ、私は彼から、カスティーリャにある彼の家をヴァカンスに提供する旨の申し出を受けていた。彼は退職後の生活の慰めともよすがとも考えて、その家に立派な書庫をしつらえていた。享年四五、癌だけを恐れていた彼の死因は心臓発作だった。
　興奮してくると、あんなにも魅力的だった、あのモランテが死んだのだ！　私の悲しみは激しくはないが、いつまでもつづくだろう。

　不眠の夜を過ごしたあとでは、私たちは空無に捉えられ、吸い上げられる。

　ナントに近い、友人ネモの家で、庭仕事をしてまるまる一週間を過ごす。ものを考えないことは幸福だ。自分がものを考えていないと知ることは、いっそう大きな幸福だ。朝から晩まで、つるはしを使って過ごした、あのすばらしい日々、私が楽しんだのはこういう幸福だ。

　腕による救い。肉体労働には贖いとなる何かがある。

　田舎での不眠。明け方の五時ころ、一度、起きて庭を眺める。エデンの園の幻影、この世のものとも思われぬ光。はるか遠く、神に向かって伸びている四本のポプラ。

「風」、この形而上の作用因。
（田舎で、暖炉に吹く風の音を聞きながら。）

　昨夜、香港出身の中国人と話し合う。きわめて聡明で見極めがたい人物。西洋人をてんからバカにしている。この男は私よりすぐれているとはっきり感じたが、こういう思いは、この地方の人々にはあまり抱くことはない。彼の返答は、きまってどのようにも取れるもの。経済学を学んだと言う。老子が話題になったが、彼は西洋の哲学を信じていない。彼によれば、西洋の哲学は現実性もなければ実践も伴わぬものであるから、冗漫で、皮相で、外面的なのだそうだ。その上、彼はひどく情熱的で、身振りときたらスペイン人も顔負けだ。

　ものを考えていないと意識している心地よい状態について書くこと。

それは空無の意識だろうか。そればかりではなく、自分が考えていないということを知っている楽しみでもある。

書くことは考えることだと思うためには作家のバカ正直さをもたねばならない。

頼みもしないのに、なんだかんだと世話をやく、あの、やたらとおせっかいな友人たち。最悪の厚かましさというものだ。同意がなければ、人のことなど放っておくべきだろう。

私のものの考え方は、次のチベット仏教の典型的な言葉にすべて要約される。いわく、「世界は存在する。しかしそれは実在ではない。」

集合体の固定観念、私とは、いくつかの要素の、つかの間の出会いにすぎないという、ますます強まる思い。自分は裂け目のない塊ではなく構成されたものだと感じるのは、覚醒のしるしだ。[7]

（骸骨の瞑想）

（骸骨について瞑想することの有用性）

死の観念に耐えるためには、いたって単純で、しかもひどく受け入れがたい次のことをつねに念頭に置かねばならない。すなわち、私たちは、つかの間、接合されはしたものの、ひたすら分離されるのを待っているさまざまの要素から構成されているということ。キリスト教が私たちに教えたような、実体的な実在としての〈自我〉という観念、これは私たちの恐怖のまぎれもない供給者だ。けだし、がっしりとまとまっているように見えたそれが消えてなくなるなどということを、どうして受け入れられようか。

だしぬけにバンジャマン・コンスタンのことを考える。彼との共通点が私にはどんなにあることか！　彼と同じように、私にあるのは衝動的な確信だけだ。

フローベールは、二二歳にしてはやくも癲癇に襲われている。私が彼をほとんど読まなかったのはどうしてか。彼の本よりはその病で、彼はずっと私に親しいからだ。

リヴァロルは、「金塊でもって水切りをして」時間を浪費したと言われた。けだし、至言である。

私は周期的に仏教に没頭したい欲求にかられる。その都度、ことはまさしく麻痺にある。

ヴェーダーンタ哲学と仏教——自我と自我の否定——死を甘

受し死を克服する二つの方法。

本質あるいは集合体。

実体あるいは〈形成〉。

自己あるいは不連続の連続、ほんの一瞬の、意識の瞬間の連続。

人格の実在性あるいはエゴの非実在性。

八月七日――オーステルリッツ駅で、かんしゃく玉を破裂させる。駅員の横柄な態度が原因だ。このため午前中いっぱい、気が晴れなかった。だれもが私に劣らず短気な国では、生は耐えがたい。

私たちの皮膚を、肉を奪い去り、私たちを震えおののく骸骨にしてしまう怒りがある。

『嵐が丘』の再読を試みる。どんな傑作でもついには古びてしまうものだ。情熱の言葉ほど変化の激しいものはない。

一九六五年九月一三日

タラマンカ（イビサ）で[8]、すばらしい一月《ひとつき》を過ごしたところだ。ということは、自分のあらゆる問題を、かくも長期間、回避するという奇跡に成功したということだ。物の次元に生きる――これ以外の解決策はない。

太陽はひとつの回答である。あるいは回答でありうる。

イビサの楽園を誇張してはなるまい。そこにも、不眠の夜は一度ならずあった。はじめのころ、私は、日の出前によく海岸へ出掛けた。まったくの孤独。別のところだったら、陰気なものになっていたかも知れぬ散歩。人気《ひとけ》のない道をたどりながら、自分の苦しみについて考えていた、あの夜のことを覚えている……「私を除き、みんな眠っている」――これが言葉にならぬ私の繰り言だった。そのとき、たまたま出会った一匹の犬が、しばらくのあいだ私を歓待してくれた。私は物と、また自分自身と和解して、住んでいる家に戻った。

私が何より好きな状態、つまり、自分がものを考えていないということを知っている状態についてエッセーを書くつもりだ。空無の純粋観想。

「生きている限り、どんな被造物も本性の最高の段階に達することはできない。」（聖トマス・アキナス）

これが、「超人」という常軌を逸した考えに対する前もっての回答である。

人間は現状のままであるよう定められている。本性を変えることはできない。無事に進歩・向上することなど、とてもおぼつかないだろう。人間の本性、それは堕落した者であるということだ。その閲歴ときてはなおさらだ。

一月《ひとつき》以上、ただの一行も書いていない。書くことは習慣、仕事だ。毎日、書いていないと、長いあいだ中断していたあとで書きはじめると、書くのは紛れもない責め苦だ。

しかも作品を書いて金をもらっているのだと思うと！

九月一六日

夕方、六時半ころ、散歩のため外出。ものすごい雑踏。パリをこんなに憎んだことはない。なんとしても、こんなところからは逃げ出さなければならない。こんなところで生きるほど私は落ちぶれてはいない。

サドは作家でも思想家でもない。ひとりの患者にすぎない。（シュールレアリストたち、ブランショ、バタイユ、クロソウスキー、彼らはサドについて完全に誤解した。）

残酷な印象は例外なく私の気をそそる。私は、空《から》の残酷さのなかに、抽象的で超俗的な、実現されたためしのない残忍さのなかに生きている。私の精神には一匹の猛獣が身をひそめ、痙攣に震えている。

私の自分に対する関係における常軌を逸した考え。私の自分の遇し方は、よきにつけ悪しきにつけ極端すぎる。自分の中心への最短の道がみつからなかったのだ。

三〇年も前のブラショフでの人間関係にまつわるこまごましたことが鮮明に思い浮かぶ。あれらのことはどれもこれも、まるで存在したことがなかったかのように、終わってしまった。私は五四歳だ。この間に私が味わった感情はどこへ行ってしまったのか。すべてが跡形もないからには、それらの感情を私はほんとうに感じたのだろうか。私は、私とおない歳のよそ者、自分の素性を見失い、もう自分がだれであるかも分からない。

敬うべき無知。

無知の名誉回復のために。

無益に消耗し、原因不明の熱に苛まれる。

ひとりで、とことんひとりでいたいのに、自宅には毎日ひきもきらずに人が来る。彼らに語ることなど何もない。住んでいる街を、都市を、国を、大陸を……変えねばなるまい。

九月一九日　中断なしの七時間にわたるおしゃべり！

宗教の問題にしか興味はないのに、ゆきがかり上、私はもっぱら政治の話をする。

おさな友達のB・Tからの手紙。「自分の目的が達成」できなかったので、とても悲しいとある。この悲しみには、しかし根拠はない。人はそれぞれ自分なりにその目的を達成する。自分の可能性を達成できなかったと考えている者は誤解している。目的を達成し、すべてを実現し、功績によるにしろ幸運によるにしろ、有名になった人間、こういう人間を眺めてみるだけでいい。彼らは残骸、敗残者であり、落伍者だ。――私は、自分の目的を達成し、世間からもそう見られている人間がだれといわず大嫌いだ。彼らから学ぶことは何もない。彼らとのつき合いは退屈だ。それにひきかえ、こういう人間ではない者とのつき合いからは、なんと豊かな印象がえられることか！　自分のうしろに作品を引きずっている連中などみんな厄介払いしよう！

「哲学で、問題は病気として扱われる。」（ヴィトゲンシュタイン）

混乱したフランス人、私が驚き当惑するものとしてこれにまさるものはない。フランス語は精神の混沌を認めない。混乱しているとは、この言葉に、言葉の特性にもとることだ。

フランス語で考えることは、混沌との、混沌のもたらすあらゆる富と驚異との接触を絶つことだ。

私は論理実証主義が嫌いだ。命題を次々に分解（解体）し、分析作業を、方法的な転覆作業を始める前にも、その最中にも、その後にも、それぞれの命題についてくどくど論じるのが嫌いだ。

ひとつの命題よりひとつの言葉をじっくり吟味したい。私には論理学者の素質はまるでない。

あらゆる真実は重荷だ。
新しい真実は余計な重荷だ。

熟考するとは、観念の増殖を阻止し、ただひとつの観念が、私たちをずっと捉えて離さぬようにし、それに精神を独占する特権をもたせるようにすることだ。

熟考、すなわち、ある観念による、私たちの精神の全域の独占。要するに、実り豊かなモノマニー。

またとなく私のためになるただ一つのもの、それは肉体労働だ。これ以外のものでは私は幸福な気分にはなれまい。というのも、答えのない問いの渦を気持ちよく断ち切れまいから。

この世界が存在していると思うのも、また存在していないと思うのも精神を病んでいる者のすることだ。

九月二六日　午前中いっぱい、幸福感、いや至福感を味わう。私たちの世界観を決定するのは、私たちの気分以外のなにものでもない。だが、その気分は私たちの力ではどうにもならない。

死に耐え、死に超然と対決するには、この生はまったくの仮象、ほんとうは実在しないものと認めなければならない。――そうでなければ、甘んじて死ぬことはできない。

ヴィトゲンシュタインは変人に違いないと思っていた。その論理分析の本で、苦しみについて実に頻繁に語っているからだ！　バートランド・ラッセルが回想記の一節で語っているところによると、彼は自殺に取りつかれていた。

言葉の古い意味での哲学者だったヴィトゲンシュタインは、膨大な財産を相続しながら、その財産を人に与えて厄介払いし、ある村（オーストリアだったと思う）の小学校の教師になった。

心臓を病んでいるビローがガブリエル・マルセルに言う。「あと半年生きられるかまるで自信がないのに、二つの学位論文を仕上げようとどうしてがんばっているのか訳が分からないよ。」

Ａ――彼には友情はいだいているが、尊敬はしていない。というよりむしろ、私にとって彼は、友情の自動作用で存在する。

九月二八日　ニルヴァーナについての〈注釈〉を書きはじめたが、つづけて書く勇気をほとんど失った。というのも、母からの手紙で、いま彼女の遭遇している困難（姉といっしょに私の甥の三人の子供の面倒をみなければならないのだ）をあらいざらい知らされるに及んで、私の形而上学的な関心事の無益さを忽然と思い知らされたからだ。

この絶えることのない燃焼状態。

午後、私の最新の本はほとんど黙殺されていると考えて、私は作者としての反応を起こした。つまり、すべての人を恨んだ。

絶望するには蛮勇が必要だ。この逆もまた真。

ひとりの人間に、あるいは何であれ何かに同調することは、私にはますます困難だ。高さが違うのだ。

陶酔とは人を夢中にさせる不安だ。

人間がすぐそばにいる——私ほどこのことに一段と苦しんだ者は、たぶんいないだろう。あらゆる人間関係は、それがどのようなものであれ、文字どおり私を病人にしてしまう。（私には隣人〈コンプレックス〉がある。）

〈いいこと〉にありつくと、例外なく覿面にその報いを受ける。性、酒盛りなど。快楽というのは例外的な状態で、自然には気に入らぬらしい。（快楽とは、自然が心ならずも与える特別のはからいである。）

一〇月一日　大量の手紙をごみ箱に捨てたところだ。みんな過去のこと、すんだことだ。過去のことなど厄介払いし、忘れよう。

一瞬一瞬が私たちの目の前で過去となる、あの昔なじみの恐怖！　時間を鋭く意識しているとき、時間の流れに耐えるためには、途方もない無感覚を必要とする。現在という観念は、過去あるいは未来という観念よりずっと恐ろしい。

なん日も、なん週間も、なんか月も、何もできず、何も感じられない。私は棒っ切れ、石、抽象だ。こういう状態から予測される事態を、私はあえて想像しようとはしない。まるですべての人間が死んでしまい、生き残りの私が彼らよりもずっと死んでいるかのようだ。

私たちは「歴史」を、一種の実体、時間そのもの、生成の本質に仕立て上げた。

古代人を読み、彼らの考えの背景に歴史というものを感じない——これはなんという悦びか！

私の情熱の対象は無益なものと形而上学的な問題に限られる。両者のあいだにあるすべてのもの、つまり〈生〉には、私は当惑し、なすすべを知らない。いずれにせよ、私は生に執着していない。

静かな陶酔の数時間。生涯、これを経験している人々がいるとは！　だが彼らは、自分の幸運を知らない。知っていたら、うれしさのあまり、気がふれてしまうだろう。

一〇月六日——今後は二度と神という言葉は使わぬつもりだ。

ここ何か月も気分が晴れない。人はそれぞれ自分の仕事をしなければならない。私の仕事はやっぱり書くことだが、その仕事をしていない。そんなわけで、私は自分をこそ恨んでしかるべきなのに、あらゆる人々を恨むのである。もっとも、自分を恨まなかったわけではない。自分に向けるにふさわしい不平・

不満が底をついてしまったのだ。

人間は病んだ動物というにとどまらず、病気の産物である。

これは私が繰り返し言ってきたことだが、あらためて言っておきたいと思う。ま、いわゆる口実のデッチ上げというものだ。

日がな一日ベッドに横たわり、永遠についてのみ思いわずらう。私のような感受性の人間には、これが一番だろう。

繰り返しを避けるためには、自分の書いたものを再読しなければならない。言い換えれば、作者にとって恐るべき試練に立ち向かわねばならない。つまり、自分の本に触れた多くの読者が覚えたに違いない倦怠を経験しなければならない。

一〇月八日

昨夜、聖トマス・アキナス教会でバッハのモテトを聴きながら考えたものだ。神経過敏の点で私の上を行ったのは、ほとんどヒトラーだけだ……私は気質からして狂信なきヒトラー、決断力にかけるヒトラーだと……

『時間への失墜』を取り上げた連中で、ほんとうに本を読んでいるのはアンリ・エルだけだ。実際に開いてみる気にもなれなかった本について、どうして書評などするのか。それに書評は、本からの引用を用いて書くべきもので、引用によってその本のトーンというものがはじめて分かるのである。そういう引用をするには、本を読まなければならない。これはわが批評家連中には過大にすぎる要求だろう。

ランボーは、一世紀のあいだ詩を骨抜きにした。真の天才は、後続の者をみな無力にする。

禅の公案と精神分析の夢判断——考えうるもっとも恣意的な（気まぐれな）二つのもの。

私は作家ではない。探究者だ。私は精神の闘いを遂行し、私の精神が、私たちの言葉では未聞の、ある光に目覚めるのを待っている。

通りのまんなかで突然やって来る、あの放心状態。その間、気にかかっていたあれやこれやの問題の解決が、だしぬけに頭をかすめる。そして帰宅し、頭をかすめた解決をじっくり検討してみると、大抵の場合それが、なんら豊かな成果のない、軽い超俗的な陶酔にすぎなかったことに気づく。

一〇月一一日

昨日、日曜日、リヨンの森にそって二〇キロ以上あるく。なかんずく（ジゾールを出て）ロヴルリのすばらしい渓谷を。今日は、陶酔と超俗的な熱狂とを覚える。私の脳髄は、私が自分の筋肉を使っているときでなければ働かない。いつか『歩行論』を書いてみよう。

どの季節も私を万力のように締めつける。

OM MANI PADME HUM＊

＊ 仏陀に哀れみを乞うサンスクリットの決まり文句。チベット全土で唱えられている。

Xに逢う。――一時間以上にわたって、彼は自分の友人のほとんどすべてをくさし、次いで私たちの共通の知人を、しまいにはあらゆる人間をくさした。あいつには裏切られた、またあいつにも、と。だが、自分には人に裏切られない権利があると言うからには、そもそも彼はどんな人間なのか。そんなうぬぼれが言えるだけの何をしたというのか。彼は落伍者でさえない。それなのに他人を〈始末〉しては、自分には能力があると決め込み、大胆にも仲間の連中より自分のほうがすぐれていると思い込んでいる。こういう辛辣な、どうしようもない人間は最低だ。もう二度と人をくささぬこと！

禅に没頭しているが、禅からは離れなければならない。非現実の経験の積極面、これについて書きたいと思っている。だが、それは自分自身の経験、考察、特に感覚にもとづいて書かなければならない。

悟りについては、本を読んで理解するものではない。それは期待し、希求するものだ。

一〇月一四日

午後、〈瞑想する〉ために横になったが、うまくゆかない。瞑想どころか、四〇年も前のひどく鮮明な思い出が、忽然と意識の表面に浮かび上がる。こんなに長いあいだ、どうして思い出は跡形もなく消えていたのか。今日、よみがえらなかったら、思い出によって喚起されたさまざまの経験は、永遠に無と化していただろう。

「……この男［ミラボー］は、よく世論に刃向かったが、一般的な意見はつねに支持した。」（ド・スタール夫人）

（これは特にサルトルに当てはまる。）

生には正当な態度は二つしかない。つまり、ディレッタンティズムかヴェーダーンタ。

「世界は神の影。」（イブン・アラビー）

だが、次のように言ったほうがたぶんずっと正しい。

神は世界の影。

先日、ジャニーヌ・ヴォルムが、こんなことを指摘する。死んだ人について、人々はあえて、彼は死んだ、とは言わず、彼はもういない、とよく言うと。

しかし——残念ながら、ありきたりの表現より遠回しの表現のほうがずっと残酷だ。彼はもういない！

ほとんど日常的な、あの激昂の発作。発作のつづくあいだ、私の脳裏には前代未聞の殺戮が、革命が思い浮かび、自分もそこに参加して重大な役を果たしているような気持ちになる……私が純然たる抽象にほんとうのところ自足できないのは、私にこういう性質があるからだ。私にとっては考えることさえ一種の激昂であり——未行使のままの自分の残酷さを活用する方法なのだ。

もっとも由々しい、贖いがたい罪、それは厚かましさの罪だ。

「あらゆる苦しみのなかでもっともむごいのは、みずから招いた苦しみだ。」（ソポクレス、『オイディプス王』）

作品の終わり近くで、宮廷の使者の口にする言葉。

一〇月二二日　午前中いっぱい怒りがおさまらない。ここ数か月、ニルヴァーナについて読み、考えていた者への結果がこれだ！

一〇月二二日　何か重要なことを、つまり、自分から見て自分の罪の贖いと思われるものを書かなければならない。例によって、それは激昂の結果ということになるだろう。もう力つきた私は、爆発して名誉を回復しなければならず、おのが失墜の魔力を断ち切らなければならない。

一〇月二三日　ついいましがた、通りで、（戦時中）ホテル・ラシーヌのメイドだった女に逢う。私が「どうだい？」と言うと、「うまくいってるわ」と答えた。この、ひどくありきたりの返答に、私は突然、リア王の呪いの言葉にもおとらぬ深い衝撃を受けた。それは〈経過〉という観念、つまり時間その他の〈経過〉という観念だ。

言葉、それも特に、使い古されてはいても豊かな意味を失わずにいる言葉は、いつも私の内部に深い反応を呼び覚ました。ときには、どんな言葉、陳腐この上ない表現でさえ、啓示の域に達することもある。ということは、私自身が実質的に啓示の状態にいたということであり、異常事の生起を希って、ただ一つの合図だけを待っていたということだ。

私が求めているのは心の平穏ではなく救済だ。ニルヴァーナか——あるいは悲劇だ。

思い出す限り、私はつねに仏教に惹かれていた。そしてまたつねに、最後の瞬間には仏教を拒否した。私は、解脱よりは解脱の探究のほうが好きなのだ。そうでなかったら、とっくの昔に心の安らぎと平穏を、たぶんそれ以上のものを見出していただろう。聖者になるのではないかという不安、これが、私が生で経験したもっとも〈深刻な〉不安にすこしも劣らぬものであったことを思うにつけても。

疑いなく精神の衰弱に属する行為、私はこの種の行為を、毎日、例外なく、すくなくとも一度はやらかす。狂気にではなく精神の衰弱に属する行為を。

一〇月二三日　強烈な不安。こんなにも長いあいだ、死の不安と懸命に闘っているのだから、死の不安は克服されてしかるべきなのに、それがそうではないのだ！　時々、私は、このいかにも古い不安に、いっそう激しく捉えられる。名状しがたい屈辱。今日、この不安がおさまったのは、〈生命〉出現以来の、はかり知れぬ数の死者のことを考えたからだ。人間あるいはそのほかの、これらの生きとし生けるものは、いわば難なく死んだ。なかには、私以上に死の不安に苦しんだものがいたに違いないが、それでも、それほど当惑することなく死んだ。実をいえば、私が恐れているのは死ではない。死にきれずに死の苦しみにあえぐという事実と切り離せない途方もない屈辱、つまり病気だ。私は苦しみに耐えるほど謙虚ではない。私にすれば、あらゆる苦しみは、いわば侮辱、運命の挑発のようなものだ。苦しみに耐えられない限り、私たちには何も分からない。

周期的にやってくる放心状態が悩みの種だ。集中が長くつづくと、私は決まってうんざりしてしまう。幸い、私は妄想に取りつかれた人間だ。ところで、妄想とは私たちに集中を強いるもの、自動的な集中である。

落ち込んでいるときは、私たちに何か奇跡のようなものを期待している連中に、「私を当てにしたのが間違いだったんだよ！」と言ってやりたくなる。自分にやれたかも知れないこと、やるべきであったことができない……これほどにもつらい事実確認はない。

欲求としての、欲望としての、生命の必要性としての苦悩。

ここ半年、ただの一行も書いていない！　私が〈作家〉になってからはじめてのことだ。

バカになりたくなければ、あらゆる思想家にはいささかなりともシニシズムが必要だ。

生への私の不安は、本質的に宗教的なものだ（すくなくとも自分ではそう思っている）。

私はいつも絶え間なく自分のことを責めているが、たぶんそれは、真実をおもんぱかる細心さを発揮して、真犯人を捕らえ、断罪するためだ。ところが残念なことに、真犯人は恐ろしさのあまり身動きできなくなり、そのため改心などおぼつかなくなってしまう。

自分に対する真実の過度の要求は、行為とは両立しない。有害ですらある。

フェリペ二世は、エスコリアル宮殿の近くに病院の建設を命じた。あらかじめ定められていた病院の規則は、とりわけ次のようなものであった。「瀕死の人に終油の秘跡を与えるために離れの一室を設け、ほかの病人がそのありさまを見て悲しまないようにすること……病人の一人が臨終を迎えたら、鐘を鳴らし、修道院でも村でも人々が祈りを捧げ、その人が獣とは別の死を迎えられるようにすること。」

一〇月二七日　古い書類を探していたら、偶然、軍隊手帳を見つけた。写真がついているが、せいぜい一八歳ぐらいにしか見えない。実際は二五歳だった。自分の青春時代との、この思いがけない遭遇は、私には心臓のまんなかに突き立てられた匕首だった。あれからなんという時間が流れたことか！　そしてこれらのすべての歳月が何の役に立ったというのか。私は苦しんだ、二、三冊の本を書いた……

ここ半年というもの、鎮静剤（ホメオパシーの）ばかり飲んでいる。これでどうして私の精神が機能するだろうか。精神は鈍麻し、いずれにしても、あの植物のエキスで、あの女中どもの使う薬で動きがとれない。だが、こういう薬は私の胃袋が必要としているものだ。すこしばかりの健康のために、私は精神を犠牲にし、自分を犠牲にしたのだ。

狂気とは、ある観念の実行をさきに延ばせないことだ。狂気においては、観念と衝動は区別がつかない。

無気力人間プラス衝動人である不幸。

歳をとるにつれて人はますます破廉恥になる。それならいっそのこと、破廉恥な行為をしようではないか。

結局のところ、すべてのものは現実には存在しないと知りながら、それでも私は、あれやこれやのことに愚かにも夢中になっている。熱狂しているのではなく夢中になっている。つまり、現実的関心などまるでもってはいないのだ。

苦悩を除けば、ほんとうに存在しているものなど何もない。苦悩でないあらゆるものは、仮象の階梯の一環をなしていて、大なり小なり存在する。

私の世界観からすれば、何かが原因で苦しむなどということはないはずだ。ところが私は、絶えず苦しんでいる。ただし、本質的に存在しているものは何もないと確信するときは別だ。このとき、なんとほっとすることか！

私の使命、それは人間に反抗することだ。すぐには人間を手放すつもりはない。

ほぼ例外なく、私は自分の敵対者だった連中の意見に最後には与《くみ》した。（最初は忌み嫌っていた*Iron Guard*＊は、私にとって強迫的な病的恐怖になった。）メーストルを攻撃したあげく、私は彼に感化された。敵は、優柔不断な人間を巧みに攻略するものだ。ある人間、あるいはあることに対立する考えを押しすすめたために、かえって人はその虜になり、ついにはこの隷属を愛するようになる。

＊　鉄衛団、前記、二八〇ページ、注参照。

自分のやるべきことをやっていないと考えて、私はいつもやりきれない思いをしている。仕事をするどころか、そわそわしているか、ぼやいている始末。

私の懐疑思想は私の悔恨に歯が立たない。結局は精神の危機に落ち込んでしまうからには、すべてを疑ったところでなんになるのか。自分の目的を達成するにしろしないにしろ、そんなことはどうでもいいのではないか。私は自分について、ある種の理念をもっていた。それはそれでいい。しかし、自分はどう見てもこの理念にはそぐわないとか、この理念を達成できそうもないとか気をもむのは、お人好しというものではないか。私にもまだ野望もあれば自尊心もある。これは簡単に厄介払いできるものではない。

究極の単純化――「死」。

〈尊敬する〉人々を前にしたときに覚える困惑、気づまり。あれは、彼らを失望させるのではないかという恐れ、彼らのほうが私たちを失望させるのではないか、彼らは私たちよりずっと劣った人間なのではないかという恐れなのだろうか。また熱烈なファンあるいは追従者としては当てがはずれた、あるいは見損なったという屈辱なのだろうか。

どう考えても、ラ・ロシュフーコーは誤解した。私たちは、自分の尊敬する人を必ずしも好まない。まったく好まないことさえある。

あらゆる敗北者の弄する諧謔。

朝、目を覚ますと、ほとんどいつも、まあ三〇分ほど、私は熱狂状態にある。ありとあらゆる昔の恨みが、一つひとつよみがえるのだ。そのうち怒りは鎮まり、夜、私は気力をなくして床につく。

私が切望しているのは作品ではなく真実だ。制作することではなく探究すること。私の関心事は作家のものではない。賢者のものか。もとよりそうではない。私は解放者でありたい。人間をみずからに対して、そして世界に対してもっと自由にし、そしてそれを可能にするために、あらゆる手段の利用を人間に認め、隷属を克服するためなら良心のとがめなどまるで歯牙にもかけぬこと。恥辱と引き換えの解放。

本を書きたいと思う気持ちほど私の本性に反するものはない。さまざまの精神的価値、それ自体として、またそれ自体にとって重要であって、その存在については物質的特徴などみじんも見られないがゆえにいっそう現実的な価値、私が信じているのは、こういう価値だけだ。本とは一つの痕跡、そんなものは信じてはならぬし、捨てなければならない。本とは沈澱物、精神の澱だ。

だれにもうまく把握することも定義することもできず、明瞭に見届けられてさえいない主題、こういう主題について数か月ものあいだ仕事をし、あいまい模糊としたもののなかに立往生する——これが私の場合だ！　私は意識の限界について考え、この問題をこねくり回しているのだが、問題は、まるで存在していないかのように、私の手をすり抜けてしまう。こんな問題など、実際には存在しないのかも知れない。

昨日、『不安の治し方』というちょっとした本を読んだ。——ざっと目を通してみたところ、私の役に立ちそうなことは何も見あたらない。私の不安を治せる者なら、私自身という病も治せるだろう。そうなってしまえば、私は耐えがたい健康状態ということになろう。

Dharmanairâtmya(9)＝観念あるいは物質など諸物の非存在そのもの。

私たちは無について何ひとつ語ることはできない。あらゆることに関して、支障なく本を書くことができるのはこのためだ。

意識された幸福はもう幸福ではなく、ましてや、幸福であることを知らぬ幸福は幸福ではない。これが不幸というものだ。

「わが幸福に耐える力を与えたまえ！」これは絶えて聞かない訴えだ――こういう訴えを口にしてみたい、そう思うときが私にはある。

計算によれば、一個のカキは、その殻をつくるために、自分の目方のほぼ五万倍もの海水を体内で漉《こ》さなければならないということだ。

さまざまの病気が優位に立とうと争っている戦場、私はこの戦場にすぎない。

ヨガでは呼吸の仕方が決められているが、その理由の一つは、呼吸が不断の祈りとみなされているからだ。

自分に不満が募れば募るほど、他人に対する私の怒りの爆発はますます激しくなる。うぬぼれ屋こそいい面の皮だ！　彼らは、ほとんどいつも上機嫌。そういう彼らの振る舞いも、憂鬱な人にのみは耐えがたい。

しばらく前から、詩に興味がもてなくなった。半年、鎮静剤の世話になったあげく、私の熱狂は低下している。そういうわけで、狂人と言われておかしくない人でも、薄志弱行の人のレベルに落ちぶれてしまう。

失墜の光景、あるいは失墜の観念、私の感興をそそるのはこれだけだ。私ほどにも、原罪をかみしめ、陶酔するほどの影響を受けるにふさわしい人間はいなかった。

仏教のある種の〈異端者〉たちの指摘は滑稽なものだが、正しい。つまり仏陀は、こと救済に関しては知らないものはないが、全部の虫を知っていたわけではない。

田舎住まいだったプリニウスは、都市に住む人たちの仕事について次のように書いている。「彼らのやっていることは、それが遂行されたとき、個別に見れば、いずれも必要不可欠のように思われるが、遠くから、そして全体として見ると、まったくどうでもいいものであり、どんな記憶も残さない。」

欲望――普遍的現実。悔恨そのものにしても、方向を変えた欲望にすぎない。もう存在しないものへの欲望。

あいつはものなど書いて自分の考えと矛盾したことをやって

いると言って人々は私を非難し、同時に、あいつはろくに書かないと言っては非難する。こういう非難のよって来るところはみな同じだ。つまり、私の無定見が気にくわないのだが、しかし右の非難に明らかな連中の無定見に比べれば、私の無定見などたかが知れている。

もちろん、私の原則からすれば、本など一冊たりと出すべきではあるまい。だが私は、ほんのわずかながらも本を出す！　私の書く量はせいぜいこんなところだ。それに私としても、自分の不毛ぶりを説明し、釈明したいとさえ思うのだ。

自分のことを尊敬している人々を失望させてしまうのではないかという不安から、私たちは無名であることを希い、自分の才能を捨ててしまうことになる。

メランコリーがただそれだけで、ひとりの人間の全生涯を占拠し、埋め尽くしてしまうことがある。

時間の経過を生理的に知覚すると、とたんに私には自分が、あらゆるものが哀れに思われる。

私は過去に、はるか昔の思い出に文字どおり圧倒されている。郷愁で息を詰まらせている。

シャンカラについて

「彼によれば、知は、〈存在〉を、永遠の実在を対象としてはじめて知だ。非永続的なものに、仮象のものにかかわるあらゆる意識は、非-知だ。〈存在〉それ自体を扱った〈聖典〉の章を読めば、私たちには知が、すなわちヴィドヤーがもたらされるが、私たちに、偶発的なブラフマンを、創造的で活動的な、礼拝の対象としてのブラフマンのことを伝える章は、無知に、すなわちアヴィドヤーに属する。」（オルトラマール、『インドにおける神知論思想の歴史』、一七一ページ）

デミウルゴスに関する論文を書いたとき、高位のブラフマンと下位のブラフマンの別について語るべきだった。

「不運」に助けを求めて自分を慰めようとはせずに、挫折に次ぐ挫折に耐えるためには、〈魂の高潔さ〉が、さもなければユーモア――が途方もなく必要だ。

反ユダヤ主義以上にたちの悪いものがある。反-反ユダヤ主義がそれだ。

一一月一四日、日曜日

パリ近郊でもっとも詩的な川のひとつ、エソンヌ川ぞいのラ・フェルテ＝アレ、ブゥティニー、メース。

一一月一六日

昨夜、悪夢（人殺しとの取っ組みあい）を見て、私は、建物中の人を起こしてしまってもおかしくないような、叫び声を発し、呻き声をあげた。その声が私にはとてもはっきり聞こえ、ひどく恥ずかしい思いをした。

ほかの人よりも私は同情にあつい。ところが、私の同情は気まぐれで、いっこうに効き目がなく、非現実的で、おまけに相手を選ばない。ただし、同時代の人間は例外。

私はすべてを愛する。ただし、人間は除く。人間のことを考えると、ついかっとなる。

私に積極的な行動が取れないのは、敗北の陶酔を経験しすぎたからだ。

一一月一七日

なん通か手紙の返事を書かなければならない。封筒に宛名を書き、用紙を取り出し、拝啓と書いたところで、嫌悪感に襲われて筆を擱く。とっくの昔に「交流不可能な者」となった私には、相手がだれであれ、何も言うことはない。

私たちの内部で夢を見るのはだれか。夜ごと夜ごと、天才にもふさわしい創意と多産ぶりで、さまざまの新種の奇怪事を考え出すのは？

時間の破壊者としての否定的な側面、私が感じるのはこの側面だけだ。しかし時間はまた、〈発展〉であり、〈生命〉であり、〈進歩〉である。——胚そのもののなかに、私は腐敗のきっかけを見分ける。時間について、私はその不純な側面しか見ていないのだ。

「……正確な言葉の魔力」（ボードレール）。この魔力、これはよく知っている！　またこれによっていかに苦しめられたかも！　私の不毛の原因は、ここに求めなければならない。（不毛の原因!!）

神のみこころに添うた悲しみ、悪魔のこころに添うた悲しみ。残念ながら、私の知っているのは後者。

日曜日

鉱物学の陳列室。これほど多種多様な形態と色彩をつくり出すために、「自然」はなんと努力し骨折ったことか！「自然」には応用力も想像力もある。「自然」に比べれば、芸術など取るに足りない。

Xには大変な恩義があるのに、もう二年以上も会っていない。私は自分を責め非難するどころか、彼のことを嫌い、私の怠慢と振る舞いを彼のせいにしている。

「時間」がその最初の瞬間を準備しつつあった、想像を絶する時代。

私は論理実証主義が大嫌いだ。形而上学を〈言語の病〉、〈ぶざまなシンタックス〉の産物と見なし、私が考え感じることに、私の生きざまに何から何まで反対する。

一切のものの不在よりは何でもいい、病気でさえも。

一一月二二日　私は自分を哀れだと思ってはいないが、自分には軽蔑の気持ちをいだき、自分の貧困を恥ずかしいと思っている。ずばり言えば、恥辱と困惑だ。

私は忘れ去られているが、それも当然だ。無気力にも限界がある。私の覚える快楽は二つだけ、興味ももう二つしかない。つまり、読むことと食うこと。本を読む動物、本をかかえた獣。

創造力が衰えるにつれて、人は自分が創造したわずかなものにますます執着する。不毛な作家は作品のことが頭にこびりついて離れぬあまり、ほかの連中も自分の作品を明け暮れ再読しているばかりで、ほかのことは何もできないと思い込んでいる。

「キリストの苦しみのなお足りないところを、私の肉体をもって補っている。」(聖パウロ、「コロサイ人への手紙」第一章二四節)

なんという思い上がり！　自分の主のそれよりも大きい。

否定ヲ介シテ……

作家の不毛と神秘家の渇きの惨劇について書くこと。前者におけるインスピレーションの欠如と後者における祈りの不可能性。

いずれの場合も、エクスタシーの不在。

(生活費を稼ぐ必要がなければ、不毛性に見舞われるのは一種の天恵だ。この間、私たちは自分の実体を磨耗させることはないし、衰弱することもない。それに固執しなければ、不毛性はすばらしい状態だが、固執すれば、ゆき着く果ては悔恨と惨劇だ。)

私の政治思想のすべては、モンテスキューの次の考えに含まれている。「大部分の人間に卑劣な野望を与えた神々は、自由をほとんど隷属に劣らぬ不幸であるとした。」(『シルラとウークラートの対話』）

私にとって悔恨は、精神集中にいたる唯一の方式である。そのほかのすべてのものは散漫、放心であり――精神科医の言う、あの狂気の前兆である。

「自然は幽霊屋敷、だが芸術は、そうなろうと努めている屋敷だ。」（エミリ・ディキンソン）

その微笑みを解釈するつもりは私にはない……

何を書いても反響がない以上、私は沈黙し自分のなかに閉じこもるべきではないのか。いや、そうではなく、まるで何ごともなかったかのように、このまま書きつづけ、自分で決めた掟に従わねばならない。

六八歳のモンターギュ夫人は、老いを恐れるあまり、一一年間というもの鏡を見たことがなかった。

私には修道士のようなところと審美家のようなところがある。といってももちろん、両者の総合の可能性はまったくない。私の内部では、いつもだれかが文句を言っているかと思えば、だれかが嘆き声を上げている。どちらかが優位に立つまでこの状態がつづく。

私の不幸はどれもこれも、生への私の過度の執着が原因だ。私ほど生を愛した人間にひとりとして出会ったことはない。

屈辱と恥辱の限りを経験したことがないなら、いつまで経っても、重大な問題に取り組む権利はない。

不毛性の、沈黙した精神の刑苦。

一九六五年一一月二九日

もうだれにも会いたくない。そう思わずにいられぬほど、私の自分を恥じる気持ちは深い。もう私にはだれを軽蔑していいのやら、ほんとうのところ分からないし、私には存在しているとさえ思われぬ人間よりも自分のほうがずっと下劣であるように思われる。

ミハイル・セバスティアン*というルーマニアの作家を知っているかとの電話の問い合わせを受ける。彼の母親が、現在パリに滞在中だと言う（ドイツでの印税交渉のため）。私は動転した。セバスティアンは、フランス解放のとき、トラックに轢かれて死んだが、その直前、パリ駐在の文化担当官に任命されたところだった[10]。おそらく彼はパリでめざましい活躍をしたことだろう。彼ほどフランス的なルーマニア人はちょっと想像できないからだ。なんという繊細な精神、なんと立派な、またなんと打ちひしがれた人間だったことか！　しかも彼は無名だ。それにひきかえ、この私ときたら、日がな一日、不平たらたら自分の運命を呪っている、なんとも見上げたものだ！　自分の受けている不当な扱いを忘れるには、他人が被っている不当な扱いを考えてみる習慣を身につけなければならない。不平などこぼすべきではあるまい。そんな権利は私にはない。一方、私は歓喜《ホサナ》の叫びを上げることができない。私に必要なのは、恐怖と歓喜のちょうど中間の語り口を発見することだ。

＊　ストック社から、彼の小説のひとつ（『二千年来』）が一九九八年一月に、シオランへの言及が何度となく見られる『日記一九三五—一九四四』が同年九月に刊行予定。

グリムが引用している、あるエストニアの伝承によれば、「人間たちが自分の住居を手ぜますぎると思ったとき、老いた神は、全地球上に人間たちを分散させ、それぞれの民族に固有の言葉を与えようと決心した。そこで彼は、水をはった鍋を火にかけ、それぞれの民族に順番に鍋に近づいて、鍋のなかで苦しみもだえる水のうめき声で自分に気に入った音を選ぶように命じた。」（マックス・ミュラー）

胃腸のために鎮静剤を詰めこむようになって半年になる。私は煎じ薬に文字どおり夢中になり、鎮静剤中毒にかかっている。おかげで身体の具合はよくなったが、精神のほうはお手あげ状態。精神の欲求にも本性にも反する手当てをたんまり受けたため鈍麻し、いうことをきかない。精神を落ち着かせ、静め、枯渇させようと懸命になっていて、どうして書くことができようか、仕事ができようか。タバコとコーヒーがなかったら、たぶん私は何ひとつ書かなかっただろう（もっとも、フランス語ではの話だが）。ところで禁煙には二年、一滴もコーヒーを飲まなくなるには半年かかった。その後に用いた多種多様のホメオパシー、たとえば、クロフサスグリの、ローズマリーの、さらにはタイムの葉。こんな催眠剤を飲みながら、どうして頭脳を働かせられようか。健康はまったく高くつく！

真価を認められないという事実には、自尊心が、また同じように恥辱が関係している。挫折というものが例外なく曖昧な性格をもつのはこのためだ。私たちは、一方では挫折を鼻にかけながら、一方では挫折に自尊心を傷つけられる。私たちの敗北のなんと不純なことよ！

あべこべのインスピレーションともいうべき、この戦慄、私の常態である、味気ないどっちつかずの状態より、この戦慄のほうがましだ。

一九六五年一二月三日

「イデー」叢書に入れるために、『概論』のゲラの校正をしている。この本には私の欠点が洗いざらいつめ込まれているが、それでも、ひどく失望する！　繰り返しが多く、退屈で、軽妙のようでいて、その実、重苦しく、過度に叙情的で、〈古くさく〉、おまけに不愉快なほど〈後期ロマン派〉(Spätromantik) ふうなものに見える。

もともと私は、シニシズムが救いの、遅れて来たロマン派だ。

「神にお会いしたいと思うあまり自分には死期が迫っているのだと思っていました。そして私の渇望しているあの生を、死そのもののなかでないとしたらどこに探すべきなのか、私には分かりませんでした。」(アヴィラのテレジア)

集中すること、と言うの簡単だ。その前に集中の対象を知る必要があるが、情熱に取りつかれていなければ、それは分からない。しかも情熱は、デッチあげられるものではない。問題はデッチあげられるが、しかし問題など取るに足りない。

一二月四日　昨夜、真夜中すぎ、『概論』のゲラの校正をしていたとき、「哲学と売春」の断章に度はずれの衝撃を受ける。この、だしぬけの感動の原因は、おそらくテキストそのものではなく、そのときの私の状態だった。すなわち、内部のかすかな震え。私が眠れなくなったのはそのためだったに違いない。

苦の娑婆や
桜が咲けば(11)
咲いたとて

(『俳句』ジョルジュ・ボノー訳)

人に会いに行く大きな利点は、自分ひとりでいるならば幸福にはこと欠かないと考えることだ。

恐怖政治がつづいていたら、「フランスからはチキンのフリカッセの調理法さえ失われていただろう」と言うのが口癖だった名料理人グリモ・ド・ラ・レニエール。

一二月六日　『概論』がいかに破壊的な本か、仰天している。こういう本は書くよりは読むほうにずっと勇気が要る……

つねづね私は、他人の転落に敏感だった。選挙*でのド・ゴールの転落に私は感動した。数日前、老子の次のような〝処世訓〟を、心ゆくまで熟考してもらうために、あやうく彼に送るところだった。「功績と名声の絶頂期に引退することこそ、まさに天の道である。」

* 一二月五日および一九日に行われた大統領選挙のとき、六人の候

補者による第一回投票で、ド・ゴールは過半数を獲得できず、第二回目の投票で五四・五％の票を得て、フランソワ・ミッテランを破って大統領に選ばれた。

私の書いたものにはどれもこれも悪趣味が多すぎる！　自分の気分に悪のりせず、むしろ気分をコントロールしなければなるまい。だが、悪趣味は私のもって生まれたものだ。それを厄介払いするのは、自分を厄介払いするようなものだ。

私の書いた本という本で、私はキリスト教を攻撃した。だが、気づいてみれば、いまはもうキリスト教を憎んではいないし、それについて不純な気持ちも抱いていない。それどころか、それをくさしたことに、ある種の後悔の念すら覚えている。

私の大きな弱点、それは生を冗談ごとと考えられなかったことだ。

（＝生を重大事と考えること――これは私に避けられなかった弱点だ。）

『概論』（一七年前に書いたものだ）のゲラの校正が終わる。結局のところ、この本は、再読をはじめたときに思ったほど捨てたものではない。この本が生まれるもととなったさまざまの苦しみと屈辱、これは私自身が忘れているのだから、だれにも分かるまい。

私は怒りを賞賛したが、その私が、うまく怒りを鎮めることができると、決まってそれを喜び、自分もまんざらではないと思う！――性を除けば、人間にとって優越性というものはみな、帰するところ自然の克服である。

「当時［ルネサンス］のもっともすぐれた詩人のひとりで、レオ十世の特設秘書だった枢機卿ベンボは、ある友人に聖パウロの書簡は読まないよう勧めた。というのも、書簡のラテン語は凡庸で、そんなものを実際に使ったら、自分の文章が台無しになる恐れがあったからだ。」（フンク゠ブレンターノ、『ルネサンス』、八九ページ）

「……移り気のわが祖国」（ヴォルテール）

この形容詞はフランスにうってつけだ。

ル・ノワールとかいう男に宛てた、一七八二年一〇月二二日付けの手紙で、マルキ・ド・サドは、こう言っている。「私がやらかしたような過ちは、過度に鋭敏な想像力が原因ではなく、肉体的欲望の衰えが原因です。」

当時、侯爵はヴァンセンヌの塔に幽閉されていた。

『お棺のなかではひとりぼっち』――「セリ・ノアール」中の

ある推理小説の表題。

人々がいかに不気味なものを好みながら、悲劇的なものには後込みするか、まったく不思議だ。（不気味なものとは、悲劇的なもののグロテスクな形態だ。）

ファンというものは、たとえ私たちのファンでも、嫌なものと相場が決まっている。ファンにはどうしていいか分からない。遠ざけるべきなのか、それともそのままにしておくべきなのか。悪く思えないのが始末に困る。厄介払いするよりは、熱中が消えるのを待とう。

私たちの血管には猿の血が流れている。狂人にならぬためには、この事実を考えてみる習慣を身につけなければならない。

祈りたいとは思いながら行為にはいたらない困惑状態、私にもっともよく分かるのはこの状態だ。――それは、祈りの、ありそうもない蓋然性と呼べるかも知れない……

不安は生きていることのしるしだ。不安があればこそ、私たちは時間のなかに踏みとどまり、自分の存在を確認できる。私たちの意識から不安を厄介払いし、追い払うのは、日々の戦いで私たちに与えられている最良の補助兵員を失うようなものだ。

アメリカの著作家辞典に自分の略歴を書くよう求められるが、書くふんぎりがつかない。著作家としての自分のことを考えるとぞっとする。私は自分が作家だとは思っていないし、また事実、作家ではない。私の〝作品〟について語ると考えただけで、吐き気がする。自分の行為と存在に対する嫌悪感にまさる嫌悪感はない。

かつてベルリンはボンホヘン（？）の慈善病院で精神医学の講義を受けたとき、何を聞かれても〈Ich will meine Ruhe haven〉（「安らぎが欲しい」）と答えるのが口癖だった狂人がいたが、さしずめ私は、あの狂人のようなものだ。

私が好きなのはユーモア作家だけだ。彼らを読んでいると、その息づかいが聞き取れるし、その姿さえ目に浮かぶからだ。腹の立つことはあるが、その代わり、めったに退屈しない。

一二月一二日　ガヴォでヴァレーズのコンサート*。

〈原子力の時代〉を先取りし、解説している音楽。世界終焉のみごとなヴィジョン。人類の上にただよう悪しき兆候を感受するのは、哲学ではなく芸術だ。哲学にしてもそうだが、芸術にも薔薇色の未来はありそうにない。それに芸術の現状からして、どうして芸術に進歩などできようか。何にむかって進歩するのか。解決として残されているのは爆発だけだ。

* ヴァレーズの生誕八〇年記念として計画された、ヴァレーズを讃

える二つのコンサートのひとつ。だが、作曲家は、一一月六日、ニューヨークで他界した。

数時間、いや、それどころか数日間、軽い陶酔を経験する。陶酔は、思考と思考の不在とのあいだで起こる。そのとき、私はすべてのものに満足し、すべてのものに耐えられる。そして不思議にも、自分に耐えることができ、自分の存在への嫌悪を忘れる。

ヴァイオリンは（ソネット同様）過去のものだ。いまもてはやされているのは、ドラムとかトランペットなどといった、昔のオーケストラでは周辺部の楽器だ。

ひそかな感情には、それにふさわしい楽器が必要だ。

一二月一四日　自分は参加しないで、作品の朗読を聞く利点は、作品の構造を冷静に研究できることだ。昨夜、どんな思い入れの可能性もないまま、『メサイア』を、まるでそれがまったく形式的な構成体でもあるかのように、耳で追った。ある種の作品は、このように読まねばなるまい。というより再読しなければなるまい。そうすれば、はじめて作品に触れたとき、感動のあまり目が眩んでしまわなかったかどうか確かめられるだろう。

聖性と露出趣味。柱頭行者たち。作家は俗界の柱頭行者。

「運命」への強迫観念のゆえに、私はキリスト教より古代文明にずっと親近感を覚える（キリスト教で私が容認しているのは、原罪の観念だけだ）。

メスカリンにかかり切っているH・M。メスカリンについて、いったい何冊の本を書いたのか。四冊、五冊、あるいは六冊？　こうなると、ヴォルテールの言葉がどうしても必要だ。いわく、「人を退屈させる秘訣は、洗いざらい言おうとすること。」

攻撃しないとき、私は眠っている。

私の〈好み〉、すなわち、強迫的観念――曲芸的な文体。

「神と一体となって我を忘れる」――これほどにも美しい表現を知らない。

不安とは未来の反芻にほかならない。

（不安とは未来に集中された精神にほかならない。）

私が落ち込んだ、この耐えがたい無気力状態、こいつを払いのけなければならない。

私は人間を憎んでいるが、にもかかわらず、その人間との関係を絶とうとする気持ちにはなかなかなれない。こういう私の一貫性のないところ、私の苦しみと屈辱の原因はここにある。

すべてを言い尽くしたわけではないという思いは、言うことなどもう何もないという思いと絶えず衝突する。そしてその結果は、まさに無。

自分の才能とも呼べるものを私がいかに浪費したか、これを思うと、後ろめたさを覚えざるをえないが、もしすべてのものは虚しいと堅く信じていなかったら、私は自分が、どうしてこの後ろめたさにめげずに生きつづけることができたのか分からないだろう。

『われは満ち足りぬ』――先日、G・Mが聞かせてくれたカンタータにいたく感動する。特に、『われはわが死を喜ぶ』の、あの歓喜の調べの最後に。

ショーペンハウアーは物音が大嫌いだった。なかでも、通りに響く鞭のしなる音が。

コウモリには気密の外皮に覆われた耳があるというわけで、コウモリは彼の羨望の的だった。

……現在なら、彼はいったい何に羨望を抱いただろうか。

一二月二〇日　私にとって最重要の問題は、一貫して行為の問題だった。それは、あらゆる無為症患者の問題そのものである。このきわめて簡単なこと――行為――は、彼らにとっては一種の神秘、到達不能の現実である。だからこそ、行為は彼らの念頭をはなれないのだが、はたから見ている者は、そういう彼らの態度にいささか驚きを禁じえない。というのも、こういう人間、つまり、行為そのものよりも行為について考えることにエネルギーをそそいでいる人間にはなんの意味もないからだ。

アラン・ウッドがバートランド・ラッセルについて書いた本に、こんなことが書いてある。〈Bertrand Russel was a child who began asking questions, as soon as he could speak—in fact, three days after he was born, his mother wrote that "He lifts his head up and looks about in a very energetic way."〉*

諧謔を是が非にも弄しようとすると、決まって駄弁に堕する。

* 「バートランド・ラッセルは、口がきけるようになると、すぐに質問をはじめる子供だった。――事実、彼が生まれて三日後、母親は次のように書きとめている。〃あの子は頭を上げると、とても元気よくまわりを見ています。〃」

二五日、クリスマス　私の考える幸福。すなわち、田園を歩き、ひたすら物を見、純然たる知覚にへとへとになること。

一二月二六日　今日は、オアーズ川ぞいに五時間、休みなしに歩く。

精神の苦しみの治療法としては、肉体の疲労、運動、ほぼこれだけだ。

一二月二八日　このところ、禅に関するものを食傷するほど読んで過ごした。知恵の誘惑にそそのかされたあげく、いまはまた知恵への嫌悪に捉えられている。つまり、自分に戻ったのだ。これでいい。知恵は私の道ではないのだから。

身のまわりの人間がどれほど野望を抱いているかを知って、私は驚きを禁じえない。こういう連中はどいつもこいつも、どうしてこうものし上がろうとするのか。説明しようと思えばできないことではないが、諦めることにする。いずれにしろ、他人のもつ欲望に私は唖然としているのだ。

私はいくらでも怒りを爆発させることができるが、熱狂することはできない。

毎日、物との接触は難なく取り戻すことができるが、相手が人間となるとそうはいかない！　私は人間が恐ろしい。人間とどこで逢い、人間と同一平面に立つためには、どの程度、自分の位置を高くしたらいいのか低くしたらいいのか見当がつかない。

一二月二八日　夜、こう考えた。私が達した失墜から私を救出できるものがあるとすれば、それは一つの叫び声、一つの贖いであるような作品、叙情性なき、もう一つの『概論』だけであろうと。

Eは不安というものを（また羞恥というものも）知らなかった。彼女は気がふれた。

過度の不安、あるいは特に不安の不在、これ以上に病的なものはない。極度に震えるのは――あるいはまったく震えないのは精神異常者だけだ。

自己保存本能の欠如、あるいは間歇性は、つねに器質的な不安に属する。

すべては無だ。そんなことは分かりきっている。だが、自分自身は自分にとっては無ではありえない。すべては虚しいという、そのすべてに、私たちは自分を入れて考えることはできないだろう。我は自分の確信にもめげす生きつづける。我は執念深い。

羨望は、もっとも卑しい感情、したがってもっとも自然な感情だ。

『ハシディームの物語』（ブーバー）に、こんな話がある。大説教家《マギド》、メスリッチュのドゥ・ベールは「世にかなり知られるようになると、祈りはじめ、自分がどんな罪を犯したのか明らかにしてくれるよう神に懇願した。」

この世にある最大の罪は、厚かましさである。親切な連中の、私たちに好意を寄せてくれる連中の厚かましさ。

（聖なる「無関心」よ、いまいずこ？）

一二月三一日　私は自分が感受するものについてしか書けない。ところが、現に私は何も感じていない。

もうしばらく、私は〈制作〉していない。これを苦しみ（――また鼻にかける）つもりはまるでない。書くという行為に、どうしてこれほど執着できたのか。何をしても無駄というもので、現在の私の不毛は、私にはつらい経験だ。白紙を前にしての、この嫌悪感、このおびえ切った無能感を抱いたまま、何か月も何か月も無駄に時を過ごさねばならない！――一九六六年はどうなるだろうか。無気力から逃れられるだろうか。まるまる一年、私は半ば死んで過ごした。やっと生き返ることになるだろうか。私には悲しむ気力さえない。ところで、悲しみは私の日々の誇りだった。いったい私はどうなるのか。

偉大な人間を含めあらゆる人間はお人好しだ、そう思うにつけても、私は無力感に襲われる。たとえばニーチェは、精気潑剌としているにもかかわらず、あるいはむしろそうであるがゆえに、私にはどれほど微笑ましい若者に見えるかを知って愕然とする。

ニーチェよりはパスカル、なかんずくマルクス・アウレリウスに私はずっと親近感を覚える。することなど何もない。私は成熟する。

## 訳注

（1）『造物主』所収のエッセー「新しき神々」のことと思われる。このエッセーが「キリスト教反論」、「多神教擁護」の意図で書かれたことについては、本書二七〇、二八〇ページ参照。

（2）「帝王切開」（césarienne）、「帝王切開する」（césariser）の語源は、ラテン語 caedere（切開する）。「帝王切開」という言い方は、ユリウス・カエサル Julius Caesar がこの方法で生まれたとする伝説にもとづく。

（3）ここは、「いない者はいつも悪者」という諺のもじり。

（4）『ハムレット』第五幕、第一場。有名な墓場の場面で、墓掘りの道化から「王様つきの道化ヨリック」のしゃれこうべを見せられて、ハムレットのつぶやく台詞。

（5）一七九一年九月、ウィーンで書かれたとされる手紙。手紙の内容、全文がイタリア語で書かれていること、手紙のもととなったとされる写しそのものの所在不明などからして、偽作と見る研究者もいる。なお宛名人のロレンツォ・ダ・ポンテは、『フィガロ』

などの台本の作者。

(6) この「骸骨に関する」論文は、『造物主』所収の「古生物学」のことと思われる。

(7) 後出「ヴェーダーンタ哲学と仏教」についての記述とともに、こういう考えは、『造物主』中のエッセー「救われざる者」で敷衍されている。

(8) イビサは、スペイン領バレアレス諸島の西端の島。この島の村タラマンカでシオランは、六五年と翌六六年、夏のヴァカンスを過ごしている。さきごろ(二〇〇〇年)、二度目の滞在の折りの日録ふうの記録が『カイエ・ド・タラマンカ』の表題で出版されたが、この記録と『カイエ』の記述とをつきあわせてみると、この島での体験が、六六年の秋から翌六七年の秋にかけて試みられた「タラマンカの夜」という〈自殺論〉の動機をなしていることが分かる。『造物主』の「自殺との遭遇」は、この「タラマンカの夜」の結実である。なお本書四一二、四三四、四三九、四五六、五〇一、五一七、五一八ページ参照。

(9) 梵語。漢訳は「法無我」。すべては縁起によって起こるもので、それ自体には実体はないということ。「無自性」と同じ。

(10) ここはシオランの記憶ちがいと思われる。セバスティアンの『日記』の英訳版に序文を寄せているラドゥ・ヨニッドによると、セバスティアンが不慮の死を遂げたのは一九四五年五月二九日、ブカレストでのことで、当時、彼はルーマニア外務省の報道官であった。

(11) 一茶の句。

## 【一九六六年】

一九六六年一月一日　トリバルルドン（?）の方へマルヌ川にそって歩く。マルヌ川は水嵩が増していて、まるでミシッピ川のようだ。五時間歩くが、その間ほとんど向かい風。身体を動かし、肉体を消耗する悦び。けれども、この悦びの背後にはメランコリーがあって、いつなんどき、悲しみの発作にかられるやも知れないとの思いが付きまとう。とはいっても、ここには思考は一切、関与していない。

一月二日　昨夜、メトロで、太った、不潔きわまりない売春婦を見かける。南米（?）なまりの、ひどいフランス語をしゃべりながら、細身の若者の腕を愛撫している。愛人とおぼしい男も外国人、おそらくはアラブ人だ。その醜いありさまといったら、あきれてものも言えないほどだ。このような嫌悪をそそる動物がほかにいるとは思われない。この醜悪な売春婦を見て、私は文字どおり気が変になった。人間がこんな姿になるなんて許されない。

むかしの古い流行歌を口ずさみたいと思うと、ほとんど決まってふさぎの虫が顔をだす。過去を思いだすと、とたんに私たちは、取り返しのつかぬ事態という明白な事実を突きつけられる。時の流れの感覚、この感覚に冷静に耐えることはできないし、この経過という考えそのものも耐えがたい。自分の経験したあらゆる瞬間は永久に消滅してしまったのだと考えると、私は別の瞬間を経験しようとする自分の熱意に愕然とする。

若かったとき、私は野心家だった。この点に疑問の余地はないが、その後、野心家でなくなったことにも疑問の余地はない。これでよかったのだと思うときがないではないが、大抵は、これを悲しく思っている。なぜなら、私が野心を捨て、いわば自分よりましな人間になったとしても、同時に自分の存在の原動力そのものを失ったのだから。

河岸通りの古本屋。そこの、英語の推理小説で一杯の本箱に、十字架の聖ヨハネのポケット版の一冊を見つける！　こんなところに紛れ込んでいたのは、思うに、『魂の暗夜』という表題のせいだ。また表紙がひどく派手で、推理小説との混同は、不可避ではないにしても、確かに考えられないでもない。

だれについても判断を下さない、そんな人間がいたら、私はその人を聖者だと断言するだろう。生きることは判断すること、公平を欠くということだ。なぜなら、人はだれも自分の存在に、いや、自分の行為にさえ責任はない以上、あらゆる判断は公平を欠くものだから。有罪性とは表面上のもの、慣習の水準にあるもので、いったん現実の根底にまで下りてみれば、それにはもう何の意味もない。

価値判断というものをすべて控えることができればいいのだが！　価値判断を下すと、いつも私は、まずは鼻たかだかだが、やがて後悔し、そしてほとんど赤面する。まずあらゆる人間の罪を問い、ついであらゆる人間を許す、これが私の癖だ。――何であれ何かについて自分の意見を表明するのはシニシズムというものだ。

一九六六年一月三日　昨夜、しばらく眠れずにいたとき、またしても時の流れの強迫観念に捉えられる。つまり、一瞬一瞬が過ぎてゆくその度ごとに、私は、その瞬間が過ぎてゆきつつあること、そして自分は二度とその瞬間にまみえることのないことを知っているのである。それぞれが痛ましくも不可逆的な、この、点の継起、私たちは行動している限り、いや考えているときでも、これを意識することはない。これが知覚されるのは、私たちが自分の存在の外にあって、自分の内部に、ある大きな沈黙を――普通だったらみずからの推移を反芻する代わりに祈りに変わってしかるべき沈黙だけを確認する、ただそういう瞬間にのみ限られる。

友人が生きている限り、私たちは友人を好んで批判し、友人の欠陥を他人に、彼を親しく知らない人々に暴露しては面白がる。ところが友人が死ぬと、私たちは心の底から悲しむ。むかしの敵の一人が死んでも、やはりこんなことはない。

四時間に及ぶ長談義。私のもっとも秘められた底意地の悪いところを並べたてる。

それでいて厚かましくも他人を批判するというんだから。始末におえない！

さまざまの思想のひしめく、締まりのない文体より、何もない、引き締まった文体のほうがずっとましだ。（アミエルの再読を試みたあとで。）

一月五日　昨夜、ある晩餐会で、P・ツェランが、妻を絞殺しようとしたあげく、ついさきごろ精神病院に収容されたということを知る。夜おそく帰宅したとき、紛れもない恐怖に捉えられ、寝つかれなかった。今朝、目を覚ましたとき、恐怖（あるいはお望みとあれば、不安）は消えていなかった。恐怖も眠らなかったのだ。

あの男は風変わりで、人づきあいが悪く、おまけに気むずかしかったが、すばらしい魅力があった。あらゆる人間に対する、彼の公平を欠いた、非常識な不平不満を忘れてしまえば、人はすぐ彼の何もかもを許したものだった。

狂気の視点から精神を考えてみれば、精神など知れたものだ。それは偶発事のなすがまま、その働きは、ある不純な化学の加護による。血がすこしばかり凝固すれば、精神の運命は決まってしまう。こんな不快なことなどくどくど述べぬほうがいい。

仕事をしないために私が用いているあらゆる策略のことを考えてみる。もしそれを効率を上げる目的で利用したなら、いったいどれほど前進できることだろうか。

屋根に登り、眩暈《めまい》に襲われ、叫び声もろともいまにも落下しそうになる――私はよくこんなことを想像する。〈想像する〉という言葉は正確ではない。なぜならそれは、私より強いもので、私は、この種の曲芸を想像するよう強いられているからだ。人を殺そうとする考えも、こういうふうにやって来るに違いない。

一九三四年ころ、私はミュンヘンにいた。(1) そしてある緊張のうちに生きていたが、それはいま思い返しても、戦慄を禁じえないていのものだった。一つの宗教を創始するのも当時は造作もないように思われ、この可能性を思うにつけても、世にも深刻な恐怖を覚えたものだ。

……その後、私は冷静になった……危険なほどにも。

いくらかでも私の助けになるのはニーチェのようなヒステリー患者ではなく、心の安らぎを強引に勝ちとった、マルクス・アウレリウスのような物静かな精神だ――齢《よわい》を重ねるにつれて、この思いはいよいよ深まる。

「やがて待つ間もあらばこそ、私たちはみな大地に覆われ、次いで大地そのものも姿を変えるだろう。すべてのものは無限に変化し、その別のものもまた無限に形を変えてゆくだろう。波のように迅速に継起する、これらの変貌、これらの変化のことを思いみるなら、人は死すべきあらゆるものに、ただ深い無関心しか覚えないだろう。」（マルクス・アウレリウス）

こういう月並みなことがどんなに心地よく感じられることか！　どんなに慰めになることか！　これを読み、あるいはこれについて考えるとき、私はほんとうに幸福になる。私たちの無意味さについての解説、それに関係のあるものならどんなものにでも私はたまらなく嬉しくなり、私にある最良のものも最悪のものも満足を覚えるのである。

だれとも時代を同じくしないこと。

Xが手紙で、世間にまるで知られていない私の〈作品〉について話題つくりをしてみたいと言ってくるが、どう返事をしたものやら分からない。実は、私の作品に関心をもっている人もそうでない人も、私は好きではない。私に好意を寄せてくれる人には、私に悪意をいだいている人に劣らず、うんざりしている。崇高なる中立性！

賢者になるには何をなすべきか知っているが、私には賢者たる資質が欠けている。

私は悲しみにかられやすいたちだが、これが知恵にたどり着けない主な障害だ。

税務署のオフィス。二〇人以上もの人間が書類の上に身をかがめ、猛烈に働いている。書類といっても、彼らには無関係の、人間としていささかの興味ももてないようなしろものだ。なかに一人、すこしばかり汚れた天使といったような娘がいる。街で客でも引いたほうが身のためなのに、日に八時間、数字を睨んで四苦八苦している！　人間のなれの果てがこのざまだ！　農家の娘が田舎より都会を好み、あるいは百姓が自由を捨てて工場を取る——まったく理解に苦しむことだ。

毅然としていて寛大、多作で終始エマナチオの状態にあって、制作し、自分をひけらかし、存在することにつねに満足している連中、こういう連中のことがますますもって私には理解できない。彼らのエネルギーは私の理解を絶するものだが、そんなものが欲しいとは思わない。彼らには自分のしていることが分かってはいないのだ……

すぐに、そして心底、飽きがくるものといえば、感謝の気持ちをおいてほかにない。朝から晩まで、一生涯、感謝しつづける、こんなことはいつかは耐えられなくなる。

私は奴隷の民の生まれだ。権力、それが何であれあらゆる権力に対する私の信じがたい恐怖は、この事実に求めなければならない。制服を着た人間を、あるいは窓口のうしろに役人を見かけると、とたんに私はどうしていいか分からなくなってしまう。

取り組んでみたいと思っている分野に実際に取り組むことができ、果断に、決然として制作し、自分が何ものでもないゆえに、何にでもなれる、才能に恵まれすぎた連中（サルトル）の悲劇。

自分の最良のものを、私はおしゃべりで無駄にした。若いころは特にそうだった。私のルーマニア語の本もフランス語の本も、かつての私の、そしていまの私の、まさに哀れな反映にすぎない。むかしの私の熱狂的な長広舌、もうそれは記憶にさえ残っていない。私は自分の力を惜しみなく浪費したものだが、いまはその気前のよさが懐かしい。それもなくなってしまって、残っているのは切れっぱしだけだ。いままだ私に残っていたとしても、エネルギーを欠き、ヴァイタリティーを欠く私には、それに耐え、それを肉体的に保ちつづけることはできないだろう。ある種の取柄には、一定の肉体が必要だ。

残酷さは私たちの持つもっとも古い〈もの〉だ。それはまさに私たちのもので、決して贋物ではない。なぜなら、その起源は私たち人間の起源と同じだから。私たちはよく、あの人の優しさはうわべだけだ、などと言うが、それにひきかえ、うわべだけの残酷とか、見せかけの残酷などといった言葉はめったに口にしない（残酷という言葉を口にするのは稀なのに……）優しさは新しい、後天的なもので、私たちの本性に深く根ざすものではない。それは継承されたものではない。

ハンブルクで開催される会議のようなものに招待されたが、たぶん断ることになるだろう。ハンブルクに出掛けると考えると、特にそこで人に会うのだと考えると吐き気を覚える。議論への参加となると、これはもう私の力に余る。

『道徳の系譜』は、ナチズムのみならず精神分析をも予告する本だ。ニーチェの重要性は、両立しない政治運動と学説の予言者であったということだ。

古生物学博物館について書いてみようと思い立ったのは、[2] われながらぞっとするほど痩せてしまい、骸骨一般について考えるにはもってこいの事態にたちいたったときだった。あれらのすべての亡霊に自分は繋がっている、そう思っていた私は、もう骨でできた被造物にすぎず、肉は一個の思い出にすぎなかった。

世間の人から見れば私は無にひとしい。そう思っても、つらさはいよいよ遠のくばかり。毎日、私はこの事態に満足している。

自分のことなどまるで見下している私だが、その私にしても自分を大目に見ることがある。幸いなことに、他人がいるのだ！　彼らの欠点をみれば、私は自分の欠点に対して一段と公平になれる。

生きている限り私は、私たちの本性は堕落したと思いつづけるだろう。そのため私は、キリスト教の主要な部分と完全に縁を切ることは決してできないだろう。

私のことについて書いてくれなどとだれにも頼まぬこと、また私も、だれのことについても一切書かぬこと。（ああ！　さまざまの義務、感謝の劇、等々。節を曲げ、確信もなく書くくらいなら自死したほうがましだ。）

口頭でなら面白い展開はいくらでもできるが、しかし書きはじめると、とたんに私は動きがとれなくなる。私はほとんど書かないから、自分の書くものをどうしても信じてしまうからだ。つまり、私にとって言葉には重みが、実在性があり、その言葉に自分は責任があると思うのだ。言葉の一つひとつが、私にはかけがえのないものであるという特権をもっている点は別にしても。

どうしてマルクス・アウレリウスだの、エピクテトスだの、仏陀だの、禅だの、またそのほかのものを読みつづけるのか。ほとんど毎日、どうしてこういうものに助けを求めるのか。何を期待しているのか。――答えは一つしか思い当たらない。つまり、（これ以上）苦しまぬすべを、おのが惨苦を過小に評価するすべを学ぶこと。自分の力ではこれは不可能だ。これこそまさに私の惨苦である。

人間どうしのもっとも深い絆は音楽によって生まれる。

自分の尊敬している人たちが、どんな無分別なことをやってのけるものか、これが分かれば、私たちは実質的に賢者となる。

いま現在の不毛のときを、無関心をもって、あるいはユーモアをもって耐えることができるなら、私にしても自分の能力に敬意を払わないわけではない。だが、私は不毛にひどく苦しんでいる――〈シニックな人間〉からすれば、これは許しがたい弱さだ。

不安――これこそ私の生の*Unterton*＊だった。

＊　基礎、骨格、背景。

すべてを解く鍵、それは屈辱であり、屈辱に由来するものだ。すべては屈辱をめぐって起こる。私たちが密かにやっているのは、怒りを爆発させるまでのあいだ、屈辱を反芻することだ。侮辱されるのをひどく恐れている私は、その危険を避けるため、近寄らぬにこしたことはないとまで思っているほどだ。なんにもするな、これが一番安全、というわけだ。「自我」は開かれた傷口。苦しみたくないなら、私たちはこの自我を迂回し、自我なしで生きる工夫をしなければならない。と言うのは簡単、いずれにしろ、自我はある。血を――絶えず――流すのは覚悟の上で、自我に慣れなければならない。

成功すると、人は幻滅する。成功は分かり切ったものとして受け入れられるが、これに反して、挫折すると、決まって人は、それがはじめてでもあるかのように振る舞う。挫折の場合、経験はまるで役に立たない。

辛抱強くかまえる、という表現はなんと意味深いものか！ だが、それこそまさにもっとも不可能なことだ。

私はひそかにどんなに苦しむことができたことか！ 克服できなかった苦しみの、そして恐怖のなんと多かったことか！ それらは私の見えざる仲間、私の孤独が完全なものになれなかったのは、彼らのためだ。

一月一四日　ついいましがた、街なかで、だしぬけに疑念に捉えられる。私は理解されず、世間から見捨てられているのだと思い、私の存在は、何の反響も呼ばぬ添えもの、ずっと無名のままで、世に知られることなど万に一つもあるまいと、ほとんど確信した。

落伍者が私に及ぼす信じがたい魅力、彼らにいだく私の連帯感、私が自分を落伍者だと思い、実際そうであるという事実——これらのことはいずれも遠く私の青年期に、数年にわたる私の不眠の夜に、私の損なわれた意志に、世界への私の不適応にさかのぼる。[3]

うぬぼれの誘惑を避けるためには、イグナティウス・デ・ロヨラの推奨する態度（実をいえば、これはキリスト教では一般的なものだ）しかない。つまり、私たちの才能、私たちのかちえた成功、こういうものはみな私たちの功績によってではなく、私たちへの神の好意によってもたらされたものであると考えること。言い換えれば、私たちのさまざまの業績そのものも神の、神の助けの、恩恵の、憐れみの賜であり、もし私たちが例外的なものなら、この例外性、この卓越性は神の望まれたもの、私たちに与えられたもので、これをひけらかす権利など私たちにはまるでないのだ、と。たぶんこれが、謙虚へ通じる唯一の考え方だろうが、それでもこれを利用するには、信仰がなくてはならない。

一月一五日——こらえなかったら、おそらく私は、わけもなく、つまり、はっきりした理由もなく、泣き出してしまうだろう。というのも、ド・レスピナス嬢を真似て言えば、涙は、私の生から絶え間なく流れ出るだろうから。

昨夜、日本にいる夢を見た。日本の街、日本人の顔、日本の風景——いままでに見たこともない、こういうものを考え出すとは、脳髄のどういう作用、どういう衰弱があるからなのか。夢のなかでは会話さえ行われていて、私は日本語ではなく、自分でも分からない国語でしゃべっている……

こんな夢を見た翌日ともなると、ひどく疲れてしまい、欠伸をしては、真っ昼間だというのに眠りたいとしきりに思ったとしても不思議ではない。

メランコリーを抑える助けになるものとしては、文法書にまさるものはない。

文法は、憂鬱の最良の解毒剤だ。

外国語の習得に没頭し、辞書を調べ、ささいなことを熱心に追求し、同じ言葉のいくつもの文典を比較し、自分の気分とは一切かかわりない単語だの、表現だののリストをつくる——これはそのまま憂鬱の克服手段といっていいものだ。——フランスが占領下にあったとき、私は英語の単語帳をもち歩き、メトロのなかで、あるいはタバコ屋や食料品店の前で並んでいると き暗記したものだ。

一月一七日 きのうの日曜日、ランブイエの森で六時間すごす。雪が降っていて、興奮やまず。まるで幼年時代に帰ったようだった。

ニーチェは退屈だ。退屈が嵩じて嫌悪さえ覚えることもある。自分とはまるで正反対の人間を理想と仰ぐような思想家、こういう思想家は認められない。力を賛える弱者、情けを知らぬ弱者には嫌悪をさそうものがある。こういうものは若者むきだ。

現実を、究極的には空《くう》として根底まで見届けること。

私の社会保健加入者カードには、給与所得のない著述家、と記載されている。著述家という言葉の前に、もうひとつノンを加えたら、この記載の表現は正確になり、私の立場が、みごとに、はっきりと定義されることになるだろう。

二人の老婆が下に住んでいる。一人は無線電信で私の生活を乱し、もう一人は耳が遠いものだから、大声でしゃべり、話しかける人も大声を出す。二人とも低所得者で、もう何年も前から棺桶に片足をつっこんでいるような状態、二人を見ると、やりきれないほど憂鬱になる。この南京虫のような二人を私は憎んでいるが、彼女たちときたら、静かに死ぬどころか、やたらと私の注意を引く。彼女たちが高利貸しだったら、私もラスコーリニコフのような誘惑にかられることだろう。いや、そうでなくとも、しばしばそういう誘惑にかられるが、この誘惑を実行に移せないのは、私がひどく臆病で正常すぎるからだ。

私が作家に求めること、それは正確に書くということだ。一冊の本の文章がすぐれていようがいまいが、そんなことは私が思うに、まったくどうでもいいことだ。あんなにも長いあいだ、私の強迫観念だった〈文体〉、もうそれには興味はない。〈文体〉を信じていたのは、私がヴァレリーを〈崇拝〉していたころだ。いま私に求められているのは、実質であり、〈内容〉である。それに、形式と内容という古くさい分離に従うのは、ますますもって私には承服しがたい。こんな間違った問題など一掃しよう。分かってもらうように努めること、ただそれだけだ。できれば、分かりやすい文章で押し通すこと、これは困難でもあれば、またささやかな目的でもある。この目的を堅く守ろう。その余のことはどうでもいい。

私に〈文体〉があると思うのは、はなはだしい見当ちがいだ。サン＝ジョン・ペルスが指摘したように、私にあるのは文体ではなく〈リズム〉。そしてこのリズムは、私の生理学に、私の存在に対応するもの、私の肉体のテンポであり、文章に移行できた、ヒステリー患者としての私の喘ぎである。だが、文章に自分の内的運動を投影するという、この私の能力を、〈文体〉と、あるいは何らかの才能と同じものと見るのは間違いだ。私には才能も文体もない。あるのは、ある律動的な語調であって、それはほかでもない、ほとんど変わることのない私の不安状態から生まれる。

いままでさんざん毒づいてきたが、いまや分別の潮時だ。ただ、何かと食ってかかるのは私の肉体的欲求で、自分の不平・不満を抑えつけるようになったら、私はバランスを失ってしまうだろう。だから、いらいらが募り爆発するならそうさせよう。そしてそれに身を任そう。なぜなら、いずれにしても、こういういらいらがなかったら、私たちは私たちではなくなり、何ものでもないのだから。

〈不安の病〉についてのルネ・ゲノンの論文を読んだところだ。頑迷この上ない独断に満ちた論文だ。没個性を標榜し、自我を激しく、機会あるごとに告発しているだけにいっそう非難されてしかるべき思い上がり、それに途方もない自信、こんなていたらくでどうして文章が書けるのか。

今世紀の前半期、フランスには三人の強情一徹な人間がいた。それぞれまったく異質な人間だったが、しかし「知性」の名において、極めつけの狂信者であることを暴露した。すなわち、モーラス、ベンダ、ゲノン、「知性」の三奇人。

一月二一日、土曜日——今朝、仕事をほったらかして、図書館へ行き、何の必要もないのに、一時間以上も探しものをする。まったく興味のない古書類をひっかきまわし、しかもあきれたことには、探す甲斐のあるものなど何ひとつ見つけられないことは自分でも知っているのである。こんなことをしたのは、仕事机につくという務め、いや義務を回避するためだ。仕事を翌日のばしにする私の習慣は、自分自身に対する犯罪だ。無益な

〈古本あさり〉を一時間もしていると、頭がぼうっとしてきて、私は恥と嫌悪の気持ちをいだいて帰ってきたが、いまもこの気持ちは収まらない。何とも見下げはてた男、言葉のあらゆる意味で、何とも情けない男だ。どうしてこんなていたらくになったのか。私の転落そのものにまさるものがあるとすれば、ほとんど私の転落についての感情しかない。

いま情熱を傾けられる唯一のことは、「失墜」について、それがまとうあらゆる形態について、無限につづくエッセーを書くことだろう。それを書かないのは、いままで私が書いてきたすべてのものが、まさにこの点にかかわっているからだ。書くとなれば、私が自分の気分にうながされるがままに考えついた、さまざまの矛盾する断章をおとしめ、それを体系に圧縮することになるだろう。

私の恐るべき〈Bildungstrieb〉*の病をだれが治してくれただろうか。私の本好き、〈教養〉を積みたいという私の欲求、学び、知識を蓄え、知り、あらゆることについて瑣事をため込みたいという渇望——これに責任を負うべきはだれか。私としては、便宜上の理由から、これらの欠点の責任を私の出自に帰したいと思う。つまり、文盲が圧倒的な現実であった民族の出身である私は、その飽くなき好奇心によって、ひとつの反動現象ではないのか。あるいはそれどころか、私はわが先祖のすべての者の尻ぬぐいをしなければならないのか。彼らにとって、本というものはただ一冊、まさに彼らが本と呼んでいたもの、つまり聖書が存在するだけだった。数世代もさかのぼれば、私の先祖は野蛮人であり、土着民であったと考えるのは楽しくもあれば同時に恥ずかしい。彼らは法律上は奴隷であって、すべてにおいて無知でなければならなかった。私はすべてを知らなければならない。だからこそ、私はあらゆるものを読み、自分の駄作を書くに必要な時間さえないほどだ。駄作など放り出して、私は他人が語ったものを見届ける。私にこなせる本の消費量は、食物の消費量のほかに匹敵するものはない。実際、私は絶えず飢えており——食事においても読書においても、堪能するということがない。多食症に無為症はつきものだ。私は自分が生きていると思うためには、存在するためには、むさぼり食う必要がある。子供だったとき、家族全員で食べる分をひとりでたいらげてしまうことがよくあったのを覚えている。だから、食べ物を摂ってほっと安心し、動物的な行為によって落ち着きを取り戻し、何か明確な、動物じみたものによって、動揺を、自分が生きているあいまいなものと無限定なものとを回避しようとする欲求は、いまに始まるものではない。犬あるいは豚が食い物に突進してゆくのを見ると、その気持ちが私には兄弟のように分かる。それなのに、ここ数か月というもの、私の読書といえば、本質的に放棄に関するものであり、私の最愛の本といえば、インド哲学の本だとは。

＊　文字どおりの意味は、教養を、人格形成をうながす本能。自己啓発欲求。

何よりも面白く読んでいる本、それは神秘主義と食餌療法の本。両者に関係があるのだろうか。神秘主義に禁欲が含まれている限り、もちろん関係はある――禁欲とは、要するに食養生の問題にほかならないのだから。

自分をさらけ出す人間には、ほんの束の間にすぎないにしても、例外なく栄光の時期がある。

日曜日――パリ近郊の田舎で出会うのはポルトガルの労働者だけ。彼らとは言葉が通じない。こうなると、風景そのものも変わってしまう。こういう新現地人とは意思を疎通させることができないから、自分がどこかパリから遠いところにいるように思ってしまう。毎日、経験したくなるような有益な感覚。

X――いつも不満の不平家。「あいつには庶民のペシミズムがある」と言った人がいるが、至言だ。

ペシミズムほど説得力があるとともにいまいましいものはない。いま私が、暗い悲観的な本を読んでいる。このとき私は、読んでいるあいだは、その本に賛同しているが、しかしいったん読むことを止めると、自分がその本を認めたことを残念に思い、本などそっちのけにして、本にもられている考えをなんとかして打破しようとする。私の場合、こういうことは私自身の本――おあつらえ向きに暗い本についても（いや特に、と言っておこう）よくある。自分の本のどれを読んでも、そのあとでは、読んだその本はもとより自分の書いたすべてのものを否定したい気持ちにひどくかられる。だが、否定することはできない。私には私の *Lebensgefühl*＊を捨てることはできないし、別のものを採ることもできない。なぜなら、私の *Lebensgefühl* は、私の経験のほぼ-総体と、私の存在そのものと別のものではないからだ。それを変えたり、あるいは別のものを選ぶことは私にはできない。

＊　存在感、生きている感情。

ひどく嵩じた、深刻な、慢性の不安、こういう不安は英雄的行動を導くこともあれば、無気力を導くこともある。第一の場合、不安は、だしぬけに嵩じて、みずからを敵にまわすが、第二の場合、不安は、どうしようもないほどみずからの上に崩れ落ちてしまう。一般的なのは、この衰弱で、ここに私たち各人の共通の条件が、本質が見てとれるが、それにひきかえ、英雄的行動というのは、不安の異様な、それどころか奇っ怪な現象にすぎない。

破壊的で、否定的な、〈辛辣な〉本に私が負うているもの。

こういう本がなかったら、私はもう生きてはいなかっただろう。私が生きる意志を固め、存在にへばりついたのは、これらの本の毒への反動からであり、その有害な力への抵抗からだ。強壮剤としての本。というのも、これらの本は、それらの否定となるはずのすべてのものを私の内部に呼び覚ましたから。私は沈没に必要なほとんどすべてのものを読んだ。だが、まさにそのために、私は沈没を回避することができた。本が〈有毒なもの〉であればあるほど、それは強壮剤のように一段と私に効く。私は私を排除するものによってのみ自分を確認する。

〈文明〉は消滅するはずだと確信しているが、何が文明の代わりになるかが分からない。

『概論』と『誘惑』、批評家の意見では私の〈最良の〉本だということだが、私から見れば、時代遅れもいいところだ。その原因は、そこに見られる〈ポエジー〉にある。はっきり言っておかねばならないが、ポエジー、つまりは古くさいお遊びで、現代的なところなどみじんもない、まったく夢想的なものだ。リルケの、初期リルケの影響は、私にはさまざまな影響のなかでももっとも始末におえないものだった。その後、占領期間中、私は、ほとんど毎日シェリーを読んでいたが、そのため、より新しい文学上の〈好み〉から、現代性から完全に切り離されてしまった。すべてが命令に発し、前衛だけが重要だと決められている国[4]、つまりドイツで、私がさっぱり評判にならないのもよく分かる。

放浪癖、これが私の病気だ。私はじっとしていられない。立ち止まると、とたんにいらいらし、わけの分からぬ震えに捉えられる。部屋ではぐったりしていて、まるで気力が湧かない。外出しようと決心してはじめて、私は目を覚まし、生きているのだと感じ、楽しい気持ちになる。何としてでも外に出て、烏合の衆どものただなかで忘却すること。孤独、それは悔恨であり、私の欠陥の輝きであり、圧倒的でまばゆいばかりの、いまここにある私の失墜の耐えがたい明証性である。——いつとも知れぬ昔から、私の意志に、ある悪しき原理が、生まれついての欠陥が忍び込んだに相違なく、私の意志はこの欠陥にわざわいされて、永遠に衰弱した。私は時間の外でしか意欲することができない。そして自分が、行為の条件そのものが廃棄された世界にいるのだと想像すると、とたんに私は自分がヘラクレスになったように思う。

自分の境遇を規定してみたい、そう思ってみると、「私は呪われていた」という表現がうってつけのものであることが分かる。というのも、私としては自分の感じているものを、だれかの、あるいは何かの介入によるもの、私の存在の内奥にはまったく場違いな、ある外来の敵意ある力の介入によるものとせざるをえないからだ。それは、私から生まれるはずはない、私はそんな人間のはずはない。それは私に襲いかかってきたのだ。神々や悪魔が存在していたころは、事態はずっと単純で、説明もずっと簡単だったし、また言っておかねばならないが、ずっと自然だった。つまり、人々には敵がどこにいるか分かっていたのである。敵は自分の内部に探せ、と今になって言われても、私たちは当惑してしまう。私たちの経験、私たちの感覚からすれば、敵はむしろ外部に、私たちの存在の外にあるのだからなおさらである。それもこれも、たぶん長いあいだ、こう考えるように教えられてきたからだ。いずれにしろ、こういう解釈が私たちには自然と思い浮かぶこと、これと反対の考えを主張すれば嘘になること、これは事実である。

一九六六年一月二五日

午後、床屋。私を任された新前、いきなり剃刀で左耳ちかくに切り傷をこしらえる。むらむらと怒りがこみ上げるのを感じ、出てゆこうと腰を浮かしかけたが、思いなおし、何ごともなかったかのように腰を下ろした。私ほど怒りっぽい者には、これは勝利というものだ。仏教の文献を読むのも、まったく無駄ということではなかったようだ。つまり私は、自分自身の気質に打ち克つ誇りというものを学んだらしい。数か月前、同じようないざこざにぶつかっていたら、おそらく私はひと悶着を起こし、怒り、傷つき、うんざりし、そして恥辱にまみれて帰ったことだろう。

ショーペンハウアーの指摘によれば、もっとも軽薄な国家フランスは、厳格この上ない修道会の創始者ランセの如き人物を生んだとのことだが、もっとも軽薄にして空疎な国イタリアは、かつて存在した詩人中もっともペシミスティックな詩人レオパルディを生んだ、とつけ加えることもできたであろう。

若かったとき、シビウからさほど遠くないカルパティアの村（リユル＝サドルーイ）でヴァカンスを過ごしたことがある。ある朝、眠れない夜を過ごしたあとで、雑草に覆われた小さな墓地をひとまわりしたことを覚えている。十字架はどれも木製で、雑草に覆われていたが、なかにひとつ、故人の名前はすっかり消えてしまい、ただわずかに、ほとんど消えかかっていて、やっと次のように判読できる言葉、それもひどく稚拙な書体で書かれた言葉が残っている十字架があった。〈Viața-i speranță, moartea-i uitare.〉* たぶん三五年以上も前のことだが、この墓碑銘が私に与えた感動は、いまもあのときと同じように強烈である。

＊「生は希望、死は忘却。」

イギリス万歳！　臆病で、頑固な堅物イギリス人万歳！

と、まあ叫びたくなったのは、ポーランドの教授の来訪を受けたあげくだ。この教授、決して感じが悪いというわけではないのだが、度しがたいほどずうずうしい。

一月二七日

今朝、憤怒の発作に捉えられるが、やがて同情に、嫌悪に、ひどい不公平の犠牲であるとの思いなどに捉えられる。理解されない人間のコンプレックス、こんなものはとっくに厄介払いしてしまったと思っていたのに。

私はまともなやりかたでいまだかつて生活費を稼げたためしがない。あえて言えば、私はずっと間接的に生きてきたし、いまもそうだ。

納税申告カード。収入をデッチあげなければならない！　この収入という言葉だけでも吐き気を覚える。

「空《くう》」とは私にとって、もと神であったすべてのものだ。

筆の赴くままに書かず、言葉の前では後込みし、冗漫を厭い、簡潔を目指すあまりに息をつまらせる——だれをモデルにすべきなのか。文学を、そしてそれ以上に哲学を簡潔なものにしなければならない。

フランス人はすべての欠点を備えているが、ひとつだけないものがある。つまり、彼らはおもねない。占領期間中、この長所を彼らはいかんなく発揮した。街でも、そのほかのところでも、占領軍にへつらったり、卑屈な態度を執ったりするようなフランス人を私はただの一人も見かけたことはない（対独協力はまったく別問題。対独協力者は身を売ったのであって、それとこれとは違う）。この点、ドイツ人よりフランス人のほうがすぐれているのは明白だ。ドイツ人は敗北すると、とたんにぺこぺこする。しかもことは敗北の場合に限ったことではなく、上司にはいつもへつらうのである。つまり彼らの従順さのベースになっているのは、市民の卑劣さであって命令への服従ではない。大学における教授と学生の関係を考えていただきたい。本物の、あるいは見せかけの好意の背後に隠されているのは、神と、たんなる人間との関係である。ドイツのいくつかの大学に留学していたとき、私は、いつも自分の師と仰ぐ人の前で陶然となっている、この手の金髪連中のおめでたい態度に吐き気を催したことを覚えている。それなのに、この国民を心から崇拝した時期があったとは！　私の熱狂はもうとうに終わったが、それでも私は自分の熱狂ぶりを非難し、自分の無分別と愚かしさを責めつづけている。この、もとドイツ人の何が私を魅了したのかといえば、私には彼らと共通のものは何もないという事実だったに違いない。本質的に似ているものは何もないという事実に、根本的に両立不可能であるがゆえの牽引力に起因する悲劇。不幸なことに、私は自分の欠陥をよしとし、それに甘んじようとはせず、自分にないものをいつも他者に求めたのである。

自分は賢者か、それとも精神を病む者か、いつも私はいぶかる。

私の見る夢から判断すると、私は、まったくもって冷静なエッセーなど書かずに、幻想的な物語のたぐいを書いてしかるべきだろう。私の夜と昼とは一致しない。というより、夜、私は、具体的で色とりどりの劇的な悪夢を見るのに、一方、昼間の悪夢ときたら、単調で抽象的な、退屈この上ないもので、私の不安の反芻と変わらない。

プラトンの冗漫。すでにディオゲネスは、プラトンの話は長すぎると言って非難している。
もっとも偉大な、これらのギリシア人にも弁護士がいたのだ。

キニク学派の展開。アンティステネスは「徳に従って生きよ」と言ったが、このソクラテス的原理に、新しい原理が加えられることになる。すなわち「自然に従って生きよ」。ディオゲネスの言葉である（シャルル・シャピュイ、『アンティステネス』、パリ、一八五四年、一三〇ページ）。
ディオゲネス、
「賢者は神々の似姿、神々には何も要らない。要らないものが多くなれば、人はますます神々に近づく。」

詩について考える詩人、たとえばヴァレリーがそうだが、こういう手合いにはとても我慢がならない。昔、ヴァレリーには一種崇拝にちかい気持ちを抱いていたが、もう私には何の意味もない。

一月三〇日
ヴェクサン地方（サントーユ、マリーヌ、シャール、ヌイイ＝アン＝ヴェクサン、オールム）での日曜日。

私たちが見る夢のうち意味があるのは十に一つ、それだってあやしいもんだ！　ほかの九つは――がらくた、粗悪な絵空事、グロテスクな版画だ。

長い夢というのは、〈夢を見ている人〉がどうやって終わりにしていいのか分からず、大団円を懸命に探しているがうまくいかない、そんなものなのかも知れない。作者がどうやって、そしてどこで終わりにしていいか分からないために、山場をいくつとなくこしらえる芝居、そんな芝居とそっくりだ。

夢を見ながら私たちは退屈しているのだろうか。そうだと私は思っているが、退屈が夢の内容であったような夢、そういう夢となると、さっぱり思い出せない。

偽りの生活を送っている、げすな人間、自分がそういう人間だということを知らない（あるいは、そう思っていない）人間と一晩中いっしょに過ごすと、一種の嫌悪感が残り、翌日になってもそれにつきまとわれ、一日を台無しにしてしまう。

私が知恵の周りをいまもうろつき回っているのは、相も変わらず私の強迫観念に効く薬を見つけたいと思っているからだ。

X——粗忽者を気取る卑劣漢。

どんな発見、どんな思想をもたらすわけではなく、ただ私たちに、ほとんど神的な力の感情を与える、この空虚な熱狂。分析しようとすると、たちまち無と化してしまう、この感情、これは何に対応するものなのか。それは分からない。おそらくは無意味なものであり、そしておそらくはどんな形而上学的な啓示よりも重要なものだ。

作家にしてやれる最大の手助け、それは一定期間、本を出すことを、特に書くことを邪魔してやることだ。作家の利益にもっとも資するためには、一切の知的活動の禁止に野望を燃やすような専制的制度が、短期間にしろ必要だろう。過度に消耗し、蓄積する余裕がない、これが作家を見舞う危険である。野放しの表現の自由は有害だ。なぜなら、それは精神の備蓄を損なうものだから。

私が完全に理解している唯一の主題は、自由の危険の主題であり、自由によって才能がさらされる危機の主題である。

みんなでカルパティアの山へ出掛けて行ったときのこと。私の甥は、三つか四つだったに違いない。ある日の午後、大きな雲が流れてゆくのを見て、甥は私たちを呼んで、こう言った、「ね見て、空が行っちゃったよ。」（ルーマニア語で言えば、〈Cerul a plecat〉。フランス語には、こう訳したほうがいいかも知れない。〈空はいま行っちゃったよ〉、あるいは〈空は出掛けちゃったよ〉。）

未知の人からジャン・ジュネに関する論文集に、ちょっとした証言のようなものを書いて欲しいと言われるが、断る。電話でのよもやま話の際、ジュネはひどく老け込んでしまい、病身で、もう書いていない、と相手が言う。（ジュネが彼にそう打ち明けたのだ。）「彼はもう書いていない」——この言葉は私には匕首のようなものだった。これはまさに私自身の事態だ。

私の〈インスピレーション〉の源泉、それは自分自身への同情だ。その発作がほんのすこしでも感じられると、とたんに私は、ペンを執らねばなるまいと考える……

唯一の、実質的人間、それは農民だ（であった、と言うべきかもしれない。なぜならそれは、すくなくとも産業文明のなかでは、人間類型としては実際上、姿を消してしまったから）。いつも同じことを繰り返し、動物や小鳥や虫と同じように、毎年、同じ生活を繰り返す――これこそ、ほんとうの生活というものだ。工場のなかではなく自然のなかでの単調な繰り返し――人間が自分のためを思って行動していたら、ここに留まっていたはずだ。

創造本能と呼ばれているものは、私たちの本質の倒錯にほかならない。私たちは生きるために生まれたのであって、新しいものを作り出すために生まれたのではないから。

私が自分の欠点のいくつかを克服し、あるいは隠すことができたのは、友人たちの欠点に苦しむ余り、自分のそれを絶えず直そうとしたからだ。

二月九日――泣きたいと思ったり、何か重大な、取り返しのつかないことをやらかしたいと思ったり、気持ちが昂り、一日中、混乱状態。五大陸への憎悪の発作。

謙虚な人間は、ひどく不幸な目に会うことは決してない。わが身に降りかかる事態に苦しみ、それを嘆くには、ある程度の思い上がりと自尊心が必要だ。真の謙虚、ほんのひとときでもそういう境地になれるなら、自分にあると思っている〈才能〉などみんなくれてやる。

青空を背景に、太陽に輝く雲の切れっぱしが天窓から見える。モンブランもこんなに美しくはない。

ストア学派の処世訓によると、私たちは、自分ではどうにもならない事態は黙ってこれを受け入れ、それどころか、そういう事態にはまったく平然としていなければならないというのだが、この処世訓は、私たちの意志の統御からはずれた、外的な不幸しか考慮していない。だが、私たちから生まれる不幸をどうすれば甘受できるのか。もし私たちだけが私たちの苦しみの原因なら、だれを非難すればいいのか。わが身を責めるのか。ところが私たちは、自分が真の犯人であることをすぐ忘れてしまい、機会さえあれば自分の責任の重圧を転嫁できる何かを、またたれか人間を見つけだそうと、ただひたすらその機会をうかがっているのである。

周知のように、人間の日常の行動は打算による。だが、重大な選択を迫られると、多くの場合、人間は好き勝手に行動する。運命の決定的瞬間によく見られる、この無分別な振る舞いを、この自己保存本能の忘却を考慮することがないなら、個人の劇も集団の劇もさっぱり訳が分からない。人間を私利私欲に反する行動にかりたてる、この宿命を感じ取ることがないなら、だれも「歴史」の意味を解読しようとはしないだろう。まるで自己保存本能は、さし迫った死の脅威を前にしてのみ働き、大災厄が予測されると、その機能を停止してしまうかのようである。

私の流さなかった涙、流すことのできなかった涙のことを考えて、いったいどれほどの時間を過ごしてきたことか！

生涯、私は、自分はほんとうにいるべき場所から遠ざけられていた、と思いながら生きるのかも知れぬ。たとえ形而上学的流謫という言葉に何の意味もないとしても、私の生活は、この言葉に一個の意味を与えることになるだろう。私ほど現世を生きていない者はいない――私があんなにも涙のことを考えたのはそのためだ。涙について、まるまる一冊、本を書くこともできよう。実際、私は涙について、ルーマニア語で一冊の本を書いた。[5] 自分の肉が嘆き、血が涙を運んでいるのだと感じる、こういう感覚の内部から、私たちははじめてプロティノスが、現世の生活は「翼を失った魂」だと語るプロティノスが理解できるのである。

齢《よわい》を重ねるにつれて、私には饒舌がますますもって厭わしい。ところで文学は、偉大な作家の場合を除けば、饒舌であってそれ以外の何ものでもない。私が読み、あるいはざっと目を通す多くの本のなんと重みのないものか！

人は健康を享受することはないし、だれも健康であることを意識してはいない――ところが一方、ちょっと具合が悪くなると、私たちの自然の無意識はぐらついてしまう。病気とは「生」の最大の発明だ。

たぶん私の本はすぐれたものではない――だがすくなくとも、私のあらゆる苦しみから生まれたという取柄はある。

どんな理由で自分の出自を恥じるにしろ、それの否認は決してしてはなるまい。それは恥ずべき背教、しかも肉体的に不可能な背教であり、言葉の矛盾だ。つまりは自分であることの拒否であり、「私は私ではない」と公言しているようなものだから。確かに口で言うことはできるが、何の事実にも対応してはいない――レトリック上の言い回しか、その場かぎりの逆説でないとしたら。

二月一一日　ルーマニアの連中と昼食。泥酔する。ほぼボルドー一瓶のんだ。〈自分の〉脳髄のコントロールがきかない。数時間、バカなことを言う。なんとも愚劣なことだ！

〈Geniu pustiu〉*――これが私の国を解く鍵。

＊「不毛の天才」――ミハイ・エミネスクの未完の小説の表題。

『概論』がペーパーバックで出る。サマリテーヌで見かけた。もうこうなったら、下水渠にでも身を投げるより仕方がない。

　さもしければさもしいほど、〈生〉との私たちの関係は密接だ。私たちのあらゆる欠点が際立ち、その力をいかんなく発揮するようになるのは、もっぱらつまらぬものに限られるからだ。情熱の対象がくだらないものであればあるほど、情熱はいよいよ昂り募る。ほんとうの愚行というものは、ほとんどいつもくだらぬことが原因で起こる。

二月一二日　いま、明かりが消え、とっさに私は、夜というものを、墓のそれを含め理解した。

　泣けるものなら泣きたい。そう思うほど、私の自分を恥じる思いは深い。そうすることが、たぶん、この思いに打ち克つ唯一の方法なのだろう。

　ルターについて書かれたものを読むといつも、ほかの伝記を読む場合よりも、頑固さというものがどうして自分にはないのか、その理由がよく分かる。

　アウクスブルクでの教皇特使カイエタヌスと彼の衝突に関しては、私は一方ではルターに加担しつつも、また一方では教皇特使に加担する。特使は、洗練された懐疑派、傑出した文明人、したがって堕落した人間だったが――その相手は、自分の言葉のすべてを信じている野蛮人だった。イタリアの偽善――ドイツのバカ正直。

　宗教改革は充分フランス大革命に匹敵する。したがって、ドイツ人にも革命的精神がまったくないわけではない。ただ彼らは、政治的解放のはるか以前に、魂のレベルでの解放をなし遂げたのだ。

　ローマとのドイツ人の決裂、これはしかし彼らの本質と運命に登録されていたものだが、この決裂から彼らは決して癒えることはなかったようだ。

　老いるにつれて、私はますます優柔不断になる。それが露呈されるといつも私は、自分をどうしようもないバカか何かのように思ってしまう。

　宗教あるいは政治で、信念の悪臭ふんぷんたる頑固で清廉潔白な人間、こういう人間を私は軽蔑するよりも羨望する。

私ほどにも意欲を、あるいは意志を打ちのめされた人間がいようとは思われない。

戦争がはじまって間もないころ、ある娘が私に言ったことがある、「あなたのことを考えると、移り気という言葉がいつも思い浮かぶわ」と。

ひどく顕著な精神の不安定から生まれるあらゆるものは、特に文学の場合、激しい反応を惹き起こす。作品は無関心――あの確実で明白な、あのほとんど勝ち誇った、完璧な無関心からも冷静さからも生まれないということが紛れもない事実だとすれば、困難な時期、まさに不安定な時期に、私たちの心を鎮め慰めることのできる作品がまるで見当たらないのはこのためだ。それもそのはずで、作品そのものが不安と悲嘆の産物なのだから。

これこれの人について書いて欲しいとよく頼まれるが、断る。私の現在の心境では、話題としなければならないような作品の大半は、逃げ口上以外の何ものにも見えず、そんなものにかかわりあうことなど、ましてや読むことなど願い下げにしたいと思っている。私は、どんな流儀の文学者とも事実上、関係を絶った。

体面を重んじる作家は、成功を願うよりは恐れる。

ルーマニア人。私たちルーマニア人とかかわりあうと、すべてのものは軽薄になる。ルーマニアのユダヤ人にしてもそうだ。ユダヤ人は、私たちのために不毛となり、その天才を、なかんずくその宗教上の天才を失った。ルーマニアには奇跡を行うラビはひとりとして生まれなかったし、ハシディズムのかけらも見られなかった。ルーマニア民族の本能的懐疑主義、これはユダヤ人には致命的だったのかも知れない。彼らのルーマニアへの居住は、彼らには同化にまさる不幸だった。私たちのために彼らはほとんど私たちに劣らず浅薄になり、もうすこしで完全に同化されてしまったであろう。

ルター――聖パウロ以後、最大の宗教的個性。

攻撃的で矛盾撞着した気質、激烈であると同時に苦しみもだえる気質、ひとたび嵩じるや、人を発奮させ、同時に唖然たらしめずにはおかぬ気質、私はこういう気質が好きだ。私の沈滞には鞭が必要なのだ。

賛否いずれにもせよ、何か運動を繰り広げるための最低限度の確信があればいいのだが！　だが私は、自分の確信をひとつまたひとつと、そして全部ひっくるめて無力化し、弱め、追い払った。

妄想に憑かれた者は、制作過剰にならぬよう用心し、繰り返しを避けるため可能な限り書かないよう心すべきであろう。

ひとりですべての者に対立する。偉大さというものはここにしかない。絶望あるいは異端。

愚痴っぽい人間とつき合うよりほら吹きと〈つき合う〉ほうがはるかに楽しい。私は、わけもなく不満をもらす連中が嫌いだ。これに反し、ガスコーニュ人といっしょに過ごすのは何と愉快なことか！　失望すべく努力しているに違いない人間にやっと出会えたというわけだ。結核のため会社をくびになったガスコーニュ人を知っているが、やっこさん、このことを手柄かなんかのように私に告げたものだ。

ガスコーニュ人とドン・キホーテの隔たりはほんのわずか。

ある対独協力者に、ユダヤ人はドイツ文化のもっとも有能な仲介者だったとよく言ったものだが、すると彼は私に、「ドイツ人は自分たちの最大の資産をなくしてしまったのだ」と答えた。

ドイツ人が形而上学にすぐれていたのは、あらゆる民族中もっとも良識に欠ける民族だからである。

一夜を過ごす、その度ごとに再生する、この不安に立ち向かうには、毎日、別の神に助けを求めなければなるまい。

すべての現代文学は、ランボーとシュールレアリストたちをその淵源とする限り、イメージの不釣り合いに立脚している。

デミウルゴスは、ヘブライ語では *Ialdabaôth*、つまり〈混沌の子〉と呼ばれる。

ジョイスとヴィトゲンシュタイン（彼らの略伝で読んだのだが）は、トルストイがとりわけ好きだった。なかでも「人間にはどれほどの土地が必要か」という小品が。

シビウの映画館「アポロ」で、はじめて観た（一九一九年か）映画が、だしぬけに記憶によみがえる。その映画は、私の記憶ちがいでなければ、『海の貴婦人』（*Doamna Mării*）（?）というものだったが、スクリーンの上に荒れ狂う海を見たときの衝撃がまざまざと思い浮かぶ。この感覚を私は忘れていなかったに違いない。それなのに、四五年後の今日になってはじめてよみがえったのだ！

私の唯一の関心事となるほど、どうして人間は私の関心をそそるのか。私が自分のいとしの自我に抱いている強迫観念、これを隠蔽するための回り道にすぎないのではなかろうか。

だれにとってもそうだが作家にとっても、賞賛のうちに生涯を終えるより罵倒されて生涯を終えるほうがましだ。私たちは栄光よりは屈辱においてこそ本質的なものにいっそう近づく。

『概論』(ペーパーバック版の!)を数ページ再読したところだ。感動する。いまにしてやっと気づいたのだが、この私の感動は、作品の質に起因するものではなく、作品と切り離すことのできない思い出に、作品が生まれるもととなったさまざまの試練に起因するものだった。

(だれでもこの本を手にすることができるようにしたのは、軽率であると私は思う。この本には弱い人間を押しつぶし、強い人間の気力を殺ぐところがある。これを書くのに、いったい私はどれほどの憎悪を溜め込んだことか!)

『概論』を書いていたとき、「〈生〉に仕返しをしてやろう」と、しょっちゅう繰り返していたことを覚えている。はっきり言っておかねばならないが、死刑執行が問題だったのだ。私のすべての本は、これと同じ精神から生まれた。

二月一八日　真夜中すぎだ。てんかんを思わせる神経の緊張。泣き叫びたい。四肢という四肢が痛む。こらえていなければ、きれっぱしになってしまう。人間は何ものでもないが、しかし自分の感受するものによって何ものかでありうる。

私は私の感覚に値しない。

「〈解脱〉! おまえにはその資質はまるでない。解脱などもう口にしないほうがいい。」日に何度、こう言うことがあることか。——それというのも、実をいえば、私の内部には、かつて私が知恵へ向かって一歩たりとも歩んだことがなかったかのように〈古い人間〉が頑強に存在している事実を、私は機会あるごとに確認しているからだ。

自分の欠点は分かっているが、同時にそれが直せないものであることも知っている。それを自分に引き受ける以外、私に何ができるというのか。

うぬぼれ屋だけが辛辣だ。

二月一九日　春めいた陽気。こんな陽気が早くも訪れると、いつものように私は、甘美にしてむごたらしい憂鬱にこもごも捉えられる。——骨のあちこちがきしむが、これは私の場合、春の訪れを告げるしるしそのものである。

ひどく恥ずかしいことに、思ってもみなかった自分の内部に、作者としての反応があることに気づく。この不意打ちは、私にはいつも耐えがたいものだが、残念ながら繰り返し起こる。私の深層、私の存在は私にはいかんともしがたく、私には、自分の秘密を、自分の自我をコントロールするどんな手段もない。

二月二〇日　昨夜、生まれてはじめて、ハシッシュを喫《す》う。わずかな量だったので、ある種の爽快さ（そう思い込んでいただけなのかも知れない）を別にすれば、これといった顕著な影響は何も感じなかった。

ルーマニア語——もっともみにくい、そしてもっとも詩的な言語。ルーマニア人が偉大な詩人でないのは、ルーマニア語がまるで抵抗力というものをもたず、乗り越えるべき障害にいっこうにならないからである。易きにつこうとする誘惑は大きく、人がこの誘惑に屈するのも分からないではない。

パリにピオトル・ラヴィッツ*のような人がいると思うと心がなごむ。

＊　ウクライナに生まれ、かつてアウシュヴィッツに収容されたことのあるピオトル・ラヴィッツは、一九四七年以降、パリで生活していた。直接フランス語で書かれた彼の小説『空の血』（ガリマール、一九六一年）は、十数か国語に翻訳された。また『反革命家のメモ帳、あるいは森の外観』（ガリマール、一九六九年）も出している。一九八二年五月、自死。

私は自分をさらけ出すのが嫌いだ。それに、ある人に書いたように、私はもう駄目だ。自分の思想から結論を引き出しにかかっているから。自分の思想に従えば、それだけますます生との関係で困難な状態に追い込まれるように感じる。天地創造のあとの神のように、自分のなかに無限に引きこもること！

デューラー、エル・グレコ、ファン・ゴッホ。

本をつくるために断じて書いてはなるまい。言い換えれば、他人に語りかけようと思って書いてはならない。自分のために書くこと、これが肝心だ。他人などどうでもいい。思想というものは、それを理解できる者に向かってのみ語りかけるべきものだ。これが、その思想を他人が無駄なく自分のものとし、真に自分の思想となしうる不可欠の条件だ。

作品を創造し、残そうとする強迫観念、これは私にはますますもって子供じみたものに見える。ひとかどの人間にならねばならないのであって、作品などは二の次だ。作品というものは、要するにかなり新しい迷信。私たちの文明に比べ、口承文明のなんとすぐれていたことか！　実際、古代にさえ、書かれたものへの偏見があった。まだ真実を失っていなかった世界を見出すには、ホメーロスに遡らなければならない。

農村の世界に見られる書物への恐怖と不安。オルテニアの田舎で、少年時代の思い出を書いていたＤ・チオトリが、ある日、コマンとかいう隣人に、いま書いている本にはきみのことも出てくるんだよ、と言ったところ、コマンは「きっとずいぶんわるさをしたからだよね。でも自分じゃあ、あんたの本に書かれるほど卑しい人間とは思っていなかったんだけどね！」と言った。

仕事はみごとにやってのけているのに、自分は呪われているのだと言い張り、そう思い込んでいる作家、こういう作家を私は心底、軽蔑している。孤独を気取り、雑誌に顔を出しては若者に取り入り、機会あるごとに自分の宣伝をする手合い。しかも、その態度ときたら、一見ひややかそうでいて、その実、どこにでも顔を出したいという欲望がみえみえなのだ。

あらゆる作家は、作家であるゆえに、唾棄すべきものだ。おそらく、次のように一般化すべきなのかも知れない。つまり、方法のいかんを問わず、仕事に熱中している者はだれといわず厭わしいと。

パリで生活する利点は、いつでもどこでも思いのままに軽蔑を行使できるということだ。パリ以外のところだったら、軽蔑という能力は、対象がないため、たちまち底をついてしまうが、パリでは、この能力は、特に才人との接触を通して花ひらくのである。人が才能に恵まれていればいるほど、その人は、魂の水準では、ますます期待を裏切らねばならないかのようだ。

何ごとにおいても最少限を遵守すること、これが私のモットーだった。死にぎわには、こう言いたいものだ、「おれは自分にできることをみんなやったわけではない」と。

これは逆さまの自尊心ではあるまいかとも思う。ありもしない才能を、あるいは萌芽としてもっているにすぎない才能を、さもあるかのように見せかける、ここには不誠実とはいわぬまでも、いささか欺瞞があるのではなかろうか。

賞賛を、あるいは同意だけでも求める人間は、みな例外なく自尊心を充分もち合わせていないという証拠だ。

言葉について考える詩人は、詩想が涸れてしまったという証拠だ。

なんともひどいもんだ！　今日《こんにち》、詩人が詩について書き、小説家が小説について、批評家が批評について、神秘家が神秘思想について書いている。

自分の仕事が行為の唯一の目的と化し、仕事が現実に、方法が経験に取って代わってしまった。本来のものの欠落、経験の欠落がいたるところに見られ、思考がすべてに勝り、感情はもうどこにも通用しない――感ずべきものなどもうないかのようだ。

計画をあきらめ、あるいは仕事をサボると、いつも感じるのは、まずほっとした安らぎ、ついでいささかの羞恥。このほっとした安らぎを私は追い求めているのだが、ときには羞恥を感じない場合もあり、そういうときには、この安らぎはすぐやってくる。

あるがままの自分を受け入れるのが苦しみを回避する唯一の方法だ。〈自分を拒否すれば〉、とたんに私たちは自分を責める代わりに他人を責め、もう発散させるのは苦しみだけだ。

人間は二つのカテゴリーに分けられる。生の意味を探しても見つけられぬ人間と、生の意味を探しもしないのに見つけてしまった人間とに。

病人には何にでも耐えうる残酷なところがある。つまり、彼らはだれにも同情しない――(これは例外のある真実)(半分だけの真実の典型的な例)。

私は、健康な作家にはだれにもまるで親近感を覚えない(健康な作家、簡単にいえば、たとえばゲーテのようなタイプの作家はいるのか)。

講演に招待してくれた学生のグループに、「人間の顔を前にするとどうしていいか分からなくなってしまうたちなので」と、断りの返事を書く。人まえで話すことなど私には想像もつかないことだ。それに、そんな能力はまるでない。これは一種病的な無能だ。大勢の人(サロンの内輪の集まりであっても)を前にすると、とたんに私は黙り込んでしまい、自分がまるで口のきけない動物にでもなったようで、突然、言葉以前の世界に繋がれてしまったような気になる。ラ・ロシュフーコーは、どうしても演説をしなければならない不安から、アカデミー・フランセーズの会員になることを拒んだが、そのラ・ロシュフーコーのことを私はよく考えたものである。

GMのところでバッハのカンタータを二曲、聴く。至福にまごう高揚。

私は恐れおののくこともあれば有頂天になることもあるが、幸福にはなれない。二つの極端なものの中間にあるものを飛び越えてしまったのだ。

私は自分の難儀で精一杯。だから他人の難儀は私にとって耐えがたい重荷だ。なじみのない苦しみに提供するスペースは私にはない。私は私の苦しみに占拠され、苦しみに自分を明け渡してしまったのだ。

私の沈滞の危機は、残酷な行為の発作となっていつも頂点に達する。

二月二三日――今この瞬間の私の状態、言葉にはならないこの状態、これが絶望というものだ。この状態から自分を引き離し、このむごたらしい瞬間の思い出を失ってしまうまで、いつまでもいつまでも眠っていたい。この精神のヴィネガーをだれが私から奪えようか。

私には満たすことのできない形式としての〈生〉、その〈生〉を前にしての私の怯懦。すべてが、生活までも、「存在」までもが格式ばったものであるとは。

もちろん、私には不安を克服することはできまいが、といって、くじけるつもりもない。不安と私はともに生き、たぶん最後にはうまくやっていけるだろう。

妄想に苦しめられている病んだ精神は、一時的に思考を停止することによってしか、つまり、白痴療法によってしか自分を救うことはできない。

すべての人間は快楽を求める――この命題は正しい。ただし、苦悩を求める人間もおり、それもまた快楽の追求である、と補足する条件で。これは逆の快楽主義である。

カータ・ウパニシャッドに述べられているように、「悦びなくして陽気な」アートマンのようでなければなるまい。

*Alles ist einerlei! All is of no avail!** 私は、一切の「虚しさ」を表現するありとあらゆる言い回しにかじりついて生きてきたのかもしれない。

* すべては一つ！　すべては虚しい！

二月二七日　ひどい不機嫌。人を見ていられない。殺意のこもった悲しみ。

日曜日の午後。サン＝セヴラン教会に入る。即興演奏している、というよりむしろ手探りしているオルガン奏者のほかに、ほとんど人はいない。だが、ひどく感じやすい状態だった私は、ほんのささいなオルガンの音にも感動し、気持ちが昂り、戦慄せずにはいられなかった。

二月二八日　劇作家は行動人だ。舞台にかける芝居の一つひとつで、彼は戦いを挑む。私はイヨネスコのことを、〈総稽古〉のたびごとに起こるドラマのことを考える。不入りに立ち向かうには、あるいはそれを予想することだけでも勇気が必要だ。私は、フランス語で五冊の本を書いた。最初の一冊を除き、売れたものはなかった。だが、私は失敗だったとはほとんど気づかなかった。一冊の本の運命は、一晩では決まらないからだ。途方もない利点。

変わりばえのしない本を書くくらいなら、もう書かないほうがましだ。繰り返しは断じて避けること。自分で自分の演技を面白がってはならない。自動症《オートマティスム》は、特に思想においては最悪だ。「ノン」の易きにつかぬこと。

マティラ・ギーカ*の二巻本の回想記を買ったところだ。第一巻を開くと、若い海軍士官の写真と、最後には、ごてごて勲章をつけた全権公使の写真が目に入る。私が後にも先にもたった一度ロンドンで彼に会ったのは、死の二年前、養老院でのことだった。そのときの彼は、みじめで、うろたえた様子で、まるでいま卒中の危機から脱したかのようだった。私たちは儀礼的な言葉を交わしたが、私が、彼を慰めるつもりで「パリで、たとえばアカデミー賞を与えられたらお受けになりますか」と尋ねると、とたんに彼の顔は輝いた。——この残骸と、いま目にしたばかりの輝かしい写真とのあまりの対照ぶりに、あやうく私は眩暈《めまい》に襲われそうになった。いずれにしろ、私は憂鬱になり、ひどい悲しみの渦中にあるときのように床に就いた。

＊ルーマニア生まれのフランスの作家で哲学者だったマティラ・ギーカ（一八八一―一九六五）の著書には特に次のようなものがある。『黄金数』『雨と降る流星』（ガリマール、一九三一年、三三年）、二巻の自伝『わが青春の記、ユリシーズのように幸福に……』（一九五五年、五六年）

私がラ・ロシュフーコーにどれほど親近感をいだいているか、ほとんど信じられないくらいだ。その理由は、私たちが同じように、また病的に幻想には向いていないからだと思っている。

自分の存在から奪い取ったものでなければ何も書かないこと——作品ではなく真実を目指して書くこと。

生きている限り、私たちはだれしも、自分がまさに自分であることにいつまでたっても驚きを禁じえない。唯一性の劇は汲み尽くしがたく、また解決しがたい。

他人のしていることが無駄だと思えるようになれば、それだけ精神生活は深まったことになる。（といってもこれは、エゴイストの振る舞いとはまったく無関係である。エゴイストの考えは、こうも言えるかも知れない。「私が無駄だというのは、他人がしているすべてのことだ。」)

私からすればあらゆる人間は、世間を知らなさすぎるように見える。伝道者ソロモンにしてさえも。

このところずっと、書くのにひどく苦労しているのは、激昂も挑発ももう高くは買っていないからだ。ところで、私の精神は激昂と挑発のなかでこそ寛ぎ、やすやすと働く。思慮分別を自分に課してはみたものの、私はお手あげ状態。知恵は私の災厄だ。

いままでずっと孤独でありたいと思ってきた。すぐれた人間ではないにしても、他人の上には、だれの上にも立ちたくないと思ってきた。命令し、精神的なものとはいえ権力を行使する――私はこれに腹の底から嫌悪を覚える。私は何にでもなりたいが、神だけは願い下げだ。聖別はどんな形のものにしろ、特に至高の聖別は、考えただけでも、私を逆上させる。控え目な生き方、そこに含まれる誇りともども、これだけが私の好みにあっている。世に知られぬひとかどの人物であること、これこそ、打算あるいは〈理想〉によるよりも本来的に私が希求していることだ。

何かの偶発事で野望を失うような羽目にならなければ、人間に自己改善はおぼつかない。

どこでもそうだろうが特にパリでは、名声の失墜のもたらす楽しみにまさる楽しみはない。人は実際に自分の名前を失ってしまう。栄光はその名前の聖別だったのだ。

自室のマントルピースの上に、仏陀の小さな立像と新聞から切り抜いたチンパンジーの絵が置いてある。こうして並べてあるのは偶然か。もちろん偶然だが、私の現在の関心事に見合っている。人間のはじまりと「解脱」。

毎日、予測できない瞬間に、不安が頭をもたげ、深まり、私のうちに入り込み、私を捉えて離さなくなる。つまりその瞬間は、不安のあらわれの合図であり、時刻であって、不安は、会う約束を違えることはめったにない。

私の絶望の原因はもっぱら私の無為症にあるといっていいが、私が無為症患者の世界にきわめてちかい確信を抱いているにもかかわらず、私の内部に執拗に存在しつづけている密かな精神的要求と、この無為症は矛盾している。私には行動への、有効性への、制作への、多少とも無意識的な郷愁がある。こういったものは、理屈の上ではみな私の軽蔑しているものだが、しかし私たちの理屈は、私たちの内奥の現実とはまったく関係がない。

私はおかしなほどかつぎ屋で、いままで文明に必ずしも全面的に荷担したわけではない――私にある真なるもの、これによって私は、概念以前の、理性の茶番以前の世界の者だ。

ここ一年、私はひどく痩せてしまったが、その理由は、自分のことがとても信じられないからであり、さらに由々しいことには、自分のことが容認できないからだ。その結果、私の肉体そのものが変調をきたしてしまったのだ。体重を保つには、どんなにわずかでも自信と希望がなければならない。私は不毛な困惑状態のうちに日々を過ごしているが、この状態が私を疲労困憊させ、危険なほどにも私を軽くするのだ。

古代インドでは、知恵と聖性に区別はなかった。これに相当するもの（もっとも、まったく相対的なものだが）としては、ストア学派の哲学者とキリスト教神秘主義者の完全な総合を想像していただきたい。

私の思想は一本調子だ。だが、思想の糧となった苦しみは、途方もなく多種多様だ。思想は、これらの苦しみのすべてを同化し、苦しみに共通の本質だけを保ちつづけた。

人生で何ごとか会得したものがあるとすれば、それは私が敗者であったからだ。哲学の観点からすれば、挫折はこの上ない利得だ。

自分は徹底的に孤独だと思うと、経験するすべてのものは、たちまち多少とも宗教色を帯びたものになる。

形而上学的な不安と理由のない、純粋状態の不安、両者の相違はほとんどなきに等しい――ただし、前者はほぼ正常なものであり、後者は必ず病的なものだ。

エゴイズムを完全に克服してしまい、もうその片鱗さえ残していない人間は、二一日しか生きられない。これは現代のヴェーダーンタ学派の教えるところだ。

三月一四日　今朝、仕事をしようと意気込んで起きる。とびきり濃いお茶を四杯のみ、仕事机につく。電話、また電話。それから、ぎりぎりの土壇場になって昼食の誘いを受ける。さまざまの理由で、断るわけにいかない。午後五時ごろ帰宅。不安、憂鬱、眠気。はやく寝ようと思う。土壇場になって、友人たちと夕食を摂ることにする。

以上のような襲撃はみな電話によるが、この悪魔のような機器を、私は厄介払いすることができない。

自分に、そして人間どもにむかっ腹を立てると、私は神にしがみつく。神は、いまもって存在するもっとも堅固なものだ。

人間は病気がちの動物だから、そのほんのささいな振る舞いにも、兆候の価値がある。

人間は消え去るだろう。

ヒンズー教の信仰によると、ある種の悪魔は、人間が前世で、神の不倶戴天の敵に化身したいと立てた願いの結果である。それというのも、人間は愛によるよりは憎しみによってこそ、いっそう神に思いを寄せることになるからだが、私はこの信仰が好きだ。

「ロバは私にはオランダ語に訳された馬のように見える。」(リヒテンベルク)

三月一八日　ヴァレリーの『固定観念』を……劇場で観る。ひどく退屈で、ほとんど耐えがたい。才気は、それが自動的に、ひっきりなしに生まれ、一連のはぐらかしと洒落以外のなにものでもないとき、耐えがたい。それにヴァレリーには、まさに人を憤激させずにはおかぬ知性フェティシズム、自分の知性へのフェティシズムがある。才気など何ほどのものでもないし、ましてや感動の埋め合わせにはならない。

一九五〇年まで(日時を明かしておこう!)、私はヴァレリーを信じていた。だが、それ以後、彼への関心は薄れるばかり、現在では私にはまったく無縁の者となってしまった。

四月一二日　バール＝シェムの弟子であった、ある敬虔者《ハシッド》は、「自分の造り主の喜び」にかなうことだけが目的だとの確信がもてたら、本を出すつもりだったと告白した。だが、確信がもてず、彼は本を出すことを断念した。

四月一七日　N・R・F誌への論文——「古生物学」*を書きあげる。国立自然誌博物館でのたわごと。いつものことながら、仕事が終わると、まずほっとし、ついで疑念に捉えられる。私は骸骨と死骸について考えて、まるまる一月《ひとつき》、いや、数か月を過ごした。その結果はといえば、やっとこさ一五ページ……もっとも、主題そのものからして、冗漫にわたるわけにはいかないのだが。

* 『悪しき造物主』(一九六九年)に再録。

ほんとうの病と気でやむ病——両者は私にとってはまったく同じものだ。私が言いたいのは、私はいつもどこかしら具合が悪く、健康にはなれないと強烈に意識しているということだ。肉体以上に、自分の存在が苦痛なのだ。

この世でもっとも愚かな、もっとも〈世俗的な〉ことは、なんであれ何かを羨むことだ。生きている人で、私が嫉妬したいと思うような人はひとりもいない。相手が物だったら、事態は一変するだろうが。

四月二四日　日曜日の午後。散歩のため外出。耐えがたい倦怠感。友人に電話すると、家に来いと言う。承諾する。だが承諾したとたんに、倦怠感が募り、不安と化し、興奮と化す。このままひとりで自分の状態に耐えるためなら、何をくれてやっても惜しくはないのだが、それができない。私は友人宅へ行かざるをえなかった。そして四時間に及ぶよもやま話。いまは倦怠より後悔が先に立つ。なんという浪費家か！

苦しみの不安は、人間の自己実現への、〈運命〉をもちたいという野望と欲望への大きな障害である。

このところずっと、インド哲学の周りをうろついていたが、今はさしあたり、うんざりしている。何をやってみても、私はすぐ食傷気味になる。私の感情のどれをとってみても、その背後には私の根本感情、つまり倦怠感がある。これこそ私のすべての経験の真実であり、私という人間の、いや、存在する人間の、存在するあらゆるものの土台である。

伝記を読み、他人の偏執をあさり、自分の偏執の正当化をそこに見届ける――これが私の好みだ。かつて偏執者というものがいたとすれば、それは私だった。

ショーペンハウアーが死を目前にして講じた最後の措置のひとつは次のようなものである。「判断力もない多くの作家連中が、恥しらずにもドイツ語を傷つけているのに怒りを禁じえない私としては、次のように宣言せざるをえない。すなわち、私の著作が将来、重版されるとき、そこに承知の上で、なんであれ変更を加える者、文章はもとより、一語、一シラブル、一字、一句読点たりと変更を加える者は、だれといわず呪われてあれ！」

彼にこんなことを言わせたのは哲学者なのか、それとも彼の内部の作家なのか。むしろ同時にその両者であったが、哲学者にして作家という、この組合せはきわめて稀だ。ヘーゲルだったら、こんな呪詛は口にしなかっただろう！　ヘーゲルには限らない、ほかの一流の哲学者にしてもみなそうだ。ただし、プラトンは除く！

ゲーテは自分の文学作品を批判する連中にはきわめて寛大だ

ったが、ことが自分の科学上の仕事、なかんずく色彩論となると、とたんに自説をがんとして譲らなかった（親友たちと仲違いしたのも、色彩論が原因だ）。

入念に想を練って書いているとき、自分の語ったことはみな重要だと思われる――ところが、書き上げてみると、あるいは本にしてみると、なんという覚醒に襲われることか！　あらゆる創造は、例外なく夢だ（天地創造そのものにしてもしかり）。

四月二八日　先日、メディシ街で、サルトルが下品な顔立ちのブロンド娘に腕をとられて通り過ぎるのを見かける。サルトルは、イタリアふうの身なり、靴も、踵の高い、先のとがった、イタリアふうのものを履いてめかしこみ、どことなくぎこちない。こんな小粋な、そして快活なサルトルの姿を見て、私はある不快感を感じた。彼がみにくく見えたからか。必ずしもそうではない。彼がひどく魅力的だったのは明らかだから。実をいえば、この不快感は自分でもわけが分からないのだが、しかしこれは、ヴォルテールの時代の人々がヴォルテールに抱いていたに違いない不快感と似ているのではないかと思う。当時の人々は、このお人好しの途方もない名声にいささか眩惑されながらも、おそらく苛立たしさを感じていたに違いないのだ。

自分の影を恐れる。どうして恐れないでいられようか。私は五五歳だが、自分に影があることを〈理解した〉のは、生涯ではじめてのことだ――そして影を投影しているのは私ではなく、私を投影しているのが影であるということを。

四月三〇日　快晴。かなりの群衆。気違いじみた、奇妙きてれつな大群。最後の審判よ、はやく来い！

歳とともに、逆説の嗜好はだんだんなくなる。私にとって重要なのは真実であって、表現のための表現ではない。才気など、ペストかなんかのように避けよう。

暗い気分の発作に捉えられると、精神の次元での行動基準というものがもてなくなる。私はある状態から別の状態へと移り、なんの実益もえられない。

矛盾した多くの衝動に苦しんでいると、どの衝動に従っていいのかもう分からなくなる。優柔不断というのがこれであって、これ以外の何ものでもない。

無名のままでいたいのかそうではないのか、いまもって私には分からない。たとえ有名になったとしても、私はそれに耐えられないだろうし、いずれにしろ、いまのほぼ完全な無名状態以上に耐えられないないだろう。これは私の確信に近い。

だれのためにも、自分のためにさえ書かぬこと。これが真実に達し、真実を反映する（実在と同じ水準に身を置く）唯一の方法ではあるまいか。

〈Metaphysics is the finding of bad reasons for what we believe on instinct.〉（F・H・ブラッドレー）
（「形而上学は、私たちが本能的に信じていることを正当化するための、誤った理由の探究である。」）

五月二日　暗澹たる気分。いましがた、生後七か月の乳飲み子と三歳になる男の子とをかかえ、又借りした小部屋に住んでいる未婚の母に会ったところ。ガスもなければ暖をとる手段もない。

人で溢れる、夏空のもとのリュクサンブール公園。自殺の思い。こんな烏合の衆のなかをどうしていまもうろついているのか、その理由がほんとうのところよく分からない。

またしても砂漠の誘惑。

欲望不在の状態に陥った。

すべては無駄だという考えには、それなりの効用がある。最近のことだが、私は憤怒の発作にかられて、数人の〈名士〉に無礼な手紙を書いた。だが、一通も出さなかった。〈侮辱された人〉が可哀そうになり、彼らに対して公平を欠いていたことに気づいたからだ。人間は、いまの生き方と別の生き方ができるわけではない。それならなぜ、彼らの習慣、彼らの悪癖をそのままそっとしておかないのか。いままで私は、衝動にかられて書いた手紙を引き裂くたびに、これでよかったと思ったものだ。とはいっても、いままで、全部ひっくるめて一〇通ぐらいは出しただろうか。せいぜいそのくらいだ。試合には参加せず、他人が試合で消耗するに任せよう。

私にある悲しみの資源、これにはわれながら驚かざるをえない。いったいどこに由来するものなのか。それは文字どおり無尽蔵。血のなかにこんな重荷をかかえていて、いったいどんな信仰の向上をなし遂げることができようか。

私が〈解脱〉を口にするとき、私は絵空事を言っているのではない。私の精神、私の生理学から、私にある、善悪ひっくるめたすべてのもの、私の悲嘆にある、すべての宗教的なものから生じる、ある呼びかけに私は応えているのだ。私が全面的に固執する唯一の〈神話〉、それは失楽園の神話だ。

私のいつもの、つまり主要な状態。すなわち、ひとつながりの同情、嫌悪、困惑、恐怖、郷愁、悔恨。

この、人間のものとも思われぬ悲しみはどこに由来するのか。その原因は、私の見るところ、形而上学的な、また生理学的な二重の災厄にある。

宇宙的な憂鬱。ベッドに避難して身を隠す以外、これは避けられない。至福の忘却、遁走、極めつけの怠惰への耽溺。

憂鬱の産物としての残酷さ。残酷好みは、憂鬱と不可分だ。恐怖政治に関する本を読む必要。

ブーニンがその回想録で語っているところによると、ロシア革命のさなか帰国したクロポトキン公爵は、大歓迎を受けたが、たちまち見捨てられてしまった。何回も住居を変えざるをえず、とうとう最後にはあらゆる人々に見捨てられて、みじめな小さなアパルトマンに住む羽目になった。高齢だった彼の理想といえば、一足のフェルト製のブーツを手に入れることだけだった。

自分は世間から忘れられているという考え、この考えには慣れなければならない。そして慣れたあとは、それを甘んじて受け入れ、できれば楽しまなければならない。それを苦にするのは、もっともバカげている。

あるバカ者が電話をかけてきて、三〇分以上も話しつづける。別に私に言いたいことがあるわけではない。私にしてもそうだが、でも乱暴に電話を切る勇気が私にはないのだから、相手の与太話で罰を受けたとしても致し方ない。ある意味で、彼は私の役に立った。私の臆病の、いわゆる〈デリカシー〉の根の深さを私に明らかにしてくれたのだから。

書いていますか、何を書いていますかなどと尋ねられると、いつも決まって、むらむらと嫌悪感が頭をもたげる。知ったことか！　恥辱、後悔、激昂——書かない作家の惨劇にどうしてこれが無関係といえようか。

A——私は彼が大嫌いだが、同じように彼も私を毛嫌いしている。内容空疎なトラークル、もうへんてこな癖しかないトラークル。実質のない詩人。だが、沈着・冷静が一つの取柄とすれば、彼のそれはずば抜けている。計算されつくされた一つひとつの言葉。詩的なものを微量に含む詩。皆さん、ひと息ついてはいかがですか！　というわけだ。

人が言った私たちへの悪口を繰り返すのは由々しいことだ。こういう口の軽い連中は、私たちに好意を抱いているように見えるが、信用してはならない。彼らは、私たちが言った中傷を、同じように簡単に繰り返す。深い憎しみはほとんどすべて、告げ口から生まれる。人の噂を私たちに告げる者は、私たちの最悪の敵だ。人がしゃべり散らし、伝えられてくる私たちへの中傷は、信じないわけにはいかない。私たちはなんと傷つきやすいのか！

私は他人については不平たらたらだが、といって、私のどこをとっても他人よりすぐれているわけではない。私が槍玉にあげる他人の悪癖、そういう悪癖で私にないものはない。さらに由々しいことは、自分では抑えてしまった、克服してしまったとばかり思っていた、ある欠点が、その実、かつてないほど強く、出現の機会をひたすらうかがっていることに自分でも気づいていることだ。私は粗暴な人間だが、臆病だからさも節度があるように見えるのだ。臆病でなかったら、私に何ができるだろうか！　さらに言っておかねばならないが、私は自分の温和なところが好きだし、自分の衝動だの、激しい本能だのを強調するつもりはさらさらない。根本的に、私はてんかん気質だ。

私たちがもっとも恐れているものは、私たちの敵のなかでも、一時期、私たちの友人であった連中がする私たちの話である。彼らは私たちのことをよく知っていたし、それにもう私たちのことを配慮する気などさらさらないから、彼らが私たちに下す判断は、耐えがたいほど真実をついたもの、決定的なものだ。

不正は神秘ではなく、この世の目に見える本質だ。

敵意のこもった、あるいは中傷じみた批判が伝えられたら、腹を立てずに、自分が他人について口にしたあらゆる悪口を考えてみるべきであり、他人が自分について悪口を言うのも当然だと思うべきであろう。ところが、こういうことはめったにない。そしてあらゆる人間のなかで、もっとも傷つきやすく、もっとも怒りっぽく、また自分の欠点をもっとも考えようとはしない人間、こういう連中が中傷家なのだ。彼らに対する悪口のほんのすこしでも引き合いに出して見せれば、もうそれだけで、彼らは取り乱し、怒りを爆発させる。

息子が生まれたとき、サン＝シモンの父は七〇だった。息子の教育に熱心だった父は、息子に一七世紀初頭のフランス語と流儀とを押しつけた。この回想録作者に見られる数々の異常なところ、詮索好き、こういうものはこれでよく説明がつく。

五月七日　発揮されることなく、自分のなかに引きこもり、かろうじて生きながらえ、自分の時がくるのを際限なく待っていなければならない暴力——これが私の場合であるように思われる。

（追記。もし私が犯罪を犯したら、右の所見は、ほとんど証拠物件となるだろうと考えたところだ……）

私が小説家でないのがいかにも残念だ！　私にある不純なも

の、うろんなもの、悪しきもの、悪事、悪事の意志、こういうものはどれもこれも、登場人物に、想像上の人殺しに仮託するにもってこいのものだろう！

街で夕食。ポーランド‐ロシア系のフランス人。詩が読めるだけのロシア語をまだ忘れないでいるかと尋ねると、「読んでみたことはないんですよ。時間がありませんでね。」と答える。この男の、ひどく愚鈍で下品な妻に、フランス語を知っているような、高い教養のある人は、もうロシアにはほんのわずかしかいないと言うと、「ロシアの人はみんな教養があります。だれもが知的で、もう以前のようではありませんわ。」と答えた。

「幸せになるには、健全な胃と病んだ心臓がなければならない。」（フォントネル）

「幸福の最大の秘訣、それは自分と仲良くすること。」（フォントネル）

ジョフラン夫人がフォントネルについて語っているところによると、彼は仲間になんでも提供したが、「人を不幸にするほどの関心は例外だった」。

一八世紀——と思うが——のユダヤ人のセクトが私は好きだ。このセクトでは、人々は堕落への情熱と嗜欲からキリスト教に改宗したものだ。

私の人生のあらゆる重大な瞬間において、私の思考は、ま、いってみれば、高尚な考察をいささかなりとも繰り広げたあげく、いつも決まってけちくさい、卑俗な、それどころかグロテスクな展開を見せるものであることに気づいた。私の危機のときはいつもこうだったし、それはいまも変わりがない——私たちが生から決定的な跳躍をすると、生はたちまち復讐し……私たちを生の水準に、いや、水準以下に引き戻す。

残酷さと同情、ともに抽象的で、脳髄的な両者こそ私の特徴だ。暴君あるいは隠者、これが私にはうってつけだろう。つまり、いずれの場合も怪物。

私の日々の大部分は、思考なき形而上学的熱狂のうちに過ぎてゆく。

チェーホフの「わびしい話」、不眠の効果について、というより生活への不眠の出現について、かつて書かれたもっともすぐれた作品のひとつ。

本が興味深いものになるのは、そこに見られる苦しみの量によってだ。私たちの関心をそそるのは、作者の思想ではなく苦しみであり、彼の叫び声、沈黙、袋小路、百面相であり、解決不可能なものをかかえた文章である。一般的に、苦しみから生まれたものでないものはすべて偽ものだ。

幸福の真の秘訣は「自分と仲良くすること」にあるというフォントネルの言葉、この言葉がだれかに当てはまるとすれば、否定的な形であるにしても、それはまさに私自身にだ。どう頑張ってみたところで、私は自分と和解できず、いつも自分の〈存在〉と仲違いしている。私の怒りは、その対象が私であれ宇宙であれ——一様に、限界をもたない。

キリスト教に改宗した、ある南米のインディアンは、もし自分の部族の信仰を忠実に守っていたなら、自分の子供たちに食べられるという名誉ある運命をさずかっていたのに、うじ虫の餌食になってしまったといって嘆いたものだった。

後悔というものに正当なものがあったとすれば、これがまさにそうだ。

私はもともと形而上学的衝撃に耐えるには向いているが、運命の衝撃となるとそうはいかない。私は、実際上のあらゆる障害を、その解決を不要とするために、問題に変えてしまった。解決不可能なものを前にして、こうしてやっと私は一息つくのである……

ユダヤ人とは民族ではなく運命だ。

モンゴルへの関心は募るばかり、その歴史の推移が私の嗜欲をそそる。これほど偉大な栄光のあとに、これほど無残な凋落がつづく例となると、ほかにはなかなか見つかるまい。

「現代の人間には、死は、トーチを下げる若者によっても、女神パルカによっても、骸骨によっても形象とは見えない。死の象徴を見出さなかったのは現代人だけだ。……」（マックス・シェラー、『死と死後の生』、オービエ、パリ、四一ページ）

五月一四日　ヨハネ黙示録の神経過敏

今朝、〈仕事をする〉のに恰好の場所を見つけようと思って、仕事机を四回☆動かした。悪いのは私であって机ではないことは承知の上のことながら、喜劇は午前中いっぱいつづいた。

精神分析を私が信用していないのは残念だ。というのも、私のケースを何らかの方法で解明して欲しいと居ても立っても居られなくなることがあるだろうから。しかし私は、あのうさんくさい技法より告解に従う者だ。

☆八回

死に関するマックス・シェラーの言葉について。現代人が死の象徴を見出すことがなかったのは、現代人には、もはやどんな明確な宗教上の信仰もない以上、一個の象徴をつくり上げるに必要な要素がどこにも見出されないからではないか。彼にとって死がひとつの過程であって、それ以外の何ものでもないなら、どんなイメージにしがみつけばいいのか。過程というものは、厳密にいえば、イメージをひとつとして喚起しない。ましてや象徴は。

『ロギア』、ジャック・シュヴァリエが出版した、プージェ神父の談話集。こういうたぐいのもので、心底、感銘を受けたものに出会ったことはない。すべては人間に、その個性に、その言葉の抑揚にかかっている。目にみることのできる深さの、聖性の、この印象、これは文章からうかがえるものではない。聖性ですら、語り口の問題だ。

ここで思い出されるのは、文章にすると、とたんに面白くなくなってしまう、あのすばらしい、あえていえば傑出した会話のことだ。私たちを魅了する人物については、その人物について語り、その肖像を描くことが必要なのであって、人物が語った談話でもって、彼について一定の観念を与えようとしてはならない。——ギトンの『プージェ氏の肖像』の一番いいところは、ギトンがこの神父の容貌と奇矯な言動とについて語った、その内容にある。

私にはすべてが困難だが、それというのも、一瞬一瞬が障害にひとしいからだ。「時間」は無数の障害に分割され、その障害が時間を、そして私を押し止める。この非連続性は、困惑の別名だ。

もし自分がどれほど取るに足りないものであるかを知っていたら、私は自殺するだろう。これは確かだ。

私ほどにも救済に向いていない人間が、救済を自分の省察の唯一のテーマにしている——これは奇妙なことでもあれば当たり前のことでもある。

五月一五日——不眠の一夜を過ごしたあとの、田園での日曜日。このコンピエーニュの美しい森では、私にはすべてのものが夢のように見える。ほんとうに私は、あそこへ行ったのか。世界は、眠る人にとってのみ存在する。眠らずに昼間に立ち向かわなければならない者には、すべては夢と化す。

辞める、〈辞表を出す〉、断念する、降伏する、休暇を取る、なかんずく解雇する、解雇される……など……挫折のニュアンスのあるものにはどんなものにも、私はほとんど健全な喜びを覚える。

X、文芸批評家、小説家など——彼の持ち前の混乱、生まれつきの混沌ぶりはどうしようもない。
　モーリス・ブランショは、シャトーブリアンの「不誠実な猥褻」(?)について語り、なんとこれをサドの「純粋さ」に対置している……

　正確さと常識をここまで欠くとなると、あいた口がふさがらない。

五月一九日　キリスト昇天祭

　憂鬱には肉体の基盤があるという事実を否定するのは、バカか、さもなければ、ほんとうに憂鬱を経験したことがないからに違いない。

　たいていの場合、憂鬱とは自分を自覚しない疲労である。たいていの場合、憂鬱とは自分を自覚しない疲労の美称である。

　あるいは、憂鬱とは形而上学的ニュアンス／傾向のある疲労である。

　死が予想されると、猛然と活動をはじめる人たち（プルースト、ヒトラー……）がいる。彼らは、すべてに決着をつけ、作品を完成させ、作品によって自分を永遠不滅のものにしたいと希っており、もう一瞬たりと無駄にできない彼らには、その死の観念は発奮剤である——他方、これとは別の人々がおり、彼らは、同じように死が予想されると、身動きできなくなり、不毛の知恵の境地に到り、仕事も手につかない。仕事など何になる？　というわけだ。その死の観念は、彼らの無気力を払いのけるどころか、かえってそれを助長する。同じ観念によって、あらゆるエネルギーを、有益な、また有害なあらゆるエネルギーをかきたてられる人々がいるというのに。

　どちらが正しいのか、どちらが公正な判断か。二つの反応がともに根拠のあるものだけに、断定はなおのことむつかしい。すべては私たちの気質に、性質にかかっている。だれかある人間をほんとうに知るためには、その死の観念によって彼の内部にどういう事態が起こるかを、つまり、その観念が高揚をもたらすものか、それとも無気力状態をもたらすものかを知らねばなるまい。自分は間もなく死ぬのだと思うがゆえに、仕事に取りかかり、死の観念にもっとも力強い刺激を見届ける者、かかる者に幸いあれ！　これに比べれば、自分の最期を予想するには時間がありすぎるがゆえに、武器を棄てて待っている者はずっと不幸だ。彼らはつねに死を考え、その間、彼らは死につつある。言葉の完全な意味で、彼らこそは瀕死の者、尽きることない瀕死の者である。

　モンゴル、私がこの国が好きなのは、人間より馬のほうが多いからだ。あるイギリスのジャーナリストが語っているところによると、自分の国の人口が百万をほとんど越えたことがないのを嘆いて、ある若者が、「でもね、私たちはロシアを、中国を、インドを征服したんですからね」と言ったということだ。
　七百年来、モンゴルは凋落しつつある。それは稀有の、前代未聞の凋落であり、めくるめくような歴史の破滅である。すべてを失った国。一小民族と化し、どうやら凡庸を余儀なくされている、歴史上、最大の（広さにおいて、ということだが）帝国。だが、その運命は、おそらく閉ざされてはいない。未来もなければ過去もない国の人間であるより、モンゴル人であるほうがずっとましだ。もし私がモンゴル人なら、かりにユダヤ人であるのと同じように誇らかであるだろう――（いかにも異様な過去の名において）。

五月二一日　今日、ランボー関係のつまらぬ本をめくっていたら、マルセーユに戻ったランボーが収容されたコンセプシオン病院のカードのコピーが目にとまる。そこには、職業、ブローカー、とある……私は胸を衝かれた。私の知っているものに、こんなに激しい感動を与えられたことは滅多にない。こんなショックを受けたあとでは、どこかの砂漠への遁走が、思い浮かぶ唯一の逃げ道であるように思われる。

　作家にとって、なかんずく詩人にとってもっとも由々しいことは、自分の芸を自分でおもしろがることだ。

　才能《センス》があるというのは、抹消するすべを知っているということだ。思いつきの積み重ねは、弱点の積み重ねだ。

期待を裏切るにしても、表現過剰によるよりは簡潔さによるほうがましだ。

感情が涸れ果て、内面が空虚な事態に見舞われると、いつも私は言葉に、もっと悪いことには文法書にしがみつく。

日本の生け花に関する、グスティ・ヘリゲルの興味深い本。(6)

自分の欠点を直そうとしたあまり、自分がどうなっているのかもう分からない。

生け花――花を生ける芸術の日本名。

私は想像しうる最悪の精神科医ではあるまいかと思っている。なぜなら、私には自分の患者のことがみんな分かり、彼らの言い分がもっともだと思ってしまうだろうから。

　モーツァルトと日本は、天地創造のもっともみごとな成功例だ。

ときどき考える、おまえほど衰えきった人間をほかに知らないと。大袈裟であろうとなかろうと、そんなことはどうでもいい。だが、私に比べれば、あらゆる人間が、私には精神的にも肉体的にも信じがたいほどはつらつとしているように見えるのは事実だ。この印象の原因も、私の昔からの、常軌を逸した確信にある。すなわち、だまされていないのは私だけ、ほかの連中ときたら、みな信じやすい、何でも真に受ける連中で、永遠に幻想にはまり込んだままで、目覚めることもできなければ、真実に、取り返しのつかぬものに目をむけることもできないのだ、という確信に。

本格的な核戦争のあとで、地球を訪れてみたいというのは、理にかなった欲望だが……

私にとって、あらゆる季節は試練だ。〈自然〉が変わり、新しくなるのは、もっぱら私を殴りつけるためだ。

「メルキュール」誌に私の論文のほうが前に掲載されていたので侮辱されたと思った、あのスター詩人のことを考える。私は彼を恨んでもいれば恨んでもいない。私の最初の衝動は復讐、しかし考えているうちに、気持ちは忘却へ傾く。そうならなかったら——

私の場合、許しは、いつも第二の衝動であり、どんな振る舞いも虚しいという私の自覚の結果である。

一九六六年五月二四日　S、知り合いの女性の息子、二一歳。ここ数か月、鬱病の危機に見舞われ、回復がままならない。病院で治療を受けさせなければならない。不眠、あらゆるものへの嫌悪感、など。思うに、私の状態は、彼の状態と正常な状態との中間である。

Dは、あちらの刑務所で体験した恐怖を書き綴った原稿を私に送り届けたいと言う。だが、こちらでは、彼の苦しみに関心をもつ者などひとりもいない。これを彼にどう伝えたらいいのか。彼の苦しみに意味があり、反響があり、文学的価値があるにしても、それはむこうでの話で、西側では、挿話的な意味すらない。——私の国の人々には、無益に、そして生憎なときに苦しむという器用なところがある。

人々の本質的な活力は悔恨にある——これが私の生を享けた国だ。私の先祖たちは、おそらく未来へ関心を向けたことはなかったのだ。この点で、私は彼らを責めるつもりはない。悲嘆の、懐疑の、不運の民。

D・Thのヴェルニサージュ——レオノール・フィニーに逢う。

ここ数年、会っていなかったが、私を見て嫌な顔をする。どうしてか。自分の感情を隠せないなら、社交界などに出入りするには及ばない。

五月二四日　カクテルパーティに行く。知り合いが一人もいない。気づまり、居心地の悪さ、不快感。いったいあそこで私は何を探していたのか。

　貧乏していると、いろいろとしなければならない義務があるが、義務とは屈辱ということだ。社交界に出るのも私には屈辱（……というより、屈辱になってしまった。なぜなら、愚かな好奇心にかられて、サロンに足しげく通った時期もあったから）。

　参会者が四人以上いる晩餐会は試練だ。実をいえば、どんな〈集まり〉に出ても、まず私は憂鬱になり、次いでむかっ腹を立てる。

　平手打ちが許されるなら、社交界に出てもいいのだが。

　われらの父、「ふさぎの虫」。

　日に孤独の一時間がやりくりできる限り、生を嘆くのはやぼというものだ。

　人間がつくり出す機械にしても道具にしても、いずれも拷問の道具と化し、人間に敵対するものになる。特にこれは、人間が自分の快楽のためにつくり出すあらゆるものに当てはまる。

　私の生きている意味だって？　茫然自失の状態を積み重ねること……

　詩を朗読するとき、私たちは自分を消しさるべきで、感情移入してはならない。フランス人が詩の朗読にこだわるとき、だれもが感情移入する。彼らに特有の、あの震え声、空疎な熱狂、芝居がかった所作、鼻にかかった抑揚、こういうものは、俗悪で、悲壮ぶった旋律をいわばエスカレートさせることで、詩の内的な、秘められた音楽を破壊する。詩の本質の、こういう侵害、こういう歪曲の原因は芝居であり——俳優、なかんずく女優には、どんなささいな詩句たりとも語らせてはなるまい。もちろん、フランスでの話だ。女性は、涙声を出すかと思えば、わめき声を上げたりするが、まるで手込めにでも合っているかのようだ。舞台の前にしゃしゃり出て大見栄をきりたいという、この、あいも変わらぬ欲望、これは国民的特徴であって、表現には、語りにはいかにも有害である。俳優は詩の敵だ。

「一九二八年、武田朴陽師は、日本の生け花のおもだった師匠たちを仙台に招いた。私は、この会合に出席することができた。師匠たちはみな、生け花についてのそれぞれの考えを盛った作品をつくることになっていた。彼らは、朝はやくから仕事にかかった。そして、できあがった作品は、えりぬきの花器に生けられて展示された。夕方まで、生け花に通じた愛好家たちの見学者はひきもきらず、ただひとつの同じテーマにもとづいて制作された作品の完成度と無限の多様性とを賞賛してやまなかった。

その週末、師匠たちは最後の会合をもった。この最後の話合いのとき、明日の授業に花器が必要になるため、生け花に用いられた花を、この日の夕方には、花器から抜き取らねばならないのはいかにも残念だ、との声が上がった。抜き取ってしまえば、花は満開を迎えられない。花の命はいくばくもない……いつも生け花用に切り取られ、そして枯れてしまえば、捨てられてしまうか、あるいは古いしきたりに従って、川に流されてしまう花々、師匠たちは、これらの花々に、次のような厳かな行為で、敬意を表することにした。

こうして、武田朴陽師の庭に花を埋葬することが満場一致で決められた。一基の墓碑が建てられ、正面には、〝犠牲にされた花々の魂へ〟と碑文が刻まれ、裏面には出席した師匠たちの名が刻まれた。」(7)(グスティ・L・ヘリゲル、『日本の生け花における禅』リヨン、ポール・ドラン、一九六一年)

五月二二日　何時間ものあいだ、涙もみせずに泣き、心ひそかに嘆き、憂鬱なロマンスをささやくばかり。まるで萎黄病にかかった娘か客のつかない娼婦のようだ。

東洋の宗教に関心のある私は、解脱のことが、清浄・無垢のことが、ニルヴァーナのことが頭から離れない。にもかかわらず、私のなかの何者かがささやくのだ、「おまえのもっとも秘められた願いを口に出して言う勇気があったら、おまえは、〝悪行という悪行をやってみたい〟と言うだろう」と。

ハイデガーの口ぶりでは、ヘルダーリンはまるでソクラテス以前の哲学者であったかのようである。これと同じように詩人や思想家を扱うのは、私には常識はずれのように思われる。哲学者が容喙すべきではない分野がある。一篇の詩を体系を分解するように分解するのは、詩に対する犯罪である。

奇妙なことに、詩人たちは、自分の作品に哲学的考察が加えられると、いい気になり、自分が偉くなったような錯覚に陥る。なんとも嘆かわしい！

哲学者には禁じられてしかるべき分野、いや本来、禁じられている分野への、こういう無礼な口出しのために、被害を受けるのは、心から詩を愛している人だけだ。哲学者でまともな詩を書いた者はひとりもいない（ニーチェ？）！（なるほど、プラトンやショーペンハウアーの場合のように、詩的色彩の濃い体系もあるが、それにしても、それはものの見方であり、あるいはショーペンハウアーの場合のように、詩人を愛読した影響が顕著な作品に限られる。)

死ぬのは滑稽だ。

友人X——彼の動静を尋ねられる。自分の名声をうまく管理しているよ——これが私の返答だった。

私たちが友人をほんとうに愛するのは、彼が死んだときに限られる。

「時間」は私の命、私の血。他人——時間を糧とし、私を疲労困憊させる吸血鬼。私に連絡を取る者は、みな私の実質を私から奪い、いずれにしろ、それを傷つける。

ドイツの悲劇は、ひとりのモンテーニュをもてなかったことだ。フランスがひとりの懐疑家をもってはじまったというのは、フランスにとってどんなにか有利であったことか！

ジャコブ・トーブが私に言うには、一三歳になる息子は、「数学の宿題をするとき、神様なんかに助けてもらわないよ」と言って、もう神を信じていないとのこと。「戦争中、ヒトラーがユダヤ人を虐殺していたとき、神は別の惑星の上で散歩していたんだよ」と彼がつけ加える。

トランシルヴァニアの北部の町シゲト出身のユダヤ人エリー・ヴィーゼルの話では、二年前、彼は生まれ故郷の町に帰ったことがあると言う。町は、ユダヤ人がいないということを除けば、なにも変わっていなかった。ユダヤ人は、ナチに連行される前、宝石その他、一切がっさいを地中に隠した。ヴィーゼル自身も金時計を埋めた。シゲトに着き、ホテルに泊まった、その日の真夜中、彼は時計を探しに行った。時計は見つかったが、眺めているうちに、自分が盗みでもしているようで、持ち帰る気になれない。生まれ故郷の、幻影のような町、彼はこの町でひとりの知り合いにも逢わなかった。虐殺で生き残ったのは彼だけだった。

六月五日　昨夜、ベケットといっしょに、ボスケ家の晩餐会に出る。ベケットは、ほとんど口をきかず、食事が終わるとあたふたと出て行った。ジャクリーヌ・ピアティエのおしゃべりに腹を立てたのだろうか。酔っていたのか。私には分からないが、自分の尊敬している人が不愉快そうにしているのを見るのはつらい。夜会のあいだ、彼の振る舞いは、へんな癖のあるノイローゼ患者のように、つっけんどんで、そのため私は、文字どおり気が滅入ってしまった。彼の苦しみ、あるいは激昂、そのどっちかが私に伝染し——おかげで私の夜会は台無し。
　前も後ろも見るな。恐れずおくせずおまえのなかを見よ。過去、そして未来という迷信にとらわれている限り、人はだれも自分の内部に下りることはない。

六月九日　昨日、田園を歩く。リムールとランブイエとのあいだを、ほぼ一〇時間歩く。またしても、あの小鳥たち。ほかの鳥などおかまいなしに、銘々がさえずり、啼きやまない。自然、それは独創性の拒否だ。

一九六六年六月八日　階下に住む老婆のラジオがあまりうるさいので、下に降り、自分でも恐ろしくなるような声で狂ったように怒鳴りはじめた。その結果は、動悸、胃に、肝臓に、身体中いたるところに走る痛み。

　こんなにも私がニルヴァーナに固執したのは、自分の気分、自分の気質への反発からだ。

　いままでずっと、私は不自然な状態で生きてきた。その理由は、何ごとにも完全に一体となったためしはないからだ。いつもちぐはぐで、何もかもしっくりいっているようでも、実際はそうではなかったのだ。

　私の〈存在〉の、ある場所全体が精神科医の管轄に属している。私の強迫観念の大部分は病的で、したがってバカげたものだ。つまり、不毛で、役に立たないということだ。

　友人たちは私に感謝するどころか、おまえは何も書かない、何も出版しないといって私を責める。


六月一〇日　当局者に対する私の臆病ぶり。公的身分のある者を前にすると、私はまったくどうしていいか分からなくなってしまう。この点で、まさに私は、数世紀にわたって打ちのめされ、辱められてきた奴隷の民族の末裔だ。制服が相手だと、すぐ自分が間違っているのだと思ってしまう。ユダヤ人のことがよく分かる！　彼らはいつも国家の周辺に生きている！　ユダヤ人の劇は私の劇だ。実をいえば、凡庸な不運とはいえ、不運につきまとわれてきた民族に生を享けた私は、不運そのものといっていい不運を推察するにはもってこいの人間だった。

　自分の意気地なさを、親代々にわたる自尊心の欠如をどんなにか憎んでいることか。——午後、激しい自己嫌悪に見舞われ、自分憎さのあまり、凶暴な怒りを爆発させたほどだ。どうしてこんな自分にいまもって耐えられるのか、よく自分でもいぶかしく思うことがある。絶叫あるいは涙と隣合わせの自己嫌悪。

　何をしたところで、私がこの世に根づくことは決してあるまい。

苦しまなかった日、その日は私は生きてはいなかったのだ。

人がみな何ごともやりすぎる世界で、私は努めて最小限にとどめようとした。これがうまくいったのは、しかし気質の後押しがあったからだ。それにしても、自分の欠陥をもって一種の知恵としたことは、私のいいところだ。

慢性の鼻炎、気管支カタル——こんなものは、世界を、そして自分を憎むにもう必要ではない。たかだか、もっとも頻繁に起こる私の病にすぎない。ところが、私の胃、肝臓、神経、脚は……

親からもらった肉体、これをどうすればいいのか分からない。ああ！　自制することのできなかった、あの両親たち！

慢心の気持ちが募ったら、自分が懐胎されたありさまを思い出してみること。これ以上に人を謙虚な気持ちにさせるものはない。死でもこうはいかない。自分を尊敬する気持ちをいささかなりとも保っていたいなら、自分が生を享けた下劣きわまりない過程を、あまり頻繁に考えてはならない。

精神医学の本にこんなことが書いてある。「生命が危険にさらされているからこそ、不安が生まれる。」
——こんなことは絶対ない！　不安は外的危険など必要としない。一般的に不安は、根拠のない恐れのもとで存続する。

六月一一日　さんざんな夜。嘔吐、嫌悪感……こんな腹をかかえていては、長生きはできない。

昨夜、レオパルディに関するシリル・コノリーの論文〈This way to the Tomb〉を読む。——私のための表題。

ある種の夜を過ごしたあとでは、すべてを新規まきなおしなければならない。まるで「黄泉《よみ》」帰りをしたかのようだ。

吐くのは、決して純身体的行為ではない。
実際には吐かなかったものの、私は吐き気を何日もずっと引きずっていたのではないか！　吐き気を催した、稀にみる哺乳類。

六月一四日——午後六時。人間の顔を考えただけでも叫び出したくなるほどの孤独への欲求。

もうすこし晩くなれば、床に就き涙を流す——これが私の望みのすべて。

憂鬱に新しいものを期待する人はいないだろう。新しくならないのが憂鬱の特性であり、憂鬱がかくも恐ろしいのは、それが限りなく単調なものであるからだ。憂鬱に見舞われる頻度が多くなれば、それだけ憂鬱を厄介払いするのがむつかしくなる。憂鬱にさらされているときは、それを回避するどんな方法もない。常習になってしまうと、治らない。憂鬱は太り大きくなって、その全重量で私たちを圧迫する。どうして私は、憂鬱をこんなにため込むことができたのか。

晩餐会の最中に、また群衆のなかで、あるいはコンサート・ホールや庭園のなかで、「これらの人々はみな死を運命づけられていて、死は免れられないだろう」と考えることがよくある。この明白な事実は、そのときの私の気分次第で、私を苦しめることもあればほっとさせることもある。

悪行でにわかに悟りをひらいた精神。

六月一六日　意気消沈。盛夏だけではなく季節を問わぬ私の気分をも定義する言葉。

よく考えてみれば、自然は人間と同じようにバランスを欠いている。

私は絶望しないように懐疑にしがみつき、懐疑にはまり込まないように絶望にしがみつく。

はまり込むとは言いえて妙な言葉だ。つまり私は、経験する機会のあったすべてのもの、私のすべての状態にはまり込むのである。

一〇年ほど前、『概論』を読んだばかりの人から「胃病をおもちなんですね」と言われたことがある。

その通りだったが、しかし彼は、まったく思い違いをしていた。というのも、持病となれば、私にはたっぷりあり、だれと競争しても負ける気づかいはないし、私は成り上がり者ではないからだ。

人間の存在は、例外なく私をいらいらさせ苦しめる。砂漠への私の強迫観念の原因は、私の全存在に、特に私の生理学にある。私は、人間の出現以前に生まれるべきだったのかも知れない。

サン＝タンヌにいるものとばかり思っていたP・Cに、昨夜、街なかで偶然に逢う。まるで幽霊を前にしているかのように、私はおびえた。数か月まえ、彼が精神病院に収容されたところだと知ったとき、私がどれほど動転したかを覚えている。

精神医学の時代であるにもかかわらず、私たちは狂気というものに慣れていない。それは相変わらず〈恥ずべきもの〉と思われ、家族ではあらゆる手段を用いて隠蔽される。それでも、狂気になる人が出ると、いつの間にか周知の事実となり、噂になる。患者の近親者は別だが。

　ある種の毒薬の透明性、こういう透明性が文章にあって欲しいと思う。

六月一七日　エルヴィン・ライスナーが死んだ。

　七六歳で死んだライスナーは、私がつねに愛し、そして尊敬していた人だ。彼を知ったのは一九三三年ころ、シビウでのことだ。今日、街での昼食に出掛けるまえ、ネクタイの結びを直していて、ライスナーはこんなことはせずに済んだのだと考えた。

　当惑を禁じえないものはいくらでもあるが、この私に慰めと援助とを求める人がいるというのは、当惑のなかでも最たるものだ。自分の問題が何ひとつ解決できない私が、他人の問題の解決策を見つけてやらなければならないのである。

　ライスナーのような友人に私が抱いていた考え、その考えにふさわしい悲しみが、彼が死んでも湧かないのを知り、私は愕然とし失望した。

　他人の苦しんでいる持病に必ずしも同情していなくとも、それが容易に理解できるのは、私が自分の絶えることのない病の手当てで、なかんずく病のことを考えて、自分への同情の蓄えを使い果たしてしまったからだ。

　一つひとつのケースについて、有無をいわせぬやり方で立ち入った説明を加えるなら、人は極悪犯をも含むあらゆる人間を許すことになるだろう。誓ってもいいが、他人へのあらゆる倫理上の判断は、不十分な検討から、皮相な認識から生まれる。死刑執行人と犠牲者は同じたぐいの人間だ——彼らの本性と動機とをよく吟味すれば、この結論に達する。

　ここ数年、痩せる一方で、なかなか普通の体重に戻らない。死体のように、爪だけが伸びる。

　野心家は落伍者のなかから選ばれる。（私の無気力からすると、私は並みの人間ということか。）

　エピクロスは一日に二回、吐いたということがほんとうなら、この瑣末な事実だけで、彼のアタラクシア説の謎は解けるし、その理由をほかに探すまでもない。吐くとき、肉体には、いや魂そのものにさえ、どんな革命が起こることか！　私たちが平穏と静謐を願い、混乱はどんな種類のものもいかに嫌っているかがよく分かる。

　伝記としてあるべきは私たちの病についての伝記だけだろう。

　シモーヌ・ヴェーユ――この非凡な女性、異数の自尊心の持ち主でありながら、自分は謙虚な人間だと心から信じていた女性。これほど並みはずれた人間におけるこれほどの自己誤認は、私たちを当惑させずにはおかない。意欲、野心、そして幻想（はっきり幻想、と言っておく）の点で、彼女は現代史のどんな譫妄性患者にもひけをとるまい。（彼女のことを考えると私は、天才を合わせもったソラナ・グーリアンのような人間を思い浮かべる。）

　自分の野心を粉砕する計画的活動をはじめて六年とすこし。『時間への失墜』は、この活動のもっとも明瞭な現れであり攻撃だが、効果としては最低だ。この絶えざる自己反省と自己否定、ここで私がひそかに遂行しているものこそ、ほんとうの掘り崩し作業だ。

六月一九日　ライスナーの死、普通だったら極度に打ちひしがれてしかるべきなのに、その死に際して、ありきたりの悲しみしか覚えなかったことへの悔いがいまも消えない。自由な精神、つまり客観的な不幸に開かれた精神をもつには、私は自分の病弱・不具に囚われすぎているのだ。――それにまた私には、人が生きているときには、どれほど惹かれていても、その人が死んでしまえば同情できないということもある。

　救済断念――これが次の論文[8]のテーマだが、時々、考えるものの一向に捗らない。論旨は次の点に尽きる。つまり、救済断念は断念の至高の形態であるということを証明すること。

　ジャコブ・トーブがこんな恐ろしいことを言う。ユダヤ人は数々の試練を受けたばかりだが、それでも彼らの社会で採用され、シナゴーグで唱えられるような独自の祈りの言葉はひとつとして生み出さなかったと。

六月一九日――快晴が一週間つづいたあと、曇り空を眺めて心ゆくまで満足する！　青空が永遠につづいたら、私は気がふれてしまうだろう。私には雲が肉体的に必要だ。それに私は、雲となら必ずしっくりゆく。雲は私だ。

　ベルグソンはニーチェは読めなかったと告白しているが、そのベルグソンが私たちには読めないということを知ったら、今日、彼は何と言うだろうか。

哲学的思い上がりは、あらゆる思い上がりのなかでももっともバカげたものだ。いつかひょっとして人間のあいだに寛容が確立されたら、これを受け入れもせず享受もしないのは、おそらく哲学者だけだろう。ひとつの世界観は別の世界観と調和するわけはないし、別の世界観を認めることはもとより、まして や正当化などできないからである。哲学者であるとは、自分だけが存在する者であって、ほかのだれにも存在する資格はありえないと思うことだ。宗教の創始者だけがこういう心性をもつ。体系の構築は宗教のようなものだが、宗教よりもっと愚劣である。

私はいつまでたっても現世との関係をはっきりさせられそうにないが、そういうふうに私にしむける、何かよく分からないものが私にはある。

苦しむこと、それは意識を生み出すことだ。

ちょっとした空気の流れで、耳の痛みと副鼻腔炎がぶりかえす。ほかの人は冷気を求めているのに、私はそれを避ける。私に耐えられるのは、静止して動かない冷気だけだ。空気は止まっていなければならない。そうでなければ、空気で私の寿命はちぢまる。

「怨恨のオデュッセイア」――これは自分の鼻と耳との厄介ごとの直接の結果だ。耳鼻咽喉科とサブタイトルをつけることもできただろう。

知性の仮面を被った白痴ときたら最悪だ。(哲学の、あるいはその他の隠語を使う連中に例外なく見られるのがこれだ。)

シリル・コノリーがそう呼んでいるように、礼装を着用した不安。*Angst* の誇示。

他人を倫理的に批判し、検閲官を気取るのは、下賤の徒の属性だ。もちろん、ここで言っているのは、こういう批判をいこじになってやる頑固一徹な連中のことであり、他人の弱さをいささかも大目に見ようとはしないすべての者のことである。私はXのことを考える。この男ときたら、どんな妥協も厭わず、行動でも書くものでも遠慮というものをまるで知らない者だが、機会さえあれば、あらゆる人間を、言い換えれば、自分より才能のある者ならだれといわず非難し、槍玉に挙げるのである。

六月二二日――昨夜、半年(あるいはもっとか)ぶりに精神病院を退院したP・Cに会う。すっかりよくなったが、ただし、表情は苦しそうで、わずかながら老いたようで不安を抱かせる。

私には言動に羽目をはずすところが、またトラピスト会修道士のようなところがある。

人間についてはえらく考えたのに、存在についてはさほど考えなかった――これが私の犯した過ちだ。

六月二五日　泣き、そして眠る、言い換えれば、幼年時代に戻る。これが、いまさし当たっての私の願いのすべてだ。

神学の本は読まないようにし――特に東洋への関心を断ち切らねばならないだろう――要するに、自分の汚れに戻らねばならないだろう。

サルトル－バタイユの世代で私に関心のあるのは、ほとんどシモーヌ・ヴェーユだけだ。

私が興に乗れるのは、自分のみじめさを告発するときだけだ。

私のみじめさ！　ほんとうに興味がもてるのはこれだけだ。私の書いたすべてのものは、帰するところ、このみじめさについての反芻だ。それはつねに私の考察の素材そのものであったし、私の強迫観念の唯一の対象であった。だからこそ私は、さまざまの宗教にどうしても向かわざるをえなかったのだ。さまざまの宗教、と意識的に複数形を用いたが、私はこれらの宗教を通して、自分の複雑多様な失墜を理解しようとしたからである。

すぐれた人々がこうもすくないのはどうしてか。人間の下絵だの、戯画だの、出来損ないだのにはうんざりだ。

六月二六日　象をもあやめかねない倦怠の発作。倦怠には、溶解する残酷さ、溶解しつつ私たちの肉を、骨髄をむしばみ破壊する残酷さがある。

（私の倦怠の発作で、もっとも打撃を受けるのは胃と脳髄だ。胃でも脳髄でも、倦怠は毒を、腐敗物質をつくり出し、有害で壊滅的な酸をつくり出す。）

神よ、私の敵をこのような感覚から守り、それを知らずにいられるようはかりたまえ。

不安は何かによって惹き起こされるわけでも（条件づけられているわけでも）ない。それは自分で自分に内容を与えようとし、そしてそのためには何でもいいのである。ここに、それ自体としては重要な、ある状態と、その状態に結びついた、取るに足りぬきっかけとの不釣り合いが生まれる。不安は、それ自体が現実であり、そのあらゆる特殊形態に、あらゆる変種に先行する。それは自分で自分を生み出す。いわば〈無限の産出性〉であり、かかるものとして、精神医学より神学の用語で語られるにふさわしい。その本質を把握するには、精神の限界を越えて、存在そのものの主権に遡らなければならない。事実、不安は主権を有するものであり、これ以上に不安にふさわしい属辞はほとんどない。

マルガ・バルブが私の手紙を届けることになっていた（もっとも事情があって出発まえ私に会えなかったが）、ソラナ・ツォーパ*が、同じM・Bを名乗ってブカレストから電話をよこし、ソラナには手紙を書くべきではない、まるまる一月《ひとつき》、ブカレストにはいないだろうからなどと言う。ほんとうの理由は、疑うべくもなく不安――私が彼女の身をあやうくするようなことを書き送るのではないかという不安である（あちらに手紙を書くとき、私ほど用心深い人間はいないのだから、この不安はまったく滑稽である）。皮肉なことに、四半世紀にわたる音信不通（はっきり言っておかねばならないが、強制されたものだ）のあげく、彼女が私によこした手紙では、問題はいかにして名前を伏せるか、自己を消すかということだけで――そしてすべてはクリシュナムルティふうの付け足しだった。こういう卑劣さは、分からぬわけではないが、こうも極端なものになると、私にはひどく不快だった。「虚無」についてよくまくし立てた、この百姓女（そう呼んだのはP・Tだ）は、いつも私に不快感――すこしは尊敬の気持ちのまじった軽い不快感を与えたものだが、いまも私に残っているのは、この不快感の思い出だけだ。私は自分が間違っていることは認めるし、こういう厳しい態度に私の非があることは明らかである。自分がこんなにも不公平で狭量なのを知って驚いている。

* ソラナ・ツォーパ（一八九八―一九八六）、女優。ミルチア・エリアーデとの関係が破綻したのち、三〇年代に、エリアーデに対してシオランをけしかけようとした。

シモーヌ・ヴェーユの見解によれば、キリスト教のユダヤ教への関係は、カタリ派の教義がキリスト教にもっていたにちがいない関係と同じであるということだが、これは正しい……

肉体の苦しみのもっとも奇妙な瞬間は、真夜中、それが私たちを襲うときだ。このとき、苦しみは、この夜と同じように際限がなく、苦しみは夜を模倣する。

私がそうであるように、すべては虚しいという感情に捉えられると、すべてが、この感情そのものさえバカげたものに見える。あまりに高いところから見られると、形而上学的な眩暈でさえ、値打ちが落ちる。

六月二九日　この宇宙から生命が一掃されたら、生命について文句を言う理由はなくなるだろう。

（苛立たしい声を聞きながら。）

ローマ人とイギリス人に安定した帝国の建設が可能だったのは、哲学的精神を欠き、イデオロギーに動ずることのなかった彼らが、隷属下においた民族にどんなイデオロギーも強制しなかったからである。彼らは管理者、*Weltanschauung*＊なき寄食者だった。だから、ほんとうの意味での暴政はなかった。それにひきかえ、偏狭なカトリシズムを身につけたスペイン人は、たちまちその帝国の崩壊に遭遇し、体系の精神を身につけ、それを哲学から政治へ移し替えたドイツ人は、ほんの数年にして挫折した。ロシア人の未来も同じことだ。イデオロギーは、膨張を阻害こそすれ、膨張には役立たない。トルコ人が、かくも長いあいだへゲモニーを握ったのは、服従した民族に、教義へのどんな賛同も、どんな信仰も、どんな深い同意も求めなかったからだ。独裁者にして懐疑家であることはむつかしい。だが、真の「支配者」をつくり上げるのは、この矛盾だ。

＊ 世界の概念、世界観。

私のかかえる欠点は、なるほど小さなものではない。でも結局のところ、それはひとりの怠け者の欠点にすぎず、これに比べれば、活動家だの、大胆な野心家だの、ほかの連中の欠点のほうが私にはずっとたちが悪いように思われる。なぜなら、彼らは私の怠惰そのものを妨げ、居心地の悪いものにし、私のもっとも大切なものを侵害しているのだから。

（いつも苦しんでいて、したがってその人なりに活動的な者に怠惰という言葉を使えるだろうか。私は特異な怠け者、立往生した熱狂者であって、無益な熱狂にさいなまれている。）

七月二日　明け方の三時、泥酔して帰る。今日は、二日酔いで頭が重く、吐き気がし、病的な興奮状態。ある本屋で、別の客と愚かな口論。

Eの食いっぷり、飲みっぷりときたら信じがたい。朝の二時に二回目の夕食をとる。彼はエスカルゴを注文した。

七月三日　シェリングの『人間的自由の本質』の再読を試みる。三〇年ほどまえ、ルーマニアで読んだことのあるものだが、ひどく落胆する。靄でもかかっているように漠然としていて、きわめて抽象的、あまりに煩瑣すぎていらいらするほどだ。こういう愚論のたぐいのあとでは、唯物論が有益な反動として必要不可欠になったのもよく分かる。

七月六日　海へ行く準備をしている。私にはむしろ療養所が、精神病院が必要なのかも知れないのに……

このところ本をしこたま読んだが、まったく無駄。これは怠惰に、仕事への不安に発する行為だ。

私が狂っていないのは、家族に狂人がいなかったというただそれだけの理由からだ。

昨日、教育研究所の図書館で、ダメの古いルーマニア－フランス語辞典をめくってみる。ルーマニア語の単語はどれを取っても、ある種の力と並はずれた詩情に富んでいる。それに相当するフランス語の単語ときたら、空疎で、味気なく、類型的で、教訓的だ。フランス語は、言葉のもっとも悪い意味でラテン語だ。

七月六日　午後、リュクサンブール公園を散歩中、虚しさの感覚――私にとってはいかにも馴染みのものだが――に打ちのめされる。空虚感そのものが身をよじらせたかのようだった。『憂鬱試論[9]』を書くことにする。まったく私のものといっていい、この病を分析すれば、その毒性を殺ぐことができるのではないかと思うからだ。こんなありさまでこのまま生きてゆくことはできない。

古代の懐疑論において、懐疑は方法ではなく目的、つまり救済そのものである。というのも、私たちをさまざまの執着から解放し、離脱させることができるのは、懐疑だけだから。一般の人々にとって、ほとんど耐えがたい状態、悪夢に近いものが、懐疑論者には、一種の完成、いずれにしろ成果であり、プラスの状態である。

（懐疑論あるいは懐疑による救済。）

砕けず、あるいは消滅せぬためには、つまり自分の顔と、自分が自分であることを失わぬためには、断念が、あるいは勇気が必要だとは！

ながら生きするには、〈生きる意志〉を、生へのかたくなな執着を克服しなければならない。仏陀は八〇歳代で死に、ピュロンは九〇歳代で死んだ。

理屈の上では、生きることも死ぬことも私にはどうでもいいことだ。しかし実際となると、私は、生と死のあいだに深淵をうがつ、ありとあらゆる不安に苛まれている。

四半世紀ぶりにペートル・コマルネスク*に再会。彼が変わっていないのを知って喜び、まさにそうであることを知って困惑を覚える。

（これらの友人たちは幾多の試練を経験したにもかかわらず、みな例外なく、溌剌とした精気を、熱気を、若さを失っていない。こういうものは、災難（もちろん、政治上の）に見舞われずにすんだ私たち別の人間には、保つことのできなかったものだ。私たちがこんなにもとげとげしい人間なのは、ほかでもない、私たちが彼らほど激しい苦しみを経験しなかったからだ。というのも、とげとげしさとは、まさに中途半端な苦しみのしるしだから。）

＊ ペートル・コマルネスク、あだ名ティテル（一九〇五―一九七〇）は美術批評家だった。

他人の厄介ごとを電話で聞きながら数時間を過ごす。私の役目は聴罪司祭のそれ――いつなんどき嫌悪感に見舞われるか分からない。

作家による作家の評価☆には何の価値もない。門番による門番の意見を参考にするようなものだ。
（☆私のいう意味は、現代作家による現代作家の、ということだ。）

突然、一月《ひとつき》まえに書いた、ライスナー未亡人への悔やみの手紙の冒頭が思い浮かぶ。「あんなにも傑出した方が亡くなられたことに驚いています」……

これはバカげている。もっともドイツ語で書いたのだが。

七月一〇日　耐えがたい午後。リュクサンブール公園で人々を眺める。暑さのさなか虚脱状態のまま動かない。何を待っているのか。死を待っているのだ。いや、彼らはもう死んでいる。――こういう受刑者どもの顔を見るのはうんざりだ。逃げよう！

七月一二日　午後、六区の区役所の図書室で、中庭からか、それともたぶん通りから聞こえてくる、ひどく古い流行歌を耳にして、すっかり動転する。動転した理由はすぐ分かった。昨夜ほとんど眠らなかったため、神経が異様に敏感になっていたのだ。

ついさきほど電話でフレッド・ブラウンに、こんなことを語る。絵はがきを廃止したら、観光旅行もなくなるだろうし、人々も、身動きできずにいる人に挨拶状を送るためだけの旅行はしなくなるだろうと。

さまざまの逸話とインドの形而上学、私に関心のあるのはもうこれだけだ。

アトレイデス一族とハプスブルク家。

パスカルとヒューム――前者は、まあ、読んだが、後者はさっぱり。だが、二人とも尊重している。

ドイツ人はイロニーの理論をこしらえたが、それはイロニーを実際に利用することができなかったからだ。この点について、ほとんど決定的といっていい二つの証拠をお見せする。年に二回発行される、非合法といっていい雑誌の編集長に、貴誌が毎日発行されれば、こちらとしては好都合なのですがと書き送ったところ、返事の手紙にいわく、「よいお報せがあります。雑誌は年に四回発行されることになるでしょう」と。もう一つは「メルクール」誌の編集長の例。私はこの編集長に、ドイツ人がすぐれた民族になるためには、ビールと大学を廃止しなければならないでしょうと書き送ったことがある。するとその返事にいわく、「もしミュンヘンにいらっしゃれば、ビール等々に関するご意見は必ずや変えさせてみせる自信があります」と。

私の精神の無気力たるやひどいもので、どんな観念も、瞬時の、電光石火のようにひらめく観念を別にすれば、私にはさながら労役のように見えるほどだ。それは重く、得体が知れない。私はやっとの思いでそれを持ち上げなければならず、光のほうへ引きずってゆかねばならない。

パリ以外のところで、私の〈作品〉がいくらかでも反響を呼んだのは、精神分析で一段と神経症を嵩じさせた、アメリカのユダヤ人のあいだにほぼ限られる。

毎日、私には懐疑の配給が必要だ。それは文字どおり私の食料だ。懐疑論がこれほど肉体的なものであったためしはない。それなのに、私の振る舞いときたら、どれもこれもヒステリー患者のそれだ。もっともっと懐疑を与えてくれ。それは私の食料以上のもの、私の麻薬だ。私は、それなしではいられない。一生涯、私は中毒患者。だから、どんな懐疑でも見つかれば、すぐさま駆けつけ、それをむさぼり、私の組織に組み込む。というのも、懐疑を消化吸収する私の能力に限界はないからだ。私はすべての懐疑を消化する。それは私の実体、私の存在理由だ。懐疑のない自分など私には想像できない。もっともっと懐疑を、つねに懐疑を私に与えよ。

あらゆる熱狂には、死の欲望が含まれている。エクスタシーの限界で勝利するのは、死の意志であり、取り返しのつかぬものの陶酔である。

神よ！　と私が叫ぶ。――このとき、私の叫びの間《ま》は存在する。これで充分だ。何をこれ以上願うことができようか。

七月一四日　街で若い娘の膝を目にすると、ごく自然に、こういう考えが浮かぶ。これは骸骨だ、骸骨の細部なのだ、どんな欲望にしろ、欲望に苛まれるには及ばないと。

私たちの精神が、一度、懐疑論に捉えられると、それを厄介払いすることができたとしても、私たちは、定期的に再びそれに捉えられる。つまり、懐疑論は間歇的な病なのだ。私たちはぶり返しを繰り返すが、ぶり返しにはそれぞれ特徴があり、固有の激しさがある。

海岸と墓地の人口密度。

七月一六日　通りで、わずかの間《ま》をおいて、アダモフとサルトルを見かける。二人とも老いた。私もそれ相当に変わったに違いないが、そうだとすれば、何と悲しいことか！

ウージェン・バルブ*がその『日記』に書いているところによると、私には自分を不幸だと思う何ら特別な理由はないし、私は不安（*nelinistea*）を不安のために培養しているのだそうだ——といってもここには、別に私を傷つけようとする意志があるわけでも、悪意があるわけでもない。むしろ私への好意がある。彼は、一年まえ、私たちがパリで行った対談を引き合いに出している。——私のかかえている病弱・不具を、どうして外部から見抜くことができようか。ある意味で、私たちの不幸には根拠がないと思うのは悪いことではない。私たち自身も、しまいにはそう思うようになるに違いない。

＊　作家のウージェン・バルブ（一九二四—一九九三）は、チャウシェスクの主な追従者のひとりだった。

今週の「サンデー・タイムズ」で、レイモンド・モルティマーの反マルクス・アウレリウス論を読んだところだ。マルクス・アウレリウスは〈prig〉（衒学者）、俗物、偽善者だったかも知れないというのである。もちろん、何を言ってもかまわないが、私は怒り心頭に発し、あやうく筆者に罵倒の手紙を書くところだった。それから皇帝のことを考えて、気持ちを鎮めた。それに新聞などどうして読む必要があるのか。

友人もそうでない人も含め、よく知っているすべての人のことを考え、彼らの制作の動機についてあれこれ考えてみる（私の念頭にあるのは〈成功した〉人たちだ）。するとほとんどいつも、彼らの活動を、制作熱を説明するものとして私が気づくのは、悪癖、というよりむしろ非‐美徳だ。Ａの場合は——病的な金銭欲。しかし、びたいちもん使わない。つまり、申し出があればどんな申し出も断れないだけなのだ。あの老人Ｇの場合も同じ。世界中を駆けまわって金をかき集めるが、Ａ同様、それを使うわけではない。野心家のＢは本を出したくてたまらず、人々から忘れられるのを恐れているＣは、どこにでも顔を出したがっている。Ｄは、ほとんど自滅的な野望を抱いている……だが、こう言い立てたところで何になろうか。動きまわる人はだれにしても、口に出しては言えない何らかの理由——自分では認めていないし、たぶん自分では知らない理由があって、動きまわらざるをえないのだ。あらゆる行動は、本質的に不純なものだ。それは私たちを私たちの外に連れ出す、私たちの内なる怪物だ。

七月一九日　マルクス・アウレリウスを処刑した、あのバカへの怒りがうまく鎮められたわけではない。試練に見舞われたときはいつも私が頼りにしている思想家、その思想家の汚名をすすぐために、私はありとあらゆる罵倒の言葉を考えた。
　たが、こういう私の激烈な反応は、あの偉大な克己の人《ストイシアン》の教えのすべてに明らかに矛盾している。こんな逆上をする私は、この人にまったくふさわしくない。
　私ほど知恵を必要としている者はいないが、また私ほど知恵を実践できない者もいない。

　邪悪であるという点では他人以上ではないにしても、他人とどっこいどっこいだと確認して愕然としている。私には、倫理に悖る、ありとあらゆる下劣な本能がある。それを厄介払いしようと努力したが、それでも私の内部で、その毒性は一向に衰えていない。そうだとすると、自分を探り自分を分析するようなこともない人の場合、この種の本能はずっと強いはずではないか。

　手紙を書くのが私にはまたとない楽しみだった時期もあったのに、いまはうんざりしている。その理由は、私が人間に興味を失ったからであり、何であれ何かをわざわざ語って聞かせるだけの関心をだれにももっていないからである。
　（ピュロンは他人など眼中になかった。だれかと話していて、相手が立ち去っても、まるで何ごともなかったかのように話しつづけていたということだ。この偉大な懐疑論者の無関心の力、これが欲しいものだ。私にあるのは、古代の賢者が態度で示して見せた平穏と無関心よりはむしろ、シャンフォール流のとげとげしさだ。）
　マルクス・アウレリウスを、凡庸なことを声高に語ったにすぎぬ、たんなる模倣家と決めつけたイギリスの批評家に、こう言ってやりたい。王冠を戴いた賢者の偉大さは、固有の語り口にあり、この語り口によって、さまざまの自明の事柄は様相を一変し、独創的な考え、あるいは逆説などよりはるかに重要な、悲壮な意味を与えられ、祈りの、幻滅した、ほろ苦い祈りの性質を帯びたものになり、かくて、この固有の語り口は、無味乾燥に堕する危険から免れているのだと。

　好奇心を欠いた精神。

七月一九日　毎日、こうして眠りへ倒れ込むのではなく、こうして眠りへ滑り込めば、死と和解できるはずだと、今日、考えた。なぜなら、過程あるいは〈事件〉は同じようなものだから。これで、なぜ成り行きに任せていれば、難なく死ねるのかが分かる。死について考えるのをやめること、これこそ死ぬすべを知るほんとうのやり方だ。

ほかの人たちがおのずと生を考えるように、私はおのずと死を考える。だが実は、いずれの場合も、問題は同じ、ただひとつの強迫観念であって、表現の仕方が異なっているだけなのだ。私の場合、〈生の恐怖と恍惚〉は、絶対的に同時に起こるもの、一瞬ごとの経験だ。

私の内部につづく人々の列。私は、理由も、目的も、必要もないのに会見にのぞんでいる人間であるかのようだ。亡霊どもといっしょに過ごす非現実の時間。これらの亡霊どもより私のほうがずっと非現実なのではないか。

倦怠には一種の詩がある。憂鬱にはない。この現象をどう説明するか。

マニーは、コンサート・ホールの出口やカフェのテラスなどでフルートを吹いて、一晩に二万フラン稼ぐ。自分ひとりでは滅多に髭を剃らず、毎日、床屋へ行き、しょっちゅうホテルを変える。もしまるまる一日〈働いたら〉、およそ六万フラン、つまり月にほとんど二百万フラン稼げるだろう。これからは、現在もっとも金になる商売、つまり乞食には、私のほうから手を出すことにしよう。ブルジョワには後ろめたさがある。乞食はそこにつけ込む。

J・P・ヤーコブがベルリンから、ベルリンは大嫌いだ、その醜さときたら肝を潰すばかりだと書き送ってくる。一九三四年から三五年にかけて滞在した、この都市についての私の印象のすべてが、意識の表面に浮かび上がる。この都市で、私はほぼ完全な孤独のなかで、幻覚にとらわれた狂人の生活を送った。その悪夢を思い起こす勇気が、あるいは才能が私にあれば！だが、あんな醜悪なもののなかに再び身を沈めるには私は弱すぎる。そうはいっても、あの滞在が、生涯、私に痕跡をとどめることに変わりはない。それは私の生の負の極点だ。

ブルターニュに家を借りたP・Vが、魂の再生を信じて疑わない、当地の農婦との話を語って聞かせる。彼は、いまも密かに生きつづけているケルトの伝承に夢中だ。その農婦は読み書きができるのかと私が尋ねると――もちろんだよ、オカルティズムの本さえ読んでいるよ、と言う……

クライストとルドルフ（マイヤーリンクの中心人物）は――二人とも、いっしょに死んでくれる女性を探し、見つけている。この心中の提案は、いったい何に結びつくのか。ひとりで死ぬのが怖いからか。それとも――こちらのほうがずっとありそうなことだが、共にする死に必ず先立っているはずの、あの充実のなかで死にたいからなのか。

身内の者にとって、人は神ではありえないし、神になることすらできない。仏陀の不倶戴天の敵は、従兄弟のひとりだった。――イエスは言う、「預言者は故郷の町では容れられない。そして医者は、自分を知る者の病を治すことはできない。」（『トマスによる福音書』）

意見というものを禁じられ、その代わりイデオロギーを、興奮剤を、〈鞭打ち〉を与えられた民族。〈黄禍〉をバカにしていたのは半世紀ほど前のことだが、いまやそれは自明の理だ。〈歴史の加速〉と言われるものは、本当らしくないことから明白事への移行の速さの変化にすぎない（本当らしくないことから明白事への、いっそう早い変換にすぎない）。

七月二四日　私にいくらかでも功績があるとすれば、今はもうお蔵入りの懐疑思想の面目を一新したことだと、夜、考えた。過激な懐疑思想に。

シャルル・ド・ゴールの秘密は、夢想的で同時にシニックな精神であるということだ。臆面もない夢想家。

おまえはだれか。私は、あらゆるものに不快な思いをしている人間だ。私には構わず、放っておいてもらいたい。自分でも自分にはまるっきり無関心でいようと努めている。でも……

この世にはうんざりだ、何もかも。にもかかわらず、私はいまも生きている。私にも、レスラーのようなところがある。気力の衰えをこらえ、健康状態に耐え、自分に耐えている。これはほとんど英雄的行為だ。

一九六六年八月二八日　イビサから帰る。

私に発揮できるのはただひとつの勇気だけだ、つまり、絶望の勇気。（いつも！）

私の文章のまずいところは、哲学ふうの文体の残滓があることだ。そして私の本がらくに読めないのは、説明の、仲介となる文章、一見、余計なもののように見えるが、読者の負担を軽減しているのだから、実際は必要な文章を削ってしまうからである。ところで私は、自分の作品はどれも三回ないし四回、書き直した。そして、こういう余計な、しかし有用な文章は執拗に削除した。出版すべきものは、おそらく初稿のみに限るべきだろう。言い換えれば、自分が〈提示し〉、〈証明し〉たいと思い、自分が発見したと思っているものを自分に説き明かしている版のみに。

何においてもそうなのだが、絵空事《メタフィジック》においても、私の振る舞いは邪魔者のそれ。これは私のもっとも確かな才能だ。歳とともに（そして私の知恵への野望のために）衰えてはきているものの。

（若かったとき、私は顔を出すどんなところでも、好んで騒ぎを引き起こしたものだ。晩餐会、会議、文学上の会合、知的な、あるいはブルジョワ的な環境のなかだろうとどこだろうと、私は人々を嘲弄し、あるいは挑発しては混乱と騒ぎを巻き起こした。実をいえば、騒ぎを引き起こそうとあらかじめ意図していたわけではない。そうではなく、ある抑えがたいヒステリーに、外部に向けられた自己破壊の渇望にかられてのことだった。）

何も語ることのない作家は、自分の夢を語る。これは最悪の怠惰あるいは枯渇のひとつだ。

（これは精神分析にも関係がある。精神分析の文学への影響は、深くもあれば有害でもある。）

パリに戻ると、すぐ電話がなる。悪夢がまたはじまる。

未知の人からプルーストについての質問表が送られてくる。こんなものに答えるのは、警察の尋問に答えるようなものだ。原則として、読者からの手紙には決して返事を出すべきではあるまい。返事を出すと、私はほとんどいつも後悔しなければならなかった。著者に手紙を出すのは厄介者だけだ。

『おとなしい女』を再読する――これで五回目か六回目だ。最初に読んだときに劣らぬ衝撃を受ける。――私の力では垣間みることしかできない極限、その極限に私を参入させてくれるのは、ほとんどドストエフスキーとシェークスピアだけだ。彼らは、本来の意味で、私にわれを忘れさせ、私の限界のかなたへ私をかり立てる。

情熱に反抗したところで無駄だ。情熱がなければ、この世はすべてが空虚。情熱は、空虚をよぎり、私たちから空虚を隠す一陣の風だ。情熱が鎮まれば、とたんに空虚は、前よりいっそう恐ろしいものになる。どうすればいいのか。

どうして他人がいるのか。他人――私が甘んじて受け入れることは決してあるまいと思われる連中。

私はひとりでいたいが、ひとりになれない。自分とは共通のものは何もない連中に、世間で言うように、私は絶えず襲撃さいれている。だれも必要ではないのに、私はあらゆる人間に会う。イビサにいる幸福、これは充分に自覚していたものの、私にはそれ相当に評価することができなかった。

英語あるいはドイツ語に訳された自分の作品の誤りを直し、ルーペを使って自分の書いたものを再読しなければならない——何という刑苦か！　これらの作品を書いていたときの私の苦しみ、その苦しみを、こうして別の国語に訳された作品の解読を試みながら再発見し、永久に記憶にとどめる！　借りものの国語で書き、そのあげくまた別の借りものの国語で書かれた自分の文章の誤りをなおす——あんまりだ。

ひどい不機嫌——異様なものを理解するにはもってこいの状態。

結局のところ、私が求めているのは真実だ。私が作家ではないのは、あるいはたまたま作家であるにすぎないのはこのためだ。

八月二九日　遠くからX——高名な作家を見かける。たっぷり食い、ご満足の様子。何と言えばいい？　私は気づかぬふりをする。

ある種の妄想は抑圧したが、克服してしまったわけではなく、私は堂々めぐりをしている。三〇年以上も前から、ルーマニア語のみならずフランス語で書いた作品にあるさまざまの相違、この相違を見分けるためには、ニュアンスへの情熱をほんとうにもたなければならない。実は私は、いくつかの同じテーマを潤色しただけで、ところどころでそのテーマを深めただけだ。この点で私は、自分の病という狭い空間から離れられない不健康なすべての作家に似ている。

人それぞれに生まれつき分け与えられた狂気の量、これを使い果たし、しかるのちに死ななければならない。

八月号のN・R・F誌で、G・Pとかいう男の〈思想〉にざっと目を通したところだ。——腹立たしさのあまり、雑誌をたたきつける。うぬぼれもいいところだ。自分など何ほどのものでもないのに、自分について語り、自分の年齢のことを文章の枕にし、それからバルトを解説し、彼の立場は〈悲劇的〉であると思う、等々とぬかす。こんなものが発表できるのか。

断章には用心すること。というのも、私たちは断章には多くのことが盛れると思っているが、読者にしてみれば、私たちの才能の足らないところを補う義務はないのだし、私たちが沈黙を主張したからといって、その沈黙に意味があると思う義務もないからである。私は、私の『三段論法』が読者に一向に歓迎されなかったことを思い出す――あれは正しかった。格言をいくつかかき集め、それに仰々しい表題をふるとはなんってこった！　一五分もあれば全部読めるしろもの。要するに私は、私の小ラ・ロシュフーコーをつくりたかったのだが、罰が当たったのだ。自分に幻想を抱かないこつ、これはむつかしい。このこつは決して学べない。特に自分では学んだものと思い込んでいるときは（私の場合がそうだった）。

私が学んで知った稀有なことのひとつ。つまり、本を出したいと思う欲望をこらえること。
だが、怠け者に、こんなことが誇りに思えるだろうか。この場合は、私はただ自分のさまざまの欠点を利用し、自分の無能を利用するだけだ。この無能のおかげで、私はいままで、いったいどれだけの挫折に、災厄に見舞われずにすんだことか！　もし私が、やろうと考えたすべてのことを実行し、私のあらゆる欲望がすべて行為となっていたら、いまごろは狂っていたか、銃殺されていただろう。

ひとりでいるとき、たとえ何をしていなくとも、時間を無駄にしているとは思わない。だが、人といっしょにいると、ほとんどいつも、私たちは時間を無駄にしている。

私には何も言うことはないのではないか。そんなことはどうでもいい！　この無こそ現実であり、豊かなものなのだ。なぜなら、自分との不毛の対話などというものはないから。いつも何かがそこから生まれる。いつか自分との再会を果たすという希望にすぎないにしても。

自分の過去を振りかえるとき、私にもっとも強い印象を与えるのは、私の幻滅より熱狂だ。いつか回想記を書くことになったら、『ある熱狂者の物語』という題にしなければなるまい。私が（外部の状況あるいはさまざまの人間とのつき合いにもまして）懸命に掘り崩そうとした熱狂者の、転倒した熱狂者の。

思考は、その本質において破壊だ。もっと正確にいえば、その原理において。私たちが考え、考えはじめるのは、さまざまの関連を断ち切るためであり、さまざまの類縁関係を解消し、〈現実〉の骨組みを危険にさらすためだ。これが終わってはじめて、私たちは骨組みの強化を試みることができる。思考が立ち直り、その自然の衝動に反乱を起こすのはこのときだ。

ほとんどあらゆる分野で私が出会う人間ときたら、自分ではもの知りだと思っているが、その実なにも知らない連中ばかりだ。自分には知識があると思い込むのは最悪だ。私がここで特に考えているのは、自分は分かっていると思い込んで満足している翻訳者のことだ。原作者には厳密さを守る義務があるわけではない。翻訳者にはその義務があり、原作者の力不足さえ翻訳者の責任である。

私は、すぐれた原作者よりすぐれた翻訳者のほうを高く買っている。

私たちが覚えているのは、私たちが苦しんだ、その時間、その日、その月のことだけだ。〈幸福〉は記憶に残らない。もし生きることが思い出すことだとすれば、幸福であったということは、いわば生きなかったということだ。

病気で私たちの健康が損なわれるにしても、それはそう見えるだけのことだ。というのも、私たちが執拗に病気に苦しめられている、その間の時間、この時間を救い、永続させ、いつまでも現実のものとするのは病気だから。逆に、私たちが健康で過ごす時間は、決して跡をとどめない。かりに跡をとどめたにしても、どの痕跡も意識には残らず、私たちの精神には残らない。この意味で、健康は損失、病気よりずっと由々しい負債といっていい。

私がフランス語で新機軸が出せないのは、正確に書きたいと思っているからだ。ほんの些細なことにまでこだわる、この細心さの原因は、三七歳でこの言葉で〈書き〉はじめたという事実にある。まさに私は死語で書いているようなものだった。周知のように、生きている言葉と死語との相違は――メイエ（だと思う）によれば、死語の場合、私たちには誤りを犯す権利がないということだ。（誤りを犯すのではないかという強迫観念によって、私のフランス語で書く喜びは何もかも台無しになってしまった。これこそ私が〈拘束衣を着せられた感じ〉と呼んだもの――この、私の好みに合った、厳密すぎる国語によってつねに与えられるものだ。そのなかでは自分を忘れることができず、ぎこちなく、こわばり、ぶきっちょにならざるをえない言葉――そのさまざまの規則が頭にこびりついて離れず、身がすくみ、どうすることもできない言葉。文法に打ちのめされた予言者。）

私たちは、自分が辱め、傷つけた者のことは忘れてしまうが、相手は私たちのことを忘れない。（いま念頭にあるのは、私をしつこく憎んだ、ある詩人のことだ。サント＝ブーブについて話していたとき、私が何か不愉快なことを言ったらしいのだが、どんなことを言ったのか私はほとんど覚えていない。私たちがする他人の噂話しに関係があるのは他人だけで、この点に私たちはいっこうに注意を払わない。だれかを間抜け呼ばわりしたら、いったいどうなるのか。）

タラマンカのバー「メロディア」のホステスは、タレーランにすっかりかぶれている。タレーランについては、ダフ・クーパーの本しか読んでいなかったが、この本がきっかけでタレーランに病みつきになってしまった。なにしろヴァランセの城館見物に出掛けたほどだから。私は、このホステスのアイドルの言葉を、夜、思い出しては、毎日、彼女に語って聞かせに——しかも英語で！——行ったものだ。だが、あの実に微妙な表現、かすかな皮肉をたたえた言い回し、いかにも簡潔で含蓄のある瑣末なこと、こういうものをどう訳していいものか。こうして私が歪めてしまったけれど、これらの言葉はどれもアンのお気に召した。なにしろ「彼」の言葉だったから。

イビサで、ある朝、私は、数日前から停泊していたフランスの潜水艦の出港を目撃した。港を出る瞬間、潜水艦は——いとも優雅に——旋回し、船体の側面を見せた。黒々とした輪郭、葬列を思わせる足どり——英雄の亡骸を運んでいるかのような——を見て、私は感動のあまり落涙した。きらめく太陽の下の、この黒い砲塔には人を感動させるものがあったと言わねばならない。

老いた文明では、率直さと俗悪とは切り離せない。洗練された人間にとって、自然らしさは、それが願わしい場合、つまり潜在状態にあるときしか認められない。自然らしさをもつ者は、粗野な人間かバカ者とみなされる。

九月二日　リュクサンブール公園をめぐる夜の散歩を再開。私はまたロボットになる。

ヴァカンス中、どいつもこいつも太った。相変わらず痩せているのは私だけ。肉は私の得手ではない。

私が懐疑哲学を自分に課したのは、私の不幸な気質を、逆上を、気まぐれを抑えつけるためだ。自分を抑えつけ、衝動にブレーキをかけ、怒りを——自分では信じていないが、私の血から、あるいはどこか知れないところからやってくる怒りを抑えることが、私にはいつも必要なのだ。懐疑論は、私が見つけたもっとも確かな鎮静剤。どんな場合にも、私はこれを服用している。これがなかったら、私は文字どおり破裂してしまうだろう。

逸話を語れてはじめて外国語を知っているといえる。

あらゆる民族は呪われている。ユダヤ民族はことのほか呪われている。その呪いは必然的で、明白なもの、当然で、完璧なものだ。

ルーマニアのユダヤ人は反－ルーマニア的、アメリカのユダヤ人は反－アメリカ的、以下同様だが、フランスのユダヤ人は反‐フランス的ではない。あえて反‐フランス的にはならない。どうしてか。

フランスは威信を独占している――というよりむしろ独占していた。フランスに都合のいい一種の好意的な偏見が生まれ、そしてだれもがこの偏見を利用するつもりなのだ。

バカ者のX、私には興味のない近況について電話で三〇分もしゃべる。こういうふうに自分の時間が侵害されると、まったくどうしていいか分からなくなり、疲労困憊する。拷問の場面を覚えている人が感じるのも、こういうことに違いない。向こうの電話口にいたのは、実際のところ拷問者だった。

死の直前、フルートの曲の練習に励んでいたソクラテスは、「そんなことしてどうなるの?」と尋ねられると、「死ぬ前にこの曲を覚えることになるよ」と答えた。

九月三日　昨夜、ギヌメール街で、夫に寄りかかった、金髪の北欧(?)の女を見かける。あまりの品のよさについ見とれてしまう。二人は反対側の歩道を歩いていたので、私は後をつけはじめた。そして二人を追い越したとき、彼女の声が太くこもった、ひどく耳障りな声で、おまけに二人の言葉づかいがほとんど耐えがたいほどひどいものであることを知り慄然とした。近くで見ても、彼女は美しかった。それなのに、どうしてこんな声が出せるのか。こんな声をしていてはどんな弁解の余地もない。私は、思い残すことなく遠ざかった。

今朝、アンギャンからの帰途、北駅のメトロで哀れな光景を目撃する。プラットフォームの両側で、人々がメトロを待っている。向かいのプラットフォームで、二二歳くらいの娘が、遠ざかってゆく四〇がらみの男の名を呼んでいる。男が戻ってくる。娘は男に体をすり寄せ、泣き、足を踏み鳴らす。男が遠ざかる。娘が叫び、足を踏みならす。男が戻ってくると、娘は前よりいっそう狂おしそうに体をすり寄せ、泣き、足を踏み鳴らす。スーツケースを何度となく持ち上げては、また下ろす。とうとう男が戻ってきてスーツケースを手に取ると、娘は男に体を寄せて、すすり泣く。と、二人とも見えなくなった。彼女は男の妻だったのか、恋人だったのか、それとも娘だったのか。娘の振る舞い、それに男の振る舞いからして、以上の三つの仮定が可能だが、それほど二人の関係は怪しげで、しかしまた普通のものだった。

派閥、セクト、党、こういうものはどれもみな、外から見ると同質のもののように見える。しかし内部から見れば、多様性はこの上なく大きい。修道院における対立・抗争は、どんな社会にも劣らず頻繁であり、現実的なものである。人間は幽所においてさえ、平穏を避けるためにのみ集うのだ。

数百年間、人々はソクラテスに関心を抱いてきた。ソクラテスに哲学者そのものを、ひとりの典型を見届け、またひとりの謎めいた人物を見ていたのである。しかし彼はもはや私たちとは関係がないといってもよく、その人物像からは一切の神秘が失われてしまい、彼のことなど気にかける者はもうひとりもいない。

彼のことを真剣に考えた最後の者はニーチェだった。だが、それ以後、彼は問題ではなくなった。ダイモンをかかえていたにもかかわらず、彼は私たちにとって、それほど複雑な人間ではなく、その問いかけもそれほど劇的なものではないからだ。いずれにしろ、彼は私たちにはいかにも穏当な人間であり、そういう人間といまさら何が始められるのか、私たちにはほとんど見当がつかない。彼の方法的困惑は、もう私たちにとって始まりではないし、彼のイロニーは、たとえば……ラ・ジョコンダの微笑みよりも意味のあるものとは私たちには見えない。究め尽くされた奥義、贋の深淵。

夢、冗談、欺瞞――重大な、死の瞬間でさえ、私には、存在を把握するに役立つものとして、この三つの言葉しか思い当たらない。というのも、こういう瞬間、存在は悲劇的なものではなく非現実的なものに見えるからだ。墓を前にすると、それが友人の墓であっても、生きることは重大なことだなどとは、どう転んでも考えられない。すべてはあたかも出発点に、根本にまやかしがあったかのように推移する。すくなくともこれが、この世のことについて私が抱いているほとんど変わることのない思いである。

私がいちはやく理解し、おかげで多くの愚行をせずにすんだことがある。つまり、殉教とは警察との衝突に帰着するということだ。こういうたぐいの〈問答〉ほど愚劣なものはない。こういう状況で、しかもひどく低劣な水準で自分の身を滅ぼすのは、自分を辱めることだ。

にもかかわらず、殉教（特に政治的な）は、こうして自分を卑しめることへの、人間の社会にあるもっとも下劣なもので苦しむことへの同意から、たぶんその価値と威信とを引き出しているのだ。

「音楽は、世界が存在しなくとも、ある意味で存続することができるだろう。」（ショーペンハウアー）

九月五日　昨夜、K・Gに会う。ずいぶん前から（三八年からだと思う）知り合いのハンガリーのユダヤ人。ひどいフランス語を話す。自分でもそれは知っていて苦にしている。ある人たちのことを私が話題にすると、彼らはみんな嫌いだ、虫が好かない、知的能力は認めるが、人間としては好きになれないと私に言う。「レイモン・アロンのことは、思想家としては尊敬しているけど、人間は認められないね。」

醜男で、冷笑的で、苛立ち、そしてもちろん不幸なK・Gは、みんなが自分のことを虫が好かないと思っていることは知っている。にもかかわらず、その事実を自分では認めず、魅力のある者は一人もいないと思っている。彼は、他人が自分を責めるからといって、他人を責める。私としては言わざるをえない、「でも、R・アロンは人間としてものすごく魅力があるよ。

――たぶんね、でも教授としては魅力はないね。私は、彼を指導教授にして学位論文を書いたんだよ。ひどいもんだったよ。」

実際、Gといっしょだと、みんな不愉快になる。これが人々には許せない。彼のほうでは愛想よくしたいと思っているのだが、それができない。お世辞のひとつも言いたいのに、不用意な言葉で人を傷つけてしまう。もし彼が他人を非難しないで、他人と自分との関係がうまくゆかないのを他人のせいにすることがなかったら、彼の生活は地獄になってしまうだろう。彼にとって問題は、自分でも意識していない自衛反応なのだ。あるがままの自分を受け入れるためには、私たちはどんなことでもするのだ！

私たちもみな彼と同じようなものだ。「あいつはおれのことを嫌っている」と言うよりも、あいつはひどいやつだとか、不作法なやつだとか一般的に決めつけるほうを私たちは好む。自己認識に関しては、真実の回避、それは自己保存本能に従うことであり、生命の要請に屈することだ。

手紙を書こうとすると、毎度のことながら、ちょっとした憂鬱の発作に襲われる。手紙の相手とどう接するか、これが私にはことのほか困難なのだ！　私は、手紙のやりとりに必要な水準にいることはめったにない。こうして〈文通相手〉の質に応じて、自分を高めたり、自分を低めたり努力することになる。

どうしてもそうしなければならないわけでもないのに、自分の言動を否認することほど痛ましいことはない。私はD・Nのことを考える。彼は自己否定の三つの論文を書いて、自分の伝説を破壊し、苦悩の六年を無効とした。マゾヒズムは、巧みに操縦されてはじめて、栄光へといたる。

殉教の意志には、マゾヒズムが、挑発が関係しており、恨みがましさをベースとする途方もない自尊心が関係している。

あらゆる殉教者は、内心ひそかに「やつらにおれの能力のほどを見せてやろう」とつぶやく。そしてそうつぶやきながら、自分の敵のことに劣らず観客のことを考えているのだ。

ある夜、イビサで、私はひとり海を前にして、名誉の、あるいはお望みなら、名声のバカらしさをはっきりと思い知った。寄せては岩に砕ける波、その波を見ながら、私は考えたものだ、「人間の意見がいったい何だというのか。だれもが例外なく、私をやれ極悪人だ、やれ怪物だ、やれ人類の恥だと思おうとも、私にどんな関係があるというのか。この波、星、夜が人間にどんな関係があるのか。こういう自然のただなかにあるとき、価値判断に、よしんばそれが人類全体のものだとしても、どんな現実性があるというのか。」そして私は、人体標本の模型としての私の振る舞いに、私の怨恨や敗北に、あるいは熱狂に思いをいたし、それが何であれ何かが原因で苦しんだり、喜んだりするのはさだめし愚かなことにちがいないと思うのだった。外に出れば、つまり木を、岩を前にし、人間のいない風景を前にすれば、私はすぐ、何の造作もなく無関心というものを教えられる。この教えが、人間とのどんな接触のあとにも生きつづければ、それで私は満足だろう。

バカげた夢。ベルグソンの二人の娘と会う約束をする。言語道断なもめごとのあげく、私たちはオクナーシビウ間を走る列車にどうやら乗り込む——彼（!）。線路は工事中で、列車はのろのろ運転、娘たちはルーマニア語を知らない。

こんなバカげたことを考え出すほかに脳髄には何もすることがないのだろうか。この夢にどういう秘密を見抜くべきなのか。——精神分析に欠けているのは、バカげたものに対するセンスだ。理論の上では魅力的な、実際はグロテスクな学問。多くの知性が精神分析を真に受けたとは信じられないことだ。

満足で輝くばかりの顔を見るのは表面上は愉快なことだが、成功し、満ち足りた人生以上に痛ましいものを私は知らない。

レオパルディの詩をいくつか読み返してみて、自分がどれほどロマン主義の病から癒えたかが分かった。——といっても形式についてであって、内容についてではない。

仕事をする代わりに、ルサンティマンをいじくり回している（さまざまの予感というものについて書くつもりだった）。私の気分が私の問題だ。

いずれも選り抜きの数人の拷問者の手から手へと渡され、打ちのめされたに違いないと確信して目を覚ます。これが眠りと呼ばれているものだ。

私は自分の稼ぎ以上を申告している、フランスではただひとりの納税者だ。収入がどうあれ、最低生活費以下の額は申告できない。しかし数年前は、私の収入は最低生活費にはるかに及ばなかった。この問題については、黙っていようと、洗いざらいぶちまけようと、恥をさらすことであり、泣き言を並べることである。

何かに無我夢中になり、臨終を含む、自分のあらゆる振る舞いが人々の話題になればと願い、しかるべきときに消えうせるすべも知らず、人々から忘れられていることの、自分が人々の忘却をつくりあげた張本人であることの快楽のなんたるかが決して分からない――私はこういう連中が嫌いだ。

たとえそれが神のものだとしても、だれであれだれかの成功を羨む限りは、私たちは、あらゆる人間と変わらぬさもしい奴隷だ。

自分の友人の成功を心から喜ぶ者などひとりもいない。よく知っている者の成功は私たちには耐えがたいからだが、それにひきかえ、未知の人、あるいはつき合ったことのない人ならだれの成功でも、こころよくこれを受け入れる。アベルの物語。――これこそ、呪詛というもののもっとも明白な、もっとも日常的な形式である。

精神のほんとうの気品は、自分の勝利を敗北に見せる技である。

あるピークを過ぎると、もう〈考える〉気がしない。断章、警句、格言、精神への紛れもないテロ行為。(〈機知〉は精神の敵だ。)

知的で謎めいたものをもたぬ民族。この民族では、女性には詩的〈要因〉はまるでない。女性に向いているのは恋とおしゃべりだけ。

ガリア的〈郷愁〉などというものはない。あるのは〈ふさぎの虫〉だけ。メランコリーは、ここのものではない。

「偶像はそれを彫った彫刻家には決して会いたくないと思うだろうし、恩を受けた者も恩人には会いたがらないだろう。」(バルタサール・グラシアン、『宮廷人』)[10]

アドルフ・コステルの『バルタサール・グラシアン』(一九一三年)を読むこと。

音楽を聴かずに何か月も過ごし、そんな生活にも、まあなんとか慣れてしまうでしょうよなどと、もしだれかに予言されでもしたら、こんな予言をした者を、私は張り倒したことだろう。ところが今年は、この予言通りになってしまった。音楽は遠のき、もう私の生活を満たすことはない。いま私が経験しつつある枯渇状態は、その結果なのか原因なのか、私にはいずれとも断定できない。

九月一〇日　恐ろしい夜。私の神経は――暑さのため――ねじれた布切れのようだ。それに夜通しつづく、あの脚の痛み、むずかゆさ。こうしていつも自分の肉体と衝突し、この厄病神といつも面《つら》つき合わせている。

「理解するというのは、真なるものとして理解するということだ。だが、ある命題を間違っていると考えるのは、当然のことながら、その命題が分かっていないということだ。」（ヴァランサン神父）

こういう主張は典型的に神学的なものだ。つまり私の言う意味は、この種の無益な逆説、的はずれの繊細さは、神学者の（あるいは論理学者の）心性の特徴であるということだ。

ひとりの成功者には、千人とは言わぬが百人の落伍者がいる。

アメリカでフランス語の教師をしているM・リュイセイランが私に言うには、アメリカ人と英語で、内容のある、親密な話をするのは不可能で、彼がフランス語を使うと、相手はすぐに打ち解けるという。――つまりそれは、母語を使っているとき、アングロサクソン人は、自分の頭にたたきこまれた、ありとあらゆるクリシェ、常套句、偏見に囚われているのに、一方、母語以外の言葉を使うときは、心中ひそかに秘められた自分に、つまりほんとうの自分になれるからであり、社会によってつくられた自分ではなく自分自身になれるからなのだ。

たぶんこれは、アングロサクソン人のみにとどまらず万人について言えることだ（もっとも、アングロサクソン人の場合、アメリカにおいてもイギリスにおいても、さまざまの禁忌が圧倒的な力をもっているから、この現象はいっそう強烈ではあるが）。

考えれば考えるほど、アテナイは地獄であったに違いないと思う。あんなちっぽけな空間に、対立する人間があんなにも多く集まり、たがいに知り合い、話し合い、喧嘩しなければならなかったのだ！

神秘とわざとらしい晦渋さとには大きな隔たりがある。晦渋さだらけの現代文学には神秘はない。

（深遠らしく見せかけるため晦渋であろうとする、これほどバカげたことはない。）

数年も前から、文学を読むに耐えないものにし、厚かましくも同じことを繰り返している某。彼にとってはすべてが順風満帆、作品が発表されるたびに、啓示だ、との声が上がる――だとすればどうして仕事をやめようか。

人と話しているとき、倦怠の発作が見舞い、そのため会話が途切れ、ほんとうにこのまま途切れてしまうのではないかと恐れる――何がつらいといってこれほどつらいことはない。話題がとことん尽きてしまう、その前に、時間どおりに立ち去るすべを心得ている者はひとりもいない。肘かけ椅子に……拷問者よろしく倒れ込んだまま、いっこうに腰を上げようとしない邪魔者、こいつに向かって「出て行け！」と叫びたくなる。

不当なことを故意に、あるいは気まぐれにやってしまうと、その直後か、ときには数年後に、私は決まって痛切な後悔にかられた。自分の犯した過ちで、私の苦しみの種にならなかったものはない。

「あらゆる単調さのうちでも主張の単調さは最悪だ。」（ジュベール）

九月一二日　今朝、ガスストーブの金属製の被覆材をひとつひとつ掃除していたら、その音で、私の内部に奇妙な感覚がよみがえる。これと同じような〈音群〉を、かちんかちんという音を、音の中断をどこで聞いたのか。一時間後、ラジオ番組「ドメーヌ・ミュージカル」のコンサートで聞いた、音楽の最新流行の音であることが分かった。一個の家庭用品をいじくりながら、私は、そうとは気づかずに、時代の最先端をいっていたのだ。

ショーペンハウアーのものを数ページ読み返す。生き残るのはモラリストと人間の気質だ。本質的に哲学的側面は、すたれる。何かにつけて、こういうふうに意志をもち出すところなどは、ひとりの偏執者の思いつきか、執拗さを思わせる。

晦渋さがめっぽうお気に入りの今のような時代には、私の作品などまるで関心を呼ばない。明晰すぎるから……だが、この浅薄な時代には、私がまず自分に対して、次いで言葉に対してどんな戦いを挑んできたか、そしてその結果、私のまわりではあれほど軽蔑されている、あの明晰さらしきものを獲得したか、想像もできないだろう。

同情は、あらゆる人間に、卑劣漢にさえ、当然のことながら抱いてしかるべき唯一の感情である。

Lは私に自殺線があるかどうか確かめたがっている。だが、私は手を見せない。手を見せるよりは、彼の前では、いつも黒の手袋をはめているつもりだ。

革命に向けられる非難でもっとも重大なものは、恐怖のあまりに、手紙や日記が捨てられ、その所有者や著者がすすんでそういうものを厄介払いしたということだ。こうして彼らは、警察を心配しないですんだ。

（ド・レミュザ夫人の日記は、王政復古の際、破棄された。*

この日記には、ナポレオンおよび宮廷の人々との対談が日々、書きとめられていた。彼女がその後に書いた『回想録』は、この日記の精彩のない反映、記憶の結果にすぎない。）

＊　実際はもうすこしあと、一八一五年三月、ナポレオンのエルバ島からの帰還が報じられたときである。

九月一二日　昨夜、黒人にあとをつけられていた女が私に助けを求める。近づいてゆくと、黒人がポケットに手をつっこむ。ピンときた。アラゴ大通りでのことだ。女にはなんの危険もなかったのに、私には一か八かの大冒険。愚かなことだ。二人が話をはじめたのをしおに立ち去ったが、何がなし恥かしさを感じないわけにはいかなかった。

　私の脳髄は良好な状態とはいえない。そして精神異常者だけが目につく。

　スペインの写真集にざっと目を通したところだ。スペイン的なもので私に無縁のものはない。

九月一四日　食餌療法用の食品を売る店でむかっ腹を立てる。この店に来るようになって数か月になるが、店の主とおぼしい女への憎しみが収まらない。ぞっとするような醜い女で、眼鏡をかけていて、上目づかいに人を見る。店の名が「明るい生活」というのだから、皮肉もいいところだ。ここへ出掛けるときは、いつも爆発しそうな予感がする。今日は、ひどく薄べったい（まるで圧延機にでもかけたような）ライ麦パン二個を勧め、ふっくらしていないから他のパンより安い（一個につき一フラン）と言う。「じゃ一つ貰うよ」と言うと、女は引きつったように笑い出した。その笑いにたまらず私は逆上し、一フラン硬貨をたたきつけると、憤然として店を出た。こんなひどい面《つら》を前にして、どうして自制することができようか。でも自制しなければならないのだろう。家を出るときは、どんなことになろうと冷静でいるよう自分に言い聞かせなければなるまい。自制できないのはほんとうに恥ずかしい。だが、これは偶発的なものではなく、私の気質の一部なのだ。

九月一四日　昨日、二月《ふたつき》まえに夫を亡くした、同じ建物に住む夫人（？）に逢う。呼び止めて改めて弔意を述べると、憎しみと酷薄さをたたえた恐ろしい目で私を一瞥した。私は驚き動転したが、それというのも、彼女がたちまち泣き出したからである。私が憎しみと思い、酷薄と思ったものは、絶望にほかならなかったのだ。

　感謝の気持ちを重荷と考えるのはさもしいことだと分かっていても、私はどうしてもそう感じてしまう。恩を受けた人の前に出ると、私は自由ではない。まるでその人が、目に見えない位階のずっと上のほうにいて、私は彼の部下ででもあるかのようなのだ。そのため私たちの関係は歪んだものになってしまい、気兼ねが生まれ、もう率直さなど望むべくもない。こういう人との関係をこのままつづけたところで何になるというのか。私にも彼にも、率直なところがまるでない。彼の施した恩恵が私たちのあいだに絶えず立ちはだかり、そのため二人とも身動きできないのだ。

有能な人で、自分にふさわしい取り巻きのいる人は、不思議なことにめったにいない。もっとも、計算でそうしている場合は別だが。

弟子をもつという束縛をすすんで受け入れるなどということは、私には理解を絶することだった。人はつねに自分を模倣する者に束縛されている。

私は人間についても物事についてもかなりの経験を積んでいる。だが毎日の生活では、その経験は、私には何の、あるいはほとんど何の役にも立たない。逆にものを考える上では、とても役に立っている。だが、繰り返すが、この経験からは何の利益も得られない。

妬ましいと思えそうな人間はひとり残らず知り尽くしたが、結局のところ、私が確認したのは、私は自分の運命をだれの運命とも交換したくないということだった。だれにしても、この点には変わりはない。そう思うのは、自分が比類ないものであるからだ。一匹のヒキガエルでさえ比類ないものだし、生きているものはみな比類ないものだ。この奇跡じみた比類のなさに比べれば、どんな偉大な天才でもものの数ではない。だとすれば、どうして妬みが、被造物の抱くもっとも根深い、もっとも古い感情なのか。

ゴンクールの『日記』の最後の巻の数ページを読んで嫌悪でいたたまれなくなる。作家が、これほどまで門番風情になれるのか。

不幸に見舞われたとき、他人にその不幸への関心をもってもらいたいと思うのは、精神の一種の卑しさである。

先日逢った、あの絶望した未亡人のことを考える。彼女と別れたあと、私はこんなことを考えた。どんなに耐えがたい苦しみでも、絶対の観点からすれば、一つの気晴らしにすぎず、人間には自分の試練など意に介さぬよう教え込まねばなるまいが、まず何をおいても、対象が何であれ何かに深く執着しないように、言い換えれば、愛などという迷信は打破し、偶像崇拝の根を、人間のみならず思想の崇拝をも一掃するように、全力を上げなければなるまい。というのも、この世には実在する何かがあると思い込んでいる限り、私たちはその何かに執着し、それを賞賛するからだが、その結果、私たちにもたらされるのは、数知れぬ苦しみである。したがって、一切は幻影であると仮定するのは、有益な作業、それどころか義務でさえあり、思いやりのある人ならだれもこれを怠ってはなるまい。

私の見るところ、現代の批評家連中（文学、造形芸術、哲学の）のもっとも顕著な特徴は、方法と体系への意志であり、方法と体系を力説することで、自分たちの才能の欠如を糊塗し、自分たちの作品に漂う際限もない退屈さを許してもらっていることだ。文学者が哲学者に姿を変えれば、それは自分の欠点を、才能のなさを、インスピレーションの不足を覆い隠すためであることはすぐ分かる。思想、あるいは思想もどきのもの（読者にとっては、これはまったく同じものだ）は、なんという隠れみのか！　批評的な注釈で繰り広げられる、さまざまの思想の誇示と陳列、それはほとんどあからさまの盗品であり、批評家連中は他人の思想を借用し、いじくりまわし、比較し、真面目な精神にはそぐわぬ一種の駆け引きのなかで対立させ、そして生きた、直接的な何かを創造した哀れな人の財産をくすねては、その都度、審判者を気取るのである。

九月一五日

「何をしていますか、何を考えていますか」という同じ執拗な問いには――「待っています」と、だれかれかまわず答えてやりたい。だが正確な答えは、むしろ次のようなものかも知れない、「何かをしなければならないような人間に見えますかね？」

今日からまた、断念のむつかしさについてのテキストを書きはじめよう。

私のまわりの連中はだれもかれも奮闘し、自分を主張しているのに、私ときたら自分をさいなんでいる。

バルタサール・グラシアンの『神託必携』は、語り口が『道徳経』に似ている。だが、この二つの小冊子には、もっと深い類似性が、神秘的な対応関係があるのかも知れない。私の錯覚だろうか。それとも正当な印象だろうか。この点をすべて確かめること。

自分の友人のすべてを、信条のすべてを裏切った、あの大物は、訪問先の都市や国で欠かさずミサに出る。どうして神に語りかけられるのか。何が言えるのか。相手はまさに神だ！　公然と宗教を担ぎ出す者は、まさにそのことで宗教を蔑《なみ》している。

齢《よわい》を重ねるにつれて、いよいよ非現実の感覚は、私の内部で、すべてはファルスだとの確信に変わる。すべては惨めなハエ、男も女も。

「してみると才能には情熱が必要なのか。さよう、抑えられた多くの情熱が。」（ジュベール）

九月一六日　真夜中、悪夢を見て目を覚ます。あまりに恐ろしい悪夢で、こうして目を覚ましたが最後、もう二度と眠ることはあるまい、とまず考えたほどだ。

不思議なことに、悪夢の印象だけが私の精神に残り、悪夢の筋立ては消えてしまっていて、それを思い出すことはできない。

「敵というものは仏陀と同じくらい役に立つ。」――これは私には実によく分かる！　敵がいたからこそ私の過ちはこの程度で済んだので、敵がいなかったらこの比ではなかったに違いない。敵は私を監視した。いまもずっと監視している。彼らにはどう感謝していいやら分からない。

自分の欠点のしぶとさには、われながらほとほと困惑している。私は、迷惑な客に仕事を邪魔されて困るなどといってこぼしているが、それはその通りだとしても、私のすべき仕事の邪魔をしているのはこの私であり、私には自分の時間を無駄にする才能がある、といったほうがずっと正しいのだ。今日も午後、別に外出する必要もなかったのに、私は、六区の区役所の図書室で、愚かにも、まあ、興味がなくもない本をめくって二時間すごした。いや、愚かなことではなかった。生まれてはじめて、ギリシアの島々の写真を見たのだから。ここには私の好きなものがすべてある。新しい情熱が生まれた。どこかに糸杉があれば、それで充分。はっきりいって、私はこの世界に満足している。私がギリシアに行く気になれなかったのは、ギリシア人に対するルーマニアの偏見が原因だ。まったく愚かにも程があるというものだ。

ハイネが語っているところによると、彼の少年時代、デュッセルドルフでは、絞首刑者（特に無実の）の指を紐にくくりつけてビールの樽に入れておくと、ビールは量も増え、うま味も増すと信じられていたということだ。そして彼は、次のようにつけ加えている。〈Aufgeklärte Bierwirte pflegen ein rationaleres Mittel anzuwenden, um das Bier zu vermehren aber es verliert dadurch die Stärke.〉＊

＊「慎重な、清涼飲料の製造業者は、ビールを薄めるためにもっと合理的な方法を用いるのが普通だったが、そういう方法ではアルコールの度が落ちてしまうのである。」

絶えることなくつづけられる、隙のない皮肉、息つく暇も、ましてや考える暇も与えぬ皮肉、こういう皮肉ほど耐えがたいものを私は知らない。皮肉というものは、本来、微妙で、偶発的なものであるはずだが——こうなると粗野なものに、つまり決まりきったものになってしまう！　たとえ衰退せざるをえず、共通の宿命に従わざるをえないにしても。

ハイデガーを筆頭とする、あのすべての教授連中、彼らはニーチェに寄生し、自分たちはひたすら哲学をしているものと決め込んでいるが、実は哲学の話をしているにすぎない。——こういう連中のことを考えると、私には、一篇の詩の目的は詩を歌うことだと思い込んでいる詩人たちのことが思い浮かぶ。いたるところに見られるのは、意識過剰の悲劇だ。才能が枯渇してしまったのか、それともテーマが底をついてしまったのか。たぶん、その両方だ。つまり、インスピレーションの欠如、そしてそれと不可分の主題の欠如。愚直さは姿を消し、重大事を語るにも、そこに見られるのは小手先の芸、過度の巧妙さだ。軽業師が芸術家に取って代わり、哲学者自身、跳ねまわる衒学者にすぎない。

Ｍ・Ｆによれば、ニーチェの重要さは、彼が多くの学問（文献学、精神分析、政治学など）に関心を寄せた最初のひとりだったところにあるとのことだ。それならヘーゲルは？　彼は逆に、ニーチェに比べればはるかに限定された領域にしか手を出さなかった。シュペングラーによれば、あらゆる学問領域を視野に収めていた大哲学者たちの時代は終わり、哲学は、どんな学問分野とも同じように専門化してしまったとのことだが、このシュペングラーの意見は正しい。

もし考えようとするなら、不可欠の条件がある。すなわち、哲学については考えぬこと。

街なかで、異様な興奮に襲われる。私にはまだ言うべきことがゴマンとある！　こんなにも強烈な、こんなにも稀な感覚が経験できるからには、私は敗北したわけではない。

「たぶん私は人間の屑、だが、私をとやかく言う権利はだれにも認めない。」

無名のまま死んだ、ほんとうの哲学者エルヴィン・ライスナーのことを、そして今、いたるところで褒めそやされているペテン師、もうひとりの哲学者のことを考える。だが、こういうつねに変わらぬ明白事を考えたとて何になるのか。功績が報いられるのは、それが臆面もない野心家のものであるときだけだ。そして成功した優秀な人間とは、みなこういうものだ。

記念建造物のない国、その国の唯一の可能性といえば未来だが、たぶん未来より過去が多い国、自分がこういう国の者だと思うと、かなり妙な気持ちになる。

別に確信もなしに相当なことがやってのけられるにしても（私の日常生活は、ほぼこういう具合に行われている）、逆に書くとなると、たんなる練習か、あるいはやむをえずにというように、確信なしに私は書くことはできない。私の書いたすべてのもの（といっても手紙は別。私は手紙などどうでもいいと思っているし、それにほとんどの手紙は、儀礼上、書いたにすぎない）、私が出版したすべてのものは、私がその構想を抱いた、その瞬間に実際に考えたことと一致している。私の懐疑的気質からすれば、このペンへの敬意は奇妙だ。もし私が、ある種の私の考えに筋を通すなら、私はどんなものにもひるんではならず、何なりと主張し、どんな立場でも擁護すべきであろう。私は話では嘘がつけても、白紙を前にしては嘘がつけない。つまり、書いているときは、礼儀正しい態度は取れないのだ。私は生まれつき正直な、いずれにしろ純真な人間なのだと思わなければならない。『すね者のためらい』――これは本の表題である以上に、私の生涯のシンボルマークのようなものだろう。曖昧なもののなかでの葛藤。

九月一八日　午前一時
名状しがたい絶望。いま友人たちとの夜会を終えたところ。何もかも順調に行ったが、着替えをする気力さえない。床《ゆか》に身を投げ出して泣きたい。

九月一九日　ほかの連中は、自分がペテン師だとは思っていない。ペテン師なのに。じゃあ、私は……――私も彼ら同様ペテン師だが、でも自分がペテン師であることは知っている。そしてそのことに苦しんでいる。

（真実を探究したために、虚偽に出会い、他人のあらゆる振る舞い、そして自分自身の振る舞いに虚偽を見つける――これは避けがたいことだった。）

行儀がいいということは、自分の喜びや悲しみを隠すことができるということであり、第三者に、羨望だの軽蔑だの、あるいは同情だのを誘うようなことは何もしないということだ。

救済の教義（それが宗教、政治、あるいは何であろうと）の面白い唯一の部分は、破壊的な部分である。

またしても困惑状態、そして全身に滲みわたる、あの痛恨の思い。

私は書かないといって非難されるが、書かないのは私の存在理由であり、私の栄光の肩書だ。私にいくらかでも価値があるのは、私がほとんど書かないからにほかならない。私の哲学上の立場からして、敷衍は認められない。自分の考えを説明するや、とたんに私は一巻の終わりだ。

成功に成功を重ねたあげく、いまやXは完全にからっぽになってしまった。成功で身動きできない状態だ。自分自身であるためには、私たちは他人が私たちに抱いているイメージに、どんなことがあっても自分を合わせてはならない。たとえ人に知られ有名になろうとも、あたかも存在するのは自分だけといわんばかりに、生きなければならない。そして……

神秘思想と〈ニヒリズム〉の相違は、まったく言葉の上だけのものにすぎない。私のいう意味は、無のあらゆる経験は神秘的性質のものだということだ。

九月二〇日　ドアをノックする音がする。のぞき窓からのぞいてみるが、ドアは開けない。D・Lだ。あらかじめ電話しようとは決してしない男だ。こういう不意の来客があると、私は取り乱してしまうが、これでは住居に踏み込まれ、孤独を冒瀆されているようなものだ。

*Angst* を紛らわすには、軽いものか技術書を読むしかない。いずれにしろ、〈魂〉には関係のないものを。

私は風景が大好きだが、その私が、どうしてこうもこの大地をくさすことができたのか合点がゆかない。

ジュネの『屏風』。逆さまのオペレッタ。げんなりし、失望し、腹を立て、幕間に劇場を出る。こういういかにも〈パリふうの〉ショーを観にゆくとは、そもそも劇場へゆくとは、いったいどういうつもりか！〈お楽しみ〉はゴマンとあるが、そんなものはもう私には何の意味もない。実は、ショーというものは、私にはどれもこれも退屈だ。（退屈のための退屈なら、小説を読むより戯曲のほうがまだましだ。）

ある日、ラビ・ミカルは息子たちに打ち明けて言った。「ありがたいことに、いままでわしは、あるものを自分のものにするまでは、欲しいと思ったことは一度もなかった。」（『ハシディームの物語』）

九月二一日　ジュネの、あの汚らしいオペレッタ——あの野卑な言葉、あの膨大な、俗悪で曖昧な言葉、これを聞いても観客がみな平然としているのはどうしてなのか。その原因はもっぱら言葉の酷使にある。つまり、これらの言葉は、頻繁に使われすぎたために、そしていまでも会話で頻繁に使われているために、新鮮さを、毒性をことごとく失ってしまったのだ。ここに見られる性的表現は、ほとんどみな親しい仲間うちで使えるものだ。フランス語以外の別の言葉――どれでもいいのだが――だったら、ジュネの、このような戯曲は、まさに耐えがたいものだろうし、ルーマニア語だったら不可能だろう。あらゆる言葉が内容を失っているフランス語、ここではもうどんな言葉にもイメージの喚起力がない。したがって、人にショックを与える言葉もなければ、みだらな言葉もない。あれこれの肉体の行為あるいは器官についての呼び方が、フォークと言うのと同程度に軽い言葉、これについては何と言えばいいのか。

もうだれにも会うまい、会合はみんな断ろうと毎日、自分に言い聞かせる。そのそばから電話が鳴り、人が来る。むげに追い返すわけにもゆかない。相手は私が暇なのをいいことに、私から時間を奪い摑んで離すまいとする。

好んで、あるいはやむなく選び取った国で外国人として暮らしていてしばらく経つと、もう自分の欠点しか見えなくなり、自分の欠点からは長所と思われるものには盲目になる。いまはもう私にはフランス人の否定的な面しか見えないが――にもかかわらず、同胞の襲撃を受けるようになってからは、またフランス人に公平な態度をとるようになった。同胞の欠点はフランス人の欠点の比ではない！

私ほど宗教を信じている者はいないし、宗教を信じていない者もいない。私はだれよりも「絶対」に近い者であると同時に、「絶対」から遠い者だ。

若者から判断すると、いま私たちはフランスのニーチェ化に立ち会っている。

ここ数年、私の書くものといえば、「無関心」の効用に関することに限られているが、それでいて、そのままほうっておけば監禁もやむなしと思われる暴力の発作に見舞われない日は一日もない。幸い、この種の激烈な葛藤は私の内部で繰り広げられるが、ほんとうを言うと、いつもだれかが原因なのだ。私にはまだ、想像の憎しみという能力がない。私の逆上にはいつも対象がある。

全観客が否応なしに歓声を上げ、若者たちがみな意見をもつことを恐れ、特に人の愛すべきものが愛せないのではないかと恐れている――こういうことを見るにつけても、パリでの名声は、ほかのどんなところでの名声よりも質的に劣ってはいないのではないか、パリで有名になりたいという欲望は、欠陥とはいえないのではないか、考えてみなければならない。

自分の情熱の置き場所を、ひっかけるものを知らない情熱家。

他人のために犠牲にしているすべての時間を、もっと自分を知るために使ったなら、真実への、自分の真実への道は、平坦になるであろうに。

いま何をしているのかと尋ねられると、決まって不愉快になる。私が〈行為〉には向いていないこと、私にとっては時間を過ぎゆくに任せることが、実際は時間とともに消えうせることだけが問題だということが、まだ理解されていない……

敵の効用についてまた考える。敵といっても、やはりよい敵でなければならない。つまり、私たちのことにいつも関心をもっていて、私たちがちょっとでも失敗をやらかすと、ただちにそれを指摘し、すっぱぬく敵でなければならない。

私たちは自分の思想から、おそかれはやかれ帰結を出さなければならない。つまり、尻ぬぐいをしなければならない。作品が作者に敵対するのはこのとき、このときだけだ。私はS・Bのことを考える。彼はますますその作中人物に似てきているが、これは作中人物たちの仕返しだ。彼は彼らによって失墜を余儀なくされ、人物たちを失墜させたその同じ低さにまで身を落とすことを余儀なくされている。

生きることは理論上は不可能だということについて、これまで私は充分に語ってきたが、いまやこの不可能性は、私にはまったく実際的なものとなったように見える。だが、ずっとそうではなかったのか。私が生にじかにかかわったのはいつだったのか。

私の懐疑思想は、私の神経衰弱の理論的転写にすぎない。

リヴァロルの言葉を借りていえば、フランス語を定義するのは誠実さだが、その証拠に、フランス語ではほかの言語よりも接続法が多く使われる。フランス語あるいは不確実性の尊重。

九月二三日　昨夜、彼は、ま、いってみれば酔っていた。私の作品をああでもないこうでもないと言いながら、おどけとも真面目ともつかぬ口調で、自分の〈作品〉の話をした。——実は、作家というものはみなこんなものであり、こうなるともうおしまいだ。彼らは自分の作品の虜、奴隷であり、作品のことが頭にこびりついて離れず、そこから自由になれない。「おれには作品がある」と、異口同音に絶えず繰り返す。だが、作品について片時も休むことなく考えることこそ、作品をもっとも確実に損ない駄目にすることだ。私たちは作品を創造するためではなく、何かを言うために書くべきだ。一冊の本を目指して書けば、すべては堕落する。自分自身のために考えられたもの、だれに語りかけたものでもないもの、これ以上に価値のあるものはない。

私は自分のことを過大に評価しているのかどうか、自分ではまったく分からない。離脱の劇は、その進展が量れないものだ。私たちは砂漠のなかを進むのだが、どこまで行ったのかは決して分からない。

Ｈ・Ｍのことを考える。彼は、自分について書かれたものについては知らないふりをしているが、その実、何もかも知っている。その孤独そのものさえ、ひとつの戦術だ。別の惑星の上に生きているような素振りを見せながら、この惑星の上で何かにつけ儲けている。彼のような人間にこそ、次の有名な言葉――もっともその対象となった人がだれだったのか知らないが――を引くことができる。いわく、「Ｘは、列車の発車時刻を知っている世捨て人である。」

先日、女性に人気のある作家たちのことが話題になった。ある娘がＸの名前を出して言うには、たとえ尊敬していても、Ｘといっしょに寝られるなんて驚きだし、ああいう粗野で、ふとっちょの、赤ら顔の男との肉体的行為などとても考えられないと言う。ここにひとつの答えがある、と私は思う。つまり、功なり名とげた作家は征服者とみなされているのだ。Ｘもそうである。彼は戦いで勝利を収め、敵を粉砕した。彼は勝利者であり、勝利者としての条件を押しつける。これは古い掟であり、これについては女性たちは無意識のうちに感づいている。女性の側からすれば、この場合、問題は暴行への同意である。かつて都市は、防衛者たちが敗北すれば、敵の手に渡ったものだ。その敵をたとえ憎んでいても、女性たちは内心では敵を崇めていた。敵は勝ったのだ。肉体的におぞましい作家が発揮するのも、これと同じような魅惑である。彼もまたそれなりに、「都市」の主なのである。

私は「無関心」に熱中している。

「エクスタシー」は、あらゆる人があらゆる手段でもって探しているものだ――そしてほんとうの、唯一のエクスタシーは、断念によらなければ手に入らない。断念は〈手段〉ではない。それは〈すべて〉だ。

時々、ある若者から手紙がくるが、返事の書きようがない。いつも話題は『概論』のこと。私は何冊かの本を〈作った〉が、人に知られているのは一冊だけ。ほかの本は、たぶんこれよりはすぐれているが、ヒステリーの点で劣るから、受け入れられないのだ。たけり狂った叙情は力とみなされ、そして人はレトリックとエネルギーとを混同する。

私は自分の読者にどんな譲歩もしたくないし、読者を喜ばせるために、自分で演技して遊びたくもない。成功しなかったという利点は、邪魔されずに自分の道を歩みつづけることができ、誘惑あるいは非難にあっても中途で立ち止まらずにすむということだ。私はだれも裏切らない。裏切られるのは、私についてくることができず、あるいはついてこようとは思わない読者、私について、ある一定のイメージを固執し、それを手放そうとはしない読者だけである。こんな読者などおかまいなしに進もう。それに顧客などいたら、私は恥じるだろう。弟子は私の悪夢。私を模倣するような連中がいたら、容赦はしないだろう。私は仲間より敵のほうがずっと好きだ。

そして何より私が嫌うのは、私のことを認め、だれかのうちに私の特徴を認めることだ。

だれかある人のことを旧友と呼ぶのは、もう話すことは何もないと確認したときだ。

人と逢うたびごとに、つき合っている連中とはもうほとんど何の共通点もないということに気づく。一般的に人間とは、と言うべきかも知れない。

古い友情と古い所帯道具には根本的な相違はない。いずれの場合も、同じような磨耗、同じような無価値。

何も書かないといってみんなに非難される。だが私の場合、書かないのは意図してのことだ。それは〈実現〉の私なりの様式でさえある。

何よりも私を落胆させる人間、それは自己満足した人間だ。そういう人間の考えが分からないし、その成功は私には成功とは見えないし、成功を鼻にかけるうぬぼれは、たとえ万人に正当なものと認められているにしても、私には笑止な、あるいはバカげたものに見える。それというのも、私にとってあらゆる外的成功は、挫折に劣るものであり、そして私が、世間並みに偉くなった者に同情しているからだ。

夜おそくまで起きていると、私の悪霊が訪ねてくる。そういえば、フィリッピの戦いを前にしたブルータスにも、同じように悪霊が訪れた……

もっぱらスパイを働くために私たちの本心を探る、不誠実な友人、こういう友人は拷問者よりたちが悪い。

一般則、すなわち、友人というものはすべて妬み深い。友人が妬まないのは、せいぜい私たちの失敗くらいのものだ。

ある人間が好きになれるのは、ほとんどいつも、その人間が挫折したからであり、成功したからというのは稀にしかない。

九月二四日　一〇日前から快晴がつづいている。あまりの好天に、パリで生きるという考えが私には絶えざる刑苦と思われるほどだ。

午前中いっぱい、昨日のM・Eの私への非難を反芻する。いったいどうしたの？　どうして書かないの？　等々。これに対して次のように答えるべきだったかも知れない。つまり、ヴィトゲンシュタインは、全部ひっくるめても、私が書いた量の四分の一しか書かなかった。Eに比べれば、Wは——書いた本の数が唯一の基準だとすれば——哀れな落伍者にすぎなかったと。だが、私は黙っていた。というのも、彼がこうも自己満足していては、ほんのちょっとした不愉快な当てこすりさえ、そのまま黙って聞き流すようにはとても見えなかったからである。

私は簡潔に書こうと努めてきた。——それを友人たちは是とするどころか、そのことで絶えず私を責めるのである。

ここ三週間、M・Eが私に浴びせている非難。三〇年ほど前、シビウで、私がミルチア・ザプラツァンにした仕打ちに対する罰にすぎないにしても、こういう非難を受けるのは致し方ない。あのとき私は、ビストロに入りびたって才能を浪費し、ろくに本も読まず書きもせず、ティレアの売春宿で〈Songoromester〉*（？）などしていると言って、夜っぴいて彼を非難したのだった。私は拷問者よろしく彼を執拗に攻撃したが、こうして傷口をえぐるのは一種の慈善行為であり、自分は彼の改心の手助けをしているのだと信じていた。朝の五時、彼は声を上げて泣き出した。私の攻撃の、これが唯一の結果だった。私は、自分の行為は友人としての行為だと思っていた。しかし実際は、残酷なところを発揮して見せたにすぎず、彼は私の欲求——厭味を並べて自分の考えをはばかることなく主張したいという欲求——を存分に充たすために利用されたのである。いま私の身に起こっていることは公正そのもの、これを恨む資格は私にはあるまい。

＊　ピアニストの意味のハンガリー語。

死については、古代人をのみ引用すべきだ。——キリスト教徒が死の意味を歪めてしまったからだ。——あのメシアは、何という死の安売り人か！

九月二四日。——バッファロー大学のフランス語の教師R・Fが訪ねてくる。ポーランドの出身。両親はアウシュヴィッツで死んでいる。一九四二年、強制収容所に送られたとき、彼は一二歳だった。駅で列車から飛び降り、貨物列車に飛び乗った。自分の列車が（収容所送りになった人々を乗せて）発車したとき、不安に襲われた。乗った貨車にはサツマイモの袋が積まれていた。彼はそれを食った——トゥールーズで逃走し、ある農場で働いた。フランス解放後、アメリカに渡り、あらゆる職業に就いた……

彼は、いまは満足している、可愛い妻もいるし、アメリカも好きだし、給料もいいと私に言う——ヨーロッパ出身の、まず大抵はとげとげしい、大部分のアメリカの知識人が語ることとは反対のことだ。生まれつき善良であればこそこうなるのだ。彼は絶望して当然だったのに、まるで絶望していない。人は幸福に、あるいは不幸に生まれつくのだ。

現代詩の魅力は、イメージの絶対的な恣意性にある。

私たちに謙虚な態度を効果的に守らせるには、私たちの身に起こるすべてのことは、実は私たちにとってのみ事件であるにすぎないということをつねに思い起こさねばなるまい。

「じゃあ、きみは諦めているの?」とE・Iが尋ねる。——そうではない、私には諦めの発作があるのだ。

私の過去に含まれている、実現されなかった未来のすべて。

叫びは私の性質に一番しっくり合うものだが、叫ぶ習慣も、叫びたいと思う気持ちもなくしてしまった。いまは叙情性とは正反対のところにいる。泣きたいと思う気持ちが私と詩との唯一のつながりだが、いまはこの気持ちもかなり稀であり、それにますます弱くなっている。

九月二五日　真夜中すぎ。ついいましがた、いつものようにリュクサンブール公園をめぐりながら考えた。私には否定へのひときわ際立った傾向がある。私の神秘思想好みをはじめとする、そのほかのあらゆる好みの原因はここにあると。私はすべてのものにうんざりしているが、この世の破壊だけは別だ。

計画を立て、その計画を信じること、私にとってこれ以上に困難なことはない。私が計画を立てることがときにはあるにしても、それはもっぱら実際的な理由のためである。

信仰を失い、無神論を公然と表明してヴァチカンを捨てたかも知れない教皇……

ゾイゼを、タウラーを、さらにはエックハルトのいくつかの作品(『神の慰めの書』)をも読み返してみようとするが、できない。私は、この種の神秘思想は乗り越えてしまった。キリスト教の、あの極端な人格神にはもう何の感興も湧かないし、私の生涯の一時期、あれほど私を魅了した、あの直接的で叙情的な、ほとんどエロティックな熱情にしてもそうだ。仏教にしばらく親しんでしまうと、そのあとでは、キリスト教の甘ったるさには戻れない（前言にもかかわらず、マイスター・エックハルトは例外）。私たちに必要なのは、もっと非人格的な、またもっとラディカルなもの、いうならば、もっと決定的なものだ……

書けない。あらゆる主題に後込みする。

半永久的といっていい肉体の苦しみがなかったら、私は、行者中の最高のエキスパートに羨まれてもおかしくない沈滞状態に陥るだろう。

ずいぶん昔のことだが、アンリ・トマから、ノルマンディーのある墓地で、次のような碑文の刻まれた墓標を見たことがあると聞いた。X、……に生まれ、……に死す。――そして下のほうに、地主。

ワルシャワ・ゲットーの破壊についての記事を読む。この破壊に示されたユダヤ人の英雄的行為は、ハドリアヌス、ウェスパシアヌス、ティトゥスなどローマ皇帝への反抗の際の英雄的行為と似ている。ほとんど二千年の隔たり。何という生命力か！

友人のひとり、修道士のXのことを考える。おかかえの公証人に会うためによくパリに出てきたものである。

ニーチェには文人めいたところが多すぎた、と言ってヴァレリーは非難している！　そういうヴァレリーこそ、その横柄な態度にもかかわらず、文人にほかならなかった！

教会の鐘の音。パリではひどく奇妙に聞こえる。鐘の音を通して、過去が現在に予告を、未来に警告を発すると同時に嘆いている。

ぐずぐずと一日延ばしにする癖。偏執と化した延期癖。私は何かを延期してはじめてほっとする。だが、この自由感は一時《いっとき》のもので、たちまち悔恨に変わり、そして私は、自分がやるべきだったことを――たとえそんなものは信じてはいなくとも――やらなかったことを残念に思うのである。

もう何年も前から、あの作家は自分の担当する週刊コラムで、自分に死が迫っていることをほのめかしている。それでいながら、相変わらず党員として振る舞い、ゴシップ屋の気まぐれにはまり込んでいる。

死を考えたからといって、私たちは向上するわけではない。死によって、すでにある私たちの困難はさらに増え、悪化し、その解決は私たちにはいよいよむつかしくなる。このことは、死に取りつかれた者を見ればすぐ分かる。つまり、ほかの連中より、彼らにとってはすべてがずっと困難なのだ。どうしてか。ほかの連中が自分の死を考える以上に、彼らは死そのものについて考えるからだ。

　自分自身の死について考えると、人間がよくなることがあるにしても、まず大抵は狭量になる。これは当然だ。というのも、私たちは自分の個人的な利害のことを考え、自分自身のことが心配でならず、形而上学的な意味などない恐怖にはまり込んでしまうからであり――それにひきかえ、死一般は、私たちの思考の流れを変えることができるからである。それは墓を眺めることと墓地を眺めることとの違いである。

　私の精神が言葉から切り離されているとき、精神はどう働くのか。精神の素性は何か。精神とは何か。それはまだ存在するのか。

　私の不運。私は本を手にするのが好きだし、どういう本にしろ、本を開くのはつねに変わらぬ喜びだ。ところが、私には書庫がない。これは私の救いだ。

　幸いなことに、私は話題の本は読まずともいい。もっとも、数年後、その本が再び話題なったとき、ざっと目を通すことはある。かつて一杯食わされた人たちと同じように、私も失望することが多いが、必ずしもそうとばかりは限らない。

　自分の本についての自分の気持ちを正確に言うのは私にはむつかしい。本は私のものだが……私の本のことが話題になるので、私としてもそれについて考え、判断しなければならないのだ。だが、本などなかったら、私はどんなにか自由で、どんなにか自分自身でいられるだろうに！　それに本を書くのに費やした時間を、この世からの、そして自分自身からの離脱のために喜んで捧げられたのに！

　私はあらゆる事態を一つひとつ克服した。だが、世界は克服しなかった。――世界は克服したが、事態は一つとして克服しなかった。

　この二つの命題のどちらが真実なのか。どちらに、私の現状が、私のたどり着いた段階が表現されているのか。

　私にはさっぱり分からない。

　書くべきもの、特に出版すべきものは、人を痛めつけるもの、つまり忘れられぬものに限られる。一冊の本、それは傷口をかき回さなければならず、それどころか傷口をこしらえなければならない。本は豊かな混乱の原因であるべきだが、何よりも、危険でなければならない。

ある人々を私は不安に陥れたが、ひとりとして人を救ったことはない。不安が救いの兆候でないとすれば。

九月二九日　やっと一息つく。曇り空が戻ってきたのだ。

自分を知的であるように見せたいと思えば、知的能力は増す。虚栄心というものは、例外なく人を発奮させる。虚栄心のない者は、自分の才能の一部を眠らせたままで、その真価を発揮することができない。

（今しがた、数年来、会っていなかったXに偶然に逢う。一時間以上もいっしょに過ごしたが、その間、彼はもっぱら自慢話。だが、自分についておもしろおかしい話を語ろうと懸命に努力した甲斐があって、もちろん全部ではないが、その話はおもしろかった。もし話が穏当な賛辞に限られていたら、ずっと退屈でやりきれなかっただろう。大言壮語することで、彼は才気の片鱗を見せ、もうすこしで才気を発揮してみせるところだった。）

もう若者しかいない。家族手当てで生まれた、補助金を受けている子供たち。彼らには何かしら非現実めいたものがある。金と引換えの肉体。こんな肉体には二束三文の価値もないと私は思う。――かつては、過ちから、あるいは必要に迫られて、人は子を生んだものだ。――今では、収入補足手当てを受けるために、税金を少なくするために生んでいる。計算もこうも行き過ぎると、精子の性質も損われずにいない。

ドイツ人の、そしてユダヤ人の運命に私がかくも熱中してきたのは、彼らの企てるあらゆることが、同じように不可避的に、彼らを裏切るからである。彼らはつねに、その最愛のものの犠牲者だった。ドイツ人もユダヤ人も外交官ではない。

（ユダヤ人の宿命。共産主義の実現に彼らはすくなからぬ役割を果たし、ほとんど宗教的な情熱で共産主義に与《くみ》した。ところが、どこかに定住し、しばらくすると、とたんに共産主義を排斥した。こうして、ドイツ人がその権力の夢に対してそうだったように、ユダヤ人はその熱狂に、つねに高い犠牲を払ったのである。）

スーザン・ソッカ*について

「祈りのかなたに住む神々は
彼女を、あの虎、〈火〉に引き渡した。」

（ボルヘス）

＊　前記、二三ページ、注参照。

*Verbängnis*（＝宿命、神意、不吉なもの）、ドイツ語で私のもっとも好きな言葉。

好天が一月《ひとつき》つづいたあと、空が曇る。雲といっしょになれて私はご満悦。――頭の上を雲が滑ってゆくのを見ていると、私の脳髄に雲が触れるような感じだ。

嘆きと愚弄――私の気質にもっとも合った、精神の二つの働き。

トロイ戦争では、敵味方双方に同じ数の神々がいた。これは現代人にはもてない正しい考えである。現代人は、〈道理〉は一方の側にのみあって欲しいと思っている。ホメーロスは現代人よりずっと公平だった。

生物学の領域に入るものは、いずれも例外なく驚嘆とシニシズムとを同じように強く正当化する。

一〇月二日　午前、ジャクソン・マシューズに連れられて、ダリュ街のロシア正教会に行く。儀式に、そして声に深く感動する。生まれてはじめて、正教会派であることにいささかの誇りを感じる。

その絶えることのない笑み。

彼は〈それが何になる？〉のエキスパートだった。

（神経衰弱は、この〈それが何になる？〉の自動症である。）

この、ろくでもない世に何か根拠のあるものがあるとすれば、それはまさに、このお決まりの問いかけだ。

どこか人里はなれたところで生活しているらしい、ある日本の神学者に、私は手紙で、楽園喪失後に私たちの身に起こった最悪事は、孤独の喪失であると書いた。おそらく来客などという疫病神など知るよしもない、この男の何と羨ましいことか！

一九六六年一〇月三日

夜、一一時ごろ、ベケットに逢う。あるバーに入り、芝居のことなどよもやま話の末、それぞれの家族の話になる。仕事をしているかと尋ねるので、私は、仕事はしていないと言い、相変わらず仏教を読んでいて、それが私の作家活動に有害な影響を与えていることを説明する。インド哲学はどれも、私に麻酔の効果を与えているのだと言い、さらに次のようにつけ加えた。どうやら私は自分の考えの帰結を引き出すところに来てしまったらしい。私は自分の書いたことは信じている。自分が自分の弟子になってしまったようなものだが、そういう私が再び作家になろうと思ったら、いままで歩んできた道とは逆の道を行かねばならないだろうと。

自分では分からないが、私には何か悲しそうな、哀れなところがあったに違いない。というのも、別れしな、ベケットは私の肩を二度そっと叩いたからである。それは万事休すと思い込んでいる者に、心配するには及ばない、すべてはうまくゆくとほのめかしながら、同時に同情を示すために、人々がよくやる仕種である。事実、私は同情と励ましを受けてもおかしくなかった。この世で、どんなにか私は無力なことか！　そしてさらに由々しいことは、無力であってはならない理由が私には分からないことだ。

一九六六年一〇月四日　昨夜、ベケットに、ジュネに関するサルトルの膨大な本は、アウシュヴィッツにも劣らぬ奇っ怪事だと言った。

私のわずかばかりの仕事は、私の知識に反するものだ。私の知識は私の敵なのか。私の敵ではないが、私の行為の敵であることは確かだ。私には行者の資質などまるでないが、それでも無条件で、緊張症《カタトニー》は私には願わしくもあれば、また当然の極限であるように思われる。

すぐれて形而上学的姿勢――瞑想する人間は、ある種の爬虫類を見習い、自分の上で果てしなくとぐろを巻かねばなるまい。

生にひどく毒づいたため、今となっては、生を正当に評価するには、どんな言葉も私には紛い物じみて見える。

チャーチルの生涯を撮った映画をふっと思い出す。一九二四年ころのこと[11]で、当時のドイツの生活を写したシーン、特にナチのデモのシーンがある。ヒトラーが前面に写し出される。精神病院の気違いそっくりで、目はうつろ、表情は引きつり逆上し、顔はぽかんとしている。もし一発の弾丸で彼が倒されていたら、数百万の命が救われていただろうに。だが神は、この怪物を守り、長い寿命を与えた……

当然のことながら、神をはじめとする、あらゆる重要なことに関しては――私たちは曖昧な態度しか執れない。

イギリスの知り合いの女性は自伝を書いている。まったく無意味なことだ。あらゆる作品は自伝ではないか。客観的作家とは自分の自我を隠す作家、主観的作家とはそれを見せる作家のことだ。だが、いずれも結局のところ自分自身を語っているにすぎない。自分以外のものを語る作家は、間違いを犯している。

私が何より好きなのは、没個性的な嘆き、名前をもたぬ苦しみだ。

まったく無名の、顔のない神、ただだれの代わりであるかを明示するために、大文字で書かれる神、その〈運命の神に打ちのめされた〉という表現ほど意味のある表現を私は知らない。

ヴァニーニ——一六一八年(?)、トゥールーズで断頭台の露と消えた、この自由思想の哲学者。信仰があるかのように見せかけ、さまざまの宗教を、キリスト教の内部では、さまざまの修道会を——興味本位に、また内部からこれらのものを掘り崩すために——弁護した、要するに生粋のナポリ人。彼の『対話篇』がむしょうに読みたい。無神論のかどで首をはねられた哲学者。

数百年ものあいだ、人々は戦い合い、神から自由になるために命を危険にさらした。そして今、二〇世紀も半ばにして、私たちは神に代表されるさまざまの束縛を懐かしみ、何の犠牲も払わずに手にした自由、自分でかち取ったものではない自由をどうしていいか分からない。私たちは、果敢な無神論の忘恩の相続人、反抗のエピゴーネン、反逆者の群れであり、〈迷信〉の、〈偏見〉の、そしてかつての〈恐怖〉の消滅をひそかに嘆いているのである。

一九六六年一〇月四日

昼ひなか、ちょっとまどろむと、私は目を覚ますや、すぐハンガリーのジプシー音楽の流行歌を口ずさみはじめる。すると一瞬にして、私は中央ヨーロッパのまんなかに舞い戻り、いくつもの思い出がよみがえる。

ヴァイオリニスト、役者、講演者など——自分に誇りのある人間が、拍手喝采を願い、それを受け入れるなんて、私にはとても考えられない。

毎日、死を考えながら、〈生きつづける〉ことができる。絶えず自分の死ぬ時を考えている場合はそうはいかない。その瞬間だけを当てにしている者なら、その他の全瞬間に対してテロ行為に及ぶだろう。

ボルヘスはタンゴについて一篇の詩を書いている。私にはよく分かる。「私に日々のタンゴを!」と叫びたい。私は内部に秘密のアルゼンチンをかかえている。

自分の本の翻訳のことでどうしてこうも気がもめるのか、わけが分からない。私の翻訳者たち(マーシェルは例外)には、私に特別のはからいをしているのだ、譲歩しているのだといったところがつねにある。彼らは、だれの作品でもおかまいなしに翻訳しているが、私の作品となると、事態はいつも同じで、私の作品を世に知らしめるために、翻訳者が犠牲を払い、損をしているといわんばかりなのである。私にしてみれば、これほど屈辱的なことはない。そしてとどのつまり、この屈辱をいやというほど味わう羽目になった。もし私のうすっぺらな本に価値があるなら、それはいつか翻訳される。価値がないなら、どうして彼らのために奔走するだろうか。いずれにしろ、翻訳者は、金銭はもちろん、何ひとつ私にもたらさない。腹を立てたり、無益に気をもんだりする、こんな厄介事は一掃しよう。もっとましなことのために私の憎悪を温存しよう!

断念との訣別。

欲望は、永遠におのずと再生する。その欲望を克服しようと考えるのは狂気の沙汰だ。欲望は不治の病のようなもの、「不治のもの」である。

N・R・F誌の一〇月号で、「古生物学」を読んだ(再読した)ところだ。よくないものと思っていたが、予想していたほど悪くはない。明晰に見えるのはうわっつらだけで、実際は、多くのことが詰め込まれている。読んでみると、煩わしく感じられた。たぶん、実際そうなのだ。

もし絶対からの落伍者がいるとすれば、それはまさしくこの私だ。私のこの断言には、必要な誇りのすべてがかかっている。

人間が確実に一新したもの、それは不安だ。人間は不安を加工し、多様化させ、変容させ、悪化させた。人間のもっとも独創的な発明は、理由のない不安、つねに絶えることのない不安、精神を蝕む不安(あるいはむしろ、蝕まれた精神から生まれる不安)だ。

私ほど自分の実質を傷つけられた者をほかに知らない(E・Iでさえ、私ほどではない)。私の場合、生きるということは、絶えず自分を克服することにほかならない。たぶん、私はこの闘いと勝利に味をしめたのだ。というのも、それ以外に、私のいままでの生の歩みの説明のしようがないからだ。

一〇月五日——夜、リュクサンブール公園をめぐるいつもの散歩の道すがら、私はずっとスペインの歌のリフレインを口ずさんでいた。かなり声が大きかったとみえて、だれもが振り返る。私は、鬱状態より興奮状態が優勢な、あの危機のひとつに見舞われていた。外から見れば、狂人か、あるいはひょっとして幸せ者(この世のではなく、何か分からぬものの)と思われたに違いない。ある意味で、実際、私は幸せだった。というのも、あのタラマンカの夜を想像裡に残らず追体験することができたのだから。あの夜、明け方の三時か四時ころ、私はやにわに起き上がるなり、けりをつけるために、海に突き出た断崖へ急いだ。夜着の上に黒のレインコートをひっかけ、私は数時間その断崖の上にたたずんでいた。やがて陽が昇り、その光とともに私の暗い思いは消えうせたが、陽が昇る前から、美しい風景、道に茂るリュウゼツラン、波の音、そして空、すべてのものが私にはひどく美しく思われ、自分の計画はなかったもの、いずれにしろ性急にすぎるものと見えるほどだった。もしすべてのものが非現実だとすれば、この風景とてそうだ、と私は思った。そして、そうかも知れない、いや、その通りだ、と私は答えた。だが、この非現実性こそ私を慰め、魅惑し、喜ばせるものだ。美とは完全な幻想ではない。それは損なわれた幻想、現実性の端緒だ。

一九六六年一〇月六日――我慢できなくはない日差しのもと、六時間、ドゥールダン地方を歩く。満ち足りた思い、何も望まず、私にはすべてが与えられているのだから、だれにも、何ものにももう何も期待しないとの思いがずっと消えない。この甘美な肉体の疲労と陰気な頭脳労働の、何という相違か！　私が満足感を覚えるのは、自然と同じレベルにあるときだけだ。

私などよりはるかに裕福な連中が、外国のさまざまな財団への推薦状を私に求める。いったいいつから浮浪者が、いまだかつて浮浪者であったためしのない連中を保証しなければならなくなったのか。

詩の危険への私の防御は固くなる一方だ。私は『概論』とは逆の方向に進んでおり、ロマン派（特にイギリスの）の読書体験に汚染された『概論』の悪文は、私にはいっかな終わりそうのない非難の的である。叙情の誘惑に負けないこと、ニーチェの痕跡は一掃すること、これが私の願いのすべてだ。もっとも、この願いのいくらかは叶えられた。つまり、私の場合、厳密さの欲求のほうがヒステリーにまさっているのだ。もっと正確に言えば、この欲求がヒステリーにまさって欲しいと思っている。

ギーザが、つい最近、アルゼンチンで結婚した。祝いの言葉を書き送らねばならない。結婚というものを忌まわしい制度とばかり思っている、この私がだ。だが、思いやりをもたねばなるまい。そして他人の目でもって、幸福を想像してみなければなるまい。自分の嫌悪を基準にし、自分にできない事柄を引き合いに出して他人を困らせるのは、不作法者のすることだ。いままでずっと、私は不作法者だった。

知り合いの数人のスペイン人、彼らとはいつもよく分かりあえた。彼らはみな、いささか狂人じみていた。その異常な情熱は現実のもので、よそおわれたものでも、文学的なものでもなかった。要するに、パリふうのものはみじんもなかった。

私の知る限り、ドストエフスキーの作品における自殺の重要性は充分に強調されていない。だが、自殺はユーモアに次いで、彼の作品で私にはもっとも感銘深い側面だ。

一〇月八日。――午前〇時すこし前。不安。不安は肉体が原因だと思うが、私の力ではどうにもならない。不安を肉体から引き抜くことができず、それに捉えられている屈辱。

私の肉体は私の主だ。どんなものでもいい、危機に見舞われれば、これはすぐ分かる。私の場合、あらゆる強度には、肉体の変化が伴い、肉体に生まれ、しばしば精神異常に――ときには明確な精神異常に変わる混乱が伴う。

新改宗者というのはどいつもこいつも座興をそぐ邪魔者だ。だれかある者が、何であれ何かに改宗したら、即刻、つき合いはやめにしなければならない。絶交の要因としての信念。

行為がどうしてできるのか私には分からない。私にとっては、すべてが困難であり、もっとも基本的な、どんな行為も、一箇の問題にもまがうようなものだ。私は困惑に生まれつき、そのなかに生き、生きつづけている。困惑は私の自然の条件だ。寛げず、あらゆるものから離れて、その外で生きる――私にとってこれほど当然のことはない。

一〇月九日――日曜日の午後

天にまで達する憂鬱。

日記（Tagebuch）は、たぶん仕事の邪魔になる。逆に、役に立ち、効果的に友人の代わりになる。親友なしですませられるというのは、もうそれだけで、捨てたものではないということだ。

午前、ジャクソン・マシューズのおかげで、またロシア正教会へ行く。彼は日曜日ごとにここに来る。別の時代から聞こえてくるような、あの深い声、そのよい影響を、またしても私は感じた。ある意味で、それは幼年時代への回帰のようなものだ。私には信仰はない。だが子供のときは信仰をもっていたのか。いままでどんな時期にも、私には信仰はなかったと思う。にもかかわらず、信仰が自分の出自に戻ろうとする試みであることには変わりはない。私は自分の再発見を試みているのだ。

私の〈Lebensgefühl〉*。出来するあらゆる事態はバカげた遊びにすぎず、悪魔的な、なんらかの曖昧な意図がいささか目立つにすぎない。

（悪魔に由来するすべてのものには、たとえ否定的なものにしろ、意味があり、たとえ破壊的なものにしろ、目的がある。「善」にしろ「悪」にしろ、それらを心から信じ、そのいずれかの絶対的支配の前にひれ伏すには、私は多すぎる懐疑を引きずっている。）

＊ 前記、三三一ページ、注参照。

「頭が水中に沈んだとしても、足で蹴って浮き上がろうとするかどうか分からない――そんな状態に私はいるようです。」（一八一八年六月一日付け、ベンジャミン・ベイリー宛のキーツの手紙。）

キーツの手紙はとても美しい、おそらくイギリス文学のなかでもとびっきり美しいものだが、その理由は、どの手紙にも、まじかに迫る死の刻印があるからだ。

パリで自分を失わずにいる唯一の方法は、そこでの日常茶飯事に無関心を決め込むことだ。この都市に調子を合わせようものなら、とたんに万事休すだ。

私の思想というものが曲がりなりにも私にあるのは、未来についての私なりのヴィジョンをもって、日々に立ち向かうことができるからだ。人間を待ちかまえているのはどんな運命か、どんな宿命に向かって人間は歩んでいるのか、私はこれを予感し、感じ、知っているが、それでもどうやら死なずに生き永らえている。――こういう思想をもてるのは私だけ、余人には無理だろう、逆に私にはそう思われる。たぶん、私はうぬぼれている。だが、私が見抜いたことを人々が見抜いたら！

「進歩」の虚しさ。すべての新しい獲得は、喪失を、放棄を前提とし、獲得によって取って代わられたものの拒否を前提とする。獲得は、まず決して喪失を補うことはない。だが、この贋の獲得は不可避であり、人はだれもこれに魅せられ、あえてこれを無視しようとする者はいない。したがって、「進歩」は不可避だというのはその通りだが、ただし、病が、災厄が、災害が避けられないのと同じように、不可避なのだ。（電気は、天の恵みででもあるかのように歓迎されたが、私たちが被る惨禍の大部分の原因は電気だ。ルーマニアの農民は、電気を無理やり押しつけられたとき、それを悪魔の仕業と考えたが、いかに彼らは正しかったことか。）

戦前の〈時代遅れの〉フランスは、いまや消滅の瀬戸際にある。その精髄を犠牲に、めくるめく速さで現代化されつつある。

ほんとうの自尊心はきわめて稀だ。それにお目にかかったら、必ずその前にひれ伏すだけの価値があるほどだ。

人の不機嫌は耐えられるが、うぬぼれとなるとそうはいかない。

成功にしろ挫折にしろ、私たちの身に起こる重大なことは、いずれもみな私たちにとってのみ重大であるにすぎない。私たちへの他人の振る舞いを理解したいと思うなら、この事実を忘れないようにすることだ。私たちには事件のようなものも、友人から見れば、いや敵から見ても瑣事のようなものだ。うぬぼれを、あるいは喧嘩腰を回避する唯一の方法は、ほかでもない、重大なことなど何ひとつ私たちの身には起こるべくもなく、私たちが事件と呼んでいるものは、多かれ少なかれバカげた偶発事にすぎないと考えることだ。――こんなことはいずれも単純にして明白だが、それでも実行するのはむつかしい。というのも、あらゆることを重大視するのが人間の特徴であるから。つまり、どうでもいいようなものを美しく飾り立てたり、瑣末なことを誇張したりするのが、とりもなおさず喜んだり苦しんだりするということなのだ。

詩についてもっとも根底的なことを語ったのは、書簡のキーツだ。彼は、コールリッジを含む同時代の人のだれよりも、それどころか、シュレーゲルとノヴァーリスを含むドイツ・ロマン派よりもはるかに明晰だった。

もともとルサンティマンに駆られやすい人間だから、この感情はしばしば経験してもいれば、また反芻もしている。だが、そういう私にしても思いとどまる稀な場合がないわけではない。自分があれこれの賢者に羨望を抱いたことを、賢者のようになりたいと願うことさえあったことを思い返すときである。

一〇月一一日　明け方の二時。ほとんど完全な静寂。ああ！　あらゆる人間がこのままずっと眠りつづけてくれたら！　あるいは、人間が、かつてのもの言わぬ動物に戻ってくれたら！

素朴さが愚かさとつねに区別できるなら、私は無条件に素朴さを好むだろう。

無礼な言動はパリジャンの、そしておそらくフランス人一般の本質的特徴である。ただし、本人がフランス人であることを忘れているときは例外。フランス人にも、ときにはこういうこともある。

ドアに次のように書くつもりだ、すなわち、

あらゆる来訪は侵害である。
　あるいは
どうか入らないで下さい。
　あるいは
どなたの顔も迷惑です。
　あるいは
ずっと留守です。
　あるいは
ベルを鳴らした者に災いあれ。
　あるいは

どなたも存じ上げません。
あるいは
狂人、危害を加えるおそれあり。

用もないのにこの世をうろついている邪魔者がいかに多いか、驚き入る。あいつらは互いにどんな話をしているのか。私の孤独はそっとしておいてくれ、と叫びたい。あんなにも多くの友人が、ついには操り人形に、無気力な人間に、まがいものに堕してしまったのは、自分の孤独が守れなかったからだ。

悲しみは結局は繰り言になる。逃れられない状態、喜びを含む、あらゆる状態はみなこういうものだ。(実をいえば、永続的な喜びなどはありえないが、それにひきかえ、悲しみは、簡単に、ほとんど自動的に永続するものになる。激しい、持続する喜びは、深刻な悲しみよりずっと狂気に近い。深刻な悲しみは、反省し、また観察してみるだけでも、その理由が分かるのに、喜びにはどこか錯乱めいたものがあるからだ。生きているというただそれだけの事実で、喜びは覚えられないが、目を開ければとたんに悲しくなるというのは至極当然のことだ。こういう知覚によって、私たちは覚醒に達することもある。ほとんどすべての動物は悲しそうだ……楽しそうに見えるのは、ハツカネズミだけと言っていい。)

もっとも信仰から遠い行為は、作品を創造し、それに執着することだ。偉大な神秘家たちが、あれほど多く書き、あれほど多量の本を残したのが、私には考えられないように思われることがよくある。おそらく彼らは、その本でひたすら神をのみ褒め讃えているのだと思っていた。これは一部分についてだけ正しい。彼らがそこで語っているのは、神よりはむしろ自分のことなのだから。

どんな警句、どんな思想も、徹底的に分析し、検討してみれば、粉と化す。何でもいい、ちょっとした目新しい表現を見つけて満足しているときには、これはつねに思い出してみなければならないだろう。

精神の領域で、第一の衝動は思い上がりのそれ、これよりはずっと重要な第二の衝動は謙虚さのそれだ。通常、私たちは前者にとどまる。

タイミングよく死ななかったあらゆる人間は、二度死ぬ。

皮肉は思想の死だ。

一〇月一四日――昨日、ボルド(セルネーから四キロ)の近くで、ある密猟監視人と長話をする。彼の話によると、森は信じられないところになってしまい、男女のカップルが、昼ひなかだというのに、森で素っ裸になり、彼の言葉によれば、〈お楽しみ〉最中のカップルを何度も目撃したことがあると言う。彼は、こういうカップルを恨んでいる。というのも、彼には一六歳になる娘がおり、この娘が、お楽しみ最中の恋人たちに何度となくでっくわしたからだ。そこで腹いせに、彼は数通の調書を作成した。ある実業家は、事件の取り下げを条件に、一〇万旧フラン払ってもいいと言ったが、彼は拒否した。その結果、実業家は執行猶予つき二か月、妻は一か月の刑に処せられた。また別のときには、ひとりの男がやって来て、調書を取り下げて欲しい、というのも、二人の若い高校生の母親である妻が恋人と森にいるところを目撃されたからだと言う。「子供たちがこんなことを知ったら何と言うでしょうか」——ことの次第はこうだった。監視人は私服で森を巡回していた。裸といっていいカップルに気づき、二人をどなりつけると、男があんたには関係ないと言う。そこで、制服と銃を取りに戻り、とって返すと、カップルは哀願するが、彼はがんとして聞き入れない。スキャンダル沙汰を避けるために監視人に調書の取り下げを頼みにきたのは、妻を寝取られた夫である。だが、遅すぎた。由々しいのは、この実直そうな監視人が、この種の見世物に興味をもってしまったことだ。彼はカップルの連中を確実に見張り、小道に止めたクルマのなかの出来事を見ている。彼は覗き魔になってしまった。「純潔の侵害だ！」と私に繰り返すとき、どんなにかうっとりしていたことか。この言葉に彼が興奮しているのは明らかだ。といっても、善良そうだし、確かに悪い人間ではない。おそらく、ひねくれた人間なのだ。妻と娘の三人暮らしだが、家は、村からはかなり離れた森のまんなかにある。退屈なのに違いない。そこで、ホテルで不倫を犯す危険は避けたいと思っている、あの不運なパリジャンたちを犠牲にして楽しんでいるというわけだ。パリジャンたちのほうは、こんなことが田園で彼らを待ちかまえているとは夢にも知らない。信じられないのは、ひとりのしがない男に、こんな権力が与えられていることだ。男は、たった一通の調書で、ひとつの経歴を、いや、人生そのものを無にすることもできる。罰金を徴収する権限はともかく、実業家とはいえ、無実の人間を司直に引き渡す権限などないはずだ。だが、一般大衆には、ほかの人間と同様、血も涙もない。

ヘルダーリンはギリシアには行かなかった。死んだ神々をよみがえらせたいと思うなら、神々の足跡の残る土地には行ってはならない。神々は遠くからのみよみがえらせることができる。観光旅行は、過去との生きた繋がりをことごとく断ち切る。

何かある主題について書かねばならないとき、私の最大の愉しみは、主題とは関係のない本を読むことだ。そういう本を読むと、とても生き生きした自由感を味わえる。生徒が先生の目を盗んだり、何か窮屈な監視から逃れたりしたときの自由感と似ている。

アンドレ・ブルトン――偽の革命的精神、卓越した気取り屋、極めつけの夜郎自大だった現代人。友人相手の喧嘩が客観的には事件だと思い込んでいた。どうということもない作品を書いて大物になれた。

雄弁家になれなかったからこそ、人はもの書きになる……（私の考えでは、吃りはみんな天才のはずなのだが……）

うぬぼれるのは、並みの人間ではいやだということだから、やはり何かではある。そんなわけで、うぬぼれ屋のつらい演技の背後にはちょっとした劇がある。

人はみな、自分のしている仕事はきつい、正当に評価されてもいない……と思っている。先日、田舎で、私が監視人に「あなたの仕事は楽しいね」と言うと、相手はすごい目で私を一瞥するなり、「楽しい？」と、まるで私に侮辱されたかのように言った。「そういう意味で言ったんじゃないよ。仕事はつらいけど楽しい、という意味だよ」と言うと、冷静になった。そして、この文句が気に入ったとみえて、大声で繰り返した、「つらいけど楽しい」と。

一〇月一六日　ルーブルの正面、土手に沿って建てられた金属製の長い橋のようなもの、これがまた耐えがたいほど醜悪で、私個人が侮辱されたような、嫌悪感を覚えた。これほどこの都市を愛しているとは知らなかった。

フランスの医者は、まあそれほど悪くはない。ドイツの医者ときたら、お話にならない。

凡庸を特徴とする国、こういう国でのみ生は可能である。中間層がすぐれているのだ。これが文明というものかも知れない。

惨劇を、あるいは恥を隠していなければ、思想家など面白くない。

キルケゴールの饒舌。語り出したら止まらないのではないか、ときには耐えがたい（読者にとって）言葉の氾濫に飲み込まれているのではないか、はっきりそう感じられる。だが、こういう欠点も悲壮感で救われている。

饒舌は最大の知的な罪だ。プラトンでさえ、この罪を免れなかった。言葉を忌み嫌うか、もっといいのは、怠惰に徹すること、こうしてはじめて私たちは、この罪を犯さずにすむ。

情熱なしに書かれたものは、たとえ深みのあるものでも、ついには読者を退屈させてしまう。だが実をいうと、はっきりと目に見える、あるいは秘められた情熱、どちらかといえば秘められた情熱がなければ、何ものも深みのあるものにはならない。本を読むと、作者がどこで苦労し、どこで努力し、どこで作り話をしているかがよく分かる。作者とともに読者も退屈するが、しかし作者が夢中になりはじめると、とたんに私たち読者は、たとえ犯罪にかかわるものであるにしても、読書に有益な熱気に捉えられる。書くのは、熱狂状態のときだけに限定すべきだろう。だが残念なことに、仕事への崇拝によって、すべてが台無しになってしまった。特に芸術においてはそうだ。この崇拝の結果もたらされたのが過剰生産であり、これは作品にとっても作者にとっても、読者そのものにとっても有害な、紛れもない災いである。作家は、最良の場合でも、出版を自分が書いた三分の一にのみ限定すべきだろう。

未来を無視しなければ、私は何かを企てることができない。未来を考えると、とたんに私はお手あげ状態。それほど未来は、私には想像もつかないものに見える。

サン＝シモンは、ド・マントノン夫人を「女スルタンになり損ねた人」と呼んだ。

一〇月一七日　母から手紙。メランコリーの状態だと言い、さらに「これは老いのメランコリーと言われているものだ」とつけ加えている。ああ！　遺伝性の、あの動脈硬化症。食餌療法をしているけれど、危険は私にもあると思う。遺伝、それは宿命のなかでももっとも恐ろしいものだ。私たちの運命が、いやそれ以上に由々しいことに、私たちの思想が、そして思想の向かうべき方向が、精子と卵子の出会いによって、事実上すべて決まっていたとは。そう思うと意気も沮喪する。自分のことをあまりに重大視するようなときは、これを思い出すこと。

キリスト教では、信仰がなければ、禁欲というものは考えられない。ヨーガは不可能だろう。純粋な修練、あらゆるクレドから切り離された、訓練それ自体、キリスト教徒から見れば、こういうものには何か異常なものが、あるいはニヒリズムめいたものがある。

私たちは自分について一定の考えをもっているが、その考えたるやまったくバカげたものだ。というのも、だれもこの考えに同調することはないし、ましてや理解することも想像することもないからだ。にもかかわらず私たちは、この考えを抱いて生きており、それが無意味であると思いさえしない。ただし、このバカげた考えの連続性が一瞬断ち切られる、あの間《ま》、あの空隙の場合は別だ。このとき、ことは覚醒にかかわるのか、それとももっと大きな妄想にかかわることなのか。

私の挫折に祝福あれ！　私が知るすべてのものは挫折の賜である。

一〇月一七日——午後、ほんの些細なことで（隣のレストラン経営者のギリシア人とのいさかい）、まったく考えられないほどむかっ腹を立てる。なんというていたらく、恥ずかしい！

あらゆる暴力は苦しみだ。自分を抑えられない人間には同情しなければならない。物笑いになる危険がよくあるからだ。そして物笑いになることは、まさに苦しみだ。

私はタレーランに敬服している。何ものも信じず、そしてそのことを証明して見せた、自己撞着に陥ることのなかった人間。自信家ないし操り人形ども相手の巧みな駆け引きとしての、その全生涯。彼は豪胆さを芸術の域に高めた。あらゆる人間を誑かし裏切ったが、同時に、自分を愛国者だと思っていた者、そしてほんとうに愛国者だった連中よりはるかにフランスのために力を尽くした。

「瞬間と原因。インド哲学思想における不連続」、リリアン・シルバーンの、みごとといっていい学位論文は、まさに仏陀に捧げられている。いわば中世哲学についての学位論文がイエスに捧げられたようなものだ。

一〇月一八日——信仰の次元においては、あらゆる苦しみは一種の幸運だ——信仰の次元においてのみ。

数時間、ベットで輾転反側。この強いられた不眠を利用して、真実をなんなりと見つけ出してそれにすがりつき、それを誇って見せることができればと思っていた。だが、徒労だった。

市《いち》で、ワシのような顔つきの醜い女が、私が陳列台の女の前を通ったのはけしからんと言ってがなりはじめる。「礼儀を知らないのね。男はね、女の前を通ってはいけないのよ」と、くどい。私はというと、女に苛立つのと同じように、言い訳しようとする自分の弱腰に苛立つ。またしても、いつもの肉体的不快感に襲われる。死ななければ、とても無関心の境地になどなれそうにない。

「行為は人間に不可分のものではない」——このウパニシャッドの真理は、仏教とは反対のものだ。仏教は行為の絶対的な力に立脚している。

誇大妄想狂とは、人がそれぞれ自分について密かに考えていることを、大声で洗いざらい言う人間のことだ。

悪癖の意味。今日、六区の図書館へ出掛けたとき、本を返し、別の本は借りないことにしよう、本を片づけてしまえば、仕事もずっとよくできるだろうと思っていた。ところが図書館に着くと、私は、ほかでもない別の本を借りて帰るために、一時間、本を探した。私の悪癖は本を読むこと、これはもうどうしようもないもので、私はどんな犠牲を払ってもこの悪癖を満足させなければならないのだ――これに気づいたとき、私は言いようのない怒りを覚えた。私には手許に、本が、借りた本が物質的に存在していなければならないのだ。思い出す限り、ルーマニアの、ドイツの、あるいはフランスの、どの都市で生活しても、事態はいつもこうだった。悪癖が根深いものであるとき、悪癖を治そうとしても無駄だ。治そうとするのは自分を殺すようなものだろう。私たちが他人について犯しがちな最大の過ちは、他人のもっとも内密なもの、もっとも変わることのない、その人らしいもの、つまりその人の悪癖を攻撃することだ。必要なのは、逆にこの悪癖をくすぐるか、あるいはそれについては一切口にしないことだ。悪癖を暴き立てるのは、当の相手を不倶戴天の敵にしてしまうようなものだ。悪癖は偶発的な、外的なものではなく、内的な、いわば内在的なものであり、そうである以上は、それを取り除くことはできないのだから、自他のうちに悪癖が育つに任せよう。根深い悪癖は根絶できない。根絶できたとしても、別の、もっとたちの悪い悪癖が取って代わるだろう。悪癖は治らない。幸いにして、と言いたくなるかも知れない。というのも、あらゆる悪癖は一種の確実性だから。その証拠に、悪癖はまさに人の一生に、どんな困難な一生にもずっと付いてまわる。

悪は蓄積に、所有にある。すくなくともこの点では、運命は私を悪から守ってくれた。財産をもつ者は、すでにして本来の自分ではない。財産を蓄積した者が当の本人であるときは特にそうだ。というのも、自分がそのために支払った労力や気づかいからして、遺産としてそれを受け継いだときよりも、財産への執着はずっと強いからである。私たちは遺産は浪費するが、自分で溜め込んだ財産は浪費しない。成功した連中、つまり苦労した連中の顔を見てみたまえ。同情心のひとかけらも見られまい。彼らには、私たちの敵になる素地がある。

仏教にまたのめり込んでいる。仏教の毒がひどく強く、またひどく魅力的で抵抗できないからだが、しかしもうこれ以上、東洋には手を出さないことにした。

一九六六年一〇月一八日　明け方の一時。――母の死。

今夜届いた電報で母の死を知る。母は寿命だった。数か月前から、ひどい老衰を示す不安な兆候があった。それでも今朝、私が受け取った一〇月八日消印のはがきには、どんな精神の衰えも読みとれなかった。メランコリーの状態だと言い、それは老いのメランコリーといわれているものだ、と書き添えてあった。――今夜は、Ｊ・Ｍが来ていた。彼の誕生祝いだった。ドアのベルが鳴ったが、私は開けなかった。数分後、書置きでもあるかと思い見に行ったが、何もない。一時間後、本を探しに行ったところ、ドアの下に電報が差し込まれているのに気づく。開かずとも、電報の内容は分かっていた。私は部屋に戻ったが、母の死については何も言わなかった。だが一一時ころ、Ｊ・Ｍは、帰るよ、きみはきっと疲れているんだよ、顔が青白いよ、と私に言った。自分の悲しみは努めて隠し、自分ではずっと陽気にしていたものと思っていたのに、私の内部では、何か密かな作用が行われていたに違いなく、それが顔に出てしまったのだ。

私の長所と欠点のすべて、私という人間のすべて、それは母から受け継いだものだ。母の病、メランコリー、矛盾、すべてを私は受け継いだ。容姿の点でも、私は母にそっくりだ。彼女のすべてが私のうちで悪化し、激化したのだ。彼女の成功、彼女の敗北、それが私だ。

一〇月一九日。　当節の新しいフランス文学には、錯綜した作品のできの悪い翻訳、ドイツ語からの翻訳を思わせるところがある。

文学における新しい現象。つまり、どんな言葉でも使えるし、どんな無茶な語法をデッチ上げてもかまわないのだ。こういうものがおびただしい数にのぼれば、必ず一つや二つの新発見はある。（アカデミーとラシーヌの過ちによって）去勢された言葉、完璧にして貧しい言葉の三百年ののち、フランス語は、一六世紀に経験した自由に再び戻ったのだ。フランス語はモンテーニュを継承すべきだった。モンテーニュからヴォルテールにいたったことを考えると、何という凋落があったことか！　英語にしてもドイツ語にしても、またスペイン語にしても（ましてやロシア語は）、制度による検閲など受けたことはないし、〈よき趣味〉などという迷信の犠牲になったこともない。これらは、樹木あるいはメロディーのように自然に発達した言葉である。

一七世紀以降、温室の言葉であったフランス語は、いま自由になろうとしている。野性に戻ったのだ。だが、遅すぎたのではないか。まだ寿命はあるのか。この点、懸念なしとしないが、しかしすくなくとも、それが生まれた当初のように、生きたもの、自由なものに戻ったのだ。

一〇月一九日　母の死、それは私の死のようなものだ。なぜなら、母の持病のすべては私に伝えられたのだから。自分の将来について、どうしたらいいのか私は分かっている。

私の家族には、一種の失望癖がある。みんなのなかで失望にもっともよく耐えたのは母だったし、母が一番豪胆だった。だからどんなに執拗に死に抵抗したことか！

いまシビウで行われているに違いないことが頭から離れない。

ほとんどみな一文なしになってしまった家族の者たちが、ありったけのものをかき集めて体裁を繕おうとしている、つまり、私たちの母にふさわしい葬式の準備をしているさまが。

死を目の前にして、「それは私のもの、私の死だ」などとどうして言えるのか。どうして、私などと言えるのか。死を前にすれば、すべてがペテンだ、すべてが。死そのものさえ、たぶんペテンのさいたるものだ。

私のような健康状態では、長生きできるとはとても考えられない。一七歳のときからずっと病気が絶えない。いままでの私の全生涯は苦しみにほかならず、苦しみについての考察にほかならなかった。このリュウマチ、座骨神経に、そしていまではあらゆる神経に絶えず感じられる、このむずがゆさ、季節の変わり目に覚える苦痛、わけの分からぬ呪いに見舞われた蛇のように、ベッドでちぢこまって過ごす夜――私の渇望、癒しがたい渇望にもかかわらず、もううんざりと思うこともある。

肉体の苦しみとは話し合いの余地はない。

母はもう苦しくはない。まるでいままで苦しんだことも、生きたこともなかったかのようだ。

私にとってこの上ない屈辱となるものがあるとすれば、それはなにがしかの成功を収めたあげく、自分について書かれた本や研究書が出版されるのを目にすることだ。こういう事態は、私には無名の者という私のいまの状態よりはるかに耐えがたい。つまり私からすれば、確固たる名声を得ることほどつらい敗北はないのだ。

私が栄光への羨望を失ったのは、墓の強迫観念が私にあったからだ。栄光の観念と、それへの漠たる欲望、私にあるのはわずかにこれだけであり、栄光は私にとっては不可能事だ。そんなものは惜しいとは思わないし、かりにそれが可能だとしたら、私に言わせれば、私は自分の体面をけがしたことになろう。

一〇月一九日　弟への手紙に、母の死は解放であり、解決でさえあると書いた。解決とはひどい言葉である。もちろん、母にとってのみの解決なのに、私たち家族の者にとっての解決と思われかねないからなおさらである。

午前、ラシナリで母の埋葬が行われているはずの、ちょうどそのとき、G公爵夫人から電話があり、夫の「回想録」の英語への翻訳が可能かどうか、三〇分ほどいろいろと訊ねられる。こんな話は早々に切り上げ、私には別の心配事があるのだ、と彼女に言うこともできただろうが、もし私が喪中であると言ったら、彼女が私に述べるであろう型にはまった儀礼的な言葉より、こういうたぐいの話のほうが私には好ましかったのだ。

知り合いのイギリスの女性ドリーンからいましがた電話があり、二時間後に私のところに寄り、暇乞いをしたいと言う。彼女はガンだと思っている。あるいはほんとうにガンなのかも知れない。ニースに行きパリには戻らないと言う。どういう言葉をかけたらいいのか。心にもないこと、嘘、同情、こういうものをどうしたら言わずにすませられるのか。自分の深い関心事は決して人に語るべきではあるまい。健康、金銭、近親者の死、こういった心配事は、金輪際、話題にされてはなるまい。何とむごいことだ！　それでは人間から泣き言を並べる喜びを、最大の喜びを奪ってしまうようなものだろう。

ユダヤ人、あのいかにも繊細な、いかにも洗練された人々の理解に苦しむところは、その執拗さ、コンキスタドールめいた側面だ。彼らのこの側面に、つねづね私は衝撃を受けてきたし、驚嘆と当惑の思いはいまも変わらない。ユダヤ人のひとりとつき合うたびに、彼らに比べると、私の沈滞・無気力こそもっとも厭うべきもの、由々しいものであることが分かる。これはすでに別のところで言ったことだ。だが、繰り返し言わねばならないと思っている。それほどユダヤ人のこの特徴は、私には現実的で重要な、理解しがたいものに思われるのだ。彼らの長い遍歴の謎を解く鍵は、おそらくここにあるに違いない。

一〇月二〇日　一〇月一二日消印の姉のはがきを受け取る。したがって、母の死の六日まえということになるが、姉は〈Uneori are o indiferenţă pentru toate.＊〉と書いている。

＊「ときどき母はすべてのことに無関心になります。」

ドリーン来訪。そのあふれる魅力と才気、その英語のあまりの美しさに、ほんとうに魔法にかけられたのかと思われるほどだった。自分の病気を重大事のようにもまた瑣事のようにも語る、その語り口には感嘆せずにはいられない。病気の話のあとに、とりとめもない話をするのだから！　話にこんな抑揚をつけるなんて、だれにもできない。驚嘆すべき……繊細さ。

ブロワの、彼の『日記』の再読を試みる。はじめのうちは夢中になるが、そのうち我慢ならなくなる。誹謗、脅し、超自然的な（と私の考える）ポーズ、こういうものの自動運動は、結局のところ退屈なものだ。それでもここには、ブロワのものでしかない独特の語り口がある。類のない喧嘩腰。私がブロワを読んでいたのは、いまからちょうど三〇年まえの一九三六年、シビウで兵役についているときだった。アレックジュ大尉がブロワを全巻、というかほぼ全巻、つまり二二巻をもっていたのである。私は全部読んだと思う。かつての熱中は見出すべくもないが、失望したと言っては公平を欠くことになろう。ブロワは、いまも読まれている少なからぬ同時代の連中より、ずっとよく持ちこたえている。

現状放置、これが知恵というものだ。現状を改善しようとすると、あらゆる変化、いや改善にさえつきものの不測の、そして実は予期せざる複雑さが原因で、決まって私は前よりいっそう不満になった。

すべてのことが遅きに失する、そういう者がいる。彼らは生まれつき死後のものなのだ。

母はほとんど絶望のうちに死に、父は完全に絶望して死んだ。(公平を期さなければならない。つまり、強制収容所で死んだ人々の運命に比べれば、私の両親の運命はうらやましいものだ。二人とも、生きながらえて——病をえて死んだのだから。)

私の同情心は完全に鈍ってしまったわけではない。私のシニシズムは表面上のもの、抽象的な、言葉の上のものにすぎない。何か悪事をするときの私のぎこちなさ！　悪事をなすことにかけては新前だが——私は実際に悪事を繰り返している。というのも、理屈の上では悪魔に張り合えると思っているから。

英雄的行為は子供じみたものだ。もっと遠くを見なければならない。

〈インスピレーション〉に駆られてはじめて書くという悪い習慣のため、人がすでに作品を残している歳になりながら私はいまだに作品を創造したと自慢できないでいるていたらくである。作品どころの話ではない。わずかいくつかの断片、これが多年にわたり引き延ばされた仕事の結果である。しかしこうなることは私の骨に、血にあらかじめ記載されていたのだ……

ブロワが古い日時計に刻まれた格言を引いている。「まだと思っているうちに手遅れ。」

空疎な、これといった内容のない悲しみがある。悲しみが装おう、いや、悲しみには自然の、深い、くだくだしいわけがありそうな外観にもかかわらず。

深夜、自分の生と死をどうしていいのかもう分からなくなる。

私は無名でいたかった。そして難なくそうなることができた。

一〇月二一日　母が一〇月一二日に出した手紙が、母の死後三日にして、今日やっと届く。この手紙が私に与えた印象は、まったく奇妙である。まるで墓のかなたからの言伝《ことづて》のようだ。特徴的なのは、この手紙が、母が自分の健康状態について一言も触れず、頭痛のぐちも述べていない、この春以来の唯一の手紙であるということだ。

なんってこった！

一〇月二二日　私にとって幸せは、外に出て歩くことだ。椅子に坐っていると、こらえ切れない神経の興奮に捉えられる。人間はもともと、椅子に釘付けになるよう作られていたわけではない。だが、たぶんそれ以上の値打ちはない。

話題になっている作家の大多数の者たちにこう言ってやりたい、無意味な独創性と。

母の死で私の過去のすべてがかき立てられた。突然、過去がよみがえったのだ。死者たちのように、私もまた私の生を後ろにしている。

親しい人の死は、個人的な侮辱のように感じられ、だれを責めたらいいのか、「自然」を、神を、あるいは死んだ本人を責めたらいいのか分からぬために、いよいよ募る屈辱のように感じられる。私たちが死んだ本人を恨み、彼がこういう選択をしてしまったことを簡単には許さないのは間違ってはいない。……彼が生きながらえるかどうかは、もっぱら彼次第。それならこの性急さ、この熱意、この気短さはどうしてか。もしこうも死に急ぐことがなかったら、こうもあっさりと死に同意することがなかったら、彼はまだ生きていただろうに。

ある女性のケースとして、こんな話を聞いた。その女性は、三〇年来、耳が不自由だったが、手術の結果、耳が聞こえるようになると、とたんに騒音に恐れをなして、もとのようにつんぼにしてくれと頼んだとのことだ。……彼女は眠れなくなり、その生は悪夢となる。彼女が見舞われたのは、たとえば半世紀前に死に、そしてよみがえったどんな人間にも起こるような事態だ。よみがえった人間は墓に戻りたいと言うだろう。

この話を聞いて、あるときアンリ・コルバンが語ったことを思い出した。コルバンは補聴器をつけて窓辺に立ったところ、街路から登ってくる喧騒に思わず恐れをなして後ずさったということである。その日、彼は自分が外界から断ち切られていることに満足し、ほとんど幸福だった。

一〇月二二日　明け方の二時。リュクサンブール公園をめぐるいつもの散歩から帰る。？？？*の発作。一切のものの土台としての「無」、この世界の、そればかりかさまざまの感情の、本質的非実在性。人間とは何か。破滅を避けられず、まったくもって不安定な、もろい形象をどうして人間と言えるのか。私たちがしがみつけるもの、そんなものはどこにもない。私たちにはもう何の価値もないのだろうか。ないのかも知れない。唯一の逃げ場として、私はベッドを見やる。再び無意識に戻り、問い以前の時代へ、人間、つまり自然の最大の過ち以前の時代へ戻ろう。

＊　テキストのまま。

ブロワの『日記』を読了したところだ（コション＝シュル＝マルヌ、「売れぬもの」(12)）。失望、苛立ち。三〇年前の熱狂は、どう考えても、もう見出すべくもない。彼は「貧困を辱めた」ということだが、その通りだ。私としたことが、どうして誹謗文の書き手を再読しようなどと思ったのか！　反射的な怒り、偏見による不作法、中傷、悪口、絶え間なしのてんかん、こんなことをやってのける男はといえば、聖性をめざしてはいたものの、一介のもの書きにすぎず、才能のある偏執狂、並みはずれた大口たたきにすぎなかった。作家としては、もちろん罵言を弄することにかけてだが、異常な才能を発揮することがある。自分の使う副詞に気を配らなかったのがいかにも残念だ！　その副詞の大半は無駄なもの、あるいは耐えがたいものだ。要するに、彼はひとかどの人物だった。そして不平もので、彼のものにまさるものは、その後、書かれなかった。

一〇月二四日　いわゆる旧友のX、そのXが、実は私に悪意を抱き、彼に比べれば私のほうこそ浮浪人なのに、その私を嫉妬し、私に対して陰険な振る舞いに及んでいることがやっと分かった。友情の幻想を何度となく告発したのに、友情のことなど気にするのは間違っている。私たちはどんなに幻想から覚めていても、お人好しのところは失っておらず、知と行動が一致しているわけではない。

一〇月二五日　オランジュリ美術館でフェルメールの展覧会。「デルフトの眺望」（前から知っていた）を目の前にしたときの私の反応は、胸おどるものを前にしたときのいつものものだった。つまり、憂鬱は力を失い、どうでもいいものになり、それを克服しなければならない……

フェルメールの作品にある、あの光、あの内密な光背に接すると、私たちは、現世にあるかも知れぬ地獄的なものをすべて忘れる(13)。

一〇月二六日　エタンプからドゥールダンにかけて六時間あるく。スージー、ヴィルコナン、ブルィエ、エトレシー。平日とあって、道にはほとんど人影がない。それに、ひっそりと静まり返り、子供もいなければ、生活の厄介ごとなど影もない小さな村に入る、何という幸せ！

私が書いたすべてのものは、憂鬱の産物である。だが、私はいつも憂鬱であるとは限らないから、私の作品からうかがえるのは、私という人間の不完全なイメージでしかない。私の陽気なところ、それは生活とおしゃべりに使われてしまい、本に使う分は残らなかった。その結果、私の本のために残ったのは、私のありったけの悪意だった。私は鬱状態のときにしか書けない。その状態からいくらかでも文章を引き出せば、とたんに鬱状態は和らぐ。だから私の場合、ことは哲学でも文学でもなく、たんに治療法にかかわることなのだ。読者にはともかく、私にはたぶんこれが快適で、また有用なのだ。問題は読者だというのに！

ド・スタール夫人についての言葉。「彼女の魂には情熱的な習性がありすぎたため、彼女はあまり人が愛せなかったし、その精神には想像力がありすぎたために、自分が人を愛していると思えないことがよくあった。」（ド・レミュザ夫人）

ここ数年というもの、朝、目を覚ますと、脳髄の代わりに、草原《ステップ》を感じる。

タレーランについて書かれた、ある本では、彼の〈軽蔑欲〉が問題にされている――これこそ、この人物のもっともきわだった特徴であるように私には思われる。

こと絶対に関しては、私は欲望の域を越えたことはなかった。

死んだとき、母が笑みをたたえていたことに弟は驚いている（あるいは不思議に思っている）。〈Pe fața imobilă a mamii era un zâmbet care m'a uluit. Părea că a murit fericită.〉*ということは、事実上、母は幸福に死んだに違いないということだ。彼女は苦しみから解放され、死を意識的に望んではいなかったにしても、自分が求めていたものを見出したのだ。

これとはまったく逆に、私はロラン・ド・ルネヴィルの顔のことを考える。そこには嫌悪が、恐怖が、そして死へのしりごみがはっきり現れていた。つまり、彼はどうしても死にたくはなかったのであり、生を不満に思う理由は彼にはなかったのである。死によって彼にもたらされるものは何もなかったのだ。だから、その顔にくまなく現れていたのは悲しみだった。

* 「ママンの硬直した顔に笑みが浮かんでいるのにびっくりしました。死んでも幸せそうでした。」

一一月三日　雪が降る。都市は一面銀世界、すっぽり雪に覆われている。ロシア的沈滞、*l'aciaïnia* が、オブローモフやカトールガのことが、そしてロシア正教会が、私には実によく分かる！

ラシナリにも、母の墓の上にも雪が降っているに違いない。昨夜、私はその墓と新しい柩のなかに横たわる母とを、世に言われるように、まさに見た。
エミリ・ブロンテの詩『思い出』を連想した。

熱狂と饒舌とを区別することを忘れるな。

私の見るところ、現代の作家には真の熱狂はない。反対に、あるのは何にでも耐えられる言葉のインフレーション。

私たちの関心を惹かなくなった問題、私たちはそれを当を得ない問題と呼ぶ。

格言、注、断章、こういうものからなる本を受け取ると、それがどんな種類のものでも、まず私が覚えるのは激昂――その次は、これまた激昂。

パリ――会って面白い人間はいないことはないが、会うのは面白くない連中ばかり、そんな都市だ。ここでは人は邪魔者によって十字架にかけられている。

一一月五日　日記をつけるのは、門番の習慣を身につけるようなものだ。つまり、どうでもいいようなことに注意し、気にかけ、自分の身に起こることを重大視し、本質的なことを無視し、言葉のもっとも悪い意味で、もの書きになることだ。

人のことについて書くのは、まったくもってよくないことだ。関心を寄せるべきは問題についてであり、さもなければ、自分の経験の隠れた意味についてだ。

私は現代の作家たちとは何の関係もないと思っている。すくなくともフランスでは、文学一般への私の関心はますます薄れつつある。私の関心は、最終的には文学以外のものにある。

パリで味わうまったくの孤独感（相手はもの書きではないが、人々に会っているにもかかわらず）。

X、Y、Z、など――本をこしらえるのにいったいどれだけ持ち出しているのか。

生は、そのもっとも美しい瞬間でも、せいぜいのところ、さまざまの不都合事の均衡にすぎない。

歴史における個人の役割を過小に評価するのは簡単だ。だが、もしヒトラーが、一九四四年七月の暗殺計画で殺されていたら、いったいどれだけの命が救われていたことか！　数百万人だ！

ヨーロッパでもっとも堅実な国家とヨーロッパそのものが精神の病に取りつかれている。世界からこの一角が消えてしまった理由はここにある。

どんなたぐいの影響も与えたくない――そう思いながらも一方では、私一流の無能ぶりで、ひとかどの者でありたいと思っている。人々を動揺させる、それはいい、しかし人々を導くのは御免だ。

軽蔑している連中のために、朝から晩まで骨身を削る努力をする。

のちにモスクワ放火事件の首謀者になるロストプシーンが、まだ若い士官だったころ、スヴォーロフに引き合わされたことがある。そのときスヴォーロフは、相手には言葉もかけず、三回とんぼ返りをし、それからやっと「ネヴァ河には魚は何匹いますかね?」と訊いた。ロストプシーンが狼狽の色もみせずに数字を挙げて答えると、スヴォーロフは感じ入って手を差し出した。

……これは禅の話としても逸品のひとつである。

聖女テレジアに関する本で、絶えることのなかった聖女の遺体掘り出しについて書かれたくだりを読んだところだ。

スペインの、こういう病的なところ、これが私にとっては何ともいえず魅力的だったのだし、私がこの国が好きだったのも、おもにスペインの死の強迫観念のためである。

アヴィラのテレジアがアルバの修道院で死んだとき、彼女の心臓を盗み取るために二人の修道女が聖女の墓を〈汚した〉という言い伝えがある。アヴィラの司教が遺体の引渡しを求めていることを二人は知っていたからである。おそらく、この二人の修道女は〈贖罪者《ペニタンシエ》〉とされ、どこかの修道院か監獄に姿を消したものと思われる。

私は死体は好きだがキリスト教は嫌いだ。

キリスト教から仏教へ関心を移してみると、仏教のほうが圧倒的にすぐれていることが分かる。私たちは「十字架」に従うことで、時間を無駄にしたにすぎない。

(とはいっても、グレコやレンブラント、あるいはマイスター・エックハルトのことを考えると、私のキリスト教嫌いは極端で、根拠のないもののように思われる。どうしたらいいのか。)

生きている限り、文学以外のことなら何でもすること。言うのは簡単だ。なぜなら、まさに文学しかできないのだから。

もうどんなたぐいの悲しみにも沈むような真似はしないだろう……

だが、それは死というものだ。悲しみにかられること、それが生というものだ。

悲しみに沈んでいる人には言葉はかけられない。自分がその悲しみを共にしているときは特にそうだ。「生にしても死にしても何ら重要ではない。問題はただ体面を繕うことだけ。それ以上には何もないのだから。」——姉への慰めの言葉として、私にはせいぜいこんなことしか言えなかった。言わないほうがずっとよかったかも知れない。

一一月八日　ガヴォー・ホール。チェンバロ奏者スザナ・ルージチコーワのリサイタル。『ゴルドベルク変奏曲』。コンサートを聴くのは、すくなくともここ五か月ではじめて。感動と充実感。

一一月一一日　植物園のレバノン杉を長いこと見つめる。この杉の本来の場所はこんなところではなかった。砂漠を背景に立っている姿を想像してみるのが私には楽しかった。まわりのほかの木々のために小さく見える。

一一月一二日　ランブイエの森を散歩。六時間歩く。午前中は晴れていたが、やがて、ありがたいことに霧が出る。

ある——古くさい——言語に関する本で、メタファーは「本来、図示可能なものであるはずだ」ということを読む。ランボーを先達とする、彼以後の文学で達成された〈価値のある〉すべてのものは、この定義の否定であり、実際のところ、この定義が当てはまるのは、古典か教訓文学に限られる。首尾一貫したメタファーは生命を終えたのだ。

ある文法の本で、冗語法は「言葉の的確さ」を求めるあまりの行き過ぎであると定義されている。——正しい定義だ。

私はフランス語相手に闘いをはじめたが、この闘いは終わるどころか、永久に終わることはあるまい。何という敵を相手にしたことか！

この世ではすべてが試練、快楽とてそうだ。

にわか仕立ての国民のひとりになる悲劇。

一一月一六日　シモンズが書いた、〈コルヴォー男爵〉こと、フレデリック・ロルフェ*の伝記を読む。強烈な印象を受ける。このロルフェこそ私たちの失墜の師だ。

＊　イギリスの作家フレデリック・ウィリアム・ロルフェ（一八六〇—一九一三）は、その作品の大部分に〈コルヴォー男

爵〉の名を用いた。A・J・A・シモンズ『コルヴォーをたずねて』（ロンドン、一九三四年）、同仏訳（パリ、一九六四年）参照。

V・Gを見かけるが――気づかぬ振りをする。私が彼を嫌う正当な理由があるのか。どうして彼に腹を立てるのか、われながら解せない。卑劣漢がどうしたというのか。それに、だれが卑劣漢だというのか。

祈り、泣き、消えうせたい。無になり、あらゆる生誕以前の、始源の雫に戻りたいと、またしても思う。

水というものは私には考えられないもののように思われる。まるで今はじめて見たかのようであり、いままでその存在をまったく知らなかったかのようである。私は宇宙を再発見し、毎日、私は生まれ変わる。この啓示の状態に病的なものが隠されていなければいいのだが。このような〈形而上学的な〉処女性は、この歳では、何かいいことの前兆なのだろうか。ともあれ、私が絶えずさまざまの物の存在に、その新しさに、その異様な、未聞の性質に強烈な印象を受けていることは事実だ。第二の誕生か、それとも……

　私は自然界を構成する基本要素を前にし、それを天地創造の翌日のように知覚する。

自分の恨みを隠す――立派な人間の全秘密はここにある。

　復讐を諦める、これはもっとも困難な、またもっとも自然に反することだ。だが、復讐をすれば、私たちは自分が罰したいと思っている人間とまったく同じレベルに身を置くことになる。

　復讐するか諦めるか――倫理のすべてはここにある。ほかの問題などはない。

一一月一八日　ある地方の雑誌から、自殺特集号への協力を求められるが、ちょっと一言いいそえて、断る。ところが、その特集号の開巻劈頭には、私がいいそえた言葉から抜き取られた短い文章が、まるで私がわざわざ書き下ろしたものでもあるかのように、発表されているのだ！　その文章とは次のようなものである。

「自殺の観念は、私の人生の、軽重いずれの事態にも、私から離れたことはなかった。その観念によって、私は現在まで自殺の緊急性に抵抗することができたのだから、まさにそれは、要するに救いとなる強迫観念なのである。」

　〈伝記〉のないあらゆる人間の例にもれず、私は伝記が大好きだ。

　バイロンには人を苛々させるところがある。だが、彼について書かれた本を読むたびに決まって彼に羨望を覚えるのは、私に本質的に不純な何かがあるからだ。おそらく私の嘲笑的な側面。私が悪魔を嫉妬するのも、ここに原因がある。

　私はできればロマン派の時代に生きたかったが、しかし現代が飛びぬけて不快だというわけではない。

　フランス語訳で『森の小径*』を読むのはこれで一〇回目だが、うまく読めない。深みがありそうに見えながら、その実、人を苛々させる文体、意味の分からないところの多い、こういう文体から、〈若い〉頭脳は何を汲み取ることができるのかいぶかしく思う。ドイツ語では、美しいところがないわけではない。もっとも、まったく鼻もちならぬ思い上がりと気取りのあることははっきりしているが。

＊　マルティン・ハイデガーの著作（一九五〇年）。フランス語訳『どこにも通じていない道』（ガリマール、一九六二年）。

　作家の「日記」は読めないことはない。「日記」は断章であって、その断章には人生があるから。ところが、私がますますもって楽しめなくなっているのは、すべてを語り、また何も意味しない格言、箴言、重々しい決まり文句のたぐいだ。自分がこういうものを書いてきたと思うと、げんなりする！　忘れよう！

一一月一九日　やはり『タラマンカの夜』(14)を書く決心をしなければなるまい。これは恥ずかしいことに放棄した計画だ。

一一月二〇日　まだ黄ばんだ葉はいくらか残っているものの、すっかり裸になった木々に囲まれたヴォージュ広場、この広場が今日ほど美しくしく思われたことはかつてない。午後、広場を眺めながら、「この広場でパリは名誉を回復する」とつぶやいていた（むしろ「パリでの私の苦しみはこの広場で癒される」と言うべきだったかも知れない。）

　グノーシス説には異常なところがある。私がグノーシス説に興味を抱いているのはこのためだ。

　聖アウグスティヌスの『告白』をまた読みはじめる――これで何度目になるのか。私はこの美文家が好きだが、また嫌いでもある。だが結局のところ、神のために自分の回想記を書くというのは、やはりただごとではない。

　人の読めなかった本が読めたらありがたいと思わなければならないが、ずいぶんとこういう幸運に恵まれているにもかかわらず、なかなかその習慣が身につかない。

　私たちは心配事があるからこそ気もふれずにいられる。だれにしてもそうだ。心配事がなかったら、生活は文字どおり地獄のようなものになってしまうだろう。まず第一に、心配事があれば死を考えずともすむし、第二に……

一一月二三日　自分のことを考えまいとすればするほど、その自分が自分（自身の）考えの唯一の対象になる危険はいっそう高まる。

人間嫌いの気持ちが募れば募るほど、私はますます人間に会わなければならなくなる。暇人であり、定職がないというのは高くつく。私にとって、義務は束縛に変わらない。孤独というものをひどく大切なものと思っている私からすれば、人に会うことはどれもみな磔刑のように思われるほどだ。

ジェームス・ジョイス。書簡。

彼の……健康上の不安のゆえに、私は彼に魅了された。健康でない者たちの一味。

『ユリシーズ』がほんとうに好きになれないのは、この作品が推敲されすぎていて、ほとんど……啓蒙的な小説であるからだ。さらに言えば、ドストエフスキーやプルーストの作品に見られる、あの喘ぐようなリズムがここにはない。

驚嘆すべきは、こういう本を書くことを考えついたことだ。私はこの根本的考えに、ほとんど作品の出来ばえ以上に圧倒される。それに私は、この作品を拾い読みしただけで、全部はとても読めなかった。これはさまざまの〈ゴシップ〉からなる織物、与太話大全、知らないものはないゴシップ屋の戯言である。

被造物を救う唯一の方法は、聖アウグスティヌスの推奨するところでは、神として被造物を愛することだ。この点について、アウグスティヌスは、若くして死んだ友人のひとりを思い出しながら、美しい一ページを書いている。

だれかに会わなければならなくなると、いつも私はその人のことを憎む。それから、その人を許す。それは負担軽減の効果であり、またその人に対して公平を欠いていたという後悔でもある。

一一月二四日　姉の死。母におくれること五週間。「そして姉さんが死にました*」と書かれた弟からの電報で姉の死を知った。

＊　ルーマニア語の şi は、「そして」とも「もまた」とも訳せる。

姉が死に、義兄は病弱、甥は途方に暮れていて、三人の子供の面倒がみられる状態ではない。こうなってみると、私が彼らを精神的に助け、生活費を援助しなければならないのだが、その私はといえば、ひとつには、あらゆる人に対する責任を分担することへの一種の本能的恐怖から、またひとつには、およそ未来というものに対する激しい嫌悪から、なんとかして生きながらえないように、子供（?!）はつくらないようにとずっとやってきた人間だ。その私が、今したたかに罰を受け、避けて通れない義務を前にしている。いままで私は、道楽で家族を助けてきた。今後は道楽どころの話ではない。私にとって、新しい時代が始まったのだ。

悲しみのさなかにあると、仕事をしたいとやみくもに思う。私の健全な兆候。

一一月二四日　義兄の家を覆っているに違いない深い悲しみ、私にはとても想像してみる気になれない。私の家族で残っているのは、もう弟と私だけ。

一一月二五日　もうすぐ二年になるが、そのころから亡くなった姉は、手紙をよこすたびに、疲れた、へとへとだ、とこぼしていた。この決まり文句は、私には耐えがたいものになった。いまやっと、姉は安らぎをみつけたのだ。私には姉の死を嘆くことはできない。重荷を下ろした人の死を、私たちは嘆くことはできない。

母は例外だが、私の家族はみな慢性の疲労に苦しんでいたのである。

トルストイを読むと、ドストエフスキーより好きになり、ドストエフスキーを読むと、トルストイより好きになる。

苦しむ能力、その自分の能力を弱めるために、私は懐疑思想に助けを求めた。懐疑の一つひとつを苦悩の予防薬にしたのだ。なぜなら、表明された、意識的な懐疑は、乗り越えられた苦しみであり、つまりは薬だから。

一一月二六日　今日、死んだ姉の埋葬が行われているはずだ、と思う。

姉に最後に会ったのは、おそらく三〇年まえのことだ。だから私の悲しみには、どこか抽象的なところがあるに違いない。ほとんどイメージの残っていない人の死をどうして悲しむことができようか。姉の姿をほんとうに思い出すには、私は子供のときに戻らねばならない。

一一月二七日　リュクサンブール公園の木々の葉はほとんど散ってしまった。

私たちが死を願うのは、ほぼ健康であるときに限られる。ちょっと病気になると、とたんに死を恐れる。

真夜中――リュクサンブール公園をめぐる、ほとんど葬送のような散歩。残された家族を助けられるかどうか考える。甥の三人の子供は、実際上、私の肩にかかっている。それなのに私には、実質的収入は皆無だ！

祈るのは、一定の悲嘆があるということだ。だが、人が私たちのために祈りたいという気持ちに比べれば、こんな悲嘆などどうということはない。これこそ悲嘆というものだ。

グアナハニ――一四九二年一〇月一二日、コロンブスの三隻のカラベル船が接岸した島。原住民は心遣いの限りを尽くして外国人を迎えたが、一四年後、島には人っこひとりいなくなった。原住民は虐殺され、あるいは流刑に処せられたからである。

一一月二八日　午後、サン＝セヴラン教会で、夜のコンサートにそなえて行われた、あるドイツのオーケストラのリハーサルを聴く。ヘンデルを一時間――オルガンとオーケストラのためのコンチェルト、コンチェルト・グロッソ（どちらか？）。この種のコンサートで私が好きなのは、楽曲の一部が練習され、ときには三回も四回も繰り返し演奏されることである。その結果、その楽曲の一部が、ついには耳に染み込んで離れなくなる。言いようのない感動。ここではどんな形容詞も、どうしても大時代的なものにならざるをえない。

……母と姉のために蠟燭を二本ともす……

自分ひとりと神だけのために――というのも、教会にはほかに人はいなかったのだから――演奏するオーケストラを聴く、サン＝セブラン教会で味わった、あの悦び……それに、あの空席の椅子には、何か人を高揚させるものがある。私は、そこにいないすべての人々の代わりに、感じ、揺れているような感じだった。

『ユリシーズ』が好きになれない人もいる。だが、これを読んだあとでは、ほかの小説はもう耐えがたい。

一一月二九日　今朝、姉のはがきを受け取る。今月の一八日に書かれたものだ。その六日後には、姉はもう生きてはいなかった。

カルパティアの山々で過ごした日々が、だしぬけによみがえる。あの山々で、この世のものとも思えぬ静けさのなか、私は、あるかなきかの微風にゆれる草の葉ずれの音に聞き入っていたものだった。

不幸が繰り返されると、徐々に私たちは不幸を感じなくなり、ヨブは賢者ではなかった点を除けば、すべてだったのだと考える。

不幸という言葉が、もう私にとって何の意味も魅力ももたなくなる、あの段階、いつか、この段階に行き着けたらと希う。

挫折した者、落伍者、不幸な人々（特に女性）、若者、要するに不完全なものと未完成のもの——私の本が、いくつかの例外は除き、信用されているのは、以上のような人々のあいだに限られる。

妬みは〈感情〉ではなく、生理にもとづく気分、肉体の反応であり、分泌物と同じように不随意的なものだ。感情的な、といわれるどんな現象についても同じことが言えるだろう。

妬みは、兄弟、友人、隣人、つまり同じカテゴリー、同じような能力の人間のあいだにしか存在しない。

一一月三〇日　午後、一種の麻痺状態で二時間、ベッドに横たわる。その間、自分が眠っているのかどうかずっといぶかっていた。

……

私が似ている男、オブローモフ、キリーロフ、アドルフなど彼らよりもっと無気力で、もっと絶望している。

午前一時半——ショーペンハウアーによれば、人間以前の永遠と人間以後の永遠とは、「生という儚い夢を介して」区別されるにすぎない。街をひとまわりしてきて、こんな時間に、この〈ロマン派的な〉陳腐な言葉を読んで、私は啓示を受けたかのように動転した。私たちの無根拠性に関係のあるものは、何であれ、私に衝撃を与えないではいない。おそらく〈ロマン主義〉は陳腐だが、しかし間違ってはいない。虚無と涙腺のあいだには直接の繋がりがある、すくなくとも私の場合は。

Cl・M——バカげた誤解。E・Iの家での晩餐会の席上、私が「奥さんは変わらないね」（結婚のとき以来、彼女には会っていなかった）と言うと、彼は「仕方がないじゃない。一一年だぜ、こいつは大きいよ！」と答えた。妻が変わったと取ったのだ。その後、晩餐のつづくあいだ、私をひっきりなしに攻撃し、私の言うことには何から何まで反対する始末。とうとう私は癇癪玉を破裂させ、多少とも彼を笑いものにした。

不思議なのは、私が真実をはっきりさせようとはしなかったことだ。そうすれば、すぐにも、あの場の状況を立て直すこともできただろう。だが実は、誤解が私には都合がよかったのであり、無意識に私は誤解を選んだのだ。

パリで何をなさっていますか。
――お互いを軽蔑し合っていますよ。

『歴史とユートピア』は、たぶん私という人間がもっともよく出ている本だ。

作家が表現すべきものは、さまざまの思想ではなく、自分の存在、自分の本質であり、自分が考えていることではなく、自分という人間だ。自分であるすべを知らなければ、ほんとうの作品はつくれない。

〈鬱病の危機〉を経験した者は、いつも危機をかかえ、危機にさらされており、決してその危機から抜け出せないだろう。

（J・Bについて。彼は〈鬱病の危機〉を脱したので、もう私の本は読まないと私に言う。）

〈面目をつぶす〉――結構じゃないか。だが、だれに対して？あらゆる人間に対して自分がひとりだと思われるとき、私たちは自分に対して、自分のためにのみ面目をつぶすのであって、審判者の資格が他人にあるとは思っていない。

死を除けば、すべては欺瞞だ。こう言わねばならぬのを私は遺憾とする。

例の『タラマンカの夜』を書かねばならないのだが、書けない。自殺という主題は私にはいかにも馴染みのものなのに、それについて自分の考えを述べる気になれないのだ。

文明とは一種の病だというのは私の確信だが、ほかの多くの連中の口真似をして、いまさらこんなことを繰り返すのは無駄なことだし、バカげてさえいる。この病が不可避のもの、どうしようもないものであってみればなおさらである。人間が死ななければ、この病は治らない。

一一月三日[15] 人とのつき合いは私を消耗させる。実業家、政治家、商売人、こういう連中が、うまくやりくりしては多くの人間に会い、それでいてどうしてくたばらないのか、私にはとても理解できない。

厳密さを、首尾一貫したメタファーを宗とする、硬直化した言葉の一千年も、数年にして消滅した。ひとつにはシュルレアリスムのお陰であり、ランボーの流行と科学の影響の賜である。言葉が関節はずれを起こした、この段階にきて、いままで翻訳不可能とされてきた著作家たちの作品がはじめてフランス語に訳すことができるようになった。

一一月三日　神が存在し、助けを求めればそれに応えるという思想は、いかにも異様なものであり、この思想だけで宗教の代わりになれるほどだ。

どんな口実にしろ、金銭を要求することほどみじめなことはない。幸いなことに知恵が、あるいはシニシズムがあり、それによって私たちは、こんなバカげたためらいを抑えることができる。

私にとって人間への信頼をいくらかでも繋ぎとめておく唯一の方法は、人間とのつき合いをやめることだ。人間とのつき合いの多すぎる私は、残念ながら、人間についての間違いに気づくことも多すぎる。人間の大部分は陰険な操り人形、こんな人形とのつき合いには、素朴さなど許されるはずもない。こうして、痛烈な皮肉を弄する私の傾向は日々に募るのである。

いま手にした義兄からの手紙によれば、姉の死因は、母と同じ脳出血のよし。

この死亡通知状にある〈rămășițele pămîntești〉という言葉に、痛切な苦しみを覚える。これはどう訳せばいいのか。「遺体」では平板だし、「遺骸」とするのは無理。正確に訳せば「廃物」となるだろうが、これでは死亡通知状の文章にはならない。

一一月七日　ブロワを数ページ、それにエッカーマンのゲーテとの『対話』を数ページ読む。天と地。これほど似ていない人間は想像できない。

ゲーテは退屈だが、つまりは豊穣だ。ブロワは面白いが、期待を裏切る。得るところは何もない。南米人むきの気質。

自分でどうしていいか分からず、利用されないまま跡かたもなく消えてしまう、あのエクスタシーの予感。跡かたもなく？

雑誌に作品を送ると、とたんに私はひとつのことしか考えない。つまり、作品を書き直すためその返送を求めることだが、それほど作品には価値がないという私の不安、いや確信は強い。ところが、私には必要な手紙を書く気力がない。そして私は運命論者に早変わりし、諦める。

義兄からはがきが届くが、一言の愚痴もなければ、取り乱したところ、悲嘆に暮れているようなところは、文章の上からは微塵も見られない。英国人のようだ。深い絶望が吐露されているよりも、私はずっと感動した。義兄の落胆には想像を絶するものがあるに違いない。彼の慎み深さを知るだけになおさらだ。

ポール・ブールジェがこんなことを言っている（一九一〇年ころか？）。「野蛮から私たちを隔てる四つの障壁。すなわち、ドイツの大参謀本部、イギリス上院、フランス学士院、ヴァティカン。」

一一月八日　鐘の音が聞こえる。たぶんサン＝シュルピス寺院の鐘だと思う。突然、感動に襲われる。現代のような不吉な時代への過去の闖入。クルマの音とはやはり違う音だ。

科学によって、すべてが台無しになった。科学は私たちに何ももたらさない。それは虚しいもの、さもなければ悪魔的なものだ。それはすべての外観を破壊する。有益な場合がなくはないにしても、科学は本質的に有害なものだ。こんなものがなくとも痛くもかゆくもあるまい。

いまもって人間の肩にかかる唯一の崇高な責務は自死することだ。これ以外のことに専念するのは、同じことを繰り返すこと、立往生することだ。

一一月九日　昨夜、プレイエルで『メサイア』を聴く。

明晰な文章を書くために、私は私の〈自我〉の大部分を犠牲にし、私のもっとも本質的な側面、もっとも痛切な経験を犠牲にしなければならなかった。明晰さとは排除だ。つまり、明晰であるために、私は自分を排除したのだ。この努力で私は精も根も尽きた。私は自分の本質を侵害したのだが、それもこれもすべては、〈文体〉という誤った考えが原因だ！

ニーチェは、多くのことを転倒したいと希ったが、実際はひとりの世間知らずにすぎない。単純素朴なところをあまりに引きずりすぎていた。

たとえそれが好意的なものでも、いや好意的なものであればなおさら、自分について書かれた論文を読むときの不快感。検死を受けている感じ、自分は死後のものであるといういかにも明瞭な感情。それに褒めるにしろ批判するにしろ、私たちについてなされるあらゆる考察は、私たちを侵害し、私たちをいたたまれない気持ちにさせる。歓迎されないものという点では、作文に対する教師のコメントと選ぶところがない。実際、それはコメントなのだ。つまり、生徒のシオランが先生の評価を読むというわけだ。批評というのは何という職業か！　私がよい点数をもらえるとすれば、いつも批評というものを忌み嫌っていた点だ。

話題の作家たちも、少数の例外を除けば、死ぬ前には必ず忘れられると思うとほっとする。文学上の死は、本来の意味での死よりずっと残酷でもあれば、またずっと公平でもある。

作者があまり頻繁に引き合いに出されると、ついにはその作者のものはもう読みたいとは思わなくなる。あまり流布しすぎたため、その名前が汚れてしまっているからだ。こうなると、こんな作者のものより、もっと知られていない作者、才能などからっきしないような作者のものさえ読みたいと思う。その作者がだれにも読まれていないというのがその理由にすぎないにしても。

ある美徳をもつには、それに見合った悪徳が不可欠だ。

たぶん吝嗇は不安のさもしい形態にすぎない。

だれでもいい、人生で何ごとかをなし遂げた人間の秘められた動機をみつけ出すこと。

一二月一一日　日曜日。ドゥールダンからエタンプにかけて六時間あるく。野を横切り、泥だらけの道を、無我夢中で歩く。一夜、名状しがたい不安。

数年間つづいた友情が結末を迎えたら、敵意など抱かずに事実を受け入れなければならない。友情は、いつかは終わるものだったのだから。友情の結果ではなく、かつての友情だけは覚えておこう！

一二月一二日　人殺しが味わうに違いない不安がどういうものか、今夜、私は分かった。私がだれかを殺す。そしてその死体を、中世ふうの暗い街路の敷石の下に隠す。ところがどういうわけか、おしゃべりをしていてこのことを洩らしてしまう。人が敷石を掘り起こしに行く。それから数時間というもの、私は眠れなくなる。

自分のなかにいる作家にふと気づくと、いつも恥ずかしさをどこに隠していいやらもう分からない。

昨日、日曜日、散歩途中でのこと。エタンプ近くの村——ブータンヴィリィエ（？）で、すばらしい小さな教会と、隣接する物置に気づく。物置には、百年まえそのままのように、消火ポンプと廃物の霊柩車が置いてある。一瞥しただけで、私は激しい憂鬱に捉えられた。前日、義兄から柩台に横たわる姉の二葉の写真を受け取っていたのだ。

エッカーマンの『対話』を読み返すたびに、ゲーテが同時代の人々をいかに誤解していたかを知って愕然とする。彼が好んだのは、すくなくとも文学においては、価値も怪しいものに限られていた。〈ライヴァル〉に対する彼の考えは、知ったかぶり屋のそれだが、しかし一般的な考察はどれもみなすばらしい。

一二月一三日　倦怠から逃れるために不安の力に頼った時があった。私にはどんなものでも空虚よりは、空虚の災厄よりは好ましいものに見えたのである。

パスカルの「暗い懐疑思想」と「不思議な凡庸性」についてブロワが語っている。不思議かどうかはともかく、この「凡庸性」は、絶対的に間違っているとは私には思われない。というのもパスカルには、必ず人を失望させずにはおかない常識過剰なところがあるのは確かだから。

母のことを、姉のことを、ライスナーのことを、ミルチア・ザプラツァンのことを思う。――私は彼らのために生きていたのだし、彼らは私のために生きていた。背にこんなにもたくさんの墓を負い、私に何ができるというのか。

ポール・ヴァレに、三人の子供の世話をする責任がある旨を電話で話す。すると彼は、それはいいことだ、一般に子供というものは可愛いものだと言う。それというのも、「生きるのは好きではないけど、命は好きだから」とのこと。

子供のころ、私が一番怖かったのは、早すぎる埋葬の話、身動きする音の聞こえる死者たちの話だった。

いま私は非‐宗教の局面を、つまり秘められたものへの無感覚を経験しつつある。まるであらゆるものが一切の神秘を失い、私たちが、意味のない謎のなかに生きているかのようなのである。

一二月一四日　タバコをやめ、コーヒーを飲まなくなって三年と五か月。私が自分の魂を失って三年と五か月。

人間がやらかす愚の骨頂ともいうべきものは、哲学の研究だ。ひとつの問題を研究することはできるが、問題のすべてに取り組むのはバカげている。かく言う私にしてから、こんな間違いを犯したとは！

姉に最後に会ったのは一九三七年のことだったと思う。両親に会ったのは一九四一年一月[16]。以後、わずかの写真と、彼らの死の床の写真があるだけ（母の死の床の写真、つまり母の最期の写真はない。どうして送ってくれなかったのか、その理由が分からない。あまり私を悲しませたくないからか。）

一九三三年から三五年にかけての年月のことが、私を捉えた狂乱、私の異常な野望、〈政治的〉熱狂、まったく狂気じみた私の目的ともども思い浮かぶ。――精神異常の状態にありながら何というヴァイタリティー！　私は疲れを知らぬ狂人だった。いまや私は疲れた狂人だ。いや実をいえば、狂人でさえなく、ただ昔の狂乱の残りかすを失わずにいるだけだ。疲労はなくなるどころか逆に募り、頂点に達している。この先どうなるのか私には皆目わからない。

自分の本のために奔走する——こんなことはどんな些細なことでも金輪際したくない。にもかかわらず、いつも激しい嫌悪感を抱きつつも、ついやってしまうことが時々ある。

この異常なまでの無気力を奮い立たせるには、私は、私の二十歳《はたち》のときの活力をもたらすような薬物に中毒する必要があるのかも知れない。いやむしろ、私が必要としているのは笞かも知れない。

一切のおののきとは無縁の、超然とした、そっけない本、私にはもうこういう本しか読めない。さもなければ、私たちを運び去り、未曾有の危険のまっただなかに私たちを置き去りにする嵐としての本だ。

自分の野望と才能について私のつくり上げたイメージが、一日また一日と崩れてゆくのが分かる。私は坂道を下ってゆき、そして私の脳髄は濁り鈍る。

一二月一五日——ピカソ展。*何でもかすめ取る剽窃家。ここには絵画のありとあらゆる形式が展示されている。まるでピカソはアルバムをめくるのに没頭したかのようだ、それに……法外さ。私たちが見ているのは、ひとりの人間の作品ではなく、四〇人の人間の作品だ。彼はあらゆる流行に追随した。たぐい稀な、異様なご都合主義。才能のある模倣家、すぐれた天分に恵まれたペテン師。シンクレティズム、抽象絵画出現以前の概要要約。

これらはすべて過去のものだ。というより、過去そのものだ。ひとりの人間に要約された過去。熱狂と失望。この過剰生産には何か不誠実なものが、偽物めいたものがある。いかなる分野においても模倣すべくもない生涯を送った人物。ピカソ？　なんでも屋の天才。

＊　ピカソの生誕八五年を記念して、ジャン・レーマリーがグラン・パレで企画した重要な回顧展。プチ・パレで、非公開収蔵品から約五百点が展示された。

午後、虚脱状態。二時間、眠る。私たちの脳髄を（あるいはむしろ、脳髄の残りを）大切に使おう。

熱意と不機嫌とのあいだをこうして果てしなく揺れ動く。

すべての人に同情しなければならない。そうしないと、私たちは攻撃文の書き手として振る舞う——まさにすべての人がそうであるように。

ガブリエル・マルセルがいかにも不安そうな様子だ。ドイツの神学者たちはもう復活を信じていないということを聞いたからだ。私は、不安はもっともだと言い、彼の気持ちを鎮めようとする。もちろん、まったくの友情から。

ソルボンヌの図書館で、H・G教授に逢う。黙ったまま私の手を握る。私は、お払い箱になったもの書きというわけだ。私が話題になっていたころは、こんな扱いではなかった。

（毒舌がすぎると、人は物笑いになる。）

一二月一七日——今朝、眠れぬまま、朝早く起きて散歩にゆく。小鳥たちと清掃人の働く時間。

デモクリトスが書き残した文章を読む。面食らうほど凡庸。ただし、人物は別だ。これらの古代人には生活があった。現代の教授連中とは違い無味乾燥ではなかった。

エヴァ・ブラウンとヒトラーの結婚は、二人の自殺の数時間まえに執り行われた。急遽呼び出された役人は、二人に別々に「アーリア人か」と規則どおりの質問をした。彼らは、そうだと答えたが、もしヒトラーが「否」と答えたら、それは「歴史」上もっとも異様な答えであっただろう。

一二月一九日　昨日、マントノンとランブイエのあいだを六時間あるく。私が満足感を覚える唯一の〈活動〉。

またとない強烈な関心をもって、女性たちに宛てたゴットフリート・ベンの手紙を読む。リルケ観がまるで変わる！

この世に私たちが投げ出されたのは、泣くことのできない惨劇をこの世で経験するためだ。

眠くてしようがない。眠りこんでしまわないよう努力しなければならないほどだ。だれが疲れるのか。私の脳髄か、それとも何か。またコーヒーを飲まなければならないのだろうが、しかしそんなことをすれば、数か月にして肉体を損ない、胃炎を患っていた、あの忘れられない時期に逆戻りすることになろう。

一二月二〇日——抑圧され、窒息させられたポエジーの感覚、息苦しいポエジーの感覚。

夢で、むつかしい問題について延々と話しつづけて疲労困憊し、目覚めて、激しい怒りにかられる。

私の注意力は、数年まえからものの役に立たなくなっている。あらゆることに働くのに、留意すべき肝心なことには働かず、どんな問題にも抜かりはないのに、深く掘り下げなければならない問題に限って手抜かりをする。放心の快楽。本質的なことから、自分の（？？？）＊本質的なことから何としてでも遠ざかること、どうやらこれが私の定めであるらしい。私はもともと脱線に生まれついていたのだ。どうでもいいようなことをこねくりまわすのが私は好きだ。

＊ テキストのまま。

いつかは自分を哀れと思うこともなくなり、そんな不健全な強迫観念からは解放されるだろうと思っていた。ところが年とともに、この強迫観念にますます深くはまり込むばかり、どうにも身動きできない始末だ。

生きながらにして聖列に加えられるのではないかと恐れていた時期があったとは！　あれから、何という失墜ぶり！　当時、私は間違いなくひとかどの人物だった。私たちは自分を犠牲にして成長する。聖者がかくもすくないのはこのためだ。

一片の懐疑ももたず生きるよりも一片の信仰ももたず生きるほうが私には比較にならないくらい容易なことだろう。破壊としての懐疑、糧としての懐疑……

一二月二二日　個々の細胞の酸っぱさ。酸味は私の生理学の不変の特徴だ。

私の内部には熱狂者と懐疑論者とが同居していて意見が合ったためしがない。彼らの不和の総和、それが私という人間だ。

私は懐疑で陶酔状態に陥る。

ほんとうの懐疑論者は懐疑を欲する。彼は懐疑に身を投じ、絶えず懸命に懐疑しようと努める。

毎日、だれかに復讐してやろうと思い、毎日、復讐の計画をなんとか骨抜きにしようと努力し、御破算にすることに成功する。

自分について間違ったイメージを人々が抱いていたとしても、それを訂正してはならない。的はずれの賛辞は誹謗と変わらない。間違いは流布するに任せよう。打ち消すのはもってのほか。真実はいつかはっきりするだろう。万が一はっきりしなくとも、なに、かまうもんか！

フランシス・アークライトの英訳で、サン＝シモンの『回想録』中のド・モンテスパン夫人の死のくだりを読む。実に生き生きした、圧倒的なくだりで、できの悪い翻訳でも感動の邪魔にはならないほどだ。

一二月二四日　昨夜、電話で天気予報を聞きながら、〈ところどころ雨〉というくだりで、いたく感動する。ということは、ところどころ、という言葉にはかすかな震えを誘うものがあるにしても、それでも詩は私たちの内部にあるもので表現にはないことの何よりの証明である。

根拠のない感動などない。

街には人気《ひとけ》はなく、空は雲に覆われ、ほとんど闇。破局を待っているかのようだ。私の気持ちにふさわしいレヴェイヨン。

私にとって幸福はいたって単純なものだ。つまり、未来を考えないこと。

一二月二五日　昨夜、コルバンのところで、『メサイア』を、次いで実にすばらしいロシアの合唱曲——グラズーノフの典礼聖歌を聴く。強烈な感動の三時間。

音楽を聴くすばらしさ、それは音楽を聴いたあとでは、何ものにもうどんな意味もないということだ。なぜなら、音楽の〈奇跡〉が終わってしまうと、もちこたえられるものは、何ひとつ、絶対に何ひとつないからだ。音楽に比べれば、すべてのものが無益なもの、卑しいものに見え、つまらぬものに見える。音楽を憎み、その奇跡を魔力とみなし、その〈絶対〉を幻影とみなしたくなる人がいるのも分からないではない。音楽を過度に愛するとき、私たちは何としてでも音楽に抵抗しなければならないからだ。トルストイほど音楽の危険が分かっていた人はいない。彼は音楽を激しく告発したが、自分が音楽の思いのままの人間になることが分かっていた。そこで、音楽のなぐさみものにならぬために、音楽を憎みはじめたのである。

感動なしに書くのは無益なことだ。これは私の偏見だが——私にはとんでもない大損ながら、いまだにこれを厄介払いできずにいる。というのも、こと感動に関しては、私はますますそれにこと欠いているから。いまや私は徐々に感覚へと下りつつあり、感覚にはまり込んでは、非情な恐怖へと歩みつつある——そんなふうに思われる。

眠ること、すなわち、私たちになしうるもっとも知的なこと。好きなときに、時間から脱出できること。

死ぬのは品位にもとる。だしぬけに物と化すとは！

ある問題に取り組むと、たちまち私は解決できないものにでっくわす。考えるのをやめる、結局のところ、これが前進の方法なのではあるまいか。

一二月二六日　アルパジョンからシュヴルーズの谷にかけて六時間あるく。ある寒村の共同洗濯場で、ひとりのポルトガルの女が繰り言を並べ、ときどき繰り言を中断しては、悲痛な歌をうたっている。その繰り言にも歌にも、*saudade*（郷愁）にひそむ底深い、魅惑的なものが何もかも聞きとれる。私は共同洗濯場の塀のうしろに隠れ、気どられずに聞き耳を立てた。この、かすかにメランコリーをたたえる抑揚と声が、この人気《ひとけ》ない陰気な村に及ぼす異様な効果。同時に私は、ブラショフにいたときのことを思い出した。下働きのハンガリーの女たちのうたう歌を聞いて私は、ときには耐えがたい、旋律ゆたかな憂鬱に沈み、ヒステリーに陥ったものだった。

運命――B・T、「文明の擁護」の本の末尾に、「〈理性〉に次いで、フランスは人間の最大の名誉である」といったような、苛立たしくもあればみごとな、信じられない断定を書きとめていた、パリに首ったけだった男――そのB・Tはルーマニアに止まったままフランスに来るのを待ちわび、他国を崇拝していたこの私が、他国の一つに住みつき、その国と世にも奇妙な関係を結んでいる。

ある国を私が好きになるためには、その国は、どこか抜けたところがなければならない。フランスときたらまるでそんなところはないのだ、ああ！

さまざまの〈考え〉が思い浮かび、いずれにしろ自分は自分だと感じられるのは、横になっているときだ。立っていると、私は多少とも現実離れをしたところがあり、寄食者として生きていて、どうでもいいようなことを排除することができない。

自分にも自分の汚名をそそぐことになると思われるようなことを何かしないうちは、私は日々ずっと、こういうとげとげしい気分を、反射的な皮肉な言動を引きずってゆき、霊感の欠如の明白な困惑状態を、自分の誇りを失った悲しみを引きずってゆくことになるだろう。私の内部には私を見捨ててしまっただれかがいる。私もエヴリーヌのように、「よるべなき人々の聖母」[17]に思いをいたさねばなるまい。いや、それどころか聖母に祈りを捧げねばなるまい。私の人生は――私の欠陥によって、私みずから犯した過ちによって、内部から何という破滅に見舞われたことか！　私は自分の人生を台無しにする理想の条件をみずからつくり、みずからの失墜をつくったのだ。

差し出し人の名前が判読できない年賀状が一通、ブカレストから届く。そこには私の〈成功〉のこと、私が祖国に与えた〈名誉〉のこと、私が祖国で間違いなく〈愛され、尊敬されている〉ことなどが書かれている。これを読んで私は当惑し、困惑した。彼らが〈愛し、尊敬している〉のが、どんなに哀れな男であるか知ったなら！　こういう愛情の吐露は逆上にすぎず、バルカンふうの誇張法にすぎない、ということでなければ――私にはこれがもっとも真相に近いと思われる。

ルーマニアでの〈自由化〉の効果。人々は、プロパガンダの本でなければどんな本にも先を争ってとびつく。ところが、避けがたい失望が人々を待ち構えている。こうして、『精神現象学』がたった一週間で六千部売れたが、すこし経って『論理学』が発売されると、購読者の数は激減してしまったのである。

ある友人の話。集産化の宣伝が行われていたころ、ドナウ川近くの農村で、友人は、新しい生産方法のすぐれている点、公務員として一定の時間、共同作業する利点、さらにははるかに多い収益のことなどを例に上げて、ひとりの農民を説得しようとしたことがある。だが、その農民は用心深く、納得したともしないとも答えようとはせず、ただ答えに代えて、いましがた彼らの頭上を飛び去った一羽の小鳥を指さしただけだった。農民は自由という言葉を口にすることはできなかったが、自由の象徴を指し示す勇気は失ってはいなかった……

私たちの真似をする連中には用心すること。〈弟子〉が見せる光景ほど嘆かわしいものはない。卑下の何というレッスンか。それは私たちがとうとうつくってしまったもの、猿であり、私たちがそのモデルというわけだ。猿といえば、私たち自身も猿にすぎなかった――成功した、成り上がりの猿。

一二月二九日――午前一時。

私たちのはるか上方にだれかがいて、私たちを憐れんで欲しい――こういう深い欲求が私たちにはある。ここに宗教の起源があり、ここ以外のところに宗教の起源を求めてはならない。――この刻限では祈らねばならないのだろう。私に祈ることができれば！

人の興味を惹くものは、私たちが隠しているものに限られる。私の過去で隠しておきたいと思っていたもの[18]が何もかも、とうとう知られてしまったが、それというのも、私たちの友人や敵が好んで語るのが、まさにそれ、つまり私たちが隠しているものだからである。彼らは私たちの秘密を暴露しながら、私たちを褒めちぎったり、あるいはけなしたりし始める。

仕返しもせず、復讐の可能性を考えることさえせずに耐えるすべ――これこそはすべての鍵、一種のこつであって、私は久しくこのこつの体得に努めているが、うまくいったためしがない。もっとも、稀にはうまくゆくこともなくはないのだが、しかしそういうときでも、私が耐えることができたのは、実は私が臆病だった結果ではないのかどうか知るよしもないのである。

復讐を諦める、それも今さし当たりというのではなく永遠に諦め、あらゆる攻撃に永久に耐えること。復讐の偏在、これこそあらゆるユートピアがつまずく岩礁であり、「楽園」樹立の最大の、克服困難な障害物である。

私は復讐心を抑えようとするが、復讐心はひそかに働き、いつのまにか私は仕返しをしている。それも、自分はどんな人間よりも知恵をきわめたとうぬぼれ、得意がっているときにしてからがそうなのだ。復讐心は私の血をめぐり、私の血は復讐心で濃くなり重くなる……

自分の内部に帰り、そこで存在に劣らず古い、いや、それよりもずっと古い沈黙に聞き入る――時間以前の沈黙に。

ルーブル美術館で、一二世紀から一七世紀までの「日本絵画展」を観る。厳密なものと同時にあいまい模糊としたものの絶対的勝利。かくまでの厳密さと、かくまでの繊細さとの緊密な結びつき、こういうものをそなえ、こういうものを表現できたのは、西洋ではほとんどフランス人だけだ。

人にはそれぞれ常用の薬物がある。私のそれは懐疑論だ。私は懐疑論に中毒している。だが、この毒のおかげで私は生きていられるのであり、これがなかったら、もっと強い、もっと有害な何かが私には必要だろう。

エダン・アリエにこんな説明をする。ブランショを読む面白さは、彼のどんなものを読んでも、いつも水に溺れる感覚を味わえるところにある。読みはじめてしばらくすると、読者は背が立たなくなり、それからどんな眩暈も感じず、深みを恐れることもなく流されてゆく。というのも、そのときテキストが意味不明の瞬間にさしかかっているにほかならないからで、読者はそこで、精彩のない渦に巻き込まれたように堂々めぐりをする。――それからまた読者は水面に浮きあがり、泳ぎ、再び理解するが、それも束の間、しばらくすると、またまた溺れてしまう。以下同じ。

この責任は作者にある。作者は深い洞察力を欠いてはいないが、ちょっとおかしなところがある。つまり、思考と思考の無価値とを区別することができないのだ。ブランショには精神の空転がよく見られるが、彼はこれを自覚していない。

キリスト教へと向かいつつあったローマは、たんに外来の神というにとどまらず、下っぱの神でもあった、ある神に関心を寄せ、その神に宗旨がえした。植民地の――ローマ帝国でもっとも蔑視されていた植民地の宗教が採用されたのだ。文明がもはや自分の神々に頼ることができず、神々の力が涸れてしまうと、文明は救いを別のところに求める。滅ぶことで文明は救済されるのだ。

『トレブリンカ』*に関する本を読む。想像を絶する、嘘のような悪夢。それは絶対的な、機械的な恐怖、システムだ。これらの本はみな似たり寄ったり。死刑執行人どもは操り人形であり、役人であり、哀れな風采の、型にはまった人間である。隊長は、冷笑をいつもたやさない〈美男子〉。恐ろしいものの形式主義――拷問者と犠牲者の同じような頽廃。だが、つねに新鮮なのは、ユダヤ人の不可解な運命を目の当たりにしての驚きだ。ユダヤ人以外のあらゆる民族には歴史があるが、運命はユダヤ人だけのものだ。

＊『トレブリンカ、ある絶滅収容所の反抗』、ジャン＝フランソワ・スタイナー著、シモーヌ・ド・ボーヴォワール序文、ファヤール、一九六六年。

## 訳注

(1) 本書五五、一七一ページ参照。

(2) このエッセーは、六六年一〇月に、「古生物学」の題でN・R・F誌に発表され（四一二ページ参照）、六九年の『造物主』に同じ題で収録される。

(3) ここに語られているような精神状態こそ、処女作『絶望のきわみで』を書いていたころの（三三年）シオランのそれであったことは、後年、同書に寄せた彼の序文からも明らかである。〈不眠の経験〉については本書六七八、七三四、八八二ページ参照。

(4) 『概論』とあるのは『崩壊概論』、『誘惑』は『実存の誘惑』のこと。なおシェリーについては『カイエ』では数箇所で言及されているが、「旧著再読」には次のような一文がある。「……当時、私が神とも仰いでいたのはシェークスピアとシェリーです。シェークスピアは相変わらず読んでいますが、シェリーを読むことは今は稀です。……熱狂的なリリシズムが私の傾向に合っていたのです。その痕跡は、残念ながら当時の私の試みのなかに見てとれます……」

(5) 三七年にブカレストで刊行された『涙と聖者』のこと。

(6) ドイツ語原著からの邦訳は、グスティ・L・ヘリゲル『生花の道』（稲富栄次郎、上田武訳、福村書店）。

(7) 『生花の道』一〇〇―一〇二ページ参照。

(8) この「断念のむつかしさについてのテキスト」（三九五ページ）は、最終的には「〈空〉の原稿」として六七年一二月に書き上げられる。そして「エルメス」誌に「救われざる者」の題で発表され、後に『造物主』に収められることになる。

(9) この「試論」が書き上げられたかどうか、いまのところ確認できない。

(10) *L'Homme de cour.*『神託必携』（三九五ページ参照）のフランス語版の表題。

(11) 「一九二四年」とあるが、記述の内容からして「一九三四年」の間違いと思われる。

(12) 「コション＝シュル＝マルヌ」は地名かどうか確認できない。あるいは地名をかけた言い回しで、「マルヌ川ぞいのブタ、〈売れぬもの〉」の意か。

(13) シオランと音楽との関係には切ってもきれないものがあるが、

若いころ、彼は絵画、それも特にオランダとスペインの絵画に強烈な関心をいだいていた。フェルメールも、その関心の対象の一人。この点については『涙と聖者』参照。

（14）三二〇ページ、訳注（8）参照。

（15）一一月三日〜九日の記述は一一月三〇日の後に置かれているが、原著のままとした。

（16）一九三七年から留学生としてパリに滞在していたシオランは、四〇年末に一時帰国し、翌四一年一月末には、はやくもパリに舞い戻っている。両親との再会をはたしたのは、この一時帰国のときだったと思われるが、それにしても二か月に満たない、このあわただしい帰国の理由は何だったのか。

　四〇年末といえば、ルーマニアは、「国家指導者」アントネスク将軍の独裁体制のもと、「鉄衛団－民族国家」となり、鉄衛団は「軍団運動」と命名され、その指導者ホリア・シマが副首相になっていた。ある研究者の指摘によれば、シオランの一時帰国は、このコドレアヌの後継者ホリア・シマの推輓により、外務官僚となり、ヴィシー政権下のルーマニア公使館文化部にしかるべきポストを得るためのものであったとされている。しかしアントネスクと鉄衛団との関係は急速に悪化し、ついには四一年一月二〇日から二三日にかけての武力衝突となる。多くの団員が射殺され、ホリア・シマはドイツへ逃れるが、ここに鉄衛団は完全に消滅する。親鉄衛団の若い知識人のひとりと目されていたシオランは、おそらく身の危険を感じ、「ほとんど着のみきのままフランスへ逃げ帰ったものと思われる」。（パトリス・ボロン『異端者シオラン』）

（17）*Virgen de los Desamparados.* バレンシア市のレアル教会堂にあるゴシック様式の聖母像（制作は一五世紀）のこと。市の守護聖母で、五月の第二日曜日が祝祭日。なお「エヴリーヌ」は、七七ページに言及のある「エヴリーヌ」と同一人と思われる。

（18）三〇年代におけるシオランの鉄衛団への加担の事実を指すと思われる。なお二〇二ページ、訳注（10）参照。

# [一九六七年]

一九六七年一月二日

午後一杯かけて、フランス語と特にルーマニア語で年賀状を書いて送る。私は母語に戻るのではない、母語に落ち、母語に溺れるのだ。出自への沈没。

――シビウの知り合いの女性に、いま手紙を書いたところだ。彼女にもらった手紙で、私はグラ＝ラーウルイにある彼女の美しい庭園を思い出したものだが、返事に、私が西欧に来たのはひょっとすると間違いだったのかも知れない、人はみな自分が生まれた風景のなかで生き、かつ死ぬべきなのかも知れないと書いた。ほんとうは農民が正しいのだ。そして彼らのような生活が、理に叶った、〈人間的な〉(この言葉にいまも意味があるとして) 唯一の生活である――というより、生活であったのだ。

『トレブリンカ』を読むと、収容所のガス室で家族のすべてを失ったユダヤ人たちが、一時期、死刑執行人どもを前にショー（コンサート、ダンス、ボクシング）を行い、死刑執行人どもから、それにそこに居あわせたユダヤ人（ほぼ千人、彼らは、ほかでもない例のガス室の係だった）たちからも同じように、割れんばかりの拍手喝采を受けていたことが分かる。何とも恐ろしい、狂気じみた、とてもほんとうのこととは思えないことで、読者はここまで来ると、現実感覚を失ってしまう。事実、この地獄は夢のようにも見える。こんな地獄は想像することもできないし、その存在を信じることもできないから。

一月三日　モンテヴェルディのマドリガルを聴く。ロシアの合唱曲に劣らず美しい。

いささか老け込んだ犬の話を聞く。その犬ときたら、飼い主の家に連れてこられた、若い、もう一匹の犬に嫉妬して、びっこを引きはじめ、同情を、つまりは寵愛を得ようとした。人が見ていないと、普通に歩き、走るのだそうな。

名誉欲は、権力欲のもっとも微妙なあらわれの一つにすぎない。

祈ることができない悲劇……だれに、何を祈るのか。ああ！私の神よ！

地獄の罰の現象としての、孤独の不可能性。ヴェルサイユの宮廷ほど地獄を思い出させるものはない。サン＝シモンは、神に見放された者たちの偉大な修史官である。

ヘラクレイトスに関する本に胸に迫るひとつのイメージがある。それは数個の石だが、ヘロストラトスが名誉欲にかられて放火したエフェソスの神殿の遺物はこれだけなのである。

エフェソスの人々は、ヘロストラトスの名を口にするのを禁じた。それほど、彼の行為に恐れをなしたのだ。ヘロストラトスにはまたとない幸運だった。人が忘却に捧げるものは、必ず生き延びる。

古典的な、というよりむしろヤンセン派の宗教的献身の様式で、〈滅びの才能〉と呼ばれていたもの。

人はみな、どこか分からぬところから現れて、小さな叫び声を発しては跡も残さず消えうせる。

マレー地区、オルレアン通り六番地、リュシル・ド・シャトーブリアンが、革命暦第八年霧月一八日に死んだ家を訪ねること。

胃炎のおかげで私は私のロマン主義から癒えた。まさか!

L・G(1)――だれよりも執念深い私の敵、二〇年来、私を誹謗しつづけている。私を孤立させたのは彼だ。かつては私を擁護していた批評家連中も私を忌み嫌い、もうどんな雑誌からも執筆の依頼はない。国立学術研究センターへの私の入所を邪魔したのも、私が少なからぬ友人を失うことになったのも彼のせいだ。

しかしそれでも、私は彼に多くを負っている。もし彼が私に対する中傷のキャンペーンを繰り広げることがなかったら、私にとっては何もかもがずっと簡単に運び、いまごろは、ちょっとした名士に、つまり、死体になっていただろう。まあ、いまだってたぶん死体なのだろうが、死体といってもずっと名誉ある死体だ。すくなくとも私にはそう見える。研究センターに入っていたら、私は博士論文を書いただろう。つまりは何もしなかっただろう。そうだ、私が本を書いたのはL・Gのおかげであり、ともかくこうして生きていられるのは彼のおかげだ。生きるといっても、文学的にというよりも精神的にということだ。重要な人物からの孤立感、自分は除け者、邪魔者であり、排除されているのだとの思い――結局のところ、こういうことは決して悪いことではない。私が必ずしも全面的に自分を蔑んでいないとすれば――それが、私を憎むことをもっぱらにしてきた人間のおかげだというのは何とも心強いことではあるまいか。

一月五日――真夜中、目覚めたままの三時間。いくつもの考えが思い浮かんだが、そのなかからもっとも興味をそそるいくつかを取り出してみようとするものの、みつからない。眠りについての考えはみつかる。でもそれはすでに一度、考えたことのあるものだ。

ユダヤ精神と私の類似性。嘲弄好き、ある種の自己破壊傾向、不健全な強迫観念。攻撃性、痛烈な皮肉によって、時に応じて募ったり穏やかになったりするメランコリー。予言好き、いつも、幸福なときにも離れない犠牲者意識。

M・S――私の世代の唯一の賢者。おそらく彼の賢明さは生まれついてのものだが、それにはまたさまざまの事件が大いにあずかっている。もし彼がパリにとどまっていたら、本を書き、大学教師の職に就き、ま、要するに、ひとかどの人物になっていたことだろう。かの地で、二〇年の沈黙（何という沈黙か！）のあいだ、彼が悟った数々のこと、それはパリにとどまっていたら、おそらく気づくことすらなかったことだろう。彼は人生に挫折したという言いぐさは軽率だ。人生に挫折したのは、それに成功したかに見える私たちのほうだ。彼に比べれば、私たちが落伍者であるのはまぎれもない事実だ。

「幸福になるために私たちに与えられた資質、私たちはその資質を情熱につかう。」（ジュベール）

一九六七年一月七日

午後、窓台に出しっぱなしのゼラニウムが激しい寒さ（初めての冬日）でいまにも枯れてしまいそうなのを見たとき、私はこのゼラニウムが文字どおり可哀想になり、そっと室内に戻した。同胞にはこんな気持ちにはとてもなれまい。（花は好きになれるが人間となるとそうはいかない。）

私は人間が嫌いだが、しかし人間存在が嫌いだ、とは言えない。この存在という言葉には、まさに人間的なものを喚起しない何かがあるからだ。はるかな、神秘的な、心を魅する何か、隣人の観念とは無縁のすべてのものが。

悟った人間、こういう人間が私にはどんなに必要なことか！

一九六七年一月九日

昨日、日曜日、ドゥールダン近くの小さな村（ポンテヴラール？）で、あるビストロに立ち寄ったところ、店の主人が、とてもまともとは思えない三人の農業労働者を相手に滔々とまくし立てている。特にそのなかの一人、大柄で、虚ろで不安そうな目つきの、浮浪者まがいのなりをした、病弱そうな男には、この恰幅のいい、口達者の、めっぽうほら吹きの主人の話はちんぷんかんぷんらしい。ところが何と、主人ときたら、こんな聴衆を前に、文字どおり言葉の遊びに興じているのである。そんなわけで、何かの競売の話になったとき、彼は「Xのやつは土地を評価し、値踏みしたんだよ」と洒落たのである。

私は、主人はリールの出身に間違いないと思った。つまり、北のガスコーニュ人。社会のすべての階層における、言葉の途方もない重要性。言葉こそフランス人の得意の分野である。フランスという国の実質的なすぐれた特徴。その威信の秘密はここにある。

ラーマクリシュナに関する本（ムカールジィ著）を読む。聖者たちにおける意志の役割の重要性をまたしても確認して啞然となる。意志というより、野心、自尊心というべきかも知れない。自信に満ちた側面。たぐい稀な者たらんとする欲求。一二年間におよぶ瞑想と祈りの生活を送ったあげく、彼は三〇歳のとき、崇拝していた女神カーリーにこう言っている。「おお、母なる神よ、今日もし〈悟り〉が得られないなら、明日、私は命を絶つつもりだ。」

彼は「悟り」を得る。彼のいう「悟り」とは、母なる神の「顔」を見ることである。それを見て、彼は別人のように変わり、数日間、飲食を断ったまま光を経験しつづける。「彼が語っているとき、その顔から発する光が強くなることがよくあった。あまりの強さに、聴衆は顔を覆って目が眩むのを避けなければならないほどだった。」（ムカールジィ、『沈黙の顔』、パリ、一九三二年）

エセ詩人、エセ予言者、偽の神々……

出来損ないの世界で、どうして人間に成功などできようか。成功したといえるような人間に、私はどれだけお目にかかったことがあるか。名を知られた人ということなら、何人かの名を挙げることはできようが、しかし彼らは、どんな意味でも、著作家でない。彼らの歩みは、どんな作品の足枷も知らない。彼らは自由だ。というのも、どのようなものにしろ、およそ成功の誘惑をことごとく退けたからだ。かつてこういう人々がいた、と言うべきかも知れない。彼らのある者は、確かにもう生きてはいないのだから。

完全に頓挫した感じだ。『タラマンカの夜』がうまく書けない。自殺について論じてみたいとは一向に思わないが、一つの主題を放棄するのは嫌だ。この主題についてはどうしても語っておかなければならない。さもないと、ついには主題に毒されかねないから。

ラーマクリシュナは、すくなからぬ点でサロフの聖セラフィームを思い出させる。これほどの人間が、聖性とは無縁の一九世紀に生きることができたというのは不思議である。（私の驚きはバカげている。二人がパリかロンドンで生きていたなら、私が驚いても当然だろうが。だが、聖性は西洋を見捨ててしまった。永遠に？　私たちの文明の様式が変わらぬ限りは。）

自分の考えが自分にいかに影響を及ぼしたかを知って愕然としている。私はいまになってはじめて、自分の考えをほんとうに理解したらしい。私のさまざまな考えは、私という人間となり、私を決定的に占有している。いままで、それは強迫観念か、まさに観念にすぎなかったが、いまやついに宿命に格上げされ、あるいは格下げ（どちらでも結構）された。どうして自由になれようか。

私は私自身の弟子となった。私は私のものの見方の犠牲者、自分の学校で息を詰まらせている。だが、私が学び知ったすべてのこと、私の知っているすべてのことがほかの人にあったら、その人は、まっすぐ充実に、空の充実に、つまり知恵に達するだろう。

何か偉大なことをやってのけるのは、大きな野望に取りつかれた人間に限られる。彼らは、そのもてる全エネルギーを一点に集中するからだ。彼らは憑かれた人間で、散漫、怠惰、無造作は得手ではない。

……私は放心者の部類に属する憑かれた人間だ。これが私の無能の秘密だ。

物乞いができるというのは途方もないことだ。私は手紙でしか物乞いはできなかった……なんと嘆かわしい *sannyasin!*＊

＊　世を完全に捨てた苦行者を意味するサンスクリット語。

作品をつくるには倦怠を知ってはならない。

「倦怠」は「懐疑」の感情的な等価物だ。（こうも言えるかも知れない。つまり、「倦怠」は懐疑思想を予告するもの、懐疑思想がそこに芽生える土壌であると。）

賢者が弟子をもちたいと思うようになると、とたんにうさん臭くなる。これは詩人、あるいは聖者についても言えることだ。信じがたいことに、人は他人に自分の色あせたイメージを眺めたいと思い、自分の戯画を崇めるために奮闘するのだ。

ずっと以前のことだが、私は自分が聖性の危険にさらされていて、これは避けられないと思っていた。この恐怖は、いまでは私にはとても考えられないものに思われる。で、この恐怖を感じていた、あのころ、私の精神は健全だったのかどうか、ついいぶかしく思う。

私の能力に余ることといえば、本を書くことに極まる。本を書くには、ある種の無邪気さが必要だが、こんなものはとっくになくしてしまった。あらゆる著作家は、著作家である限り、お人好しだ。

ヒンズー教の思想によれば、人は自分の救済をだれかほかの人に、特に聖者に委ねることができるというのだが、私はこの思想が好きだ……ラーマクリシュナは、自分では自分を救うことのできない飲んだくれの、落ちぶれた、ある有名な役者に、救済は自分に任せ、役者に代わって祈るのを自分に許してくれと頼んだ。役者はためらったが、やがて同意した。――それは自分の魂を――神に売ることである。

トーマス・マンの『ファウスト博士』を読もうとするが、読めない。古くさくて退屈、おそろしくドイツ的。もったいぶった饒舌。形而上学と音楽の国は、どんな偉大な小説も生み出さず、生み出すことができなかった。(実は、形而上学的精神こそ、小説それ自体にまっこうから対立するものである。)

それに、この緩慢な、整然とした散文は私を苛々させる。トルストイのような作家の作品なら耐えられるが、トルストイ以外では、だれの作品でも眠気を催す。

一月一一日――無名のままであることは、耐えるには偉大な精神力を必要とする利点である。だが、もし耐えられるなら、勝利は明白である。他人のために生きることがすくなければすくないほど、深部の実在を獲得することはそれだけ多い。

エコール・ノルマルで、一二時三〇分から一四時一〇分までラカンの講義を聴く。オーケストラの指揮者の才能。アンダンテとアレグロを交互に聞かせ、だしぬけに熱狂しては、聴衆の心を捉えるすべを心得ている。道化師あるいは神父がそうであるように、感情を抑制することができる。講義中ずっと、考えている、探究しているかのような印象を与え、ときにはみごとな韜晦ぶりで煙に巻くすべを心得ている。そしてひっきりなしにドイツ語を使う――現在フランスで、ドイツ語を強制するもっとも確実な方法。

父祖伝来のふさぎの虫、私を駄目にするとげとげしさ、衰弱。呼吸との私の協定を破棄させまいとするのは、いったいどんな悪魔的渇望なのか私には分からない。

私は私の読むものによってではなく書くものによって評価されるだろう。この自明の理を、私は実に頻繁に見失う。で、本を貪り読んだあとではいつも、自分もまんざら捨てたもんではないと思うのである。

この突発する恐怖は何が原因なのか。その生理学的原因を探すのはいかにも簡単なことだが、しかしこの原因では説明がつかない。病的発作と考えるべきなのか。たとえば、どんな些細なものでも、自分がなきがごときものであることに突然気づくからこそ震えるのだという事実、この事実には、いずれにしろ病理学的なものがあるかのように！

不安は私の糧、私の通常食だ。その日々の摂取量は変わらない。幸福な日々とてこれを欠いてはいない。むしろ逆の事態こそがほんとうだ。

〈神話〉だの〈構造〉だのという言葉は決して使わぬこと、これこそ私には精神の衛生学の第一の義務だと思われる。

一月一三日　眠りという眠りを引き裂く、いや引き裂くかも知れない、あの真夜中の叫び声。

作品を仕上げるには、いやそもそも書きはじめるには、作品というものを信じていなければならない。私の内部で死んでしまったものは信、信の状態であり、それなくしては何ものも始動しえない、そもそもの賛同行為である。

真っ暗闇のなかで音楽が私たちに及ぼす力。光は私たちと音楽のあいだに介在する。それは障害物だ。

馬齢を重ねるにつれて、死という事実にますます驚きが募るのは、やはりおかしなことだ。私はずっと、逆の事態になるものと思っていた。だが考えれば考えるほど、死はますますもって考えられないもの、許しがたいものに思われ、破廉恥なほどにも凡庸なものに思われる。

実は、私たちはこの世で、生まれ落ちると同時に携えきたった何らかの天与の才を使い尽くす。使い終わったら、生命力の切れっぱしが残っているにしても、そんなものを利用しようなどとは思わずに、この世から身を引くべきだろう。時宜あやまたず死ぬことができれば！　そうではない！　自死することができれば！

私の哲学上の立場は、二重の誘惑からなる。つまり、ヴェーダーンタと中観派の誘惑。絶対と空《くう》。至高の実在と至高の非実在。

あいつのこと、またこいつのことと考える。そして彼らを招待すると考えると――そうしないわけにはいかないのだ――いたたまれない気持ちになる。ゴマンという人間に耐えなければならないのだ！　だがS・Gは――歳のわりには――感じがいい。それにしても、彼の妻と二時間ないし三時間も話ができるだろうか！

すくなからぬ点で、私は多くの人よりずっと人づきあいがいい。だが、どんなに人間を恐れていることか！　そして自分の生活を神との対話だけにしてしまった人々のことがどんなによく分かることか!

私が神のことを考えるのは、孤独への恐れと同時に孤独への郷愁からだ。

私たちにあるもっとも深遠なものは、宗教的な不安だ。この不安に捉えられると、とたんに私たちは私たちの存在の起源そのものに遡るかのようである。しかし、これは当然だ。というのも、宗教は私たちの発端と、発端にあった最良のものと区別できないものだから。

ヘラクレイトスにはデルフォイの神託めいた一面と、教科書——当時の学校の教科書ふうの——面がある。つまり、仰天するような話と入門書とが混在している(特に自然学に関することはどれもそうだ)。幻視家と小学校の教師。哲学者たる者は、自分の時代の科学的データは決して利用してはなるまい。それならどうするか。科学など度外視して考えることに尽きる。

背教者ユリアヌス。

あらゆる背教の悲劇。彼はキリスト教を棄ててキリスト教の敵になったが、方法こそ異なるものの、キリスト教に忠実であることに変わりはなかった。彼が否認した宗教は彼につきまとって離れず、それへの関心は薄れるどころではなかったからである。

変節者、裏切り者、自分の改宗に憑かれた改宗者、彼らは情熱を変えるわけではなく、情熱に別の方向、別の意味を与える。自分のかつての忠誠心の告発に血道をあげる激烈な背教者、こういう連中が等しく立証しているのは、実は新しい忠誠心はみつからなかったということだ。反共産主義者は、共産主義に関心を抱き、それを自分の意志に反してその生の中心に据えているという意味で、いぜんとして共産主義者である。したがって、彼のかつての情熱は本質的には変わらなかったのだ。変わるためには、共産主義のことを忘れなければならなかったであろう。

何かに憑かれた人は、生活の上でも文学の上でも、どうしても同じことを繰り返す。彼らは自分の関心事の狭い枠から抜け出ることができず、いつも自分に舞い戻る。もの書きとしては、憑かれた人は繰り返しの名手である。

一般にはちんぷんかんぷんの隠語を使う者の異様な思い上がり。学生だったとき、私は哲学の隠語を使い、それを使っていない連中をだれといわず軽蔑していたものだ。(2)

ハイデカーから彼固有の用語をはぎ取るならば、言い換えれば、彼の哲学を普通の言葉で説明するならば、ハイデカーの現実的な重要性はともかく、その威信は失われてしまうだろう。

威信とは、言葉そのものが示しているように、幻想であり、見せかけである。

現在を楽しむどころか、私はただ、現在の厳密な、恐るべき否定であるところのものを想像するばかりで、知らず識らずのうちに死に行き着かざるをえない。あれほどの……経験したからには、瞬間をこそ楽しまなければならないのに。

名人芸はどんな分野のものでも死の兆候だ。文明の黎明期にはそんなものはない。物事の発端にかくも多くの真実があり、物事の成就と達成に真実が皆無なのはそのためだ。欲望の瞬間、どんなものでも大切なのはこれだけだ。その後に生まれるものは、入念さにすぎず、慣れにすぎず、うぬぼれにすぎない。

母の遺産放棄の届け出書類の末尾にしたためた私の署名を認証してもらうため、公証人の事務所で三〇分ほど過ごす。眼鏡をかけ、数字をタイプしている女事務員、そのどいつを見ても、堪らなく憂鬱になる。こういう連中よりサン＝ドニ街の売春婦のほうがずっと運命に恵まれているように私には見える。ひとりの人間に、毎日、八時間、タイプライターの前に坐っていなければならないようにするとは！

拷問者よりも公証人を前にしたほうがずっと自分は無防備だと感ずる。

近親者が死ぬと、普通、私たちは財産を受け取るために公証人のところへゆく。ところが私ときたら、自分が受け取るべきものを放棄しに公証人のところへゆく。といっても、私の場合、相続は名目上のもの。私はないものを放棄するために書類にサインする。

アダモフがパリの病院で死に瀕している。この報せを聞いて、思いのほか動揺する。過ぎ去った友情は、必ずしも死んだ友情ではない。

「……自殺に先立ち、自殺を助ける、この別離の陶酔。」（ドリュ、『秘密の話』）

私の立場がことのほか維持しがたいのは、私が自分の内部、外部を問わず一切のものを解体しながら、存在＝壊れやすさ、の等式のなかで生きねばならず、現に生きているからだ。ところで、自分の理性ではなく勇気を失いたくないと思うなら、この世には、いささかなりとも強固なものがなければならない。ところがその勇気が、もう私にはないのだ。そして自分を説き伏せ、誤魔化し、訓練だと思って、自分の〈問題〉に取り組んでいるにすぎない。

一月一九日――今朝、ベッドで、好きでもない仕事をするために起きて出掛けていかなければならない、パリの、劫罰を受けた無数の人々のことを考える。――仕事が好きなやつには、こういう運命は当然だ。

意志のないところには、葛藤はない。無意志症の人間相手では悲劇は起こらない。だが、意志の欠如は、文学よりずっと精神医学にかかわりがあるにもかかわらず、悲劇的な運命よりはるかに苦しく感じられる。

私たちは三〇までは進歩する。三〇をすぎると、暗中模索し、やがて出来上がってしまい、衰えに備えることになる。

私たちは五〇くらいで死ぬべきだろう。かつてはそうだった。科学というのは老衰の補強のようなものだ。それは死体の味方になった。人間がいつもそうしていたように、ほんとうは死にゆくままに人間を放置しておくべきだったのに、科学は自然の体系を混乱させただけでは飽き足らず、厚かましい、あえて言えば下品な態度を自然のなかに持ち込んだ。それというのも、一定の年齢を越えてなお自分の残骸を引きずり、さらしているのは不作法というものだから。

残念ながら言わねばならぬが、だれかある人、たとえば一人の作家のうちで残るものは、その作品だ。私たちの遺品など断じて何ものでもない。なにはともあれ、仕事をしよう。私たちには何の痕跡も残さず消えうせようと思うような精神力もないのだから。本を書くのは形而上学的放棄のしるしだ。放棄しよう。

ある作者(あるいはなんであれ何か)について精神分析的な説明にでっくわすと、私はただちに読書を中断する。人間の秘密についていかにも恣意的な仮説がこうも安易に述べられると、鳥肌が立つ。だが、この種の有害な方法が望みどおりにややこしくしているのは、秘密などではなく、いたって単純な欠陥であることが多い。

にもかかわらず、私たちは自分の下す判断、なかんずく会話において、いずれも精神分析学者である。精神分析の学説全体は拒否することができても、知らぬ間にその影響を受けている。だれにしてもそうだ。精神分析に感染していない者、汚染されなかった者、こういう者は、私の知る限りひとりもいない。この意味で、現代へのフロイトの影響は圧倒的だと言える。私たちの反射神経はフロイト的であり、マルクス主義的である。これは私たちが意図的に考えるものよりずっと重要である。

あのタレーランの悪党ぶりがどうして好きなのか説明を試みて、どうやらその理由が分かったように思う。つまり、私は考え方としてはシニックだが、生活の上ではシニックになれないのだ。ところで私は、こういう勇気をもっている人を、世論に口先だけでなく敢然と挑戦できる人をだれといわず尊敬している。実践的シニシズムは、私にはほとんど禁じられていたのだ。そんなわけで、タレーランのような人間に関係のあるものならどんなものでも手当たり次第に読んで自分を慰めているのである。

その苦悩と秘められた欠陥とが感じ取れるような苦しんでいる作家、私たちが好むのはこういう作家に限られる。あらゆる読者は自分を知らないサディストであり、どんな悲鳴にも目がなく、飽くことを知らない。その渇望を充たすことができるのは地獄だけだろうが、もし読者が地獄の見物人になれたら、それが批評家だ。

一月二〇日　宗教とは人を慰める技術だ。悲しみに沈んでいる私たちに向かって、神は私たちの苦しみに心を寄せていると神父が言うとき、それは慰めであり、効果の点でそれに匹敵するものは、世俗的な学説のどこにも見当たらないだろう。キリスト教がお払い箱になってしまった今、人間はその試練にどう対処するのだろうかと私たちはいぶかしく思う。たぶん未来においては、慰めの必要性はますます感じられなくなり、希望が少なくなったその分、絶望もすくなくなるのだろう。

自分ではうまく抑圧することができた、隠蔽することができたと思っていた多くの欠点が、齢《よわい》を重ねるにつれて頭をもたげ、明らかになる。どうすればいいのか。これらの欠点はほんとうに私の欠点なのか。私はその存在を確認し、それらの欠点が観察対象というよりはむしろ証人として姿を現しているのを見届ける。それらはそこにあり、私のなかにはびこり、そして私はそれらを直すには自分は老いすぎていると感じている。しかも、それらが存在するのは、ほかでもない、かつて私がそれらを抑制し、さらには克服しようとしたからだ。その結果、欠点は姿を消しただけで、いまや、新しい力を得て、勝利者気取りで私をあしらうのである。もしそのままほうっておいたら、これらの欠点は、一時は盛りの時期を迎えるものの、やがて磨耗してしまったことだろうし、現在ではその存在などほとんど感じられなかっただろうに。

グスタフ・ヤノホのカフカとの対話*を読む。これを読んで、オーストリアのエリザベートがギリシアの学生クリストマノスと交わしている話を思い出す。もちろん問題は、話題の内容ではなく語り口だ。

* グスタフ・ヤノホ、『カフカとの対話』、クララ・マルロー訳、マックス・ブロート序文、カルマン＝レヴィ、一九五二年。

悔恨、後悔、良心。

私にはよこしまな郷愁がある。

長い迫害のどの時代にも、犠牲者が死刑執行人に劣らず堕落し、卑劣になる事態が突発するときがある。

この冬は暖かで、私はやつれ、すっかり気力をなくしている。私の実体がなくなってしまったかと思われるほどの衰弱ぶりだ。自分自身の思い出を、かつての自分の特徴をずっともちつづける者、私はますますこういう人間になりつつある。

狂信者はえてして禁欲者だ。私は——深い信念のないあらゆる人間の例にもれず、食うのが好きだ。

（こう言えるかも知れない。つまり、禁欲者は懐疑家からではなく狂信者から選ばれ、人は思想のために苦しむことができないなら、自分に過酷さ（？）を強いることができないと。問題はいつも同じで、強者であるためには狭量でなければならないのだ。本能とは、視野の欠如を意味する。）

一月二一日　恐ろしい夜。母と姉とがさらされているに違いない腐敗の状態、この状態を夢に見たのか、それとも考えたのか、いまとなっては分からない。ともかく私は二人を見ていた。これだけでも眠れなくなってしまうか、あるいは逆にずっと眠りつづけるに充分だ。

一月二三日　目覚め、そして悔恨のなかに眠る。

存在についての自分の考えを歯に衣を着せず語ってしまったこと、これが私の悲劇だ。何か付言できるものがあるとしても、そんなものはみなどうでもいいことだ。私たちは自分の考えを棄てなければ新しく生まれ変わることはできないが、私には自分の考えを棄てることはできないし、またそうしたいとも思っていない。なぜなら、私の場合、問題は生についての概念ではなく感情であるからだ。感情は変えることはできない。感情を変えるのは、私の過去の経験のすべてを消し去ろうとするようなものだ。不幸なことに、私は自分の思想を信じている。その思想のすべてを、かつて生き、感じ、経験したからだ。私固有の世界に閉じ込められている私は、自分の記憶を破壊しなければ、この世界からは出られない。

私の場合、すべては瞬間的で、激烈で、継続性がない。私は自分の面前で交わされた話や、人づての話などをほとんど毎日のように思い出すが、するとたちまち、恨みの気持ちが、まるで腫《は》れのように頭をもたげ始める……ところが、私の反応は、すでに言ったように、ほんの一瞬しかつづかない——屈辱の一瞬。なぜなら、この一瞬によって、私は自分のさもしさ、取柄のなさの根深さを思い知らされるからだ。たぶん、ほかの人の振る舞いも同じようなものだろうが、彼らはこのことを自覚していないはずだ。自覚していたら、どうしてあれほど自分に満足していられようか。もちろん、私は自分に満足していない。しかしそのことが、精神の面でそれほど私の役に立っているわけではない。自分のさもしさが分かっていても、だからといって、人はそれだけさもしくないというわけではない。

一月二四日　毎朝、目を覚ますと、独特のふさぎの虫。やがて、そいつは身繕いをしはじめる。

自分自身の生に関心がなくなれば、そのとたんに、人は作家ではなくなる。自己超脱は才能を殺す。インスピレーションの原料がなくなってしまったからといって、人は代用品にインスピレーションを当て込むほど身を落としはしないだろう。

音楽に感動し、悲嘆の思いを示唆されると、いつも私は自分を取り戻し、自分は生きているのだと改めて思う。

ベッドの枕を眺める。死者の頭にはなんとすばらしい支えか！

行ってみたいとも思わぬ大陸へ出発する夢を相変わらず見る。とうとう出発しなければならなくなった瞬間、目を覚まし、ほっと胸をなで下ろす。

人はだれでも好きになれる。ただし、隣人は例外。（近親者はどうにか好きになれるが、隣人はそうはいかない。）

もっとも由々しく、またもっともよく見かけることは、人殺しではなく人を辱めることだ。たぶん、これが精神の残酷さというものだ。この種の残酷さは、ほかでもない、多くの辱めをうけた人々に見受けられる。彼らは相手のことを忘れることも許すこともできない。念頭にあるのはただひとつのこと、つまり、今度は自分が相手を辱める番だ、ということだけだ。彼らは狡猾な拷問者であって、その気晴らしを隠すすべを心得ているし、情け知らずとの非難をうけることもなく復讐するすべを心得ている。

もの書き連中と一晩いっしょに過ごすと、回復にはすくなくとも一週間はかかる。

一月二八日　ラジオで二人の哲学者の対談。気取った、思考というものがまるでない慣用語法。すばらしい人間はなんと稀か！

簡潔さの欲求が強すぎると、思考の展開、さらには運動さえ危うくなる。言葉には運だめしをさせるべきだ。言葉は絶えず監視されていると、考えの運搬を中断し、もう何も伝達しない。厳密すぎる芸術家がそうであるように、思想家も同じ不毛の危険にさらされている。どんな領域でも、いささかなりとも混沌がなければ、創造はない。精神の内部に闇と無意識のゾーンを各自しつらえること。これがなければ、致命的な透明性に屈することになる。

祈りに近いポエジーは、祈りよりもポエジーよりもすぐれている。

人生でもっとも恐るべきことは、もう探究しないということだ。

失墜という不思議な現象。

一月三一日　午後、昨夜よく眠れなかったので、午睡をとる。一時間以上も眠ったが、ひどく重い眠りで、あまりの重さに、目を覚ましたとき、私は自分が、数百年、数千年のあいだ、自然のままの物質と完全にひとつであったとはっきり感じたほどだ。死への郷愁も、この合致の、無意識と無思慮の状態への決定的回帰の欲望と、たぶん別のものではあるまい。

眠りのなかの瓦解、眠りに飲み込まれる感覚、私はこれが好きだが、あたかも眠りが母親の底知れぬ深み、生誕以前の、包み込む宇宙ででもあるかのようだ。

多くの苦しみをなめた連中は、例外はあるにしても、とどのつまりは傲慢になり、不遜になる。その不幸を吹聴し、彼らと同じくらい私たちが苦しまないまではおさまらない。

私はXのことを考える。もちろん、彼は人生で多大の苦しみをなめ、屈辱を味わったが、その彼の人の扱い方ときたら、ひどいものだ。おまけに自分が残酷だということは知らず、すべては自分には当然のことと思い、情けというものを知らない。聖者でもなければ、彼の態度は受け入れられまい。自分の前で人が辞を低くしないから、バカにされたと思い込んでいる。彼の願いは、私たちを侮辱すること、ただそれだけだ。だが彼は、私たちにもそれなりの自尊心がありうるということさえ思いつかないのだから、人間味などありはしない。彼は迫害された。そして迫害者になった。不幸なことに、自分は犠牲者だといつも思い込んでいる。だから、ますますもって冷酷なのである。

五〇年もすれば、自分のしていることに何らの現実性もなくなってしまうはずなら、そんなことはやめるべきだ。時間の無駄だから。この判断は、厳密には文学的なものだ。絶対性においては、つまり、数百年ないし数千年においては何の価値もない。持続を目指すのは、お人好しというべきであり、〈時間〉への挑戦には、永遠において何らかの価値がありうると思うことだ。――私たちは、〈作品〉によっても〈創造〉によっても、永遠に到達することはない。永遠へ到達するのは、あの自己集中によってであり、歴史を消滅させ、まさに非時間的なものに見える瞬間、いや事実、非時間的なものである瞬間のために、歴史を廃棄する、あの内省によってだ。

二月三日　厄介ごとがあるために、私たちは日々に耐え、日々の虚しさをそれほど身にしみて感じないですむ。

実をいえば、これは私には当てはまらない。というのも、種々の心配ごとだの、計画だの、見せかけの情熱だので時間を充たすより、私は時間の無を正面から見つめるほうを好むから。

人間のやるすべてのこと――欠伸から殉教まで――には、自分自身の失墜の明白なヴィジョンを避けるという目的しかない。何でもいいから、そしてなんとかして現実の――現実と自分自身の、あるがままの姿を見ないために、企てること。

こうして、私たちはだれもが誤魔化し、思い違いをする。幻覚にとらわれたペテン師の種族。

こういう連中のなかで私は途方に暮れている。彼らの幻想など私には不要だ。なぜなら、私は自分を誤魔化さずに生きられるから。（〈生きる〉といっては、たぶん、言い過ぎだ。）

無礼というものが慢性状態にある民族、革命がのさばるのは、こういう民族に限られる。

ひとつの文章、一篇の詩、ひとつの旋律の背後に隠されているものを、そしてこういうものを考え出すために払われた努力を想像力で把握すること、これが理解するということだ。今しがた、チロルの音楽を聴きながら、この音楽が私に語りかけるものがあるのは、私が空間を、高度を、風景を、谷や川を、そして音楽から流れでる郷愁を知覚し、感じ取っているその限りでのことだと思った。すべての点において、起源に遡らなければならない。これ以外のあらゆる方法は不要だ。発端の同時代人であること……

一九六七年二月四日

スケープゴート。これは私たちには必要不可欠であり、私たちはみな生命体として、この存在を必要としている。私たちの過ち、私たちの挫折にはだれかが犠牲にならなければならないのだ。その責任は自分だけにあると思ったら、どんな悶着が起こり、またどんなにか余計に苦しまなければならないことか。良心にやましいところがない、これが私たちの願いのすべてだ。この役目を果たすのがスケープゴートだ。

自分にすべての責任を負わせるには、ほとんど超人間的な努力が必要である。だが、その努力をしてみると、私たちは自分が真実に近づきつつあるとはっきり知る。ああ、なんたることか！　私たちは真実に近づきながら、ずっと謙虚になるどころか、ずっと高慢になる。

（今日も今日とて、R・Jが私に不愉快なことを言う。あやうく腹を立てるところだった。やっとの思いで怒りの衝動を抑えた。自分の罪を、過ちを認め、自分の過失を率直に認め、すべての批判を正しいものとして受け入れる――これは稀有のこと、事件のようなものだ。私たちは敵を理解し、あるいはずっと難しいことだが、敵よりもはるかに厳しい裁き手である友人を理解してはじめて、正しいといえるのだ。）

私は中傷に囲まれ、攻撃され、身動きがとれない。私にあえてできることといえば、放っておくことだけだ。おかげで私は孤独を恵まれ、人間どもから守られ、私のほうから何もしなくとも、彼らは私から遠ざかる。

ある人が成功する。するとそのとたんに、失敗の危険にさらされる。成功するとは――ほとんどつねに挫折することだ。成功、この、人間が受ける最大の試練には抵抗することはできない。挫折は救いとなることがあるが、成功には、それは皆無とはいわぬまでも、稀である。

二月六日

パウル・ツェランが自殺したらしい。まだ確認されていない、この報せに、いいようのない衝撃を受ける。ここ数か月、私もまた、この〈問題〉に苛まれていた。この問題を解くには及ばぬものとするために、私はその意味を読み取ろうとしている。

　二月七日から一二日まで、ドール、フラーヌ、ローザンヌ、トーラン、グリエール高原、ラ・クリュザ、(3)アヌシー。平均して一〇時間、野外で過ごす。パルメランを眺めながら、私は救済への無関心について考えていたが、パルメランこそ、その〈生きた〉一例であるようにみえた。

一九六七年二月一三日

　義妹からの手紙が届いたところ。それによると、弟は完全な瓦解寸前の状態であるとのこと。母の死後、その年は越せそうもないと言っていたらしいが、姉の死がそれに追い打ちをかけた。どうやら弟は、深い〈不満〉に苦しんでいるらしい。自分の人生を棒に振ってしまったと思い、〈自己実現〉できなかったことを嘆いているらしい。この強迫観念は、まさに私たち一家のものであり、たとえどこにでも、この上なく幸福な上流社会にさえ見られるものだとしても、私たち一家では、まったく病的な形となって現れた。だが、こんなものは厄介払いすべきだろう。〈自己実現〉するしないに、いったいどんな意味があるというのか。だれとの関係で〈自己実現〉するのか。私の人生経験はかなり長いものだが、その経験を踏まえていえば、私がもっとも興味深い人間の典型に出会ったのは、自己実現を果たさなかったといわれている人々においてであり、それにひきかえ、普通の人間からすれば、成功者と目されている連中は、まったく取るに足りない人間にすぎなかった。〈自己実現〉を果たした彼らには、ほかでもない、〈現実性〉が欠けていたのだ。

だが、こういうことを弟にどう書いたものか。

山の頂きの、気持ちを和ます作用。頂きと一体感のうちに過ごした五日間。無関心のなんという教えか！　憎しみも、後悔も、悔恨も無用なら、それが何になる？　も、そのほかも無用。私はカルパティア山脈の麓に生まれた。（アルプス山脈は、出世したカルパティア山脈。）

山——時間から脱出し、時間の壁に穴をうがとうとする意志。現世超越の、物質的にして同時に形而上学的な明瞭な感覚。したがって、救済を求め、追求することももはや不要。生を越えた鎮静感。努力の、探求の虚しさ。

野外で過ごしたこの五日間、私は〈自然〉にじかに触れながら、健康な生活を送るべく生まれついていたのだということを、あらためて確認した。野心は私を磨耗させ、競争に私の気持ちはささくれ立ち、人間とのつき合いは、私のもつよこしまなものすべてを目覚めさす。かつて私が権力を信じていた時代があった。この昔の夢は、私から完全に消えたことはなかった。いまも私は、無意識のうちにしろ、ひとかどの人物になりたいと思っている。そうであるなら、いつまでたっても私は引き裂かれ、苛まれつづけ、満ち足りることはあるまい。心の平穏、それは野心の克服を、無名への熱烈な希求を前提とする。

私の作品が、事実上、なんらの反響も呼ばないのは、同時代の人々の要求に応えていないからだ。私の作品は主観的にすぎる、つまり、時宜を得ないものなのだ。私は時流に棹さす真似はしないし、時代に連なるにしても、もっぱら熱狂によってだ。それに私は、どんな幻想ももたらさない。ところで、ぶち壊しとなるほど明晰なメッセージのまわりには人は集まらないものだ。

私たちは神に救われるか見捨てられるか、母親の腹のなかであらかじめ運命づけられていると、私はカルヴァンとともに信じている。

＊ *Vorher-bestimmung*

＊ 救霊予定説。

正しくものを見、本質的なものに触れたのは仏陀である。すべては苦に帰着する。その他のものは二義的なこと、ほとんどなきがごときものだ（私たちが思い出すのも、苦しみの種となるものに限られているから）。

甥っ子たちから私の贈物への礼状が届く。この三人の子供たちにとって、私は支え、希望、アメリカの叔父、そのほか、何と思っていることか！　哀れな彼らが事実を知ったら！

私たちは、若いころ回避した責任に、老いて再びぶつかるが、今度はもう避けるわけにはいかない。あんなにも結婚を忌み嫌ったことへの、これはまたなんという懲罰か！　神は独身者と見ては、彼を罰する。裏切り者と見えるからだ。彼が何かを悟り、騙されまい、世の常の人間にはなるまいと思ったことを、実は神は許さないのである。

二月一四日　午後、またしてもこんなことを考える。母も姉も、まるで生きてはいなかったかのように消えうせ、二人をしのぶよすがはもう何も残っていないが、これはだれにしても同じ身の上で、昔もそうだったし、今後とて同じこと、避けられないことだ。無、無――気が狂いそうだ。だが、こんなことは先刻承知のことだ。だからこの歳で、こうも素朴な茫然自失に捉えられる自分が不思議でならないのである。

（母と姉が死んだのは三月《みつき》まえだが、二人がもういないことを私がほんとうに実感したのは、今日はじめてだ。遅まきの悲しみ。ほかの悲しみより、たぶんずっと激しい。）

私の失望・落胆する能力は、病的なものの限界を越えている。まさに想像を絶するものだ。

私は破滅をあらかじめ運命づけられていたのだ。どんな神もどうすることもできまい。

「宿命」は、かつて「不幸」がそうだったのと同じくらい私を眩惑する。実際、同じ言葉なのだ。自分以外のものにはなれないこと。私は交換できないものであり、そのことに絶えず苦しんでいる。もうひとりの私を与えてくれ！

すでに発表した三つのエッセー（「悪しき造物主」、「新しき神々」、「古生物学」）をとりまとめ、それに「タラマンカの夜」、「扼殺された思念」、「気分」を加えれば、とびっきり辛い、うすっぺらな本にはなるだろう。表題は第一章のそれ、つまり『悪しき造物主』。

不正《イニキテ》は〈謎〉ではなく、明白事、普遍的な明白事だ。この世でもっとも明白なものだ。

一九六七年二月一六日

今日、恥かしさにいたたまれぬ思い。私という人間はなんという浪費家か！　もう数か月というもの、何ひとつせず、いつかは仕事をすることになると期待しながら、いつもその期待を裏切り、のんべんだらりんと日を送っている。そしていつも、おなじみの無気力に、悔恨に沈むのである。

有名になりたいとも思えば、また無名でありたいとも思う。もしどうしてもどちらかを選ばなければならないなら、後者を選ぶだろう（と思う）。

（率直にいって、こういうことについて自分の態度を明らかにするのは危険だ。自分のことは分かっていても、それでも間違いを犯す領域というものがある。他人の意見はまさにそういう領域で、私はそれについてはまったく何も知らない。他人のほんのささいな言動で自分がどれだけ傷つけられるかを知って、いつも残念に思い、ときには愕然となることがある。私の傷つきやすさときたら、日々、経験する敗北であって、私はこれを認めるほかに何の手立てももたない。）

二月一八日

昨夜、S・Tのところで、とびっきり強いウイスキーを四杯飲む。午前三時一五分帰宅。今日は二日酔いで頭が重い。

ある人（ド・ラ・ヴァレ゠プーサン）の指摘によれば、仏教における転生と我の非‐実体性との矛盾は、キリスト教における人間の自由と神の全能との対立の矛盾に対応している。

「行為は人間と不可分ではない」――このウパニシャッドの真理は、仏教にとっては逆になる。仏教は行為の絶対力を説く教義ともいえるだろうから。

私はイェイツがワイルドについて語った次の言葉が好きだ。「……血管を流れる、中途半端に文明化した全血液のために、彼は、芸術創造の坐ったままの仕事に耐えられなかった……」

二月二三日　数世代に影響を及ぼし、その思想が本来の価値とは不釣り合いに光かがやいた、ルソーばりの作家連中、私は彼らが大嫌いだ。偽の太陽。

パスカル、マルクス・アウレリウス、最低でもモンテーニュ、これらの私の好きな思想家たちは、どんな影響も――事件に対する影響ということだが――与えなかった。彼らは断じてロベスピエールのごとき人間をそそのかすようなことはあるまい。彼らの語り口は、演壇とはまるで無縁のものだ。

私がほんとうに関心をもっているのは、創造することではなく理解することだ。そして私にとって理解するとは、ひとりの人間のたどり着いた覚醒を、言い換えれば、彼が個々の現象にその作用が及んでいる非実在係数をどれだけ知覚しているかを見届けることだ。

私であることなど願い下げだ。

ディズレイリの手紙を読んだところだが、自分のことを閣僚に加えなかったといって、ロバート・ピールのことをこきおろしている、辛辣きわまりない手紙だ。どうしてこんな手紙を書いたのか。閣僚になること、あるいはならないことがそんなに重要なのか。どっちみち死ぬと決まっているのではないか。実際、死んでいるではないか。

……これはほとんど、何か決断をしなければならなくなるといつも私が自分の意図に対して――まさにその決断を妨げるために、並べ立てる理屈である。

ある種のスキャンダル好みがなければ、聖性など存在しない。これはどんな領域にも当てはまる真実だ。話題をさらっている人間を見てみれば、そういう人間がひとりとして、ある種の挑発好みからまったく無縁であるとはいえないのは明らかである。（天才とは、「挑発」のもっともあからさまな、またもっとも完成された形式である。）

あらゆる〈人生観〉は真実の障害である。体系は、古い習慣のように、厄介払いしなければならない。自由人は、自分の物の見方を手はじめに、一切の物の見方を克服した。

あらゆる視点の虚しさ。

シモーヌ・ヴェーユの三〇人ほどの生徒のうち、バカロレアに受かったのはたった二人だった（サン＝テティエンヌのリセだったと思う）。

そういえば、ブラショフの私の生徒も同じ目にあった。私は大臣から訓告さえ受けた。

感嘆とも激昂ともつかぬ気持ちで、シモーヌ・ヴェーユの伝記を読む。その知性よりは途方もない自尊心に衝撃を受ける。

歴史を停止させ、生成を中断させる何かをすること。

反－創造、これが私の渝わらぬ夢だった。

何よりも深く私の琴線に触れるのは、だれかある人間の失墜だ。たとえ、その人間が私の敵だとしても。

私は運命のもうひとつの側面にしか興味はないし、心そそられるのは凋落の光景にだけだ。ひとりの人間のほんとうの自己実現、それが私に見てとれるのは、そしてその人間が自分にとって存在しはじめるのは、凋落をおいてほかにない。私たちは、人間から見捨てられてはじめて自分自身になる。

三月一日　昨日、Ｐ・Ｃ夫人の来訪。――地獄の説明。こんな啓示を受けたあとでは眠れない。

三月二日　Ｓ・Ｇの妻。――彼は皮肉屋の、上品で、控え目なイギリスの紳士、妻ときたらおしゃべりで、挑発的なまでに凡庸（凡庸の気取り！）。こういう人間が相手だと、どんな話をしていても、話は下品になり、たちまち彼女にひとり占めされてしまう。フランスの女料理人を妻にしたホレイショー・ウォルポール。（彼女がジョイスの話をするのを聞く苦痛！）凡庸は、女の場合は特に、愛想過剰というものであり――人にいい感じを与えたい、親切にしたいとやみくもに思うことだ。凡庸？　愚かさに上乗せされた熱心さ。

　歳をとって、私はまた臆病になった。

善良たらんとする私の衝動は、どれも懐疑思想の賜である。
――懐疑思想がなかったら、人は善良にはなれない。
――懐疑思想は善良を可能にする。
――私の懐疑思想がなかったら、私は怪物であっただろう。
――懐疑思想は私のかかえる猛獣を殺した。

三月六日　夜、明け方の五時ころだったに違いない、はっとして目を覚まし、こう自問した、「この瞬間はどこへ行くのか」と――そして「死へ」と答え、また眠った。

　家族手当支給局から私に送られてきた申告書類をととのえるために、過去五年間の所得税の申告書を二時間以上も探す。気が狂いそうだ。こんな騒ぎに巻き込まれるとは。まるで私が社会の一員でもあるようではないか！　私はいままでずっと、多少とも名目上の、いずれにしろ私自身が水増しした収入分の税金は払ってきた――もの書きという私の身分を証明することができるように。まるでもの書きであるかのように！

　神よ、私はいったい何か。なんであれ何かであることなど、私はとっくの昔に断念した。

三月七日　ある雑誌を開いてみる。ここに書かれているものはどれもこれも、私には偽物、必要のないもの、笑止なものに見える。こういう文学に、かつて私が興味を抱いたことがあったとしても、どう考えても、今後は興味をもつことはあるまい。

　なんでもいい、何かに転向することができるなら――そしてこんなものがすべて厄介払いされるなら！

　困ったことに、金持ちを相手に自分の難儀をこぼしていると、相手が輪をかけてこぼすのを聞く羽目になり、ついには相手に同情せざるをえなくなる。自分よりも幸運な人を慰めなければならないのだ！

まったく無意味で、なんの役にも立たぬ苦しみ、こういう苦しみについて考えれば考えるほど、あらゆる苦しみに、大きな、途方もない意味を与えているキリスト教の幻想に、私は憤激せざるをえない。

結局のところ、異教のほうがずっと幻想を抱かなかった。キリスト教に対しては、それに不満を覚えないときでも、騙されたとの思いがある。古代人に戻ろう。聖性など信じたのは、まったくの間違いだった！

『演算子法』概論をのぞいてみる。バカげている。悪徳よりなお不思議だ。

私は自分が「歴史」から締め出されていたことにずっと不平を言ってきたが、もし逆の事態だったら、不平を言う理由もずっと多かったことだろうに。

セーヌ川のまわりにすしづめになった八百万以上の人間。夜となく昼となく苦しみ、うかがい合い、苦しめ合うのを使命にしている。

キリスト教との、いやそればかりか神秘家たちとの関係も絶つことになるだろうと思っている。私にはもう、かつての情熱はない。情熱はますます冷めるばかりだ。

私が自分というものを自覚するのは、社会の外においてではなく人類の外においてだ。かつて私が天使の強迫観念を抱いていたのは、まったく根拠のないことだったのだろうか。私はひっきりなしに天使のことを考えていた。やがて、この強迫観念は崩れ去った。こうして見ると、私の全生涯は中止の連続にすぎない。

三月八日　フレヒトマンが死んだ。自殺か。たぶん、そうだろう。思い違いでなければ、彼を知ったのは一九五〇年。彼が自分の最初の危機について私に語ったのは、その一年後のこと。たぶんイタリアからの帰途、パリからほぼ二百キロの地点を走行中の列車のなかで、彼は奇妙な感覚に襲われた。彼が一字一句たがえずに語ったところでは、まるで「魂を失ってしまった」かのようだった。

私が頭っから後込みしていた『戦争と平和』を読んだのは、彼のおかげだ。彼は『戦争と平和』について、とびっきり魅力的な〈描写〉を、わずかな言葉で私にしてみせた。いまでも覚えているが、彼によれば、『戦争と平和』は、時間の経過、進行をもっともよく読者に感得させる小説であり、そしてこの時間はマッスとして進行する、ということだった。繊細で、憔悴した精神、かつえた、強い精神。

生物学上の遺伝形質に関しては、あらゆる革新は、結局のところ有害である。突然変異は疑わしい。生命は保守的なものであり、革新には耐えられない。生命にとって発展である均衡、それは反復であり、〈決まり文句〉であり、デジャ・ヴュである――永遠に。

……つまり、芸術とはまるで正反対。

三月一〇日　ウージェーヌ・イヨネスコと夜のひとときを過ごす。――三時間というもの、彼は興に乗りっぱなし。

リュクサンブール公園で。ぴょんぴょん跳びはねている小鳥を見て、うらやましくなる。あいつは憂鬱なんか知らないのだから、と考える。だがそれでも、憂鬱に似たようなものは経験しているはずだ。なぜなら、なんらかの憂鬱を一度も経験したことがないような生き物が一匹でもいるとは考えられないから。

憂鬱は普遍的なものだ。シラミでさえ身に覚えがあるはずだ。これにはお手上げだ。

私は東洋への関心を断ち、西洋の毒に、いままでずっと私を蝕んできた毒にまた戻る。

懐疑論に関心をもっていたJ・Gやそのほかの人たちのことを考える。彼らはみな、いささか精神の均衡を欠き、悩み、生に居心地の悪さを感じていた。彼らの関心を決定したのは、こういう彼らの状態であり、彼らにおいて懐疑は、精神の均衡の欠如の原因ではなく結果だった。彼らは、多少とも懐疑的な人間にしかなれなかったのである。哲学に関しては、選択などというものはない。あるのは不可避性だけだ。

仕事にしがみつき、仕事に没頭しなければならない。これが、事物と私たちを切り離し、意識を構成する、あの乖離を除去する唯一の方法である。意識、すなわち非‐融即、私の常態。

あらゆる祈りは、文学的にいえば、〈断章〉のようなものだ。叙情味によっていささか敷衍されて変質したマクシム。

私の知は私の願いを破壊する。

M・E、六〇歳。
信じがたいほど老いを知らない。

トラキア人は人が生まれると嘆き、死ぬと喜んだ。そのトラキア人が出没していたところが私の出身地だ。

ビスマルクは栄華の絶頂をきわめたとき、戦争を三度も引き起こし、八万人もの人を死なせたといって自分を責めた。彼が悔恨に捉えられたのは一八七七年ころのことだった。それから一世紀と経たぬうちに、ヒトラーは……だが、彼は悔恨など知らなかった。悔恨を知るには狂人にすぎた。

三月一三日　昨日、日曜日、ラ・フェルテ＝ミロンに向かってウルク運河沿いに六時間あるく。

自宅で味わう耐えがたい倦怠。外出しなければなるまいが、しかし外へ出るのが、この世のあらゆる地点が、この世そのものが恐ろしい——私の無関心が恐ろしいのだ。

激しい倦怠に苦しんでいたころのことを思い出す。若かったとき——一冊の本をもって、シビウの公園で過ごした数時間、市立公園で——ピアノの音を耳にして陥ったトランス状態、その後ブラショフのリヴァダ・ポスツィイの高台の家で、若いハンガリーの女中たちが歌をうたっているのを聴いただけで、泣きながらベッドの上を転げまわったこと、それから、パリでの最初の数年を過ごしたソムラール街で味わった、狂気じみた、悪魔に取りつかれたような破壊的な倦怠。

いまでもはっきり覚えているが、私が倦怠の発作にはじめて見舞われたのは、ドラガシャーニでだった。第一次大戦中のことで、私は五歳だったはずだ(4)。空虚な、しかし拭い去れぬ、胸もはり裂んばかりの苦しみの午後。私の倦怠は、たぶん私の世界恐怖、世界のすべてのものに後込みする臆病と別のものではない。

齢《よわい》を重ねるにつれて、生きながらえるよすがとなるようなものがますます少なくなる。……だが、私はポプラが好きだ。そしてたちどころに人間が不在となるあらゆる風景が。

昨日、日曜日、ウルク運河で大きな鯉（？）が釣り上げられたところに行き遭う。魚は引き船道の縁に引き上げられて息も絶えだえ、目にはある表情が浮かんでいる。不安というものに違いない。なぜなら、不安に苛まれるというのは、自分本来の生活の場から切り離されることにほかならないのだから。固い大地の上での難破。

人まえに出ることへの嫌悪、これは私の本来的な特徴だ。どういうところにしろ、出席するのだと考えると鳥肌が立つ。私が「空《くう》」に甘んじたのは、安全が欲しかったからだ……

パウル・ティリッヒが語っているところによると、一九三三年、彼がアメリカで神学を教えはじめたとき、学生たちは、神、イエス、三位一体、教会などについての、ほとんど非正統的な彼の考えを抵抗なく受け入れたが、彼が「進歩」の思想について触れると、彼らは口を揃えて抗議した……「この信念を取り上げられたら、何を信じたらいいのですか」、これが神学校の学生たちの反応だった。

「進歩」はユダヤ‐キリスト教的思想だ。この思想の重大な責任者は「預言者たち」、それに、修正され、改良され、骨抜きにされたアポカリプスだ。成就としての、完成としての最後の審判、バラ色の最後の審判。

シェストフの本が三冊、つづけざまに再版されたが、もう一度読んでみたいとは思わない。そんなことをしたら、はるか昔に逆戻りすることになる。シェストフは私を哲学から解放してくれた。この点で、彼には恩義がある。だが、彼の本をまた貪り読んでみたいとは思わないし、不安についての彼の教えは私にはもう不要だ。この点での私の向上、ずっと前から独力でやってきた向上はすくなくはない。

私が文章を推敲したのは、〈文体〉のためではなく明晰さのためだ。〈文体〉を獲得するために私は高い代償を支払ったのかも知れないが、しかしほんとうに獲得したのか。

三月一五日　またしても、すべてが検討の対象とされる、あの夜を過ごす。狂った肉体という明白な印象。午前中いっぱい、脳髄が使いものにならない。

ボナール展。* ここにいるのは、ピカソのように、こけおどしなどは求めず、いつも同じことを掘りさげながらやっていた画家だ。ピカソは、自分の多才の犠牲者、途方もないペテン師、天才的な詐欺師だ。

* ボナールの生誕百年を記念して、一九六七年一月一八日から四月二五日までオランジュリ美術館で開催された重要な回顧展。ピカソについては、前記、四四四ページ、注参照。

三月一六日　また鼻と耳が痛む。——この慢性の持病は、季節ごとに頭をもたげ、極端に礼儀正しく顔を出し、この、すっかり陳腐になった儀式に自分でもうんざりしているようだ。……私にしてもうんざりで、別の体を求める気にもならない。

私の使命は苦しむことである以上、私がどうして別の運命を想像しようとするのか、そのほんとうの理由が分からないし、ましてやどうして感覚に対して腹を立てるのかが分からない。なぜなら、苦しみとは、ほかでもない感覚だから。だが、私たちは感覚をひとつの世界としている。私たちにとって、苦しみが決定的で耐えがたいものに見えるのはそのためだ。

『実存の誘惑』の英（米）訳の誤りを直す。なんたる刑苦！　自分の書いたものを読み直すのは吐き気がする。自分の過去に足を取られるとは！

出版したものがあれば送って欲しい、と弟が言ってくる。私がもう何も書いていないことを彼は知らない。弟は、ま、かなり不幸な目にあっているから、私の情けない状態を知らせて、いっそう不幸な目にはあわせたくないと思う。私への幻想だけでももっていてもらいたい！　もし支えとなるものがもう何もないならば、これが、まあ言ってみれば、支えとなるだろう。

あえて認めようとはしなかった自分の欠点のひとつをはっきり見届けながら眠る。ひどく恥ずかしいことに、いやそうではない、大いに名誉をほどこしたのだが、これが昨夜の私の経験だった。

かなり前に書いた作品を、自分はその作者ではない、この作品は自分には直接の関係はないと思いつつ読み直すのは、いささか奇妙なものだ。――これは私のものなのか、それともそうではないのか――いずれにしろ、私はもう以前と同じ人間ではないが、かといって別の人間でもない。こうして『誘惑』の再読を余儀なくされるのは、私には不安の原因である。

X――病的なおべっか使い。二人っきりでいるときは、彼のお世辞は苦にならないし、気にもならない。ところがほかの人のいる前で、やたらとお世辞を並べはじめると、私がお世辞を〈真に受けている〉、こういうバカげた褒め言葉を期待していると思われるのではないかと考えて、とたんに居心地が悪くなる。

ある人間が生まれついてのおべっか使いか、欲得ずくのおべっか使いか分かったら、そういう人間の褒め言葉は、たちまち全部無効となる。

女流画家Xは、哲学者たち、なかでもS・Lとはよくつきあっている。――先日、ある夕食会で、たまたまニーチェが話題になったとき、「ニーチェは矛盾論法の生きた見本ね」と言った。これで夜会は台無し。

カトリック系の本屋の店頭で、『老いる喜び』なる、仰天するような表題の本を見かける。

教会――なんという隠蔽のたくらみ。

三月一八日

この世では何でも手に入るが、ただし、私たちがもっとも密かに、もっとも熱烈に望んでいるものは別だ。(密かな願望は、当然のことながら実現不可能だ。実現できないと分かっているから、それは自分の存在をあえて認めないのだ。そしてほかでもない、自分の存在を明らかにし、おおっぴらにすることができないからこそ、それは激化し、過熱するのだ。)

私たちのもっとも固執するものが行為となって現れず、私たちの生の本質的なものが秘められたままで現実と化すことがないのは、おそらく正しいのだ。ある存在が「実在する」のは、それが現実のものとはならないその限りでのことだとしても、ある存在が現実のものとなるのは、それでもやはり実にすばらしいことだろう。

作者にとってその作品は、少しも生きる助けにはならない。彼には作品などどうでもいいものであり、作品はまるで別人の作品ででもあるかのようだ。私は本屋で自分の本を見かけるときがあるが、そういうとき、私の本は私とはまるで関係がないように思われる。ま、むかし住んでいた部屋か、家のようなものだ。稀に考えることはあるが、そういう部屋や家はからっぽで、私たちの生活でどんな機能も果たしていない。もう私たちには関係はないのだ。

精神の錯乱は懐疑よりも美しい。しかし懐疑のほうがずっと強固だ。

エクスタシーの要求する犠牲を受け入れることができなかったので、私は、悲劇にも軽薄さにも順応する「懐疑」で我慢した。

エクスタシーは、苦痛を自分に課し、外的必然性もないのに自分を苦しめた者にのみふさわしい報酬である。

モンパルナスで、二〇年ほど前、その辺のカフェに足しげく通っていた、旧知の男を見かける。寄る年波ですっかり変わってしまい、その変わりようをつぶさに観察する必要がないなら、知らんぷりを決め込んでしまいたいくらいだった。

柩を〈覆う〉前に見た、A・R・de・Rの顔が思い浮かぶ。あれからもう三年が経った。なんたる絶望! あんなにも穏やかさから遠い人間の顔は想像できない。彼は死と和解することは一瞬もなかった。

死と和解する——よかろう。だが和解したあとで、なお生にどんな関心がもてるだろうか。恐怖の不意打ちがなければ、生きることにはもうなんの魅力もあるまい。ノヴァーリスは、死は生を夢想化する原理だ! と直観していたが、まさにその通りである。死がなければ、すべては平板で味わいがない。死は生の芳香、死によってのみ瞬間は味わい深いものになり、その味気なさが抑えられる。私たちは生を破壊する原理によってのみ「生」に耐えることができる。私たちはすべてを、つまり、ほとんどすべてを死に負うている。この恩義の代償を、稀に私たちは死に対して支払うことに同意するが、この恩義には何かしら私たちを感激させるものが、「満足させるもの」（と言ってよければ）がある。

私ほど傷つきやすく、〈神経過敏な〉者はいない。――その私のやっていることといえば、離脱について、断念について、ニルヴァーナについてくどくど繰り返しているだけだ。

ラジオで、ボシュエの「死についての説教」を聴く。死体の腐敗を述べるくだりで、ああいうふうに「皆さん」と繰り返されると、どうしても感動してしまう。「皆さん」という言葉には完全な意味があったこと、この言葉はまだ堕落していなかったことがよく分かる。それにもかかわらず……

だれかある人間の目を覗き込むのは、たとえ相手が旧知の間柄でよく知っていても、挑発というものだ。
努めて放心した眼差しを心がけなければならない。
（眼差しは人間から自由でなければならない。）

三〇年も昔のこと。思い起こすと、あるルーマニアの三流新聞に論文を発表したことがあるが、実はその新聞で、私は度はずれに褒めそやされていた。エミネスク以後、最良の本を書いたというのである。それはバルカンでは、まあ、一種の栄光のようなものだった。そんなものは今はもう跡かたもない。――自分が生きていた時より、もう生きていない時のことを考えるほうがずっといい。未来の忘却に浸ること。未来、といっては言い過ぎだ。忘却はもうここにある――待つ必要などさらさらない。

自分よりも不幸な人のことをつねに念頭に置かなくてはなるまい。たぶん今、サン＝タンヌで〈拘束衣を着せられている〉P・Cのことを考えよ。おまえには自分を統御できる利点がまだあるというのに、その上さらに何を望むというのか。どんなことについても自分がどうなっているのか分からない、そういう人がいるのを考えれば、自分の気分はともかく、衝動を抑えられるというのは、快挙であり成功である。

Xについて、「あいつは死が怖いもんだから食うんだよ、食い物へ逃げ込んだというわけさ」、とL・Gが私に言う。
実際、大食は不安の――あるいは低能の結果である。

もし断ることができないなら、私は自分の同時代の人々、さらにはもっと由々しいことに、自分の友人たちについて何かを書いて時間を過ごすだろう。ポーランについて、ミショーについて私は書くことを断ったし、今度はベケットについて断った。その功績がほとんど満場一致で認められているいるような作家について、私はくどくど自分の考えを述べる気になれない。理解されてしまった者について書いてなんになるというのか。こういう「エルヌ」誌の特集号には、何か鈍重で死を思わせるものがある。つまり、生者に投げつけられた墓石だ。それは埋葬であり、ノーベル賞より有害である。

その一方で、つね日ごろ「文学」界を軽蔑している、孤立した連中が、四方八方に頼みこんで手に入れた賞賛をそのまま受け入れるのは、私としては認めるわけにはいかない。こんな儀礼的な、不快で迷惑千万な賞賛などなんになるというのか。どう考えても、私には分からない（むしろ分かりたいと思わない）。この種の企ては「大学」でなら意味があるかも知れないが、作家にとって意味があるのか。「記念論文集」、*Festschrift*、――こういうたぐいのものは、大学にある不愉快きわまりないものであり、当然のことながら、ドイツに由来する。

私が稀に書く手紙は、断りの手紙である。私は他人について書くのが大嫌いだ。私については、あらゆるものから覚めている者とのうわさがあるにもかかわらず、方々から賞賛の文章を書いて欲しいと頼まれる。私ならそういう文章はいくらでも書けるといわんばかりだ！　少数の成功者と、これまた少数の極端な挫折者、私が尊敬しているのはこういう連中に限られる。名士やスター――途方もない、並はずれた名声は嫌いだ。よしんば名声の恩恵に浴している、あるいはその災いを受けている連中に友情ないし尊敬の気持ちを抱いているにしても。

賞賛の念を新たにする――これほどむつかしいことはない。ほんとうの賞賛はせいぜい二十歳《はたち》までだ。その後は、熱狂か気まぐれにすぎない。

あらゆる人間について私の考えは変わったが、例外はシェークスピアとバッハとドストエフスキーについての考えだ。この三人のうちだれかひとりを選ぶとすれば、バッハということになろう。バッハについては、彼は決して人の期待を裏切らない、と言うことができる。

「オブザーバー」紙で、スターリンの娘の逃亡について、こんな記事を読む。フルシチョフの時代、彼女はペスト患者のように忌み嫌われ、だれひとり彼女に言葉をかける者はいなかった。ある日、勤め先の研究所で、ある男がコートをはおるのに手を貸すと、彼女は感激のあまり落涙した。この男がシニアフスキーだった。――のちに彼は、あまりに激烈すぎるスターリニズム告発がたたって、七年の刑を食らわなければならなかった。

私には激しい同情心がある。

私が哀れに思うのは、自分よりも世界全体だ。

音楽は私たちの内部の何に訴えかけるのか、これは私には分からないが、それがほかのどんな手段、狂気をも含むどんな衝撃をもってしても到達できない、あるゾーンに触れていること、これは確かだ。

言葉を一つひとつ破壊し、残らず抹殺している夢を見た。この殺戮に生き残り、無傷のままであるはずの唯一の言葉、それは孤独だった。

文学において、冷酷でないものはいずれもみな退屈だ。

空《くう》の知覚、いや経験についても、私は、あのインドあるいはチベットの隠者に劣らないだけの経験があると思っている。これは思い上がりでもなんでもない。——なぜなら、私の行為、私の考えはことごとく、あの根本的な非実在にかかわりがあるからだ。

だがそれでも、私には現世との関係を断ち切る力はないし、またそうしたいとも思っていない。存在しないものとの関係を断ち切ったところでなんになるのか。だが、これでは答えにはならない。私には宗教的な信仰の資質はないのだと思っている、というのが答えだ。私は理解に向いているのであって、モデルになったり、ましてや自分の理想を達成したりするには向いていない。

つい先ごろ、弟が送ってくれた、ラシナリについて書かれた本の*Bocete**の章で、数年まえ、母を亡くした少女の嘆きの言葉を読む。「お母さん、どこにいるの？　どうして手紙をくれないの？　お母さんのいるところには、紙がないのかしら、それともインクが乾いてしまったのかしら？」

これはとびっきり純粋な黒いユーモアである。告白すれば、私はこのインクの話に動転した。

＊　嘆き。

プロン書店で、八一歳になるアカデミー・フランセーズの会員H・Mを見かける。どちらかというと、惨めな様子。話に聞くと、数年まえ、彼は執務室（その建物では一番みじめな部屋）で気絶して倒れているところを発見されたことがある。社長に急を知らせると、社長はすこし驚いたようで、その場にいた者に「いいかい、彼はいつも腹いっぱい食っているわけではないんだよ」と小声で言った。

シニシズムと軽率。もちろん、月々の報酬では、ということだ。

世界から切り離され、自分を閉ざしたまま、数百年にわたってつねに同じ問題を反芻してきた古い文明、とっくの昔に救済の方法を発見していながら、その方法をあらゆる角度から検討するためにのみ生きていて、そこに何ひとつ新しいものを付け加えようとはしない憑かれた文明、私はこういう文明が好きだ。だが、これこそまさに深化の作業というものだ。

私の生まれた村から二キロのところに、ジプシーだけが住む小さな集落がある。一九一〇年ころ、パーカラ（ラシナリの本の著者）がカメラマンを連れて、この集落を訪ねたことがある。なんとかジプシーたちを集め、写真に撮ることを承諾させたが、実をいえば、写真を撮るということがどういうことか、ジプシーにはよく分かってはいなかった。もう動かないで、と言った瞬間、ひとりの老婆が「わしらの魂を盗もうとしている！」と叫んだ。――すると、皆がいっせいに二人の来訪者に飛びかかってきた。二人は、欲しいだけの金は全部やる約束をして、やっと難を逃れることができた。

三月二三日――昨夜、一一時ころのことだ。いつものようにリュクサンブール公園のまわりを散歩していたとき、通りかかった一台のクルマが、耳を聾するばかりの騒音を発した。モーターでも爆発したかのようだった。そのとたん、小鳥の大群が――ギヌメール通りの側で眠りこけていた小鳥が一羽のこらず、狂ったように飛び立った。

――いい気味だ、と私は思った、おれが鳥だったら、パリになんぞ来て住むものか、と。

今夜、私は自由の定義を発見した。請け合ってもいい。この定義を忘れないこと、それはまた別のことだ。

先日、嘆きの章で、「インクは乾いてしまったの？」という言葉を読んで私が覚えた感動は、おそらく説明のつくものだった。やれやれ！　いま確認したのだが、紙がない、インクがない、あるいはペンがないといった話は、ほとんどあらゆる嘆きには繰り返し出てくる。だからそれはひとつのクリシェ、ひとつの技法だったのであり、文学だったのだ。

しかし私は、私の *consăteni** の詩的才能についてどんな幻想も抱いていない。彼らほど嘲笑的な連中は想像できない。ところで、風刺の才は定義からして反詩的なものだ。

＊　同じ村の住民、〈地方の住民〉。

どう考えても、私はおいぼれだ。幼年時代のことが、かつてないほど鮮やかに思い出され、その後に経験したすべてのことが、はるかに遠い思い出のように、ほとんど幻影のように見えるからだ。こうして、ある年齢に達してしまうと、消えずに残るのは生の発端と死、つまりすべてであって、その間の生活は消えてなくなる。

人間が、あるいは物が必要になると、苦しみが始まる。人間にも物にもなるべく頼らないように心がけること。貧乏、無名、死、これは甘受しなければならない。野心はできるだけ小さなものにし、無名を受け入れ、死の観念に馴染むこと。

……こういうふうに願うのは簡単だ。問題はこの願いを実行に移すことだ！　それでも進歩は可能だ。

私の進歩もすでにかなりのものだ。ほとんどすべての欲望の息の根を絶ったのだから……

メランコリーは、早すぎる老化の前兆なのだろうか。そうだとすると、私の耄碌は今にはじまることではない。

もし私が誠実なら、つまり、自分が感じ知っていることから結論を導き出すなら、私は孤独（修道院、砂漠など）に逃げ込むか、朝から晩まで飲んだくれているはずだろう。

ああ！　それなのに私には欲望がある。たとえ完全に世を棄てたところで、女を忘れられないことは確かだ。だから私は、いままで生きてきたように生きることを、つまり、骸骨と肉の妄想に引き裂かれつつ生きることを甘んじて受け入れなければならないのだ。

酩酊状態でなければこの世は耐えられない。いずれにしろ、この状態は二四時間ぶっとおしに続く必要があるだろう。

だが、そうなったからといって、すべてが解決されるわけではあるまい。というのも、もっとも有害な、いずれにしろもっとも破壊的な意識とは、まさに酩酊の間隙に忽然と姿をあらわす意識だから。精神の深い切り傷のような、閃光のごとき意識。

C・M。私たちは〈友人〉だった。彼は私のことをよく〈褒めた〉ものだし、その点で私も彼に感謝していた。ある日、嘘が崩れた。そして私たちの友情も。

あの娘にはもう何年も逢っていなかったが、それが電話でいきなり「もう何も書いてはいらっしゃらないようですね」と言う。……わけが分からない。

私が書こうと書くまいと、あの連中にはどうってことはない。なにしろ彼らときたら、私がすでに出版したものすら読んではいないのだから。

三月二四日　昨夜、五時間しゃべった。今日は声がかすれている。あんなにエネルギーをつぎ込むなんてどうかしている。ほかの連中にしゃべらせておいたほうがずっと賢明だったろうに。

しきりにしゃべりたがっていたのだから。それなのに私は、発言者の言葉をことごとく遮った。

私の書いた最良のものは、マクシムに堕した祈りだ。

日本の大学教師有田忠郎と細君とが訪ねて来る。あの民族は、まったくもってすばらしい。俗悪なところは微塵もない。かつてのフランス人にあったはずの、そして現在のイギリス人にいまなおその片鱗が見られる〈様式〉、その〈様式〉が日本人にはある。堅苦しさと気品——逆説的な取り合わせ。

考えるとは、混乱させることだ。

三月二五日　復活祭の前夜。パリに人の気配がなくなる。夏の盛りのときと同じ、このいつにない静寂。産業化の時代の前の人々は、さぞや幸福だったに違いない！　いや、違う。私たちが自分の幸福に無自覚のように、彼らは自分たちの幸福をまったく知らなかった。西暦二千年を仔細に想像してみるならば、それだけで、逆に私たちはまだ楽園にいるのだと思うだろう。

途方もなくすばらしい日。ついさきほど、リュクサンブール公園で、あの忌まわしい人の群れさえ快く受け入れられるもののように思われた。それほど、すばらしく澄みわたった青空に、すべてのものが、人間でさえ一段と引き立って見えるのだった。

ヘンデルの才気煥発ぶり。バッハより溌剌としているが、バッハほどの深みはない。

何ものにも本質的実在性はなく、存在しているものは何もなく、事物には仮象という規定さえ与えることはできない——こういうことが分かってしまったら、私たちはもう救いを必要としない。なぜなら、私たちは救われており——そして永遠に不幸だから。

私は背後に神学の切れっぱしを引きずっている……司祭の息子のニヒリズム。

復活祭。人気《ひとけ》のない街を歩きまわったあげく、ずっと、いつまでも寝ていようと思って自宅へ帰る。

私の倦怠癖の原因はどこにあるのか。どんな都市、どんなところで生活していても、年齢にはかかわりなく、私はずっと倦怠に苦しんできた。いまもその苦しみがすくなくなったとは思わない。私としては、この傾向は私の気質に、私の生理学に起因するのではないか、私の動脈、神経、胃などの状態に、自然が常識では考えられないほど気前よく恵んでくれた慢性の病に起因するのではないかと思いたい気持ちである。

倦怠の苦しみを私と同じように強烈に経験した者としては、ボードレールとレオパルディ以外ほとんど思い当たらない。

明白な原因のない精神の苦しみは、どれもみな病的なものだ。ところで、倦怠はまさにこの種の苦しみである。

実をいえば、倦怠を経験すると、いつも私には倦怠は正当なもの、もっともで当然のものと思われる。この世に倦怠以外のどんな感情が抱けようか。

不安、嫌悪、熱狂についても、事情は同じだ。

私が『涙と聖者』について——聖者以上に涙について一冊の本を書いたのは、かっきり三〇年まえだ、ということを忘れないこと。不眠の時代（二十歳《はたち》から二七歳まで）以後、身に覚えのある、あの泣きたい気持ち。

仏陀の教えによれば、魂の向上には五つの障害がある。すなわち、肉欲、悪意、肉体と精神の無気力、不安、懐疑。

この五つの障害は、私にはどれも身に覚えのあるものだ。最初の四つは私にも克服できそうだが、最後の一つとなるとそうはゆくまい。なにしろ私の場合、懐疑は病のなかの病、私の病であり、どんな向上にとっても障害そのものであるから。

いつも私は自分の救いよりは真実を尊重していた。あるいは、もっと正確にいえば、私が真実と呼んでいるものは、私の救いといまだかつて一致したことがないのである。

私の生の感情は、私の生を破壊するものだ。

直接、あるいは電話で話しているとき、ことが微妙な、ときには事務手続きの問題に及ぶと、適切な言葉が、まったくといっていいほど私には思い浮かばない。ところが、話し相手が立ち去ったり、電話を切ると、とたんにそういう言葉が間違いなく思い浮かぶ。私の精神のなんらかの欠陥の証拠ともいうべき、この遅鈍、このために私はいつも腹を立て、いつも不快感を募らせているのである。

私は不安を未来の記憶と定義したことがあったと思う。事実、不安に苦しむ人とは、自分の身に起こるかも知れないことを思い出し、まざまざと見る人、いや見てしまった人のことだ。

仏陀があれほどの苦行の果てにたどり着いたのは何だったのか。決定的な死だ——これは、瞑想しなくとも、欲望を滅却しなくとも、ニルヴァーナを愛惜しなくとも、私たちが確実に手に入れることのできるものだ。

……唯一の相違は、私たちにとって恐怖であるようなすべてのものが仏教徒には快楽であるということだ。

……また仏教では、生きながらにしてニルヴァーナを実現することができる、つまり、死なずして、もう生きていない楽しみを味わうことができる（生における官能的な死）というのも事実である。

もうずっと前から――いったい何年になるか、二〇年、それとも三〇年？――私にとって考えることは、結局のところ仏陀との対話に、ときには論争に帰着することが多かった。というのも、私に仏陀と同じ強迫観念があるにしても、同じ帰結は導き出してはいないからである。

（なんとも大それた考えだ！　かつてない大悟達者と自分を比較するとは！　だが私は自分を仏陀に比較しているのではない、彼と論争しているのだ。信者には神と語る権利がある。それなら神ではなく人間にすぎず、神の地位を当然のこととして要求できるにもかかわらず、自分は人間だと言っている者、こういう者と引き比べて自分の立場を明確にする権利がどうして私にないといえようか。）

サルトル――そのいくつかのエッセーを読んでみる。あるいは読み直してみる。不快感。教条的すぎる。一貫して不誠実。深いところは微塵もない。彼の狙いは才気をひけらかすこと、この点では成功している場合が多い。どういうわけか、私は彼からジロドゥーを、厳密で、ドイツ的なジロドゥーを連想してしまう。ひっきりなしの、重苦しいイロニー、アルザスふうのイロニー。それに、気取り屋。そうだ、この点で彼はジロドゥーに似ている。私には作家も思想家もいらない。私からすれば、だれだってサルトルよりはましだ。私は彼に公平を欠いているが、彼を正当に評価する必要性は思い当たらない。私には彼は無用である以上、礼儀正しく正当に評価することにどんな意味があるだろうか。

私にサルトルが不快なのは、彼がいつも自分とは別の人間でありたいと思っていることだ。

三月二八日　翻訳された私の本は、もう私の本ではない。翻訳者の文体が押しつけられたのだから、それは主として私の翻訳者の本だ。したがって、著者は二人とし、本は共同で書かれた作品として発表しなければなるまい。

ドイツ人とユダヤ人には、賛否はともかく、強烈な感情を抱かせるという共通点がある。普通の感情はめったに、あるいはほとんどめったに抱かせない。

「歴史」の秘密、それは救済の拒否だ。

日の光に包まれた大きな雲が天窓ごしに見える。これを見ていると、私には外の世界はいらない。自宅にいながらにして私は満ち足り、夢想するどんな風景も雲が代わりをつとめてくれる。

マラルメの散文。これほど読みづらいものをほかに知らない。マラルメの真似をしているXのことを考える。彼も私には読めない。

私の世界嫌悪には不純で曖昧なところ、たぶんうさん臭いところがある。私がこんなに長生きできたのは、おそらくこのためだ。

私のフランス語との闘いは、想像しうるもっとも過酷な闘いのひとつだ。勝利と敗北の繰り返しだが――私は屈しない。私のさまざまの活動のなかで、私がいくらかでもねばり強さを発揮しているのはここだけだ。ほかのところではどこでも、私は弱腰たることを自分の義務と心得ている。

三月二八日　恩寵とは、ある日、一時間ないし二時間、私たちの心を捉えて離さない、あの原因不明の歓びである。

私たちを圧倒し、だれもそれに抵抗できない歓び、そういう歓びの原因が、どうして神ではなく私たちの肉体の器官にあるなどと認められようか。そういう歓びは恩寵とみなさないわけにはいかないのではないか。歓びへの変化がどうして起こったか、そしてどうして生理学から神学へ私たちが移行したか、その理由は私たちには明瞭である。この変化はもっとも自然な、また当然至極のものである。この変化が分からず、それを認めないのは、軽薄すぎるということだ。あらゆる悲しみの原因が悪魔であるように、私たちのあらゆる歓びの原因は神である。

歓びは横溢であり、そしてあらゆる横溢は善の性質を帯びている。だが、悲しみは収縮である（背景としての無限、悲しみを解放する代わりに押しつぶす無限とともに）。

（歓びは神によって与えられるもの、とほんとうに私が思っているなら、私はまったく稀にしか私に歓びを与えてくれない神を恨むだろう。だが、歓びの原因が私にほかならないにしても、歓びは実質と実在性とに満ちあふれており、歓びゆえに、私は感謝の気持ちにかられて神の存在を信じてしまいかねないほどだ。というのも、この歓びは、ある至高の準拠なくしては耐えられないほど、濃密で充実したもの、崇高なまでに重いものであるから。）

このところまたインド哲学にうつつを抜かしては、この哲学に固有の絶望と安らぎとをこもごも味わっている。大乗仏教には並々ならぬ親近感を抱いているものの、まったく面食らってしまう。竜樹の、チャンドラキールティの、シャーンティデーヴァの弁証法は、あらゆる概念、あらゆる迷信を破壊するが、それは唯一の〈実在〉として空《くう》をかつてないほど強固なものにするためだ。私たちはこの弁証法にしがみつき、そこに自分の情念を抑制する慰めと力とを汲む。この破壊的な論法の展開の背後にある精神の狙いは明らかだ。つまり、すべてを無に帰するのは、その果てに安らぎを見出すためなのだ。何かが存在している限り、私たちの生に安らぎはない。私たちの思考と〈意志〉の構築物を破壊し、その残骸の上に憩おう。すべては幻影であると見抜かなければ、安らぎはない。何かが存在するや、とたんに私たちは悲劇を迎える。いや、何かが存在すると思うや否や、と言うべきだろう。――なぜなら、その存在すると思われる何かとは、私たちの熱狂と逆上にすぎず、それだけしか存在しない以上、その背後には何もないのだから。

　ユダヤ人に向けることのできる非難は、彼らがだれといわず、ややもすれば多くの場所を専有しがちであり、何ごとにも満足ということを知らず、自説の開陳を、存在の誇示をいっかなやめないということだ。彼らは何ごとにおいても限界を知らない。それが彼らの力でもあれば弱点でもある。すべての点で、彼らは徹底している。彼らと同じように先に進みたがってはいるものの、その手段をもたないほかの連中と彼らが衝突するのは避けられない。

真夜中　この反復する苦しみ、どうして治らないのか！　ああ！　この苦しみは私に逆らう。ただし、つけ加えておかなければならないが、それは夜、遅くなって、一日の総決算をしなければならないときに不意にやって来る（こんな総決算をしたことがあるような口ぶりだ！　そんなことをすれば、私のすべての習慣、すべての欠点は台無しだろう。）

　だれにしても私よりは自分に満足している。だが、ほかの連中が自分の存在に誇りをもっているからといって、私はその連中を軽蔑してはなるまい。私の弱点はここにある。――今日の午後、自分は歓びについて考え、そこに没頭し、溺れていたのだと思うとき。

　フランス語は純真無垢を許容しない言語、率直にすぎ、真実にすぎる感情を嫌う言語である。一八世紀の微妙な腐敗と倒錯的な抽象化の痕跡を永遠にとどめているかのようである。

　眠りのほかに、私の助けになるもの、ありがたいものはない。真っ昼間、一時間も眠れば、その後は数時間、私は生まれ変わり、私の精神も働く。

　私が形而上学に不信を抱くようになったのは、私の持病、私の疲労のせいであり、生理学の問題に関心をもたざるをえなかったからである。たぶん私は、長い年月のあいだ、まるでなんら進歩はしなかったが、肉体とは何か、すくなくともこれだけは分かったように思う。

肉体的な、という言葉は、私には完全な意味をもっている。つまり私は、自分のすべての思想を自分の肉体で経験したということだ。私のすべての思想を検閲し、確かめ、耐えしのんだのは私の肉体だ。

微笑み、これは描けない。

（三月二九日から四月三日までの）四日間。モンタルジ、サン＝ファルジョウ、クーランジュ＝シュル＝ヨンヌ、シャテル＝サンソワール、アルシー＝シュル＝キュール、ヴトネー、――最低に見積もっても、ほぼ百キロ。安らぎをもたらす疲労。歩行は私の救いだ。

シャンカラと竜樹――この二人の、正反対の思想家の典型の比較論を書きたいものだ。私が惹かれているのは明らかに後者。

いちばん時代遅れになる作家は、哲学に汚染された作家だ。

悲しみの芸術、これが私の看板になるかも知れない。

「神秘は野蛮に固有のものである。」（フォントネル）私の知る限りもっともフランス的な言葉。

もうこれからは断章しか書くまい。――すでに砕けてしまった私の思想、こいつを粉砕することにしよう。これが私流の前進というものだろう。

四月五日　あらゆる進歩は、存在が無からの逸脱であるという意味で、逸脱である。

かつては無名であることに苦しんでいたものだが、――いまでは無名であることに、ある種の喜びを感じている。

（シャンフォールは、ジュベールは有名だったのか、あるいは翻訳されたことがあったのか。今日でさえ、そうだとは言えない。）

時々、外国で、私の本の翻訳に奔走し、あちこちの出版社に当たってくれる人がいる。ところが、私に届くのはいつも決まって、断られた、という返事だ。そんなことだろうと思ってはいても、〈試験〉を受けるたびにいつも、そしてどこでも〈落第〉の憂目にあうのは、必ずしもいい気持ちではない。まして、ことが私とは関係なくすすめられているのであってみればなおさらだ。出版社がわの断りの回答しか私に伝えられない場合が多いのだ。ま、こんなつまらぬことは、つまらぬこととして無視しよう。

陰鬱な灰色の空の下、スペインの屋根職人が、隣家の屋根の上でフラメンコの練習をしている。その、しゃがれた、哀れっぽい声に深く心を揺さぶられる。意のままになるなら、すぐにでもアンダルシアに向かうのだが。

イグナティウス・デ・ロヨラの自伝を読む。彼に比べれば、どんな征服者といえど薄志弱行の徒に見える。

私にふさわしい唯一の改善は、私の意志の改善だろう。

イグナティウスには、〈虚しい栄光〉へのかたくなな抵抗の意志が感じられる。事実、彼はこれに抵抗したが、その結果は、途方もない思い上がり、同じようなものはとても見つけ出せないような思い上がりへの転落だった。

不平不満も抱かずに端役に甘んじるのは、世間から排斥され、除け者にされるよりもずっとむつかしい。この、世間からの排斥という状態には、大いに自尊心を満足させるものがある。それは逆さまの成功だ。

四月六日　私と知り合いになりたいという婦人といっしょに午後を過ごす。二時間、彼女は自分のことをしゃべり、最後にそれでも五分間だけ、私にしゃべらせる。それでいて、すこしも反感をそそるところがない。言葉の最良の意味で、人間味さえある。

ある者についての本があるかと思えば、別の者についての討議があり、あらゆる者があらゆる者について書く。とことん不毛のバカ騒ぎ。批評家どもの時代。有害なシンクレティズム。自分自身のことに疲れきった知性。

叫び、もっとも美しいタイトル。残念！　もう使われている——聖女テレジアによって。

生きるよりも作品のために命を捧げるほうがずっといいと思いたくなるときがある。

ところがまた、逆に考えるときもある。いずれの場合も、間違ってはいない。

毎日、回想記を一冊むさぼり読めればと思う。自分では回想記が書けないものだから、他人の回想記が私の関心の的なのだ。私は生〔伝記〕をむさぼるのが好きだ。

あらゆる賢者のなかで私はもっとも賢者らしからぬ者だが、それでも賢者であることには変わりはない……

一九六七年四月八日　私の誕生日。省略しよう。

私が書いたもののどこにも、私は性に払ってしかるべき敬意を表明していない。

時間の経過について考えることが少なければ少ないほど、それだけ私の行為への同意は多くなる。瞬間の流れへの注意は、あらゆる点で健康には致命的だ。もし生に耐えたいと思うなら、時間を忘れなければならない。

レオン・ブロワ、あるいはニーチェ、あるいはドストエフスキー――私が好きだったのは、彼らの苦しみと誇張だ、というよりむしろ、苦しみの誇張だ。

私が崇拝していたリルケ、シェストフ、その他の多くの人たち！――だが、みんな済んだことだ。私は熱中から覚めるすべを学んだ。実をいえば、私がやったのはこれだけだ。

四月一〇日　昨夜、クニッペルの家で、ヤーコバ・フォン・ヴェルデ(5)に、私の食べられるものは何か、また私の食餌療法がひどく厳格なものかどうか尋ねられたとき、私は、原則としてなんでも食べる、死体さえも、と答えた。彼女が私のために魚を料理したと言ったので、死体だね、と私が言うと――きれいな死体ね、と彼女が言い返した。

一八世紀の前半期、今をときめく作家のだれに、無名の小公爵サン＝シモンが、いつかフランス最大の作家のひとりに数えられることになると想像できたであろうか。

どんなことにもためらい、どんなことをも疑う私だが、その私に、ほとんど狂気に近い情熱の発作がある。この、私の気質に特有の二重性がなかったら、いまごろ私は刑務所にいたか、拘束衣でも着せられていただろう。

アンドレ・ブルトンに捧げられたN・R・F誌にざっと目を通す*。この極端に狭量な人物は、これほどの考察に値しないし、考察してみても何も新しいものなどもたらされるはずはない。彼がドストエフスキーと音楽を嫌っているのを知ったとき、私は彼への関心を失った。

彼はランボーよりはボシュエに似ている。そして彼の最良の散文はヴァレリー譲りのものだ。その経歴についていえば――小ぶりの異端審問官。だが文学史の観点からは、ある文学運動の同義語とされ、ついにはその旗頭と目されるという途方もない光栄に浴した。しかも、その行動にしろ書くものにしろ、みずから推奨するものとはまるで正反対である。狂気の理論家が、優雅そのものともいうべき文体を用いているのだ。これほどわざとらしい人物、またときには、これほどしゃちこばった人物はいない。この根本的矛盾、私が彼をまんざら捨てたものでもないと思うのは、この矛盾で彼に人間味を感じるからであり、そうでなかったら、彼は私にはひどく高慢で、ぎこちない人間にみえただろう。学位論文のための生涯、大学の教員を満足させる運命。

＊　アンドレ・ブルトンは、これより数か月まえ、一九六六年九月二八日に死去した。

作家が犯すもっとも由々しい過ちは、自分は真価を認められていないと公言することだ。
人間としてぼやく権利はあるが、作家としてはない。

不安定な体制の分析の際、いみじくも指摘されるように、個人は、集団と同じく、自分のかかえる矛盾に屈するのだから、S・Lのように、矛盾は生命力のしるしだと思うのは間違いだ。体制のかかえる矛盾が多ければ多いほど、体制崩壊の危険は大きい。矛盾のない緊張というものがあり、それがまさに生命力なのだ――歴史においても、また個人の生においても。

良心をもち、ためらい、悔やむ――ということは、私たちは人間的な地平を越えて、人間のかなたを見届けてはいなかったということであり、まだ人間を重んじていることだ。

極悪の人殺しと偉大な賢者、彼らを手本に、いつか良心の呵責などに動じなくなる、そうなってはじめて、私は自分を自由人とみなすだろう。

中世期、トゥールーズでは、毎年、聖土曜日を迎えると、ユダヤ人大祭司は、先祖の犯した神殺しのため、公衆の前で平手打ちを食らうことになっていた。

アンドレ・ブルトン。異端審問官の死。
（やろうと思っていたことと実際にやったこととの矛盾。ヴァレリー以後、とびっきり気取った散文を書いた、自発性《スポンタネイテ》についての理論家――カイヨワとともに、ヴァレリーのもっとも偉大な継承者。ランボーを担ぎ出していただけにいっそう不思議に思われる、申し分のない上品さ。）

あるインタヴューで、クロード・シモンが語っているところによると、彼は、審判者を気取る普通の小説家のように物語には介入せず、物語からは超然としているよう努めているとのことだ。つまり、完全に客観的であること、事物や人間はそれ自体に任せること、これが彼の望んでいるところだ。

……私が思うに、サン＝シモンが、現在もっとも生気あふれるフランスの散文作家だとすれば、その理由は、彼の書くどの文章のはしばしにも彼が存在しているからであり、どんな〈不作法な言葉〉、どんな揶揄、どんな形容詞の背後にも、彼の動悸が、喘ぎが感じ取れるからだ。

彼は書いた。フランスでよく見られる、文学の命取りとなるような、書く技法の理屈などこねたりはしなかった。貧血し、硬直化した、こういう屁理屈屋は気質というものを欠いており、巧緻で、しかも退屈だ。審美家に姿を変えた、冗舌な死体のようなものだ。魂など彼らにはまるでなく、あるのは方法、方法だけしかない。私は、この手の文学者はどいつもこいつも大嫌いだ。彼らの才能など私にはまったく無用だ！

おまえの噂をする者などひとりもいない、まるでとっくの昔に死んでしまったかのようだ、と思うときがある。

と、そのうち、こういうとげとげしい気持ちが恥ずかしくなる。私がしなければならないのは、まるで何もなかったかのように生きつづけ――そして自尊心にもとらぬように仕事をすることだ。なぜなら、我慢ならないのは他人の軽蔑ではなく、自分で自分を軽蔑することだから。私が自分としっくりいっていないなら、その限り、たとえ神々から賞賛を得ようと、いい気になりはしないだろう。

自分とは折り合いをつけ、最初、自分の資質について抱いていた考えにしたがい、その資質を、無気力、ノンシャランス、自己嫌悪などで裏切ってはならない。

もうなん年も、私は自分の願望を実現できず、力を発揮できないようなていたらくだ。私ほど自分を裏切っている者はいない。自分への裏切り、私がほんとうに摑んでいる、これが唯一の領域だ。私の悔恨の活力は、想像を絶している。

無関心は老いにふさわしい。私はXのことを考えるが、八〇歳になるこの男ときたら、どんなことにも興奮する。〈生き生きしている〉と言う人もいるが、実際は滑稽で哀れであるにすぎない。年齢におかまいなしに、あらゆることに関心をもってはなるまい。過剰な好奇心は、軽薄さと子供っぽさのしるしだ。

考えるとは、拒否し、排除し、選別することだ。過度に柔軟な精神は、まさに選別を禁ずる。そういう精神にとっては、重要でないものはない――ということは結局、破局も瑣事も同じレベルで扱うということだ。

こと散文に関しては、どんな規則もない。副詞を節約するということ以外には。

ひとつの決断をする、するととたんに、私は後悔し、あらゆる手段を講じ、不名誉をも省みずに、その決断を再び問題にし、その結果を無に帰そうとする。

私のような不精者が、どうしてこうも頻繁に「破壊」について考えることができるのかわけが分からない。それが私には卑しいものとは思われない唯一の活動形式だからではあるまいか。
だが破壊に比べれば、建設し、構築し、育て上げるほうがずっと手間もかかれば、ずっと微妙だし、ずっと複雑だ。それはその通りだ。――だが破壊は、力の感情を生み、私たちの内部にある暗い、本源的な何か、どんな制作によっても呼び起こすことのできない何かをかき立てる。私たちは建設することではなく破壊することによってはじめて、神が味わっている密かな満足を推察することができる。
　人間が真に自己超越の感情を抱くのは、何かしら悪事を考えているときに限られる。

　自分と似たところのある他人については書かぬこと。下品だ。ほとんどあからさまに自分について語るようなものだ。だが、こんな遊びにはだれも引っかからない。

　勝者の外観から判断すると、あらゆる勝利には、ひどく卑しいものがある。残念なことに、敗者にしても、もし勝利していたら、自分よりも幸運だった相手と同じような顔つきになったことだろう。これはどうしようもないことで、あらゆる成功には、例外なく堕落の要素があるのだ。
　私には、勝利だ、と叫ぶ機会はまずあるまいと思っている。神が私を監視している。

ある主題をさらに詳しく究めようとすると、これについてはもう言い尽くされていて、新しい問題として提起するには、主題を歪曲し、歪め、曖昧な言い方に変えなければならないことにすぐ気づく。これが独創性といわれているものだ。
　哲学による白痴化――フランスの新現象。いままでドイツだけの特権と思われていたものだ。

　フーコーの『言葉と物』*、読んでみたいとは一向に思わないが、この本で、著者がヘルダーリンとニーチェとハイデガーとを同列に扱っている文章にたまたまお目にかかる。こういう反天才の過ちをやらかすのは、大学の教師くらいのものだろう。ニーチェとヘルダーリンに比べたら、ハイデガーなどただの教師にすぎない！――そういえば、あつかましくも「レオパルディからサルトルへ」などというものを書いた批評家がいる――まるで両者には、いささかなりとも関連があるかのようだ。一方は詩人、傑出した本物の精神、それに対し一方は、才能はあるにしても、所詮ははったり屋だ。
　この手の比較や、こういう価値の混乱を見せつけられると頭にくる。

＊　この本は、一九六六年四月、ガリマール書店から出版された。

四月一七日

パリおよびパリ近郊の人口は九百万を超えるが、二〇年もすれば千四百万になる。そら恐ろしい。

昨日、日曜日、サン゠シュルピス――デ゠ファヴィエール――にほど近い、モーシャンとかいう村で、若いパリッ子が、この地方でたった一軒のビストロの女主人を相手にしゃべっている。「いい、ここに倉庫ができてね、二〇台のトラックで、朝から晩まで、資材を運んで、新しい道路が何本もできるんですよ。土地の値も上がるし、この地方も発展して、客も増え、お宅の食料品店も繁盛しますよ。きっとほかの店もできるでしょうがね。私はね、いますぐにでも一軒、家を買いたいんだ。真似をするやつがきっといますよ」等々。ビストロの女主人の老婆は、うれしそうに、ほとんどうっとりとして聞きほれている。私は背筋に戦慄を覚えた。この熱狂者を、即刻その場で殺していたかも知れない。殺すべきだっただろう。

山国うまれの私は、どんな平原にもたまらない魅力を感じる。ボース平野は、大草原への、プスタへの私の欲求を満たしてくれる。いささかの悲しみをそこに投影して、ボース平野を見るだけでいいのだ。一銭もかからない。

ついせんだって、シモーヌ・ド・Bが死去[6]。通夜でサルトルといっしょになる。愛想のいい男であることが分かる。よもやま話をする。「あなたの〝ルーマニア語文法〟、あれは実によく書けてますな（！）」と言う。私は私のことを理解したいと思っている者には、「なんてすばらしい人だ！」と繰り返すのが口癖だ。

快晴。こうして降りそそぐ陽光を見ていると、母も姉も、もうこの世でこの陽光を楽しめないのだと思う。「死」は何ものでもない。だれかの死はすべてだ。

友人、隣人、知人、私たちと同じ分野、同じ方面で仕事をし、私たちと同じような考えをもち、私たちのために尽力してくれた人、私たちが妬むのは、こういう人々に限られる。要するに、アベルの物語。

エスカルゴか亀のように自分のなかに姿を消してしまいたい。あるいはハリネズミの人間嫌いを見習いたい。

もし何かが存在するなら、その何かを把握できないという不安が唯一の感覚となるだろう。何も存在しないからこそ、あらゆる瞬間は完璧にして無であり、瞬間を楽しもうと楽しむまいとどうでもいいのである。

私はあらゆる人間を攻撃するが、だれもそれに気づかない。報われない暴力――これほどつらいものがあろうか。懸命に攻撃しているのに、だれも打撃を受けず、あらゆる人間を攻撃しているのに、だれもそれに気づかず、矢を放っているのに、その毒を感じているのはご本人だけだとは！

Gのことを考える。金を貸して欲しいといわれれば、彼はひどく気に病むだろうが、厄介な手続きがゴマンと予想されるようなことでも、頼まれれば二つ返事でやってくれるだろう。人はけちであっても、鷹揚にはなれる――これがここから得られる結論だ。

実をいえば、鷹揚な人間には二種類ある。ひとつはGのような人間、もうひとつはJ・P・Sのような人間。噂によれば彼は、ほとんどだれでも気前よく援助するが、仕事を放り出し、自分の時間を使ってまで、他人の仕事の解決に奔走するような真似はしない。――そんなわけで、けちと便利な浪費家とがいるのだ。どっちがいいか。どっちもどっちだ。どっちにしても、狭量でもエゴイストでもなく、卑劣漢でもない。

四月一九日　ルツェルンからEの電話。そこの病院で彼は、ある治療を受けているはずだ。午前一〇時。電話で彼は、もう駄目だ、鬱の危機から抜けられそうにないと言い、私にどうしたら生きていけるのかと聞く。私は、それこそ私のかかえている問題だ、生きつづけていられるのに自分でも感心しているのだと答え、さらに語をついで、だけども酒は飲まない、酒は悪魔のようなもので、それに溺れている限りは、地獄からは出られまいと言った。

彼の声はしゃがれ、ひどく悲痛で、説得力があった。彼の異常な、バカげた、悪しき栄光、それによって彼の容体と困難は悪化するばかりだった。栄光には呪いの顔がある。

四月二〇日　午前〇時きっかりに、チューリッヒからEの電話。彼は泣き、ため息をつき、ほとんどわめくような声で、夜、ウイスキーを一本飲んでしまった、いま自殺の瀬戸際に立たされていて、怖いと言い、私にチューリッヒのホテルに迎えに来てくれ、あるいはすくなくとも、朝の六時に呼び起こしてくれと言う。私たちは、またいつもと同じようなことをしゃべったが、とうとう私が、お願いだから、飲むのはやめてくれ、そしてスイスを発って、パリか、パリ近郊の病院に入ってくれないか、そうすれば会うこともできる。だいたい孤独がよくない。それにアルコールは、絶対に断たなければ駄目だと言うと、彼は、それはできない、何度もやってみたけど、できないことが分かったのだと言う。

このやりとりに私は動転した。彼の状態が気になって、わずか数時間しか眠れなかった。午前九時、また電話。状態はずっといいようだ。話がつづく。口調は前より悲壮ではないが、〈真剣味〉は変わらない。私は、一週間あるいは二週間だけでも、アルコールをやめないなら、もうおしまいだよ、と言ったことがあるが、今日は、飲んじゃ駄目だ、飲みたいと思ったら、教理問答でもし、お祈りでも上げてみるんだなと言うと、またしても彼は、それはできない、過去にやめようとしたことはあるけど、いまとなってはできないと言い、ドイツではもう彼の作品など上演してくれないなどと愚痴をこぼし不平を鳴らす。私が、そんなことはどうでもいいことだ、彼のかかえている問題（アルコール、恋愛など）は、アルコールでは解決できないし、アルコールでかえって悪化するだけだと言うと――「おれは一介のつつましいお役人でいるべきだったんだね。妻と娘のことだけを心配していればいいんだから、ずっと幸福だったろうね」と言う。自分の栄光の凋落に、彼が取り乱していることは明らかだ。彼の語るところでは、ホテルに行くと、自分の名が人に知られていることに慣れっこになっているとのことだが、とうとう彼にはスターの癖がついてしまったのだ。彼の〈栄光〉、それは毒薬、薬物であって、彼が知っているのは、その不都合なところだけであり、彼はそこにどんな実際の喜びも見出していない。つまりそれは、責め苦であり、懲罰であり、まぎれもない苦悶であって、彼はこれなしには済まされないのだろう。

　私の人生は挫折だ。その証拠に、私をねたむ者はひとりもいない。狂人でも、私を憎んでもねたむ気にはなれまい。ねたまれるには、私の生きざまはのんびりしすぎている。だれだって私を追い越すことができる。ここが私の大きな利点で、おかげで多くの災難に遭わずに済んでいる。

　私の国の埋葬のやり方。Al・カパーリアンが私に語るところでは、ブラガの生まれた村ランクラームでは、ブラガが埋葬される墓の傍らに、未亡人、それから三、四人の〈愛人〉が立ち、〈式〉が始まってしばらく経つと、〈愛人〉のひとりが、わっとばかりにヒステリックに泣きはじめる。すると、間髪をおかず、ほかの者も泣きはじめ、さながら嘆きの合唱の観を呈する。ただ未亡人だけは泣くのを堪えている。あるいは堪えているように見える。〈泣き女たち〉の気持ちを鎮めるために、あるいは諌めるために、「泣かなくてもいいのよ。あの人は、あの世でずっと幸せなのだから」と女たちに言う。これは、彼女の〈恋仇たち〉の涙に劣らず儀礼的な言葉だ。

　もうひとりの詩人の埋葬。ヨーン・バルブの柩が墓に下ろされる瞬間、彼の〈愛人〉は柩に取りすがり、「大地よ、おまえが飲み込もうとしているのがだれか知っているかい？」とわめく。バルブの、ドイツ人の妻がそこにいたかどうか、つまり、彼女がまだ存命中だったかどうかははっきりしない。*

＊　ブラガとバルブについては、前記、一二四ページ、九六ページの注参照。

日に二回、Eがチューリッヒから電話をかけてくる。朝、酒は飲まないと約束したかと思うと、夜には酔っていて、私に自殺をほのめかす。そして自殺弁護論を書いたこの私が、懸命になって自殺を思いとどまらせようとする。

バルトのラシーヌ論にざっと目を通す。まあ悪くはないが、息がつまる。なんという言葉の使いようだ！　批評家たる者、心理学概論だの、ましてや精神分析概論だのは、決して読んではなるまい。

バルトはジュール・ルメートルを（読んでもいないのに）俗悪な批評家よばわりしている。だが、ルメートルが当時の哲学の隠語を使ったとしたら、もちろん、彼は俗悪ではなく、――読むに耐えないだろう。

今日、批評の革新と呼ばれているものは、文学とは無縁の、外部の言葉を採り入れ、作家としてではなく、哲学者、社会学者、その他の者として語ることだ。現在の批評はどれもこれも、マルクス、フロイト、ハイデガーの名において書かれ、新しい学問の名において書かれている。その術語が採用された学問なら、なんでもいいのである。

無常という考えは、私に安らぎを、つまり持続的な安らぎをもたらすはずだが、しかし実際は、何か困難な事態に遭遇したとき、私を救ってくれるだけだ。そのほかのときは、私はひとりで切り抜けなければならなかった。ということは、私には解脱にむいた特別の資質はないということだ。

またEのことを、真夜中、あのルツェルンのホテルの電話口で、子供のように泣いていた、先日のシーンのことを考える。あのとき彼は、自分は自殺しなければならないが、その勇気がない、怖くてできない、この最後の障害を取り除く力を貸してくれなければならない、と私に言ったものだ。名状しがたい苦悩、マリリン・モンローのそれに匹敵する苦悩。彼女もまたスターだった。

私は二つのことを確信している。すなわち、アルコールと栄光とは悪魔のなせる業だと。アルコールに溺れてはならず、栄光を求めてはならない。若いころアルコールに手をそめたことはあるものの、いずれも今の私にはかかわりのない危険だ。

昨夜、あるイギリス人にこんな説明をする。フランス人は自分が目撃した事件の話をするとき、自分に特権的な位置を与え、自分を話の中心にするものだと。三〇分ほどまえ、私は彼に、フランス解放のときの、ド・ゴールのパリ入城の話をした。ド・ゴールの背の高さときたらずぬけていましてね、コンコルド広場の私にもエトワールにいる彼の姿が見えるくらい、その彼がいままさにシャンゼリゼ通りを下ってくるんですよ。――そして私は、わがイギリス人のためにこうつけ加えた。「ついさっき、エトワールにいるド・ゴール、コンコルド広場の私という情景を話しましたが、私はフランス人として振る舞っていたんですね。ああいう描写の仕方を私に仕向けたのは、まさにフランス的な反応だったんですね。」

メースとミリー＝ラ＝フォレのあいだの丘陵の、薄いモーブ色の地に映える白樺の淡い緑。

何ものともかかわりはもつまいとつねに希ってきた。どんな確信も、観念すらもたぬこと。なぜなら、どのような思想も、幻想とのかかわりを、言い換えれば、共犯関係を前提としているからだ。すべてを越えること、それが問題だ。無と同じ水準にあること。

事実を仔細に検討してみればみるほど、いよいよもって私には、なんであれ何かをきわめた者は、世間に背を向けた者に限られるように思われる。

フーコーの本*では、「人類学的有限性」ということがよく問題になる。こういう言葉の若者に及ぼす影響が思い浮かぶ。いうまでもなく、こういう言葉は、〈人間の悲惨〉だの、〈断罪された動物としての人間〉だの、あるいは人間の歴史の〈取るに足りない持続〉だのという言葉よりずっと博識めいている。

あらゆる欺瞞のなかで、その最たるものは、言葉の欺瞞だ。なぜなら、現代のバカ者たちはこの欺瞞にすこしも気づかないからだ。言っておかねばならないが、この道を開いたのはハイデガーであり、哲学者で、もし人々からの排斥を経験してみたい、自分の生涯で前述の〈有限性〉を経験してみたいと思うなら、隠語は棄て、一般の、道理にかなった言葉を使いさえすればいい。彼のまわりからは必ず人がいなくなるだろう。

＊　前記、四九五ページ参照。

四月二四日　今この瞬間、世界のいたるところで、無数の人々が死につつある。それなのに、この私ときたら、ペンを握りながらも、彼らの断末魔の苦しみを解説する言葉の、ただの一語も見出せずにいる。

復讐、——ただひとつの倫理的問題。復讐は解放だが、その解放から私たちは立ち直ることはない。

復讐するにしろしないにしろ、私たちは不幸だ。おそらく復讐しないという不幸を選んだほうがましだ。

死のすこし前、母がくれた手紙に、「人間、何をしても、いつも後悔するものよ」とあった。これは母の遺言だった。私はこの言葉に、わが種族の哲学があると思った。私の考え出したものなど何もない。ただ、わが祖先の幻滅を永続させただけだ。

四月二五日――友人たちとの楽しい昼食。自分には不満を抱いて帰る。議論というものにはどんな議論にも、気が滅入る。どうしてか。

生まれつき私は、自分の考えを主張するのが好きなのだ。論じ合うのは嫌いだし、他人の議論は気に入らない……激しいモノローグに向いているのだ。〈弁明する〉のは大嫌いだ。国会なんぞに出たら、あのスコットランド人ハミルトンと同じように、窒息してしまうだろう。ハミルトンは下院で生涯を過ごしたにもかかわらず、ただの一度も演説したことがなかった。

精神医学の古い本では、後天的な倦怠と生来の倦怠とが区別されている。

なるほど！　私の倦怠は生来のものだ。私は倦怠とともに生まれた、いや、倦怠のほうが私より先だったのだ。

私は母の腹のなかで倦怠に苦しんでいたのだ。

M・アルランからN・R・F誌への寄稿を頼まれる。自殺について書くつもりだ（Eと電話で最近かわした〈議論〉をもとにして）。実はこれは、計画倒れになっている『タラマンカの夜』のテーマに戻ることだ。

四月二八日　一月《ひとつき》以上、降って湧いた英語版のために、マーシエル・マシューズと共同でサン＝シモン関係の仕事に携わっていた。[7] この企画は、私の力には負えないものであることが分かったし、何より由々しいことに、まったく割りに合わないものであることが分かった。断念してほっとしている。

五月一日　哲学者とか批評家には、一ページごとに、自分の方法は〈革命的なもの〉だとか、自分の言っていることは重要だ、いままでだれも言ったことのないことだなどとぬかす者がいるが、こういう連中の書いたものを読むことほど腹立たしいことはない。そんなことは、読者は読者なりに気づくものだが、これではまるで読者にそういう能力がないかのようだ！　過剰に意識されている発明には、何かしら下品なものがある、という点は別にしてもだ。独創性とは、自分ではなく他人の感ずべきものだ。

読書――受け身の、最大の楽しみ。

教会が過去に犯した犯罪のおびただしさときたら、いまだに改宗する人のあるのが不思議に思われるほどのものだ。どうして教会の犯した大罪に連帯責任をもとうとするのか。

あらゆる考察のなかで、もっとも無益なものは文学についての考察だ。批評とはもっとも不毛なものだ。他人について書くより乾物屋であるほうがずっとましだ。

本は読み終わったら棄てるべきもので、それについて語り、要約し、解説するなど、無駄なことだ。本のすぐれたところや欠点を吟味して何になるというのか。いい本なら、私たちの血となり肉となり、悪い本なら時間の無駄になるだろう。それだけのことだ。どうして自分の読んだものについて際限もなく考えるのか。

仏陀の生きていたころ、托鉢の鉢としてどくろを使っていた僧たち。仏陀は、人々に恐怖を与えるからといって、どくろでの托鉢を禁じた。

ド・スタール夫人の『自殺についての考察』を読んだところだ。まるで駄目。このエッセーは一八一四年に出版されている。彼女は、若いときに書いた『個人ならびに国民に及ぼす情熱の影響について』で、自殺の正当化を試みているが、『考察』では反対の主張をしている……このエッセーは、一八一一年の末ころに書かれたに違いない。というのも、クライストの自殺について数ページが割かれており、クライストはここで「詩人にして有能な士官」クライスト氏と呼ばれているからである。おそらく彼女は、さまざまの新聞・雑誌の記事にもとづいてクライストの心中を批判しており、クライストとは何者かは知らなかった。にもかかわらず、ひとりの熱狂者と死をともにするために自分の幼い娘を棄てた人妻を、なんと大袈裟に非難していることか！　もしド・スタール夫人にクライストの栄光を予言する者がいて、彼に比べれば彼女などものの数ではなくなる日が来ると言ったら、彼女はどう思っただろうか。明日の夜、テアトル・デ・ナシオンで、ドイツ語で上演される『公子ホンブルク』を観る予定。コペの貴婦人の本を読みながら、私はこの偶然の一致にいたく感動した。

初期の仏教教団で、僧たちに使用の認められていたただ一つの薬は雌牛の小便だった。考えてみれば、これは適切かつ当然のことだった。もし私たちが心の安らぎを求めるならば、不安の要因である一切のものを、つまり、人間が原初の単純さの上につけ加えたすべてのものを棄て去らぬ限り、心の安らぎは得られまい。薬を増やすのはその奴隷になることで、治癒にも救いにもならない。薬局に見られる光景ほど、私たちの失墜をみごとに暴き出しているものはない。そこに置いてある薬は、私たちのそれぞれの病にとっては、いずれも願ってもないものばかりだが、私たちの本質的な病に効く薬はただのひとつもない。人間のどんな発明をもってしても、この本質的な病から私たちを癒すことはできまい。

仏教の初期、どくろを托鉢の鉢がわりに使っていた僧たち、私はあの僧たちが好きだ。心の安らぎの否定の象徴との日々の交わり、これ以上に心の安らぎを誘うものはない。

知恵？　執着を断ち切る方法。狂人は逆上するが、賢者は執着を断つ。

一九六七年五月三日　仏僧が守らなければならないさまざまの戒律（僧服と小鉢のほかは、一切の所有の禁止）を読んだあとで、金を引き出しに銀行へゆく。ついでに預金口座——もちろんささいなものだが、預金口座に変わりはない——を調べてみる。調べながら私は、私の読書と瞑想と、この小商人《こあきんど》めいた卑しい行為の対照がひどく耐えがたいものに思われ、恥ずかしさのあまり赤面するほどだった。冒瀆を犯したとしても、これほど自分をうとましくは思うまい。だが実際のところ、私が犯したのはまさに冒瀆である。

執着にも幸福はあるかも知れないが、しかし至福は、あらゆる執着の断ち切られたところにしか現れない。至福は現世とは両立しない。僧が求めるのは至福であり、彼が一切の束縛を断ち、その身を滅ぼすのはこの至福のためである。

私は自分の救済への無関心を容認することができない。それが本物とは思っていないのだ。にもかかわらず、私はあらゆるものに、つまり、海、山、それにこのノート、この鉛筆といった、ほんのささいなものに、無関心のイメージを見る、——すべてのものが私にそれを思わせ、喚起し、すべてのものがその反映であり、さらにはその例証である。

マゾヒズムは断念の法規にほかならない。管理された断念。

痛恨——もっとも非宗教的な感情。請け合ってもいい、痛恨を抱いていては、純潔・無垢に、放棄には近づけない。痛恨に悩む聖者など想像できない。それはすぐれて世俗的な感情であり、現世の、よそ者であることの絶対的な不可能性の、もっとも妥当な表現である。

人がこの世で愛するもの、そのすべてが私は好きだ。それでいて、私の思考は、ある不可視の僧院に次々に捉えられる。

五月四日　植物園で、一羽のオオフラミンゴが檻の壁にそって行ったり来たりしながら、ほんの数センチの誤差で同じ間隔を、つまり最大でも二メートルの間隔を歩きまわっているのを長いこと見ていたが、私が怒鳴り声を上げれば、オオフラミンゴの位置を変えられるかも知れないと思って、私は怒鳴りはじめた。優雅な足取りでますますひどくなる、この一様な運動が、いい加減、頭に来ていたからである。ところが、私が怒鳴り声を上げても、まるで何ごともなかったかのようで、耐えがたい単調な運動は止まず、突然、私の内部にまぎれもない不安が兆した。

とうとう、私の怒鳴り声も通じないと分かって、私はやっこさんを見捨てた。

夜、一〇時ころ、マリアンナ・ソラがカフェから電話をかけてくる。彼女はひとりだ。やれやれ！ 仕事がしたいのに。来週、会う約束をする。電話での話が終わって、にわかに自責の念にかられる。相手ははるか遠方からやって来て、一八年目にして、いままで会えなかった昔の友人にやっとめぐり逢えたところだというのに。もしほんとうに人情味のある者なら、パリで自分のための時間などただの一瞬もあるまい。にもかかわらず、ここでは冷酷に、さらには無礼に振る舞わなければ自分の孤独を保てないと知るのは不本意だ。

五月五日　不安、客観的にいえば、ある種の不安のうちに目を覚ます。つまり、その私の状態は外部からやって来たもの、事物の状態であり、私は事物によって汚染されていて、事物が私に、その震え、その深い不安、そのひきつった期待、要するに、その恐怖を伝えたのだという印象をもったということだ。

楽しみのためにするにすぎないにしても、人を非難し、攻撃するということは、私たちには確信があるという証拠であり、まさに攻撃の楽しみにすぎないにしても、私たちが何かを信じていることの証明である。

五月六日　昨日、ひどく感じのいいベルリンの女性Ｊ・Ｒが尋ねて来る。五時間、すべてを語り、そして何も語らなかった！

あらゆる習慣は悪癖だ。そして悪癖は至高の習慣にほかならない。

Ｎ・Ｒ・Ｆ誌に、Ｊ・Ｐ・Ｓが死について「もっとも絶対的な無価値」と書いている。この言い方は、内容、形式ともに間違っている。「もっとも絶対的な」とは言えない。これでは「もっとも無限な」と言うのと同じだ。また死が「無価値」と言うのは、まったくもってバカげている。

ついほろりとなったり、あるいはカッとなったりしないで済むように、他人を制し、興奮状態で懸命にしゃべりまくる。

酒が入ると、私は饒舌になる。痛飲すると決まって自己嫌悪に襲われるのはこのためだ。

目に一滴の涙も浮かべず、日がな一日、泣いていたい。

敷衍し、説明し、解説し、力説する——こんなことは大嫌いだし、哲学を、したがって大学の教師を思い出させるものはどれもこれも大嫌いだ。

哲学、すなわち陳列された思想（牛の糞が、これみよがしに晒されている、という意味で）。定型的表現に凝縮され、仕留められた思想、私が好きなのはこういう思想だけだ。

Ｊ・Ｐ・Ｓ――これほど才能のある人間が、どうしてあんなにも多くのことが信じられるのか。それに自分本来の仕事は終わってしまい、何かつけ加えたところで仕事の価値を損なうばかりなのに、どうしてああも成功を追い求めることができるのか。

私はまるで二つの国語のあいだにパラシュートで投下されたようなものだ。で、絶えずどちらにしたものか自問しているのだが、どちらも私の根深い気まぐれを完全には満たしてくれない。

私たちはだれしも、自分の意図とは反対のことを実現してしまう。これは歴史の法則であると同時に、個人の運命を解く鍵でもある。自分の企図したことの全面的否定に立ち到ったヒトラーは、人間一般の象徴たりうるかも知れない。

人類はどこへ行こうとしているのか、とても断定することはできない。人類は、その生み出すものによってつねに出し抜かれており、人類そのものにとって驚きである事態がつづいている。このことの本質を、ヘーゲルはすこしも見抜くことがなかった。歴史は、彼が歴史として想定したものとはまるで別物である。

時々、考える、真実は倦怠にあると、
あるいは
倦怠は真実そのものであると。
私の言う意味はこういうことだ、
倦怠は何ものにも加担せず、また騙されることもない。それは、私たちがあらゆる事物に対して取る距離の結果であり、主観的でもあれば同時に客観的でもある病として感じられる、あらゆる事物の本質的な虚しさの結果である。したがって、その作用はどんな幻想ともかかわりがない。それは真実の探究の条件を満たす。倦怠とは探究だ。

不幸な人々は幸せな人々よりも自分のことしか考えないから、もっとも利己的な連中である。念頭にあるのは自分の不幸のことだけで、それ以外のことは棄てて省みない。自分の不幸の荷が軽くならなければ、彼らは他人の不幸を想像し思いやることができない。雅量は、一般の考えとは異なり、苦しんでいる人々の特性ではない。苦しんだ経験のある人々の特性ということは時にはあるにしても、しかしそれとても、まったく確かではない。

すべての人が例外的な不幸に恵まれるわけではない。

五月一〇日　おさな友達のリーカ・Bを待っている——彼女は、すくなくとも三五年は会っていない。私はどんな振る舞いをするだろうか。

私の若かったころ、ルーマニアでは、精神錯乱、不眠、奇抜な行動、メランコリー、天才、さらにはどんなに取るに足りない才能でも、自慰か梅毒で説明するのが通例だった。当時は病人になるのも精神科医になるのも同じように簡単だった。いずれも努力を必要としなかった。頭のイカレた連中のアンシャン・レジーム、良き時代だった。

五月一六日　まるで教養のない、政府筋の新聞記者A・Gが電話をかけてくる。何をやっているのかと聞くと、朝から晩まで駆けずりまわって、いつかは棺桶に収まることになるのだろうと答える。

価値のあるものなど何もない、すべては明らかに無益だとの思いは、まさに国民的な感情であり、あらゆる同国人の例にもれず、私にもこの感情がある。

次から次へと人が来る。私は生き血を吸われ、むさぼり食われる。電話を撤去するかパリから脱出しなければなるまい。——同国人は私を過去に引き戻し、私の出自に、私がずっと背を向けてきたあらゆるものに私を連れ戻す。もう何ひとつ思い出したくない。私の過去、私の幼年時代など、とっとと消えうせろ！——人は避けたいと思っていたことからは逃れられない。私は昔の亡霊を追い払うことができず、それに追跡されている。

突然、数年まえに死んだN・ヘレスクのことを思い出し、すっかり肉の落ちたその頭蓋骨を見た。骸骨になった友。ほとんど耐えがたい光景。人々が忙しく立ち働き、差し迫った未来に考えを向けるのは、こういう光景を見たくないからだ。生きたいと思っている者にとって最悪事は、ある種の物事を突きつめることだ。肉体の彼岸に思いを致すのはいいことではない。

H・M——自分の作品という考えにすっかり心を奪われていて、もうほかのことなど考えられないほどだ。自分の本の奴隷になるとは！　人はそれぞれ、自分の犯した行為ゆえに罰せられる。

生きてゆく上で身に降りかかる厄介ごとは、いずれもみな懲罰と考えなければならない。ほかの人々が苦しんでいる、あるいは死につつあるとは夢にも考えることのなかった、あの太平楽なあらゆる瞬間に対する懲罰として。

人づてによれば、姉は日に百本のタバコを喫っていたということだ。

作品を残したいと希う者は、何ひとつ分かってはいなかったのだ。自分のやっていることから自由になるすべ、これを体得しなければならない。特に名を上げること、いや名をとどめることさえ断念すべきだ。無名のまま死ぬ、たぶんこれが気品というものだ。

五月一二日　約束をすると、どんな約束も決まって悪夢となる。約束を反故にしても平然としていられるような人間でないからなおさらである。

文学の場合、周知の、確かな、そして凡庸な真実よりも、珍しい誤謬のほうが価値があるが、信仰の問題となると、まるで逆だ。

珍奇なものは、信仰の観点からすれば、なんの価値もない。大切なのは深さだけであり、経験の深化の度合だ。

ある若い日本人女性のところでカクテルパーティ。日本的な笑みを学ばなければなるまい。その他はどうでもいいこと。

メアリ・スチュアートとマクベス夫人。

散文に完全に没頭するようになってから、もうシェークスピアは読んでいない。

先日、コランの家で、あらゆるルーマニア人は例外なくペテン師だと言ったところ、ムニール・ハーフェズが「じゃ、きみも自分をペテン師だと思っているの？」と訊くから、「ある意味では、そうだよ」と答えたものの、自分の考えを詳しく述べることはできなかった。私が彼に言いたかったのは、意識過剰、あるいはその他の理由で、ペテン師である者は、なんであれ何かに一体となることができないということだ。私の考えでは、ペテン師というのは、自分をいま現にある人間ではないように意図的に見せかける者のことではない。そうではなく、自分が何をやるにしても、それとの距離があまりに大きすぎて、ある考え、ないし態度を具現できない者、何ものをも体現できない者のことだ。それは、故意ではなく宿命による見せかけの人間。つけ加えておけば、日常の言葉では、ペテン師とはこういう意味のものではなく、人を騙す意志を意味するものであることに変わりはない。

聖霊降臨祭

若かったときのことが、無駄に費やされた、はかりしれぬ熱狂のことが偲ばれる――私の最良のものが投入された論文、もうその名前すら覚えていない数々の新聞・雑誌を通して流布された、あのすべての論文(8)のことが。

人が書いているのは神についてであって、もの書きについてではないと思いたい！

地獄という観念は、この観念を抱懐したさまざまの宗教の最高の名誉となる観念のひとつである。そして地獄について執拗に語っているキリスト教は、まさにこの点で、その欠点を補っているように私には思われる。

断念の才能、誇ってしかるべき才能はこれしかないが、それが自分にないからといって、私は別に残念だとは思わない。だが、誇らしく思う断念は、もはや断念ではない。

神よ私たちを哀れみたまえ。なんであれ、自己憐憫よりはましだ。

聖霊降臨祭。明け方の二時。

どうして他人に追いまわされるような羽目になったのか。自分の孤独を守ることができなかったからだ。こうなるのも当然だ。

五月一五日　打ちひしがれ、打ちのめされて礫にされた人間の感覚。――冒された脳髄。そう確信していても、私は別に逆上するわけではない。この確信はそれほど古いのだ。

「何年も経ったあとで、幼なじみだった人間に再会し、最初の一瞥をくれるとき、相手はきっと何か大きな不幸に見舞われたに違いないと、ほとんどいつも考えているものだ。」（レオパルディ）

幼なじみの友人に再会するようになった、ここ二、三年、私は友人に会うたびに、この言葉の妥当性を確認している。

もう何年もまえから、記憶力が衰え、集中力をひどく欠いていることに気づいている。これは脳軟化症の明白な前兆だ。これらの動脈をいかに私が憎んでいることか！

五月一六日　Gのところで晩餐会。その生き方が示している通り、彼にはまるで遠慮というものがない。最低限、これだけは断言できる。夜会のあいだ、彼は、あの者、この者と道徳的に批判しつづけ、いささかの譲歩もいっさい認めない。イプセンの主人公でも前にしているような気になってしまう。自分の友人たちに対しても、頑固ぶりは変わらない。彼の言うことを信じるなら、ほとんどすべての人間は卑劣漢だ。

強情一徹な連中、特に正義の味方を気取る連中、こういう連中は信用しないこと。

陰気な文体——M・ブランショ好み。捉えがたい思考、完璧で生気のない散文。

「仕事をしてますか」と訊かれると、「ええ、自殺について論文を書いていますよ」と答える。——この私の答えで、人々はそれ以上のことは知らなくともいいと思ってしまう。

五月一八日　現在まで私がこうして持ちこたえることができたのは、悲しみに襲われるとその都度、私がその悲しみを弱め、なだめすかすために、もっと大きな悲しみをそれに対置したからであり、したがって、私は打ちひしがれながらも、さらにいっそう打ちひしがれようと努めてきたからだ、と堅く信じている。——最初の衰弱にくじけぬために、私は自分に、第二の、もっと激しい衰弱を課したのだ。それは有効な捨て身の戦術であり——いずれにしろ私には有効である。応用するのはむつかしいにしても、しかしほとんど毎日、気力喪失の発作に襲われている者にとっては唯一の方法である。

　地獄に堕ちたら、そこに順応するために、私だったら、地獄の圏から圏へとへめぐることを、そしてその圏を数かぎりなく増やしてくれるように頼むだろう。毎日、ひとつの圏をめぐらねばならず、そこでありとあらゆる新しい責め苦を受けねばならないのだ。

西洋人が東洋の教義を体得できないことについて。あるカトリック教徒の証言によれば、思い上がり、うぬぼれていて、自分というものが忘れられないヨーロッパ人、こういうヨーロッパ人にはインドではひとりとして出会ったことはないとのことだが、これに対し、インド人ならこう言うかも知れない。こういう知恵の探究者たちは、一年間、レプラ患者の看病に派遣しなければなるまいと。

やるべきことなど何もない。仮象は仮象であることを忘れ、仮象を実在と取り違えてはじめて、私たちは行動することができる。取り違えることがなければ、私たちは……瞑想に耽る。

この世が無意味なものだとすれば、あの世もやはり無意味だ。破滅が無意味なものとすれば、救いは無意味だ。

仏教にとって（実をいえば、東洋一般にとって）、「虚無」には、私たち西洋人にとってそこに含まれているような、いささか禍々《まがまが》しい〈暗示的意味〉はない。それは光の極限的な経験と別のものではない。というか、もしお望みなら、それは光の永遠の不在の、光かがやく空無の状態である。——つまりそれは、その属性のすべてを克服してしまった存在、きわめて現実的な非‐存在である。なぜならそれによって、物質も実体もなければ、どんな世界にも依存することのない幸福が分け与えられるから。

五月二〇日　自殺について書くのは、というよりむしろ、いずれ自殺するだろうと考えるのは、捨てたもんではない。これほど心なごむ主題はない。自殺のやり方を考えていると、ほとんど行為そのものに劣らぬくらい自由な気分になれる。頭のなかで自殺する者（頭のなかでの自殺のやり方）は、もう奴隷ではない。

五月二二日　日曜日、ブーティニィの近くで。あらためて確認できたが、エソンヌ川は、パリ周辺ではもっとも詩的な川だ。

五月二四日　昨日、ジェリー・ブラウアーといっしょに、イヤリングを買うためにかなりの店を見て廻る……

　真夜中、憤怒と痙攣の発作。

　アンリ・ミショーと共有する三つの偏愛。すなわち、フォリーニョのアンジェラ、ブランヴィリエ、サン＝シモン。

　狂気にもまごうような悪意の発作。何もかもを破壊し、死んだ敵どもを墓のなかまで追ってゆきたい。

　私は絶対を探究した。この点にはいささかの疑いもない。そして絶対を探究すればするほど、そこにゆき着けぬ悔しさから、いよいよもって懐疑へと後退するのだった。

（この探求は、以前とまったく同じ条件で継続されているのに、不思議なことに、私は過去形で語っている。）

　いま出版社に電話したところだが、別々の二つの課とも、私の名前を知らない。むっとしたが、そのうちむっとしたことが恥ずかしくなった。なんというケチな人間か！

　聖アウグスティヌスを数ページ読み返す。なんという情熱か！　彼の改宗の話。

　改宗するもののない時代に生きる――ここに私たちの悲劇がある。

（むしろこれは喜ぶべきことだ。しかしそれにしても、改宗の話はどんなものでも、何かしら人を興奮させ、一種の突然変異を誘うものであること、これは疑うべくもない。）

　本を書き、出版するのは、本の奴隷になることだ。なぜなら、本というものはどんなものでも、私たちと世界とを結ぶ絆であり、私たちが自分でこしらえ上げた鎖であるから。〈作者〉は完全に解放されることは決してあるまい。絶対に関することにかけては、彼はあらゆる点で、優柔不断な人間にすぎないだろう。
　あるハシディズムのラビは、本を書く計画をたてたが、ただひとえに造り主の喜びのためにのみ本を書く自信がもてず、迷った末に書くのを諦めた。

五月二九日　いつまで経っても眠れない。こうして夜の静寂につつまれていると、まるで人間など存在していないかのようだ。この世にいるのは自分ひとりと思い――そして実際、そうなのだ。

　解放された気分になれるただ一つのことといえば、今度はこいつ、今度はあいつと激しく攻撃することだろうが、こういう逃げ道は、もう私には不可能だ。なぜならそれは、私が考え、公言しているすべてのことを否定することだろうから。事実、局外者の立場、これが私の行動規範となり、知的節操にかかわる問題となったのだ。

　書くのがますますむつかしくなる。生との、こんなきりのない果たし合いなどうんざりだ……

　自分で書きもしないで、私は書いている連中をだれかれとなくけなしている。まさに落伍者だ。ある画家のことを思い出すが、この画家ときたら、ペルシュ地方の村で、レストランの壁にやたらと絵を描きなぐり（池を配した、ぶざまな風景画など）、ピカソを手始めに、仲間の画家をことごとくけなしていたものだ。ピカソも彼にかかれば〈ただ飯食い〉だった！

　辛辣さは、思索の水準に、純然たる抽象の状態にあるときのみ、つまり、不純物のない、澄んだ悪意であってはじめて、受け入れることができる。

　数か月まえ、六月には原稿を渡す約束をした。約束をしながら、締切日ははるかさき、その日は決して来ないものと思っていた。ところが、期日は来てしまった。死の期日も、こんなふうに、いつも突然にやって来るに違いない。

　文章を引き延ばすのは大嫌いだし、過程を書くのも好きではない。結果を提示すること。私に関心があるのは、思考の結果だ。私がモラリストを、〈不毛な〉作家を好む原因はここにある。

　敵よりもファンのほうに早く飽きがくる。敵はほとんどつねに私たちと同等か、すぐれている場合もあるのに、ファンのほうは私たちよりも必ず劣っているからだ。もっとも、ファンの位置が低いのは、私たちに下駄をはかせているからではないか。

　宗教の面で、ユダヤ人は改革者ではなく、たんに革新者にすぎなかったという指摘があるが、その通りである。したがって、彼らは「律法」の形式と内容の忠実な信奉者、こちこちの伝統主義者である。

　政治の面で、彼らはその埋め合わせをした。この面では、改革者どころか——革命家である。

六月二日　イスラエル国家の将来について、電話でE・Iと論じ合う。最近の事件から考えて、私はその持続性を疑問視する。「まあ、なんでもやらなければならないけど、やるべきことなど何もないよ」*、なにしろ「呪い」があるんだから、と結論として彼に言う。

＊　六日戦争は、六月五日から一〇日にかけて繰り広げられた。

六月五日　一九一九年ころ（私は八歳）、ラシナリで、私は両親の部屋で寝る習慣だった。夜、よく父は大きな声で、母に本を読んで聞かせることがあった。ある日、いつもとは違う話の内容に、私は衝撃を受けた。それは修道院で尼僧たちを相手に不埒なことをやらかしたロシア僧の話だった。だが、私の記憶に刻みつけられたのは、特にひとつの細部である。すなわち、ポクローフスコイの死の床で、ラスプーチンの父が息子に、「モスクワへ行き、あの都市を征服せよ。どんなことにもひるんではならぬ。ためらってはならぬ。なぜなら、神は老いた豚だから」と告げるくだりである。司祭であった父の読む、この文章に、私は動転し、そして解放された。いうまでもなく、こうして父が本を読むときは、いつも私は眠っていたのものだが、その夜は、悪魔が私を眠らせなかった。一晩中、私は起きていたと思う。私が聞き耳を立てているのに両親が気づくことができたら！

私たちが手に入れることのできる最大の満足感が、孤独のなかでの自分との対話にあるなら、〈自己実現〉の至高の形式は隠遁生活だ。

他者、私が私であることを妨げる者。

ひとりでいるとき、私たちは無限のもの、神のようなものだ。だれかがいれば、とたんに私たちは、限界につき当たり、たちまち何ものでもなくなる。せいぜい、ある物。

六月六日　ショパンの『エチュード一二番』。一八三一年、ワルシャワ陥落を知って、シュトゥトガルトで書かれたもの。

アンドレ・テリーヴの死。彼の『ヴォーのクロティルデ』は三回読んだ。

眼差しと声、これを除けば、人間にあるものはみんな駄目になる。眼差しと声がなかったら、三〇年もすれば、人の見分けはつかなくなるだろう。

六月八日　テリーヴの葬儀。柩のなかに、こんなにも生き生きした、こんなにも皮肉をたたえた人間を見るのは初めてだ。会葬者でいっぱいの教会で、私は、あの直立姿勢のすべての死体を眺めていた……そして水薬の調合をする薬剤師のような仕種を繰り返している神父を。

六月九日　国の連中の侵入にあっている。午前、向こうの友人がひとり、到着。一九三七年以来、会ったことのない友人だ。「どうしてみんなパリへ来るんだろう？　行くとしたら、地方かイタリアにすべきだよ。パリには見るものなど何もないよ」と、つい言ってしまう。

　ルーマニア語をまた使うのは、私には言葉の破局のようなものだ。私はルーマニア語を放棄し、それと闘い、それとの感情的な絆をことごとく断ち切ろうとし――一定の成果を収めた。私がいくらかでもフランス語に上達したのは、なんといっても、私がルーマニア語との関係を断ち切ったからだ。だが今や、私はルーマニア語の復讐を受け、私の習得したもの、獲得したもののすべてが、問題にされようとしている。

　……こうして向こうの連中の訪問を受けて困るのは、どうしても昔の事件を思い出してしまい、そのため思い出に押しつぶされ、思い出が鮮明によみがえり、執拗にまといつくあまりに、現在の関心事がおろそかになってしまうことだ。過去など私には関心はないし、どうしてそんなものが知的に、ましてや文学的に利用できるのか見当もつかない。過去など私にはなんの役にも立たない。邪魔になるだけだ。それなのに、その邪魔は今後ますますふえるだろう。というのも、過去はその生きる権利を、というよりむしろ再-生の権利を主張してやまないからだ。そして残念ながら、すべてのものがそれに手を貸している！――あの最初の記憶の目覚めとともに、まず第一に私の早発性の老いが。

　あるモラリストによれば、希望とは本能であるとのことだが、この見解はまったく正しいと思う。

六月一三日　起きたとき、不愉快な気分だったが、幸い、お追従たっぷりの、まったくといっていいくらいうわべだけの手紙が外国から舞い込み、おかげでたちまち元気になった。手紙で大盤振舞いされている私への賞賛、こんなものに実体のないことは百も承知している。肝心なのは、それがタイミングよく、つまり私がこういう賞賛を拒否できず、それを必要としているまさにそのときに舞い込んだということだ。お追従を信用しまいとしても無駄だ。それには効き目があり、影響力があり、それは私たち各人の必要性に応えているのである。

昨夜、シビウの友人が訪ねて来る。三〇年ちかくも会っていない友人だ。破局的な印象。昔は、親切で、滑稽で、愛想がよく、ちょっと頭がイカレていたのに、いまは偏執的でグロテスクな、痛ましいばかりの人間になっている。一晩中、くだらぬことをしゃべり散らす。彼の身の上についてもほかの連中の身の上についても、重要なことはもとより、正確なことすら聞き出せない。瓶詰とラスクを携行し、食事代、つまり、毎晩、飲むカフェ代として一フランしか使わないのだと言う。三時間ばかりいるあいだ、あそこへはどうすれば足を出さずに行けるかなどと、金勘定をしている。私は『死せる魂』の登場人物たちを思い出した。だが、彼は医者だ。読書量もバカにならない（シビウの彼の書庫はみごとなものだった）。ルーマニアでは最初の（実は唯一の）精神分析医だ。それにしても、私の前にいるのは虫けら同然の人間である。彼が帰ったあと、私は憂鬱の発作を起こし、国には決して帰るまいと誓った。たてつづけに失望の憂き目に会うのは耐えられないだろう。この経験で、私は *home sickness* からすっかり癒えたが、こういう経験に取柄があるとすれば、せいぜいこんなところだろうか。

人間のくずとのつき合いには、何かしら実り豊かなものがいつもある。人間そのものの未来を見届ける絶好の機会だ！

フロイトの「アクロポリスの上での記憶の混乱」。この人間の考えたことが、どれもみないかに妄想めいたものであるか信じられないくらいだ。巧妙な妄想。妄想にまで発展した安易な仮説。どんな説明にでも手を出し、説明がほんとうらしくないなら、それだけますます、魅力があるというわけだ。それは科学を偽装した恣意性であり、冒険である。精神分析の流行は、動物磁気《メスメリズム》説の、人相学（ラーヴァター）の、動物磁気などの流行を思い出させる。私たちはあらゆるものを、極端に限られた観点から説明したいのであり、思いつき、ないしは奇癖を、普遍的な原理に仕立て上げたいのだ。哲学偏愛は、「真実」にとっては有害だ。

家族手当支給局の調査官が来る。威圧的な態度で調査に応じるよう迫る。気が狂いそうだ。

当局の代表者となると、私はだれにでも抑えがたい恐怖を覚える。

最後の歩行者。これが私だ、そう自分には見える。

私の懐疑思想は、私の神経衰弱の変装だ。

怒りほど生き生きしたものもなければ、哀れなものもない。

失敗は失敗を呼ぶ――これは、私が自分の苦い経験を通じて毎日、確認している法則だ。あらゆる敗北は、雪だるま式にどんどん大きくなる。

ある主題について自分の考えを述べ、そこでやめておきたいと思う。ところかまわず自分の痕跡を残そうとするサルトルのような人間は大嫌いだ。自分を限定し、私たちの有害な拡大傾向を阻止しよう。生まれついての自分以下のものになるよう努め、ふくれ上がるのは止めよう。真実は収縮のなかにこそある。これが、かつて気品と呼ばれていたものだ。

「神は弱々しい体のおまえを望んでおられるのに、体が弱いといって腹を立てるとはどういうことなのか」。

どう考えても、これらの砂漠の教父たちには打開できぬものは一つもなかった。

どうして国へ帰らないのかと訊かれると、こう答える——知り合いの、ある者たちは死んでしまったし、残った者は最悪だから。

七月三日　ディエップで一週間すごす。ベルヌヴァルからプレニーまで、断崖の上を歩く。〈身のすくむ〉(農民の言葉を借りれば)小径。かつて見たうちでももっとも美しい光景のひとつ。ボードレールとは逆に、文明は原罪の痕跡を際立たせるばかりだ、と言わなければならない。

七月七日　現在はすべて、もはや死んでいる。生きているのは未来だけだ。これはまぎれもない真実であり、私たちは今日を忘れ、ひたすら明日を考えてはじめて行動できるほどだ。過去に向けられた悔恨は、行為の大敵だ。

現世の秘密、あえていえば奇跡は、希望ではなく希望の可能性だ。生はこの可能性で磨耗する。生とはこの可能性そのものだ。

そうなりたいと思っていた人間、その人間に私はどんなに劣っていることか![9]

一方、私に何か悟るものがあったとすれば、それはこの挫折の賜だ。

今日、ピオトル・ラヴィッツ*に、こんな説明をする。私の戦略はエスカルゴのそれ、隠れ、引き下がり、時と場合によって顔を出すだけ。すると彼が、それは簡単ではない、人に頼まれることだってあるからと言う。私は、それはそうだと言い、「私は偽のエスカルゴさ」と答えた。

＊　ピオトル・ラヴィッツについては、前記、三四三ページ、注参照。

ヨーン・フルンゼッティを待っている。四五分たっても、まだ来ない。私の国の連中に時間の観念がないのは、抽象的には褒められても、待ち合わせとなると別問題だ。
時間に無関心で、毎日、一種の永遠のなかに生きているような者にとって、時間を守るなどということには、もちろん何の意味もない。しかしそれならそれで、自国にいるべきで、一分を争う国になど来るべきではない。

*N'a fost să fie— It wasn't to be.*
満足のゆくフランス語訳はとてもみつからない。

シャガールはジャン・ヴァールに一枚の絵を贈っている。ジャン・ヴァールの子供のひとりで、一〇歳になる男の子は、時たま絵を描くが、その子が巨匠の作品に手を入れはじめた。不完全なところがあると思ったのだ！

七月一一日　昨夜、夜の九時から明け方の三時までしゃべる。

七月一二日　ラ・ヴィレットの屠殺場に行く。雄牛はなかなか屠殺場のなかに入ろうとしない。たぶん、臭いで、何が待っているか感づいているのだ。で、人間の手で押し込められる。一頭の牛は、なかに入る瞬間、悲痛なうなり声を発し、別の一頭の目には、伝染性の、恐ろしい不安の表情が浮かんでいた。
やつらはどうなるか分かるから怖がるんだよ、と屠殺場の者は言う。だが、そうではない。分かる前から、外にいるときから怖がっている。たぶん、臭いのせいだ。
イスラエルの屠殺場——もっとも残酷な。すくなくとも、五分の断末魔。それから、刺絡用の包丁を手にした、あのラビのような男。なんというおぞましい光景か！
この屠殺場にいるあいだ、私はずっと強制収容所のことを考えていた。ここは動物のアウシュヴィッツだ。

私の部屋でも三〇度。ショパンを聴く。盛夏にはまことにもってぴったりだ。

七月一三日　昨日、ヨーン・フルンゼッティと七時間以上もいっしょに過ごす。ある機会に、私が、身に危険が及ぶようなことは言わないように用心しなければ駄目だと言うと、彼は、心配はしていない、危惧するようなことは何もないし、これから生きられるにしても、せいぜい二年か三年だと言う。この言葉に私が驚いていると、彼は、自分は脊髄の致命的な病気に罹っている、これは医者の診断だ、もっとも医者は、X線写真が彼のものであることは知らないのだがと言う。……言うべきことは何もない以上、私には何も言えなかった。そして会話は何ごともなかったかのようにつづいた。これこそ最良の振る舞い方だ。

もしひょっとして私が狂人になったら、凶暴な狂人になるだろう。

七月一七日　ヴァカンスは〈そっくりそのまま〉自殺についてのエッセーに費やされることになるだろう。強迫観念が〈義務〉となると、退屈している暇がなくなる。これは悪いことではあるまい。得をしたようなものだ。

ヘンデルを聴きながら――音楽のおかげで、死が私にはもうなんの意味ももたなくなるとき、そのとき私は、音楽に深く感動するのだ、ということを知っている。なぜなら、私は死にえず、死を永遠に越えているから。こういう奇跡をもたらすのは音楽だけだ。そしてたぶん、あらゆる種類のエクスタシーが。

七月一八日から二八日まで、ラ・クレのネモのところで過ごす。かつて住んだことのない、まったく申し分のない家での、忘れられない滞在。

七月二九日――異常な精神の興奮状態。手が震える。何も、泣きごとすら書けない。

ほんの少しの離脱、これが、厚かましくも私の望むすべてだ。

私は震えている死体。

私を当てにし、私が期待を裏切ることはあるまいとひたすら信じ込んでいる人々がいるというのは、いつも私には驚きだった。だが私は、そういう人々の期待にはそわない。なぜなら、私は典型的な、ほとんどプロのだまし屋だから。

一〇日間の庭仕事。図書館の一〇日間より、やはりずっとましだ。鋤を使うか調べものをするか、どちらにするかといえば、私に選択の余地はない。それに、ペンよりスコップを扱うほうがずっと好きだ。

私の考えは、いつも自殺の周辺を動きまわっていた。生にはいまだかつて坐れたためしがない。

七月三〇日　私は、すべては非現実だと明確に意識している。これはたんなる印象ではなく確信だ。万物の遊戯を、仮象のダンスをつねに意識している。

ある有名なイギリスの参事会員が、つい最近、どういう会議かよくわからないが、さる会議で、イエスはホモだったに違いない、なぜなら、あの歳になれば、当時の習慣に従って結婚していなければならないはずだし、それに、彼の取り巻きは主に男だったから、と言い放った……

現在のイギリスのすべてがここにある。同性愛が主要な、ほとんど唯一の問題である国。

パリ――八月二五日、明け方の一時。ロンドンで過ごした、すばらしい一週間。ロンドンのうら悲しい詩情がたまらない。私にどこかで自己実現を果たすことができるなら、ここでなら可能かも知れない。

八月二八日　私は宗教的人間ではないかも知れないが、私を理解できるのは、宗教的人間だけだ。

（私のルーマニア語の本について書かれた、ジョールジェ・バーランの原稿を読みながら。）

いくらかでも心の安らぎを得たいと思い、とうとう彼はピストルで頭を撃った。

自殺の強迫観念では、生への執着と生きていることの恥辱とが言い争っているが、優勢なのは恥辱のほうだ。

九月一七日　ロット県とコレーズ県とを一週間あるく。クレイス、カルナック。ラ・ロッシュ＝カニヤックの墓地の入り口に、こんな碑文がある。

「いまのなんじらは、かつてのわれら
やがてなんじらは、われらのごとくならん。」

この愚劣にして真実の碑文を見たために、私のヴァカンスは台無しになったが、しかしここには、私の強迫観念のすべてが、つねに私の念頭にあるすべてのことが要約されている。

自分の強迫観念の妥当性が信じられないなら、私は自分を世にも大それたペテン師と思うだろう。

九月二三日　私の秘密？　生への病的愛だ。（「自殺との遭遇」を書き終わって）

懲役一か月の刑をくらった夢を見た。牢獄が耐えがたい。一瞬一瞬が私には責め苦。なんて哀れな男なんだと思う。と突然、姉は四年の労役刑をくらい、弟は七年！　くらったのだと思い、恥ずかしさのあまり、はっと目を覚ました。

八月一九日、大英博物館で。何体ものミイラ。ある歌姫のミイラ。その肖像画。陽気な目。三千年来ずっと陽気なのだ。包帯から突き出ている、この爪、気が狂いそうだ。

生には意味があるかも知れないが、重要性などまるでない。

物事は現在との関連においてのみ重要なのであって、過去のものにすぎなくなれば、とたんに、過ぎ去ったものとして一切の現実性を失ってしまう。善といい悪というも、いずれも現在のカテゴリーだ。真の犯罪とは、つい最近に犯された犯罪のことだ。昔の犯罪を思い出すなら、その犯罪を倫理的に批判するのはバカげているだろう。時間が経てば、いいも悪いもない。ある立場に立って、おこがましくも過去を批判するような歴史家が、ポレミストとして振る舞うのはこのためだ。彼は、ある別の時代でジャーナリズムの仕事をしているのだ。

　私の持っているもので私に固有のものなどひとつもない――私たちは絶えずこう繰り返すべきだろう。もしこれをほんとうに確信するなら、もう悪夢など見ることはあるまい。

　所有する――呪われた語彙、不安と動揺の原因。私の生！　どうして私の生などと言えるのか。「すべては私のもの、ただし私の生は別」と言い切れなければなるまい。

一九六七年九月二三日　シャリアピンのレコードを聴く。ロシアの民衆のバラードと聖歌の抜粋。

　ロシアへの私の情熱のすべてがまた目覚める。

九月二八日　サン＝シュルピス＝ド＝ファヴィエール近くの田園。傷ついたヤマウズラが野原を這っている。飛び上がれないのだ。先週の日曜日、猟師に、というより人殺しに狙い撃たれたに違いない。歩けない同じ状態の人間を見るより、このほうがずっと心が痛む。

九月三〇日

　九月二日、エクアドルのキートで、オリヴァー・ブラシュヘルドが死んだ。一九三八年から三九年にかけて、毎日、彼に会っていたとは。あれは「ラ・スルス」の時代――あそこで、彼、そしてマリアと、日に三回も会っていたのだ。

　いっしょに過ごした、あの年月、それも彼の死で今はもう跡形もない。

　あんな善意の固まりのような人間には滅多にお目にかかったことはない！　何と魅力があったことか！　それに自分の醜さで人の反感を買わないようにするすべを何とよく心得ていたことか！　話すことができさえすれば、それでよかったのだ。彼のうぬぼれは子供じみた、うわべだけの、滑稽なものだったから、少しも煩わしくはなかった。私がパリに滞在するようになった最初のころ、カルチエ・ラタンでの私の戦前のすべて、これは彼の名前と切り離せない。

午前〇時三〇分。

　名状しがたい絶望。今ただちに死にたいと思い、同時にまた死を恐れる。

　こんな取るに足りぬ肉体、血、魂、こんなものに、これほどまでの苦しみ、これほどまでの悩みがどうして宿ることができるのか。

神が私たちを哀れんでくれる——これこそもっとも必要にして、またもっとも想像しがたいことだ。

一〇月一日——昨夜、Ｅ・Ｉと食事。——結果はかんばしくない。眠れず、六時ころ起きて、散歩に出る。空が異様なまでに美しい。清浄無垢の青、おあつらえむきに月もかかっている。すべてが俗悪だとしても、曙光はそうではあるまい。再び純粋になるためには、毎日、曙光を考えてみなければならないだろう……

この夏の私の旅行。ロンドンで訪れた、いくつかの博物館、城（ウイザー）——いつも墓の上を歩いていた（ウエストミンスター寺院）……あるいはフランスの田舎、コレーズ県では、墓地が目につくような村々を通り過ぎた。どこでも、自然の理法への、現実への復帰命令だ。

西洋では、〈虚無〉には死を暗示する意味がある。それは救済の補強物ではなく、障害である。

同じように、自由をもたらすものはすべて否定的要因の烙印を押されている。つまり自由とは、喪失であり、人が願い、望み、大切にしている非帰属である。

親愛なオリヴァー、彼は無関心な者になってしまった。私たちにかかわりのあることは、もう何ひとつ、彼にはかかわりがない。

人類は死者からのみ成るとは！　なぜなら、生きている者も、未来の死者にすぎないのだから。

痛烈な皮肉は同情より底の浅いものだが、しかしそこには同情よりも真実がある。こと皮肉については、私たちは同情より自信がもてる。たぶんそれは、私たちが〈生〉について語るとき使わねばならない唯一の口調だ。

不幸の意識がなかったら、私は世にも稀な大ペテン師だろう。（過剰な意識が不幸の意識を伴わない、そういうペテンもある。）

一〇月三日　*Gloom.*　耐えがたい衰弱。何かを読み、聞き、見るにつけても、私は憂鬱になり、苦しく、暗黒へ突き落とされた気分だ。

（キューバ帰りの画商Ｘに逢う。キューバは楽園のような話しぶり。彼の言葉を信じるなら、チェ・ゲバラは現代美術の最大の批評家だ！）

自殺についての論文を書き上げる。これがどれほどのものか自分ではさっぱり分からない。二束三文の価値もないもののように思われ、渡す気になれない。でも渡さなければならない。マルセル・アルランに約束したのだから。

ホメーロスは、自分の苦しみを楽しむ、という表現を何回か使っている（特に、プリアモスがアキレウスに捧げる祈りのなかで）。この、いかにも現代的な感情。

一〇月四日　万象の秋。

犯罪はいい、だが卑劣な行為は許されない。

祈りあるいはシニシズム
いずれも、どんな試練の克服をも可能にする、たった二つの方法。両者を順番に実行できれば、願ったり叶ったりというところだろう。なぜなら、そのためにはただひとりの人間のうちに、神と悪魔との綜合が同時になされなければなるまいから。これほどの矛盾は、どんな存在にも、よしんば架空の存在にも、とても容れる余地はあるまい。

私の甥は三人の子もちだが、妻は彼を捨てて愛人といっしょになり、いまでは二人の子供がいる。つい最近の情報では、この甥ときたら、自分の子供にはもう一銭たりと与えず、どうやら月給の半分を自分を裏切った妻に送っているらしい！　父親に構ってもらえない三人の子供たち、彼らの生活費の面倒をみなければならないのはこの私なのだ。

三年まえ、ある若い詩人を介して、『全集』の第六巻に序文を書くようポーランから依頼されたことがある。彼には世話になったことがあったが、私は断った。依頼に応じなかったのは、たぶん間違っていた。だが、序文を依頼されたとき、私は一切の埒外におり、たとえ神から神について書くよう懇願されたところで断ったほどだ。

午後。あるルーマニアの女性と一時間すごす。――この女性ときたら、関心を惹こうとして、私の言うことにいちいち反論をはじめる始末。私は激怒した。素朴さの、自信の欠如。自信がないから尊大な態度を取るようになるのだ。精神の繊細さは微塵もない。それでも、ある種の知性はある。私を同国人から解放してくれる人はいないのか。
すぐれた人間は皆無だ。ひとかどの人間になるのは何と困難なことか！

一〇月一〇日　彼を裏切った者はだれも許されない。彼はずっと恨まれるだろう。

真夜中。私にとって幸福は、不安と切り離せない。

ドイツ人はペシミストにはなれても、懐疑家にはなれまい。懐疑思想には、ある種の洗練が必要とされるが、ドイツ人にはこれは望むべくもない。

一〇月一一日　ルノアール大通りを、二時間、台所用の二個のコックを探し廻るがみつからない。旧い型なのだ、やれやれ！——挑発的なまでに無礼な商人ども。同じ大通りのノミの市に行ってみる。疲労、吐き気。こんなに多くの怪物を、よくもこんな狭い空間に集めることができたもんだ。

私のやっていることはどれもこれも、私が推奨していることと矛盾している。無関心を褒めちぎってはいても、朝から晩まで、私はてんかんの瀬戸際にいる。

（私は人生に挫折した。つまりはてんかん患者だったに違いない。）

懐疑思想は、動揺つねない人間の信仰だ。

翻訳が可能なのは、文体のない作家に限られる。つまらぬ作家の成功の原因はここにある。どんな言葉にも簡単に翻訳できるから！

物の〈ああ！〉を理解しなければならないと言った、あの日本人。

私は聖者になりたいと希った——そのあげく、ペテン師になったにすぎない。

私たちが目覚めているのは、ほかの連中がみな眠っているときだけ、そして自分を意識するのは、真夜中だけ。

世界の終わり、いや、人間の終わりは、どのような形でやって来るにしろ、唯一の希望だ。

税金を払う僧、どうやらこれが私というものらしい。

一〇月一二日　二日酔いで頭が重い。

土曜日。旧友の医者G・Bと昼食。彼が何を書いているのかと訊くので、自殺についてのエッセーを書き上げたところだと答える。すると、困ったもんだといった顔で、「きみのことだから別に驚かないよ」と言う。

思えば、若かったとき、彼の判断基準はもっぱらショーペンハウアーだった！（もっとも、付け加えておかなければならないが、そのショーペンハウアーにしても自殺を非難していたが。）

また彼が、月にどのくらいの稼ぎがあるのかと訊くが、とてもほんとうのことは言えない。ほんとうのことを言えば、心配をかけることになるかも知れない。そこで、まあ、千フランくらいかなと嘘をつく。これでも彼にすれば、あきれるほど少ないと思うだろう。もし彼がほんとうのことを知ったら！

ボワロー――フランスの文学の歴史における大災難。数百年間というもの、彼は精神を骨抜きにした。

田園で日曜日を過ごす。エペルノンの近く、緑の松林のなかの、秋に襲われたマロニエ（？）の若木。

一〇月一六日、日曜日――激昂して目覚める。思想、存在、物、あらゆるものに向けられた、抑えがたい怒り。

「怒りと忍耐」の一五年の結実――この、『悪の華』についてのボードレールの言葉が好きだ。

いわゆる自然死の恥辱。

一〇月一六日　午後、銀行で、小切手を現金に換えるため申込み用紙に記入しようとしたところ、口座番号が思い出せない。覚えているのは下ケタの数字だけで、上の数字はさっぱり思い出せない。急ぎ銀行を出なければならない。これには行員も面食らったに違いない。（振り返ると）茫然としていた。

ボードレールは自分の〈痴呆ぶり〉を嘆いていたが（「今日、痴呆のはばたきを感じた」）、これはその兆候なのだろうか。私の脳髄の将来がひどく不安だ。

ボードレールが一生涯かけて稼いだ金額は、わずか一万五千フランにすぎない。

一〇月一七日　朝、市《いち》で、年配の女が失礼とも言わずに前を横切る。怒りを爆発させまいと、五分間、気持ちを抑えていなければならなかった。いろいろ考えて、おとなしくしていたのだが、気性のままに振る舞ったら、そこらじゅうで一悶着おこしていただろう。

恥、無能力の耐えがたい感情。

一〇月一七日　午前〇時三〇分。母が死んで一年。まるで生きてなどいなかったようだ。ただ私と弟の記憶のなかだけには、いまも生きている。そのほかは、忘却。頼りない、いつ死ぬかも分からぬ二人の人間の記憶に留まっているという事実を、死後も生きつづけていると言えるだろうか。

一〇月一八日　私は生の別の面にいる。これは動かしがたい事実だ。

人は自分の運命から逃れられない。このまぎれもない真実！　私はある種族に生を享けた。ところがだ！　この種族ときたら、私を追跡し、私の領分を侵し、私を富ませたり文無しにしたり、私を捉えて放さない。私にはどうすることもできない。同胞は私に襲いかかり、私の時間を食いつぶす。――だが、彼らには時間などどうでもいいものであり、それにいつも時間があるから、こうなるのは当然だ。どうして私の時間のことなど考えられよう。いずれにしろ、自分の時間にしろ他人の時間にしろ、彼らには二束三文の価値もない。だからこそ、どうでもいい長談義があんなに好きなのだ。

人のところへ押しかけるのは、その人を尊敬していない証拠であり、自分の孤独を安売りしている証拠だ。ある人を尊敬するということは、その人の孤独を尊重するということで、それ以外の何ものでもない。人が孤独に、自分自身になるのを邪魔立てする、これこそ大罪というものだ。

無遠慮――きわめつけの大罪。私が信者なら、自分の祈りで神に迷惑をかけようとは思うまい。

Sと祖国の将来について話し合う。またしても同じような危惧と困惑。歴史に押しつぶされた民族の不運。この点については、すでにほかのところで語ったことに何もつけ加えるものはもうない。運命論――逆境の逆境。

仏教の教典では、ニルヴァーナは爽やかさになぞらえられている……

私たちには風土がどこまでもつきまとう。比喩が問題となるときは特にそうだ。

ニーチェは、どう考えても、ひどい世間知らずだ。

一〇月一九日　稀に見る美しい日。サン＝レミー＝レ＝シュヴルーズ(10)からサン＝シェロンまで――回り道をしながら――私たちは六時間あるいた。人気のない道を歩く、これが私にとって幸福というものだ。つまり、日曜日には、もう田園は歩けないということだ。

一〇月二〇日――ベネデット・マルチェッロの――オーボエとオーケストラのためのハ短調協奏曲。

Sが驚くべきことを語る。Eについての講演を終えたところ、Eの妹がやって来て、彼らの母親のことを話題にしなかった点で礼を述べ、「私の夫は反ユダヤ主義者で、母がユダヤ人であったことは知らない」からだ、と言ったそうだ。反ユダヤ主義はおぞましい。そして想像を絶するほど残酷なものだ。

不安あるいは倦怠に効く薬はひとつしかない。すなわち、手仕事。これは毎日、合点していることだ。だから私は、可能な限り頻繁に手仕事に精を出す。日曜大工、わが天職、これにまさる実質的なものは私にはないからだ。

床に就き、ぐっすり眠り、そして絶望して目を覚ます……

日本人が二人、訪ねて来る。ひどく感じがいい。ひとりは若い詩人で、ボードレールについての学位論文を準備中。もうひとりは、うっとりするような娘で、私にシクラメンをもってきてくれる――なんと上品なことか！　二人とも溌剌としていて、教養がある。二人に比べれば、私は長老めいて見える。話のなかで、私にはもう覚えのない者のことが話題になる。「その人は老人？」と私が訊ねると、「もちろんですわ、一九二八年の生まれですから」と美女が言う。

「その人が老人なら、一九一一年うまれの私については何とおっしゃいますかね」と言って、あやうく彼女を遮るところだった。

この年齢の話で、私は苛立ちはじめる。考えてみれば、私は二十歳《はたち》のとき、三〇歳すぎの人間は例外なく軽蔑していたものだ(11)！　こうなるのも当たり前だ。

正教会（もちろん、ロシアの）の音楽は、モンゴルのモンテヴェルディを思わせるところがある。

一〇月二四日　不毛、嫌悪。仕事ができない。観念めいたものすら生み出すことができない。感電死した脳髄。

一〇月二六日　午後、鬱に近いといったらいいのか、何に近いといったらいいのか分からない無の状態で、二時間、横になっていた。つまり私は、「空《くう》」について考え、すんでのところでそれを経験するところだったのだ。

一〇月二七日――昨夜、とても快適な晩餐会で、私は、なんでも委細かまわず話題にし、のべつまくなしにしゃべった。今朝、目を覚ますと、人々に会って与太話などせずに、自分で検討しなければならぬ主題、つまり「空」について考えるべきだと自分を責めた。「空」？　だが昨夜、おまえは「空」にどっぷり、首まで漬かっていたのだ。

マルチン・ブーバーは、四〇年間あるいは五〇年間、伝道者を気取ったあげく、晩年になって愛を……まったく肉体的な愛を発見した。その愛人に宛てた手紙は、いままで彼が主張してきたさまざまの考えを否認するものであるように思われる。彼の弟子たちが書簡の公表を望まないのはこのためだ。公表されれば、イスラエルの威信に傷がつくだろう。実は、ブーバーは『告白』を書くべきだったのだ。そうすれば、聖アウグスティヌスの『告白』とは逆に、彼の『告白』は、官能への回心となり、魂の犠牲による官能の名誉回復となったであろう。

　中傷する輩《やから》はどう扱えばいいのか。殺すか許すかのどちらかだ。殺すほうが簡単でもあれば、あとくされもないだろうが。

　私が満足感を覚える時といえば、歩いているときか、何か手仕事をしているときに限られる。そういうとき、私の精神は物に同化し、物である。

一〇月三〇日　「空《くう》」について、「無常」について、ニルヴァーナについて考えるときの最良の姿勢は、横になるか、うずくまるか、そのいずれかであることに気づいた。そもそもこれらの命題は、こういう姿勢で抱懐されたのだ。

　人が立ったまま考えるのは西洋だけだ。西洋哲学の不愉快なほど現実的な性格は、たぶんここに由来する。

　私たちにあるもっとも根深いもの、それは復讐欲だ。自分が不幸だと思うのは復讐できないからであり、復讐をやたらと先に延ばすからである。

　復讐を考えつづけるのは、信仰の観点からすると、復讐することより由々しいことだ。なぜなら、復讐を果たしてしまえば、私たちは精神的に生まれ変わるからだ。いずれにせよ、〈再生〉の希望はなくなりはしない。それにひきかえ、いつまでも復讐を考えつづけていると、事態はいよいよ悪化し、どんな信仰の向上もおぼつかなくなる。犯罪に憑かれた者より人殺しのほうがずっと救われる可能性がある。

　XやYの影響を受けたかと訊かれると、――いや、私の師は二人だけ、つまり仏陀とピュロンだけだった、と答える。

　あらゆる〈同時代者〉は、どんなに深い洞察力のある者でも、ジャーナリストにすぎない。

　バッハをまた聴きたくなる。バッハは暗闇のなかで聴くのがいい。私は明かりを消し、地下墳墓のようなところでバッハを楽しむ。まるで死後、音楽を聴いているような気持ちになるときがある。

「おまえは精神病患者だ！」と、日に何度、思うことか。

ことの次第はこういうことだ。あれはしないでおこうと思っているが、結局やることになるのは自分でも分かっている。そして実際その通りになると、例の文句を繰り返すのである。

万聖節。どのウパニシャッドだったか覚えていないが（ウパニシャッドは沢山ある）、こんなことを読んだことがある。「人間の本質は言葉、言葉の本質は讃歌。」

『荘厳ミサ曲』を聴いたところ。一向に感動しない。ベートーヴェンには神的なものへの感覚がない。弦楽四重奏曲は別だが、私は彼の音楽には関心がない。これは今にはじまることではない。

ピュロン、エピクロス、その他若干の者を除けば、ギリシア哲学は私たちの期待を裏切る。それは真理だけを追い求めるが、これに反してインド哲学は、もっぱら解脱をのみ追求する。このほうがはるかに重要だ。

アンドラ公国の市長（?）は、その歓迎演説で、かつてド・ゴールに、「貴下の相次ぐ、卓越せる遠征において……」と語ったものだ。これではまるで神に語りかけているようなものだ。

一一月二日　昨日、そら恐ろしいようなスピードで飛び去る雲をベッドから眺めていた。そして思ったものだ。私たちの考えも、その変わり易さからして、この雲と同じスピードで次々にあらわれては消えうせるのだと。

*Self-pity* のいつもの発作。当然でもあれば、また軽蔑すべきものでもある感情。私としては、この感情は徹底的になめつくし、克服してしまったものと思っていたが、実はさにあらずで、もとのままだ。それにしても、この感情を克服したと思ったのは、しばらく前のことだ。だが、本質的なものは何ひとつ克服されることはないのだ。

一一月六日　昨夜、真夜中ちかく、ひとりのスペイン人（あるいは南米人）が、最寄りのメトロの駅を教えてくれと言う。相手はフランス語が分からないので、私はスペイン語でなんとか駅を教えてやる。すると彼は、礼に代えて、私の肩をぽんとたたき、まるで旧知の間柄ででもあるかのように、私の手を握った。

これより数日まえのこと、ひとりのイギリス人に、トゥールノン街の、ある店の所在を訊かれたことがある。私は店まで同道したが、店は閉まっている。そこで門番に開店の時間を教えてもらった。私はイギリス人と話をしたいと思い、この夏、ロンドンへ行ったと言ったが、相手からは一言も聞き出せない。ただ一言、*I appreciate*、これだけだった。

愛想のいい人間と堅苦しい人間、この人間の二つのタイプでどちらがすぐれているかといえば、もちろん後者だ。

一一月七日　悲しくはないのに泣きたいと思い、逆に非存在を至福と思う。

空――私が懐疑思想の果てに行き着いた、唯一の実質的な帰結。

ありとあらゆる依頼ごとがルーマニアから絶えない。自分のことにさえろくに専念できないのに、どこに他人のことにかかずりあう気力とエネルギーがあるというのか。金銭問題など知ったことか……

一一月一一日――せっかちで同時に悠長、これが私の生きざま。

月を眺めながら考える。人間が月に行くのは、もちろんすばらしい快挙だが、精神的な意味は一切ない。

存在は簡単なもの、伝染するものだ。非‐存在はそうではない。これは大きな不幸だ。

フランス人とのつきあいはすくなくないが、深い共通点はひとつもない。

一一月一三日　忘れがたい夜。全身に苦痛を感じる。私は、すべてを決済する事態が目前に迫っていると九分どおり思っていた。三〇年来そう思っていたのだが――しかし暫く前から、私の苦しみは妙にはっきりしてきた。

小荷物を抱えて鉄道会社に行きながら、「この小荷物も、やがて死ぬことになる人のものだ」と、つい思ってしまう……これほどまで、私は無常感の虜になっている。

どんな主題にしても、すこしでも掘り下げると、とたんに私は死ぬほど退屈してしまう。一月《ひとつき》費やして「空《くう》」を考えてみたところだが、もういい加減うんざりしている。別の固定観念となるものが早く来ないものか。

……そうはいってもしかし、空は私の日々の糧、私は文字どおりそれをむさぼっている。

「神以外にはだれも、魂の根底に触れることはできない。」
（マイスター・エックハルト、『永遠不滅の誕生について』[12]。）

一一月二四日　おぞましい夜。明け方の四時まで眠れない。昔からの両脚の痛み、三〇年来、苦しみつづけている、あの不思議なむずかゆさ、これが毎日、ほとんどひっきりなしに襲ってくる。もううんざりだ。

一二月一日——午前、ある言葉の正確な意味を辞書で調べていたら、たまたま、熟したという言葉、それにその至極ありきたりの例文に目がとまる。「よく熟した木の実……枝から落ちる」——この文章の末尾を読んで、私はたちまち暗鬱この上ない気持ちになった。かくまで私は秋に包囲されているのだ！

モーツァルトの『クラリネット五重奏』をいま聴いたところ。思い起こせば、一九三六年ころ、ベルリンで、ある日、この曲を鉱石ラジオ（?）で聴いていたところ、ひどく大柄で、意地の悪いデブの *Wirtin* * が、私の部屋のドアをノックし、曲が終わると、私に〈Wunder schön nicht wahr?〉** と言ったことがある。こんな怪物のような女に、どうしてこんなにも憂鬱な曲（これは、モーツァルトが死の年に、『レクイエム』と同時に作曲したものだ）が分かるのだろうかと、そのとき私は、いぶかしく思ったものだ。

* 宿の女主人。
** 「なんて美しいんでしょうかね」

世界は神の偶発事故、*accidens Dei*、このアルベルトゥス・マグヌスの考えがひどく気に入っている。

一二月三日、日曜日——ドゥールダンに近い、あのサント＝メームのビストロには、村はずれの老人ホームにいる老人たちが飲みにやって来る。どう見ても、彼らは退屈している。なかの一人は才気のあるところを見せたがっているが、珍妙としかいいようがない。私は、ガリヴァーがこきおろしている老人たちのことを思い出す。この連中は、一生働いたあげく、このざまで、連れ合いを亡くし、多かれ少なかれ、身内の者からは見捨てられている。これに比べれば、両親をむさぼり食う食人種の振る舞いのほうがどんなにか人間的で、自然で、思いやりのあるものか！

かつて田舎では、体の利かなくなった老人は枕で窒息死させたものだ。社会保障、年金等々のある今となっては、こういう過去の幻影は貴重である。

アルヴァレス・デ・パスは、観想の障害として特に、極端すぎる〈健康への関心〉を挙げている。

月曜日

午後、ハンス・ニューマンとフォン・マッセンバッハ夫人が訪ねて来る。夫人が靴がきつくて困ると言うものだから、ルーマニアへ送ることにしていた一足を提供する。すると「母上も姉上も亡くなっているのに、まただれに送るんですか」と訊くから、靴は取引の材料になり、これくらい上等の靴なら、ひとりの人間の一月《ひとつき》の生活費を充分まかなえるのだと答える。だが彼女は、平然と靴を受け取った。千八百万旧フランで、イタリアにアパルトマンを買い込んだばかりだというのに！——しかも、お礼の一言もいわない。

一二月五日　「空《くう》」の原稿を書き上げる！
一月《ひとつき》以上、もっぱら東洋思想とのみつきあい、ほかのものはほとんど何ひとつ読んでいない。どこかとても遠い世界、それでいてとても近い世界から戻って来たような感じだ。さて今度は、ヴァレリーに、つまり、もう何年も読んでいない者に向き合わねばならない。ヴァレリーを再発見することになるのだろうか。可能性はなくはないが、一向に確信はない。ひょっとすると失望することになるかも知れないが、ともかく序文を書かなければならない。*

＊　シオランは、アメリカのボリンジャー財団の訳・編による、ヴァレリー選集の一巻本に序文を書くようジャクソン・マシューズに依頼された。ところが序文は拒否され、その後フランスで、「ヴァレリーとその偶像」の題で発表され（レルヌ、一九七〇年）、『オマージュの試み』（ガリマール、一九八六年）に再録された。

ジッドのような堅物が半世紀間フランスの文学を支配できたとは驚きだ！

存在は発見、空《くう》は征服だ。解脱なき者は征服者ではなく、解脱の熱狂者にすぎない。

スーザン・ソンタグは、『実存の誘惑』の英訳版に寄せた序文で、私のユダヤ人についてのエッセーは、この本のなかでもっとも皮相、かつもっともぞんざいな章だと書いている。私の考えは逆で、この本で断然いいのはこの章だ。この手の批評家連中の直観欠如たるやひどいもんだ！　これほど情熱あふれる文章が〈cursory〉*なはずはないし、私はこの文章を数年間かかえていたのだ。自分の好みに合わぬからといって、皮相と断ずるとはなんたる気まぐれか！

＊　皮相な。スーザン・ソンタグの序文は、エッセー集『土星の徴しの下に』（ル・スーユ、一九八三年）に仏訳された。(13)

批評家は決して読まず、作家だけを読むこと。あらゆる批評は、学生の書く小論文の域を出ない。学を衒い、自然であるよりも知的であろうとする。事実、私の気づいたところでは、書評などを書いている、この手の味もそっけもない落ちこぼれ連中は、彼らの知性を無理じいしているのに、知性からさまざまの考えがやすやすと、まるでついうっかり生み出されてしまったかのように人々に信じ込ませたいのだ。ところが実際は何もかもが苦心惨憺の、そして思い上がりの結果なのだ！　私たちの可能性と才能、これは手つかずのままにしておこう。そうするのが、いささかなりと節度を保つ唯一の方法だ。

印象批評だけがどうやら読めるものだった。いまは、どこの馬の骨でも、どんなことについて理屈をこねても当たり前と思っている。これこそ私が、〈哲学による白痴化〉と呼んだものだ。

手紙を書くのは時間の無駄だ。だが、ある〈主題〉に取りくみ、それを真剣に論じるよりはましだ。

ショーペンハウアーが考え、そして書いたあらゆるもののなかで、いまもって生きているのは、その憤懣の爆発だけだ。彼が自分の体系について語り、それを力説するときは、まず間違いなく退屈であり、決まり文句を繰り返しているようなものだ。ところが、彼が哲学者であることを忘れ、自分の学説遵守の義務を忘れると、とたんにめっぽう生き生きとしてくる。ひとりの思想家が残すもの、それは彼の気質であり、つまり、彼に自分を忘れさせるものだ。私たちが思想家に興味をもち、困惑し、関心をいだくのは、彼がさまざまの矛盾をかかえ、むら気をおこし、その哲学の基本方向にはそぐわぬような、思いもよらぬ反応を示すからなのだ。

どんな主題についても、自分の信念など忘れて語ること、これが一番いい。矛盾したことを言っているのではないかと恐れることほど不毛なことはない。自分の気質に従い、自分の思い通りにするなら、実際には矛盾することなど言ってはいないのだからなおさらだ。

古代の貴族あるいは審美家にとって、キリスト教の出現はどんなにかおぞましいことだったに違いない。この点を理解する上で、今日、私たちはまたとない位置にいる。

生きる企て、そして死ぬ企て、この企てには現実的な根拠があるのだろうか。それは内容ゆたかな幻想と別のものだろうか。それをやり通せる人がいるだろうか。この企てが魅力的なものに見えるのは、それが本質的に無意味なものであり、普遍的なものであるからだ。それは何ものでもないゆえにすべてだ。

音楽という音楽から何年も遠ざかっていたあげく、いまここに決定的な和解がなる。

私が専門用語に反対するのは、それがまさに途方もないうぬぼれを生むからであり、また専門用語を使い、それを見せびらかし、後生大事にしている者が鼻もちならぬ手合いであるからだ。すぐれた哲学者にしても例外ではない。

あのヴァレリーについての序文——批判など犬に食われろ！

批評という仕事はおぞましい。他人については決して書かず、論告文のたぐいはいっさい控えること。

一二月七日　今朝、古代のソフィストについて、ある大学の教師がラジオでしゃべっているのを聴く。それによると、ソフィストたちは自分たちの教育を売り物にし、生徒から報酬をもらい、主要都市を〈巡回〉してまわって、〈講演〉で稼いでいたのだそうだ。そして教師は、ソクラテスの後を受けて、こういうソフィストどもはけしからんといって非難している。

……そういわれれば、私としては、この知ったかぶり屋に言わねばなるまい。おまえさんが毎週やっている、この手の高尚でバカげた放送は、さだめしロハなんでしょうなと……

ヴァレリーを読み返す気にさっぱりなれない。彼の書いたものは何もかも時代おくれのもの、無益に知的なもの、そんなふうに見える。彼は思想と気取りとを混同していた。

私の第一の敵、私の公認の中傷者、あのプロの誹謗家L・Gときたら、人々のあいだを渡り歩いては、あちこちにいると思う私の友人の目の前で、私のことをこき下ろしている。

……汝の敵を愛せ……だが、そんなことができるなら、地上にはとっくの昔に楽園ができていただろう。現実には私たちは、友人といわず敵といわず、あらゆる人間を憎んでいる。もっとも、友人を憎んでいるとは思っていないという相違はある。だがそれでも、なんらかのやり方で友人を憎んでいることに変わりはない。

心の底にあるもの、それは苦しみだ。つまり、それは魂の澱であって、あまり掻きまわしてはならない。

一二月九日　肉体は物質ではない。でないとすると、悲劇的な物質だ。

一二月一四日　昨夜、オデオン座で、オールビーの『微妙な均衡』を観る。退屈な二時間。もっとも、戯曲は悪くはない。ただ私には、普通の対話が、ましてや一般市民の対話がもう耐えられないのだ。あんまり平凡すぎるから、自宅ではご法度のような議論、そんな議論をよそに聞きに行くとは！　こんなものはもう卒業している。ほんとうに耐えがたい。我慢できるのは〈前衛〉劇だけ、ただし上演時間は三〇分以内という条件がつく。

発作的な行為、私にはこれしかできない。私の場合、すべては発作的に起こり、行為においても思考においても、継続性というものが私には欠けている。思いやりにしても、私がそういう気持ちにかられるのは、時たまのことだ。もっとも、どんな約束も責任も伴わぬものなら、そんな私にしても思いやりを示し、寛大なところを示すことさえできるだろう。しかし、こんなことは不可能だし、また矛盾でさえある。なんであれ何かに関係をもつのが私は怖いのだ。ところで、言っておかねばならないが、善行を施すこと、いや善行を望むことさえ、恐ろしい束縛といっていい。

存在することもまた一種の責任だ。自由は存在の外にある。

ユダヤ人は、フランス人とドイツ人の、もののみごとな綜合である。すなわち、統合されてひとつになった生気と粘り強さ。フランス人は、すべては自分のおかげであると思っているが、この点ではユダヤ人と同じだ。

自分とすべての人間にのみ責任を取り、特定の個人には断じて責任を取らぬ者、隠者とはこういう人間のことだ。私たちが孤独にのめり込むのは、だれの面倒もみないためだ。自分と神、これで充分なのである。

墓地の厚かましさ。

中傷をただ言葉とのみ見なすこと、これが中傷を取るに足りないものと見くびり、傷つくことなく中傷に耐える唯一の方法である。私たちに敵対する発言はどんな発言も、ばらばらに分解してしまおう。一つひとつの語彙を切り離し、これは形容詞、これは名詞、これは動詞といったあんばいに、冷淡に取り扱おう。

……さもなければ、中傷者を厄介払いすることだ。

私はいまだかつて何者でもなく、何ものにも帰属したためしはなく、――どんな確信とて抱いたことはない。――せいぜい、さまざまの強迫観念に操られてきただけだ。その強迫観念にしても、ついには私の懐疑に屈してしまったのだが。

一五歳のときから、私は生の意味の発見を待っていただけだ。これこそ、生にどんな意味もみつけだせないもっとも確実なやり方だった。生きているふりをするより生きるほうがずっと簡単だっただろう。

許しの問題をまた考える。悪口を許すことができるか。たぶん、許すことはできるだろうが、忘れることはできまい。忘却の不可能性でないとしたら、恨みとは何か。

偽りの感情を除いたら、〈プシュケ〉にいったい何が残るだろうか。だが、この種の感情は、人間の奇妙な条件、つまり、自然のなかに定点をもたず、本能と理性でもって二重に策を弄さなければならないという事実の産物だ。人間とは、想像しうるもっとも不誠実な動物だ。

一二月一六日　病は、ある巨大な現実、生の本質的属性だ――生きとし生けるすべてのもののみならず、存在するすべてのものが病に晒されている。石でさえ病をまぬかれない。病んでいないのは空《くう》だけだが、しかし空に到達するには、病んでいなければならない。なぜなら、健康な者はひとりとして、空にゆき着くことはあるまいから。健康は病を待っている。病そのものの否定に、救いとなる否定にゆき着けるのは、病だけだ。

なんという皮肉！　二年まえ、ギィ・デュミュールに、「エクスプレス」誌にヴァレリー論の寄稿を求められたとき、私は断った。その理由として、私の人生に影響を与えた作家、しかし今ではまったく関心をもっていない作家、そういう作家にいまさら立ち返りたくないと言った。

それなのに今、私はヴァレリーのほとんどすべての作品を読み返している。状況と懐具合に促されるがままに……

パウロは罪の〈神秘〉について語っている。恐らくその通りだろうが、しかし、これよりも重大で意味深いのは、あらゆる存在の秘められた掟、というよりむしろ宿命といっていい失墜の神秘だ。というのも、失墜は自然より運命の特徴をもっているから。

生命そのものの現象には、失墜の大きな可能性が含まれている。すべての生きとし生けるものは、潜在的に、それどころか事実上、失墜者である。

一二月一七日　ボース地方を歩く。すばらしい一日。晴天に恵まれるのは冬のあいだだけ。エタンプから一〇キロないし一五キロばかり離れたムリヌーの村に着いたとき、私は、通りから、一軒一軒の家から、そして不思議なことに、このボースの地から流れ出ては、そこに漂い、そこにみなぎる物憂い気配に衝撃を受け、茫然となった。こんな廃墟のようなところ、耕作されているこんな砂漠、農業で汚されたこんな無限、こんなところでは私は生きてはいけないだろう。いや、こんなだだっぴろい平原と毎日、顔を合わせているのには耐えられないだろう。だが憂鬱は、いま目の前にしている広大な空間にあるのではない。それは私の内部にあり、私がパリからもってきたものだ。自分の内部に毒を、あるいは黴菌をかかえたまま、かくも完璧にして純粋な孤独のなかを歩く！

一二月一八日

ヴァレリーは、私がたどった知的変遷の上で、いやそうではなく、私が言葉を意識化する上で、かけがえのない人間だった。だが、彼に興味を失ってからもう久しい。彼から引き出せるものはすべて引き出してしまったからだ。自分にはなんの得るところもない、先刻承知のものを、どうして読み返す必要があるのか。あのみごとな、そして多くの場合、空疎な決まり文句の数々を読み返すと、私は一種の不快感を感じる。この凝った言葉は私をうんざりさせる――もしこういう気取りに、いわばその埋め合わせとして、ときにはほとんど知的絶望の域にまで達することもある、きわめて現実的な幻滅がなかったら、こういう気取りはどれも耐えがたいものだろう。

（褒めるにしろ貶すにしろ、ひとりの人間を評価するのは、なんとしんきくさいことか！　それに、まったく経済的な理由から、こういう仕事をしなければならないのは、なんという苦痛か。）

私たち人類は消滅するはずだ。そしてその消滅は、予想よりずっと早くやって来るだろう。私は、人類はやがて人間以下のものになると堅く信じている。大トカゲ類の動物が、そのずうたいに押し潰されてしまったように、人間もまた、その野望、その罪、その才能に押し潰されることになろう。

ヴァレリーが、その『レオナルド・ダ・ヴィンチの方法への序説』の再版のために書いた『覚書と余談』（一九一九年）を読み返してみようとするが、できない。揚げ足とりになってしまう。この作品は徹頭徹尾、言葉にかかっている。それに私は、かつて私に影響を与え、〈文章〉への関心を呼び覚ました、この作品が大嫌いだ。――やれやれ！　ここにあるのは文章、移り気、言葉、言葉だ。そして何もかも、ひときわみごとだが、結局のところ、うんざりする。言葉の遊び。巧妙さを狙い、そして実際、巧妙なものだが、しかしいったん、読者がそれに誑かされなくなれば、魅力を失ってしまう。ここには実質がなく、読者は満たされない。この序文をてっとり早く片づける前に、ヴァレリーを全部読み返さなければならないと考えるとは！

文章には、ペストのように、用心すること。プルーストの作品のように、文章の背後には現実がなければならない。そうでなければ、文章は空回りする。ヴァレリーがほとんど忘れられているのは、それなりの理由がある。また彼に熱中するようなことは断じてあってはなるまい。もっとも、今回こうして私が再び彼を問題にしているのは、好みによるのではなく必要に迫られたからだ――とっくに卒業してしまった作家が退屈なのは避けられない。ニーチェでさえ、私には苦痛なしには読み返せない。

作家について語るために、その作家を読まなければならなくなると、とたんに、その作家は台無しになってしまう。ほんとうの読書は素朴なもの、無欲なものだ。そういう読書だけが楽しい。批評家はなんとも気の毒だ！

私は門番のように本が読みたい。つまり、作家に、本に一体となるのだ。そのほかの態度は、私にはスパイか探偵を、あるいは死体の解体人を連想させる。

私たちは自分について一定の考えをもっている。この考えに自信があっても、人に会うと、その人が、すこしも同じようには考えてはいないことにすぐ気づく。

屈辱はいつも二重のものだ。つまり他人から見ての屈辱と、自分から見ての屈辱。屈辱がどうして人間に深い影響を及ぼすのか、その理由は後者から明らかだ。

離脱の理論家を自認した、皮をはいだ人体標本。

音楽との和解。音楽のかきたてる妄想に私が見届けるのは、知恵がその教えをもってしても私に与えることのできなかったものだ。非現実をもってするに非現実――それなら音の非現実を選ぼう。

私の欠陥は、賢者とのつきあいで直るには大きすぎる。

気力喪失は恥ずべきことかも知れないが、それが、そのきっかけとなったと見られる時よりも、ずっとずっと前から私たちの内部にあったとしたら？

私は自分の沈滞にブレーキをかけねばならない。なぜなら、そのまま放っておいたら、はるか遠くに連れていかれてしまうだろうから。

精神の領域、そして実践の領域において、結局のところすべては、思い上がり、つまり幻想だ。

「空《くう》」についての論文で、* タウラーの言う *Blossheit*、つまり赤裸と、*cunyata*、つまり大乗仏教の空とを比較してみるべきだった。だが、この種の比較に興味をもつのは学者くらいのものだろう。ただし、それには引用と参考文献とをふんだんに盛り込むという条件がつく。

＊「エルメス」誌に発表される。

どんな皮をはいだ人体標本の例にもれず、私もまた〈不作法〉や侮辱に反発する。ところが、苦しんだあげく、私は気を取り直し、自制する。離脱への自負心にいつも助けられて、私には、打撃をかわせないまでも、打撃を〈消化する〉ことができる。自尊心のあらゆる傷には、第一段階と第二段階とがあり、〈知恵〉への私たちの衝動が有益なものであることが分かるのは、第二段階においてだ。

ヴァレリーを再読すればするほど、Vがパスカルについて書いたバカげた文章の仇を取ってやりたいとの思いがますます募る。

マラルメについてアンリ・ド・レニエの言った言葉。プラトンとリーニュ公の寄せ集め。

私が好きなのは、ロマン派ふうの作品か、でなければ残酷でシニックな作品のいずれかに限られる。いわゆる文学、練習にすぎず、〈仕事〉にすぎない文学は大嫌いだ。

過去も未来も、いや現在すら考えずに書くべきだ。そして書くべき相手は、自分がやがて死ぬと知りつつも、自分の死の思いが繰り広げられる時間、その時間のほかは、すべてが自分にとって中断されている者とし、この時間に語りかけるべきだ。剣闘士たちのために書くこと……

詩の凋落があるとすれば、それが始まるのは、詩人たちが言葉に理論的関心をもつときだ。

私がほんとうに尊重しているのは、仏陀とピュロンだけだ——前者は神の列に加わり、後者は人間とは別の者だった。

問題になることといえば、もっぱら魂の平穏、観想、断念、そんな書物に囲まれて夜となく昼となく過ごしていると、街に出て、出会いがしらの人間の顔を殴りつけたい衝動にかられるときがある。

一二月二四日　むしょうに泣きたい。滑稽だ！　考えたい、むしろそう思うべきだろう。だが涙も湧かないように、考えも浮かばない。

一九六七年一二月二五日

昨年と同じ日、同じ時刻に、コルバンのところで、ヘンデルの『メサイア』を聴く。昨年同様、この曲のもととなった強烈な、切れ目のないインスピレーションを感じる。その勢いには、どんな隙間も、疲れも、緩みもなく、いささかの息の乱れもない。これに相当するようなものが文学にあるだろうか。これに似たようなものを感じたのは、一九三五年ころ、ベルリンで、ヴェルナー・クラウス演ずる『リア王』を観たときだったと思う。——とはいっても、双方の印象は比較できるものではない。

一二月二七日　脳髄が爆発するまで一切を疑う、これが私の使命だ。

マラルメはホイッスラーの『一〇時』を翻訳しているが、そのなかで〈glorious day〉を、「栄光の日」と訳している！

ひとりの人間を間違いなく駄目にするのは、その多岐にわたる才能であり、止まることを知らぬ好奇心であり、変わり身の早さである。

マラルメと……セリーヌ、二人の共通点は、自分独自の語法をつくり出し、いかなる場合でも、その語法にもとることができなかったということだ（たとえば、マラルメがメリ・ローランに書いた手紙！）

一二月三〇日　仏陀その人さえも世間知らずと思われるときがあるが、そういうとき、私は危険きわまりないところにさしかかっており、今すぐ退却すべきだということを知る。

言わねばならぬことは言ってしまった、あらゆることに「ノン」と言ってしまったと思うと、いささか悲しくなる。

一二月三一日　今日、エトレシィとブーティニィ地方を三〇キロほど歩く。雪が舞い、道には人の気配はない。こうして自分の想念だけを道連れに、いや、想念さえなく、ただひとり道を辿る！——たまらない。あの死体の街から遠く離れて。なぜならパリは、ぴくぴく動いている墓地にすぎないから。

何かをやってのけると、私たちは満足する。この、何かを達成したことにともなう満足感、これを克服し、一切を克服し、行為を感覚から永遠に切り離さなければなるまい。

## 訳注

（1）本書六九七ページにシオランが明記しているように、このL・Gはルシアン・ゴルドマンのこと。

（2）『絶望のきわみで』の序文に、シオランは次のように書いている。「私がこの本を書いたのは……二二歳のとき、トランシルヴァニアのシビウでのことだ。学業は終えていたけれど、私は両親を、そして自分自身を誑かすために、学位論文を書いているようなふりをしていた……哲学の隠語が私の虚栄心をくすぐり、そして私は、普通の言葉を使う者をだれといわず軽蔑していたのである。」

（3）傍点のあるものは、いずれもフランス・アルプス山塊（オート＝サヴォア県）にある山。

（4）この「五歳のときの倦怠の発作」について、参考までに『対談集』からひとつ挙げておく。「……私は倦怠についての最初の意識的経験をありありと覚えています。私は五歳でした……そのとき私は、時間が存在から剝離するのを感じたのです。これこそまさに倦怠というものでしょうからね。存在と時間は生においては歩みを共にし、ひとつの有機的統一を保っていますが……倦怠では時間は存在から剝がれ、私たちには外的なものになります……」。

（5）Knipers, Jacoba Von Velde は、七五二ページに言及のある Fritz Kuipers および Jacoba Van Velde と同一人と思われる。Van Velde は、ベケットやイヨネスコなどの翻訳で知られるオランダ出身の作家、翻訳家だから、Von は Van の誤りと断定できそうだが、Knipers を Kuipers の誤りと断定できる手がかりはいまのところない。

(6) この「シモーヌ・ド・B」というのは、シモーヌ・ド・ボーヴォワールのことだろうか。サルトルが引き合いにだされているのを見ると、そう思わざるをえないが、もちろんこの時点では、ボーヴォワールは存命中。シオランの見た夢の記述と思われる。

(7) 三二ページの原注にいう『肖像選集』の英語版のことと思われる。同書のフランス語版のはしがきによると、シオランは最初、『サン＝シモン要諦』の題で、サン＝シモンからの抜粋の英語版を出すつもりだったらしい。

(8) 現在、これらの論文は、一九九一年にブカレストで刊行された『孤独と運命』(仏訳は二〇〇四年、ガリマール書店)に収録されている。

(9) 原文には〈……au dessus de〉とあるが、全体の論旨から〈……au dessous de〉の間違いとみて訂正した。

(10) 『カイエ』は一貫して〈私〉(＝シオラン)の視点から書かれているが、ここにきて語り手がいきなり〈私たち〉として提示されると、何か異様な感じを受ける。シモーヌ・ブエの証言によると、『カイエ』に散見するパリからの〈遠出〉には、いつも彼女が同道していたとのことだから、〈私〉の視点からの記述は、この事実を意識的に消した上で書かれているということになる。その意味では、このページ、さらに五六四、八二六ページの〈遠出〉の記述は、この消去の意識的操作がいわば弛緩し、同伴者〈S〉が、つまりは事実が顔を出したのだともいえる。

(11) エリアーデについて書かれた一文に次のようにある。「エリアーデに会ったのは一九三二年ころ……当時、彼は〈新世代〉の偶像であり――私たちは鼻たかだかにこの呪文を唱えていたものだった。私たちは〈老いぼれ〉や〈ぼけなす〉どもを、つまり三〇歳をすぎた大人たちをことごとく軽蔑していた……」(『オマージュの試み』)。

(12) エックハルトにこういう表題の本はない。引用の文章は、エックハルトの説教から採られているから、おそらくフランス語版の説教集の表題と思われる。

(13) 邦訳は『ラディカルな意志のスタイル』(川口喬一訳、晶文社)所収の「反自己思考」。

# ［一九六八年］

一九六八年一月一日

私にはひとつの宗教があるだけだ。すなわちバッハ。

選り抜きの心配性がいる。そのほかは人間。

なんと辛抱強く、私は私の不幸を築き上げたことか！

午前、ジュネーヴの説教を聴く。良き牧師のいわく、「この新しい年のうちにも、死なないという保証はだれにもありません」と。

こういう行儀の悪いところがあればこそ、キリスト教の成功は揺るぎないものとなったのだ。あらゆる宗教は、厚かましさの極めつけ、魂の凌辱だ。

人々は私に行為を、証拠を、作品を求める。なのに私に提供できるのは、せいぜい形を変えた涙だけだ。

X――高邁な精神としてはこれ以上の者はいないが、画家としては無能だ。そもそもが可視の世界に執着するような人間ではなく、ましてや色彩で食ってゆけるような人間ではなかったのだ。別の世界の寄食者にしても度がすぎる。

ヴァレリーについて書かねばならないが、書けない。その理由は、何はともあれヴァレリーが文学者であるからであり（そうでないと言っても無駄で、彼は本質的に文学者だった）、それにこのところ、私が文学からすっかり遠ざかっていたからだ。文学は何もかも私には無縁だ。私は竜樹をじっくり読んでみようと思っていたところだが、*çunyâta* についての彼の考えは、ヴァレリーの「虚無」とはやはり別のものである。

自殺について書いた原稿で、私の場合、自殺は思想であって衝動ではない点をはっきりさせることを忘れていた。はっきりさせれば、この重大な主題をめぐってどうして私が矛盾したことを言い、怯み、暗中模索せざるをえないかにも説明がつく。

一九三六年にカルパティア山中で撮った一葉の写真がルーマニアから、もっと詳しくいえばシビウから届く。農民、羊飼い、それに数人の雑多な都会人が写っていて、そのなかに、はなはだぼんやりと私が写っているのが分かる。これは間違いなく私の顔だ。私はまったく変わっておらず、三〇年以上もまえの顔が難なくそれと見分けられる。――ただ、この小旅行そのもの、それにまつわる事情、これはどうしても思い出せない。写真に写っている場所にしても、これに似たところの記憶すら残っていない。記憶に残っていないものは、まるでなかったものででもあるかのようだ。私の過去の四分の三は、完全に私から欠落しており、私の人生の四分の三は、もう私の人生の一部ではない。忘却、私はいままでこの言葉にそれほど注意したことはなかったが、いまやこの言葉は、私には耐えがたいほど重い意味と兆候とをもっているように見える。

「ほんとうに好きではなくなったものは、二度と再び愛することはできない。」

このラ・ロシュフーコーの言葉は、私のヴァレリーとの関係にぴったり当てはまる。ヴァレリーをうっとりと読んでいたときもあったが、あれは昔のこと、いま私は、彼について語るために読み返さなければならないのだ。熱意とはいわぬまでも、かつての嗜好、これはもう見出すべくもない。いくら金が欲しいからといって、注文仕事は決して引き受けてはなるまい。

おばあさんになった、と手紙に書いてきたルーマニアの知り合いの女性に、いま返事をしたためたところ。「歳月は人を待たず。いつか気づいてみたら、私たちはおいぼれ、すっかりおかしくなっているんでしょうね……」

散文作家は詩情をペストのように避けなければならない。彼にとって詩情は、どこまでも誘惑にとどまるべきもので、彼はその克服に全力をあげなければならない。散文作家には詩情の可能性が――ないしはそれへの哀惜があると読者に感じさせよ。さもないと、ヴォルテールのそれのような作品を書くことになるだろう。

一九六八年一月三日

この一年会っていなかったツェランに、いましがた逢ったところだ。彼は数か月、ある精神病院に入院していたが、これについては語らない。これは間違いだ。なぜなら、入院について語ったら、あんな気ずまりな素振りはしないですんだだろうから（こういう素振りは、周知のことと見なされている、ある重大なことを隠すとき、私たちの見せるものだ）。

なるほど、彼の危機について語るのは容易ではない。なんという危機！

だれかに何かをしてやろうとしたが、徒労だった。こうなるほかはなかったのだ。自分にさえどうすることもできないのに、他人に何をしてやれるというのか。だれかを救うためには、あらかじめ自分が救われていなければならない。解脱できない者は、だれひとり助けられまい。漂流物、そんなものに人はしがみつきはしない。

ここ数か月、〈魂の救済にかかわる〉読書をしたあげく、文学に舞い戻る。文学はそれほど軽蔑すべきものではない。文学の関心事は、もっぱら地獄の亡者。「地獄」のスターたちに文学はこと欠かない。「地獄」の拒否、したがって「地獄」についての絶え間ない反芻でないとしたら、信仰生活とは何か。

一九六八年一月四日

この世の人々の営み、そのすべてに私は根本的に（！）かかわりをもたない。

主観を排した客観的なものを、私は義務として読んでいるが、こんなものは私には不要だ。祈り、これが私が必要としているものだ。

祈りでないものはいずれも、主観を排した客観的なもの、そんなものに二束三文の価値もない。祈りなしでどうして生きられようか。だが、だれに祈るのか。

（祈り、すなわち脳髄の崩壊にともなう恐怖と旋律）

寄食者の、女衒の仕事、批評文、特定の人間について書かれた文章、報酬がもらえるのはこういうものだけだ。一年間に私の本からあがる収入は、全部あわせても、八万旧フランにすぎないのに、序文をひとつ書くだけで六〇万フランになる。

ムージルの見解によれば、哲学者は *Gewalttäter**、そして偉大な体系は、専制的体制とつねに時代を同じくするものだったということだが、まさにその通りである。

＊　暴君。

一九六八年一月六日

私の「自殺との遭遇」がN・R・F誌に出る。読み返し、ひどく落胆する。抵抗感がないのだ。こんなにも明晰で、不愉快なほど透明な、謎めいたものがまったくないものをひねり出してしまったことを、ほとんど恥ずかしいと思う。

「無関心な人間」、一切のものに関心を失ってしまった者の姿に自分を重ねて見る、あの冷酷な瞬間。

一九六八年一月七日

人々のむさぼる、あの眠りから、なん年もなん年も目を覚まし、またあの耐えがたい目覚めを、なん年もなん年も回避する。

世界に占める私の場所、私にはこれが正確に見てとれる。すなわち、一点、いや、点ですらない。こんなにもしがない私なのに、どうして苦しまなければならないのか。この、点のヴィジョンに私がどれほど固執し、この幻想をどれほど大事にしていることか！　懸命の努力の甲斐あって、この幻想はどうやら維持されるが、すると、この点は再びふくれ上がり、大きくなる。そして、すべてがまた始まる。

午後、マラルメがかつて住んでいた家を見にヴァルヴァンへ行く。それから墓地で彼の墓を探したが、幸いなことに見つからなかった。

よく考えてみれば、結局のところ自殺は、人間に遂行できるもっとも名誉ある行為だ。

ブランショ。何でも晦渋にしてしまう天才。世にも不明晰な批評家。ある作品をどう考えたらいいのか訳が分からなくなりたかったら、彼の解説を読みさえすればいい。

ある友人によれば、マラルメとヴァレリーは「誇大妄想のプチ・ブル」だったということだが、これはかなりの程度、当たっている。

E・Rが、ガリマール書店から拒否されたばかりの原稿を読んでくれと言う。読んでみると面白いので、きっと出版社がみつかるよ、と請け合うと、「そう思っていたよ、なにしろこの本はユニークだからな」と言う。

ある意味で、その通りなのだが、しかしまた、あらゆる本は、個々の人間がそうであるように、ユニークだともいえる。人はみな、あらゆる人を模倣する。これは分かりきったことだが、しかしこの模倣は、とても完全なものとはいかない。歪曲もあれば逸脱もある。これが独創性と呼ばれるものだ。

批評家の役目は、晦渋な、あるいは意図的に晦渋な作品を分かりやすいものにすることだ。批評家は作者よりも明晰でなければならない。批評家が解説している作品、その作品より難解な解説を読んだところでなんになろうか。

（ブランショは、私の知る限り、もっとも難解な、そしてもっとも腹立たしい批評家だ。）

スイスで、さっぱり話題にならない、絵空事のような本を書いている作者から近著が送られてくる。その献辞に、私たちはともに「世間から認められていない」と書いてある……たぶん、その通りだろうが、しかし彼は裕福で、世に知られる必要などないし、生きるために序文を書く必要もない。自分の戯言にうつつをぬかしていられるご身分だ。

なんらかの信仰（宗教にしろ政治にしろ）に転向する人がいると、最初、私たちはその人を羨むが、やがて軽蔑する。

ソルボンヌ大学で、ヴァレリーの資料カードを見る。膨大な、並はずれた、バカバカしいほどの量。たぶん学位論文とおぼしい、〈Der Begriff der "absence" bei P. V.〉* と題するドイツ語の本。この、若い幽霊どもが群がり、悪臭がたちこめ、不愉快な係員のいる図書室で、私はひどく憂鬱な気分になった。世界のどこの国にもある、「大学」というバカ者どものはきだめ。

＊『ヴァレリーにおける〝不在〟の概念』。

一九六八年一月一三日

人が望もうと望むまいと、自殺は一種の〈向上〉だ——自殺するバカはもうバカではない。

自殺についてしゃべりさえすれば、自殺の観念は厄介払いできるものと思っていた。だが、ことはそれほど簡単ではない。自殺は、耄碌か回心、つまり、永続的な盲目状態によらなければ克服できない。

一月一四日　日曜日の朝——いましがたラジオで、子供と死についての説教を聴く。特に病気の少女（ほぼ一〇歳くらい）たちからの手紙の抜粋と、瀕死の子供たち、というより、話題が少女たちに関するものなので、瀕死の少女たちの言葉が引用される。説教が終わるころ、神父はほとんど涙声、私もあやうく落涙するところだった……

——追記。いかにも、私は泣いた。子供のいまわのきわの言葉ほど悲痛なものを私は知らない。あの神父は、そういう言葉のいくつかを引用したが、私は深く感動した。こういうお涙頂戴は、おそらく安手のものだろうが、それが何だというのか！

昔、バレスの作品で次のような〈小話〉を読んだことがあるが、そのとき覚えた感動は、決して忘れられないだろう。ひとりの病気の男の子（七つか八つ）が、まったく口をきかなくなる。父親が看病していたが、ある日、子供は沈黙を破ると、ただこう言っただけだった、「お父さん、死ぬって退屈なんだね。」

タキトゥスによれば、自殺する前、オトーはこう言っている。「私の決心が動かしがたい何よりの証拠は、私がだれひとり責めてはいないことだ。神々や人間を責めるのは、いまだに生に執着している者のすることだ。」

ああ！　これこそ私の場合だ。なぜなら、口には出さないものの、私は人を呪いつつ時を過ごしてもいるのだから。その呪いも無言のものとは限らない、と付言しなければなるまい。

「自分にはどうにもならないことに逆らうのはバカげている」と、私は一日に一〇回も二〇回も繰り返している。このストア学派の格言は明らかに正しいが、にもかかわらず、私は反逆し、反逆しつづけている。とはいっても、この格言は私の役に立つときもある。してみると、必ずしもまったく無益なものとはいえない。

フランス人は、考え方は寛大だが、実際の行動となるとしみったれ、理屈の上では親切だが、実際面では冷酷だ。フランス人の気力、粘り強さ、ほどほどの勤勉さ、こういうものは、フランス人にとっては好都合な、このコントラストに由来する。

冬、こんなに暖かで湿り気があり、こんな季節はずれの気怠さに浸っていると、私のうちで犯罪者が目を覚ます。

一月一六日　夢はイメージとしてまだ思考にとどまっている。今朝、私ははっとして目を覚ました。だが、夢の状態と覚醒の状態とを区別することができない。夢は覚醒の状態にも生きつづけていて、強烈に心を捉えて離さず、そのため私は夢から覚めることができなかったのだ。

夢のなかでさえ、私は腹立たしい気持ちにかられ、覚醒状態にあるときよりも頻繁に喧嘩をしていることに気づいた。

人に依頼され、自分でも必要に迫られて、あるいは好みから引き受けた仕事を仕上げなければならなくなると、この仕事以外のものがどれもみな私には重要なものに思われ、ついそれに惹かれてしまう。

役にも立たぬことを企てるのがすっかり病みつきになってしまったため、自分の生誕が問題にならない日は一日とてない。だが、こうして自分の生誕を問題にするのは、それほど無意味なことではない。というのも、生きる不安のもっとも重要な要因のひとつは、まさに生誕なのだから。生きる不安の原因は生誕ではない。その原因は、あらゆる生誕を可能にするさまざまな理由のなかに探らねばならない。したがって、もっと遠く、欲望にまでさかのぼる必要がある。

私の知、私の感覚からして、私は完全な自己矛盾に陥ることなしに、知的に不誠実な者、倫理的な犯罪者となることなく、父親になることはできまい。

奇妙なことに、私のこういう態度は、右のような明確な考えを抱くよりずっと前からあるものだ。子をつくるおぞましさ、それは若くして私に芽生え、生きるという事実を前にしての私の恐怖に、いや、渇望と恐怖に見合うものだった。私は快楽以外の性をいまだかつて認めたことはない。いわゆる性の機能に、私はいかんともしがたい嫌悪をつねに覚えた。ひとつの命の責任を取る、私はどう転んでも、こんなことを進んで受け入れることはあるまい。

天職として、あるいは職業として考える。いずれの場合も、考える必要性があるからだ。唯一の相違といえば、一方は内的なもの、他方は外的なものだが、どちらが多いかといえば、後者のほうが圧倒的に多い。どうでもいいような知識や発明のほとんどすべて、要するにクズ、人間のお荷物のほとんどすべては、後者のもたらしたものだ。

マラルメは、辞書から〈……のように〉という言葉の抹殺を求めた。

詩人の正当な本能。

しばらく前から、私は事実上、地下生活をしている——文学の世界に関しては。

信者たちの精神状態とおぼしい状態に私もなるときがある。だが、この状態が信仰と化すために必要な割増入会金となると、私には払えない。そういう私にしても、信仰という行為の心理的諸条件を満たす場合がないではない。だが私には、その行為を神の存在と不可分のものとする確信が欠けている。私にとって神の存在は、仮定ないし可能性にすぎず、事実でもなければ確実性でもない。要するに私は、自分の経験にもとづいて、信仰のメカニズムを分解することはできても、いついかなるときにも、信仰の能力はもてないのだ。

私がこんな人間、こんな取るに足りぬ人間になったのは、若かったとき、ひどく臆病だったからだ。私のトーニオ・クレーガー的側面。

私には〈バカなやつ〉の特徴が何もかも揃っている——うまく言えないが、それ以上の何かが私にはあるに違いない。これはほとんど私の確信だ……

齢《よわい》を重ねるにつれて、詩にはますます無感覚になり、ざらざらした生の言葉にはますます心が動く。

私があれこれの作品を書いていたときの衰弱状態、人々に私が〈理解〉できるのは、彼らがこれに近い状態にあるときに限られる。もの書きとしての私が不利なのは、この点にある。

精神の観点からすれば、何であれ沈滞よりはましだ。卑劣な行為にしたところで、もちろん躍進だ。それによって私たちは勇気百倍、生きる力も湧くというものだ。卑劣な行為には、そこに含まれる〈強度〉が原因にすぎないにしても、逆さまの崇高さといったものがあり、そういう行為を故意にしようと、あるいは反射的にしようと、いったんやってしまえば、もう私たちは、われ関せず焉《えん》ではいられない。つまりそれは、私たちの生で重要な意味をもつもの、一種の事件なのだ。それは活力をもたらすのだから、やはり勝利だ……

どんな分野でもいい、救済の処方を提示する者、こういう者だけが生き残る。だが、彼らが生き残るのは、この処方の有効期間内に限られる。つまり、キリスト教は二千年、ナチズムは一〇年。

八〇歳になるはずのG・M、軽い卒中に見舞われたばかりだというのに、一向に心配している気配がない。相手がだれだろうとお構いなしに未来についてしゃべる。あいた口が塞がらない。生きるということには、何かしらスキャンダルめいたもの、奇跡めいたものがある。

無数の脳細胞のかすかな逆上。不安が、かつての私たちの逆上に取って代わり、私たちの名前を僭称し、私たちの自我の可能性のすべてを侵害するのを見届けるためには、脳細胞の逆上はもっと必要なのか。

夭折しなかった者はだれにしても死に値する。

一月二〇日

なんでもいい、何か卑劣なことをやろうと、やにわに思い立って、朝、起床する。

私の二つの美徳と悪徳。すなわち怠惰と暴力、無気力と絶叫、悔恨と匕首。

どんな人間も人間である限りは、私を逆上させる。私はもともと神の影との対話に向いていたのだ。

よく考えてみれば、現在までのところ否定よりは肯定のほうが多かったのだ。ならば、臆することなく否定しよう。秤は信仰のほうが重いと決まっているのだ。

一月二二日　二週間まえ、N・R・F誌で読み返してみたとき、私の「自殺との遭遇」は、私にはなんとも無様なものに思われたが、今日、ガリマール社で、ジャクリーヌ・ブールとジャン・ドノエルに会ったところ、このエッセー独特の語り口に感銘を受けたと言う。そこでいままた読み返してみたが、なるほどどこには、ほとんど深遠といってもいい、ある掛け値なしの感情が表現されていることに気づく。……こういうものを雑誌に発表するのは変だ、とJ・Bが言う。その通りだ。だが私には、これらの断章から何か一貫したもの、客観的なものを引き出すのは、どう転んでもできなかった。

私には何も解決することはできない、どんなものにも解決などない——齢《よわい》を重ねるにつれて、いよいよ私はこの事実に気づく。だが、ほかの人にしても、すこし考えてみな、と言われて考えるなら、ほとんどすべての人が、同じ結論に達すること、この点もまた私はわきまえている……

一九六八年一月二三日

皆殺しの「天使」、黙示録の「獣」、その他なんであれ「破壊」の神、彼らこそ私が親近感を覚えるもの、私の〈兄弟〉だ。

この世の「起源」と「終末」、私が同時代者だと思うのはこれだけだ。

フランス人、軽薄にして同時にしぶとい民族。

一月二五日

先日、B夫人にこんなことを言う。「すべては欺瞞だと私は確信しています。この欺瞞にも、魅力がないことはない。私としても、この点を認めるにやぶさかではありませんが、しかしそれにしても、計画は結果にもとづいて判断しなければならない。ところで、結果というものは、ただ期待を裏切るにとどまらず、人を絶望させるようなひどいものです。あらゆる人生、たとえこの上なく美しい人生にしても、その結末は、必ず挫折の印象を与えるものです。」

人を憎むのは、自分もその人なみであり、その人と自分には本質的相違はないということを証明することだ。

私が生まれながらの諦念者でなかったのはかえすがえすも残念だ！　私は生まれながらの敗北者、これはずっと始末に困る。

自分の運命にけりをつけたいと矢も楯もたまらず思うのは、自分の運命に満足しているときだ。

私は不可欠の作業仮説として、悪しき造物主を必要としている。これなしで済ますのは、この目に見える世界が何ひとつ分からないということだろう。

私はヴァレリーについて書かねばならないが、私が夢中になったのは、ヴァレリーの師マラルメだ。

神かと思えばバカなやつ、こうして代わる代わる、毎日、何度、私は振る舞ったことか！

私は辛辣な箴言《サジェス》がめっぽう好きだ。自分の苛々にもっと気を配るべきだろう。

神と自分を比べても別に厚かましくはないが、相手がナポレオンではそうはいかない。シャトーブリアンのような人間には、ここが分かっていなかった。

自殺についての私の断章は、『概論』と『三段論法』への逆戻り、転落のようなものだ。（『概論』に比べれば）仰々しさはないけれど。

音楽、哲学、その他あらゆるものにおいて、私は繰り言の人間だ。執拗につきまとって離れないもの、*haunting* なもの、こういうものがどれといわず私は好きだし、繰り返しによって、また存在の最奥部に達し、そこに甘美な、それでいて耐えがたい苦しみを生み出す、あの際限のない反復によって、私たちを苦しめるすべてのものが私は好きだ。

いま『三段論法』のドイツ語訳の誤りを直している。どうしてこんなすさまじい本が書けたのか。ひとつのアフォリズムを読むごとに、息が詰まりそうな感じがする。幻滅した悪魔が書いたみたいだ。なぜなら、悪魔だってそれなりに熱狂者になれるし、いや、悪魔こそ熱狂者に違いないのだから。度しがたい当てこすり以外、ここには何もない。ああ！　これがまさに私なのだ。

自由以外に私は何も信じていない。これは私の大きな弱点だと思う。そのほかのことについては、私には確信はなく、意見を持っているにすぎない。

『三段論法』のドイツ語訳の訂正が終わる。参った！　この本には苛立ちが詰め込まれ過ぎていて、吐き気を催すほど耐えがたい。こんな息の詰まりそうな仕事をしたあとで、スカルラッティが死の年に作曲したミサ曲を、どんなに楽しく聴いたことか！　私たちは情熱をもって作品を創るのであって、神経衰弱によってでも、ましてや嘲笑によってでもない。否定にしたところで、私たちをもり立て、助け、力づける何かを、私たちを熱狂させずにはおかぬ何かをもっているはずだ。ところが、この途轍もなく破壊的な『三段論法』は、精神というものではなく、濃硫酸のようなものだ。

退屈な作家より私たちを激昂させる作家のほうがずっと好きだ。

死ぬより生きているほうがましだということを証明する方法はひとつもない。

無節操、豹変、変節。昨日、田園を歩いて帰宅したところ、Cの書き置きがある。それによると、私がヴルカネスク*について書いたフランス語の文章、フランス語で読まれなければならない文章をルーマニア語に翻訳したということだ。で早速、私の親友の娘、ヴィヴィ・Vに電話し、彼女は父親にふさわしくない、偉大な人間の思い出を辱めていると言おうとしたが――幸い彼女は留守！　そこで帰宅次第すぐ電話をくれるように頼んでおくと、折り返し彼女から電話があり、優しい声で私をなだめにかかる。で、私の気持ちもついしぼんでしまう。いつも気づくことだが、自分の国の連中とは争えない。私たちはつねに彼らの掌中にある。

　嘘をつくのが慣れっこの、生まれつき不誠実な連中は無敵だ。彼らはいつも私たちの手をすり抜け、笑みを浮かべつつ私たちを打ちのめす。

＊　ミルチア・ヴルカネスク（一九〇四―一九五二）、ルーマニアの哲学者。

二月二日

　ガブリエル・マルセルのお供をする。彼は歩くのがひどく難儀で、階段を登るのもやっとこさ、見ていて心が痛む。それなのに、どんな不安も、どんな明からさまの恐れも見せない。ほとんど毎晩、芝居を観に行き、ヴェトナム戦争に関心を寄せ、まるで生者のように振る舞っている。

　実は、私たちはみな同じ状況にいる。つまり、私たちはだれも、自分が瀕死の人よりも死から遠くにいると思う権利はないのだ。生の一切の秘密は死の拒否にあり、そしてここにしかない。死を諦めて受け入れることは、私たちは肉体的にできない。死は、私たちには認めることも、〈理解する〉こともできない、想像を絶する事実であり、私たちはこれを、肉体の一つひとつの細胞でもって拒絶する。繰り返すが、生の秘密は、この死の拒否に尽きる。

　私は地獄の底にいる。その一瞬一瞬が奇跡である地獄の底に――これが私の生の感情だ。

　若い編集者が訪ねて来て、いつでもいいから何か書いてくれと言う。私は、書いてもいいけど、いつ書けるかは分からない、渡せるものができるころには、たぶん出版社は倒産しているのではないかと答える。

　昨日、二月一日、ランブイエの森を歩く。――霧、こぬか雨。――歩行者には願ってもないもの。霧で、あらゆるものの輪郭がぼやけ、一段と引き立って見える。森のなかに霧が立ち込めてくると特にそうで、そのとき、森の木々はどれも凍りついた祈りのように見える。

　ヘンデルのオラトリオを聴きながら考える。この、人を熱狂させずにはおかぬ哀願、この断腸の、そして歓喜の叫び声がだれの心にも訴えかけず、これらの背後には何もなく、ただ虚しく永遠に消え去ってしまうはずだなどとどうして考えられようかと。

真夜中、外で死のうと思って帽子を手にしたことが何度あったことか!

「コンコルド広場まできたとき、私の脳裡を占めたのは、わが身を滅ぼすことであった。」

パリの、そしてパリ以外のどれだけの場所で、これと同じ考えと願いを抱いたことか!

「ある言葉を採り入れるより断念するほうがずっと知性を必要とする。」(F・ブリュノに宛てたポール・ヴァレリーの手紙、『書簡集』)

「真実」を激しく追求する者は、往々にして才能を欠いていることがある。というのも、才能とは、うぬぼれを、自己満足と仕事道楽を意味するから。それは私たちを中途に止める、絶対への障害である。

表現に満足するあらゆるものの例にもれず、才能というものはどれも妥協を意味する。

若かったとき、私はわざと癲癇の発作を起こしては倒れ、圧倒的な空虚感に耐えかねて大地をたたくことがよくあった。意味を、答えを求めて私はうめき、溜息をついていたのである。いまも私は意味を求め、答えを待っているが、しかしもう大地に倒れ込む力もなければ、うめき、溜息をつく力もない。

バッハはそれでもやはり、私がこの世で果たした最大の遭遇である。

驚くべき知性の持ち主はいくらでも知っているが、判断力の持ち主となると、こういう連中にも皆無といっていい。

事実、ほかでもない判断となると、私が信頼できる者は、二、三の人を除けば見当たらない。

晦渋な作家には、例外なく無意識的なペテンの部分がある。つまり、そういう作家は、自分を本来より深く見せたいと思っているのだ。それが彼の精神の悪癖、それどころか欠陥でないなら。

ヴァレリー論を書き上げる。ヴァレリーを実際よりも複雑なものにしようと努めた。

二月一三日――衝動にかられずに、その衝動を、反省でもって、つまり無気力によって阻むことができると、いつも私は得意にならなければならなかった。
自分を抑制するのは、不名誉という反射神経に屈することだ。
知恵とは、私たちを巻き添えにしない臆病のことだ。
賢者とは、臆病と品位とを組み合わせるすべを心得た唯一の人間だ。

幸福も不幸も、ほとんど同じ理由で災難だから、これらを回避する唯一の方法は、あらゆるものとのかかわりを絶つことだ。

そうだ、私たちは、すべては不可能と思いつつも生きることができる。私が生きているもの、このことを証明するためだ。

これまでずっと、私は失墜した大義を奉じてきた。もちろん、あらかじめ考えてのことではなく、どこかで苦しみたいと思い、無意識に挫折を願っていたからだ。そうでなかったら、私が終始一貫、未来の落伍者たちの側に立っていた事実をどう説明できようか。もともと信念などもてぬ人間、およそどんな狂信的態度にもおぞけをふるわずにはいられないのに、その私が、どんな企図、どんなに華々しい企図のなかにさえ破滅を嗅ぎつけ、そこに自分のすべてを捧げたのである。

古代人のなんという慎み深さ！　エピクテトスは、神について言っている、「神、その上はなしたまえず」と。
キリスト教の神学者に、自分の神について同じことを言うだけの正直さがあっただろうか。

群衆が正しいとしても、断じて彼らに同調してはならない。

数千年の長きにわたって、人類は希望に悩まされてきた。これからは全未来をあげて、希望から癒えることになろう……

何かを狙い、いささかなりと野望を抱く、するとそのとたん私たちは、屈辱の危険にさらされる。しかも屈辱に耐えるのは、容易なことではない。実をいえば、私たちは復讐の場面を想像し、私たちを辱めた怪物への勝利を想像しなければ、屈辱には耐えられない。復讐に訴えることを考えず、復讐の希望がなければ、共同生活は耐えられない。隣人という観念から連想されるのは、未来の観念ではなく復讐の観念だ。なぜなら、あらゆる共同体の不文律は、つきつめれば、憎み合え、というものだから。だが、憎しみに耐え、人々が憎しみに打ちのめされて茫然自失するような事態を回避させることができるのは、復讐という想像上のはけ口であり、侮辱した者が侮辱される時への期待である。

もしひょっとして復讐が消えてなくなったら、ほとんどあらゆる人間は、前代未聞の精神の病に罹るだろう。

ラ・ロシュフーコーは、私のもっとも気に入りのモラリストだ。私は彼の、あの胸を刺すような苦しみが好きだが、これほど彼の思想に染み込んでいるところを見ると、この苦しみは、絶えることのない、日々のものだったに違いない。それにまた、なんと繊細な言い回し！　いかにも露骨な忿懣を形式によって気品あるものにしようとする、なんという配慮！　上品な苦しみ、私は何よりこれを重んずる。

不安は不安な考えにつねに先行する。人はだれも、自分の考えることに直接の責任はない。

「たった一日の孤独で、私の収めたすべての勝利にまさる喜びを私は味わう。」（カール五世）

意志は有機体に刺激を与えるが、それによって同時に、有機体を傷め損なう。自分のエネルギーを失わずにいるのは、無意志症の人間であって、意志の強固な人間は、そのエネルギーを使い果たす。健康という幻想にとことん生きている以上なおさらである。

先日、アメリカの若い大学教師に、イェイツは成功したシェリーさ、と言ったものである。

（ついでながら、戦時中、あんなに熱心に読み耽っていたシェリーに、これはまたなんと不当なことか！）

包囲された肉体――すべてが肉体の敵であり、肉体を攻撃する。――肉体は、苦しみを際立たせるためにのみ存在する。

何より興味深い断末魔は、野心家の、征服者の断末魔であり、策士とすね者の断末魔である。

タレーランとナポレオン。

ある者にとっての仮象は、他の者にとっては現実だ。逆にも言える。私たちだれにとっても現実的なものは、私たちを苦しめるもの、苦しみの原因となっているものであり、それ以外のものは、いずれも見かけ上のものだ。

人間を評価し、だれが浅薄でだれが深遠かなどととても断定できないのはこのためだ。

軽薄さをつきつめれば、軽薄ではなくなる。放蕩は必然的に〈深遠なものだ〉。たとえファルスのなかであろうと、ある限界に達することは、極限に近づくことであり、これは形而上学の領域でも、そこいらの形而上学者にはとてもできることではない。

ファーブル・ドリヴェの二巻本『人類の哲学物語』にざっと目を通す。得るものは何もない。彼はあらゆるものを、「運命」、「神」、「人間の意志」、この三つの原理の組合せで説明するが、そのやり方ときたらひどく型どおり、ほとんど〈幾何学ふう〉で、うんざりするほどだ。オカルティズムの、特にあらゆる「歴史」哲学の貧困。この点では、ヘーゲルのほうがずっとましだ。

この世では、本質的なものに触れたのは落伍者だけだ。

三月三日　マントノンとドルゥのあいだを歩く。すばらしい。（夕刻、帰途につきながら考える。一切を知ることは、幻想という言葉のもつ効力をすべて感じ取ることであり、この言葉は考察に値する唯一の言葉だと。）

悟った人間には例外なく、いささかペテン師めいたところが必ずあるものだ。その言行がその人間のすべてではない。

三月四日——昨夜、床に就きながら考える。夢にはどんな意味もない。それは悪しき文学のようなもので、私たちの内奥の生とは、実はなんの関係もないのだと。ところが、その夜、私は、私のありとあらゆる強迫観念、さよう、哲学的強迫観念が次々にあらわれる夢を見た……

作家はまず例外なくペテン師だ。ただし病人と不幸な者は別だが。

絶対性においては、「迷信」と「科学」に優劣はない。なぜなら、いずれも説明であり、同じように正当でもあれば、同じように無益でもある解釈であるから。

三月九日　現在までに私が書いたすべてのものは、私の憂鬱の発作を表現するためのもの、あるいは表現によって憂鬱を厄介払いするためのものだった。一種の治療法、煎じつめれば、これが私にとって書くという行為だ。つまり、この憂鬱の圧政を打倒すること。私の本が同じような強迫観念、同じような闘いを含み、単調なのはこのためだ。作品がこれほど実利的な役割を果たしたことは、おそらくかつてないだろう。私が〈書いた〉すべてのもの、それはある必要性に発するものであり、ある差し迫った欲求に、抑えがたい緊張に発するものであって、それを書いたのは私の手柄でもなんでもない。すべては私をはるかに越えたものに発し、私はただ、それ自体、宿命的で、不可避の、無責任な命令を実行しただけだ。

私ほど熱烈に生を愛した者はいないのに、私は、生がまるで自分の本領ではないかのように生きてきた。

いわば私は失墜の理論家、原罪の寄食者にしてエピゴーネン。

本質的なものに触れたのは落伍者だけだ。なぜか。人間の条件のもっとも近くにいるのが彼らだからであり、彼らのうちにのみ、私たちの現実の姿が見られるからである。落伍者は私たちと同じような人間だが、しかし彼は、その秘密を守ることができず、それを洩らし、それを見せびらかす。だからこそ、私たちは落伍者を恨み、彼を避ける。つまり、私たちは、ルールを守らなかったと言って落伍者を非難し、私たちを裏切ったと言って彼を咎めるのである。

古代人による死の不安の否定論。彼らによれば、私たちを待ちかまえている無は、私たちが生まれる前の無と異なるものではないのに、どうしてそんな無を恐れなければならないのかというのだが——この論法は矛盾しているし、慰めとしても考えられない。生まれない前は、私たちは存在していなかったが、いま私たちは存在しており、そして死を恐れるのは、この私たちの存在の量である。だが、量というのは当たらない。なぜなら、私たちはだれにしても、宇宙よりは自分が好きであり、あるいは最悪の場合でも、自分を宇宙と同等のものと思っているから。

人々が未来に、過去あるいは現在に生きているように、私は不安のなかに生きている。不安は、私のすべての経験の土台、私の定義の一部ではなく、定義そのものだ。

三月一四日——外出する。種々雑多の人間や下品な娘ども、賤民のすべてが通り過ぎるのを見る。途方もない嫌悪感。どの顔も、私にはとても人間のものとは見えない。犬でも猪でも鳥でも、なんでもいい、通りにひしめく、このすべての〈人間〉の代わりにお目にかかれるならば！

私たちの抱くヴィジョン、そのもっとも稀有なヴィジョンの彼方を見届けてしまった人間、重要なのはこういう人間だけだ。

この世は、原初の無秩序と最後の無秩序とのあいだの間《ま》にすぎない。

『敗者の教理問答』*——私の本をひっくるめれば、こういう表題になるかも知れない。私は、人間のくずどもの見せる光景にずっと打ちのめされてきた。くず？　いや、人間そのものが、このくずの寄せ集め以外の何ものでもない。

＊　シオランのルーマニア語による六冊目の最後の本、一九四〇年から四四年にかけて、フランスで最初に書かれた本は、フランス語に訳されて（アラン・パリュイ訳、ガリマール、一九九三年）、実際には『敗者の祈禱書』の題で出版されることになる。

落伍者？　私は落伍者を三つのカテゴリーに分ける。つまり、前進する落伍者、足踏みする落伍者、後退する落伍者。
たぶん、賢者は中間のカテゴリー、つまり立往生する落伍者に入る。

Ｊがロベスピエールに関する原稿をユニヴェルシテール社に渡したところ、すべての接続法半過去とコロンが、もう使われていないし、読者がショックを受けるかも知れないという口実で、編集長の手で削除されたそうだ。

作品の本質などというものは、ありえない――私たちの手に届かなかったもの、私たちには与えられうべくもなかったものだ。つまりそれは、私たちには拒否されたすべてのものの総和だ。

まったくしがないこの私に、希望を託し、しがみつく、そういう人間がいると思うと、きまって私は、紛れもない絶望の発作に捉えられる。自分を支えるのがやっとこさという始末だから、余分の骨おり仕事など私にはとても耐えられそうにない。
（ルーマニアの知り合いの女性から、もう先は長くはない(病気なのか、それとも自殺するつもりなのか)、夫を励まして欲しいとほのめかす手紙がとどく。）

フランスの作家の場合、異常なものは、ほとんどつねに意図的なものであり、したがって我慢ならないものだ。

ゴーゴリは〈甦生〉を期してエルサレムへ出掛けたが、彼がそこに見たものは、自分がもってきた無味乾燥だけだった。ナザレで彼は、〈ロシアのとある駅〉でのように退屈している。『死せる魂』の第二巻を火に投じると、彼は泣き出した。

ジャン・ミュゼリが心臓発作で死ぬ。享年四二。
ミュゼリは自殺だったのかも知れない。
ステレ・ポペスクは、ロンドンで、挫折の結果、自殺した。
知り合いの女性からは、自殺の計画を知らせる手紙。
同じ日に以上三つの報せ、いささかうんざりする！

自己保存本能――これは厳然たる事実だ。だが、私たちと生とを結ぶものが、ときにはほとんど一本の糸にすぎず、この糸が私たちにはいかにも切れやすいものに見えるのもやはり事実である。自殺が困難なのも簡単なのもこのためだ。自殺は私たちに考えられないもののように見えるときもあれば、気をそそるもの、抗しがたいものに見えるときもある。
生きている、だから自殺する。これは私にも分かる。だが、挫折が原因で、つまり他人の評価が原因で自殺するのは、私には理解できない。にもかかわらず、ほとんどすべての自殺は挫折が原因である。人間が残らず私を侮辱すれば、もちろん、私にしてもそれに気づかないことはあるまいが、だからといって、そこから結論を引き出すことはあるまい。ただし、衝動となるとそうはいくまい。衝動にかられれば、自分の法外な無意味さが明瞭すぎるほど明瞭に私には分かるだろう。

　生きるどんな理由もなければ、ましてや死ぬどんな理由もない――齢《よわい》を重ねるにつれて、私はますますそう思う。だから、根拠などまるでなしに生き、そして死のうではないか。

　私たちが生を切り離すのではない。生が私たちから離れるのだ。生は徐々に身を引いてゆき、そしてある日、私たちは自分が生のあとに生き残っていることに気づく。

　いつ、人間は生き恥をさらし始めるのか。これこそ私たちが自分に向けなければならない問い、だれにとってももっとも重要な問いだ。私としてはその時は、私たちが悟りの端緒についたとき、かつては実在と思っていたところに幻想を見分け始める、その時だと思いたい。もうどこにも実在がないとき、私たちの生命力がどんなに強く、私たちの本能がどんなに抑えがたいものであっても、私たちは必ずや生き残りのように見えるはずだ。そして私たちの生命力にしても本能にしても、もはや偽物にすぎない。

　私が書いたヴァレリーへの序文が拒否される*。四千フラン以上を〈ふいにした〉……拒否されたのは、私がほんとうのことを言ったからだ。実は、私は嘘をつくことを求められていたのだ。なるほど、私はルールを守らなかったが、しかし、これでよかったと思っている。ボリンジャー財団の、あの世間知らずの連中、あるいは抜け目のない連中は、私が気取り屋あつかいした神を元手に生きている。ヴァレリーとは、まずもってそういう神だから。

　ヴァレリーがジャクソン・マシューズの商売道具になったのは二〇年前からだ。マシューズは、私の〈啓示〉にけんもほろろの反応を見せた。つまり彼は、その偶像を、存在理由を――もちろん金銭的意味での――守ったのだが、私は復讐するつもりだ。どんなに〈知恵〉を気取ってはいても、復讐はしないわけにはいかない。

＊　前記、五三〇ページ、注参照。

失敗つづき。

　友人からロープブローを食らったらどうすればいいのか。高尚な態度を取ったら、嘘になる。――復讐すれば、卑劣さで相手と同じになる。だがすくなくとも、復讐の場合には、嘘はない。

　恨みは抑えてはならない。反対にぶちまけることだ。それが恨みを厄介払いする唯一の方法だ。悪人とは、やたらと怒りをためこむ連中のことだ。あらゆる機会に怒りをぶちまけ、怒りから自由にならなければならない。

Jというあのバカものに復讐するため、私は共通の友人たちに手紙を書き、やつをののしり、こきおろした。手紙を書き終わったとき、どんなにほっとしたことか！

極めつけの悪人は、無口で気の弱い連中、つまり、与太話などすることもできず、あるいはその勇気もない連中のなかにいる。

立派な態度などというものは、どれもくわせものだ。未知の人からの悪口はともかく、友人あるいは知人からの悪口となると、とても許せはしない。

ローブローを食らうと、忘れることはできても許すことはできない。許すというのは、ひとつの態度であって、それ以上のものではない。私たちは、許しにはそぐわない物質からできているのであり、許しには肉体的に不向きなのだ。

断じて人を傷つけてはならないが、それならどうすればいいのか。自分を表に出さないようにすることだ。なぜなら、行為というものはどんなものでも、人を傷つけるから。自分の考えを出さなければ、だれのことでも大目に見られる。だが、そんなことより、たぶん死んだほうがずっとましだ。

もの書きにとって、人々に忘れられ、存命中から死後となり、もうどこにも自分の名前が見られないのは、なんと異様な気持ちであることか！　それというのも、文学とはすべて名前の問題であって、それ以外の何ものでもないから。有名になるという表現が、その仔細を語っている。ところで、いままで有名になった人がいたとしても、たぶん有名よりは無名のほうがはるかにましだ。この無名の代価、それが自由だ。自由、そしてそれ以上に解放。名前——これがひとりの人間の残すすべてだ。こんな取るに足りぬもののためにあくせくし、苦しんでいるのかと思うと愕然とする。

三月二二日　この日午前、死体公示所で、ジャン・ミュゼリの出棺。ひどい天気。周りはうす汚く、そのため死が、したがって生が余計に下らぬもの、笑止なものに見える。近くを走るメトロ、正面に見える醜悪な橋、工場の煙突、それに廊下に並べられた柩、慌ただしく立ちまわっては、力まかせに柩に釘を打つ係員たち……けだし、ここは、事物への執着から生まれるあらゆる苦しみを断ち切るためには、ゆかねばならない場所だ。こんな光景を見てしまえば、悲しみも気苦労も消えてなくなる。

安心したことがひとつだけある。それは、ミュゼリには、生きていたときの彼にいかにも似つかわしい、あの死人の作り笑いが見られなかったということだ。

つい先ごろ、ドールにも言ったように、ミュゼリは——言葉の深い意味で、アウトローだった。——彼はどんな人間にも我慢がならず、よく喧嘩をふっかけていたし、もともと俳優には、他人といっしょに芝居をするには向いていなかった。――詩人に、つまり独りになり、言葉の本来の意味で、特異な生涯を送るべきだったのかも知れない。

〈ルールを守ろう〉とせず、決まって自分の身に逆に降りかかってくる真実を語るとき、いつも私たちは悪魔にけしかけられている。

口頭の、そして書かれた言葉の奇跡。ジャクソンの裏切りに対して、口頭で、また手紙で〈ののしった〉おかげで、やっと気が鎮まった。そうでもしなかったら、私はずっと気に病んでいたことだろう。

ヴァレリーを攻撃したのが悔やまれる。それどころか良心の呵責さえ覚える。――だが、そりなりの罰は受けた――もっとも、ペテン師からだが。

この日午前、死体公示所で、下層庶民の女が、出棺に当たり、柩に横たわる息子か、それとも夫かを見た瞬間、泣きじゃくり始める。ほかの人にとっては無に等しいようなひとりの人間、その人間のために悲嘆に暮れているのは、世界ひろしといえど、この女だけだ。執着とはなんとおろかしいものか！　これは断じて避けねばなるまい。執着するのは、未来の苦しみを自動的にわが身に課すること、あらかじめ自分を罰することだ。

相次ぐ挫折、運命としての挫折、こういう挫折が見られるのは、あらゆる成功を恥とも屈辱とも無意識のうちにみなしている者に限られる。

私はいつも表面上は成功を希ったが、心の底では挫折を希った。

三月二三日――午後、二時間眠る。眠りのなかに飲み込まれ、存在のもっとも深い、もっとも無意識の、もっとも遠い地点に達したような気がする。恐竜の目覚めもかくやと思われるように目を覚ます。――無意識のなかをもうこれより深く、これより低くは下降できない感じ。

齢《よわい》を重ねるにつれて、暴力がいよいよもって無益で有害なものであることが分かる。だが、苛立ちの反応を抑え、気質に逆らうことはできない。何かことが起こると、例外なく私は、まず暴力の衝動にかられる。私はそれに屈し、のめり込み、ついには激昂し、癲癇を起こすが――やがて疲労も手伝って、気持ちが鎮まると、自分を逆上させた対象、あるいは口実に興味を失ってしまう。ここから引き出せる結論は、懐疑思想は正しいということ、そしてつねに懐疑思想をもって始めなければならないということだ。ところが、これこそまさに私にはできないのだ。それができれば、私の問題はすべてとっくの昔に解決されていただろう。

私たちのことを信頼していた人、私たちのほうでももう裏切ることのできない人、こういう人たちのすべてが、ひとりまたひとりと消えてゆくのを見る喜び、老いが耐えられるのは、この喜びがあるからに違いない。

「フィガロ」紙で、ブダペストのルポルタージュを読む。それによると、〈あの謙虚な民族〉ハンガリー人は、世界でもっとも思い上がった民族！　だそうだ。

いままでずっと、私は自分の崇拝するものを好んで踏みにじってきた。自分の偶像への反逆、これによってのみ、私たちは自分を定義できる。

一般に考えられていることとは逆に、苦しみは私たちを生に執着させる。つまり、それは私たちの苦しみであり、その苦しみに耐えられるのが私たちの自慢であり、その苦しみによって、私たちが人間であって幽霊ではないことが証明されるからである。苦しんでいるという思い上がりは、きわめて毒性の強いものので、それにまさるものといえば、苦しんだことがあるという思い上がりくらいのものだ。

病人は多忙だ。苦しみに必要とされるあまり、自殺する余裕もないほどだ。人はどこでも自殺を図る。ただし、病院内は別。

ほんとうの自殺は挫折には関係はない。関係があるのは、どんな種類の世界にも解決策などひとつもないという気持ちだ。

理解されるものはなんであれ、理解されるに値しない。

偽物――私がもっとも頻繁に使う言葉。たぶんそれは、私にはあらゆるものが非現実のものと思われ、この印象、というよりむしろこの確信を表現するものとしては、これ以上の言葉が見当たらないからだ。

私がヴァレリーを攻撃したのは、彼の影響が不毛をもたらすものであり、文学的にはむろんのこと、精神的な意味においても、人の力を殺ぐていのものだからだ。私がフランス語でものを書きはじめたとき、彼をモデルにしたのは、私にとって不幸だった。私は、あの生気のうせた散文に愚かにも魅惑され、同時にまた、あの厳密さの見かけにたぶらかされた。厳密さなど見かけにすぎない。なぜなら、実際のところは、徹頭徹尾、気取りなのだから。彼は、堅苦しい、抜け目のない人間、つまらぬことにこだわる人間であり、頽廃の野蛮人だった当時の私は、この男に手もなくたぶらかされたのである。思い出せば、そのころ私は、いたるところに完璧を探していたが、追求すべきはむしろ活力だったであろう。人が偶像を取り替えるのはいつもおそすぎる。だが私は、『概論』を書き上げるずっと前に、ヴアレリーは厄介払いしていた。そして以来、二度とヴァレリーに立ち返ったことはない。ただし、最近、あのつまらぬ序文を書くために、読み返したことは別だ。

挫折は私たちに何をもたらすか。自分自身についてのはるかに正確な見方だ。

悔恨は若いうちに身についてしまう癖、生きているうちは直せない。

希望に精根尽きはてる者もいれば、悔恨に精根尽きはてる者もいる。

悔恨は希望に劣らず強烈なものになる。いわば逆の希望のようなものでさえある。

それは吸血鬼のように腰を据え、私たちの血を最後の一滴まで吸う。

悔恨が度重なったあまり、私は自分の過去を際限もなく再び経験し、したがって厳密にいえば、私はいくつもの生を経験した。

悔恨は必ずしも私たちを衰弱させるものではない。それによって私たちは、私たちの重要なすべての瞬間を際限なく再び経験することができるし、私たちが悲惨な生と満ち足りた生とを経験できたのも悔恨に負うところ大であるからである。

なるほど、それは私たちが生きる上では邪魔になる。だが、それによって私たちは生を再び生き、したがって埋め合わせることができる。悔恨は、人が思いがちなほど、それほど明らかに有害なものではない。それは過去の救出の試みであり、忘却の策謀に抗する私たちの唯一の手段であり、攻勢に転じる記憶である。

三月三〇日——ラジオで、シュトックハウゼン、クセナキス、ベリオの小曲をいくつか聴き——スウィッチをひねると、メヌエットが聞こえてくる！　音楽は、なんという劇的な前進——どこへ向かっての？——をしたことか！

私は口先だけの懐疑思想にうんざりしており、懐疑思想を実践に、行動規範に変えた人を見るとうれしくなる。私のタレーラン狂いの理由はここにある。

新しい宗教を創始しようとする若いシュレーゲルの途方もな

い思い上がりは、「書物」を書くことを企てたマラルメの思い上がりにまさる……

フランス大革命が気に食わないのは、何もかもが舞台の上で行われ、革命の首謀者どもが舞台の上を俳優まがいに動きまわり、ギロチンでさえ一個の見世物にすぎないからだ。それに、フランスの全歴史は、芝居の上演のようなものだ。つまり、私たちがその当事者というより見物人である一連の事件。遠くから見ると、恐怖政治さえどこか軽薄に見えるのもこのためだ。

ドストエフスキーが――そしてチャーリーが原因で修道院へ入ったモリニエのことを突然、思い出す。（彼が修道士になろうと思い立ったのは、いずれにしろ、チャップリンの映画を観たからだ。いみじくも彼の言っていたように、チャーリーは、彼と同じようにいつも中心からはずれていた。）

生の耐えがたい側面を調査する、これが私の使命だったのかも知れない。生きながらえて、私は「耐えがたいもの」の専門家になった。

ひとつの決まり文句を見つけて――そして死ぬ。

真実を告げる鐘は、ある人たち、そして大多数の人たちにとっては、ただ一度しか鳴らないが、その鐘が鳴りやまない人たちもいる。

私にはもともと座興を殺ぐところがあるが、同時に、協調的な人間の生真面目さにもこと欠かない。

挑発を好むと同時に無関心を好む。スキャンダルと品位。

挫折が重なると、その挫折を「不運」によって説明することほど自尊心を満足させるものを私はほかに知らない。すべてはそれによって説明がつき、許される。それにはほとんど魔法の力があり、その結果、私たちはだれからも大目に見られることになる……「摂理」にはできないことが「不運」にはできる。「不運」という観念がなく、私たちの気持ちをなだめるその力がなかったら、挫折と同じ数の自殺が生まれるだろう。だが、「不運」ということを考えれば、とたんに私たちの気持ちは鎮まり、私たちはすべてに耐え、運命に打ちのめされたことをほとんど幸せだと思う。「不運」による説明は、この世の最大のトリックであって、これ以上のものはとても発明できまい。これは特に悔やみ状で利用されるが、その効果はつねに明白である。

ひどく平凡な会話でも、数時間、別に苦にもならずに耐えられるが、しかし会話が済むと、間違いなく絶望の発作にとらえられる。予想外のことなど何ひとつ語りもせずに、どうしてこんなに長時間しゃべることができるのか。凡庸で型にはまった、どうということもない知性、こんなものより、正真正銘の愚鈍のほうがずっと好ましい。愚鈍は人を当惑させ、苛立たせ、意表をつき、したがってさまざまの問題を提起するからであり、それにひきかえ……

本——出版する本のことだが——など私はもう信じていない。ここに私が書き上げた本『悪しき造物主』があるが、出版社に届けたものかどうかふんぎりがつかない。もう一冊の本を出したところでなんにもならないと思っているからだ。なんの役に立つというのか。本というものは、おめでたさの証明書のようなものだ。ところで私は、そんなお墨つきをありがたがる迷妄からは覚めてしまったと思っている。

四月五日　ボージャンシーからサンセールまで、四日間歩く。シュリ＝アン＝ヴォからサンセールまで、ウルビノの風景……ヴァイイに近い、人気《ひとけ》ない道で、山羊を飼っている、とても聡明な農婦に逢う。都会への人口流出のこと、過疎化した村のこと、〈耕地整理〉にまつわる悲劇などについて話し合う。彼女が、こうして徒歩でどこへ行くのかと訊くので、私たちは遠くから来た者で、目的もなくこうして歩くのが好きなのだと言うと、「私はね、こうして山羊を追って歩く生活をしていたいんだがね」と言う。山羊の小さな群れのなかの一匹の仔山羊が私たちについてきて、いっかな離れようとしない。農婦は私に、肉屋をしている息子がひとりいるけど、仔羊を殺すのを嫌がっている、なにしろ殺したあとも仔羊が動くもんだから、と言う。……それからまたひとしきりよもやま話。ルーマニアかロシアのさびれた村にでもいるようだった（リルケが、ある村で出会い、何時間も話し合った、あの農婦のことを思い出す）……

これがほんとうの生だとの思い。

この農婦は父親について語り、いま八四になるが、以前は夏は朝四時に起きて、「日いっぱい」働いたものだ、と言った。

強迫観念は、タイミングよく解決できなかったが最後、私たちに一生つきまとう問題である。

四月七日——イギリスで生活しているアメリカの黒人女性ジェーンと夜のひとときをすごす。彼女は、イギリスの知識人がヨーロッパの人文主義の伝統を捨て、何かにつけもっぱら未開的なもののみを賞賛している！　のを見て驚き、ほとんど愕然としていると言う。それはフランスでも同じこと、たぶんフランスのほうがずっと深刻だよ、と私は言う。——これらの黒人たちは、どうして自分たちの未来を信じないのか。疲労困憊し、自分自身に、なかんずくその〈文明〉にうんざりしている西洋人、こういう西洋人にまさる良識をしばしば見せることがあるのに。

四月八日　「レクイエム」の爆発。
今日、誕生日に、『実存の誘惑』の英訳版を受け取る。やれやれ！

私は真実からはほど遠いところにいるし、ほかの人にしても真実を見出したとは思えない。何の名において私は他人を批判できようか。また他人も何の名において私を批判できようか。

自分が崇拝し、自分の人生でかけがえのない意味をもっていた人たち、こういう人たちに対して、つねづね私は、公平ではありたくないというやみがたい思いを抱いていた。自分を解放し、崇拝の束縛を断ち切ろうとする欲望。
だから忘恩ということではない。それだったら、ことはいかにも簡単だろう。そうではなく、自分を取り戻し、自分自身でありたいという熱望なのだ。そして私たちは、自分の偶像を犠牲にしなければ自分にはなれない。

英訳版の『誘惑』を眺め、そのページを繰っているのは楽しい。だが、この喜びはものの五分とはつづかない。
私は根本的に軽薄な人間である。

それはたぶん、私が虚無につきまとわれていて、そのためまったく取るに足りないことに異常に関心をもちすぎるからだ。

作品などに縛られない者であること、ただ生きてあること、これが理想だ。作品というものは、いずれも例外なく私たちの存在の減退を前提としている。制作すること、それは衰弱することであり、実質を失い、弱体化し、形而上学的に転落することである。

ラジオで、アダモフが語るアルトーの思い出を興味深く聴く。インドの奥地では、あらゆることは夢で説明されていたし、また病人を治したり、重要な、あるいは日常の問題を解決したりするにも夢が用いられた。イギリス人がやって来るまでそうだったが、原住民が言うには、イギリス人が来てからというもの、彼らはもう夢を見なくなった。

トラキア人は、人が生まれると嘆き悲しんだものである。私が、ほかとはいささかものの考え方が違うところに生まれたのは偶然ではない。

衝撃的な手紙を書いてよこす連中にはどうしても恨みを抱かざるをえない。

文学の、また政治の革命に関心がもてないのは、そういう革命はどれもこれも、仏陀が創始したような、精神の転換、その問題化に比べれば、私には取るに足りないものに見えるからだ。自分の目の前に、ほかのあらゆる経験を無意味なものにしてしまうような経験の事例があるとき、歴史が引き合いに出すありとあらゆる流行の行列に関心をもったところでなんになろうか。

私たちの肉体が私たちの主張をそっと私たちにささやく。

卑劣なことをしてしまったあとに味わう不快感、私たちが自分というものを深くおもい知るように感じるのは、この不快感を味わうときに限られる。

四月一二日　明日、埋葬される、下の階の死者。
死体に慣れるためには、しばらくのあいだ、毎日、死体公示所へ行かねばなるまい。

四月一三日　隣人の葬儀。サン＝シュルピス教会でミサ。司祭が読み、そして語ったすべてのこと――まったくもって信じられない。「私たちはみな自分の肉体を再び見出すでしょう」（！）
「コリント人への手紙」のひとつには、聖パウロの操る対句法、手練手管がいかんなく発揮されている。すなわち、私たちはひとりの人間のために死ななければならず、別の人間（のようなもの）のために、命を再び見出すことになろう、というのである。これはレトリックであり、きわめて巧妙、しかもきわめて効果的である。事実、死体を前にしたら、まったく無根拠なるがゆえに私たちを感動させ慰めるバカげたことでないとしたら、いったい何を言い、何を主張すればいいのか。

かなりの〈免疫性はある〉ものの、出来するあらゆるものへの私の賛嘆は止まない。驚きの連続、驚愕の連続なのだ。してみると、私の懐疑思想は、いったい私の何に役立ったのだろうか。以前よりもすこしばかり余計に驚き、その驚きの無益さを理解するのに役立ったのだろうか。

復活祭の土曜日
バッハのパルティータ第一番ロ短調。

自殺は私たちに遂行できるもっとも正常な行為である。あらゆる省察の行き着くべきところは自殺であり、人の生涯はすべて自殺によって決着をつけらるべきであろうし、意志によらざる下品な死は、どんな場合にも自殺によって取って代わらるべきだろう。要するに、各人は自分の最期の時を選ぶべし。

私は自分の *taedium vitae* のエネルギーに愕然としている。その力と毒性を感じない日は一日とてない。しかも、ほとんど一七歳のときからずっとそうなのだ。（これほど重大な感情の日時を、どうして特定するのか。いっそのこと、生誕にまで遡ったほうがいい。）

復活祭。『われは満ち足れり』

『カンタータ八二番』——バッハ。

一時間半午睡。目覚めると、あの〈傷ついた神〉のイメージが脳裏に残り、のろのろと起き上がる。

昨日、リュクサンブール公園で、イギリスの批評家J・ウェイトマンとすれちがう。妻の手を引いている。二人には私が分からない。数分間、私は遠くから二人のあとをつけた。二年のあいだに、彼は見間違えるほど老いた——といっても、頭脳のことではなく、物腰のことだ。まるでまだ丈夫な八〇歳の人のようだ。

また同じリュクサンブール公園で、M・ハーフェズに逢う。彼もまた老いた。私もまたそれ相当に老いているとすれば——どうして老いないわけがあろう——それも一興。だが、M・Hは、あやうく私を見分けられぬところだった……なんたる兆候！

一二年ほど前のこと、ひどい風邪をひいたことがある。数日後には、私のあらゆる本能から力がなくなってしまった。もうどんな不安もない。一時間後には死ぬよといわれても、おそらく私はどんな反応も示さなかったであろう。どんなに〈透徹した〉賢者、数年にわたる解脱の訓練を経験しているに違いない賢者にしても、こういう状態にはとても到達できないのではないかと思う。それは最高点に、あるいは最低点（どちらでも結構）に達した「無関心」だった。

今日、昼どき、ムニール・ハーフェズにこんなことを言う。ユダヤ人とドイツ人には、自分の理想を達成できないという共通点、いやそうではなく、歴史に安住できないという共通点があったと。話はイスラエル国家に関することだったが、ムニールの予見では、この国家はすぐ崩壊するだろうということだ（三年と彼は言うが、もっと続くよ、と私は答える）。

「時間」そのものに衝撃を与え、仰天させるような何か法外なことを言ってのけたいという、このやむにやまれぬ気持ち。

四月一八日

アレッサンドロ・スカルラッティの『愛の花園』。〈セレナード〉のなかほどに、二声のさわりがある——これが耳に残っていて消えない。悲しみの極致に達しているからだ。
あの『誘惑』のアメリカ版のためになめた気苦労、それが原因ないしきっかけとなったと思われる不安と幻想――これらのことをあれやこれや考えてみる。で、その結果は？　ゼロだ。このアメリカ版に私が関心をもったのは――せいぜい五分間。序文は冒頭しか読まなかった。

さまざまの〈求道の〉書で論じられている、あの〈透徹した精神の持ち主〉のひとりになること、実はこれが私の願いだ。

四月二一日――日曜日。脳髄でさえそれを経験したらおしまいと思われるような倦怠。
どうしてこんな気持ちになれるのか。この気持ちで、いったいどんな罪を償わねばならないのか。

すべては根本的に不可能である。
私は不可能性のエクスタシーのなかに生きてきた。

東洋の没我性――森を〈木々が見るように〉描くという、中国の絵画にとって大切な思想……
西洋では、絵画、哲学、詩いずれをとっても、つねに我、我、我だ……

四月二二日　若者にへつらい、思考の師たらんとするような連中は信用するな。
三〇になるまで、私が考えていたことはただ一つ、すなわち、老人どもを皆殺しにすることだった。五〇を越した今は、若者どもを皆殺しにすることしか念頭にない。

そうしたいという気持ちがないなら、どんなこともしてはならない。この日の午後、「フランス・ミュズィク」で、バッハのロ短調ミサ曲の一部を――聴きたいとは思わないのに聴く。案の定、いっこうに楽しくない。というより、何も得るところのない不毛の悦楽だった。以前だったら、一五分もジャズを聴けば、形而上学的戦慄を覚えたのに。

やがて二月《ふたつき》になる私の不毛状態。不毛状態もここにきわまり、もし何も存在しないところに底という言葉が使えるなら、私はその底に達した。

四月二四日　どうして私は粉々に砕けないのか！
自殺がもはや誘惑ではなく義務となるであろう日。

一体性《ユニテ》は意識によって永久に破壊された。もう素朴さも無垢もないのはそのためだ。

生きているという事実そのものを問題にする者だけが革命的なのだ。その他の者は、アナーキストを筆頭に、だれにしても既成の秩序に妥協している。

四月二五日

シュヴルーズにほど近いショワゼールの墓地。ある墓標に、ただ一語 *Pax* とあるのが目にとまる。事実、安らぎはここにある。したがって、生は安らぎとは反対のもの、つまり不安だ。*Friedhof*――すなわち、生者にはないすべてのもの。

死を除いて、私たちが安らげる場所はない！

（かりに死がひとつの場所だとしてだが。しかしまあ、こんなことはどうでもいい。）

超人の学説を抱懐した者が、ありとあらゆる病に苦しんでいた、虚弱で、とびっきり傷つきやすい者であったと思うと――なんという教訓か！

何かが原因で嘆き悲しむとき、私たちはいつも自分の喪に服しているのであり、いつも自分のことを悲しんでいるのだ――といってもエゴイズムからではなく、あらゆる悲しみは、悲しみそのものを、その実体そのものを糧としているからだ。

存在は必要なものではなかった。つまりそれは、ひどく金のかかる贅沢。私たちは、存在する一切のものなしで済ますすべを学ばなければなるまい。

野心のない明晰性は虚無とさして変わらない。作品が可能となり、なんであれ何かが制作されるためには、明晰性が野心に支えられていなければならず、野心と戦っても勝利を収めることがあってはならない。

明晰性の肥大化、というよりむしろ悪癖は、私たちの未来のあらゆる行為を破壊する。

神が、そして「信仰」そのものが消えうせた後での祈りの緊急性について、信仰なき者で私ほど考えた者はいまだかつていない。

死の思想がすばらしいのは、そこからどんな結論を導き出そうと、その結論がいずれも同じように正しいということだ。それは存在しうるもっとも背徳的な思想だ。

ド・ゲルマント夫人の特徴である、あの「恣意的な新機軸への病的欲求」を、プルーストは、パリの全社交界に敷衍することもできただろう。

ルーマニア民族の逆説は、不幸であると同時に軽薄であることだ。

知らない詩とてない、あの一風変わった翻訳者アルマン・ロバンに、ある日、荘子の話をしたところ、彼が言うには、荘子はどんな詩人、どんな思想家よりもすぐれている、荘子に比較できるものといえば、スコットランドの、草も木もない剝き出しの風景くらいなものだとのことだ。

「時間」は正面から見つめることはできない。

繁栄を誇る社会は、崩壊を待つほかないのだから、もっとも危殆に瀕した社会だ。安楽な生活も、それを享受しているときは理想ではないし、夢にしても、それにうんざりしているときは、とても理想などとはいえない。

いま届いた手紙で、ディヌ・ノイカ*は、エミネスクにふさわしいのは新世代だけだと書いている。

若い連中にへつらってはならないし、彼らの慢心を増長させてはならない。それでなくとも、その慢心はかなりのものだ。思考の師となることがD・Nのつねに変わらぬ野心だったが、まさに若い連中にへつらわなければ、思考の師にはなれない。どうして弟子などもちたいと思うのか、私にはそういう人の気が知れない。自分を鎖に繋ぎ、子飼いの猿の奴隷になってもいいということではないか。

＊　前記、七五ページ、注参照。

カフカの『変身』を数ページ読み返す。嫌悪感による不幸はここに極まる。

人口幾百万とも知れぬ都市に住み、そして考える。あたかも砂漠の洞窟に住んでいるかのように。

石と化し、考えることといえば、もはや衝動を克服してしまったという快感のみ——できればこうなりたいものだ。

——お仕事は？

——嘆くことです。

私の時間を奪い取る、あの行きずりの連中、友人のすべて。（ある意味で、私ほどスターリンの死の被害を受けた者はいない。スターリンが生きていたうちは、みんなじっと動かず、私も煩わされることはなかったのだから！）

すべては距離の問題だ。どこから問題を見るかの。

神に行き着かず、神にぶつかることのない絶望は、ほんとうの絶望ではない。絶望はほとんど祈りと区別できず、いずれにしろ、あらゆる祈りの芽生えである。

生きるとは、地歩を失うことだ。

行為とならぬ絶望は毒に変わる。

責任の問題に意味があるとすれば、私たちに相談がもちかけられたのが私たちの生誕以前のことで、私たちが現にいまあるがごとき人間になることに同意した、その限りでのことだろう。

シビウのリセには、三人の仲間がいた。三人とも文盲の農民の息子だったが、勉強などしないのに、あらゆる教科であらゆることを知っていた。講義を聴き、聴いたことはすべて記憶し、どんなに専門の知識をもったどんな教師にも——彼らを越えているとはいわぬまでも——おさおさひけをとらなかった。

一人は司祭になり、一人は士官になったが、もう一人の消息は不明だ。

五月一六日

征服者が哲学的考察をはじめるようになるのは、ことが思うようにゆかないからだ。これはあらゆる政治的人間、つまり、勝利を収めたものの、自分の凋落を感じ、それに気づいている者にはみな当てはまる。（ド・ゴールも例外ではない。おそらくパリでの反ド・ゴールのデモを考えてのことだろう、昨日、ルーマニアで、彼はこんなことを言っている。「生きている者は、生きている者である限り、だれしも解決しなければならない問題がある。問題がないのは死者だけだ。」）

私は生まれつき浅薄で、熟知しているのは生誕の災厄、これだけだ。

あらゆる事件は、誤解が原因であり結果である。

五月一七日

このところずっと、行きずりの友人たちといっしょに夜を過ごしている。夕食会の連続だ……耐えがたい。やっとひとりになると、どんなに嬉しいことか！

つい先ごろ知ったことだが、私の義理の妹は、弟が離婚を決意したとき、中庭に自分の衣類や本を山と積んで、それに火をつけたということである……

五月一七日

カルチエ・ラタンの壁にこんな落書きを見かける。

「文化とは生の逆転」
さらに「ぼくは無秩序に奉仕する」
この二つの〈宣言〉を書いたのは同じ学生なのだろうか。
あらゆる〈革命〉は、多かれ少なかれルソーを担ぎ出す。

リーカからいささか奇妙なことを知る。ラシナリの学校仲間に、〈小さな雌ブタ〉というあだ名の者がいた。立ち居振る舞いは女の子のようで、縫い物をし、料理を作り、おまけにひどい藪睨みだった。小学校の教師と結婚し、男の子ふたりと女の子ひとりをもうけたらしい。数年まえ、旅行をしていたとき、彼は車中で一五歳の少年に出会い、その少年をホテルに連れ込んで暴行した。スキャンダルはただちにもみ消された。彼が党員だった党が、事件の蒸し返しを嫌ったから。

四年の獄中体験をしたT・Hが、どうやって耐えたの？　という私の問いに答えて言う。ユーモアだよ、自分の状況を深刻に考えたら、もちこたえられなかっただろうね、と。

リセの哲学クラスの学生たちが際立つ、騒乱の日々。オデオン通りの敷石に、「……相互主体的な関係の透明性のために」と書かれているのが目にとまる。

革命はパンフレットを用いてなされる。あるテーマを把握したという幻想を私たちに与える短いテキスト、これほど説得力のあるものはないからだ。

わが偏愛、洞窟の時代と――一八世紀。だが、洞窟は「歴史」に行き着き、サロンは恐怖政治に行き着いた。

生きつづける唯一の方法は、わが身に降りかかるすべてのことを見くびることだ。それ自体に意味のあるものなど何もないし、生は耐えられるし、あるいは耐えられるように見えるから。

この文法家の民族。学生に占拠されたオデオン座で、今しがた学生の一人が、労働者連中はフランス語の間違いを恐れて議論には参加したがらない、と言っていた……

数年まえ、マルクス・アウレリウスの古い一冊の版本を買ったところ、こんな献辞がついていた。「この本が、あなたにとって困難な時の友となり、私がこの本によって支えられたように、あなたも支えられんことを。」

一冊の本に捧げられた賞賛として、この「困難な時の友」ほどにも美しいものを私は知らない。

子供は親を裏切るが、これが親というものの運命だ。すべての者がすべての者を裏切り、人はそれぞれ自分の敵を生む。これが掟だ。

五月二一日　状況についてみんなが私に意見を求める。まるでどんなことでも予見できるかのように。

人は〈進歩〉を口にする。だが、ドイツのことを考え、フリードリッヒ二世に比べヒトラーの進歩（！）がどれほどのものだったか考えてみることだ！　「歴史」は進歩というよりむしろ止むことない転落だ。

地上の楽園、すなわち……懐疑論者の群れ。

永続する幸せ、これほど危険に満ちたものはない。どんな個人、どんな社会もこれには逆らえない。

幸福は崩壊（解体？）の要因だ。なぜかといえば、それは異常な状態であって、生きている者に致命傷を与えるからだ。幸福は本能と対立し、本能の力を弱め、本能を掘り崩し危険にさらす。それは稀有なものでもあれば有害なものでもあり、自然が予見していたものではなかった。それが自然の賜だったとすれば、自然は悪魔にそそのかされたのかも知れない。安心感、これには神々も屈しなければならなかった。人間もまた安心感があれば死んでもいいと思っているようだが、しかし人間にとって幸いなことに、人間にはどう転んでもそんな能力のないことは明らかだ。

作家は言葉をじかに生きるべきで、言葉について考えてはならない。
反省に陥るというのは、衰弱し、実質を失った文学の特性である。

五月二二日　おまえは「歴史」を非難したばかりか、それに背をむけ、それを忘れることができるとさえ思っていた。ところが「歴史」は、おいそれとはおまえの記憶からは消えない。

生きている者としてではないにしても、自分が何ひとつ手を貸したことのない事件に立ち会うのは、いつもながら奇妙なものだ。

あることを信じたり否定したりするとき、私たちはいつもそのことをどうにでも変えることができると思い、操作できると思っている。ところが、自分にとってまったくかかわりのないことだったら、それは私たちにはどうにもならないもので、興味からにしろ憎しみからにしろ、それにかかわる手段はどう転んでも見つからない。

宗教のあらゆる創始者でもっとも徹底していたのは仏陀だ。本質的な、ただひとつの問題、つまり、現世を克服し、現世を棄てずして現世を超越するという問題を見届けたのは彼だけだ。地獄でも極楽でもなく、現世の、そしてあらゆる世界の克服。

長い年月、私たちはもっぱらさまざまの関係を結んできただけだ。それがなんの役にも立たなかったことが分かったところでもうあとの祭り、関係は断ち切れない。棄てがたいものがいくつもできてしまい、そういうものを棄て去るのは、そういうものにしがみついているよりずっと困難だ。

離脱が可能になるには、私たちはそれをアルファベットといっしょに学び、欲望を抱くことは欲望を超越することであり、生きることは生を越えることであることをはじめっから知らなければなるまい。

みずから経験した事件には、「歴史」の考察をさまたげるという特徴がある。現在性というものはすべて、必然的に非哲学的なものだ。

情熱は、さし当たってはつねに正しいが、未来においては決して正しくない。

外部に止まっている人間は、決して過ちを犯さない——正しかったことは一度もなかったのだから。

〈Sooner murder an infant in its cradle than nurse unacted desires.〉（「満たされぬ欲望をひそかに抱くよりは、揺りかごの子供を締め殺したほうがましだ」）。（ブレイク）

事物をそれ本来の名で呼んだら、どんな社会もたちどころに崩壊するだろう。

ラ・トラップ改革修道院がフランスに生まれたのはそれ相当の理由がある。もっとも、人は言うかも知れない。フランス人よりイタリア人、あるいはスペイン人のほうがずっとおしゃべりではないかと。そうかも知れないが、しかし彼らは自分の話に酔うようなことはない。それにひきかえ、フランス人は自分の弁舌をゆっくり味わい、自分がしゃべっていることを決して忘れない。この点、極度に意識的なのだ。沈黙を苦行の極端な形式と考えることができたのはフランス人だけだ。

『地獄篇』を読み返す。たぶんこれは、かつて書かれたもっとも美しい本ではないかと思う。驚くべき印象。私がイタリア語を軽蔑していたのは間違っていた。なんと引き締まった言葉か、それに一つひとつの詩句がなんという感動を呼ぶことか！

ウォルポールが一七六五年に書いているところによると、パリでは宗教は無神論であって、ヴォルテールでさえ、ある社会階層では、盲信者とみなされていたとのことだ（というのも、ヴォルテールには、創造主の存在を認めるという弱点があったから）。

主張することなど何もないということを知る幸せ。

二月、三月、四月、五月――これほど不毛の、これほど味けない時期を経験したことはめったにない。

「……幸福のただひとつの秘訣は、すべてを放棄することです。」（スウェーデンのクリスティーナ）

不安が絶え間なくつづいていると、不安をほんとうに感じ取るに必要なエネルギーが涸れてしまう。だから不安は、ほとんど生の一様式、目標とすべき一様式なのだ。

私たちが熟知しているものは、どれも私たちにはどうでもいいものだ。

確信というものは、いずれも事物の検討の不徹底から生まれたもので、硬直した見方にすぎない。

ある人間にありとあらゆる取柄を認めるにやぶさかでないが（私が考えているのはJ・P・Sのことだ）、それでもその人間をバカなやつと思わないわけにはいかない。どうしてかといえば、彼には何も分かっていない、彼は本質的なことを取り逃がしているし、これからもずっとそうだろうとの思い、いや思い以上に、そういう感じが私にあるからだ。

私に有利なものかも知れない事件、そういう事件を想像する能力さえ失ってしまった。

一九六八年六月一日

オデオン座の前。多少とも反体制の学生の集団のなかで、かなりの歳の男が、祈禱師（？）の機関紙「ラ・リュミエール」を売りながら、重要な問題への唯一の答えとしての〈神〉について語っている。議論は白熱し、学生たちはいきりたち、ひとりの学生が男に詰問する。

「存在論的証明は何にあると思いますか

――私は学者じゃないよ」と老行商人が答える。

なんであれ何かの本質の探究は諦めなければならないのかも知れない。どんな場合にも、移ろいゆくはかないものを固定し、その持続する理由を探し求めようとするのは、私たちの精神の身についた悪癖だ。背後には何もない。何かがありうるのは、ない。

私たちの内部であり、これにこそしがみついていなければならない。

話題の作家のものは読まないこと。

もっぱら欲求に促されて、降って湧いた偶然にしたがって読むこと。あれこれの記事がきっかけで私が読んだほとんどすべての本は、はかない束の間のもの、時代現象であって、それ以外の何ものでもなかった。

スノビズムから流行の作家を読むより、好みで時代遅れの作家を読むほうがずっとましだ。後者の場合、私たちは他人の実質に触れて豊かになるが、前者の場合は、無益に消費しているだけだ。

混乱の時代に、およそ時流にはかかわりのない作家を読むのは、最良の解毒だ。

原爆は、時代の無意識の……希望だ。

原爆について語るのは、どことなくジャーナリズムと黙示録めいたもの、要するに悪趣味なところがある。

落ち着きのなさ——サン゠シモンによれば、これがド・マントノン夫人の本質的な特徴だった。

アメリカ人の画家マン・レイが、そのまったく愚劣な本『自画像』で、こんなことを語っている。彼は不眠症に罹りはじめていたが、それにけりをつけようと決心し、ある夜、眠れなかったら使うつもりで、拳銃を枕元において床に就いたところ、ぐっすりと眠れたばかりか、その後は二度と不眠症には罹らなかったという。

こんな〈奇跡〉が可能だったのは、彼がほんとうに自殺しようと決意していたからにほかならない。彼の〈無意識〉が、死よりは眠りを選んだのだ。

臆病は人を狡猾にする。

一八三七年、ロワイエ゠コラールはトックヴィルに宛てて書いている。「建て方のまずい建物を壊すには必ずしもハンマーなど要らない。一陣の風で充分……」

アテナイのティモンは、もともとは踊り手だった。懐疑論者にとっては幸先のよいデビュー。

六月六日

郊外に住む医者P・Vが私に言う。ここ十日間で、一〇歳も老けてしまった人たちがいる。内乱ですべてを失ってしまうのではないかとの思いがそれほど強いんだよと。所有！　それがだれであれ、私にはブルジョワと連帯感はもてない。

社会に——そして宇宙に——占める自分の取るに足りぬ位置を各人がはっきり自覚しているなら、事態は好転し、なんの支障もあるまい。だが、私たちはみなあたかも自分がすべての中心であるかのように生きているから、すべては悪化するよりほかはない。もし謙遜というものが可能であり、生と両立するならば、それは唯一の頼みの綱となるだろうが、ただしそのためには、すべての人がそれを共有していなければなるまい。そんなことはとても考えられない。まるで生きている者は、謙虚にはなれないからこそ生きている者であるかのようだ。

社会を混乱に落とし入れるのは、私たち各人の心中に多少とも眠っている誇大妄想狂を目覚めさせることだ。

トックヴィルに宛てたある手紙で、ゴビノーは、一八四八年の光景への嫌悪のあまり、妻帯者でなかったら、修道院に入っていただろうと語っている。人種の優劣、白人の衰退、退化した子供などについての彼の思想は、四八年の革命の際の彼の経験に胚胎している。したがってそれは、主として貴族の復讐である。

真価を認められぬ不遇の者、これほど煩わしい者を私は知らない。こういう者は、すべてを自分を中心にして考える。せせら笑ってはいても、彼がつねに自画自賛していることが分かるし、その自画自賛たるや、他人からはもらえぬ称賛を補ってあまりあるものだ。これに比べれば、成功した連中、噂よりずっと謙虚な連中は、確かにきわめて稀とはいえ、はつらつとしている。すくなくとも、こういう連中は、年がら年中こぼしてはいないし、そのうぬぼれぶりに接すると、私たちは敗者の傲慢など忘れてしまう。

タキトゥスは、「かつては両立不可能だった二つの原理、つまり、元首制と自由とを両立させることが」できたとしてネルウァを褒めたたえている。

（いわば社会主義と自由）

辛辣にならぬためには度量が必要だというのはほんとうだろうか。

行動の人間と思想家との相違は、思想家は悲劇的な過ちを——決して——犯さないし、犯すことができないということだ。思想家が自分の人生を賭けず、また賭けることができないのはこのためだが——それにひきかえ、行動の人間は自分の人生を賭けることしかしない。

日曜日　関節強直の一月後、田園で過ごす最初の日。訓練不足のため、歩くのがつらい。すらすら書くには、毎日書かなければならない。歩くのも同じ。

月曜日

リュクサンブール公園で、アダモフを見かける。幸せそうだった。言葉を交わさなくなってもうずいぶんになる！　どうしてか。パリでは、どこでだれといっしょになるか分からない。あるところで言ったことが、ある者の耳にねじ曲げて伝えられ、その者がまた別の者にそれを伝える。

友情というものが、普通の情熱ないし感情（尊敬その他）よりも持続するのはどうしてか、その理由は分からない。

タキトゥスにまた没頭（避難）する。

私にとって古代文明とは彼のこと――それにアイスキュロスのことだ。

ゴビノーに宛てた一八五八年の手紙に――『悪の華』が出版された一年後だ！――トックヴィルは、ラマルティーヌは最後の偉大な詩人であり、これほど注目すべき天才の出現には今後ながい時間を要するだろうと書いている。フランスは信用ならないとするゴビノーを非難し、信用ならないどころかフランスには、ティエール、ヴィユマン、クーザンのような傑出した人物がいるではないか!!!　と言っている……

私たちが不幸なのは、善と悪について明瞭すぎる観念をもっているからにほかならない。

六月一一日　昨夜、乱闘のさなか、明け方の四時ころ、ソルボンヌで弔いの鐘が鳴った。どういうわけか、私はサン＝バルテルミーの虐殺のことを思った。

ルーマニア語で『欺瞞の書』*を書いていたころ（二五歳か？）、あまりに強烈すぎる生きざまに、自分もついに宗教の創始者になったのではないかと文字どおり思ったほどだった……ベルリン、そしてミュンヘンで、私は何度となくエクスタシーを経験した――それは永遠に私の生の頂点でありつづけるだろう。以後、私が経験したのは、これらのエクスタシーのまがいものにすぎない。

＊『欺瞞の書』は、一九三六年、ブカレストで出版された。グラジナ・クレヴェクとトマ・バザンによる仏訳版は、一九九二年、ガリマール書店から刊行され、前出『作品集』に再録される。

はつらつとしてはいるが判断力に欠ける民族、鈍感ではあるが思慮深い民族、このどちらを選ぶべきか。状況に応じて、ときには前者、ときには後者のなかで生きるべきだろう。

世界中どこでもそうだろうが、特にフランスでは、すべてを決定するのは伝染の原理だ。それがどんなものであれ、流行には逆らえない。世間の動きに通じていなければならないのだ。この偏執は、革新の原因であると同時に軽薄さの原因でもある。私たちは自分の内部に変化の原理を見つけ出さなければならない。外からやって来るものは、いずれも取るに足りない。

六月一二日　唯一まっとうな〈哲学〉は、現世とは一切かかわりをもとうとしない隠者のそれだ。

結局のところ、寛容は不寛容以上に災いをもたらす——これが「歴史」の現実の悲劇だ。もしこの断定が正しいなら、これ以上に由々しい人間への弾劾はない。

自然状態の人間は、生きてゆくために日々たたかわねばならなかった。絶え間のない不安におびやかされ、一刻たりと警戒をゆるめることができず、不安を、未来のそれではなく、言葉の厳密な意味で、明日の不安を回避するどんな可能性もなかった。人間は残忍で、ずる賢い闘士、のんびりまどろむなどという余裕などあるはずもなかった。

ところが、この追いつめられた動物が、いつの間にやらお役人に仕立て上げられ、檻に入れられて、いまやなんの憂いもない安泰なご身分だが、これはしかし正常ではない。いつか檻が破られ、またまた動物は本来の自由を、そしてかつての健全な恐怖を取り戻すことになるだろう。

ドイツ・ロマン派が古代ギリシアについて抱いていたイメージ、これにまさる偽物を私はほかに知らない。弁護士、ソフィスト、滔々としゃべりまくる饒舌家、ペテン師、なかでも歴史家、古代ギリシアでもこういう連中に関することは、ドイツ・ロマン派は完全に見落としていた。ニーチェのギリシアも偽物である。古代ギリシアにあった、疑問の余地のない軽薄なもの——それに、特にアテナイ人にあった、まあ、パリふう（こんな言葉はまだなかったが）とでも言えるもの、こういうものを感じ取る上でニーチェほどそぐわない人間はいなかった。

私は生まれつき激しやすい人間だが——その私が懐疑的な人間なのは、選択による。これほど異なる傾向をどう両立させ、いつも自分と対立してどう生きればいいのか。ことあるごとに、私の気持ちはどちらに傾き、どちらの人間を選び、どちらの自分に味方するようになるだろうか。

なんについてであれ意見というものを一切もたぬ勇気があればいいのだが！

そうでないなら、意見の表明は、祈りに劣らぬ重要な行為となるべきだろう。ある考えをあえて主張する代わりに、自分を祈りの状態に置くこと！　こういう条件があってはじめて、言葉はいくらかでも威厳を、あるいはかつての地位を取り戻すことができるだろう。もっとも、言葉に誇るに足るような地位があったとしての話だが。

どうして沈黙というものはみな畏敬すべきものなのか。例外的な場合を除いて、言葉は瀆聖であるからだ。

人間が動物にまさる唯一のもの、それは言葉だが、しかし人間がしばしば動物以下のものになるのも、言葉があるからだ。

言葉――人間の上昇と失墜の道具。

人間は、ただ稀にのみ発語の自由をもつべきで、おしゃべりの根絶こそ社会の本質的な機能となるべきだろう。

ラ・トラップ改革修道院の一般化に向けて。

私は自分のありとあらゆる情熱を抑圧し、しかもなお作家にとどまろうとした。だが、こんなことはほとんど不可能だ。自分のさまざまの情熱を守り育み、それどころか情熱を煽り立て、誇張する、この限りでのみ作家は作家なのだから。自分に固有の不純物、解決できない葛藤、欠点、ルサンティマン、人類の始祖の……残骸、こういうものを抱え込んでいるからこそ私たちは書くのだ。人が作家なのは、古い人間を克服していないからにほかならない。というより、作家とは、古い人間の勝利、人類の古い欠陥の勝利であり、「贖罪」以前の人間だ。作家にとって、「贖い主」は事実上あらわれなかった。あるいは、その贖罪の行為は成功しなかった。作家にとって、アダムの過ちは喜ぶべきものであり、そして私たちそれぞれが、この過ちを繰り返し、その責任を自分に帰してはじめて、作家は育つ。あらゆる制作の原因をなすのは、その本質において堕落した人間だ。私たちが創造するのは、「堕罪」の結果にほかならない。

人間の所業はどれを取って見ても、人間が天使ではなくなった、その結果にほかならない。

行為としての行為が可能なのは、私たちが「楽園」との関係を断ち切ったからにほかならない。

あらゆる創造者は、純粋主義《アンジェリスム》の誘惑に反逆する。

J・Cl・Fの話では、その日、彼が会ったばかりのモノ（？）とかいう男は、地下埋葬所の柩のなかで四〇日間すごしたことがあると語ったそうだ！　この同じMは、その後、ナチスになり、それからフリーメーソンになり、それからまた何かわけのわからぬものになった。

面白い連中は、二流の人物、とくに落伍者（この言葉には大した意味はないにしても）のなかにしかいない。作品の創造に全身全霊を捧げているような人間には、運命をもつ余裕などとてもない。

シラーはヘルダーリンへの手紙で、ドイツの詩人の癖である冗漫に警戒するよう促しているが、その手紙のことを考える。

詩その他の、ドイツの作品はどんなものでも、それをすくなくとも半分にしてしまえば、ずっと力強いものになるだろう。ヘーゲルにしてもショーペンハウアーにしても、いやニーチェでさえ、筆を擱《お》くタイミングというものを知らなかった。もっと深く掘り下げよう、何ひとつ省くまい、自分の考えをとことん説明しようという癖が高じ、その結果、人々は最後まで読めないのではないかと恐れながら彼らの本を読むことになる。

〈形而上学〉、あるいはまさに〈哲学〉が問題にされているような哲学的エッセーにでっくわすと、私はすぐそれを遠ざける。私が見たいと思っているのは思考であって、思考を誘う方法や学問についての問いではない。パスカルが語ったのは彼の不安であって、不安の心理学ではない。こういう現代の学問分野はどれもみな、自分からは何ひとつ導きだすことができず、自分の精神を働かせる対象としての内容も経験もない者たちのためのものだ。私たちは、あたかも〈哲学〉など存在しないかのように、自分が最初の哲学者であるかのように哲学すべきだろう。つまりは、自分の目の前に繰り広げられる光景に目が眩んだ、あるいは恐れをなした穴居人のように。

「何ごとにも執着してはなるまい」――これこそ第一の掟（新十戒の第一の戒め）であるべきだろう。

苦しんでいるときはいつも私は自分を恨むが、それでいて苦しむ機会をひとつとして取り逃がすことはない。

同時代人との関連で、ランボーの詩の秘密は、メタファーの破壊にある。メタファーが支離滅裂なものであればあるほど、それはますます私たちの気に入り、私たちに衝撃を与える。

メタファー破壊の程度。

古典的なメタファーの論理は、私たちには耐えがたいものに見える。

六月一七日　重大な事件の渦中にあって、私に望みうる唯一の役どころは、多忙な見物人のそれだ。

すべての嫌悪感の根は、自分自身への嫌悪である。

彼は悲嘆に血道を上げている。

私の場合、すべては内臓で始まり、決まり文句で終わる。

私は冷笑と叫喚の中間に生きている。

中間にあるのは、砕けた溜息。

カトリック学院その他のところで借りたことのある本を、よく読み返すことがある。いたるところに灰が微量に残っている。私が猛烈にタバコを喫《す》っていたころの名残だ。

タバコを完全にやめてから間もなく五年になるが、これは私の生涯で最大の自慢の種だ。

粗雑な概論より警句のほうが価値がある。

哲学者が〈深い洞察力〉に恵まれていればいるほど、それだけ倦怠を感じていないことは明らかだ。

深い洞察力と倦怠への無感覚、これは相関事項だ。

ドイツ、ドイツの文化、いやドイツ語のしがらみからさえ私はまったく自由になった。

うぬぼれ、冗漫、システムと化した愚鈍、むきだしのスノビズム、精彩のない洞察力、原理と化した低能——こういったものは何もかも、幸い私には無縁のものとなった。かつては、バカげた、子供じみた溺愛にひどく苦しまねばならなかったが、その溺愛も——実をいえばとうの昔に——克服した。

迷信がひとつなくなったのだ。めでたしめでたし。

トックヴィルのものの見方が私はほんとうに好きだ。

一九六八年六月二〇日

情熱的で理屈っぽく、しかもどこかに傷を負っている人間——たとえばトックヴィルのような人間が私はひどく好きだ。

本を読み、その本が内的必然から生まれたものか、それとも仕事の産物にすぎないものかを見分ける——これが本来、批評家の役目というものだろう。だが実のところ、ほとんどすべての作品は仕事の産物だから、批評家もそれに慣れっこになってしまっていて、そうでないものを感じ取ることができない。

私たちが〈*riots*＊〉で死なずにすんだかどうかの確認の電話を、ジェーン・ホワードがロンドンからかけてくる。事件というものは、近くからより遠くからのほうがほとんどいつも大きく見えるものだ。

＊　暴動。

一通の手紙でさえ、きちんと書くためには、恩寵の状態にあることが求められる。

自殺の〈問題〉を再考する必要がありそうだ。自殺のもっとも興味深い側面を見落としてしまったように思われるからだ。

いまはこれらの側面を考察することができそうだが、それというのも、こういう問題は、特に夏に取り組むにもってこいのものであることに気づいたからだ。暑いからだろうか、陽光が降りそそいでいるからだろうか。私がこの世界を再考してみようと思い、そして私の内部に、ときには耐えがたいメランコリーの発作が見舞ったのも、いつも陽光のせいだった。周囲の燦然たる輝きには、私は自分のかかえている〈闇〉でひとつになれないのだ。あの鬱々とした気分とその結果のすべて、これらの原因は、私が感受するものと目にするものとの激しい対立にある。

夏は途方もない不可能性の季節。太陽は陰鬱な考えの提供者だ。陽の光に無と化した風景ほどメランコリーを誘うものはない。ペストのように夏を避けること。

理由はなんであれ、自殺を思いたった時と場合とを、あらん限りの記憶力を駆使して洗いざらい検討してみなければなるまい。

六月二一日　昨日、ドリーンに、人々が会って、しゃべり、演説をぶち、自分の思いのたけを述べてほっとできるような部屋ないし建物を、政府はだれにでも自由に使えるようにすべきではないかと言ったところ、かつて古代中国では、腹を立てたり、何か悩みごとがあると、女たちは、街なかに建てられた専用の小さな壇の上に立って、怒りや悲しみを存分に吐露したものだ、と彼女が答える。思うに、この〈制度〉は、精神分析的な方法あるいは告解などよりずっと有効である。

ヴォルテールは、オーストリアのカールは自分の両親と最初の妻の墓をあばくことを命じたとして、カールについて次のように書いている。「彼はこれらの遺体の残骸に口づけした。これはスペインの先王たちの例に倣ったのかも知れないし、彼が死の恐怖になじんでおきたいと思ったのかも知れないし、また、ある不可解な迷信で、これらの墓をあばけば、自分の死期を先にのばすことができると信じていたのかも知れない。」（『ルイ一四世の世紀』）

それにしてもやはり、自分がそうなるであろう死体に慣れるのはむつかしい……

当りを取る思想は、いずれも例外なく偽の思想と相場が決まっている。

私の生活は、まったく頼りないものではないにしても、不安定なものなのに、その私にかじりつき、私が支えになれると思っている、あのすべての同胞たち。私の状況を彼らにどう説明すればいいのか。私の言うことが彼らに信じられるだろうか。漂流物を追いかけている途方に暮れた者たち。

六月二二日

市《いち》に行く。たった四個の卵を買うために、半時間も待たされる。いらいらがつのり、怒りがこみ上げてきて、あのおしゃべり女どもに逆上するが、私は、自分にはいらいらを抑え、自制する力があることを証明してみせるために、ただひたすら待った。そして事実、あの女どもに耐え、どなることもなかった。だが、その後で、あやうくどなるところだった。

いつもよくあることだが、無理をすると、それがかえって仇となり、あるいは私たちのほうで、その無理な努力を裏切るものだ。健康とは、気分のままに振る舞うことであり、あるがままの自分であることだ。

ついいましがた、サン＝ジェルマン大通りで、行き交う人々を眺めていた。こういう種類の人間を眺めるのは生まれて初めてのように思われ、ひとりとして私には馴染みがなかった。

彼らはだれか、どこから来たのか。生者のどんなカテゴリーに分類し、どう呼べばいいのか。

だしぬけに啓示がひらめいた、

――そうだ、ただの猿にすぎないんだ！

（つまり、私たちの素性についてきわめて正確な、ほとんど強制的な直観をいまだかつて私はもったことがないということだ。人間について語るとき、この素性を見落としてはなるまい。）

「成功など意に介さない美徳をもちたいものだが、そういう美徳は私にはない。」（トックヴィル、スウェチーヌ夫人への手紙）

この〈美徳〉において、私はえらく進歩してしまったのではないかと恐れる。私の〈生産性〉にとって、これはいいことではない。自分を監視し、無名へのこういう嗜欲は抑えなければならない。

現にそうであるよりももっと衰弱したいと願い、それでいて可能の限り衰弱している――これは〈*despondency*〉の、〈*dejection*〉の最悪の発作、毒性のある、時代おくれのメランコリーの最悪の発作である。

私たちは、沈滞の自動運動で気がふれることもある――単純なメカニズム。

私が信じている唯一の価値は自由だ。

作品は、もしそれに私たちが努力を傾注するなら、現実を現実として、というより非‐現実として見る妨げになる。私たちが存在していないところに存在しているものと、私たちが存在していないところに存在していないものとを見分けること、これに向いているのは、あらゆる計画から自由であるように、一切の仕事から解放された人間だけだ。私たちが拘束されている作品、それは精神の自由な高揚を妨害するから、束縛であり、障害である。そればかりか作品は、それに努力を傾注し、それを創る者にとっては、どこまでも現実的なものであるから、彼が非現実という思想に同意する妨げとなる。彼が作品を練り上げてゆくにつれて、作品はまごうかたなく存在しているもののように思われ、彼は作品に執着し、作品は〈現実〉に取って代わり、現実の代わりとなる。拘束された人間、行動的で有能な人間には、非現実について抽象的な観念しかもてず、それを経験できないのはこのためだ。この種の経験は、意図的に無為を選んだ者の特権であり、彼は外部の空無を、一切のものの空無を感じ取るために、まずもって自分の内部にそれを感得し、それを育んできたのだ。もしすべてを、その本質を、つまり存在しないものを知りたいと思うなら、一切のものを厄介払いしよう。

無為の人間——こういう人間だけが存在の最深部へ、つまり、存在のなかにもはや存在はなく、存在するものと存在しないものとが定かではなく、すべてが——永遠に存在していて、しかも存在していないところへ下りてゆくことができる。

自殺への情熱。

自殺は焦りの問題だ。人は死を待つのに飽き飽きしている。もうすこし辛抱すれば、もちろん、万事にけりはつくだろうが、しかし情熱家に向かって辛抱などと言うのは、おかど違いというものだ……

彼は何ものにも、成功にさえ動じることはなかった。

革命は、悪しき文学の崇高体だ。

革命という言葉は、フランス人には催淫剤のように効く。

人間、この殲滅者——生きているものは何もかも、いずれは人間の攻撃に屈し、最後のシラミのことが話題になるのもそう遠いことではあるまい。

猿は〈定住性の〉動物だということだから、もし人間が猿から派生したとすれば、地球上のいたるところに広まることはできなかったであろう。ところがいったん猿から分離してしまうと、人間は、そのノマドの本能に、つまり、どこへなりとところかまわず入り込もうとうずうずしている有害な動物の本能に従わざるをえなかったのである。

私に必要なのは、中毒になることだ……断念で。

カール・バルトによれば、信仰は意志を殺すものではなく動かすものだとのことだが、このバルトの見解は正しい。また彼は、信仰は知性を抑圧せず、それを自分のために役立てるとも書きとめているが、これも正しい。

憎しみは倦怠の治療薬だ。騒乱の時代には時間が長いとは思われないのはこのためだ。

あらゆる文学は讃歌に始まり、礼拝に終わる。

六月二五日――ついいましがた、プレス・ユニヴェルシテール社で、言語学関係の本が山と積まれているのを見てかっとなり、怒りくるい、げんなりして店を出た。

正しい等式は、生＝苦しみではなく、生＝幻想だ。騙されている限り、人は生きているが、騙されなくなれば、とたんに生を停止する。行為の原動力にして秘密、それは幻想だ。

自殺は礼儀作法の、しきたりの、〈ブルジョワ的〉名誉の問題にならなければなるまい。

この世の財貨への執着にかけては、私も人と異なるところはない。そしてこの事実を確認すると、決まって困惑するのだが、どうすることもできない。昔は一張羅しかなかったものだが、それでもいっこうに痛痒を感じなかったのに、いまでは五、六着、ひょっとすると七着もあるのに、もっと欲しいと思う。こんな瑣事は、いささかバカげているが、でも〈明快な〉、耐えがたいものだ。

放棄への私の願いが羨望の段階を越え、強迫観念と化し、必要性となるならば、どんなにか前進ができるのに！
だが私の場合、何もかもが漠然とした意欲どまりであり、分裂、矛盾、満たされぬ欲望どまりなのだ。

六月二七日　今朝、ベッドで、歳をとったものだ、とだしぬけに合点した。五七歳！　そのとき、私は目を覚ましたばかりで、実際のところは、ほとんど眠っていた。この、夢うつつの状態での確認に、私は動転した。こんなにも生きながらえて、それでどうなったというのか。神を、そして自分を否定する方法、そのいくつかを見つけ出しただけではないか。

アメリカ・インディアンは、白人を「血の気のない者」と呼んだが、白人にはますますもって、この名がふさわしい。

〈神〉を引き合いに出す者と議論することはできない。
（神学書の与える不誠実の印象）

なすべきことなど何もない。生に対する態度として私に信頼できるのは、古代人だけだ。現代人で私に興味があるのは、その常軌を逸した言動、気取り、むら気、それに彼らは意識していない、いささかの悲劇性に限られる。

歴史において、あらゆる災難は若者が原因だ。生が、といっても同じだ。

無経験が真理ならびに行為の基準だと若者が思っている限り、私たちは事件を覚悟しなければならない。

間違いを犯す二つの在り方、すなわち若者であることと老人であること。

若者か老人と話していると、決まって微笑しないわけにはいかない。

若者に価値があるのは、若者が困惑し、そして特に苦しみに苛まれているときに限られる。

あらゆる人間に嫌気のさしたやじ馬、これが私だ。

パンツを買いながら、デパートでバッハを聴く！

神学の概論書のたぐいを読むと、私はいつも決まって早々に読むのをやめてしまう。神や人間が途方もなく重大視されているのが、それほど私には耐えがたいのだ。

すべての人間がすべての人間を裏切る。普遍的な不誠実。

自由は健康に似ている。私たちは自由であるとき、自由を楽しむことはない。自由にしても健康にしても、そこにあるうちは、自明事に貶められているが、いったん失われれば、たちまち奇跡となる。健康であり、あるいは自由であれば、人はだれもわめきはしない。だが、この二重の幸運に恵まれている者はだれもみなわめくべきだろう。私たちは自分の幸福を自覚することができない。これこそ私たちの運命の最大の特徴である。

私の書いたものはみな深い苦しみに由来するものだ。これが私にできる唯一の弁明だ。私の本はどれをとっても、私が経験した苦難と悲嘆の要約であり、苦悩と苦汁のエッセンス、同じひとつの絶叫にほかならない。

六月二七日　三〇余年ぶりに、サント＝ジュヌヴィエーヴ図書館へ行く。実際、ブックール・ツィンクとヴィタ*といっしょにここに来たのは一九三五年のことだ！　強烈な感動。こんなにも長い年月、この図書館の前をよく通りすぎたのに、一度もなかに入らなかったことを思うにつけても！

＊ブックール・ツィンク（一九一〇—一九八七）、エッセイスト、ジャーナリスト、哲学の教授、シオランの幼友達。ゾイタ・カウカは、ツィンクのポーランドの女友達。

ソラナ・ツォーパからの手紙を、いま受け取る。八月に来るとの報せだ。とたんに、むらむらと怒りがこみ上げてくる。彼女に言うことなど何もない。彼女の問題など私にはもうどうでもいいことだし、三〇年まえの戯言を、ここパリで、しかもルーマニア語で！　蒸し返すなんてバカげている——これが私の偽らざる気持ちだ。だめだ、だめだ。おまけに、彼女は七〇歳。これは私には無礼な、また空おそろしいことに見える。なるほど、私は彼女より一三歳下にすぎず、したがって、年齢の違いといっても大したことではないが、だからといって、ここ三年来、私が立ち会っている、この『見出された時』が、この次々によみがえる幻影が、私の過去を中心にした、この会話が、私のためになるというわけではない。まったく逆だ。まるで私がもうフランスに住んではいないかのようだ！　それに私は、フランスにはもう友人はいない。向こうの友人連中が——かえすがえすも遺憾なことに、フランスの友人を追い出してしまったからだ。私は私の出自から自由にならなければならない。私は出自にからめ取られて、いいかげん後退を余儀なくされ、わずかばかりの前進の願いすらままならぬていたらくだ。

これらのルーマニアからの手紙を読むと、文字どおり気が滅入る。そういう手紙ばかりだ。私を頼り、私を当てにしてパリにやって来る友人、あるいは未知の人たち！——自分が自分にとってどれほどの重荷であるかを考えるとき、だれか他人の支えになると思うと、眩暈と同時に嫌悪感を覚える。

ある種の破壊欲が私にはつねにあった。だが、破壊といっても、それは形而上学的観点からの破壊であり、最小限の欲求として、コスモスの粉砕を意味するものだった。

七月一日　昨日、日曜日、セルメーズのほうの田園を歩く。

真夏とあって、さまざまの匂いの氾濫。花々、木々、とりどりの草——まるで匂いを競い合っているかのようだった。

いまクラリネットのための五重奏を聴いている——私の人生に深い影響を与えた曲だ。これを聴くと、モーツァルトが同時に『レクイエム』を書いていたことを——つまり、これが彼の最期の年の曲だったことを必ず思い出す。

禅に関するある本に、こんなことが書いてある。「疑念、懸念、羨望、憎しみ、その他すべての、信仰に反する感情。」

これらの〈人を離反させる〉否定的な感情は、すこしも信仰に反するものではない。それ自体としては反するものかも知れないが、事実はそうではない。信仰が支配的だった時代に、宗教戦争が起こっているのを考えてみればいい。信仰は、理屈の上ではそれが排除するどんな感情とも両立しうる。私の見るところ、これが真実らしい。信仰は、それがそれ自身と矛盾する、その限りで、栄え、花ひらくのである。

心の安らぎ、ましてや瞑想のためには、〈世に忘れられて〉いるにまさることはない。本来の自分に帰りたいと思うなら、これが最良の条件だ。自分と大切なものとのあいだにもうだれも介在せず、私たちは大切なものにじかに接している。私たちに顔をそむける他人が多ければ多いほど、それだけ彼らは私たちの完成に懸命なのだ。つまり、私たちを見捨てることで私たちを救っているのである。

フォーレの二短調弦楽四重奏を聴く。これはレース飾りであって、天才的なものではない。

並はずれたことでないなら、何をしたところでまるで無駄だ。だれも関心を示さない作品を書く。私はほぼこれに成功した。

七月三日　ノアの大洪水への郷愁。

名状しがたい憂鬱。

魂の絶望、これ以上に恐ろしいものはない。

混沌、淀んだ血、踏みにじられた物質、なじみのない肉、接収された肉体。

不安は私たちを刺激し、私たちを眩惑する。私たちのすべての衝動を規制し、私たちを意のままにする。したがって、不安を信頼し、私たちに施される不安のあらゆる恩恵のおすそわけを期待するのは賢明である。

純粋状態の「幻滅」、源泉としての「幻滅」。

ラ・ロシュフーコーについてのレス枢機卿の次の言葉に感銘を受ける。「彼はいつも優柔不断だった。だが、この優柔不断の原因となると、私には分からない……その原因は分からないにしても、この優柔不断の結果は明らかである。彼はいかにも軍人らしかったが、軍人であったことは一度もないし、廷臣たらんとする意図はいつも充分もっていたにもかかわらず、自分からすすんで生粋の廷臣になったことは一度もないし、生涯、党派に与《くみ》していたにもかかわらず、党利党略に走るような人間では決してなかった。このおずおずした、気後れしたような態度、これが生きている彼である……」

……優柔不断、これこそ私の性格の本質的な特徴なのではなかろうか。私は何ひとつ決断することができない。眩暈を起こしてしまうほど、迷って迷って迷いぬく。私は、ある意見を奉ずる者にも、ある場所に帰属する者にもなりえないし、周辺に、あるいはどこかに帰属する者にもなりえない。だから私については、私が行ったこと、というより行おうと意図したことに関してはなんであれ、「あんなことをしたけど、あいつはそんな人間ではなかった……」とも言えるだろう。

私は一徹な人間とは逆の人間だ。つまり、私は何ものにも部分的にしか与《くみ》しないということだ。私は下心のある人間であって、何かを主張するのも、すぐ訂正するためであり、自分のいわゆる信念のリズムを別にすれば、何ものにも同調することはない。私が心底与するのは、私の優柔不断だ。

私の懐疑思想は、知的なものであるよりも本能的なものだ。私のもっとも内奥の化学の産物、私の諸器官の代弁者だ。

ラ・ロシュフーコーが苦しんでいた、あの習い性となった優柔不断の原因は、彼のメランコリーに求めなければならない。なぜならメランコリーは、あらゆる行為をむしばむからだ。私たちの始めるどんな行為も、メランコリーによってあらかじめ掘り崩されていないものはない。メランコリーは世界拒否だ。だからこそメランコリーは、この同じ世界の内部で、なんであれ何かを企てる前に、私たちにためらいの気持ちを抱かせるのである。

私は極端なものに、人間の存在を異常なものと化し――笑止なものと化すすべてのものに心ひかれる。

私は、いつも存在の上か下にいて、同じ面にはいられない。同一平面にいるのは稀であり、存在の内部となればもっと稀だ。

この世の諸制度は腐敗している、とXが私に言う。私が指摘する。その言葉は正確ではないよ、硬直化した、と言うべきだよ。なぜなら、腐敗したと言っては、諸制度にはまだ生きているものがあるということだから。

フランス人と「ユートピア」の精神。フランス人がいかにやすやすと社会システムを構想し、どうにもならない具体的な事実などおかまいなしに、社会システムの構築にいかに情熱を傾けるか、ただただ呆れかえるばかりだ。フランス人は形而上学的想像力を欠いているが（ドイツふうの壮大な体系にはまったく向いていない）、その代わり、社会の再検討となると、とたんに発明の才を発揮する。もうここでは、どんな種類のどんな理由を持ち出しても、どんなに〈現実〉のことを持ち出しても、歯止めにはならない。彼は爆発する。理屈をこねつつ錯乱し、経験など一顧だにせずに、その妄想の果てまで突っ走る。こと形而上学に関しては、彼には〈良識〉がある。つまり、彼は形而上学者ではない。だが、その〈社会の〉ヴィジョンとなると、彼にはほとんど良識はない。この点で、彼がいとも容易に革新者のように、そして無責任者のように見えるのはこのためだ。なにしろここでは、どんなに〈気前のいい〉戯言でも言えるのだから。彼がこんなにもユートピアに乗り気なのは、平等にとり憑かれているからだ。それというのも、確立された平等にもとづく、あるいはそれを目標とする、純粋な構築物そのものでないとしたら、ユートピアとは何であろうか。

　ユートピアの諸学説の中心思想は、自由ではなく平等である。もしそれが自由だったら、ユートピアの構築は難しいだろうし、それどころか不可能であろう。

　結局、あらゆるユートピアは、もっぱらユートピストだけが（そして彼にまんまと説得された世間知らずが）賛同する一連の公準である。

　自己保存反応により、あるいは自分の将来への同情から、作家は言葉にのみ関心をもつべきで、言語に、ましてや言語学に関心をもつべきではあるまい。

　あらゆる創造、いや精神のあらゆる自発性にさえ致命的となる意識度というものがある。

私はよく知っている
（……電話が鳴り、自分が[2]何を言おうとしていたのかもう分からない。〈扼殺された〉思考というものがかつてあったとすれば、これがまさにそれだ。）

　知性の純粋な組合せから生まれたもの、なんらかのかたちで、魂の不純を留めていないもの、こういうものは何もかも大嫌いだ。

　アメリカで教授の職にある、あのフランス系のウクライナ人に私が言う。私の考えでは、あなたはサルトルを買いかぶっている。サルトルは〈品〉がない、というか、ドイツ人のいわゆる〈内的形式〉（*innere Form*）がないと。

　サルトルは俗悪とも、いや生きているとさえいえないくらい、極端に作りものめいた人間だ。彼は何から何まで根本的に現実性を欠いている。人形にして怪物だ。

七月六日

絶対以外のものに関心をもつことはできない。

　かつてのすべての神々に向かって、「われらを哀れみたまえ、生き返りたまえ！」と叫びたくなるときがある。

私がこうもおびただしく本を読むのは、自分の孤独よりも深い孤独に、いつか出会えるのではないかと思うからだ。

いつか自分よりも孤独な人間に逢えるかもしれないと思わなければ、人間になどこうも関心はもちはしない。

七月七日　人間、人間、昼夜を問わず、時間を問わず、どこもかしこも人間だらけだ。

意識的な無関心――これが、この世で執れるもっとも高尚な態度だ。

ユートピア、すなわち、白痴にまさるとも劣らぬくらい無関心で、白痴同様に振る舞うこと。ただし、熟慮反省の上で。

無関心のほどを白痴と競い、白痴が生まれながらにして身につけている完成の域に達するよう意識的に努めること！

朝、ネクタイを結んでいるとき、最近、死んだ人のことをだれかれとなく考えることがよくある。こんなことは、もうＸの知ったことじゃないと。

七月八日　ありきたりの悲嘆よりはずっと鮮明で際立ったものであるから、目もあやな悲嘆、これ以外に、私がもたらした新しいものなどない。

行為というものを毛嫌いしている私にすれば、ある行為を決断するには、あらかじめナポレオンの伝記くらいは読んでおかねばならない……

自殺はあらゆるものの論理的帰結だから、私たちに残されている唯一の手段は非合理的なものだ。

結局のところ、私たちが自殺しないのは、自殺の理由がありすぎるからだ。

ハイドンの『十字架上のキリストの七つの言葉』を聴きながら、いましがた考えたこと――私の懐疑思想は、実は宗教的なものであり、私がパスカルとドストエフスキーにもっとも親近感を抱いているのも理由のないことではない。

懐疑を越えられる瞬間、この瞬間のどんなにうれしいことか！　こういう瞬間に見舞われなかったら、私はずっと私のまま、そう思われるのだ！　たぶん、こういう瞬間は私には異例のものだからだ。

沈滞、この逆さまのインスピレーションは、事物の別の側面、その内部の秘密を私たちに啓示する。私たちが真実に触れたと如実に思うのはこのためだ……沈滞により、私たちがすべてのものから切り離されると、たちまちすべては一挙にすっ飛び、砕け散るかのようだ——この分離、これが認識というものだ。（沈滞を愛するあまり、私は生に挫折した。）

「どんな仕事をしていますか、とマルガ・Bが訊く——仕事はしていない、したことがない」、と答える。どんなときにも、私はいつも決まりきってこう答えるが、こう答えれば余計な説明は一切しないですむ。ピュロンに同じようなことが訊けただろうか。私が範と仰いでいる人たち、彼らに訊けないようなことは、私にはなおのこと訊いてもらいたくない。

何かを準備している者、本を書いている者、私にはどこかそんなところがあるのか。

哀れなソラナ・ツォーパ、パリに来て、私と形而上学的な問題について話し合いたいという。孤独な彼女が話したいと思っているのは分からないでもないが、多くの人間に会っている私にすれば、人と会うのは、どのみち苦しみの上乗せ、消耗する長談義の追加のようなものである。訪問客はみな、相手が自分のための時間を取っておいてくれるものと思い込んでいる。ほかにも訪問客がいて、その先客が相手から時間を横領し強奪しているとは思ってもみないからである。

毎日、市《いち》へ行くのは、現実とのなんという接触か！ 夢想なんぞに耽ってはいられぬ場所があるとすれば、市こそまさにそれだ！

静かに生き、そして静かに死にたいと思っている人がいるかと思うと、別の考えの人もいる。——といってもこれは、それほどややこしいことではない。「歴史」は、その現象は多様で途轍もないものだが、根本は単純なものだ。激昂した人間の狂気は、平穏を愛する者の知恵をいつも制するだろうが——その理由は、前者をそそのかす悪魔のほうが、後者を導く神よりも、〈生〉の内奥に親近しているからだ。事実、〈生〉は、神ではなく悪魔の本質をもつものだから。

私は文字どおり同胞に包囲されている。彼らに宣戦を布告する以外に逃げられない。

野望を抱くという不幸はあるが、どんな野望も抱かないという不幸はない。

欲望を忘れてしまった人間、これが唯一、毅然たる人間だ。

外国人労働者に占拠されてしまったフランスについて、わが門番の女性が、まことに的を射たことを言う。「フランス人は働きたくないのよ、みんな書きたがっているんだわ……」
おそらく彼女は、フランス人が役人になりたがっていることを考えていたのだ…

ソラナ・ツォーパに手紙を出す。手紙には、再会しても無駄だと思う、と書いた。つまり、私の人生でかけがえのなかった人々に、三〇年以上もたって会うのは、私にはとてもつらい、そういう人々を失望させるのがひどく怖いのだと！　追伸として、私もまた彼らに失望させられるのを痛く恐れている、と書き加えるべきだったかも知れない。
いずれにせよ、こういう手紙を出したということは、私が言語道断な残酷なことをしたということだ。だが、ここ三、四年、私が経験している、あの絶えることのない『見出された時』、あれはもう願い下げだ。

私たちが不安にかられるにはさまざまの理由があるが、そういう理由のすべてに先立ち、そういう理由のすべてを捏造する、あの不安。
この不安化の過程は次のようなものである。私は私の内部に、ある抑えがたい、漠然とした不安感が募り、こみ上げてくるのを感じる。それはその内実を求め、あるいは、なんでもいいから何かを選び取ろうとする。つまり、どんな口実でもいいのであって、口実がみつかれば、それに飛びかかり、それを包み、むさぼり食う。とうとう食物がみつかったというわけだ。これが毎日くり返される。ちょっとしたこと、一通の手紙、電話のコール、ある思い出、ある感覚、そう、なんでも不安にはお気に召す。実は、不安は気難し屋ではなく、なんにでも満足する。だからこそ、どんなところでもよく育つのだ。不安に逆らうものでもなんでも、不安のためにならないものはないのだから、不安はもともと勝利するようにできている。それは、その解毒剤で強くなる毒だ。

七月一三日——バイロンの伝記を読んでいたら、マラモッコという名前を偶然みつけた。ヴェネチアに近い小さな村の名前だ。何度もこの村に行ったことがあったとは！　いまこの瞬間、この村のことを思うとなんと気の滅入ることか！

私は懐疑思想が好きだが、といっても、悲壮な懐疑思想だ。この限定が私の弱さを解く鍵だ。

生命とは、うさんくさい若干の物質以外の何ものでもないとの思いを、どうすればもたずにいられるのか。

孤独を守るただひとつの方法は、自分の好みの人間を手始めに、あらゆる人間を傷つけることだ。

日和見主義者サルトル、卑屈な哲学者。

人間が自分の問題を解決したと思っていても、その解決はどれを取ってみても、問題を置き換えただけのものにすぎない。それによって問題の重大さが増さないまでも。

喝采を浴びたいと思う気持ち、哲学でこれほど危険なことはない。

七月一四日　ロアレ県のクルトネーで過ごした一九四四年の夏の日々のことをいま思い出したところだ。あれ以来、こんなにありありと思い出したことは一度もない。背景、さまざまの事件を経験しながら、人々とともに過ごした生活の細部、それがいまはっきりと目に浮かぶ。いずれもすっかり忘れ去られていたものだ。過去という観念は、厳密には認めがたい。かつてあったもの、それは私の力ではどうにもならない。

生きるということは、近い未来にしたがって動きまわることだ。自分の人生のどの時期を思い出してみても、私がただひたすら期待によってのみ生きていたことは明瞭である。以前ほど前方を、自分の将来をまっすぐ見つめているはずもない今でさえ、私は相変わらず期待しており、未来の模造品の何かを当てにしている。

かくまで期待のうちに生きていればこそ、人間は、まさに永遠につづく期待ほしさに、不死の観念を抱懐したのだ。

このカイエに、私のタバコ中毒のことを取り上げたことがあったただろうか。二か月まえ、夕食に招いたオーストラリアの外科医に、こんな話をしたことがある。以前、私は大変なヘビースモーカーで、どんなささいな決断をするにも、タバコに一本、火をつけないわけにはいかなかった。で、とうとうこの完全なタバコ依存、この隷属が我慢ならないものに思われるようになった。禁煙は、私には紛れもない解放だった。

外科医は私の話にいたく興味をそそられたようで、私に次のような話を披露した。彼もまた私に劣らぬタバコ依存症にかかっていたが、あるとき、ひどく危険な手術の最中、手術をどうすすめるべきかふんぎりがつかなくなり、突然、手術を中断した。そこで手術室を出て、戸外で一服した。すると、どうすべきか、難なく分かった。彼は決断した。彼の懸念にもかかわらず、手術は成功したのだから、この決断は妥当なもであったことが分かった。

タバコを断ってからというもの、実生活上の諸問題に立ち向かう力がなくなってしまったような気がする（その当然の結果としての知的効率の低下は別にしても）。だがそれでも、毒物に、冷酷な主人に隷属しているとの思いはもう私にはない。

本を書き、本を書く。エピクロスは三百冊の本を書いたが、ただの一冊も残らなかった。

私が書いた一ページ、ひとつの〈考え〉が生き残るなら、それで充分だろう。いや、こんなことはまったくどうでもいいことだ。求めなければならないのは、後世の、ましてや現世の尊敬ではなく、自分自身への尊敬だ。大切なのはこれだ。自分に恥じるところがない、すべてはこれにかかっている。こういう境地になれないからこそ、私はいつも、いたるところで、ぐらついているのだ。

大切なのは、他人が私たちをどう思っているかではない。そうではなく、私たちが私たちの存在の最深部で、自分をどう思っているかだ。もし私たちがほんとうに、心から自分を尊敬しているなら、ありとあらゆる人間に軽蔑されようとも、一顧だにしないだろう。だが困難なのは、自分についての正しい考えが、神が私たちについて抱いている考えそのものと一致するとほんとうに納得することだ。

旗という旗はすべて願い下げだ。

作品を書くということは、その作品のほかには何も考えないということだ。ところで私は、自分の書くべきことがうまく考えられない。書いてはならないことだけがやたらと書きたく、自分の立場を裏切り、自分の義務の敵として振る舞いたいのだ。

神よ、どうか私が人間のくずではありませんように——あるいは、ほんとうに人間のくずでありますように！

ダンテのように復讐ができたら！

私が一貫して変えなかったもの、それは、私が生の重大な局面を迎えたとき、哲学の有効性に抱いた懐疑だ。

不安にあれこれと理屈をつけ、不安を文章に変え、それに相当する何か抽象的で、ありきたりのものを見つけ出し、それを骨ぬきにし、衰弱させて、私にも耐えられるものにする——哲学が私の役に立ったのは、まあ、こんなところだろうか。

ずいぶん長いあいだ苦しんできたのに、まだ私に苦しむものがあるとは驚きだ。

七月一五日　今日、ソラナは、私が書いた、あの冷酷な、残酷きわまりない手紙、彼女にしてみれば、いわれのない手紙を受け取ったはずだと思う。どうすればいいのか。いまさら取り消すわけにはいかない。だが、あの手紙をああいう言葉で書く資格は私にはなかった。われながら恥ずかしいと思い、また嫌ってもいる、あんな横柄な態度はとらずに、黙っているか、臆病者を決め込んでいたほうがずっとましだった。

だが、もし自分の孤独を守りたいなら、まず何よりも、私は友人たちから自分の孤独を守らなければならない。孤独を実際に侵害し、孤独のなかに入り込んでくるのは彼らだ。無関心な連中は私たちを守ってくれるし、敵なら私たちを鍛えてくれる。ただ友人たちだけが私たちを衰弱させる。なぜなら、彼らとのつき合いは、果てしなく繰り返される悲劇、それとない傷つけ合いの場であって——私たちの平穏、私たちの〈精神の〉健康にとってきわめて有害なものであるからだ。

私が友人たちをひとり残らず〈厄介払い〉したのは、たぶん、本能的な用心からだ。私は、弁明してしかるべきと思われるあらゆる人間に対して、できうる限り自分の身を守る。というのも、友人とは恐るべき批判者であり、こういう連中は、言語道断な悶着を引き起こすのは覚悟の上で、恐れ、避けなければならないからだ。

七月一六日「ゆめゆめメランコリーな気分に浸ってはならない。それはあらゆる善行の妨げになるから。」(タウラー、『日々の善用のための説教集』)

この勧告を、毎日、起きしなに、自分のそれとしなければなるまい。

心の安らぎをほんとうに求めているのかどうか知るためとあれば、なんだってくれてやってもいい。

人に会わず、長っぱなしもせず、同じ話を繰り返してうんざりすることもなく、さまざまの〈事件〉について長々と解説することもなく、革命支持の、あるいは革命反対のおしゃべりもしない——そういう一日。

ジョールジェ・バーランがこんな話を聞かせてくれる。ソレームからサン＝ブノワ修道院の規則書をもち帰るとき、たまたま開いて、まず読んだ規則によると、何かの理由で修道院を留守にした修道士は、いったん修道院に戻ると、世間で見聞したこと、または自分のしたことを語ってはならないことになっているという。これはたぶん、修道士たちに気まぐれを起こさせないためだ。

バーランは、いまその渦中にある宗教上の危機の相談に、私の勧めでガブリエル・マルセルに会いに行った。議論の最中だったマルセルは、いたく感激し、その気持ちを伝えようと、立ち上がって手を差し延べた。ルーマニアの、あるいはロシアの感化を受けていたのか、バーランはその手に口づけした……この、フランスではすたれてしまい、考えられもしない振る舞いに、おそらくG・Mは深く感動したに違いない。

予言者にとってもっとも危機的な瞬間は、自分がいいかげんにしゃべり散らしていることを、ついには真に受けてしまう瞬間である……

私の性格と好みの二元性。図書館で、タウラーの『説教集』とネロに関する本を一冊、借りたところだ。

「放棄」と「残忍さ」のあいだ。

ソラナから返事がくる。この上なく立派な返事だ。私がつまらぬ人間であること、私の厚かましさと再会の拒否がうわべだけのものであること、この点は彼女にはお見とおしだ。

追って書き。だが、いまならまさに彼女に会えるかも知れない。

旧友には会いたくない。旧友に会うと考えただけで気が変になる。彼らの堕落ぶりは見たくないし、それ以上に、自分の堕落ぶりを彼らに見られたくない。それに、感激の大盤振る舞いだの、わが同胞の癖である、あの心情吐露の実演だのに立ち会うのが怖い。自分の過去など、もう私は欲しくはないし、いずれ忘れてしまうだろう。過去にはどんな感情も抱いていないし、またそこには何ひとつ汲み取れるものはない。旧友など消えてしまえ！　私は老いた狂人、自分の証人は避ける。

二十歳《はたち》のとき、私たちは自殺について、漠然とした、また情熱的な考えをもっている。その後、この考えは、ますます明瞭なもの、味もそっけもないものになる。つまり、徐々に明白な事実の様相を帯びたものになり、この考えがかつては奇っ怪なものに見えたなどとは考えられなくなる。

自殺がなんの奇もないものに見える瞬間、これを境に人の生き方は変わる。

熱狂的な読者は、眼識のない者と相場が決まっているが、熱狂的な作者は、必ずしも愚劣な作家ではない。

万能薬、それは「知恵」ではなく「時間」だ。

（こんな平凡なことを思い出したのは、ヴァレリーに関する序文のことで、ジャクソンと喧嘩したのがきっかけだ。私の怒りが収まったのは、もっぱら磨耗と忘却が原因であって、気を鎮めようと熟慮反省したからではない。）

生きつづける理由を洗いざらい検討し、翌日などというものは不可能であるのみならず、ありえないと思われる、そういう夜をどれだけ経験したことか。

予言者の転機は、自分がいいかげんにしゃべり散らしていたことをついに真に受け、自分のご託宣に圧倒されてしまうときだ。これ以後、彼はもう自由ではなく、奴隷であり、ロボットであり、そして絶望した者だから、さまざまの破局を、自分ではほとんど信じてもいないのに予告していたころのことを、その脅しが稽古ごとで、その危惧がイロニーだったころのことをやたらと懐かしむだろう。

エレミアやイザヤの役は、それが本物である限りは、なまやさしいものではない。ほとんどすべての予言者がむしろペテン師でありたいと思うのはこのためだ。

七月一九日　いましがた、郵便局で、ついかっとなる。理由は、シブラン氏あての手紙を、どうしてもこちらに渡してくれなかったからだ。

気が鎮められない、要するに、自分で自分がコントロールできない、この不幸が、毎日繰り返される。

確かに歴史は細部において繰り返されることはないが、しかし歴史には、なんらかの永続的な特徴があり、その結果、どんな不測の事件にしろ、あらゆる事件は、うわべだけ不測のものと見えるにすぎない。土地は同じであって、土地を掘り返せば、たちまち道を間違えた猿の瘢痕にでっくわす。

苦い思いをなめたあとでは、いつも決まってほっとした気持ちになる。まるで多量の胆汁を捨ててしまったようで、突然、前よりもずっと優しくなり、軽くなり、翼でも生えたのかと思う……

〈許し〉、〈寛大な行い〉、大げさな感情表現、〈和解〉、こういうことが問題になると、私たちはたちまち、わざとらしい、芝居がかった状態になり、自分がどうなっているのかもう分からない。だが、こういうわざとらしさは、私たちがしみったれである場合には――この場合のほうがずっと多いのだが――めったに見られない。しみったれであるのは自然のことで、どんな努力も要しないからだ。

あのS・Tという女――自称、七〇ということだが――彼女に会うのだと思うと、そら恐ろしくなる。母との再会を拒否したのは、私の正常な振る舞いだった。一定の年齢を越えたら、親交のあった人には自分の姿をさらすべきではあるまい。彼らが私たちに抱いていたイメージを損なう恐れがある。

昨夜、八時から八時半まで、パレ＝ロワイアルの庭園。パリのどまんなかに、修道院の静寂。

七月二一日　激しい日差しのもと、ヴェクサン地方を六時間あるく――シャール、ヴィニー……

午後、人気《ひとけ》のない道を歩きながら、過去、およそ過去としてのあらゆる過去という、きわめて平凡な、それでいて恐るべき事実について考える。私の生きた歳月はどこへ行ったのかと。いま私が苦しんでいるこの瞬間、これも一瞬ののちには、人それぞれの存在という広大な時間の墓地に行き着くのだろう。そう思うと、生きつづけたいと思うわずかな気持ちもうせてしまう。

七月二二日　自己憐憫、これほど正当なものはない。

　どうして私は落伍者なのか。それは私が、至福を、超人間的な幸福を希ったからであり、そしてそれが叶わぬために、およそ至福とは反対のものに、人間以下の、動物の悲しみに、いやそれどころか、虫けらの悲しみにはまり込んでしまったからだ。神々の傍らにあって味わう幸福、これが私の願いだったのに、私の得たものは、このシロアリの虚脱状態にすぎなかった。

　何が原因で至福に行き着けなかったのか、それは分からない。たぶん、私は至福には生まれついてはいなかったのだ。宿命、いつもながら私の場合、すべてはこれで説明がつく。

　かつて私は、狂信者になるのが自分の運命だと思っていた（もともと人は狂信的であるのに、まるで狂信的になるかのように！）——だが、私の本質は懐疑家、というよりむしろ懐疑思想の異端者であったといわねばならない。

　実は、懐疑思想は至福の正反対だ。私が懐疑に陥ったのは、私の目標が高すぎたからだ。懐疑家は落伍した狂信者であり、彼が懐疑に陥るのは、自分の情熱を過信していたからだが、いったんその情熱に見放されてしまえば、もはや一つの教義にしがみつくよりほかはなく、そしてその教義によって、彼の情熱は暴かれ、その価値のほどが疑われ、浅薄で、形而上学的な意味などない気まぐれ、つまり、魂《プシシェ》の酔狂ないしは心変りとみなされてしまうからである。懐疑思想は一種の自罰だ。事実、懐疑家は中途半端な自分を許せない。そこで彼は、自分が追求してきたものに対して恨みを晴らし、自分が達成できなかった理想を槍玉にあげ、それを貶め、嘲笑し、自分のもっとも古い、もっとも大切な夢を引き合いに出して、みずからを罰するのである。

七月二三日——たまらない夜、両脚がちくちく痛み、神経という神経が張りつめ、激しく痛む。

　この、苦痛に包囲された肉体。

　どうしてこうも自殺のことを考えるのか。自分の過去以前にさかのぼり、あるいは自分の死の翌日のことを想像してみる。すると、この二つの持続のあいだに降って湧いた取るに足りぬ偶発事に、とても意味など見出せないからだ。

　自分の生誕に先立つ時間、また自分の死のあとにつづくに違いない時間、こんな時間について人間がくどくど論じるのはいいことではない。この種の考察は、二つの時間のあいだに置かれた取るに足りぬ間《ま》には有害だ。

ルーカス・フォルトナーゲルの描いた『死せるルター』。比類ない雄豚の、恐ろしい、挑発的な、下層庶民のマスク。

自分の書いたものに感動するのは、衰弱も極まったしるしだ。自己満足の罪は、もっとも嘆かわしい、しかももっともよく見かけるものだ。

ほかの世界にまったく希望がもてないとき、この〈現世〉について語るのは気持ちがいいし、自尊心を満足させさえする。こうして私たちは、信仰の辛辣な側面を味わうのである。

痕跡を残さぬように自分をしつけるのは、自分との絶え間のない闘いだ——自分も賢者になれるかも知れない、いや、もうほとんど賢者だということを自分に証明する、ただひとつの目的のための。

どうしたら世に隠れて生きて自足できるのか。これは重要な問題である。
私は自分の野望に反逆し、それを抑えつけ、それを利用しようとはしなかったし、そこから余分の活力を引き出そうともしなかったが、その際、私が範と仰いだのは、放棄において余人の追随を許さず、世の語り草となったすべての人たちである。

情熱の残りかすで、思想の残りかすに達する。

七月二五日
自殺できるのに自殺しないのは、自分の権力を利用しようとしない専制君主であるようなものだ。

本能的な、どうにもならない、圧倒的な不安。ニュース、あるいは思い出、なんでもいい、あらゆるものが、まるで前代未聞の破局ででもあるかのように、異常な規模のものになる。宇宙的な現実に昇格した、取るに足りぬささいなもの。すべては不安に変わり、すべては不安である。私は不安の思うがまま、まるでろくでなしか、虫けらだ。耐えがたい屈辱感。強烈な否定的な感情（不安もそのひとつだ）に捉えられると、私はいつも決まって、自分がまったくつまらぬやつ、自然の恥であると思ってしまう。私たちが生きているのは、すべてが非‐現実の世界だが、そのどまんなかで不安を抱く屈辱感、これはどうすれば防げるのか。
この世界は一滴の唾にも値せぬのに、私を逆上させる。しかも、信者のほかには、この逆上にはなんの意味もあるまい。
自分にとっては二束三文の価値もない世界のただなかで、想像しうるありとあらゆる苦しみを経験する――これこそ私のなし遂げた快挙だ。

私はキリスト教のあらゆる異端に惹かれる。公認のキリスト教によって退けられ、あるいは圧殺された不愉快な、または危険な真理に、といっても同じだ。生は、そして真の生は、これらの真理にこそある。

人間がなんであれ何かをどうしても信じなければならないのは、もっぱら自殺を回避するためだ。それというのも自殺は、厳密な分析に、冷酷な考察に耐えられるものは何もないという事実の確認の当然の帰結だから。

不思議なのは、私が人並みに、いや人並み以上に生を愛しているのに、こうも頻繁に自殺を口にするにいたったということだ。

だが私には、すべてを悟ったのは私だけだ、ほかの連中はみな幻想から逃れられないでいるとの確信（有害な？）が昔からある。仏陀とピュロン、この二人を除けば、私が出会うのは、どこへ行っても、おめでたい連中、表面ははなやかに見えても、その実あわれなおめでたい連中だけだ。

ネロは残酷さの化身だ、とどこかで読んだことがある。これは違う。彼は不安の化身だった。それとこれとはまったく違う。

とても生きられないと思いながらずっと生きてきた。それでもどうにか生に耐えられたのは、生きられないとは思いながらも、一瞬を、一日を、一年をどう生き永らえるか見届けたいという好奇心があったからだ。

自分の最深部に発する解きがたいもの、これがいかにも不思議だったのだ。

七月二七日　ついいましがた、P・Cとすれちがう。私が挨拶したのに、ほんの軽い会釈を返しただけ。こんな猫っかぶりの態度は、まるで冷淡で尊大な司教が、しかめ面を隠すためにそそくさと祝福式をはじめるようなものだ。

彼を恨むまいとすれば、どうしても彼の不幸のことを考えなければならない（彼が友人をはじめすべての人に、あんなに冷酷で、気難しくなり、あんなに酷薄になったのは、その不幸のためだ）。ある人間がやたらと幸福であってはじめて、その人間を存分に憎むことができる。

尊大になれるなら、それだけで主要な問題は解決されるだろう――私たちは神々にまさるだろうから。

不安の余すところのない定義がみつかったら、これ以上ただの一語も書かないだろうと思う。そして自分の生涯を、かくかくたる勝利のうちに終わったものと考えるだろう。

人の来るまえにちょっと書いておきたいと思うと、まるで機関銃でも向けられているように窮屈だ。

信者は、宗教上の信念をもたない者を軽薄と考える傾向がある。

注意すべきは、信仰のない者が、信者を、信仰があるからといって、浅薄であるとは思っていないことだ。この考えの違いは、両者の違いをよく物語っている。どちらが正しいのか。それは分からないが、ただし、どういうかたちにしろ、宗教的であるものにはどんなものにも、ある種の深みがあることは事実だ。よしんばその深みが、それなくしては信仰が不可能な、意識混濁のそれにすぎないにしても。幻想を失うのは、深みがあることではない。だが多大の幻想を抱き、特に多大の幻想を獲得すること、これが深みのある精神となんらかの関係があることは間違いない。

七月二八日

日曜日。オーヴェール＝サン＝ジョルジュ（シャマランドに遠くない）にほど近い野原に横になり、突然、大地との一体感に襲われる。創世記の語る粘土、私はそれに触れ、私はその粘土のようなもの、粘土そのものだった。死は自分の存在への回帰にほかならない。

私のそれのような人生観をもっていたら、だれにしたところで自殺するだろう。よく生きてきたと思うと、この私もまんざら捨てたものではないと考える。

七月二九日

自殺のことなどただの一度も実際に考えたことのない人は、自殺をしょっちゅう考えている人よりも簡単に自殺する。これははっきりしている。その理由は簡単だ。自殺という行為そのものは、激しい、一瞬のもので、すばやい、ほとんど無意識的な決断を要求する。自殺にまつわるあらゆる懸念に考えなじんでいない人は、一度、自殺の思いにかられると、もうこの唐突な衝動をどうにも抑えられない。つまり、いままで考えてみたこともない決定的な解決策の啓示に魅せられ、苦しめられ、迷わされ、そしてついには屈伏してしまうのだ。――それにひきかえ、自殺をしょっちゅう考えている人は、いままで無限に反芻したことのあるその行為を、いつでも先に延ばすことができる。それは、彼の知りつくしている行為、なんの新奇さもない行為であり、そしてひとたび決断すれば、彼はその行為を冷静にやってのけるだろう。

考えるとは、時間稼ぎをすることであり、行為することではなく、……

聖ヒエロニムスの伝記を読む。その、カルキス砂漠での苦行、ローマの思い出、アラリックによるローマの略奪後、ベツレヘムから書き送った手紙。——恐怖において——また面白さの点で、比類を絶する四世紀と五世紀。

四一〇年以後、ローマ人は、ゴート族の略奪に遭った者も遭わなかった者も、みなローマを棄てた。その落ちゆく先は、エジプトと小アジアの海岸だったが、その地で、彼らは奴隷として売られた。

もう何年もまえ、この聖ヒエロニムスの手紙を読んで私は感銘を受けたが、そのとき受けた感銘は決して忘れないだろう。この手紙には否定すべくもない現代性がある、これがつねに変わらぬ私の思いだった。

教皇が避妊薬〈ピル〉を禁止した。憤慨する。これは犯罪的措置だ。このバカな独身男は、厚かましくも家族の私生活に首をつっこみ、〈間違いを犯した〉たくさんの娘たちの絶望あるいは不名誉のために一肌ぬぐつもりなのだ……ローマの若者は、軽はずみな抗議などせずに、いっそのことヴァティカンを奪取したほうがいいだろう。

「タイム・マガジン」のためのインタヴューがいま終わった。二時間、自分のことをしゃべる。つまり、想像しうるあらゆる問題についての質問に答えたということだ。

フランスだったら、同じような手術は受ける気にはならないだろうが、今回は、別の大陸のことだ……

インタヴューをした記者に、私にとって生は、〈an intriguing Nothingness〉だと言ったが、私が言いたかったのは、生は不可能のもの、実行できないものだからこそ、私には興味があるものに見えるということだ。私は〈a religious-minded nihilist〉（宗教的な精神をもったニヒリスト）、と言うべきだったかも知れない。

（思い起こせば、戦前、ジベールの店で、『涙と聖者』*を買ったことがある。ある若者がもっていたものだが、まあ、間抜けといっていいこの男、どういう理由かは定かではないが、法律の勉強にでもパリに来たのだろう、三か月後には、一年間分の仕送りをすっかり使い果たし、ルーマニアへ帰ってしまった。ページの余白には、この男の一連の書き込みが残っていた。いま思うに、それらの、一部すさまじい書き込みのなかで、もっとも的を射ていると思われるのは次のものだ。「このバカ者に顕著なのは、自分を特徴づけようとする執拗な傾向だ。」間抜けの若者は正しかった。）

＊　前記、五五ページ、注参照。

行為というものには、善悪いずれのものにしろ、すべて犠牲がつきものだ。つまり、行為は必ず私たちを裏切る。救いは非-行為にある。行為拒否の至福。

数百万部も発行されている雑誌のインタヴューに応じるなどということが考えられるだろうか。恥ずかしい。しかし恥をかくのはこれが初めてではない。インタヴューなどに応じなかったかも知れないが、しかしフランスでは、私は幻のようなものですらないのだから、フランス以外のところで存在したいという気持ちがなくはないのだ。

私という人間は不眠の産物、私がいまのような物の見方をするようになったのは、不幸を経験したからではない。そうではなく、私が不眠を、あの夜を——二十歳《はたち》だった私が、何時間も窓に額を押し当てたまま暗闇を見つめていた、あの夜を経験したからにほかならない。アメリカの記者に、いましがたこう説明したところ、相手はいささか仰天していた。

Cに会う。面白い人物と思っていたが、会ったところは、皮肉を弄するのに血道を上げているプチ・ブルといった感じ。

生は畏敬すべきものだ、とあなたはおっしゃる。よろしい。一回の射精には、ほぼ八億の精子がいる。そのうち受精するのはたったの一個。そのほかの精子はどうなるのか。それもまた畏敬すべきものではなかったか。

……私の反論は、それが打倒しようとしている主張に負けず劣らずバカげている。

ついさっき、夜の一一時ころ、サン＝シュルピス広場で、映画の撮影が行われていた。例の、よく知られたやり方にしたがって、同じ動作が何回となく繰り返される。どう見ても地方の出と思われる機動隊員が仲間に言う（しばらく前から、広場には機動隊員が駐屯していた）。「こんなものを見ちゃうと、映画代一〇フランなんてとても払う気になれないよ。」

同じことは、その裏側を見てしまったどんなこと（愛その他）にも言えるだろう。

それでも、婦人科医は愛し、墓掘り人は子供をつくり、皮肉屋は書き、絶望した者は計画を立てる。

私のアパートに、以前、会計係をしていた男が住んでいる。戦争で負傷した彼は、四六時中、自分の健康のことでこぼし、気をもみ、悪いところを大げさに言いたてる。七五歳だ。私が、〈泰然として〉いなけれゃだめだよと言うと、

——いやでもね、と答えた。副詞が役に立つことについては

……

人生では何もかもが、どんなに複雑にからみ合い、つながっていることか！　私は気の弱さから、あの「タイム」のインタ

ヴューに応じた。ところが、例の記者は、私の許しも得ずに、あらゆる連中（イヨネスコ、ベケット、その他）に電話をかけ、私についての意見を求めはじめた。こんなことがありうるのか。電話を受けた連中は、ことの張本人は私だと思うだろう。なんとも屈辱的でバカげたことだが——罰が当たったのだ。インタヴューには応ずるべきではなかった。「パリ・マッチ」にインタヴューしてもらうほど、この私が落ちぶれたのだろうか。インタヴューに応じたのは、まさに驚き、私にすれば、降伏であり、変節だ。こんなに長いあいだ世間から遠ざかっていたのに、それがこのざまだ！　すべてを止めようとすれば止められただろうが、もう手遅れだ。私が自分について思い描いていたもの、そのすべてを私は裏切ったのだ。

（もっとも、ガリマール書店で、この言語道断な屈辱を受けなかったら、こんな事態にはならなかったのだが……）

世に埋もれた人間の条件を引き受けようとする勇気、これこそ真の勇気だ。フランスに対しては、私にはこの勇気があるが、外国となるとそうはいかない。外国人の意見など私には知ったことではないからか。

私は小心者だ。つまり、どんな真実のためにも自分の調子を狂わせるわけにはいかないということだ。私は消極的で、苦しむことしかできない——法外なことにしろ、笑止なことにしろ。

「どんな哲学も一時間の苦しみにさえ若《し》かない」——この、パスカルの断言、これは、不眠の時期以来、哲学者の本を読んだり、読み返したりするたびに、いつも私が無意識のうちに繰り返した断言だ。

世間と妥協する世捨人は、軽薄を公言し、したがって自分にも他人にも正直な軽薄な人間よりずっと哀れだ。

タキトゥスによれば、賢者が克服する最後の欲望は名誉欲とのことだが（あるいはむしろ、名誉は、賢者が捨てる最後の偏見、最後の虚栄心とのことだが）、これはいかにも含蓄のある考えである。無名の者であろうとする勇気は——もちろん、名声の味をしめたことのある者には、ないとはいえないにしても稀だ。

再確認しておかねばならないが、私は、なんであれ何かのために戦うという思想そのものが嫌いだし、理解できない。論争を好み、自分の才能をひけらかしては自分を売り込もうとする、そんな時期はとっくの昔に卒業してしまったし、それにここ数年、私はもっぱら、かつての自分の考えを捨て、自分を否認することに血道を上げている。私のことなどほっといてもらいたい！

しかしそうはいっても……

このところルターにどっぷり漬かっている。ルターの情熱、憤怒、罵り、行動力、これが私にはたまらないのだ。私はこういう人間が好きなのだが、しかしこの人間ときたら、私の現在の好みとは逆に、一切のものの攪乱と転倒とを希っていた。彼は、私の若かったころの狂気じみた思い上がりを彷彿させる。私が彼に熱中するのも、たぶんそのためだ。そればかりか、その気質、その捨てがたい下品さ、糞尿趣味で冴えわたる、その予言能力――私はこういうものに一貫して惹かれてきたのだ。

八月二日　うっとうしい天気――おあつらえの天気。私の望みどおりの天気。私の友なる雲（私は暴君を友としてよく話題にした）。

　太陽の不在は、〈魂〉にとってはいつも好ましいものだ。〈魂〉に代わるどんな言葉があるのか。〈魂〉という言葉に頼るのは、いかにも簡単、しかも、まったく時代にそぐわない！　だが、これ以上いい言葉は見つかっていない。それにしても、今後この言葉の使用は――永久に止めるべきかも知れない。）

　この私の性格の特徴――私は、かなり引きこもった、小心者の生活を送っており、あらゆるものから遠ざかり、いまのご時世にかかわりのあるものには一切でしゃばらないことにしている。にもかかわらず、さまざまの事件が起こり、国際会議だの、わけの分からない集会だのが行われると、それをいい口実に、決まって心ひそかにあれこれ問答したり、声には出さないものの何かと声高に叫んでみたり、実行はしないものの果敢に発言してみたりする。まるで自分が現代史の中心におり、重要きわまりない立役者のひとりででもあるかのようだ。

　独り言を、しかも大声でわめき散らし、しきりに身ぶり手ぶりをし、いつ終わるとも知れない討論をつづけ、姿の見えない質問者に答え、自分が議会の演壇にでも、あるいはどこかの集会の、あるいは革命の真っ只なかにでもいるものと思い込んでいる人間――街なかで、私はしょっちゅうこういう人間にすれちがう。そして、これらのすべての人間のことを思っては、自分もその一人ではないかといぶかる。

　ルターがこうも好きなのは、手紙、論文、宣言、何を読んでも、これこそ生身の人間だと思わざるをえないからだ。

　事実、彼は断じて抽象的ではない。彼の主張はどれをとっても気力が横溢しており、彼はどこをとっても彼という人間そのもの、離脱とは正反対の者だ。離脱――この、私の本性とはまるで逆の理想に近づくべく、長い年月、私は懸命に努力したが無駄だった。

　放蕩に、あるいは禁欲にのめり込む人がいるように、私は懐疑思想にのめり込んだ。

ほとんどすべての私たちの悩みは、私たちが自分には関係のないことに関心をもつという事実に起因する。日々を過ごすに有効な方法を開発したのは、モグラだけだ。

信じがたい！「タイム・マガジン」の編集部は、パリ駐在の特派員に、ニューヨークから、さらに詳細な説明を求めてきたという。私の本はどれもみな、『誘惑』程度の*slim*＊なものであるからか。

＊ 薄い。

真夜中。ついいましがた、夜の散歩の道すがら、死はやはりいいものだと考え、いつもかんしゃくを起こしていた、あの熱狂者ミュゼリも、いまはもうすこしも騒がず、怒りもしなければ苛立つこともないと考えたものだ。彼は、この安らぎをいとも簡単に、どんな努力もせずに手に入れた。まるで、神に選ばれた人の最期のようだった。もちろん、彼はそんな者ではなかったのだが。

神々の愛でし者が夭折する――この古代の考えは、かつて語られた、おそらくもっとも正しい、またもっとも支持しがたい考えのひとつだ。それは生に下された判決であって、生はこの判決から立ち直れない。

見たところはぼうっとしていて、どことなく抜けていて、鷹揚で、情熱的だが、その実、すこぶる打算的で、ずる賢く、術策にたけている――人生で成功するのはこういう連中であることに気づいた。あいつのこと、こいつのことを考えてみる……

否定というものがどういうものかを知らず、ひとつとして否定を究めたことのない者、私がお人好しと呼ぶのは、こういう者のことだ。

ほんとうの懐疑家というより懐疑の予言者。

生についての考察は、必ずしも無限であるとは限らない。考察には限界がある。というのも、反芻の対象が生であるとき、おそかれはやかれ自殺に突き当たらざるをえないからであり、自殺が考察の前に壁のように立ちはだかり、思考の前進を阻むからである。こうして私たちが、生という曖昧なもののなかで途方に暮れているとき、自殺は、ひとつの限界、目標としてあらわれ、ひとつの確実性、疑いようのない現実としてあらわれる。――ここに、思考は反芻の対象を得、もう妄想にひたることはない。

生が、言い換えれば、曖昧なものそのものが思考の対象になるや、とたんに思考は眩暈に襲われるが、その眩暈のなかで、自殺はさながらガードレールのようにも見える。

私はいつも悪評を恐れ、防ぎようのない中傷を恐れている。

しかし考えてみれば、もし私が死んだら、人が私をどう非難したところで、なにほどのことがあろうか。この世でだれよりも嫌われている人間にとって、「死」は解放であるのみならず、無罪放免でもある。地中に帰れば、人はもう罪人でも怪物でもない。「死」とはまさに背徳的なものだ。自殺はなおしかり。私たちは、ありとあらゆる罪を犯し、こうささやきたいと思う。いったいこれが何だというのか。たった一発の弾丸で、私は良心の呵責から自由になり、無垢の人々の享受している安らぎにも劣らぬまったき安らぎを知ることになろうと。

八月六日　不安はそれ自体、〈狂気〉の兆候であり、と同時に、存在の存在としてのうさんくさい性質からして、もっともノーマルな反応でもある。

田園を歩く。トルフ、サン゠シュルピス゠ド゠ファヴィエール。これらのすべての村でのただひとつの楽しみ、それは私にとっては教会だ。もっとも、風景なんかより、私がフランスで一番好きなのは教会だが。

懐疑思想は私の薬物。私は高揚し――麻痺する。

一九六八年九月一日

クレティニエールのネモ家で、すばらしい一〇日間を過ごし、それから、ディエプはアルベールのアパルトマンで、申し分のない二週間を過ごす。

数日まえから、ルーマニア侵攻の噂。＊ こういう悲劇は何もかも、私はとうの昔に予見していた。うんざりだ。

＊ 八月二〇日から二一日にかけての夜、赤軍とワルシャワ条約機構の軍隊が、突如チェコスロヴァキアに侵攻した。独自の〈民族共産主義〉を遂行しつつあったニコラエ・チャウシェスクは、軍隊の派遣を拒否した。

こんな地球上で、ある役割を果たそうと思うのはバカげたことだし、滑稽でさえある。

ほんとうの地獄？　それは、何ひとつ忘却できないということだろう。

もう失望のためのエネルギーしかない――これが反抗しすぎた者の運命だ。

モンテーニュについてのパスカルの言葉。「彼は、救いへの無頓着をそそのかす。」

九月三日

英語で六時間しゃべる。きりのない与太話。

「キリスト磔刑のことを思うと、決まって私は妬みの罪を犯す。」（シモーヌ・ヴェーユ）

聖性すれすれのところまで行った、このがまんならない女性の思い上がりには仰天する。

その殉教の意志、その、なんともいえぬ厚かましさ。だが、殉教者とは何か。聖者と挑発者のあいのこだ。

「この世では償えない努力、無駄な努力、そうしてみると、神に償えるのはこういう努力だけだ……」（シモーヌ・ヴェーユ）

「喜んでも苦しんでも、私たちが同じように感謝の気持ちを抱くとき、神の愛は純粋である。」（シモーヌ・ヴェーユ）

私はこの愛を知らない。それというのも、いくら苦しみを経験したからといって、それで私が晴々とした気持ちになり、ほんとうの信者が、あらゆる不幸、数々の災難に直面して味わった、あの強烈な幸福感を経験したとはとてもいえないからだ。喜びにしろ苦しみにしろ、私の場合、すべてのものがどれほど殺気立ったものになるか、これを見届けたとき、私には宗教的求道の〈資質〉のないことが分かった。この意味で、『三段論法』――私という人間がもっともよく出ている本――は、私の罪のほどを明らかにしている。

あるアメリカの女性が、耳栓は役に立つと思うかと訊く。役に立たないと答えると、騒音防止法で何かいいものを教えてくれと言う。――ひとつだけありますよ、と私。――何ですか？

――自殺ですよ。

彼女は黙ってしまった。

九月四日――午前ちゅうずっと、はらわたの煮えくりかえるような怒りがつづき、午後になっても収まらない。やっつけたいとはやる気持ちがほとんど抑えられない。攻撃性は、おそらく私の性質の本質的な――際立ったというところだった――特徴だ。だれをやっつける？ あいつにするか、こいつにするか。だが、攻撃の〈被験者〉のことをちょと考えると、やっつけるまでもないことがすぐ分かる。

攻撃は神に限るべきだろう。攻撃に値するのは神だけだ。

ド・ラファイエット夫人の言葉。「生きるなんてうんざり。」

あるとき、クローデルはこう宣言した、「私はあらゆるユピテルの味方、あらゆるプロメテウスの敵。」

あらゆる〈創造者〉は、そのほとんどが破壊者である。私たちはいつも、だれかに、あるいは何かに逆らって創造する。創造者は例外なく意地が悪い。

原住民は、すこしでも侮辱されると、切り立った山頂から海に飛び込んだといわれる、あのポリネシアの島。

私は信仰をもってはいないし、宗教を信じてさえいない。それはその通りなのだが、それでも私には、神だけしかない者には同情できない。

人それぞれの内部で発せられる、あの言葉にならぬ叫び声、神を越えて広がる、あの孤独……

神よ、私を救いたまえ、あるいは私を死なしめたまえ。

死せし者は救われたのだ。

死は救いの秘法。

数千年ものあいだ祈ってきたのだから、人間は何をもって祈りに代えるだろうか。祈りは、代用品を必要とする習慣、ほとんど一種の本能だ。

九月六日　ついいましがた、青信号で通りを横断するへまをやらかし、猛スピードのクルマにすんでのところで轢かれるところだった。その瞬間、私は蒼白になったと思う。

明け方の二時半。——モンマルトルの友人宅での夕食会。門番のかみさんが給仕をする。私は、ヒステリー患者のように、食事中しゃべりつづける。「なんて面白い人なんでしょう！」とかみさんが、家の女主人に言う。

すかさず私が、「彼女と結婚したいな」と女主人に言うと、亭主のいるかみさんは、懐かしそうな目でちらりと私を見て部屋を出ていった。

何も言わずに。

懐疑は、信仰と同じように、一種の欲求だ。揺るぎのなさ、また持続性の点で、懐疑思想は宗教に劣らない。いや宗教よりも長い閲歴をもつようにならないとも限らない。

懐疑家にとって、懐疑は確信、彼の確信だ。もし懐疑の断念を余儀なくされたら、彼は死ぬだろう。だから懐疑なしでは済まされないのだ。

懐疑家は、もし懐疑の理由を奪われたら、完全な虚脱状態に陥るだろう。

懐疑の根は、祈りのそれに劣らず深い。

地獄に堕ちても、私たちはまだ希望がもてるが、楽園となると、希望の余地はもちろん、なんの余地も残されていない。達成された理想ほど私たちの意気を沮喪させるものがないのはこのためだ。

九月九日　夫から逃れ、ある精神病院に入院した、あの女性。彼女と私たちの違いなど知れたものであって、彼女の苦しんでいる不安は、たぶん彼女の場合ほど明瞭ではないにしても、私にも同じように現実に存在しており、私が自分を掌握しているのも、実はたまたまそうなのだということ――この点は私には疑いようがない。もっとも私は、幸いにも自分のさまざまの状態を解説し、その状態を克服することができた。よしんばそれが、これらの状態を自分に説明しているあいだだけにすぎないにしても。

この世での私の根本的経験は、「空《くう》」の経験だ――日々の空の、永遠の空の。

だが、この経験のゆえに、私は、どんな純粋な、あるいはどんなに熱狂的な神秘家でさえ羨望にかられずにはいない状態をかいま見た。

私は何をしたかったのかと考えてみる。すると、私が求めていたのは、生き方、生への順応方法であり、そのための私の努力は、成功もしなければ失敗もしなかったことが分かる。本当はしかし、いくつか心をそそる生き方はあったものの、そのひとつを固執することができなかったのである。私はいくつもの段階を越えた。というよりむしろ、いくつもの次元でもがき苦しんだが、ひとつの契機すら、あるいは特権的なひとつの場すら見出すことができなかった。そうだ、私は後ろ楯にできるような生き方などひとつとして見出してはいない。この挫折、これこそ私の特徴であり、ほとんど私の栄光だ。

先日、リュクサンブール公園の脇にそれた小径で、どことなくその作品の登場人物のひとりのように、新聞を読んでいるベケットを見かけた。彼は椅子に坐っていたが、例によって、心ここにあらずといった様子。またいささか気分でも悪いかのようにも見える。とても言葉をかける気になれない。何を話すというのか。私は彼が大好きだが、言葉を交わさぬに越したことはない。あんなにも彼は控え目なのだ！　ところで、会話というものは、いささかなりと闊達さと気取った演技を要求する。それは遊びだ。ところが、サムには遊びができない。彼のどんなところを取っても、見えてくるのは無言のモノローグの人間だ。

九月一二日　三五年間も会っていないA・Aが訪ねてくる。もともと、ほとんど肉体というものを感じさせぬほど細身で、きゃしゃ、おまけにやたらと奇をてらう男だったが、その悪い癖は、いまもそのまま、いやそれどころか前よりいっそうひどいものになっていた。その男が、いまや腹の出た、鈍重そうなデブに変わり、それでも激しやすさと、是非とも才気をひけらかそうとする意志はいっこうに変わっていないのを見て、私は文字どおり〈ショック〉を受けた。その自慢癖、うぬぼれときたら呆れるほどである。ひっきりなしに自分の話をする。いつやったのかも分からないインタヴュー記事を財布に入れてもち歩いていて、それを出して私に見せたり、自分の知識をひけらかしたり、わざといろいろな表情をつくったりする。相手をしているほうにすれば、はじめは笑いたくなるが、しまいにはいらいらが募ってくる。だが、大切なのは、私たちが、まだ生きている、あるいすでに死んでしまった共通の友人たちのことを思い出したり、友人たちについて、彼がそのバカげた自己中心的傾向にもかかわらず、的確に語るとき、彼が真摯であり、感動さえ覚えているということだ。ただの一瞬も、私は彼が偽善者だとは思わなかった。彼は思いやりさえある人間である。それは彼のような人間にとっては、異常な、またありそうにもないことだ。それでも彼を信頼できないのは、その声がかん高いからだ。まるで集会でしゃべっている老婆のようなのだ。

　いま電話でDに、こんなことを言う。人は三五歳で自殺すべきだろう。それ以上になると、肉体的に見られたざまではなくなるからだ。老いという原理、こんなものは受け入れてはなるまいし、皺という考えそのものも拒否すべきだろうと。

　アルジンテスクの用いた、きわめて正確な表現。すなわち、「すぐれた凡庸性」、「すぐれた陳腐」。

　つねに才知をひけらかし、機知をとばそうと待ち構えているが――決してインスピレーションに見舞われることのない才人、これは痛ましい。

　あらゆることを神で説明するのは、安易な解決に屈することだ。神は何も説明しない。それが神の力だ。それに私たちが神に頼るのは、現実に対決する勇気がなく、迂回するときに限られる。神とは、この迂回のことだ。

　私はカタリ派の味方だし、カトリック教会に執拗に追いまわされた、どんな異端の味方でもある。だが、もしこれらのセクトのひとつが、公認のキリスト教に勝利を収めていたら、公認のキリスト教に劣らず不寛容なものであっただろう。カタリ派の教義のいくつかの側面は私のひどく好むものだが、そのカタリ派が勝利を収めていたら、異端審問所の審問官など足元にも及ばなかっただろう。

　もし間違いを犯したくないなら、一般にあらゆる犠牲者には、幻想を抱かずに同情しよう。

九月一三日——目を覚まし、アレクサンドル・ブロークの予言を思い出す。「モンゴル人は、その細い目で、断末魔の美しいヨーロッパを見つめている。」

司祭のC・V・ゲオルギュー＊にいましがた会ったところだ。相変わらず摑みどころがない。この人間をどう考えていいのか分からない。深い謎。アテナゴラス総主教のもとで過ごしたトルコ滞在のこと、ギリシア旅行のこと、それからパリ在住の、あるいはルーマニアからきたルーマニア人とのいさかいなどについて私に語る。いま彼は、モスクワ総主教の管轄下にあるロシア正教会で司式者をしており、〈共産主義者ども〉をひっきりなしに罵倒する。駐仏ルーマニア大使館といっしょに仕事をしながら、同時に共産主義体制批判の文章を書いたこともある。狂人、策士、卑劣漢、スメルジャコフ、こういうものを全部よせ集めたような人間だ。一〇年まえ、彼に最後に会ったときと同じ不快感。ほんとうにこの人間をどう考えていいのか分からない。私の心理学的感覚に欠陥があり、ある意味で私が〈西欧化され〉すぎていて、こういう人間が理解できないのだ。彼は特殊バルカン的現象の具現化であり、ルーマニア人、ロシア人、ジプシー、ギリシア人の混合だ。彼にはじめて会ったとき、私が彼について言ったことは、いまもって正しい。「この男は欠陥がありすぎて才能が発揮できない。」極端に人にへつらい、その実、攻撃的で、想像を絶するほど打算的。会ったときは、私を抱擁した。やれやれ！　こういう男が司祭になったということは、「教会」というものがどんなに駄目なものか、またとない証拠だ。それに彼がラベルホールにつけている、あの小さな十字架（それとも勲章か）！

意外なのは、普通だったら彼に感じるはずの嫌悪を私がいっこうに感じないことだ。どうしてか。すでに言ったように、彼が少々、あるいはひょっとすると大いに狂っているからであり、そのため何か現実的なものが彼にはあるからだ。事実、彼のすべてが嘘などとはとても言えない。

＊ルーマニア語で、次いでフランス語で書いた作家コンスタンティン・ヴィルジル・ゲオルギュー（一九一六―一九九二）は、大成功を収めた小説『二五時』（一九四九年）の作者である。一九六三年、ルーマニア正教会の儀礼にのっとり司祭に任命される。戦時中は、親ナチ、反ユダヤ主義者だったが、その後、共産主義体制の有力な推進者となる。

昨日、パレオローグ(3)と、ルーマニアの状況について話す。そして私たちが自由になれず、無関心になれなかったのは残念だと互いに語り合う。実をいえば、こういう境地に達するのは簡単ではない。その理由は、ルーマニアが目的の達成された国ではなく、「歴史」に虐待された国であるからだ。フランス人、あるいはイギリス人なら、なるほど祖国の時代は終わってしまったかも知れないが、しかし祖国は、その生成の理由を達成し、その義務を果したと考えることができる。だとすれば、祖国の未来などなんだというのか。それにひきかえ、さまざまの歴史的条件のために、自分の目的を達成することができず、約束の段階を越えたことのない国は、その約束からは自由にはなれない。それというのも、まさに生きたことがないからであり、未発のうちにつぶされてしまったからである。

ライプニッツの言う形而上学的点。(4) この言葉、私には実に興味深いものに思われる。

私の不吉な予測はどうやらはずれたらしいと思いはじめると、いつもその予測が歴史によっていつしか立証されていたことが分かり、私も自信を取り戻す。

最悪の事態というものは必ず起こる。といっても、予測されていた日時にではない。私の予言は、平均して一〇年の誤差があった。

あらゆる予測は、どんなに不吉なものでも、辛抱強く百年まてば的中する。

一年まえ私に会いに来たシーレムが癌で死んだ。私のところにいるあいだずっと（ほぼ三時間）、自分がユダヤ人であることを弁解しているかのようだった。あやうく私は彼にこう言うところだった。「あなたのコンプレックスなんてバカげているよ。ユダヤ人であるということは何かだけど、ルーマニア人であるなんて、お話にもならない。あなたには、途方もない運命に苦しめられるという利点がある。どうしてそれを恥じるの？ あなたのコンプレックスに苦しまなければならないのはルーマニア人のほうですよ。実際、ルーマニア人に、後ろ楯にできる何がありますかね？ 彼らがユダヤ人に示す軽蔑、これはもう愚劣も極まれりというものですよ。ルーマニア人のあいだに、いかに多くのすぐれたユダヤ人がいたか、この点は誇りに思うべきなのにね。」

九月一五日　フリードリッヒ二世とヴォルテールに関するラジオ放送を聴く。この王は、ヴォルテールをソポクレスよりも、アイスキュロスよりも、ウェルギリウスよりもすぐれていると考えていた!! ドイツの作家連中にドイツ語を使わぬように勧めたが、それというのも、彼に言わせれば、ドイツ語では、どんな微妙な真実も、どんな深い感情も表現できないからである。一八世紀に占めるフランスの地位は、歴史上ほとんど類例がない。サロンの時代、パリが外国においてほしいままにしていた威信、ローマの知識階層から見て、この威信がアテナイにあったとは思われないからだ。

もっとも、こんなことはいまさら言うまでもない周知のことだ。にもかかわらず、ここに取り上げるのは、フランスおよび西欧が全体として、もはやそれ自身の影ですらない現在、以上のようなことを考えると、とりわけ悲しい思いに誘われるからだ。

「歴史」とは、利害関係と権力の一連の中心地のことにほかならない。この明白な事実は、あるいは一連の責任放棄、と言ったほうがずっといいかも知れない。

『解決不能なものの小目録』——私の書いたすべてのものはここに帰着する。

実をいえば、どこもかしこも、生のどんな行為も、私には「解決不能なもの」だらけだった。なぜなら、何ものにも解決などないから。どんな現実でも掘り下げてみればいい、現実が何に帰着するか分かるだろう。

九月一八日から二四日まで、サン＝テミリオン、ドルドーニュ川（カドゥアン！）、ロット川、セレの渓谷、リヴェルノン側のカルスト台地。

川にそって歩き、子供や浮浪者のようにクルミの実を割る——これが幸福というものだ。

欠点というものはどれも人を辛辣にする。なぜなら、欠点とは制限についての意識にほかならないから。ところで、辛辣にならずには、この意識には耐えられない。

問題は仕事をすることではなく生きることだ。作家連中はこの事実を忘れているが、忘れるほうが身のためだから。

自分の抱く嫌悪の秘密を見抜いている者は正常である。それは一種の認識、手術であって、これができる者はほとんどいない。

あるとき、Iが、「サルトルは大嫌いだよ。ただの一度も私の名を上げたことがないから」と私に言ったことがある。

こんな告白ができるのは真《ま》人間だけだ。

九月二七日　三時間、ある記者と話し合う。イヨネスコのことを記事にしたいと思っているのだが、私が語ったことのうち、この記者が書きとめたのは、まったくどうでもいい二、三の逸話だけ。これではせいぜいのところ二ページだ！　いい骨折り損だ。

ニコラエ・コムシャと二時間いっしょに過ごす。彼は、四半世紀ぶりに訪れたルーマニアから戻ったところで（病気の父親の見舞いに彼がパリを発ったのは一九四二年のことだ！）、私たちの共通の友人たちの境遇を語って聞かせる。何から何まで悲しいことばかり。判事だったヴァルクは、一〇年間、雌鳥を飼育し、一種の天才だったヨーン・タートゥは、アイスクリーム売りをしていたという。

悔恨、すなわち、繰り言のすぐれた一形式、胸をしめつけるような繰り言、後悔の偏向。

九月二八日　ピエール・ニコルに行き逢う。現在、マダガスカルに住んでいて、ここ数年、会っていなかったが、そのニコルが、一九五二年ころ私が彼に言ったらしい言葉を引き合いに出す。

「西欧は、いい匂いのする腐りもの。」

事実、馥郁たる死体だ。

野望にさいなまれ、人生を台無しにし、生活を堕落させ、仕事にへとへとになり、どんな卑劣なことをもやってのける――こういう友人のだれかれを見かける。どうしてか。人の話題になるためだ。

アントン・ゴロペンツィア――私の知ったもっとも繊細な人間、すばらしい友、（一五年まえに突然襲った）彼の獄死に衝撃を受ける。*

昨日、彼の娘といっしょに三時間すごす。聡明で感じのいい娘は、私が暇乞いしようとしたとき、かすかな笑みを浮かべ、一瞬、目を輝かせた。そのとたん、彼女の父の姿がありありとよみがえった。私にゲオルク・ジンメルの『レンブラント』を教えてくれたのは、そしてまた私に *Zauberberg* ** を貸してくれたのはゴロペンツィアだった。

* アントン・ゴロペンツィア（一九〇九―一九五一）は、社会学者、統計学者。

** トーマス・マンの小説『魔の山』。

一〇月一日　激昂、いらだち。フラストレーションと倦怠につづけざまに襲われた二つの夜会。

魂は、フランスでは――たぶんフランスと限らずいずこでも、いままさに消滅しつつあるとのことだ。

「陰鬱な人間の祈りには、神の祭壇にまで昇ってゆく力はまるでない。」（ヘルマス『牧者』、西暦一四〇年ころ編纂された本。）

フランスの現代文学は、言葉の言葉との関係に帰着する。

A・ボスケから、ベルギーの雑誌の、彼の記念特集号のために、何か書いてほしいとの依頼を受ける。私は彼について一文を草したが、お世辞ぬき、お追従ぬきのものだった。彼がこれでいいと言うか疑問だ。だが、私たちに褒めてもらいたいと思

っている友人連中は、みな結局は私たちを激怒させることにな
る。

一九六八年一〇月三日　ガブリエル・マルセルに無理やりテレビを観せられる。『部族』という芝居――モロッコの原住民がコメディ・フランセーズの俳優のように演じている。

お次はニキタ・マガロフが物憂げにショパンを演奏しているもの。テレビは恥ずべきもの、忌まわしいものだ。八〇歳の哲学者がこんな道化にうつつをぬかしているのを見るのは悲しい。

一九六八年一〇月四日　マダガスカルのリュメア（?）で弁護士をしているピエール・ニコルの話。高地では、困ったことに牛がよく盗まれる。牛を盗まないと、若者は結婚できない。牛泥棒は成年になった証拠と考えられている。もめごとの調停には、以前は「長老会議」が当たっていたが、現在は司法当局が当たっている。牛泥棒は厳しく罰せられる。なんと懲役五年だ！　ところが、刑期が明けて泥棒が村に帰ってくると、村人は喜んで彼を迎え、牛を一頭殺して、村中あげて飲めや歌えの大騒ぎをする。

ニコルは、こういう牛泥棒のひとり――実際に牛を盗んでいるのだが――の釈放をかち取ったことがある。男は、〈トーガ〉に身をつつんで事務所にやって来ると、そのトーガを床に広げ、その上を転げまわって、感謝のしるしにと、弁護士の脚に口づけしたという。

ジャン＝イヴ・ゴルドベルグの見舞いに、大学都市の精神病院へ行く。三〇ほど質問をしてみたが、彼の答えはひどく素っ気なく、脈絡がつかない。*faraway look**。手を差しのべるが、心ここにあらずといった様子。不安そうには見えない。現在の状態は以前の状態と比べて別に変わったところはないようだ、と私に言う。通りで彼と別れたが、彼よりは私のほうが途方に暮れているような始末。数分後、サン＝シュルピス広場で、アンリ・マシスを見かける。その、のろのろと歩く姿は、地獄からよみがえった死の影のようで、通行人をぎょっとさせる。彼が、大きな反響を呼んだ激烈な悪書『西欧の擁護』を書いたのは四〇年もまえのことだ。すくなくとも三〇年は生き恥をさらしている。

＊　遠くを見るような、ぼんやりした眼差し。

パスカルがどうして自分の人生に影響を与えなかったのか、この点についてクローデルが実にうまい説明をしている。突然カトリックに回心したクローデルは、暗中模索と困惑状態の時期――いまだ自分のすすむべき道を見出してはいない者にとってパスカルがまさに有用になる、あの時期を必ずしもまるまる経験してはいなかったからである。事実、パスカルは、神を信じられぬ人々のための思想家だ。彼の〈永続性〉の原因はここ

にある。

一晩中、ジャン＝イヴ・ゴルドベルグの、取り乱した、取りつくしまのない表情につきまとわれる。スフィンクス、彼は分裂病なのだろうか。それを越えてしまうと、人がほとんど生ける屍の状態になり、言葉が生のしるしであるような、沈黙の段階というものがある。無口の、発言できない正常な人間より、しゃべる狂人のほうがずっと私たちに近いのはこのためだ。

一〇月五日　あのArg. アムザは、なんという男だ！　電話をかけてきては、いらいらさせるものだから、追っ払おうとすると、こうぬかす。「あんたの声を聞いて、私がどんなに楽しんでいるか分からないんだね。すごく嬉しいんだよ。この嬉しさ、四ページにわたって分析できると思うよ……」

そこで私は会う約束をする。しかもこの日の午後……

国の連中のために二年間、棒に振った。もう終わった。私は彼らにほとんど食い尽くされた。

一〇月七日　H・ミショーと夜のひとときをすごす。

別れるまえ、人類の大半を破滅させかねない戦争の——未来の可能性について話す。ミショーが、そうなると心配かねと訊くので、それは心配だけど、そういう破局はずっと前から予想していたもので、期待もしているのだと答える。

彼はまた彼で、この世界が消えてなくならねばならないなら、アルゼンチンが生き残ることなど自分にはどうでもいいと言う。

シモーヌ・ヴェーユの『イーリアス』研究を読んだ。この考えは間違っている。どうしてギリシア世界は叙事詩で始まり福音書で終わるなどと言えるのか。アキレウスその他の人物とユダヤの罪人たちとのあいだに、どんな共通点があるのか。

『イーリアス』について、優しさという言葉を使うとは！　それにまた、次のような驚くべき判断。「ローマ人とヘブライ人は、人間に共通の悲惨を免れていると信じていた。前者は、運命により世界の覇者たるべく選ばれた国民として、後者は、その信ずる神の愛顧により、そして自分たちが神に従順に従っているまさにその限りで。ローマ人は、異邦人を、敵を、敗北者を、その臣下を、奴隷を軽蔑していた。だから彼らは、叙事詩も悲劇ももたなかった。剣闘士の競技が悲劇に代わるものだった。ヘブライ人は、不幸を罪のしるしと考え、したがって、軽蔑の正当な理由と考えていた。彼らから見れば、その敗者たる敵は、いわば神そのものを憎みたもう者、罪を贖うべく罰せられた者であり、かくて残虐な行為は許されるばかりか必要不可欠なものでさえあった。だからこそ、旧約聖書のどんなテキストにも、たぶんヨブの詩の一部を除き、ギリシア叙事詩の響きに匹敵するような響きがないのだ。キリスト教の二千年間、ローマ人とヘブライ人は尊敬され、読まれ、言行ともに模倣され、罪を正当化する必要が生じたときにはいつも、引き合いに出された。」（『イーリアス』あるいは力の詩」、『ギリシアの泉』、四一ページ）

「『イーリアス』がギリシアの天才の最初の表現であるように、福音書は、その最後のすぐれた表現である。」（三九ページ）

一〇月一〇日　ジャン・ポーランが死んだ。彼は友人だったが、その後、私の〈敵〉になった。その『全集』の最終巻への序文を、彼が私に依頼したのは間違っていた。私は断った。私は人を介して、これが急ぎの仕事であること、いまの私の精神状態では彼については書けないこと、ただし、いずれよく考えて彼については書くつもりであることなどを伝えた。

その結果。その後、彼は私を恨み、「クリティック賞」のときには、私に反対するよう友人連中すべてに画策した。この彼のさもしい振る舞いで、私の〈悩み〉は軽くなった。それでも、彼はひとかどの人物だった。

陽気さ、これがポーランの本質的な特徴だった。私が彼について書くよう依頼されたとき、どうしても詳しく語ることができなかったものがまさにこれだった。

聖トマスに関するカール・ラーナーの本を漫然と繰ってみる。吐き気を催すような、驚くべき隠語。どうにもならない最悪のハイデガーは、実はスコラ哲学に発する。

キリスト教には笑いはない。

創造主が天地創造を嘲笑する——皮肉屋の神、私に与《くみ》することのできる宗教があるとすれば、こういう宗教に限られるだろう。

皮肉屋の神が受け入れられるなら、万事はずっと簡単になるだろう。

シモーヌ・ヴェーユはどうかしている。『イーリアス』に憐憫を、旧約聖書にはもっぱら残酷さを見届けているとは！　残酷さの点ではどちらも同じ。万軍の神は、ゼウスとその一党ほど残酷ではない。とんでもない！

ジンギス・カンは、当時の最高の道教の賢者を呼び寄せた。賢者は、サマルカンド、ブカラの遠征の供をした……ジンギス・カンは、この中国人をきわめて丁重に扱った。かくも精緻な知恵について、彼は悟るところがあったに違いない！　それでもしかし、残酷さは、ある種の形而上学的感覚と完全に両立するものなのだ……

友人の埋葬に出掛けてゆくのは、鈍感である証拠だ。こういう場合の友人をあえて見るような真似はしてはなるまい。

過日、エリ・ヴィーゼルがナハマン師《ラビ》について講演したときのこと。この師の自尊心たるやすごいもので、もし人間がどれほど師のおかげを被っているか分かったら、師の前にのこらず平伏するだろうと語っていたとのことだ。ヴィーゼルがこの話を紹介したとき、私の後ろにいる女が、たぶんその娘とおぼしい若い連れに、「ねえ、おまえ！」というのが聞こえた。

ポーランが私に、彼について何か書いて欲しいと依頼したことがある。つまりは私に評価して欲しかったのだ。私は断るのが当然だと思った。彼は腹を立てた。もともと私たちは分かり合えるような人間ではなかったのだ。彼は——いい意味でも悪い意味でも、捉えどころがなかった。そのあまり、ついにはもう何者でもなくなった。

ジンギス・カンから私はウィリアム一世征服王を連想する。二人には奇妙な、一筋縄ではゆかぬ残忍さがある。

一〇月一三日　古代では、図書室を持つというのは特権であって、一般の私人にはこんな特権はなかった。私人で最初に図書室を持ったのは、どうやらアリストテレスらしい。当時、書物はきわめて高価だったから、王か暴君でもない限り、書物を蒐集するのは実際には不可能だった。

幸福な時代！

〈失墜〉という言葉について、ノイカ*が、上昇にも悲劇があると書いている。上昇が転落の前兆である限り、まさにそうだ。

＊コンスタンティン・ノイカ。前記、七五ページ、注参照。

よく考えてみれば、帝国というのは二つしかなかった。ローマ帝国とモンゴル帝国だ。領土、権力、なかんずく豪華絢爛さにおいて前者は後者の比ではなかった。

ジンギス・カンは、自分のことを装飾過多な文章で描いたペルシャの伝記作者を処刑にした。自分がバカにされていると思ったのだ。

ゲノン、ドーマル——狂信者。

一〇月一五日　今朝、ベッドで、幸いなことに自分は権力欲にさいなまれることはないと考えた。実をいえば、若いころ、私は権力欲を知ったが、しかしこれを克服した。この手柄があるからには、すくなくとも権力欲に関しては、私にも進歩という言葉が使える。

ブランショの『最後の人間』を使って、私はタイプの打ち方を学んだ。その理由は簡単である。この本はみごとに書かれていて、一つひとつの文章はそれ自体すばらしいが、何も意味しないからである。私たちを惹きつけ立ち止まらせる意味はない。あるのは言葉だけ。タイプライターのキーを手探りするにはもってこいのテキスト。この空疎な作家は、それでも、現代のもっとも深遠な作家の一人だ。深遠な、というのは、彼が表現しているものよりはむしろ彼が見届けているものによってだ。彼は優雅な晦渋、というよりむしろ説得力なき修辞学のようなもの、空言を並べたてる謎めいた人間だ。いつだったか、ある記者が彼についていみじくも言ったことがある、おしゃべりと。

「ローマへの反逆に私を駆り立てたのは悪魔だった」とアラリックは語っている。

「グロテスクなものと悲劇的なものとの混淆は、不協和音が麻痺した耳に心地いいように、精神には心地よい。」（ボードレール）

この「麻痺した耳」――無調音楽への熱狂はここに求めなければならない。

一時間の歩行より一時間のおしゃべりのほうがずっとエネルギーを使う。

だれしも自分の現状には満足していない。ただし、フランス人は例外。

おべっか使いほど卑劣なものはない。どうしてかといえば、おべっか使いには逆らえないからだ。おべっか使いが私たちに肩入れしていい散らす出任せを、はいそうですかと認めたら物笑いになること必定だし、そうかといって、おべっか使いをきっぱりはねつけ、無視することなどなおさらできない。どの道、私たちの振る舞いは賢明なものとはいえず、まるで彼の誇張がまんざらでもないかのようである。彼のほうではそこがつけ目で、しめたと思い、自分の勝利を味わうが、私たちにはその過ちを悟らせることができない。なんて卑劣なんだ！

アッチラはローマ侵攻を思いとどまった。それというのも彼の助言者たちは、四一〇年、ローマ略奪後ほどなくして死んだアラリックの二の舞を彼が演じるのではないかと恐れたからである。

どうやらアッチラは折れたようだ。

さまざまの破局を予見し、認め、同化する、これが精神にとっていかに至難のことか信じられないほどだ。私のまわりにいるのは、破局など信じようとはしない連中ばかりだ。その原因は、まったく自然な防衛反応にあるが、そればかりでなく歴史的教養の欠如にもある。ところで、最悪事を学ぶ学問でないとしたら、「歴史」とは何か。この学問に励む者は、最悪事に慣れ、それを好むようにさえなる……

彼らはそこまではやらないだろう(これこそ、最近チェコ人たちが……現実の事態に遭遇するまで、互いに言い合っていたことだ)。ローマ人もまた、アラリックがローマ攻略の挙に出ようとは思っていなかった。破局の考えを拒否するような政治家はお人好しであって、祖国の破滅に一役買っているのだ。

『悪しき造物主』の最後の仕上げをしているところだ。疲労、倦怠、深い〈嫌悪〉? 読者が似たような思いをしているのが分かったら、いまの自分のこの気持ちを忘れてはなるまい。

原稿は、あんまり長いあいだ手許に置いておくと、厄介な客になる。こいつをどう厄介払いし、どう追い出したものか分からない。怒りが昂じ、とうとう出版社に出向く羽目になる。

なんにでもお構いなしに意味を探すのはマゾヒズムが原因だ。

ローマ帝国の崩壊についてエッセーを書くつもりだ。特にギボンを読み返すこと。

五世紀のローマを彷彿させる西欧の現状、このエッセーはすべてここに着想を汲まねばならない[5]。

ゲイセリスクに関する本を読んだ。

歴史書は、生物学の本と同様、いやそれ以上に人をシニシズムに誘う。

『悪しき造物主』——初めから終りまで眩暈という言葉をやたらと使いすぎた。原稿を出版社に渡す前に、この言葉を追放しなければならない。

*Völkerwanderung*[*]について論文を書くつもりなのか。

* 文字どおりの意味は〈移住〉だが、ここでは蛮族の大侵入のこと。

一〇月二二日——シビウの下宿先の二人の姉妹のことを、私たちはそれぞれマリーおばさん、テシーおばさんと呼んでいたが、いま二人のことを考えた。この二人のオールドミスの生涯をいまも——一〇年ごとに! 考えるのは、世界ひろしといえど、たぶん私だけだろう。マリーおばさんがやって来て、私たちに〈*Kinder, Thesi Tante ist gestorben*〉[*]と告げた、あの朝のことはいまも覚えている。私たち——つまり四人のルーマニア人は、これを聞くとみな噴き出した[6]。

* 「いい、みんな、テシーおばさんが亡くなったわ。」

やっと『悪しき造物主』が終ったが、私の本のなかでも、これほど興味がもてなかったものはない。そうはいってもしかし、この本は、ここ数年の不安の結実なのだ——だが残念ながら、仕事の結実ではない！　書き上げても、いっこうに気持ちが楽にならず、どんな満足感も覚えないのは、たぶんこのためだ。私はこの本のためにどんな努力もしていないのだから、この本を憎む理由も執着する理由もないというわけだ。

一民族は、いつその天才を失うのか、その時を確定すること。

イタリアの二人の若い司祭の『日記』にざっと目を通す。シチリア島の貧困について語る彼らの話には、聖職者には珍しく、真実がこもっている。あるとき、赤貧にあえぐ哀れな家族に会ったときのこと、彼らは聖書の言葉を引いて家族を慰めたいと思ったが、その言葉がどんなに無益なものか、いやそれどころか場違いなものであるとさえ感じたとのことである。

貴族という言葉に意味があるとすれば、その意味するところは、失墜した大義のために喜んで死ぬということにほかなるまい。

いいものにしようと手を加えてみたところで、実際は凡庸なもの（！）にしかならない。こうなったとき、原稿は完成したのだ。

昨日、日曜日（一〇月二七日？）、ほぼ三〇キロ歩く。エタンプの先、歩くこと七時間。秋の一番いいとき。緑が嫌いな分、黄色が好きだ。

Sに言ったように、秋はいまがみごろ。

一〇月二八日——今日、『悪しき造物主』を出版社に渡す。ほっとする。

私の現在の状態からすれば、出版社などへ出向くのは、私のすべての考え、私の信条のすべてに反することだ。だが私は、もっとも本質的な自分の信条をすら裏切らねばならないのだ。なぜなら、私の行為がこの信条に完全に合致したら、私は書くことをやめることになり、それどころか、どんな方法にしろ自分の存在を示すことさえしなくなるだろうから。ところが、私はまださまざまのことを感じることができる……

発展が一定の段階を越えてしまうと、国家にはもう妥協の能しかない。

一〇月三一日　四時間、テラスに、壁に、格子にペンキを塗る。その間、何も考えない。その分、得をした。

一一月一日　一晩中、姿の見えぬ拷問者に、幾千とも知れぬ針で刺される。ああ、これは夢ではなかった！

自分の情熱を掘り崩したのは間違いだった。——情熱なしでは何ひとつ生み出せない。人が〈生〉と呼ぶものは情熱のこと、それ以外の何ものでもない。

一一月二日　今日、死の問題についてのラジオ放送を聴いた。別に驚くほどの、あるいはすくなくとも、心を動かすような見解は何もない。

私は、非実在の詩的ヴィジョンから客観的ヴィジョンに辿り着いた。つまり〈影の夢〉から過酷な幻滅に。

私たちがすべてを悟ったという証拠は、わけもなく泣き、理由もなく涙を流すことだと『悪しき造物主』に書いた。だが、よく考えてみると、これはバカげていることが分かり、削除しようと思った。ところが昨日、モーツァルトの『レクイエム』を聴き、考え直した。

『回心の歴史』[7]——読んだこともない、その作者も未知の、この本の表題が好きだ。

ナポレオン軍がネマン川を渡ったとき、どんな抵抗にも遭わなかった。ひとっこ一人いない。ナポレオンは、ただひとり馬に乗り、森のなかを数キロ進んだが、ここにもだれもいない。こういう瞬間にこそ、ナポレオンがほんとうに並みの人間ではないことが分かる。アレクサンドロス大王以外に、こんな真似をした者がいただろうか。

私は〈健康〉であったためしはないが、体調の悪い者のように、ひどく無愛想な顔はしないですんだ。

一一月三日——目覚めぎわ、途方もない夢を見る。荒れ狂う波がどうしたわけか引いてゆき、溺れた人たちがもがいている泥のなかを、ポリ公どもが進んで来る。溺れたある者たちは、ヘリコプターのように空中に飛び上がり、ほんとうに飛び去ってゆくのだった。

自分の〈方針〉に従ったときは、いつも私はそうしてよかったと思った。ところが、なんらかの理由で方針からはずれると、とたんに間違いを犯した。私の自我とは、私が被ったありとあらゆる影響が消えたあとに生き残るもののことだ。

〈影響〉というものは、それと分かり、感じ取れる限りは、いずれも悪しきものだ。克服され同化されてしまえば、役に立つものになるかも知れない。

自分が崇めた者をひとり残らず忘れること、これこそ救いの至上命令だ。

人間は超越の意志から生まれ、超越の熱狂者となった。つねに自分を追い越し、追い抜くこと、これこそ人間の偏執であり、病だ。もし人間が自分の内部にとどまり、自分の存在の限界を守り、自分の元手で、資本で生きるすべを心得ていて、領土を広げもせず、蓄積も征服も希わなかったら——人間とはどんなにかすばらしい被造物であろうに！

昨日、ある若者にこんなことを言う。もしキリスト教が存在しなかったら、聖アウグスティヌスは、古代世界末期のちょっとした物書きだっただろうが、新来の宗教は、彼の異教的資質を攻撃し、掘り崩し、彼の内部に激烈この上ない、そしてもちろん文字どおり、この上なく有益な緊張をもたらした。真新しい神の周辺、強烈な情熱はここにしかない。

一一月五日　もしひょっとして死の不安が消えてなくなったら、〈生〉にはもうどんな防衛手段もなくなってしまうだろう。つまり、私たちの気まぐれひとつで、たちまち危険にさらされるだろう。そうなると、生には一切の価値が、そしてたぶん一切の意味が失われてしまうだろう。賢者たちは死の不安からの脱却を私たちに執拗に勧めるが、それがどういうことか分かっているわけではない。彼らは、自分たちが破壊者であることを知らない。

Mの展覧会に行く。人には同じことをし、同じことを極端に繰り返す権利などない。三点の絵はまあまあ、美しいといってもいいだろう。二〇点の絵——濫作というものだ。ついでに、どうして百点かかないのか。

画家、詩人、小説家、哲学者等々は、もちろん自分の流儀で仕事をし、自分の好みに従う。同じことの繰り返しは避けられないにしても、つねに別のやり方をしなければならない。そうでなければ、機械的行為に陥る。

もし考えたいと思うなら、思い出を断ち切らなければならない。思考というものは前に進み、後ろには戻らない。あるいは、後ろに戻るとすれば、精神の働きのためであって、精神の働きには、当然のことながら未来の協力が含まれている。

前を見なければならない。さもないと悔恨で身動きできなくなる。悲しみに耽りがちな気質は、思考には向いていない。それは思考の飛躍を麻痺させる。精神は、どんな幻影に屈することがなくとも、それでも可能事のなかに生きている。

将来を見つめるならば、私たちは必ずある結果にたどり着く。よしんばそれがどんなに凡庸な、またどんなに虚しい結果だとしても。けだし、実践的であるとはこういうことであり、これ以外の何ものでもない。過去の反芻が人のためになったためしがないのはこのためだ。死後の生というキリスト教の考えは、本質的に実践的なものであり、〈未来を予測したもの〉である。私たちは未来にしがみつき、企図のなかに、つまり、まさしく自分の前方に生きている。キリスト教とは、実際的なものの総和だ。その歴史の過程で、キリスト教がいかに積極果敢であり、つねに行動を奨励していたとしても、どうして驚くことがあろうか。

『チベットの死者の書』、『バルド・トエ・ドル』の語るところによれば、ここに述べられている教えを体得したら、百人もの死刑執行人に追いかけられても、教えを忘れることはできないそうである。

すばらしい本なのだが、ある女性の手になるフランス語訳は読めたものではない。

ヴァージニア・ウルフの『オルランド』を数ページ読む。ついてなかったと言うべきだ。というのも私は、ウルフがサロンを、そして一八世紀を、なかでも特にデュ・デファン夫人を嘲笑している文章をたまたま目にしたからである。彼女は愚かにもデュ・デファン夫人を見下し、この、やんごとない盲目の女性が語り、書いたもので生き残ったものは、せいぜい気の利いた三つの言葉くらいで、それもほんとうのところはどうということのないものだと言っている。腹立たしくなって、私は本を放り出した。ブルームズベリー・グループは、ウォルポールの女友達のグループに間違いなく及ばなかった。

キリスト教——なんという残忍な企てか！

近似値、これが私の抱く唯一の確信だ。

他人については書かぬこと。現実を、事物を考え、問題および観念は考えぬこと。問題および観念は袋小路か結果だ。大切なのは—生きているものに基づいて考えること、あるいは考えていると思うことだ。

(自分に基づいて考えなければならない。だが、これは造作もないように見えるが、実際にはことのほか困難なことだ。内奥の災厄の蓄積に恵まれなければできないことだから。)

一月七日　市役所まえ広場のバザール。物があふれかえる悪夢。ありとあらゆる物の途方もない集積。あまりの多さに吐き気を催す。しかもここは、パリ一番の安売りの店。消費社会に抱く若者たちの嫌悪が分かるというものだ。でもどうしたら、この品物の増加のプロセスを止めることができるのか。現状では、このプロセスは避けられない。これをほんとうに止めるには、この社会ではなく、あらゆる社会の破壊をもってするよりほかはあるまい。

これらの店の姿は、五年ごとにすっかり変わる。以前は、すこしばかり飾りは違うものの、同じ型の品物が、百年間、造られ、そして売られていたものだ。

狼はきわめて社会性に富んでいる。固有の言葉をもっている。狼を研究した、あるイギリス人の話によると、アラスカでは、狼が互いに往き来をする（！）際には、決まった吠え声で知らせ合う。このシグナルは、狼のテリトリーを通して狼から狼へと伝えられ、その結果、どの狼がやって来るかあらかじめ分かるのだそうである。

数百年ものあいだ、人間は信じることに懸命だった。懐疑にはほとんど時間を割かなかった！　次々に信仰を変え、信念を変え、懐疑といっても、熱狂と熱狂とのあいだの、ほんの短い間合いにすぎなかった。実をいえば、それは懐疑ではなかった。信仰の、あらゆる信仰の疲れによる中断、一瞬の休息だった。

私はもともと罵詈に、言葉なき祈禱にむいた人間だ。激発と無言。

一七世紀以後、心の平穏は、人によっては〈たんなる目の祈禱〉と呼ばれた。

一一月八日　自慢でもなんでもないが、『概論』で、私は修辞学と懐疑思想との統合という快挙をやってのけた。

傲慢な態度が許せるのは、相手が狂人の場合だけだ。

（それに、傲慢は一種の狂気、第一級の狂気である。

傲慢であるとは、自分の卑小さ、凡庸さを、自分のほんとうの限界を認めぬことであり、——別の言葉でいえば、安定を欠いているということだ。安定しているとは、自分という人間を、その価値を知っているということであり、自分の欠点を知り、それを直そうと希い、自分の限界を認め、そこにとどまろうとすることだ。）

人間であるという愕然たる思い、この思いが克服できたら、私はすっかり無関心になれると思う。

ついいましがた、ひとりのスウェーデン娘に英語で声をかけられ、金を無心される。私は無心に応じたが、といっても実は知れた額だ。で、その娘に、私も彼女と同じ失業者だと言おうとしたが、英語の単語がみつからない……

こういう若い連中が私に金を無心するのは、どいつもこいつも私を金持ちだと思っているからだ。私は帽子を被っている。

それが彼らの目にとまる。そして帽子はゆとりと同時に、ああ！　老いぼれのしるしなのだ。帽子はね、私の資産なんかより風邪に関係があるんだよと、私は彼らに言えないのである……

「エヘメール」誌の最新号にざっと目を通したところだ。透化された詩。晦渋で……見え透いた、よそよそしい、考えぬかれた、死んだ詩。どんよりした目という意味で……輝きのない詩句。

怪物のような孤独。孤独という観念をよく具現しているのは神か、それとも悪魔か。

百万の人間などものの数ではないとは、ナポレオンがメッテルニヒに言った言葉だ。百万の人間、それがこの私になんだというのか？

偉大なもの、卓越したものは、極端に押しすすめられれば、どんなたぐいのものでもほとんど怪物的なものと化す。聖者も、悪魔がまぎれもなく怪物であるという意味で怪物である。稀有なもの、感嘆を誘うもの、言い換えれば、驚嘆を、さらに言い換えれば、魅惑と恐怖とをこもごも誘うもの、こういうものはすべて怪物的なものだ。怪物は、たとえ恐ろしいものでも、私たちを密かに魅惑し、私たちに付きまとって離れない。──神が怪物であるという意味で怪物であり、同様に、征服者も、悪魔がまぎれもなく怪物であるという意味で怪物である。

怪物とは、私たちの最深部にあるものの外在化であり、私たちの内的長所と欠陥の途方もない誇張である。それは私たちの旗手だ……

最大の不幸は、予見された不幸だ。

エピクロスとヘラクレイトスは、断片しか残らなかったという事実に大変な恩恵を受けている。

哲学者の価値が増すのは、二千年後ひょっこり弟子があらわれて、哲学者の欠けている部分を補完するからだ。弟子の使命は、散逸した部分に含まれていたものを想像し、自分の好みのままに欠落しているところを補うことだ。

五月事件のとき、学生たちが担ぎ出したのは、ジッドでもヴァレリーでもクローデルでもなく、ほとんど無名の、そしておそらくこの三人のスターに軽蔑されていたアルトーだった。これはすばらしいと思う。

私が書きたいと思うのは、慰めの書、信仰なき者のための『キリストのまねび』だ。

なのにこの私ときたら、ひどい自己分裂に陥り、皮肉を弄することに心を奪われて、この仕事を仕上げることはおろか、それに手を染めることさえできない。

物書きのおかしな癖をもっともよく摑んでいるのは、同じ時代に生きた連中だ。昨夜、キルケゴールの書き方を茶化したメーラー(8)の論文の抜粋を読んだ。キルケゴールといえば、いまは大変に崇め奉られているから、メーラーのやっているような仕事にうつつを抜かす者は、たちまち信用を失ってしまうだろう。だがそれにしてもメーラーは、キルケゴールの作品の、人をいらいらさせずにはおかないところをみごとに把握している——キルケゴールの冗漫ときたら、ほんとうに耐えがたい。こうも気取りながら、これほど透徹した人間はいなかった。

生は非現実ではない。非現実の思い出だ。

私にとって神は何ものでもない。にもかかわらず、神を森羅万象よりも重要な何かと化す、あの祈りの状態、これは人さま同様、私とて知らぬわけではない。

何か至上のもの、たとえば神、こういうものへの肉体的欲求がほんとうにあらわれるのは、深い悲しみに見舞われたときに限られる。

遺棄の本質。私たちがほんとうに遺棄されるのは、ただ神によってだけだ。人間はせいぜい私たちを見放すだけ。

信仰を、〈恩寵〉を失った信者は、当然のことながら神の裏切りを非難できるかも知れない。

フロイトが一大発見として提出した例の〈攻撃性〉は、原罪の重要な構成要素のひとつである。精神分析は、本質的に神学に依存している。両者における、同じような冷酷な人間観。

『天才の性的不能者』——このまったく下らぬ薄っぺらな、医学叢書中の一巻を、本屋の店頭でめくってみる。例として挙げられているのは、ヒューム、ギボン、スウィフト、キルケゴール、つまりどうみても情熱的な人間だ。

一一月一三日　二日酔い。

夜、というより明け方、時間注視に関するエッセーを書くべきだろう、とベッドのなかで考える。というのも、私の慢性の病は結局のところ、この注視の激化に、鋭敏化に帰着するからだ。そんなわけで、今朝も目を覚ましたとき、私がまず第一に感じたのは、時間が流れ去ってゆく感覚、一切の行為から、この流れにはかかわりない一切の準拠から切り離されて、時間が流れ去ってゆく感覚だった。この、時間についての物狂おしい意識は、生涯を通じて変わらぬ私の災厄だった。もう子供のときから、私は時間が時間でないすべてのものから切り離されているのを知覚し、時間の自立的存在を、存在の地位から分離された時間独自の地位を、時間固有の世界を感じていた。時間の世界、時間の王国、時間の帝国。いまでもよく覚えているが、あの夏の午後——私は五歳か六歳だったに違いない——身のまわりのすべてのものが空虚になり、もう私には、時間の空疎な推移、経過それ自体、流れしか感じられず、恐怖を覚えた。時間は、私を犠牲にして、存在から剝がれつつあったのだ。もう世界は存在せず、存在するのは時間だけだった。あれ以来、私が事件を経験したのは偶然にすぎない。私が生きているのは、もはや事件の不在のなか、事件にまで身を落とすことのない時間のなかでだけだ。

地獄、それはたぶん時間の意識にほかならない。

忘却の能力がなかったら、過去が現在に重くのしかかるあまり、別の瞬間に近づき、いわばそこに入る力などとてももてないだろう。生が、軽率な人、つまり、まさに過去のことなど思い出さない人にとって、いかにも耐えやすいものに見えるのはこのためだ。

一一月一六日　中国に仏教を伝えた菩提達磨（?）は、ある日、瞑想の最中に眠ってしまい、罰として自分の瞼を切った。

「神は世界を造ったのだから罪がないわけではない」*（ブルガリアの諺）。これはボゴミル派の諺だ、おそらく。

* ボゴミル派（ブルガリア語で〈神の友〉の意）は、五世紀から七世紀にかけての異端のセクト。その教義はカタリ派のそれに近かった。

人間は神の真似などせず、ほんとうは反対のことをやるべきだったのだ。つまり、反‐創造を。

だが人間は、結局は神の真似をすることを承諾し、それにもののみごとに成功してしまうのではなかろうか——私にはそう思われる。

モーツァルトのピアノとオーケストラのためのコンチェルト第一七番、ト長調（?）。

バレンボイム。

クラリネットのためのコンチェルトに劣らず美しく、そして悲痛。

ある種のメランコリーに一挙に捉えられ、いっかな消え去らない。

今日、私はかつて自分が愛したモーツァルトを、一九三五年、私がパリで書き、「ヴレメア」(9)に発表した小文「モーツァルトと天使たちのメランコリー」のモーツァルトを再発見した。

再びモーツァルトのコンチェルトについて。メランコリーがどれほど慰めになるか想像を絶するほどだ！　メランコリーに比べれば、すべては取るに足りない。

プラジャーパティ(10)は、すすんでおのが命を捧げ、八つ裂きになる。その肉体の各部分から世界のいくつかの領域が生まれる。神の四肢切断としての世界。

遠回しの打ち明け話に神話学と神学を利用すること。

デンマークのカルテットによるハイドンの『十字架上のキリストの七つの言葉』。コーラスなしのほうがずっと美しい。

P・Vが、現在のロシアはニコライ一世のロシアに似ていると言う。だが、この類似は表面上のものにすぎない。というのも、一九世紀前半、西欧は力に溢れ、歴然と存在しており、イギリスが、フランスが、プロシアが存在していたのに、いまではこれらの国々は、どれもこれも半ば虚構のようなものだから。たぶんロシアには征服の意図などあるまい。だがロシアにとって、西欧の空白は魅力であり、その空白を充たしたいという欲望にロシアが負けてしまう日が来ないとも限らない。

一一月一七日　どか雪。目の前に私の幼年時代がそっくりそのまま広がる。

モーツァルトのコンチェルトがまだ取り憑いていて離れない。

限界としての、現世放棄の至高の段階としてのメランコリーは、信仰をもてぬ宗教的魂の特性である。メランコリーは動かない。つまり、それは神へ向かうことはないし、信仰を可能にするものでもない。繰り返すが、問題は（絶望その他の）自分よりも強い、強烈な状態をひとつとして認めず、現世拒否に関して、私たちに到達できる極限であるメランコリーである。

一一月一七日　午後、午睡をして、いましがたまでベッド。目は覚めたものの、寒さで起きられない。で、ベッドのなかで、昔、あらゆることを、そして自分のことを夢みながら、同じようにして多くの時間を過ごしたことを思った。墓のなかでも、おまえはこんなふうにひとりぼっちなんだよ、と私は独りごちたものだった。言っておかねばならないが、私たちが自分の掛け値なしの次元を、つまり自分の非存在を極度に強烈に意識する瞬間、こういう瞬間は、もっとも真実なもの、もっとも弁護の余地あるものであり、したがってもっとも論拠のあるものだ。つまり、深さはともかく、それはそれとしての明証性に欠けてはいないのだ。

こうして屋根に降り積もった雪を見ると、幼年時代の楽園神経症がよみがえる。

新旧二つの聖書の神の最後の段階、この段階を越えたことはないにしても、いま私たちはこの段階を生きている。これほど規則正しく砕け散った神がほかにあるだろうか。

神々が砕け散るとき、さまざまの兆候があらわれる。私たちの現在の文明は、これらの兆候の総和であるといえるが、だれしもそれを感知しながら、自分の予感ないし希望にしたがってそれを解釈している。

紀元四世紀か五世紀に生まれ合わせなかったのはかえすがえすも残念だとおまえは言うが、それはバカげている。いま現在、おまえはその同じ時代を生きているのだから。前代未聞の事態に立ち会う幸運、いずれ立ち会えるだろう幸運、これをこそ喜ぶべきだ。

時間のなかに組み込まれたいと思うなら、時間を考えることはやめなければならない。

もし時間を取り戻したいなら、私は時間を自分の意識のなかで解体しなければならず、もはや時間を自分とは異なるものとして知覚してはならない。

一一月一八日　有名人に会うと、自分がかつて有名人になりたいと思ったことに驚く。

ケストラーは記者として禅を非難している。別に禅について知っているわけではないが、禅のいかがわしい側面をみごとに見抜いている。人との出会いが決定的だったようで、大聖者の位にまで登りつめながら、テレビを買い込んだ僧について語っている……

相手がだれであれ、私について書いて欲しいなどと頼まぬこと。いままでそんなことはしていないと思うが、いずれにしろ見苦しいことだ。にもかかわらず、私たちにちっとばかり手を貸してくれたことのある人、いや、もっと由々しいことに、私たちの友人であると当然のように思い込んでいる人が、よくやらかすことなのだ。

批評について書かれた本にざっと目を通す。文学理論というやつには例外なく鳥肌が立つ。文学理論などに才能を発揮するような連中は、自分では何も感じ取ってはいないのだ。

フランス文学の欠点は、批評がつねに大きな役割を果たしたことだ。やれこっちのアリスタルコスだの、あっちのアリスタルコスだのの考えを尊重する作家！

ボワローとアカデミー――フランス文芸の二つの災厄。

自分を作家だとは思っていなかったサン゠シモンが、独りわが道を往ったのは幸いだった。

モーツァルトのコンチェルトの魅力（本来の意味の）にまだ取り憑かれている。私のなかの何に、どんな心の琴線に触れることができたのか。モーツァルトには別の世界の思い出がある――私たちの記憶にはもうなんの痕跡もとどめていない何かの思い出が。

サルトルは良きハイデガーにも比すべき作品を書くことに成功したが、良きセリーヌに比すべき作品は書けなかった。模倣は、文学より哲学のほうがずっと簡単だ。才能を発揮するには意欲するだけでいいと思っていた、この野心家。彼は、〈深遠さ〉の錯覚を与えることさえできなかった。文学を侵害する哲学者ならだれにとってもいたって簡単なことが。

一一月一八日　昼食の席で、一八歳の、つまり私より四〇も若い娘と話す。年齢の違いというのはすごいことだけど、同時にまたなんでもないことだ。

およそ幻滅というものを知らない人間とおしゃべりするのも捨てたものではない。これは認めなければならない。

繊細きわまりない人間でも、ときにはバカなことを言う。シャンフォールがそうで、ヤンセン派を軽蔑すべき徒党あつかいし、こういうセクトに、パスカルやアルノーのような信奉者がいたことに驚いている。

久し振りにワーグナーを聴く。『ワルキューレ』第一幕。驚いたことに、かつて覚えた魅力がまだある程度残っている。こうして同じモチーフが執拗に繰り返されると、聴いているほうもしまいには引きずり込まれてしまい、仕方なく魅惑されてしまって、もう抵抗したり妨害したりする気にもなれない。そしてしばらくは、昔の熱狂状態に戻るのである。ワーグナーには、確かに何かしら人を欺くものがある。だが、このまがいものには何という力があることか！　彼は、マラルメが信じていたように、神ではなく、神もどき者だ。ニーチェは彼を嫉妬し、彼を攻撃したが、その攻撃は、彼が評判を落してもおかしくないようなものだった。それでも今日、私たちが聴くのはニーチェであってワーグナーではない。やきもちやき、しみったれ、見張り番、悪人――最後に勝利を収めるのはこういう連中と決まっている。

あるモチーフの執拗な繰り返しは、文学においては腹立たしいものだが（仏典のことを考えるなら、東洋人の場合は除く）、音楽では、ついには耳に取り憑いて離れぬものになり、私たちの血に染み込んでしまう。グレゴリオ聖歌をはじめ、リズムに合わせて歌われるあらゆる祈禱の章句、その効果はここに起因する。つまり、これらの章句は、〈魂〉を圧倒するための完璧な技法に支えられているのだ。

ものの本によると、ボンベイでは、一九五九年の時点で、三五〇万の住民のうち七〇万人は街路で寝泊まりしていたそうだ。半世紀もすれば、人類の三分の一は野外で寝泊まりするようになるだろう。

私は破滅が起こるとは思わなくなった。つまりこういうことだ。将来、破滅が起こるかも知れないと思っていることに変わりはないが、そこにどんな感傷的な色合いも、どんな熱狂のニユアンスも加えてはいないということだ。迷妄から覚めた悪魔、それがいまの私の状態だ。

悪魔とは熱狂者、希求者だ。つまり、ロマン主義のありとあらゆる戯言を信じている者だ。

悪魔の幻滅は〈神の死〉に等しい。なぜなら、積極果敢な者ではなくなった悪魔は、死んだ神ほどにも零落したのだから。

一一月一九日　カトリック学院の図書館で、なんともグロテスクな光景。トイレに入ろうとすると、外国人の掃除夫が、かん高い、しかもひどく挑発的な声で、いま掃除中で、そこいらじゅう水びたしだから入ってはならぬと言う。その口のききかたが頭にきたが、私はいつもと変わらぬ口調で彼に答えた。実は怒りで文字どおり気も狂わんばかりで、すんでのところで彼の顔に飛びかかるところだったのだ。こういう反応が狂気じみていることは確かだ。私という人間は、怒り狂う狂人と無気力な狂人を深く理解するようにできているのだ。この二つの狂気は、確かに私にもある。

ティヤール・ド・シャルダンが戦時中に書いた手紙のいくつかにざっと目を通す。そのなかの一通、北京の消印のある手紙で、ヒトラーがロシア人および日本人と協力関係を結んだために、その後生大事な理論のひとつ、つまり人種主義を否定せざるをえなくなったことを慨嘆している。その当然の結果は、彼にとっても、ヒトラーにとっても〈精神の敗北〉だ!!　ヒトラーを楯に〈精神の敗北〉を口にするのは、痛ましいばかりのお人好しぶりの証拠だ。これに劣らず痛ましく、お人好しなものは、このじいさんが、戦後に関して披瀝している見解だ。全世界に一般的な緊張の結果として、戦争が終われば、いったいどれだけの建設的力が横溢することだろうか!　というのだ。すべてがこの調子だ。これは何にでも耐えられるオプティミズムというものだ。ここにいるのは、グノーシス派から、いやカテキスムからさえ何ひとつ学んだことのない人間だ。人が教会の側に立つのに苦しみ、幻想と妄想しかもたらさぬ教義に抱く自分の不信の念の正当性を認めるのに苦しんでいるというのに、このイエズス会士ときたら、なんというアホか!　それに、彼の文学上の好み。彼によれば、『白痴』はほとんど読めたしろものではないそうで、覚えているのもほんの一節だけ。それが気に入っているとみえて、引用しているが、私からすれば、どうでもいいようなものだ。これに反して、サルトルの小説についてはよく口にする。丹念に読んでいるようだが、幸い感嘆してはいないらしい。

重要なのは、彼がドストエフスキーに魅力を感じていないことだ。これほど示唆的なことが、危険なことがあろうか。これにまさる精神の貧困を示す証拠があろうか。

どうしてあらゆるものを恐れるのか。たぶん神経の異常が原因だと思うが、そればかりでなく、存在しているもの、身動きするあらゆるものについての私の考えにも原因はある。私は存在するものを存在するものとは思っていない。私が恐れているのは存在しているものであって、存在していないものではない。

パニカールが次のようなすこぶる的を射た指摘をしている。すなわち、インドがモンゴル人、イスラム教徒、いやイギリス人の支配にさえ屈せず生き残ったのは、カースト制度があったからであると。階級に細分化された社会より階級なき平等社会を破壊するほうが簡単だ。

考えてみれば、尋常な人生を尋常に生きているような未知の人からはただの一通の手紙ももらったことがない。もちろん、私の書いたものから何かを受け取り、私に親近感を覚えると言って、熱烈な手紙をよこす人はいる。彼らは人生の敗残者、落伍者、病人、苦しみ悩み、無邪気になどなれぬ不幸な人たちであり、口に出してはいえぬありとあらゆる病弱・不具に打ちのめされ、苛まれ、この世のあらゆる試験に落第し、昔なじみの不安を、あるいは新たに降って湧いた不安を引きずっている。

私が彼らに何もしてやれないことを知っているから、彼らは一度として私に頼みごとをしたことはない。ただ、あなたのことは分かったよ、と私に告げたいだけだったのである……

どうしたわけか、このところ、自分は近々爆発するとの思いがこびりついて離れない。その爆発する音が聞こえるようなのだ。ずっと前、『実存の誘惑』を書いていたとき、自分はいずれ間もなく崩壊し、転落し、裂け、瓦解すると思っていた。

こういうことの原因は、すべて異常な不安にある。不安を諦めて受け入れ、それがおのずと消えるのを待たねばならない。

ポルフュリオスは、その『プロティノス伝』をこう書き始めている。「われわれの時代に生きた哲学者プロティノスは、自分が肉体をもっているのを恥じていたかのようだった。」

これほどにもあざやかな書き出しを私はほかに知らない。のっけからして驚嘆を誘う。書き出しというものはつねにこうあるべきだろう。つまり、本質的なものをもって書き始めるべきだろう。

哲学的攻撃のモデル。すなわち、プロティノスのグノーシス派攻撃。峻厳にして完璧な死刑執行だが、しかし必ずしも説得力があるとはいえない。

ポルフュリオスの『プロティノス伝』を読みながら（再読しながら、といったほうがずっと正確だろうが）、私はヴィトゲンシュタインのことを考えた。神秘的な……そして寛大な二つの精神、列聖不可能なふたりの聖者。

私はありとあらゆる郷愁に傷めつけられた懐疑家だ。ところで、あらゆる郷愁は宗教の残骸を引きずっている。

郷愁に脅かされた懐疑思想。

一一月二一日　二時間、水漏れする洗面台の修理をする。修理はうまくいったが、手を傷める。私が配管工の真似ごとをすると、これがお決まりの結末。

血を見ることに慣れなければなるまい。

物は手仕事にとってのみ実在する。物について抽象的に語る者には、物はなんらの実在性ももたない。

午後、ベッドのなかで、ナポレオンの戦《いくさ》のこと、それから、話題にされたいばっかりに気も狂うほどに奮闘している友人のだれかれのこと、個人的に、あるいは噂で知っている多くのもの書き連中のことを考え、それからさらにプロティノスにまで遡って、考えたものである。いったい、より過ちのすくない生き方とはどんな生き方なのか。だれの生き方が望ましいのかと。私の結論は、われながらひどく満足のゆくものだった。つまりそれは、横たわり、他人のすることについて瞑想している者の生き方だ。これは怠惰なのか、それとも知恵なのか。あるいはまた、自分が正しいと思いたがっているバカ者の反応なのか。大切なのは、私が自分の生き方、自分の〈解答〉を選んだとき、自分を正当化しよう、弁明しようとは、一瞬たりとも思わなかったということだ。それどころか、私の考え方は、絶対的に擁護できる唯一の考え方だと信じていたし、いまこの瞬間にも信じている。

ときどきこんなふうに考えることがある。私は意識の限界に達してしまった。つまり、私の内部には、もう無意識的なものも本能的なものもなく、私はたんに自分を見ている者であるにとどまらず、自分を見るという現象を掘り尽くしてしまった者、したがって、自分の人格分裂を可能にし、存在を見、存在を見つつ自分を見ることを可能にする存在の蓄えを、もう何ひとつもってはいない者だと。

一一月二二日　今朝、三時ころ、士官学校からオデオン座まで、ひとっこ一人いない小路を歩く。どこにも人間の痕跡はない。寒い。いま私が通り抜けつつある都市の、生きとし生けるあらゆるものは、一瞬にして絶滅したのだ（細菌戦で？）とふと思う。どんな不安も満足感もない。そして人はすぐ生き残り者の条件に慣れるものだと考える。

自分の苦しみへの対処の仕方がいっこうに分からない、これが私の弱点だ。

また怒りの発作。いまの私のように、日々をやり過ごすことなど考えられるか。もうなんか月も、私は何も、何ひとつ書いていない！　客のつかない売春婦のように駆けずりまわり、ことあるごとに当たり散らしては自分を呪っている！　そうかと思うと、不毛も挫折も仕方がないと諦め、自分はもうだれにとっても存在していないのだと知って陶然たる思いにひたる。まるで私は存在してはいなかったかのように！　こうして、偽物にしろ本物にしろ、この忘却に思いいたると、苦しみも鎮まる。もうだれにとっても存在しないのだ！　だが、人はみな、遅かれはやかれ必ず存在しなくなる。これこそは敗者の大きな慰めだ。

私がついに厄介払いできなかった不幸、それは自己憐憫の心地よさだ。

今朝、私はあらためて自殺による可能性について考えた。するとたちまち、怒りの発作は収まった。

私たちは市役所や教会の主要正面に彫られた句、すなわち、私たちはみな敗者、という句を銘記すべきだろう。

勝利の偽の証明書などよりこの格言とともに生きるほうがずっと簡単だ。

ある批評の本で、前世紀のある詩人についての次のような言葉を読んだ。「歴史の行う残虐非道に怒りながら、歴史のメカニズムの面白さに怒る気力を失う」。

……私の場合がまさにこれだ。

神に監視されている感じ――未来においても、人間がこの感情を抱くか、必ずしも保証の限りではない。

歴史が進めば進むほど、ますます人間の自己不信は募る。そしていつか人間は、自分を前にした絶対的な恐怖を知るようになるだろう。

私たちの現状は、原罪がその結果をもたらし始めたところにある。いやそれどころか、実際にその結果がもたらされ、原罪がその完璧な成果によって無と化し、人間がその呪いの決定的な段階に突入したところにある。人間はその歴史的段階に向かって進む。自然の法則上、人間は歴史のあとにも、人間の歴史のあとにも生き残るだろう。そのとき、原罪はその効果のすべてをなくしてしまうだろう。

私は、キリスト教的意味の原罪を信じてはいない。だが、人間が札つきの動物であること、実際に原初の欠陥を身に帯びた者であること、そしてこの欠陥によって動物の状態から人間の状態へ移行したこと、これは信じている。

この欠陥はどういうものなのか。私には明確にすることはできないが、しかしそれが、欲望の力、欲望の主体よりもずっと大きな欲望の力にあるのは間違いないと思っている。人間の能力には釣り合わぬ欲望、それが人間のなかに忍び込み、人間の限界の外へと人間を駆り立てたのだ。というのも、人間がその本性からの逸脱を試み、本性からの悲劇的な離反を試みたこと、そしてそれに成功したことは、どこから見ても明らかだから。この遠心力、この、人間を人間自身から離反させる致命的な力、これは欠陥だと言える。人間はその真の本性を求めれば求めるほど、ますますそれから遠ざかり、それを避ける。そしてこの逃走の極点に達したとき、人間は爆発するか、さもなければ崩壊するだろう。

この欠陥こそ、人間のなし遂げた数々の偉業の原因であり、人間のかちえた成功の、そして暗に、その破滅の原因である。

歴史以後。いまやその閲歴を終え、もはや語るべきこととてない人間、そういう人間の姿が私にはありありと見える。

私の二つの強迫観念、つまり原罪と歴史の終焉、人間のストートと停止は、実はひとつのものでしかない。

予期していた悪い報せだの、失敗だのを知らされると、私たちは自尊心から、どうしても「仕方がない」とか、「どうでもいいや」などと言わざるをえない。

この無関心ぶりは、つねに、まったく例外なく、うわべだけのものだ。痛切な失敗と呼ばれているものは、予期されていた失敗、長いあいだ繰り返し考えられていた失敗のことだ。私たちは失敗がまぎれもない事実であると報らされると、私たちが、そのことだけを自分の〈思考〉の対象として、そのことのために費やした全時間が重なり合い、同じひとつの失望と見分けがつかなくなってしまい、素っ気ない、優越の素振りをしなければ、この失望を隠すことができないのである。だが、この積み重ねられた算術的な失望は、表に現れることがすくなければすくないほど、それだけいっそう密かに私たちを痛めつける。それは私たちを苛立たせ、じわじわと私たちを苦しめる。これほど私たちを消耗させるものはないが、それはひとえに、この失望を表だって口にする勇気が私たちにないからである。

禅に関して、E・Bがケストラーと論争を始める。どうして記者などと議論するのか。E・B自身が記者だからだ――神学の。

私たちが闘うのは、相手が私たちと同程度の、似合いの者である場合に限られる。愛し合ったり、憎み合ったりするのは、お互い似た者同士と認めることだ。

どんな状況にも動ぜず、感情に動かされぬこと。

他人を理解するには、嫌気がさすほど自分自身に苦しんでいなければならない。というのも、こういう嫌気は健康の兆候であり、自分の悩みに囚われないための必要条件であるから。

信仰生活の至高の行為は放棄だ。

財産をもつのは由々しいことだが、それよりもはるかに由々しいのは、財産に執着することだ。というのも、こういう執着は、あらゆる不幸の原因であり、離脱こそが、あらゆる真の幸せの原因だから。

一一月二六日　魂《スピリチュエル》の水準の問題について何か書きたいのだが、書ける自信がない。

私の哀れな両親が土と化してしまった、あのラシナリの墓地、その墓地がだしぬけに思い浮かぶ。

「世界を創造したからには、神も罪を免れない」――数日まえ、ここに引用したと思う、このブルガリアの諺が、取り憑いて離れない。『悪しき造物主』の冒頭に引用すべきだった。私は精神的に、そして地理的にも、ボゴミル派だ。

世界と私との違和は、どれもみな私と不可分のもの、私の生まれながらの荷物、私の世襲財産だ。私は経験からほとんど何も学ばなかった。幻滅のほうがつねに先行していたのである。

一一月二六日　こうも春めいた、小春日和の陽気だと、私は……ひどいメランコリーに陥る。

キルケゴールはなぜ教会と闘ったのか、私にはその理由が分からない。ものを書いて攻撃したり、争ったりしなくなってからというもの、私には他人の憤激というものがもう分からないし、さまざまの大問題に取り組んだ人間が、いまだに制度などを非難しているのかと思うと驚かざるをえない。

私は長いこと懐疑思想を実践してきたが、そのためとうとう私の爪は丸くなってしまった。あまりに長いこと柵のなかに入れられていたため、野獣はだれにも飛びかかってくれない――というか、もう飛びかかることができない。懐疑思想は哲学者の檻だ。檻のなかで、彼はその本能を失う。そうなってしまえば、その後は、もちろん彼は自由だ。だれよりも自由だ。だが、その自由は彼にはなんの役にも立たない。彼は砂漠のなかで自由なのだ。

懐疑思想？　全的な、そして無益な自由。

ずっと前から、少年期以来この方、自分はこの世ではまったくの役立たずだと思っていた。そうと分かっていたからこそ、ある種の宗教的次元を獲得することができたのだ。さよう、私は〈この世に〉仕事のない人間、人々のしていることにはかかわりのない者だ。私の天職は、達成なき者のそれだ。

私たちの〈内面の〉進歩が深まれば深まるほど、実際に話のできる人の数はますます少なくなる。ついには、そういう人はひとりもいなくなり、私たちにはもう「全体」しか残らない。

「懐疑」の落伍者と「エクスタシー」の落伍者。この二重の挫折に、まあ成功したと思う。

病気になると、私たちは「種《しゅ》」からはじき出される。病人はだれも、動物園には入れてもらえない。

前進している軍隊には、敗北感はもちろん、敗北の予感すらない。人類はのろのろと前進し、やがては勝利にゆき着くものと信じているが、実際にどこへゆき着くのか、それが分かるのは、この行進に加わらなかった者だけであり、この行進の結末を見抜いているのも彼らだけだ。

真実は、勝利の証明書に決して署名しない者、見捨てられた者にのみ明らかにされる。

第一次大戦のとき、両親がハンガリー人によって強制収容所に送られたため、子供の私たちは、祖母と、叔母のひとりスタンカ（？）といっしょに家に残された。この叔母は、毎晩、怖い話を私たちに語って聞かせた。子供さらいの話だの、悪魔のやる犯罪の話だの、すぐ近くの川で、真夜中、裸の、まがまがしい妖精たちがはしゃぎまわって水浴びしている話だの……

この頭のおかしな叔母は、まんまと私たちを震え上がらせることに成功し、私たちはだれひとりとして、怖くて暗闇のなかに出てゆけないほどだった。特に姉は、生涯、これらの話の影響を受けねばならなかったし、私にしても、このいまいましい叔母が延々と話しつづけているあいだ、身をこわばらせてお互いの顔をみつめ合っていた、あの夜の何がしかは、何年ものあいだ引きずっていた……

「私たちが夢で、あいつはああいう性格だったのだと思い当たる。そういう性格を覚醒時に示して見せる人間、それが極悪人だ。」（プラトン、『共和国』五六七B）この引用は、『夜行性気質』(11)に関することとして、ミショーに伝えること。

ほんとうの幸福は、何ものにも依拠することない、対象なき意識状態だ。このとき、意識は、それを充たしている無限の不在を享受している。

ついいましがた、ラジオのニュースを聴いてむかっ腹を立てる。血が〈煮えくり返る〉のを感じた。その場ですぐ、なんでもやりかねなかったが、やがて自制しなければならない、自制心をなくしてはならないと思い返した。知恵とはたぶん、激しやすく残酷な民族の発明したものだ。日本人は、解毒剤、歯止めとして禅に執着した。彼らが禅に見届けていたのは、一種の自己抑制の武器、日本人独特の残虐行為を禁ずるために、みずからの特性をもって入念に作り上げた一種の治療法だった。

個人にしても――あるいは民族にしても、残虐行為をなしうる者だけが、知恵なるものを作り上げ、それに執着する。生まれつき穏健な者は、知恵など必要としない。そういう者は、むしろ興奮物質を分泌するだろう。

（代償欲求による、こういう説明は、結局のところくだくだしいものになる。それに、この種の説明は、いたって簡単なものだ。だれもがこれに頼る――精神の怠惰により、無意識的行為により、流行によって。これを利用するのは、才知に富んでいるようにも、時流に通じているようにも見える。以前は、こんなものはなくても済んだ。人々に求められるのは知恵以外の何ものでもなかった――まさにそういう時代だった。）

もうドイツ語は読んでいない。この、私にとってあんなにも魅力があった言葉で書かれた本をただの一冊もしまいまで読まないようになって、もう何か月にもなる。ドイツ語は、決定的に私の過去の熱狂の一部になってしまった。放棄の要素はいくつもあり、数え上げたところで詮ないことだろうが、ひとつだけ挙げれば、曖昧さを誘い、曖昧さを糧ともしている国語、こういう国語を、危険を冒さずにこれ以上使うにしては、私の精神が明晰にすぎるということだ。

なるほどキルケゴールは深い。だが、冗漫でもある。彼が教授連中に、あんなにも名声を博したのは、この欠点が原因だ。（彼の冗漫に匹敵するのは、プラトンのそれくらいだろう。いや、プラトンなど比べものにならない。こういう孤独者は、書くものが膨大すぎるのに苦しんでいる。彼らはしゃべらない。ところが書き始めると、止まらなくなる。おしゃべりというものが、まんざら捨てたものでもないことがこれで分かる。つまり、白紙を前にした熱狂は、おしゃべりで弱まるのだ。）

私が神秘家たちのどこに惹かれるのかといえば、彼らの抱く神への愛にではなく現世嫌悪にだ。彼らが大盤振る舞いしてみせる、あの至福へのやるせない気持ちが許せるのも、この現世嫌悪のためだ。

ロートレアモンは最後まで読めたためしがない。最初に読んでみたのは、一九三〇年か三一年ころ、ブカレストでのことだったと覚えている。失望した。誇張がすぎる文体なのだ。もう一度読んでみたが、結果は同じだった。このバイロンふうの雄弁が気にくわなかったのは、たぶんずっとそれが、私の心をひどくそそるものだったからである。私のルーマニア語による最初の本（*Pe culmile disperării*）＊と、フランス語による最初の本『概論』には、不愉快なほど叙情性が目立つが、私はこれにとことん反逆した。だから私が『マルドロールの歌』が好きになれず、読めなかったのは、健全な本能のしからしめることなのだ。

サドの作品に私がほとんど親しむことがなかったのも、たぶん同じ理由からだ。それにつけ加えておくべきだろうが、私は、パリの物書きに好まれるようなものはどれも好きになれないのだ。

どんなに短期間にしろ、強制的に性欲を断たれる期間を経験したことがなければ、サドは理解できない。私は、〈肉の〉最悪の妄想に取り憑かれたときなど、侯爵が獄中で経験したに違いない苦悶のことを何度か考えたことがあった。

＊　アンドレ・ヴォルニックによるフランス語訳、『絶望のきわみで』（レルヌ、一九九〇年）、前出『作品集』に収録。

冒瀆、これによってしか西洋はもう興味をそそらない。

ロシアの無神論とインドの無神論――両者には宗教の色合いがある。これに反し、フランス人には、こういうものは微塵もない。フランス人は無残なほど世俗的だ。

一晩中、私たちは、桁はずれの、圧倒的な夢をいくつも見るが、いったん目が覚めてしまうと、識別することができない。こういう夢は、推理小説に、つまり鵜呑みにはできない様式《ジャンル》に属するからだ。私たちの脳髄を無益に消耗させ、私たちを就寝するときよりずっとへとへとにさせて目覚めさせることになる、こういうもつれ、こんがらかった悲惨事――この夜の途方もないお祭りを消滅させる手段を見つけなければなるまい。

クィンティリアヌスにとって、形容詞の多い文章は、一人ひとりの兵士に下僕がお供しているような軍隊みたいなものである。

ものを書くときは、読者と翻訳者の苦痛のことを考えるべきだ。特に翻訳者のことを考えて、物書きたる者は、どんな犠牲を払ってでも正確を期し、分かりやすさを旨とすべきだろう。

本を書くのだと思ってはならない。そうではなく、死に臨んでも恥じることのない何か本質的なことを語るのだと思うべきだ。

自分の考えを際限もなく説明する者、これが哲学者という手合いだ。幸いなことに、芸術家にはこんな悪趣味はもてない。自分の考えを説明する悪趣味のもてない者、これが私のいう非‐哲学者だ。

霧に包まれたリュクサンブール公園に横たわる。こうして私は、あるデンマークの公園を想像する。

キリスト教の〈慣用語法〉にいいかげんうんざりしている私には、神がひっきりなしに出てくる〈霊的な〉テキスト一冊を読むにも、神を「道《タオ》」に置き換えねばならぬほどだ――これが申し分なくうまくゆくこともあるが、しかし両者がいつも対応するとは限らない。キリスト教の語法はどれもひどく私的で、世俗的な〈愛〉に近すぎる。これもしかし、人と人との対話、話し合い、関係がすべてであるような宗教の場合、致し方ないのかも知れない。キリスト教の間違いは、そのもととなった神そのものの性質にある。というのも、キリスト教の神は、たんにうわっつらだけ洗練されたヤハウェにほかならないから。

たとえキリスト教神秘主義者のだれかれに感心することはあっても、私はこの二千年を狂気じみたもの、有害なもの、道を踏みはずしたものと思わざるをえない。私たちが古代人に救いを求めるや、とたんにキリスト教はまぎれもなく一種の常軌逸脱となる。私が「十字架」になんとか耐えられるのは、古代人を忘れたときだ。

キリスト教で私の気に入っているのは、病的側面だ。キリスト教は制度化された精神異常だ。

リオ・デ・ジャネイロの、六八年一一月二日付けの「商業新聞」に、コレイア・デ・サとかいう未知の人が、かつて私について書かれた論文のなかでももっとも良質の論文を書いた。論文が〈商業新聞〉に発表されたことも私の気に入っている。

一二月一日　ぶっとおしに六時間歩く。この日午前、セルメーズの北の森では、木々の葉が紙吹雪のように舞い落ちている。私は、優雅に、垂直にワルツを踊りながら散りしく木の葉のあとを追った――そして最後には、悲しい思いに耽らざるをえなかった。メランコリーは避けがたかった。ここには欠けているものは何ひとつなかった。ホメーロスのやっている人間と〈木の葉の形成〉との比較さえあった。

魂の水準

人はどうして神だの、天使だのを考え出したのか。話し相手にするためだ。(「今後、おまえはもう人間と語ってはならない。天使たちと語らいなさい」とイエス(?)は、聖女テレジアに告げている。）孤独が、あるいは強度がある一定の段階に達すると、話し合えるような人はますます少なくなり、ついにはもう自分には同胞はいないと認めることになる。こういう限界にゆき着くと、私たちは、私たちの同胞ではないもの、つまり神や天使たちへと向かう。だから私たちが、この世とは別のところに話し相手を探すのは、この世に話し相手（！）がいないからなのだ。信仰の深い意味は次の点にある。つまり、この世では、相手がだれであるにしろ話しかけることができない、しかもそれは遺棄の思いからそうなのであって、自分が高い魂の水準に生きているからではない……

それに引きかえ、聖者や神秘家の場合、問題は遺棄ではなく限界状態であり、自分の隣人とこれ以上話し合えないことからくる孤立なのだ。

もし極端な孤独にも人間が耐えられるならば、絶対など存在しないだろう。もう遺棄の孤独など問題にならない。それどころか、この限界に達すると、孤独には一種の充実があるかも知れないのだ。ところが、この充実そのものは耐えがたいものだ。なぜなら、一個の自我にとっては大きすぎるから。エクスタシーというものが、ほとんど自動的に神を作り出すのはそのためだ。もしそうでなかったら、自我などひとたまりもあるまい。それというのも、エクスタシーというものが、ひとりの人間にはまさに充実しすぎているもの、膨大すぎるものであるからだ。神にしろ「空」にしろ――至高の人格あるいは至高の非人格――大文字がなければならない。あらゆる大文字は、エクスタシーから生まれる。

一二月二日　夜、ルーマニア語の *nimicnicie* という言葉について考える。*nimic*、つまり無から派生し、虚しさ、失望、空虚な気持ちを意味する言葉。無能感。

XあるいはYとの間をとりなしてくれまいかとか、これこれこういうことに一肌脱いでくれまいかなどと頼まれる。

自分のためにできないことが他人のためにできるわけがない。というよりむしろこう言うべきか。他人のために自分の命を危険にさらすのも、いや犠牲にするのさえやぶさかではないが、しかし他人のために動きまわり、役所などに出向いたり、請願したり、待ったりするのは願い下げだ、と。

人間は、幻想を大盤振る舞いしてくれる人間にしか従わない。覚めた人間のまわりに人だかりができたことなど一度もない。

ポーラン論をいくつか読んだ。それによると、ポーランは捉えがたい人間ではない、人々がそう思っていたのは間違いだったというのだが、しかし実は、彼は極端に捉えがたい人間だった。それは生まれつきでもあれば、戦術によるものでもある。つまりそれは、自分の見解を表明できない無能ぶりを隠蔽する、彼一流のやり方であるとともに、将来、明らかになるかも知れないあらゆる矛盾に対する予防措置でもあったのだ。彼が表明したのは、曖昧な判断、託宣めいた言葉であり、だからこそ〈何とか切り抜ける〉ことができたのだ。彼は豹変の天才だった。一流のほら吹き、〈芸術家〉だった。


読書は思考の敵だ。

本を読むより退屈しているほうがましだ。なぜなら倦怠は、萌しつつある思考（あるいは悪習、あるいはその他なんでもいい）であるのに――他人の思想は、私たちには障害物、せいぜいのところ後悔にすぎないだろうから。


私たちはどんな人をも愛することができるが、ただし隣人だけは別だ。

この明白な事実を否定したからこそ、宗教は成功したのであり、隣人愛が実現不可能なものであったからこそ、宗教は一敗地にまみれずに済んだのである。そんなわけで、宗教のさまざまの掟は、つねに〈立派なもの〉、〈新しいもの〉であり、驚くべきもの、願わしいもの、そして正しいと認められたものだったのである。

楽園だったら、どんな宗教も廃止されるだろう。（この意味で、さまざまのユートピアが無神論的なのは当然だ。）

宗教の存在は、楽園喪失の何よりも明らかなしるしである。（たぶん、こう言わねばなるまい。地上は地獄ではなく、非－楽園にすぎないと。これはたんなる婉曲語法ではない。）


――天啓とは何ですか。

――言葉の根底を見ることです。

幻想とは言葉を信じること。言葉に騙されなくなることが覚醒であり、認識である。


フランス人にはいままで、いくつもの取柄があり、この取柄ゆえの欠点があった。いまや彼らには、この取柄の残りかすしかないのに、欠点のほうは不思議にそのままだ。


一九三四年から三五年にかけて。――ベルリンでの私の孤独は、並みの人間の想像を絶するものだ。どうして私は神経的にもちこたえることができたのか。これほど転落の、聖性の瀬戸際に立たされたことはなかった……

思えば私は、異例の、途方もない瞬間に見舞われては、聖者たちがよく到達する、あの限界すれすれのところまで行ったのだ。聖者たちがそこに到達したがために、積極果敢な怪物に、幸か不幸か模倣できない怪物になった、あの限界すれすれのところまで。


どのような問題に没頭しても、いささかなりとも遊び半分の気持ちを、どうしようもない不真面目な気持ちをまじえなければ、私には問題を扱うことができない。あらゆる確信というものへの嫌悪がそれほど根深いのだ。

好奇心（アダム）の、欲望（イヴ）の、嫉妬（カイン）の悲劇――こうして歴史は始まり、続き、終わるだろう。

嫉妬は、もっとも自然な、またもっとも一般的な感情である。聖者にしてもお互い妬み合っていたのだから。

同じ仕事をしている二人の人間は、事実上は敵である。物書きには闘牛士のことは心から感心できても、同業者となるとそうはいかない。

羨望は生理的なものだ。生きるということは胆汁を分泌することだ。

ニーチェとワーグナー。悲劇は、ニーチェの嫉妬が原因で起こったが、彼は嫉妬を隠すすべをよく知っていた。

ファルスにしかすぎないものを幻想と呼ぶのは、臆病からだ。

ものの本によると、五〇万年もすれば、イギリスは完全に水没してしまうということだ。もし私がイギリス人なら、この見通しだけでも、身動きできなくなってしまい、どんなことも手につかなくなってしまうだろう。

人にはそれぞれ時間の単位というものがある。ある者にとっては日であり、ある者にとっては週であり、月であり、あるいは年である。また別の者にとっては、一生であったり一世紀であったり、あるいは千年であったりする。こういう単位は、それでもまだ人間の背丈に合っており、したがって、どんな計画、どんな仕事とも完全に両立しうるものだ。

だが、時間そのものを単位とし、時間をしばしば超越してしまう者がいる。彼らからすれば、遂行するに値するどんな仕事、どんな計画があるというのか。はるか遠方を見、時間に関しては老眼の者は、もう身動きすることができない。あるいはもし仮に身動きするとすれば、それは確信によるのではなく、機械的行為によるのだ。

サドが妻と義母に宛てて書いた手紙を読む。一七七八年から一七八四年にかけて、ヴァンセンヌで書かれたものだ。――悲痛にして冗漫。

一二月六日（？）――クリシーからオデオンまでタクシーに乗る。なんと一時間かかる！　前へ進めないのだ。あの地獄の亡者どもがひしめき合っている。そもそもクルマは、より速く往けるように発明されたものだ。それがいまや都会では、身動きできぬ要因となってしまった。人間の発明にかかるすべてのもの、すべての機械は、遅かれ早かれ、そのそもそもの機能を否定するようになるだろう。この現象は物の裏切りと呼べるかも知れない。

ほんとうに人間はついていない。人間の発見するものはどんなものでも、人間の役に立つのはほんのいっときだけで、やがて人間を裏切る。この日の午後、パリを横切りながら私は考えたものだ。どんなに悲観的な予言者でも、私が目撃したような、しかもまったく日常的な光景以上にすさまじい光景は想像できまいと。私にしても、いくら未来を想像しようとしてもできない。それほどの精神の過酷さはもちあわせていないからだ。

あらゆる〈進歩〉には否定要因が含まれている。どうしようもないのだ。

夜、いつもの散歩をしているときのこと。あのポルトガルの偽聖女、聖母訪問会のマリアの話で芝居が書けるかも知れないな、彼女の数々のお手柄については、神秘主義のもたらす異常な肉体現象に関する本で読んで知っていることだし……と思うと、その芝居のほんの些細な細部までがありありと目に浮かんだ。舞台に登場するのは彼女だけ、そして二時間にわたって独白がつづき、疑わしい、しかし悲痛な聖性のあらゆる側面が論じられる。もちろん、この芝居は、私の頭のなかで完璧に推敲されたあとは、そのまま私の頭のなかにしまわれておくことになるだろう。

極端に高い、そして極端に抽象的な水準にとどまることができるなら、私たちは神を信じることができる。だが、つまりは生というものである日常のさまざまの偶発事にかかわるようになると、とたんに神に、いや神のごときものにさえ通じるものは何ひとつ見出せなくなる。――信仰とは一種の想像力であり、それは具体的なものを拒否し、信仰を排斥するものなど歯牙にもかけない。想像力なくしては信仰は不可能だ。

フランスがドイツ軍の占領下にあったとき、ピッキー・ポゴヌーニュは任地のストックホルムでポリオに罹り、治療を受けるべくパリに来て、ありとあらゆる有名な医者、祈禱師に診てもらった。ある日、その彼が私にこんなことを言った。「こういう苦しみを我慢しているというのはバカげたことだね。でもどうしていいか分からない。私が詩人だったら、何かうるところがあるかも知れないけど、あいにく外交官ときている。」

どんな仕事をしているの、何を書いているの、とだれもが私に訊く。弟とて例外ではない。ところが私は書いていないし、仕事もしていない。そう言っても、だれもほんとうだとは思わない。もっとも、仕事をする気がなくなっただけの、〈創造したり〉、自分を〈顕示したり〉、〈ひけらかせたり〉するのははしたないことと思うだの、あらゆる表現は〈外的人間〉のすることで、自分は行為の王国とは無縁だなどということを、他人に説明するのはきわめて困難だ。

ここでも問題は同じだ。つまり魂《スピリチュエル》の水準の問題である。もし魂の水準が同じでないなら、私たちはお互いを理解することができない。そして魂の水準は、世界からの離脱の度合いによって測られる。この度合いをどうすれば客観的に証明することができるのか。だれかと話しているとき、私は相手に対してどの程度の話にとどめておくべきか知っているし、どこまで話をすすめられるか知っているが、しかし相手はそれを知らない。彼は私の言うことが分かると思っている。たぶん、彼は彼なりに分かっているのだろう。なぜなら、ある一定の分野では、彼は私などよりはるかに先を行っていたとも限らないからである。だが、魂の経験となると、これを経験できるのは、現実のことなどだんだんどうでもよくなり、自分の関心の範囲が歳とともに狭くなってゆく、そういう者だけだ。

大切なのは知ることではなく存在することだ。ところで存在するとは、もっとも困難な偉業だ。なぜなら、魂の次元で存在するとは、世界の次元では何ものでもないということだから。

一二月一三日　まんじりともしない夜。

夜中、どれほど自殺がまったくもって正常なものに見えるか信じられないくらいだ。

真理は反抗にも革命にもない。それは、社会と社会を攻撃する連中とを検討の対象にすることにある。

まんじりともしない夜を過ごした翌日は、ほとんどつねに何か予言したい欲求にかられる。

自由にしてもそうだが、健康には積極的な内容はない。健康であるとき、私たちはそれを意識的に享受してはいないからだ。だから健康は、私たちに何ももたらさないし、私たちはだれも、健康だからといって豊かな気持ちになれるわけではない。そんなわけで、だれそれは健康だったから、ああいう発見をしたのだとか、ああいう考えを抱いたのだとか言うのはバカげている。私たちが新事実を発見するのは、健康ではないときだ。健康ははっきり記憶されないから、一種の不在の状態だから。本来なら、おれは健康なんだと、いついかなる瞬間にも考え、そこから意識的な、実際の満足感を引き出すべきだろうが、しかしこの種の意識化は、健康と矛盾するだろうし、ただ健康が損なわれたということ、あるいはいままさに損なわれようとしていることの証明にしかならないだろう。意識された健康は、いずれも例外なく脅かされた健康だ。なるほど健康は財産だが、しかし健康である者には、自分の幸せを経験する幸運は与えられなかった。だから大袈裟でなく、健康な者の当然の報いと言えるのだ。
一九六八年一二月一三日――無限の時間のなかでは、今日のこの日と同じ別の一二月一三日は決して存在しないとは。「永劫回帰」など児戯に類することだ。すべては永遠に唯一無二にして失われたままだ。

普通だったら、私は書くことを、自分をさらすことをやめるはずだ。そう、別の時代に生きていれば。ところが、この私たちの時代では、くたばりたくないなら最低限のことはしなければならない。浮浪者になる精神力が私にはないのだ。だから時々、私は制作しなければならない（あるいは、自分をさらさなければ）ならないのである。

部屋に閉じこもって五日になる。外界は、もう私にははるかに遠いもの、不可解なものに見える。外に出ても印象は変わるまい。もちろん強烈さ、不思議さは割り引いてのことだが。

一二月一四日　「時間」とつら突き合わせ、時間の流れ去る音を聞き、一瞬一瞬の消滅に、あの尽きることのない断末魔に立ち会う。

「時間」の生における瞬間とは何か。

これらの瞬間の総体を、つまり、世界が世界となってから流れ去った瞬間を、もし想像してみようとしたら！　どんな脳髄も、こんな操作には耐えられないだろう。私の言う意味は、こういう操作を考えつくという事実からして、精神は危険にさらされるということだ。

さまざまの宗教に私が関心をそそられるのは、私が別の世界を希求しているからではない。この世界にうんざりしているからだ。

気分がすぐれぬときは、私はベッドにもぐり込み、カーテンを閉め、そして待つ。実をいえば、何を待っているのでもない。頭をからっぽにして、人間であれ事物であれ、私を苦しめるものはすべて忘れようとし、自分さえ忘れようとし、まるで宇宙の底の柩のなかにでもいるように横になっているのである。これこそ空《くう》の治療法というものだ。つまり、あらゆるものを忘却し、この忘却の最深部に沈み、精神を傷つけ悩ます、あの汚れのすべてをはらい清めること。せめて一五分、あるいは一分でもいい、自分から自由になり、自分を克服し、絶対的な意識、言い換えれば、内容というものを一切もたぬ意識を抱いてじっと身を潜め、精神のありとあらゆる遺産を精算すること。

二種類の真理。すなわち、推論によって発見される真理と苦悩によって発見される真理。

私には二番目の種類の真理しか感じ取れない。これが私の大きな制限になっている。

夜、ミルチア・ヴルカネスク*が、あるパリの教会で講演を行う夢を見る。で、私はイヨネスコといっしょに、その教会に出掛けてゆく。教会は人で一杯だが、パリのどの教会にも似ていない。ほとんど一時間近く待っても、講演者はあらわれない。私たちは外に出る。イヨネスコは帰ってしまう。私が教会に戻ると、ヴルカネスクがお供を連れて到着する。お供のひとりにジャンヌ・エルシュがいる（夢の論理では、J・Hがヴルカネスクの上の娘の親友だからだ）。講演はすばらしく、内容のあるものだが、しかし講演がすすむにつれて、講演者の顔が変わってゆき、もう私には友人だとは分からない。

（どうでもいいことだが、一点つけ加えておく。講演の冒頭、M・Vは、ヴェルサイユで引き止められて遅れたことを聴衆に詫びる……ところで、彼がノイカ**、ヴェンディ、それに私に、無限に向かって開かれた窓をもつ世界としての公園というその考えを披瀝したのは、一九三八年、ヴェルサイユでのことだ……）

* 前記、五五一ページ、注参照。
** 前記、七五ページ、注参照。

一〇世紀の〈まじない〉の本を読む。病人、あるいは悪魔に取り憑かれた者から悪魔を外に〈誘い〉出すのだが、人間の身体のあらゆる部分、ほんのささいな部分までもが列挙されている。まるで途方もない解剖学概論のようなものだ。こういう悪魔祓いの美しさは、こうした細部過剰に、過度の厳密さにあり、予期せざるものにある。悪魔に向かって、爪から出よ！ と言うのだから。これはバカげていて、しかも美しい。

無知は完璧な状態だ。無知を享受している者が無知から出たがらないのが分かるというものだ。

いましがた、ラジオで、どこのどなたか知らないが、クノーの『聖グラングラン祭』（？）が現代の傑作であるとのたまわっていた……

文学における恣意性、これはまさに極端にすぎる。そう合点していらいらが高じると、幾何学に専念する楽しみというものが分かる。

自分の気質ですべてに尾鰭をつけ、自分の身に起こるすべてのことを不当に重要視し、本能で自分の気持ちを募らせる者、こういう者でないとしたら、そもそも作家とは何か。もし彼が事物をありのままに感じ、事物に対して、その……〈客観的な〉価値に応じてのみ反応していたら、彼は何ひとつ選び取ることができず、したがって何ひとつ深めることもできまい。

彼が真実に達するのは、すべてを歪曲することによってだ。

ペテン師に生まれついているのでなければ、ペテン師になるのはきわめてむつかしい。ペテン師は懐疑家であり、道義心に苦しむようなことはない。

私があたふたと今も駆けずりまわらざるをえないのは、落伍者だと意識すると落伍者にはなれないと内心ひそかに確信しているからだ。

自分を落伍者だと思っている落伍者は、落伍者ではなくなる。自分の状態についての私たちの意識は、かくまで私たちを支配しているのだ。

ギリシア人には歴史の感覚はなかったと、だれもが飽きもせず繰り返しているが、当たっているのは一部分だけだ。歴史的生成、世代の継続等々を理解するあらゆる手掛かりを退けるならば、独自な歴史的考えである、ヘシオドスにおける時代の考えをどう説明すればいいのか。

ギリシアの黎明期、ホメーロス以後の世界の最盛期に、ヘシオドスが、人類は鉄の時代に、ほとんど歴史の終焉に到達したと信じていたとは！　数百年後には、今日なら、いったい彼は何と言うだろうか。

進歩の思想によって痴呆と化した世紀を除けば、人間は最悪事の限界に達したものとつねに信じていた。これは、人間の生成なるものについて如実に物語っている。

歴史をその総体として眺めるなら、私たちは、人間が、それがどういうことか知りながら、その幻想を絶えず更新することができたのはいったいどんな奇跡によるのかいぶかしく思う。

私たちが経験と呼ぶものは、一定期間、私たちが熱中していた主義主張の挫折の結果として生まれる幻滅にほかならない。熱狂が激しいものだったら、それだけ幻滅も大きいだろう。経験するとは、自分の熱狂の報いを受けるということだ。

いまにして思えば赤面せざるをえないような主義主張、もしそういう主義主張を、愚かにも熱に浮かされたように奉じたことがなかったら、たぶん私には生というものが何ひとつ分からなかっただろう。私が獲得したいささかの知恵、それはこの恥辱の、この〈悔恨〉の賜だ。

たった今、K・Lに宛てて〈激烈な〉手紙を書き始めたところだ。K・Lは〈私の〉ドイツの翻訳者だが、私の手紙に返事をくれない。だが書き始めたものの、私が書いたのは最初の文章だけ。というのも、まことにタイミングよく、かつて私が、私のほんとうの友人だの、友人と称している連中だのに送った最後通牒としての手紙がいつも原因となった破局的な結果のことを思い出したからだ。これらの手紙によって事態は〈はっきりする〉どころか、いつまでも混乱するばかりだった。で、頭を冷やして、後日あらためて書くことにしようと思って、私は書くのをやめたが、それでもその行為は、私には許しがたい臆病と思われてならなかった。屈辱を次々に飲み込むよりは、人間とのつきあいなどすべて断ったほうがましだ。

才気と才能とを混同しないこと。才気は偽の天才の特性と相場が決まっている。

もっとも一方では、才気がなければ退屈だ。さまざまの真実に、そしてもちろん謬見に妙味をそえるのは才気だから。

一二月一八日　敗者たるすべを心得ること、ここに知恵のすべてがある。

豊かさは腐敗を生む。

余暇こそ最悪事だ。人間はこれに逆らえない。

オートメーション化が達成されたら、いまだかつて経験したことのない大混乱と災厄が起こるものと思わなければなるまい。労働は必要不可欠な呪いであり、これに慣れてしまった人間は、これなしには済まされない。これはまぎれもない事実であって、人間にとって絶対的な隷属状態と絶対的な自由のどちらが耐えやすいかといえば、前者のほうがはるかに耐えやすいほどだ。鎖に繋がれていれば安全であり、その安全は、眩暈の別名である自由のどこを探しても見当たらないだろう。

革命を引き起こすのは、貧乏人（貧民）と暇人だ。前者は必要に、絶望にかられて、後者は倦怠に、自己嫌悪にかられて。暇人は大混乱を待ち焦がれている。動機は正反対ながら、社会階級の両端の意見が一致する。こうしてフランス大革命および一九世紀ロシアにおける政治上の騒乱で貴族階級の果たした役割に説明がつく。現代のさまざまの革命運動におけるブルジョワ出身のインテリゲンチアの役割にしても、同じように説明がつく。実は、金持ち連中はみなひそかに憎み合っており、なんらかのかたちで自分たちが一掃されるのを願っている。いずれにしろ、むしろそれが彼ら自身の協力でなされることを願っている。たぶんこの点が、あらゆる革命のもっとも面白い、もっとも特徴的なところだ。

生きたところで、それに死んだところで得るものは何もないという考えに慣れなければなるまい。この確信から出発してはじめて、私たちは自分の生活を適切に組織することができるだろう。

人間にとってもっとも悪い、もっとも危険な状態は悲しみだ。死すべき者としての条件を人間が完全に実現するのは、悲しみのなかにおいてであり、悲しみのなかにおいてこそ、人間は絶対的に死すべき者である。
長いあいだ、私は悲しみを愛していた。つまり、罪を犯していたのだ。というのも、悲しみとは希望に反する罪だから。神学の言う通りだ！　私たちを害するものなど渇望してはならない。ところが、悲しみとはまさにそのようなものだ。つまり、私たちが愛し、はぐくみ、味わう悲しみ。
悲しみとは極端な不幸ではない、つねに変わらぬ不幸だ。

人間を侮辱しなければならない。その結果もたらされる危険は、人間の不遜のもたらす危険よりずっと小さい。
生まれつき不遜な動物——その動物に分別をもたせる唯一の方法は、それがどんな泥でできているか見せてやることだ。
だが、侮辱の危険を過小に評価してはならない。
私がもっとも苦しまなければならなかった者、それは侮辱された連中だった。私は、苦しんだことのある連中はだれでも恐れる。無実の犠牲者を前にすると震えが走る。

一二月二〇日　昨夜、シモーヌ・ヴェーユの父親が癩病患者だったことを知る。多くのことがこれで説明がつく。もちろん、本質的なことはその限りではない。

昨夜、M＝M・ダヴィが私に言う。原罪を強調するのは間違っている、イエスは人間を救うためにこの世にやって来たのではない、等々と。彼女によれば、イエスは、人間が神となるためにやって来たのだそうだ。食事のさなか、私にはなんとバカげたことに思われたことか！

聖パウロに関する本にざっと目を通す。この不気味な、恐ろしい人物——私には手にとるように分かる人物に対する反感は相変わらずだ。

昨夜、死後の生が話題になる。みんな死後の生を信じているようだが、しかし本来ありそうにもないことを信じるなら、どうしてどんなことでも信じないのか。どうして疑念を口にしたり、人を疑ったりするのか。筋を通すべきだし、すべてに同意すべきだろう。

作家が得意の様式を発見すると、そのとたんもう万事休すだ。

ある若い批評家が、ミショーの初期作品のひとつ『エクアドル』に触れて、これは逸話的な存在論（！）だと言っている。
もちろん、なんだって言えないことはないのだ。

狂人としての狂人などなんでもない。狂人が興味をそそるのは、彼が自分を狂っているとわきまえている、わずかその間《ま》のことにすぎない。実をいえば、問題は快適な瞬間であるかも知れぬ正気の間ではなく、まったく意識は正常でありながらも、自分は狂っていると感じている、あの不安である。奇妙なことに、〈正気の間〉は、狂気の忘却と同時に起こる。正気の間などどうでもいいのはこのためである。

自分が攻撃したどんな作家にも、最後には多少なりと連帯感を覚えたものだ。

私たちの生涯に痕跡をとどめるのは、友人ではなく敵だ。

一二月二四日　お世辞を言うのが生まれつきだからお世辞を言う私心のないおべっか使いには、どう振る舞えばいいのか。お世辞などやめてくれと言っては、彼を侮辱することになる。これではまるで、彼に別の人間になれと言うようなものだ。一番いいのは、そのお世辞にじっと耐えることだ。そうすれば、彼はご満悦だろうし、私たちのほうはなげやりの気持から、彼に調子を合わせることになろう。

もちろん、腹黒いやつ、打算的なやつは問題外。いや、私たちのことをあまりに情けない人間と思い、そういう私たちを幸せな気分にしてやりたいとの気持ちから、同情にかられ、雅量を発揮しておべっかを使う者さえ問題外だ。そうではなく、気質としての、生まれながらのおべっか使い――要するに、ひとりの病者がもっぱら問題なのだ。

何より辛いのは、ほかの人がいる前でお世辞を言われることだ――そうなると、私たちがお世辞を真に受けて有頂天になっていると思われてしまう。こういう場合、一番いいのは、お世辞を試練と考え、諦めてそれに耐えることだ。ゴマンとある、多少とも日常的な不都合なことに耐えるように。

一二月二四日　ヘンデルの『メサイア』。

ラジオの解説者が厚かましくもこんなことを言う。ヘンデルは宗教には関心がなかった、いや同時代者の証言によれば、宗教を軽蔑さえしていたと。だが、ヘンデル自身の告白によれば、『メサイア』を書いていたとき、彼は天上に生きている気持ちだった……

持続する崇高なもの……

一二月二五日　私が音楽の小品を愛し、それが私のもっとも秘められたものに訴えかけている証拠は、私が音楽を聴いているとき、夜だったら、明かりを消したいと思い、昼間だったら、ブラインドを閉めたいと思うことだ。まるで墓のなかで音楽を聴いているかのようだ。私はバッハをいつもこうして聴く――バッハ、幾多の歳月を通して変わらぬ、私のもっとも忠実な伴侶。

田舎のビストロで、アメリカの三人の宇宙飛行士による月飛行に関する「フランス－ソワール」紙のルポルタージュを読む。記者は、ボーマン飛行士がクリスマスの日に作り、ナサの仲間たちに伝えてきた祈りの文句について触れ、「それは不安の数分間だった」とつけ加えている。文脈から判断すると、記者の言いたかったのは、「感動の数分間」というものだった。不安は、たぶん記者が感じていたもので、どう考えても宇宙飛行士の仲間が感じていたものではなかった。

一二月二六日　ドイツの若い女流歌手が、私がバッハを熱愛するほんとうの意味は何かと訊く。バッハは私には反－懐疑だと答える。

（これはほとんど言葉遊び。私は言葉遊びは大嫌いだ。）

自己憐憫には秘められた旋律がある。だからこそ、自己憐憫は耐えられるのであり、心地よいものでさえあるのだ。

部屋のなかをひっきりなしに動きまわる一匹のハエ――真冬にしては異様な光景だが――が、一日中、気になってしかたがない。夜になると、今度は私のテーブルの上に止まり、私に気を配るでもなく、私を恐れるでもなく、もともとひょいひょい跳びはねるくせに、しばらくじっと動かずにいる。と思うと、今度はこの白い封筒の上に止まり、精も根も尽き果てたかのようにがっくりしている。ハエが可哀想になり、ハエのことを考えるが、どう助けたものやら分からない。と突然、ハエは飛び上がり、部屋を一周した。私はほっとし、ほとんど嬉しくなった。

バートランド・ラッセルに関する本に、次のような正しい指摘がある。「人々が読んだことはないのに知っていると思っている本、古典はかく定義できる。」

一二月二七日　今朝、目を覚ますなり第一に考えたこと。すなわち、人間がかつて得たもっとも深い直観は、すべては気晴らしという直観であるということ。

苦しみが消えうせ、そして私たちが、あの常に変わることのなかったあらゆる苦しみを、その信じられないほどの無益さを考え、苦しみが、それに耐えた人々にも劣らず根底的に消えうせてしまったことを考えると、こういう苦しみは何もかも、だれの楽しみにも、神の楽しみにさえもならぬ見世物だったと思わざるをえない。あらゆる約束、あらゆる幻想にまさるもの、それは結局のところ、それが何になる？という平凡な、それでいて恐ろしいリフレインだ。この、それが何になる？は、この世の真理であり、端的に真理そのものだ。私は五七年生きてきたが、白状すれば、これにまさる哲学の啓示にあずかったことはない。

音楽と数学、これはいい——言葉、これは駄目だ。言葉の外に跳躍すること！

シモーヌ・ヴェーユのことをよく知っていて、ヴェーユについてちょっとした本を書いているマリ＝マドレーヌ・ダヴィが、先日、私に、S・Wの不幸好みは好きではなかったと言う。——これこそまさに、私がヴェーユで好きなものだ。そもそも私は、こういう好みのある人間にしか、不幸が現実として、また問題としてその関心を占め、不幸がその考察の実質となっているような人間にしか興味がもてない。だが、不幸についてこれほど考えることができるには、信仰のない者が信者と同じようにあずかることのできる、恩寵ならぬ一種の恩寵が必要である。この点は認めなければならない。

未知の女性からの手紙にはどれもこれも当惑する。女性は単刀直入、独特の口調があるが、男がこれを真似ようとすると、どうしても気障になる。

作品は、強盗の動作がそうであるように、暗闇のなかで細心綿密に準備されてはじめて、意味があり、存在する。

いずれの場合も、重要なのは注意力の量だ。

一二月二八日　雪——つまり私の幼年時代、つまり幸福。

一二月二九日　雪が降る——そして私は『イエス、わが喜び』を聴いている。

これ以上の何を望みえようか。

（放送担当の女性は、〈Freude〉の言葉の意味を知らないらしく、モテトが終わると、「さあそれでは、もっと悲しくないバッハの何かを聴きましょう！」と言う。）

ユダヤ人、そしてユダヤ的なものすべてに対する私の深い関心。あらゆる者が症例。シモーヌ・ヴェーユ、カフカ。別の世界の人物。彼らだけに神秘がある。ユダヤ人でない者は明白すぎる。

新年を祝って何か優しいことを人々に書き送ろうとするが、書けない。手紙を出したい、あるいは出さなくはいけないと思っている人の存在が感じられないのだ。必要な言葉をすぐに見つけ出すのは、ほとんど情熱か関心だけだ。生憎なことに、無関心は言葉に対する勝利だ。無関心は示唆しない。つまり、言葉への道を遮断する。

言葉が嫌いになると、とたんに私たちはこの世の者ではなくなる。私たちと生者とを結ぶのは、言葉への愛だ。

この意味においてのみ、言葉は聖なるもの（おお、ヴァレリー！）と認めることができる。

このカイエにしがみついていよう。これが〈書くこと〉と私の唯一の接点なのだから。もうなんか月も、私は何も書いていない。だが、こうして毎日、書く練習をするのは悪いことではない。言葉に近づくことができるし、さまざまの妄想ともども気まぐれをぶちまけることができる。つまり、本質的なこともそうでないことも同じように、ここには書きとめられることになろう。これにこしたことはない。なぜなら、〈思想〉の一途な追求ほど無味乾燥で無益なものはないのだから。取るに足りぬ無意味なもの、こういうものにも市民権はあるはずだ。私たちが本質的なものにゆき着くのは、こういうものを介してであってみればなおさらだ。あらゆる重大な経験の原因をなすのは瑣事だ。だからこそ瑣事は、どんな思想よりも人の心を捉えるのである。

　自由な精神に出会うのはきわめて稀だ。そして自由な精神が存在するとすれば、それは本のなかではない。書いているとき、私たちは不思議なことにさまざまの束縛をかかえている。だが、打ち解けた話をしているときは、人は束縛から自由になり、その人となりを明らかにすることがある。そういうとき、人はいつもの信条から必ず逸脱するものだし、信条の欠陥を好んで見せたりさえもする。私たちが自由なのは、自分の疑念と弱点をさらすとき――自分との関係で異端であるとき、こういうときに限られる。

　ついいましがた、あるドイツ人にこんなことを言う。実存主義的哲学者などと言って、彼らを十把ひとからげにするのはバカげている。パスカルとハイデガーの相違は、*Schicksal* と *Beruf* *の相違だと。

　＊　宿命と職業。

　ほとんど中断なしに二時間半しゃべる。そのあげく、どこに書く気力を、なかんずく一途さを見つけ出せばいいのか。というのもおしゃべりには、あらゆる創造にとってきわめて有害な一種の懐疑論があるから。

　〈民主主義〉は一種の老化現象、まあ言ってみれば、成熟現象、本能的な……無関心現象、磨耗現象だ。フランスは、ナポレオン以後、議会制度にもってこいの時期を迎えた。民主主義が可能なのは、民族が冒険にうんざりし、挑発と征服の好みを失ったときに限られる。これは多くの国に当てはまることだが、ただしイギリスは例外。この制限は重要だ。なぜなら、イギリスは征服し、かつ議論するという贅沢ができる唯一の国だから。（それとローマの元老院？）

　ドイツ人に捕らえられ、中尉が死刑の執行を命じようとした瞬間、その中尉に向かって「肺病やみを銃殺させて恥ずかしくないのかね」と言った、あの対独レジスタンス運動員のことが突然、思い浮かぶ。
この咄嗟のひらめきで、彼は死を免れた。

すべては世代の問題ですよ。もしあなたの後の世代が、あなたの著作に関心をもたないなら、あなたはまるで生きてはいなかったようなもんですからね。私はジンメルについて、あるドイツの社会学者（三〇がらみの）にこう言った。この社会学者、かろうじてジンメルの名前を知るだけだった！

「進歩」とは、台頭するそれぞれの世代が先行の世代に対して犯す不正である。

シモーヌ・ヴェーユの〈詩〉が本になった。とんでもない間違いだ！　彼女には詩人の資質は微塵もなかった。ヴァレリーの模倣者。詩でないもの。彼女の散文には、叙情性などひとかけらもない。反対にあるのは緊密さ、この上ない厳密さだ。

ヴァレリーのように、夜が明けるとすぐ〈考え〉を書きとめるのではなく、日が暮れるのを待つべきだろう。多少とも日々のちょっとした総決算ともいうべきアフォリズムには、これはまたとない刻限だ。

信仰がないというのは欠陥なのか、それとも不正なのか。そのどちらでもない。

## 訳注

（1）ラテン語で「生の倦怠」ほどの意。
（2）のちにシオランは、同じ「扼殺された思考」の題で一連の断章を『造物主』に発表する。
（3）エリアーデ、イヨネスコなどとも親交があった、フランス駐在ルーマニア大使アレクサーンドル・パレオローグのことと思われる。生没年、未詳。
（4）points métaphysiques。論文「実体の本性と交通、ならびに精神物体間の結合に関する新説」（一六九五年）に見られる言葉。ライプニッツはこれを「形相ないし精神によって構成された実体の点」とも言い換えているが、『形而上学叙説』（八六年）の「個体的実体」、あるいは「実体形相」、さらには九六年ころから用いられることになる「モナド」などと同じ意味内容の語。
（5）次に見られる「蛮族の大侵入」、さらには六三九ページの「歴史以後」などの言葉からして、このエッセーの構想は、やがて『四つ裂きの刑』の「二つの真理」および「歴史以後」に結実するものと思われる。
（6）七三、六七四、九七八ページ参照。
（7）テキストには Histoire de la Conversation、とあるが、Conversation は Conversion の誤植とみて訂正した。
（8）メーラー（Möller）とあるが、これはデンマークの詩人、哲学者で、パロディストとしても有名だった Paul Martin Møller（一七九四―一八三八）のことと思われる。
（9）ルーマニア語による第二作『欺瞞の書』（一九三六年）に収録されている。

(10) Prajapati. インド古代のブラーフマナ文献に登場する最高の根本神格。語義上「子孫の主、生類の主」を意味し、世界の創造主であるとともに支配者でもある。

(11) *Tempérament de nuit*。ミショーにこういう作品があるかどうか未詳。

## 【一九六九年】

一九六九年一月一日

エトレシーからラ・フェルテ＝アレにかけて歩く。雪そして霧。霧はとてもしっとりとしていて、そのため木々が動かなくなった煙のように見える。これほど詩的な景色はめったに見たことがない。すべては夢のように現実感がなく、それに雨氷のため、道路にはまるで人の気配がない。

ヴィルヌーヴ＝シュル＝オーヴェールのビストロに入り、アメリカ（イギリス？）の流行歌〈Those were the days〉を聴く。その悲しげな調べに、いたく感動する。

昨夜、コルバンの家で、ラフマニノフのピアノとオーケストラのための協奏曲第三番を聴く。とても美しい瞬間はあるものの、それを除けば、多くのものが詰め込まれすぎていて、作品を台無しにしている。音楽に、そしてもちろん文学にみられる冗漫、このところ私は、こういう冗漫にますます耐えられなくなっている。とびっきりの大家を別にすると、だれもが文学作品あるいは音楽作品をふくらませることに余念がない。私はもう、強制されたものはいっさい認めない。ほとんどどこもかしこも、疑わしい、間違った価値観ばかりだ。この世は非本質的なものの天下だ。

私にはもうニーチェは読めないし興味ももてない。彼は極端に世間知らずだと思う。彼への賛嘆の念が消えてもうずいぶんになる。偶像ではなくなった。彼にしても、冗漫に、詰め込みに、壮大なくだくだしさにご満悦だった。

三年ほど前のことになるが、若い詩人のピエール・オスターが来て、ポーランの『全集』の第六巻に序文を書いてくれないかと言う。私は断った。で、そのとき私は、ポーランは私の敵になったと思い、以後彼には会わなかった。そしてだれかれとなしに、私たちは仲違いしてしまった、ポーランは恨みぶかいやつだと告げた。

ところが先日、ピエール・オスターに会い、この仲違いの責任は多少なりとも彼にあると思い、私は彼に、私の拒否をどう言ってポーランに伝えたのか訊いてみた。すると彼が答えるには、そのことはポーランにはひとことも言わなかった、もともと私は、ポーランが序文を書いてもらってもいいと思って名前を挙げたうちの一人であって、私が断ったことなどポーランは知らなかったと言う。

三年のあいだ、私はポーランの復讐という考えのもとに生きてきた。ところがこの復讐は、まさに私の頭のなかで捏造された考えにすぎなかったのだ。

一九六九年一月二日

「私の生は、生まれる前のためらいだ。」（カフカ）

……これはいつも私が感じていたことだ。

人間や場所についての私の記憶力ははなはだ弱い。どうすればこういうものを正確に記憶していられるのだろうか。正確な記憶には、すぐれた記憶力が前提になる。記憶力は、精神生活の条件にして土台である。

また記憶力は、恨みをはじめとする、あらゆる悪しき感情の土台であるともいえる。忘れる者、許す者とはだれか。記憶力が充分でないために、必ずしもすべての侮辱を覚えてはいない者のことだ。

正確な記憶とルサンティマンの土台は同じだ。一方をよくする者は、他方をもよくする。これに向いていないのは、とりとめない、うわっついた人間、屈託のない者（軽業師）だ。彼らはだれのためにも神経をすりへらすことはないが、まただれひとりうんざりさせることもない。

ルーマニア語で書いていたときは、ルーマニア語以外の言葉、たとえばドイツ語かフランス語で書くべきだと思っていた。私はフランス語を選んだ。そしてかなりの年月、フランス語を書いてきたのに、できればフランス語にはさっさと縁を切って、英語に乗り換えたいと思っている……

ついいましがた、ピオトル・ラヴィツ*に、「決まった給料を貰うようになると、とたんにもうフランス人さ」と言った。彼も、そして私も決まった給料は貰っていない――不幸なことに。

また自分の家をもつのは危険だ、とも彼に言う。まあそんなわけで、アパルトマンを手に入れてからというもの、私は書かなくなった。普通の生活をしていて、何かいいことをするには、すくなくとも気違いじみていなければならない。

不安は活力の同義語だ。

＊　前記、三四三ページ、注参照。

創設されたばかりの学部のひとつで講義をすればいいのにと言う人がいる。私としてもそうしたいのだが、さて、なんの講義をすればいいのか。神経衰弱の講義？　私に持ち出せる専門としては、これくらいしかない。これなら私にもいささかの信望がある。

一月四日

私は根っからの無信仰者であり、そして根っからの宗教的な人間である。つまり、私は確信のない人間だが、「他者」として、私の王国はこの世ではないと言うこともできるだろう。

知り合いのだれかれのことを考える。彼らは、どちらかといえば陽気、はつらつとしており、すくなくとも人づきあいのいい連中だ。ところが電話をかけて不意打ちをくらわすと、墓から響いてくるような陰気な声をたてる。まるで亡霊のしわがれ声のようだ。いったいどうなっているのか。どちらがほんとうの彼らなのか、人とつき合っているときか、それとも独りでいるときか。

私をもっとも苦しめた人間、それはヴァレリーだ。おめでたいことに、ヴァレリー同様、私は言葉がすべてだと思ったが、これはしかし、ひとつのフランス的迷信にすぎない。言葉はすべてではないし、ほとんど何ものでもない。ドストエフスキーあるいはトルストイのような人間は、言葉など歯牙にもかけなかった。何か言いたいことがあれば言うまでだ。美しく格調高い言い回しの追求、これは無益な企ての最たるものだ。サン＝シモンは言葉のことなど考えなかった。にもかかわらず——というより、むしろそれゆえに、おそらく彼は、もっとも力強いフランスの作家だ。〈書くこと〉について考えるのは去勢にひとしい。去勢された者の文学。言い回しの強迫観念は、男らしさを殺ぐ。

影響があまりに長期にわたると、どんな影響も不毛で有害なものであることが分かる。師に対する弟子の憎しみは、健康のしるしだ。私たちは影響を排除してはじめて自分自身になるが、ただし、もちろんそこには、この排除が、ある深い欲求、内的訴えの結果であって、疲労ないしは傲慢（文学あるいは哲学上の解放のほとんどすべてがこれだが）の結果ではないという条件がつく。

「師よ、あなたはあまりに多くのことを教えすぎた。私は生涯あなたを許さない」と弟子は、立ち去ってゆく師を見ながらつぶやく。影響を受けるということは、他者が私たちのために尽力していると認めることだ。

カフカ、ユダヤ人にして病める者。したがって、二重にユダヤ人であり、あるいは二重に病める者である。

もし私がフランス人だったら、書くことになどいっこうに頓着しなかっただろう。だが、おれは自分のものではない言葉を用いていると絶えず考える、これこそよそ者の悲劇である。それに、表現方法が重要視されている国に生きていては、事態は解決しない。

〈文体〉、こんなものはうそっぱちだ。

あらゆる読者は、自分を寄食者と知らない寄食者だ。

だれにだって本は作れる（なんという言葉だ！）。そして事実、ほとんど猫も杓子も懸命になって本を書き、そして多かれ少なかれ、本を世に送り出すのに成功している。

だが本とは、問題を説明するものでも、あるいは解決するものでもないはずだ。本とは挑戦、最終警告であるべきであり、最後通牒であるべきだろう。だれに対する？　それは、作者が知っているなら、作者のみの知る秘密だ。ほとんど大部分の本が無益なのは、まさにこの秘密が大部分の本には欠けているからだ。

作品とは何か。それは、書き手それぞれの宇宙との取っ組み合いの仕方そのものだ。――だが、あいつはまるで取っ組み合いなどしたためしはない！――よかろう。それは作品ではなく、製品だ。製品ぐらいだれにだって作れる。

『悪しき造物主』の書評依頼状を書かねばならない。ところで、本の表題になっている第一章を――ざっと――読み返してみたところ、これは、まあ言ってみれば、聖パウロの書簡（！）と新聞記事とのあいのこのような、息せき切った一連の宣言のようなものである。大安売りの神学。それでもこれは、私の最深部に発したものだ。

ほんのちょっと侮辱され、ほんのすこし恥ずかしい思いをしただけで、こうしてたちまち頭に血がのぼる。復讐したいと思うときも同じ兆候。

墓地の前を通るとき、私は考える。ここは、野心も、失望も、断腸の悲しみも、ルサンティマンも……通用しない場所だと。いや、幸福も、喜びも……通用しないと、反論する人もいよう。だが、あらゆる不幸の、かくも明瞭で明白な、またかくも痛ましくもある痕跡に比べるなら、こういう楽園の名残などなんだというのか。

生きとし生けるすべてのものは野心的である。これこそ生けるものの不幸だ。私たちが屈辱を感じ、恥辱を感ずるのは、私たちが野心的であるからだ。私が幸せだと思うのは、私の野心が消えうせ、眠り込んだときに限られるが、野心が目覚めれば、たちまち不安がぶり返す。生と呼ばれているものは、野心の一状態だ。自己保存本能とても、最低の、もっとも普遍的な水準における野心だ。地下通路を掘るモグラ、こいつも野心をもっている。どこもかしこも野心だらけ、野心が見られないのは死体の顔の上だけだ。

私たちが事物の本質を究めれば、たちまちすべては飛び散る。そしてもう何も動かない。

一月七日
アンシエンヌ＝コメディ街で、葡萄酒のケースの荷下ろしが行われている。通りがかった浮浪者がケースをひとつ失敬するが、おまわりに捕まる。朝の九時だというのに、浮浪者はもうすっかり酔っぱらっている！　そこに居合わせた数人の目撃者の前で、おまわりが浮浪者を〈こいつ〉と呼ぶと、浮浪者はカッとなって、「こいつとはだれのことだ、おれのことか――いや、この方」とおまわりが話をつなぐ。
この飲んだくれときたら、いかにも落ちぶれ果てたといった有り様で、私は彼に同情の戦慄を禁じえなかった。
自分があまりに惨めに、あまりに情けなく感じられるときには、慰め代わりに、私は「元気を出すんだな、飲んだくれになっていたかも知れないんだぞ、いや、すんでのところでそうなるところだったんだぞ」と考える。

ある歴史家は、初期のキリスト教徒がユダヤ人と思われても別に憤慨しなかったのは、ヘブライ人の宗教がローマ帝国の法によって認可されていたからであると、いかにも正確な指摘をしている。だが同時に、この歴史家は、彼らは、あらゆるユダヤ的なものについてまわる途方もない不評の影響を被ったとも述べている。

眠れない。真夜中、苦しみを自分で招き寄せているのだと悟る。
キリスト教徒とユダヤ人との区別がきわめて明確になったのは、ネロの迫害が行われていたときだ。ネロはキリスト教徒のみを迫害した。

雨の音を聞くのは、それだけで足りる活動だ。どうしてほかのことを考えるのかわけが分からない。

ほとんどあらゆる経験は、完全な経験である。つまり、別の経験をしてみるどんな理由もないということだ。ただし、理屈の上でのことだが。

人はそれぞれ生涯に、途方もない（特権的な、あるいは有害な）経験をする。それが忘れられないために、その人の内的変身の大きな障害となるような経験を。

一月八日　ひどい翻訳で、アフマートワの詩を読む。翻訳のことなどどうでもいい。大切なのは、詩の息吹と力強さだ。特に私の念頭にあるのは、スターリン時代の、まったく絶望的な詩だ。これに比べれば、現代のフランスの詩の、あの形式の探究など、私から見れば笑止な、珍妙なものでさえある。

一月九日　ある若いルーマニアの技術者から、書留で年賀状が届く！　私にノーベル賞をもらって欲しいとある……概して私の国の連中はバカ者である。私の祖国についての、祖国には運命がないということについての私の最初の直観は、私にはますます正しいものに思われる。しかしそうはいっても、この間、彼らとのいくつかの好ましい接触によって、私はさまざまの幻想を抱いた。

民族もそうだが、個人は敗者であってはじめて価値がある（私はユダヤ人のことを考えている。）

だれかある人が成功すれば、とたんにその人はどんな興味もひかなくなる。最近の二つの大戦中、ドイツ人に人を惹きつける魅力があったのは、ドイツ人の破滅がほとんど確実だったからだ。

ここで問題にしているのは挫折そのものの魅力ではなく、挫折においてこそ、ひとりの人間の本質が、真実が明らかになるという、あの重大な事実である。ひとりの人間が真にその人自身になるのは、成功の幻想と思い上がりにおいてではない。挫折においてだ。だからこそ、英雄は失脚してはじめて英雄なのであり、失脚は栄誉ある懲罰なのだ。

ということは、真実は苦しみのなかにある、あるいはむしろ、苦しみは真実であるということになる。

ルソー、あるいはショーペンハウアーのような人間は、言行不一致を理由に、インドでは信頼されていないと、どこかで読んだことがある。その〈理想〉がその人間とはまるで逆だったのだから、ニーチェならなおさらのはずだ。実際、ニーチェはインドでは評判にならなかった。だが西洋では、彼の生と思想の乖離にこそ、まさに彼の勝利の原因がある。どうしてか。この乖離が、延々とつづく心理学的説明にうってつけのものであるからだ。これは、思想の伝記とも、瑣事への知的情熱とでも呼べるものだろう。

子孫を残さずに死ぬ幸せ。

ポルフュリオスの語っているところによると、プロティノスは、あるローマの元老院議員に友情を抱いていたが、この議員ときたら、奴隷には暇を出し、家も財産も処分してしまい、そのあげく無一文になって、友人たちの家で居候をしていたとのことである……彼は賢者だったのか、聖者だったのか。それともデカダンだったのか。ローマ帝国から見れば、彼はおそらくデカダンだったが、しかしプロティノスから見れば、間違いなくまったく別の者だった。そして私たちからすれば、重要なのはこの点だけだ。もしこの議員のような人間の見本がデカダンスによって生まれるはずなら、デカダンス万歳だ。

アントネスコ元帥は、たぶんバカ者だったが、それでも思慮分別と人間味のあるところを見せたことがある。つまり、すくなくとも六〇万人のルーマニアのユダヤ人の命を救ったのだ。なのに感謝の一言も、ひとつの記念建造物もないし、イスラエルには、彼の名前をしのぶ街路のひとつもない。*

＊　事実、アントネスコは、トランスドニエストル地方へのユダヤ人の大量強制収容を中止させたが、ただしそれは、大長老サフランの訴えを受けた若い国王ミハイと、母王妃との強力な働きかけがあったのちのことである。

ネリー・ザックスの衝撃的な詩〈Chor der Geretteten〉*を読む。

＊　「選ばれし者たちのコーラス」

G・Bからの手紙によると、弟は、私が発表した論文と本、それに私が外国に出るまでに私について書かれたものを洗いざらい彼に並べて見せて、それらを彼に託した（？）そうだ。自分が死後のもののような感じがする……

空《くう》は沈黙の形而上学的次元だ。

（あるいは、空は沈黙の極端なニュアンス）。

ハイデガーは「存在」と言う――すこし前まで、人々が神と言っていたのと同じように強調して。だが、ここ一世紀、本質的なことのために、神を置き換えているだけである。

あらゆる大文字は神の置き換えだ。

ペソーアのある手紙の翻訳で、訳者は〈心的危機〉という表現を用いているが――ここは〈精神の危機〉とすべきだろう。というのも、それは意気消沈といったようなものではなく、同胞への自分の態度の再検討なのだから。ペソーアの場合、それはほとんどトルストイの危機、したがって精神的な危機だ。

ブロッホの『書簡集』を読んでみようとするが、さっぱり面白くない。それに翻訳が悪い。訳者は、どんな言葉の置き換えの工夫もしていないし、対応する別の言葉を探そうともしない。これではフランス語になったドイツ語だ。

私は流行歌の人間、いささか俗っぽく、下品でさえあるメランコリーが好きだ。こういうメランコリーは神経に障り、私をひどく形而上学的な気分にさせる。

あらゆる形而上学的大問題は、ふさぎの虫でもって始まる。

自分の外に出て、もう二度と立ち止まらず、いまだかつて越えたことのない、あらゆる限界のかなたへ行き、脳髄の王国から脱出したいと思う、このやむにやまれぬ欲求。

不幸の意識も、どんな失墜感もない、〈理由〉のない絶望――純粋な絶望――と、またしても、自殺は唯一の解決策、唯一の慰め、門、大きな門であるとの――すこしも悲しくない――確信。死を迂回して向こう側へ移ること。

私は絶望で滅入ることはない。逆に高揚する。絶望は意気消沈とは別のもの、炎であり、血を貫く炎である。

かつて過ごした場所のことを考えると、見たくないとの気持ちがますます募る。できれば私は自分の過去から逃亡したいのだが、過去は私にからみついて離れず、私をうしろへ引っぱる。そして前へ逃げれば逃げるほど、私はますます自分の出身地に近づく。こうして、どんな生もその出発点に戻る――ここから離れるべきではなかったのだ。

一月一一日「マッチ」誌に、宇宙飛行士の撮った地球の写真が載っている。私たちがその上を駆けずりまわっている、この球、こいつを揺さぶり、引き裂こう！　このぶざまなさまはどうだ！　これが私たちの生き死にする場所だとは！　どんな煩わしさ、あるいはどんな悲しみのさなかにあろうと、これからのち私たちは、この球を、その無意味さを思いみなければなるまい。もっとも、これは多少なりとも私のいつもやってきたことだ。うまくいったとは言い切れないにしても。

『実存の誘惑』の書評をしているアメリカの批評家は、私のことを「思想のベドウィン族」と呼んでいる。

パスカルは前衛だったか。

私の見たところ、前衛を信じているのはバカも同然のやつ、前衛の話などをするのは抜け目のないやつと相場が決まっている。信頼のおける人間で、ほんの少しでも前衛などに注意をむけた者には、ただのひとりもお目にかかったことはない。

一月一一日　マークス夫人宅でジェルメーヌ・ブレが催したカクテルパーティで、マークス夫人と、現在、彼女の関心の的である「死」について話す。私が彼女に言いたかったのは、死ゆえに、私には確信をもっては何ひとつできなかったということだ。私はつねに周縁に生きてきたし、公言した考えのどれひとつをも完全に自分のものと思ったことは一度もない。死は間隔の巨大なダイナモだ。死ゆえに、私たちはつねに局外に置かれ、そしてどんなときにも、私たちは即興演説家のように、あるいは生き残りのように、初心者のように見える――死は私のすべてをふいにしたが、同時に私は死によってすべてに耐えた。死を考えるだけで、私たちは悲しみのあらゆる可能性に耐えられる。

話題は成功のことばかり。

過ぎてゆく一瞬一瞬は一種の挫折だ。私は時間の本質は挫折だと思っている。時間がかくも魅力的なのは、そしてまたかくも抗しがたいのはこのためだ。この挫折がどういう形をとるかは分からないし、その様相も分からない。この無知が生の〈魅力〉なのだ。

人の思想や信条に私は絶えて注意を払ったことがない。私に興味があったのは、人の生きざまだった。大切なのは、私たちが信じていることでも考えていることでもなく、私たちの生きざまだ。

カトリック教徒、プロテスタント、ユダヤ人――こんなことはどうでもいい、大切なのは、ひとりの人間の生きざまであり、その余のことは取るに足りない。だが残念ながら、人々が重視するのは、この、その余のことだけだ。

一月一二日――ランブイエの森を五時間あるく。黒ずんだ裸の木々は、夜になると、凍りついた祈りのようだった。

闇に閉ざされた森は、無言の哀願である。

一月一三日――『歴史とユートピア』のドイツ語訳の書評の抜粋がクレット社から送られてくる。

どうしようもない。これらのドイツの知識人は、どいつもこいつも「大学」の影響に染まっている。彼らの判断基準は教科書的で、彼らは骨の髄まで教師。啓蒙的な国民。彼らの〈愚かさ〉も、バカげた〈スノビズム〉にしてもそうだ。作品紹介のしおりで、出版社が私をニーチェに比較するというセンスのないところを見せたものだから、どの書評も、この比較を黙殺する代わりに、懸命になって覆そうとしている。のろまな、頭の鈍い連中がよく使う手だ。

それに、どうしてもレッテルを貼りたがる、あの癖。*Nihilismus, nihilismus*。どうせなら、フランス人のほうがいい。

二つの矛盾した主張が私の注意を引いた。つまりひとつは、私が現代のさきがけであるというもの、もうひとつは、私が一九世紀のエピゴーネンであるというもの。

私は何者か。屈辱の〈思想家〉。（何者かというよりはむしろ、何者たらんとしているのか、と言うべきかも知れない。でもたぶん私は、事実、何者かなのだ。）

私の本の書評には、私が自分に向けた辛辣な言葉が一般に使われている。他人が使った自分への皮肉を利用し、しかもそれを他人を粉砕するために有効に使うことほど不誠実で軽率なことはない。

一月一四日

〈Tod und Verklärung〉*

なるほど死には〈変容〉の側面があるが、しかし屈辱の側面のほうがずっと明瞭であり、ずっと頻繁に見られる。

死ぬこと、それは解放なのか、それとも屈辱なのか。

* 『死と変容』、リヒャルト・シュトラウスの交響詩の表題。

私はつねづねコクトーを軽蔑していたが、そのコクトーが、ある雑誌に発表された手紙で、こんなことを言っている。「栄光のことなど決して考えないようにしよう。そんなものはよくできた冗談。(花瓶のなかでの死を夢見ている花などありはしない……)」

アルマン・ロバン論を読む。それによると、彼は三〇の言葉を使っていたということである。ところで、彼はその会得した言葉を読むことはできたものの、ひとつとしてしゃべることはできなかった。あるとき、私に打ち明けたところによると、フランス語以外の国語では自分の考えを述べることはできないとのことだった。——実際、彼はこれらの言葉をすべて知っていたわけではない。これらの言葉を判読するすばらしい才能をもっていたのだ。

同時に〈すべてであってしかも無〉という表現、この表現が何かに当てはまるとすれば、それは性、すなわちオルガスムだ。

瑣事ながらきわめて重大なこと。ニューヨークの人だったチャーチルの母親は、インディアンの血を引いていた。

こと書くことに関しては(!)、私に成功と自負できるものは二つある。すなわち、哲学(ドイツの)的隠語を厄介払いしたことと、文学的気取り(ヴァレリーその他)を厄介払いしたこと……

私には宗教的求道の使命はない。ただこの世で苦しむためだけの人間だ。

歴史における二種類の反乱。すなわち、搾取された者たちの反乱と寄食者どもの反乱。両者を混同してはならない。

いつだったか、アルマン・ロバンにどうして荘子を翻訳しないのかと訊いたことがある。すると、たぶんいつか翻訳すると思う、なにしろ不世出の大詩人だと思うからと言い、さらに——荘子は何に比較できると思いますか——スコットランド北部の何もない裸の風景、世界でもっとも美しい風景になんですよ、と付け加えた。

その風景なら私も知っていると言うと、感動したようだった。

一月一六日

ユダヤ人の自尊心とドイツ人の自尊心を二つながらもっている！

（私がかくもドイツのユダヤ人に感嘆したのは、この異様な結びつきによる。）

先日、ほかでもないこのカイエで、ヘシオドスの〈歴史哲学〉を話題にしたことがある。そうだ、ヘシオドスの歴史哲学は、私にはヘーゲルのそれよりずっと〈正確で〉、ずっと〈現実的〉であるように思われるし、人類の進化に取り残されたものに関しては、ヘーゲルの図式などよりずっとその理解を容易にしてくれる。ヘーゲルの図式は、人間の発展という考えに立脚するもので、意図的に晦渋さを装っているが、信じられないくらい単純なものである。

途方もなく美しい、長い夢。いまだかつて見たこともないような山の風景、見惚れる眼下に広がる楽園――このすばらしい風景はどこから得られたのか。陰気な風景しか巣くっていない私の脳髄から、どうしてこういう風景があらわれたのか。

病気になるとどうして人は恨みがましくなるのか。病気が絶え間のない敗北だからだ。

私は思想家でも、行動人（！）でもないし、その他、人が思うような、どんな者でもない――私は世界終末の哀歌詩人。

私たちを衰弱させるものはどれも、ほとんど詩に近い。

祈るとか、涙を流すとかいった言葉は、私にとってはまだ意味がある。概念に関しては、私はいまだかつて市民として振る舞ったことがない。人間が〈越えてしまった〉段階、多くの点で私は、この段階の者だ。

アルメル・ゲルヌから、彼の手になるスティーヴンソンの短編小説集の翻訳が送られてくる。昨夜、真夜中ちかく、夜の散歩に出るために着替えをしていたとき、ふと自分が姿を変えて悪事をやりにでかけるジキル博士ではないかと思った……

こと Vergänglichkeit* に関しては、私には形而上学的な感覚どころか病的な感覚がある。文字どおり諸行無常を病んでおり、これなしでは済まされず、これに中毒している。すべてのものは絶対的に、それ自体として無常なものだ。私はこれを固く信じて疑わない。その結果ここから、ある途方もない慰めと、名状しがたい深い悲しみという相反する帰結を導き出しているほどだ。

＊　はかないもの、移ろいゆくもの。

いまモーツァルトの『レクイエム』を聴いたところだ（いったい何度目か）。そして感きわまったとき、こんなふうに考えた。たぶんモーツァルトは、もっとも完全な、もっとも軽薄な、もっとも深遠な人間であり、優雅さにおいても暗さにおいても他の追随を許さず、陽気さにおいても深い悲しみにあるときと同じように純粋さを失っていなかったのだと。

肖像は、そこにおかしな癖が書きとめられていてはじめて面白い。友人について、あるいは自分が尊敬している同時代の作家について肖像を書くのがむずかしいのはこのためだ。ひとりの人物が人間らしくなるのは、おかしな癖によってだ。

一月二〇日

その結末が惨憺たるものでしかありえない主義主張、私の熱狂はどれもこれもこういうものに〈向けられた〉。
私はもともと敗北した主義主張が好きなのだ。

『バラモンでの私の生活』という本で、女性の著者は、修行をつんだ、ある苦行者を訪ねたことを語っている。苦行者は、雨期のあいだは山岳地帯に行く習慣だったが、著者は導師に伴われて苦行者に会いにゆく。苦行者の住んでいるヴェランダで、三時間、彼らは一言も言葉を交わすことなく坐っている。そしてまた言葉を交わさずに別れる。
なんという教訓か！

この日午前、私は右の話を読んだ。私のデッチ上げではない。この話が頭から離れず、気になってしかたがないが、その理由は分かっている。つまり、私たちがしていること、そして私がしていることは、どれもみな右の話とはまさに正反対のことだからだ。私は沈黙の力というものを信じているし、自分がいくらかでも実在していると感じられるのは、沈黙しているときだけだ。それなのに私は、そして私たちはみなしゃべる。二人の人間の、また人間一般のほんとうの接触は、ただ沈黙の現存によってのみ、非-伝達と見えるものによってのみ生まれる。ちょうど、内的祈りに似ている無言の、神秘的交流によって、あらゆる真の霊的交感が生まれるように。

洞察力が昂じると人はちゃらんぽらんになる。

昨夜、九時から明け方の二時まで、友人、それもいたって感じのいい友人のところで、ぶっとおしにしゃべる。前の晩、あの物いわぬ苦行者の話に衝撃を受けていたのに！

一月二二日　どこかへ知恵を探しに行くことほどバカげたことはないように思われる。この屋根の下の小部屋に知恵がみつけられないなら、ヒマラヤの高地ではなおさらみつけられないだろう。

私はマージナルな生活を送っているだけではない。人間として私はマージナルなのだ。私は人類の周縁に生きており、だれと、また何と提携していいのか分からない。

「認識は苦行にまさり、瞑想は認識に、行為の成果の放棄は瞑想にまさる。放棄はただちに救いの安らぎにいたる。」（『バガヴァッド・ギーター』）

重要でないものを重要視しなければ私たちは生きられないだろう。

いままでに私は『ギーター』を一〇回か二〇回、読んだし、あるいは読もうとした。そのたびに、多少とも失望した。いまになってやっと『ギーター』が理解できた、つまりそれが提起している問いと同じレベルに達することができたような気がする。これらの問いを生き、経験と化すことは、たぶん別の生ならできるかも知れないが……この世に生きていてはきっとできないだろう。

『バガヴァッド・ギーター』。その生命力の秘密は、そこに含まれている種々雑多な、両立不可能な矛盾の量にある。あらゆる要求に、したがってあらゆる好みに応ずる矛盾があり、活動的な人間にも怠け者にも、聖者にも煮え切らぬ人間にも向いた矛盾がある。ただし、ブラフマンの優位を認め、状況に応じてブラフマンに順応しつつ、それ以外のものは無視するという条件がつく。

『ギーター』は伸縮自在なものだ。だれでも自分に都合のいいように解釈できる。『道徳経』、『福音書』にしてもそうだし、また啓示によって書かれた古びることのないどんな本にしてもそうだ。なぜならそういう本は、読者はだれであってもいいのだから。

私たちがさっぱり売れない本の作者であるとき、その版元の出版社で感じる気まずい思い。出版社では私たちの存在などまるで無意味。客がつかず、店の主人の顔色をうかがっている、売春宿の売春婦のことが思いやられる。

ミルチア・ポペスクが『歴史とユートピア』のイタリア語版に寄せている長い序文を読んだ。私のさまざまの本からの引用がすくなからずある。一連の逆説、悪魔めいた、また軽薄なおびただしい言葉、残忍きわまりない冗談、サタンの操るような言葉のあや、こういったものばかりだが、これでは私はまるで黙示録の審美家だ。読みながら、「私は変わった、もう同じ人間ではない」と思った。私は以前ほどの気力はないが、しかし以前よりは成熟しているし、軽業師めいたところもずっとすくない。私の〈才能〉(?)となっていた、あの挑発の精神、私はこれを失ったが、逆に自尊心、倦怠、真実の点で得たものは大きい。

長いこと会っていなかった、ガリマール社の営業部長のイルシュに偶然に逢う。「どうしたかね」と彼が訊くので――「世の中からは引退したよ」と答えると――彼いわく、「でも、世の中のほうもきみから手を引いてしまったんじゃない?」

今日、私は『ギーター』について考えた。そして夜、私は、かなり好きな流行歌、白状すれば、メアリー・ポプキンズの〈Those were the days〉を聴くために、オルゴールの置いてあるビストロを探した。

『マクベス』か『悪霊』――これが私の書きたかった本だ……

一月二五日――一九四九年といえば、『概論』を出した年だが、いま一九六九年、私は以前とほとんど同じ状況にいる。なんでも発表できるような雑誌は一誌もないし、〈文学〉界からは完全に切り離されている感じだ。これはしかし、自分のためになる不幸だ。もし生きたいと思うなら、私たちは孤立しなければならない。だから、この孤立を育て大きくしよう。存在するすべてのものを、この孤立で置き換えよう。

人はみなその生誕の地で生き、そして死ぬべきだろう。子供のころ、私にとって生まれ故郷の村は何ものにも代えがたい大切なもので、私はその村がたまらなく好きだった。中等教育の勉強のため町へ行かなければならなくなったとき、私が抱いた恐怖、動揺、苦しみ、これは決して忘れないだろう。両親が村へ帰ってしまったあと、あのドイツ人の下宿屋の窓辺で過ごした最初の日のことがいまも目に浮かぶ。胸も張り裂けるばかり悲しかった! この悲しみにいくらかでも似たもの、それはエミリ・ブロンテに――ハワースを離れた悲しみに耐えられず、遊学先のブリュッセルでの出来事ののち故郷に帰ってきたブロンテにわずかに見られるものだった。

ある場所が遠く離れた辺鄙なところであれば、それだけその場所への私たちの愛着は募る。私の生まれた村は、谷間にあった。周囲はカルパティア山脈だった。私にとってそこは世界の果て、というより世界の中心だった。

とはいえ、かりに私がこの村に止まったとしても、そこで立ち向かわなければならなかったかも知れない本質的な問題は、ここ西欧で考察しなければならなかった問題とすこしも異なるものではなかっただろう。私たちが歴史を無視するその瞬間から、もう特権的な場所はなくなる。問題とすべきものが真の問い、回答なき問いであれば、その瞬間から片田舎に住んでいようが大都市に住んでいようが同じことだ。

あらゆる神経症は、途切れることのない瞑想である。

ハイデガーの *Gelassenheit** を読んだ。彼が日常の言葉を使いはじめると、とたんに彼の言うべきことなどたかが知れているのが分かる。隠語は途方もないペテンだと、私はつねづね考えてきた。もっと的確にいえば、隠語は正直な人間の使うペテンだともいえるかも知れない。

だが、ことをこういうふうに見るのは甘すぎる。事実、人が現に使われている言葉を飛び越えて、別の、人工の言葉に安住するようになると、たちまちそこには多少とも無意識的な欺瞞の意志が生じる。

＊ フランス語訳は、『静謐』、『問いIII』所収、ガリマール、一九六六年。

粗暴で偏狭な気質からして、私はもともと行動に向いた人間だった。それがここ二〇年、それ以上ではないまでも、私は非行動の人間になるべく努めてきた。そしてなんと、成功したのだ。

ひとりの人間が興味をそそるのは、彼がその苦しみ、挫折、悩みを語る場合に限られる。いま私はカール・ヤスパースの『自伝』を読んだところだが、精彩に富んでいるのは、ナチ体制下で彼がなめた悲痛な経験を語っているページだけだ。

たとえば「解脱」などといった、壮大で立派すぎる言葉の魅力にとらわれるのは、私には危険だ。

……私は自分のシニシズムの資質をもちつづけてはじめて、自分に忠実でいられるが、ここに言うシニシズムとは、極端な、つまり厳しい、虎視眈々とした懐疑と解さなければならない。事実、私の場合、懐疑は私の思考空間に広がり、そこにはびこり、そこを占拠している。

尊大な連中と苦しみ悩んでいる連中、彼らを十把ひとからげに扱えればと思うのだが。両者を区別するから、あらゆる誤解が生まれるのだ。

（ところがこの区別は、現世の倫理的基盤だ。この区別を消滅させたいと思うなら、同時に現世そのものを消滅させなければならない。）

私たちは空《くう》のエクスタシーにおいて、自由の最高の段階に達する。これに比べれば、一切は束縛、隷属、服従だ。

私たちがいくらかでもまっとうな人間なのは、無名であるときだけだ。私が自分を私だと思うのは、私がだれにとっても存在しない、そのときだけだ。

同様にこうも言える。つまり、私が神について考えるのは、私の孤立がきわまってもう神のほかには何も存在しない、そのときに限られると。

一月二八日　カンタータ『われは満ち足れり』――〈*Ich freue mich auf meinen Tod*〉*の歓喜。

＊〈われはわが死を喜ぶ。〉

疲労の治療法？　考えることをやめて、知覚だけにすること。「認識」以前の眼差しと物とを再発見すること。

幼虫の状態にとどまり、進化などせず、いつまでも自由のまま、未成熟のままでいて、挫折の糸口となり、胚のエクスタシーのなかで際限もなく磨耗する――たぶんこうすべきだったのだ。

ハイデガーの『問いⅢ』所収の対話「『静謐』注解のために」を読んでむかっぱらを立てる。

フランス語ではまるで無意味、そしてドイツ語では *Wortspielerei*＊。

＊言葉の遊び。

『イワン・イリイチの死』に寄せた序文の数ページを読んだ。(1)私がここでトルストイを攻撃しているのは、表面上のことにすぎない。根本のところでは、ほとんどすべては私自身に向けられたものだ。

実をいえば、私は私には関心はない。関心があるのは私の不安だが、実はそれにさえ関心はない。関心があるのは、不安が隠しているもの、あるいはそれが啓示するものであり、つまりは存在、あるいは存在の否定である。

個人の悲劇だけが普遍的なものだ。もし私がほんとうに苦しんでいるなら、私は一個人よりもずっと苦しんでいるのであり、私の自我の領域を越えて他者の存在に達している。私たちが私たちにかかわりのあることに――もっぱらそれのみに関心をもつこと、これが過ちをおかさぬ唯一の方法なのはこのためだ。

一月二九日

世界が世界になってからというもの、私がその首謀者になりたいと思ったような、どんな行為も、どんな事件もない。私の名などどこにも残るな。

だが、その私にしても言っておきたかった言葉のひとつぐらいはあるはずだが、いまのところ、それがどういう言葉かは分からない。

ついいましがた、ゲーテ協会で、エルンスト・ブロッホの大部な本の数冊にざっと目を通したところだ。借りて帰ろうかと思ったが、諦めた。私にとっては詮索がすぎるし、また教育的にすぎる。ドイツ的なものは、私にはどれも無縁なものになってしまった。

カンディンスキーの本『芸術における精神的要素』には一貫して、当時の偉大な人間メーテルランクへの言及がある（第一次大戦のすこし前のことだ）。きょう日、メーテルランクをまだ読んでいる人間がいるのか。私の同時代者でいたるところで話題になっている者があれこれと思い浮かぶが、彼らにしても一〇年後、二〇年後は……

神学者グァルディニがいみじくもこう言っている。「メランコリーは途轍もなく苦しい何かであり、人間存在の根底にまで深く染み込み、これに関しては精神科医に任せるのも無理からぬほどである」。

〈Ein ungewöhnlicher Gedanke auch das gewöhnliche Wort ungewöhnlich macht.〉*（Th・ヘッカー）

ヘッカーはユーモアの名においてあらゆる人間を攻撃する。だが、彼があらゆる人間に対立させているキリスト教には、ユーモアがあるのか。ユーモアにこれほど欠けている宗教はちょっと思い当たらない。

ヘッカーはドイツ人のユーモアについて語っている！　ということは、彼もユーモアを欠いているということだ。

イギリス人においてさえ、ユーモアは一種の無意識的な癖にすぎない——なんとあっぱれな、なんと有益なものよ！

深いユーモア、意味ふかく、魅力的なユーモアがあるのは二つの民族、つまりユダヤ人とジプシーだけだ。根を奪われ、放浪する二つの民族。このことは、ユーモアの本質を解明する手掛かりになる。

＊「とっぴな（あるいは異様な）考えは、普通の言葉をとっぴなものにする。」

明日、あるイギリス人女性と翻訳の練習をするために、ガブリエル・ブーヌール、あの洗練された、繊細な精神の持ち主の、エジプトに関する一〇行ほどのテキストをタイプしたところだ。冒頭の文章をはしょるというひどいことをしなければならなかったが、それほど詩趣満載の散文が私には価値のないものに思われたということだ。こんなものを好んでいた時代があったとは！　散文から詩を追放し、詩を自由にしなければならない。

プルーストの陥りそうな危険が奈辺にあるか私にはよく分かる。
もし日差しが苦にならないなら、私は温暖な国へ行くだろう。というのも、そういう国で、夜中に感じ取れる、あの無益さの強烈な感覚がたまらないからだ。イビサ！

原作より翻訳のほうが明晰で分かりやすいとき、その翻訳はよくない。ということは、原著の曖昧なところを翻訳はそのまま残すことができず、訳者が裁断を下したということにほかならない。これは犯罪だ。

モランテ、あのサンタンデルの友人のことを思う。彼は、数百万の金をつぎ込んで、途方もない書庫を作り、晩年は、パレンシアにほど近い、購入した田舎の家で、その書庫の本を読んで過ごすつもりだったが、心臓発作で四八歳で死んだ。愛想がよくて情熱的な、そしてひどく陽気なあの男は惜しみてあまりある。

一月三〇日

フランス人は、想像しうる限りもっとも詩的でない人間である。
私はフランスで、自分の生活の場そのものである風景を指さして私に美しいと言った農民に、いまだかつてただの一人も逢ったことがない。それでもフランス人は、生まれついての画家だ！　この矛盾をどう説明すればいいのか。
郷愁はフランス的なものではない。ところで郷愁こそ、あらゆる詩の秘められた源泉である。

人間の数を減らす措置はどんなものでも、聖なるものと宣言すべきだろう。
人類の消滅、私はこの問題に依然としてうつつを抜かしている。この光景を想像し、大地が人間から解放されて、わずかに虫と生き残った動物だけが住んでいるのを見る、これほどにも私を興奮させるものはない。

耕地整理が行われる前は、畑は庭だった。そこには独特の生け垣があり、植え込みがあり、固有の表情が、個性的で不揃いな、生きた輪郭があった。いまではアメリカに、つまり、種のまかれた砂漠にいるのかと思いかねない。
馬がいなくなったあとは、今度は樹木が消えてなくなる番だ。

私の生涯でもっともつらかった時期、それは一九歳から二五歳にかけての時期だった。どうしてもちこたえることができたのか自分でも分からない。絶え間なくつづく不眠。神経の緊張のあまり私は疲労困憊し、一日中、横になっていなければならなかった。事実、私は、サナトリウムにでもいるように、大部分の時間を横になって過ごした。

私が何かを悟り、耐えがたいものに目覚めたのは、この時期だ。このとき発見した真実を、私は懸命になって忘れようとしたが、その努力も虚しく、ついに忘れることはできなかった。


ミシェル・ブレアルは、その『意味論試論』に次のように書いている。「名詞は、その語源的意味をすぐになくしてしまう。語源的意味は邪魔になり、障害になりかねないのである……語は、その語源から切り離されれば切り離されるほど、ますます思考の役に立つ。」

ハイデガーの哲学は、何もかもこれとは正反対の考えから出発している。真理の探究において、それは語源の正当性に、それどころか必要性に立脚している。ハイデガーにとって考えるとは、いわば語のもともとの意味に帰るようなものだ。

ブレアルの考えは、合理論者、少し前の、いわゆる〈主知主義者〉には都合のいいものだ。ハイデガーの考えは、実存哲学の要請と完全に一致するものだ。


私の文体が不自然なものであることは分かっている。勢いがありすぎると同時に凝りすぎている。草稿のほうがつねにすぐれているが、しかし草稿は、繰り返しや無意識的な癖がやたらと多い点は別にしても、一般に明晰ではない。もっとも、よそ者は、自分の〈無知〉が露呈される危険のある〈草稿〉は信用してはなるまい。借り物の言葉、自分の本性とは無縁の、取ってつけたような言葉で書くのだから、どう転んでも自然にはなれない。肝心なのは、自分がその言葉を遅くなって学んだということを気取られないことだ。自然ということに関して、これがよそ者の望みうるすべてだ。

一九六九年一月三〇日

……教養のある人間より、ひとりの文盲の女性のほうが深い精神の経験をするだろう。なぜなら、彼女にはほかのことを考える能力はなく、自分が感じ取るものと一体となり、その経験を徹底的に突きつめるだろうから。それができるのは、誤魔化しのどんな可能性も、知的遊びのどんな誘惑も彼女には拒まれているからだ。

P・Nは、自分が聖痕者となったことについて、今でも私に次のように語る。三〇年あるい四〇年まえのこと、彼女は階段から落ち、背骨を折った。イエスが示現し、彼女がイエスのために苦しみ、彼のすべての苦しみを再びやりなおすのに同意するなら、彼女は救われるだろうと言う。彼女は承諾する。以来、毎週木曜日になると、彼女は激しい苦しみを感じ、血を流し、悪魔に取り憑かれた者のようにわめいた。人々はてっきり悪魔に取り憑かれたもの思ったが、やがてそうではないことが分かった。彼女が祈りと瞑想のための集会所をあらゆるところに建てるよう司祭に命じたからである。司祭は三〇ほどの集会所を建てた。彼女にそそのかされて、どうやら司祭は、旧フランで二〇億の金を集めたらしい。

Ｐ・Ｎが私に神についてどう思うかと訊く。そこで私は次のように答えた。神がひとりの人間とはとても私には考えられない。よしんばそう考えることができたとしても、かくも逞しい精神、実をいえば、広大無辺の精神が、三〇億の、間もなく倍になろうとしている住民の日々の生活に関心をもっているとは信じられない。神という観念にはたったひとつの意味しかない。つまり、私たちが孤独で、もうだれひとりとして語りかける者がいないとき、そのときの話し相手を考え出すことだ。――その他のことはどれもこれも、神人同形論であり、作り話だと。

カフカの伝記（青春時代）にざっと目を通したところだ。ここに描き出されているプラハの姿とさまざまの習俗から私はヘルマンシュタット[2]を思い出す。私は、オーストリア＝ハンガリー帝国のもうひとつの端に生きたのだ。

ひとつの国を知りたいと思うなら、凡庸な作家を読まなければならない。その国のさまざまの欠点、癖、長所、欠陥、こういうものをありのままに反映しているのは、凡庸な作家だけだ。ほかのすぐれた作家は、祖国に反発するのが常だし、祖国の者であることを恥と思っている。だから、その国の本質の、つまり、くだらぬ日常茶飯事の彼らの表現は完全なものではないのだ。

恐怖の発生。

一九四三年九月三日、私はホテル・ラシーヌで、背の高い、暗く陰気な、そして間抜けなルーマニア人の訪問を受けた。昔からの知り合いだったが、いままで一度も訪ねてきたことはなかった。警戒心がきざした。男はと見ると、にわかに一段と陰気になったように見える。男が言う。「今日は宣戦布告記念日なんだよ。連合軍が、ドイツ空軍の参謀本部のある上院を爆撃した。今日、どうしてきみに会いに来たと思う？　ここもいずれ爆撃を受ける。そうなればぼくも死ぬことになるからさ。」――そう言うと、彼は泣き出した。あまりに滑稽なことの成り行きに、私はあやうく笑い出すところだったが、なんとか笑いをこらえた。そして、連合軍はパリの中心部はやはり爆撃しないと思うよ、そんなことをすれば世論の反発を招くし、それにね、上院に駐留のドイツの部隊はそんなに重要じゃないんだよなどと言って、彼をさとそうとした。だが、私の説得には依然効き目がない。彼は溜息をつき、なるべく音はたてまいと努めながらも、しくしく泣いている。私はただただ驚くばかり。筋骨たくましく、大柄で、くそまじめ男が、いまはもう気力を失って、ぼろ切れのような人間にすぎない。私の警戒の気持ちは三〇分ほどつづいたが、その間、私が内面的に経験したのは、嘲笑とも茫然自失ともつかぬ状態だった。だが、この男の訪問は私に影響を与えずにはおかなかった。以前は、警戒心が働いているときは、私はどんな恐怖も抱いたことはなかったのに、これ以後、恐怖を感ずるようになった。この哀れな男が私にその恐怖を伝えたのだ。というのも、恐怖ほど人に伝わりやすいものはないから……

耳を洗浄してもらうために、アサース街の病院へ行く。会計窓口の女が、「現在、仕事をなさっていますか、それとも失業中ですか」と訊く。
とたんに私は、社会のなかに投げ込まれた。もし女が「相変わらず人ごろしをしているのですか」と訊いたら、彼女の問いの私にもたらす不安は、もっとすくなかったであろうに。

ユートピアというのは児戯に類するものだ。そこに含まれる思考方法には吐き気を催す。これほど私の気質、私の思想、私の感覚に反するものはほかにない。だからといって、ユートピアが人間精神の定数であり、もし人間が行動し、教え、推奨したいと思うなら、ユートピア的戯言なしでは済まされないこと、これは認めないわけにはいかない。ラ・ロシュフーコーの「箴言集」などでは社会はびくともしない。

私は気難し屋は嫌いだが、しかし彼らには多くを負っている。私がさまざまの人間に抱いた苦々しい思い、その思いをときおりなだめることができたのは、彼らへの反発からであり、彼らのいつもの決まり文句への激怒からなのだから。もし私の出会った人間が気難し屋だけだったら、私は一も二もなく愚直な楽観主義に与《くみ》したことだろう。それほど、自分の強迫観念の、苦しみの、癖の戯画を他人のうちに見届けるのは耐えがたいことなのだ。

いま三〇分ほどの昼寝をして目を覚ましたところ。脳髄に強い疲労感と、それよりも強い、時間の圧倒的な実在感が残る。時間といっても、そこには私の探すものなど何もなく、私には入り込む余地も、さまよう余地すらない時間である。
毎朝、目を覚ますと、私は時間を前にしている自分に気づく。敗者の立場のときもあれば、無関心な者の立場のときもあり、征服者の立場のときもあり、このとき私は、何か分からぬものに向かって突き進んでゆく。
私たちの内部で何かが変調をきたすと、とたんに私たちの時間についての意識は影響を受ける。どうしてなのか。

……「私の全文学活動を通じて、私は何年間というもの日をおうごとに、神の援助をますます必要とすることになった。というのも、神は私のたったひとりの話し相手だったから……」
（キルケゴール、『わが著作活動の視点』）
というのも、神は私のたったひとりの話し相手だったからこれこそ私に考えられる唯一の信仰の形態であり、神に分け与えられる唯一の役割である。

D――私がすこしも買っていない男だが、そのDが、まったくバカげた話をするものだから、ついはっと目を覚ます。私たちの好きでもない連中が、夢のなかで一段と擢んでることが稀にある。

カトリック教会との関係を絶ち、現代世界を憎悪しているアメリカの文通相手にこんな手紙を書く。「先史時代の洞窟に住もうが、ケープケネディに住もうが、生き死にの劇に変わりはない。必要なのは、人間が科学の迷信から自由になること、というよりむしろ、科学を不可避の、そして公平を期するなら、面白い災厄と考えることだろう。」

私は放棄を生きているのではなく、放棄の思想を生きている。エセ賢者のごたぶんにもれず。

存在するに値するものは何もないと言うようなとき、私は自分の誠実さにいささか首をかしげる。

私の好きな二つの表題。すなわち、聖アウグスティヌスの『収縮』と聖女テレジアの『叫び』。

三〇分ほど前のこと。サン＝シュルピス教会の内庭回廊の鉄柵に、『フーガの技法』の演奏を伝えるポスターが貼ってある。そのポスターの上に、どこのバカが書いたのか、神は死んだと大書した落書きが見える。よしんば仮に神はみまかったにしても、あのカンタータを、あるいはまさにあのフーガを聴けば、そのとき神は甦ることを立証してみせている音楽家、バッハについて、こともあろうに神は死んだと書くとは。

現代の白痴化には限りがない。しかも、もうなんの意味もない、あの陳腐でバカげた文句を書きつけたのは、おそらく若者に違いない。まるで選挙スローガンのようなもので、バカげているにもほどがある。

つねづね私は、挑発的無神論を宗教的不寛容に劣らず唾棄すべきものと思っていた。それに、まっとうな宗教などない。「教会」にしろ反「教会」にしろ、ともにうさんくさく、同じような害悪を生み出している。どんな神にも加担してはなるまいし、反対してはなるまい。こと宗教に関する限り、どんな態度表明も悪趣味というものだ。最低限これだけは言える。

二月二日　フォンテーヌブロー。

アプルモンの砂漠。

午後、Sに、シビウのリセに連れてゆかれたときの、胸の張り裂けるような悲しみを語って聞かせる。私はラシナリに深い愛着を抱いていた。そこに留まるためなら、何をくれてやっても惜しいとは思わなかっただろう。勉強したいなどとはいっこうに思わなかったし、そのまま村に留まって、何をするでもなく、ただ川に沿ってぶらぶら歩いたり、あるいは周りにある山に登ってみたりしていたかった。私は一一月まで、裸足のまま歩きまわっていた。六歳ではやくもリュウマチに罹ったのは、家のそばを流れる、あの凍った川でのことだ。リュウマチにはずっと苦しんでいる。

思い出に耽り、そして泣かないこと……

悔恨は、それ自体、詩的な状態だ。

手紙には返事を出すという困った習慣が私にはある。そのためどんなにうんざりした思いを味わったことか。

一方ではまた、私の手紙に返事をくれない者は、私にすれば、もちろん嫌なやつだ。そういう者はまったく信用しないし、その不作法も怠慢も許さない。

二月三日　〈感情〉は時代遅れだ。

作家の無礼な言動は、本性の下らなさではないにしても、貧しさを隠すのにほとんどつねに役立つ。

ドイツですぐれた連中といえば、ユダヤ人だけだった。彼らがいなくなった現在、残っているのは、一種のバカでっかいベルギーだけだ。

もはや使命をもたぬ民族は、同じことを繰り返している芸術家、いや、もはや言うべきことのない芸術家に似ている。というのも、同じことを繰り返すということは、自分の言うことを信じているということだから。だが、歴史の上で使命を達成してしまった国民は、その優位を確固たるものにした、かつてのスローガンをもう繰り返すことすらできない。

パリでは、ちょっと雪が積もると天災さわぎだ。私の国では二メートルも雪が積もるときがあるが、だれも泣き言はいわない。民族には二種類ある。つまり、甘えん坊と諦めた者。

挫折が慢性となった民族、私はその民族の人間だ。

私が理屈の上で涙をつねに偏愛していたこと、これは確かだ。

タンゴから黙示録におよぶ、あらゆる水準での憂鬱。これが私の変わらぬ風土。

金に不自由せず、豪華なホテルに住んで、部屋には柔らかな分厚い絨毯を敷かせ、その上に寝ころんで、そして泣く――これが一九四〇年ころ、私の抱いた理想だった。

なるほど生にはなんの意味もないが、しかし若いうちは、そんなことはどうということはない。だが、一定の年齢を過ぎると、そうはいかなくなる。そのとき、人は生の意味に拘泥しはじめる。不安が問題と化し、そして暇をもてあます老人にでもなれば、問題を解決する時間も能力もないにしても、懸命になって問題に取り組む。なぜ老人たちが一斉に自殺しないのか、その理由はこれで説明がつく。ほんのすこしでもいい、これほどまで問題に没頭することがなかったら、おそらく彼らは自殺していたはずである。

私の使命、それはいつもながらの眠りから人々を目覚めさせることだ。もちろん、これが罪つくりなことであって、人々をそのまま眠らせておいたほうがはるかにましなことは弁えている。なぜなら、たとえ人々が眠りから覚めたとしても、私には彼らに提案することなど何もないのだから。

突然、私のアパルトマンが水没したのだと思い、溺れてはたまらないと慌てふためいて外に出る。これは夢ではない。二つの考察のあいだの恐怖である。私の場合、思考と思考とのあいだを充たしているのは不安だ。

いま、『悪しき造物主』のゲラ刷り（実をいえば、四分の三ほど）を受け取る。これは小冊子、パンフレットのようなものだ。なんて貧弱なんだ！　突然、がっくりし、全部に目を通す気にもなれない。もっとも私は、自分の書いたものを読みかえすのはもともと大嫌いなのだが。

教科書的なもの、学者めかしたもの、衒学的なもの、教育的なもの、こういう時流に投じた、〈客観的な〉、〈深遠な〉、〈意義ふかい〉、〈有名な〉、〈評判の〉……ものとは今後いっさい縁を切ること……

懐疑は根拠のあるものではない。懐疑家は、すべては疑わしいと言って、自分のその断定をも疑っている――こういうことを（もっとも正しいのだが）、勿体ぶった本（ああ！　ほとんどすべての本がそういうものだ）で読むと、いつも私は叫びたくなる。「そりゃそうだ、懐疑家はいつも矛盾したことを言っている――それがどうしたというのか。〝確実なものは何もない〟という命題は、確実でないあらゆる命題のなかではもっとも確実なものだ。懐疑家は、その立場の危うさを弱点ではなく強みだと思っている。彼がどれほど自分に正直か、ほとんど想像を越えている。これが彼の誇りだ」と。

『悪しき造物主』の校正をしている。いまのところ、よく書けている章は「古生物学」だけのようだ。だが、読むのはしんどいし退屈だ。

これらのページを書くのに私はどんなに苦しみ考えたことか。それがいま、こうして私の前に死んで横たわっているのを見ると、充分に考え抜かれてはいない、期待はずれの、失敗作にもひとしいもの、すこしも明晰ではないもののように思われる。ああ！　明晰さは私の得手ではないのだ。わが民族のすべての人の例にもれず、私はつねにいささか支離滅裂な人間だったのだ。

いまラジオで、ソヴィエト共和国、たとえばトルキスタンその他の代表的な音楽を聴いたところだ。――ルーマニアの民衆音楽を想起させるある種の特徴に強い印象を受ける。わが民族の東洋的気質は明白だ。私たちはアジアの出身だ。もっとも、だれもがそうだが。

バカげたものでも不誠実なものでもない悔みの手紙を書くには、天才が必要だ。

私は血をもって書いたことはない。いまだかつて流したことのないすべての涙をもって書いた。論理学者であろうと、私はいぜん悲しみに暮れている人間であるだろう。楽園からの追放、私はこの追放を、アダムと同じ情熱、同じ悔恨をもって日々生きている。

『造物主』を取り戻すことができず、もう印刷されてしまった今になって、恐怖にも近い恥ずかしさを覚える。これもまた、もっとうまく書けたかも知れない本だ。だが結局、うまくは書けなかった。そして私は自分しか責められない。こうして喜劇は相変わらずつづく。ためらいと虚しいパニック。

二月五日――私はボゴミル派*にして仏教徒。すくなくともこれだけは『悪しき造物主』から明らかだ。

＊　前記、六三一ページ、注参照。

午後、文芸家協会へ会費を払いに行く。一年間、ラジオその他のところで、私の本が引用されたことは一度もない。私の口座への入金はゼロだから。ボイコットされているのか、無関心なのか。私は、〈無名の哲学者〉という結構な身分に安住してしまったのだ。

ボードレール展。

会場を出たとき、「アダムから――ボードレールまで」という題で、どこかに書いたことを思い出す。私のルーマニア語の本の一冊だったと思うが、どういうことについて書いたのか、もう覚えていない。

ボードレールの詩（古典的にすぎる）はもう読んでいないが、彼は私の生涯でもっとも重要な意味をもった人間のひとりだ。彼という人間は私に取りついて離れたことはなかった。彼は作品が滅んでも生き残るだろう。つまり、彼という人間そのものが偉大なのだ。作品をもうずっと読んではいないのに、それでも彼のことが念頭を去らない。私の心をこれほどまで奪った者は、わずかにパスカルだけだ。彼らのうちなる人間。

二月六日——雑誌をめくると、必ず言語論にお目にかかる。この古い、役立たずのN・R・F誌にしてもそうだ。強迫観念と化している。私などはフランスの文学からついに引退することになるのではないかと思っている。論文を書いている連中は、言葉についてのおしゃべりという、こういう自慰をみんなでやるほかにましなことはまるっきりないかのようだ。文学的な意味で、私はフランスでまったく孤立している感じだ。フランスという国は、ほぼ五、六百年まえから、すべてが流行に支配されている国だ……

ゴーゴリと同じように、アフマートワは所有というものを嫌った。贈物でもなんでも人から貰ったものは、右から左へと分け与えた。そんなわけで、人から贈られた彼女のショールが、ほんの数週間もすると、別の人の家でよく見かけられたものである。

私は、この、ノマドの習俗を思い出せる特徴がひどく好きだ。ノマドは何も貯めこむことはできないし、またその気もないが、それも当然である。彼らにおいてはすべてが、生活の必要性から、また考え方からしても、どうしても仮のものたらざるをえないからだ。J・ド・メーストルの語っているところによると、あるロシアの君主——それがだれだったか、もう覚えていないが——は、宮殿内でところかまわずに寝て、いわば固定したベッドをもたなかったということである。宮殿にいるのも一時《いっとき》のことと思っていたからである。

こういう人たちはみな、生きているのもほんの一時《いっとき》のことと思っていた。


この世に生を享けてからというもの、どうしたらもう苦しまずにいられるかというのが私のただひとつの問題だった。さまざまの逃げ道を考え出してどうにかこの問題を解決してきたが、ということは、問題はまったく解決されていないということだ。

私がひどく苦しんだのは、たぶんさまざまの持病が原因だと思うが、しかし私の苦しみの本質的な理由は、存在そのものに、生きているという事実そのものに起因していたのであり、私に心の安らぎがないのもそのためである。前世への郷愁、創造以前の陶酔、一切を欠いたエクスタシー、こういうもののなかに生きてきた私は、自分自身と語りあう神、光り以前の、言葉以前の至福に浸り、みずからの闇の深みに浸る神と時代を同じくする者だった。

知恵の際立った特質は幻滅である。これこそ知恵と聖性の明瞭な相違である。聖者は決して幻滅しない。けだし、失望した聖者にどんな意味があろうか。

アントワーヌ・ベルマンの実にみごとなドイツ・ロマン派論をいま読んでいる。ここに挙げられているほとんどすべての引用は私には周知のものであり、私はこれらの引用とともにずっと生きてきたといってもいい。ノヴァーリス、シュレーゲル。すべては遠い私の過去のこと、青春時代のことだ。ロマン派運動の文学的な側面は、私には色褪せてしまうように見えるが、根本的なもの、根本的な考察とでもいうべきもの、たとえば、病、死、自殺などについてのノヴァーリスの、あるいは断章に関するシュレーゲルの考察は色褪せることはない。だが、自我についての戯言には、私は例外なく苛々する。当時の哲学の味がするのだ。

私は祖国から、その根本的特徴とも、唯一の独創性ともいうべき本質的なニヒリズムを受け継いだ。*Zădărnicie, nimicnicie* *――この異様な言葉、これは言葉ではなく、私たちの、私の血の現実だ。

＊　前記、六四五ページ参照。二つの言葉は同義語。

涙について私に本が書けたというのは、やはり驚くべきことだ。いまさらながら驚いている。若かったとき、そしてそれ以後、私はなんと苦しむことができたのか！　苦しみは間違いなく私の〈使命〉だった。倦怠ゆえに、はやくも子供のときから私につきまとった、あの途方もない倦怠ゆえに苦しみ、その後は、虚弱な体質と生まれついての不安な神経が原因で、ありとあらゆる病に苦しんだのである。私は母のメランコリーをすべて受け継いだ。だが私の母は、活動的で果断な、積極的な人間で、メランコリーの誘惑に抗することができたが、それにひきかえ私ときたら、メランコリーに耽溺し、それを育み、それに満足しているような始末だ。はっきり言っておかねばならないが、メランコリーが募れば募るほど、人はますますそれをいつくしみ、日ごとにそれに嵌まり込む。幸いなことに、私には読書と歩行の楽しみがある。これがなかったら、監禁室ゆきだろう。

二月九日　ドゥールダン地方を六時間あるく。ロシュフォール＝アン＝イヴリーヌのみごとな墓地、そこからの眺めは……ユゼスを思わせる。

ほんとうのことを率直に人に告げると、とたんに相手は腹を立てる。だが、ほんとうのことを手加減して告げても腹を立てる。どうしてか。人が私たちに求めているのは、人が自分でも知っていて、あえてはっきりと認めようとはしないほんとうのことではなく、気持ちのいい嘘だからである。人が相談に来るのは、その嘘を聞くためだ。つまり、期待しいるのは幻想であって診断ではないのである。というのも、人はだれしも多少とも無意識的に、自分に関して何に満足すべきか知っているから。

英語のレコードを聴く。ガリヴァーの抜粋、「ヤフー」の章である。この章のかき立てる、人間であることのおぞましさ、嫌悪、肉体的かつ精神的な反感が、これほど徹底されたことはかつてなかった。フランス語のテキストはよく知っていたが、英語のテキストのほうがずっと強烈である。五年の留守のあげく、家に戻ってきたガリヴァーは妻を抱擁するが、嫌悪のあまり気絶する。馬の国から戻ってきたばかりの彼には、人間という動物の悪臭が耐えられないのだ。人間には悪臭がする、人間というのは悪臭のする怪物だ、というのがスウィフトの結論である。彼が性を憎悪し、童貞で死んだのも頷ける。歴史のどんな時代のどんな禁欲者も彼ほど徹底してはいない。あまりに繊細すぎる嗅覚は、生のもっとも重要な行為さえ実行不可能にする。たぶん聖性そのものも、ある種の匂いを前にしての恐怖にほかならず、パニックにほかならない。

一三、四歳の生徒たちがフロイトを読んでいる。このイラスト入りの、いわば科学的なポルノグラフィーに、私は吐き気を覚える。だが若者、暇人、偽医者、ありとあらゆる種類の精神異常者どもがこれに熱中しているばかりか、多くの精神現象の理解の手がかりを得たい思っている連中までもがこれに熱中している。精神現象に理解の手がかりなど実はありはしないのである。にもかかわらず、私たちはみな精神分析学者である――その理由は、この自称科学の提供する説明方法が私たちの気をそそるからだが、一見、複雑で深遠そうに見えても、実はこの説明方法は簡単で、まったく恣意的なものだ。これに頼るのが、いまではほとんど必要性と化している。これよりは神学の説明のほうがずっと興味深いものだったが、もう通用しない。精神分析が一掃されれば、知的自由への一歩が果たされることになろう。

精神分析から自由になれば、つづいて私たちは、それが語るさまざまの病からも自由になるだろう。

断章は、私の自然な表現方法、自然な生き方だ。私は断章のために生まれたのだ。これに反し体系は、私の隷属状態、私の精神の死だ。体系は圧政、窒息、袋小路だ。精神形態として私の対極はヘーゲルであり、そして実をいえば、自分の思想を教義大全に仕立て上げた者はみなそうだ。神学者、哲学者、イデオローグ……私はこういう連中が大嫌いだ。

幸いなことに、ヨブはその哀訴をほとんど説明していない（たぶん私には、自分の哀訴を説明しすぎた罪がある……）私たちの深部から湧き出るもの、これについてはくどすぎる説明は禁物だ。

いままでずっと、私は別のものになりたいと思ってきた。スペイン人、ロシア人、ドイツ人、食人種――自分以外のものならなんでもよかったのである。運命に対する、自分の生誕に対する絶えざる反抗として。自分とは別のものたらんと希い、自分の条件以外ならどんな条件をも理屈の上で支持する、あの狂おしい情熱。

私がそこに生を享けた民族、そのあらゆる欠陥が私にもある以上、いまも私がそれに忠実な民族、この民族を規定する言葉はひとつしかない。すなわち、マイナー。それは〈劣等な〉民族ではない。すべてのものが、不幸でさえもがミニチュア（戯画とは言わぬとすれば）と化す民族だ。

二月一一日――私は、自分にある使命、いや義務という考えさえ棄てた。私が自分というものを信じ、自分にも果たすべき役割があるものと思って疑わなかった、そんな時代があったのは確かである……

いま私は目がよく見える。使命をもっている、あるいは担っているのは、〈盲人〉だけだ。私がいまも自分のものと考えている唯一の使命は、現実をありのままに観察すること、見ることだ。これは使命とは逆のことだ。

数年まえのこと。ミュンヘンで、道を訊きたいと思い、ひとりの男に声をかけたところ、男は「最初の通りを左に曲がり、それから広場（何という広場だったかもう覚えていない）を斜めに横切ればいいんですよ」と言って言葉を切り、それから「斜めにということ、分かりますか。なんなら説明しましょうか？」と言った。

ドイツのすべてがここにある。おそろしく教育的な国民。

すべてが欺瞞であることは確かだ。この確信が揺るぎないものになったからといっても、何ひとつ解決されたわけではなく、ほんとうの問題が始まるだけである。それでももしかし、すべてが欺瞞であると確認された以上は、とことん厳密に言えば、ほんとうの問題も偽の問題もないはずであろう。だが人間《レートル》は、厳密さを越えて生きつづける。これこそ人間の本質的な特徴、人間の定義そのものである。人間とは、永続的な状態では信じられないもののことだ。

イリヤ・エレンブルグのレーミゾフに関する回想記によると、レーミゾフには知り合いのすべての人、すくなくともよく顔を合わせる人には例外なく名前をつける習慣があったということである。私はレーミゾフには二、三回しか会ったことはないが、実際、彼は私を、ある名前で呼んでいた。それがどういう名前だったか思い出せない。

私の『造物主』は、たぶん期待はずれだ。それでも、ひどく煩わしい冗漫さはない。簡潔な表現のアンソロジーに、いつか私の名前が載るかも知れない。

『ゴルドベルク変奏曲』の冒頭と最後には、ひとつの音調、もうひとつの世界の思い出がある。

マルト・ロベールはフロイトについて、「彼の教えの、果断なまでの下品さ」と言っている。

私は人間としての、またもの書きとしてのフロイトに関心をもっているが、同じくらい彼の学説を嫌っている。その途方もない誇張した表現には吐き気を覚える。

フロイトは、機知はたぶんにそなえていたものの、ユーモアはまるでなかった。つまり私の言う意味は、彼は自分の著作と充分には切れていなかったということだ。彼は予言者であり、セクトの指導者、〈宗教の〉改革者であり、真実を犠牲にして、自分の使命と真実をつねに混同していた。もちろん学者のなかでのことだが、これほど客観的でない人間は想像できない。彼のなかにいたのは狂信者、旧約の人間である。

バッハのヴァイオリンのためのソナタ。

音楽とは限らない、哲学その他あらゆるものにおいて、オーケストラから自由にならなければならない。

『ゴルドベルク変奏曲』の冒頭には、死後に聴きたいような、澄み切った、深い悲しみの音調がある。

人から見れば、私の生涯は完全な挫折、これは私の認めるところだ。

だがそれなら、なぜこうして絶望に見舞われるのか。

チュッチェフ——この詩人に興味をもっていいはずなのにといつも思っていた。数篇の詩を読んでみたが、よく分からなかった。なんともひどい翻訳だったのである。この詩人は、チャアダーエフのような不思議な人物である。

懐疑家はなんにでもなれるが、革命家だけは例外だ。革命家といっても、本物の、誠実な革命家のことだが。実際、熱狂的な懐疑家などどうして想像できようか。

私はユートピアに熱中したことがある。ところが少し掘り下げてみたところ、とたんに嫌気がさした。私にとっては万事がこの調子で、例外といえば、激しい懐疑と深い悲しみくらいのものだ。私はユートピアには何から何まで反対である。ユートピアと黙示録、どちらかを選ぶとなれば、私の選択は決まっている。気質の選択だ。私の選択はどれを取ってみても、知的な、入念な、意識的なものであるよりも、まずもって肉体的な、本能的なものである。私は自分の肉体器官の虜なのだ。私は詩人たちとは縁を切ったと思っているが、しかし詩人たちのことは、自分の望みどおりに、とてもよく分かる。詩人たちのなかでも、個人的不幸を好んだ詩人は特にそうだ。

二月一三日――今朝またしても、自殺は唯一の解決策、その他のことはみな自殺の次善の策にすぎないと思った。

マルト・ロベールはフロイトについて、彼は真理を発見した、「精神の歴史に秘められていた、もっとも単純で、またもっとも重大な影響力をもつ普遍的な真理」を、と書いている。

法外に誇張され、ほとんど狂気の沙汰といっていい、この断定が、彼女の研究論文で、その著書『紙の上に』に収録されている「ウィーンのフロイト」の結論である。本の最後の文章であることから、著者はこれをきわめて重要と考えたのだ。軽率な断定ではないのである。まあしかし、こんなバカげたことはどうでもいい。事実問題を取り上げてみよう。フロイトはウィーンを憎悪していたが、その原因はウィーンにみなぎっていた反ユダヤ主義である。反ユダヤ主義についてのマルト・ロベールの記述はかなり正確であるが、しかし彼女は、ユダヤ人以外の少数民族の状態については口をつぐんでいる。セルビア人あるいはルーマニア人から見れば、二重帝国でのユダヤ人の状況は特権的なものだった。こういう奴隷扱いされていた民族の状態は、いくらかでも言及されてしかるべきものなのに、一言の言及もないのだ。私はこれ以上書きつづける気はしない。というのも、私が反ユダヤ主義を嫌悪していても、別の側からの愚痴は、私にはそんなにいい感じはしないからである。

中傷についてエッセーを書くことにした。中傷する人間の像を描いてみるつもりだ。人にはそれぞれ、その人にふさわしい怪物がいる。夜となく昼となく私たちを見張るやつ、私たちのあとをつけ、その恐るべき、不吉な存在が感じられる影、私たちを寝ずに見張り、私たちにはどうすることもできない、気難しい、不気味な存在。こいつは悪魔より力がある。いや、こいつは悪魔だ――なぜなら、どこにでも存在し、さしでがましく、物見たかく、詮索好きで、こんなにも私たちの近くにいるのだから！　どんな情熱的な愛にしても、中傷ほど二人の人間を近づけることはできない。中傷される者とする者は、まったくもって切り離すことはできず、いわば〈超越的な〉一体性をなしており、永遠に結合されていて、何をもってしても分離することはできないだろう。一方は痛めつけ、他方は痛めつけられるが、しかし痛めつけられるのは、それに慣れてしまったからであり、もうそれなしでは済まされず、自分でそれを求めてさえいるからだ。痛めつけられる者は、自分の願いが叶えられて満足し、もう自分は人から忘れられることもなく、中傷者の精神に永遠に存在していることを知っている。

　私たちに対してはどんな中傷も可能だ。そしてだれもがその中傷を真に受けるだろう。

　中傷者は敵にまさる。敵は私たちの前にいるのに、中傷者は私たちの背後にいて、私たちのあとをつけ、私たちを追跡し、暗がりで私たちを襲う。中傷者は忌まわしい。そのやり方は裏切り者のそれで、敵のように私たちと真っ向から戦うこともなく、危険を冒さずに私たちを痛めつけ、人殺しの誇りもなしに私たちを殺す。いわば下劣な呪い、生まれついてのゲス野郎、卑しい吸血鬼のようなもので、私たちの名前と血に食らいついては、それらをふたつながら貪り食うのだ。

　音楽に舞い戻る。以前にも六、七年の中断ののち、そうしたことがある。舞い戻ってみると、自分のもっているもの、隠している最良のものがまた見つかったような気がする。音楽は私の本質の存在だ――あえてこういう野蛮な言葉を使うなら。

　一日中、家に閉じこもり、ほとんどだれにも会わずにいると、未知の人の訪問は、まるで事件のようにも、不法侵入のようにも、思わぬ幸運か災難のようにも思われる。私がとっくの昔に棄ててしまった、あのはるか遠い世界から、彼はいったい何をもって来るのか。

　無神論的神学。神学者を名乗りながら、神なしで済まそうとし、実際に神なしでもいっこうに痛痒を感じない神学者。これほど独創的な自己破壊を私はほかに知らない。

　断章、覚書、アフォリズム――こういうものだけでできた本を作りたい（！）。間違った考えかも知れないが、この方式のほうが、内的真実を犠牲にして厳密さを装わねばならぬ、あの推敲に推敲を重ねたエッセーなどよりずっと私の本性に近いし、みごとに書かれた未完のものへの私の好みにも合っている。

　性行為が――その終了後ではなく、その最中において、異様なものであるという意味で、生は異様なものだ。生の埒外にあって、それを外から眺めてみれば、とたんにすべては、性行為のあとのように、崩れ落ち、欺瞞に見える。

　あらゆる快楽は異様なもの、非現実的なものだ。生のどんな行為にしても同じだ。

　私はだれの影響も受けていない。自分を拠りどころに語っている。自分の〈Lebensgefühl〉*を定義するのに、ショーペンハウアーやニーチェなどを引き合いに出すのはバカげている。私の〈Lebensgefühl〉は、祖父伝来のものであり、自分の幻滅を不幸に、不幸を災難に変えようとする私の性癖に由来するものだ。読書が原因で気が滅入るわけではない。

＊　前記、三三一ページ、注参照。

私たちにひとつの過去をデッチ上げるのが私たちの敵の仕事だ。ほかの連中は敵の言い分を信じたいだけだから、敵はやすやすとこの仕事をやってのけることができる。

前世紀の歴史批判、伝記偏愛、精神分析、〈秘密〉妄想——こういうものの影響を受けて、今世紀は、あらゆる人間の〈仮面はがし〉にやたらと熱中している。しかし、ペテン師の〈仮面ははがして〉も、自分はこんな人間じゃないなどと一度も言ったことのない者の仮面をはがしたわけではない。ところがまさに、こういう自分との完全な同一化も合致も、もう考えられないのだ。たぶん、この種の自分の固執は、事実上もう不可能なのだ。

〈作品〉を残そうなどと思ったことは一度もない。ただ、いわゆる生と死についての自分なりの思いを、できる限り簡潔に書きあらわしてみたいと思っただけだ。だから私は、芸術の埒外にいたのだ。私の作品は作家のものではない。書くという行為そのものも、一度ぐらいは興味を抱いたにしても、いずれにしろもう私にはなんの興味もない。

パリふうの機知ほど有害なものはない。

二月一七日——バッハについて「すばらしいミシン」とは、コレットらしい言いぐさだ。

バッハの書庫には、ヨセフスの『ユダヤ人の歴史[3]』があった。聖書の愛読者なら、さもありなんと思われる。それに彼の受難曲に、ユダヤ人がかくも明瞭に存在していることも！

アンナ・マクダレーナ・バッハは、夫の死後、一〇年生きつづけ、赤貧のうちに死んだ。当時、未亡人たちはレコード産業で生きるわけにはいかなかったのである……

二月二〇日——エジプト遠征に関するちょっとした本を読んだ。すばらしい。ジョゼフィーヌに宛てたボナパルトの手紙を読み返して感動する。「栄華は退屈だ、感情は枯渇し、栄光は無味乾燥だ……」

バッハは締まり屋で、訴訟好きで、けんかっぱやく、肩書に貪欲で……よかろう！　で、いったい何だというのか。シュヴァイツァーは、このカントールが死を主題として書いたいくつかのカンタータを引いて、バッハほど死に郷愁を抱いていた者はいなかったと断言している。これだけが重要なので、その他はすべて……音楽である。

あれこれ考え努力をしなければ公平な立場が保てない――これが私の不幸だ。白痴が生まれながらに手にしているもの、私は夜となく昼となく駆けずりまわって時折やっとそこに手が届く始末だ。

ベルリンで過ごした二度の冬は、私の生涯でもっとも〈呪われたもの〉のひとつだ。私は、パリならぬプロシアの、寒い、陰気な都会に生きるマルテ・ラウリッツ・ブリッゲ*のようなものだった。いつか、ここでなめたあらゆる経験を描く精神力があればと思う！　私のものの見方が作り上げられたのは、この都会でのことであり、二十歳《はたち》のころに始まった不眠からありとあらゆる帰結を導き出したのも、この都会でのことだ。一番いいのは、もう二度とこれについては考えないことだ。「地獄」はそっとしておこう。

＊　リルケ『マルテ・ラウリッツ・ブリッゲの手記』の主人公。

栄光と幸福とが両立不可能なものであることは明瞭なのに、多くの人々が栄光を追い求める。この事実をどう説明すればいいのか。彼らが栄光を追い求めるのは、最初の人間アダムが、真の生を棄てて知恵の樹に向かい、威光に、金ぴかの知に向かったのと同じ理由からだ。真の永生に代わる偽の永生、存在に代わる外観。人間は二束三文の価値もない、取るに足りぬものなのに、ひと目につくような痕跡を残したいと思っている。そのためには、神に近づく代わりに自分の同胞の前で飛び跳ねてみせねばならないのである。そして神に倣って、自分のなかに沈潜し、人まえに自分をさらすのを拒否し、どこにも、なんの痕跡も残さぬ幸福に浸り、世に埋もれた人間の身分に甘んじ、無名のエクスタシーに耽ることなどできない相談なのだ。

神よ、私はあなたよりも人に知られぬ者でありたい。そしてあなたが、それによってつねにまったくの他者として、つまり、あらゆる生成と、存在におけるあらゆる分裂と無縁の、決定的な他者、非‐共同性の頂点、伝達しえぬもの、実体と化した伝達不可能なものとして存在する、あの本質の本質のなかに身をひそめていたい。

二月二一日――なんとしてでも自分の出自から自由にならなければならない。部族への愛着は、偶像崇拝に堕してはならない（ユダヤ人）。ナショナリズムは――残念ながら、精神に対する罪、普遍的な罪だ。

ストア学派の人々は、こんなヘマはやらなかった。そして私たちは、世界市民としての人間という彼らの考えにまさる考えを編み出したわけではない。

進歩思想をバカげていると思っても詮ないことで、キリスト教は、なんといってもユダヤ教に比べればすばらしい前進であり、つまりは一部族から人類への全距離に相当する。

ナチズムは、ゲルマン人に適用された旧約聖書の精神であり、ドイツ人のヤハウェだ。

「大学」の影響を受けた人間とは相手がだれであれ理解し合えないことに気づいた。相手の精神にほんのすこしでも教育的要素をかぎつけると、話し合いをつづけても無駄だとすぐ思ってしまう。こういう連中よりディレッタントのほうがずっといい。すくなくとも、ディレッタントは面白い。それに、読書狂の私からすれば、会話から何かを学ぶ必要はさらさらない。会話は私にとっては気晴らしで、それ以外の何ものでもない。私に何かを教えたいと思っているやつに災いあれ！　専門家などより社交家との食事のほうがずっと好ましい。

マクベス――私の兄弟（時間は、私のダンシネーの森だったのかも知れない。）

二月二二日――明け方の三時すぎ就寝。ラテン・アメリカのある国々では、人が息を引き取ると、「彼は無関心になった」と言うそうだが、目を覚まして、またこのことを考える。これを読んだのは、ずっと昔、カイザーリングの本でだ。以来、時々、思い返しては〈感嘆する〉。無関心！　死、無関心の状態への、この昇進。死は前進だ。

夕方の六時。『ゴルドベルク変奏曲』を聴く。ライトブルーの空、疾走する一羽の小鳥、たぶんねぐらへ帰るのだ。

バッハ。これほどの練達、これほどの深さ――この相容れぬ二つの内的現実を同じように併せもっていたのは、ほとんどシェークスピアだけだ。

アベイオは、五時に起床し、九時まで書き、それから出勤するという。いま知ったことだが、それなのに私は……でも、比較してなんになろうか。

なるほど私は何もしていない。ただ時間が過ぎ去ってゆくのを見ているだけだが――時間を有効に使うより、たぶんこのほうがましだ。

みごとな文章を書くのはペシミストではない。失望した者だ。

「なぜなら私の目標は、私の無価値を知ることだけだから」（パスカル）。

……いままでずっと私がやってきたことも同じことだ。だが私は、信仰という褒美はもらえなかった。もっとも、信仰を期待したことはなかったが。ところで、この期待は、恩寵の言い換えだ。

自分のもつ最悪のものを、私は自分の本に詰め込んだ。これでよかったのだと思う。なぜなら、こうしなかったら、どれほど多量の毒を溜め込んでしまったか分からないのだから！　邪険、人殺しのような苛々、恨み、私の本はこういうもので溢れ返っているが——でも、たぶん、これが必要だったのだ。これがなかったら、冷静さの、〈正気〉の外観などとても保てなかったであろう。ルーマニア語で書いた本が特にそうで、ここではいたるところ、妄想だらけだ。

いままでずっと私は、不当な仕打ちの犠牲になってきた。避けることも、あるいは払いのけることもできたかも知れないが、被虐趣味から甘んじて不当な仕打ちを受けてきた。同じように、中傷されても、あえて闘うとはしなかった。それもひとえに犠牲者であるという密かな快楽からだ。

四〇年のフランスの敗戦、占領、解放——この三つの事件をみじかに経験して、人間はどんなことでもできる、幻想は罪だ、ということを思い知った。

私はつねに自分の犯したすべての過ちの犠牲になってきた——なかでももっとも確実なのは、生きているという過ちの犠牲だ。

二月二八日

*Schimbarea la față*＊(4)のあるページはけしからん、と私を非難する声が上がっている。三五年まえに書いた本だというのに！　当時、私は二三歳、どんな人間より常軌を逸していた。昨日、くだんの本にざっと目を通した。この本を書いたのは前世のこと、いずれにしろ、現在の自分がこの本の著者とはとても認められない——私にはそう思われた。責任の問題というものがどれほど不可解なものか分かるというものだ。

若かったとき、私にはどれほど多くのことが信じられたことか！

＊〈*Schimbarea la față a Românici*〉、『ルーマニアの変容』（一九三七年）。

私が人から中傷され、排斥されている人物と見られてから、もう二〇年、それどころが三〇年になる。不当な扱いを受ける痛烈な味わい。ある意味で私は、人が私に公平であって欲しいとは思わないだろう。人に認められるより、排斥されているほうが、いや忘れ去られているほうがずっと実りが多い。同胞によく見られたいなどと私は思っていない。

五月一日　言わせたいやつには言わせておくべきだろう。真実はいつかははっきりする。屈従だけは御免だ。精神には不公平が必要だ。それは精神を鍛え、純化する。明晰な点で、犠牲者は迫害者につねにまさる。犠牲者であるとは、理解するということだ。

鉄衛団*のことで、ウージェーヌ・イヨネスコと電話で長ばなしをする。鉄衛団にやすやすと誘惑されたことに知的恥辱のようなものを感じるよと私が言うと、運動が「まったく常軌を逸したもの」だったから、「一杯くわされた」のさ、と彼が答えた。その通りだ。

＊　前記、二八〇ページ、注参照。

バンジャマン・フォンダーヌ*からこんな話を聞いたことがある。あるロシア人（たぶん、白系の）は、一八年間、妻が不貞を働いているのではないかと疑った。妻には一言もいわなかったが、ひとりでひどく苦しんだ。一八年間、苦しみぬいたあげく、妻を問いただしたところ、妻は、彼の懸念にはまったく根拠がないと答えた。その率直な答えぶりには有無をいわせぬものがあった。すると彼はやにわに隣室に駆け込むなり、頭を撃ちぬいて自殺した。こんなに長いあいだ無駄に苦しんだとの思いに耐えられなかったのである。

＊　彼の肖像については、前出『オマージュの試み』参照。

いましがた、ガブリエル・マルセルのところでゴルドマンに会う。その後、二人で散歩し、カフェに入る。彼は私を家まで送って来る。ある種の魅力のある男だが、二〇年間、私が反ユダヤ主義者だといいふらし、私の敵をゴマンとこしらえたのは彼だ*。ところが、ものの一時間で、私たちは友人になった。人生とは奇妙なものだ！

＊　前記、四五四ページ、五三二ページ参照。

マルクス主義者には、倦怠というもの、不安というものが分からない。私がパスカルを引いてゴルドマンにこう言うと、彼は、パスカルが生きていたころの経済的、社会的条件は変わってしまった、〈不安〉にしがみつく理由などないと言い張る。

歴史とは切りのない誤解にほかならない。フランスの若者は毛沢東にかけて誓っているが、近い将来、毛の犯罪が暴露され、スターリン同様、告発されないとも限らない。何も変わりはしないだろう。また代わりの偶像が、それも近くからは見られないように、すぐにバケの皮がはがれないようにするために、可能の限り遠くにある偶像が見つけだされるだろう。

幸いなことに虚栄心というものがある。それがなかったら、私たちはどんな人にも勝てまいが、それがあれば、相手が巨匠であろうが信念の人であろうが、勝利すること請け合いである。くすぐりは、腕力よりも、あるいは狂信よりも有効である。

ウージェーヌから電話。もう書くことも読むこともできない、〈若い連中〉をやっつけてやりたいのだが、どうすればいいのか分からない……と言う。

私が、いま差し当たり、何も書けないにしても、そんなことはどうということはない、彼の作品は、ここにこうして存在するのだから、それがひとつ増えようが増えまいが、ほとんどどうということはないと説明すると、まだ言いたいことが残っているような気がすると言う。そこで私が、それはそうかも知れない、でも結局のところ、肝心なことは死について言うべきことは言ったということだ、死こそ重大な唯一の問題で、それ以外のことは二義的な問題だと答えると、悔恨に苛まれ苦しんでいると言う。

思うに、私と彼にはひどく似たところがある。ほとんど同じように不安に苛まれている。だが、彼の現在の不幸は私のそれよりも大きい。彼には、絶望に近い深い悲しみを感ずる。人間のなかでもこれ以上ない無名の者、落伍者よりも惨めなら、財産が、栄光がなんになろうか。

晩年、ヴォルテールは幸福とは何かを自問し、「世に知られずに生き、かつ死ぬことだ」と答えている。

私は、人々から無視され、忘れ去られ、〈無名である〉ことを苦にしなくなってから、以前よりも自分がずっと幸せであることに気づいた。若かったとき、私は自分が鳴り物いりで騒ぎたてられ、話題にされるのを願い、影響力のある有力者、人から羨まれる人間になりたいと思い、好んで人を攻撃し、辱めていたものだ。それなのに、いまよりずっと不幸だった。無名だろうと一向に構わないではないか、そう思ってからというもの、肩の荷が下りてほっとしたが、それでも不満がないわけではない――ということは、古い人間がまだまだ眠ってなどいない証拠だ。

結婚してまだ間もないころ、トルストイは書いている。「自分には恵まれるはずのなかった、分不相応の、不当な幸福、その幸福を私は盗んだという気持ちがつきまとって離れない。」……私もまた、何か幸運が降りかかると、それはすべて自分には恵まれるはずのなかったものと、ずっと思ってきた。

私には、自分はひどい不当な仕打ちの犠牲者だとの思いが拭えないが――それがどんな仕打ちかとなると、はっきりとは言えない。

自分を犠牲者と思い、そう感じている者は呪われている。

三月七日　形容詞を削除するのがほぼつねに得策である。

ヨーロッパ共同市場と耕地整理のために、フランスの農民は五年たらずのあいだに姿を消した。この影響は計り知れないだろう。一国は農民を失ったとき、その伝統、その歴史的連続性から断ち切られ、幸いにも時代に遅れをとった階級から断ち切られる。なぜ幸いかといえば、この階級が一種のブレーキ役を果たし、有益な障害になっているからであり、これがなかったら、一国の混乱に歯止めがなくなるだろうから。もちろん改革者は必要だが、それでも用心深い者、疑い深い者は必要であり、茫然自失した者がいなければならない。変化への不安は、新しいものを欲しがる本能と同じように、生命に固有のものだ。

私は田舎が好きだ——それなのに大都市に住んでいる。形式ばったものは大嫌いなのに、自分の文章には気を使い、札つきの懐疑家なのに、読むものといえば神秘家のものばかり……とまあ、つづけていけばきりがあるまい。

三月九日　春めいた日曜日。ドゥールダンとオーヌーとのあいだを歩く。事実上、使われなくなった線路わきに小さな踏切小屋がある。鶏小屋。小屋の周りを歩きまわっていた一羽の真っ赤な雄鶏が、立ち止まったかと思うと、体を痙攣させて、わけの分からぬ叫び声を発する。これを、ときの声と呼ぶのは不可解だ。平原は果てしなくつづいている。はるかな地平に、鐘楼が見える。こういう背景のなかで、雄鶏のこの叫び声を聞いて、私はにわかに絶望にかられた。

三月一〇日——そんなわけで一年まえ、私はヴァレリーについて書いた。その文章は、アメリカで出版された『全集』の第八巻に序文として掲載されるはずだったが、ヴァレリーを否定するにも、酷評するにもほどがあるということで拒否された。

昨夜、私は夢を見た。どちらかといえば若いヴァレリーが訪ねて来て、こんなに正確で、こんなに的を射たものはないよと言って、私の序文に礼を言う……それから私たちはビストロへ行き、ビリヤード（？）をする……

昨日の、あの雄鶏のことをまた考える。ボース地方——平原の魅惑。そしてまた、荒野の叫び声という、あのイメージを前にしての感動。私という人間の、マージナルな私の存在の、私の無能の象徴。自分への憐憫は、ほとんどありとあらゆる悲痛な、度はずれの、不可解な感動の源泉である。

「エルメス」誌に掲載された、いかにも私らしい論文を読む。*
厳密さの欠如の点で、私は他の追随を許さない。
ある種のおののきは、厳密さと相容れない。

＊　五三六ページに言及されている空《くう》についての論文。

雄鶏。荒野の叫び声。呻いたり、しゃべったり、わめいたりするのは、部屋のなか、室内では意味があるかも知れないが——あの平原のなか、あの純粋空間のなかではどうだろうか。言葉《ヴェルブ》というものは、可能性を必要とし、限界、最小限の境界、閉ざされた世界の外見という観念を必要とする。私たちが荒野でできることといえば、祈ることだけだ。なぜかといえば、祈りは限界なき「何者」かに向けられるものと考えられるから。

知恵よりも、あるいは宗教よりも、私は音楽と詩にずっと親近感をもっている。私にとって絶対は、気分の問題であるからだ。絶対は継続性を必要とするが、それこそまさに私に欠けているものだ。

ほんのささいな内面の完成、それを達成する努力さえ、ふさぎの虫にとりつかれている私にはとてもできない。私は今のこの私以外の人間にはなれないのだ。神のように……

私はあらゆる人間に対して曖昧な立場にいる。私はだれの味方でもないし、擁護できたさまざまの信念を代わる代わる棄ててしまったからだ。

ヨアン・アレクサーンドル（二六歳）と三時間におよぶ議論。ルーマニアのあらゆる若者のなかでもっとも真摯な、もっとも深みのある若者。

私が本質的な議論と呼ぶのは、いずれにせよ自分を唯一の話し相手としてできるような議論のことだ。

自分の存在の内奥からやって来るさまざまのことについて語り、神について、自殺について、もっぱら自分にかかわりのあること、そのすべてについてのみ語ることだ。

真実を求めているのだ、真実は彼らのために存在するのだ——こういう印象を与える人間はほとんどいない。I・Aは、こういう稀な人間のひとりだ。

過去。午後、部屋の戸棚で探しものをしていたら、Mをなじる L の手紙が偶然、目にとまる。——（ある娘のことで激しい衝突があったのだが、一年後、娘はふられたことが分かった）。この手紙を読んで、私は痛切にあらゆる人間関係の虚しさを感じた。二〇年まえの激昂も熱狂も、いまはもう跡かたもない。二〇年？　いや一月、いや一〇日で充分だ。

戸棚には三〇年まえの手紙が山とある。読み返してみたいとは思わない。ひどくがっかりするだろうから。瞬間以外はすべて虚しいと思わなければならない。——もし瞬間は瞬間であって、過去になるのを待っているにすぎず、すでに過去だと考えるなら、人は生きてはいけまい。

戸棚にしまいこまれているこれらの手紙は、私の人生で重要な意味をもつものだった。私は、これらの手紙を待った。私のいくたの苦しみの原因となった手紙、それがいま戸棚にあるが、読んでみたいとは一向に思わない。なかの一通、ひときわ筆跡のあざやかな一通を手に取ってみる。父が私に書いた最後の数通のうちの一通だ。それでさえ最後までは読まない——わずかに一節を読んだだけ。そのくだりで父は私に、自分の過ちを認め、『実存の誘惑』での私のルーマニアに関する発言がきっかけで、ルーマニアの新聞や雑誌で繰り広げられている、私に対する弾劾キャンペーンを中止させるようにと懇願している。だが、こんなことは何もかも、死よりももっと死んだもの、なんらの感興も呼ばないもの、過去のものだ。

一九六九年三月一一日

昨夜、マックス・エルンスト展の特別招待に顔を出す。マンディアルグの妻、ボナがいる。大きな帽子を被っている。もちろん、彼女には面識はない。だから挨拶はしない。私の知り合いは怪物だけ（特に女性は）。私がこういう会合を恐れるのはこのためだ。

Eに逢う。田舎は嫌いだ、自分は都会の人間だと言う。「ま、私のユダヤ‐ボードレール的側面ですな」と。

春と自殺は、私にとっては密接に関連した二つの概念だ。というのも春は、私がそれにふさわしく熟していない思想、もっと正確にいえば、私の体系とは関係のない思想のようなものだから。

聖者同士にもライヴァル意識があり、妬みがある。とすると、堕落した連中(5)ともなれば、まさに例外なく妬み深いと思わざるを得ない。

仏陀でさえ、当時の賢者たちから忌み嫌われていた。どんな人間のレベルにも、同じ不快事がある。それなのに私たちは、あんな三文文士があんな仲間を忌み嫌っているといって驚くのである。

この病には解決策はない。アベルとカインの物語は、全歴史を要約しており、この物語があれば、歴史などいらないくらいだ。原初の直観は、ほとんどつねに決定的なものだ。これを反芻しなければならない。これを遠ざけるにしても、もっぱら逆説好みからにすべきだろう。

宇宙規模の自尊心というものは考えられなくはないし、自分を神と同等、あるいは神にまさると信じることもできる。だが人間と張り合ったり、人間から見てひとかどの人物であること、こんなことはとても不可能だ。

他人とのつき合いを神にのみ限定した神秘家、私が神秘家を、どんなに〈単純〉でも、高く買うのはこのためだ。

三月一二日　オクタビオ・パス夫妻とすばらしい夜会。

若いルーマニアの詩人I・Aの先日の来訪のことを考える。彼はイエスについて、この神がいままさに十字架から降ろされたばかりででもあるかのように私に語った。

これが無神論のプロパガンダの結果である。ルーマニアでは宗教は禁じられている。人々はこっそり宗教を発見し、宗教はいま生まれたばかりだと信じている。もう終わってしまい、死んでしまってさえいるのに。

午後、床屋で、強烈な内部と、経験された状態、感動としての霊感とに相違のないことがはっきり分かった。だが、もし問題が何かを書いたり言ったりすることだったら、この内部の激しい熱狂には、いずれの場合においても経験されている、あのたぐい稀な不安の状態のほかには、霊感と共通のものはないと理解していただろうと思う。

三月一五日　どの民族にも、その歴史の上で自分たちを選民だと思うときがあるものだ。民族の最良のものと最悪のものとが示されるのはこのときだ。

三月一七日　タレーランは、君主制への反逆者といわれ、貴族階級の裏切り者、教会からの背教者といわれた。彼はかつて存在したもっとも優雅な、もっとも洗練された、もっとも納得のゆく裏切り者だ。

ついいましがた、ルーマニア人のK夫人から、〈幸福〉についてどう考えるか、私が幸福かどうか尋ねられる。

この種の問いには答えはないものだが、にもかかわらず、曖昧な、相手を丸めこむような答えをしておいた。もっとも、次のように言えばずっと簡単だっただろうが。つまり、たとえ私が幸福だとしても、幸福とは思うまい。というのも私の場合、何よりも重要な事実は、不幸を盲信していることだからと。

自分の国の連中のことで愚痴をこぼし、彼らの不躾な質問に文句をつけるのは間違っている。彼らの質問にも、それなりに取柄がある。私たちは質問に挑発され、いらいらを募らせ、平然としてはいられないのだから。……質問には、禅で〈悟り〉*を引き出すために用いられる、ある種の手荒な方法と同じ効果がある。ちょっとしたバカげた言動が悟りの引き金にならないとも限らないではないか。それは顔面への一撃に劣らない。

＊　真理の認識への覚醒。

G・Mについて書いた論文(6)で、一番むつかしかったのは、彼の老いについて語ることだった。彼を傷つけることなく、どうしたら老いを暗示できるか。遠回しに表現するより、普通の言い回しをはばからずに使うほうがまだましだ。たぶん一番いいのは、この微妙な問題には触れずにおくことだろうが、でもどうやって？――若者が私の年齢のことを口にすると、ぞっとする。私は自分がだれよりも若いと思っているし、自分に歳というものを感じない。私は時間のなかで道に迷ってしまったのだ。

タレーランをどうして熱愛するのか、その理由は分かっている。彼が生涯、誤解を招くような立場にいたからだ。あらゆる人間を裏切ることができたのもこのためだ。

ある若いルーマニア人の女性と会う。ルーマニア民族には魅力があること、それ以外には何もないこと、これは確かだ。

懐疑的態度と魅力。

人間どもの包囲から抜け出ようとしているが――はっきりいって、思うにまかせない。それもそのはずだ。人間の最大の市《いち》の中心に住んでいるのだから。ただ毎日、自分がそうありたいと思うような人間と話す時間がいくらかでももてるだけだ。

ボシュエによれば、自責の念を紛らす場所ほしさに、最初の都市を造ったのはカインである。

タレーランという異様な人物。

ナポレオンから〈絹靴下のなかのクソ〉扱いされた事件の翌日、Tはチュイルリー宮殿へ行き、Nが近寄ってきた一瞬を逃さず、Nの手に口づけした。このときすでに彼は、メッテルニヒと組んで陰謀を計画しており、オーストリア宮廷に買収されていた。

Tとは、すぐれたご都合主義のことだ。彼は一度も、勝ち目のない立場に与《くみ》したことはない。未来が別のところにあると感じ取るや、君主制だろうが、フランス大革命だろうが、カトリック教会だろうが、ナポレオン帝政だろうが、ただちに見捨てた。裏切ることで、彼はただ歴史の運動に追随していただけであり、そしてこの場合、フランス人の熱望に応えていただけだ。実は、彼が裏切ったのは、フランス人が変わったからだ。彼の天才は、いつ裏切り始めるかを知っていたことだ。彼は一度たりと最後の瞬間を待ったことはない。自分の仕える体制、あるいは主人にすこしでも衰弱が見られれば、ただちに裏切りの行動に出たのである。

タレーランのシニシズムを持ちたかった。だが残念なことに、つつましい、正直なご先祖様が多すぎて、私の野心も行動もままならない。こんなにも重い遺伝的欠陥を振り払うには私は弱すぎる。

私にとって毎日は、憂鬱と闘って勝つことだ。したがって、私はレスラーだ。憂鬱とは何か。それは、世界と自分の違和が日常茶飯事のなかにあらわれた状態であり、出口のない違和の不安である。この不安の頂点、あるいは底で、精神にやって来るのは、「私はここで何を探しているのか」という、つねに渝わらぬ問いだ。

三月二五日　今朝、行動の発作に襲われ、二度、電話をかける。

来週、『悪しき造物主』が出るはずだ。その前に連絡をもらいたい、そうすれば、私のほかの本も同時に配本するよう指図することができるからと、Cl・ガリマールが言う。どうして電話する必要があろうか。これまで私は、自分の〈作品〉に拘泥したところで無駄だ……といったような無関与を是とする立場から、ありとあらゆる合理的な考察を重ねてきた。にもかかわらず、私は電話した。そして私の事実上の決断は、確信があってのものでも、また自分の意志に副うものでもないことに気づいた。

マホメットの伝記にざっと目を通す。すこしでも仏教に熱中したことがあると、イスラム教はなんともつまらぬものに見える。

宗教はみな同じ価値をもつという主張はバカげている。同等の価値どころの騒ぎではない。たぶん私たちは神の前では平等だが、この平等化の人それぞれの表現方法は、唯一独自のものであり、神への、この依存感情の表現には序列がある。

実は、私が好きなのは、神という観念を越えてしまった宗教だけだ。私が仏教をかくも高く評価するのはこのためだ。

私がもっとも必要としている状態、それは歓喜だ。これがなければ、どんなことをやったにしても、それには生き生きしたところがない。歓喜のおかげでやったことは、たとえ深みはないにしても、どれもみないいものだ。〈深さ〉というのは、偏見にすぎないと言えるかも知れない。

自由で、超然とした、何ものにも縛られることのない軽快な思考、これは私にはできない。その理由は、私においてはすべてがむら気か妄想、つまり軽薄か鈍重であるから。

三月二七日　昨日、あるイギリス人女性と偏見について話し合う。彼女の主張によると、イギリスの偏見はフランスのそれよりたちが悪いとのことだが、私は、国民にはそれぞれ偏見があり、偏見こそ国民の団結を確固たるものにするものだ、政治でも同じであって、新体制が何をするかといえば、古い偏見の犠牲の上に、またぞろ新しい偏見を導入することだ……と応える。また一国の習俗は、どれもみな偏見であり、禁忌であるともいえる。社会に習俗がなくなったとき、社会は崩壊する。社会を強固にするのは習俗だ。だから習俗は、ゆっくりと練り上げられた偏見、強化された偏見である。

思想を取り扱うには、言葉を扱うほどの才能を必要としない。これを適用すれば、人は哲学者にはなれても作家にはなれないということだ。

『誘惑』についてアメリカで書かれた論文を見ると、『誘惑』にゴマンとある、私が私自身に向けた攻撃方法が使われている。このやり方は簡単だし、ほとんど不誠実だ。私もこの方法をヴァレリー論で用いたことがある。そうすると、知的に見えるのである……

形而上学、ましてや神学は、破廉恥な神人同形論といっていいものだ。両者は結局のところ、自分自身の天才ぶりに恍惚となった人間の、これ以上ない媚態にゆき着く。人間の戯言をちょっと見てみれば、物笑いの種にならないものは一つとしてないだろう。

人が崇拝したものを踏みにじる、これにまさる完璧な快楽があろうとは思わない。

ことが順調にゆかないときは、精神的な意味で、私はいつも何かを声高に主張したいと思っていることに気づいた。

脳髄の病。そこにさまざま思想が、生まれ出ようとしながら生まれられずに呻いている。

自分の精神を哀れむこと——知的絶望に陥ること。

私がよく使う明晰という言葉は、英語では〈lucidity〉と訳されているが——アメリカでもイギリスでも一般にはほとんど使われていない言葉だ。ところがフランスでは、だれもがこれを使う。そんなわけで、つい先日も、ラジオで、ある事故のことで、トラックの運ちゃんが、ごく自然にこの言葉を使っていた。この言葉の哲学的な意味など考えていなかったのはむろんだが、しかしそんなことはどうでもいい。重大なのは、この言葉が馴染みのもの、平凡なものだということだ。英語が使われている国では、この言葉はほとんど専門的なものだ。この例からも明らかなように、一つの言葉が使われる頻度こそ、類義語の選択の際、まず第一に翻訳者の指針となるべきものだろう。

『悪しき造物主』の著者用見本を受け取った。開いてみてまず気づいたのは、フランス語のミス。

午後、六区の図書館へゆく。アメリカ・インディアンに関する本を開く。一行も読まぬ先に、白人の最期もインディアンのようなものになるんだろうな、見本用として保存されるために、公園や保護区にいれられるんだろうなと、ふと考える。新しい支配者にはだれがなるのだろうか。黒人？——黄色人種？　それとも両方いっしょか。なんという復讐か！　またモンゴル人の復権だ！　白人に抑えつけられていた、これらのあらゆる民族が再び目を覚まし——そして白人はといえば、いまや衰弱し、沈滞し、麻薬に、やましさに苛まれ、後悔のあまり白痴となり、もはや嫌われ、遠ざけられ、打ちのめされる時の来るのを待つしかない。

三月三〇日　キリスト教は私には不要だ。二、三の点（どんな点か？）を除けば、キリスト教は古代文明に比べれば後退だ。無駄だった二千年。

マスイ宅を出たところで、サラ・ステティエとばったり会う。彼が同じアパートに住んでいるとは知らなかった。そこで彼のところへゆき、ほとんど二時間、実に稔りのある話をする。その地位、それに伴うさまざまの職務にもかかわらず、彼はすこしも衰えてはいなかった。

四月一日　昨日から今日の午前にかけて——報道関係の仕事。どうでもいいようなよもやま話。

仕事が終わったとき、かなりの歳（六〇？）の、疲れ切った、悲しそうな外国人とおぼしい従業員が、驚いたことに、私に「あなたの本に書かれていること、私もその通りだと思っているんですよ」と言って、献辞を求める。ひどく面食らって、私が「ほんとはね、私はもの書きじゃないんですよ。必要にかられて時々、書いているだけですよ」と言うと、「そうですね、腹にあるものは外に出さないと駄目ですね。それがまた他人の助けにもなる。——自分の助けにもなるんですよ。——おっしゃる通りです」と言う。彼の名前はアントワーヌ・サンチェス。だからフランス人ではない。発送の仕事をしている。出版社では〈最低の〉仕事だ。そして私のほんとうの読者がここにいたのだ。

四月二日　昨夜、イヨネスコのところで、三〇年ぶりにL・Pに会う。人間がこれほどまで時間に痛めつけられることがあるのか。そのとき咄嗟に私が抱いた印象は、瀕死の状態にある重病人の印象だった。私たちの言っていることが彼女には分からないらしく、とっぴな、間の抜けた質問をする。彼女が、この三〇年のあいだに起こったことに不案内なのは分からないではないが、私たちが話題にしていたのは、特に原罪のことで、別に世間の動きに通じている必要はない。だが何より由々しいのは、彼女がいまにも泣き出しそうに、いや実際に泣いているように見えることだった。五四歳だというのに、腰の曲がった、皺くちゃの、老いぼれた老婆のようだ。私は、若いころの知り合いに会うのは大嫌いだ。ひとりの女性にとって、四半世紀後に自分の姿を人前にさらすのは厚顔無恥というものだ。

私が昔の友人連中に会うのが嫌いなのは、彼らに会えば、私もまた老いたことを否応なしに思い知らされるからだ。自分が老いたことは、私にしても抽象的には知っている。この事実は、あまりに具体的すぎる彼らの事例がなければ、いささか曖昧な、心地よいものであったかも知れないのに、彼らはやって来て、この事実を確認し、その具体例を示して見せるのである。

悲しむことは罪ではない。悲しみを愛することが罪なのだ。私は、あらゆる手段を用いて悲しみを育ててきたが、実をいえば、それは必要に迫られてのことで、いささかも気取りからではない。スペインの、ハンガリーの、アルゼンチンの流行歌、私はこれが好きだったし、悲しみとなれば、どんな種類の、どんなところの、どんな水準のものも、最低のものから最高のものにまで目がなかった。

ラジオでロシア正教の音楽を聴く。崇高で深遠で圧倒的だ。感動のあまり落涙する。

偉大な民族には、必ず内的次元が、あるいはお望みとあれば、深遠な調べがある。（フランス人は例外。いや例外ではない。大聖堂があり、ポール・ロワイヤルがある。）

私たちは確かに出身地の〈文化〉（？）空間の影響を受ける。トランシルヴァニアには、ハンガリーの、〈アジアの〉刻印がまだ残っている。私はトランシルヴァニア人であり、だから……齢《よわい》を重ねるにしたがって、私は自分の出自のみならず気質からも中央ヨーロッパの人間であるとの思いがますます深まる。オーストリア゠ハンガリー帝国の周辺地域に生まれたという事実は、パリに三〇年住んだところで消えはしないだろう。

四月四日　今朝、二人の批評家が宗教詩を論ずるのを聴く（今日は聖金曜日）――その一人は、機械を〈世俗化をもたらす複雑化〉として使っている。

私は作家ではない。なぜなら、書くのは嫌いだから。私が求めているのは〈真理〉ではなく、隠者が求めているかも知れぬ意味での実在だ――彼はこのためにすべてを棄てた。

実在するものが何か知りたい。そしてそれがなぜ私たちに把握できないかの理由も。

『ゴルドベルク変奏曲』の冒頭は、現世とはなんの関係もない。それはまさにあの世の思い出だ。そのあとにつづくのは、大部分が練習曲のようなものだ。だが、この冒頭！

自分の出自、〈部族〉の迷妄からは自由にならなければならない。なるほど私はルーマニア人だが、ルーマニアの民衆音楽は私にはまったく耐えられない（ドイナは例外＊）。逆に私は、ハンガリーの音楽に心底ふかく感動し、血のおののきさえ感じる。ハンガリー人は私たちの敵だ。だが、ある意味で、この敵は私の同胞よりもずっと私には近しい。この事実からどういう結論を引き出すべきか。

＊ ドイナは一種のフォークソング、概してノスタルジック。

『悪しき造物主』が理解できるのは、傷ついた人に限られる。私の本に弁明できるものがあるとすれば、自己破壊という現象をいくらかでも解明している点だ。この領域では、いくつかの点で、私にはモデルの威厳があるとうぬぼれることができるかも知れない。

私の本はまったくどうしようもないものだとは思えない。何がしかの真実は含んでいる、というかむしろ、内容のある失敗作とさえ思っている。『三段論法』は例外だが、この点では、私が書いた、『三段論法』より叙情味のないものはみなそうだ。これ以上は言うまい。自己満足は嫌らしい！

一九六九年四月八日

私の誕生日。すっかり忘れていた。ともあれ五八になったのだ。ベルヌヴァルの海岸で午後を過ごす。何を考えていたのか。何も考えず、ただ自然の力を感じていただけ。晴れわたった空、北方のイビサにでもいるようだ。

断崖の下では、私たちは宇宙進化論を考えざるをえない。いや、宇宙進化論的に生きざるをえない。そしてわが意に反して、原初のヒステリーへ、百面相へと遡り、大地がその悪魔どもに、大地のたどる道程をかざして見せている悪魔どもに引き渡されるのを見届ける。

波を見ていると、波もまた波なりに、存在するという信じがたい事実を反芻しているのが分かる。

四月九日

思考とは厚かましさ、侵害だ。

考えるとは、物をその本来の場所に置かぬことであり――解体作業だ。

思考は、攻撃性のもっとも巧緻な形式である。

たとえ思想家が同情を口にしても、頭のなかではなんでもできると思って、そう言っているのだ。

あらゆる思想の背後に隠されている内奥の緊張を見れば、思想のもつ向こうみずな、仮借ない——容赦ない性質は明らかだ。ある思想をとことんつきつめるには、冷酷な魂が必要である——偉大な思想家というのはみな情け知らずだった。

晴れわたった日の、ベルヴィル＝シュル＝メールの断崖の上、霧と陽光のぶっつかる、この、樹木のない断崖のへり、この上なく美しい深淵の上の、この荒野……コルシカ島のピアナで海を見ながら、あるイギリス人女性の言った言葉を思い出す、〈It is just sublime〉と。口にするのも恥ずかしい言葉があるが、それをあえて口にする勇気をもたなければならない。

ジュアンドーの『精神的価値の代数学』がペーパーバックで出た。戦前に読んだことがある。最初は熱中して読んだが、そのうちどうでもよくなり、いや、いらいらした。

三〇年後も、反応は同じ。ひとかどの作家になるのは簡単ではない。ぱっとしない人物、大抵の場合、ま、こんなところがM・Jの印象である。彼は、倫理に関するさまざまの考えと戯れているが、何よりやりきれないのは、神秘思想の概念と戯れていることだ。ほんとうの絶望は彼にはほとんど見当たらない。ただ瞬間的な絶望があるだけだ。

「キャンゼーヌ」誌に、ニーチェの写真が掲載されている。たぶん *Umnachtung* * の時期のものだが、不思議に錯乱寸前のファン・ゴッホの自画像に似ている。

＊ 精神異常。

クロソウスキーのニーチェ論を読んだ。まったく無意味、深遠めかそうとしているが、ただ凝っているにすぎない。著者が何を言いたいと思っているか分からない。もの書きへの非難としては、これほど由々しいことはない。もっとも、曖昧模糊としたもの、神秘めいたものは、若者たちにやたらと高く買われている。連中は正確に考えることができないから、自分たちの欠点を師匠筋にみつけると、つい嬉しくなってしまうのだ。

宗教の偉大な改革者は、まず例外なく癲癇もちか、胃病もちかのいずれかだった。前者のケースはよく分かるし、だれも驚きはしないが、胃病となるとことはそれほど明瞭でないように見える。だが、緩慢な、手間のかかる消化、これほどすべてを転倒したいという気を起こさせるものはない。

四月一一日

知り合いがひとりもいない都会に住む、なんという楽しさ！　おびえることもなく身を隠している犯罪者のようなものだ。

電話もなければ、トランジスターラジオもない。これ以上のものが望めようか。

荒れ狂う海。午後、漁師の被る帽子を買おうと思ったが、船乗りたちがどんな危険に立ち向かっているかを考え、とても私にはそんな帽子を被る資格はないと思った。こんなまっとうな考えが浮かんだのは、灯台の近くで、「遭難者救援」の掲示を読んだからだ。

Iron Guard*に負っているもの。私は若いころの愚直な熱狂からさまざまの結論を導き出さねばならなかったが、それらの結論は、まったくちぐはぐなものだったし、いまもその点に変わりはない。その結果、どんなに無害な、あるいはどんなに高尚な主義主張であれ、その擁護者になることはできなくなってしまった。

若気の過ちのため痛い目にあうのは悪いことではない。その後は、幻滅をひとつも味わわずにすむから。

＊　鉄衛団。前記、一八〇ページの注、および六九七ページ、参照。

ナショナリズムは精神の罪だ。民族に帰属することに深い意味はない（たぶん、ユダヤ人は例外）。真の、唯一の共同体は、〈精神の集団〉にもとづくものであって、民族的な、またイデオロギー的な集団にもとづくものではない。私が連帯感を抱いているのは、私を理解してくれる者、また私が理解する者に限られるし、一般の大衆には理解できないある種の価値を信じている者に限られる。その他のものはすべて虚偽だ。民族とは、おそらくひとつの実在だ――歴史的な実在だが、しかし本質的な実在ではない。思えば、わが部族のために、若い私はどんなに熱狂していたことか！　なんたる狂乱ぶりだったことか！　自分の出自からは自由にならなければならない。すくなくとも忘れなければならない。だが私には、自分の出自に立ち返ろうとする傾向がある。たぶんそれは被虐趣味によるものであり、私が隷属を、〈束縛〉を、屈辱を好むからだ。

私の生涯で皮相な、ヒステリックな時期は、「歴史」が何よりも重要な意味をもった時期だった――それは私の錯乱の時代だった。

存在するのは私と――あえて神とはいわぬが――「全体」だけ、あたかもこのように振る舞っていたときを除けば、私は真に、本質的に存在してはいなかった。

「混沌」の前の原初の静寂。この静寂から何かが、たとえば世界が出現するはずだと私たちは考えかねない。パリの喧騒から遠く離れて、万象の安らぎに触れると、それがいかにも異常なものに思われ、つい宇宙開闢論的な気まぐれを起こしてしまう。

雨の降る、真夜中ちかくのディエップ。人気《ひとけ》のない通り、暗黒小説の光景。ほとんどおぞけ立つが、またその思いを味わうのも棄てたものではない。こういう気持ちは、それほど文学に依存しているのだ。

四月一二日　パリに戻る。

バッハがあれば、たとえ下水渠のなかでも生は耐えられる。

カトリックと法律の教育を受けたP・Nは、イエスがユダヤ人であったことが諦めきれない。それは異常なことだけど、しかしさまざまの偏見が……と彼に説明する。

ブラックアフリカで、ほぼ一五年間生活したP・Nは、アフリカを懐かしみ、パリの生活に適応できずにいる。パリにはぞっとするとのことだが、それは当然だ。彼が言うには、植民地で生活したフランス人はみな似たり寄ったりだとのことだ。そしてさらに、黒人の一番わるいところは、不正直で、怠惰で、無気力で、堕落しているところだと思うが、それでも彼らには未来があり、彼らは健全であると思うと言って、ダカールの司教の最近の言葉を私に引いて聞かせる。その言葉によると、黒人はやがてヨーロッパ人をキリスト教に改宗させることになるだろう……というのである。

私もまた黒人の未来を信じている。私たちはもう白人にはうんざりしており、そしてこの事実を認め、われ先にこの事実をわめいている。もっとも、白人も自分たちにうんざりしている。

幻想の元手が底をついてしまい、もう何にしがみついていいのか分からないのだ。白人は、すくなくとも西欧人は、内面的に敗北したのだ。というのもロシア人は、無傷であるように見えるから。

ゴビノーを読まなければなるまい。その正しさが証明された直観、今日では、明白事と見られるようになった直観が何かしらゴビノーにはあるはずだ。不思議なのは、白人の、西欧人の衰弱を感じ取ったのが、ソロヴィヨフとかブロークといったロシア人であるということだ——もっとも、黄渦論の名においてだが。だが、黄色人種の〈危険〉と黒人の〈危険〉は、両立不可能なものではない。それらは、まさに未来と呼ぶべきものに相当する。

世代の継続と闘争とは、「歴史」を理解する上で階級闘争よりもずっと重要だ。〈新しいもの〉、〈変化〉、〈生成〉——これらのものは、それぞれの世代が一切のものを再検討しなければならないと思うからこそ存在するのであって、そうでなければ存在しない。この場合、生物学的な、そして精神的な法則が問題なのであって、欺瞞は問題ではない。もっとも、この法則そのものが、より根本的な欺瞞のあらわれではない、としての話だが。

深さというものに意味があったのは、僧侶がもっとも高貴な人間の典型とみなされていた時代に限られると書いたことに、一日中、自責の念にかられた。だが、夜になって、むしろ私は晴々とした気持ちである。実際、俗界を棄てた者のほかにいったいだれを尊敬できようか。こういう者より尊敬できるのは、すべての世を棄てた者だけだろう。

だが実は、俗界を棄てるということは、この世を棄てるということではなく、すべての世を棄てるということだ。

自殺についての私の考えは、いたって簡単である。つまり、物事の本質をつきつめたいと思うなら、自殺が私には唯一の解決策と思われるということだ。反対に、物事の表面にとどまる限りは、私たちは妥協できるし、延期できるし、誤魔化せるし、書くことができる。

表面にとどまる限りは、望むだけの解決策がある。一時しのぎの、ただ有効なだけの解決策が。

雨。夜のしじまのなか、この規則正しい音には、いささか自然を越えたものがある。

もしあらゆる人間が突然すがたを消し、私だけが生き残ったらどうするだろうかと考える。生きつづけてゆくだろうと思う。

あたかも私の時間が私にとって重要であるかのように、一日一日から、そしてできれば一刻一刻から本質の抽出を試みること。実際――時間は、だれにとってもそうであるように、私には重要だ。だが私たちは、時間について充分には考えない。こうして私たちは自分の時間を失い、時間を過ぎゆくに任せて、その実体を捉えようとはしない。もっとも、時間に実体があるとしての話だが。

せせら笑うか、あるいは祈る――そのほかのことはすべてどうでもいいことだ。

私の使命は、それと知らずに苦しんでいるすべての人のために（？）、彼らの代わりに（？）苦しむことだ。私は彼らのために犠牲を払わねばならず、自分たちがどれほど不幸であるかを知らぬ、彼らの幸運と無意識の償いをしなければならない。

肉体ないし精神の上で私には何も欠けたところはないし、正常な人間たるに必要なものは全部ある。その上、私は正常だ。それでも、欠陥人間たるに必要なものは何もかも揃っており、しかも欠陥人間であることに変わりはない。

考えごとをするのに一番いい方法は、ベッドにもぐり込んで顔を覆い、精神を好きなように狂喜せたり悲しませたりすることだ。だが、瞑想となると、テーマが必要だし、テーマに固執しなければならない。というのも、瞑想することは、即興を、冒険を拒否することだから。瞑想は精神の冒険とは逆のもの、自己への下降だ。ところで、あらゆる冒険は、たとえ精神の冒険でも、広がりの観念を、外的手段による内的征服の観念を含んでいる。

暇なときに詩を書き、勝手に私の友人を決めこんでいる男に、つい今しがた、むかっ腹を立てる。おお！　怒りのなんという活力、なんという効力！　突然、私の気力が奮い立ち、本能が目覚め、私は生き返った。

陽気がなごみ、寒さがゆるむ。つまり私は、また私一流の憂鬱の発作に見舞われることになるのだろう。春は私の宿敵だ。しかも春は、私と同じように、ひどく曖昧である。

ついさっき、私は欠陥人間だと言ったが、この点で、私はまた〈宗教を信じている人間〉でもある。信仰はないものの、信仰を促すような、ある種の条件を備えており、自分の役柄に、自分の世俗的な外見に気楽に寛いではいられないのである。私は別の不安を受け入れなければならないのだろう。これが信仰者の確信を前にして、私に望みうるすべてだ。

行きずりの外国人とまずいフランス語を話して自分の時間を過ごす都市、それがパリだ。

すべての肉は傷つく可能性がある。

〈肉〉とはキリスト教の言葉だ。肉が罪の宿るところとされたのだから。

私はキリスト教は大嫌いだが、キリスト教にあるおぞましさ、まさにこの点で私にはキリスト教が分かる。

作るのは難しいが、壊すのは簡単だ。壊すのが簡単でなかったら、悪は存在しないだろう。死もまた。

本は万人に向けて書くものだが、ただし、自分の友人は例外だ。友人にとって、本は悪意に満ちたプレゼント、喜んでもしかめ面だ。

四月一六日

また自分を疑う苦しみ。どうしてなのか。この苦しみの原因はどこにあるのか。自分を疑ってなんになるというのか。原則として、私は行為の圏外に、したがって価値の、価値の序列の圏外に出てしまったのだから。そうではなかったのか。

だが実際はこんな具合なのだ。つまり一方で、古い人間が私の内部で怠りなく警戒しているのに、その一方で私は、その古い人間の圏外に飛び出してしまい——この両極端のあいだには何もないのだ。言い換えれば、かつて私が占めていた空間、ここに今だれもいないのである。

突然、シェリーのことを考える。私の理想の詩人、私からすれば、彼ほど詩人らしい詩人はいなかったと言いたい。ちょっとした短い詩を除けば、彼の詩の大半は読めたものではないにしても（ヘルダーリンだったら、決してこうは言えまい）。

死は、失敗の、不成功の、挫折の、もっとも奇妙でもあれば——同時にまたもっとも自然な変種である。

死よりも完璧なオーブンはない。

私の父は、第一次大戦中ショプロンに強制収容されたが、その父が、パリでハンガリーのジプシー音楽をなん時間となく聴いている私を見たら、どう思うだろうか。だが実をいえば、この音楽は、私の出身地である中央ヨーロッパの世界と切っても切れないものであり、この音楽に対するどんな排外的な反発も場違いといわざるをえないほどだ。

私は自分を根っからのルーマニア人と思い、ハンガリー人と思っている。たぶん、ルーマニア人以上にハンガリー人だ。

知恵を探しに出掛けた激情家、自分の衝動はどれもこれも抑えつけ、無力になった激情家——これが私の惨劇だ。私のほんとうの性質はどういうものなのか。私の欲望は何なのか。人々に平手打ちをくらわせ、顔面に唾をひっかけ、どなり、だれでもいいから地面を引きずりまわし、踏みつけ、わめき、身をよじる。

私が知恵の訓練をしたのは、怒りを抑えるためだった。だが怒りは復讐する。可能な限り頻繁に。

強烈な怒りを経験したことのない者は、自殺というものをまるで知らない。自殺は怒りの現象だ。

リュクサンブール公園でA・Jに逢う。やつれた顔、しわがれた声（彼は教師、授業中、生徒がおしゃべりしていて、だれも話を聞かないものだから、声を張り上げて話を聞かせようとする。だが、教職に就いてからずっと、彼は自分が生徒にやじられているとは思っていない）、落ち込んだ様子だが、それでも、たとえばカルデロンの聖史劇などのような珍奇なことには相変わらず熱中している。Jは無神論者、不愉快になるほどの俗人であるが、その彼が——自分の楽しみのために——翻訳しているのが、自分の信念に反するものばかりなのだ。彼はひそかに信仰をもっているのだ。そうでなかったら、宗教に対してあんなに明確な反対の態度は執らないだろう。

午後、J・Wが電話をかけてきて、『悪しき造物主』には同感するが、「空《くう》」については同感できない、自分としては闘い、闘いを進めたいと思う、まさにそのために芝居を選んだのだと言う。そしてどうして「空」に屈せず自分の存在を肯定したいと思うようになったのか、そのいきさつを説明する。子供のころ、学校で彼女はみんなから〈ユダヤっぺ〉と呼ばれていた。彼女は苦しみもがいたが、でもとうとう最後に、これはどうしようもないことだ、どんな事態になろうと、自分はずっとこのまま〈ユダヤっぺ〉と呼ばれるだろう、だから事態がこのままだとしても、諦める理由はない、必要なのは反抗し、自分の道を往くこと、他人の言葉など考慮するに及ばない、前進することだと。この途方もない頑固さ、私はこれをモデルにするのが、あるいはすくなくとも猿まねするのがいいのかも知れない。

生に決着をつけるという考え、私はこの考えを、これまで以上に自分から遠ざけなければならない。というのも、この考えにしがみつき、それを行為に変える理由が私にはありすぎるから。こんな考えは厄介払いしよう――すくなくともしばらくの間は。

ペシミストは、ある具体的な不幸に耐える備えが一番できていない人間だ。不幸という概念そのものを考えすぎたため、ついに具体と化した恐るべきものとの対決を可能にする、あの生まれついての力を、生命力の蓄えを失ってしまったからだ。

このカイエにしばしば書きとめ、本にさえ書いたことだが、ほんとうとしかいいようがないので、ここにまた繰り返しておく。ある不幸が予言されていて、とうとうその不幸が起こると、それは予期せぬ不幸よりもはるかに耐えがたい。不幸が起こるのではないかとずっと心配しながら、私たちはその不幸をあらかじめ経験していたからであり、そして実際に不幸が起こると、この過去の苦しみが現在の苦しみに加わり、とても耐えられぬ重荷になるからである。

問題は一つしかない。つまり、死の問題だ。ほかのことを論ずるのは時間の浪費、信じがたいほどの軽薄さを露呈することだ。

……これはさまざまの宗教がよくわきまえていたことだ。宗教が哲学にまさるゆえんである。

私は一〇冊の本を書いた。五冊はルーマニア語で、五冊はフランス語で(7)。処女作から最近作にいたるまで、同じさまざまの強迫観念が繰り返し姿をあらわしたかと思うと消えうせ、また姿をあらわしている。二十歳《はたち》の私には、後年『造物主』にゆきつくはずのすべての要素がすでにあったのだ。

二〇世紀のボゴミル派。

チャプスキ＊、このすばらしい人間からの手紙に、私の本は「読者」にぶつかり、読者は「立ち上がらざるをえない」とある。

＊ ポーランドの画家で作家のユゼフ・チャプスキ（一八九六―一九九三）は、一九四七年、強制収容所に関する最初の証言のひとつ『非人間の大地にて』を出版した。一九四四年以降、メゾン＝ラフィットに住み、文学誌「クルトゥラ」の推進役をつとめた。

四月二一日

夜、生について、こんな敵意をもつ物体の表面で生が体現する冒険について、驚くべき過ちについて考え、生に、生きている無数の人々に、個人という、あの悲劇的な即興に同情の衝動にかられる。

「進歩によって完成するあらゆるものは、また進歩によって滅びる。」（パスカル）

エピクテトスとモンテーニュは冗漫だ。特にエピクテトスは。パスカルの強みは簡潔さにある。彼には警句の才能があった。

私の資質は、たぶんキリスト教的なものだ。だが、そのほかの点では、私は異教徒だ。

今朝、いったん起きた。しかし起きたものの、起きる理由は何もないと考え、またベッドにもぐり込み、毛布を頭にひっ被り、そして…………私はパスカル的な思いに耽った。

私の本を読んで、ヨアン・アレクサーンドルは手紙をよこし、私のために祈っている、「トランシルヴァニア人の魂がこれほど深い闇に転落する」のはとてもつらいと書いてくる。

私は人から同情されるのは嫌いではない。ヨアン・アレクサーンドルは私に同情を示したが、それによって彼はその本能を露呈した。彼はきわめて信仰にあつい人間だから、神に見捨てられた私の信じがたいほどの状態が、ほかの連中よりずっとよく感じ取れたのだ。

神に見捨てられ、遺棄されているといったような状態が、神秘思想のなかで重大な役割を果たしていなかったら、私は決して神秘思想など必要としなかったであろう。だが、私は神秘思想が好きだ。そこには私の傷があるから。

私が不眠の苦しみのさなかにあったとき（二十歳《はたち》を過ぎたころ）、記憶に間違いがなければ、母は私のために一度ミサをあげてもらったことがある。

一度ではなく三万回あげてもらう必要があったかも知れない。この数字は、カール五世が遺言に指示しているものだ。彼の魂には、文字どおり安らぎが必要だった。だが、この〈安らぎ〉が必要なのは生においてだ。死後、私の魂を待ちうけている不安、これについては私はそれほど考えない。

『造物主』について、「あなたの廃墟が私には安全な場所に思われます」とベケットが手紙をよこす。

四月二四日　ヨアン・アレクサーンドルからまた手紙。この実にみごとな手紙で、私の本を読んで悲しみに沈んだ、と彼は言う。キリスト教徒としての感情をほとんど傷つけられたと思っているのだ。私にどんな返事が書けようか。神に見捨てられた人間の存在がどんなに現実的で正当なものだとしても、どうやら彼にはそういう存在そのものが考えられないらしいのだ。「父なる神」について彼は私に熱烈に語る。その熱烈さにはとてもついていけない。まるで私はアリョーシャを前にしたイワンのような気持ちになる。

どちらが間違っているのか。彼なのか私なのか。彼は、自分は正しいと思っているが、実はそれは彼の期待にすぎない。真実は、彼が考える以上に恐ろしいものであり、ひょっとすると——彼はびっくり仰天するかも知れないが、私のほうが彼よりずっと真実に近いかも知れないのだ。

それに信仰のある者もない者も、ともに同じような自尊心に苦しんでいる。内容が異なるだけなのだ。いずれも真実は自分にあると思っている。そうでなければ生きてはいけまい。だが、この真実という言葉は使うべきではあるまい。この言葉に頼るのは、うぬぼれというものであり、破廉恥とさえいうべきものだ。

ブラームスの交響曲第三番。ときどき考えるときがある。バッハ以後、私が好きなのはブラームスではないか、彼の悲痛な調べに匹敵する調べがどこにあろうかと。たぶん彼は、西洋の最後の大音楽家だ。

手紙で私が好きなのは、厄介事を語る手紙であって思想を語る手紙ではない。私がキケロの手紙を読むのはそのためだ。読むというより、もう馴染みのものだから、読み返すといったほうが正確だろう。この男のなんと生き生きしていることか。そして後世に欠点のない人間のイメージを残そうと心を砕いているにもかかわらず、なんとまあ、その欠点をさらけ出していることか。目につくのは欠点ばかり。この弁護士が生き残ったのはこのためだ。

語られているのは魂のことばかり、日々の気苦労など絶えて語られることのない宗教的信仰の手紙、こういう手紙ほど読んで退屈なものはない。私たちが、これはほんとうだとの印象を受けるには、すべての点において卑俗なものが必要だ。もし天使が書きはじめたら、その作品、その手紙からはどんなに退屈な思いが漂ってくることか。純潔無垢は生とは両立しないもの、本質的に非現実的なものであるから、もっとも人に伝わりにくいものだ。

絶望は私の正常な状態だ。絶望にかくもみごとに私が耐えられるのはそのためだ。

悲しみは人を芝居がかった人間にする。

四月二七日　またヨアン・アレクサーンドルのことを考える。私のために祈るとはとんでもない考えだ！　あるいは私には祈りが必要かも知れないが、この若者にはいささか思い上がりがあるように見受けられる。なぜなら、哀れな者のためにあえて祈るのは、その者を見下すことだから。

それに彼の祈りに意味があるとすれば、私たちが同じ神を信仰している場合に限られるだろう。だが私は、彼のすがる権威に従う者ではない。

私は信仰にあやかりたいとは思わないだろう。なぜなら、かつてないほど不幸なのだから。強者でなければならず、なんの支えも助けもなく、だれの援助も受けずに生きつづけなければならない。進退きわまった者であるからには、神には頼りたくない。私がもっともよく考える人間は、マルクス・アウレリウスであり、いくらかでも私の助けになるのは、彼だけかも知れない。だが、失望するのを恐れて、いまは彼を読んでいない。

昨日、ウージェーヌ・Iに、ヴォルテールが幸福について言った言葉、「世に埋もれて生き、そして死ぬ」という言葉ほど真実なものを知らないと言った。

ウージェーヌはそれほど納得したようには見えなかった。

四月二八日　私たちの隷属の原因はいずれも執着にある。自由でありたいと思えば思うほど、それだけ、人間や事物との結びつきからは自由になるが、しかし、いったんこの結びつきができてしまうと、それを断ち切るのは、なんと困難なことか。

私たちは、自分のためにさまざまの関係を作ることで、生きはじめる。齢《よわい》を重ねるにつれて、これらの関係はますます強固なものになる。そしてついに、これらの関係がそれに等しい数の束縛になり、なれっこになりすぎていて、断ち切るには遅すぎるということを知る瞬間がやって来る。

植物園で、ジャン・エムリーと三時間におよぶ、きわめて興味ふかい会話。神秘思想について、神についておおいに語る。つまり、私固有の次のような逆説を彼に説明する。すなわち、通常、神は私には考えられないものに思われるが、しかしある瞬間、私は、実際には神の存在を信じていないのに、自分が神に語りかけていると考えることができるという逆説を。

『悪しき造物主』について、これは「熱狂的な仏教」だとポール・ヴァレが私に言う。

四月三〇日——耐えがたい不安の二週間を過ごしたあげく、今朝、奇妙な至福感に見舞われる。〈生〉は、それなりに自分を守るものだ。

あらゆる種類の懐旧の思い、胸が張り裂けるような深い悲しみ、得体の知れぬ憂鬱、全天体を越える戦慄——こういう私を苦しめるすべてのものは、音楽でなら表現できるかも知れない。私は音楽家ではないのだから、自分を落伍者と呼んでも当然である。

音楽家でないという、この秘められた傷。

ディヌ・ノイカ*が手紙で、私の「新しき神々」**は、三〇年まえの私の立場、ただし転倒された逆の立場であると書いてくる。その通りだ。そして手紙には、当時、私が語った言葉が引用されている。「私はイエスを羨む。なぜなら、〈歴史〉に一大衝撃を与えることができたのだから。」

ルーマニア語の *a dat lovitura* という表現には、卑俗なニュアンスがあり、これはフランス語で表現するのはむつかしい。

＊　前記、七五ページ、注参照。

＊＊　「新しき神々」は、『悪しき造物主』の第二章。

フロイトについて書かれたものを読めば読むほど、私たちが相手にしているのは、セクトの創始者、学者に身をやつした狭量な予言者であるとますます納得する。

五月六日　レバノンから戻ったファッド＝エル＝エトルの話によると、彼の母は、毎日、家にいない家族全員の食卓を用意するそうである。そんなわけで、数年来、バークレーにいる彼の兄弟には、ちゃんと決められた席があって、食卓が用意される。彼は不在ではないのである。

こういう東洋人には、たまらない魅力がある。ファッドにはちょっと軽率なところがある。私は道のはずれまで送っていって別れたが、サン＝シュルピス広場にさしかかったとき（明け方の一時だった）、私が何座の生まれかと訊く。分からないと言うと、生まれた月のことですよと言う。四月だと言うと、それじゃ、おひつじ座だ、黄道十二宮のうちでこれだけは嫌いだ、大嫌いだと言って、呵呵大笑したかと思うと、なんの説明もせずに行ってしまった。

午前、恐怖政治について数ページ読み、元気が戻る。私には恐怖が肉体的に必要であり、恐怖なしでは済まされないのだ。死刑執行人の息子になりたかった。

私のキリスト教攻撃は不公平にすぎる、異教の世界を褒めすぎていると言って、ジョルジュ・ロディティが私を非難している。なるほど私は異教の世界を賞賛したが、しかしそれは、その世界が皮相なものだったからであり、新しい宗教を攻撃したのは、それがあまりに深いものだったからである。深いという言葉で私が言いたいのは、新しい宗教が救済よりはむしろ不安の原因であったということである。

G・Rは、「新しき神々」が政治的な攻撃であって宗教的なそれではないことが分からなかったのだ。そして私が「故意の、意識的な」誇張をしていると言って非難している。

実際のところは、誇張などではなく激昂だ。私はただキリスト教に激昂しただけだ。私からすれば、私の作品は〈死亡証明書〉といってもいいもので、そうであれば信者の憤激を買わざるえないのも当然である。

いま「死刑執行人の息子になりたかった」と言ったところだが、人はこれを挑発とも放言とも、あるいはその他なんとでも言うかも知れない。それなら私にとっては何か。真実だ。ただし、瞬間の、そのときの気分の真実、永続的な性質のものではなく、私がそれを感じていたときの状態から自然に生まれ出た真実である。というのも、それは経験され、感じ取られた真実、推論からではなく〈魂〉から生まれた真実であるからであり、私が選択によらず宿命によって恐怖のなかに生きているからである。恐怖は命の塩であり、苦しみであり、生にひどく苦しんだ私は、もう苦しみなしには生きられないほどだ。アヴィラのテレジアの「苦しむかそれとも死ぬか」という言葉、この言葉が、かくも長い年月、私につきまとって離れなかったのも——また私が、狂おしい熱狂にかられて、聖性へのある種の傾向が自分にあると信じて疑わなかったのもこのためだ。私には聖者たちが分かるのである。それ以上いうことはない。彼らと張り合うと思うのは（三〇年まえ、*Lacrimi şi Sfinţi*＊を書いていたころ、私はそうしようと思っていた）、異様な——悲壮な思い上がりである。

思い起こせば、シビウで、無限、内的生、神について論じた、あるテキストを朗読したことがある。その公開の会議が終わったとき、マテーイ・Cがフランス語で、「あなたは聖者なんですね」と私に言った。

いま私にこんなふうに言える者がいるだろうか。

＊　前記、五五ページ、注参照。

私は膨大な憂鬱をかかえている——精神の内部に。そして全身に広がる郷愁に苦しんでいる。何への郷愁か。最後の叫びへの。

五月七日　耐えがたい夜。あの昔からの、たまらない脚のむずがゆさ（これがどいう病気か、診断できた医者はひとりもいない）。こんなつらい思いをしながら眠れずにいるときに死なないのは尋常ではない。

本を出すと、結婚あるいは葬式と同じような厄介事がつきまとう。祝いの手紙が来るかと思うと、悔やみの手紙が来る。儀礼的な流儀の勝利。

ついいましがた、ラシナリのバルシアヌ一家の悲劇的な運命を思い出した。私が小説家か記録作家であれば！

昨夜、リュクサンブール公園の近くで、ある友人がド・ゴール将軍の挫折後の政治情勢*を説明するのを聞いていた。どちらかといえばぼんやりと聞いていたのだが、そのとき、リセ・モンテーニュ校の方に、うなだれて壁にそって歩いている人影を認めた。たったひとりなのに、唇を忙しく動かしながらしゃべり、笑っているが、外界にはまるで関心がない。一メートルほどのところに近づいたとき、はじめてそれが彼であることが分かった。私は胸が締めつけられるように思い、ほとんど絶望の発作を感じた。彼は私をみつめた。だが、こんな遅い時刻（夜の一一時に近かった）、通りにはひとっこ一人いないのに、私が通りがかっていることに気づきさえもしなかった。

彼がいくつかの精神病院に長いあいだ入院していたこと、妻を殺そうとしたり、そうかと思うと自殺を試みたりしたこと、こういうことを知るにつけても、恐ろしい不安を感じないわけにはいかないし、もっとも恐るべき、そしてもっとも当然の予感を感じないではいられない。二年まえ、彼はサン＝タンヌの病院にいるものと思っていたが、真夜中すぎ、その彼にガランシエール通りで偶然会ったことがある。私は強い衝撃に捉えられ、彼が私のほうに向かって来たとき、幽霊ではないかと思った。

今度は、私の思うに、彼は新しい危機のとばっ口にいるに違いない。あんな身振りは、精神病院でしか見たことがない。なんと不安そうな、*self-sufficient* な笑いか！　あれは驚愕した神の笑いだ。自分の幻覚以外のあらゆるものから切り離された人間の笑い。だれに向けられた笑いなのか。彼の顔の、あんなにも激しい表情の変化、あれは何の仕業か。そんなことを考えると、またしても背筋に戦慄が走る。

＊　地方分権化と上院の改革に関する国民投票で、五四パーセントの得票で反対票が上回り、四月二八日、ド・ゴール将軍は政権から去った。

私を死と和解させることができるのはバッハだけだ。

彼の作品には、歓喜のなかにさえ、死を暗示する音がつねにある。死を暗示し、しかも天使のような音。生を、そして死を越えたところでの死、存在の彼方での勝利。

死の中心、死のただなかで生を、そして死を乗り越えること。歓喜の涙にくれる瀕死の人——往々にしてこれがバッハだ。

私には際限のない生命力があった。それを滅ぼしたのは私の不安だ。

不公平な扱いを受けても、その扱いに私たちはすこしずつ慣れてしまい、ついにはそれを愛するようになる。

不公平な扱いは、私たちの生活の背景と構成の一部であり、それらと別のものではない。

ポーランに捧げられたN・R・F誌の特別号で、その手紙のいくつかを読む。親密な、ときには重々しい語調で綴られたそれらの手紙を読んで、ほとんどが私の過ちが原因で起こった、彼との〈仲違い〉を悔やまないではいられない。私は彼に、恩知らずなところを見せてしまった。だが、自分について書くように私に依頼するとは、彼にしてもとんでもないことを考えたものだ。私にすれば、これはきわめて由々しい過ちであり、こういう過ちを犯す人間を黙って見逃すわけにはいかない。私は、私に力を貸してくれた人々についてしゃべるのは嫌いだ。ポーランは、私が拒否するとは思っていなかった。この点で、彼は思い違いしていたのであり、そして当然のことながら、仕返しをしたのである。

いずれにしても、なんと愚かなことか！

ポーランの手紙を読むと、アンドレ・シュアレスごときが偉大な人間とみなされていたことが分かる。みなされていたどころか、彼はまさに偉人だったが、これはとんでもない間違いだ！　シュアレスは勿体ぶった偽もの、デッチ上げられた〈傑物〉であり、空疎で、うぬぼれが強く、うわべだけで、冗漫だった。自分はすぐれているとすっかり信じ込んでいたため、ついには同時代の連中も納得してしまったのだ。後世の者はそれほど甘くはない。

見るだけでいいなら！　だが不幸なことに、私たちは理解することに固執する。

五月九日——哲学学会で、イムレ・トート*の講演が終わったところで、顔面の筋肉をやたらと動かす癖のある、虚弱な男が発言を求める。

私がイムレ・Tに、どうもあの男は頭がイカレているように見えるから、信頼してもいいと思ったのだがねと言うと、

——イカレてはいないよ、アラブ人だよ、と彼が答えた。

＊　イムレ・トート（一九二一）は、ハンガリー出身で、パリ在住の数理哲学者。

「存在」という概念は生には当てはまらない。というよりむ

しろ、〈生〉は危険なほど存在を含まない。
存在の概念は神にしか、考えられないものにしか当てはまらない。

自我、自尊心、虚栄心、うぬぼれ——こういうものを棄てると言い張るのはまったくバカげている。こういうものは克服できないし、克服したと思ったとたん、私たちは、一連の、きりのない虚偽にはまり込む。自我は不治のもの、もうこれについては語るのはやめよう。自我の病は治らない。

自分自身を苦しめた人間がいたとすれば、それはまさに私だ。

ド・メーストルによると、時間とは「終わることだけが必要な何か不可避のもの」とのことだが、彼がこう言ったとき、そこに表明されている考えは、私にとっては感情に、ほとんど固定観念に等しいものだ。私は時間を、まさにこのようなものとして生きており、時間は何を待っているのか自問しつづけている。

否定することは苦しむことだ。
私ほど否定した者を私はほかに知らない。私は、泣きじゃくる否定を発明した。
真実の時、それは死ではなく生誕だ。

本は読者の魂にある種の損傷を与えなければならない。
本を出すことは、どんな人間からの批判にも身をさらすことであり、そればかりか自分を見世物にすることだ。作家はどうしても露出狂たらざるをえない。自分のために考え、他人のためには考えず、自分を、自分の精神をさらさず、自分の秘密を慎み、自分の内面を弄ばない——こういうすべを心得ていなければなるまい。

五月一〇日　懐疑思想は、想像力の欠如の結果にすぎないのかも知れない。

私が根本的に理解しあえるのはユダヤ人だけだ。
私たちには共通の欠陥がある。

見捨てられた思想家。

私は会話をつねづねかけがえのないものと思ってきた。それが私にできた、生きていることへの唯一の言い訳である。
A・Jには、いままでせいぜい二回しか会っていないが、それが電話をかけてきて、恋をしたと言い、つづけて細かな事実を語る。厚かましさというのは、おそらく一種の独創性だ。だが私は、打ちのめされた変人が好きだ。こういう連中は、もちろん独創性があるなどとうぬぼれてはいない。無意識の変人、宿命による奇人だ。

バッハの作品では、歓喜と悲嘆は同じように真実なものであり、それらがあらわれる頻度も同じだ。バッハがかくも正常であり、完全なのはこのためだ。私も気分爽快な瞬間を、憂鬱な瞬間と釣り合うようにふやしてバッハのようになるよう努めるべきだろうが、数においても、重さにおいても、意味においても、憂鬱な瞬間のほうがはるかにまさるのだ！

一九六九年五月一一日　ドゥールダンの森のなか。すばらしい一日。帰途の列車のなかで考える。太陽がいま即刻に爆発しないどんな理由もない。爆発すれば、多くの点で解決となるだろうにと。

昨夜、医者Zとその息子と夕食。医者は息子を溺愛していて、なんでも息子のいいなり。息子のほうは暴君気取りで、眼科学の高名な専門家である父親を明らかに軽蔑している。夕食のあいだじゅうずっと嫌な気分。私に息子がいたら、こんな暴君めいた息子になっていたかも知れないと思う。悲劇のカップルが立ち去ったあとで、そうSに言う。

五月一二日　スウィフトはラ・ロシュフーコーが好きだった。私はそう思っていたが、しかし確信があったわけではなかった。『箴言集』の作者は、あらゆる辛辣な精神の持ち主の守護聖人だ。

〈思想史〉――教授連中はこれに秀でている。だから、これ以外のことに専念するほうがいい。たとえそれが何であっても。こういう知的寄食者に行動の自由を与えよう。

なんと多くのバカとアホを尊敬したものか！

過去のことを思うと、恥ずかしさで胸ふさがれる。熱狂のあまり私は評判を落とした。

一九五〇年、私はいつもサント＝バルブで食事をとっていた。ある日、そこへ行く途中、キュジャース街の本屋のショーウインドーに目をやったところ、骸骨が山のように陳列してある。目を逸らそうとしたところ、この山と積まれた骸骨のてっぺんに『崩壊概論』が置いてあるのに気がついた。とても長くは見ていられなかった……

自分が考えているものは見たいとは思わないものだ。内部のイメージで充分。まあ、そんなわけで、死に取り憑かれた者は、その強迫観念だけで満足してしまい、死そのものさえとかく無視しがちなのである……

古い教会史の本で、イオヴィニアヌス、聖バシレイオスその他の者に関するくだりを読んだ。当時の正統と異端の抗争は、今日のイデオロギーの対立・抗争以上に根拠のあるものでもバカげたものでもないように思われる。内容が異なるだけで、形は同じだ。――その結果、「歴史」は、つねに奇妙なほどにも新しく、またおかしなほど古くさいものになる。対立・抗争の形はすこしも変わらないのに、その引き金となる口実、信念、熱狂だけが変わるのだ。「聖処女」が原因で、あるいは「革命」が原因で争い合うが、そこに介在する情熱、その強度、その持続性は、不思議なほど似ている。二つのケースで、問題が信念にかかわることになれば、論争の様相そのものがほとんど同じなのだ。大切なのは信じることであり――その他のことはすべてどうでもいいのである。

慎みの感覚を失わずにいた限りで、女は何者かであった。もうそんなものはなくしてしまい、洗いざらいわけもなくさらけ出し、想像力の働く余地を奪い、幻想を失墜させてしまった。なんという本能の欠如を露呈していることか！　女は自分を自由だと思っているが、実は自分で自分を滅ぼしているだけだ。すでに女にはもうなんの値打ちもない。生の魅力であった、最後の、大いなる虚偽のひとつが消滅してしまったのだ。

一種の優しい絶望、これがなければ、良きキリスト教徒にはなれない。私が知らないのが、まさにこの絶望だ。

五月一三日　〈悪しき欲望〉、悪徳、うさんくさい、断罪すべき情熱、贅沢好み、羨望、陰険な競争心など、社会を動かし、いやそれどころか、存在を、〈生〉を可能にするのはこういうものだ。

過程ではなく結果を提供したい。私は残りカスを作り出す。思考の沈澱物、というよりはカス。

祈りは絶望の残りカスだ。

私のマジャール的なメランコリー。

自分の病にこの形容詞を張りつけてから、私は何やらほっとした気持ちである。まるで自分が何に苦しんでいるか分かったかのようだ。

五月一四日　今朝、市《いち》で、仏教の言葉を思い出した。それによると、私たちが食べるものはどれも腐敗を免れないというのだが、仏典の言っていることはもっとはっきりしていて、あらゆる食物は腐敗物にほかならないと言っているのだと私は信じて疑わない。

仏教は〈厭世的〉ではない。一切のものの除去の結果として生まれる心のやすらぎ……非‐所有の至福、これが仏教だ。

悲劇から抜け出るように、ある種の午睡から覚める。

一九四六年ころのこと。画家のXが、絵をみせるからアトリエに来るようにと言う。私はアトリエに行き絵を見たが気に入らない。それでも礼儀だと思い、たくさん売れたのかと訊いた。――一枚も売れたことはないよ。絵を描いて二〇年になるというのにね、と言う。見ると壁に、「倦怠、味気ない無関心の果実」と大書してある。――ボードレールは敗者の救いの神だ。

パリ在住のアイルランド人（英語の教師）について一冊の本を書くべきかも知れない。私がダウソンの詩句

〈I am not sorrowful but I am tired *
Of everything that I ever desired.〉

を朗読したところ、〈*The man was crazy.* **〉と付け加えたミス・ダルシー。

あるいはまた――なんという名前だったか忘れたが――私がほんのささいな英語のミスをしても腹をかかえて笑った女、あるいは〈Almighty God〉が口癖の別の女。

きわめて独創的な国民は、その平凡な個々人でさえ独創的である。

偏見のない国民にはなんの価値もない。いや、そんな国民は存在しない。

一国民の力、それはその国民のもつ偏見だ。国民は偏見から徐々に自由にならなければならない。そうでなければ、崩壊する。終わってしまった国民とは、もう清算すべき偏見をもたぬ国民のことだ。

* 「私は悲しいのではない、うんざりしているのだ
私がいままで望んだすべてのことに。」
** 「あの男は狂っていた。」

五月一六日　キリスト教は、信仰があってはじめて、私たちの助けとなるが、これに対して仏教は、私たちの信念がどのようなものであれ、大きな助けとなる――私がキリスト教を非難するのはこの点にある。――恩寵がなければ、言い換えれば、神に恩寵を与えられなければ、その存在を信じることができない人格神、この神と私たちとの関係が複雑きわまりなく、ほとんど卑俗なものであるような宗教、私はこういう宗教は信用しない――一方、仏教はといえば、もっぱら省察に、認識への努力に訴えるだけだ。

暴飲暴食で私は痛い目にあっている。健康を維持するために、私は自分がもっとも嫌っているもの、つまり用心とつましい食

事を余儀なくされている。

昨日、植物園でのこと。プールから上がった一匹のアシカが、日溜まりでうとうとしている。がっくりと茫然自失したような、あの脂肪の巨大な塊が頭にこびりついて離れない。愚鈍で鈍重な、原初の倦怠のイメージとしてはこれ以上のものはちょっと見当たらないのではないか……

（あの無気力なアシカは私だ。だからこそ私につきまとい、取りついて離れないのだ。）

人間の埒外にあるものはどれもみな、すぐさま私の内部に反響する。

昨日、一時間の間《ま》を置いただけで、朝の九時から真夜中までぶっつづけにしゃべる。フランス語で、ルーマニア語で、ドイツ語で、そしてこれらの言葉を好き勝手に歪めながら。疲労困憊、とともに嫌悪感。

ほとんど書かない者、あるいは書くのをやめてしまった者にとってさえ、手紙のやりとりをつづけるのは、活動をつづけ、捨ててしまった仕事を変わらずにつづけているようなものだ。それはまた錆どめにもなる。それに、すばらしい手紙は会話よりずっと私たちを満足させる。どんなに面白い会話よりも。

ハイデガーに捧げられた、南米のある雑誌の特別号にざっと目を通した。これらの〈哲学者たち〉[8]は、*Nada*を楽しんでどんなに陶然となっていることか！　その素地はスペインの神秘思想に培われたものと言わなければならない。彼らが『存在と時間』の著者の使う術語をつっぱねるはずもないのは、その術語がスコラ哲学の術語に似ているからであり、彼らはカトリック系の中学で、スコラ哲学を読んだはずだからだ。

何よりも困難なのは、深い哲学的経験をなめ、その経験を、学派の隠語に頼らずに言葉にすることだ。学派の隠語は安易な解決策、まやかしであり、ほとんど一種のペテンだ。

カエサルに関してスエトニウスと、カルコピノの『征服者の横顔』中のくだんの章を読み返す。だが、ルビコンを渡った男については、おおよそのイメージすら描けずにいる。その理由は、私がローマの独裁者を怪物とする見方になれっこになっているからだ。しかし実は、カエサルは独裁者ではなかった。――その結果、彼は私の想像以上に複雑であいまい、ときにはきわめて正常な人間に見えるということになる。そうだ、彼は異常な、同時にしかし正常な人間なのだ。彼が暗殺されたのは、ファルサロスの戦いののち、多くの人間を許しすぎたのが原因だった。――彼の友人にしてみれば、だれにとってもこれは結局のところ耐えがたいものと見えたに違いないのであり、そして彼らは彼を裏切ったのである。恨みも抱えずに共和主義者を扱ったことで、彼は共和主義者を辱めたのだ。彼は恐れられるほどの人間ではなかった。その彼が殺されたのは、彼が暴君だったからではなく、暴君になるかも知れぬと人々が恐れたからである。

いついましがた、スーユ出版社のトラックに、ボードレールのすべてが一冊に、と大書してあるのを見かける。もしボードレールが、こんな醜悪さを予見していたなら、彼が現代世界に抱いた嫌悪は、身を震わせた怒りになっていただろう。

カエサルのような男は、どんな深い宗教感情とも無縁だったと思われる。彼が自分を神々の末裔と信じ、あるいは神々の地位につけると思ったのはこのためだ。

君主制のもとではカエサルの暗殺は讃えられ（ルイ一四世のときすでに）、共和制のもとでは災厄とみなされた（体制の非一貫性のゆえに、第三共和制下で）。

面目をつぶしても、なおかつ幸せな人間、私に尊敬できるのはこういう人間に限られるだろう。これこそ、自分の同胞の意見など歯牙にもかけず、自分の内部に幸福と慰めを汲む人間だ、と私は思うだろう。

「キャンゼーヌ」誌に〈センセイショナルな〉証拠資料が掲載される。ボードレールの父は司祭だったかも知れないというものだ。論文の筆者は、『内面の日記』から神秘性への傾向を語るくだりと、幼年期の詩人の「神との会話」を最後に引用している。——これはバカげている。司祭の息子（この点については、いくらか私にも身に覚えがある）は、決して神秘的ではない。だが、こんなことが問題なのではない。ボードレールほどにも挑発とスキャンダルを好んだ人間が、司祭の子という異例事をうまく利用しなかったなどとどうして考えられようか。叙階された司祭を、しかも大革命期には立場を変えた司祭を父にもつことは、詩人が同時代の人間を前にちょっとばかり気取って見せ、大物ぶって見せようとするにはもっけの幸いではないか！　論文の筆者は、まったくどうでもいいような二つの証言を引用しているだけだが、それを見れば、ボードレールが自分は司祭の息子だったと告白しているのが分かる。実をいえば、私はこの問題には関心はない。だが、この新事実を、今後、批評家がどう利用するかはよく分かっている。批評家連中は、罪の強迫観念の、そして実をいえば、『悪の華』のすべてのテーマの理由を発見したと思うだろう。だが、こんな説明より梅毒による説明のほうがずっとましだった。

ながいあいだ、私だけがまともな人間で、ほかの連中はみな完全に狂っていると思いつつ生きていた。この相違の、この特権の重荷で、生は私には耐えがたいものに思われた。その後、自分についても他人についても、これよりはずっと含みのある判断をするようになったが、それでもときどき、このいい気な固定観念がまたぞろ頭をもたげ、私の生を台無しにしてしまうのである。

四半世紀まえ、私にとって事件だった詩は、ブレイクの「恋の園」だった。わが意にかなう典型的な幻滅をここに見届けていたのである。

熱狂し逆上することのできた、若かったときでさえ、私は辛辣な人間をだれといわず好み、彼らの本を読んでいた。幻滅の迷信とはいわぬまでも、その癖がすでにあったのだ。

五月一九日　何も言うことがないとき、人は文芸批評家になり——もっと言うことがなくなると、批評家の批評家になる。これは第二段階の不毛性である。

いましがたベケット夫人から電話。とてもきれいな声。もう二年以上も彼女からは連絡を受けていない。とてもいい報せを伝えてくれる。サムは危険を脱し、肺にできた膿瘍はどうやら治ったらしいと言う。この報せを聞いて、心底ほっとする。最悪の事態を予想しなければならないと聞いていたので、恐ろしいものにあんなに慣れっこだった人間が、自分の肉体でまたそれを経験しなければならないのかと考えただけで、私は息の詰まるような思いだった。サムは尋常な人間ではないが、それでいて人を惹きつけてやまない人間、どうしようもないほど高貴な、ただひとりの現代人だ。

四半世紀ほども前のこと、ひとりの長髪の若者の訪問を受けたことがある。近くに住む、ちょっとおかしな女から〈天才〉と聞かされていた若者である。この風変わりな若者のアメリカ旅行、彼の計画、その考えなど、私たちはあれこれ話し合ったが、彼の話はみなどこかちぐはぐで、私は気が気ではなかった。自分ではもの書きだと言っているが、いままで何も書いたことはない。書きたいとは思っているが、同時に書く必要があるとは思っていないと言い、そして万事この調子なのである。話し合いの途中、彼は不意に立ち上がったかと思うと、私をじっとみつめた。私も立ち上がった。彼の目は輝き、顔面は引きつり、幻覚にでもとらわれたようで、私のほうにゆっくり向かってくる。「この天才はおれを殺すつもりだな」と、そのとき考えたことを覚えている。私は、彼がこれ以上ちかづいたら、顔面に一発くらわせてやろうと腹に決めて一歩あとずさった。すると彼はぴたりと立ち止まり、いらいらした仕種をした。まるでもう一人のジキル博士として、不気味な変身に抵抗し、自分を抑えようとしているかのようだったが、やがて落ち着きを取り戻すと、テーブルの一方の端に行って坐り、作り笑いをしてみせた。もちろん私は、今のこの事態について、彼に問いただすことはしなかった。それどころか、中断した対話を、ほぼそのまま続け、彼が一刻もはやく立ち去ってくれることしか考えなかった。彼は立ち去った。以来、一度も彼には会っていない。またその後、彼の消息を聞きたいと思ったこともない。

結局のところ、私たちは世界を嘲笑するためにのみ生きているのだ。

五月二〇日　〈非‐思考の状態〉としての解脱。

幸せになれるのは、自由な――あらゆる絆、あらゆる執着から自由な人間だけだ。言い換えれば、その生に世間並みの〈意味〉などひとつとしてない人間だけだ。

すべてを理解しながら――辛辣ではない！――私たちが全努力を傾注して目指すべきは、ほぼ不可能といっていいこのことだ。〈もう何ものにも惑わされることはない〉と言い切ることができ――歓喜のうちに死ぬこと。

ローマのユダヤ人社会の人々は、寄り集って殺されたカエサルを悼んだ。エルサレムへの度重なる暴虐非道の責任者ポンペイウスを滅ぼした者、それがカエサルだったからである。

五月二一日――ポール＝ロワイヤルを訪ねる。

宗教が重要視された国で、消滅した信仰にまさるのはイデオロギー的情熱である。フランス人は思想というものを信じている。フランスの歴史に徴しても明らかなように、このことがさまざまの遺憾な結果をもたらすかも知れないのだ。イギリス人は、自分たちの幸運が分かっていない。

ポール＝ロワイヤル。この緑に囲まれた環境のなかで、神学の煩瑣な問題が原因で悩み苦しむとは！　すこし時間がたてば、あらゆる信仰は、それを滅ぼした反‐信仰と同じように、理解しがたいものに、あるいは根拠のないものに見える。生き残るのは、信仰と反‐信仰とがそそのかす懐疑だけだ。

〈死刑執行人の息子〉の話について――新しい解釈。

恥辱への肉体的欲求。私は死刑執行人の息子ならよかったのに。

あまりに深く掘り下げると、どんなものも（あらゆる教義がそうであるように）、ついには私たちを不毛にする。特にもの書きの場合がそうだ――専門家はといえば、彼はどんな危険も冒さない。生まれつき不毛だから。

時間を感じ、時間の犠牲者であり、時間で死ぬ思いを味わい、時間のほかには何も知らず感ぜず、いつも自分が時間であるような精神薄弱者は、形而上学者がほんのときたま、また詩人が、霊感により、奇跡によって手に入れるものを実感として理解する。

五月二五日――先日の〈考え〉、つまり、私たちはただ世界を嘲笑するためにのみ生きているのであり、たぶん存在にはそれ以外の意味はないという、あの〈考え〉を市《いち》で反芻する。自分と世界とを問題にし、両者をともに嘲笑し、さらに嘲笑そのものを嘲笑し、以下同じように。

私たちの人間関係でもっとも複雑で、もっとも恐ろしく、そしてもっとも不可解なのは、上司あるいは敵との関係ではなく、友人との関係だ。友人はみな潜在的な敵だ。だから、友人には不安の種は尽きず、警戒していなければならないのである。それに引きかえ、相手が敵の場合は、どうすればいいか分かっている。敵との関係では、私たちはいつも最悪の事態を念頭においている。そしてその敵がいつかは友人になれるかも知れないと考え、安堵するのである。この希望は、それが実現しないその限りで、もっとも役に立つ。というのも、それが実現してしまったら、私たちはまたしても不安と困惑の状態に戻ることになるから。

自分のことをすこし仔細に検討してみると、どうしてあんなにながいあいだ熱狂を、いや情熱さえも経験することができたのか驚かざるをえない。だが、これはほんとうなのだ。

いままでずっと、私は離脱を切に希ってきたが、一度として離脱をほんとうに経験したことはない。にもかかわらず、私は離脱を切望し、そしてその自分の挫折を隠蔽するために、さもすべてを超越しているようなふりをしたのだ。

私という人間は、矛盾した衝動の場そのものだ。そして何かにつけ矛盾した衝動が起こるので、ちょっとした身振りをいまだに示すことができるのは、いったいどんな手品によるのか自分でも疑問に思うほどだ。

五月二六日

「歴史」の真実が捉えられないのは、歴史が、教授などというおとなしい連中によって書かれ、波瀾に満ちた人々の生涯が彼らによって描かれるからだ。一方、活動的で戦闘的な連中が歴史家になったら、彼らには真実を尊重することはもちろん、真実を目指すことさえできない。

混乱の時代に、もし私が重要な役割を果たすとすれば、私はむしろ、優柔不断な人間キケロといったところで、ある立場に加担するにしても、その立場を棄てた者をもっぱら懐かしむためだけだ。

昨夜、ラ・グリーユで、たまたまシュテファン大公のことを口にしたとき、イヴォンヌ・ルパスコが、それはだれのことかと訊く。「ルーマニアのナポレオンだよ」と答えた。

五月二七日――才能のありすぎる者は、実際には才能などひとつもなく、すべてにおいて凡庸に見える。

主義主張は消え去り、逸話が残る。

私はますますもってルーマニア人ではなくなりつつある。どうしてあんなに自分の生国を信奉することができたのか。この世の者ではないのに、どうしてある国に帰属できようか。

ニルヴァーナの経験は、生の経験にまさるものではないにしても、生の経験に劣らず充実したもの、人を豊かにするものだ。というのも、ニルヴァーナは生以上のもの、生きられ、吸収され、乗り越えられた生であり、生を越えた生であるから。

ステュアール・ジルベール（八一歳）――夕食によばれて最後に彼を訪ねたとき、ドアを開けて私が、「元気かい？」と訊くと、「生き残ったよ」と答えた。

社会とは嫉妬の制度、嫉妬の集合体だ。

だれが私たちをねたむのか、これを知るのは簡単ではないが、知人あるいは友人が実現したいと思っていたことを私たちがやってしまうと、原則として、私たちは必ずねたまれる。未知の人が私たちをねたむことはない。あるいはねたむにしても稀だ。嫉妬の本質的な条件は、私たちの顔が知られているということだ。その身を隠して目立たぬ者が、このすぐれて自然な、そして卑しい感情の対象にならないのはこのためだ。

五月二八日――ガブリエル・マルセルはボスケから原稿の依頼を受けたとのことだが、そのマルセルから、「ル・モンド」紙で私に関して見開き二ページの準備がすすめられていることを知らされた。私はボスケに丁重な手紙を書き、準備からは手を引き、計画を見合わせるように依頼する。私のために原稿が依頼され、友人たちが動員されていると思うと生きた心地がしない。パリでは、だれだれについて書くようにと求められる、こういう無遠慮なことがまかり通っており、そのために私自身どれほど苦しんできたことか。だから私が原因で、ほかの連中に同じような苦しみを与えるのかと思うといたたまれないのだ。私の意志にまったくそぐわない計画の芽を摘むためなら、できることはなんでもやってみるつもりだ。いまもピオトル・ラヴィッ*に電話して、計画には協力しないよう依頼した。そして計画をかたくなに拒否する私の態度がげせないと言うラヴィッに、こういう計画は、私の生き方と考えに矛盾するものであり、自殺について書いておきながら、そのあげく世間から脚光を浴びるような真似はしたくないのだと説明すると、彼は自説をゆずらず、そんなことは私にはどうでもいいはずのことではないかと言う。そこで「私はね、まったくのペテン師じゃないんだよ」と答えたが、私が言いたかったのは、私の懐疑思想は完全なものではなく、私はまだ品位というものを信じてもいれば、偏見も抱いており、自尊心といったようなものも重んじているということだ。事実、私の考えからすれば、私たちがあることを理解したとすれば、その後、私たちが何をしたにしても、それには誠実さが欠けており、したがってそれはほとんどペテンに等しいものだということになるが、しかし私は、物事を徹底的に理解したわけでも、一切に関心を失っているわけでもなく、自分の書いていることはまだ信じている。そして人の賞賛を受け入れるのは、私の思想の本質を否定することなのだ。――賞を受けるのは別問題。なぜなら賞金にかかわることだから。だが、寄せ集められ、懇願された賞賛などまっぴらだ。こんな恥さらしの共犯にはなれない。

* 前記、三四三ページ、注参照。

〈Ich will meine Ruhe haben, Ich will meine Ruhe haben〉*――ところはベルリン、精神科医の質問を受けて、講義のあいだずっと、ひとりの狂人の繰り返していたこの答えを、私は決して忘れないだろう。実は、この狂人、独りでいるために、心やすらかに生きるために、自分のために「空気」を全部買い占めたと語りはじめたのだ。

* 「心のやすらぎが欲しい、心のやすらぎが欲しい。」

自分は評価されているのだと知り、自分の〈功績〉が認められたのだと考える、これにまさる屈辱はない。〈不当な扱い〉を求めるべきだというのではなく、そうなったらそのまま受け入れ、やむをえなければ、それを期待しなければならない。最悪なのは、栄冠をいただく除け者になることだ。

五月二八日　自殺。死ぬまえに死のう。

生まれることは破局であるから、私たちはみな生誕の生き残りだ。

ローマは二人のもの書きしか生まなかった。すなわち、カエサルとルクレティウス。その他のもの書きはみな地方の出身だった。

私が仏教に近づいたのは、たぶん生誕への疑問をともなう、生誕の強迫観念からだ。

どんな宗教、どんな哲学にも頼らぬ勇気をもたなければならない。

五月二一日――私は「新しき神々」で、異教の神々を擁護した。私の言い分が正しかったとは断言できない。エピクロス（そしてルクレティウス）は、異教の神々を忌み嫌っていた。そしてエピクロスが異教の神々に注意を怠らなかったのは、もっぱらそれらの神々を人々からとおざけるためだった。というのも、異教の神々は厄介者、邪魔者であり、しかもその執拗さが不吉なものだったから。

私には宗教の残りかすがあるが、それでも私は、神々とともにではなく独りで困難を切り抜けるほうがましだと思っている。

ガブリエル・マルセルは、私の本に〈動転した〉と言っている。

この反応に、私は、三〇年まえ、『涙と聖者』を読んで、私の両親の示した反応を思い出す。こういう本は私たちが死んでから出すべきだったと、両親は私に手紙にさえ書いてきた。彼らにとって、この本を読むのは耐えがたい試練だった。そのため床に就いてしまったのだから……

ついいましがた、市《いち》へ行く途中、若い妊婦とすれちがう（様子からして臨月だ！）。嫌悪、吐き気。咄嗟に、私を身籠っていたときの母も、さぞやこんな嫌らしいなりをしていたに違いないと思った。

（あるとき、母が私に言った、「もし分かっていたら、中絶してもらっていたのに」という、あの恐ろしい言葉。

思い起こせば、昼食の済んだ、午後二時ころのことだった。私はソファーに倒れ込み、何度も溜息をついては、もうだめだとつぶやいていた。二〇か二一、あるいはもっと若かったはずで、不眠に苦しんでいたのである。睡眠薬でどうにか眠れても三時間、最大でも四時間くらい、耐えがたい悪夢で目を覚ますと、そのあとはずっと眠れなかった。いまにして思えば、これらの恐ろしい夜について記録を書き残しておくべきだったかも知れない。私に残っていた詩的才能のすべては、これらの不眠の夜のうちに流れ去ってしまった。その後、私には散文しか書けなかった。再び眠れるようになると、発揮することができたかも知れない詩的才能を失ってしまったのである。）

五月三〇日　朝の五時、あの脚の不思議な痛みで目を覚ます。これにはもう三〇年、気候のちょっとした変化で苦しめられているが、医者にもさっぱりわけが分からない。ま、この点はこのくらいにしておこう……私は起き、河岸を散歩した。朝のこの時刻では、クルマはほとんど通らない。この町は私のものだという印象。

もっとも、私が特別な幸福感に浸ったのは、太陽が昇るまえの光――あの汚れを知らぬ、最初の光のためだ。

『悪しき造物主』――憂鬱な毒舌家の書いた本。私の書いたものはどれについても同じことが言える。

私が生まれてはじめてスペイン人に会ったのは一九三六年のことだ。そのスペイン人は、数人の人を前にして私に、「死と崇高なものが好きだ」と言った。

スペイン的なみごとな愚劣さ。

(彼はウナムーノの弟子だと言っていた。驚くには当たらない。この師には、潜在的のみならず実際にも多くの悪趣味があった。)

思考を自己破壊の毒液と考え、自分そのものに鎌首をもたげるマムシの産物と考えること。

「いわゆる文明国の現代人は、三〇にもならないのに、微笑あるいは笑いを味わったことがなく、目は虚ろだ……」(アルメル・ゲェルヌ、一九六九年五月二八日付の手紙)

古代では、入浴は悲しみをまぎらわす一手段と信じられていた。母が死んだとき、聖アウグスティヌスは入浴したが、効き目のないことが分かったと告白している。

古代人で慰めの書をかいたのはクラントールだった。その書は失われてしまったが、そこには、心の苦しみの克服のために援用できるあらゆる哲学的根拠が列挙されていた。いわば異教の『キリストのまねび』だった。クラントールの書は『苦悩について』というものだった。この書に、あらゆるモラリストは思いを汲んだに違いない。

……こういう本が私に書ければいいのにと思う。だが、そこに扱われている主題は、つねに現実的なものであったため、もうすっかり究め尽くされていることを認めなければならない。

いま私は苦しんでいる。この感覚は私にしか意味がなく――いずれにしてもいま、私の生と別のものではない。この、私にとってはきわめて重要な事件は、私以外の者には存在せず、ほとんど想像できないものだ。ただし、神は別だ。この神という言葉が言葉とは別のものなら。ここにおいて私たちは、宗教の役割を理解し、宗教にある代替不可能な、稀有なものを理解する。

私はどんな意味で宗教的なのか、また宗教的な資質以外のものが私にあるのかどうか、はっきりと分かったためしがない。たぶん私は、さかさまの宗教的な人間なのだ。といっても、実はこの点について正確に説明できるわけではない。私が〈宗教的〉なのは、存在の周辺にいて、ほんとうの存在者には決してなれないあらゆる人間がそうであるのと変わらない。

宗教的な性質を必ず帯びてしまう、ある種の精神の不安定というものがある。だが、それはどういう不安定なのか。

娘の死後、妻を慰めるためにプルタルコスが用いた驚くべき論法。「どうして嘆き悲しむのか。まだ子供がいなかったときには悲しんだことなどなかった。子供を失ったいま、おまえは以前と同じ境遇なんだよ。」

ディヌ・ノイカ*のオプティミズムについて。

賢者は、ファラリスの青銅の雄牛**のなかにあってさえ幸福であるとは、いったい古代人のだれの言葉か。この言葉はノイカにぴったりだと思う。

* 前記、七五ページ、注参照。

** アグリジェントの僭主ファラリス（紀元前五七〇―五五四）が、処刑したいと思う人間を閉じ込めて焼き殺すために用いた青銅製の雄牛。

六月二日　日曜日、忘れられない散策。セルメーズ、プラトー、ボワシー＝ル＝セック、セルメーズ。

ドイツ人の *Weltanschauung* にあたるのがフランス人の「イデオロギー」だ。

『フーガの技法』にはいっかな飽きない。微妙な幾何学、形而上学を背景とする練習曲。

いましがた、ガブリエル・マルセルのところで、フリードリッヒ・ヴァインレープに会う。ユダヤ人の数学者にして神学者で、多大の感銘を受ける。ハシディズム派のラビを思わせる風貌、現代世界についてのその見解、知恵の樹と生命の樹の神話についてのその解釈……

こんなことを話し合っていたとき、ルワンダ（？）の司教が姿を見せる。国のこと、その他さまざまのことを語ったが、なんといっても痛ましいのは、人々が山羊を売ってトランジスタラジオを購入していることだ。

六月三日――夢ほどにも屈辱的なものを私は知らない。いま私が考えている、二時間まえに見た夢は、まったくバカげた、想像もできないようなもので、それを考えただけで、もう二度と夢など見たくないと思うほどだ。

ハイデガーの法外な名声。彼の途方もない言葉のペテンにみんなひっかかったのだ。だが、彼に対する私の考えは動かない。ヨアン・アレクサーンドルが私に語ったところによると、彼が対談したこの高名な哲学者は、このルーマニアの詩人の、単純な、また深遠な問いに、月並みな答えを返すだけだったということだが、この話を聞いて私には悟るところがあった。つまり、哲学者は、いつも使っている専門用語が使えないと、一般の、生きた、普通の言葉では何ひとつ語ることができないということだ。まやかしはできなかったのである。

ヴァインレープのことを考える――一民族の一切の神秘の化身。

「彼［ゲルマニクス］が非業の死を遂げたその日、人々は神殿に投石し、神々の祭壇をひっくり返し、またある連中は、家の守り神を街路にほうり出すかと思えば、生まれたばかりの赤子をさらしものにした。」（スエトニウス）

キリスト教の時代に、人々がこぞって喪に服しているとき、教会に石が投げられたことがあったとは私は思わない。ここからどんな結論を出すべきなのか。

もっとも、教会が馬小屋になってしまった（大革命のとき）のは事実だが。

D・de・Rとパルのことについて長々と話し合う。パルはルーマニアの詩人で、借金暮らしをしているが、平気のへいざ、詐欺など朝飯まえという男。彼のこういう生活は西欧の人間には想像もできまいが、私からすれば、ここにはブカレスト人の、そして実をいえば、古代ワラキアの、信じがたいニヒリズムがすぐにも見てとれるのである。

パルはベルンへ行き、半年そこに滞在したが、嘘に嘘を重ねてまんまと家主を丸め込み、家賃など一銭も払わない。何をしているのか。何もしていないらしい。部屋にこもりっきりで、本すら読んではいない。不思議だ。D・de・Rは彼に会いに行った。パルは彼をレストランに招待し、極上のワインを注文するが、もちろん一文も払わない。不思議なこともあるものだ。詐欺師は謎めいた人間と決まっている。というのも、底なしの嘘で固められた生活を送っているのが詐欺師だから。

六月四日　先日、フリードリッヒ・ヴァインレープとフィシャー＝バルニコルの前で、未開の国（たとえばルーマニア）の文盲の農民は、「書物」（聖書）以外の本を読むのは背徳のあらわれと思うだろうと言ったところ、ガブリエル・マルセルは、私の国の文盲と似たような状態だと言う。それというのも、読書をつづけるには目の疲れがひどく、どんなに本を持っていても（彼のアパルトマンの壁は本で覆われている）もうなんの役にも立たないからだ。

文体と名のつくものはどれもこれもうんざりだ。この私の思いは、人の想像を越えている。この、文体という偶像に、かくもながいあいだ私自身ひれ伏していたのを思うと！

神々の打倒に血道をあげていた〈異教の〉哲学は、キリスト教が台頭し、いままさに勝利を収めつつあるのを目にしたとき、古代異教文明と手を結んだ。キリスト教の戯言などより古代異教文明の迷信のほうがずっと好ましいと思われたのだ。なんと皮肉なことか。神々を攻撃し、神々を打倒することで、哲学は人々の解放に重要な貢献をしているものと信じていたのに、ことと志に反して、かつての隷属よりもはるかに耐えがたい隷属に人々を引き渡さなければならなかった。神々にとって代わりつつあった神は、神々より有害なものだったから。

だが、哲学はこの神の到来に責任はない、哲学が推奨していたのはこの神ではない、と反論する人がいるかも知れぬ。その通りだが、しかし神々を打倒すればただでは済まされず、そして歴史において、私たちが攻撃する悪は、ほとんどつねにより大きな悪にとって代わられるということを、哲学は思い知らねばならなかったのかも知れない。ユダヤ‐キリスト教的一神教は、古代のスターリニズムである。

不可避の事態を前にしても、断じてじたばたしてはなるまい。こういう事態になると、私はうろたえる。私が自分を……自分で思うほど高く買えないのはこのためだ。

〈私の〉出版社に出向くたびに（年に二、三回だが）覚える不快感。その理由は、私がもっとも忌み嫌う連中、つまりもの書きに、出版社で会うのではないかといつも恐れているからだ。私は私の欠点が彼らにあるのが許せない。もの書きなら、画家、音楽家、あるいはその他だれであろうと、そのうぬぼれには耐えられるが、ほかのもの書きのうぬぼれはそうはいかない。これはあらゆる職業に言えることで、道路清掃人もおたがい同じような許しがたい気持ちを抱いているのではあるまいか。ま、そんなわけで、平穏を希う者は、好みも職業も自分のそれとは異なる連中とつき合わねばならない。弁護士、医者、看護人、職人、私はこういう人たちと話すのは好きだが、へボ作家連中と話すのは大嫌いだ。

懐疑は哲学の始まりであり、そしてたぶんその終わりである。カルネアデスは、あの有名な使節としてローマに派遣されたとき、はじめて正義の観念のために一席弁じたが――翌日は、それに反論した。＊このとき、この粗野で健全な習俗の国にいままで存在しなかった哲学が姿をあらわした。それなら、この哲学とは何か。果実のなかの虫だ。

哲学は、すくなくともその意図においては、徳性をむしばものではなく、その保持をさえ願うものだが、しかし実際には徳性を弱体化させる。それどころか、徳性がゆらぎはじめるその限りでしか、哲学は生まれないのだ。そして哲学は、その意図に反して、結局は徳性にとどめをさすのである。

＊ カルネアード、というよりむしろカルネアデスは、ギリシアの懐疑論哲学者（紀元前二一三―一二九）。一五五年、アテナイのアカデミアの塾頭として、ほかの哲学者とともにローマに派遣され、その地にかなりの影響を与えた。

最良の場合でも、寿命をまっとうすることしかできないと知りながらも、人々が唯々諾々として生きているのは、考えてみれば不思議なことだし、信じがたいことだ。だが、たとえ時間の果てまで生きたところで、問題は変わりはしないだろう。問題はまさに存在、あの、だれもが熱望しているものの、だれの願いも叶えることのない存在なのだ。

六月五日

殉教者とは何か。並ぶもののないうぬぼれ屋にしてエゴイズムの権化……知性一点ばりの。というのも、殉教者は他人の言い分を理解しようとは思わないし、また理解することもできないから。そして他人が自分の意向に従わないなら、他人に従うよりは死んだほうがましと思っているのだ。

殉教者は尊敬できても、好きにはなれない。

殉教者とつきあうより詭弁家とつきあうほうがずっといい。殉教者は私たちの言い分に共感することはないが、詭弁家は、あらゆる言い分に共感を示す。

殉教を志す者とは議論はできない。

狂信は会話の死だ。

フランツ・イェーガーシュトゥッター、ヒトラーに反抗し、兵役を拒否したために処刑された、あのオーストリアの農民に関する本を読んだ。

敵の有益性について。

私たちを孤立させる者、私たちの役に立つのはこういう者だけだ。

私をとことん孤立させた者、その意志に反して――だがこれがなんだろう――私の精神の強化に手を貸してくれた者、私は彼らに感謝している。

私たちの取柄をだれよりも認めようとしないのは私たちの近親者だ。聖者たちは、その友人と隣人にいつも〈疑われていた〉。仏陀が一番おそれていたのは、その従兄弟であって、悪魔は二番手にすぎなかったことを忘れないでおこう。

私たちが顧みられるのは、私たちの前歴を知らない連中のあいだに限られる。

現実と見紛う何かを、つまり言葉を越えている何かを語ること、これが何よりむつかしい。

他人については相手がだれであれ何も書いてはなるまい。そう深く確信している私は、他人について書かざるをえなくなると、語らなければならないその相手を、よしんば尊敬していても、攻撃しようとまず考えるほどだ。

いったいどれほどの失望が重なって痛恨となるのか。人によってたった一つの場合もあれば、数知れぬ場合もある。

私たちが押し殺し、隠し、あるいは抑えるどんな失望も、いずれも私たちの知らぬ間に、とめどない痛恨の糧になっている。痛恨の原因にならないのは、私たちがはっきりそれと認めている失望だけだ。だが、私たちが〈気高く〉、〈上品な〉者でありたいと思うと、そのとたん、私たちは体面は繕えても、深い傷を負う。

馬は自分が馬であることを知らない。――それがどうしたというのか。

人間が自分は人間であるということを知って何をえたのか――これは分からない。

ある歴史の本で、次のようなまっとうな問いにお目にかかった。「大カトーの時代に、ローマに説教にやって来る聖パウロなど想像できようか。」

私が発見したすべてのものは、自分をさいなむことで発見したものだ。自分を衰弱させなければ、私にはある種の真実が理解できなかったのだ。

六月七日

今朝、紀元前二世紀、ローマに派遣されたカルネアデスの使節*のことをまた考える。大カトーは、このギリシア人の操る論理の遊びを目撃し、ひどく心を痛めた。彼は元老院に、アテナイの代表団の要求を飲み、なるべく早く彼らを帰国させるよう求めた。彼らがローマにいるのは、それほど彼には有害な、危険なものとさえ思われたのだ。ローマの若者は、こんな風紀を乱す連中とつきあってはならない。カルネアデスとその二人の仲間は、カルタゴ人が政治および軍事の面で恐るべきものであったのと同じように、精神の面で恐るべきものであったのである。

草創期の帝国は、知的堕落を何よりも恐れる。知的堕落はほとんどいつも古い国々からやって来る。

＊　前記、七三九ページ、注参照。

懐疑論を刷新することはできないが、その適用をふやすことはつねに可能だ。

六月九日　ドゥールダン地方を歩く。

ストア学派反論。

もし私たちが自分の力ではどうにもならないことには関心をもたないように自分をしつけ、そんなことに苦しんだり喜んだりせずにいられるなら、私たちの身に起こるほとんどすべてのことは私たちの意志にはかかわりがないのだから、いったい私たちになすべきこと、経験すべきことの何があるというのか。

ストア学派の言うことは理屈の上では正しい。だが実際には、すべてはストア学派に不利に働く。けだし、朝から晩まで私たちのしていることといえば、自分ではどうにもならないことに賛成あるいは反対の態度を示しているだけなのだから。〈生〉とはこういうものであり、自分の無力からの狂気じみた脱出の試みだ。〈生〉とは、意図したものであると同時に不可避のレース（……ここで電話が鳴り、言おうとしていたことを忘れてしまった）。

ある新聞のために、自分の略歴を書いた。日付入りで自分の過去について語るほどつらいことをほかに知らない。この種の文章は故人略歴に似ている。まるで……辞典のなかに自分を埋葬しているような具合だ。

辞典の文体で自分について語るとき、私たちはいつも自分の墓を掘っているのだ。

明け方の二時。Ｊ・Ｆと四時間、パリを歩きまわる。ルーマニアの情勢、その常に変わらぬ災難について語り合う。「近いうちに生まれ変わっても、ルーマニア人にはなりたくないな」と彼が言う。

六月一〇日　昨夜のＪ・Ｆとの会話のつづき。私が人間について、人間のやることはみなついには人間を裏切ることになると言うと、彼はぎょっとして、個人的にはあらゆるものに連帯感を抱いていると私に反論し、星を指差して、あの星にも連帯感を感じると言う。私は、ある種の宇宙的な感情は私にもある、でも宇宙との関係では自分はマージナルだと思っており、自分はどこにも帰属していないというほとんど抜きがたい感情を抱いていていつも生きていると言って、私が自殺を唯一の解決策、合理的なただひとつの解決策と固く信じて疑わないにもかかわらず、どうして死なずに生きながらえるようになったかを説明しようとするが、説明しながらわけが分からなくなる……自分の陥った逆説をわかりやすく説明することができないからだ。

〈宇宙的な〉感情について――もしミミズが……大地に連帯感を抱き、そのことを宣言したとしたら、私たちはミミズにどういう態度をとるだろうか。ミミズを前より軽蔑しなくなるだろうか。それにこういうミミズの自覚に、どんな客観的な意味があるだろうか。私たちは、このミミズだ。にもかかわらず、私たちの〈なきに等しい実在〉を認めようとはしない。それというのも、私たちは意識ゆえに思い上がり、そして思い上がりは、意識が意識であることを妨げるからだ。思い上がりは意識を曇らせる。

賢者と審美家の雑種。優雅な除け者。

時間厳守などというものは、形而上学的な、あるいは宗教的な感覚をことごとく失ってしまった、世俗化された社会にしか存在しない。時代おくれの社会は時間を無視する。会合は時を選ばない。

六月一一日　ぶっつづけのおしゃべりで疲労困憊。

私は「会話」に打ちのめされる。

言葉は分析されると、もう何も意味しないし、もう何ものでもない。死体解剖されたあとの肉体が死体以下のものであるように。

六月一二日　ヨアン・アレクサーンドルからの手紙によると、アシッジへ巡礼し、聖フランチェスコの礼拝堂で特に私のために祈ったとのことだ。なんとも御苦労千万のことだ！　いまこのときほど、自分はキリスト教とは無縁だと心の底から思ったことはない。マイスター・エックハルトにさえ、もの書きとしての途方もない才能にもかかわらず、苛立ちを覚える。

ロンドンから戻ったJ・Tの話では、イギリスからは、酔っぱらった船長と気のふれた水夫どもの乗り組んだ船のような印象を受けたとのことだ。イギリス人は、祖国には未来がないどころか、破滅したとさえ思っているが、それでもそのことを苦にしているわけではなく、自分たちの消滅を明白な事実として受け入れ、とりたてて論ずべきことではないと思っている。

私は友人に、私がイギリスに行ったときも、まったく同じようなことを確認した、イギリスからローマを、五世紀でないとすれば、四世紀のローマを思い出したと言った。

（きわめて豊かな、重い過去をもち、農民を、生命の蓄えを失ってしまった、これらの国家の悲劇。）

数年まえ、ローレンス・オリヴィエの一座が、モスクワで『ロメオとジュリエット』を上演したことがある。公演は大成功を博し大変な感動を呼んだ。公演が終わると、観客は思わず熱狂し、まるで復活祭の深夜のミサのときのように抱き合ってしまったほどだった。
これほどの率直さ、これほどの熱情と敬虔が西欧のどこにあるだろうか。

挫折の誇りがなければ、生はほとんど耐えられないだろうと、いまアルサヴィール*への手紙に書いた。賢者でない者にとって、これが知恵の鍵だ。成功、賞賛、同意、まただれの、よしんば孤独な人々からの喝采にしても、敗北としてこれ以上ゆゆしいものはないと、私は心の底から思っているし、人に認められる屈辱よりも深い屈辱を知らない。台座に祭り上げられるよりは下水渠の底にいるほうがましだ。
(私の仕事――人目にたたないものであるのを認めるにやぶさかでないが――が黙殺され、それが原因で、すこしでもつらい思いをする自分が私には許せないのはこのためだ。)

* アルサヴィール・アクテリアン、シオランの旧友で、エッセイスト、ジャーナリスト。

世界嫌悪のほかに私には宗教的なものはない。
だが、この嫌悪そのものも不純なものだ。私の絶対との関係がどうして永続性に欠け、成功しないのかこれで分かる。

数日まえ、マルセル・アルランにN・R・F誌への寄稿を約束したが、実のところ、何を書くのか分かっていたわけではない。さしあたり、〈魂の水準〉の問題について書こうかと考えたが、しかしこのテーマは、いまのところ自分に向いているようにも思われない。ついいましがた、市《いち》へ行く途中、本屋で「キャンゼーヌ」誌の最新号に目を通したところ、ガンディヤックの「エルメス」誌*に関する辛辣な一文が掲載されていて、特に「生誕以前の幸せ」という私の文章の断片が引き合いに出されている。そうだ、N・R・F誌には、生誕について書こう、かつて私が生誕の破局と呼んだものについて、と思った。そう思うと、とたんに書く気になった。書けば、もっぱら『造物主』の補足説明をするようなものだから、なおさらその気になった。

* 前記、五三六ページ参照。

いま始まろうとする人生、これほどにも痛ましいものを私は知らない。結婚をはじめ、ありとあらゆるデビューというものを私が嫌うのはこのためだ。どんなケースを前にしても、私に考えられるのは、多大の約束と幻想の最後を飾ることになる幻滅だけだ。

六月一五日
このところずっと、もう酒は飲むまいと決めていた。昨夜、完全に酔って帰宅。

パゼイロ、アンナン、メサディエ――昨夜の仲間が、Ａ・Ｂについて書いた私の論文のことで私にからむ。彼らはみなＡ・Ｂを軽蔑しており、その強い思い込みは、私には理解しがたい。いずれにしろ、オーバーにすぎる。私は〈弁明〉しようとしたが――当然のことながら、うまくゆかない。

あらゆる者があらゆる者を批判する、ここはなんという嫌な都市だ。その反動として、私は他人に対してつい寛大な気持ちになってしまう。だれかをけなすと、たとえ相手が〈卑劣漢〉でも、後悔する。あらゆる人を許すべきだろう。

六月一六日　不眠症患者は、自殺の、やむをえざる理論家である。

午前中いっぱい、ヌイイの橋の近く、亡命者事務局のある地下室で過ごす。ひどくうっとうしい印象。病院、警視庁、駅、メトロ、その他、人が行列を作るところならどこでも受ける印象と似ている。だがここは、すべての人が外国人で、フランス語を使う人はほとんどいないから、ほかのところよりずっと自分が見捨てられ疎外されているように感じられる。ついに人間は、その掛け値なしの姿に戻り、ほとんどどうということもない、あるがままのもの、つまり、無であるが、夕食その他、何かがはじまり、感心しているだけでなんの知識もない会食者のなかに無礼な言葉が飛び交うと、人は自分が本来まったく取るに足りない者であることを見失い、自分が世界の中心であると難なく思い込んでしまう。

自分に輪をかけたような落伍者と話すのは悪いことではない。昨夜、マリオンと、哲学的といってもいいような散歩をしていたとき、彼女に比べれば、私にはまだ生命力が、覇気が、勇気があると思った。で、彼女に、生きてゆくには、強靱な理論的根拠などもつ必要はない、木々を、あるいはバッハを、あるいはその他、なんでもいいから愛するなら、それで人生は正当化されると説明する。もちろん、この私の〈説得〉に彼女が納得したとは思わない。それどころか、私などより彼女のほうがずっと先を行っており、その結果、彼女の精神科医に劣らず、私は彼女のために何もしてやれなかったのだと思っている。

仕事机の上に、ジャワ島で出土した仏陀の頭の彫像が置いてある。ライデン美術館の彫像の複製だ。これほどの受苦をたたえた顔を私は知らない。

夜の一一時。街で偶然パウル・ツェランに逢う。三〇分ほど、つれ立って散歩。ひどく愛想がよかった。

ラジオでＡ・Ｂが、私が書き、本を出し、献辞を書いて本を贈るのはけしからんと非難する。

……だが、老子だって本を書いたし、それにたぶん彼も、人並みに譲歩もしたのだ。

冷酷この上ない批判者は、うさんくさい。私はBのことを考えているのだが、あいつときたら何でも承知し、いつでも良心を売る気になっている。あいつには良心などひとかけらもないのだが……それでも売りに出されれば人は買う——というわけで、あいつの話を聞いていると、自分は聖者、どんな妥協にも応じないが、ほかの連中は卑劣漢。もちろん、卑劣漢にもピンからキリまである。ま、そんなわけで、卑劣漢の糾弾にもいろいろと手心をお加えになるというわけだ。

ついいましがた、ある本屋のショーウインドーの前で、自分の文学上の……運命を考えて——どう言えばいいのか、憤怒の衝動にかられた。だが、もし自分が人に認められたら、いっそう怒り狂うだろうと考えて、すぐ冷静になった。

（ある衝動にかられると、ほとんど同時に、私は決まって反対の衝動にかられる。私の場合、客観性への……配慮はそれほど大きいのだ。）

バッハの音楽を聴いていると、バッハは、彼にとってはすべてのものが神みずから楽しんでいる遊びにしか見えない、あの極点に達していたのだと思われる瞬間がある。『フーガの技法』、そして『変奏曲』から立ち昇る、あの神の非在の印象。

だれもが例外なく、私とA・Bの友情を非難する。これらの非難は軽視できない場合がある、と言っておかねばならない。

六月二四日　毎朝、同じことの繰り返し。まず何やらいたたまれない気持ちになるが、そのうち、この気持ちもうすらぎ、やっと夜になって、もっと正確に言えば、真夜中ちかくになってはじめて事態が好転する。

私は生まれつきおしゃべりだが、その私に取柄があるとすれば、それはみな沈黙のおかげである。

六月二七日——〈生誕の破局〉について書かなければならないのだが、論文はまだ脳裏に姿を見せず、私には見えない。さまざまの予感、さまざまの印象はあるものの、これをどうして問題に変えたものか。どうして不安を文章にしたものか。

かつてアンドレ・モーロワは、「いまは亡き文明のためのパヴァーヌ」という洒落た表題で、私の『概論』について書いてくれたことがある。* その礼状に私は、私がもっとも親近感を覚える人間はヨブとシャンフォールだと書いたが、たぶんこれが、私のもっとも正確な自己評価だ。

＊　この書評は、一九四九年一二月一四日、「オペラ」誌に掲載された。

七月二日　昨夜、ジャック・ボレルと母語以外の言葉を使うことにともなう危険について話す。彼によると、英語は彼にとってはいまだに外国語なのに、それでもイギリスあるいはアメリカにわりに長期間滞在すると、英語ふうが身についてしまうとのことだ。だが、ルーマニア語で数時間はなしをした、そのあとの私はどうなるのか！　危険は私のほうがずっと深刻である。特に話が、たとえば宗教問題といったような、いささか内的な、重大なことにかかわる場合は。そんなわけで去年、午後いっぱいを費やして、ヨアン・アレクサーンドルと信仰の問題について哲学的な話をしたことがあるが、話が終わったとき、私はフランス語を忘れてしまったのではないか、こうなったらまたフランス語に戻るしかない、いやフランス語を学びなおすしかない、そんな気がしたのである。

日々は一日一日と過ぎてゆき、私は一行も書かない。奇跡的に不毛に見舞われたのだ。

一方、私の離脱の現状では、この不毛の状態は、私にとってはよき前兆とも、私の完成と成熟の例証とも見えてしかるべきであろう。だが、事実はそうではない。自分がかつての自分にも劣ると思うと、悔しさに、後悔に、怒りに責め苛まれる。これこそ、行為に、行為崇拝に汚染された人間の悲惨というものだ。

「生とは絶えざる逸脱だ。その逸脱の方向すら私たちには自覚できない。」（カフカ）

七月一〇日——熱烈な賞賛の手紙を受け取る、こういうときほど、私が自分に疑念を抱くときはない。

ガブリエル・マルセルとリュクサンブール公園にて。彼が言う。老人を敬う気持ちが教えこまれるのは、たぶん老人に自信を与えるためであり、自分は役立たずだ、厄介ものだという気持ちを老人に抱かせないためだと。

アリストテレス、トマス・アキナス、ヘーゲル——精神を奴隷化する張本人。その体系の一貫性と恐怖で、彼らは精神を抑圧したのだ。最悪の専制政治は、哲学において、またすべてのものにおいて、体系だ！

名状しがたい不毛の日々。私は、よいことはもちろん、悪いことさえしていない。非のうちどころのない無、申し分のない恥辱。

バッハについて語りながら、エネスコが「私の魂の魂」と言う。見たところ素朴な、この単純な言葉は、私のカントールへの思いを正確に表現している。

猛暑は神秘感を伝える。まるで砂漠の近くにでもいるようだ。酷暑が神経を試し、感知しがたいものをずっと敏感に感じとれるようにするのは間違いない。
夏のある日々、揺れ動く木の葉。

私の人生での最大の出会い、それはバッハだ。バッハの次はドストエフスキー、その次はギリシアの懐疑論者、その次は仏陀……その次はどうでもいい……

こともあろうに、この私に助言を求めるとは！
だが、さらに驚くべきは、私が好んで助言を与え、だれでもござれとばかりに助言を乱発していることだ。

八月二四日　ディエップから帰る。副鼻腔炎、頭痛、その他、その他。

八月二五日　私が辛辣になるのは、いつも自分をひどく不満に思っているときであることに気づいた。

残念なことに、不満はしょっちゅうだ。自分のことが……我慢ならなくなると、とたんに私は、だれといわず人を非難する。

『苦渋の三段論法』のドイツ語版が出た。そこでドイツ語で読んでみたが、不思議なことにフランス語版よりずっとくだけているように思われた。もっとも、そのひとつならぬ文章から、ある悲痛な事件を思い出したことに変わりはないが。たぶんこれは、私が書いたもっとも個人的な本だ。毒舌をはじめ、練りに練った〈思想〉、そのどれをとっても、ここにあるのはみな打ち明け話だ。

かつて私がどれほど苦しんだか、それに気づくと愕然となる。私はただ苦しんだだけだ。なぜなら、仕事の上で、あのながい年月から何が生まれたというのか。何もない。二、三の小冊子を除いて。

一九六九年八月三〇日
二人のルーマニア人が訪ねてくる。そのひとりは私の従兄弟だと言う（！）。彼の話によると、私の叔父タヴィは、自分の七人の娘を廃嫡した老男爵の遺産を引き継いだが、息子と娘とはけんか別れをしてしまい、ブラショソにある家は息子たちの手に渡ってしまって、いまはある村のキャンプ場で生活しているという。それでも叔父は相変わらず上機嫌で、七二歳だというのに、かつてないほど元気潑剌としているらしい。思い返せば一九三七年、この叔父は、私がリセの教師をしていたブラショフで弁護士をしていたが、私の一月分の稼ぎを一日で稼ぐとよく言っていたものだ！

彼は軽率でおっちょこちょい、好感のもてる人物だったが、どうやらいまも変わりがないようだ。

私の国の連中の欠点にはただただ啞然となるばかりだ。実質がなく、信じがたいほどルーズで、あらゆる点で無定見。イタリア化されたスラブ人だ。最低限の個性は必要だ。そうでなかったら、私たちの相手は心理学ではなくゼラチンということになる。

私に会いにきた二人のルーマニア人はトランシルヴァニアの人間だから、当然のことながらフランス語は話さない。二人は門番にドイツ語とハンガリー語で話しかけたが、門番に通じないのに驚いている。門番がドイツ語で答えようとしなかったのは、きっとドイツ嫌いのせいだとさえ私に言う……

「神はおのれのことしか語らない」と言ったのはだれか。

私たちが神に似せられて創られているとは！

明け方の四時半。自分のことが頭から離れない者は、他人のことなど考えないが、神のことならいくらでも考えることができる。本物の信者でありながら、慈悲に欠ける者が多く見られるのはこのためだ。きわめつけの「エゴイスト」、彼らは多少ともこれを範としているからだ。

午後六時から九時まで、ラヴァスティーヌとすばらしい会話。ありとあらゆることが話題になる……なんでも面白がる人間、その人間となら腹をかかえて笑いながらヴェーダーンタ哲学について語ることができる、そういう人間に会うのはなんと楽しいことか！

生誕のテーマはテーマにはならない。悪い主題に、悪路に乗り出したもんだ。

気がとがめる。N・R・F誌に約束した原稿を放り出したまま、スペイン旅行に出掛けるというんだから！　もっとも、八月には書き上げるつもりだった。ところが書きとめておいたメモは、問題からは見当はずれのもので、役に立たないものであることが分かった。

生誕については、有無をいわせぬ断定的な文体で書き、説明は一切せずに、曖昧模糊のままにしておかなければならないのかも知れない。充分に解きほぐされていない主題について書くとき、いまどきの人間がいつもやっているように。

午前、ヴァイキングについてのラジオ放送を聴く。サガの抜粋。とても美しい。特に、葡萄酒の国、つまり「ヴィンランド」と呼ばれていたアメリカに関するくだりは。ペルシアにまで足を延ばしていた当時のスカンジナヴィア人と現在のスカンジナヴィア人を考えるとき、デカダンスなどはないと思うのは、よほどのバカに違いない！

ヴァイキングの叙事詩には、海賊行為にもかかわらず、コンキスタドールの叙事詩よりもずっと美しい、ずっと純粋な何かがある。コンキスタドールはいかにも〈下品〉だったが、北欧人には、その体軀が原因にすぎないにしても、別の流儀があった。

（思うにゴビノーは、何はともあれ、またその思想は信用を失ってしまったにもかかわらず、何か重要なことを把握したに違いない。私はあえて彼を読まなければならないのかも知れない。というのも、不思議なことに、一九二九年ころ、つまり四〇年まえ！　シビウで、『人種不平等論』を購入しているのに、一度もそれを読んでみようと思ったことはないからだ。）

心の安らぎを私ほど願っている者はいない。というのも、他人は、まさに他人であるがゆえに、いずれも邪魔者であるから。私にはあらゆる人間が煩わしい。会話での私の消耗ぶりは、発作に見舞われた癲癇患者に劣らないから。

九月一二日　スペインから帰る。コンポステラへの道を一週間あるく。エストレリャで至上のひとときを経験する。日曜日の夜、町の中央広場での舞踏会。三歳から一〇歳までの、およそ百人くらいの子供たち（おもに女の子）が、元気に、そして驚くばかり真剣に踊りはじめる。真剣に、と言ったのは、彼女たちがまるで見物人などいないかのように——自分自身のために踊っていることに、私が感動したからだ。そこには何か宗教的なもの、加入儀礼のようなものがあった。こんなに心そそる、こんなに説得的な見世物はほとんど観たことがない。なかでも、やっと三歳になったばかりとおぼしい一人の少女のことが忘れられない。右手を突き上げてひとりで身をくねらせて踊ってる、その晴れがましい姿を見て、私は、まったく予期せぬ経験にわれを忘れた観客の感動を隠すことができなかった。

現実というものがあるとしても、意見によって現実的なものを表現することはできない。意見は何ものでもない。机上の空論ですらない。

〈机上の空論〉——存在を含め、これがすべてだ。

九月一三日　午後、昔こんなことがあったことを思い出す。一〇年ほどまえのこと、夏の盛り、大きな帽子を被ったオランダ人あるいはスイス人とおぼしい、高齢の二人の女連れから、オデオン広場で、ノートルダム寺院はどこかと尋ねられたことがある。

――ノートルダム寺院はありませんよ。パリに二〇年住んでいますがね。ノートルダム寺院があれば、私だって観たでしょうよ。

　すると彼女たちは一言もいわず、ひどくおびえて遠ざかった。

　この事件で奇妙なのは、私が冗談を言ってからかったのではないということだ。それどころか、私がおお真面目に見えたということ、そして実際におお真面目だったということだ。おれはおかしいぞ、と私は感じていた……

九月一四日　溜まった手紙の一部を玄関口の隅に捨てたところ、そのなかに、自分で書いたなん枚かの下書きと、きちんと整った数通の手紙のあることが分かる。これらの手紙がこうして残ったのは、幸いにも、私が投函をためらったからだ。怒りにかられてやることは無茶なことだ。ろくでもない感情にかられるがままに手紙は書いてはなるまい。

　コンポステラへの道をたどりながらクルミの実を拾い食べ、羊飼いたちに話しかける！

　トルストイの教訓的な作品に、彼の作品のなかでももっともつまらぬものに熱中していたヴィトゲンシュタイン。

　バーナード・ショーについて書かれたある本にざっと目を通した。戦前、彼がシェークスピアになぞらえられていたとは！人気作家は、こういう伝記を読んで、謙虚になるべきだろう。

　ショーの人生にも作品にも、ポエジーのひとかけらもない。彼は際立った才能のあるジャーナリスト、ユーモア――が機械的な、ほとんど反射状態にあるジャーナリストだ。

九月一七日
　昨夜、アンリ・ミショーに、落伍者は不思議な人間だ、利点のなかでも最大の利点、つまり自己実現を果たさなかったという利点を享受していると語る。

　我慢ならないことについて、私は偏見なしに書く。

　ついいましがた、夜の散歩をしていたとき、オプセルヴァトワール大通りで、栗の実がひとつ足元に落ちてくる。「もう終わったんだな、一生を終えたんだな」と思う。そうだ、人間がその運命を終えるのもこれと同じだ。成熟し、そしてやがて〈樹〉から落ちる。

　怒りっぽいバカほど始末に困るものはない。

九月二〇日　新学期。土曜の午後のサン＝ミシェル大通り。何ものにも向いていない、この若者の群れ、この群れで〈社会〉の従来どおりの存続が可能だろうか。だが、〈社会〉を作っているのはこれらの若者だ。ほとんど裸同然の娘たち、長髪の青年たち。あきれるばかりのけがらわしさ！　こんなものは何もかも、崩壊まちがいなしだ！

私の国の連中は私の吸血鬼。私の……時間をむさぼり食う。彼らの手紙に返事を書くなど狂気の沙汰だ。もうおしまいだ。彼らのだれにも会いたくない。

自由な精神を失ってはならない。来訪者があると、つい私は自分のことを忘れ、したがって自分の問題を忘れてしまう。自分の孤独を守れない人間には、自分は無気力な人間だとこぼす権利はない。

私はルーマニア人だ。それは償わねばならない。よかろう！償おう。

九月二一日　タキトゥスを数ページ読み返す。ブリタニクスの死。彼が毒に苦しみはじめると、いちばん軽率な連中はすぐ逃げ出したが、ほかの連中は身動きせず、じっとネロを見つめていた。沈黙の一瞬が過ぎると、宴は、まるで何ごともなかったかのようにつづいた。

私にシカゴでの講義を勧める人がいる。この私に自分以外のことが語れるともいわんばかりに！

弟子たちを前にして、仏陀は一輪の蓮の花を手に取り、笑みを浮かべた。この仕種が何を意味するのか、弟子たちはみな訝った。その意味を理解したのは、ただひとりだけだった。つまり、仏陀その人が微笑んだのだ、と。

秋に包囲されている感じだ。

私は自分の病気を消費している。ほかに何ができようか。

生きられる者とそうでない者とがいる。だが、何かにつけ発するバカげた問いを、生きると呼べるなら、後者にしても生きている。

Vから電話。いままでになく生きていく気がしないと言う。だが、彼はいつもそうだった。それでも生きているが、その理由が分かっているのは彼だけだ。

J・C・バッハの『ヴィオラとオーケストラのための協奏曲』。

九月二九日　昨日、日曜日、ガラルドンの教会へ行く。ヨルガがこの地を訪れたのは、まさにこの教会のためだったということを、昔、読んだことがあったからだ。

一〇月四日　昨日、ヤーコバ・ファン・ヴェルデのところで夜を過ごす。友人フリッツ・クイッペルの気のふれてゆくさまを、彼女は私に詳しく語って聞かせる(9)。彼は『概論』を翻訳することになっていたが、仕事はしていなかったと思う。最初の発作が起こったのは一一年まえのこと、朝の六時、うなり声とともに始まった。フリッツが、イエスなど取るに足りない、ほんとうに十字架にかけられたのは自分であり、自分はこの世のあらゆる苦しみを負うことになるだろうと言いはじめたのである。

　ヤーコバが、ひどくいい加減なフランス語で語って聞かせる、発作のつづいているあいだの衝撃的なシーンをあれこれ想像してみなければならなかったが、彼女によれば、いつもはとても優しく、とても親切なフリッツは、発作が起こると、醜悪な怪物に変わってしまうのだった。ある日、彼女がフリッツの体を揺さぶり、「フリッツ、目を覚ますのよ。あなたはだれなの、どこにいるの」と叫ぶと、彼は目を見開いて彼女を見つめたものの、彼女の言っていることが分からなかった。

　いま彼は完全な廃人の状態である。彼の両親、それに姉妹のひとりは自殺した。もうひとりの姉妹は病院に収容されている。先日、彼は自分の死体を医学研究用に献体するのだと言って、アムステルダムの死体公示所へ出掛けて行った。きっと近いうちに自殺するだろう……

一〇月一三日――葬式。ドレ夫人の死。葬儀のあいだ、キリスト教はもう何もかもそぐわないと考える。こんな茶番の代わりに、美しいテキストを朗読し、オルガン曲をいくつか演奏して聴かせ、会葬者に一〇分ほど〈事件〉について黙想してもらうようにすべきだろう。

　葬儀が終わったとき、ルナンの言葉がふと浮かんだ。「私たちは、何もない花瓶の匂いを糧に生きている。」

生誕の考えは死の考えより恐ろしい。なぜならそれは、死の恐怖に、生誕は無益だという考えを加えるから。

死の考えには、生誕は無益だという感情が込められている。

死のことを考えすぎたため、私はもう死を恐れなくなった。

これに反して、生誕は無益だとの思いは抜けない。

死の不安を乗り越えてしまった者は、もう生誕の無益さしか考えない。生まれてどんな得があったのか。

　私の国の連中の迷惑ときたら想像にあまる！　彼らが私の時間を奪うからではない。えてして不快な、あの会合のことを考えると、我慢ならなくなるからだ。神経質な人間のごたぶんにもれず、私は事件そのものより事件の予想にずっと敏感である。もしだれかに会わなければならなくなると、私はそのことを四六時中（大なり小なり）考えないではいられない。いずれにしろ、こうして会合をあれこれ考えるあまり、私は身動きできなくなり、あるいは取り乱してしまうのだ。

一〇月一四日　何か本質的なことで意見の一致がみられないと、相手は私たちのことを不誠実だと決めつける。私たちが相手とは別の考えを誠実に守っているということが、相手には考えられないからだ。無神論者が信者のことを偽善者だと考えがちなのも、その原因はここにあるし、また信者が……

私の気づいたことだが、他人の誠実さを一貫して疑う者は、そのほとんどすべてがうさんくさいやつ、あえていえばペテン師だ。

まるで神のように、ある人間の内奥の存在に入り込み、それを内部から判断できると思っている、なんという思い上がりか！

午前、ポール・モンネに会ったところ、彼が言うには、フランクフルトの書籍見本市で展示されている本の四〇パーセントは、エロティシズムとポルノグラフィー関係の本、宗教関係の本は、ほとんど見当たらないとのことだ。

現実とは私たちが信じているもの、確信に退化した意見だ。現実とは私たちが考え、感じるもの。無感動の状態では、現実は消えうせる。現実とは、感受性の度合いの問題であり、私たちの無感心が募るに応じて、現実は弱まりぼやけてしまう。

私が目を閉じると、外界は存在しなくなる。私は努めて外界を生き返らせようとする。瞬間、それに成功する。一番いいのは、再び目を開くことだ……

ある考えの残りカス、私に表現できるのはせいぜいこんなものだけだ。私が書いたすべてのものは、私の精神の澱《おり》だ。

先日、友人のところで、久しく会っていなかったＶに逢う。だれかれの狂信ぶりなど、よもやま話をしたが、そのとき私が、懐疑思想脱却の手立てとなるようなものは何ひとつ見つからなかったと言うと、「懐疑思想はきみにはうってつけだったよ。二〇年たっても変わっていないのは、知人ではきみだけだよ。なにしろきみは、初めて会ったときと同じように相変わらず若いもの」と彼が言う。

そう言われて、私はちょっとのあいだ、嬉しかった。由々しいことは、この喜びが、嘘いつわりなく、ほんとうにそう感じられたことだ。つまり、そのとき咄嗟に、私は人並みの反応を示したのだ。が、すぐ自分を取り戻した。というのも、騙されてはならないという考えが私から離れることはないから。

生まれることで私は協約を破った。だれとの協約を？

一〇月一五日　「私たちは自分の信じるものによって支えられているのであって、自分の知るものによって支えられているのではない。」（メーヌ・ド・ビラン）

テラスの、左側の壁に、葡萄の葉が二、三枚まだ残っている。風が吹くと揺れる。俳句が一句うかびそうだ。いっそやめたほうがいい。

たったいま、他人が私にどんなイメージをもっているのか、他人にとって私がどんな人間なのか想像してみようとしたが、うまくゆかない。たとえば、Bのことを考えてみる。もちろん、私は彼がどういう人間か、他人が彼をどう思っているかは知っているし、彼のことならなんでも知っている。ただし、彼が自分をどう思っているかは分からない。

私はだれにとっても存在しない、私はいつもそう思っているが、しかし実際は、そうでもないらしい。どこかに顔を出せば、私は、各人がそれぞれどういう人で、その人を他人がどう思っているかは分かる。私にとってたったひとりの未知の人といえば、それはこの私だ。

自分を愛するなどとは、とても正気の沙汰とは考えられぬ、バカげた、信じがたいことだ。なにしろ自分では何も知らぬ者を愛することなのだから。

日本の仏教の宗派、倶舎宗の僧は、西洋からの来訪者にこう言った、「〝我《が》〟の非在について一時間だけ瞑想しなさい。そうすれば、自分が別の人間と感じられますよ」と。

私はベッドに横になり、このテーマについて瞑想をはじめた。だが実をいえば、私はいままでずっと、この方法を実行してきた。あらゆるものの、したがって我の非在について、いったい何度、考えはじめたことか。といって、私は別の人間にはならなかったが、それでも、この瞑想はいつも私の役に立った。

一〇月二〇日　風邪で私の人生は形なしになった。

昨日、ヴェルサイユで、宮殿に通じる並木道で一陣の風に枯れ葉が舞い上がり、空中にくるくると舞った。

一〇月二二日　ライプニッツの亡骸に付き添ったのは、わずかに三人だった。

もう私にはニーチェは読めない。ニーチェは私の過去の一部でありすぎる。

ドイツ文学は、フランスの影響から解放されたとき、ドイツ文学になった。それ以前は、奇妙なことに天才がいなかった。

フランスでだけで成功を収めた凡庸さというものがある。それは……

フランスの特性は凡庸さだ。フランス的凡庸さには、天分を補う特徴がある。

シェヴルーズの谷を歩く。ショワゼールの墓地。

森のなかに独りいて、自分のそば近くに木の葉の落ちる音を聞く。

ショワゼールの墓地（私の知る限り、もっとも美しい墓地のひとつ）には三人の女がいて、墓を見つめている。そのうちの一人は老婆だが、死者たちの影も形もみられない、この墓地のいかにも不思議な光景に取り乱しているようには見えない。

秋は墓地よりもずっと表情が豊かだ。墓地のなかの秋、これはほとんど重複する。

すべてが落下の運命にある。これこそ、時間というものの深い意味だ。

一〇月二三日

この、おびただしい数の学生。

「大学」が私に教えたものを忘れ、私のなかに残るその痕跡を消し去るために、ながいあいだ払わねばならなかった多大の努力を思うにつけても！　痕跡ではない、汚点だ。

サミュエル・ベケット。ノーベル賞。これほど誇りたかい人間にとって、なんという屈辱か！　理解されるという悲しみ！

ベケットあるいは反－ツアラトゥストラ。

（キリスト教－以後と言うように[10]）人類－以後のヴィジョン。

ベケットあるいは下超－人間の至上の光栄。

一〇月二四日　O・Cからソリン・パヴェルの最期を聞く。パヴェルは、私がいつもスタヴローギンを思い出した男だ。そんなわけで、彼はシビウにいたのだが、その彼が医者に診てもらったところ、肺炎の診断。すると彼はその足でビストロへ行き、冷えたビールをジョッキで十二杯あおった。そしてその夜、心臓発作で死んだという。

O・Cが私に、ソリン・パヴェルは〈落伍者〉だったと言う。そこで私は彼にこう言った。私が知った、興味深いルーマニア人は微々たるものだが、彼らはみな落伍者だった。落伍と呼ばれているものは、それによって、ルーマニア人がそのもてる力を最大限に発揮することのできる、まっとうな、真のやり方であり、ここにこそ民族の独自性があらわれていると。

私の人生で重要な意味をもったルーマニア人、ほかでもないソリン・パヴェルをはじめ、ツーツェア、ザプラツァン、クラシウネル、そしてだれよりも偉大なナエ・イオネスク、彼らはみな〈落伍者〉だった。つまり彼らは、〈人生〉で自己実現を果たし、ついに〈作品〉を書くにいたらなかったのであり、あるいは〈作品〉を書くほど身を落とすことはなかったのである。

人間は神々に一杯食わされた。そうとでも考えなければ、「歴史」は理解できない。

生誕と有罪性は相関概念だ。

私としては、客観的有罪性と言いたいところだ。つまり、私たちに責任があると想像することはできても、責任のとりようのない過ち。――まあ、そんなわけで、私は私の生誕の過ちを自分に帰することはできるが、だれも私を〈過ちを犯した者〉とは見ないだろう。

私はどれほど自分の生誕に責任があるのか。――生まれてよかったと思っている限りは責任がある。

一〇月二五日　死に関して、私は〈神秘〉と〈無〉のあいだを、ピラミッドと死体公示所とのあいだを一貫して揺れ動いている。

反-ツアラトゥストラ。

未来は超人のものであるより下超-人間のものであること、これはもう目に見えている。

超人などという言葉を使うのはバカげている。なぜなら、人間は存在しはじめるや、その出自から自分を引き離し、自分を乗り越えているだけなのだから。だが、出自から自分を引き離したところで、出自への転落が一段と深まるだけだ。そしてその発端からもっとも遠ざかったとき、人間はかつてないほど転落し、その上昇と超越の意志のために痛い目に遭うだろう。

人間がだんだん小さくなってゆき、ついには人間のかけらもなくなってしまう、そんなさまが私には見える。

ニーチェふうの情熱的な世界観は、私にはどれも耐えがたいものになってしまった。

ぜひにも〈神秘〉という言葉を使わねばならないなら、生誕は死よりもずっと重要な神秘だ。

自分の真価のほどを示すのは、たぶん罪だ。

一〇月二六日　ヴェクサン地方を歩く。シャールにほど近いヴィルテルトルで、四時一五分、教会の鐘が鳴りはじめる。その音にラシナリの教会の鐘の音を思い出し、感動のあまり立ち止まる。五〇年もの昔！

百年戦争が終わったとき、パリでは廃屋が二万四千戸に達した。一四三五年、リモージュの人口はたったの五人だった。

一〇月二七日　どうしてこれほど自分のことにかまけるのか合点がゆかない。

育ちの悪いプロメテウス。

〈あらゆる合理論の失敗〉に関するカントのエッセーを読んだ。一七九一年に書かれたものだ。この哲学者は、やっと老境にいたって生の暗い側面に気づいた。その晩年には、やがて彼を見舞うことになる数々の障害の予感のあったことがうかがえる。ここには、私たちにとって無関心ではいられない人間的な側面がある。

……こんなことは、ほかの者は二十歳《はたち》で気づいた。

あらゆる悲しみのなかでもっとも手に負えないのは、聖別される悲しみだ。

聖別されるより不遇のまま死ぬほうがはるかにましだ。

知恵を自負する私の思い上がり…あまりに告発されすぎて、この思い上がりには一片の真実味もない始末だ。

一〇月二九日　ニーチェにはいかにも若者らしいところがある。それが我慢ならない。

ボン・マルシェの入り口で、偶然ダルシー嬢に逢う。占領期間中、私に英語の〈レッスン〉をしてくれたアイルランド人女性だ。しなび果てたイチジクの実のようだ。そのほかは別に変わったところはなく、またいつものことの繰り返し。セーヌ川の河岸で、長髪の若者に会い、あんまり臭いものだから、あんた汚いわね、体を洗わなければだめよと言ってやったなどと私に語る。――占領期間中、彼女にはマユーで会っていたが、そこにドイツの兵士あるいは士官がいると、彼女は、いつも決まってさも聞こえよがしに、場合によっては占領軍から抗議されるのを狙って、大声で英語で私に語りかけたものだ。だが、何も起こらなかった。ドイツ人は、彼女が叱りつけたヒッピーが現にそうだったように、関心を示さなかった。

つねに注意を怠らず、人々についてはなんでも知りたいという欲求、この欲求を彼女は失ったことがない。こうなるともう、バカも同然だ。

ベケットがノーベル賞をもらったねと私が言うと、「あの人はアイルランド人よ」とすぐ切り返した。と見るまに、そのとろんとした目が輝いた。

Lebensgefühl
私の生の感情、すなわち ein völlig unbrauchbarer Mensch.＊
私はなんの役にも立たぬし、また役に立ちたいとも思わない。私ほど役立たずの人間を私は知らない。これは私にとって明白な事実であって、私はこの事実を素直に認め、いささかも鼻にかけてはなるまい。鼻にかけるようだったら、いつまでたっても知恵には一歩も近づけまい。

＊ 完全な生活無能者。

叫びからはますます無縁になりつつある。これは疲労なのか老いなのか、それとも良識にすぎないのか。

虚栄心は火に、血に、呼吸に匹敵しうるものだ。機械は虚栄心によって動く。

だから虚栄心は、うわべだけのものでも、取るに足りぬ、はかないものでもなく、実体だ。虚栄心のないところでは、何もかもうまくゆかない。

（配管工との話のあとで。こいつときたら、話のあいだずっとほらの吹き通し。むろん、彼は正しかったのである。）

一〇月三〇日
省察するとは、事物を吟味することであり、事物の価値を感じ取ることであって、褒められたことではない。

手仕事がきわめて有益なのはこのためだ。それは、事物の物理的な重さを除いて、まさに重さの測定を妨げる……事物の本質的な価値を、その内容を吟味するのが省察するという作業である。この吟味に耐えて生き残るものは何もない。

省察は思考より徹底している。思考はなんの拘束もともなわない。私たちは何ひとつ理解することなく、透徹した思想家になることができる。省察は、思考とは別の水準にある。つまり、私たちは思想家のように見えなくとも、すべてを理解してしまうことができるのだ。省察は、実体としてひとつの内的災厄であり、私たちに経験できるさまざまの試練とは関係がない。それは生まれついての光だ。

いままでずっと、私は事物の吟味に血道をあげ、事物の価値を見届けようとしてきた。すぐれ反自然の活動だ。

ニーチェは疑問の余地なくドイツ最高の文章家だ。哲学者たちがまったくどうしようもない文章を書いている国では、その反動として「言葉」の天才が生まれなければならなかったのだが、この天才ときたら、たとえばフランス人のような、言葉を好む民族にも見られない天才である。それというのも、フランスにはニーチェに匹敵する者は——表現の、つまり表現の強烈さの点で、いないからだ。

時々、街なかにアダモフの影を認めることがある。ほかでもなく影と言ったのは、あの魅力的で、深い洞察力をそなえた、それでいて才能のない人間は幽霊だから。もう何年も話していないが、問題ではない！　私たちの交わした会話、彼の声、その、アルメニアのキリストの目、その信じがたい数々の欠点を、私は覚えている。要するに、一個の強烈な人格を。

ルパスコ*、たぶん、私が知ったもっとも生き生きした人間。

＊ 前記、二七八ページ、注参照。

一〇月三一日　今朝、だしぬけにカントの母親のことを考えた!!

夕暮れと夜の合間の、モーブ色の空。

「詩篇」第三二篇に言う。「心に偽りなき」者は幸いであると。

ヨブ、シャンフォール、マジャールの憂鬱——要約すればこれが私。

人格神などとても信じがたい。信仰はさぞや深い不安に由来するに違いない！

今朝、万聖節なのに、うきうきした気分で目を覚ます。起きしなに、毎日、こういう状態を経験している連中がいるとは！　どうしてこの生におさらばできようか。死が避けられないのは、憂鬱な人間だけなのかも知れない。

ミルチア・ザプラツァン*、このすばらしい友、この、人生を棒に振ってしまった天才、多くの名言を語ったが、それを覚えている人などだれもいないだろう。私がシビウで会っていたころ、彼は大酒のみだった。ほとんど毎日のように私は彼をたしなめたが、彼といっしょに酔っぱらってしまうことがよくあった。ある夏の夜、明け方の三時ころ、彼がひどく酔っていたので、こんな生活をつづけていてはだめだと私が言うと、彼は窓を開けるなり、しゃがれた、重々しい、よく響く声で空に向かって叫んだ、「神よ、許したまえ、なぜなら私はルーマニア人だから」と。

＊ 前記、二〇〇ページ、注参照。

一一月二日　ヴェルノン。フールグ。エプト渓谷の発見。

「あらゆる芸術家は、たった一つのことを、まったくささいな一つのことを言うために生まれてきたのです。ほかのものは周りにまとめて発見しなければならないのは、その一つのことです。」（ジャック・リヴィエールに宛てた、一九一〇年一二月

一〇日付けのポール・クローデルの書簡から）

生誕の現象にとどまり、それより先にさかのぼってはならないのかも知れないが、それが私にはできない。後ろへ後ろへとのろのろとさかのぼっては、どこか分からないところへ後退し、発端から発端へと移行する。いつかきっと、起源そのものに達し、やっとそこに憩い、あるいはそこで崩壊するのかも知れない。

絶望を越えた、あの状態、そこだけが私の本来の居場所だと思う。

一一月五日　フランス文学におけるまったく新し現象は、イロニーが姿を消してしまったことだ。

人々はドイツ哲学の最悪のものに汚染されて、生半可な知識をひけらかす衒学者になり、反抗したい気持ちがあるのに、やたらと深刻さを気取っている。あるいは深刻でないときは、無礼である。だが、無礼はイロニーではない。というよりむしろ、イロニーの堕落であり、我慢ならぬ偽物である。

バレスの言葉。

彼は、あるスペイン王についていささか逸脱気味の本を出したばかりの若者に次のように書いている。「この本は、いつものデンで、精彩に富みすぎていて、極端で、でこぼこが多すぎる……というのも、芸術は、戯画とは認められないような戯画でなければならないからだ。」

自分のためにのみ書くべきで、教訓主義はすべて排除すべきだろう。説明は他人にすることで、自分にはせいぜいのところ暗示するだけだ。日記のなかの理屈、これほど場違いなものはない。

ルードヴィヒ・マルクーゼ*（有名な同名異人と混同しないこと）は、ハイデガーに関して、語源的パラノイアなる語を使っている。

* ハーバート・マルクーゼ（一八九八―一九七九）、ドイツ生まれのアメリカの哲学者、『一次元の人間』の著者。

ゲルトルート・カントロヴィチは、ジンメルの未刊の原稿をすべて携えて旅行していたが、その一切を紛失してしまった。食堂車にいたとき、旅行鞄が盗まれてしまったのである。パステルナークは、自分宛ての百通ばかりのツヴェターエワの手紙を、モスクワで図書館に勤めている知り合いの女性に託した。戦争のあいだずっと、このとても重要な宝を守るために、彼女は、毎日、これらの手紙を書類鞄に入れてもち歩いていた。朝は事務所へもってゆき、夕方はもち帰るのである。ある日、メトロに鞄を置き忘れてしまい、八方手を尽くしたにもかかわらず、鞄はついに見つからなかった。

私たちのあらゆる同胞のうちで、私たちがいちばん似ているのは、私たちの敵だ。私たちが敵に、敵が私たちに関心をもつのは理由がないわけではないのだ。

一一月八日 「ラ・クロア」紙で、『造物主』に関して、やれこれは絶望の審美家の本だの、作者は真剣じゃないなどとほざくやつがいる。

自分と意見が同じでないからといって、書き手の真摯さを疑うのは許せない。こういう考え方からすれば、あらゆる敵対者はみなペテン師だ。

だが、私はといえば、私はだれの敵対者でもない。そしてこのバカな批評家は、私が宗教にいささかも敵意をもっていないこと、その反対であることに気づいてさえいないのである。

あらゆるペシミストは例外なく諧謔家だ。

この生誕のテーマは、世にも不毛なものだ。私は袋小路を〈選んだのだ〉。そしてにっちもさっちもいかないのに驚いているとは！

ヘーゲル、シェリング、ショーペンハウアー、ハルトマン――こういった一九世紀の壮大な体系は、グノーシスの体系に似ている。

これらの形而上学的な壮大な体系は、どう見てもイロニーと良識の欠如が明らかな国民のなかでしか生まれようがなかった。

イロニーは形而上学の死だ。

ハイデガーを読み返す。深遠さとペテンの稀有な例。

ドイツ語の〈誠実さ〉の欠如。してみるとペテンは、起源にあるのだ。

一一月一二日

昨日、サン＝シェロンとドゥールダンのあいだを歩く。木々はみな赤茶色。夕方、森を横切りながら、レーナウのことを考える。レーナウにはあらゆるモチーフがあった。Waldeinsamkeit, Herbststimmung, Wehmut＊など。現代の詩には不必要かも知れぬあらゆるものが。

＊ 森の孤独、秋の気分、メランコリー。

ヴァレリー＝ジッドの世代では、クローデルがもっとも強烈な個性だ。シュールレアリストのバカ者どもはクローデルを笑い者にしたが、彼に比べれば、彼らはいったい何だというのか。クローデルを語る、ブルトンの、あの蔑視した口のききよう！　だが彼に比べ、ブルトンは何だというのか。私はクローデルの芝居も『オード』も好きではないし、聖書の注釈も好きではない。だが、その人物全体には感銘を覚える。

私たちは持病に耐えるように恥辱に耐えねばならない。私たちを見舞うすべてのものは、良いものでも悪いものでも、みな試練だ。特に良いものは。

復讐は解放だ。復讐しないのは、自分を毒することだ。復讐の気力がない者、あるいは復讐欲を克服できない者は、純粋ではない。

メランコリーは、解決不可能なものへの悩ましい渇望だ。

生まれつき私たちはまともだ――あるいは、ありとあらゆる主義主張を愛し、裏切ったあげくまともになる。

陽気さは私の仮面、私の救いだ。

暴力を行使できぬ意志薄弱者。私が殴らなかった相手は、どれもみな私が自分に向ける非難にひとしく、私の生を台無しにする非難にひとしい。

一一月一五日

ショパンのピアノとオーケストラのための協奏曲。一九歳のときの作品だ！　なんと深く、なんとすばらしいのか！

私のもっとも〈本来的な〉詩的感受性は、ロマン派のそれだ。私は時代を――さらに付け加えれば、歴史を、世界を、宇宙を、存在を間違えたのだ。

彼は傲慢だった。世にも稀な涙を流したいと思っていた。

一一月一七日　『この人を見よ』を除くと、晩年のニーチェはもう好きになれない。私がニーチェから遠ざかったのは、彼が生涯、誇大妄想狂を捨てなかったからだ。若いときは、それが気に入っていたが、いまは私の語り口も変わった。

（もっとも、『この人を見よ』は、彼の書いたもっとも狂気じみたものだ。それに間違いはないのだが、この作品では、彼はもう誇大妄想そのものを越えている。）

いわゆる〈自分自身を信じる狂おしい情熱〉、私にもっとも欠けているもの、齢《よわい》を重ねるにつれてますます私には無縁になるものがこれだ。

神々をもう生み出すことができず、神々をよそに探し合うとき、民族はもうおしまいだ。これは宗教より政治にこそずっとよく当てはまる。

一九世紀全体を通じて、フランスはみずからの大革命を模倣した。今世紀においては、もうほかの革命を模倣することしかできない。

私の〈知的〉生涯は、自分の使命への信念をもって始まった(『変容』*の時期)。私は二三歳、そのとき私は予言者だった。やがて、この信念は弱まり、私は、達成すべき使命と行使すべき影響力に寄せる自分の自信が一年また一年と衰えてゆくのをつぶさに経験した。私のなかの懐疑家、望みのものを最終的に手にするのは、この懐疑家ではないかと私はいたく恐れている。事実、齢《よわい》を重ねるにつれて、私は控え目になった。つまり、ますます正常になった。ところで、多少なりと健全になれば、人は使命など僭称することはできぬし、熱狂的に自分を信頼することもできない。いま思えば、一九三六年(?)、私はミュンヘンで、極度に緊張した生活のあまり、バルカンに新しい宗教が出現すると思いつめたほどだったが、それほど熱狂のあまり、私は自分に自信をもっていたのだ。この自信に、しかし私はおびえてもいた。このような緊張にこのままずっと耐えられるとは思っていなかったからである。(私は、ニーチェのたどった行程とは正反対の行程をたどった。私は……『この人を見よ』をもって始めたのだ[11]。というのも、『絶望のきわみで』**は、世界への挑戦だから。いまとなっては、どんな挑戦も私には子供じみたものに見える。挑戦をあえてするには、私は懐疑的にすぎる。)

* 前記、六九六ページ参照。
** 前記、六四三ページ参照。

私の使命、それは使命など一切もたぬことだ。私が仏教にいささかなりと関心をもったのは、やはり無駄ではなかった。ニルヴァーナを目指すことは、使命という思想から、そのデモニアックな、また人を力づける一切のものとも、自分を解放することだ。

一一月一八日　人類が救済者を、つまり使命を僭称し、狂信的な自信をもっている幻覚者をあれほど好むのは、幻覚者が信じているのは人類だと思っているからだ。

若いイタリアの編集者と、おもにヨーロッパの将来について三時間ちかく話し合う。私の語ったことに、どうやら彼は意気沮喪してしまったらしい。

影響力があり、弟子をもち、一派をなし、後継者がいる作家、要するに同類のいる作家、評価されるのはこういう作家だけだ。

一一月二〇日　軽蔑しなければ、自分を肯定することはできない。それぞれの世代は、前世代の業績を過小に評価する。そうしなければ、独創性を思い描く勇気などもてまい。

ニルヴァーナとは何かとの問いに、仏陀は答えていない。だが、「真理」とは何かというピラトの問いに、私たちはなおのこと答えていない。

一一月二一日　自殺について書いたり本を出すようになってからというもの、私の自殺に対する強迫観念はかなり弱まった。もの書きであるのも捨てたものではないという証拠だ。

一一月二二日　人はみずから墓穴を掘る。私の弟は、ルーマニア共和国大統領の娘との結婚を断ったために、傷つきやすくなった。もし結婚を承諾していたら（それがたいへんものであることは認める）、おそらく七年も服役することはなかっただろうに。

言うべきことがもう何もなくなったら、引退か自殺のどちらかをしなければなるまい。それができるか。

生気は程度を越えると俗悪になる。

俗悪とは、知性はあるものの繊細さに欠ける生気だ。

バカは俗悪ではない。ただバカであるに過ぎない。俗悪は一定の水準を、そしてまたある種の気取りを必要とする。

私たちがえてして俗悪になるのは、自分を自分以上に見せかけようとするときだ。見えすいた模倣は、ほとんど俗悪と選ぶところがない。

一一月二三日　今朝、目を覚ましたとき、犬のようにくたばるのが私の運命だと思った。起きる気になれぬまま、あてどなく思い出に耽っていると、子供の私がラシナリの山をよじ登ってゆく姿が目に浮かぶ。ある日、私は、木につながれた一匹の犬に出会った。ずっとつながれたままだったらしく、やせこけて、すっかり生気をなくし、体が透けて見えるような犬は、吠えることもできず、私がいるのを見ても喜ぼうともしない。身動きもせず私を見つめているのがやっとだったが――それでも犬は立っていた。いつからここにいるのだろうか。飢え死にさせるよりはいっそ殺したほうが慈悲というものではないか。一瞬、私は犬を見つめた。が、たちまち怖くなって逃げ帰った。

あらゆる危惧には、例外なく卑怯の根がある。結局のところ、うまくゆくものなどひとつもないのだ。これは知っておくべきだが、同時に、こんなことは考えない勇気をもつべきだろう。

心配性の人には、成功も失敗も質的な相違はない。そういう人の両者に対する反応は、結局のところ同じだ。どちらも迷惑であることに変わりはないのだ。

フォンテーヌブローの森を歩く。その間ずっと、とりとめのない不安を覚えるが、分析は差し控えた。

弟子の一人によると、「万事うまくゆかないのは分かりきったことだ」と言うのがアランの口癖だった。

さまざまの禁制が消えるとき、一国家、ましてや一文明は姿を消す。

多幸症はエクスタシーの不毛の血族だ。

ゲーテは凡庸事の最後の巨匠だ。彼の仲間をみつけるには古代にさかのぼらなければならない……

生まれないようにするために何もしなかったと言って私は自分を責める。

一一月二五日　大切なことは一つしかない。つまり、自分の本性に従い、なすべきことをなし、自分にもとらないことがそれだ。

いままでずっと、私は自分を裏切るのを恐れて、提供されたありとあらゆる好機を退けてきた。成功を前にしてまず私が後込みするのはそのためだ。

生きた言葉と死んだ言葉の相違は、後者では、人々に間違いを犯す権利がないというところにあるというのが正しいなら、フランス語は死んだ言葉だ。

二人のフランス人が言い争っているとき、暴力に訴えないとすれば、議論のゆきつくところ、彼らは相手がフランス語を間違えているといって非難し合う。罵詈雑言を並べたてる手紙でも、どんな間違い、どんな不正確な表現もあってはならないのである。私たちがもっとも手ひどく非難されるのは、この形式の過ちであり、内容などどうでもいいのである。

「ハドソン・レヴュー」に、オーデンのヴァレリー論につづいて私のそれが掲載されている。前者の語り口は敬意にあふれたものだ。せせら笑いもなければ、苦情も、当てこすりもなく、私のヴァレリー論を台無しにしている、あの一貫した苛立ちも見られない。人は審判者を気取る権利はない。いったいどういう資格で、私はヴァレリーの文学の審問官になったのか。

答えはある。つまり、ヴァレリーが私の生に重要な意味をもち、私に影響を与えたことが私には許せないのだ。私は忘恩を憎むが、それでもそれが一定の限度を越えるときは特に、忘恩の思いを禁じえないのも事実である。

さらにまた、ヴァレリーが文体というものを、今日のいわゆるエクリチュールというものを私に過信させたことでも、私は彼を恨んでいる。文体のために私は多大の犠牲を払った。まったく取るに足りぬことのために、どれほど時間を浪費したことか！

自信は制作の役には立つが、発見の役には立たない。真実が明らかになるのは、この確信以前か、確信を越えた、意識の熱狂ないしは戦慄のなかでだ。

私が好きな、というよりむしろ尊敬している人は、みな例外なく生活の資を得ることができなかった……

いまのような精神の貧困の状態にある私を救えるものがあるとすれば、それはただひとつ、ほかの本よりずっと私らしい本を書くことだ。

私のどんな欲望も、反-欲望を、いずれにしろ反対の欲望をかき立てる。したがって、私が何をしたところで、重要なのは、私がやらなかったことだけだ。

今朝ベッドで、若いころ、どうしてあれほどヴァイニンガー＊に熱中したのか、その理由をあれこれ考える。彼の女性憎悪が好きだったのははっきりしているが、それ以上に私が惹かれたのは、ルーマニア人の私がルーマニア人であることを憎んでいたように、ユダヤ人の彼が、その〈民族〉を忌み嫌っていたことだ。この、出自の拒否、あるがままの自分をそのまま受け入れられぬ、この不可能性、他者になることを夢みる、この悲劇、これらはみな私には身に覚えのあるものだった。だが私には、ヴァイニンガーはこの自己破壊の意志と追求でもっとも徹底しており、この点での極端な事例、症例であるように思われたのである。

＊ 前掲『オマージュの試み』所収の「ヴァイニンガー、ジャック・リデールへの手紙」を参照。

青春のさなかに自殺する勇気のなかった者は、生涯そのことで自分を責めるだろう。

私の場合は、問題は勇気ではなかった。自殺を先に延ばした、それだけのことだ。しばらく時間が経ってみると、もう遅すぎる、たくさんの機会を取り逃がしたと気づき、諦めなければならないと思うのである。

私の場合、未来への恐怖は、この恐怖の欲望と切り離すことができない。私は、自分の避けている事態がわが身に起こることを希っているのだ。

「歴史」について書くのをやめてから、そしてひとつには歴史にある信じがたいもの、あるいは恐るべきものを考えなくなってからというもの、私は以前よりもずっと冷静である。歴史と限らずあらゆる分野にこういう態度で臨み、もう何も考えないようになるべきだろう。そうすれば、心の乱れなど微塵もあるまい。

神は一つの解決策、こんなに申し分のない解決策はほかにないのは明らかだ。

朝から晩まで、興奮してわれを忘れる。無駄なことだ。樹木の、そして石のさぞや幸せであるに違いない！

なんの成果ももたらさぬ、こうした内面の暴力行為に、私は愚かにも消耗し、私を越えた問題に集中することができない。ゆきつくところは、奇っ怪な火山の状態だ。

誹謗され中傷されても、私はすぐさま反撃に打って出るような真似はしない。誹謗・中傷が広まるにまかせ、そしてそれが万人の是認するところとなり、もう私の言い分などにだれひとり耳を貸そうとしなくなったときになってはじめて、私は反撃に打って出る。*Ich bin nun einmal so !*＊

＊　私はこんな人間だ！

一一月二八日　私に援助（はっきり言おう、金の援助だ）が受け入れられるのは、それを受け入れることが、なんらかの意味で私の屈辱にかかわりがある場合に限られることに気づいた。屈辱は私の払う代価であり、私はそれを、堂々と物乞いをするという下劣さを自分に許すために支払わねばならないのである。

いままでずっと私は浮浪者のように生きてきた。自分では頼みもしないのに、人からの施しに恵まれた浮浪者。

哲学者から学ぶことなど何もない――とっくの昔に、そう合点したにもかかわらず、どういうわけか、いまだに哲学者の本を読むことにこだわっている。ほんとうは哲学者より神学者のほうが好きだ。神学者は哲学者に比べ、不可解で検証不可能な世界に生きているという利点がある。つまり、哲学者に対する神学者の優位は、有徳の士に対する悪徳者のそれだ。

私の人生で途方もなく重要な意味をもった二つのもの、つまり音楽と神秘思想（したがって、エクスタシー）――そして今や遠ざかりつつある……

二〇歳から二五歳にかけての、この二つのもののオルギー。

これらのものへの私の熱中は、私の不眠と不可分だった。神経は激しく興奮し、つねに破裂せんばかりに脹らみ、私は幸福感に耐えず泣きたくなるのだった……
　これに取って代わったのは、とげとげしさ、狂乱、懐疑思想、不安だった。要するに、内部の熱が下がったのだ――どうして私がいまだに生きているのか、その理由は、この事実でのみ説明がつく。というのも、もし熱狂状態に固執しなければならなかったら、私はとうの昔に破裂していただろうから。

　何かほかのもの、何かしら破滅的なウイに飢えた否定者、私はこういう否定者の典型だ。
……そしてそのウイを生誕のこちら側に発見できぬことに絶望した否定者。

　大袈裟なルーマニアふうのお世辞。あるルーマニアの作家から、「神E・Cへ、熱狂的なファンより」との献辞が入った新刊書が送られてくる。
　誇張法は国民的な悪徳だ。残念ながら、私も例外ではない！　人々がものを誇張して言うのをさんざん聞いていると、すこしずつ自分も誇張して言うようになり、模倣は習慣になってしまう。さらに言っておかねばならないが、誇張には、ある種の暖かさ、寛大ささえあり、こういうものが、お世辞を言うにしても、ひどく計算高く、ひどくそっけないフランス人にもあればいいのにと思う。フランス人は、うっかりお世辞を口にしようものなら、まるで一〇キロも痩せてしまうかのようだ！　それほど彼らは感情を抑えており、気兼ねしているように見える。お世辞は言いたくないのに期待はしているからだ。

　独創性は基準にはならない。パガニーニはバッハよりずっと独創的である。

　グラックの、かなり巧妙な、そしてひどく悪意のあるちょっとした本を読む。彼はコクトーだの、同じような手合いだのを攻撃しているが、こういう連中は存命中からすでに死者だった。これほどの情熱を無駄に浪費してなんになるというのか。
　私は、あのひどく不公平な、不必要に攻撃的でシニックな自分のヴァレリー論のことを考える。あんなものを書いたのがほんとうに悔やまれる。あれはパグの吠え声だ。恥ずかしい！

　ジュリアン・グラックの『花文字』のマルグリット・ジャモアの肖像は傑作だ。彼女は、いとも華々しくマヤ*の役を演じた――「例外的にあるように、この役によって、彼女は一人前の女優となり、肉体的に開花した――といっても、リュドミラ・ピトエフにとってのジャンヌ・ダルクとしてではなく、戦時中、突然、堂々とした、貴族めいた印象を与えるのを私が見たユダヤ人としてだ。ある種のユダヤ女性には、いったいどういう魅惑的な火があるのか私は知らない。」

＊　娼婦を女主人公とする、シモン・ガンチョン（一八八七―一九六二）の芝居『娼婦マヤ』（一九二四年）は、大きな世界的成功を収めた。

一二月三日　いましがたラジオで、J・L・バローがアルトーについて語りながら、芝居では、観客との、大衆との関係を失わずに自分を高い場に置かねばならないが、アルトーは、この関係を失っていた、というのも、彼は病んでいたからだと言っていた。

これは至言である。つまり、病気は大衆との関係を失わせる。それは本質に、「一者」に向かう。

病人が神のことを、言い換えれば、一切のものが消えうせたときに生き残っているもののことを思い出さないとは考えられない。

神とは、思考するに値するものは何もないという明白事に堪えて生き残ったものの謂だ。

瞑想の一瞬。何も考えぬという快楽を味わい、不動の無意味の意識、至高のもののなかでの停止の意識のなかに憩う。

ここ何年も通っている、食餌療法の食品を商う店の店員は、反感をそそる醜いオールドミスで、神経がいらいらする。今日も、不愉快なことを言うものだから、こっちもまけじとぶっきらぼうに答えた。一悶着おこさなかったのは、ほかに人がいたからだ。――だれかある人間をずっと憎んでいたら、罵倒をこらえるのは人間として不可能だ。いや、罵倒すべきだろう。私の場合だって、この女に対して、いつか、ささいなことで私が腹を立てることになるのは分かりきっている。もしほかに人がいなかったら、おそらく私は一悶着おこし、数日間、うんざりした思いを味わったことだろう。もうすこしイギリス人らしくなれたら！　山高帽でも被って、人と会ったときはいつも、何から何まで自分とは正反対のモデルに倣わなければならないと思い返す必要がありそうだ。

ショーペンハウアーを数ページ読む。というより読み返す。ショーペンハウアーがいまもって繙読に耐えるのは、彼が語ったことの内容によるよりは、その語り方の熱情による。情熱あふれる哲学者はきわめて稀であって、模倣するより尊敬しなければならないほどだ。私がショーペンハウアーで好きなのは、彼一流の偏執、気まぐれ、毒舌、戯言であり、ユーモア――で一段と引き立てられた厳粛さと不誠実の、あの混淆であり、これあればこそ、彼はニーチェ以後、ドイツ最高のモラリストになったのだ。

（ユーモアの点で、彼はニーチェにまさる。『ツアラトゥストラ』の詩人はまったくユーモアを欠いていた。ニーチェはあまりに純粋で、人々との接触のうちに生きたことはまるでなかったし、それにまた、ユーモアの前提となる、ある種の懐疑的態度を身につけるには、彼は悲劇の霊感につき動かされすぎていた。

ショーペンハウアーにも〈やくざな〉側面はあった。ニーチェはヴォルテールの後継者を自認していたが、そのニーチェより彼はずっとヴォルテールに近かった。）

サント＝ブーヴは自分についてこう言っている。「あいつはいいかいかい、われわれの仲間だなどと私はだれにも言わせない」と。これは私が言ってもおかしくない言葉だ。サント＝ブーヴよりずっと私に似つかわしい言葉として。

私のヴァレリーへの〈序文〉がN・R・F誌に発表された。――私がヴァレリーを非難するのは、彼には謙虚なところがないからだ。私たちは、なんの根拠もない地位を自分のものにする権利はないし、ましてや、自分の限界を正直に認めた者たちを軽蔑する権利はない。他人の誇大妄想に私が抗議するのは、もう私には、この妄想の恩恵にあずかるチャンスがないからだ。事実、私はもうどんな妄想とも無縁だ。そして密かにこのことに悩んでいる。あらゆる人の錯乱が私は妬ましい。

意識についてのエッセーを書きたい。これはかねてから念頭にあるテーマで、いままでも機会あるごとにこれに取り組んだが、深く掘り下げることができなかった。

意識の諸段階。

ブレイクの言葉、「心に満たされぬ欲望をかかえているよりは、揺りかごの子供を絞め殺したほうがましだ。」

精神分析のすべてがすでにここにある。

教皇イノケンティウス九世は、一枚の絵を注文した。それは死の床に横たわる彼の姿を描いた絵だったが、何か重大な決断をしなければならないときは、彼は決まってその絵を眺めるのだった。

ランクの本『出生外傷』を手に入れる必要がありそうだ。

五歳（一九一六年）のときの、とある午後に経験した、あの決して忘れられない倦怠の危機は、私の最初の、まぎれもない意識の目覚めだった。意識的存在として私が生まれたのは、あの午後のことだ。それ以前は私は何だったのか。一個の生き物、ただそれだけだった。私の自我は、倦怠の二重の性質の特徴である、あの裂け目と啓示とともに始まる。突然、私は自分の血、骨、息のなかに、そして私を囲むあらゆるもののなかに無の現存を感じ取り、私自身が物のように虚ろだった。もう空も大地もなく、時間の、ミイラと化した時間の、果てしない広がりがあるだけだった。

倦怠を覚えることがなかったら、私には自己同一性というものはなかっただろう。私が自分を知ることができたのは、倦怠のためであり、倦怠が原因だから。もし倦怠を経験することがなかったら、私は自分というものをまるで知らず、自分がどういう人間かも知らなかったであろう。倦怠は——自分の無の知覚による、自分との出会いだ。

私は、五歳だった、あの夏の午後、私の目の前で世界が空《くう》と化してゆくさまを目撃した、あの午後に生まれた。

倦怠は、もしそれが頻繁に繰り返され、慢性と化すと、病的である。倦怠は生体の危機ないしは変事にも、気まぐれにも、形而上学的なエピソードにもなりうる。そういうものとしては別にどうということもないものだが、しかしそれが組織化され、慢性のものとなると、人間は完全に倦怠に支配される。

厳密で、極端に古典的なCが幻想もので腕試しをしている作品にざっと目を通した。偽物、模倣といった感じだ。自分に向いていないジャンルには断じて挑戦してはなるまい。フランスの知識人は、どんな領域でも才能は発揮できる、うまくやりさえすれば他に擢んでることはできるし、才能は理屈で補えると思い込んでいるが、これは間違いだ。けだし、呼ばれてもいないところへあえて顔を出すような愚は避けるべきだろう。天職というものは、勝手に考え出すものでも、こしらえるものでもない。自分の宿命に従い、そこから逸脱しない勇気をもち、自分の充実と刷新にひそかに思いを致すべきだ。くるくる豹変していては、自分の充実も刷新もおぼつかない。自分の限界と思い上がりを暴露するだけだ。

一九六九年一二月八日

昨日、日曜日、ドゥールダンにほど近い、あの高原は一面の雪。さながら凍りついた静かな海のようだ。目につくのは一羽の雄鶏だけ。あの夢のような、そして陰気な、果てしない広がりを背景に、雄鶏のもったいぶった足取りと傲慢な挙動を見て、滑稽なものと幻想的なものとの距離はほんの一歩にすぎないことが分かった。

白い地面と灰色の森とで、夢幻境はもの悲しいものと結びつく。これによって、夢幻境は一段と引き立ち、複雑なものになる。

今日、ラジオで、ルッジェーロ・リッチの演奏でバッハのパルティータ第一番を聴く。聴きながら、諦めてはならない、成り行きまかせにする権利はないと思い、こらえるのは自分の義務だと思った。

『ポーとフランス』というエッセーに、エリオットは次のように書いている。「文体をまるで意識しないということは、詩がまだあらわれていなかったということかも知れないし、主題にまるで無関心ということは、詩が終わりを迎えたということかも知れない。」

一二月九日　ウージェーヌの『発見』を楽しく読む。超然とした語り口は、ときにはほとんど静謐で、自分の生に、自分の作品にさえますます拘泥しなくなった人間にいかにも似つかわしいものだ。

〈作品〉をもち、作品を引き合いに出すことほど愚かなことをほかに知らない。いまだかつて作品を書いたことも出版したこともない人たちは、自分たちの幸福も知らなければ、その途方もない自由も知らない。作品とは、おそらくは最悪の束縛だ。いっかな忘れ去られるものではないから。

『悲劇の誕生』のなかで、ミダス王とシレノスの物語に再会する――生まれなかったことの幸せについての物語に。

五年もすれば、若者どもはとうとう失業者になり、ひと騒動ひきおこすことになるだろう。現在でも、彼らは二十歳《はたち》の年金生活者、両親あるいは国の金で生活している。どんな解決策も自分たちにはないと知ったら、彼らは蜂起するだろう。そのあげく、恐怖政治は避けられず、若者鎮圧に恐怖政治が行われることになろう。

私たちが自分は生きていると感じるのは、相手かまわず殴りつけたいと思い、けんか腰になっているときに限られる。

（現在、若者たちは群れをなして動きまわっている。ところで、群れには存在理由はない。それは相互破壊を目指すものであってはじめて存続しうる。）

予言者の口真似をすると、とたんに人だかりの気配が感じられる。だが疑いを口にしたら、いったいだれが走り寄ってくるだろうか。疑いはトランペットではない。

クローデルの堂々たる悪趣味。これは彼の作品のいたるところに、そして不思議なことに、その墓碑銘でもお目にかかれる。「ポール・クローデルの種子ここに眠る。」

成功からは見捨てられ、世人には認められず、しかも片時たりと自分の価値が忘れられない連中の途方もない虚栄心。これに比べれば、自分の真価を発揮し、その成功に何度となくいや気がさし、成功などしれたものと思いなすに余念のない者の虚栄心のほうがずっと我慢できる。

一二月一二日――ニーチェの生活、それも特にジールス＝マリーアでの生活ほど陰鬱で悲しい生活を私はほかに知らない。彼はそこで、イギリスやロシアの老婦人たちをちやほやし、自分の本はどうか読まないようにと懇願している。敬虔な女性がとりわけ彼の尊敬の的だった。――哲学の全歴史において、自分の――思想とは言うまい――倫理と、彼ほど矛盾して生きた者はいない。彼は自分をオオカミと思っていた仔羊だった。

自殺について書くことは、自殺を克服したということだ。

善良さは、私たちに持てる最高の性質だ。残念ながら、それは決して後天的に得られるものではなく、生まれついてのものだ。そして私たちが生きてゆく過程で、よりよいものにもなれば、損なわれることがあるにしても、努力したところで、愛他心だの度量だのをもくろんだところで、生まれはしないだろう。もし生まれつき善良でないなら、私たちは決して善良にはなれまい。そしていかにも由々しいことに、この性質は偉大な知識人にはえてして見られないことが多い。まるでそれは、精神の働き具合とは両立しないかのようだ。言い尽くされたことだが、この性質は単純・素朴な人々によく見られる。残念ながらこれは真実だ。たまたま彼らが意地が悪い場合、気難しい連中よりずっと意地が悪いにしても、また驚くべきことに、その意地悪さが、気難しい連中などよりはるかに洗練された、抜け目のないものだとしても。

善良でありたい。いずれにしろ、いまの自分よりはましな人間になりたい。そのためには、人を批判するのは諦めなければなるまいが、しかしこれは不可能だ。というのも、私は気分屋で、自分の同胞をつい本能的に批判してしまいがちな、したがって忌み嫌いがちな人間だから。はっきり確認しておかねばならないが、同胞というのはどいつもこいつも忌まわしい。人間は出来損ない、神にしても、あるいは「自然」にしても、ほかに手の打ちようはなかったのであり、人間が出来損ないになったのは、宿命のようなものだった――私はいつもこう考えてきた。

内観を余儀なくされたあらゆる人の例にもれず、私は人間が大嫌いだ。内観を徹底的に実行したあまり、私には人間についていささかの幻想すらとてももてなかったからだ。――とはいっても、一個の精子から、ときには聖者が生まれたこともあったと思うと、いまもって愕然たる思いを禁じえないことに変わりはない。

昨夜、イェイツの『黒い海』を観る。客席はがらがら。こういう本質的に、そしてまったく詩的な芝居は、いまの若者の好みには合わない。私には分かる。詩の過剰を抑制するシニシズムがいささかなりと必要だ。それがないと、無味乾燥に、幼稚さに、高尚さに、生気のなさに陥る危険がある。詩的昂揚ないし思弁に堕する危険があるとき、ベケットはいつも、その登場人物にしゃっくりをさせる。〈主人公〉が自分を立て直すきっかけとなる、この自分自身への反転は、まったく当をえたものであり、またきわめて現代的な意味のあるものだ。イェイツは偉大な詩人だが、その芝居となると、よくできたメーテルランクというにすぎない。

ジャコメッティ展＊。

買いかぶられた画家にして彫刻家。作品を選んで、一室か二室に展示し、オランジュリ美術館にくまなく展示して水で薄めるような真似はすべきではなかっただろう。

彼の晩年は立派である。どうして戦前の作品を出したのか。彼がきわだった独創性を示すようになるのは、自分を発見した瞬間以後のことにすぎない。つまり、彼がキリンのような痩せののっぽになり、胴体や頭が厚みも、マッスも、重さもなくしてしまうほど痩せ細ってしまった時期以後のことにすぎない。それは物質に対する、重さに対する繊細この上ないテロ行為だ。ジャコメッティは縮小化の天才だった。堂々としているときでも、いわば……指小辞においてそうなのである。

＊ 彫刻、絵画、デッサンを網羅する、この大展覧会は、一九六九年一〇月五日から一九七〇年一月一一日まで、オランジュリ美術館で開催された。アルベルト・ジャコメッティは、一九六六年一月一一日に他界している。

作品を〈作り〉たいと思うのはどこかバカげている。だが、作品を作る能力があるとき、仕事に取りかかるのを拒否する、その意志をどう示せばいいのか。

一二月一四日　インドに関する論文で、ベガンは、インド人が自分たちのさまざまの記念建造物がいつ建てられたか、その正確な年代を確定できないことに驚いている。彼が言うには、「ガイドなどは、三、四百年も間違っているような千の位の数字を平気で使う」そうだ。

「歴史」の外に生きている人々にとって、ある寺院が何世紀のいつごろ建てられたとか、五百年ないし九百年まえのものだとか知ったところで、いったいなにほどのことがあろうか。精神の現実が問題であるとき、歴史的なものの見方にはなんの価値もない。

仏陀の説教は、紀元前四世紀にさかのぼるらしい。哲学的な好奇心からではなく内的必然性にうながされてこれを読むとき、これらの説教が、こんな遠い昔に考え出されたとだれが思うだろうか。説教で中心的な問題となっている苦は、時代に限定された現実の表現なのか。当時と比べ、私たちの苦しみは減じただろうか。苦しみに日付などない。苦しみの表現の仕方が変わるだけだ。

選択としてのあらゆる選択は、必然的に悪しきものなのか。実際上はそうだが、理屈の上ではそうではない。選択は不可避だと付け加えなければならないにしても。というのも、私たちは選択せずにはいられないし、選択の欠如そのものも、すぐれて選択であるから。

暴力、これこそまさに私を定義するものだ。そして暴力を行使できず、それを抑圧し、お蔵入れにしなければならないとなると、私は自分が現実の自分とは別人であるような気がする。節度ゆえに自己実現を果たせぬ者、無気力、〈知恵〉、反省、隔世遺伝。――私が感じているのは、爆発ならぬ、爆発の欲求だが、自分が爆発できぬことを知っているから、私は悔恨に憔悴し、自己嫌悪に磨耗し、自分が本来のレベルに達していないことを悔やむ――できれば、自分の妥協、譲歩、諦めへの怒りにかられるがまま、自分を殴りつけたい。こんな我慢にはもう耐えられない。最後には――もう二度と吠えぬために、吠えなければならないだろう。

狂気に陥った最初のころ、ニーチェは耐えず女を欲しがった……純潔きわまりない男の反動。

錯乱の二年まえ、ニーチェを訪ねたエルヴィン・ローデは、その訪問記に、「彼は無人地帯からやって来たように見えた」と語っている。

一二月一五日　生誕について書き始めてからというもの、主題を論じるのにこれほどの困難に出会ったことは一度もない。私たちは生、死、またなんであれ問題にすることができるし、問題にするのを厭いはしない。これは別にどうということもない当たり前のことだ。なのに、生誕に取り組み、生誕を攻撃するのは、どうして当たり前のことではないのか。生誕について語るとき、どうして私は、こんなに不愉快な思いをし、どうしてこんな自信のない、いや、それどころか裏切りでもしているような態度になるのか。――自分の発端を攻撃し、自分の起源を問題にするのは、自然に背き、自分に背くことであるからだ。まるで生の行程のどの地点も、最初の地点を別にすれば、どうでもいいかのようである。つまり、最初の地点だけは不死身のもの、聖なるものでもあるかのようなのだ。神も起源もたやすく厄介払いできるのに、自分の生誕、自分の起源となるとそうはいかないのだ。私が私の生誕を攻撃すると、いつも決まって途轍もない罪を犯しているような、と同時に、あらゆるものから、自分自身から解放されているような感じになるのはこのためだ。さまざまの危険に満ちた、前代未聞の解放、ひとりの人間になしうる最大の解放。

『三段論法』について「モラリストのなかのヨブ」という題で、あるドイツの新聞に面白い時評を書いたクリストフ・シュヴェーリンに、私はまさにヨブと同じように、「レプラと統辞論」が好きだったと書き送ったところだ。

もう長いことはないのだから、仕事をし、自分の目的を達成し、仕上げるべきことは仕上げておこうと、いつも考えるべきだろう。それはそうなのだが――しかしまた、もう長いことはないのだから（一月《ひとつき》、一年、一〇年、あるいはそれ以上の余命がなんになろう！）、急ぐ理由はない、すべてを放り出してしまうほうがずっと賢明、作品など書いても書かなくとも同じだと、考えることもできる。

この二つの態度には、それぞれヒーローがいる。ただし、明言しておかねばならないが、有名なのは前者を代表するヒーローだけであって、後者のそれは痕跡を残さなかったため、後世の関心を引くことができなかった。

私が生きようが死のうがどうということはないし、それとも――いや、これで全部だ。これ以外に別の選択はひとつもないのだ。なんという貧しさ！

一二月一八日　どうでもいい！――途方に暮れるようなとき、もっとも頻繁に思い浮かぶのがこの言葉だ。まあ、お望みなら、一種の癖といっていいが、ただし、啓示的な癖であって、無意識的な行為ではない。

あのように死んだニーチェの、またとない幸運。

自分を知る――耐えがたいほどに。

その*Unmachtung* *の晩年、ニーチェは押しだまり、がっくりとうなだれたまま、何時間となく、自分の手をじっと見つめていた。

罪を犯したあとのマクベスのように。

＊　精神病。

生まれる前の自由、気まぐれ、満ち足りた放埓。

生誕と手錠は、私にとっては同義語だ。

生誕を桎梏とも束縛とも思うのは、決して一般的な、普通の感情ではないが、しかしそう思うこともないとはいえない。生誕をながいこと考え、それについて過度に反省をめぐらせば（ああ！　私のように）、それだけでそう思うようになる。

一二月一九日　午前、〈わが〉配管工に、怒髪天を衝かんばかりに腹を立てる。ガスストーブを据え付けるときに終わらなかった工事の後始末に来たのだが、それがなんと二か月も経ってからなのだ。

（自分の逆上があまりに恥ずかしく、この無礼な配管工に許しを請うことしか考えられない。）

そこで、私は彼に電話した。

何が由々しいといって、自分をコントロールできなくなるほど由々しいことはない。

一時期、私は好んで人を侮辱したものだ。いまも、わが意に反して侮辱するときがあるが、そのあとはいつも決まって激しい自責の念にかられる。

若かったとき、私は自分の敵をつくっては喜んでいた――いまは、やっとこさ自分のうしろに引きずっている連中をどう始末していいか分からない。

私は妄想に憑かれた人間だ。だから狂信家のはずだが、実際はそうではない。

だれからも省みられない作品を書いたという満足感、この満足感は、混じり気のない純粋なものだとはいえない。満足感があるということ、そしてたとえ不純なものだとしても、それが自尊心の、ときには喜びの源泉であるということ、このことに変わりはないのである。

封建制度下の日本では、仇討ちは法的に認められていた――というのも、父あるいは兄弟を殺した者と「同じ天を戴いて生きる権利」は人にはないからだ――ただし、仇討ち成就のための期限の日時を決めた上で、あらかじめ司直にその旨を正式に知らせておかねばならなかった。

自分が嘲笑されていると思い、不当な扱いを受けていると思うと、とたんにすべてが「苦痛」の「苦痛」と化す。

喜びは神秘ではない。つまりそれは、ある純粋な感情にすぎない。――自分は犠牲者だという固定観念が消えうせ、私たちがもうだれのことも妬まず、すべての者を許し、神が私たちを羨む、あの稀有な瞬間でのみ感じられる感情。

喜び、すなわち、私の身に何が起ころうと、もう何ひとつ私にはかかわりなく、それどころか、もう何も起こらず、起こりようもないという感情。それはみずからを限りなく蕩尽する光、生まれたばかりの太陽だ。

他人の勝利が、よしんば私たちの犠牲によるものだとしても、私たちの敗北ではないような場合、喜びはこういう場合にしか存在しない。つまり喜びは、すばらしい不死身の瞬間だ。

人間への新たな信仰をあえて提唱する弱者、病人、寝たきりの人々。こういう連中のなかでも、ニーチェはもっとも痛ましく、またもっとも希望にあふれている。

彼はペシミズムから錯乱へ到った。大部分は奇人ながら、あんなにも弟子がいたのはこのためだ。

一二月二二日　昨日、ランブイエの森を歩く。すばらしい。

霧に覆われたアンジェンヌ（?）の切り立った岩の上に立つと、ジュラ山中のどこかにでもいるような感じだ。

トーマス・マンの『ファウスト博士の日記』を読む。ゲルハルト・ハウプトマンに関する三、四ページを除けば、どこといって面白いところはない。晩年になっても、こんなに虚栄心の旺盛な人間もめずらしい。友人連中のお世辞を細大もらさず再現したところでなんになるのか。賞賛などというものに真に心からのものなど一つもないのは分かりきっているのだから、一番いいのは、そんなものは断じて引き合いに出さないことだ。

フランス語は、たぶん英語より美しい。だが、英語の響きは、フランス語の響きよりつねに美しいし、ずっと心を揺さぶるところがある。

この裏声の、なんと胸くそ悪いことか！

私の場合、自分への、あるいは他人へのどんな怒りも、結局は自分の生誕への怒りとなる。そればかりか、身に降りかかるどんなことも私には怒りの種になるものばかりだから、ほんとうだったら私にとってはどうでもいいような、だれもがそうしているように忘れてしかるべき、このどうということもない生誕が、私の関心の中心に居座り、私の生に、私の存在そのものに取って代わってしまうのだ。

私を生誕から癒し、解放できるのは、〈治療〉だけだろう。だが、いったいどんな治療なのか。私は嘲弄を薬がわりに濫用したが、その結果、いまとなっては何か素朴な治療法に救済手段があると思っているのだ。

炸裂したい――私は一途にそう思っている。そして私の人生で、英雄的といえるような唯一の時期は、ルーマニア語による処女作 *Pe culmile disperării*[*] の時期であると考えている。当時、いつも私は、一瞬後などありうるはずもないと感じていた。私の生に何か不可解なものがあるとすれば、それは私が、あんな熱狂を、エクスタシーを、錯乱を経験しながら死なずにすんだということだ。どんな頑丈な拘束衣も、私の逆上を抑える役には立たなかっただろう。私には不思議な力があり、と同時に、私は世にも無力な人間だった。そして夜となく昼となく震えては、私一流の狂気じみた言動に睡眠不足を発散させ、混乱を、恐怖をやたらと振りまいていたのである。

＊　前記、六四三ページ参照。

一二月二三日　私の人生における最大の変化は、自分の敵――いまも敵がいるとしての話だが――に対する私の態度に見られる。

若かったとき――実は四〇歳のときまで！――私は自分の敵をつくりたいという、深い、ほとんど肉体的な欲求を抱いていた。是非にも敵をもちたいと熱望し、あらゆる手段を用いて敵をつくりだしていたのである。どこに敵を見つけるのか。私をいらいらさせるような言葉を口にしたり――あるいはそういう顔つきの者がいると、だれといわず私は決まってこきおろしたものだ。そして好んでいたるところに乱痴気騒ぎを引き起こし、また努めて不公平に振る舞おうとしたものだ。これには難なく成功し、気分は最高だった。

ところがいまは、どんな衝突にも不快感を覚える。もし敵をつくってしまったら、その敵がだれであれ、またどんなに軽蔑すべき者であれ、私がまず考えるのは、敵と和解することだ。もう私には敵を引き受けるだけの力もなければ、自信も傲慢さもない。ひとつの重荷だけで充分であり、他人の重荷などもう私には引き受けられない。ところで、敵をもつには、責任感が一段と発達していなければならない。私がますます失いつつあるのは、いや、完全に失ってしまったのは、この責任感である。

一二月二四日　誤解にもとづく友情を精算してしまったときに感じる、あの大きな安堵、A・Bのことを考えて、この安堵を感じる。

人間の出現以前に、あるいはその消滅後に生きてはじめて幸せだと思う、この私の奇妙な考え。同胞と接するのは、私には不断の敗北、耐えがたい悪夢だ。

同胞をもち、彼らに接しなければならないのは、耐えがたい悪夢だ。人間の出現以前、あるいはその消滅後でなければ幸せになれないと思うのは、たんなる偏執を越えている。

ひょっとすると私も信仰をもつのではないかと恐れる。それほど私は、信仰に含まれる義務というものを尊重している。

神を担ぎ出しながら、しかもほかの連中と同じように振る舞うのは、私にはバカげた、笑止千万なことに思われるが、しかしこれが事実なのだ。信者というのは、もうとうの昔に、奇っ怪で、不可解な、驚くべき現象ではなくなっている。信者が存在するにしても、彼はもうほかのだれとも異なるところはない。まるで存在しないかのようだ。

スウィフトと私の類似性。彼は私がもっとも尊敬した不幸な人ではないかと思うときがよくある。

クリスマス――異様なほどの静寂。これだけで、私は限りなく幸福だと思ってしかるべきだろう。私は自分の幸福というものを知っているが、それを生きる力がない。

人々が戻ってくるのを考えざるをえないのは事実だが。

一二月二六日　クローデルは、死の数日まえ、その『日記』に、神を無限のものと呼んではならない、尽きざるものと呼ぶべきだと書いている。まるで両者がほとんど同じことではないかのようだ！　にもかかわらず、自分の生との〈賃貸借契約〉はいままさに終わろうとしていると書きとめている、その瞬間に、このように厳密さを配慮し、理屈に心を配る点には、何かしら美しいもの、人を励ますものがあり、なかんずく高貴なものがあることに変わりはない。

自分の〈作品〉（私なりのいくつかの小冊子をこう呼べるなら）に完全に無関心になれる勇気がないのが残念だ。

一二月二七日　終わりのない夢。

弟がパリにいる。私がいま住んでいる建物の家主C一家の者と、大きなアパルトマンに一緒に住んでいる。ある日の午後、弟がC家のベッドに寝たところ、C家の者がおずおずと私に苦情をいいに来る。

確かに夢は、私たち各人が支障なくやってのける仕返しである。夢のなかでは、たとえ悪夢のなかだろうと、私たちはほとんどつねに、ひとかどの人物である。落伍者が勝利するのは、夢のなかでだ。もし夢が禁止されてしまったら、年がら年じゅう革命が起こるだろう。

ヘーゲル――もっとも読まれることのない、そしてもっとも頻繁に引用される哲学者。

いささかの痕跡も残すことなく、この世に踏みとどまるという考えは、それ自体、この上なく人を興奮させるものだ。この考えを抱いている限り、私たちは自分がほかの連中よりずっと純粋であり、ずっと分別に富んでいると思う。

いまこの瞬間、人間からの、あるいは神々からのどんな非難も私には届きようもあるまい。つまり私は、いまだかつて生きたことがないくらい良心にやましいところがないのだ。

日曜日――尾根道づたいにヴェルノン、ヴェトゥーユへ。雪と霧、したがって幸福、ほとんど至福。

セーヌ川を見下ろす、あの尾根道で霧に包まれたとき、私は「すべてであるという思いと、何ものでもないという明白な事実」という、あのヴァレリーの重要な言葉を繰り返したが、どんな絶望的な戦慄も感じなかった。それどころか、ある大きな自信と、完全無欠の確実性の感情とを覚えた。

一二月二九日　午前、老将軍たちと、同じように老いた歴史家たちによる、第一次大戦についての議論を聴く。――大戦がいま終わったばかりといわんばかりの熱中ぶりだ。

生とは未来のことだ。過去になったものはどんなものも、恣意的で（?）、バカげたものに見え、まったく無益なものに見える。私たちが恐れているものも、いつかは、どんな現実性も意味もないものになり、出来するあらゆるものに過去が待ちかまえており、過去は死よりも有害であるということを、不安のただなかで思い出すこと。

諸国家。国家が国家として確立するのは自尊心と傲慢によってだ。国家に優越性の意識がある限り、国家は危険だが、いっぽう、国家がさまざまの価値を創造し、国家そのものを定義するのは、この誇大妄想狂によってだ。しかし、この膨張と自覚化の過程が凋落の一途をたどり、国家が敗北に敗北を繰り返して、ついにはみずからを信じなくなる瞬間がやってくる。国家は人間らしくなり、その自尊心を失い、もう物の数ではなくなる。終末期のローマ帝国、現在のイギリス、第一次大戦後のフランス。

――「歴史」の意味とは何か。諸民族にその天分の行使と精算とを可能にすることだ。

さきほど、ある将軍はフォッシュについて語り、彼は外交官を兼ねていた、それというのも、アメリカ人の感情を害してはならないことをわきまえていたからだと言う。そこで彼は、アメリカの兵士をフランスの部隊に加えることはせず、各国それぞれ独自の寄与の原則を受け入れたほうがずっといいと判断した。こうしてアメリカ師団が組織されたのである……

三五年後、もうフランス軍はなかった……アメリカの強さとフランスの弱さとを比べていただきたい。世界の一等国は、地方の一国家に成り下がってしまったのだ……

世界史とはこういうものであり、これ以外の何ものでもない。エネルギーと力、それはたがいに取って代わるものなのだ。国にはそれぞれ最盛期というものがある。だが、いっこうに最盛期を迎えられず、歴史のうす暗がりをうろつきまわっていなければならない国もある。これは必ずしも不幸なことではない。

昔から、あらゆる人間は無駄に生き、無駄に死んだ。したがって、生誕はまさに大きな過ちだ。

はっきり言っておかねばならないが、真実は耐えがたいものだ。もともと人間は真実には耐えられない。だから真実をペストのように避けるのだ。――真実とは何か。生きる助けにはならないもの、支えとは正反対のものだ。だからそれは、なんの役にも立たない。私たちを、ありとあらゆる眩暈にもってこいの不安定な状態に陥れるほかには。

本が必然性のあるものかどうか、賞賛が心からのものであるかどうか、私にはすぐ分かる。

いま私が考えているのは、みごとな肖像作家ジャン・ギトンのことだ。彼はあらゆるモデルをみごとに描いたが、ただし教皇パウロ六世だけは例外だった。この肖像の場合、すべてを決定したのは、モデルの職業である。肖像にはどこか仕事の、努力のにおいが感じられる。どうでもいいような細部が積み重ねられ、苦心惨憺して文章が引き延ばされているのだ。それに、どんなささいな疑問すら呈することのできぬ人物について肖像を書くとは！　ある日、教皇は来訪者をテラスに伴った。テラスは外部からは見えなかったが、人に見られずに街を見下ろすことができるそのテラスで、教皇は、突然、両手を組んで、まるでひとりでいるかのように祈りはじめた。そんな仕種は必要ではなかった。取材記者もそう思ったが、賛辞を書くのだから、このまったく予期せぬ仕種もなんとか説明しなければならなかった。ほんとうは説明などせずに、自分の不安な気持ちをそのまま文章にし、自分の驚きをそのまま吐露すべきだったのだ。そんなわけで、これは必然性のない本だ。

（必然性のない本は……もしそれが書かれなかったら、ずっとよかったであろうような本だ。）

ベートーヴェン――純粋ならざる天才。

人間と神の歴史は、相互の期待はずれの歴史だ。

一二月三一日　作品のために自分の生を犠牲にしなければ、作品には重みはない。本は吸血鬼であるべきだろう。つまり、私たちの血を吸わねばなるまい。

（私の本のうち二冊は、多少ともこの要請に応えている。ルーマニア語による処女作とフランス語による処女作、つまり*Pe culmile disperării*＊と『概論』だ。そのほかの本には、私はこれほど自分の生を犠牲にしていない。）

＊　前記、六四三ページ参照。

月から見ればボール玉の、この地球で、言語学の隠語を用いていえば、数かぎりない語る主体が苦しみ、お互いどうし苦しめ合っているとは！

自分の不幸を真に受けるような宇宙飛行士がいるとは驚きだ。あんまりちっぽけすぎると思うあまり、私は猫のように鳴きたいくらいだ。いったいどうして私たちはこんなにちっぽけなのか。

影の爆発。

一九六九年の総決算

どんなことをするにもまず覚える気力喪失。私は不可能事に酔いしれながら一年また一年と生きてきたのだろう。

### 訳注

(1) この序文は、エッセー集『時間への失墜』(六四年)に、「最古の恐怖——トルストイについて」という題で収録されている。

(2) シビウのこと。ハプスブルク体制下、シビウはヘルマンシュタットとなり、さらにマジャール化政策がおしすすめられた結果、一八九七年には、ナジセベン(ハンガリー語)に変更される。

(3) 原文は *L'histoire des Juifs* であるが、*Antiquités judaïques*(『ユダヤ古誌』)のことと思われる。

(4) ここで槍玉に挙げられているというのは、たとえば、「もし私がユダヤ人なら、ただちに自殺して果てるだろう」といったような、一見、激烈な反ユダヤ主義的な主張であると思われる。『変容』については、残念ながら訳者はいまだにその全容をつかんでいないので断定的なことはいえないが、『変容』には、どうやら反ユダヤ主義的のみならず、反議会主義的、反民主主義的な主張が盛られているのは事実のようだ。ただし、それらの主張の言葉じりをとらえて、それをもってただちにシオランを、たとえば反ユダヤ主義者と決めつけるのは、いささか性急にすぎるようにも思われる。右に引いた一文も、パトリス・ボロンによると、〈死〉以外に「神の呪詛」から逃れられないユダヤ人の運命の特異性を語る文脈のなかのものであり、したがってその限り、反ユダヤ主義とは直接の関係はないものといえる。これはおそらく反議会主義、反民主主義的な主張についても同じであって、要するに『変容』全体が改めて検討されないかぎり、軽々な断定は慎まなければならないということだ。

(5) 「堕落した連中」と訳したのは、イタリア語〈*perduta gente*〉。

(6) これは邦訳『オマージュの試み』所収の論文、「ガブリエル・マルセル——ある哲学者の肖像」のことと思われる。

(7) この時点で、フランス語による本は六冊。

(8) 〈*Nada*〉は、スペイン語で「無」、「虚無」の意。

(9) 五三八ページ、訳注(5)参照。

(10) 〈sous-homme〉。「人間の屑」、「下等人間」というほどの意味だが、ここは〈surhomme〉(超人)に対応する言葉で、ペジョラチヴな意味合いはない。やむをえず、「横超」をヒントに「下超」と造語した。なお、七五六ページ参照。

(11) 「……当時の私の状態を説明するために、ここで不釣り合いな、ほとんどとっぴな比較をしてみることにします。ニーチェを想像してみて下さい。精神の崩壊によってまず『この人を見よ』から書きはじめ、ついで『悲劇の誕生』その他の作品を書くようになるニーチェを。つまり私はほとんど狂人としてデビューし、それから徐々に正常に、正常すぎる者になったということです……」(シオラン『対談集』)。

# ［一九七〇年］

一九七〇年

一月一日。

今朝、ベッドで、時間を私たちを運び去る奔流として、肉体的に、それどころか視覚的に感じた……

「おまえが口にしなかった言葉はおまえの奴隷。おまえが口にした言葉はおまえの主。」（だれの言葉か）

分析することは解体することだ。認識し、究め、原理を突きつめるのは、解体作業に専念することだ。これは、ときには哲学者が、そしてつねに批評家がやっていることだ。あらゆる認識は、存在の十全性の侵害だ。

感情を抑えようとすると、とたんに苦痛を覚える。もっとも、あらゆる自制——無駄な——につきものの満足感でうすめられた苦痛だが。

キリスト教徒の哲学者は、もう求めることはないし、見つけてしまったのだから、厳密にいえば、哲学者ではありえない、といわれたことがある。

たぶん、その通りだろう。だが、キリスト教徒の哲学者は、自分では信仰をもっていると思っていても、つねにその信仰を失うおそれがある。この、彼の不安のかき立てる危険のため、彼は実際には何ひとつ見つけてはいなかったということになる。

一月二日　五回、電話がかかってくる。五つの異なる意見、五つの閉ざされた世界。意見によって真実に達することはできない。意見というものはどれもみな、現実に関するバカげた見解のように私には見える。

人間を見ると、そのときの気分次第で、私は決まって気づまりか恐怖を覚える。人間を前にして、自分を自然だと思うことは滅多にない。

私の抱くことのできたあらゆる欲望が一つひとつ私から取り上げられたとしても、なお私の最深部には、砂漠への郷愁が手つかずのまま、変わることなく残っているだろう。

行動しているとき、もし私たちに、無限のなかで奮闘している物質の断片としての自分の姿を見ることができたなら、私たちはただちに行動をやめるだろう。閉ざされた地平は、行為の、それどころか冒険の条件である。もし私たちが自分の姿を、ましてや〈無限〉のなかの自分の姿を見たなら、とても身動きなどできまい。

私はよくセルヴァンドーニ街を通ることがある。そういうとき、コンドルセが恐怖政治の際に身を隠していた建物の前に立つと、彼が人間の精神の無限の進歩についての試論を書いたのはここだったのだと、いつも思わないわけにいかない。こともあろうにあんな時期に、〈進歩〉を賞賛するとはなんたる皮肉か！　だが事実、彼は進歩の、隠れもない最初の理論家であり、予言者である。

（友人ディヌ・ノイカ*のケースを考えてみる。彼は出獄の際、拷問者どもの自分への配慮にほとんど感謝の気持ちを抱いているが、もし彼が死刑を宣告されていたら、幸福論を書いたであろう。たぶん、そこにはみごとに偽装された逆説好みがある。）

＊　前記、七五ページ、注参照。

一九七〇年一月四日　バッハの息子たちには、父親との明らかな違いをつきつめようとはせず、違いの多いところをやたらと見せつけることで、自分たちを父親とは異なる人間に見せようとする意志が感じられる。いつの世でも、独創性は深さより簡単なものだ。思いつきは、一種の逃走だ。どんな常軌逸脱でもいい、逸脱を経験すれば、何かを思いつく。現実の、あるいは自分自身の内奥への下降は、精神よりはむしろ魂の集中を、酷使を前提とする。

昨夜、否定を、私固有の否定を話題にしたサンダ・ストロジャンに、こんなことを言う。言葉にまどわされてはならない、熱烈な否定は肯定であり、つまるところ、すべては肯定であると。

悪魔は肯定する。神に逆らって肯定する。純粋な、完全な否定となれば、それは何かに逆らって定義される否定ではあるまい。そうではなく、否定そのものがないのだ。したがって、否定することはさかさまに肯定することだというのは正しい。否定とは転倒された肯定なのだ。否定する者が必ずしも絶望者でないのはこのためであり、余人と変わらぬように生きていることさえある。

最低の落伍者にさえ、いやそういう者にこそ、「おれの出番はまだ来ない」と言う権利がある。

実際に出番が来ようと来まいとどうでもいいのだ。大切なのは、この希望があらゆる冒険の支えだということだ。死が突然にやって来れば、それは、自分という人間を明らかにし、際立たせる一方法、今度こそはうまくいったと思い込む一方法だ。

思いやりの対象よりは排斥の対象でありたいものだ。成功は、私にいわせれば、私を損ない、私を卑小にし、私の自信を掘り崩す。それにひきかえ、挫折は私の催淫剤だ。

挫折を経験すると、その後いつも私は立ち直り、生への興味を新たにする。父祖伝来の、絶えることなき自己鞭打ち——活力の源泉。

フロイトは若い世代の聖トマス・アキナスだ。新しい教義神学。

どう考えてみても、死は一種の達成だ。

ソクラテスは大変な厄介者だったに違いない。というか、いずれにしろ、彼を尊敬していない連中、つまり大部分のアテナイ人には、厄介者と見えたに違いない。

「ヘラルド・トリビューン」紙の第一面に、一葉の写真が掲載されている。アメリカ合衆国の南部の小学校、ひとつの机のまわりに数人の白人の子供たちがいて、もうひとつの机には、黒人の女の子がいて、とても悲しそうな目つきをしている写真だ。白人の学童たちは、この子を仲間はずれにし、言葉をかけようともしない。このひどい偏見、分からないではないが、しかしとても見過ごすわけにはいかない偏見に、いつかアメリカは高い代償を払うことになるはずだ。

私は、相手が〈本来の意味での〉ルーマニア人よりルーマニアのユダヤ人のほうがずっとよく理解し合える。*Iron Guard** の誤解が生まれる以前から、三五年まえからすでにそうだった。相手がユダヤ人だと、その不幸な、それでいてどういうこともない運命にはまり込んでしまった、あの羊飼いと百姓を相手にするのに比べ、すべてはずっと複雑であり、劇的であり、神秘的である。

＊ 鉄衛団。前記、一八〇、六九七ページ〔上段〕、注参照。

意味のない悲劇、無意味な苦しみ、こういうものより悪いものはない。これが私の国の場合だ。
だが、もし私たちがシリウスの、あるいはただたんに……パリの観点に身を置くなら、これは地球の場合そのものだ。

したがって、価値というものはすべて距離の問題であると思わなければならない。どこから私を見ているのですかと。
もし私たちが内面的に、別の惑星に住んでいるよりも離れているなら、なるほど、物理的な近さになんの意味もない。ある物のそばにいながら、私たちは千里も遠く離れていられる。そんなわけで、人間のもっとも重要な能力は、超然としていられる能力、いまいるところにいないでいられる能力だ。人間が、まったく主観を排した、ひどく破壊的な判断を自分に下すことができるのはこのためだ。

あの黒人の少女の写真が頭にこびりついて離れない。さまざまの論文、書物、あるいは反人種主義のデモ、こんなものよりも、あの写真は、いままで抽象的にしか知ることのなかった悲劇について、はるかに多く私の蒙を啓いた。

「親愛なアポロドロスよ、それならきみは、私がこうして不当に死ぬより正当に死ぬのが見たいというのかね。こう言って彼［ソクラテス］は微笑んだ。」（クセノポン）

これは、「あなたが不当に死ぬのを見るのはとてもつらい」と言ったアポロドロスに、ソクラテスが死刑の宣告を受けたあとで与えた答えである。

微笑みゆえに、これはたぶん、ソクラテスのもっとも美しい答えだ。

死刑が宣告される前に、またその後で、友人たちが逃亡を勧めたのに対して、ソクラテスはこう言っている。いま死ぬのは、老境と失墜のとばっくちでのまたとない死だ。死ぬ機会としてこれ以上のものはいままで一度もなかったと。老齢の恥辱に比べれば、なんであれ彼には望ましいものに見えたのだ。延命にのみ汲々としている現代人には、なんという教訓か。新しい恥を、つまり老いる恥を考え出さなければなるまい。現在だったら、ソクラテスも、友人たちの逃亡の計画を受け入れ、裁判官の前に畏まることはないにしても、いずれにせよ、敬意ぐらいは示すだろう。また同じことの繰り返しだ。つまり私たちは、しかるべきときに消えうせるすべを忘れてしまったのだ。私たちは老いの恥辱をとことん生きるだろう。耄碌におぼれる、これこそ、ここ数世紀の社会の本質的な定義だ。

裁判官を前にした演説にみられる、ソクラテスの途方もない驚くべき自尊心。そこには、市民がほかの市民をこれほど見下せるとは考えてもいなかった連中を逆上させるものがあった。

書くのをやめて、私はよい行いをする。つまり、良心をなだめて、ことのほか重大な良心の呵責を自分から遠ざける。そうすることは私の存在そのものに、存在に含まれているかも知れない力にかかわることだから。

一月九日

私には八〇歳の友人が三人いるが、彼らは私の「古生物学*」に動転した。実際、私があそこに書いたのは骸骨賞賛だった。

＊『悪しき造物主』の第三章。

昨夜、友人たちに、私の人生には三つの事件がある、つまり生誕と禁煙と死だと言った。

私の人生には二つの時期があるとも言える。つまり禁煙前と禁煙後。禁煙前は、ニコチンと熱狂と〈インスピレーション〉の三〇年、禁煙後は、解毒、したがって不毛。最後にタバコを喫ったのは六年まえだ。それ以来、努力し、熟考した上でなければ、私はもうすすんでものを書く気になれない。禁煙するまえ五年間、あのタバコへの隷属状態と私は毎日たたかった。なにしろ一日に三箱も喫っていたのだから！　もう駄目だった。最初の禁煙は五か月つづいたが、その間、私は自分を人間の屑だと思っていた。これほど有害な習慣に染まらないためなら、なんでもしなければならない。禁煙してからというもの、私は自分をまったくの落伍者と思っているが、しかし自由であるとも思っている！　そして自分を軽蔑するとき、私は自分がこの世で経験した最大の快楽、つまりタバコに火をつける快楽から自由になれたのだと考える。これは自分に対する唯一のまぎれもない勝利、私の唯一の勝利だ。

私のニコチン中毒が完治した明白な証拠がある。ある夜、私はさかんにタバコをふかしている夢をみたが、嫌悪感を覚え、すぐに目を覚ました。

生誕の強迫観念は、実は過去の強迫観念にすぎず、過去の偏在にすぎない。だが、この強迫観念を抱いたまま、私たちは生きることはできない。せいぜい存在することができるだけだ。

生誕の強迫観念は、思い出の極端な激化から生まれる。渇望からはまた、袋小路の、最初の袋小路の強迫観念が生まれる。突破口にしても喜びにしても過去からは生まれない。それらはもっぱら現在から、そして時間から解放された未来から生まれる。

一月一三日　いかんともしがたい憂鬱。古本をあさりにジベールの店へ行く。こんな小さな村で何ができようか。こんな憂鬱なときは、〈自然〉も役には立たないと思う。

もし信者なら、私は神を相手にするだろう。信者ではないから、私は自分を相手にする……

カール五世には放浪癖があった。息子のフェリペ二世は、エスコリアルに閉じこもった。

私たちが受け継ぐのは極端に走る傾向であって、その形ではない。

フランスの政治的な才能は言葉の才能、婉曲語法の才能だ。赤字は袋小路と言われ、戦争は、現在、平和の回復ないし事件（インドネシア、アルジェリア事件）と言われ、親アラブとは言わずに、フランスの地中海政策という言葉を使う。

自分の作品の運命が念頭から消えてはじめて、作家は気が休まる。

意識とは重さのことだ。

感覚に占める意識の部分は、感覚から切り離されたものに相当する。

本は五〇年後、あるいは百年後に読まれてはじめて現実性をもつ。――そうでなければ、作者の努力は無駄だったわけで、なんでもいいからほかのことをすべきだっただろう。だが、幸か不幸か、本を書いているときはだれしも、自分は永遠のために仕事をしているのだと無意識に思い込んでいる。この曖昧な、いずれにしろ意識にのぼらない、暗黙の幻想がなければ、たぶんだれも仕事に取りかかることはできないだろう。

私にとって喜びであり、ほとんど幸福ともいっていいものは、自分の印象を知的に表現することではなく、なにひとつ言葉にすることなく、そぞろ歩き、眺めることだ。

明け方の一時。この異様な静寂はそれだけで、なんらかの希望に与《くみ》することの正しさの証明というものだろう。

生誕とはなんという追放か！

自分は無数の人々にまじって、地上にはいつくばっている者のひとりだと、毎日、考えるべきだろう。ひとりであって、それ以上の何ものでもないと。こういうふうに確認すれば、どんな結論も思いのまま、放蕩、徳行、自殺、仕事、犯罪、怠惰あるいは熱狂、なんであれ正当化される。

したがって、各人の行為は、結局のところみな正しいのだと結論づけなければならない。

一月一六日

「いつか私はパリで死ぬだろう――その日のことはすでに私の記憶にある。」

私たちがこれほど死ぬのは、明日死ぬため……そのためなのか。私たちが絶えず死ななければならないのは、たかが死ぬためなのか。

セーサル・ヴァリエッホ*、

〈decha tan desgraciada de durar〉

（生きつづけるという、かくも不幸な幸せ）。

＊　セーサル・ヴァリエッホ（一八九二―一九三八）、ペルーの詩人。

完全に何ものかであること――これこそ私たちが希求すべきことだろう。

生きているということは、確かに大きな利点だ。死ぬということは、もっとずっと大きな別の利点だ。

一月一七日——昨日、いささかの感動はおろか感情さえ抱かずに、またしても自殺は正当であると考える。まるでどんな感情の関与も必要としない明白な事実を考え、その他のあらゆる解決策は、ただちに退けるべきものででもあるかのように。

一月一八日

私にとって重要なのは私の生誕ではなく、生誕一般だ。私の強迫観念は宇宙進化論的なもので、私は起源につきまとわれている。私の興味をそそるのは起源であり、私が憎み愛するのは起源だ。

一月一九日

アルヴァーロ・デ・カンポス（ペソーア）の『詩集』を開いたところ、たまたま次の言葉にお目にかかる。

〈*Seja o que fôr, era melhor naoter nascido.*〉

いずれにしろ、生まれないほうがずっとよかったのだ。

不幸の感情と生誕を問題にすることには直接の関係があると思うのは間違いだ。生誕という事実の告発には、深い根がある。つまり、存在することに不満などまるでないにしても、告発は起こるだろう。それというのも、生誕という現象をそれ自体として考えてみれば、それは理性にとってはひどく度はずれのもの、きわめて重大な結果をもたらすものであり、どうにも考えようのない実に奇妙なものであって、明白な事実というよりは異常事として受け入れるほうがずっと簡単であるほどだからだ。私は自分が生まれたことに驚くばかりだ。もっとも、私以外の者も生まれたという事実にはいっこうに驚かない。生まれた者はみな私には恐ろしい。

一月二一日

信じているような、希望を抱いているような、存在しているようなふりをする。こんなところが、私たちに到達できる現実の極限だ。

ソーリン・Aといっしょに過ごした、先日の夜会のことを考える。私がある種の不安を感じたのは、彼の顔つき、仕種から、彼の叔父のミルチアのことを思い出すからだ。この、家族の雰囲気というものに、私はいつも気づまりを覚える。これは私の一方的なバカげた反応なのだが、どうしようもない。私の家族に対する態度、母に再会したときの、そしていま弟に会おうとするときの不安、その原因はたぶんここにある。

一月二三日——昨日、ウージェーヌがアカデミーの会員に選ばれる。彼がおじけづいて「生涯ずっとアカデミーの会員なんだね、ずっと」と言うから、「そんなことはないよ。ペタンやモーラス、アベル・エルマンやそのほかの連中のことを考えてごらんよ。彼らは除名された。きみだって、裏切り行為をやらないとも限らないよ」と言って安心させると、「じゃあ、希望があるんだ」と言う。

　聖別の儀礼というものはどれもこれも、決まって埋葬を思わせる。あらゆる栄光は葬式のようなものだ。少なくとも、作家の生前の栄光は。

一月二六日

クレー展*。

魅惑の一時間。面白いと同時に深遠で、詩的であると同時に思考に富む魅惑の。展覧会でこんなに満足したことはめったにない。

* クレーの死去三〇年を記念する、フランスでの最初のクレー展は、一九六九年一一月二五日から一九七〇年二月一六日まで、国立近代美術館で開催された。

　スケープゴートを探している限り、私たちはまだ古い人間から自由になっていない。私たちが自由な人間になる端緒をつかむのは、自分の失敗の責任を自分で取るときだ。だが、こういう責任の取りかたは、私たちの本性のもっとも根深い傾向と矛盾する。

　このところ、ショパンをたくさん聴いた。ニーチェが狂ったあとも、この音楽にだけは反応を示したということがよく分かる。たとえ死んでも、この音楽には感動するのではないか、そんなふうに思われるときもある。

（来月、ノアンに出掛ける予定だ……ヴァルデモーザのことが念頭を去らない。）

　イボン・ベラヴァルから来信。私のヴァレリー論について、彼がすぐれていると思うところが残らず披瀝されている。手紙はみごとに書かれていて、私はすっかり納得してしまった！　実際、いま自分の論文を数ページ読み返したところだ。なんたる奇跡か、すぐれた論文、それどころか公平な論文とさえ思われるではないか……

　私たちが他人に、そして自分自身に下す判断は、外部からの示唆と状況にいかに左右されるものであることか！

　齢《よわい》を重ねるにつれて、この上なく暗い現実（自殺、生誕嫌悪など）に私はますます慣れ、悲しみや悲嘆を心のどこかに感じるようなことはめったにない。私は取り返しのつかぬものを認め、別に悲しいとも思わない。客観的で明白な、非人称の悲しみに私は首まで漬かっている。永遠に乾いたままの目をもつ悲しみ。

「最後の審判と、正義の人と不義の人との分割をともなう、キリスト教徒の世界の終末は、悲壮なものだ。巨大な爆弾による世界の終末も、なるほど強烈な印象を与えるが、しかし醜悪なものだ。この種の世界の終末は、キリスト教徒にとってもマルクス主義者にとっても、知的に容認できるものではない。それは滑稽な世界の終末だろう。」（ヤン・コット、『シェークスピアはわれらが同時代人』、一二四ページ）

この考えは間違っている。なぜなら、原子爆弾は人間のあらゆる知の結果であり、ある種の達成であり、また象徴でもあるからだ。もし原子爆弾が偶然に発明されたなら、そしてたんなる並みの爆薬なら、なるほどそれによる世界の終末は醜悪であろうが、しかしそれは、その出現そのものによって、最後の審判の象徴となったのだ。そこに滑稽なものがあるとはだれも思わない。

どうして自殺は〈解決〉なのか。それだけが、私たちが選んだわけではない生誕への、私たちの唯一の解答だから。私たちがそこではなんの意味ももたぬ行為に対する個人的な行為。自殺は〈私〉の最後の報復だ。

懐疑思想で貧血をおこしたヨブ。

私の能力は私の懐疑で掘り崩されてしまったが、驚いたことに、それでもまだ私には、自分の崩壊を見届けるだけのエネルギーが残っている。

神秘主義の用語に言う「過度のメランコリー」、私の病はこれであって、これ以外の何ものでもない。

これは、「吟味すべきではないことを吟味する」事実が原因だ。

「死があるというのはつらいことだとしても、すくなくとも死は、あらゆる苦しみにけりをつける。」（ゾイゼ）

すべてははなから腐っているというのがほんとうだ。私がどんな子供にも見届けるのは、将来のリチャード三世だ。

洞窟のなかでの、あの長い夜のあいだ、無数のハムレットたちは、あちこちへ往き来したはずだ。というのも、形而上学的苦悩の英雄時代は、「歴史」の出現に由来する、あの一般的な凡庸さのずっと前であると考えられるから。

あらゆる執着は苦しみであり、苦しみの原因だ。衆生から自由にならない限り、私たちはひどく傷つきやすい状態で生きている。

私は自殺の強迫観念から、きわめて当然のことながら、生誕の強迫観念へと移った。後者は前者よりずっと恐ろしい。なぜなら、自殺とのあらゆる遊戯にはいささかなりと気取りがつねにあるからだ。――これに反して、生誕という事件にかかわる内的議論を支配しているのは、非の打ちどころのない真剣さだ。

フランチェスカ・ダ・リミニのエピソードを読み返す*。読むたびに、同じような衝撃を受ける。

イタリア語の詩的な表現力は、フランス語のそれよりもずっと豊かだ。愚かな私見をいえば、フランス語は魂に訴えかけるには抽象的にすぎる。それは、自己抑制と自己掌握とがゆきすぎて、魂を失ってしまった死んだ国語である。

＊　ダンテの『地獄篇』、第五歌のエピソード。

トーラー――ユダヤの伝承によれば、神がトーラーを創ったのは、世界創造の二千年も前だ！

これほど自分を重要視した民族はかつてない！――自分たちの聖なる書を、こんなにも古いものと考え、世界創造に先立つものと考えるとは！――人はこうして自分の運命をつくり出す。

二月三日――今朝、ラジオで『フーガの技法』の抜粋を聴く。――この至上の作品で一日を始めるのは、まさに天の恵みだ。

ユダヤ人のキリスト教拒否は、天才的としかいいようがあるまい。

（言っておかねばならないが、ユダヤ人にのしかかる不運は、天才的な、つまり、類例のない不運だ。）

仏教、すなわち、生誕に終止符を打とうとする最後の試み。それがニルヴァーナだ。

「今後はもう生誕はあるまい」――仏教の黙示録の天使ならこう語るだろう。

独創的であることなど簡単だ。トリックを使えばいい（たとえば、ボルヘス）。深遠であることは難しい。いや不可能だ。そのために特に必要なのは、克服された……さまざまの病弱・不具、それに秘められた数かぎりない秘密だ。

二月八日

ルーブルへ行く。レンブラントの作品を観たあとで、一七世紀と一八世紀の、それにナポレオン時代のフランスの絵を大急ぎで観てまわる。詩にしてもそうだが、フランスで絵画芸術がはじまるのは、一九世紀後半のことにすぎない。

レンブラントの『老人』に感動する。ここには年齢の、まあ、いってみれば皺の本質が描かれているからだ。

ルーブルの途方もない絵の山にどうして腹を立てたのか、その理由は分かっている。午前中、マルタン・デュ・ガールとジッドの往復書簡集の第二巻を読んでいたが、腹が立ってきて途中で読むのをやめた。確かにここには、第一級のすばらしい手紙がいくつかある。そういう手紙を、どうして一冊の小冊子にまとめなかったのか。どうして大部な二巻本を読んだり、めくったりするような苦役を読者に強いるのか。適切に取捨選択するのはいとも簡単だっただろうに。センスのある人ならだれにでも簡単にできただろう。

ルーブルには、まさに選択というものがない。だから歴史美術館でもあればバザールでもあるのだ。

午後ずっと、心ひそかにハンガリーの古い流行歌を口ずさむ。私の〈感受性〉はマジャール的だが、ものの見方、私の精神の癖は〈ワラキア的〉だ。

二月一二日

三日間、パリを離れる。ボーヌ、オータン、スミュール＝アン＝ノソア。

（オータンの聖堂のペディメントにある最後の審判の彫刻）。

毎朝、起きぬけに、自分の見た夢を母に語るのが父の習慣だった。私はこの習慣が大嫌いで、そんなことをする理由はないと思っていた。いまにして思えば、フロイト以後、こういうことがいたるところで実行されているのだ、しかも不思議なことに、こういうことには敵意をもっていいはずの人々、つまり〈知識人〉によって！

（今朝、ミショーが電話で、自分の見た夢と夢一般について、ひどく真剣に長々と語る。にもかかわらず彼は、空理空論に没頭し、それで生きている、あのバカ正直な連中の、つまり精神分析学者の極端な見解には同調しない稀な人間のひとりだ。）

形而上学者かスパイ――まことにもって興味深い二つの身分。その他は……

神秘について考えすぎるのは、神秘から詩趣を殺ぐことだ――神秘を突きとめることではない。

「何も埋め合わせにはならないから、慰めにはならない。」

（マリー・ルネリユ）

二月一三日

私は恩知らずの乞食ではあるまい。恩義に耐える唯一の方法は、恩義を忘れることだ。そうしないと、恩義は猛毒だ。

多種多様な才能に恵まれた者は、注目に値するような作品はひとつとして創造することはできない。

私のものの見方は何をもってしても直らないだろう。地球を、いや宇宙を無条件に提供されたにしても、生誕に対する見方は、いまと変わることはあるまい。

ブラジヤックに関するエチアンブルの一通の手紙を読む。あまりにあらわな憎しみに、嫌悪感からほとんど祈りたいほどだ。恨みを逆上にまでかりたてる者が見せるありさまは、これほど恐ろしい。

二月一六日

恐怖政治下、ド・コンドルセ侯爵夫人宅が家宅捜査されたとき、すぐれた素描家だった夫人は、彼女を逮捕に来た連中、つまり革命委員会の全委員の肖像をすばやく描いた。その結果、彼女は逮捕を免れた……

昨日、日曜日、ボース地方を歩く。すばらしい。

二月一七日

昨夜、レカミエ座（出し物はベケットの『おお美わしき日々』）で、ジャックリーヌ・ピアティエにつかまり、「ル・モンド」紙に一ページを費やしてカイヨワ論*を書くように説得される。いつものように、最初は取り合う気持ちもなかったが、ところが幕間で、私は彼女の説得に応じた。私が態度を変えた理由は、いたって簡単なことだ。去年の七月、「ル・モンド」紙で見開き二ページにわたる私の特集が組まれたとき、ボスケがカイヨワに寄稿を依頼したところ、彼が断ったからである。もし私が拒否したら、自分にとっていかにも自分が狭量に思われたことだろう。良心とひと悶着おこさぬためにも、ここは引き受けるべきだと思ったのだ……

＊　四月に発表されるこの論文は、前掲『オマージュの試み』に収録されることになる。

二月一九日　昨日、夕食会。延々とつづく長ばなし、長ばなし、長ばなし。今朝はすっかり気力をなくし、思わず死者を羨ましく思ってしまうほどだ。

まずい料理とおしゃべり、一方は私の寿命を縮め、一方は私の頭をからっぽにする。

昨日、Ｅから電話。すこしばかり酔っている。そしてルーマニアでのしがない教師を振り出しに、リポリンの店で働いたり、市役所の公報の校閲係をしたあげく、とうとうアカデミーにまで登りつめた自分の来し方を考えると、驚きが消えないと言う。その彼に私は、アカデミシアンという新しい身分と、ほとんど浮浪者同然のかつての身分に本質的な相違などひとつもない、出世など歯牙にもかけてはならず、一番いいのは、そんなものは忘れることだと答える。

二月二〇日――昨日、ベケット家の人々と夜会。サムは元気で、話にも熱が入っている。小説をいくつか書いたあと、気晴らしがしたくなって、たまたま戯曲を書くようになったのだと言い、気晴らしないしは腕試しにすぎないものが、こんなに重要なものになるとは思っていなかったと言う。もっとも、戯曲を書くには、制限を守らなければならないから、難しいところがたくさんあるが、小説にはまるでなんの制限もなく、そういう小説のとほうもない自由、恣意性、無制限を経験してみると、戯曲というものが不思議に思われ、つい書きたくなる、ともつけ加える。要するに、戯曲にはいくつもの約束事があるが、小説には約束事の前提はもうほとんどないということだ。

二月二三日

サン＝シュルピス寺院で、同じ建物に住む老婆の葬式。司祭の朗読する〈テキスト〉を注意ぶかくたどる。同意できるものはひとつもない。端から端まで虚偽の印象。

それに、このキリスト――裁き手にして王――は、なんと人をバカにしたものか！　無線通信でなん年も私を悩ましたこの老婆を、イエスが天使たちとともに天国で待っているなどとよく言えたものだ！　拒否すべきは、カトリック教会の茶番にとどまらない。キリスト教のほとんど全〈神話〉だ。

二月二四日

またしても、生誕の強迫観念に捉えられる。このひどく難しい主題について書き始めたエッセーを書き上げ発表しない限り、生誕について時おり、いやそれどころか頻繁に考えざるをえないだろう。

いまちょうど真夜中。私はたったひとり、自分よりも強力な絶望を前にしている。そして私は、また自分の生誕以前へ逃れる。

私の本来の場所、私の祖国は、神秘家たちにとってそうであるように、神に先立つ、あの無だ。

昨日、田園でこんなことを考える。といっても、実は毎日かんがえていることなのだが、ただし都会では、風景のなかで考えるほど詳しく考えるわけではない。つまり、私は、ほんのいっときのあいだ歩きまわる一匹の虫。そしてどうして自分が目にするあらゆるものにうっとりとなり、どうして木々を眺め、雲を、川を、あるいは花を眺めては陶然となるのか、その事実を知りながら、その理由が分からないのである。

一九三九年八月の末、第二次大戦が勃発する数日まえのこと、私はサン＝ミシェル大通りで、ルーマニアに派遣されるフランス使節団の一員であるベルナールとかいう男に逢った。彼は、戦争がはじまると考えると、不安と恐怖でいてもたってもいられないと言う。どうすればいいんだろう？　ぼくは人生が好きだし、女が好きだし、本を読み、聖堂を眺めるのが好きなんだ……

聖堂とは、まったく予期せぬものだった。そして私は、こんな状況で、別にどうということもない人物が口にしたこの言葉に、深く感動した。

三月三日――私の不安の突発性。

ほんのささいな不安がきっかけで、私の内部に不安が全面的にひろがる。それは私よりも強く、私はこの自動的な進行をくいとめることはできない。ただ、私たちが苦しむに値するようなものは何ひとつないと自分に繰り返し、気持ちを鎮めて、不安の影響を軽減できるだけだ。

どんなに熱烈なトラピスト会修道士にしても、私ほど「メメント・モリ」と仲よく暮らした者はいなかった。私はただの一度も、自分が死を免れない者であることを忘れたことはない。ところで、この事実を、あらゆる人がそうしているように、ただ時おり考えるにすぎないからこそ、私たちは奮闘できるのだ。

カイヨワ論で、虚無は神のより純粋な解釈であり、だからこそ神秘家たちは好んで虚無に沈潜するのだと書いた。

ジャックリーヌ・ピアティエは、『時間への失墜』を全部読んだと言う。会話のときなど、よくこれに言及するから、ほんとうに読んでいて、あの本の真意もつかんでいるのだと思っていた。ところが、これは間違いだった。昨日、「ル・モンド」社で、私がカイヨワにはちょっと曲芸めいたところがあるよと言ったところ、いえ、曲芸はあなたの作品にありますよ、なぜなら『失墜』は、最初の主張とは正反対の主張で終わっていますからと言い返す。

そうしてみると、彼女は本の最後の方向転換を遊びと取ったのだ！　何も分かってはいないのだ。あるいは、知的な記者以上には。

一九七〇年三月六日

ベルジャーエフは、正当にも、ソロヴィヨフは作品より人物のほうがおもしろいと指摘し、ソロヴィヨフは大地ではなく空気の産物だとつけ加えている。

三月七日　国立民衆劇場で。――ストリンドベルイの『死の舞踏』。

ほとんど読んだことはないが、多大な親近感を覚える作家。私に輪をかけて、自分を苦しめるのが好きだった人。自分の神との手前勝手な対話の数百年、この間《かん》に人間が経験した深みに比較しうるような深みに、ついに人間が到達しないことは確かだ。

神とは、いつとは知れぬ昔から、自分を苛んでいる者のことだ。――それ以外に、私は神を思い描くことができない。世界は、これ以上ない苛みの光景にほかならない。

クリストフ・シュヴェーリン、エレーヌ夫妻と昼食。私は熱中し、自分の歴史観を彼らに説明する。時代を次々に一掃し、過去の優越性を彼らに〈証明してみせ〉、容認できるような生の様式を発見するには、要するにアダムまでさかのぼる必要があると彼らに語る。

――堕罪以後もですか。

――そうですよ、堕罪以後もね。アダムはまだ楽園の近くにいて、その正確な記憶を失ってはいませんでしたからね。

三月八日

作者にとって極度に明晰な瞬間は、自分の作品の正確な価値を一切の幻想ぬきで知る瞬間だ。このとき、自分に対する彼の振る舞いは、まっとうな敵の振る舞いに似ている。

自分のことは決して引き合いに出さず、ましてや自分の作品はおくびにも出さぬ気力と勇気をもつべきだろう。断じてフランス人の真似はしないこと。つまり、どんなにささやかなものでも、自分の成功のことは決して口外せず、もしだれかがそれに言及したら、ただちに話題を変えること。

卑劣な行為はどれも高くつく――勇気ある行為にしても。

三月一一日

昨夜、『ゴドーを待ちながら』を観る。傑作だ。一五年たっても、皺ひとつ見られない。

三月一二日

動揺――こういうタイトルの本を書きたい。

人間にかかわりのあることには自分は無関係だと思っている。毎日、目を覚ますなり、まず私が考えるのは、一切は私のあずかり知らぬ間に起こり、そしてこの一切は、無意味な喧騒だということだ。――自転車を乗りまわしていたころ、私はよくサン＝クルーのほうに行き、高台から町を見下ろしたものだ。この町で、ひとかどの人物になり、名を成すなどという考えは、バカげたものに思われたし、それよりはむしろ、なくもがなの人間になるだろうと予想しては楽しんだものだ。

だが、こういうまったく主観的な反応とは別に、私が衝撃を受けたのは、万人が万人を苦しめている、この人間の集合の常軌を逸したありさまだった――死を宣告された、珍妙なアリの群れ。

先日、自分の本のことでロベール・ガリマールに善処を依頼する。私の本はどこにもない。ガリマール社の二つの本屋にもない。聞けば絶版だと言う。善処を依頼したけれど、もちろん、なんにもならない。こんなことをしたのが恥ずかしい。なぜなら、こういう行為は明らかに自己矛盾だし、また自分の本に関して、特にその運命については、いささかも自分の気持ちを表に出してはならないという、私の一般的な考えと矛盾するからだ。

強者であるとは、危険をではなく絶望を直視することだ。あの強化された危険を、あの第二度の、それどころか第千度の危険を直視することだ。

恐ろしい危険の不安におびえながら幾日となく生活していて、とうとうその危険が根拠のないものであることが分かると、それを喜ぶ気も起こらない。失望と不安との闘いで残っているエネルギーのすべてを使い果たしてしまったからだ。

ものを書いている賢者……こんな奇っ怪事が想像できようか。だが、私の親しいマルクス・アウレリウスは……

ラーマナ・マハルシは、三年間ただの一語も口にしなかった。

ウージェーヌからアダモフの死の報せ。それっきり二人とも沈黙。一〇年まえ、あるいはもっと前から、どういうことがきっかけか分からないが、彼は私に背を向けはじめたが、いまとなってはどうでもいいことだ。

私がジロラタ*に行ったのは、彼のためだ。ジロラタは、彼によれば世界で一番美しいところだった。

〈忘れられない〉思い出。夏の盛り、酷暑の折りに訪ねると、彼はジャッキーといっしょにベッドのなか。ほとんど裸同然の彼は、くすんだ色の布を半身にまとった、あのビザンティンのキリスト像に似ていた。

彼の、本質的にフランス的ではない〈アルメニア的な〉魅力。

アダモフがカルチエ・ラタンにいる、好きなときにいつでも会えると分かると、それが私には一種の確信、いや慰めにさえなった、そんな一時期（一九五〇―一九五五）があった。私は外出しては、彼がいそうなカフェをかたっぱしから巡り歩いたものだ。

言葉を交わさなくなった、あの数年間、私はよく彼を見かけたが、病気がちの跡もあらわな、そのくすんだ、ほとんど黒ずんだ顔を見ると、思わずぞっとしたものだ。

＊　ジロラタはコルシカ島にある。

昨日、シャンティイを歩く。

美術館で、モリエールの、それにタレーランのおかしな肖像を見る。抑えた作り笑いをしている美しい老婆のようだ。

今日は新聞のスト。ウージェーヌに言わせれば、アダモフはツイテいないということだが、それではまるで、あの世でも（この表現は不適当だし、ひどく軽率だ）、アダモフはまだ賞賛に敏感であるかのようだ！　死の利点は、私たちを絶対的なキニク学派の立場に客観的に立たせることだ。もう何も重要ではない。無限の苦しみをかかえるどんな偉大なキニク学派の人間も、一個の、どんな死体にもはるかに劣る。

あらゆる態度は、たとえそれが、一切のものから超然とした、どんなに執着のない生者の態度でも、ほんのささいな死体の絶対的な力に比べればファルスのようなものだ。完璧な知恵は、生がことごとく排除されてしまったところにしかない。

私たちが死者を前にして、哲学的な困惑を、それどころか劣等感を感じるのはこのためだ。

骸骨を前にすると、生誕の正当化にあえて乗り出すやつの顔が見たいと思う。

バートランド・ラッセルの結論としての遺言＊を読む。生涯、懐疑主義を標榜していた者のなんという素朴さ。

＊　一九六七年に出版された『自叙伝』に収められている。ラッセルは、二月二日（一九七〇年）に、九八歳で他界した。

ある写真をみつけようと引き出しを探していたら、二十歳《はたち》や三〇のころの昔の写真がたくさん出てきた。この、ちょっとロマンチックな風采の若者が、私なのだろうか。友人たちにしても、これが果たして彼らなのだろうか。時間はなんと私たちを変えることか！　私たちが何年たっても同じ人間であることを保証するのは、ただ名前だけだ！　五年ごとに名前は変えるべきかもしれない。いまの私たちから昔の私たちなどとても信じられない。

いましがた街を歩いていたら、人々の喧騒が、バカげた、珍妙なもの思われた。「アダモフはこんなことには一切かかわりがなくなった」と考える。友人が死ぬと、私はこの考えを繰り返す。

一九五〇年（？）ころ、アダモフは雑誌を創刊したが、「新しい時」というその雑誌は、私の知る限り、一号しか出なかった。雑誌には、新しい時は、すくなくともきわめて厳しいものだ、というエピグラフが掲げられていた。

　このランボーの句を引用するときの、Aの身振り！　厳しい、という言葉を口にする段になると、彼は傷心の信者のように、ありもしない天をふり仰ぐのだった。

　ある人が私たちにとってかけがえのない人だった証拠は、その人が死んだとき、私たちががっくりと気力を失ったと思うことだ。私たちが経験するのは、現実の喪失であり――突然、生きているという実感がずっと希薄になる。

　アダモフは、私の地平の内部に確かに存在した。そして私は私なりに、彼と長い断末魔をともにした。

三月一八日――午後、ベッドで、われらが親しいアダモフのいまの状態に近づこうと試みる。私は目を閉じ、眠りに入る前の、あの重苦しい感じがひろがってくるのに身を任せる。一瞬、私をまだ意識（生きているという意識）に繋ぎとめていた、あのごくわずかなもの、あの微量の現実が知覚できた。私は死のとば口にいたのだろうか。一瞬後、私はまっすぐ深淵の底に沈み、どんな不安の跡もとどめていない。たぶん、死ぬというのは、これほど簡単なことなのだ。

（もし死がひとつの経験にすぎないなら、たぶんそうだろう。だが、死は経験そのものだ。それに、死を、つまり、たった一度しか起こらない現象を相手に戯れ、死を経験するというのはバカげている。私たちが経験するのは、反復されるものであって、唯一無二のものではない。それでも、キリスト教の汚染によるにしろ、病的好みによるにしろ、あるいは最後に、死んだ友人たちとの連帯感からにしろ、私たちが死の練習をしていることに変わりはないのである。）

「私の生誕から私を解放してくれ！」――キリスト教徒なら、こんなふうには叫ばないだろう。これは全アジアの、ギリシア悲劇の、いや実は、あらゆる悲劇の古くからの叫びだ。

三月一九日　シラブル――雑誌の名前として推薦すべきもの。

　あることが実現されると、それは一切の現実性を失う。未来という途方もない重さ。私たちが期待し、あるいは恐れながら脳裏に思い描いている事件は、ひとつの世界だが、それが現実のものになると、とたんにその魔力、ないし恐怖は失われてしまう。

　こんなことは分かりきったことだ、しかしきわめて重要なことだ。未来に対しては、過去に対するような超然たる態度で臨み、覚めた全知の境地に達し、要するに、死者よりも立派に振る舞うようにしなければなるまい。

三月二〇日　アダモフの葬儀。

出棺。

柩のなんと厭わしいことか！

生誕のゆきつくところがこれだ！　これだけでも生誕を厭う理由は充分だ。

昨夜、メトロで、若い娘（一六、七歳）が坐っていた席を私に譲ると言う。もちろん、断る。この日の午後、二五キロも歩いたばかりの私に、席を譲ろうとは！　どちらかといえば華奢にみえる彼女には、私の半分も歩けないだろう。それでも、彼女から見れば、私が老人であることに変わりはないのだ。そして事実、私は、あの元気そうな徒刑囚の顔をした老人なのだ。

私は自分が老いていることは知っている。だが、老いているとは感じない。私の普段の振る舞いは、せいぜい三〇男のそれであり、二十歳《はたち》の娘をくどいても、滑稽だとはいっこうに思わないだろう。こういう活力の幻想があり、こういうふうに〈本能的に〉時間の経過を感じないからこそ、人は年齢による衰えからは自由であると思えるのだ。

三月二七日　昨日、夜会。明け方の一時までずっと、マリー＝フランス・イヨネスコと途方もなく面白い話し合い。

シューベルトの八長調弦楽四重奏、作品一六三番。

三月二八日　私たちは自分の本を友人に配り、本には心のこもった献辞を添える。そして友人が本を読んで、私たちのことを気の毒と思ってくれる、あるいは尊敬してくれると思い込んでいる。これは何もかも間違いだ。友人の不機嫌をそそることにしかなるまい。要するに、本を何冊か捨てるようなものだ。

……だが、この世のどこかには、私たちの本をきちんと読んでくれる未知の人がいるだろう。そして何年かたってやっと、私たちにその旨を伝えてくるだろう。

思想は具体化されたとたん、珍妙なものになる。これは人間とて同じだ。永遠に潜在性の状態にとどまり、決して生誕に落ちぶれないでいられればいいのに。

三月三一日　カイヨワ論の校正のため「ル・モンド」社へ行く。活字がひどく小さくて、読んでいて目が痛くなる。おまけに、こういうふうに小さな単語がなんの奇もなく並んでいては、言葉と思考のニュアンスはみんな消えてしまう。むかっ腹を立てなかったのは、なんたる幸運か！

四月一日　昨日、カイヨワ論の校正のため「ル・モンド」社へ行く。二、三か所、削ったところがあるとJ・Pが言う。そのとたん、いささかいまいましい思いを禁じ得なかったが、すぐ気を取り直し、その後は、もうそのことは考えなかった。ところが昨夜、床に就いたとき、そして今朝、目を覚ましたとき、表面上は抑えたかに見えた、あの悔しさが、怒りとなって爆発した。なんと愚かなことか！

何かにつけ私ほど不安にかられやすい者はいない。というのも、どんなことでも苦しみのきっかけになり、私にはどうしようもないからだ。私が東洋に、つまり仏教に、ずっと惹かれてきたのはこのためだ。

Calle de la Amargura――これはヴァルデモーザにあった。
フランスで、苦しみの通りなど想像できるか。
また私は、グラナダにある、*Paseo de los Tristes* のことを考える。(1)

四月三日　ある強迫観念を表現するのは、別の強迫観念のために、それを厄介払いすることだ。そんなわけで、『悪しき造物主』で自殺についていくらか詳細に語ってからというもの、私が以前ほど自殺について考えないのは、それと似た強迫観念、つまり生誕の強迫観念の虜になっているからだ。だが、いずれにしろ、この種の交代は救いであり、更新の、呼吸の原因である。

したがって、カタルシス――表現による浄化と慰籍はあるのだ。私たちにつきまとい、私たちを困惑させる観念は、それを言葉に表現することによってのみ、厄介払いすることができる。ところで、ある苦しみを言葉に表現するのは、その苦しみを投影し、私たちの外に移し、私たちの内部から追放することであり、悪魔を祓うことだ。ところで、強迫観念とは、信仰なき世界の悪魔にほかならない。（かつて悪魔祓いが行われていたように、強迫観念も祓わなければならない。）

ハイデガー――言葉の創造者、不当な革新者。
ニーチェは言葉を変革しなかった。いくつかの言葉を強調しただけだ。

ある古代の作品に、「時間がなかった時代があった」とある。
生誕の拒否は、この時間以前の時代への郷愁に一致する。
生誕の拒否は、これ以外の何ものでもない。

四月三日
聖アウグスティヌスは、占星術と闘うために、双子の反論を提起している。つまり、同じ瞬間に生まれながら、その運命たるや似ても似つかない二人の人間がここにいると。

精神分析にとって、意味のないもの、有意義でないものはひとつもないが、まさにここに、精神分析の非難されるべき点がある。ところで、夢をはじめとする私たちの行為には、つまらぬ屑がすくなからず含まれている。ところが精神分析学者には、象徴だけがあって、屑などはないのである。

四月四日――無意味の象徴、すなわち、たった一日しかもたない論文。

期待が満たされたり、あるいは裏切られたりすると、とたんに私たちは、宿命というものに理解を示すようになる。言い換えれば、過去にこだわるようになる。

なんという膨大な死んだ瞬間を、過去の重荷を、私は引きずっていかなければならないのか！

午後、一時間ほど午睡し、目を覚ましたとき、いままで生きてきた、あの膨大な瞬間が重くのしかかるのを感じた。絶望にちかい敗北感。目を覚ました瞬間、うなり声を上げたのではないかと思う。それほど私は怖かったのだ。

四月一〇日

ほとんど百歳にちかいフォントネルは、あるとき、どうして一人の敵もなく友人にばかり恵まれたのかと尋ねられたことがある。

――それはね、不可能なことはない、だれにも一理はある、という二つの原則を守ったからですよ。

どうしてこれほど懐疑思想に関心をもつのか、その理由は分かっている。つまり、懐疑思想の前提となっている否定のためであり、それと残酷さ――いかにも巧妙に隠蔽された残酷さのためである。私は疑う、ゆえに私は破壊する。

このところずっと、どんなことにも関心がもてない。自分の〈作品〉についても特にそうだ。そんなものがあるとはもう思っていない。まるで何も書いたことがないかのようだ。自分という人間にさえもう興味がないのだから、どうして自分の書いたものに関心がもてようか。私は自分の過去から――そして未来から訣別しなければならない。ある種の現在を自分のために発明しなければならない。

午後、私の生涯でもっとも異様な経験、もっとも異様な感覚を思い出す。それはベルリン（一九三四年か？）でのこと、ある日、一一時すこし前、ベルヴュ駅で高架地下鉄に乗ろうとしていたとき、突然、私は〈不思議な〉戦慄を覚え、いつもと変わらぬあらゆる時間が私の内部に集中して頂点に達し、時間を進行させているのは私であって、私は時間の創造者であると同時に、その運搬人であると確信した。

この感覚は長くはつづかなかった。一瞬のひらめきだったが、ほとんど耐えがたい強烈な閃光のようなもので、しかも至福の印象と切り離すことのできないものだった。

（歳をとるにつれて、こういう経験をすることはきわめて稀になった。その理由は、私がいままでに経験した法悦の（あるいは、それに近い）状態が、私の不眠と切り離すことができず、不眠中毒と、不眠の夜の妄想および錯乱と切り離すことができないものだったからである。不眠状態にあったとき、私は、昼間のあいだずっと熱に浮かされた状態で、疲労困憊の極に達していた。もしこういう極限状態をずっと経験しつづけていたら、こんな長生きは覚束なかっただろうし、たぶん、三〇まえに死んでいただろう。

　私たちが生きているのは、ある種の熱狂にそぐわぬ人間になったからにほかならない。）

四月一六日——昨日、医者の診察を受ける。血圧が高いことが分かる。一家の病気。

四月二一日——火曜日——

　明け方の三時に目が覚める。眠れない。胃が痛む。Mからもらった血圧の薬、というより毒物が体に悪いのだ。四時に起きて着替えをし、それから六時まで町をひとまわりする。日の出まえの、日が射しはじめた瞬間のパリはすばらしい。ノートルダム寺院のほうで、五時一五分まえから、小鳥たちがそうぞうしく姿を見せはじめる。

四月二四日

　午前、経典のアンソロジーを開いたところ、とたんに、仏陀の次の言葉が目にとまる。

「欲しがるほどのものは何もない。」

　異様な感銘。私は本を閉じた。こういう言葉に接したあとで、これ以上どうして、何を読むというのか。

　私は、この真実とともにここ何年も生きており、毎日これを繰り返している（多少とも意識的につぶやいている）が、それでも、この真実に心をえぐられた。だが、この真実が外部からやってきて欲しい、どんな人間よりも尊敬している人に、この真実を語って欲しい、そう思っていたそのときに、ついに突然、この真実に出会うのは、また格別だ！

　あらゆる人間に擢きんでる唯一の方法は、一切の欲望をもたぬことだ。

　欲望を克服したとき、なんという至福を覚えることか！　だから、完全な至福は、あらゆる欲望の克服以外のものではありえない！

　楽園とは何か。欲望以前の世界のことだ。

　そして事実、楽園を破壊したのは欲望だ。

二五日――復活祭の前日

私たちを侮辱し苦しめた連中は、もう私たちのことなどすこしも根にもっていないし、私たちに与えた傷のことなど忘れている。

物覚えがいいのは犠牲者だけだ。怨恨というものがかくも愚かなのはこのためだ。それはそれを抱いている者しか傷つけない。もし私たちがほんとうに人を許すことができるなら、この世はただちに楽園と化すだろう。

(忘却について。朝から晩まで、あらゆる人間を苦しめている誹謗文の書き手は、自分に敵がいるのを知って驚く。彼らにしてみれば、自分のむしゃくしゃした気分を、だれかを相手にぶちまけただけなのだ。あとになって、それが相手の恨みを買うことが分からないのである。

侮辱や中傷を決して真に受けてはなるまい。私は真に受けたとき、いつも損をしたと思い、悔やんだ。)

生きる――生誕を厄介払いするには長すぎる回り道。

二六日――復活祭。なんの意味もない。

ルーマニア人と知己になったフランス人は、ルーマニア人を嫌う。これは分からないではない。つまり、彼らは似たような欠点をもっているからだ。

先週の金曜日、アイルランドの俳優マック・ガウランが、ベケットの戯曲と小説のいくつかの部分を、二時間以上にわたって独演する。サムのWeltanschauung*と私のそれとのあいだにいくつもの類似点のあることに衝撃を受ける。根本的に、生きることが同じように不可能なのだ。

* 世界観、世界の見方。

自殺のことはもう念頭にない。それほど自殺は、私には自然のもの、容認できるものに思われるのだ。昔は、自殺について考えると、その前か、それと同時に、いつも決まって何かしら苦しみを味わったものだ。いまはもうそんなことはない。自殺の観念は明白事、ついやることを忘れてしまう、あのあらゆるものと変わるところはない。

四月二七日

いままでずっと、私は死のことを考えてきた。そして死に近づきつつあるいまとなって、あんなに死のことを考えてもなんにもならなかった、いっそ死などに一切こころを煩わさなかったほうがずっと身のためだったろうとつくづく思う。死の思想は死ぬ助けにはならないからだ。

この世を私ほど愛した者はいない。だが、この世を無条件で提供されたとしても、子供の私でさえ叫んだであろう、「遅すぎる、遅すぎる！」と。

苦しみでさえ、終わってしまえば、夢にも等しいありもしないもののように見える。あると思われたものの何が残っているのか。

苦しんでいる限り、私たちは自分が経験しているそれが消えてなくなるとも、あるいは、消えてなくなっても、跡かたも残らないとは思わない。だが、これが実際だ。ただし、もちろん例外はある。一連の長い苦しみによって、私たちのものの見方が変形される場合だ。病気は精神に痕跡をとどめる。だが病気そのものは、たとえば陶酔のように、まるでなかったかのように消えうせる。

私は、生きているのは罪だと思っている。（だが、私はこの有罪感が嫌いではないし、これに発奮する……）

午後、病院へ行く。待合室。この連中はみな何を期待しているのか。もうすこし長生きし、当然やってくる死を避けたいと思っているのだ。

季節の終わりまで生き長らえるべく治療を受けているハエの病院のことを、あるいはさらに、一時間あるいは一分でも長く生きようとしているカゲロウの待合室のことを考える。

四月三〇日　昨日、クリストフ・シュヴェーリン、それにH・フォン・ホーフマンスタールの娘で、ハインリッヒ・ツィンマーの未亡人といっしょに夜のひとときを過ごす。

H・v・Hは一七歳だった。ある日、彼はリセ（ギムナジウム）で、シュテファン・ゲオルゲから贈られた赤いバラの大きな花束を受け取った。級友たちに冷やかされて、彼はひどく当惑した。

ツィンマーは『神話とシンボル[2]』で、インドはみずからを自省する「生」であると言っている。

ラヴクラフトは、ある中編小説を書いたが、それは悪夢の物語にほかならなかった。まったく責任の取りようのない作品を書いて報酬を受け取る権利があるのか疑問だ、と友人宛ての手紙に書いている……

私の書いたものがどれもこれもひどく陰気なのは、書いているときはいつも、いっそひと思いに命を絶ちたいと思うからだ。

チャプスキ*の展覧会。この熱烈な人間。彼がフランス人でないことがよく分かる。観客のほとんどすべてはポーランド人。ほとんどすべてが。言葉を交わしているときの率直な微笑を見れば分かる。

＊ 前記、七一六ページ、注参照。

五月三日

サン＝シュルピス＝ド＝ファヴィエールの近くに、モーシャンという小さな村がある。その村の石作りの小さな教会は、この上なく魅力的である。再会を果たすたびに、どんなにか慰められたことか！ ところが今日、あろうことか、新しく作られた倉庫に隣接して、車置き場のようなものが作られているのが分かる。そのため、教会は取り壊されてしまった。冒瀆も極まれりだ。幸いなことに、もう私は文明人のやらかす蛮行を前にしても決して腹を立てないことに決めていた。

人間は自分が作ったすべてのものを汚す。幸い、まだ人間の手つかずの木々が残っている。

スカロンの妻だったころ、ド・マントノン夫人は、ファンションの偽名で、エロチシズム論を書いている。この種のものでは、フランスで最初に出版されたものだ（と言われている）。

五月五日　無限に繰り返される不眠の磔刑に比べれば、ただ一回の磔刑がなんだというのか。

臆病は一種の繊細さかも知れない。

〈絶対〉――ほかにどうしようもない、ほんとうに絶望しているときでなければ使ってはならない言葉。

先日、『概論』を二ページほど、まったく平然とした態度で、またそこに見られる悲壮味に、ある確かな不幸に由来する悪しきポエジーにうんざりしながら読み返した。別の語り口ができなかったのがかえすがえすも残念だ！ もっと冷静だったら、いい本が書けただろうに。声を荒げる癖があっては、書き損じるほかはなかったのも道理だ。

私という人間を知りたいと思うなら、私が再三ならず自分の生き写しをそこに認めた、オルレアン公フィリップへの私の偏愛を考慮しなければなるまい。彼は私の軽薄な側面を具現し、極端なまでに体現しているように思われる。私と同じように（！）、彼は「倦怠に生まれついていた」（サン＝シモン）――そしてほんとうに人を愛することも憎むこともできなかった。断片と化した存在。

私はいままでずっと、自分の軽薄偏愛を高く買ってきた。だが残念ながら、私は自分で思っているよりも軽薄ではない。

生きるのは、私なりの軽薄のあり方だ。

あらゆる生存は、軽薄への譲歩だ。

五月七日　パウル・ツェランがセーヌ川に投身する。先週の月曜日、死体が上がる。

あの魅力的でいっぷう変わった男、すさまじいばかりに優しさにあふれた男が私はとても好きだったが、傷つけるのを恐れて避けてもいた。というのも、彼はどんなことにも傷ついたから。会うといつも私は、緊張と気配りのあまり、三〇分もするとくたくたになってしまうのだった。

五月八日　真実というものはどれもみな、私たちに生きることのできるものではない。あらゆる真実は、結局のところ、破滅をもたらすものだ。その使命は、どうやら私たちを破滅させることであるようだ。

仮象がみな同じ価値をもち、同じように非現実のものなら、それでもまだどうして一つの行為だけはするのか、あらゆる行為は仮象であり、非現実であるのに？　生とは仮象への愛であって、それ以外の何ものでもない。

だが、私たちはこれらの仮象から自由になるときがある。そういうとき、私たちはどこにいるのか。生を越えたところにいるのか、それとも生の側にいるのか。あるいはそれとも、生よりもっと重要な別のものに達したのか。

だが、生とは似ても似つかぬ重要な何かが存在しうるのか。

五月九日――プルーストの手紙をいくつか読む。勲章を懇願している手紙だ。以前だったら、こういう弱点には吐き気を催しただろうが、いまはかえって、この作家への興味が募る。こういう弱点が、生きている、具体的な人間の現実であって、仮面でも、象徴でもないからだ。それにプルーストの場合、この種の振る舞いは、別に異例のことでもなんでもない。彼は世俗への無関心を推奨していたわけではない。

五月一〇日――昨夜、クリスティアーヌ・ヴォブールから、地方のリセの生徒である彼女の甥（一三歳）の宿題を見せられる。宿題のひとつに特に愕然とする。雪についての作文だが、この坊やは、前置きとして、最後まで、人々という主格を使う旨を説明し、そのほうが自分の文章をよりよいものにする上で、私、あるいは私たちという主格を使うよりずっといいと言っている。一三歳で！

現代のフランス文学がどれもこれも言葉に取りつかれ、敗北寸前の状態にあるとしても、どうして驚くことがあろうか！　この国では、人は哺乳瓶からいきなり文章に移る。

生誕について何か独自のことが、すばらしい決定的なことが言えるなら！

五月一一日――たまらない夜。ツェランの賢明な決断について考える。

（ツェランは限界に達し、破滅への抵抗の方策が尽きたのだ。ある意味で、彼の生涯は、ばらばらだったわけでも、失敗だったわけでもない。つまり、彼は充分に自分の目的を達成したのだ。

　詩人としては、これ以上の進展は望めなかった。晩年の詩は、*Wortspielerei* *とほとんど紙一重だった。私は、これほど悲壮な、またこれほど悲しくない死を知らない。）

＊ドイツ語で、〈言葉遊び〉。

　クレーは、「デッサンの技法は省略の技法だ」（リーベルマン）という言葉を好んで引き合いに出した。アフォリズムの技法も同じように定義できるかも知れない。

　私にとって、書くことは省略することだ。これが簡潔な表現の、またジャンルとしてのエッセーの秘訣である。


五月一二日　ティエの墓地。パウル・ツェランの埋葬。

　バスでイタリア門から墓地へ行く途中、目にする郊外の醜さはたとえようもないものに思われ、美しい墓地に着いたときは、一種の解放感を覚えたほどだ。

　昨夜、ミシェル・ランドンからこんな話を聞く。群れで生活している猿は、人間とつきあった猿がいると、群れから追い出す。ただし、ラーマクリシュナになついてしまった猿についてだけは大目に見たということだ。

　あちこちに〈神秘〉を探し、それを見つけ出す者は、必ずしもものごとの根底を突きつめているわけではない。〈神秘〉は、探索や実際の調査などよりはむしろ精神の癖に関係している場合のほうが多い。

　自分の時代を厭うべきなのか、それともあらゆる時代を厭うべきなのか。

　自分の同時代者が原因で世を捨てる仏陀、こんな仏陀が考えられるか。

　文学における晦渋は、繊細さの現れであるときもあるが、ほとんどつねに無能の（そしてペテンの）現れである。

五月一三日　友人たちが死んでしまったというのに、計画をたてるとは！
　感謝の気持ちという私たちの財産につけ込んだ慈善家に災いあれ。

ほとんど毎日のように本を贈られるが、いっこうに読む気にならない。それに読めば読んだで、ほとんどいつも失望する。それというのも、こういう連中には語るべきことなど何もないからだ。彼らは他人が語ったことを反芻しているが、ほかの連中にしても、黙っていたほうがずっと賢明だっただろう。

人間が発見した、深遠で途方もない唯一のものは沈黙であり、それはまた人間には守り通すことのできない唯一のものである。もし一年間、沈黙していられるなら、その経験の終わったところで、私は自分を神と宣言するだろう……

ということは、私が沈黙にふさわしい者ではないということの証明だ。なぜなら私は、沈黙から饒舌家の結論を引き出しているのだから。

（それに、褒めるにしろけなすにしろ、神々を問題にするのはやめるべきだろう。そんなことをしたところで、私たちが生を前にしてなすべき認識や行為の助けにはならない。）

晦渋は、極端に稀な場合、人によっては認められないではないが、流行としては滑稽だ。

方法としての晦渋ほど悪いものはない。いまフランスに起こっているのが、まさにそういう事態だ。

文学において宿命でないものは、練習だ。

私は歩くのは好きだが、体操は嫌いだ。

五月一八日　いましがたバッハを聴いていたら、記憶が純化されるどころかかえって逆に闇に沈み、忘れていたものとばかり思っていた古い昔の怨恨だの、とてつもなく恥ずかしい思い出だの、あさましい、憎むべき振る舞いだの、私を完全な自己嫌悪に陥れかねない過去のあらゆることがよみがえり始めた。

音楽のこういう有害な影響を自分の身に確かめたことは一度や二度ではない。音楽には、私たちの深部を、したがってまた私たちの澱《おり》をかきまわす力がある。音楽では、すべてが形而上学的なものとは限らない。とんでもない！

なるほど私は、時事問題のある側面に関心をもっていないわけではない。だが、そういうものに関心をもつと、いつも決まって、こんなことはバカげている、自己撞着に陥っている、自分の考えとも矛盾していると思い、生まれたことを嘆いているとき、ある国の政治情勢だの、ある人の言うことだのに人は関心はもたないものだと思う。ところが事実は逆で、自分ではどうにもならないのだ。

『最後のテープ』のリハーサルのとき、B夫人に、サムはほんとうに絶望している、彼が〈生き〉つづけていられるのに驚く、などと言うと――彼女は「彼には別の側面があるのよ」と答えた。

この答えは、細かい点は別にして、私にも当てはまる。

五月一九日　座骨神経痛。

五月二〇日　またしても座骨神経痛。

　私の病気には一種の方針があるらしいが、私にはそれが読み取れない。いくつもの病気が共謀して歩調を合わせるときがあるかと思えば、ひとつの病気だけが単独行動を取るときもあり、病気どうしの戦いになるときもすくなくない。だが、ぐるになるにしろ喧嘩になるにしろ、自腹を切るのはいつも私だ。

五月二二日　収税吏のところで。冷たい、ほとんど意地の悪い目つきをした女。彼女によれば、私の収入が足りない、というよりむしろ充分な額を申告しなかったということらしい。

——ご立派な服装ですこと。スーツは新調ですね。

——友人たちに買ってもらったんですよ。

——食費は？

——いい案配に胃炎を患っていましてね。食餌療法をしています。レストランなどにはめったに行きませんよ。

五月三一日　ルーマニアが洪水で大きな被害を被った。「自然」と「歴史」に打ちのめされた国。

　大使館へ衣類を届けに行く。

ベケット論*の校正のため「ル・モンド」社へ行く。論は満足のゆくものではないことが分かった。

＊　前掲『オマージュの試み』所収の「ベケット、何度かの出会い」参照。

追いつめられたとき、はじめて私たちは、誠実に、情熱をこめて書く。精神は加圧されて作動する。普通の状態では、精神は休眠し、退屈し、私たちをいらいらさせる。

六月一一日　シエリング（？）の演奏で、バッハのヴァイオリンのためのソナタ第二番を聴く。

　自分がろくでなしと思われるときはいつも、バッハが私の内部に呼び起こす響きのことを考え、自分もそれほど捨てたものではないと思うべきだろう。

六月一二日　今朝、ベッドで、私には自分の才能をいかんなく発揮するための本質的な条件が欠けていたと考えた。つまり、ユダヤ人であるという条件が。

　こうして私は、不幸ののっぴきならぬ経験から締め出されたのだ。

六月一三日　シュザンヌ・Bと夜会。サムについての私の論文は、どうもサム自身には気にくわぬものだったらしい。実際、あれはいいものではない。でも、あんなものは認めないよ、といった素振りをみせられると、こちらとしてもいい気がしないのも事実だ。疲れ、がっかりして帰宅。

〈重大な〉決断。今後は断じて〈新聞・雑誌〉には書かぬこと。

私がずっと探しているのは、生に耐える方法だ。もちろん、何も見つからなかった。探すこと自体が、その方法でなかったなら……

「何ひとつ忘れることのない鏡の、裏切りの空間。」（アーサー・シモンズ）

私のベケット論について、ポール・ヴァレと電話で議論する。ニーチェの超人はバカげているが（わざとらしいものだから）、それに引きかえ、ベケットの登場人物にはみじんもそんなところはないという点で、意見が一致する。

ベケットの登場人物は、悲劇のなかに生きているのではなく、不治なるもののなかに生きている。

それは悲劇ではなく悲惨だ。

昼ひなかだというのに、ブラインドを下ろし窓を閉め、顔を覆って横になる。こうして夜に触れ、夢うつつの状態でいると、私は救われたような気持ちになる。ひどくプリミティブな、ひどく物質にちかい何かに、いずれにしろ、起源に戻ったような状態なのだ。またとない治療法。意識の活動を弱めるものは、すべて救いになる。

トラークルの詩をいくつか読み返す。いっこうに夢中になれない。詩一般への関心がますます薄れてゆくのにわれながら驚く。これは悲惨な壮年期の、疲労と老いの兆候だと思うが——しかしまた、認識と覚醒の兆候でもあると思う。もうどんなイメージも言葉も思い浮かばない（それというのも、残念ながら、詩とは主としてイメージと言葉だから）。ただ極端な、この上なく冷めた気持ちがあるだけだ。

ポール・ヴァレとの、きわめて有益な電話での話し合い。私が読者のいないもの書きであるように、彼は患者のいない医者。ともにマージナルもいいところで、まったく役立たずの人間。

こういう奥の深い、洞察力のあるユダヤ人となら、だれとでも心から理解し合える。私が理解し合えるのは、ますますもってユダヤ人だけになりつつある。

リヴァロルの言う通り、〈誠実さ〉がフランス語のきわだった特徴だとすれば、逆にドイツ語にはそんなところはひとつもない。というのも、ドイツ語は信用できない言葉、私たちの手をすり抜けて姿をくらましてしまう言葉だからであり、いかさまとペテンがいかんなく発揮できる言葉だからだ。その原因は、ドイツ語が、語のあらゆる意味において、融通無碍の言葉だというところにある。

無残なほどにも自由でありたい。あらゆるものから、死産児のように自由でありたい。

修道士は好奇心をもたないと言っていた、あのギリシアの教父たち。私はいままでずっとこの修道士の境地を目指して努力してきたが、もののみごとに失敗した。

私が涙（――そして聖者たち）について、まるまる一冊の本(3)を書いたのは、おそらく深い意味のあることだ。

私の書いたすべてのものは、ここに、挑発的な涙に帰着する。穴居人にして審美家。

陶酔の秘密を見破ることができればいいのだが。その出現は、衰弱に比べずっと不可解だし――またずっと稀だ。陶酔には、疑うべくもない神的な何かがある。

あらゆる喜びの発端と終わりには、神がいる。

六月二三日

フリーデマン・バッハ ホ短調幻想曲。

（ド・ニ神父(4)の本を探すこと）

ある意味で、フリーデマンは彼の父親よりも偉大な革新者だ！ だが、それにしても！

大切なのは新しい形式を考え出すことではなく、深めることだ。芸術において、発明は、前世代の方法を打破することだ。

発明するとは、解体の才能をもち、強固な、聖別された形式を爆破することだ。

さまざまの人間事象にいささか超然と対するなら、そんなものにはまるで意味などなく、そんなものを真に受けたり、そんなものにかかわるわけにはいかないことがすぐ分かる。

私は、どうして自分が駆けずりまわっているのか、そのほんとうの理由を知らない。それでいて、他人がやるようなことをやっている。

たぶん、けりをつけることはできるだろうが、それができないのだ。ということは、あらゆることが無益なのは私には分かりきったことなのに、それに関して、私がまだいくらか疑問を抱いているということなのだろう。行動する理由などまるでないことがいかに明白であっても、私たちは自殺することはできない。そういうとき、私たちにまだできることといえば、〈生きる〉ことであり、あらゆる行為と手を切って、生を味わうことだ。

自殺にはもう関心はない。解決策を探す段階は越えてしまったから。

私の〈Lebensgefühl〉*は、キリスト教徒よりは異教徒に、ギリシア人にずっと近い。キリスト教で私の好みに合うものといえば、ある種の行き過ぎであり、行き過ぎから生まれるヒステリーに限られる。

どんな不幸を前にしても、私の振る舞いは、悲劇のなかのコーラスのようなものだ。神などどうでもいいのだ。

同胞が何十億とふくれ上がったとき、その同胞を愛するとは！

人間が地上からひとたび姿を消せば、私にしても人間を愛することはできようが——それ以前は不可能だ。人間を懐かしむことができるように、人間の消えてなくならんことを！

ミショーと真夜中すぎに行った議論を思い出す。その折り、彼は私に、人間はそれでも何ごとかをなしたのであり、私たち人間の運命を考えると、ある種の悲しみを覚えると、いささか率直に語ったものだ。「人間はそれでも只者ではなかった」と言っているかのようだった。

その通りだ。

あの夜更けの話し合いを、昼間に思い出してはいけない。それは昼間の真実とは両立しないものであり、ああいう話し合いには、真摯な、深い何か、したがって率直な何かがつねにあるものだ。

私たちは人間について過去形で語った。これはいかにも当然のことだが、しかしミショーは〈オプティミスト〉だ。人類の徐々にすすむ〈意識化〉という、ほとんどテイヤール・ド・シャルダン流の考えについての彼の話を聞いて、私は当惑した。彼ほど明晰な人間が、これほど幻想を抱くとは！ だが、彼には熱狂的なまでの〈科学性〉があった。不思議だ！ 私たちは、学術的な記録映画を観にグラン・パレへよく行ったものだ！

彼は科学を信じていたのである。それに彼は、学者はだしの細心・綿密な人間だったし、いまもそうだ。彼の作品は、不安にさいなまれた、辛辣な精神の昆虫学者が書いたといってもおかしくないだろう！ 彼にはスウィフトのようなところがあった。彼がほんとうの詩人でないのはそのためだ。彼は観察者であって幻視家ではない。記録と幻覚の中間にいる。

彼ほど良識的でまっとうな人はいない。実験室にいる、幻覚にとらわれた人。彼のことを考えると、私はフォランの、「汽車の時刻表を知っている隠者」という意地の悪い言葉を思い出す。

Mのメスカリンに関する本のひとつについて、〈At once terrifying and boring〉と書いたのは、あるイギリスの批評家である。[5]

＊　前記、三三一ページ、注参照。

一九七〇年六月二六日

私の国の連中ときたら実生活の上で原則というものをまるでもたない。この点で、彼らはアラブ人に似ている。つまり、無気力、無関心、勝手気ままで、約束を守らず、〈ルーズ〉。

あの若いルーマニアの女性。八二歳になる農民の父親が彼女にこう言ったそうだ。「ニクソンがいたけど、なんにもならなかったし、またド・ゴールもいたけど、これも駄目だった。唯一の希望は、いまもってロシア人さ。ロシア人なら、おれたちをずっと〝跪かせる〟ことができるだろうよ。」

古代ギリシア人とユダヤ人――あらゆる民族のなかでもっとも才能に恵まれた民族。

解決策？　無意識。無意識のなかの眠り。

これが〈宇宙の進展〉（！）の向かうところだ。

人間は、その究極の内奥で、意識以前の、その原初の条件への回帰を願っている。

たぶん「歴史」とは、人間がその始源へ回帰するためのまわり道にすぎない。

人間が一段と高い意識の段階に達すると想像することはできるが、それがどの程度のものかは想像できない。おそらく限界があるはずであって、その先へは無事には行けない。

ある神学者（フェステュジエール(6)）は、マルクス・アウレリウスには〈喜び〉という言葉が見当たらないと言っている。

時間は〈魂の放心〉という、どこかで読んだ、あのみごとな考え。

〈*Dear Barbarian Sovereign*〉――一八四〇年ころ、中国人はヴィクトリア女王にこう呼びかけた。中国人にすれば、中国の外に住んでいるあらゆる人間は野蛮人であったからである。「一八五八年、天津条約が調印された年、野蛮人なる言葉は、今後イギリス国王陛下の政府ないし国民を指すものとして中国の公式文書には使用されてはならない旨が規定された。」（「生活と言葉」、一九六八年一一月）

紀元初頭のころ、イエスを星辰の恐怖からの人類の解放者と思っていたキリスト教の神学者は、一、二にとどまらない。キリスト教は星辰の恐怖に代えるに「地獄」の恐怖をもってした、とおおいそぎでつけ加えるなら、その通りだ。つまり、説教師たちがカルディア人にとって代わったのだ。

六月二八日――マルクスとゴビノー――もっとも現代的な二人の予言者。

さまざまの起源に、起源そのものにさかのぼるのは、制作という悪習を確認し、分析することだ。

神にふさわしい作品をつくる。(バッハのあるカンタータを聴きながら)。

私はどんな現象でも、別の、もっと大規模な現象が病的な形であらわれたものと見てしまいがちだ。そんなわけで、私には時間は永遠の病のように見えるし、「歴史」は時間の病のように、生は物質の欠陥のように見える。

そうだとすれば、いったい健全なものとは何か。永遠か。だが、私がそこに見るのは、神の衰えだ。

ここ数年来の、私のただひとつの決心といえば、もう動きまわらぬこと、ここに帰着する。――動きまわらずに、ほとんど行為することなく生きること。

ヘラクレイトスにとって、世界は〈永遠に生きている〉ものだった。

私の意図は、この〈永遠に生きている火〉のそばに、あの宇宙の沸騰の外に生きることだ。自己滅却の至上命令。

七月一日

昨夜、ミショーと夕食。彼は私のベケット論について語り、〈生〉を途方もないものと考えている自分としては、私の〈生〉の考えには同意できないと言う。

ミショーの〈オプティミズム〉にびっくりするのはこれがはじめてではない。緊張と不幸が長くつづいたあとで、彼が物事にとらわれない見方をするようになったからといって、私は別に不思議とは思わないし、それどころかとても立派なことだと思っている。美しい〈老い〉(ミショーほど〈老い〉ていない者は想像できないにしても)。

彼はニューヨーク旅行の話をし、ニューヨークの恐ろしいありさまを語って聞かせる。殺し屋どもの都市。彼の気に入るようなものは、この都市には何もない。私は、聞く者をひどく元気づけてくれる、こういう衝動的な反発がとても好きだ。ミショーは私がおしゃべりだといって非難するが、夕食のあいだずっと、私には一言も差しはさむ余地はなかった。それでよかったのだ。しゃべり出したらきりがないのがいつもの私だから。また私は、Mは、いつも孤独だったのだとも考えた。時々、〈うっぷんばらし〉をしなければならないのだ。

ファドは、ハンガリーの音楽にまさるとも劣らぬほど、私の心を満たしてくれる。なんという郷愁か!　私たちは外国で暮らしてはじめて、郷愁というものを感じる。郷愁は、失われた祖国を前提としているからだ。私の郷愁は、宗教的なものだ。というのも、祖国として、たとえ私は自分の国を失ったにしても、それへの郷愁はないからだ。

　私は存在としっくりいっていない。にもかかわらず、信じられないほど強固な絆で私は存在に結ばれている。

七月二日　一月《ひとつき》まえ、『失墜』の英訳の校正をしなければならなかった。いまその校正刷りが届き、端から端まで読まなければならない。

　自分の書いたものを読み返す責め苦に匹敵する責め苦を私は知らない。さらに悪いのは、よく知っているわけではない言葉に翻訳された自分の文章を校正する責め苦だ。

　これから書くつもりの作品のことを考え、頭のなかでそれを練り上げ、夜となく昼となくそれについて考える。これは一種の楽しみのようなもので、まあ、いい。ところが、そのあとで、これを書くとなると、楽しみどころのさわぎではないし、別の国語に翻訳されたものを読み、読み返すとなると、これはもう、作品を書こうと思ったことへの懲罰だ。

　喜びを欠いた努力、というよりむしろ、自分が精神的におとしめられたように見える努力、こういう努力をすべて私は仕事と呼ぶ。

　ほんのささいな厄介ごとがもち上がっても、もし私が存在していなかったら、こんな羽目にならずに済んだだろうにと考える。だから毎日、私は、生まれなければよかったという考えに取りつかれてしまうのだ。

　私たちはまるで生きていないかのように、軽妙な影のように、振る舞わねばならない。

　私の唯一の楽しみは、いまも手仕事だが、どうしてそうなのか、その理由をみつけなければなるまい。思うに、どうやら私は人間の出発点に達してしまい、脳髄以前の幸福な時代を再発見しつつあるからしい。

七月八日

　あらゆる下劣な感情には真に生き生きしたものがある。これは私にとっては衝撃だ。こういう感情を経験すると、私たちは意気軒昂に、生き返ったような気持ちになり、凡動物学と同一水準にあるように感じる。

　こういう事実を認める、というより確認するのは、私には腹立たしいことだ。離脱を何よりも尊重しているのであればなおさらだ。

私の好みからすれば、プラトンもキルケゴールも冗漫だ。ほとんどすべての哲学者が冗漫だった。パスカルは例外。

手紙――はっきり言って、かなり儀礼的な――を書くのに時間を取られる。――私がほんとうのことを言ったら、他人を、そして自分を傷つけることになる。自分を苦しめるのはいっこうにかまわないし、努めてそうしているが、他人を、すくなくとも直接的に標的にするのは好きではない。

「形而上学者は音楽的才能のない音楽家だ。」（カルナップ）

「……思考にひとつの限界を示すためには、この限界の二つの側面を考えることができなければならない。」（ヴィトゲンシュタイン）

昨夜、あるハンガリーの詩人（ピルデュスキー）とシモーヌ・ヴェーユについて、延々と話し合う。彼はシモーヌ・ヴェーユを聖女だと思っている。そこで私は彼に言う。私もまた彼女を尊敬している。けれど彼女は聖女ではない。旧約聖書の情熱と不寛容を忌み嫌っていたけれど、その情熱と不寛容を彼女はたぶんにもち合わせており、自分の出自である旧約聖書を軽蔑していたにもかかわらず、彼女は旧約聖書に似ている。女のエゼキエルないしイザヤのようなものだ。もし信仰がなかったら、そして信仰によって節度を強いられることがなかったら、彼女は狂気じみた野望の持ち主になっていただろう。彼女に顕著なのは、自分の見解を受け入れさせるためには、話し相手の意見を無視し、ねじ曲げることさえ辞さない意志だ。そしてさらに私は、マジャールの詩人にこう言った。彼女のもっていたエネルギー、意志、情熱は、ヒトラーに劣らなかったと……するとわが詩人は、目をむき、まるで啓示でも受けたかのように、じっと私を見つめた。そして驚いたことに、「おっしゃる通りです」と言ったのである。

私は才気をひけらかす連中は好きではないが、才気をひけらかすことができない連中はいっそう嫌いだ。

言葉では言えないことを言葉で言おうとする。

手紙を書く。これが唯一の仕事のようなものだ。書く甲斐のあるものならいいのだが、言い訳、逃げ口上、依頼、愚痴といったものばかり、要するに、バカな男の手紙だ。それでも書くのに苦労する。そう考えると、私はくだらないことを書いて消耗しているのだ。ある考えにぶっつかったら、それを摑んで放さない、そういう辛抱強さが私にはない。すぐ飽きてしまい、その考えを反芻するにしても、憑かれた者としてであって、熟考する精神としてではない。
(私は憑かれた人間であって、思想家ではない。私が考えるのは、私の強迫観念についてだけだ。)

〈幸福な人々の島〉*の主題によるいくつかの作品を書いてみたい。だがそれでは結局、ユートピアへ逆戻りするようなものだろう。ユートピアの主題は、たぶん私にとっていまだに魅力があるらしいが、ただし、別の角度から考察するという条件つきでのことだ。

＊ プラトンの『ティマイオス』に言及されている。

七月一二日　『フーガの技法』。バッハを聴くと、私は信じる。

ヨーロッパ表現主義の展覧会*を観る。気に入ったのはカンディンスキーだけだ。

ルートヴィヒ・マイトナーの絵を二つ観る。彼については、一九三二年に、私は論文を書いている!
(自分は表現主義の子、とつい考えがちになることがよくある。)

エドヴァルト・ムンクはストリンドベルイを思わせるところがある。

私の好きな画家は、カンディンスキーとクレーだ。

＊ パリの国立近代美術館で、一九七〇年五月二六日から七月二七日まで開催された。

ガブリエル・マルセルの家政婦は、二三年間、勤め上げ、いまはブルターニュに引きこもり、疲れた、病がちな身を養っている。G・Mは、まだ彼女が家にいたころ、彼女に礼状を書いている。こんなに献身的な家政婦への感謝の気持ちは、とても言葉ではいい尽せないと考えたからである。〈古きフランス〉を彷彿させる立派な行いだが、そうと分かっていても、いまのフランス人には、理解しがたいものと思われるだろう。

歴史哲学に関しては、だれもヘシオドスにまさる考えはもてないだろう。

つまり、最悪事への歩みとしての「歴史」。

ここ数年来、鎮静剤を飲んでいるが、精神の働きが途絶えてしまったとしても、どうして驚くことがあろうか。狂おしい熱狂と闘えば、ただでは済まされないのだ。

『ゴルドベルク変奏曲』

このところずっと、〈私の魂の魂〉というエネスコのバッハについての言葉を思い返している。

ついさきほど、ヴァルター・キルシュベルガーが面白いことを言う。私のことを〈ペシミスト〉と言った細君に、彼はペシミストではなく、迷いから覚めているのだと答えたとのこと。（この言葉、ドイツ語にどう訳したものか。ドイツ語では *enttaücht* という言葉しか見当たらないが、これは正確ではない。）

言葉の点では、私は同時代の人間とは逆に、ますます簡潔さへの、意図的な、かち取った透明さへの傾向を強めている。

うわべだけの感情は、うわべだけの言葉を誘う。これは、義務として書く手紙にはっきり見てとれる。もうとっくの昔に途絶えてしまって当然の文通を、あえて継続しようとするような手紙を書こうとすると、最初の一行からして、たちまちこの不愉快な気持ちが出てしまうものだ。こういう手紙でなければ、たとえ興味のないものでも、相手のことを考える楽しみがあるから、どこかに生き生きしたところがある。

情熱的で、公平を欠いた、攻撃的な、あるいは優しい手紙、私はもうこういう手紙を書く歳ではない。別の言葉でいえば、私に書けるのは、精彩のない、穏当な手紙だけだ。なんと落ちぶれたことか！　実は、私は知恵をテーマとして考えざるをえなくなったのだが、その原因は、私の能力と才能がますます先細りになったからだ。

ラヴァスティーヌは一冊の本も書けないのが頭にきて、いまや気も狂わんばかりである。もし彼が本を書かないなら、私たちは――当然のことながら――あいつは途方もない人間だと言いつづけることができるだろうが、逆に、もし彼が、並みの人間と同じように、本を書き上げることに成功したら、こういう判断はもう下すことはできまい。

七月二七日

ナントに近い、ネモ家の大邸宅で一週間を過ごす。幸福の観念は、庭園の観念と不可分だ。

M・N。いままでずっと、彼は幻想を抱いて生きてきた。病気に見舞われると、それにどう順応していいか分からず、病気をごまかし、そうかと思うと、老けた浮気女のような気まぐれで病気に反応する。「もう充分生きたよ」と私に言う。そのときの彼の気持ちに嘘いつわりはないにしても、こんな告白をするほど、彼が分別をわきまえているとは私は思わなかったし、彼にしてみれば、こんなことは決して口にしたくはなかっただろうと思った。

イヴォンヌ・Nは、Mの危篤の最中、私の論文「生誕の嫌悪」を読んだと言った。私は、あれはそういうときにうってつけの、あるいはもっとも場違いな読み物だと、あやうく口をすべらすところだった。

満ち足りた年月を送り、自分の生涯を振り返る人はだれでも、「生きて満足だった」とも、「生まれないほうがずっとよかったのに」とも考えるかも知れない。この二つの反応は、いずれも正当なものであり、同じように深みのあるものだ。

ベルジャーエフはネチャーエフとイグナティウス・デ・ロヨラとを比較しているが、これははなはだ示唆に富んでいる。禁欲者としての革命家……

禁欲か放蕩のいずれかを選ばなければならないなら、私は後者を選ぶだろう。

それに、放蕩もまた、〈肉〉との闘いだ。放蕩は肉を酷使し、肉を消耗させ、衰弱させる。だから放蕩は、禁欲とは正反対の方法で、禁欲と同じ結果にゆき着くのだ。

「淫蕩にふけりがちな者は、心が寛く、情け深いが、純潔に傾きがちな者はそうではない。」（聖ヨハネ・クリマコス）

禁欲主義は狂気の沙汰だ。かつてそんなものを高く買っていたかと思うと、いまもって驚かないわけにはいかない。〈獣性〉と闘い、〈肉〉と闘うのは、即刻自殺するのに異ならない。

性にかかわりがあるものは、いずれもみな無制限であり、期待を裏切るものだ。性は贋の無限だ。だが、無限であることに変わりはない。

治りたいとは思わぬ病気、欲望はこの病気に似ている。

一年まえ、ディエップで、BBCのラジオ放送を聴いていたところ、エリス（？）とかいう、イギリスの小説家が、ある女性の聴取者から、人生の意味について尋ねられて、生まれなければよかったと答えているのを耳にしたことがある。そして彼は、自分は生を否定する気持ちはさらさらないし、それどころか生には満足しているし、自分のやってきたことにも不満はないとつけ加えたが、話の途中、ほんのついでといわんばかりに、若かったとき、自分は五年間、病気でふせっていなければならなかったと言った。どうやら病気は治ったが、それがどういう病気だったのか、私は覚えていない。彼が、揺るぎない自信に満ちた、感動的ですらある口調で、生誕についてこういう判断を下すことができたのは、この五年間の病苦を経験したからで、それは彼も分かっていたはずだ。こういう経験がなかったら、こうも雄々しく生誕を否定することはできなかっただろう。自分の経験に及びもつかない連中がどんなにいることか！

私にしても、自分の否定に及ばなかったことがいったい何度あったことか！　自分自身にふさわしくなかったことが！

敵を骨ぬきにしたい、厄介払いしたいと思うなら、一番いいのは、敵を褒めることだ。褒め言葉を繰り返せば、敵はこっちを苦しめようとする気力を失ってしまうだろう。つまり、もうこっちの悪口をいいふらすことはできないだろう。ゼンマイが切れてしまい、役に立たないのだ。

いましがた、イギリスのラジオで、C・M・フォン・ウェーバーの生涯についての番組を聴く。イギリスからオペラ制作の依頼を受けたウェーバーは、これに応じ、『オベロン』の作曲に取りかかったが、持病の結核が悪化した。医者は、努力を要するようなことはいっさい慎み、平穏な生活を送るなら、まだ数年は生きられるだろうが、さもないと、もう長くは生きられまいと言った。ウェーバーはオペラの仕事をつづけ、ロンドンでオペラを書き上げるが、その完成後ほどなくして、ロンドンで死んだ。

これに比べ、私はなんと哀れな男かと思った。仕事に身を入れるどころか、やたらと健康に気を使い、食餌による衰弱療法をつづけている。げんに、鎮静剤と称して、さまざまの薬を服用しているが、そのため、私のわずかばかりの仕事への衝動も萎えてしまう。大切なのは健康でも長生き（歳月）でもなく、仕事だ。私が制作を理屈の上でも実際上も嫌っている、その罰が当たったのかも知れない。

一九三五年ころのこと、ルーマニアの将軍Pが私に言ったことがある。ルーマニアの農民はパンを食べるとき、パンを口に運ばずに身をかがめ、頭を下げるが、まるでパンを食べるときはいつも、パンに敬意を表し、この、自分たちにとってほとんど神聖な食物にお辞儀をしているようだと。

日々のパンへの、このほとんど宗教的な敬意の背後には、極貧の数世紀があるに違いない！

ディエップ――いま私は、海を見下ろすとても大きなサロンにいる。このサロンは、前世紀のイギリスの、あるいはロシアの小説の、ある種の室内を連想させる。

七月三〇日

ほとんど妄想に近い、自分への不満。

私は生を嫌っているのでも、死を希っているのでもない。ただ生まれなければよかったのにと思っているだけだ。

私は生よりも死よりもむしろ非‐生誕を選ぶ。生まれないという悦び。生きれば生きるほど、私はますます生まれないという悦びに耽る。

私のような男は存在すべきではなかったのだ。私は、ある不注意の産物であり、もともと神の天地創造の意志に予定されていたものでなかったのだ。

奇妙なことに、そして情けないことに、馬齢を重ねるにつれて、神学への関心は募るのに、神秘思想への関心はますます薄れてゆく。これは精神の衰弱の兆しであり、分かってはいても手の打ちようがない。

敬虔な言葉にむかっ腹を立てながらも、私が神学者たちの本を読みつづけているのは、彼らがみごとなまでに味もそっけもないからだ。抽象と曲芸とを多用するあまり、彼らはほとんどシニックな理屈屋であり、そういう彼らにとって、神は論証と空理空論の口実であって、それ自体はどうでもいいのである。

原罪などなくともいっこうに痛痒を感じない者を私は軽蔑する。

告白すれば、人生のどんな局面においても、原罪は私の頼みの綱であり、この観念がなかったら、絶えることのない茫然自失をどうして避けられるかおぼつかない。

(原罪の観念がなかったら、茫然自失こそ、突発するあらゆる事態、私たちの身に降りかかるあらゆる事態にふさわしい唯一の感情だろう。この観念は、普遍的価値の説明原理であり、これによって私たちは、私たちを苦しめるすべての惨苦を、なかんずく、人間であるという事実と不可分の惨苦を理解することができる。なぜなら、人間とは、受肉した、現実の、かつてなく生き生きした原罪にほかならないのだから。私たちの運命をつかさどっているのは、原初の、尽きることのない躓きである……)

オフランヴィルを歩く。私がルーマニア語を捨てる決心をしたのは、一九四七年の夏、ここでのことだ。思い起こせば、私はここでマラルメを翻訳していたが、あるとき、私の企てがまったく無益でバカげていることを忽然と悟った。私の国はなくなっていたし、私の国語もなくなっていた……わずかな同胞、実際にはせいぜい二〇人足らずの同胞にしか分からない国語で書きつづけたところでなんになろうか。私はただちにルーマニア語を捨て、フランス語で書くことを決断した。二年後、どうにか『崩壊概論』を書き上げた。

青空(稀に見る)と青すぎる沿岸地帯。ヴァランジュヴィルとプールヴィルのなかほどで、(ほぼ)一〇年まえ、シオタに滞在したことを思った。地中海に沈む夕日に若《し》くものはない。

この強烈な青にはなんの感興も湧かない。ここ数年来、私は砂漠を渇望しており、青い空、青い海、そして極端に青い風景を見ると、意気沮喪する。この牧草地にはなんの興味も湧かない。楽園というものが、こういうノルマンディーの色でもってほとんどつねに想像されたのは、どういう非常識のなせるわざなのか。

ディエップから数キロのところにある村（オープガール？）で、パン屋のかみさんと話し込む。彼女は私たちに、パリに近いサント＝ジュヌヴィエーヴ＝デ＝ボアに行くつもりだ、この村にはうんざりしている、村の連中は閉鎖的で（彼女と亭主はトゥーレーヌの出身）、まだ一度も、どこの家にも入ったことはない、戸口で言葉は交わすが、中に招じ入れる者はひとりとしていない、ノルマンディー人というのは、おかしな連中よ、出不精のヴァイキングというのかしら、牛乳とアルコールの飲み過ぎで白痴になってしまったんだわ、と語る。

八月一日

つらい夜。深刻な問題について考えようとするが、うまくゆかない。それでも、眠れなくなると、私は自分が無意識ではなかったこと、そしていま充実と虚無の状態から覚めたばかりであることがすぐ分かる。というのも、眠りとは、この充実と虚無の矛盾以外のなにものでもないから。私たちは眠りから切り離され、眠りから追放される。つまり、意識とは眠りからの追放であり、無意識だけが祖国なのだ。

私たちは、それほどの恐怖も抱かずに、永遠の眠りという観念を受け入れる。これに反して、永遠の覚醒（もし不死というものが考えられるとすれば、まさしくこれだろう）は、観念としても事実としても耐えがたいものだ。それは私たちを戦慄させる。

決して生まれないこと、つまり、生誕以前の生を、始まりのない夢として、いずれにしろ、想像を絶する遠い起源にさかのぼる夢、そこから切り離されてしまったことを遺憾に思う〈無限の〉夢として想像すること。この生誕以前の無限への郷愁は、私たちが意識を欲しいとは思わずに意識を予感していた状態……非‐発現が一種の悦び、存在の内在性によって不幸にもかき立てられた悦びであった状態、そういう状態が中断されるのを見届けた悔恨にほかならない。

私にとって、非‐生誕の欲望は、帰するところ非‐発現の欲望だ。私は発現されたものが嫌いだ。できれば発現されざるもののなかに消えうせたい。消えうせる？　そうではない、それとひとつになりたいのだ。なぜなら、私はそこに由来するのだから。

潜在的なものの溺愛、現実化から逸脱したものへのほとんど病的な愛。一切の行為に先行するものへのフェティシズム。

私が何を考えるにしても、私の〈性格〉を、私の〈生命力〉を衰弱させるだけであり、さまざまの困難や煩わしさに、一言でいえば、未来に立ち向かう私の能力を衰弱させるだけだ。

私にできたことといえば、普通だったら人間を自己実現に、その運命の解決に、自分自身であるようにかり立てる動機をつぎつぎに突き崩すのが関の山だった。私は自分のほんとうのイメージとは、ある程度しか似ていなかっただろう。不完全でありたいと思ったのだ。そういう自分に忠実なあまり、私はいくつもの幸運を台無しにした。

八月二日——ドイツ軍の占領が始まったころ、私はしょっちゅうピエール・ド・ラパランに会っていた。ラパランは頭のいい、独断的な、おかしな男で、病身だった（一九四三年、あるサナトリウムで結核のため死んだ）。彼は私にクローデル蔑視を植えつけた。いま思い返して、この点で私は彼を恨んでいるが、なにしろ彼ときたら、クローデルの作品を、「おれは間抜け、おれは間抜け、おれは間抜け」などといった、驚くべき、またバカげた文句で要約しては悦に入っているのだった。彼の前でクローデルの名前が出ると、決まってこの文句を繰り返した。彼はいいセンスをしていたので、クローデルの場合は特にそうだが、私はすすんで彼の偏見に同調した。私が散文作家クローデルを発見したのは、一九五〇年ころ、『オランダ絵画序説』を改めて読み返したときである。

だれかが、含みのない、断固たる拒否を表明したら、すぐに用心すること。

いくつもの愚行を犯したあげく、私は若者を信じるという愚行を犯した。すくなくとも、そう悟った。若者に迎合し、へつらい（サルトルその他）、打算からか、それとも本能的にかは知らないが、時代においてきぼりを食う危険から自分を救ってくれるのは若者だと思って、若者に執着している連中、私がこういう連中をひとりとして信用していないのはこのためだ。時代の動きに遅れをとりたくないと思うのは、時代遅れになる危険を犯すことだ。現代性という思想とも、歴史的瞬間という迷信ともいっさいかかわりのない問題に取り組むべきだ。時代遅れになる確実な方法は、現代的であったこと、一時期ひどく重きをなしたということだ。

だが、何をおいても、私が好きなのは、世に埋もれて生き、自分の時代になんの影響も与えず、かつてそうだったように、今後も決して重要な人物とはならぬ、忘却された人々に限られる。彼らにはつねに、ひそかな、熱烈な読者が、ただし、情熱を内に秘めた読者がいるだろう。そして彼らは、つねに熱情を、ただし、孤独な、真の熱情をかき立てるだろう。

いまティヤール・ド・シャルダンの『私の信じるもの』を、強烈な関心をもって読んでいるところだが、関心の大方は仰天だ。どうしてこんなにお人好しになれるのか。彼が練り上げている、この一見壮大そうに見えるグノーシスは、実際は子供じみたもので、二〇世紀のさなか、こんなものに執着する人の気が知れない！　この神父は、ここに……目も眩むようなオプティミズムをこれ見よがしにさらけ出している。「宇宙」で踊っているのは「十字架」で、「宇宙」は、万物の「カーニヴァル」のようなもだというのだ！　「完成」への、「充実」への歩み（このイエズス会士に、こうも大文字を濫用されては、今後、大文字という大文字が私には見るも汚らわしいものになること請け合いだ）、あの究極の達成への歩み、いったいこの歩みを、彼はどこで見たのか。ひとりの幻視家が福音書を、そしてベルグソンを読んだからこそ、妄想が存在する限りで存在する体系を練り上げることができたのだ。

八月一四日　ティヤールの、あの宇宙信仰には、ある種の活力がないわけではない。私が信者なら、これに同調するだろう。自分の幻想をよみがえらせたいと思っているキリスト教徒には、これによって何かがもたらされるのだ。

日の降りそそぐ午後、港をひとまわりする。

　幸福は、純粋な知覚にある。どんな考え、どんな反省もそこに介入すべきではない。幸福は、本質的に受け身のものだ。

　ある教会史の本で聖パウロに関するくだりを三ページほど読んだところ、どうしてもマルクスのことを考えざるをえなかった。彼らには確かに似ているところがあり、二人とも同じ〈精神の一族〉のものであるのは確かだ。

八月一五日――いっさいのものの無益さを私ほど確信した者はいなかったし、またほかのだれも、これほど多くの無益なものを私ほど深刻に受け取りはしなかっただろう。

　私たちの〈魂の水準〉は、私たちの挫折に比例している。内面性とは、必ず〈生〉での挫折の謂だ。

　昨日、ヌシャーテルの近くのサン＝ヴァレリー（オスモア）で、もう使われていない、鐘楼の傾いた、とても古い教会を見かける。墓地には、古い墓石がいくつか、雑草におおわれている。

　村のなかの、こういうノルマンディーの墓地が私は好きだ。ラシナリでは、墓地は、ほかのどこよりも高いところにあった。それは集落の中心だった。死者たちは、ここノルマンディーと同じように、またハワースと同じように、集落のなかに存在していた。

　「ナポリ近く失意のうちによめる歌」という、あのシェリーの詩[7]が突然、頭に浮かぶ。私の人生の数年、たぶん、私の生涯は、この一篇の詩に要約されている。ある意味で、『概論』のすべては、この詩をテーマとする別の作品にすぎない。私にとって、この詩と同じような役割を果たしたのは、わずかにエミネスクの *Rugăciunea unui Dac* * だけだ。

＊「ダキア人の祈り」、ミハイル・エミネスク（一八五〇—一八八九）の詩。祖先のルーマニア人の象徴であるダキア人が、創世記の神に、〈永遠の憩いに就く〉ことを願って、きわめて福音にかなった祈りを捧げる。

自殺と殺人の考えをおのずと生み出す状態、これを私は憂鬱と呼ぶ。

憂鬱とは自殺のことであり、あるいは実行されない殺人のことだ。

『メサイア』を聴きながら考える——初めから終わりまですこしの揺らぎもない、こういうインヴェンションの冴えはどうして可能なのか。奇跡といっていい。それにここには、バッハにはない、ある種の歓喜と楽しささえある。どの文学作品に、これほど一貫した技巧の冴えが、各章ごとの新しい世界があるだろうか。

クローデルで私が好きなのは暴力、強烈な、健全な暴力だ。

（これはジッドにもヴァレリーにもない。）

フランスの詩の、信じがたいほどの薄っぺらさ。フランスの詩を貧血の危険から守ったのは、クローデルの〈農民〉気質だ。

クローデルはひとつの個性だが、ほかの連中はもの書きだ。

白紙が赤く見え、牛さながらに振る舞うほど白紙にしがみつく……

八月二一日——ディエップから帰る。

昨夜、シュザンヌ・Bが私に、サムは二流の連中とつきあってひどく時間を無駄にしている、連中の厄介ごとにかかずらっていると言う。こんな奇妙な心配をどうしてするのか、原因は何かと尋ねたところ、原因は母親だと言う。なんでも彼の母親は、病人の面倒をみたり、貧乏人の世話をするのが好きなのだが、そういう連中がいったん回復したり、窮地を脱したりすると、とたんに、関心を失ってしまうのだそうだ。

ヘシオドスの注釈を書くこと。

ヴァレリーに悪口をたたいたのが悔やまれる。いまヴァレリーに関するちょっとしたものを読んだところだ。オブリー(8)の回想記だが、ヴァレリーほど魅力的な人間には会ったことがないと言っている。

どんな権利があって、私は彼を頭ごなしに決めつけたのか。言葉の（そして手直しの）崇拝へと私を導いたこと、その点で彼が許せなかったのだ。ひとつの文章の無限の手直しを、完璧への惨憺たる好みを、私に教えたのは彼だ。

なぜ惨憺たるものなのか。ゆき着くところは不毛だから。

八月二五日

人間は自分を苦しめるのが好きだ。救済の探究にしたところで、別の苦しみにほかならない——あらゆる苦しみのなかでもっとも微妙な、もっともうまく隠蔽された。

〝私のこと〟をテーマに学位論文を書いているイタリアの女子学生が来て、三時間、いろいろと質問する。質問に答えていると、だれか別の人のことでもしゃべっているような気になる。自分を解説し、説明し、分析する——何が不愉快といって、これくらい不愉快な仕事はない。解明されすぎた思想は、つまらぬ思想と相場が決まっている。

このカラブリア人の女子学生は、私のものの見方に賛成だと言うが、まるで知識がなく、『悪霊』など聞いたこともない。ドストエフスキーの本など一冊も読んだことはないのではないかと思う。でも聡明で、懐疑とエクスタシーにつき動かされる人間の、紆余曲折する歩みを、かなりよく理解しているようだ。

八月二六日　サンダ・ゴロペンツィアの話では、彼女が一年を過ごしたブルーミングトンのアメリカの大学には、四万人の学生がいるのに、ブルーミングトンの人口はわずか三万人にすぎないとのことだ。

こういう異常は、災厄の前兆だ。

配管工が天才と同じくらい稀少な、いわゆる進歩した社会でやたらと増えるのは、エセ知識人、無能で、勿体ぶった大学の教師だけであり、彼らは自分の無能を隠蔽するため、革命家を気取っている。

八月二七日

文学のラジオ番組を聴く。相変わらずの欠点。つまり、すぐれてフランス的な悪習である、これみよがしの虚栄心。イギリス人のほうが断然すぐれている。

J・Dの話では、一九五六年、ワシントンのフランス領事公邸で晩餐会が催されたとき、擦り切れたフロックコートと、セルロイド（？）のシャツを着て、だまりこくったままの一人の老人がいたが、彼によると、それはサン＝ジョン・ペルスだった。——この肖像は全部ウソだ。サン＝ジョン・ペルスはおしゃべりで、身だしなみもよい。私が彼に最後に会ったのは一九六五年、つまり、J・Dの話の年からほぼ一〇年後のことだが、そのとき彼は、六五歳を越しているようには見えず、髪は黒々としていた（おそらく染めていたのだろうが、しかしそれがどうしたというのか）。

つまりは他人に擢んでることにほかならぬパリっ子気質、私はこれほど愚劣なものを知らない。自惚れによる組織的な中傷、フランス的な才能のバネ。

あらゆる情熱は、自己破壊の手段だ。
もっとも確実な、もっとも直接的な、とつけ加えよう。

私にあったのは情熱ではなく、熱狂だった。
ただ、時代が原因で、熱狂ゆえに私は狂信者とみなされ、自分の気まぐれのとばっちりを受けたのだ。あたかもそれが信念でもあるかのように。

八月二八日　苦しみはいたるところにあり、絶望は絶えない。おまけに、ドイツのラジオ放送で、アメリカ人とイギリス人が、民間および軍関係の亡命ロシア人をスターリンに引き渡した、そのありさまを聴く。トレブリンカ、そしてアウシュヴィッツに劣らぬ光景。放送していたのは、エックシュタインとかいう、アメリカに帰化したドイツ系ユダヤ人。アングロサクソンは疚しいとは思っていないのだと考え、この、福音書を絶えず繰り返している金髪の連中が犯している、こういう残酷なことを聴くと、ある国よりほかの国がいいと思うのはバカげている、人間一般への軽蔑こそ、唯一の、道理にかなった態度だと考えてしまう。

八月二九日
世に認められず、理解されず、孤独であること——幸福であるにはこれで充分だ。
私に理解でき、実行できるただひとつの残酷な行為は、絶望によるそれだ。
私は気質としては誹謗文の書き手だ。だが、過激なことを、したがって不当なことをやらかすと、決まって私はやりきれなくなる。いずれにしろ、自分が傷つけた当の相手よりずっとやりきれなくなる。

八月三〇日　三〇年ぶりにソラナ・ツォーパ*に会う。はっきり言って、他人を興ざめさせるところ、的はずれの質問をするところ、かなりシンドイ気づまりな思いをさせるところ、みんな昔のままだ。昨夜は——普段にもまして、都会ではぐれたロシアの百姓女のようだった。そのまま田舎にとどまっていたら、おそらく生まれ故郷で、ちょっとしたセクトの中心人物になっていただろうに。
形而上学にうつつをぬかす退屈な女。いままでずっと、やれ自我の滅却だの、自我の超越だのといいながら、実際には、強烈な〈野心〉を、支配欲を、高圧的な性格を隠しおおせたことなど一度もない。
これほど人を気づまりな思いにさせる女に会ったことはない。

＊　前記、三七二ページ、注参照。

ソラナがパリにいると思うと、ひどく落ち着かない気持ちになる。私の過去の一部がそっくりそのまま私の目の前にあるかのようだ。

私の人生の証人、私の前に立ちはだかる非難、こんなものはみんな破壊してしまいたい。それなのにいま、あのデブのソラナが、鈍重な幽霊のように、歳月の底から突然すがたをあらわした（彼女の声には、墓のかなたの優しさが、というよりむしろ、あの世の優しさがある）。

「生誕の過ち」は、私が書いたもののうち、たぶん一番できの悪いものだが、同時にしかし、書くのに一番苦労したものだ。どうしてか。私たちのもっとも自然な衝動にまっこうから対立するような主題に取り組むことはできないからだ。自殺について書くことは比較的に簡単だったが、というのもそれは、どんなにわずかにしろ、だれもが知っている、ある根深い傾向を解説することだったから。だが、生誕を拒否したところでなんになるのか。私たちは死ぬ。自殺することもできる。だが、だれにもどうしようもない事実は、取り消すことはできない。生誕は、当を得ない問題の典型だ。それでも、これほど強く私を虜にした強迫観念は稀だ。

ルーマニアが洪水に見舞われたとき、現地の当局者のひとりは、ルーマニアの全歴史は災難の連続だと、パリのラジオ放送局の記者に語った。

自分なりに左翼だと思っている、パリの私の知り合いの女性は、進歩的な国の代表ともあろう者が、こんな言葉を使ったことにショックの色を隠さなかった。——だが、これは私の国の言葉そのものであり、私の国が「歴史」を前にしてつねづね感じていた感情の現れであり——私の答えであった。

八月三一日　私が宗教に、つまり神秘思想に熱中したのは、私のヒステリーの、熱狂の、狂気の時期だけだった。当時、私は、ありとあらゆる常軌逸脱を、修道女のこともほかの人間のことも理解することができた。どんな神も、熱の冷めてしまった状態では抵抗しない。

どうしたら苦しみは思想になりうるか。

先日、ラジオで、ジョン・ケージの『メタルの最初の構成』を聴いた。気に入った。

神、この偉大な「異邦人」。

次のように始まるエミリ・ディキンソンの小詩篇

〈The Soul selects her own Society
*
Then shuts the Door...〉

夜、この詩を読み返しながら、私のこの部屋で、ある夜、わが意を得たといった口調で、この詩を私に朗読して聞かせたフレヒトマンのことを思った。

あの可愛そうなフレヒトマンは、数年まえ、首をくくって死んだ。

* 「魂は自分の社会を選ぶ
それから、扉を閉ざす。」

経験を、言い換えれば苦しみを除けば、すべては二番煎じ、いや、三番煎じだ。ほんとうの本というものがこうも少ないのはこのためだ。

私が本を読んだのは、要するに他人の経験に、自分の経験の説明となるものを探すためにほかならなかった。

読書は、他人の理解のためではなく、自分の理解のためにすべきだ。

モントクリュルスキーの本で、スースロワの、ドストエフスキーとの関係を綴った日記の抜粋を読む。事件は、バーデン＝バーデンのスースロワの部屋で起こる。Dがムイシュキンの欠陥、つまり性的不能に苦しんでいたことがはっきり感じられる。この女子学生との彼の奇妙な関係は、ここに原因がある。彼の小説で、男と女が理解しあえず、互いを苦しめ合うのは、Dにとって、性はつまるところ凌辱か、純粋主義にほかならないからである。彼の小説の登場人物は、放蕩者と天使であって、人間はほとんどいない。Dは、間違いなく人間ではなかった。愛で〈ひとすじ縄ではいかない〉人間は、ほとんど例外なく性的欠陥をかかえている。

私にとって問題は、ますますもって創造することではなく理解することだ。新しい〈作品〉などくそくらえだ！　新しい真理、私はこれを発見したいのだ。

私の取柄は懐疑にのみあると断言したところ、そんな私には二束三文の価値もないとソラナが言う。

彼女にはこう答えるべきだった。つまり、私は懐疑家ではない。私は懐疑する狂人、信仰なき狂信者、トランス状態から見放された熱狂者、打ちひしがれた熱狂家だと。

本は熱狂にかられて書くべきだ。そうでなかったら、人へ伝染することはあるまい。

賢者たちの冷静な語り口を猿真似したいとは、なんという愚かな了見か！　知恵は、いずれにしろ私の考えているような知恵は、私の墓だ。もう何年も、私は知恵に麻痺して、自分の悪しき本能を、〈才能〉を利用できずにいる。

破滅をもたらす均衡、知恵によって私の落ち込んだ状態がこれだ。

私に刺激剤の効果を与え、つねに仕事への意欲をかき立て、何ごとかをなし、是が非でもなんらかの痕跡を残したいとの思いを抱かせた二人の人間がいる。ナポレオンとドストエフスキーだ。（ついでながら、二人の癲癇患者！）

いましがた、ソラナから電話。私にフランス語で話しかける。その声は驚くほど優しい。だが、どう転んでも、それがある種の内面の調和の、あるいはすくなくとも、心の安らぎと平穏とを願う気持ちの反映であるとは考えられない。たとえ彼女がどんなに気取っても、これほどまで純粋・無垢なふりをすることはできないだろう（すくなくとも、声で）。私が彼女を避けるのは、彼女には目立ちたい、忘れられたくないという偏執があり、他人に影響を与え、他人を困らせたいという偏執があるからだ。喜んで彼女のいいなりになるほど、私はもう若くはない。

たったいま、マリー＝フランス・イヨネスコは立派な人だと思った。

根深いさまざまの偏見にこりかたまり、貧乏暮らしをしながら、せっせと蓄財していた、その限りで、フランス人は偉大な民族だった。彼らの吝嗇は、偉大さのあらわれだった。彼らは金銭と同時に、さまざまの長所をため込んだ。

フランスの農民気質は、いまや消滅しつつある。これはフランスにとって致命傷であり、これによってフランスは、その予備費を、元手を失い、今後けっして立ち直ることはあるまい。

フランスにとって吝嗇は、一種の命綱だった。

九月三日

他人への反感、恨みを咎められたとき、モーリヤック*は相手にこう答えた。「魂があるのに、どうして敵意をもたずにいられるのかね」と。

＊　フランソワ・モーリヤックは、九月一日（一九七〇年）に他界した。

G・Dはしがない記者でしかないのに、モーリヤックの小説は容赦なく批判すべきだと言い、彼の小説は美辞麗句だけの、変わりばえのしないもので、二十歳《はたち》のときに、もう読めたものではないと思っていたなどと言っている。自分はなきに等しい人間なのに、どうしてこんな口がきけるのか。私は自分を省み、ヴァレリーを見下し、彼を社交界の人間と決めつけ、詩人にたんなる作詩屋を見届けるといったたぐいの、あのぞんざいな扱い方を省みる。もし私が、ヴァレリーが盛名をはせていた分野に取り組んでいたなら、多くの要求があったとしても当然だったかも知れない。だが、一行の詩句も書いたこともない私が、『海辺の墓地』を一気に抹殺しているのだ！　なんたるペテンか！　不公平な態度は執らないように、特に、いらいらしているときは、他人について書かないようにすべきだろう。

私の肉体は私を置き去りにする。

私に残されているのは、古い持病と新しい持病とのあいだを巧みにすり抜けること、要するに、死との暫定協定を見つけることに尽きる、と弟に手紙を書いたところだ。

足のむずかゆさが、こんなふうにほとんど絶えないところはマラーのようだ。彼は絶え間なくつづくむずかゆさのため、湯槽になん時間も漬かっていた。

九月四日　L・Bは、いつも引退のことを考え、充分な生活費があるかどうかといったようなことをあれこれ考えている。そこで私は彼に、そんな先のことまで考える必要はないよ、まあ、せいぜい一年を想定して、自分の生活の予定を立てるべきで、絶えず将来のことを考えて気をもんだりせず、将来のことなど放っておくべきだよと言う。さらにこうつけ加えるべきだったかも知れない。つまり、一番いいのは、あんまり気をもまないこと、そして窮地に陥ったときにそなえて、多少とも〈みごとな〉自殺の可能性を考えておくことだよと。

すると最後にL・Bは、私が〈意気軒昂〉に見えると言う。もちろん、私より腰くだけの連中に比べれば、私は意気軒昂だ。

ド・ゴールが失脚した直後、アンドレ・フロサールが、ド・ゴールを特徴づけるためにオマージュとして使ったイメージを考えざるをえない。いわく、「その横顔は、嫌悪のあまり死んだ、砂漠の野獣を思わせる。」

私は最低の社会階層に属する者だ――公的には。私はこれをいささかも鼻にかけてはいない。私の挫折などささやかなものだ。

九月五日　フランソワ・モーリヤックのため、ノートルダム寺院でミサが行われ、ラジオでは葬儀の模様が放送される。

フランス語は、極端なまでに世俗化されてしまった言葉だ。ついいましがた、パリ大司教が「崇むべき三位一体」なる言葉を口にしたとき、私はむらむらと嫌悪の込み上がるのを覚えた。それに、「神よ、願わくば」という、あの神への懇願のリフレインには、どこかバカげたところがある。これでは会話の言葉だ。ラテン語の廃止は、カトリシズムに致命傷をもたらした（すくなくともフランスでは）。

フランス語でどうやって祈るのか。どんな言葉でも神に呼びかけることはできるが、ただし、フランス語だけは例外だ。

いまから今世紀の終わりまでに、もしキリスト教が恐るべき迫害を受けることがないなら、キリスト教に生き残る余地はあるまい。「教会」は、無神論者どもの権力掌握のために、ひそかに努力を傾注すべきだろう。キリスト教をまだ救えるのは彼らだけだ。

脆弱な体に宿る強靱な意志、私はこういう意志が好きだ。残念ながら私は、自分の肉体の病苦がどうにもならず、かえって逆に、病苦に翻弄されてきた。ドストエフスキー（あるいはカルヴァン）こそ私には、〈生理学〉に対する精神の勝利の、もっともみごとな例であるように見える。

前世紀の終わりころ、メレディスはヴァレリーに、「もの書きでまっさきにやられるのは頭ではなく胃だ」と言っている。
――その通りだ！

ドイツを病的に崇拝したために、私は生涯を棒に振った。それは私の青春の、最悪の熱狂だった。実際にはすこしも面白くない国を、どうして崇拝することができたのか。私がおそろしく頑固なぼんくらで、独立不羈の精神など薬にしたくもなかったからだ。哲学への恨みは深い。こういう病的な崇拝に私を駆り立てたのは哲学だから。私が病気から癒えたとすれば、その病気というのは、この病的崇拝のことだ。いつかこれについて、自分が経験したとおりに、こと細かに書いたなら、私は精神病院に収容され、狂人であった罰を受けるだろう。こういう狂人の稀なケースとして、こうして私は、最初に収容されることになろう。

〈精神の〉強靱さを、大殺人者の強さをもつこと。

神よ！
（この叫びを、呼びかけならぬこの呼びかけを、こだまなきこの絶叫を発するときの私たちの状態、これを正確に書くことができれば！）

九月七日　モレとヌムールとのあいだのロワン川の運河。グレの近くに、水門がある。そこへ釣りに来た少年（一四歳くらいか）の釣り糸のさきに、一羽のバンがぶら下がっている。釣り針を飲み込んでしまったらしい。長く苦しまないようにひと思いに殺さなければ駄目よと、かみさんが言う。バンが可愛そうでならない少女は、バンを撫でさすり、羽毛に口づけしている。私は、溺死が死としてはいちばん快適なものだと思ったから、バンを水に漬ければいいのではないかと言うと、少女は運河の岸ちかくにバンを置いたが、かみさんは殺さなければ駄目だと言い張る。少女はパンを掬い上げ、水門の管理人に渡す。すると、パンを受け取ったこの乱暴者は、力まかせに石にパンを叩きつけて頭を砕き、そして放り投げた。少女は恐怖に震え上がった。

見過ごすわけにはゆかぬ些細なこと。ドストエフスキーはヴォルテールを耽読した。〈ロシアの『カンディッド』〉を書きたいとさえ思っていた。


私は自分の国の連中に悩まされ、彼らの厚かましさに、礼儀知らずに、不躾ぶりに悩まされている。

明日の日曜はルーマニア教会には行かないよと言ったところ、私のまるっきり知らない或る女は、「じゃ、あなたは無神論者なの？」と藪から棒に訊く始末。

この女とは、I家での夜会の折り、ほんの二言、三言、言葉を交わしたことがあるだけだ。

私はあらゆる意味で無国籍者であり、それは自分で選んだことでもある。わが種族に多大の思考を――またこう言ってよければ、悲しみを捧げ尽くしたあまり、私にはもうわが種族に関心などもちようがない。この不運な連中に、私は食い潰された。そして彼らの子孫は、私の時間の吸血鬼であり、私の時間を一分また一分と消費する。


鉄衛団*？『悪霊』の右翼版、イデオロギー的には、ドストエフスキーが告発した東方正教会の信奉者とは逆の信奉者だが、心理学的にはきわめて似ている。

非ルーマニア的現象。だからこそ、鉄衛団の指導者はスラブ人だったのだ(9)。レトマンの一種。

＊ 前記、二八〇、六九七ページ、注参照。

ユートピアを攻撃したとき*、ユートピアを擁護するつもりだったのに、つい私の深い選択が、無意識の確信があらわになってしまった。

＊ 『歴史とユートピア』（一九六〇年）参照。

S・Tと古代ギリシア人について話す。彼らについては、狡猾、〈弁護士〉、無定見、詭弁家、その他なんとでも言えるが、同時に彼らには別の次元があった。

――その別の次元がなかったら、彼らは何者だったのかね、とS・Tが訊く。

――ルーマニア人さ――と私は答えた。


集団の絶望は、破滅のもっとも強力な要素だ。こういう絶望に陥った民族は、絶望から完全に立ち直ることはまずない。

絶望は〈習俗〉を破壊する。いまルーマニアはこういう事態に見舞われており、残っていたわずかな伝統も、またたく間に一掃されてしまった。
絶望は人を英雄的行為に、あるいは無気力に導く。特に無気力に。

とても敬虔な、ルーマニアの若い詩人ヨアン・アレクサーンドルがハイデガーを訪ねた折りのこと、かなり長い議論を交わしたあとで、彼はひざまずいて、ハイデガーの手に口づけした。ハイデガーは衝撃を受け、シュテファン・Tに、ルーマニア民族に宗教的未来があることは間違いない……この点について何か書くつもりだとまで言った。
……これまで以上に眉に唾してかかろう。

私の友人ヨーン・バーランは、戦前に、*Febre cereşti*（『神々の熱狂』）という詩集を出したが、その後は、いくつかの文学雑誌に、ときたま協力しただけだ。それが現在は、二千レーイの年金を貰っている。〈社会主義〉には確かにいいところがある。

あいつは魂というものがまるでないんじゃないか、もっと正確にいえば、あいつは死んだ物質じゃないか――こんな印象を与えるやつとの長話ほどいやなものを私は知らない。
私は、魂がないやつと言ったので、思いやりのないやつと言ったのではない。同じような言いまわしだけれど、意味するところはまったく違う。問題は思いやりがあるとかないとかということではなく、自分の内部に火があるか、あるいはすくなくとも、まだ冷えていない灰があるかどうかということだ。

九月一一日
少年のころ、私は自分が使命もなければ運命もない国、いつも端役にあまんじていなければならない国の者であることに苦しみ、屈辱を感じていた。現在では、この明白な事実を容認しているが、といっても、無関心からではなく、すくなくとも、ある種の苛立たしさがないわけではない。
ここ数年、自分の国の連中に接してみて、私はあらゆる苦しみから解放され、あらゆる幻想から自由になった。二、三の例外的なケースを除けば、どいつもこいつも凡庸だ。こんなやつらといっしょで、どでかい希望などただのひとつも抱けるわけはない。ところで、傾向からしても好みからしても、私はつねづね常軌を逸したものを求め、それを高く買ってきた。
私の唯一変わらぬもの、それは常軌を逸したものへの好みだ。好みであって、情熱ではないが、それでも、この好みがなかったら、私が倦怠のあまり、粉々になってしまったことに変わりはない。

九月一二日　昨日、ヴァスコ・ポパ*にこんなことを言う。現代のフランス文学を支配しているのはマラルメとレーニンだ。つまり、共通のものはまったくない二人の人間、かたや、極端に洗練された不毛の人物、かたや、博識で幻視家のタタール人だと。

＊　ヴァスコ・ポパ（一九二二―一九九一）、セルビアの詩人、シュールレアリストの弟子。

今日、ソラナ＊が、二時間ぶっつづけに、唯一の真実である沈黙について私に長広舌をふるう。私の本でほんとうに好きなのは、「すべての言葉は余分の言葉だ」という文章だけだと言うが、Sの矛盾は、あまりに明白、あまりに完全なもので、矛盾自体に興味をそそられるほどだ。反ロシアにかけては、彼女ほどスキタイ人めいた者は想像できない。自我の消滅と不在を、個性の超越をとくとくとして説くが、そういう彼女の個性こそ、何よりも圧倒的で、有無をいわせぬものだ。そして私に、共産主義体制との衝突を長々と語って聞かせる。ところが、この点では信じられないくらい慎重で、身の破滅になりそうなことは何も言わない。だが、非難がましい口調で、こうして体制の異常事を列挙してみたところでなんになるのか。そういう異常事があればこそ、彼女はこんなに生き生きしていられるのではないか。なんというヴァイタリティーか、なんと気取っていることか！　なんという虚栄心か。一瞬たりと、自分の文学作品について私に語ることを忘れない。そしてパリの作家のように、自分の作品をなんど引き合いに出したことか！　ただ、私は彼女を恨む気にはなれない。というのも、彼女はひとつの個性だから。それにいかに溌剌とした、鋭い知性であることか！　最後に彼女は私に、*despărtire*（分離）を信じているかどうか尋ねた。私は信じていないと答えたが、別に確信があったわけではない。――じゃあ、死を信じていないのね。なぜなら、死は唯一の *despărtire* ですもの。――私は引き下がり、話にけりをつけようとして、そうは思わないけど、でもそう認めていたこともあるんだとかなんとか言うと、彼女は、そうね、死は分離ではないわねと言いながら目を閉じ、なにやら自信満々の、悦に入ったような表情を浮かべた。

彼女が美人だったら、言葉のあらゆる意味において、どんな華々しい生涯を送ったことだろうか。彼女はどんな人間についても、その〈美しさ〉と〈醜さ〉を話題にする。そして私は、いずれもみな多少とも有名だった、彼女の最初の恋人たちのことを、何度となく思い出した。

つまるところ、彼女はひとかどの人物なのだ。二年まえ、彼女との再会を拒んだ私はなんと愚かだったことか！

＊　前記、三七二ページ注参照。

九月一四日　いまソラナから電話があり、きのう読んだ『悪しき造物主』のことを話す。その意見と批判は、きわめて的確であって、この本についてのどんな鋭い批評より断然すぐれている。だが、私が足をとられて難渋している湿地からは抜け出てしまった、私の立場を越えてしまったと彼女が思っているなら、それは思い違いだ。実際には、彼女は生気溌剌としており、したがって、本質的に不純である。クリシュナムルティに出会ったのは、かえすがえすも不幸だった！　自分のもって生まれた本性に従い、その本性を、万物への愛と自我の克服を説く宗教などでゆがめるべきではなかったのだ。それでも、私のかかえるさまざまの矛盾と不可能事を、私の〈存在〉（なんという言葉だ！）の〈宗教的な〉側面ともども、彼女がみごとに把握したことに変わりはない。

　ソラナの思い違い。この日、彼女は、私が土曜日にカフェでみせた短気な振る舞いを非難する。カフェで私たちが話し込んでいたとき、一人の老ヴァイオリン弾きが喜捨を求めてきた。私が金をやると、何か弾きましょうかと訊く。いま急を要する話をしているところだから、それには及ばないと私が言うと、相手はとても喜んで、繰り返し礼を言う。時間が稼げたのだ。ところがソラナは、私が相手を侮辱し、相手に冷酷な振る舞いをしたと思ったのだ！

　明晰さと頑迷、両者は相伴うことがあるし、それどころか両立するのだ。

　ソラナのもうひとつの特徴。彼女は、今後いっさい人を〈批判〉しないことにした。これはこれで見上げた決心だが、ただ、彼女は情熱的なタチの人間であるから、批判しないでいられるとはとても思われないだけだ。そして実際、彼女は話題の人物を批判する。それもきわめて辛辣に批判する場合が多いのだが、するとその都度、隣人に対して間違った意見はいっさい口にしてはならないと繰り返し、すぐに前言を訂正するような始末なのだ。

　主義主張はもちろん、自分の本性に反する〈理想〉でさえ抱え込んではなるまい。〈神智学〉との関係でソラナを見舞った事態は、知恵の自負との関係で私が見舞われている事態でもある。なるほど、私はよく知恵を切望するが、しかしいまだかつて知恵に到達したことはない。そしてどんなときにも知恵に立ち返るという事実は、私の不安をいやが上にも募らせることにしかならないのだ。正しくありたいと思うなら、私たちは自分の生まれついての傾向に従わねばならない。もし怪物なら、怪物のまま、もし天使なら、つまり同じように怪物なら、怪物のままでいるべきだろう。

　ウージェーヌ・イヨネスコの『殺戮ゲーム』を観る。芝居を観たという印象より、殴りつけられた場所から逃げ出したという印象だ。力強い、途方もない作品、ま、死の舞踏のようなものだが、喜劇的なものはそれほど見られない。爆撃について作品を書くことができるのだろうか。ヨハネ黙示録は、言葉遣いのゆえに、詩情ゆえに美しい。『殺戮ゲーム』には、そういう言葉遣いも詩情もない。でも結局のところ、この作品は、というよりむしろ芝居は存在する。正直なところ、観おわるとくたくただ。
『瀕死の王』の場合は、ひとりの個人が死ぬ。この芝居では、死は無名の、非個人的なものだ。というのも、この芝居で死ぬ人間は、象徴ないしは典型であって、結局のところ、統計学に属するものであるからだ。

悲劇と恐怖とを混同してはなるまい。シェークスピアの芝居では、殺し殺されるのは個人だ。この芝居の場合、登場人物には名前さえない。そして死ぬのは、ひとつの集団だ。これはグラン・ギニョールのようなものですらない。強烈な、そしてお粗末なところのある悪夢だ。だが、繰り返すが、存在する悪夢だ。

ゴビノーという人物に惹かれる——たぶん、その原因は、彼の歴史観の悲劇的な特徴と、彼の名前と切っても切れないおびただしい量の誤解にある。

私がドストエフスキーで好きなのは、デモーニアックな側面、破壊者、自殺の強迫観念——要するに癲癇だ。

夜ふけ、雨の音が聞こえる。生きていようと生きていまいと私にはどうでもいいことだ。それに私は、自分が生きていることを知らない。つまり、まだ知らないということだ。いずれそのうちに、足のタコにひどく困りはてて、生きていることを意識せざるをえなくなるだろう。

自分といっしょに引きずっている、この死体の、つねに変わらぬ、とんでもないこの喜劇。

一九世紀を通じて、ロシアのインテリゲンチアは無神論者だった。私の言う意味は、彼らは無神論によって自分を解放し、自分の立場を明確にしたということだ。今日、無神論が現実のものとなったことを考えれば、彼らは信仰ある者だ。つまり、無信仰を捨て、信仰によって自分を解放したいと思っているのだ。なんという皮肉か!

セリーヌの手紙。彼が褒めているたった一人の作家は……ポール・モーランだ(アンリ・バルビュスを忘れるところだった)。彼にとって、プルーストはほとんどゼロ。作家だったら、どう考えても、彼が軽蔑している者にしか価値を認めないだろうに。

作家がほかの作家について述べた意見の歴史を書くべきかも知れない。どうしようもない……嫌悪感を覚えずには、この歴史は読めまいが。

九月一八日

セリーヌの〈友人〉ヒンダスによれば、ユダヤ人はセリーヌを恨むべきではないとのことだ。女性はストリンドベルイを恨むだろうかというわけだ。

そうかも知れない。だが、女性絶滅をおっぱじめるような、女嫌いのヒトラーなどいなかった。女性たちが苦しんだのは、ストリンドベルイのせいではない。だが、ヒトラーがのさばっていた、その時期に、反ユダヤ人論を書くのは、ゆゆしい行為だとユダヤ人が考えたとしても当然であろう。

セリーヌの過ちは、ユダヤ人への賛否両論を書かずに、反論だけを書いたことだ。


反ユダヤ主義の根深い理由。つまり、こういうことだ。ユダヤ人は派手な言動でひどく人の耳目を引き、ひどく押しつけがましいからであり、戦術、あるいは手練手管にすぎないにしても、人目を避けようとはしないからである。私は、ユダヤ人は場所ふさぎなんだよ、という言葉を思い出すが、これは穏健なフランス人の典型とも、〈古いタイプ〉ともいっていいドリュアール医師が、ユダヤ人に関して使った言葉だ。

その才能の代償ともいうべき、ユダヤ人の途方もない自尊心。彼らがドイツ人と共有しているのは、まさにこの極端さだ。彼らは、しかるべきときに立ち止まるすべをまったく知らない。そして歴史上、類を見ない極端なものへの情熱で、なにごとも徹底的に突きつめる。（私がここで特に考えているのは、フロイトのことだ。彼の振る舞いは、著作においても現実の行動においても、セクトの創始者のそれだった。精神分析は方法ではない。宗教のまがいものだ。精神分析医が聴罪司祭の代りになっているのは、理由のないことではないのである。）

古代の神々は人間のことなどバカにしていたし、人間が富みさかえ、幸福であったりすると、たちまち人間を破滅させたものだ。キリスト教の神は、これほど嘲弄好きでも、これほど妬み深くもない。だから人間には、自分の不幸を神にかこつけるという慰めすらないのだ。キリスト教徒のアイスキュロスがいない（あるいは不可能な）理由は、最終的にはこの点に求めなければならないのかも知れない。善良なる神は悲劇を殺した。ゼウスのほうがはるかに文学に貢献した。


フランス文学の現実の含有量は、急速に減少しつつある。なぜか。もうなんの役割も果たそうとは思わず、現実から下りるにしくはないと考え、断念こそ無上の喜びと心得ている民族、こういう民族は、精神の面で、豊穣ではありえない――前進し、あるいは目的を達成するには、精神の面での豊穣こそ、精神的か否かを問わず、あらゆる征服の基礎だ。享楽者どもといっしょでは、私たちは足踏みする。つまり、幸福をめがけて走るが、この競争は、その場での遁走にすぎない。

ボール・ヴァレから電話。ユダヤのとても美しい諺を引用して聞かせる。だが、アラブの諺のほうがずっと美しい。彼が引用したそのうちのひとつは次のようなものだ。いわく、「もの分かりのいい者だけを軽蔑せよ。」

九月一九日

昨夜、一時間以上も歩きながら、シカゴから来たジェリー・ブラウアーと話し合う。このまえ最後に会ったとき（四、五年まえ）、会話はこんなにスムーズにはいかなかった。ジェリーの、いかにもアメリカ的な楽観主義では、私の将来の見方は容認できなかったからだ。いまは、意見が合う。数年のうちに、典型的なアメリカ人であるジェリーにも、悟るところがあったのだ。と同時に、彼はもう幻想を抱いていない。この点から考えるに、アメリカそのものが事態を別のように見るようになり、ことはまったく個人的な〈転向〉ではないということだ。

「もの分かりのいい者だけを軽蔑せよ。」――諺としては、みごとなものだ。――〈考え〉としては、根拠のない逆説めいたところがありそうだ。

〈もの分かりのいい〉者というのは、知識がある、言い換えれば、もう求めようとはしない者のこと、あるいは、ものが分かるというのは、〈不可解なこと〉に関心をもつことができず、それを無視すること、体質的に浅薄であること――と考えることもできる。……深遠な人間は、もの分かりがよくない。……つまり、この諺の根本的な考えは、真実は知識にはないということだ。

いわゆる〈ペシミズム〉とは、存在する一切のものの苦しみを味わうすべ、つまり〈生きる知恵〉にほかならない。

B・Tは、ラシナリとパリ以外のところでは生きていけないと誰にでも言う。

パリについてのきみの考えは甘いよ、きっと私より運がいいんだろうと、彼に言えればいいのだが！ 生まれ故郷で生きること――これは万人の掟であるべきだろう。この都市と私に、どんな共通のものがあるのか。ある種の熱気、ただそれだけであり、しかもそれは、底の浅いものだ。同じところで生まれて死に、同じぬかるみに足跡を残しつつ、幻想を抱き、幻滅すること。突然、ラシナリの墓地、そのめぐりで、幼年期の大部分を過ごした、あの墓地の土の色が脳裏によみがえる。これは悪しき文学ともいうべきものなのか。あらゆる望郷の思い出には、古くさい、田舎めいたものが、文学的にいかがわしいものがどうしてもつきまとう。もし文学が、あの呪われた文学がなかったら、あらゆる感情は偽りのないものだろうに。そして何ひとつ古びるものはなく、すべては現実のもの、永遠のものとして生きつづけ、良き趣味と悪しき趣味の凶悪な力に屈することはあるまい。主よ、われらを救いたまえ。あの並ぶものなき怪物である「趣味」が、わがもの顔にのさばっている、あの王国からわれらを救いたまえ！

九月二〇日　シュテファン・ツィンクから手紙。さきごろ死んだ彼の兄弟ペートレの件で、私が書いた手紙への返信だが、それによると、ペートレは、死ぬ数か月まえ、もう一人の兄弟ブクールに宛てた私の若いころの手紙を集め、私の〈デビュー〉について何か書くつもりだったとのことだ。なんという皮肉か！　若かったとき、このペートレほど私が尊敬していた者はいなかった。ロマンティックでシニックで、野心家でのんき者だった彼は、例外的な生涯（なかんずく、革命家の生涯）を送る上で欠かすことのできない才能をすべて兼ね備えていたが、結局、その可能性は実現されることはなかった。しかし、それがなんだろう！　いずれにしても、ある傑出した雄弁家が、しがないサラリーマンになり、世間から忘れられ、ほとんど哀れな無名の人になるのを目撃するのは、一種、崇高なことだ。

若いころ、私は手紙を書くのが好きだった。その手紙の大半は失われてしまった。ソラナは四〇通ほどもっていたが、スターリン時代、恐怖にかられて燃やしてしまった。みんなが同じことをしたに違いない。そんなわけで、私には、四〇年まえ、私がほんとうはどんな人間だったのか知りようがないのだ！　やはり残念だ。というのも、現在の私は、あの熱狂と狂気の遠い昔の私の、取るに足りぬ反映、あえていえば戯画にすぎないと思うことがよくあるからだ。当時、私は狂っていた。そしていろいろなことを途方もないほど知っていた……

九月二一日　昨日、カルナヴァレ博物館で、タレーランの肖像画を眺める。異常に繊細な顔、かすかな微笑、想像していた通りだ。

タレーランに比べれば、ナポレオンは下層民の、フランス革命の指導者たちは俗物の感じがする（ダントンのつらときたら！）。

これに反し、ロベスピエールには、気取った、わざとらしい気品が、意図的な、計算された衰弱が見られる。

私が精神分析に見るのは、人間の精神の堕落を何よりも明瞭に示唆する現象だ。

真夜中――。ついいましがた、上院まえの、あの小さな公園にさしかかったとき、一陣の風に木の葉が散った。その、あまりに急激な落下に、秋の最初のきざしにいつも感じる、あの感動を味わういとまもなかった。

九月二二日　「おまえは私の内部にいたけど、私は自分の外にいた。」（アウグスティヌス）

齢《よわい》を重ねるにつれて、自分は非‐キリスト教徒との思いがますます募る。歳をとれば、逆の事態になるはずだろうに。精神の水準が低下したのだろうか、それとも逆に、成熟したのだろうか。私には分からない。だが確かなのは、私がキリスト教以前の知恵にますます親近感を覚え、ギリシア悲劇が、福音書とは比較にならぬ深い反響を私の内部に呼びさますということだ。

エルサレムが遠ざかるのは、私なら、まさにアテナイ人のためではなく、全異教徒のためだと言うだろう。

「宿命」という言葉は私にはよく分からない。ただ感じるだけだ。

キリスト教のものの見方よりギリシア人のそれのほうがどうして好きなのか、その理由は分かっている。悲劇の時代のギリシア人が、神々には冷酷で情け容赦ない力があり、神々は、人間を犠牲にして自分たちのむら気を満足させることしか考えていない、したがって、あらゆる点で人間に劣ると思っていたからだ。この考え方は、善良で情け深い神、はっきり言っておけば、その無能ぶりが一目瞭然の神というキリスト教的な考えより、私にはずっと正しいものに思われるし、いずれにしろ、現在の事態にずっとよく当てはまるように思われる。ゼウスは全能の卑劣漢だった。彼は全能だったから、人々はどんな目にあわされることも覚悟していた。不幸な事態に見舞われれば、この神に哀願したが、神が助けてくれるとはいささかも思っていなかった。「神は善良であるという観念は、プラトン以前のギリシア人の頭についぞ兆したことはなかった。というのも、正義の観念にもまして、神の善良という観念は、力の概念には含まれていないからである。」（フェステュジエール）

キリスト教の神は私たちを欺くだけだ。つまり、できもしないことを約束するからだが、それに引きかえ、ゼウスとその配下の神々は何ひとつ約束しないから、私たちを欺きようがなかったのだ。彼らは保護者にして同時に敵であって、人間にはただ一つの常軌逸脱、つまり不幸の状態しか許さなかった。それ以外のことでは、彼らは妬み深く、彼らの奴隷どもの、これ見よがしの幸福を目にすると、たちまちすさまじい嫉妬にかられるのだった。こういうことはすべて真実であり、〈現実〉に当てはまる――それに引きかえ、私たちはキリスト教において虚偽を犯している。おそらく崇高な虚偽だろうが、しかし虚偽であることに変わりはない。

午後、ピオトルと彼の妻に次のような話をする。ここ数年、私の甥の三人の子供の面倒をみている。パリでいちばん金持ちの女性から提供された衣類を子供たちに送っているのだが……いずれにせよ、この三人の恵まれない子供たちは、ポケットに一銭もなく、みんなに見捨てられ、とても見られたざまではなかったのに、あるときから、シビウでも一番いいなりをするようになった。これが彼らには仇となった。というのも、冷静な判断ができなくなってしまったからだ。もし私が彼らの身なりに気を使うことがなかったら、きちんとした身なりをするよう努力しただろうし、自分たちの境遇をもっとはっきり自覚したことだろう。けだし、慈善家はいずれも有害なものだ。考えてみれば、私にしても、援助の手を差しのべてくれた連中にどんなに痛い目にあわされたことか。彼らの援助がなかったら、私は、よりいっそう努力し、自分のもてる力を発揮して、なんとか一人でやってゆかねばならなかっただろうし、仕事ももっとしたことだろう。ところが、援助の手を差しのべられると、もっけの幸いとばかり、決まって何もしなかった。何もしないドラ息子ののほほんぶりが分かるというものだ。どうして何かをしようとして頑張らなければならないのか。ぜいたく好きの動物は……動物としては、なんの価値もない。追いつめられていない人間にしても同じだ。彼には自分を抑えたり、あるいは他人に逆らったりする必要はなく、成り行き任せであって、無益に歳月を過ごしているだけである。博愛の反道徳性！

午前〇時三〇分。信じられないほど激しい内的緊張、しかも理由はない。気まぐれな考えに耽って自分の能力をあたら無駄にせずに、ある一つの主題に注意を傾注すべきだろう。

不都合——私のいちばん好きな言葉のひとつ。それに私が物事の痛ましい側面ほどではないにしても、もっぱらその否定的な側面だけしか見ていないのも紛れもない事実だ。信仰なき受難者。異教徒の受難。

九月二四日　このところ、書き落としの過ち（文字を書き落とすのだ）、あるいはまったく単純な過ちがますますひどくなっているが、原因は、脳髄という、あの伝達システムがどこかで故障しているからだ。たとえば、今日も、ある手紙に、いったん vous **aurez** と書いたあとで、vous *aurais* と訂正したが——これはうっかりミスではなく、考えつめた上でのミスで、しかも不安を抱かせかねないほどお粗末なミスであることを考えると、常軌を逸したことだ。こういうヘマをよくやらかすのは、決まって、夜ろくに眠れなかったときだ。もともと健全とはいえない私の精神が、不眠で大混乱に陥るのだ。ずっと眠られぬ夜を過ごしたあとでは、私はほとんどボケの状態である。眠りかそれとも狂気か、これが……四〇年来、私に突きつけられた選択である。

『トラーキースの女たち』（ソポクレス）

ヘラクレスの息子ヒュロスは、この作品の最後でこう言っている。「友よ、私がしなければならないことをどうか大目に見てもらいたい。そしてこういう事態を招いた神々を非難するのだ。この私を生んだ神、ヘラクレスが父と呼んでいた神は、こうして私を苦しめているのだ！」そして彼は、次のように結論づける、「……痛ましい多くの死者たち、途方もない多くの苦しみ、これらはみなゼウスの仕業だ」と。
英雄たちを見舞った不当な災難に責任があるのは神――こんなキリスト教の悲劇（これはほとんど言葉の矛盾だ）が想像できようか。

時間の経過、時間そのものが、瞬間の不連続性もなく、経過の本質と化している――こういう事態を私たちが知覚し、確認し、経験するのは、不眠の夜を過ごしているときだ。すべては消えうせ、沈黙が無限に広がる。聞き耳を立てても、何も聞こえず、何も見えない。感覚はもう外部に注がれることはない。外部はもう存在しないからだ。こうしてすべてのものが沈黙に飲み込まれても消えずに残っているのは、私たちをよぎり、そして私たちそのものである、この時間の経過であり、それは、眠りが訪れるか、それとも夜が明けるかしなければ、途絶えることはあるまい。

ついいましがた、外出してラシーヌ街を横切ろうとしたとき、だしぬけに、ツェランの墓のことを思い出した。私が彼の死んでしまったことを、つまり、もう二度と彼には会えないことを知ったのはこのときだ。
（これがだれかの死を〈実感する〉ということなのだ。というのも、私たちがだれかが死んだということを理解するのは、彼がもうこの世にいないことを知ったときでもなければ、葬儀に参列するときでもなく、数か月後あるいは数年後に、これといった必要もないのに、突然、彼のことを思い出すときだから。
私は特にツェランが好きだったわけではない――あの独特の傷つきやすさを見るにつけ、彼を疎ましく思ったことはよくあったし、それに私に対して、彼がひどい振る舞いに及んだこともなかったわけではなく、酷薄な面さえ見せたことがあった――だがそれでも、彼には微笑が、私がかつて知ったとびっきり美しい微笑のひとつがあった。そしていま、唐突に彼のことを考えて感動めいたものを覚えたとすれば、それは彼が私のために存在していたからだ。）

一九七〇年九月二四日――古代人には罪の意識はなかったとのことだが、そうかも知れない。だが、問題は、良心の呵責を知らなかったかということだ。知らなかったと言うのはバカげていよう。もし知っていたとすれば、古代人にはそれなりに、キリスト教徒たちがこれみよがしに鼻にかけている、あの罪の意識があったのだ。

『トロイアの女』で、ヘカベーは、トロイアは幸運に恵まれすぎたがゆえに、滅びなければならないと言う。これは古代の考えだった。ヘラクレスは、やることなすことすべてうまくいったために罰せられる（またヘラの嫉妬もある。夫のゼウスが人間の女アルクメーネーとのあいだにヘラクレスをもうけたからだ)。

(ギリシア悲劇に共通の、こういうものの見方を思うにつけ、満ち足りるということを知らず、自分たちの境遇にバカげたほど不満の享楽者どものつくる西洋の世界、言語道断な富に鈍麻した、この西洋の世界は、トロイアの運命を経験するだろうと思わないではいられないときがある。というのも、神々は嫉妬深く、そしてここ西洋の世界では、ほかのどこと比べても、〈幸福〉(また幸福の追求)は、限界に達したからだ。)

「最後の聖者」――メレジコフスキーは、第一次大戦まえに書いた、サロフのセラフィームについての研究書にこういう表題をつけた。

私もできれば、同じ表題で、ラーマナ・マハルシについて書いてみたいと思っている。最後の聖者は現在もいるし、今後も現れることだろう。(西洋人は、ラーマナ・マハルシに、いままでずっと社会問題の問いをつきつけてきた。社会問題を解決するのが聖者の役目といわんばかりに。聖者は進歩主義者でも反動でもない。こんな対立は越えている。彼の関心は、人間の直接的な貧困ではなく本質的な貧困にあり、もし彼が努力しているとすれば、この貧困の改善のための努力だ。というのも、ほとんどいつも、彼はただこの貧困を確認し、人にその存在を教えているだけだから。実は、彼は他人の目を開かせているのだ。つまり、精神の盲目と戦っているだけなのだ。彼には解決策も回答もない。ひとつの……及びがたい例を提示しているのである。)

九月二五日　神経が昂り、興奮状態。散歩すべく外出したが、これは賢明な策だった。ところがあいにくなことに、いつもの散歩道の最初の本屋で立ち止まってしまい、本をしこたまもち帰ることになってしまった。しかも、なくたっていっこうに構わないような本を。

世界帝国を手にしていたら、私はいつも退位のことしか考えないだろう。カール五世は、たぶん私がいちばんよく理解できる人間だ。世界に飽き飽きした征服者――これが私の人間のモデルであり、私に許容できる英雄的行為の唯一の形態だ。

デンマークに亡命したセリーヌに最初に関心を寄せたのは、ミルトン・ヒンダスという、あのアルメニアのユダヤ人だったが、彼にはセリーヌの興奮とヒステリーがよく分からず、その正確な原因をつきとめることもできなかった。ところでセリーヌは、自分は不眠に苦しんでいて、一時間ごとに睡眠薬を飲むときもあると、倦まずヒンダスに語っている。彼のすさまじい、ほとんど途絶えることのない興奮状態の説明は、この点に探らなければならない。セリーヌは「いずれにしろ、眠れないんだよ」と絶えず語っているのだが、解釈するほうのヒンダスは、あれこれ推測して迷ってしまい、何も分からずじまいなのだ。

私がド・メーストル論(10)を書いていたとき、事実をいくつも積み重ねてこの人物を説明する代わりに、彼は夜せいぜい三時間しか眠らなかったという事実を、ひょっとして読者になるかも知れない人に想起させさえすればよかったのだろう。それだけで、もの書きの、あるいはそれ以外のどんな人間の、常軌逸脱ぶりも情熱も、戦慄も激しさも読者に理解してもらえる。この重大な、おそらくもっとも大切な細部を、私は提示するのを怠った。人間は、両立しがたい二つのカテゴリーに、つまり、眠る者と眠らない者とに別れること、そして両者はそれぞれ伝達不可能な二つの世界に相当するものであって、かくまで彼らは異なる現実と世界に属するものであることを考えるとき、これはかえすがえすも残念な書き落としであった。

客が来るのを待っているとき、いつも私は、どうしても言わなければならないさまざまの思いが押し寄せてくるのを感じる。これらの思いはたがいに押し合いへし合いし、そしてついには相殺し合い、私の焦りと苛立ちに圧倒されてしまうのだ。

寛大な素振りをそっと示す自分の姿を何度となく想像するが、やがて思い直す。というのも、親切を施すのは、不躾でもあれば遺憾なことでもあるから。施しをするのは、自分にはなんでもできると思っている者の、いずれは犠牲になることだ。相手になんらかの好意を示したからだ。

相手の孤独を守るためには、一貫してケチに徹すること。

九月二六日　昨日、サムそしてシュザンヌとともに、すばらしい夜会。〈高貴な〉という形容詞に意味があるとすれば、それはサムに当てはまる。彼にぴったりだ。

私の国、それは祖国ではない。治らない傷だ。

(ユダヤ人だったら、同じようにこうも言えるだろう。ユダヤ人であることは条件ではなく傷だと。)

実現されてしまったことは、悲劇的な展開に役立たない限り、もうなんの興味も惹かない。言い換えれば、不幸なものとはいえぬあらゆる事件は、事件としての特徴をたちまち失ってしまう。

(あるいは、ある事実を事件に変えるのは、不幸だけだとも言える。記憶の女神ムネモシュネ、つまり「歴史」が、その究極のメッセージを伝えなければならなくなったら、「不幸をもたらすことのない事件に災いあれ！　そんなものは、跡形もなく消えうせよ！」と言うだろう。)

Permissive society。社会道徳上、どんなことでも許容され、すべての面が弛緩している。言葉も例外ではなく、統辞法は崩れ、〈厳密さ〉など守られていない——フランスでは新しい事態だ。曖昧さの、おおまかさの勝利、ニュアンスの破壊。

　昨日、同国人のTにこんなことを言う。現在では、どんな表現も許されるけれど、でもためしに遺言を書いてみれば、昔の正確な書き方がどうしても必要なことが分かる。私たちの利害がかかっているとき、ことの重大さからいって、最低限の綿密さ、表現能力がつねに必要とされる。もちろん、譫言をいって悪いというわけではないが、でも絵空事でも、譫言は一定の限度以内にとどめるべきだろう。そうしないと……


　私の不幸は、フランス語の本を書く上で自分独自の文体をつくり出したいと思ったことだ。理解はできるけど許しがたい、よそ者の反応。


　ユステの僧院に隠棲したカール五世は、もう自分を王と呼んではならず、皇帝としての扱いをやめるよう人々に命じた。「わしはもう何者でもない」——これが彼の口癖だった。

　彼が権力の放棄を思い立ったのは、ずっと前のことだった。数年まえには、この願いをガンディア公に打ち明けているが、後にフランソワ・ボルジアとなる公もまた、カール五世と同じように、その職務と肩書のすべてを放棄することになる。

　カール五世の場合、驚くべきはその貪食ぶりだ。痛風を患っていたにもかかわらず、あろうことか、猟肉をたやしたことがなく、イタリア人の侍医がビールは飲まないように懇願しても、飲んだってどうということはないと答える始末。こういうことが何もかも——もちろん、かなり奇妙なことだが——彼の深い倦怠感と放棄の意志に結びついていたのである。


　いままでずっと、私は放棄に熱中してきた。だが、私には放棄するものがなかった。それでも、寄せ集めれば、大がかりな放棄に充分匹敵するささいな断念を、果てもなく繰り返してきたことに変わりはないだろう。

Gegen den Tod ist kein Kraut gewachsen*。

＊　死に効く薬はない。

退屈な、眠気をもよおす夜会。ほとんど絶望に、怒りに近い倦怠。

　何も言わず、ただそこにいるだけで退屈を発散させる人間がいるものだ。たとえしゃべったにしても！……

　ほんとうの拷問者というのは、私たちを殴る者のことではなく、私たちを退屈させる者のことだ。

　だれかがいるのに退屈しているとすれば、私たちは試練を受けているのであり、自分の意志に反して、拷問部屋にいるのだと思わなければならない。

少年期のもっとも鮮明な、もっとも悲しい思い出のひとつ。私は九つか十だった。二輪馬車でシビウに連れて行かれた。後部のワラの座席に坐っていた。町の、ある教会の尖塔が見えたとき、胸が締めつけられた。熱愛していた、あの生まれ故郷の村の楽園から私は切り離されたのである。

九月二九日　一〇年ちかくも前のこと、ある医者に、どうも消化の具合がよくないと訴えたところ、「食事は楽しんでしなければ駄目ですよ」と言うから、「楽しく食事ができれば、診てもらいには来ませんよ」と答えたことがある。

こんなことを思い出したのは、つい最近、S・ベケットが、いささか型やぶりの医者ジャン・メネトリエに診てもらいに行ったときの話を聞いたからだ。医者は藪から棒に、「あなたはオプティミストですか」と訊いたとのことだ。

『勝負の終わり』の作者に、こんな質問をするとは!

現代と戯れる権利はだれにもない。それは私たち自身の生と戯れるよりずっと由々しいことだ。

信者なら、存在する「者」との親密な関係で充分なはずなのに、神以外の者と話し合いたい、人間に認められたいと思うのはどうしてなのか、私には合点がゆかない。

名声、評判、名誉など——こんなどうでもいいようなものに意味があるのは、無信仰の連中にとってだけのはずだ。にもかかわらず、信者の振る舞いは彼らと寸分たがわない。ということは、私たちが古い人間から自由になっていないなによりの証拠だ。

ヤハウェのように、あるいはゼウスのように、横暴で、妬み深く、気まぐれな神、こういう神は考えられなくはないが、キリスト教徒の神について言われるような、善良で、何かと世話をやく、父なる神となるとそうはいかない。

もし奇跡があるとすれば、この「父」の理想像——現実によっては決して正当化されることのない——が、二千年のあいだ、正当とされたことだ。〈人格神論〉は、実をいえば、典型的な妄想の体系だ。

信仰は途方もないものだ。ただし、それを概念に翻訳しようとしなければの話だが。どんな定式化も、信仰にとっては致命的である。

カトリシズムがなかったら、スペインには歴史はなかったであろう。つまり、永遠の〈乱痴気騒ぎ〉、絶えざる混沌だっただろう。カトリック教会は、この民族の狂気を抑え、民族の実現を達成することができた。貧困と神――神を糧にした国家。
いまとなっては、その興味たるや私たちにはなきにひとしいものと見える『書簡』、そんな『書簡』を書くのに、パスカルともあろう人間が天分と時間とをしたたかに費やしているのをどう説明すればいいのか。あらゆる論争、人間とのあらゆる論争は古びる。『パンセ』では、論争の相手は神だ。この点で、これはいまも私たちにいささかかかわりがある。

古代の悲劇をつづけざまに読むと、これらの悲劇が文学の一ジャンルであって、さまざまのジャンルの制約と〈要領〉にしたがっているものであることを知って愕然とする（あらかじめ承知の上なのに……）。
それはそうなのだが、しかしここでは人間が呼吸している。そしてそれが私たちを捉えて放さない。まるで文学ではないかのように。

〈古い人間〉について
いま、あまりの暑さ（九月も末だというのに）のため横になり、はるか昔の事件をあれこれ考えはじめたところ、ジプシー生まれのルーマニア人Pの顔が、不意に過去から浮かび上がった。あるとき、私はこいつにさんざんな目にあわされたが、その場で、仕返しをすることはできなかった。そのうち、彼は死んでしまった。にもかかわらず、彼に――たったいま――抱いた突然の憎しみのあまりの激しさに、私は愕然とした。いまも彼が生きていたら、殺していただろう。なるほど、この激しい怒りは長くはつづかなかった。五分後に私は立ち上がり、この愚かな怒りを書きとめなければならなかったのだから。だが、重要なことは、事件から四半世紀もたっているというのに、怒りがこみあげてきたということだ！　もし必要なときに、あいつを罰していたら、あいつのことなど二度と考えはしなかっただろうし、ずっと前に許していたことだろう。

生まれつき不安にさいなまれている人は、不安を探す。彼にとっては、不安の種にならないものはなく、どんなものでも不安をかき立て不安を募らせる――〈罪〉が好きな人にしてもそうで、この好みをもちつづけ、それを満たしてくれるような機会ならどんな機会も取り逃がすようなことはあるまい。だから、生まれついての不安（いわゆる〈先天性の〉不安）は治すことはできないのだ。治そうとすれば、患者の精神のバランスを、言い換えれば、その生活と健康の土台ともいうべき不安そのものをどうしても損なうことになる。不安神経症の者には手を出すな――これこそあらゆる精神分析医の第一の信仰箇条となるべきだろう。これは聴罪司祭のよく心得ていることであり、彼らがその患者ともいうべき信徒を、余人には真似ができないほど巧みに保っていられるのはこのためだ。

アングロサクソンの実証主義ほど無味乾燥なものをほかに知らない。さまざまの宗派の氾濫する国、信仰が浅薄で、一般化されている国にこそ、思想を分析して、それを命題の解剖学に還元する、こういう傾向が反動として生まれたのだ。体系的な反‐形而上学は、形而上学至上主義に劣らず退屈だ。

懐疑思想のニュアンスを帯びた論理分析は、反語的な距離というものを前提にしているが、こんな距離でもって形而上学的考察などできるわけがない。

私は独特の懐疑思想を発明した。すなわち、息もたえだえの、熱狂的な懐疑思想、熱狂と推論の組合せ、ただし、熱狂のほうが優勢な。

九月三〇日――自由を信じても詮ないことで、私には、自由は必然よりも現実性があると認めることはできない。私たちが自由なのは表面上のことであって、根本的には私たちは自由ではない。普通、あらゆる事態は、あたかも私が自分の行為の、それどころか自分の〈運命〉の絶対的な主であるかのように起こるが、もうすこし本気になって反省してみれば、まるでそんなことではないことがすぐ分かる。

自由は健康な人にとってのみ意味があり、病人にはほとんど無意味だ。

死なないのは私たちの自由なのか。

ロシアは「権利」と「国家」を受け入れるのをしぶったが、これについて、ロシアには廉直の人より聖者のほうが多いからだと言われたことがある。

「人々がこぞってあなたがたを褒めたたえたなら、災いと思え！」（「ルカによる福音書」、第六章二六節）[11]

なんという途方もない言葉だろう！　だがキリストは、この言葉で自分の最期を予言していたのだ。あらゆる人間、反‐キリスト教徒も、根っからの無信仰者も、いや、とりわけ彼らがキリストを褒めた。したがって、彼は破滅の瀬戸際にいるのだ。それどころか、すでにして厄介払いされているのだ。彼の支配は過ぎ去った。あらゆる者の承認によってどうして自分が厄介払いされるのか、その理由は彼には分かっていた。

「沈黙は人間を神に近づけ、この世において人間を天使の同胞《はらから》にする。」（サロフのセラフィーム）

沈黙は私たちを神に近づけると聖者が言うのはもっともだ。私たちが神を、つまり、分析には抗えないにしても、それでも私たちの沈黙を満たしている誰か、あるいは何かを知覚できるのは、私たちの内部で一切のものが沈黙しているときだ。私たちが自覚し、育て、あるいは希求する沈黙、それはすべて神秘経験の可能性に帰着する。

沈黙は祈りよりずっと深い。祈りが不可能であるときこそ、沈黙はいちばん深いから……

サロフの聖セラフィームは、一五年間というもの完全な隠遁生活を送った。時々、司教が隠棲の場に訪ねてきても、彼の僧房のドアは開かなかった。彼が奇跡を行うようになるのは、この孤独と沈黙の長い時期を過ごしたあとだ。

九月三〇日――私の同国人のひとりについて、ガブリエル・マルセルは私に、いささか〈がさつ〉だと思ったと言った。

育ちの悪いやつを指していうには秀逸な婉曲語法。

奇跡を行うのは、神の代わりになることだ。（といっては、必ずしも正しくない。なぜなら、ある聖者――あるいはある魔術師――が自然の法則を犯そうとするにしても、やはり神の助けを必要とするからだ。いずれにしろ、たったひとりで奇跡が行えるとは思っていない。ペテン師でさえ、意識してはいないにしろ超自然的なものを当てにしている。）

もし聖性を謙虚と同じものと見なすなら、聖性は無意味だ。それは謙虚どころか、狂おしいほど激烈な自尊心の現象だ。

あらゆる分析は命取りだ。哲学などくそくらえ！　存在するのは、衝動、はずみ、熱狂、〈舞踏〉――思考を妨げ、思考を飛び越えるものだけだ。

反抗は生命力のしるしであると同時に、形而上学的貧困のしるしでもある。ことの本質に、たったひとつでもいいから、ことの本質に迫ったことがあるなら、私たちはまだ反抗することはできても、もう反抗など信じてはいない。

サルトルという人間が私には分からない。どうしてこれほどまで自分がもの笑いにされていると思わないでいられるのか。彼がアルザス生まれの人間だということが、たぶん、おおいにあずかっているはずだ。ここにいるのは、裁判所に自分の逮捕を懇願し、証人として出廷するあらゆる訴訟で裁判所に嘆願し、自分は極左主義の〈ダミー〉じゃない、極左主義の思想は、全部ではないがほとんどは認めると宣言する人間である――ところが、裁判所は、彼の嘆願などどこ吹く風というありさまなのだ。哲学はユーモアとは両立不可能らしい。そして私は友人の哲学者のことを考える。この哲学者ときたら、知り合いのあらゆる連中について、彼（あるいは彼女）は、私を尊敬していると抜かすのだ。

精神朦朧の状態で一日を過ごす。

この状態には、哲学上の構想作業が含まれている。それは一種の深い痴呆化、思想の期待である。


一〇月一日——昨日、Dのところで夜会。

私はこんなにもバカげたことが言える人間なんだ！

（いままで私がなんとかやって来られたのは、私にバカげたことを言う才能があったからだ——『与太を飛ばす術』という本を書くべきだろう——バカなやつ兼、座持ちのうまいやつ。）

彼は哲学者だった。自分の書いたものが読みづらいのではないかと恐れたことはないし、それどころか、読みづらさをひたすら願ってさえいた。


R・アベイオは、その考えの上でも生活の面でも、女性というものを買いかぶりすぎている。ということは、どこかに悪いところがある明白な証拠だ……女性（どう呼べばいいのだろう、とりあえず、浅薄な、と言っておこう）と対置される〈最後の女性〉についての彼の考察は、子供じみた哀れなもので、ひどい経験不足ないしは欠陥をさらけ出している。それは、よくとも、まあ欲求不満の人が考えそうなものだ。

だが、人間アベイオには魅力がある。そんなわけで、彼が女性になぜかくも寛大なのか理解に苦しむ。（もっとも、だれかが女性を話題にすると、女性を定義しようとしてかかるやり方がどんなものであっても、その人間は、とたんにうさんくさくなる。まるで女性の主題は、若者の、そして年齢とは無関係のバカ者と性的不能者の専売特許でもあるかのようだ。）

パリを去ること百キロ、そんなところに〈地所〉を持ち、毎日、二、三時間は手仕事ができる。土地を掘り起こし、建物を修繕し、取り壊し、建てる——手を使ってできるもの、没頭できるものなら、なんでもいい——これが私の夢だ。もうずっと前から、私はこういう仕事が一番だと思っている。不満も覚えず、つらい気持ちにもならず、満ち足りた気分に浸れるのは、こういう仕事だけだ。それに引きかえ、知的な仕事には、私はとっくに興味をなくしているし（本は相変わらずたくさん読んではいるが、得るところはそれほどない）、また期待を裏切られている。なぜならそれは、私が忘れたいと思っているあらゆることを呼び覚ますからであり、そして私が長いこと取り組んで解決できなかった問題との不毛な再会にほかならないから。

私の国の連中は、西欧などに来ずに、ロシアに行ったほうがずっといいのに。ロシアでなら、自分たちとほぼ同じような問題をかかえている話し相手にずっと簡単に会えるだろう。どうして彼らは、ロシアこそ自分たちの精神の中心であり、自分たちの希求するものを探究するところであり、さらには、精神にかかわる問題がほかのどこよりも深刻で喫緊なものであるところだと思わないのか。ところが、彼らは西欧にやって来る。そしてここ西欧で、自分たちが避けていたことにぶっつかり、だれからも、どんな回答も、ほんとうの助けももらえず、つまりは、希望も与えられないのだ。とんでもない思い違いだ！

一〇月三日　外部からいささかも強制されたわけではなく、みずからの決断で、何年にもわたって、沈黙を自分に課し、だれにも言葉をかけない――こういうことができる人間は、たとえ聖者の並はずれた能力をもっていても、別にどんな宗教上の〈使命〉などもってはいないだろう。

　だが、宗教的な資質なしに、聖性への多少とも意識的な傾向なしに、どうしてこんな決断ができるのか。

　昨夜、ひどく気の合う友人たちと席をともにしていたとき、どっと疲れが出る。夕食会のあいだ、わずかに二度ほど口を開き、ひどくありきたりなことを言うのが精一杯だった。Ｒ・Ｃが興に乗って盛んに弁じ立てていたにもかかわらず、私は退屈していたが、その原因が肉体に、奇妙な疲労（午後、ちょっと眠ったのに）にあることはよく分かっていた。そして自分の意志に反して、快活に振る舞うことができなかった。元気が湧かなかった。倦怠には、ほとんどつねに内的原因がある。よく酒を飲んでいたころは、その原因を骨抜きにすることができたが、酒を飲まなくなってからというもの、私は倦怠に圧倒され、そのなすがままであって、いわば倦怠は、私を支配し打ちのめす非人称の体調のようなものだ。それは本質的に悪魔的なものだ。その倦怠から逃れようと、私はわずかばかりのことを企て、それを〈実現した〉。だが、膨大な空白、私の〈生涯〉を決定している放心の莫大な総量、これらは倦怠のもたらしたものだ。私は倦怠を、自分の内臓に、体じゅういたるところに、わが生理学の最深部にありありと感じる。まさに根絶不可能な病。退屈している人間は、不可能を可能にすることができるかも知れないし、誠実な人など及びもつかぬことをやってのけるかも知れないが、倦怠だけはどうにもならないだろう。

　倦怠をどう定義すればいいのか。消化不良と宇宙的大惨事の混合。

　さて、それでは仕事をするとしようか。決心はついた。やれ気の毒なことよ。

　あんな〈窮屈な〉、均整のとれた、高尚な、不自然な文体で本を書いたのは、かえすがえすも残念だ。それなくしては、生気も息吹も感じられぬ、あの鼻もちならぬ高揚した文体は、ただの一度も用いられていない！　私は文法書を手にもって吠えたのだ！　よそ者の悲劇。

こと「倦怠」については、私はだれも恐れない。だれも？　ボードレールも、あるいはローマの或る皇帝も？

　私は隠者、おそらく信仰は失ってしまったのだ。もともと私は自分の境遇とは矛盾するよう生まれついていたのだ。つまり、自分の運命を裏切る者として。だが私は、運命を避けようとしたことは一度もない。昔から運命に飲み込まれている。不思議なのは、運命の底に届いていないことだ。たぶん、運命には底などなく、おそらく空っぽなのだ。

　熱狂の渦中になければ、私には仕事はできない。感情を抑えようとすると、とたんに私には、もう二束三文の価値もない。知恵を、あらゆる知恵を避けよう。鎮静剤は私の破滅だ。

一〇月五日――「カトリックの〈宗教〉は、プロテスタントの〈宗教〉を滅ぼすだろう。そして〈旧教徒〉が〈新教徒〉になるだろう。」（モンテスキュー、『カイエ』第一巻、四二〇ページ）
　事態はその通りになった。――モンテスキューは、一八世紀の、そしてたぶんフランスの全世紀を通じてもっとも信頼するに足る精神だ。

　数人の例外はあるにしろ、私の作品に関心を示した連中はみな私から離れた。だれのせいか。罪があるのは連中のほうだと思うときもあるが、私のほうだと思うときもある。まあしかし、どっちでもいいことだ！　おべっか使いのふりをした、あんな検閲官がすくなくなったからといって嘆くには及ばない。〈ファン〉を前にしたときの異様な不安。注視され、監視され、脅かされているという感情。これに反し、だれからも注目されないのはなんと自由なことか！

*Boredom, Lagerweile, aburrimiento, plictiseală*(12)――こういう言葉には、詩的価値はない。そのさまざまの機能を保持できたのは、倦怠という言葉だけだ。

　ルシアン・ゴルドマンが死んだ。この世で、私を一番ひどい目にあわせた人間だ。二〇年間、私について不愉快な中傷をパリじゅうに言いふらし、私を陥れる組織的なキャンペーンの先頭に立ち、その結果、申し分のない成功を収めた男だ。私の……名前を孤立させることができたのだから。私の立場に立たされたら、だれだってセリーヌのような振る舞いに及んだことだろう。だが私は、そういう卑しい、しかしまた人間らしい、当然のものでもある誘惑をなんとか抑えることができた。彼と和解し、そればかりか彼を許したのである。*もし一〇年まえに彼が死んだら、私は喜んだことだろうが――いま彼の死に接した私の気持ちは、あらゆるものが、哀惜さえもが入りまじり複雑である。

（彼をほんとうに恨んだことは一度もない。彼が私について、ひどい人間だとの噂を立ててくれたことを、ひそかに私は喜んでいた。もし彼に中傷されなかったら、私は人々の仲間として受け入れられ、じっくり考える代わりに、散漫な考えに終始したことだろう。もちろん、強力な敵をもつのは厄介なことだ。だが、一面では、それは有益である。なぜなら、私たちは敵のために安穏な夢をむさぼるわけにはいかないから。もし彼がいなかったら、一九五〇年以降の私の生活は、別のものになっていたかも知れない。ひょっとしたら……大学の世界に身をおいていたかも知れないとさえ思っている。だが、彼はいたるところで、私の行く手を阻んだ。なにしろどこにでも顔を出す有力者だったから。もし私が国立学術研究センターに入っていたら、あらゆる学位論文の例にもれず、さだめし読めたものではないような学位論文を書いていたことだろう。私は自分の本にどんな価値があるか知らない。だが、すくなくとも、それは私の本であって、私は自分のためにのみ本を書いた。だからこそ、わずかながらも読者に恵まれたのだ。私たちを自分自身に立ち返らせ、散漫と冗漫から私たちを救い、なにはともあれ、私たちのためにさらによかれとばかりに働いてくれる点で、敵には常に感謝しなければならない。これは敵が、私たちに数知れぬ試練を、屈辱を、苦しみを課し、それによって私たちを破滅させようと希っていた結果であり、願いとは逆の結果だ。だから、ほんとうの敗者は敵なのだ。）

＊　前記、六九七ページ参照。

自分の敵を許すのは当たり前のことだと思っている人がいる。だが、そんなことを言う人が、こんな美しい教えをほんとうに守っているのか見てみたいもんだ。敵を許すことはできる。だが、モーリヤックが言うように、敵を許したという事実は忘れることはできない。許しほど不純なものはない。

若かったとき、私の恨みは激烈で、実り豊かなものだった。つまり、私は恨みで発奮したものだ。老いたいま、私の恨みには力がない。そしてもう発作としてしかあらわれない。場合によって頻繁なときもあれば、稀なときもあるが、もう継続性も、永続性もない。脱活力化の現象。

とげとげしさ——私はこの言葉が好きだ。この言葉から、裏目に出た喜びを連想する。

第二次大戦の末期、あらゆる人間がヒトラーに似ていた。勝利者とて例外ではない。いや、特に彼らがそうだった。それに彼らは、ヒトラー模倣の度をますます深め、自分たちをヒトラーと同一視してはじめて、ヒトラーに勝つことができたのだ。

民主的で、人間らしい、自由なやり方では、ヒトラーを粉砕することは決してできなかっただろう。彼らは、情け容赦なく、見境なしに、いくさを終わらせたが——そのやり方は、もしヒトラーが勝っていたら、いくさを終結させたであろうやり方とまったく同じだった。怪物の息の根を止めようとして、チャーチルもルーズヴェルトも、はじめのうちはしぶしぶながら、やがていとも当然のことのように、ヒトラーの真似をした。スターリンにはなんの造作もないことで、彼は直ちにヒトラーの真似をし、しかもその真似っぷりはずっと水際立っていた。勝利者と敗北者とがともに同じやり方をするとすれば、彼らはどっちもどっちであって、「善」の名において語る道徳的権威などどちらにもありはしないのだ。

人を許すのはむつかしい、ほとんど不可能だというただそれだけの理由から、人を許さなければならない。人間はだれにしても狭量で、仕返しのことしか考えない。仕返しをしないこと、これこそ唯一の道徳的壮挙、私たちにできるもっとも立派な振る舞いだ。仕返しをしたいと思ったら、仕返しは他人のやること、だれにもできることだから造作もないことと思い、どんなに不純なものにしろ、許しという奇抜な行為にしか高貴さはないと思うべきだろう。

私は悔恨は好きだが、悔い改めることは好きではない。これこそ文学的人間と宗教的人間、それも特にキリスト教徒との相違のすべてである。

私たちの敵が希っているのは、私たちの敗北というより私たちの屈辱だ。そのほうがずっと残酷ではないように見えるし、ちょっとばかり思いやりがあるようにも見えるが、実はまったくそうではない。なぜなら、敗北となれば、それはもう明白で、取り返しのつかぬもの、終わってしまったもので、私たちはそれを諦めて受け入れ、それに慣れ、やがて巻き返しに出るが、それに引きかえ、屈辱となると、これはもう永久に、つまり一生涯忘れられないからだ。

セリーヌははなっから作家、それも偉大な作家だったが、最後は患者、やはり偉大な患者となって終わった。

手間ひまのかかるような作品はいままで一度も書こうとしたことはないが、たぶん今後も書くことはあるまい。こう言ったからといって、別に辛辣さからではなく、むしろほっとした気持ちからだ。（辛辣さは、私の大部分の感情の定量に含まれているもので、ときに感情の主要成分となり、ときに感情の澱《おり》となる。特に澱に。）

私たちにだれかある人間を崇拝できるのは、その人間がほとんど常軌を逸した人間の場合に限られる。崇拝は尊敬とは無関係だ。

まったく正反対の方法で、今世紀に影響をあたえた二人の反逆者がいる。レーニンとガンディだ。前者は諸大陸でくまなく偶像視されているが、後者を偶像と仰いでいるのは、孤立した人間、孤独な人たちだ。逆の事態になるべきだっただろう。だが、どんなに信じがたいと思われるにしろ、非暴力が群衆を惹きつけることはない。

古代悲劇のきわだった特性、すなわち主人公は自由ではなく、また操り人形でもない。神々がすべてを決定するが、しかし主人公は罪を宣告される。宿命の特異なケース。したがって、自由が悲劇のもっとも重要な条件であるというのは正しくない。主人公は、自分ではどうにもならぬ力によって悲劇に導かれる。にもかかわらず、私たち読者は、主人公が自分の身に降りかかる有為転変の流れを変えることができるかのように、そのあとをたどる。絶対的な必然を背景とする、自由という救いの幻想。

私たちがオイディプスに抱く同情、キリスト教の時代に、これに似たような同情をかきたてる人物がいるだろうか。

古代悲劇のどんな結末からも、究極の結論として明らかになるのは、どうしようもないということだが、私はこれがたまらなく好きだ。実際のところ、どんな悲劇の結末についても、これ以外にどんなことをほのめかし、あるいは明言できようか。

現代人は宿命の深い意味を見失ってしまったが（その代わりになったのが進歩という迷信）、それによって同時に、嘆きへの関心をも失ってしまった。芝居では、万難を排してでもコロスを復活させ、葬式その他の特別の場合には、泣き女を復活させねばなるまい。

徹底的な宗教蔑視の一世紀がフランス大革命をもたらした。同じ現象はロシアにも繰り返された。いずれの場合も、教会の悪弊がつづき、信仰心が枯渇してしまった後とあって、無神論は避けがたいものだった。またいずれの場合も、革命体制の暴政の結果、宗教への回帰もこれまた避けがたいものだった。歴史には法則などない。法則に代わるものとして、法則らしきいくつかの定数があるだけである。

フランス語は一地方語となってしまった。私はこの転落を一種の喪の悲しみと感じている。慰めようのない喪失。「ニュアンス」の死。

一〇月六日

いままでに私が経験した二つの〈衝撃的な〉事件。ヴェルナー・クラウスの『リア王』と――浮浪者のマニーから聞いた話。ある日曜日の朝、口論のあげく、気も狂わんばかりになったマニーの母親は、息子と亭主の見ている前で裸になって踊りはじめたという。彼女が帽子を、コートを、ブラウスを、スカートをつぎつぎに脱いで裸になり、いいようのない恐怖に捉えられて壁にはりついている亭主と息子を前にして、煽情的なダンスをはじめたときの様子をマニーから聞いたとき、思い起こせば、私は壁に寄りかかっていたはずだ。この場面の結末がどうなったか、それは覚えていない。母親は真っ昼間に襲ったこの夢遊病から突然われにかえり、椅子にくずおれて、声を上げて泣きはじめたのだろう。

ヘーゲル、フィヒテ――そしてニーチェ――人間の〈Selbstvergötterung〉*の過程。

ドイツ哲学で私にとって何よりの驚きは、謙虚さがまるでないということだ。*Geist*** は万能だ。だが、それは人間以外の何ものでもない。ドイツ哲学は慢心の定立、しかもなんたる慢心か！ 若者あるいは教授連中がこれに惹かれるのも分からないではない。というのも、若者にしても教授連中にしても、生のほんとうの問題に立ち向かったことはないからだ。

ドイツの壮大な形而上学的体系は、現実とはかかわりのないものだ。深刻な、困難な事態に直面したとき、こんなものに頼ることはできない。ただし、例外が二人いる。ショーペンハウアーとニーチェだ。――彼らは哲学者というよりはむしろモラリストだから。

* 自己神化。

** 精神。

ナチが犯した何より由々しいことは、強制収容所ではなく黄色の星印だ。殺されるより屈辱を受けるほうがずっと重大だ。戦時中、私は英語の教授資格試験準備のための授業を受けていた。個人的な知り合いではなかったけれど、お気に入りの娘がいた。ある日、その娘が、黒っぽいワンピースに例のおぞましい星をつけてやって来た。耐えがたい光景だった。それから数か月後、彼女は姿をみせなくなった。収容所に送られたのだろうか、それとも逃亡したのだろうか。

そうだ、屈辱よりは死のほうがはるかに好ましい。

（実をいえば、強制収容所は死と屈辱とをかね備えていた。ひと思いに殺されるわけではないのだから、死の前には必ず屈辱を受けるからだ。〈普通の〉生活においても、死の前の病は、多少とも長い間をおいた屈辱以外のものではないのではないか。）

午後、あるハンガリーの作家に、フランス語は法律の言葉、公証人にうってつけの、契約書を書くにはもってこいの言葉だ（なぜなら、それは曖昧なものの敵だから）と言う。

また、ニュアンスを弄することができるのはフランス語だけであって、フランス語がなかったら、実は会話にはなんの意味もあるまいとも。

一〇月七日

若いアメリカ女性パトリシア・ブレイクは、つい最近ルーマニアを旅行したばかりだが、昨日、そのブレイクが私に、ルーマニア人はみんな *self-hatred* にのべつまくなしに耽っていると言う。彼女はルーマニア人を、珍妙にもヨーロッパ南東部のユダヤ人と呼んでいる。というのも、彼女によると、自己嫌悪はユダヤ人の根本的な特徴だから。（そうかも知れないが、と私が答える、その特徴は、ユダヤ人の場合、大変な自尊心、しごく当然の自尊心と切り離せないもので、そんな自尊心はルーマニア人にはない。ルーマニア人が自己嫌悪の埋め合わせにしているのは、ナショナリズム、それも絶望的なナショナリズムであって、その経験も、ときとして熱狂の発作にかられたような場合に限られる……）

昨日のこの時間、私はカフェでおしゃべりをしていた。今日は沈黙を味わい、しゃべらないでいることの利点を、しゃべって気晴らしをしている者よりも必ずや自分が立ちまさっていることを自覚している。信仰生活という言葉が意味するものは、たぶん、沈黙の期待以外の何ものでもない。

私は、かつてない饒舌家のひとりだ。だからこそ、沈黙の利点を発見することになったのだ。気づくのが遅すぎたのが残念だ。

〈文明〉が失敗である証拠に、人間が楽園を再発見したと思う場所は、文明の痕跡の残っていない場所に限られる。だが人は言うかも知れない。そうかも知れないが、しかし人間は、こういう文明を手に入れなかったら生きてはいけないと。確かにその通りだが、それはまた――もしまだ証拠が欲しいなら――人間はどうしようもなく破滅したという証拠であり、いまさら人間が何を企てたところで、人間の運命は封印されているという証拠である。

ペートル・コマルネスク*が肺癌で死にかけている。手紙を書いたが、返事はない。彼が沈黙しているのはもっともだ。私が書き送った言葉は、おそらくやさしいものだったろうが、実は不躾なものだった。それとない別れの言葉にほかならなかったのだから。彼は勘づいたに違いない。そしてたぶん、私のことを恨んだはずだ。死にかけている人間に、じきに死ぬことを思い出させてなんになるというのか。そんなことは当人も知っている。そして彼が望んでいるのは、まさにそれを忘れることだ。

＊　前記、三七五ページ、注参照。

かつてロシアの宗教哲学に熱中したものだが、この事実をどう説明したらいいのか。あれは、その内容からして私には向いていない思想、同調できない思想だったが、それにもかかわらず、すべて極端なもの、危険なもの、検証不可能なものがそうであるように、私を惹きつけてやまなかった。付言しておかねばならないが、私はそこにさまざまの洞察を発見し、それによって、ある種のことを理解することができた。いずれにせよ、私にとってそれは無関心ではいられないものだった。なにしろ、その大半はドストエフスキーの引用だったから。そんなわけで……

読むものといえばもっぱら宗教的な思想家、私はそういう無信仰者だ。その深い理由は、彼らだけがある種の深淵に触れたことがあるからだ。〈俗人〉は、深淵を受つけない、あるいは深淵には向いていない。

一時期（若いころの）、私は意地の悪い男とみなされていた。あらゆる人間をくさし、天と地を憎んでいた。だが、あの当時ほど強烈で、自滅的な同情の発作を経験したことはその後いちどもない。

誇張するな。人類は、現在、私たちが感じている不安などより信じがたいほど強烈な不安を経験している――ペストを、この世の終わりの予想を、蛮族の侵入を思ってもみよ。なるほど、そうかも知れない。だが、人類はみずからの手で〈この世の終わり〉の到来を早めることはできなかった。神々の介入はいつでも可能だったし、それに終末は、神々からやって来るはずだった。いま私たちは、終末が実験室で準備されつつあり、計算によるにしろ、過ちによるにしろ、いつなんどき突発してもおかしくないことを知っている。人間の冒険がこんなにも面白いのはこのためだ。というのも、それはまず何よりも一種の冒険だから。

陳腐なことを言ったり書いたりしたあとに身につまされる、あの恥ずかしさ。

自明の理ほど痛ましいものはない。特に文学においては。

自明の理は、未来なき思想だ。なぜかといえば、人々に受け入れられているから。人々を当惑させ、あるいは幻惑する思想、これだけに未来はある。

どうして欠点や悪癖は歳をとるにつれてひどくなるのか。徳性などより消耗の度がずっとすくないからであり、ずっと私たちの身についたもの、ずっと個人的なものであるからだ。それに引きかえ、徳性はずっと非個人的なもの、ずっと抽象的で、ずっと型にはまったもののように見えるし――実際そうなのだ。

徳性には顔はない。いっぽう欠点と悪癖は、人間の普遍的な属性であるにもかかわらず、唯一性の特徴を示している。

ルーマニア人であること、すなわち意味のない悲劇。いっぽうユダヤ人であることは——これと逆。つまり、意味のありすぎる悲劇。

ダンテは〈観光客〉として地獄を訪ねたと言ったのはペギーらしい。——その通りだ。

いま明かりを消して横になった。外の世界は、ぼんやりとしたざわめきが聞こえるだけで、消えうせた。存在しているのは、もう私だけ……これが大事だ。いや、たいしたことではない。隠者たちは、こういう度はずれの沈黙と自分との無言の語らいのうちに三〇年、四〇年と生きた。自分を超越し、したがって、どんないらいらした気持ちも失墜感も感じられない、こういうひとときを毎日くり返す勇気がどうしてないのか！　大切なのは、この自我から自己への移行であり、それは自我がついには別のものに、その非個人的な形のものに完全に吸収されてしまうように、絶えず繰り返すことができてはじめて価値がある。

いまサンダ・Sとネネアのことについて話し合ったところだ。四〇年もドイツに住んでいながらネネアが何ひとつ書かなかったのは残念だ、と彼女が言う。私は、そんなことはどうでもいいことだよ、彼はひとかどの人物、アリストテレスあるいはその他の哲学者について大著をものするより、このほうがずっといいことだよ、もし彼が本を書いて自分の目的を〈達成していたら〉、一時間以上も前から、こうして彼について語り合うことなどなかっただろうよ、と答える。人生を享受する才能は稀だ。それはルーマニア人の唯一の、だが貴重な才能だ。

ネネアは落伍者ではない。辛辣ではないし、他人に、何かを達成した連中に恨みなど抱いてはいないからだ。書かなかった本のことで悩んでいるわけでもないし、後悔しているわけでもない。落伍者を神経過敏な人間にしてしまう欠陥、そんな欠陥など彼にはまるで無縁だ。ネネアは飲み食いが好きだし、他人の与太話を聞くのが好きだ。ドイツ人の純真・素朴なところを生かしきったシニックな人間。

一〇月一三日　朝の五時。異様な静寂、こういう静寂に浸っていると、安全感に、それどころか絶対的な支配の感情に襲われる。

私たちに、いずれにしろ私に、もっとも欠けているもの、それは静寂だ。だからこそ、たとえ不眠の夜のさなかであれ、静寂を見出すと、私は自分を別の人間のように感じ、こおどりせんばかりに喜び、眠りという、体力の回復をもたらす無意識状態を惜しいとは思わないのだ。静寂は、不眠のまたとない口実であり、その唯一の代償だ。不眠にはそれだけの力があると言わなければならない。

最初に反逆したのは天使たちだ。（人間は天使のあとにあらわれた、つまりエピゴーネン）。してみると、神のかたわらにおいてさえ、不平・不満が渦巻いていたのだ。〈存在〉のあらゆる水準において、私たちには下っぱの身分は耐えがたく、どんな人間の優越も黙って見ていられないということ、これは信じなければならない。たぶんシロアリのあいだには、いずれにしろ、全動物界には、嫉妬が支配している。妬み深い花さえ考えられないではない。もっとも……

中世の「キリスト受難」のある種の画像には、十字架上のキリストの足元にアダムの頭蓋骨が描かれていた。ある伝承によれば、イエスが十字架にかけられたのは、アダムが楽園から追放された場所だった。

作品に加えられた加筆訂正が、よく考えてみれば、どれもこれも結局のところ誤りであり、惨憺たる修正であることが分かるとき、作品は決定的なもの、あるいはすくなくとも完成したものと考えられる。

一〇月一四日　A・Aからヴラシウの『日記』(13)が送られてくる。一九三八年から三九年にかけての私のことがしきりに取り上げられている。

ヴラシウが話題にしている、あの当時の自分をいくら思い出そうとしても思い出せない。それは亡霊のようなもので、私には捕まえられない。もっとも、曲芸師によって、気難しくもあれば、また同時に魅力にあふれるペテン師によって、要するに、ずる賢い農民にして、この上ない気取り屋によって自分のことが引き合いに出されるとき、どうして自分が思い出せるのかよく分からないが。

ヴラシウの『日記』を読んだら、日記など決してつけたくなくなるはずだ。実際、こういう種類のものは醜悪だ。ほとんどつねに陰口の山。私がここに、そういう陰口のいくつかを書きとめているのは、もっぱら自分の内部に、書いているという幻想を、何かをしているという幻想をもちつづけるためだ。

一〇月一五日――私は大河を漂っていた。エリアーデが私に、気持ちをしっかりもつように、流されないようにとしきりに哀願している。そのエリアーデに私は、何かわからぬ不治の病に冒されたら、できるだけ早く死ぬに越したことはない、みんなのように死にたくはないと答える。目が覚めたとき、私にとって理想の死の象徴だった、この途方もない大河の思い出ははっきりと残っていた。

私のようなしがない男がどうしてこれほど人からうらやましがられるのか。——これは否定しがたいことでもあれば、考えられないことでもある。

季節はどの季節も、私には攻撃の特殊形態であるように思われる。私がそのえり抜きの犠牲者だ。

「ある朝、マカリオス神父がヤシの葉をかかえて、その僧房から戻って来たとき、刈り入れ用の鎌を手にした悪魔が彼を迎えた。悪魔は苦行者を鎌で殴ろうとしたが、殴れなかった。そこで悪魔は叫んだ。〝おお、マカリオスよ、わしはおまえのひどい仕打ちに苦しんでいる。おまえを懲らしめてやりたいのだが、わしにはできない。だが、おまえのやっているようなことは、わしはなんだっておまえ以上にやっている。たとえば、おまえは時々、断食するが、わしは食いものはいっさい口にしない。おまえはよく寝ずに夜を明かすことがあるが、わしは一度たりと眠ったことはない。だが白状するが、ひとつのことだけはおまえにかなわない。〟マカリオスは、それは何かと尋ねた。〝おまえの恭順ぶりさ。そいつにだけはお手上げだ。〟と悪魔は答えた。」（『教父伝』第三巻、一二四ページ、I・ハウシェルの引用による）

右に引いた文章で、悪魔というものがみごとに定義されている。つまり、苦行者、それもたぶん、もっとも偉大な苦行者だが（食事も睡眠もとらない！）、にもかかわらず敗者。地上を支配しているものの、彼には自分の王国はない。神に反逆することしか念頭になく、この強迫観念のために、自立できず、平穏に統治することも、自分の権力を役立てることもできない。彼は嫉妬深い。したがって、自分が嫉妬する相手のなすがままである。悪魔を生んだのは、この隷属だ。

一〇月一六日　〈生誕〉について書いた原稿をM・Aに送る。不満だ。それならどうして、他人を満足させることができようか。自分の作品に自信がもてないあらゆる人の例にもれず、私は褒め言葉を期待している。この場合、深刻なのは、自分の〈仕事〉に不満を抱きながらも、私には改良の手を加えることができなかったということだ。私にできたことは、原稿を厄介払いし、印刷に回すことだけだった。いや、破棄するという、もうひとつの可能性もあった。

パリに住むようになってまだ日も浅いころ、ある夜、サン＝ミシェル大通りで、ひとりの娘に声を掛けたことがある。彼女は、わたしひとりぼっちだから、目覚まし時計を生き物のように、身近な人のように眺めているの。わずかに音をたて、時を刻み、ほとんど身動きするのよ、と私に言った。いま私は、あの娘のことを考えている。

大都会の孤独。

彼女は私に、その目覚まし時計を愛撫することがある、とさえ言った。また、「この目覚まし時計がわたしの生との唯一の接点だ」とも。

公平な判断力のある者は、砂漠を選ぶべきだ。

書物とはかかわりのない独創性、こういう独創性のある人間とパリで出会うのは困難だ。自然人はどこにいるのか。セリーヌは、その出発点が文学的なものではなかった最後の人間だった。

私の過去でもっとも咎めなければならないのは、知的な傲慢さだ。

だが実をいえば、せわしく動きまわっている現在の若者には、私の見るところ、例外なく知的傲慢さがある。してみると、これは時代の定数、悪習なのだ。

有無をいわせぬ口調で書いたりしゃべったりするのは簡単だ。老子の真似をするよりジュピターの真似をするほうがずっと簡単なことだから。

自分は考えていると思い込んでいる者は、実は命令を出しているだけである。彼は立法者、あるいは神の役割を引き受けているのだが、そうするほうがずっと簡単で、効果もずっと大きいからだ。

どんな知的な職業に就くにしても、まずはじめに、懐疑論が教えられているなんらかの教育機関での研修を義務づけるべきだろう。そうすれば、それが懐疑の奥義と謙虚さへのイニシエーションとなるだろう。

謙虚はけっして絶望しない。この点にこそ、傲慢の特権と欠陥がある。

一九四一年、私の生活に起こった大異変、このとき私は、他人への関心を失ったのだ。これより以前には、どんな通行人にも、特に女性の通行人には、好奇心をかき立てられたものだった。その女性についてすべてを知りたいと思い、ためらうことなく声を掛けたものだ。この年以後、この好奇心は衰えるばかり。他人はもう私のあずかり知らぬものだ。

自分で自分を軽蔑するより他人から軽蔑されるほうがずっと耐えがたいとニーチェは言うが、これは正しくない。耐えがたいのは前者のほうだ。私たちはこれを避けるためにどんなことでもするから、それはまた軽蔑のなかでも、もっとも稀有な、もっとも微妙なものだ。だが、それが私たちより強く、私たちの最深部に発するものであるとき、それはほかの軽蔑よりはるかに耐えがたい。ほかの軽蔑は、外部から私たちに襲いかかり、私たちはそれを時には忘れることができるが、それに引きかえ、私たちに発する軽蔑は、いつまでたっても弱まらず、ずっとついてまわる。

中傷者の死

前よりも孤独になったように感じられる。以前は、中傷者の存在に慣れっこになり、彼がしゃべり散らす口ぎたない非難の反響を耳にし、私たちのまわりに、彼が懸命になってつくりだそうとしていた、あの不名誉の雰囲気、同胞からの私たちの孤立に多少とも有利な、あの雰囲気をほとんど好んでもいたものだ。それなのに、その中傷者が突然いなくなったのだ。私たちのことのみを考え、気にかけてくれる者は、もうだれもいない。

　私は何年も獄中生活をした国の連中をかなり知っている。彼らは、その獄中生活については、よい思い出も悪い思い出もひとつとしてもっていなかった。実をいえば、この試練は、彼らにとっては試練ではなかったのだ。というのも、彼らに深い影響は与えなかったからだ。獄中生活からはどんな作品も生まれなかった。哲学者のC・Nは、その著作でこの点についていっさい語っていないし、どんな暗示もしていない。六年の労役刑をくらったにもかかわらず、彼は内面的には変わらなかった。牢獄をたらい回しにされながら、まるで不本意な観光旅行でもしていたようなものだ。この現象をどう説明すればいいのか。感覚麻痺の、虚弱な魂の問題なのか。それともたんに、昔からの隷属状態の結果である、あの受動性の問題なのか。むしろ私は、感覚を深めようとも、内面化しようともしない、この国の浅薄な懐疑思想に責任を負わせなければならないと思っている。

　私たちは感受する。だが、感受したことはもう考えない。これが悪賢い民族を、非‐形而上学者の、非‐神秘家の民族を生んだのであり、執着することもルサンティマンを抱くこともできない民族を生んだのだ。出獄したとき、ときには、自分のかつての看守の手を握ることもある手合いのような。人はこれほど浅薄にはなれないし、また認めなければならないが、これほど〈人間らしい〉態度もとれない。

　歳をとるにつれて、家族の欠点がいよいよ際立ってくる。私たちは自分の裡に、両親のある特徴が、両親の場合よりずっと剥き出しになっているのに気づく。そして、このきわめて意気沮喪させる〈再会〉によって、自由というものがどれほど空疎な言葉であるかを理解する。なるほど、私たちは自由だ。だが、今あるようにある自由をもっているにすぎない。これは必然のもっとも正確な定義に一致する。

（私たちが自分の運命を選ぶのではない。運命によって私たちが選ばれるのだ。私たちは、今の自分ではないものになることはできない。そうなろうと努めることは、たぶんできる。なれたとしたら、問題は別だ。私たちは自由であり、自分の望みのものになることができると思うためには、深い経験などいっさいしてはならない。不治の病の人が健康になりたいと思ったところで無駄で、健康にはなれっこあるまい。同じように、人間にはたったひとつの自由しかない。つまり、自由を欲するという自由だ。幸いなことに、人間は望みとその実現とを混同している。……これが人間の幸運、救いとなる幻想だ。）

ブッソッティ＊

現代音楽は、中断された性交の印象を与える。あれがやって来そうでいて、やって来ない。クライマックスは、いつも不発に終わり、回避される。実をいえば、不可能なのだ。不能の、この上なくみごとな証明だが、しかし作曲家たちには責任はない。つまり、音楽のゆき着いた段階が、あの悲惨な息切れを、あの性交の欲望とその不可能性とを明らかにしているのだ。あれが結ばれないのだ。

＊　シルヴァーノ・ブッソッティ（一九三一年生まれ）、イタリアの前衛作曲家。一時期、ピエール・ブーレーズおよびジョン・ケージに接近したことがある。

世情に通じていることは、独自なものは何ひとつ追求していない者の特性であり、妄想には、言い換えれば、終わりのない問題には向いていない者の特性である。

オプチナ・プスチナ修道院の大長老、P・アンブロシェ（おそらく、『カラマーゾフの兄弟』のゾシマのモデル）は、意見を求めてやって来た者にこう言った。「はじめっからわしのいうことを聞き、従わねばならぬ。議論をすればわしが負けかも知れないが、それではしかし、あなたのためにはなるまい。」

一見、あらゆることを説明し（精神分析のように）、その実、何ひとつ説明していない理論、成功を収めるのはこういう理論だけだ。多くの政治理論もしかり。イデオロギーは、それが生のあらゆる領域にかかわり、関係のないことに口出しするその限りで、はじめて広がりをもつ。こうしてイデオロギーは、あらゆるものの説明に、というよりむしろ、あらゆるものの冒瀆になる。

X。その文章ときたら、副詞の大盤振る舞い。なんとも惨めな癖！　副詞をひとつも使わないなら、あるいはすくなくとも濫用しないなら、楽しく読めるのに。だが若いころ、声高にわめき立てる作家を愛読しすぎた。

「おまえの怒りの上に太陽が照りつづけるように」（聖パウ

ロ)――これは私宛ての通達だ。

私の気づいたことだが、死のことを考え、絶えず死について語っている連中(たとえば、E・I)にしても、その振る舞いとなると、まるで自分は死ぬはずはないと思っているかのようであり、死のことなどまるで考えていない連中の振る舞いとまったく同じである。

重大な唯一の問題を反芻しても無駄で、私たちはそこから、実際にはなんの結論も導き出しはせず、まるで死ぬはずはないかのように生きている。死は考えることはできても、実感することはできない。もし死をほんとうに実感し、完全に理解することができたら、最後の結論を導き出さざるをえないだろう。つまり、砂漠だ。紀元初頭の数世紀に見られる修道生活は、こういう〈実感〉の結果だった。

虚偽を、そして安易な逆説を避けて真実を貫くためには、ある種の陳腐さを大切にし、それを個性的で大胆な考えに加えなければならない。是が非にも独創性を求めるのは、文学にとっては悪いことではない。だが、何かしら魂にかかわる真実を追求しはじめるや、もう私たちは効果など求めはしない。語り口などどうでもよくなる。

砂漠のイメージが自然に思い浮かぶほど、孤独への激しい欲望に捉えられることがよくある。聖アントワーヌは、二〇年間、世間と完全に没交渉だった。二〇年間! 信仰の支えなしに、これほどの孤立に耐えられるだろうか。

私には信仰の力はないが、それを別にしても、私が隠者の生活に向いていないのは、食餌療法をしているからだ。砂漠には食餌療法の施設はない。

ビザンツの神学者グレゴリオス・パラマスが書いた、静寂主義者*に関する大部の二冊の本にざっと目を通した。期待はずれ。こんなものは無益、瑣末すぎると思う。どこをめくっても神の光のことばかりで、具体的なこと、精神の糧となり実りとなるようなことは何ひとつ書かれていない。この概論を『ロシアの一巡礼者の物語』と比べてみれば、雲泥の相違、後者にはいかにも深い味わいがある。これに比べれば、前者はがらくたの山にすぎない。もっとも山は山でも、ビザンツふうの山だが。

* 静寂主義者(Hésychaste)は、もっとも静かなもの、穏やかなもの、という意味。東方正教会の霊性派である静寂主義(ヨガの瞑想と無関係ではない)は、特にドストエフスキーとソロヴィヨフに影響を与えた。

歴史哲学に関する限り、私はヨアキム・デ・フロリスとヘーゲルのそれに質的相違はないと思っている。いずれも同じように秩序整然とした、同じように恣意的な、同じように老朽化した構築物だ。

哲学が生まれて間もないころ、タレスが「万物に神々が宿る」と言ったとすれば、いま私たちは哲学の死にのぞんで、たんに対称的な表現の要求からばかりではなく明白な事実の尊重からも、「万物に神々は不在」と言うことができる。

最後の頼みの綱は、結局のところ二つしかない。すなわち懐疑か砂漠だ。

どちらを選んだものか。私は二つとも気に入っているし、同じように惹かれている。残念なことに、両者を同時に生きることはできない。私のような人間が、もし一方を選んだとすれば、もう一方をたちまち惜しいと思うだろう。だが、正直にいえば、隠者であるより懐疑家であるほうがずっと簡単だ。

懐疑論は、私のさまざまな問いのほとんど中核だ。私についてきちんとしたことを書きたいと思うなら、そういう人は、私の全関心、全固定観念のなかで懐疑論が果たした機能を分析しなければなるまい。

一〇月二四日　数人の作家と画家が寄稿する一冊の本に、想像的なものについての一文を書くよう依頼される。こんなテーマについてはいっこうに書きたいとは思わないが、しかし書かなければならない。これがいわゆる書くということだ。つまり、自分では考えていない問題について語ること。

逆説と陳腐さをうまい具合に配合できるのは、一種の本能による。これは、どんなに書き方を学んでも習得できない。

一〇月二九日　共著に寄稿する、表象《イマージュ》についての一文を書き上げた[14]。むしろ反表象論で、もっとも正統な信者が署名してもおかしくないようなものだ。とはいっても、私が改宗のことなど、それがどんな改宗であれ、このときほどまるで考えなかったことはない。だからこれは、一種の神秘的な〈発作〉の、時々、私を捉えることのある発熱状態の産物なのだ。

ディオゲネスは、もし西暦紀元初頭の数世紀に生きていたら、常軌逸脱のきわめつけともいうべき隠者たちと張り合ったことだろう。

キニク学派の人々は、異教の聖者だった。

ひとりの人間が残すもの。その勇壮ぶりによるにしろ、またいちばん多い、不躾によるにしろ、いくつかの奇抜な言葉とっぴな言動だ。

いうまでもないことだが、私は極端な立場と度はずれの見解がずっと好きだった、いまも好きだ。

一〇月三〇日　『概論』の若い読者から手紙をもらう。みんな多少とも頭がおかしい。大部分がバカな連中だ（ところで、『バカなやつの手引き』という題の本が書かれてしかるべきだろう）。

他人を援助する、これはもちろん見上げたことだ。だが困るのは、他人が私たちに要求をつきつけることができるようになることだ。

あらゆる恩恵は人を奴隷にする。恩恵のために、私たちは恩恵を受ける者の意に従うことになる。

与える者と受け取る者との関係ほど陰険で、微妙で、油断のならないものはない。依存しているのはどちらで、どちらがデリカシーと思いやりをもたなければならないのか。それはまず何といっても、恩恵を施す者のほうだ。

与えることは受け取ることと同じくらい屈辱的なことだ。人間どうしの取引はどんなものでも、結局は屈辱になる。

いやなやつというのは、我慢しなければならない退屈なやつのことだ。

思いやりは、退屈なやつという観念を知らない。思いやりを実践するのがかくもむずかしいのはこのためだ。

無常の強迫観念にとりつかれると、何ひとつなし遂げることはできない。してみると、この観念は有害で不健全なものだ。たぶんその通りなのだろうが、しかしこの観念は、正しいものの見方にふさわしいものであって、真実に危険なほどにも近いものだ。すると、行為は虚偽、虚偽の結果ではあるまいか。――そうだ、虚偽そのものだ。

〈衰弱の発作〉、不幸、破局、悪夢、〈二日酔い〉、不眠の夜――こうしてすべてが崩れ落ちるとき、私たちははじめて、この正しいものの見方に近づく。

引用だらけの文章は何のしるしか。謙虚の、臆病の、それとも能力のしるしか。いや、そのいずれでもなく、むしろ主題が直接、自分にはかかわりはないという意志の表明だ。

一一月一日　万聖節。エソンヌ川に沿ってグランヴィルからマルゼブルまで歩く。異様なほどの美しさ。こんな秋はいまだかつて見たことがないように思われる。あたり一面、金色と赤銅色。〈美〉は、外観に適用されてはじめて意味がある。これらの風景を分析してみたまえ。何も残りはしない。これらの風景を味わうためには、感覚に身を任せ、知覚作用の限りを尽くさなければならない。

マルゼルブのすぐ近くのナントーの墓地。そこからは同じ名の村と谷とが見下ろせる。その墓地で、墓に花を供えに来た身重の若い女を見かける。どうして彼女は、自分が死を免れぬ人間を、未来の死体を身籠っているとは考えないのだろうか。和解しがたい二つのものがあるとすれば、それは、この不吉な墓標のたち並ぶなかの、あのこれ見よがしの生殖力のイメージであり、あの挑発的な突き出た腹と、恐ろしいほどにつつましい墓だ。約束とあらゆる約束の死！　幻想と結果。

一一月二日——私に息子がいたら、人殺しになっていただろう。

これは私の昔からの確信であり、私がいままでの人生でいくつもの重大な決断をするに当たって決定的な意味をもったものだった。

「……自分の時間が終わりに近づきつつあると知り……」

ある伝記でお目にかかった言葉だ。この言葉に、今日ほど感銘を受けたことはない。実は、この言葉を考えてみたことは一度もない。だが、私たち各人にとって問題なのは、まさにこのこと、つまり、私たちに与えられた時間のことだ。私の時間は終わりに近づいている、と言わなければなるまい。

死ぬのは私ではない、私の時間が尽きるのだ——あの、私に与えられた時間が……

結局のところ、生きるということは、それ自体、意味のない、非個人的な一過程の謂にほかならない。私は存在する。私は一定の間隔を満たし、いくばくかの時間を占有する。そしてただそれだけだ。

P・Mから書留が届き、九月の手紙にどうして返事をくれないのかと言う。その手紙がひどく暗いものだったから、私が返事を出しそびれたのだと思っているようだ。私としては、こういう旧友連中に、*ginte*＊のことなどどうでもよくなっているとは言えないし、それに彼の手紙には、私を不愉快にさせるところがあったからでもある。つまり、私が彼の唯一の友人だと言っているのだ。こういうふうにはばかることなく私に寄りかかり、私に他人の運命の片棒を担がせ、友情を督促し、本来、抽象的なものにとどまるべき関係を劇的に誇張する——こういうことは私は好きではない。向こうの連中の孤独、それは私にもよく分かる。Mが言うには、もう二月《ふたつき》以上、だれにも会っていないとのことだ。これは深刻なことだが、しかし私には羨ましい。ここパリで、私はできれば会いたくないような連中に、ほとんどのべつまくなしに会っている。私は自衛し、自分の孤独を守り、できる限り人には会わないようにしなければならない。向こうの連中は、私たちが頼りにしているのは彼らだけで、自分たちが私たちの関心の中心だと思っている。旧友連中とよりを戻したのは、とんでもない間違いだった。彼らを失望させることしかできないのだから。というのも、どんな点でも、私には彼らに提供できるものなど何もないし、彼らにしてもそうなのだから。なにしろ、彼らの話ときたら、決まりきった繰り返しであり、要するに、いつも同じ話なのだから。そんなものにはもううんざりだ。

＊ルーマニア語（語源はラテン語の gens, gentis）で、家系、国民、民族の意。

死者について、消えうせた人と言う。実際、死者はまさに消えうせたのだ。痕跡も残さず、あたかも存在したことなどなかったかのように。私たちは一種の婉曲語法を使っているのだと思っているが、実際には、消えうせた（*disparu*）という言葉のほうが、死者（*mort*）という言葉よりずっと強いし、恐ろしい。故人（*trépassé*）という言葉も、間違った婉曲語法だ。

消滅の観念には、脱走の、逃亡の、不誠実のニュアンスがあり、これは死の、退去の事実とかなりよくマッチする。

一一月四日「ひとりの僧（中国の禅僧）が寺に入り、仏陀の像に唾を吐いた。人からとがめられると、〝どうか仏陀のいない場所を教えてもらえませんか〟と僧は言った。」（「光」の伝播についての物語、『中国哲学史』）

宗教的な感情は、煎じ詰めれば、神的なものの偏在の感情だ。だが神秘がつねに感じられるわけではない。多くの場合、神秘はときたま、断続的に知覚されるにすぎない。こうして私たちは宗教的な感情の発作に見舞われるのだ。持続的な宗教的状態など存在しない。多くの場合、信者は自分が信者であることを思い出す。つまり信仰が衰え、あるいは消えうせてしまったと見えるときにも、彼は自分が信者であると思っているのだ。

実は、私がやっていることと他人のやっていることに変わりがあるわけではない。だが、私のやりかたは、もう本能的なものではない。それはかつて私が、確信なしに生きる、と呼んだものだ。つまり、他人と同じような欲望や満足はほとんどひとつとして感じないことはないが、何かが壊れてしまったということだ。そして割れ目が、割れ目でないとすれば分離が生じる。もう私は内部に存在しない。どんな行為とも一体となることはできない。それでもあらゆる行為をなし、外面的には社会の、それどころか群衆のひとりだ。だが私は、現実の背後を見届け、現実の非‐実在性を、根本的な空《くう》を知覚してしまっている。自分と行為、そして行為と事物とのあいだに、ひとつの間隙がつねにうがたれる。私は永遠に全体ではなくなる。自分のすることともう決して一体となることはあるまい。自分と存在との一体化はもうないだろう。なぜなら、言葉の古い意味での存在は、もう決してないだろうから。すべては仮象となってしまったのか。そうではなく、もう何も存在せず、何もかつてあったものには似ていないのだ。変容したのは実在ではない。それは空《くう》だ。

あらゆるものははかないという感情に、私は早くに目覚めた。「変わらぬもの」に目覚める人もいれば、「はかないもの」に目覚める人もいる。私の場合はといえば、私があらゆるものに知覚したのは、もっぱら持続しえぬものに限られていた。私は「実体なきもの」に目覚めたのだ。「実体なきもの」は、早くから私の偶像だった。私ははかないものに酔っていた。いまも酔っている。何ものも持続を約束されてはいないと知り、そのことが苦しみでもあれば、同時に喜びでもあった。御影石でさえ、始まりをもつあらゆるものの例にもれず、人を欺く。

比べるのも何だが、ディオゲネスは、生からの離脱の点で、仏陀におさおさ劣らなかった。（というよりむしろ、彼は気取り屋の仏陀、変わり者の仏陀だった。根本的には、彼は仮象にインドの賢者と同じように執着していた。）

このキニク学派の人には、人間の救済者たらんとする意志が見られる。事実、彼は人間の進歩・向上を希っていた。彼のさまざまの常軌を逸した言動は、いわれのないものではなかった。その群衆も、洗練された人々も、そのことはよく分かっていた。そして彼を愛し、彼を恐れていた。仏陀よりも彼がすぐれていたのは、首尾一貫した精緻な教義などひとつとしてもたず、ただひたすら人間を自由にしたいと希ったことだ。自由であって、解脱ではない。（解脱とは、たぶん、余計な束縛にすぎず、外見上はもっとも軽いが、事実上、もっとも重い束縛にすぎない。というのも、私たちは解脱から自由になることは決してあるまいから。）

一月五日　街なかで神経性の発作に襲われる。新聞の売店で、女とあやうく口げんかをしそうになり、市《いち》で、私がぼんやりしているのを見て、明らかに勘定をごまかそうとした売り子をどなりつける。なんという醜態！　どんなことにも逆上しそうなことは、家を出るときから分かっていた。かつては仏陀のライバルたらんとの野望を抱いていたとは！

ディオゲネスがプラトンを軽蔑していたことを考えるとほっとする。

（ディオゲネスには悟るところがあったが、プラトンにはなかった。このすね者は賢者だったが、〈神の列に入った〉プラトンは賢者ではなかった。）

シオランが国家元首、独裁者、あるいは世界の支配者にならなくって助かった、なぜなら、あんな思想では、いずれすべてを破壊することになるだろうから――といったようなことを、つい最近どこかで読んだ（いま思い出すと、「ジュネーヴ新聞」でだ）。なるほど、今日の私には、世界の運命を決定する力がありそうだ。よろしい、構うもんか、それなら世界にけりをつけてやるか。

（私のいちばん嫌いな人間はヒトラーだ。だが、神経過敏ということでは、私がいちばん似ているのはヒトラーだと思わないわけにはいかない。）


破壊的な衝動を感じるからといって、悪意があるというわけではない。精神のバランスを欠いているだけだ。

人は同時に善良にして怪物でありうるし、天使にして人殺しでありうる。純粋・無垢は、世にも恐るべき本能と両立しうる。ひょっとしたら聖者になっていたかも知れぬ連中、こういう連中のことはだれも信用するな！


出版社に送り届けた原稿がそっくりそのまま本になったが、一枚だけは例外。「できれば死刑執行人の息子になりたかった」と書いた一枚だ。

私はつねづね立派な両親をもったことに苦しんでいた。だが、こんなことは口にするわけにはいかない。人に分かってもらい認めてもらうわけにもいかないことだから。私は先祖としてはむしろ怪物をもちたかった。それを憎悪するためにすぎないにしても。自分の両親を憎む正当な理由のある連中、こういう連中がいつも私の羨望の的だった。


一一月六日　死は、複数の、多様性の世界でしか意味をもたない。私たちが「一体性」のヴィジョンを抱くようになると、死はたちまち魅惑の対象でも恐怖の対象でもなくなる。「一者」のなかには生者も死者もいない。それは死には似ていない生だ。たぶん、これが平穏と呼ばれているものだ。

生と死を超越しない限り、私たちは最悪の仮象からいつまでたっても自由にはなれない。

死の観念に苦しむのは、多種・多様なものから離れられない連中に限られる。ということは、生者のほとんどすべて、ということだ。まさにそれゆえに、彼らはみずからを死を免れられない者と呼んでいるのである。


どうして犬を、鼠を、馬を死すべきものと呼ばず、人間だけをそう呼ぶのか。

たぶん、自分が死ぬことを知っているのは人間だけだからだ。自分が死ぬことを知らぬ者は死なない。楽園で人間が永遠だったのは、この意味においてだ。人間は楽園でも死んだが、しかし自分が死につつあるということは知らなかった。非‐知の至福、人間がこれを再び見出すことは決してあるまい。永遠とは非‐知の特権だ。人間にとってそれは失われてしまい、もう人間には、永遠に到り、それを生きることはできまいが、しかしそうであるだけにまた永遠は、いっそう人間の思考の対象となるだろう。

イメージは、多様性の世界でしか意味と現実性をもたない。それはまさに多様性の世界の表現であって、「一者」には、その占めるべき場所はない。

クレーの『日記』にざっと目を通した。期待はずれもいいところだ！　まあしかし、こんなことはどうでもいい！　数か月まえ、彼の作品展で味わった充実感、あれは決して忘れないだろう。

批評家連中は饒舌と活力を混同し、冗漫と力量を混同している。

世評高い、あれらの読めたものではない小説、私なら、あんなものを読む義務より、処刑用の柱のほうを選ぶだろう。

本にある無駄なもの、余計なもの、こういうものが何もかも私にはまったくうとましく、そのため読みはじめることができるような本がほとんどないような始末だ。作品のどのページを開いてみても、私に感じられるのは、蛇足であり、要するに、一般に〈文学〉と呼ばれている埋め草のすべてだ。

私がフランスのモラリストたちに負うものがあるとすれば、それは簡潔さを崇め、冗漫を忌み嫌うことであり、「文学」に、哲学に、そして日常の人とのつきあいにあるペテンを把握することだ。ところで、私にとって饒舌とペテンは同義語だ（たぶん、あらゆる〈文学〉はペテンにすぎないのかも知れない。例外は稀だ。それでも、例外はある）。

ペシミズム――家族の病。私の家族はみんなこの病に苦しんだ。この点では、弟も私に劣らない。父は、あらゆることを気にする典型的な心配性で、信じられないくらい正直で謙虚だったが、度量には欠けていた。――母は野心家の気取り屋で、ときによって快活かと思えば辛辣、積極的でかたくなな、ひどい見栄っ張りで、大変な能力があり、父よりもずっと洗練されたものの見方をする人だったが、心のうちには悩みと失望をかかえていた。私は母の欠点のすべてと、いくつかの長所を受け継いだが、エネルギーと情熱は薬にしたくもない。母に比べれば、私は優柔不断な者にすぎず、ひとりの熱望者、ひとつの約束にすぎない（六〇歳にして！）。

ついいましがた、『メサイア』を聴きながら、「すべてであるという感情と何ものでもないという明白な事実」（ヴァレリー）という言葉をずっと繰り返していた。私が考え、そして感じたすべてのことの意味は、この対称的な矛盾に尽きる。これは私の標語、モットーであり、そしてこれを繰り返すとき、いつも私はヴァレリーをいかにもぞんざいに扱ったことを残念に思うのである。

感嘆する――これこそこの世で私たちにできる最良のこと、

もっとも高貴なことだ。もっとも胸のときめく感情であり、宗教的感情に遜色なく代わりうる唯一の感情である。感嘆には、崇拝にはない充実がある。後者には熱狂と気後れがいくぶんか含まれているが、前者には何かしら自立的なものが、主権者めいたもの、得意気なものがある。

一一月九日

アリストテレスは、希望を覚めた人間の夢と定義している（ディオゲネス・ラエルティオス『著名哲学者の生涯と説教』）。

パリではもう、ほんものの動物にはお目にかかれない。犬も猫もすっかり人間化されてしまっていて、人間のライヴァルあるいは犠牲者という分類にはそぐわない。犬も猫も裏切り者のように見える。そして実際にそうだ。動物学の〈対独協力者〉。

血圧一四(15)——ホメオパシーのおかげだ！

午前、またベッドにもぐり込み、三〇分ほどヴェーダーンタ哲学について考える。分かった、というよりむしろ感得できたように思う。アートマンとブラーフマンの意味、両者の関連、また両者が同一である可能性、こういうことがはじめて分かったような気がする。ヴェーダーンタ哲学は人を熱狂させる点では仏教以上だが、しかし仏教のほうがずっと直接的であり、ずっと卑俗でもあれば、またずっとラディカルでもある。それに仏教のほうが、思い違いをしたり、幻想にとらわれたりする危険はすくない。事実、仏教のよって立つ公準がすべては虚しいというものである以上、仏教から覚めたといってもなんの意味もないし、したがって、この公準をいったん認めてしまえば、いったいなお何から目覚めることができようか。一方ヴェーダーンタ哲学は、この世界を虚しいと明言するにしても、逆にブラーフマンとアートマンを、この一者にして二者を、究極の実在として措定する。ところで、実在を、もしお望みなら絶対を肯定し、主張するあらゆる者は、無効とされる危険、あるいは疑念をそそのかす危険がある。存在から覚めるのは簡単だ。だが、仏陀のように、存在も非‐存在も眼中になく公準を立てるとき、私たちは自分が何から覚めたのか分からない。存在だけが人を欺くことができる。だが、存在を何かに代えるとき、この、必ずや存在の模造品である何かが、どうして人を欺くことがあろうか。なぜなら、私たちはそれに、まさに何ものも期待していないのだから。

一一月一〇日

ド・ゴールの死。

コマルネスクの死。*

＊ 前記、三七五ページ、注参照。

三〇年ぶりに、アナトール・ル・ブラの『死の伝説』を読み返し、ブルターニュは私の子供のころのルーマニアに似ている！　という以前と同じ印象を受ける。ラシナリで、父を訪ねて来ては、不思議な予感のする夢だの、ありとあらゆる恐怖だのを語った、あの女たちのことを考える。

プリミティブな世界はパニックの世界だ。私の過去のヴィジョンは正しいとはいえない。つまり、起源にさかのぼればさかのぼるほど、私たちはますます恐怖にはまり込んでしまうのだ。だが、逆もまた真である。つまり、未来へ向かえば向かうほど、ますます私たちは、新しい、異様な恐怖に、おそらく強度において始源のそれに劣らぬ恐怖に近づく。

ほんとうに、どうなるか分かったものではない！

すべては無だ。したがって、すべてはなんらかの形で存在し、無として存在する。

（この意味で、無は理屈ではなく感情に属する。）

スイスのテレビ局の一〇分間の番組に出てもいいとF・Bに約束していたところ、そのF・Bが、三人の技術者を連れてやって来た。技術者はアパルトマンで仕事にかかり、アパルトマンの広さをはかり、私を好きなように〈取り扱う〉。こんなことがこれから二日つづくのだが、私はむこう任せ。生きているのに、なんだか自分の埋葬に立ち会っているような感じだ。なんであれ承諾などしてはなるまい。ところが、私はF・Bをひどく好ましく思っていて、むげに断るわけにもいかなかったのだ。もっとも、彼も困ったようで、お邪魔をしてすみませんなどと弁解していた。

一九七〇年一一月一二日

一九三七年、ルーマニアを去ったとき、私はイギリスに行くべきだった。イギリス人と共通のものは私には何もない。彼らは冷静である。あけっぴろげでもなく、挑発的でもなく、打ち明け話を嫌い、かんしゃくを起こすこともない。彼らといっしょだったら、品位というものを多少は学べただろうに。

パリの人間の欠点で私にないものはない。こういう連中といっしょだと、かんしゃくを起こさない日はない。短気、無礼な振る舞い、尊大な態度、うぬぼれ——こういう欠点はひとつとして私に無縁のものではないが、彼らはこういう欠点でもって、いつも私を逆上させる。連中と悶着を起こさぬよう、毎日、私は自分の感情を抑えなければならない。だが、大抵は効果はない。連中のほうも、事態の好転を望んでいるわけではない。もし人が自分を抑え、かんしゃくの喜劇に加わらないなら、彼らはがっかりし、不満に思うだろう。イギリス人といっしょだったら、私は安らぎを味わい、平穏を、無関心を味わい、たぶん、うわべだけの、にせの精神の均衡を味わったことだろう。だが、この種の感染は、生まれつき不満をかこつ、ヒステリックな、苦しみ悩んでいる人間にとってはきわめて有益なものなのだ！

あくせく働き、駆けずりまわり、苦しんだそのあげくに、伝道者ソロモンの、ヨブの、ピュロンの——懐疑と不安とを宿命づけられていた、あのすべての人々の達した結論と同じ結論に達するなら、なんの甲斐があったというのか。〈完全な〉、現実のものとなった茫然自失、こんな茫然自失の新版を世に問うたところでなんになるのか。

激しい情熱も、燃え尽き消えてしまえば、そのあとには、非現実の印象のほかには何も残らないのではないか。情熱的なものであろうとなかろうと、生に変わりはない。そのあとには、確固としたものは何も残らない。というのも、あらゆる生は、実は存在せぬ可能性があったからであり、そして消えうせてしまえば、乗り越えられてしまった情熱ほどにも真実なものでも現実のものでもないからだ。実際、私は自分の生を乗り越えてしまったと思うことがよくある。といっても、死に損なったという意味ではなく、もう生きる理由はないということであり、生きるということがまさにどういうことか分かってしまったということだ。

生とは——なんの意味もない異常な何かだ。私は毎日、この矛盾を生きている。

生には怪物めいたところがあり、その本質において怪物的なものだ、といっても同じことだ。

疑念を分泌しては、私は自分の妄想を無力なものと化した。まさにこの点で、私は自分の使命の遂行を妨げ、自分の才能を麻痺させたのだ。

ド・ゴール、だれひとりとして断じて許さなかったこと、これが彼の強みだった。

一徹な……オポチュニスト、抜け目のない……熱狂者。信念をひけらかすタレーランを想像してもらいたい！

一一月一六日　たった一〇分の放送番組をつくるために、四日間のもめごと。ま、そんなわけで、ドイツ語圏スイスのテレビ局のスタッフが私のところへ来た。きのう日曜日、門番が私の部屋に来て、中庭と階段の撮影はまかりならぬ、撮影したいなら家主の許可が必要だと、居丈高な口調で言う。家主はここにはいない。どうしたものか。私はスイスの友人たちに、建物の撮影は断念するよう頼んだが、Hausmeisterin*の態度にむかっ腹を立てた。もっとも、かっとして騒ぎを起こすのもバカげていると思い、すぐその場で気持ちを抑えたものの、数分後、怒りに青ざめ、怒りをぶちまけるべく、一枚の紙片にこの女への悪口雑言を書きはじめた。するとすぐ、怒りは収まった。つけ加えると、この〈文学の〉練習は、私の仕事の現場を撮影できるように、私に書く真似をしてもらいたいといっていたカメラマンのおかげだった。

＊ 門番のこと。

原罪をみくびっている節のある、ティヤール・ド・シャルダンばりの神学者に、こう言ったことを覚えている。「しかし、原罪はあなたの商売道具ですよ。原罪がなかったら、あなたは飢え死にしますよ。そうなったら、あなたの仕事にはもうなんの意味もないのですから。」

返答代わりに、彼は私を〈ペシミスト〉よばわりした。

「でもね、原罪がなかったら、どうしてイエスはやって来たのですかね。だれを、何を贖うために？」

この反論には関心がないようだった。きょう日、信仰の保護に気を使っているのは信仰のない者だけとは、だれも思わないのではないか。

スイスのテレビのインタヴューで、ほんとうの同時代人というのは、私たちと精神の類似性をもつ者に限られる、たとえば、私にはサルトルより老子のほうがずっと近しいと言ったが、中国の賢者を引き合いに出す代わりに、対比の上からも、パスカルの名を挙げるべきだった。（サルトルは反‐パスカル、というよりむしろ、人が政治音痴ないし音楽音痴であるように、パスカル音痴と言えるから。）

懐疑論は袋小路の快楽だ。

絶対においては、人がペテン師だろうと聖者だろうとどうということはない。

曖昧な精神は深い精神ではない。自分の言いたいことも触れたいことも知らない精神だ。

（F・Bと対談していたとき、話が予期せぬ方向に逸れてしまい、どう続けていいか分からず、話のつぎ穂をなくしたと思った。私の話は深遠なものに見えなくはなかったが、実際には、なんの意味もないものだった。人をはぐらかすことなど簡単だと思い、そして実際に、バカな連中をはぐらかしている者のことを、いま私はあれこれ考えている。

即興が危険なのは、自分が主張したいと思っていることとは反対のことを言ってしまったり、話がわけが分からなくなり説明に窮するからでもある。私はこの二重の危険を経験して知っている。公衆の前に出るのを私がこれほど恐れるのはこのためだ。）

どうして神秘思想に関心をもつのかと、その理由をよく訊かれるが、この問いに答えるのは私にはとてもむつかしい。私が神秘思想に〈関心をもって〉から四〇年になるが、関心のもちかたは、なるほど断続的なものだったとはいえ、熱狂的な、打ち消しようのない好奇心を伴うものであったことに変わりはない。

私は不完全な懐疑家だ。懐疑に吸収されない、あるいは食い尽くされない私の部分は、ことごとく懐疑の対立物へと向かう。ここから、あのエクスタシーの予感が生まれるのであり、それは懐疑思想によっては満たすことのできなかった私の存在の領域といっていい。

モリー・フランシェの異常な症例。ある日、医者が、熱いうちに食べなければならない若鶏の料理をして妻が待っているので急いでいるのだと言ったところ、それから間もなくして、病人は人格に変化をきたした。一三年間、別人になってしまったのである。それは彼女の生涯にあいた穴で、まるでこの長い年月、生きてはいなかったかのように、彼女は何も覚えていない。一三年後、以前の人格に戻ったとき、彼女がいの一番に医者に尋ねたのは、若鶏の料理は美味しかったかということだ。

恋愛にしろ熱狂にしろ、あるいは恐怖にしろ、強烈な状態というものはどれもみな、病的なものと相場が決まっている。通常は、さまざまの欲求を満足させるだけでよしとし、欲求を紛糾させ、〈深める〉おそれのあるものはみな避けるべきだろう。

私は、〈見出された時〉のプルーストよりずっと恐ろしい経験をしたと思っている。私が昔の友人や知人に再会したのは、一回のレセプションのときではない。なんと一〇年間も、彼らのひきもきらぬ恐ろしい行列に耐えねばならなかったのだ。

幻覚を見る――精神科医や、そこいらのとんまに、どうしてこの種の現象が理解できようか。

二十歳《はたち》から二五歳にかけて、私は不眠に苦しんだが、その間、私にはどんな〈超自然の〉現象も、それも純然たる内観によって理解することができた。というのも、そういう現象を自分の内部に感じていたからだ。そういう現象を感じ、想像するだけではなく、作り出すことさえできると思っていたのである。信者ではなく、したがって信仰の助けがあったわけでもないのに、私は、熱烈この上ない、〈狂気すれすれの〉神秘家の立場に自分を置いてみることができたし、恩寵の状態の意味するものが何かを正確に知っていた。そして神に頼ることもなく、ただ自分の衝動や興奮に、なかんずく不眠の夜に身を任せているだけで、恩寵の状態に達していたのである。あの当時、積み重ねることのできた不眠の、なんと膨大な量！　その重さと恐怖はいまもありありと感じるが、恐怖の埋め合わせとなったのは、ときとして突発する、ほとんど耐えがたい歓喜の爆発だった。それほどそれは強烈な、人を興奮させずにはおかぬもの（？）であって、私の忍耐力をはるかに越えた極限へと私を拉致してゆくほどだった。私の資質の障壁などひとたまりもなかった。

一一月一八日

私はヨブの弟子、だが不忠の弟子だ。「師」の確信を手に入れることができず、「師」の哀訴の叫びを見習っただけだから……。

ドストエフスキーは、ゴーゴリ以後、ロシア最大の風刺の天才だ。プレイアード版の『論争物語』*選集でいま読んだところだが、ロシアの、バイロンの影響を受けた連中のグロテスクな肖像のなんとみごとなものか！　これは『悪霊』と同じ血脈だ。もちろん、風刺の面についてだが。

＊『物語、ゴシップ、論争』。

二種類の知がある。つまり、実際の結果に無関心の知と、実際の結果を考え、それを重視する知だ。真の知は前者。というのも、それは何ごとにもたじろかず、〈人間の〉反応など気にせず、〈真実〉を、それが人間にとって致命的なものであっても受け入れるからだ。――もう一方の知は、手加減からできている。

それは〈劣った〉知、二流の、有益な、生きる助けになる知、したがって、嘘をつく知だ。

人にはみなそれぞれ狂気じみたところがある。私のそれは、自分ほど迷妄から覚めた人間はいないと思っていることだ。こうもうぬぼれていることは、このうぬぼれそのものが嘘だという証拠だ。にもかかわらず、ある瞬間に限られるにしても、その瞬間における私ほど迷妄から覚めている者も、覚めることのできる者もいないと、よく感じるのも事実だ。というのも、私においてはすべてが偶発事、事件、瞬間であり、まさに感覚だから。

私に興味のある、そして実をいえば、私に理解できる唯一の革命、唯一の大激変、それは黙示録だ。社会の激変などたかが知れている。

一一月一九日　聖アウグスティヌス、キケロの雄弁術に加えるに内的次元。雄弁家の饒舌と深遠な思想。なんという出会いか！

一一月二〇日

今朝、ベッドで、人は死のためにのみ生きているとはっきり確信する。死がすべてであって、生は何ものでもない。だが、死にはなんらの実在性もない。つまり、生とは別に、死という何かはないということだ。だが、死が普遍的なもの、遍在するものになるのは、まさにこの自立性の、明白な実在性の欠如によってだ。死は紛れもなくいたるところに存在する。死には限界がなく、神と同じように、あらゆる限定を裏切るからである。

昨日は、まあ快適な一日だった。私はいつか死ななければならない、いや、あらゆる生者の例にもれず、実質的には死んでいるのだと考え、悩んでみるつもりだったが、この恐るべき明白な事実もいっこうに効き目はなく、私は何か分からぬ不思議な力につき動かされて、ただわけもなく喜びに浸りつづけていた――忙しげに立ち働き、闘っている連中、要するに、生産している連中が感じているのは、たぶん、この理由の分からない喜びだ。彼らは死のことを考えようとは思わないし、また考えることもできない。よしんば考えたにしても、この〈祝福された〉日の私の場合のように、大事にいたることはあるまい。

ヴラシウの『日記』からよみがえってくるような、一九三八、九年当時の私、それはありありと目に浮かぶが、いっこうに現実感がない。あるとすれば、長いあいだ、夢のなかで私たちにつきまとうことはあっても、夢から覚めてしまえば消えてなくなってしまう、あの人間の現実感だけだ。

もし私の当時の生活が、三〇年の距離をおいてみると、私にこんなふうに思われるとすれば、死んでしまえば、生き残った者にとって私たちがもう何ものでもないとしても、なんの不思議があろうか。

私には私の小さな、ほとんど幽霊のような姿が見える。まるで、人影を遠ざけるために配置された長い眺望のすみに見える人のようだ。あるいは影を背景とする影のように、トンネルのすみにでもいるかのようだ。

昨夜、Xが、自分の論文を一章だけでも読んで聞かせたいと言ってきかない。私はなんとか諦めさせる。この賞賛欲は、もの書きのだれもが感じるものだ。つまらぬもの書きであればなおのことだ。私にしても、そのいかにも強烈な感じは身に覚えのあるものだが、なんとか抑えている。私たちの書いたものなどだれも読みはしない、あるいは読むにしても、別に確信があってのことではなく、軽くさっと読みながすだけだ――こういう考えに慣れなければなるまい。他人の意見など歯牙にもかけず、自分の書くものなどだれも読むはずはないかのように書く――こう振る舞うべきだろう。そうすれば、満足感もずっと大きいだろう。なるほどその通りかもしれない。しかしそうなると、とたんに私たちは自分をひけらかすことを、したがって書くことをやめるだろう。

二〇年まえ、私がMに書いたことはいまもって正しい。つまり私が、ヨブとシャンフォールの弟子だということは。

もっとも、彼らがいなくとも、私という人間に変わりがあるはずもなく、ものの見方にしても、なんら変わりはなかったであろう。それなら、彼らに何を負うているのか。何も負ってはいない。ただ、近親者がいるという慰めがあるだけであり、私はひとりではない、私と同じように叫んだ者が、あるいはせせら笑った者がいたと知ってほっとしているだけである……

きのう日曜日、ミリーを歩く。

あの一二世紀の礼拝堂。一度、コクトーのなぐり書きで汚されたが、二度目は、彼の埋葬で汚された。軽業師の遺体を覆う、中央の、あの大きな敷石！　十字軍の結果、ペストが流行したとき、人々はこの礼拝堂へ祈りを捧げに来た。これを思うと、恥ずかしさに身も世もない。

冷静な状態で書くと、とたんに書き手は退屈し、読者も退屈する。だが、言わねばならないことはどんなことでも、冷静に言うべきだろう。私は、アフォリズムに、あの炎のない火に専念することで、この方法を試みた。そんなわけで、だれもこのアフォリズムで暖をとる気にはならなかったのだ。

今日の午後、ドイツ協会でツェランの表彰がある。彼には確かに魅力があった。だが、なんともつきあいにくい人間だった！　彼といっしょに夜を過ごしたあとでは、へとへとになってしまう。自分の気持ちを抑えなければならず、彼を傷つけるようなことは何も言ってはならなかったから（彼はどんなことにも傷ついた）、しまいには精も根も尽きてしまい、彼にも自分にもまったく我慢がならなくなるからだ。こんなに卑屈になり、こんなに彼に気を使い、とうとう自分の感情を爆発させずに終わってしまったことが悔やまれてならなかった。

ドイツ・センターで、ツェランを讃える集い。俳優がツェランの詩をいくつか朗読したが、詩の朗読とはどうあるべきかを知ってもらうためにも、ここはフランスで詩を朗読している俳優たちに来て欲しいところだ。

（この集いの導入として、あるフランスの詩人が独特の方法で三ページ朗読した。ツェランの詩を読むさいには細心の注意を払わねばならぬと思うあまり、なんと法外にも三回くりかえすのがいいと思ったらしいが、私はすんでのところで口笛を吹くところだった。だがあいにく、時といい、その場の厳粛な雰囲気といい、口笛どころではなかった。）

ツェランは言うべきことをもっていたが、そのツェランにしても、言語の問題にどれほど取りつかれていたか、それを知って私は驚いている。言葉は彼の強迫観念だった――これもしかし、当然の罰だ。彼の詩でいちばん非現実的なものは、彼が到達しなければならなかった、あの言葉のアクロバットにある。

現代の詩は言語によって、言語への行き過ぎた注意によって、この有害な偶像崇拝によって死ぬ。

言語についての考察は、シェークスピアをも殺すだろう。言葉への愛、これはいい。だが、言葉をくどくど論じること、これはいただけない。最初の情熱は詩を生むが、二番目の情熱が生むのは、詩のパロディだ。

どんな会合にしろ、会合に出ると、とたんに私は気づまりを覚え、何かとっぴなことをやりたくなり、異を唱えたい気持ちにかられる。そういう席で私は、人々の語ることにはほとんどいつも反対の主張をする。自分と同じ意見の演説者、あるいは話し相手に同調するくらいなら、どんな強固な自分の確信さえ撤回しかねないだろう。社交界での私の知人は、みな私について間違った考えを——私に社交上の顔がある限りでは、つまりは正しい考えをもっている。この顔は存在する。だが、それは私の外見さえ、私の幻影さえ表してはいない。人なかに出ると、私には自分がペテン師に見えるが、そうである以上、私をペテン師と思う者がいるのは当たりまえだ。

もし私が内面的に純粋(?)だったら、自分とつきあうように他人ともつきあえるだろう。私に不純なところがあるから(うぬぼれ、とげとげしさ、虚栄)、気づまりを覚え、自分がもっているに違いない真実なものとはほど遠い役割を演じることになるのだ。

リュクサンブール公園で、すばらしい午前を過ごす。往き来する人々を眺めながら、生きている者(生者!)である私たちがこの世にあるのは、ほんのちょっとの間、大地の表面に触れるためにすぎないと考える。私は通行人の顔は見ずに、彼らの足を見つづける。私にとって、これらの人間はみな、あらゆる方角へ立ち去ってゆく歩みにすぎず、支離滅裂なダンス、こだわっても詮ないダンスにすぎない……と、こんなことを考えて、ふと顔を上げると、ベケットがいるのに気づいた。この魅力的な男がいると、何か不思議にいいことがある。取りあえず、片方だけやった白内障の手術は、上々の首尾のよし。以前は駄目だったのに、遠くが見えるようになり、「とうとう外向的な人間になりそうだよ」と言う。その理由を見つけだすのは将来の注釈者の仕事だね、と私がつけ加える。

Bから電話。彼については自分で決めていたことがあったのだが、それとは裏はらに、私はひどく親切だった。彼が連絡してくるのは、私が必要だからだ。九月、この近くで、娘といっしょの彼を見かけたことがある。そのことは彼は知らない。私がニューヨークへ行き、彼の住居の近くで、顔も見せずに過ごすなんて考えられようか。私の書いたものを、彼があれこれ翻訳するようになって一〇年になる。私が恨むのはバカげているが、恨む理由は——さしあたり、簡単に分かる。というのも、恨みというものは長引くからであり——これが恨みの定義だ——もっとも予期しないときに再びあらわれるからだ。

首尾一貫した、本職の懐疑家なら、恨みなど抱けないはずだろう。

（なぜ〈本職なの〉か。ほかの連中が会社へ行くように、毎日、私は「懐疑」へと向かうからだ。）

一一月二五日　何か言いたいことがあるとき以外は書くべきではない。ツェランは、晩年の手法で書いた多くの詩で、言葉だけに頼っている。このことから当然予想されること、つまり、読者を、そして自分を欺き、ごまかし、自分を神秘で包み、実際よりも自分を深遠に見せかける――こういう事態がそこには見られる。

解説がないからこそはじめて味わえる、そんな作品の作者、たとえば詩人、画家、音楽家などについて書くほど無益なことを私はほかに知らない。あらゆる解釈は冒瀆だ。説明された作品は、死体がもう肉体ではないように、もう作品ではない。哲学史は哲学の否定だ。私たちは、ある思想をもって闘うのであって、思想の発展段階を書くのではない。学殖など追放すべきだ。批評も同じ。無垢を再発見しよう。破壊者になろう。

パリには、破局の国民センターがある。

Lにはあらゆる才能がある。だから、どんな才能もない。自分に天職のないことは本人も認めている。天職とは選択だ。ところで、彼は生まれつき選択ができない。選択を阻んでいるのは、まさに彼の才能で、このことは彼も知っていて、心を痛めている。

書こうとしたこともある。だが、完全な失敗だった。文学をやるには、いささかなりと残酷さが必要だ。彼はそれを嫌い、残酷さを発揮することもできない。彼の描いた人物は、操り人形で、彼に書けそうな最高のものといえば、お涙頂戴式の、当たりさわりのない種類のものだ。彼が型にはまってそこから脱却できないのは、その才能のせいだが、才能はたがいに相殺しあうため、確固としたものにはなれない。自分を特殊化できない生来の無能性による不毛、発現への、したがって才能への本能的な障害による不毛。彼は自分を限定することができないだから、その痕跡をどこにも残すことはできまい。

『判断力批判』で、カントは自分では一度も実践したこともなければ、実をいえば知りもしないさまざまの芸術について論じている。ニーチェは、現実の経験としては知らない情念のメカニズムと情念一般について、覚めた享楽者など足元にも及ばぬみごとな記述を残している。これは、カントが「美」その他の美的カテゴリーについてそうしたように、自分から導き出したものだ。たぶん、これこそ認識のもっとも純粋な形式だ。

真実は失望にある。したがって、勇気だの、希望だのは、偽りのもの、無知のもの、偽ものだ。生きるとは、非‐実在を、非‐真実を選ぶことだ。

　真実のための英雄的行為があり、虚偽のための英雄的行為がある。どちらを是とすべきか。いずれをも選ぶことができず、生涯、一方から他方へとゆきつもどりつする者がいる。欺かれないほんとうの秘訣、あるいはすくなくとも、そのこつは、たぶん、この揺れ動きのなかにある。

一一月二六日

　神秘思想は信仰ではない。それは絶対へ向かう自我の冒険、認識と喜びのあいだを揺れ動く魂の旅程だ。

　ロシアの作家がどんなに親しく感じられることか、どんなによく分かることか！　私が彼らの国の生まれであることは、痛切きわまりない戦慄にしてもそうだが、私の顔がその証拠だ。彼らと同じように、私もまたうろたえたい……眩暈に麻痺したい、極端なもののなかを転げまわりたいと思い、好みにしても、同じように苦しみに引きつった、あやしげなものだ。

一一月二七日　神秘に対立するのは不条理ではなく無だ。神秘は存在のしるしであり、神秘のあるところには、ある隠された充実があるということだ。

　神秘の存在が感じられる限り、私たちは、はっきり自覚してはいないにしても、宗教的次元を失ってはいない。というのも、宗教的であるとは、どんな信仰ともかかわりなしに、神秘を感じ取ることだから。

　この感覚を経験する限り、懐疑家には、いつか懐疑を跳び越えてしまう危険がある。

　私はといえば、神秘の存在をつねに感じているとは限らないと認めなければならない。神秘がまったく感じられないときもよくある。倦怠に陥っているときがそうで、そういうとき、私にはすべてのものが背景を失っているように思われ、何かに、幸いにして到達不可能な、しかし非在の、なんらかの実在に行き着く可能性を失っているように思われる。現実の全面的な評価としての倦怠は、神秘的なものとは正反対である。倦怠においては、もう何ものも、倦怠の無さえも、私たちを虜にすることはない。（神秘は私たちを虜にする。というのも、恐怖でさえ、何かしら魅惑的なものをそそるから。）

〈絶えざる祈り〉――静寂主義者＊たちの推奨した、こういう祈りの境地には、たとえ気がふれたところで、私にはゆき着けないだろう。それに、私には禁欲の否定的な側面しかよく分からぬし、もし禁欲に、私が好み、かつ実行しているもの、つまり〈アケーディア〉、誘惑、悪魔、肉欲、食い意地、自己嫌悪、砂漠への倒錯的な好み、世界への嫌悪と郷愁、こういうものが何もかもふんだんに見当たらないなら、禁欲に一瞬たりと興味をもつことはないだろう。私には破戒僧のすべてがある。

＊　前記、八七〇ページ、注参照。

懐疑を表明すると、とたんに人は、ある団体の者となる。制服を含む、あらゆる前提条件を踏まえて。私は懐疑家の法衣を着ている。

会話の最中に予期せぬ沈黙が生まれると、私たちは唐突に本質的なものに引き戻され、言葉の発明で人間が失ったすべてのことを啓示される。

もう自分は何ものでもないなどとおとなしく認めるわけにはいかない。だが、私が何かであったためしなど一度もないのだ。それはその通りなのだが、ただしそこには、私がひどく長いあいだ何かでありたいと思っていたこと、そしてその意志をいまだに捨てきれずにいるという留保条件がつく。この意志は存在する。というのも、かつて存在していたし、私にはもうそんなものはないにもかかわらず、いまも紛れもなく私を苦しめているから。いや、私を所有し、私を支配しているのはこの意志だ。それを私の過去に追放しようと努めても無駄で、それは追放に応じず、私を圧倒する。いままで一度も達成されたことがなく、行使されたこともないこの意志は、無傷のままであるからだ。だが、私は変わらず抗議する。意志の命令には従いたくない。なんたる袋小路！……ここからは永遠に出られないだろう。

一一月三〇日　現在のフランスの出版物で、〈民衆〉という言葉が、一七八九年の最悪のレトリックを想起せる震え声をまじえつつ、特に若い連中によって書かれている。いまマラーについて書かれたとんでもないバカげた論文にざっと目を通したところだが、ほとんど信じがたいことだ。「歴史」は繰り返さない。だが、人間に抱くことができる幻想にはどうしても限りがあるから、それは多少とも形を変えて周期的に繰り返される。

権力というものはおよそどんな権力でも毛嫌いしているから、一匹のハエにさえ命令を下さなければならないとしたら、私は世にも不幸な人間だろう。

精神医学の概論でやられているように、〈早発性痴呆〉を〈自己への閉じこもり〉と特徴づけるのはバカげている。この種の痴呆は、何ものにも閉じこもることはないし、この閉じこもりの対象について、〈自己〉という言葉を使うことはできない。

自己への閉じこもりは痴呆になるかも知れないが、しかし痴呆は、この閉じこもりの停止だ。むしろ痴呆は、自己へではなく自己からの閉じこもりであるといえるかも知れない。なぜなら、それは自己からの遁走であり、さらには自己の解消であるから。逃亡のラディカルな一形式。

今この瞬間、私には言いたいことが山ほどあるような気がするが、そんなものはなんにもない、すべてのことは自分のために腹に収めておこうとも思っている。というのも、いずれにせよ問題は、充実と全知の感覚にすぎず、充実と知の現実を伴わぬものだから。

私の生でもっとも重要な瞬間は？　私が何もしなかった瞬間であり、時間の経過に注意しながら、あるいはある種の問いを反芻しながら横になっていた瞬間だ。瞑想に値するものは何もない。瞑想は余暇の至高の形態だ。そして実をいえば、瞑想を伴わぬ時間こそ、充実した唯一の時間だ。私は自分のあらゆる行為を恥ずかしいと思うが、自分の無為を恥ずかしいとは決して思わないだろうし、行動しようとも制作しようとも思わず、自分の存在をひけらかすこともなかった瞬間を、時間を恥ずかしいとは思わないだろう。なぜなら、そのとき私は存在していたのだから。何もせずに存在すること、これが瞑想というものだ。

人間はずっと長いあいだ、こういう状態のうちに生きてきたが、いまや、この状態に離反し、それを再び見つけ出そうともしない。それに見つけ出すこともできないだろう。瞑想は共有財となり、明白な、なんのへんてつもない事実となるべきはずなのに、秘訣となってしまった。この事実だけでも、人間が裁かれ断罪されるに充分だ。

コレージュ・ド・フランスで、レイモン・アロンの開講記念講義。彼によると、社会学者にとって、ソクラテスのデモンとヒトラーのデモンは、同じ次元に存在する。

学問的客観性なるものの、そしてこの客観性のドラマのみごとな例。

ついいましがた、リテーズと長い話を交わしたところだ。彼が言うには、産業中心の世界に終止符をうち、『人形芝居論』のクライストの方式にしたがって、その崩壊ののちに再び楽園に戻るためには、この世界の発展を加速させなければならないと信じているとのことだ。私はこう反論した。私の考えでは、この崩壊は避けられない。崩壊を加速させる必要はない。それは肉眼では見えないにしても、多少とも想像できるものだ。それに、歴史がいったん終わってしまっても、再び発端が見出されるとは思わない。いや、終末に楽園が再び見出されるなんて想像できない。それではあんまり美しすぎる。決定的な転機——消耗あるいは破局——をへたあとには、数人の生き残り、たぶん、たぐい稀な白痴しかいないと思うよと。——「結構なことだ」とLは言った。彼はフランス人らしい反応を見せた。

一二月七日

ときどき、絶望的な手紙を受け取る。多少とも『概論』にそそのかされて書かれた手紙なのだが、私としては返事を出さないわけにはいかない。自殺を考えているというのがほとんどの手紙だから、私は手紙をくれた相手に自殺を思いとどまるよう説得する。自殺をけしかけるのは、さまざまの理由から実際のところはできないからだ。そうなると困ったことに、私の手紙はどうしても教訓的なものになり、ひどく儀礼的なものになってしまい、私のほんとうの考えとは矛盾してしまう。私が引き受けねばならなかった、この〈心の支え〉の、世俗の聴罪司祭の役割、これは私の生の最大のイロニーだ。破壊的な本を書いたあとも死なずに生きているというのは、もの書きにとってはつねに耐えがたいことだ。

ポール・ヴァレから物騒なことを書きつらねた手紙が届いたところだ。だれかに手紙を出すのはこれが最後だ、何もかも――どうやら自殺のことらしいが――はねつけて、姿をくらますつもりだと言う。彼の混乱は今にはじまるものではない。遺伝的なもの、民族的なものといってもいいものだ。その仲間がすべてそうであるように、彼もまたエルサレム神殿の破壊の犠牲者なのだ。

モーゼの律法であるトーラーは、別名を〈携帯用の祖国〉と言った。

古代ギリシアは、私の人生になんの痕跡も残さなかった。私が惹かれたのは、その〈奇人〉にだけだった。

パンテオン広場でのことだったと思う。アルマン・ロバンに、どうして荘子を翻訳しなかったのかと尋ねたことがある。すると彼は、荘子はとても好きだ、スコットランド北部の裸の風景以外にはちょっと比べようがないと答えたものである。

一二月九日

ヒトラー、スターリン――下層階級出身の暴君、歴史が記録した最悪の暴君。彼らに比べれば、世襲の暴君など、たんなる気取り屋にすぎない。

イデオロギーをかかえたネロ！

こんなものなどないネロのほうがよっぽどいい。

昼、バッハのとても美しいコラールを聴いていて、一〇年まえ、ヴィットルド*の無礼な言動に接しながら、夕食会という場所柄、やり返すことができず、どうしてやつを罰すべきか、激しい怒りの衝動にかっかっとなりながら、あれこれ考えていたことを思い出した。それがいま、バッハを聴いていてよみがえったのだ！　恥ずかしさと嫌悪のあまり、早速ベッドへ逃げ込み、もう生きていてはならないとばかり毛布をひっかぶった。

＊　作曲家で音楽評論家のジャン・ヴィットルドは、長いあいだ、フランス・ラジオ－テレビ局で、毎日、放送される〈大音楽家〉という番組のプロデューサーをしていた。この番組では、J・S・バッハがよく取り上げられた。ヴィットルドは、『バッハの芸術の起源』（パリ、一九五七年）という本を書いている。

アナーキストにならぬためには、よほどの勇気と反省が必要だ。

一二月一〇日

午前中、またしても、ブカレストに住みはじめた当初のころ（一九二八年―二九年）のことを考える。なんと貪欲だったことか！　どんな本を前にしても、なんという渇望を覚えたことか！　友人はひとりもいなかった。読書が私の生活だった。私の読書量は、だれにもひけをとらなかった。その後の私という人間のすべては、一日に一五時間、読書に耽っていた、あの坊やのうちに、すでに萌芽としてあった。私は対話なしに生きていた。私の語彙には、他人という語はなかった。いまは以前にもましてそうだ。（そうだ、残念ながら！）

一二月一二日――『ゴルドベルク変奏曲』に感動のあまり、外に出て歩きたい気持ちが抑えられなくなる。くまなく降りそそぐ日の光。リュクサンブール公園で、私は目を閉じ、あの〈超本質的な〉（神秘家の口真似をすれば）音楽が私の内部にかき立てた残響に身をまかせる。もう何も存在しない。神を、あるいは神に代わるものを理解する唯一の方法である、内容なき充実を除けば。

ラスキンの『塵の倫理』。表題があまりに美しく、それだけで充分であって、本を読むまでもない、そういう表題に、たぶん劣るような本は、私は決して読まないだろう。

一二月一六日　一月《ひとつき》まえ、ボンディ＊に、「あなたの初期の本に使われている〝Zerfall〟と〝Bitternis〟＊＊という言葉は、どういう意味に理解しなければならないのか」と尋ねられたが、その答えが、今夜みつかった。

私の人生での根本的な経験は、不幸の経験ではなく時間の経験であると思っている。私のいわんとするところは、自分が時間に帰属していない、時間の外にあるという感情、時間が自分のものではないという感じのことだ。これが私の〈不幸〉だったのであり、〈崩壊〉と〈苦渋〉の説明は、ここに求めなければならない。

あらゆる行為は、時間への関与を前提にしている。私たちが行動するのは、私たちが時間のなかにあり、私たちが時間であるからだが、もし時間から切り離されていたら、何をし、何を企てることができるか。考えたり、退屈したりすることは、たぶんできるだろうが、しかし時間をつぶすことはできない。私たちの傍らを、つまり、私たちのはるか遠くを通り過ぎて、私たちを殺すのは時間だ。（この経験については、『失墜』の最終章ですでに書いたが、今夜は、こういうことが何もかも、突然、私には初めて経験するもの、一種の啓示のように思われた。）

＊　シオランが語っているテレビ番組（前記、八七九―八八一ページ参照）を制作するよりも前、雑誌「プルーヴ」の元編集長フランソワ・ボンディは、一九七〇年四月四日に「ディ・ツァイト」誌に掲載された記事〈Der untätigst Mensch in Paris〉（「パリいちばんの暇人」）を書くために、シオランと対談した。シオラン『対談集』（ガリマール、一九九五年）参照。

＊＊　「崩壊」、「苦渋」。

一二月一七日

ヴァルター・キルシュベルガーから、去年の春、彼の妻がバルコンで撮ってくれた私の写真が数葉とどく。そのうちの一葉に写っている私ときたら、まるで病人、陰気で、幽霊のようで、腹ぐろく、鼻もちならぬやつに見える。心底ぞっとした。こんな鼻もちならぬ男が私なのか。たぶんそうなのだ。

　病院か刑務所から出てきて、陰謀でも考えている前世紀のアナーキストのようだ。

「打ち明けると、死ぬことは人が想像するほど難しいことではないと思うようになった」――死の床で、ルイ一四世は、マントノン夫人にこう言った。

　この〈言葉〉で、王は名誉を回復した。王が、言われているような月並みな人間ではなかったことは、この〈言葉〉からも明らかだ――つねづね私はこう考えてきた。

一二月一八日　リュクサンブール公園で、ずっと会っていなかったオレンゴに逢う。――元気かねと訊くから、「まあ、なんとかやっているよ」と答える。

ところが彼は、私の返答を「私は静かに死ぬよ」と聞き違えた――そして当然のことながら、儀礼にすぎないにしろ、そんなことはないと言った。だが私は、正しい言葉を繰り返すまでもないと思った。彼が聞き違えた言葉には真実があったし、私の不正確な発音には隠された意味があることをすぐ感じたからである。

　解脱するには方法は二つしかない。すなわち、すべては実在すると信じるか、実在するものは何もないと信じるかだ。だが、これは想像するよりずっと難しい。というのも、私たちは、あたかも実在性の程度が問題であるかのように振る舞っており、私たちにとって事物は、多少とも真実なもの、多少とも存在しているものであるから。こうして私たちは、自分がどうなっているのか決して分からないのである。

一二月二一日　まるで何ごともなかったかのように生きつづけること、これが唯一の解決策だ。そうすれば、どんな事態になろうと、いつかはきっと勝つだろう。だれに対して？　そんなことは問題ではない。確かなのは、もし私たちが自分の立場を変えず、それをとことん擁護する勇気があるなら、経験する敗北の総和は勝利に匹敵するだろうということだ。

　あらゆる人間から軽蔑されたい、そう思う勇気がないから、私は自分を軽蔑しているのだ。

一二月二二日　「欲望をもたぬこと、それが最大の欲望だ。」（モリノス）

　これは糾弾された命題のひとつであって、逆説めいたところ、挑発的なまでに簡潔なところからして、エックハルトを彷彿させる。

　神秘家たちの文体は、度はずれな情熱と驚くべき厳密さのあいだを、冗漫と簡潔のあいだをゆれ動くが、これもしかし、自分の葛藤を解決することも、軋轢を克服することもできなかった人間にしてみれば、しごく当然のことである。彼らは、存在の位相がいたって多岐にわたる人間だ。この多様性が、彼らの表現の仕方に見られるのだ。いくつもの対立する世界のあいだでゆれ動く意識には、一様な文体はそぐわないだろう。

　権力は神の名誉をさえ傷つけるとは至言だ。

　私は自分のことを悲しんでいるのではない。泣きたいと思う自分の気持ちを悲しんでいるのだ。

　神が存在しているように見えるのは、孤独が一定の段階を越えた場合に限られる。この段階をどう固定すればいいのか。それに近づけば、それが分かり、感じられるが、その証拠を明らかにすることはできない。泣きたい気持ちのようなものだ。どうしてそういう気持ちになるのか。これは分からない。神も同じようにしてやって来る。

一二月二三日　雪。私にとって、これほどにも重大な外的事件はありえない。いま私は、自分の全幼年期を前にしている。

　M・Lが、私の〈懐疑思想の自動性〉について語っている。不思議なことに、信者については、彼は〈信仰の自動性〉に陥ったとは言わない。

　だが信仰には、懐疑などよりはるかに強い機械的な性質があることは間違いない。懐疑は探究であり、不安であり、絶え間ない提訴であり、したがって更新である。にもかかわらず、懐疑には変質したエネルギーがあり、衰えつつある力が、いってみれば……老人のすがすがしさがあると言っておこう。

私が信仰をもちたいと思った唯一の理由は、信仰を失うことができるからだ。

私にも信仰の道を歩むことはできるだろうと思っている。だがそれには、ひとつの条件がつく。つまり、もの書きとしての意志を断念すること、特に、書かないことへの後悔と自責の念を捨てることだ。私がもっとましな人間になれないのは、私にもの書きであるという意識があるからだ。

書くことは失墜だ。もう書かなければ、解放となるはずだ。

一二月二七日　ヴェルサイユ公園を二時間ほど歩く。リルケのことを、特に、あるスウェーデンの公園（デンマークの公園でないとすれば）について書かれた、その詩篇のひとつを考える。公園の、囲い込まれた空間（『悲歌』にはない）の詩人。

囲い込まれた場所は、どんなに美しくとも、長くは歩けない。この庭園は狭くはないのだが、それでも温室に閉じ込められているような感じで息がつまる。結局、日没まではいられなかった。

一二月二八日　G・Bからの手紙に、私は〈singurul autentic mistic al culturii românești〉*とある。

おおげさなもの言いは、私の国の連中の天分だ。彼らのお世辞でぶんなぐられると、立ち上がれない。だが同時に、こうも度はずれに褒められると、褒められたほうは、びっくりして、つい発奮する。まあ、禅の棒の一撃のようなものだ。

＊「ルーマニア文化の、ただひとりの真の神秘家」。

G・Bが手紙に書くべきだったのは、私が虚無の感情をもっとも強烈に経験したルーマニア人だったということだ。これがあらゆる神秘経験における本質的な感情であることは間違いない。だが、この感情は神秘経験の前触れにすぎないから、神秘経験そのものではない。神秘家の言うすべては無、あれは、奇跡的に存在するものとなる全体、つまり、紛れもない全体への没入の準備にすぎない。この転換は私には起こらなかった。私には神秘思想の積極的な部分は禁じられているのだ。私の書いたものをほとんどすべて読んでいるG・Bが、この不可能性と限界に気づかなかったのは不思議だ。

信仰をもつには、一徹でなければならないし、また永続性が好きでなければならない。なぜなら、神とは、まずもってそういうものだから。さらに、真理という字を大文字で書けなければならない。これはどう転んでも私には無理だろう。

すべては妥協だ。不安を、真理への癒しがたい渇きを除けば。

フィディアスは、パラス・アテナの楯に、自分の肖像を刻んだ――古代文明にはあるまじき行為だった。マネス・シュペルバーによれば、もしフィディアスが現代に再来したなら、たちまち女神像を破壊し、自分の肖像しか残さないだろうとのことだが、まさにその通りだ。フィディアスは、今世紀の芸術を、そしてまた私たちの生きざまを、これ以上なく明らかに示唆している手本なのか。

ブロワ――とっくの昔に関心を失ってしまったが、原因は、彼が副詞をやたらと使うからだ。

二人の、並みはずれたユダヤ女、すなわちエディト・シュタインとシモーヌ・ヴェーユ。

彼女たちの渇きが、自分への過酷さが私は好きだ。

神秘感情と宗教を私は混同しがちだ。前者は現実、起源だが、後者は構築物、作り上げられた、したがって脆い現実だ。

一二月三〇日　昨日、あるイギリスの雑誌で、エリオットに対する〈死刑執行〉を読んで、たまらなく不愉快になる。私のやったヴァレリーの〈死刑執行〉とどっこいどっこいだ。不公平に振る舞うのは、いたって簡単だ。こんな安きにつく罪を、どうしてあんなに無造作に犯してしまったのか。

どういうきっかけだったかもう覚えていないが、昨日、私の本がどんなに根拠のない無意味なものかを、あるいは自分のことを大目に見るなら、そのさまざまの限界をはっきりと思い知った。自分の本が、これほど正確に分かったことも、これほど無惨に分かったこともない。一瞬、私の目の前でぼろぼろに崩れ、実際に存在するものでも、存在したものでもなくなった。

……だがそれでも、私の〈魂〉ではないにしても、私の精神の最良のものは、本に注ぎ込んだ。これに間違いがあろうとは思われない。だがそれなら、もっとうまく書けたのではないかと思うのはどうしてか。

一二月三一日

フランスで、完成されたもの、つまり完璧なものといえるのは、軽薄な人間だけだ。彼らは何にでも、内面のことにさえ向いているが、それというのも、この国では、軽薄さは偶発事ではなく、ひとつの次元であるからだ。

だが、それならジャンセニスムは？　と反論する人もいよう。ジャンセニスムは強制によって、反動によって生まれた。フランスでは、真摯さはつねに邪道である。

（こういう一般的な言い方には、作為的なところ、まさに軽薄なところがあるのは否めない。が、同時に私は、三〇年以上に及ぶフランス滞在で私が出会った欠陥のない、首尾一貫した、真に完成された人間は、軽薄な連中だけだったと思わざるをえない。)

印象は、それを定型的な表現に変えることができる限りでしか私には興味はない。あらゆる感覚は、思考の可能性である。生きること、それは何も意味しない。だれでも生きることはできる。私は外観が好きだが、しかし画家とは正反対の人間だ。視線を概念に押し込んで歪めてしまうほかに、どう使っていいか分からないからだ。

老いるにつれて、褒められたことなど何もかも忘れてしまい、覚えているのは非難と攻撃だけだ。これは当然だ。というのも、私たちは褒め言葉などにほとんどめったに値しないのに、非難と攻撃は、自分では自覚していない自分というものをいくらかでも明らかにしてくれるからだ。

〈アーリア人〉でありたいとのT・Pの熱望ときたらひどいもんで（なんとバカげたことか！）、夢ではきっとナチの親衛隊員になっている、と請け合ってもいいほどだ。

## 訳注

(1) Calle de la Amargura は、「苦しみの小径」、Paseo de los Tristes は、「悲しみの散歩道」の意のスペイン語。
(2) 『インドの美術と文明における神話とシンボル』のこと。
(3) 『涙と聖者』（一九三七年）のこと。
(4) abbé de Nys、未詳。
(5) ミショーについてはシオランに「窮極的なるものへの情熱」と題する小論がある。（『オマージュの試み』所収）。
(6) 原文には Testugière とあるが、八四五ページに著書が引用されている Festugière の間違いと思われるので訂正した。
(7) 〈Lines written in dejection near Naples〉とあるが、〈Lines〉は〈Stanzas〉の間違い。なお九三九ページ参照。
(8) アンドレ・ジッドと親交があり、ジョーゼフ・コンラッドの翻訳者であった Georges Jean-Aubry のことと思われるが、ヴァレリーについての回想記については確認できない。
(9) 鉄衛団の創始者コルネリウ・コドレアヌは、パトリス・ボロンによると、ポーランド人とドイツ人の血を引く、ヤシのブルジョワの出身である。なおレトマン（Letman）については未詳。
(10) 『ジョゼフ・ド・メーストル選文集』（一九五七年）への序文として書かれたもの。
(11) 原文には「第四章二六節」とあるが間違いなので訂正した。
(12) いずれもフランス語の「アンニュイ」にちかい英語、ドイツ語、スペイン語、ルーマニア語。
(13) この『日記』は、この年ルーマニアのクルージュで出版された。表題はフランス語訳では、Ion Vlasiu: *Dans le temps et l'espace. Pages de Journal*, Cluj.（『時代と場所のなかで、「日記」から』）
(14) 『想像的なものについての変奏曲』（クルブ・デュ・リーブル、一九七二年）所収の一文と思われる。
(15) 原文のまま。

# ［一九七一年］

一九七一年一月一日

二〇年まえ、ホテル・マジョリに滞在していたとき、自分の好きな人間の写真を、二月《ふたつき》か三月《みつき》のあいだ、よく壁に掛けておいたものだ。ある日、ショーペンハウアーの写真を見て、メイドが、「お父さんの写真ですか」と私に尋ねた。

電子仕掛けのバッハ……（Welt wohin?）*

＊ 世界はどこへ行くのか、私たちはどこへ行くのか。

世界の歴史、すなわち瀆聖の展開。

（〈進歩〉と呼ばれているものは、それぞれの世代が、素朴、単純、統一性、純粋などといったものに逆らって進める前進にすぎず、余計な一歩にすぎない。）

未来を歓迎することは、未来の瀆聖の共犯者になることだ。

それなら過去を、あるいは現在を歓迎することは？　それも同じだ。なぜなら私たちは、自然界を構成する諸要素の聖なる眠りを妨げずには身動きできないから。

眠りは、生きとし生けるもののもっとも大切な、もっとも重大な活動だ。眠りに沈むと、私たちは、あらゆる胚の発生以前の混沌に戻ったような印象を受けるが、眠りから覚めると、一瞬にして生命の全歴史を、つまり数十億年を通過したような印象を受ける。

事件としての眠り。自殺のすべてとはいわぬまでも、その大部分が、不眠が原因であるということは重要であり、意味深いことだ。眠りはすべてを癒す。どんな悲しみも眠りには太刀打ちできない。だが不眠は、どんなささいな不安をも募らせ、苛立ちを破局に変える。幻視家、つまり、何ごとも極端に誇張しがちな者、こういう幻視家にしてよく眠る者など考えられない。常軌逸脱は不眠の結果だ。

文芸批評（そして実は、あらゆる批評）は、恥ずべき仕事だ。ひじかけ椅子に坐って、他人の汗のたまものを評価し、それがほんものか偽ものか判別しようとし、他人の仕事の上に立って仕事をする。あるいは、先のイメージを繰り返せば、汗の上に汗を流す……（なんというイメージか！）

寄生の最悪の形態。批評家は文学のヒモだ。

あらゆる信念は偽りだ——外部から見れば。だが信じることは、呼吸にひけをとらぬ重要なことだ。

（ここで問題にしているのは、宗教上の信仰ではない。なんであれ何かに賛同する能力のことだ。）

どんな信念に与《くみ》するにしろ、私たちはそのための犠牲を払い、いつか、その報いを受ける。まるでその信念に従ったことが、罪に当たるかのようだ。

（信念がないからといって、非難されることは万にひとつもあるまい。非難されるのは、いつも決まって信念のためだ。あるいは、信仰（その対象がなんであれ）がないからといって罰を受けるにしても、その罰は、信仰のゆえに受ける罰に比べれば比較にならぬほど穏やかなものだろう。）

私がウィと言えば、それはけしからんと言って人々は私を苦しめ、私がノンと言えば、どんなノンでも私を褒める。

朝、いつもの通りベッドで、またしても自分の内部も外部も真空状態にすることができた。もう何もない。この無以外には。静かな高揚。消滅の幸福。絶対と呼ばれるものは、まさにこういう幸福のことなのかも知れない。一切のものの不在の歓喜。だが何ひとつ欠けてはいない。もう何も欲しいとは思わないから。

もう何も欲しくないと考えるときの、なんという心地よさ！

一九七一年一月三日

四時間歩く。ボース地方はすっかり雪に覆われている。厳しい寒さ。――五度。私は、一面の白の広がりとほとんど見分けのつかない小道を歩いている。広大な平野のなかの一点。白の奇っ怪さに異様な印象を受ける。確か、死のように白いという言い回しがあると思う。別の惑星の上を歩いている感じ。何もかも非現実。雲間に一部だけ見える太陽、これもまた非現実めいている。仮に全宇宙が私に敵対し、私が人間にも神々にも同じように忌み嫌われているとしても、私はいささかも動じることはあるまい。一点、虚無の色の広がりのなかの一点、無のなかの無に対して何ができるというのか。

フランス人は思想を好まぬが、思想のことではつまらぬ言い争いをする。ほんのささいなイデオロギー論争も、フランスにいまも残る影響を与えた宗教戦争を、それにまた内乱を彷彿させる。こんなに聡明な連中が、論争となると、こうも敵意をむきだしにできるのには驚いてしまう。フランス人でまず第一に気づくもの、それは彼らの歯だ。

バカなことをほざき、そうかと思うと、体制に対してまったく不当な攻撃をはじめるやつがいる。その体制というのは、ほかでもない、こういう攻撃を許容している体制なのだが、それをしも抑圧的と抜かすのである。こういうやつを目にすると、私は決まって若いころの自分の態度を思い出す。するとそのとたん、驚きは消える。正義の感覚、私のいわんとするのは、正しい、したがって穏当な言葉の感覚のことだが、これは、バカなことはしたくないと思うようになったときの、つまり、遅まきの感覚である。革命、いや実は、あらゆる変化は、未熟の産物である。人は老いて生まれるべきであり、そして可能な限り、老いていなければなるまい。

私には孤独への偏見がある。

立派な立場ゆえに人々から賞賛される者よりも、たとえ誤った立場を擁護しているにしても、孤独である者にずっと親しみを覚える。

「世界週報」でこんな記事を読む。

ドイツの精神分析治療法。ある年配の男の右手が動かなくなる。検査をしても、体は別にどこも悪くない。申し分なく正常である。精神分析医は、なんの成果も得られない。彼の質問も、患者の答えもなんにもならない。分析医は当惑して、思い切った手を打った。ハイル、ヒトラー！　と叫んだのである。すると、男の右手は動き、ナチの敬礼を完璧にやってのけた。

一九七一年一月四日

朝、目を覚ましたとき、昨夜はひと晩中、きのうの風景を反芻しつづけ、眠らずに何時間もずっと、あの風景を再び体験したような気がした。

することなど何もない。生は化学、特別の化学だ。抽象論を振りまわそう。そのほうがずっと愉快だから。

私たちの記憶の最深部にしまいこまれた、はるか昔にやらかした不作法の数々、私たちがこれを思い出すのは、憂鬱のおかげだ。憂鬱は私たちの恥の考古学。

「それがなんになる?」——あらゆる問いに、いつかはきっと答えがみつかるに違いないと思っているが、右の問いに対する答えは別だ。だが重要なのは、この問いだけであり、その他の問いは、気晴らしだ。

(それに、これは問いだろうか。むしろ、あらゆる問いの息の根を止める答えではないか。)

それがなんになる?——この問いとともに生まれ、この問いに生まれついた者。この問いには、そしてそれを発する者には、ある損なわれた光がある。バカであれ、この問いを口にするや、そのとたん、もう並みの人間ではなく、だれにも似ていない。稀有にして無。

一月五日

無益な興奮のモデル、つまりナポレオン。——こんなにも長いあいだ、どうして征服者たちに敬服できたのか。

人間は、征服をこととする動物の典型そのものである。人間の全歴史は、征服の連続である。征服といっても、たんに軍事行動だけではなく、技術、文学、社会などにかかわる、およそありとあらゆる企てと理解しなければならない。それに、科学的制覇という、言いえて妙な言葉もある。それもそのはずで、科学的制覇とは、力の増大を目指して、自然の世界を構成する諸要素の謎を、未知のものを、眠りを辱め、冒瀆することなのだから。地上の王となった捕食動物。

〈哲学〉の本を読むと、パリの逸話だの、曖昧な〈言葉〉だの、嘆かわしい語呂あわせだのといった、精神の最悪の形態とも和解できる。すくなくとも、その形態は生きているように見え、そして何かを意味している。

(レヴィナスの)こういう本の一冊で、たまたま憎しみの分析にでっくわした。なんという隠語で書かれていることか！ フランスのモラリストたちが早く来ないものか！

若かったころ、私はニーチェが、シュペングラーが、一九世紀のロシアのアナーキストたちが好きだったし、レーニンを尊敬していた。人名を挙げていったらきりがあるまい。私は、あらゆる立場の傲慢な人間が好きだったのだ。その数ときたら、ちっとやそっとではない。

だが、いま私は仏陀が好きだが、この仏陀もまた、ひどく傲慢な、だれよりも傲慢な人間だったのではないか。人間の苦しみ、老い、死は避けられないからといって、この世を棄て、そして人々にこの世を棄てることを説いて聞かせるのは、人間の条件そのものを、条件それ自体を拒否することではないか。どんな革命家、どんなニヒリストが、こんな大それたことを目指したであろうか。インドの皇子に比べれば、どんな熱烈な幻視家も慎ましく見える。人々に現世放棄を強制し、そればかりか、現在の、そして未来の自分の同胞のすべてを、「自然」が彼らに示した道から逸脱させようと思い立つ、これはまさに前代未聞のインスピレーションだ。――こんな壮大な企てを思うと、ほかのどんな冒険にも、どんな転覆の意志にもついてゆく気になれない。内的革命に比べれば、外的革命はなんとケチくさいものに見えることか！ したがって、仏陀もまた征服者だった。ただし、特異な征服者だった。

一九七一年一月五日

考えの筋道はこうだ。ほとんどだれひとりとして、特にパリでは、私のことをもの書きとは思っていない。これは明白な事実だから、私としてもそう思っている。だが、恨みがましい気持ちがないわけではなく、ときにはそれが嵩じて激昂する。――やがて気を鎮め、このほうがずっといいんだ、いつかはきっと……などと考えるが、しかしこの考えはバカげているから、すぐ捨てる。それというのも、若かったとき、ほとんど下品といっていいほど激しい、途轍もない野心を抱いたあげく、ゆきずりの者としての自分の境遇を味わうことほど私の気に入っていることはないのだから。

タキトゥスを読み返す。五回目、それとも一〇回目か。——ひとりの作家に、これほどの精神の強靭さと苦渋が見られたことはめったにない。それにまた、恐怖に対するひそかな喜びが。逸脱、常軌を逸した言動、犯罪——筆がこういったものに及ぶと、とたんに、なんという力強さを発揮することか！　彼は傲慢に惹かれていると同時に、傲慢を憎んでいる。——「アグリッピナもまた、自分の偉光を一段と引き立てて見せるため、カピトリウムの丘に幌馬車のまま乗り込んだ。これは、いつの時代でも神官と神々の像にのみ許された名誉であり、そのため彼女への尊敬の念は、さらにつのった。彼女こそ最高司令官の娘であり、世界の統治者の妹であり、妻であり、母であった。こんなことは、いまに至るも稀である。」

タキトゥスが異常を好み、異常を探し、それを際立たせているのが分かる。ということは、彼の文学的な本能が強かった何よりの証拠だ。だがそれでも、信じがたいことに、誇張しているという印象はすこしも与えない。偉大な作家であって、みじんも文学者ではなかったのだ。

（彼を誹謗する連中に言わせれば、彼の作品は、誇張、偏見、反-真実のかたまりだとのことだ。

……私はといえば、そんなことにはいっこうに気づかなかったし、彼ほど誠実な歴史家は想像できないと思っている。彼が真実を語っていると言っているのではない。真実を探究する誠実な人間だと言っているのだ。だが彼をほんとうに好きになるには、読者が俗にいう〈ペシミスト〉であって、最悪事を好む場合に限られることは私も認める。）

もしパスカルが一八世紀に生きていたら、彼はヒュームになっていただろう。

『パンセ』が興味をそそるのは、そこに両立しがたい矛盾が見られるからだ。パスカルは真実の解体に向いた人間だったのに、真実の強化に没頭した。いま彼が私たちの興味をそそるのは、もっぱらその矛盾によってであり、彼が必死になって救出に努めた、その信仰の深部にある解きがたいものによってだ。

革命的な学説を国是とする、活力ある国家は、その学説そのものをもって国家発展の手段とする。一七八九年以後のフランス、一九一七年以後のロシア。

無気力な国家は、ダイナミックな学説を採り入れると、いっそう無気力に陥る。学説の衝撃に耐えて生き残ることはほとんどない。

したがって、本質的な問題はイデオロギーの問題ではなく、歴史の段階の、時期の問題である。この国家はいまどんな段階にあるのか。問われなければならないのは、まさにこの問いだ。もしこの国家が転落のさなかにあるなら、転落しつづけるだろう。だが、もしその痙攣が生命力のあらわれなら、転落の坂道を登り返す助けになるだろう。だが、成熟しすぎた国家、あるいは社会には、当然のことながら、坂道を登り返す気力など望むべくもあるまい。滑り落ちながら、溺れながらもがくのが関の山だろう……（もちろん、私が考えているのは、西欧のことだ。）

どんな予言者にも――きわめつけのバカな予言者にさえ、いつかはきっと出番がまわってくる。戯言は未来にうってつけだ。それは未来を予想し、予見する唯一の方法でさえある。というのも、慎重に考察を重ねてみたところで、未来を予言することはできないし、あるいは、未来の途方もない掘り出し物を予感することさえできないからだ。

私は、健全な、正常の精神の持ち主なら、未来を想像することはおろか、未来の一局面、一側面すら想像できないのが事実だと思う。いつもそうだったし、これからもそうだろう。人間が善において、なかんずく悪において、どんなことをしでかすか、正常な精神の人には感じ取ることも想像することもできないからだ。未来を想像するとは、人間の終焉への段階をさらに一段、想像することだ。これこそまさに、人間の想像したがらないことだ。ある種の低俗な節度が働いて、想像できないのだ。予言者がその優越性を示すのは、まさにこの点においてだが、優越性の原因はきわめてはっきりしている。つまり、予言者の自己保存本能が深く傷ついているということだ。それが予言者の弱さでもあれば力でもある。なぜなら、もし彼の防衛反応が、自己防衛反応が無傷のままだったら、現在のかなたを眺める勇気などなかったであろうから。

ひとりの人間のかかえている欠陥は、その人間が新しい教義に触れると、いっそう悪くなる。彼がどんなことにも積極的に参加しない限り、その欠陥は眠っているが、新しい教義は、これにいっそう強いはずみを与えるからだ。なるほど、彼の長所もまた一段と引き立ち、一段と強くなる。これは本人も知っているが、しかしそれに応じて、その悪癖も一段とふえることは知らない。新参者が幻想を抱くゆえんである。

どんなつまらぬものでも、家具を買うと、私にはいつもそれが棺桶の代用品に見える。

一九七一年一月八日

フランス人に、ドイツ人に、イギリス人にある、この上なく愚劣なものを何もかも寄せ集めた、おぞましいアメリカ様式。

だが、この様式がもっとも近いのは、むしろドイツの様式だ。グロテスクなまでに勿体ぶった隠語。やれやれ！　こんなわけの分からぬ言葉で書かれたエッセーを読むのは刑苦だ。この、いわゆる新大陸の、なんという破局！

私はどんなことも我慢できるが、人間に従属することだけは御免だ。私が何度か信仰をもちたいと思ったのは、信仰が私に、人間への屈従に代わる屈従を勧めたからである。自分の同胞よりは神に従うほうが望ましいのだから。

精神分析は役に立つ。その証拠に、私たちはどんな御託でも並べられるし、またその御託をうのみにする連中につねにこと欠くことはあるまいから。たわごと製造工場。

仮説をこんなに自在に立てられるものに、私たちは絶えてお目にかかったことはない。

一月九日　私の人生でも前例のない沈滞の時を迎えてしまった。私の〈氷河〉期。洞窟に避難するより仕方があるまい。

説明するのは大嫌いだ。説明という言葉さえ嫌いだ。

一月一〇日　手紙は、書きたいと思ったときにのみ書くべきだ。そうでないと、注文の詩と同じように、うまくは書けないだろう。

いい手紙というものは、憤怒にかられ、賞賛あるいは憎しみにかられて書かれる。偏りのない手紙などはない。あるいは、もしあるとしても、磨滅した感情の跡をとどめるすべてのものと同じように、どうということもないものだ。愉快な、あるいは悲しい気持ちがうせたら、書くのはやめるべきだ、特に手紙を書くのは。

ついいましがた、リュクサンブール公園で、誇りに満ちてここをそぞろ歩いていた、若いジッドとヴァレリーのことを、いや、栄光の絶頂にあった、もっと後年の彼らのことをも考えた。だが、一時間まえ、私の関心をそそったのはそういうことではなく、彼らの肉体の現存、その歩みだった。彼らがこの小径を、この場所を通ったということに、いったいどんな意味がありうるのだろうか。そのことの何が残っているのだろうか、と考えたのである。

こういうバカげた、それでいて人を狼狽させずにはおかぬ問いを、私はよく自分に向けてみることがある。私たちが通り過ぎた痕跡は、どこにも、何も残らない。たとえば、私はパリで、自分が数年間を過ごしたホテルを目にすることがあるが、もういまとなっては、その場所が、あんなにも長いあいだ、私の生活の中心であったと理解することはできない。この世での私たちの束の間の滞在は、つまるところ、まさにこういうことだ。

こういうことを知りながら、それでもまだ、どうして喜んだり苦しんだりすることできるのか。だが、この可能性こそ、生きることの〈秘密〉に、いや〈神秘〉にさえ合致する。

翻訳は一つの判断、一つの注釈であり、原作者が自分の精神の欠点を心おきなく眺めてみることのできる鏡である。翻訳は、私たちの作品を曲解するよりむしろ、私たちを暴露する。

ある考えを主張するとき、その考えに弱点など含まれているとはまったく思わず、弱点など無視しなければ、その考えを敷衍することはできない。思想家は突っ走る。彼は征服者として振る舞うが、それというのも、あらゆる主張が自動的にひきおこす反論を真に受けていたら、ついにはもう何も主張できなくなるから。

もっとも高尚な生は、観想にある。観想より行動のほうがすぐれているとは、どう転んでも私には信じられない。私は行動と言ったのであって、活動と言ったのではない。観想が活動であるのは明白だから。

一月一四日　書くには、いささかなりと熱気が必要だ。さもなければ、書くのはやめるべきだ。

（私は、事実上、〈制作〉していない。それは、冷静に書こうと努め、衝動や気分や〈熱狂〉を諦め、自分の本性を、自分自身を諦めようと努めることになってからだ。私は自分を取り戻さなければならない。自分の気まぐれと、自分の紛れもない欠点と和解しなければならない。）

食餌療法の食品をあきなう店に行く。店員は娘とのおしゃべりにかまけていて、私のことなどまるで眼中にない。私は黙っていることにし、かっとならないようなんとか気持ちを抑える。

数分後、娘が出てゆくと、店員が何が欲しいのかと訊く。私はいくつかの品を買い、最後に、ハシバミの実のピュレを注文する。見ると、ピュレが黄色になっているのが分かったので、実はアーモンドのピュレが欲しかったのだと言うと、とたんに相手は――信じられないくらい無礼な口調で、「自分の欲しいものくらい分かっていなくちゃ困るよ」と答えた。私は、冷静にしていようという決心も忘れて、ハシバミの実のピュレの壺を摑むなり、そいつをテーブルに砕けんばかり叩きつけて、「間違えるのはこっちの勝手じゃないかね、そうだろう！」と叫んだ。――この店員は、たぶん故意にではあるまいが、皮肉なうすら笑いを浮かべていた。で、ついかっとなってしまったに違いない。私は店を出た。胃が、そこらじゅうが痛かった。怒りをこらえるより爆発させたほうがいい、そのほうが身のためだという考えは、今回だけは、誤りであることが分かった。なぜなら、私が黙ったなり、気持ちを抑えていられたら、怒りを爆発させたときよりもずっといい気分でいられただろうから。
感情を抑えるのは、必ずしも病的なことではない。平静を保つ要因になりうるし、それどころか救いの要因にもなりうる。それというのも、欲求、いや本能にさえ、稀に特別の場合のほかは、満たしてはならないものがあるからだ。
満たされない欲求は、精神の役には立たない。ほかでもない、私たちの身のために、欲望を抑えよう。機会に恵まれときにのみ、欲望を尊重しよう。
浅薄な人間とは、自分の衝動のままになる者のことだ。衝動を抑えてはじめて、人間は深まる。禁欲が有効なゆえんだ。
内的生は、自分を注視するすべを心得ている者にのみ固有のものだ。遅らされ、延期された充足は、精神の勝利である。延期された充足であって、阻止された充足ではない。なぜなら、拒否は私たちに発するはずだから。もしそれが外部に起因するものなら、もたらされるのは苛々と不毛だ。

一月一五日　気象学と私。気温の、そしてもっとも非形而上学的な意味での気候の変化を精神に受けなければならない悲劇、この悲劇をメーヌ・ド・ビランほど強烈に生きた者はいない。私が何よりつらく感じるのは、雪解け、つまり気候がやわらぐ気配である。それは驚くべき兆候をもった病気に似ている。その兆候は私には馴染みのものだが、それでも、まるではじめて現れたかのように、いつも私の意表をつく。なかでも一番つらいのは、脳髄にヴェールがかかり、脳髄の働きが狂ってしまったかのような感じを与える兆候だ。こうなったら一番いいのは、寝ること、降参することだ。今日も今日とて、このていたらく。それというのも、気候の容赦ない影響を――束の間とはいえ――防いでくれるのは眠りだけだから。

ただひとつの〈慰め〉は、慰められたいと思う気持ちを忘れることだ。――慰めを求める気持ちのもととなる理由を忘れることのほかに、何も慰めにはならない。自我とは無縁のあらゆる活動こそ慰めの要因だ。
自我すなわち悲嘆。

一月一六日　ルイ一六世が、その断末魔の始まりを示すことになる日、つまり七月一四日の日記に書きとめた「書くことなし」についてよく考えることがある。私たちはみな彼のケースに当てはまる。自分たちの衰退がいつ始まるか、正確には分からないのである。

ある精神医学の本を読んだところ、お目にかかったのは患者の言葉だけ。著者の解釈はほとんど見当たらない。

一月一八日　きのう日曜日、モルトフォンテーヌの近くで、製材所のそばを通りかかったとき、製材の芳しい匂いにうっとりとなる。棺桶がこんなにいい匂いなら、棺桶に入るのもそんなに悪くはないはずだと考えた。

一月一九日　ルーマニア人のことについて、S・Stと電話で話しをする。われらが同胞の手になる世界的な作品はただの一冊もないという事実を確認する。詩人はいないことはないが、散文作家となると見当たらない。重要な、意義深い小説は一冊もないし、どんな領域にもこれといったものは皆無、ひとりの音楽家もいなければ、ひとりの哲学者も、ひとりの……

S・Stによると、この原因は、ルーマニア人が自信を欠いていて、見せかけの生活をしているところにあると言う。私は、ルーマニア人に自信などだれも期待してはいない、そんなことよりずっと深刻なのは、ルーマニア人には強迫観念がないことだよと答える。ドストエフスキーは強迫観念の総和だ。——私たちが自分に固有の世界を獲得し、次いでそれを外部に投影し、ほかでもない、一個の作品を創造するのは、何かに取り憑かれることによってだ。強迫観念がなければ、あるのは気まぐれだけ。そしてルーマニア人とは、気まぐれの総和だ。ルーマニア人があらゆることを笑いのめすのは、何ものでもない彼には、自分よりも価値のあるものがほかにあるとは考えられないからだ。彼にとって実在性のあるものは何もない以上、いったい何に取り憑かれることがあろうか。この自尊心に値するものは何もないし、注意力を酷使して検討するに値するものもなければ、絶えず、執拗に、狂ったように考えるに値するものもない。すべては取るに足りない、これがルーマニア人の生きている風土であり、その日々の生活の形而上学的土台である。

もし私がキリスト教の初期の時代に生きていたら、いくつかの理由から、キリスト教の魅力の虜になっていただろうと思う。要するにセクトだったG・de・F*に熱狂することができたのだから、どうして一つの宗教に熱狂しないわけがあろうか。二千年まえ、私がなっていたかも知れぬ、あの仮定のキリスト教徒、あの狂信者、私はこいつが嫌いだし、どんな賛同行為もひとつとして自分には許さない。そんなことはいままで一度もやったことはない。

＊　鉄衛団。前記、二八〇、六九七ページ、注参照。

「永遠不滅の法則がもたらした最良のことは、私たちに生を捨てる多くの手段を提供したことだ……

生はだれのことをもその意志に反して引き止めない——この一点についてだけは、私たちは生を責められない。」（セネカ）

死は生の義務の一つだというストア学派の考えは正しい。

悪は私にはきわめて充実した実在に見えるから、神学者たちがそうするように、悪をただ善の欠如とのみ考えるのは、私には一種の冒瀆と思われる。

本を出すと、たちまち誤解にぶっつかる。本を出すのは、ただ誤解への愛からだ、とさえ言えるかも知れない。

真夜中、パレ＝ロワイヤルのアーケードの下。だれもいない。信じがたい静寂（パリで！）。雲のよぎる音が聞こえる。

私の作品が何かの役に立つとすれば、それは形而上学的な覚醒だ、つまり、眠っている人々をゆさぶることだ、とC・Aは書いたが、まさにその通りである。

……したがって、本質的に非慈善的な活動。なぜなら、いったいどんな権利で、他人の眠りを妨げるのか。

〈卑劣漢〉が尊敬するのは、まったく非の打ちどころのない人間だけだ。そんなわけで、どんな妥協にも応じ、自分に良心のあることさえ忘れてしまったXが、あらゆる人間を軽蔑している、例外はガンディだけだ、と手紙に書いてきたのだ。

（もっと先を読むと、レーニンを例外扱いしている。まるで暴力の肩をもちながら、同時に暴力拒否の肩をもつこともできるかのようだ。）

あるグノーシスの物語によると、イエスは天に昇り、もう予言などできぬようにと天上の諸領域の配置を乱した。この異端の考えには、新しい世代が運命 *fatum* に抱いた嫌悪感が、この上なく明瞭に表現されている。実はキリスト教とは、運命への反乱にほかならなかった。そして運命を、あの神の非人格的な形式、つまり「摂理」に置き換えることができたのだ。

（私はキリスト教徒よりは異教徒に、その信仰にいっそうの親近感を覚えるが、これはいかんともしがたいことだ。もっとも、一方の「運命」とその定め、そして他方の「摂理」のうかがい知れぬ意図とにどんな相違があるのだろうか。私はどんな相違もないと思うが、ただし後者の場合、「摂理」の力の背後には、ひとりの人間が、神が、したがって祈りで心を動かすことのできる何かが隠されている。たぶん、これが違いといえば違いだろう。もっとも……）

「運命」という観念は私のお気に入りで、ずっとそれに惹かれてきた。それなら、キリスト教徒の神から私が遠ざかったとしても、なんの不思議もないのではあるまいか。

私が書いた正しいことのひとつは、成功と（そして、もちろんのこと）挫折に関することだ。成功の場合、私たちは自分で考えている通りの者だが、挫折の場合は、神が考えているような者だ。

マリオン、あのポーランドの女——精神科医は彼女にはなんの役にも立たなかったとメモしたことがあるが、その理由は、彼女が人が生きてゆく上で原動力となる動機を越えているからだ。幽霊を、ましていわんや生きている解脱者を治すことはできない。大地の血を引き、どんなに浅くとも、まだ大地に根をもっている連中、治せるのは、こういう連中に限られる。

私は国の連中が大嫌いだ。この点では、自分の同宗者を嫌ったシモーヌ・ヴェーユとどっこいどっこいだ。といってももちろん、同じ理由からではない。というのも、はっきり言っておかねばならないが、私の国の連中は何も体現しておらず、無であるからだ。彼らを、その擁護する価値を理由に非難することはできない。なにしろ、どんな価値も擁護してはいないのだから。

昨日、サンダ・Sに、こんなことを言ったものだ。ルーマニア人は、ルーマニアに住むユダヤ人を浅薄な人間にし、彼らの〈民族〉のものである、あの神秘を、その宗教的側面を彼らから奪い取るという離れ業をやってのけた。だからルーマニアのユダヤ人は、その知的水準が土着民のそれよりずっと高いにもかかわらず、重要なものは何ひとつ生み出さなかった。周囲にびまんする軽薄さに汚染されてしまったのだ。ルーマニアでは、カフカのような人間は生まれるべくもなかったであろう。そういう人間でも環境からして、軽薄な人間に、つまり、〈ジャーナリスト〉に、ディレッタントに、俗にいう懐疑家になるのが落ちだっただろう。卑俗な懐疑主義、これこそ私たちの種族の特徴だ。すっかり幻滅してしまった凡人、無能、一切のことから覚めてしまったバカな連中。こういうことは、すでに知られていたにしても、こんな大規模な例は、たぶんないだろう。つまりは集団的虚無だ。

（私が祖国を、かくも厳しく攻撃するのは、祖国から自由になりたい、祖国のためにもうこれ以上苦しみたくないと思っているからだ。私は祖国の惨状を考えて、途方もない時間を浪費した。考えたところで、出口もなければ終わりもない懊悩に沈み込むほかに、なんの役に立ったというのか。一番いいのは、祖国を憎むことだ。怒りがいったん鎮まれば、離脱はおのずとやって来るだろう。それほどまで私は、自分の出自から自分を切り離したい、それを忘れたいと思っているのだ！）

シモーヌ・ヴェーユに欠けているのはユーモアだ。だが、もし彼女がユーモアをそなえていたら、信仰生活をあれほど深められはしなかったであろう。ユーモアは絶対の経験を挫折させるからだ。絶対的信仰とユーモアはそぐわない。

ユーモアより悪いのはイロニーだ。なるほどユーモアは、私たちのあらゆる経験の価値を過小に評価するが、しかしともかくも、神秘へのある種のかかわりは許容する。ユーモアという手段を軽視しなかった聖者さえいたのだ。聖性は、ユーモアの、そればかりかイロニーのある種の発作にそぐわないわけではないと言っておこう。だが、聖性がそれを黙認すれば聖性ではなくなってしまうものがある。それは徹底的なイロニー、精神の癖としての、天性としての、才能および自動現象としてのイロニーである。なぜならそれは、エクスタシーのまさに逆であるから。

いま差し当たって自分の関心事にそぐわない本は読みたくない。友人たちがその本を、まさに必要でもないそのときに、私たちに贈るとき、いったい自分たちがどんな迷惑の張本人であるか知っていてくれたらと思う。

実をいえば、贈られてくるどんな本も、時宜を得ない不躾なもので、私たちの私生活を侵害し、私たちの孤独を犯す。確かなのは、いま差し当たって読むものとして私たちが選ぶのは、まさにこんな本ではないということだ。

若かったとき、私はあらゆる人間を好んで敵にまわしたものだ。老いたいまとなっては、もう自分の敵を大事にする気力も、彼らの憎しみをかき立て絶やさないようにする気力もない。ゴルドマンとの和解は、この明白な例だった。彼は和解のあとすぐ死ぬことになった。和解のあと生き続けることはできなかったのだ。

一九七一年一月二七日

R・de・Rは、最初の妻に死なれたあと自殺を決意した。拳銃を買いに行ったが、あまり高価であることが分かって、死ぬのを諦めた。

ケチもときには役に立つ。

私の反祖国の決定的論拠は、祖国がどんな神秘家も生まなければ、真に深い経験をした人間をひとりとして生まなかったということだ。こういうことだ。私が言いたいのは、神秘的な経験に達した人間がひとりもいなかったということではなく、この経験から出発して創造し、この経験に自分の名前を結びつけ、たとえいくつかの趣向にすぎなくとも、それによって、この分野に新風を吹き込んでいる者はひとりもいないということだ。

一月二八日

貧乏人は金のことを考えるあまり、それが頭にこびりついて離れず、その結果、ついには非‐所有の精神上の利点を失うにいたり、かくて金持ちと卑しさを張り合うことになる。

何かを攻撃するとき、その攻撃の対象とはいささかなりと共通点がなければならない。あるいは、攻撃の対象が人間の場合には、その人間が自分とは正反対の人間でなければならない。

だが、正反対であることによって、共通点ではなく対称性のためだとしても、両者は似ている。対称性は相似だ。

ついいましがた、ウージェーヌがアカデミー・フランセーズから戻って来る。二月の入会式にそなえて制服の試着に行ったのだが、アカデミーにみなぎる古色蒼然とした雰囲気に、つまり、いまにも死にそうな、死を待っているだけの老人連中に強い印象を受けたと言う。入会演説にともなう一連の儀式が思いやられる。アカデミー・フランセーズの会員になることを承諾するなんてまったくどうかしている！　いま彼は、承諾してしまったことを悔やんでいる。そして当時、つまり一年まえ、鬱の危機の渦中にあって、自分は人々から見捨てられてしまったのだと思い、アカデミーには隠れ場が、自分の身を守ってくれるものが、アジールがあると思っていたからだと言い訳をする。

神性を擬人化するとは、二つの聖書はなんという過ちを犯したことか！　神を私たち人間の姿に似せて創ることで、二つの聖書は、神を頼りないものに、弱いものに、儚いものにしてしまった。仏教のほうがずっと正しい。

ハプスブルク家の悲劇は、アトレイデス一族の悲劇に劣らず感動的だ。

ああ、もう純粋な野蛮人はいない！　どこもかしこも、ジャングルのなかでさえ、あるのは、多少とも文明化された腐敗だ。

自分の芸術の、そしてそれ以上に自分の存在の限界にまで行く——これが、いささかなりと自分には使命があると思っている者の掟だ。

一九七一年二月一日

「……もう自由には振る舞えない」——これが現代人の定義だ。自由に振る舞えなくなる——これこそまさに、疎外というもっとも濫用されている言葉の意味だ。

私がこんなに〈元気はつらつ〉としていながら、こんなに暗い人生観をもてるのが不思議だと、昨夜、クリスタベルが私に言う。私は反論する。私の人生観は暗くはない。私たちは極端に幸福なとき、ことさら生誕を疑問視するとか、自分が生まれなかったと考えると、いつもちょっぴり嬉しくなるとか言ったのは、わざと言ったのだと。

私たちの気力を殺ぐものは、私たちに反発と気力の回復を余儀なくさせて、私たちを奮い立たせる。平手打ちを食らうこと、あるいはその危険にさらされること以上に効果てきめんなものがあろうか。

現代史の、もっとも心なぐさむ瞬間のひとつ。すなわち、アウシュヴィッツで、ナチの犠牲者の記念碑を前に、ブラントが涙にくれてひざまずいたときだ。*

＊　一九七〇年一二月、ポーランドの首都を訪問したとき、ヴィリー・ブラント首相がひざまずいたのは、ワルシャワのゲットーの記念碑の前である。

一見、現代とはかかわりのなさそうな小冊子を読んだ。だが、ユダヤ教に関するもので時代おくれなものは何もない。問題の冊子は、ラインラントでキリスト教に改宗した、一二世紀の、あるユダヤ人の短い自伝である。石で打ち殺そうとする同宗の者たちからやっと逃れ、彼は修道院に入る。この新信徒の名は〈ケルンのユダ〉――そしてその本は、『わが改宗顛末記』という。

ユダヤ人の狂信は、理解を絶する。だが、すくなくともそれは、私たちが狂信者にも狡猾な人間にもなりうることの証明である。ほかの民族には決して見られないことだ。ユダヤ人の特異さは完全である。彼らの存在が示しているのは、人間であることの逆説は限りがなく、ありきたりの矛盾などユダヤ人にはかかわりのないものであり、一切のあい反するもが共存する、その生きざまによって、彼らは矛盾を可能にし、矛盾を生み出しているということだ。

もし寛容であったら、ユダヤ人は、とっくの昔に姿を消していただろう。彼らの永続性は、その信じがたいほどのセクト主義の賜である。二千年におよぶ熱情と憎しみも、彼らの生命力を磨耗させはしなかったのである。

どこへ行こうと、自分はよそ者だと思う。だれにしたところで私には、実際的にすぎるように、職業的にすぎるように見える。私は社会の一員ではない。そして人類から脱走できればいいのにと思っている。

「あいつは土地の者ではない」――これが私にかかわりのある、私の思いを語る唯一の言葉だ。たまたまこの言葉を聞いたり読んだりすると、私は天にも昇る気持ちになる。とうとう仲間がいなくなった！

二月四日

ディオニュソス的とアポロン的――この図式でもって、ニーチェは名をなした。あらゆる美術史家、そしてあらゆる時代の教授連中も、こういう安易な対立を用いて、精神のあらゆる水準において、一連の対比をでっち上げる。

ある理論が成功を博したら、それは古い図式を新しく言い直したものと思うことだ（レヴィ＝ストロースの『生のものと焼いたもの』！）。それは幾何学的精神の勝利である。

私はつねづね、哲学のたわいなさ、というよりむしろたわいない思い上がりを疑ってきた。さまざまのカテゴリーを援用して、論文を段落に分けてでっち上げることほど簡単なことはない。マスターキーとしての二元論は、虫ずが走る。いま私の念頭にはXの哲学があるが、彼の本の一冊でも開いてみれば、その第一ページからして、たちまちお決まりの図式にお目にかかる。そしてこの図式からすべてが派生する。

考えるということは、おそらくこんなことではない。それはニュアンスの探究であって、単純化することではない。ところで、ニュアンスはカテゴリーの敵だ。

「……群衆は目がありすぎて注視できない」（ユゴー）。

フロイトの著作を、特にその書簡を読むと、この人にある信仰の能力に、いつも私は驚嘆する。自分では無信仰者と言っていたが、自分の発見、方法、学派について語るその口調は、セクトの創設者の口調だ。もし一八世紀のガリシアに生きていたら、彼はハシディズム派のラビになっていただろう。

彼が病気の治療に成功したのは、分析が原因ではない。彼という人間、その存在、その強烈な人格が原因だ。彼の本を読むと、いよいよもって私は、彼の言っていることは正しいと思うようになるが、同時に、その大袈裟な言葉の妥当性がいよいよもって疑わしいものに見えてくる。繊細でありながら狭量な人間だった彼は、学者に姿を変えた救済者の、長所と欠陥のすべてを兼ねそなえていた。しかも一つの理論にすぎず、仮説と虚構の集成にしかすぎないものを学問として提示するという大トリックをやってのけたのである。

フロイトは、あるデンマークの精神分析医の事例を引いている。この分析医は、しつこい頭痛に苦しんでいて、別の精神分析医の治療を受けたものの、頭痛は治らない。ところが、数か月フロイトに診てもらったところ、頭痛は治ったというのである。――さもありなんと思われる。当人は弟子であり、その弟子が毎日「先生」に接していたとなれば、好結果がもたらされるのは当然である。私たちが不世出の天才と思っている人、その人が私たちの厄介ごとだの、葛藤だの、悩みだのに関心をもっていてくれるんだと思うにまさる治療法があるだろうか！どんな病気も、こんな例外的な幸福感には歯が立つまい。しごく器用だが、自分自身の演技と幻想の虜になった魔術師。自分の時代の好みに驚異的な成功を博する――これはだれにでもできることではない。

思想家で私の関心をそそるのは、思想よりはむしろ経験だ。つまり、彼が考えたことではなく苦しんだことだ。

私が間違っているのは承知の上だ。

私はどんな隠語も捨てたが、これはヴァレリーのおかげだ。

この点については、アランも手厳しかった。*mental*（精神の）とか、*émotif*（感情の）とかいった言葉は認めなかった。（公認の哲学者連中が彼を信頼しなかったのはこのためである。）

一九七一年二月五日

袋小路。

袋小路は悲劇ではない。というのも、悲劇は瓦解に至るから。それは結末に向かって進み、瓦解を目指して荒れ狂う。袋小路はどうしても静的なものだが、悲劇はそうではない。

悲劇には進展があり、結論がある。つまり、悲劇では時間が決定的な役割を果たしているが、それに引きかえ、袋小路には時間は存在しない。それは同一性の世界のものだ。

フロイトで印象深いのは、彼が形而上学を、あらゆる形而上学を拒否していることだ。夢に関する学位論文を書いた、あるドイツ人に宛てた手紙で、彼は、形而上学を好むドイツ人の性癖に不信を抱いていると言っている。彼によると、この性癖は、古い信仰の残存にすぎず、ひとつの *survival, nuisance* にすぎない（英語を引いているのはフロイトだ）。

すぐに思い浮かぶのは、「ウィーン学団」、一切の形而上学的な思弁に激しく敵対した、シュリックをはじめとする論理実証主義者たちのことだ。オーストリアに、事実として、形而上学を好む傾向があったとは思われない。形而上学者がひとりでも生まれたことがあるだろうか。フロイトもそうだが、*Wiener Kreis* の主なメンバーはユダヤ人だった。ほとんどがガリシア出身のこれらのユダヤ人は、その宗教的側面をオーストリアに奪われ、底は浅いが、しかしいっそう鋭敏な人間になった。

アランがラニョーについて書いた本をいま読んでいる。繊細にして無意味。遠回しの言い方をする、ある種のフランス人の秘訣。

「アランはなんでもないことを深く考える」――このアラン評をどこかで読んだのはずっと前のことだ。

その通りだが、しかしなんと鋭敏な、独立不羈の、自由な精神であることか！　この精神には、ある種の実体が欠けている。それは雄弁なき雄弁術ともいうべきもので、思慮深い精神という印象を生むゆえんはここにある。彼は思慮深い。しかし実は不毛であって、私たちの心を揺さぶり感動させるところはすこしもないし、いささかも豊穣ではない。だが、彼の生徒でなかったことを私たちはどんなに悔やむことか！

二月八日

ジュネのジャコメッティ論、ほとんど偶像崇拝にちかい賞賛。すぐれた語り口だが、常軌を逸した、的はずれのものだ。二流の彫刻家をこうも尊重するとは驚きだ。しかも偶像破壊者がやるとは。
　これではまるで、著者はミケランジェロの作品を眺め、ミケランジェロと話しでもしているようだ。要するに、素朴さなどないと公言している当の人間に素朴さを見つけて満足しなければならないのだ。

　ナポレオンに関するフロイトのトーマス・マン宛ての手紙を読んだ。こんなに恣意的で、こんなに明らかに根も葉もない、思いつきのものはめったに読んだことはない。まったくもって恐れ入る。ナポレオンを説明するに、弟ジョゼフに対する嫉妬をもってし、次いでこの嫉妬は愛情に変わり、次いでこの愛情はジョゼフィーヌに転移され、次いでジョゼフィーヌの離縁にナポレオンの暗黙の没落の原因があったとするのだが……こんなことは何もかも、バカも休み休みにしてくれといいたくなるほど根拠のないものだ。
　はやくに夫を亡くした母親へのナポレオンの執着ぶりについて述べたくだりを忘れるところだったが……ここにも欠けているものは何もなく、応接に面食らうほどだ。
　精神分析とは狂気じみた企てだ。それがその成功の原因だが、またそれがその崩壊の原因ともなるだろう。この冒険で何にもまして興味があるのは、フロイトであり、学者としてではなく登場人物、主人公としてのフロイトである。

さまざまの仮説をでっち上げ、それらの仮説にもとづいて一つの治療法を確立しようとすれば、ついには結果が、つまり治癒の幻想が得られることになる――精神分析とは、つまるところまさにこういうものだから。

　私の〈文体〉について語る人がいる。だが、自分の文体のことなど私にはいっこうに関心がない。言いたいことがあるから言うまでで、大切なのはその内容であって、語り口などどうでもいいのだ。一番いいのは、文体なしで書くことだろう。そう努力しているから、いつかはそんなふうに書けるだろう。大切なのは思想だけだ。その他のものは文学者のためのもの。
　私が定義したいと思っているのは言葉ではない（こんな仕事は哲学者に任せよう）。そうではなく、さまざまの感覚、戦慄、焼けつくような痛みだ。それなら観念は？　決まり文句に堕した嗚咽。

　衰弱の兆候。ほかの連中がせっせと仕事をしているのを見ると内心おだやかではいられず、自分の無為・無活動をいささか飽き足りないと思う。野心の残りかす、老人のくず、こういうものほど悪臭を放つものはない。

　国民が無秩序に惹かれ、独裁体制がお決まりの国、すなわちロシア、スペイン、イタリア、いやフランスもそうだ。
自由の訓練は、規律正しい国民においてはじめて可能だ。
フランスでは、金持ちでさえ国家を敵とみなしている。イギリス万歳！　と叫びたくなる。自由であると同時に盲従する精神、合意にもとづく因習、熟慮の末に容認された偏見、非常識の集団的拒否、こういうものこそ生を耐えられるものにする条件であり、しかも残念ながら、わずかの国（スカンジナヴィア、スイス……）でしかお目にかかれないものだ。

芝居と人生が混同されず、市民が朝から晩まで演技などしていない国、想像力なき国に栄えあれ！　変わった趣向や喜劇は、観光客にはうってつけだが、何かしら浮世ばなれした意図を追求している者にはたまったものではない。

ニーチェは、超人などという戯言で一躍有名になった。これは彼の名声の紛れもない汚点である。世の顰蹙を買うような飛躍を稀にみるスケールでやってのけられる人間が、こうもくだらぬ考えにそそのかされるとは！　熱狂は、こと予言に関しては、なんの価値もない。群衆を惹きつけるが、気難しい人々を苛立たせる。あまりに現実的にすぎる思想は、たとえそれが鋭敏で深い洞察力のある人間から生まれたものでも、いずれもまったく粗雑なものだ。

二月一六日　不安はどんな不安でも、思想家には貴重な助けだ。病気よりは不安のほうがいい。なぜなら、押しつけがましい圧倒的な病気は、ややもすれば思考に、それどころか考えること「そのもの」にとって代わりがちだから。

ハイデガーは、自分用の一言語を、つまり癖の一大全を創った。もっと正確にいえば、現象学の隠語に詩の息吹を投影した。
ほんの少し詩の味のついた哲学の専門用語の濫用。
そのどの著作についても、読めたものではないご大層な本と言いたくなる。
トラークルなどは、まるでソクラテス以前の哲学者扱いだ。

ハイデガーとセリーヌ――ジョイス以後、言葉を検討しては言葉をいじくりまわし、虐待し、言葉に語らせようとした、きわめつけの哲学者と作家……
言葉の拷問者。

ヒトラーを表現主義の同時代者と見立てたエッセーを、*Weltuntergangsstimmung*＊の虜になった文盲についてのエッセーを書いてみたい。

＊　世界の終末感。

私にしても言葉を責め立て、虐待し、苦しめたことがなかったわけではないが、それでも言葉に悲鳴を上げさせるような真似はしたことはない。

　言葉に、その本来の力にそぐわない努力をするよう求めたことはないし、全力を尽くすよう求めたこともない。私は言葉の酷使には反対だ。そして言葉に情け容赦しない点では、現代詩をすすんで非難するだろう。現代詩の欲求がましさときたら、言葉を枯渇させかねないほどだ。言葉を大事にしよう。言葉が疲れきってしまったら、もうなんの役にも立たない恐れがあるから。

　植物園で野獣を見ながら考える。野獣にとっての檻、それは私たちにとっての「時間」だと。私たちはそれぞれみな、多少とも目に見える鉄柵の後ろに閉じ込められている。

　人間が生きつづけているのはほかでもない、何ひとつ悟ったことがないからだ。もし前の世代の経験が各人の受け継がなくてはならない遺産の一部になっていたら、「歴史」は、とっくの昔になくなっていただろう。人間の幸運――そして不運は、生まれたとき幻滅してはいなかったということだ。

　あらゆる〈体系〉はすぐすたれる。ひとりの思想家で持続性のあるものは、その思想の全般的な方向から逸脱したもの、その忘却、自分との矛盾であり、信者の場合には、無神論の誘惑であり、合理主義者の場合には、漠然とした神秘的な意志である。というのも私たちは、他人のイメージにあるような自分から脱却しなければ、もう決して本来の自分ではないのだから。

　ハイデガーの使う「存在」という言葉には、本人の自覚していない神秘的な重要性がある。

　大文字を用いるにせよ用いないにせよ、存在という言葉を口にすると、人はそれぞれその人なりに信者であるということを表明せざるをえない。なぜなら、このような語彙を確信をもって、自信をもって口にすることができるからには、宗教的な資質があるはずだから。いや、ある人、あるいはある物について、それがこれこれのものであると言うだけのことにしても、たぶん信仰がなければならない。なぜなら、この特殊なあるは、それがあるを自動的に指し示しているから。


二月二四日　すばらしい四日間。ノアン――クルーズ川流域――ソローニュ地方。

四日間でほぼ百キロ歩く。これこそほんとうの生、現実だ、もう存在しない何かだと感じる。

　もう冬以外に旅はできない。この季節、観光客の忌まわしい顔にいちばん出会わずにすむ。無人の村、人気《ひとけ》のない道路、なんという幸せか！

二月二七日――不毛の状態は明視の状態と混同される。すべてが分かるが、進展がない。もちろんこれは認識のことだが、それにしても……不毛の認識である。

認識を押しすすめるものは熱狂であり、特に恐怖だ。だからこそ精神は動いているのだ。不毛性は不動性だ。

何か善いことをしたあとでは、どんなものでもいいから、一つの旗の後にどうしてついて行きたいと思うのか。

寛大な気持は危険だ。そのために私たちは冷静さを失ってしまうから。寛大さというものは明らかに陶酔の状態だから、まさに冷静さを失ったがゆえに寛大でない限りは。

偉大な神秘家たちは神を探究し尽くしてしまったような、そして期待を裏切られながらもなおかつ飢えたまま、自分たちを越える何かをなお探究しているような印象を与える。ここに神性への、神に先立つ本質への沈潜が生まれる。

三月六日

ロジェ・Mに、まるまる一日どうやって過ごすのか訊かれたことがある。彼も道教を知らぬわけではなかったのだから、こう答えるべきだっただろう。

「無為、*wu-wei* を実行しているよ」と。

三月九日

ヘシオドスとヘロドトスの歴史哲学は、ヘーゲルあるいはマルクスのそれよりはるかに徹底している。初期古代文明は、進歩思想で堕落した現代よりも、人間の運命の救いがたい側面をずっとよく汲み取ることができた。

私が好きなのは、世界についての最初の直観（ホメーロスとその同類、ウパニシャッド、フォークロア）と最後の直観（後期仏教、ローマのストア哲学、静寂主義）だけだ。プリミティブな閃光と弱った微光。意識の目覚めと目覚めたことの倦怠。

ギリシアの知恵は次の格言に要約される。すなわち、「死ぬべきもの人間よ、死ぬべきものとして考えよ。」

（自分が死すべきものであることを忘れると、いつも人間は何かとんでもないことをやりたくなり、そして時には、そういうことをやってのけることがある。だが、この忘却は同時に、人間のあらゆる不幸の原因でもある。人間の向上はただでは済まされない。おのれの限界を知り、それを認めること、これこそ断念というものにほかならない。だがこれは人間の生まれついての衝動に、超越へ、破滅へと人間をかり立てる衝動に逆らうことだ。）

三月九日　人間は自分を容認しないその限りで、つまり、自分の破滅に同意するその限りで、はじめて人間だ。

優秀な連中が言葉による創造に特に才能があるわけではない。この点で天分と独創性とを発揮するのは、ほとんど凡庸といっていい、おしゃべりの連中か、あるいはすくなくとも、立板に水とばかりにしゃべりまくったそのあげく、大ぼらを吹いたり、そうかと思うと、いささか狂気じみた悪態をついたりするような連中である。

言葉の天分は、えてして下品な連中の専有物だ。教育は言葉の力と生きのよさを損なう。

セリーヌはサロンの出ではない。私が知り合った、言葉の天分に恵まれたほとんどすべての連中は、礼儀作法を知らなかった。彼らは天衣無縫、言葉をじかに生きていた。

フランス語が今日のラテン語ほどにも読まれなくなる日がいつか来るだろう。（ほとんど死語に近い言葉を使う、この奇妙な気持ち。）

この国に来てから、私が確認しつづけているのは、この国には未来はないということだ。過去をもった民族の悲劇！　だが、もうひとつの悲劇がある。過去もなければ未来もない民族の悲劇だ。たとえばルーマニア。その無価値ぶりときたら動かしようのない明瞭なもので、悲劇というにはそぐわないほどだ。

ザプラツァン*、ソリン・パヴェル、ペートレ・ツーツェア**、あるいは、あのクラシウネルにしてもネネアにしても――その他の多くの者も――わが種族のきわめつけの典型！　挫折した、そしてそれゆえに興味深い人生。彼らが自分の目的を達成できなかったのは、というより、達成すべき運命になかったのは、たぶん、目的など達成されたためしのない民族の特性に従い、生まれついての、本来の不毛性にどこまでも忠実だったからだ。

わが祖国の秘密？　無駄に生き死にすることだ。第二次大戦中、数十万もの人間が、ロシア人と戦い、ドイツ人と戦って死んだ。だれもこの事実を知らない。アメリカ人には、あるいはイギリス人とフランス人とを合わせても、これほどの死傷者はいない。無駄とは知りながら……

*　前記、二〇〇ページ、注参照。
**　前記、二三七ページ、注参照。

私は私の〈デモン〉から見捨てられてしまったと思うことがよくある。こんなことになったのは、鎮静剤を濫用し、仏教を愛読したからであり、知恵を欲したからだ。自分の好みに素直に従おうとはせず、自分の欠陥と懸命に闘ったため、私はどうしても衰弱せざるをえなかったのであり、自分の欲望と野心とをやせ細らせて、痛ましい、愚かな、そして〈高貴な〉枯渇状態に陥らざるをえなかったのである。

三月一二日　私がユダヤ人につねに惹かれてきたのは、彼らが傲慢にも自分を容認することを拒否し、自分たちの卓越ぶりに、特異性に苦しみ、異なった状態をつねに夢みているからであり、ユダヤ人として生きてゆくことがまったく不可能であるからだ。

ことがうまくゆかず、自分の運命に不満を覚えるときは、私たちはいつも最後の手段として、自分はユダヤ人のひとりだったのかも知れないと考えることができる。ユダヤ人でないことの慰めと屈辱。

〈私の〉時間

私はその日暮らしをしている（言葉のあらゆる意味で）と同時に、すべての日々を越えて生きている。時間の基本的な、そして至高の尺度。両者の共存はむずかしい。あらゆる不安の、またあらゆる慰めの原因。

昨夜、中央市場ちかくの小路を通る。一軒のあばら屋の黒い壁面。てっぺんに穴があいていて星が見える。

昨夜、小路をあちこちぶらついていたとき、P・Sの口にした一言に思わずはっとなる。「きみとパリの関係について、だれかがいつか書かなければいけないと思うよ。パリの雰囲気ときみのものの見方に関係があるのは確かなんだから。」

言われてみればまさにその通りだ。もう私には係累はないが、それでもパリに腰を据えてしまった。パリは私の街だ。私たちに共通のもの、それはある種の憂鬱だ。まあ、形而上学的な憂鬱といったもので、そいつがパリの憂鬱に接ぎ木されたのだ。

旗にしたがって行進したことは一度もないという誇り。

太陽、〈glorious day〉、その他。

「春は白痴の笑いを私にもって来た」――ピエール・ド・ラパランによると、これはランボーの語ったもっともみごとなものだ。

強烈な幸福感に捉えられてすっかり途方に暮れてしまい、自制しなければ、助けてくれ！　と叫んでしまいそうになるときがある。

愛に見捨てられたキリストのように、どんな係累も欲しくない、ピュロンの神のように自由でいたいと思う。

もし生への嫌悪を長いあいだ味わったことがないなら、「真理」を探究することはできない。

この嫌悪は気難しく、これを満足させ宥めることができるのは、真理への情熱だけだ。

「真理」（こういう場合に、大文字を使うのは気恥ずかしいが）は、いままでずっと私の唯一の関心事だった――というよりむしろ、自分は間違っているのではないか、幻想を抱いているのではないかと恐れていたのだが、「真理」の間接的な探究にほかならぬ、この恐れからしても、どうして私が真理に出会えなかったのか、その理由は明らかである。

学説を奉じ、宗教を奉じ、体系を奉じる――これ以上に枯渇をもたらし、不毛をもたらすことはない。特に作家にとっては。よくあるように、作家が自分の信奉する信念と矛盾した生き方をしているのでなければ。この矛盾、というよりむしろ、この不誠実は、作家の才能を刺激し、養い育て、作家を、文学の創造には願ってもない、不安と、困惑と、恥辱の状態に置く。

自分のことはかなりよく知っている。そしてその自分を必ずしも全面的に軽蔑しないのは、極端な感情にうつつを抜かすには私があまりに幻滅し、あまりに疲れ果てているからだ。

三月一六日――未完成の仕事に擢きんでること。

次のことは言っておかねばならない。私は特にユダヤ人と深く理解し合える。彼らと同じように、私も人類の埒外にいると思っているからだ。

私は反動ではない。人の望むものなら、どんな改革だろうと革命だろうと認める。ただし、「歴史」には意味があり、人類には未来があると信じるように私に求めないで欲しい。人間は困難を次々に通り抜けてゆくだろう。そしてそのあげく、ついにはくたばるだろう。

すぐさま行動に出ない――こういう態度がとれるその限りで、人間は自由だ。人間の自由を保証するのは、反射神経の機能低下だけだ。機能低下によって人間には考え、吟味し、選ぶ余裕が与えられるからだ。それはひとつの間《ま》を、人間の行為のあいだにひとつの空隙を生む。この空隙こそ、自由の空間にして条件である。人間は、その足らないものによって人間である。もし人間の基本的な反応に何か調子の狂ったところがなければ、人間はロボットにすぎまい。

生の嫌悪は生命力欠如の兆候ではなく、むしろ使われなかったエネルギーの、それ自身に抵抗するエネルギーの兆候である。

画家の場合、マンネリ傾向は作家の場合よりずっと目立つ。どうして画家連中は、いつも同じような展覧会を繰り返すのだろうか。その都度、〈新作展〉などと言いながら、意表をつく作品など一点もないとどうしてはっきり報せないのだろうか。どんな場合でも、繰り返しの言い訳があるとすれば、それはただひとつ、深化が見られるということ、つまり、同じ題材でも、別の次元のものになっているということだ。こういう事態が見られない展覧会は、多少とも意識的なペテンといって間違いない。

長い話し合いが終わったあとで、大切なことがふと思い浮かぶことがよくある。重大な真実は戸口で口にされる。

三月一七日　昨夜、ベケットからこんな話を聞く。ニースの女子学生が手紙をよこし、大学の文学部で行われている彼の作品の解釈方法ときたらひどいもので、作者として抗議して欲しいと言ってきたという。たぶん、これは構造主義的批評のことで、それがいまほうぼうの大学で行われているのだ。

愉しみのための読書と書評のための読書、これは根本的に相反する二つの活動だ。前者の場合、私たちは読書から得たものを自分のものにして豊かになる。それは消化吸収の作業だ。後者の場合は、読んでいる本に対して私たちはどこまでも外的な、あえていえば敵対的な関係（たとえ感心していても！）にとどまる。というのも、その本のことを片時たりと忘れてはならず、それどころか絶えずその本のことを考えなければならず、そして作者の文体とは縁もゆかりもない文体に自分の見解をそっくり移し換えなければならないからだ。批評家には自己忘却という贅沢は禁じられている。つねに意識的でなければならないのだ。ところで、これほどまでの意識の激化は、つまりは衰弱化だ。それは批評家の分析を殺す。批評家にしても自分の糧は摂っているだろうが、しかしその糧は死体だ。作品の生命力の本源、これを根こぎにしたあとでなければ、批評家には作品を理解することも作品を利用することもできない。どんなことでもそれについて語るためにそれを観察しなければならないというのは、私からすれば一種の不幸だ。眺めているとも知らずに眺め、読んでいることなど吟味せずに読む、これが秘訣だ。私たちはエロチシズム概論を脇に置いて愛の交わりをするわけではない。だが現在、ほとんどいたるところでこういう事態が起こっている。批評が桁はずれに重要になったのも同じことだ。

神の（あるいは神という概念の）唯一の効用は、私たちは人間と縁を切っても、ナルシシズムにも錯乱にも嫌悪感にも陥ることはないし、「我」のさまざまの悪癖からも自由でいられるということだ。客観的な支えという幻想を抱きながら、私たちは正常のままだ。そればかりか、神を信じていれば、ほかのことは何であれ信じないで済む。これは計り知れない利点だ。私が信者たちをつねに羨ましく思っていたのはこのためだが、とはいっても、彼らの振る舞いが理解できたわけではない。神を信じるより自分を神と思うほうが私にはずっと簡単なように思われるのだ。

作者が受け取る手紙で一考に値するのは百に一つだ。ほとんどすべての手紙は、私たちのことが新聞や雑誌で話題になっているから送られてくるにすぎない。つまり、これらの手紙は、私たちが書いたものに触発されたのではなく、私たちについての記事に触発されたものなのだ。どんな分野でも受け売りだらけ。つとめて控え目に振る舞おう！

（さまざまの成功に対して、私は控え目な態度がとれるか試してみたことがある。だが、いつかそういう境地に達するまでは諦めない。死が存在するのはそのためなのだから。）

三月一八日　昨夜、シビールから、ミルチア・エリアーデが今月九日に心臓発作（心膜炎か）を起こし、一六日になってやっと医師団から危険を脱した旨が表明されたという事実を教えられた。発作が起こったのは、ミシガン州のある都市で、彼はその都市にクリスティネルとともに滞在中だった。この、まったく予想だにしなかった出来事について、私は夜っぴて考えた。――それというのも、私からすれば、エリアーデはどんな試練にも耐えられる人間だったからだ。もし私が彼のやった仕事の四分の一でもなし遂げようものなら、とっくの昔に死んでいただろうと何度、考えたことか！　私は彼ほど、いわば過労にあんなに熱心に没頭した者にめったに会ったことはない。あらゆる点で、彼は賢者とは正反対の人間だった。というのも自分の力の、自分の能力の、自分の時間の濫用の拒否、これこそ知恵というものだから。M・Eが学べきだったのは、退屈のこつだ。彼は無為の愉しみを知らない。今度こそそれを知って欲しいと私は願っている。

弟の友人とフランス語で四時間、話をする。なるほど正しい言葉遣いは一つとしてないが、だが我慢できないものではない。山のような破格語法。きみはフランス語を知らないんだねと言うべきだったが、私はしりごみした。そんな不意打ちは彼には耐えられなかっただろうから。

名声というものはどれも償われなければならないし、名声に浴したらその償いをつけなければならず、ただで済ますわけにはいかない――私はつねづねこう考えてきた。いちど名声を得た者は、もう名声なしでは済まされまいが、ところが名声というものは、おそかれはやかれ消えてなくなるものだから、彼は懸命になって名声を保持しようとし、まるで地獄に堕ちた人のように名声にしがみつくだろう。そして名声を保持しているにしろ失ってしまったにしろ、事実上、地獄に堕ちた人と変わりはあるまい。

神とほんとうに意思の疎通ができるのは無名の人だけだ。彼とその祈りの対象とのあいだには人間は介在しない。無名の形而上学的な利点は、途方もなく大きい……

人間から認知されないということは、人間に対する義務はないということであり、責任なしに生きるということであり、つまりは本質的なもののなかに姿をくらますことができるということだ。

「われは在るところの者であり……」

神は簡潔な表現を好む。これが信者となる理由の一つかも知れない。

饒舌な神――あるいは作家、これほどにも有害なものはない。すべては長すぎる。これこそ、〈創造〉に際して私たちがもつべき唯一の行動方針だ。

ある〈反動的な〉な雑誌で、パスカルを激しく論難する論文を読んで仰天する。それによると、パスカルはもっともうさんくさい人間の一人であり、三百年後といえど、『プロヴァンシアル』は許すわけにはいかないというのだ。フランスは党派の、徒党の、セクトの国、そしてまた革命と内乱の国であり、したがって独裁の国だ。この国では、ある程度以上の議論は不可能だ。人々が興奮してしまっては議論などあきらめるほかはない。

同じ論文で、ジャンセニストはさながら悪党のギャング扱いだ。イエズス会士どもによってこの悪党に与えられた運命のことを思うとき、厚かましくもイエスを担ぎ出してはばからないイエズス会をどうしていまだに擁護する気になれるのか合点がゆかない。

昨日、フランソワ・ロスタンの〈箴言〉集にざっと目を通す。よく知らない神父が序文を寄せている。文章といい、ジャンルといい、語り口といい父親*ゆずりのものだが、しかし内容は正反対。父親が破壊したものを息子が建て直し、父親の懐疑には息子の確信が取って代わっているようなあんばいだ。父親を追い越せないものだから、息子は方向を変えたのだ。いやそうではなく、同じ道を逆に歩み、流れに逆らって父親を読んだのだ。父親が闘ったもの、そのすべてを息子は賞賛し、賛美している。事実、つけ加えておけば、父親の場合、否定はおもに不安から、ほとんど震えおののくような極端な明晰さから生まれたものだった。祈りの可能性があったのだ。だがそれは、別の世代のためのものだった。

＊ 生物学者で作家のジャン・ロスタン（一八九四―一九七七）。

ピエール・ロチが『リア王』を翻訳したらしい！ なんたることか！

この陳腐の山ときたら！ あるのは陳腐なものばかり。書くということは彫るの同義語であるべきだろう。

三月二一日　ボース地方。曇った空、靄のかかった天気。靄におおわれた草原のなかの黒点のような立木。パリからたった一時間で、こんなに詩情あふれるところがあるとは！

三月二二日　私は亡命者ではない。国外追放者だ。

　戦時中、ブルトンは自分のフランス語を損なってはならぬと英語をがんとして学ばなかった。これは彼にすぐれた文学的な本能があった証拠である。

　やむをえぬ場合でなければ、国語を捨ててはなるまい。英語あるいはドイツ語でものを読むと、いつも私は、自分のフランス語がぐらつくのを感じる。一つの国語だけを使い、朝から晩まで、その知識を深めるべきだ。フランスのもの書きにとっては、すぐれた学者と外国語で議論するより、門番とフランス語で話をするほうがずっと有益だ。

　憤激は生命の――そして幼稚さのしるしだ。憤激にかられると、私はいつも嬉しくなり、そして悲しくなる。白痴の冷静さですべてを受け入れる――いつかはそんな境地になりたいものだ。

　結局のところ死は、長い憤激の終わりにほかならない。

　彼は怒らなくなった。彼は死んだ。

ボース地方を熱愛し、列車で一時間足らずのこんな近くにボース地方があるのを幸運と思っているのは、数知れぬパリの住民うちでも、たぶん私だけだろう。

　カルパティア山脈に生まれた私は、その何もない地平がありとあらゆる思いを山よりも誘ってやまない、この平原に逆に魅せられたに違いない。

　人を殺してやりたいと思わぬ日はないのに、知恵を気取るとはなんたる茶番か！　この衝動には別に根拠などないが、それでも私がそういう衝動にかられることは事実であり、さらに由々しいことには、それが正当な復讐の欲求に発するものでも、屈辱の償いの必要性に発するものでもないということだ。それは私の〈我〉に、朝から晩まで離脱の喜劇を演じている〈我〉に由来する。たぶん、私の破壊欲は強烈なのだ。だが私には、この破壊欲を含む一切のものに拮抗する宇宙大のグロテスクなものがあるという確信も、これに劣らず強烈である。

　あの老婆を殺そうと外に出たものの、思いとどまって伝道者ソロモンに、あるいはエピクテトスに目を通すラスコーリニコフ、私にはそんなラスコーリニコフめいたところがある。

　私のかかえている矛盾は肉体的なもの、したがって解決できないものだから、私の挫折はあらかじめ決まっていたのだ。私は悔いることなく、ほとんど意気揚々と挫折へ向かう。

たぶん私は両親の子だろうが、しかし私という人間に責任があるのは彼らではない。それは私が二十歳《はたち》のときに経験したさまざまの試練、当時の苦しみと不眠のせいであり、これらすべてのものによって、両親から受け継いだ私の欠陥が重大な意味をもつものになったのだ。これは両親の責任ではない。私が彼らから受け継いだのは、耐えることのできる、ささやかな苦しみであって、あの痙攣でも叫びでもなく、あの不躾な、常軌を逸した責め苦でもない。

今朝、ローラン・Bのラジオ放送を聴く。この鋭敏な、しかし本質的にいかがわしい男ときたら、フーリエの思想を、そればかりかその文章をさえ褒めそやして悦に入っている。彼によると、フーリエの文章は美しいらしい。そしてその新奇をてらった不快な表現を褒めちぎるのだ。思い起こせば、私はこの空想的社会主義者の、とても読めたものではない戯言にげんなりして顔をそむけたことがある。これほど苛立ちを覚えたテキストはめったにない。バカの哲学者。アンドレ・ブルトンのような者でさえ、こんなバカの駄作を前にしては開いた口がふさがらなかった。

すばらしい午後をリュクサンブール公園で過ごす。想像を絶する澄み切った空と光。幸福を越えてしまった感じ。けれどこの世にとどまる限りは悲しみから逃れられないと考えた。

ただたんに夢を語るのとは異なり、夢を微に入り細いをうがって説明するのは、しごくお粗末な絵空事を語ることだが、しかし現在、自分の見た夢を説明ぬきで語る人がいまだにいるだろうか。分野を問わぬ瀆聖の蔓延ぶりには啞然たるものがある。時計を分解するように夢を分解するのだ！

私たちがすべてを知っていながら何ひとつ説明しない場所——私は楽園をそういう場所と考えている。

あのＬには何という活力のあることか！　その隠語にさえ人を惹きつける一種の力がある。背後には、切迫した狂気めいたものがあり、その狂気が、彼の書いたものを読んでいるあいだにすぎなくとも、そしてそれがどんなに骨の折れるものでも！　こちらに感染せずにはいないのだ。

私の生まれた村では、学年末を迎えると、いつも生徒たちは、川にそって細長くつづく村の両端ごとに二組に分かれて、まるで敵対する部隊のように、小石を投げ合ったものだ。負傷者が出たかどうかもう覚えていないが、子供ながら私はこの光景に魅惑され、また驚かないではいられなかった。このことは忘れるわけにはいかない。

真夜中を過ぎると、私には自分を不憫に思う傾向があることに気づいた。早寝の習慣をつけなければなるまい。

三月二四日

フーリエは一九世紀に影響を与えた。（ドストエフスキーがシベリアに流刑されたのはフーリエ主義者としてだ。）凡庸な思想家（ティヤールのような）は、ほかの思想家よりつねに大きな影響を与える。彼らこそ革命の原因だ。一八世紀の偉大な思想家はヒュームだった。人々は、あまりに微妙な、そしてまたあまりに深遠な彼の思想の名において蜂起などしない。懐疑は暴動の引きがねにはならないからだ。逆に暴動を引き起こすのは、偏狭な、それでいて情熱に溢れた精神、あのルソー流の戯言だ。

私が重んじるのは無感不動だけ、そして惹かれるのは不幸にだけだ。こんなにも激しく離脱を好み悲劇を好むというのは、ほんのわずかの宗教的信仰の深まりもおぼつかない定めであると認めることだ。

フランス大革命の最中、プロシア人アナカルシス・クローツは宣言した、「人民よ、個人などという迷妄から覚めよ」と。

生誕――この上ない厚かましさ。

生きる過ち――これは私にとって、肯定的な性質をもつと思われるほど、有無をいわせぬ明白な事実である。まるで必要な、刺激となる病のようだ。

三月二七日――アディが「ハンガリー人である不運」について語った。

いかにもその通りだが、しかしルーマニア人である不運に比べれば何だというのか。

ハンガリーは存在している、あるいは存在したことがある。ところがルーマニアは存在したことはないし、いまも存在していない。自分について〈ルーマニア人である不幸〉としか言えないのはこのためだ。

アフマートワはレニングラードについて、「おまえの壁には私の影が残っている」と言った。シビウあるいはパリについて、私にも同じことが言えるだろう。

ボードレールは例外だが、フランスの詩には不運の感覚と予言的な霊感が欠けている。

三月二八日「歴史」に先行する、あるいは「歴史」のあとに来る黄金時代。いずれのヴィジョンも歴史の過程を断罪している。

どの世代も老いてしまえば、当然のことながら〈古き良き時代〉を懐かしむ。こうして哀惜から哀惜へとさかのぼり、再び「歴史」を横断し、私たちは最初の哀惜に――つまり黄金時代の哀惜にゆき着く。

ひょっとすると、この哀惜はもっと以前にさかのぼるのかも知れない。つまりそれは、人間がまだ人間ではなく、ただ神々と動物がいるだけで、意識の分離するおそれのなかった、あの時代への郷愁を語ってはいないのだろうか。

それというのも人間は、その原初の条件を捨て去り、ほかの被造物を置き去りにしてしまったことを内心ひそかに嘆き悲しんでいるに違いないからだ。人間は人間であることをひそかに悔いてはいるが、悔恨の素振りはあえて見せようとはせず、また原初の回復に何を企てるわけでもない。どうしてそんなことに取りかかれようか。取りかかったところでうまくはゆくまい。だから磨耗するまで、難破するまで生きつづけるのがもっとも簡単なことなのだ。

人間の運命はランボーのそれに似ている。たちまち枯渇してしまう、まばゆいばかりの天才。その天才が枯れてしまったあとも人間は生きつづけるだろうが、そのままずっと生きつづけることはできまい。数千年は余命を保つにしても、やがて……現在の人間と将来の人間との相違は、『イリュミナシオン』の詩人と、マルセイユの病院で、〈ブローカー〉と記載された、死に打ちのめされた人間との相違ほどにも大きい。

人間は、そのすべての才能、そのまばゆいばかりの閲歴の尻ぬぐいをしなければならないだろう。人間があっぱれな最期を遂げるなどということは考えられないし、道理に反することだろう。人間が架空の観察者に見せる光景だって？〈こんな汚物は掃き捨てよう！〉といったところだ。人間は月並みに堕し、不安に沈むだろう。この巡り合わせが人間に、また新たな独創性をもたらすだろう。これは認めよう。人間はどう転んでもまったくの能なしにはなれないだろう。

同じような幻想が繰り返しあらわれ、ときには同じ決まり文句とともにあらわれることがある。私はこういう事態ほど嘆かわしいものはないと思っている。

人生の一時期、私たちはだれしも例外なく熱狂徒だった。だからこそ幻想などもつことができたのだ。まただからこそ、永久に死滅してしまったものと思われていた昔のあらゆる過ちが、さらにまた葬り去られるまでよみがえり、生き返るのだ。それというのも人間は、その熱狂の能力を――あるいはストックを――無限に更新することはできないからだ。

三月三〇日

意気消沈、疲労、頭痛。私の精神が風邪をひいているのだ。遺伝性の風邪に苦しむとは！　生まれたとき風邪をひいたのだ。

アディのいう「ハンガリー人である不運」について、先日、ルーマニア人である不運のほうがずっと大きかったと私は書いた。

ルーマニア人の場合は、不運ではなく不幸、つまり一種の受け身の状態で、それにひきかえ不運には、逆さまの選択の、したがって偉大さの観念があり、これは不幸にはめったに見られないものだ。

三月三一日

バッハの『マニフィカト』。

感きわまって落涙。ここに表現されているものが主観的な現実にすぎないなどということはありえない。〈魂〉は絶対と本質を同じくするものに違いない。ヴェーダーンタ哲学のいう通りだ。

古いイギリス文学史の本で次の文章を読み深く感動する。「ヒュームはヴォルテール流の民主主義者だった。彼は人民の幸福を希っていたが、人民が幸福獲得に乗り出すことは容認しなかった。」

自分が生きているのに聞き入るという表現があるが、私は経験としてこれを知っている。ただし、私が聞いたのは私の生の音ではなく、生そのものの音だった。私が私個人の惨苦を越えて普遍的な惨苦を理解しようとしたのはこのためだ。

間抜けでない予言者はほとんどいない！　楽観的な予言者はみな間抜けだ。

生に耐えるためには、すね者か間抜けでなければならない。そういう資質を持ち合わせていないと、生は絶えざる試練、不治の傷だ。

あらゆる名声は一種の不正行為であって、他人の犠牲があってはじめてもたらされる。まさに財産と同じだ。財産は、ずっと恵まれない人々を犠牲にしなければできなかったのだから。財産は、名声と同じように、事実上、一種の恩恵である。

明日は私の誕生日。「六〇」歳。ほかのことを考えたいと切に思う。

この六〇年間にやったことなど、あまり考えすぎないほうがいい。一つの生涯！　私は一つの生涯を引きずっている！　これは恐るべきことだ。
私は自分の望んだことなどほとんど何ひとつ達成しなかった。達成していたら、何か得るものがあっただろうか。ずっと満ち足りた気持ちになっていただろうか。おそらくそうではあるまい。一切のものに服従する者か、それとも一切のものを見下す者かになりたいと夢みていたにもかかわらず、その夢が叶えられなかった自分が恨めしい。どこかの果てを目指して遠くに行こうと旅立ったのに、私は中途で留まり、自分の使命を、そしてあらゆる使命を疑い始めたのだ。

私は、霊感とは正反対の簡潔な表現をもっぱら心がけている。もう私には声をあらげることはできない。悲壮さは私の敵だ。ずっとこうだったわけではないが。

四月八日　つまり六〇歳というわけだ。こんなにも長い、あるいはこんなにも短い期間に私が味わった充実の瞬間、そのすべての瞬間に私は感謝している。
私たちがそれぞれ経験する時間、それだけがほんとうの時間だ。それ以外の、私たちが生まれる前の、そして死んだあとの時間は、思弁に属するもの、ほとんど仮定に属するものだ。
だが私は、自分の時間よりもこの二つの時間のなかにずっと多く生きたのかも知れない。自分に逆らおうとする渇望の力、その絶対的な力たるやすさまじく、ほかでもない、私たちが現に生きている瞬間を除き、どんな瞬間をも私たちに押しつけないではいないほどだ。私は私が生まれる前の数千年のなかを転げまわり、私が死んだあとの数千年のなかで待ちあぐんでいた。偶然に放り込まれた、こんなつつましやかな間《ま》で満足するのはいとも簡単なことだっただろう。

この歳になると、尊敬する人のほとんどは死んでいる。六〇まで生きるなどという悪趣味はだれにもなかったのだ。

二十歳《はたち》のとき、私にはどんなことでも、世界の始まりも終わりも想像することができた。ただし、想像できなかったことが一つだけあった。それは、いつか六〇になったとき、いささか超然と、そしていささか唖然として積み重ねてきた歳月を、まるで自分でもどう考えていいのやら分からない、もうだれにも関係のない時間の切れっぱしであるかのように考えるかも知れないということだった。

〈寛容な〉社会――つまり禁制なき社会。だが禁制なき社会は、とどのつまりは崩壊する。というのも、社会と禁制とは相関事項だから。だからこそ社会は、無政府状態よりも恐怖政治にずっとよく順応するのだ。自由の欠如は、ある種の繁栄と矛盾しないが、しかし完全な自由は不毛なもの、自己破壊的なものだ。これは悲劇だ。

　個人の生に対する抑圧についても同じことがいえる。抑圧にはさまざまの不都合がつきものだが、しかし抑圧がなくなり、もう何ひとつ隠されず、忘れられず、内密にされないときのほうが、不都合はずっと大きい。精神分析は人間を解放しようとしたが、それは人間のうわっつらだけのことで、実際は人間を抑圧しただけだった。それは人間からその秘密を奪い、その内実を、資質を、実体を奪った。抑圧は捨てたものではないのだ。そして抑圧の解消にともなう精神異常は、抑圧そのものの結果である精神異常よりずっと深刻だ。

　パウル・ツェランの「迫奏」、骸骨と化し、叫びと化し、言葉の*Krampf*＊と化した『ドウィノの悲歌』。

＊　痙攣。

　歴史一般、特にフランスの歴史は、人を懐疑主義に誘う。あらゆる歴史のなかでもとりわけフランスの歴史は、残虐非道にして仰々しいものだから。

四月一〇日

　あらゆる病は一種のイニシエーションだ。

　真夜中、甥の自殺のことを考えた。この不幸な男のことは、つねづねバカなやつだと思っていた。いつのまにか大きくなり、背は、たぶん不相応なほど高かったが、でもそれが何だというのか！　床に倒れ込みながら「もう終わりだ」と彼はいった。何年ものあいだ、彼はこの瞬間に備えていたに違いない。そしてあの日、彼が自殺したのは、もうこれ以上生きられなかったからであり、自分の限界に達してしまったからだ（ツェランとまったく同じように）。二人を比較するのはとんでもないことだ！　だが、それは同じ悲劇、耐えがたいものの、もう生きつづけられぬことの、限界に達してしまったことの悲劇であり、目の前に空にまで達する壁が立ち塞がっている悲劇である。壁をぶち壊すことはできない。何かまうものか、というわけで、人は自分にけりをつける。

　ほぼ七年まえ、甥を見かけたことのある人から、私は甥が、仲間（六人）と共有していた一室の片隅で、分裂病患者のように、痩せ、青ざめて黙りこくっていたと聞いたことがある。彼は私の姉に似ていた。気違いじみた不幸な女に、常識はずれの人間に。二人にとって、死は恵み以外のものではありえなかった。いや、すべての人にとって死は恵みだ。だが私たちには、それを認める勇気がない。それというのも、不安には果たすべき役割があり、そして不安はこの役割を完璧に果たすからだ。それを損なうただ一つのもの、それが自殺だ……

エッセーにしろ、長編小説や中編小説にしろ、あるいは論文にしろ、いずれも他人むけに、他人のために書かれる。持続的な思考はどれも読者を前提にしているが、切れぎれの思考は、読者のことなどほとんど眼中にない。それに満足するのは、それを考えついた者だけで、他人に訴えかけるにしても、間接的にすぎない。それは反響を求めない。だからほとんど明瞭な言葉にもならないような、もだしがちなものなのだ。みずからを反省する疲労。

フランス人が現実（死、歴史など）について語るとき、彼が考えているのは、現実そのもののことではなく、現実を表現する言葉のことだ。そんなわけでフランス人の思考は、もっぱら言葉にかかわるものなのだ。それはフランスに限ったことではない、どこでも同じだと反論するむきもあろう。そうかも知れないが、しかしこの現象は、どこよりもフランスで顕著であるように私には見える。フランスで起こること、考えられていることがどれをとってみても、現実の内奥には届かず、鏡の戯れに、精神の意表をつくものに限られるゆえんである。どんな場合にも、精神は自分にしか出会わないのだ。

深遠と見せかけることにかけては、Bは水際立っている。本質的なことに触れていると思われるようなことは彼は何ひとつ語らない。ところが、仔細に見てみると、何ひとつ語っていないのに、よくもまあこんなに何かを語っている素振りが見せられるもんだと、たちまち私たちは目が眩んでしまう。彼は金ぴかの無、ひときわ格調高い虚無。

四月一一日　朝の五時、私はすっかり目覚めた状態で、次の光景をまさに幻覚を見るように詳細に（年のことはこの限りでない）思い出した。

一九三五年のことだったと思うが、知的で、ひどい八方美人のT夫人、その娘（無邪気で、優しい、世間知らずの一六歳）、私の弟、それに私の四人で、数日間の予定でカルパティア山脈に出かけた。そしてとても淋しい場所に着いた。

営林署員用の二軒の木造の家があるだけだった。その夜、夕食が済むと、途方もなく美しい夜に誘われて、私たちは四人で小径を辿った。三キロか四キロ歩いたに違いない。突然、かすかに風が吹いているのが感じられた。こんもりと繁った大きなモミの木がもの音をたてはじめる……（詩的でもなんでもない！）それでもしばらく経つと、それは微風が木々の梢を渡るとき、森のたてる、あの特徴のある呻き声であると分かったが、時には、この同じ呻き声が、まるで獣がそんなに遠くないところで私たちを待ち伏せしているかのように、すぐ近くから聞こえてくるようにも思われた。私たちはあらゆることをしゃべった。ただし、このことだけは黙っていた。でも聞き耳を立て、不安そうだったが、不安だとは口に出しては言おうとしなかった。そして私たちが感じていることから会話が離れてゆくにつれて、私たちの不安はいっそう募るのだった。突然、娘が急に泣き出し、「死にたくないわ、死にたくないわ」と叫んだ。私は彼女を諭そうとした。みんなで懸命になって諭した。すると彼女は、「みんなには死なんて何でもないのよ。愛を経験したことのあるみんなには、死んだって別にどうということはないんだもの。でも私には愛の経験はないの。だから死にたくないのよ！」と叫んだ。

この森の光景に衝撃を受け、ほとんど娘と同じくらい脅えていた私たちは、彼女を宥められないと知って急いでとって返した。宿泊所にはすぐ着いた。散歩からの帰途が、敗走に、恥ずかしい遁走にこんなにも似ていたことはかつてない。

甥の行為が念頭から離れない。自分で「自殺の必要性について」などという文章を書いたこと、そしてだれかが自殺するとひどく感動するのを思うにつけても！　とにかく私が、あの不幸な男には自殺などできっこないと思い、その男が自殺を決意したことに驚いているのは事実だ。私は彼をいつもバカ者扱いしていた。これは間違っていた。今は後悔している。もうすこし彼を助けてやることもできただろうに。だが、援助の金を何に使っただろうか。ビストロで使い果たし、結局はずっと早く自殺することになったかも知れない。

自信をもって敢然と生に立ち向かう力のあることを証明した者、そんな人間は私の家族には母以外にひとりもいない。私をはじめみな多少とも絶望した者、小心者だ。一族の失望癖。

詩から、あらゆる詩的精神からいかに自分が遠ざかってしまったかを知って啞然としている。私の支えは、もう簡潔な散文、辛辣で手厳しい散文だけだ。

死についてのM・Bの断章を読む。何を言いたいのかまるで分からない。ほれぼれするような出来ばえの言葉の遊びだ。彼に何か言いたいことがあるのは明白だが、それが言えず、そのすばらしい、神託のようにものものしい、それでいて空疎な文章を書きながらわけが分からなくなる。無能の、そしていってしまえば、ほとんど目くるめくような気取りのみごとな例。フランス的貧血の、純粋な洗練の稀有な象徴。これほどの貧血は許されない。

私の疲労の利用度にはわれながらぞっとする。一種の才能のような、生まれついての疲労。

私には疲労という才能がある。

ある神風特攻隊の学生は、任務の飛行に飛び立つ前、父親宛てにこう書き送っている。「お願いですから、死のことはよくよく考えなければならないと、まわりの方々にお伝え下さい。」

図書館で、さてどんな本を借りたものかとさんざん迷った。そのあげく、私のそれに匹敵するような惨苦にどっぷり漬かった、だれか哀れな人間の本が読みたくなり、ボードレールの『書簡集』をもち帰った。

四月一六日　戦前、クエーカー教徒たちのところで、あるドイツ系のスイス女性によく顔を合わせたことを覚えているが、私に会うと彼女は、〈Lesen Sie immer Pascal und Baudelaire?〉*と決まって尋ねるのだった。

実をいえば、パスカルもボードレールもそれほど読んでいたわけではなかった。それでも彼らは、私がもっとも親近感を覚える二人のフランス人、もっと正確にいえば、読み返す必要などさらさらない、私が一番よく考える二人のフランス人であることに変わりはない。私は、もの書きより人間のほうがずっと好きだ。彼らの悲劇が、病弱が、そして避けがたい失墜への彼らの感覚が好きだ。

（これに比べれば、マラルメは不愉快なほど〈気取っている〉ように、どうでもいいもののように見える。当節の洗練されたやくざな連中に彼がひどく人気があるのはこのためだ。）

＊「相変わらずパスカルとボードレールを読んでいるのですか」。

フランス語をはじめ、どんな国語でも、私は日常の言葉がうまく操れない。漠然と、しかも一般的な形でしか自分の考えを表現できないのだ。

体に支障がなければ、悲しみには、まあ耐えられる。だが体に支障があると、ほんの些細な厄介ごとも、まさに悲しみとなり、そして悲しみという悲しみがみな試練となる。

（甥の事件が起こってから一週間というもの、まさに私は、こういう事態に見舞われている。通常だったら、私の反応は別にどうということもなかったであろう。だがあの時は、体調が思わしくなかったために、悲劇をいっそう強烈に感じたのだ。この悲劇は、自殺という形ではないにしても、予想できないものではなかった。なにしろ甥ときたらなんでもやりかねなかったのだから。ただし、彼が自分に対して、あんな絶望的な過酷な行為をやってのけるとは思ってもみないことだった。）

自殺は独身者の占有であるべきかも知れない。

私は〈祖国〉との関係を絶ったが、祖国が私に伝え、私が生まれるや、いや、それ以前から、私の頭にたたき込んだ一切の妄想を祖国から長々と引きずって生きている。

「私のまわりを支配する確信がそら恐ろしい。」（フォントネル)。

四月一七日　私たちが食卓で神学の話をしているのを聞いていた女中が、ある日、私たちが家にいるとき、「神様を信じるのは歯が痛いときだけだわ」と言ったことがある……

ショーペンハウアーは〈私たちの国民的な哲学者〉だ。あらゆる外国の哲学者で、私たちの国にもっとも大きな影響を与えたのは彼だ。私はルーマニア的〈ペシミズム〉があるという事実を一度たりと疑ったことはない。

トゥドル・ヴィアヌは、〈*Schwermut*〉を〈*inimă grea*〉*と訳した。〈メランコリー〉よりずっといい！

＊「うっとうしい気分」。

幸いなことに、私には信仰はない。なぜ幸いかといえば、私が自分でそう思っているような人間なら、信仰を失うのをいつも恐れながら生きるだろうから。そんなわけで、信仰は私の救いになるどころか、有害だろう。

私が書くのをやめた根本的な理由は、フランス語に抱いていた一種の信頼を失ったからだ。私はフランス語と格闘し、フランス語を愛し憎んだ。そして関心をなくした。もう私たちのあいだには誤解も、惨劇もない。

アメリカくんだりまで講義になど行けないよ、だいたい何をしゃべっていいのやら分からないし、教えるという考えそのものが私には想像もできないんだよ、それにこの歳では、大学教師の職には就けないよ——とまあ、ジェリーを説得しようとしたのだが無駄だった。

この喜劇は一〇年もつづいている！　だが、もうどんなものとも手を切ってしまったようなもんだよと言って、しがらみに縛られた人間をどうして説得できようか。

偉大な「唖者」、神とのほかにもう共通の言葉をもたない。

私がジェリーに、食卓でしか話はできないよと言うと、アメリカのゼミナールではサンドイッチを食べたってかまわないし、ビールだって飲めるよと彼が答える。

アメリカの単純素朴さときたら底なしだ！

私は野心という野心をみんな失ってしまったのか。ついそんなふうに思ってしまうことがよくある。でもそうだとしたら、野心につきものの苦しみもまた失ってしまったはずだ。ところがそうではない。してみると野心はまだあるのだ。ああ！

倦怠は、どうやら肉体の器官とは関係のない苦しみだ。

倦怠は、局部的ではない苦しみの典型そのものだ。それはどこにでもあるが、どこにもない。

不躾な連中は頭がいいような印象を与える。ほとんどいつもまんまと人を誑かすことができる。そんなわけで、彼らは自分の名声を保つために、その不躾ぶりを悪用する。フランス人によく見られるケースだ。

自分を実際以上に頭がいいように見せようとするのは、由々しい欠点だ。

他人のうぬぼれに腹を立てるのは、自分も他人におさおさ引けをとらぬうぬぼれ屋の証拠だ。

同じ欠点、なかんずく似たような欠点をもっている連中は、お互いを大目に見ることができない。フランス人にはドイツ人は我慢できるが、スペイン人もイギリス人もそうはいかない。自分が軽蔑されていると思うのだ。

自分の軽蔑の気持ちは大事にし、軽率に振りまいてはならない。

一九七一年四月一八日

真夜中。ついいましがたS・Stに、私は神秘経験についてすべてを試みたが、ほんとうに成功しなかったからこそ、知恵に沈湎したのだと語った。

四月二〇日――「私の住所録は墓地だ。」ある老音楽家の言葉。

（〈死者〉の名前と住所を住所録から抹消するのは、いつも胸をしめつけられる思いがする。死者をもう一度殺し、死を二倍にしエスカレートさせているような気がする。）

私の作品で、私が知恵と呼んでいるものは、実際は無気力にすぎない。あれこれ理屈にくるまれ、装われ、偽装された無気力。

意欲も野心もなくしてしまえば、ついには人は自分の観客となり、自分自身を見物する。おかしな出し物だ！

何もかも失った、厚かましささえも。

自分にある良識、あるいはシニシズム、これをぶち壊してしまわなければ、形而上学は学べない。壮大な、一見深遠そうにみえるヴィジョンは、どれも幻想から、単純素朴さから生まれ、過度の想像力と情熱から生まれる。

憎しみ、一つだけ例を挙げれば、アメリカ黒人の目に読み取れるような憎しみ、私はこれが大嫌いだ。私が合衆国に行きたくない理由の一つは、この憎しみだ。

憎しみを目の当たりにすると、私はほんとうに気分が悪くなってしまう。人の口にする言葉や顔に憎しみが感じられると、とたんに毒でも飲み込んだような気持ちになる。それほど憎しみは私には苦痛であって、この苦しさは、憎しみを実際に経験するにしろ観察するにしろ変わるところはない。

馬齢を重ねて、私にほんとうの〈進歩〉といえるものがあったとすれば、それは以前より人を憎まなくなったということだけだ。たぶんその原因は、私の活力が目にみえて衰えたからであり、私が人間への関心を失い、私の野心が衰えたからである。何かまうもんか！　私は前ほど人を憎まない。そして死んだら――これこそ完璧な進歩だ――もう何も、どんな人も憎まないだろう。（これが死の大きな利点だ。もう私たちは何も、だれのことも恨まない。完徳の域に達するためには、だから死にさえすればいいのだ。）死は安易な解決策なのか。こんな詮索はやめよう。

学問的な大部の文法書を開いたところ、〈étance adjectiveuse〉(1)というバカげた表現にでっくわし、すぐ本を閉じた。

もう顔などないのに、どうして仮面を被るのか。

かつて人々が仮面をつけたのは、顔を持っていたからだ。顔が消えてなくなってしまった今となっては、もう仮面には意味がない。

フィシャー＝バルニコルの妻の語ったことがいっかな念頭から離れない。去年、彼女はママイアに行き、ドブルジャ地方のいくつかの村を訪れた。「あの地方の村の人には顔があるのよ。西ドイツでは、もう顔なんか持っている人はいないのにね。」

文明は人間の死だと言ったら、たぶん誇張だろうが、しかしこれは事実だ。樹木や動物に囲まれたものとしての人間の死。いま人間は機械に囲まれている。これは人間に永久に消えぬ痕跡を残す不幸であり、最後まで人間につきまとう災厄だ。そうだ、人間にはもう顔はない。人間の顔をみつけるためにはドブルジャ地方に行かねばならない！　文明人のやることには呪いがつきものだ。未聞の事態にどぎもをぬかれるときはいつも、この事実を肝に銘じなければならない。すべては避けがたく、呪われている。こうなるのが宿命であり、宿命だったのだ。

ルーマニアの〈民俗仮面〉に関する本にざっと目を通す。まるでアフリカのどこかの部族にでもいるような気持ちになる。ルーマニアにあるオリジナルなもの、というより生き生きしたものは、どれも「歴史」以前に由来する。もっとも、バルカンで事実上、過去をもたなかった唯一の民族であるルーマニア民族について、「歴史」という言葉が使えるならばの話だが。

自分の作品の微にいり細をうがった分析を読み、自分自身の解剖に立ち会う――これほど気の滅入ることを知らない。

私がいつも目指していたのは――そしてうまく成功したのは、まかり間違っても名士連中の同類とみなされないことだった。

自分を自覚しているちゃらんぽらんな人間は、才能に恵まれた、真面目で融通のきかない者よりも決まって深い認識に達しているものだ。

四月二二日――午前、ボードレールがサント゠ブーブに宛てた手紙に、シェリーの「ナポリ近く失意のうちによめる歌」を発見したところだと書いているのを知る……

シェリーは、長いあいだ、いずれにせよ『概論』を書いていたころ、私の好きな詩人だった。

手紙を書くには、いくらかでもひらめきが必要だ。無関心のとりこになっているとき、手紙を書くのがこんなにむつかしいのはこのためだ。

心膜炎の発作ののち、M・Eから手紙が届く。それによると、新石器時代からニーチェにいたる宗教について大著を書くつもりなので、心膜炎を切り抜けられて嬉しいとのことだ。

彼ほど本を書いたり読んだりするのが好きな人間にいまだかつてお目にかかったことはない。もし重病に罹り死なずにすんだら、私だったら、おかげで本を書くのが延び延びになってしまったなどとはすこしも考えないだろう。いずれにせよ、私が自分の考えを人まえにさらしたり、自分にできるわずかばかりの思索を書き留めたりするはおぞましいことだと思っているのは事実だ！

作品をつくるのは、脇目もふらずに突進し、さまざまの事実を踏みにじることだ。これは歴史家だけではなくすべての人間に、なかでもまずもって哲学者に当てはまる。思想とは事実の侵害だ。イデオロギーについては語るに落ちる。

ラマルティーヌは、タレーランとの対談を転載するに当たって、タレーランに、この人物の口からは決して出そうもないどこかロマン派ふうの（引いてゆくとき、私たちを溺死させる満ち潮のような！）言葉をしゃべらせている。（これは現在、マルローがド・ゴールについてやっていることだ。）

政治家の言葉を引用するもの書きは信用しないこと。

四月二三日　家族の崩壊後も生きながらえた義兄からこんな手紙が届いた。「私の慰めは神の善意を信じることだけです。ですから私は神に祈ります。どうか私に、反抗の気持ちを起こさずにすむだけの、そしてわが身に降りかかった事態を災難と考えずにすむだけの魂の力を与えたまえと。すべては神の意志と善意によるのですから。」

皮肉の一つも言いたくなるが、待てよ、これこそがいまだに最良の選択ではないかと考える。なぜなら、七〇歳で〈反抗〉したところで何になるというのか。神という観念は長持ちする！　これに代わるものはない。とすれば、この観念を保持し、それにしがみつくために、人間がどんなことだってしないわけがあろうか。いずれにせよ、人間にはこれ以上のものはみつかるまい。だからこそ、それがどんなにバカげた、どんなに深遠なものであろうと、信仰を掘り崩すのは、つねに悪しき行為なのだ。私たちが慰められるのは信仰によってであって、理屈によってではないからだ。すべてを失った者を前にして、どんな言葉が使えようか。もっともあいまいなものが、つねにもっとも有効だろう。

肉欲と憂鬱、両者の調和は完璧だ。

もう何も信じないときでも、あれだけはまだ信じられる。

〈Pace şi odihnă de veci〉[*]——義兄は私にこう書いてきたが、これは彼の息子への願いである。

平安、永遠の安らぎ——午後、ベッドで、何時間となく、あの終わりのない眠りについて考え、生まれてはじめて、安らぎとしての死の意味を完全に理解した。というのも、私にとって死はまったく別のもの、安らぎ以外のすべてだったから。私はもっと気まぐれな考えを死について抱いていたが、しかしいま、死についての真実は、墓碑銘と、悲嘆にくれた、どうということもない人々がたまたま抱く考えのなかにあることがよく分かる。

そうだ、今日の午後、私は死者たちのことが分かったような気がする。彼らの境地に達したのだ。

＊「平安と永遠の安らぎ。」

ドストエフスキーとボードレールの書簡がこれほど好きなのは、話題がもっぱら金銭と病気のことで、これだけが〈重大な〉問題であって、ほかのことはほとんどどうでもいいからだ。

マイスター・エックハルト、バッハ、ヘルダーリン——（もっとも偉大なドイツ人を挙げなければならないなら）。

四月二四日　アスリノーの語っているところによると、病をえてブリュッセルから連れ戻されたボードレールは、列車から下りしな、アスリノーの姿を目にすると、急に笑い出した。そのせせら笑いはすぐには止まなかった。

自分について書かれたものを読むと、疲労と嫌悪の印象がいつも残る。こういう解剖の仕事がなんの役に立つのだろうか。批評とは軽蔑すべき活動、それどころか有害な活動だ。作品を読むこと！　これ以外は無駄なことだ。

自分では言うべきことが何もないから（あるいは、他人を介してしか言いたいことが言えないから）、いつも他人について書くのだ。

どんな愚劣な解説者にもあるバカげた思い上がり。自分独自の思想などただのひとつも考え出せなかった者が、ただ神にのみそうする権利があるように、私たちを評価するのだ。批評家は、この特権を不当に自分のものにして、自分は並みの人間ではなく、自分にはすべてが許されると思い込んでいる。

ある人の至言に、「私が遂行しなかったもの、それが私だ」とある。

この至言は、そのことを絶えず考えつづけたために、私たちの遂行しなかった行為だけが私たちの中身だ、と解さなければならない。別の言葉でいえば、私とは私の悔恨だ。

『平均律クラヴィーア曲集』

（これを聴いたあとで、昔、税務署と衝突したことを思い出し、怒りにかられた。崇高なものを経験すると、私の場合、そのあとはいつも、さもしいことを経験することになる。バッハを聴いたあとでは――あさましいことを、不快なことを。これは説明のつくことだが、それでもつらいことには変わりはない。）

数年まえ、私は自分の意志の弱さを嘆いたものだ。この欠陥は、いまはもうまったく自然のものになってしまい、いまさら嘆くまでもないほどだ。これは進歩なのか。私が静寂主義《キエティスム》に身を任せている限りでは進歩だが、私の野心が目覚め、若いころの夢がまたぞろ頭をもたげてくる限りでは進歩ではない。

私の無為（というよりむしろ、私の受け身の行為、ほとんど絶えることのない読書）の原因は、残念ながら、とてもよく分かる。つまり、制作するほかの連中が興奮剤を頼りに生きているように、ここ一〇年というもの、私は鎮静剤を頼りに生きているからだ。こんな痴呆化療法をしながら、どうして死なずにいられたのか。

R・MからすぐれたR・シャール論が届く。私がシャールに向けたくなる非難は、衝撃をもたらすということだ。

話し言葉と極端に異なる散文は、結局のところ、読者をいらいらさせる。詩的な、あるいは哲学めいたあらゆる散文から私が遠ざかった原因はここにある。

万人向きのものと型にはまった装飾過剰なものとでは、前者を選ぶべきだ。万人向きのほうがずっと正しい。

四月二七日

私の祖国との関係は、ずっと前から否定的なものでしかなかった。つまり私は、私の弱点や挫折はどれもみな祖国に責任のあることで、祖国は私の目的の達成を阻害し、私の欠陥を助長し、私の転落の原因であると考えているのだ。こういうふうに考えるのは、たぶん間違っている。だが、こういう考え方もまた、私は祖国に負うている……

長いおかしな夢。ある男がやって来て、だれか知らない人を殺したと言う。だれも彼に疑いをかけてはいないので、警察も別に彼を追っているわけではない。彼が人殺しだと知っているのは私だけ。さてどうしたものか。私は彼といっしょにビストロにいる。彼がトイレに立ったすきに、私は店の主人に警察に知らせるように言うが、主人は私が気でもふれていると思い、いうことをきかない。といって私には、自分で彼を警察に密告する勇気もないし、不誠実なところもない（なぜなら、この男は、とても人には言えないような秘密を私に打ち明けたのだから）。私は彼の共犯者のような気がして、不安にかられる。いつか共犯者として捕まっても仕方がないと諦めるが、でもそれはあんまりバカげている、やっぱりきっと彼を密告することになるだろうと、そこまで考えたところで目が覚める。

（長い苦しい夢は、優柔不断の人のおはこだ。生活の上で何ひとつけりをつけられないのだから、夢のなかでどうしてそんなことができようか。こうして彼らは、その逡巡だの、臆病だの、優柔不断だのを夢のなかで繰り返すのだ。彼らは悪夢にうってつけだ。）

私のルソー嫌いは今にはじまるものではない。いまも、彼の思想より人物のほうがずっと嫌いだ。

ボードレール、すでに古びていないなら、古びはじめた詩人。反対に、人物はますます偉大になる。その手紙が彼の傑作とは、なんという皮肉か！（それに引きかえ、マラルメの手紙は腹立たしいものだ）。だがマラルメは、詩人としては古びない。詩人としてのボードレールの不幸は、彼が極端に明晰だったこと、過度に厳密だったことだ。

四月二八日

私たちが教会を非難するとき、忘れてならないのは、スペインではムーア人を、ロシアではモンゴル人を相手に企てられた十字軍で教会の果たした役割だ。

この二つの国は宗教で〈作られた〉。したがって二つの国ではともに、宗教が、おうおうにして抑圧的な、極端に重要な役割を果たすことになった。信仰が確立され、ついには中身が死んでも形骸は生きつづけるとき、いつもそうなるように。

私の信じていること。

とどのつまり人間はあらゆる病から癒え、〈生〉の秘密を突き止め、途方もないものを考えだし、それを実現することになるだろうが、しかしいつか不正を一掃することになるとは私は思わない。というのも私には、どうしたらこの世に公正が確立されるか見当がつかないからだ。どんな体制のもとであろうと、公正は、まさにそれが不可能であるという理由で、決してこの世で勝利を収めることはあるまい。私がユートピアに敵意を抱くゆえんだ。

ユートピアの精神はつねに存在した。それは絶えることなき探究であり、革命の時代（現代のような）に激化し、革命後は、過激な行為につきものの幻滅のために鎮静化する偏執である。

私たちだけが革命的精神をもっていると考えるのはバカげている。さまざまの神学上の対立、異端禁圧運動、中世において、これらはすべて革命であった。なぜなら忘れてはならないが、〈異端者〉とは当時の〈革命家〉であり、彼は時代の知的慣習の転倒を希っていたからだ。こういう対立と激変のすべてがルターを生み、カルヴァンを生んだのは必然であって、彼らはロベスピエールやレーニンのように、世界を震撼させた。だが、宗教革命と社会革命の類似を誇張してはなるまい。確かなのは、両者がともに、ある途轍もない生命力の爆発を前提にしているということだ。〈くたびれ果てた〉大衆は革命など起こさない。他人の革命を真似るのだ。

迷妄からすっかり覚め、それでいて同時にそれほど辛辣ではない人間、どんな幻想のストックさえもうなくなってしまったのを喜んでいる人間、こういう人間のなかでしか全体の幸福は可能ではあるまい。

自殺しないのは共犯のしるしだ。

真夜中に起きて、脳髄がぐったりとなるまで深呼吸を繰り返す――何のために？　眠りを、無意識を、安らぎを、動物性を取り戻すためであり、夜明けの問いを、最初の光の恐怖を避けるためだ。

ルイ・ド・ブロイは「えてして浅薄な、ときには腹立たしい、〝才気をひけらかす〟傾向と、遠くから見るかぎりでは、ひどく厳しそうにみえる科学上の発見の過程には一種の類似性があると思っている。この類似は、しかし存在する。けだし、才気があるというのは、人の教えとなったり、あるいは楽しみとなったりするような、何か予想もできない関係づけを、藪から棒とばかり出し抜けに打ち立てる能力のことではあるまいか。」

……この考えからすれば、ドイツ人はフランス人より科学上の発見には向いていないということになろう。ところが周知の通り、実際はむしろこれとは逆である。スウィフトは、これほど鈍感な民族が多くの発見を行ったことに驚いている。それというのも、発明の才とは、機敏で敏捷な才ではなく、忍耐強い、うすっぺらではない才、掘り下げ、追求する才だから。インスピレーション、ひらめき、それは執拗さの結果であって、機敏さの結果ではない。ドイツ人はほかの民族より退屈しない。ところで、私たちがある考えをとことん追求するのは、退屈を感じない場合に限られる。

（私の生の傷である退屈について言えば、私にとって仕事に取り組むこと、一冊の本を〈作る〉（何という言葉か！）ことがいかにもうんざりする企てに思われるのは、退屈のためだ。数ページも書けば、いつも私は、もう語り尽くしたような気になる。これ以上つづけて何になろうか。そしてほとんどの本は、その最初のページで打ち止めになってもいっこうに構わない――これは言うも愚かな真実である。）

私には自分の同胞の残忍さを嗅ぎわける特別の嗅覚がある。（パウル・ツェランは、とても優しかったが、同時にこういう残忍な人間の一人だった。彼の残忍さは病的だった、だから大目にみることのできるものだった。）

私が自殺の未来を信じる理由は掃いて捨てるほどある。いつか人間は、自殺に唯一の解決策を見出すだろう。解決不可能なものを山と積み重ねてしまったために身動きできなくなった人間は、狂人のように激しく自分に敵対し、そしてついに、自分たちに残されていたただひとつの解決策を見つけるだろう。

夜、ほとんど人気《ひとけ》のない通りで、私はバッハに満たされる――いつもと変わらず『ゴルドベルク変奏曲』。私に味わうことのできたもっとも崇高な、もっとも純粋な陶酔。

四月三〇日　ある種の事柄が理解できたのは、私の健康がはかばかしくなかったからだ。病むとは理解するということだ。病むことがなかったら、もっとも大切なことは分からない。だが、そのほかのことは何でもとてもよく分かる……

どんなことへの参加であれ、参加を辞退し断る、これが私の覚える最大の喜びだ。ある立場のためなら命をくれてやってもかまわないが、ただしそのためには、その立場を擁護する必要はないという条件がつく。哲学者あるいはその他の人間から、自分が音頭をとっている企てに加わるよう、賛同するように求められたら、とたんに私は、その申し出に応じるより彼との関係を絶つほうを選ぶ。私にはどんなことでも要求できようが、ただし、仲間に加わり、歩調を合わせることにほかならぬ、あの精神の降伏となるとそうはいかない。人間であるという事実のほか、私にはもう人間と共通のものは何もない……

ついさきほど、古本を眺めていたら、たまたま『影との対話』が目に触れた。バカげた、流行おくれの表題だが、私は一種の衝撃を受けた。ことほどさように、すべては私たちの内的気質いかんにかかっている。死にかかわる印象が問題のときは特にそうだ。

しばらく前から、毎日「フランス・ミュズィク」で、バッハのクラヴサンのための全作品が放送されている。そう博識とも思われぬ解説者は、放送のたびに「すばらしい、すばらしい」と繰り返している。バカげている。でもその通りだ。

孤独であるからではなく孤独であると感じること、これが私の敗北だ。

五月一日　BBC放送で、ド・ゴールに関する注目すべき番組を聴く。それによると、ド・ゴールは、ナポレオン以後イギリス人がもっとも高く評価しているフランス人であるとのこと。意味深いのは、番組の参加者がみなこぞって、ド・ゴールの非フランス的資質を褒めていることだ。「彼には、私たちと同じように、ユーモアのセンスがありました」――「フランス人の特徴である“small talk”を彼は嫌っていました。」――すべてこういった調子である。これを聞いて、イギリス人のフランス人に抱いている考えはひどくお粗末なものだと思った。これでは、フランス人がイタリア人に抱いている考えとほとんど選ぶところがない。

自分がひどく疑わしく思われると、おれには弟子はいないと考えて気力を取り戻す。これほどに励ましになる確信は私にはない。

ときどき孤独への渇望が募るあまり、あの世でも砂漠を探している自分が目にみえるほどだ。

カリギュラの語っているところによると、セネカの文章は接着剤を欠いたヤワなものだとのことだが、それでもセネカは、なにごとか悟るところのあったモラリスト‐雄弁家である。そして彼がなにごとかを悟ったのは、ストア哲学を奉じていたからではなく、当時はことのほか野蛮な島だったコルシカ島へ八年の流刑をくらったからである。この試練によって、一人の軽薄な人間は、普通だったらとても得られそうにないある次元を獲得した。この試練は彼にとって、さまざまの持病がほかの人に果たす役割を果たしたのであり、そのため彼は、病気の助けを借りずに済んだのである。

「だれ一人として無理やり生に留めてはおかぬ神々、これらの神々に感謝しよう。」（セネカ）

五月五日――どうし私はこんなに本を読むのか。

わが哀れな先祖たちが、この種の活動を知らなかったからだ。だから本を読むのは、彼らに仕返しをし、失った時間を取り戻すためだ。というのも、私たちの過去には、望みのものは何でもあるが、本だけは例外だから。

よく考えてみれば、先祖の人たちがみな何も読まず、長い冬をおしゃべりをしながら、あるいは押し黙ったまま過ごしたのは、思うだにすばらしいことだ……

（また私は、私が手仕事を好むのは、手仕事だけで生計を立てていた先祖ゆずりのことと思っているが、といっても、この場合は、反発からではなく習慣からそう思っているのだ。何かを手でいじくっているとき、私はいつも満ち足りているような気がする。先祖たちがいつもやっていたことを私はしており、それは私もまたしなければならないことなのだ。〈知識人〉であること、それは間違いであり、悪徳である……）

遺伝に関することを読むと、それがどんなものでも、とたんに私は憂鬱になる。〈遺伝コード〉は、人の地位とは両立しない慎み深さの気持ちを誘う。

私が憂鬱の危機状態に見舞われても、信仰にゆき着けなかったとすれば、今後、私を信仰へ導くものは何もあるまい。

（だがそれでも！　私には祈ることはできないが、しかし祈りというものが考えられない世界などに生きたいとは思わないだろう。というのも、祈りの可能性、祈りという観念こそ、私が困難に見舞われたときの重要な支えのひとつだったのだから。人間は言葉を発見するよりも前に、祈りはじめたに違いない。なぜなら、人間が動物から抜け出て、というよりむしろ動物を捨てたとき感じたにちがいない不安、あの不安に、祈りの予示ないし前兆ともいうべき呻きや叫びを上げずに、どうして耐えられたか分からないからである。）

原則として、相手がだれであれ、どんなことでもしてやれると私は思っている。私がどんな助けにもなれまいと熟知している唯一の人間、それは私だ。

五月六日――たまらない夜。明け方の四時、私は真っ昼間のときよりずっとはっきり目を覚ましていて、ツェランのことを考えた。彼が唐突に生にけりをつける決心をしたのは、こんな夜だったに違いない。（だが、彼はその決心をずっと前からかかえていたに違いない。）

不眠が恐ろしいのは、この夜とかぎらず、どの夜にしても、夜のあいだは眠りにありつけないのではないか、二度と眠りにつけないのではないかというバカげた確信のようなものを抱いてしまうことだ。もう決して眠りにはつけない、再び眠りにつくというのは私たちにはもう意味のない動詞だといった、この気持ちこそ、ひどい不眠者を取り返しのつかぬ行為にかり立てかねないものだ。もっとも恐るべき瞬間は、毒をあおろう——あるいは外出しようと思って、いきりたって立ち上がるときだ。この二つの意図は、同じ状態から生まれ、同じ結論に達する。生にけりをつけたくない不眠症患者は、毒物を手元におかぬよう気をつけるべきだ。いつかはきっとそれに頼ることになるから。いきりたってベッドから離れるとき、私たちはもう自由ではない。さながら狂信者だ……蒼白な顔、亡霊じみた挙動、痙攣、攻撃性、欠けているものは何もない。

五月七日　フェリーツェ・バウアーに宛てたカフカの衝撃的な手紙をいくつか読む。

「ぼくがほんとうに恐れているのは——おそらくこれ以上口にするのも耳にするのも厭なことはないでしょう——ぼくが決してあなたを所有することはできないだろうということです。」（一九一三年四月一日）

ただひとりの女性に宛てて書かれた同じような告白を、万人に知らしむるとは何という冒瀆であろうか！　カフカが、ほんの二、三度会ったにすぎない、ほとんど未知も同然の娘に、こんなつらい、こんな恐ろしい秘密を打ち明けたとき、半世紀後、自分の内面の劇が新聞や雑誌に暴露されると予想していたら、いったいどんな反応を示したであろうか。

精神、すなわち不幸の累積。

五月一一日　五月八日に、右手の親指をクルマのドアに挟まれ、それからというもの書くのがままならない。

快楽の場合もそうだが、激しい苦痛に見舞われると、時間は瞬間なみに小さくなる。感覚の地平を越えることはないのである。

私が自分の出自を否定しないのは、形だけ何かであるよりも、ルーマニア人であるほうが、つまり無であるほうが、結局のところましだからだ。

国の若者と話し合う。この若者が私に語ったことは、どれもみな嘘っぱち、誇張、自惚れで、そこにはおびただしい美辞麗句と不安が含まれていた。自分に不信を抱いているからといって、私たちは必ずしも謙虚になるわけではない。むしろふんぞりかえるのが普通だ。私の国の連中の場合がこれに当たる。

バートランド・ラッセルのある考えについて

若いころ、ラッセルは、世界における意識の総量を減らすためには、できるだけ多くの人間を殺す必要があると書いた。

これはたぶん、とてもみごとな考え、彼の思いついたもっとも美しい、もっとも強烈な考えだ。私には、彼のほかの作品、おびただしい数にのぼる（二万五千の論文！）作品より、この考えのほうがずっと重要だ。

こんな考えを思いつきながら、その後、どうして彼は人道主義的活動に身を投じることができたのか。こんなひらめきに急襲されたら、死んで当然だっただろう。こういう〈考え〉を抱きながら、作品を書くことはできない。だが、作品が何だというのか。生は、それを越え、あるいはそれを否定するひらめきによってのみ許容される。こういうひらめきの一つを経験すれば、それによって私たちの存在は贖われ、正当化される。

私たちは死に耐え、死に立ち向かい、あるいは死を乗り越えることはできる。だが逆に、死との和解となると、特権的な瞬間、いわば稀有な、きわめて稀有な瞬間でしか可能ではない。

五月一二日　朝食を摂りながら感じる……耐えがたい不安。

ヴァルトブルク城で経験した悪魔の誘惑に関するルターの衝撃的な手紙。

禁欲は、官能的な人間には、名状しがたい責め苦だ。禁欲生活に意味があるのは、私たちに自己処罰の傾向がある場合にかぎられる。

「砂漠」は被虐趣味なしには考えられない。

若者たちの声明書にこんなことが書いてある。「現在の社会は、われわれがわれわれのユートピアを生きるのを阻害している。」

バカげている。でも、私のルーマニア攻撃のほうがずっとバカげている。私がいくつもの持病をかかえ、何もかも不首尾に終わったのをルーマニアのせいにしていたのだから。

五月一三日　コシャン病院。診察を受けに行く。三〇分間、窓口から窓口へとたらい回しにされ、やっとしかるべき窓口にたどり着いたところ、別の窓口へ行って申込みをしなければならないと言う。私はかっとなって、ルーマニア語で悪態をつき、その場を去った。集団移動の雰囲気、名状しがたい乱雑、混乱、大騒ぎ。フランス人は無秩序の天才だ。何もかもが私の国を彷彿させる！　だが、私に我慢できないものがあるとすれば、それは混乱を好む傾向だ（もっとも、あらゆるバルカン人の例にもれず、混乱は私の生来の傾向だが）。

私は生誕の惨事について書いたが、カルデロンも引かず、

〈生誕の罪〉が問題にされている『人生は夢』も読まなかった。この怠慢は許されない。

五月一四日　ヘーゲルによれば、「人間は、すべてが人間によって創造された世界に囲繞されてはじめて完全に自由になるだろう」ということだ。

なんたる謬見か！　人間は、まさにこの通りのことをやったが、しかも現在ほど、自由を奪われたことはかつてない。自分の創造になる技術をもって自然に代えたが、自然の奴隷であった以上に、技術の奴隷となった。

事実、人間は二重の奴隷だ。自然から完全に解放されてはいないのだから。同じ奴隷の身分なら、昔のほうがましだった。

カースから電話。あまり〈張り切り〉すぎていて、〈水をさして〉もらう必要がありそうだから、私に会いたいと言う。

私の理解が正しいなら、人の気力をくじくのがどうやら私の特技らしい。

〈Heiland, ich sterbe〉*という言葉を中心に歌われるアリアの一つがある、バッハのカンタータを聴きながら、ついいましがた私は、ドイツ語が完全に消滅してしまい、わずかの学者にしか判読できない世界を幻視した。

未来への跳躍はいずれも例外なく、私たちの意気をひどく阻喪させるものだ。

言葉の、国家の、人間の、生命の消滅……

英国は五〇万年後には完全に水没してしまうだろうということを読んだことがあるが、その日、私は、あきらめと悲しみのしるしに床に就いた。

＊「主よ、私は死のうとしています。」

電話は始末に困る。どこの馬の骨でも私たちを手玉に取る。毎日、私たちは新手の攻撃の標的だ。電話の受け手は、世にも無防備な人間で、どんな抵抗もできない——地上のあらゆる邪魔者に身柄を預けられ、不作法に、さらには粗野に振る舞うほかにどんな対抗手段もないが、ところがこれが簡単ではない。特別の才能が、無礼と厚かましさの一種の伝統が必要なのだ。

ところで私は、遠慮と控え目な態度を尊ぶように両親に育てられた。厚かましさは私の得手ではない。私が横柄なのは、ときたま、それも逆説を弄したいと思うときに限られ——だれの迷惑にもならないものだ。理屈の上での攻撃性が行為を、実践をともなうことはめったにない。それはさまざまの警句となって雲散霧消する……

五月一五日　いましがた街なかで、幸福感に襲われる。こんなことは私にはめったにない。だが、このような幸福感を頻繁に経験する人がいたら、その人は、自分が生きている喜びにどうして驚くだろうか。

事実、私には有頂天になる理由は何もなかった。だがそれは、婚約した若者でもこうもうきうきすることはあるまいと思われるほどのものだった。冷静になろう、おれはしがない人間だと繰り返してはみたものの、その効き目もなく、私はまるで勝利を迎えに行くかのように、群衆をよぎって行くのだった。感覚の絶対的支配……経験の優位には打つ手はない。

ついいましがた、いつもの夜の散歩に出たところで、気分が急変する。憂鬱の、それとも絶望の発作なのか。私には両者を区別できたことは一度もないが、しかし両者には、現象上の区別ではなく本質上の区別があるに違いない。感覚としては、両者は信じがたいほど似ている。表面では重なるが、深部では異なるのだ。

五月一六日

ゲーテを崇拝している男が、ある日、ゲーテのかかりつけの理髪師に、この偉人の髪の毛をすこし分けてくれと頼んだ。すると理髪師は答えた。髪の毛はずっと前から捨てずにおいてあり、崇拝者には買ってもらっていると。

いわゆる〈虚無〉を私たちがほんとうに経験するのは、耐えがたい幸福に見舞われた瞬間にかぎられる。幸福が極まったとき、存続しているもの、存在しているものはもう何もない。幸福は、その本質において、不幸よりもはるかに破壊的なものであり、はるかに〈形而上学的なもの〉である。

不幸に見舞われたとき、私たちは闘い、抵抗する。つまり、強くなる。ところが幸福は、私たちを圧倒し、押しつぶし、私たちの力を奪い、そして私たちを無力の、狂気の、欲求不満の状態に置き去りにする。

しばらく前から雨が降りつづいている。これだけが、この、顔のはびこる都市で、唯一の……実質的な、〈コスミックな〉、本源的な活動だ。

あらゆる都市は、例外なく抽象的だ。だからこそ私たちは、自然界を構成する基本要素の一つが都市にあらわれると喜びを感じるのだ。やれやれ水だ！　というわけで、あの幾百万の顔を私たちは忘れる。

顔をみると私はいらいらする。人間を思い出させるものは何もかも耐えがたい。

私はキリスト教が大嫌いだが、その理由は、キリスト教では人間が中心的地位を占めているからだ。幸い、仏教はこれほど人間を重視しない。

困難な問題を解決しなければならず、重大な転機に直面したら、そういうときはいつも、ベッドにもぐり込み、待つのが一番だ。直立の姿勢で行う決断には二束三文の価値もない。それは思い上がりに、あるいは不安にそそのかされたものだから、性急なものだ。ベッドにもぐり込んだところで、この二つの疫病神を体験しないわけではないが、そうだとしても、それは直立しているときよりもずっと純粋な、ずっと……非時間的な形でだ。

五月一八日　世界にちらばる、国籍もさまざまの友人たち。ルーマニア人はごくわずか。部族への帰属意識から脱却しなければならない。生誕の偶然を、生誕の場所を重要視したところで何になるというのか。どんな国、どんな民族、どんな人種も担ぎ出してはならないだろう。英知とはコスモポリットなものだ。これこそストア学派の哲学者たちが……そしてゲーテがよく理解していたことだ。ゲーテは、イエナでの敗北後、祖国の愛国熱に同調せず、息子が解放軍に加わるのを禁じ、みずからも自分の版画の整理に余念がなかった……彼によれば、「最良の愛国者がいるのは、最低の国だ」。

かつて祖国の不幸に深入りしすぎたことを私は悔やんでいる。どの道それは、私にはどうにもならないことだった。無駄な苦しみ、その苦しみのために私は消耗し、以前よりもいささかすさんだ人間になったほかは、何の得るところもなかった。こんなことのために苦しまなければならないなら、いっそすぐにも死んだほうがいい。

向こうから来た、ある女流画家が、私のアパルトマンの真向かいの通りで個展を開いている。とても粋な言葉の招待状がきたので、行ってみる。今から個展が終わるときまでに、また来ていただけるのかしらと、彼女が訊くので、請け合えませんねと答える……「別の言葉を差し上げても?」と彼女が言う。

実は、これは追従ではない。むしろある特殊なイロニー……甘ったれたイロニーである。

「国は美しいけど、私たちには意地の悪い両親がいる」——これは、ルーマニアの女性Xが、私と知り合ってすぐ、私に言った言葉だ。〈指導者〉と言うよりずっと美しい。

即座に、そして永遠に、何か重要なことを言う能力。

私は敷衍が嫌いだ。思想が柔軟であることを好まない。こんな状況では、書くことにはもう意味はない……

五月一九日

ゲーテ、すなわち「落伍者」と正反対であること。彼が現代性にほど遠いゆえんだ。

挫折、すなわち未来の定め。

おそらく人間はすべてに挫折したが、しかし現在まで、その定めに従い、その限界から逸脱することはなかった。今後、人間はますます自分を乗り越えようとするだろうが、その試みとはうらはらに、小さくなってゆき、自分を越えようとする意志によって、無に帰するだろう。ということはつまり、挫折が人間の生き方、なかんずく進歩の仕方になるだろうということだ。

私は長いこと、ゲーテに一種の憎しみを抱いていた。だが馬齢を重ねるにつれて、自分の判断に含みをもたせることになるだろうと思っている。まず第一に政治上のことだが、私は彼の考え（〈啓蒙専制主義〉といったたぐいの）にことのほか親近感を抱いている。第二に、自分の時代の熱狂と狂気に対する彼の抵抗は、私の気に入らぬものではない。今後、彼を夢中になって読むようなことはどう転んでもないだろうが、たとえどんなに勿体ぶったところがあるにしろ、彼という人間には、もう私の反感をそそることのないさまざまの要素がある。

自分が老いたこと、そして変わったことを自分で確かめなければならないなら、ゲーテに対するこの寛容ぶり（？）にまさる証拠があるだろうか。私はゲーテが分かる、これこそ現在まで私が拒んできたことだ。

五月二〇日

キュスティーヌがロシア人について語ったこと、つまり、ロシア人には不幸の経験ではなく習慣があったのだということは、私の生まれた国に実によく当てはまる！

本屋の店頭にサルトルの大部の二巻本のフローベール論が並んでいる。さらに二冊が続刊のよし。哀れとも、不快とも感じ、そしてほとんど唖然となる。

ここにいるのは、何も理解せず、人が沈黙に逃げ込むように饒舌に逃げ込んだ男だ。

いま知ったところだが、イスラエルでは民法上の結婚はないのだそうだ！　この国の指導者であるラビは、ハーフのユダヤ人をユダヤ人と認めていない。この民族の永続性の原因は、こういう宗教にもとづく人種主義にある。

ゲーテ、すなわち取り返しのつかぬものをうまく回避するわざ。

気取らぬ聖者より愉快な人殺しのほうが好きだ。

人食いになれたらなと思っている。といってもそれは、あのバカのXの野郎をむさぼり食う快楽のためではなく、食ったあとに吐き出すためだ。

『叫び』。なんと美しい表題か！

私は叫ぶように、それともせせら笑うように生まれついていたのか。
　この二つのために、実現不可能なジンテーゼのために生まれついていたのだ。

五月二二日　根深い軽蔑は苦しみに似ている。

　ひげを剃りながら、ラシナリのバルチャヌ家の人々、特にその男兄弟の一人のことを思い出す。名前は何といったか忘れてしまったが、この男、大変な遊び人で、四〇近くなって、ある肺病やみの娘に熱を上げ、結婚した。そして結婚後、二年か三年目かに娘はダボスのサナトリウムに入れられた。その入院費を稼ぐために、彼はいままで一度も仕事に就いたことはなかったのに、ある病院の会計係になった。その後、二年か三年して、彼の妻はスイスで死んだ。ほぼ同じころ、病院の会計に大変な赤字が出ていることが分かった。つまり、彼が金を着服し、その金をサナトリウムに送って、妻の入院費を支払っていたのである。いずれ逮捕されると知って、彼は自殺した。――この一家の者はみな、悲劇的な運命をたどった。彼らには人を惹きつけるものがあった。父に連れられて彼らに会いにゆくとき、子供の私は胸がどきどきしたものだ。自分が異様なもののなかに入ってゆくのが分かっていたのである。

　私が詩と呼ぶのは、匕首のように私たちの心臓に突き刺さるもののことだ。（フワン・ラモン・ヒメネスの詩 *Yo no soy yo*＊を読んだあとで）。

＊「私は私ではない」。

　他人に向けて書かれるもの、他人のために考え出されるもの、こういうものはどれも、時代の、流行の、様式の跡をとどめている。もっとも古びることのないものは内的省察だが、それというのも、それはまさに人を行動に駆り立てるためのものでも、人を説得し、あるいは感動させるためのものでもないからだ。詩は死ぬ。断章は、そもそも生きたことはないのだから、それだけいっそう死ぬことはありえない。
　下書き、失敗作、残骸、こういうものより私には作品のほうがずっと面白い。私たちは作家の手紙を読み、その打ち明け話や思い出を読み、その作家についての思い出を読む。ということは、作品はどんなにすぐれたものでも、古びてしまうのはどう見ても明らかであり、偶発事の、挿話の、出し抜けに襲う戦慄（作品とは本来こういうものであるはずだ）の生命力、永続性は明らかだということだ。

　哲学の隠語の幻惑から自由になるにはずいぶんと時間がかかったが、どうやらやっと厄介払いすることができた。あの教授連中の、ペダンチックで、ごてごてした、どうどうめぐりの文体、問題を隠し遠ざけることを主な狙いにしている文体は、しまいには我慢ならないものになる。だが、こういう文体が若者たちをひきつけ、教授連中を満足させるのは分からないではない。もしヘーゲルが教授にならず、体系を拒否していたら、ゲーテばりの達観した衒学者になれたかも知れない。そして瞑想にふける、自由な衒学者然として、大学教員の喜びの、趣味の人の絶望の原因となる、あんなうっとうしい体系の構築に血道を上げることはなかったかも知れない。（ヘーゲルについて、趣味という言葉を使うのは非常識だ。ゲーテは彼についていみじくもこう言っている。彼はドイツ人の思考を〈歪めた〉と。）

私の〈哲学の〉方向をはっきり示したのは、ジンメルの次の言葉だ。この、ベルグソン小論中の言葉を、私は一九三一年ころ読んだ。「ベルグソンは生の悲劇的性質に気づかなかった――生が生であるためには、みずからを破壊しなければならない性質に。」

ゲーテ、すなわち老いるこつ。

ゲーテは老いるこつの達人だった。私はゲーテを無視しすぎた。損を取り戻すときだ。超然たる態度に関しては、ゲーテから学べることがいくつもある。そしていま、私はこの態度をおおいに必要としている。私たちは自分と正反対の者と親しくつきあうことによってのみ、自分から癒えることができる（なぜなら、あらゆる自我、ましていわんや、あらゆる我《が》！　は、ひとつの病だから）。救いは、いつも自分の反対側にある。私たちは、私たちを否定するものによって救われる。

私は〈ロマン派〉に親しみすぎた。彼らが私を導いたのは、最悪のもの、つまり私自身へだった。こんなところへなら、別に努力などせず、たったひとりででも行き着けただろう。彼らに助けを求めるまでもないことだった。

神に次いで、私が一番おかげを被っているのはだれか。もちろん、バッハだ。

バッハがいなかったら、私はずっと哀れな、味もそっけもない、貧しい人間だっただろう。彼によって私は高められ、自分自身を越えたが、もちろんそれは、私が彼に親しく触れているときだった。なぜなら、その後では……みじめな転落を経験することがあまりに多かったから。

「歴史」において、のちに名誉を回復しなかった犯罪はない。犯罪者にしてもそうだ。それならネロは？　もうちょっと辛抱すれば、彼が名誉を回復するときが、いつかやって来るだろう。いままで彼がいささか遠ざけられていたのは、人々がキリスト教の殉教者のことに触れたくなかったからだ。だが、これらの殉教者も、キリスト教の消滅とともに、人々の記憶から失われてしまうだろう。

多くのことに関心を失ってしまった者にとって、興奮した連中の群れのなかに生きるのは、ことのほか不愉快なことだ。彼が夢みているのは平穏な国、人々が行動もせず、無礼なことも言わず、虚栄心でさえ息をひそめてやすらっているかに見える、そんな国だ。

ラシナリでの幼年時代、私は一人の農民をたいへんに尊敬していた。この男はビストロと売春宿で財産を浪費したあげく、四〇ちかくで死んだ。ヨーンという名前だった（姓は、いまは思い出せない）。埋葬が済んで数日後のこと、ある別の農民が、真夜中ちかく、薪を運びながら彼の墓のすぐそばを通りかかった（墓地は一本の道で二つに区切られていた）。すると暗闇のなかで、だれかがタバコをふかしている。だれだい？　と薪を背負った男が訊くと——おれだよ、ヨーンだよ、タバコをすうために墓から出てきたのさ、と相手は答えた。

いったい何が起こったのか。死んだ男の冗談好きの仲間が、酒盛りをやったあげく、友人の墓前に〈黙想〉に来て、死んだ男になりすましてやれ、と突拍子もないことを考えたのだ。

もう一人の農民は、恐怖におびえて家に帰り、あやうく発狂しそうになったとの噂が、私の子供のときはもっぱらだった。

私たちの人生を転換させるためにしろ、あるいは妨害するためにしろ、それに口出しする者は呪われるがいい。

私もまた呪われるだろう。人に忠告する悪い癖のある私は、人のためになるよりも害になったのだから。たとえ聖者でさえ、他人の人生に口出しすれば、ろくなことにはならないと相場が決まっている。

どんな形のものにしろ、執着はすべて洞察力に反する罪だ。

あるイギリスの批評家の書簡で、きわめてまっとうなことを、いま読んだところだ。つまり、アリストテレス以後、ギリシアにはもう詩は生まれなかったということだ。

哲学は霊感を殺す。

（ヘルダーリンはヘーゲルと同じ時代の人だった。だがヘーゲル以後、ヘルダーリン並みの詩人も、ヘーゲル並みの哲学者もいない。）

あらゆる到達点は、人生においても芸術においても、行き止まりだ。

すべてにおいて、未達成によって未来への門を開けておくことが肝要だ。

虚しさの観念がすっかりしみついてしまい、どんなささいな行為さえやってのけられそうにはとても思えないほどだ。にもかかわらず、私は生きつづけている。私にとって、まさに行為というものがどれも、人には考えられぬ驚嘆すべきものの魅力をもっているからという、ただそれだけの理由にすぎないにしても。私たちは生を徹底的に否定したあとでなければ、生に戻れない。なぜなら、私たちが世界誕生の最初の日に戻るのは、徹底的な否定によってだから。

六月一日

手紙を書きはじめたが、最初の一行を書いたところで中断。突然、どんなことにしろ何かを書き加えることはできないと思ったのだ。

どうでもいいようなもののことを考えると、私は嫌悪で身がすくんでしまう。ところが、どうでもいいようなものこそコミュニケーションの（したがって思考の）本質なのだ。それは言葉の、そして文章の血であり、肉である。それを断念しようとするのは——骸骨との愛を想像するのと同じことだ。しかし重要なのは意志ではなく現状、まさに嫌悪だ。

良識と形而上学とはまったく相容れないものだ。

（私は、体系——それは哲学でも何でもいいのだが——の構築に没頭している人と話しあったことがあるが、そういうときいつも、右のような考えをもたざるをえなかった。壮大な展望は意識混濁と両立するだけではない。意識混濁から生まれるのだ。）

この三二冊のノートに散らばっている考察のいくつかを集めてみることにした。それで一冊の本になるかどうかは、二、三か月もすれば分かるだろう。（本の表題は〈間投詞〉、さもなければ〈生誕の過ち〉がいいかも知れない[2]。）

「歴史」と憎しみ——憎しみが歴史の原動力だ。この世を押し進め、「歴史」に息切れさせないのは憎しみだ。憎しみをなくすのは、事件を奪われることだ。

憎しみと事件は同義語だ。憎しみのあるところには何かが起こる。これに反し、優しさは静的なものだ。それは保持し、留める。それは歴史の力を欠き、あらゆる活力を抑える。優しさは時間の共犯者ではない。それに引きかえ、憎しみは時間の本質だ。

六月六日

解放、解放——

禁忌を廃止し、禁忌から解放される——これにこしたことはあるまいが、だが、こんな遊びをしていたら、いつか自分を縛るものがなくなってしまうような事態を迎える危険があるのではないか。社会が組織されてこの方、社会がやってきたことといえば、さまざまの禁止事項を作り上げることだけだったが、そのおかげで、社会はある種の安定を得ることができた。特に神々が考え出されたのは、このためだった。邪魔もの除去の熱狂が人間を捉えた。人間が新たな迷信に執着するには、時間と忍耐とが必要だろう。

私が書いたものはどれも何にもならないし、何の役にも立たない。自分の書いたものに私が必ずしもまったく不満ではないのはそのためだ。実は、それが私の狙いだった。ところで、生を妨げ、生に異を唱えるものでないとしたら、真理とは何だろうか。というよりむしろ、真理とは、私たちが生きるのになくてもいっこう差し支えのないものの謂だ。

〈目的〉という観念には意味がないこと、これはよく知っている。世界の秩序の、あるいは無秩序の無益さに折り合うために、私としてもまた目的なしに、しかし意識的に生きることに専念している。そして楽々とというわけではないにしても、これに成功する場合が多い。この快挙は、予想以上に稀だ。私たちにはこの快挙を鼻にかけずには達成できないのが残念だ。

ドストエフスキーは、セミョーノフスキー広場で死刑執行の芝居が打たれたあげく、城塞での四年の労働刑、次いで兵卒勤務の刑に減刑された、その同じ日、兄ミハイルに宛てて次のように書いている。

「ぼくがこれから再びペンを執ることができるでしょうか。四年後にはできるかもしれないと思っています……そうです、もし書くのが許されないなら、ぼくは死ぬつもりです。そんなくらいなら、一五年の懲役のほうがずっとましでしょう。ただし、ペンが握れるなら！」

死を免れたひとりの人間の異様な反応。もし私が同じ状況に置かれていたら、おそらく右のような考えはなかなか思いつかないのではないかと思う。だから私が決して作家ではないことは明らかであり、私の野心が、認識し、理解することにとどまり、いかなる意味でも表現し、描き、想像をたくましくすることでないのは明らかだ。

六月一三日――人が考えるのとは違って、大問題を俎上に行われる面白い議論は不毛だ。なぜなら、そういう議論ではすべてが語られてしまい、議論のあとでは、もう私たちは同じテーマを時間をかけて見直し、解き明かしてみたいとはすこしも思わないからだ。重要な対話のあとでは、不毛の状態がずっとつづく。なぜならそれは、書くことで思いのたけをぶちまける妨げになるから。

ジョルジュ・バタイユは、ひとすじ縄ではゆかぬ、奇妙な、ある種の精神異常者、興味深い人間だったが、私は彼の書き方は好きではないし、彼は自分の精神異常を表現するすべを知らなかった——昨夜、こんなことをR・Mに語ったものだ。

私は「歴史」-以後の人間だ。事実、いまもって私に興味があるのは、事件なき時代、「歴史」後の「歴史」にかぎられる。本来の意味で歴史的な時代は、もう私には無意味だ。(3)

私の取柄は、まったくの役立たずであることではなく、そういう者でありたいと希ったことだ。

私は敗北者、だれの意気込みもくじくことはできなかった。だれひとり改宗させることのできなかった友人のモリニエ*と選ぶところがない。

* モリニエはドミニコ会修道士だった。

革命の前よりは革命の後に生きるほうがいい。

一つの理想が気息えんえんとなりながらも息絶えず、猛威を振るう力はもうないもののいまだに余命を保っている瞬間、これにまさる瞬間はない。ある体制を生んだ陶酔がひとたび覚めてしまったあとに訪れる、きわめて緩慢な体制の崩壊。

私たちは奮闘し、苦しんだそのあげく期待を裏切られる。歴史においてはすべてが、断じてすべてが、ついには私たちの期待を裏切る。これは確認された事実ではなく法則だ。「幻滅」をもってことを始め、それを固執する者はきわめて稀だ。

六月三〇日　ひとりのときは世間の連中に不満、連中のところへ出ると自分に不満。

今日、ジャックマール=タンドレ美術館で、プルースト展を観る。社交界の、あのでくの坊連中の写真を見たとき、最初は嫌悪を覚えたが、そのうちしまいには、それらの写真が真に迫ってみえ、心ならずも、強烈な印象を受けないわけにはいかなかった。美術館を後にしたとき、私は感動していた。

実は、これらの社交界の連中はみなマルセル〈坊や〉を軽蔑していたが、連中の記憶がこうして消えずに残っているのは、もっぱらマルセルのおかげだ。グレヒュール伯爵夫人がプルーストをほとんど客に招こうとはしなかったとき、その夫人に、もしだれかが、あなたのドレスは、彼のおかげで半世紀後すべての人に展示されることになりますよと言ったら、はたして夫人はどんな反応を示しただろうか。ともあれ、実物がここにある。この豪華な、彼女のドレスの一着は、展覧会でもっとも印象に残るもののひとつだ。

プルーストの作品で時代おくれのものは、詩、象徴派の文体の痕跡、わざとらしい重畳法、詩の過剰だ。まるでサン=シモンが「才女」たちの影響を受けたかのようだ。私は、五〇年後、百年後には、『失われ時を求めて』の数巻が読めなくなってしまうのではないかと恐れる。

九月二日　録音を聴く。ディヌ・ノイカ＊が「ヨブ記」と「詩篇」を朗読したものだ！
　このあきれたお人好しにはできないことはない。何という度はずれの、つまり非凡な人間か。

　＊　前記、七五ページ、注参照。

九月一七日——人間は、死と言わねばならないのを避けるために、未来を発明した。

　進歩の観念は、不可避の、それどころか不可欠の観念だが、しかしそれは何も意味しない。私たちはこの観念なしでは済まされないが、にもかかわらず、それは私たちが固執するまでもないものだ。人生の〈意味〉のようなもので、人生には意味がなければならないが、しかし取るに足りないものではないどんな意味を、どんな内容を人生に与えられようか。

　失望の発作で一日を始めるのは、たぶんそれほど悪い方法ではない。発作のあと数時間は、私たちにはすくなくとも闘う対象がある。つまり自分のする仕事が生まれ、憂鬱は間違いなく避けられる。

　バルトの『記号の帝国』をやっとの思いで読んだ。何という文体か！　いたって単純なことを書くのに、その文章ときたら、わかりにくい、ひどく勿体ぶった、吐き気を催すほど気取ったしろものだ。にもかかわらず、この男は聡明で繊細、すこしも抜けたところがない。名状しがたい嫌悪感。

　宿命の観念を喚起するものは、私にはいずれも例外なく、何か魅惑的な、官能をそそるものがある。

　悲劇は私には保温効果がある。

　学問上の隠語をまじえた気取り、これは最悪だ。

九月二五日　自己嫌悪は、打ちのめされた絶望、疲れた、無残な絶望だ。

九月二六日　ボワ＝ル＝ロワ。すばらしい日曜日。

　不幸な幼年期を過ごすという特権はだれにでもあるものではない。私の幼年期は、幸福以上のものだった。つまり、王冠で飾られていたのである。幼年期に特有の恐怖でさえ華々しいものだった、すばらしい私の幼年期、その特徴を指すに、私にはこれにまさる形容詞はみあたらない。私はその報いを受けなければならなかった。罰を受けないわけにはいかなかったのだ。

自分をそしるのは、他人からそしられる快楽など足元にも及ばぬ快楽だ。

一〇月一二日　私たちが目的をもち、その目的をめざして前進するのは、実際的な問題の場合にかぎられる。無益な、つまり形而上学的な問題の場合、私たちは前には進まない。どうどうめぐりが避けられず、私たちは問題を掘り下げるのではなく、問題を反芻する。不幸を反芻するように。

一〇月一三日　今朝、シビウの知り合いの女性から一通の手紙が届く。彼女に最後に会ったのは、一九三七年のことではないかと思う。その後、何の消息もなかった。手紙には近況がるる綴られていて、死ぬのもそう遠いことではない、「未知のもの」へ入る準備はできているとある。

どういうわけか、私はこの決まり文句にむっとなった。死んだからといって、私たちは何かのなかに入るわけではない。入るにしても、それが何かは分からない。いずれにしろ、それは既知のもののなかでも、未知のもののなかでもない。この場合、どんな断定も不当だ。死は状態ではない。生を除いて、死にはどんな実在性もない。私たちに断言できるのは、私は生きている、つまり私は生きていると同時に死んでいる、というのがすべてだ。死と異なる生などない。だからこそ、生きている者を定義しようとすれば、死すべき者というのが、非の打ちどころのない唯一の呼称なのだ。

オルレアン公フィリップ。愛すべき頽廃。彼はヴォルテールよりずっと自由で、ずっと〈進歩〉していた。こうもゆき過ぎた自由は、つねに死の前兆だ。自己破壊にまで押し進められた寛容。無頼の徒への愛。それというのも、無頼の徒は意見というものをもたないから。

フランスで政権の座のトップにあった者で、もっとも徹底した懐疑的な人間。この点では、外観を信じ、礼儀を、作法を信じる弱点のあったタレーランなど足元にも及ばない。

主義主張をもち、一徹で、良き夫、出不精で、気が向けば信心深いところを見せることもあった人間、こういうサン＝シモンに、オルレアン公のような人間が、つまり、稀にみる移り気の、まるで無節操の、信念もない、また信念などもちようのない人間が及ぼした魅力。気難しい、苛立った人間、狂人、しきたりも守らない。どんな偏見もなく（あらゆる社会、あらゆる社会的、政治的集団が偏見の総和にほかならないのに）、彼は自分の存在理由を掘り崩し、みずからの、そして自分がその象徴である体制の精算にぬかりなく気を配っていたのである。

サン＝シモンは二重の魅惑のとりこになっていた。つまり、オルレアン公フィリップとランセのあいだで、言い換えれば道楽とトラピスト修道会のあいだで悩んでいたのである。

彼は人を愛しもすれば憎みもしたが、その彼が、本質的に人を愛することも憎むこともできない人間に——なぜなら、オルレアン公フィリップとは、目くるめくばかりの鈍磨にほかならなかったから——惹かれるのを感じていた。ボードレールのような人間が、この、自分と似たところのある人物にどうして興味を抱かなかったのか、私には合点がゆかない。

　オルレアン公フィリップは、私にとってつねに熱狂の対象だった。彼は、放蕩仲間どもといっしょにコインを投げて、その表裏で、重大事を決していた。彼にとってはすべては賭だった。彼の治世の寛容はここに由来する。ナントの勅令の廃止は、彼の治世下では行わるべくもなかったであろう。彼は、さまざまの〈しきたり〉が長いあいだ猛威を振るっていた治世のあとにやって来た。そして人々は彼とともに、鷹揚になり、寛容になった。寛容とは信念の解体のことだ。彼には反狂信のありとあらゆる悪癖があった(4)。

　現代の二人の予言者ほど滑稽なものはない。そのうちの一人などは、笑いものにされたくないなら、とっとと消えうせるべきだ。二人がともに笑いものにされないなら、まあこんなところが、もっとも公平な解決策だろう。

　破壊欲は人間に深く根ざすもので、だれにも、聖者にさえ根絶できないほどだ。おそらくそれは、生きている者の条件と不可分のものであり、生の本質は邪悪なものなのだ。

　破壊は私たちそれぞれにきわめて深く根ざすもので、たぶん私たちは、破壊なしには、つまり、破壊に没頭するという欲望なしには生きられないのではあるまいか。破壊は、私たちの本来的な所与の一部だ。生まれる者、それはどれも新手の破壊者だ。

　私はどの人間も破壊者だと思っている。

　賢者は、破壊欲の失せた、退役した破壊者だが、そのほかの連中は、現役の破壊者である。

一〇月一四日　シビウの、あの旧知の女性の手紙に、〈*fară noroc*〉という言い回しが三度でてくる。ルーマニア人にとって、不運は人間と不可分の所与だ。人は不運に生まれつき、不運のままである。

　書くこと、すなわち断行すること。

　生誕の観念を反芻していると、行為はどれもとっぴなものに見える。行為にはまったく意味がないからだ。まるで私たちは、狂気から癒えながらも、狂気を片時たりと忘れることのできない狂人のようだ。彼は絶えず自分の狂気のことを考えるだろう。したがって、狂気が癒えたといっても、彼には何の役にも立たないだろう。正気を享受することができないのだから。

一〇月一五日　先日、二二歳になるＪ・Ｂが訪ねてきた。自殺のことが頭から離れず、生きていても何もできない、などといったことを語る。私に会いにくるほとんどすべての若者は、途方にくれた、哀れな連中で、その大部分は〈くず〉といっていいが、ただし、社会からみて〈くず〉であるにすぎない。なぜなら、そのほかの面では、彼らには悟るところがあり、悟りのあまり役立たずになったのだから。

　私の本に興味をもっているような人がいると、そういう人は、自分の内部で何かが壊れてしまって〈にっちもさっちもゆかなくなり〉、人生を〈切り抜けて〉ゆくことのできない人だ、ということが私にはすぐ分かる。私に惹かれるのは敗北者だけだ。

　「敗北者」の「守護聖人」。

一〇月一八日　私たちが卑劣なことをするのは、楽しみのためではなく苦しみのためだ。

　なぜなら、ある種の人々にとって、苦しみへの欲求は、ほかの人にとっての金もうけの誘惑のようなものだから。

一〇月一九日　本質的なものについて考えると、それは沈黙か感情の爆発のなかに、茫然自失か叫びのなかにあるもので、断じて言葉のなかにはないものだ、といつも私は思う。

　私の書くものにわずかにしろ関心をもっている者には、それが男にしろ女にしろ、共通の特徴があることに気づいた。つまり（簡単にいえば）、憂鬱。

　不安に見舞われたことのない者はだれも、この本を開いてはならぬ——私のどの本の帯にもこう書かれるべきだろう。

　何か卑劣なことをやってのけると、とたんに私たちは自分が生きていると感じ、血が流れ、気力は横溢し、満ち足りた気持ちになる。まるで偉業でもなし遂げたようだ。ところが、たちまち満足感は消えうせ、陶酔のあとには恥ずかしさとしかめっ面がやってくる。

一〇月二二日　昨日、ドーイナ・Ｇに、私は〈宿命論者〉になり、ルーマニアの百姓——パリ在住の！——に戻ってしまったと語ったものだ。結果を見れば、ルーマニアにとどまるのも悪くはなかっただろう！

一〇月二三日　仏陀の微笑。欲望、嫌悪、心の安らぎなどの究極の意味についての一連の問いのあとで、仏陀は、涅槃の目的、その究極の意味は何かと問われたとき、微笑をうかべた。

　この問いは度はずれのもの、極端なもので、それにはどんな答えもないと仏陀は言い、そして彼は微笑んだ。この仏陀の微笑みについては、人々はああでもないこうでもないとしきりと詮索したものだ。どうしてここに、始末に困る問い、それどころか不躾な、いずれにしろ不可能な問いを前にしたときの、当然の反応を見ないのだろうか。なんとも答えようのないことについて問われれば、私たちはいつもこういう反応をする。それは、子供や不作法な連中、あるいは不躾な連中のバカげた問いを前にしたとき、私たちがやる行動だ。私たちは微笑む。なぜなら答えられないからであり、そして答えられないのは、問いが無意味だからだ。

私の機械がすっかり変調をきたしてしまったので、私は薬よりずっとよく病気を受けつける。

挫折をしなければ、信仰が成就することなどめったにない。

時間の経過は、それ自体が恐ろしい。だが、凍りついた時間のほうがどんなに恐ろしいことか！　時間が永遠に止まってしまったら！　だが、これがまさに死だ。死の与える恐怖の深い理由は、たぶんここにある。死は時間を破壊し、無と化し、時間の流れを永久に押しとどめる……

いましがたロジェ・ミュニエに、おそらくフランスにはスペイン流の異端糾問所はなかったが、しかし言葉を検閲することで、その埋め合わせをしたと語ったところだ……

一〇月二九日　ブレジネフがパリに来る。

午後、ラスプーチンに関するある本を繙く。本には、この呪われた坊主がロシアの皇后と茶を喫している写真が載っているが、これを見たとき、どうしていまBがパリにいるのか、そのわけがすぐ分かった。ロシア革命を理解するにはレーニンを読む必要はない。この奇っ怪、下劣な坊主の伝記にざっと目を通すだけで足りる。

頭の鈍い、それどころか間抜けな作家がいるのを私は知っている。ところが、私が出会った翻訳者は例外なく聡明で、多くの場合、彼らの訳している原作者などよりずっと面白味があった。（省察力は、〈創造〉よりも翻訳のほうにずっと多くある。）

一〇月三〇日、日曜日

クルイからラ・フェルテ゠ミロンまで、ウルク運河に沿って歩く。神々しいまでの光が降りそそぎ、風景は、この世のものとも思えぬ威厳にあふれているように見える。今日まで生きていてよかった、死んでいたら、こんな日を経験することはなかっただろうからと、ふと思った。

この日ずっと、私は、ある法外な瑣事について反芻した。パスカルが人間について語るとき、彼は言う、なんたる混沌、なんたる矛盾と。そのひそみに倣って言えば、人間、なんたる新奇！　人間の出現の異様な性質を、この現象の突発性と意外性を定義するに、この〈新奇〉は、なんとみごとな言葉か。事実、人間は自然において、ひとつの新奇、惨憺たる新奇だ。

革命を研究しようとするとき、その理解に欠かせないのは、革命をやった連中ではなく革命を受ける側だった連中に関心をもつことだ。たとえばルイ一六世の、それ以上にニコライ二世の無気力を検討し、さらにはラスプーチンの前にひざまずくロシアの皇后！　といったような瑣事に注目してみることだ――そうすれば、すべてが分かるだろう。革命文学など読むには及ばない。

私の生まれた国では、都市には俗悪なメランコリーが、農村には、望郷の絶望の色濃い、内にこもった、絶えることのないメランコリーがみなぎっている。

（こういうメランコリーではないのだが――しかしどうしても輪郭を欠いた感情を、どう定義すればいいのか。）

一一月七日　「君子は、つねに憂えを知らず、小人は悲しむ。[5]」（孔子）

私は、この小人という言い回しがひどく好きだ。自分が小人であると分かってからは特に。

ご職業は？　と尋ねられると、なんでもござれの詐欺師と答えそうになるのを、いつもやっとこらえる。

ヨハネの黙示録、これは認める。革命、これは認めない。終末あるいは生成への、最後の、あるいは最初の破局への協力にはやぶさかでないが、変化への、何らかの改善あるいは改悪への協力となるとそうはいかない。

神経衰弱とは、あいまいな鬱の状態、鬱の発作のない鬱のことだ。

一つの体制は、その代表者たちが自分に自信を失ったとき、消滅する。同じように、人間は、自分の運命が信じられなくなったとき、姿を消すだろう。この事態は、すでに到来していないなら、そのうちやって来るだろう。人間を打ちのめすのに敵対する力など必要ではあるまい。おのずと崩れ落ちるだろう。

一一月一三日　ここ数年来、毎日、起床すると、私は憤激をさまそうと鎮静剤をのんでいる。

生まれたことが我慢ならないとき、私たちは、いいものでも悪いものでも、あらゆるものに毒づくが、といってもそれは、何かを改善するためではなく、憤激の日々の蓄えを消費するためなのだ。

一一月一七日　ルーマニア人であることの不幸。
　無意味の悲劇。

一一月一八日　昨夜、真夜中ちかく、サン＝ルイ島を歩く。狂った蜜蜂のように舞い落ちる最後の木の葉。

一一月二三日　国立図書館でのヴァレリー展に行く。いちばん印象に残ったのは、マラルメの娘が打った、父の死を知らせる電文だ。
　二番目は『カイエ』の最後のページ。

一一月二四日　真夜中に目が覚める。虚空に宙づりになっている、あの惑星のことを、そしてこの惑星と同じように支えのない私たちすべてのことを考えた。もし自然のさまざまの法則がストを打ったら、私たちはどんなに喜々として混沌に戻ることか！

　未開社会に関する本を読んでいて何より強い印象を受けるのは、そういう社会で禁忌の果たしている役割だ。私たちが禁忌を考え出したのは迷信からではない。社会なり、部族なり、家族なりがうまく機能するためには、禁忌が絶対に不可欠だからである。禁忌なき社会とは、言葉の矛盾だ。人間の共同生活は、人間が、ある種のことはしないと認めてはじめて可能だ。これらの禁制は、ほとんどの場合、バカげた、不合理なものではないかって？　そんなことはどうでもいい！　重要なのは、これらの禁制が個人を束縛し、個人に一種の規律を強制していることだ。無秩序、それはタブーの廃止だ。

　ヴァレリー展で、ある資料を前に、私は長いこと立ち止まっていた。それは生徒だったヴァレリーの宿題で、欄外には、構成がなっていないと、教師の書き込みがある。事実、問題にされているのは一つの文章なのだが、そんなことはどうでもいい。文章を書く上でのこういう基本的な問題、私がそれをフランス語で学び、そして解決しなければならなかったのは、四〇近くになってからで、この異常さこそ、私の制作量が少ない原因の一つだったかも知れないと考えた。

一一月二五日　たてつづけの夕食会、ながっぱなし。もうたくさんだ。こういう連中のだれにも言うべきことは何もないのに、それでも楽しませなければならない。私はパリで生きたいと思った。その罰が当たったのだ。

一二月一日　フランシス・ベーコン展。おあつらえ向きに不気味で、すばらしい。

一二月二日　思考の不在を味わう、なんという喜び！　だが、自分は考えていないと意識するのも、また思考である。自分が無であると知っている無は、無ではない。あるいは、意識のはっきりした白痴なるものを想像しなければならない……

だからといって、思考不在の感覚が存在しないわけではない。それは在る。それがもたらす理論上の困難がどういうものにしろ。

リュクサンブール公園で、Bのある作品を大急ぎで読んだあと、私は嫌悪のあまり地面に唾を吐いた。この支離滅裂な気取り屋、この言葉の糞づまりは、私の神経に障る。これが現代の若者の思考の師にして……文章の師だとは！

「聖霊は疑い深くはない」。（ルター）残念だ！

ニヒリズムによる反‐革命家。

一二月五日　エスノロジーに関する本数冊にざっと目を通したところだ。もう決して原住民を羨むことはあるまい。〈文明〉への嫌悪から私は、彼らは平和に心安らかに、一種の楽園に生きているものと思っていた。ところが実際には、彼らは私たち以上におびえ、動物にまさるとも劣らぬ不安のうちに生きている。ここから導き出すべき結論は、生者としての生者の条件には悪が含まれており、だれかを、それがだれであるにしろ、妬むのはむなしい、ということだ。私たちが、動物界というこの呪われた界から脱出しないかぎりは。

すさまじいばかりの金《かね》亡者、XとYに会う。金は彼らの神。こういう亡者に会ってこそ、非‐所有の偉大さが分かるというものだ。

富豪などより野良犬のほうがずっとましだ。

Gとその妻とが訪ねてくる。Gはユダヤ人の予言者、何を考えているのか分からない、しかも卓越した幻視家、妻のほうは、魅力的なルーマニアの農婦で、一言もしゃべらない。どうやらすぐれた女流詩人らしい。彼らは一文なし、純粋で、どんな境遇でも受け入れるつもりでいる。きのう会った連中とはまったく正反対！

そのGが、あれこれ途方もないことをとめどもなくしゃべりまくる。神のことでも何でもいいから勝手にしゃべらせておいて、彼の口から漏れる衝撃的な言葉を切り離すようにしなければならない。ほとんどの場合、彼の言っていることには何の意味もない。無意味な言葉の噴出、言葉の火山のようなもので、それがおそらくは深遠な、熱狂状態にある魂からほとばしる。彼は、一八世紀、ポーランドのどこかの村かゲットーで、ハシディズムのラビのもとで生き、演劇症にかかった聖者か狂人の役でも果たすべきであっただろう。

Gのムイシュキンへの惚れこみようは常軌を逸している。彼らには確かに共通点がある。しゃべりまくる「白痴」、これがGだ。

ムイシュキンについて、彼は私に衝撃的なことを語ったが、いまはもう思い出せない……それは熱狂した亡霊のあいだで交わされた、死後の会話のようなものだった。

私はまた彼に、私のすべての本は、いわば精神の難破をめぐって書かれたものだと言い、どうして私が絶対に行き着けそうになりながら、壁にぶっつかって後退しなければならなかったかを説明し、私はもともと壁を突破したり乗り越えたりする運命に生まれついてはいなかったのだと、その理由を説明した。私が書いたものはどれも、私の後退と敗北についての注釈である。

私はGに、神秘家は書くべきではあるまいと言った。

神に語りかけるとき、私たちは書きはしない。お祈りを唱えるのであって、お祈りを書くのではない。神は読まない。

一二月八日　私たちは迫害について、殉教について語り、あれやこれやの試練について語った。これほど多くの苦しみ、これらのすべての苦しみは何のためなのかと、きみは私に尋ねた。

苦しみにはただひとつの目的、ただひとつの意味しかない。つまり、目を見開かせ、精神を覚醒させ、認識を深めること。「彼は苦しんだ、だから悟ったのだ」——これが、病気あるいは不公平、あるいはその他のどんな不幸にしろ、これを経験した人について私たちに言いうるすべてだ。

苦しみはそれ自体として価値があるとか、人間の向上に資するものだと思うのは……苦しみの倫理的な価値についての発言はどれもみな、たんなる駄弁にすぎない。なぜなら苦しみは、だれも向上させないし（ただし、すでにして善良だった者は除く）、またどんな絶対的な価値もないからだ。あらゆるものがそうであるように、苦しみは忘れられる。それは長持ちしないし、〈人類の遺産〉にはならない。すべてのものが失われるように、苦しみは失われる。

ただし、繰り返せば、苦しみは、苦しまなければ見えないものに私たちの目を開かせる、という点は別だ。したがって、苦しみは認識にのみ役立ち、この点を除けば、生の害にしかならない。ついでながら、これがまた認識に資するのだが。

私がほんとうに興味を抱いたのは、後にも先にも敗北にだけだった。たぶんそれは、私たちが心底、理解し合えるのが敗北者にかぎられるからだ。あらゆる勝利は、それがどんな種類のものでも、精神の混濁を、つまり自分という人間の忘却をもたらす。

私がとことん理解したただひとつのこと、すなわち意識の悲劇。

意識があるというのは、死でもって終わる悲劇だ。それでも、この悲劇を期待しよう。

人間であるからには、私たちは悪い星まわりに生まれついたのであり、私たちが企てたこと、そしてこれから企てることはどれもみな、不運に大事に育てられ、おそかれはやかれ挫折するはずだ――と考えたときの、この途方もない心地よさ。

悪いことではあるまいと思い、私は〈未開人〉について、彼らの風習や習慣について書かれた古本をあれこれ読みはじめた。その結果、私は彼らに抱いていた幻想のすべてを失った。彼らは残酷で、冷酷で、醜悪だ。彼らの社会では、慣習の恐怖政治と、警察国家にゴマンとあるタブーなど比較にならぬほど厳しいタブーの全体によって、すべてが規制されている。私は文明人への嫌悪のあまり、人食い人種に好意を抱いたことがあった。[6]ああ！　その彼らに、こんなにも裏切られることになったのだ。

人間は悪い条件のもとで仕事を始めた。「楽園」における災難は、その最初の結果だった。その他のことがこれにつづいて起こることになった。

一二月一〇日　白人がはじめて姿をあらわしたところではどこでも、土着民は白人を、悪意あるもの、幽霊や亡霊と思い、決して生きているものとは思わなかった！　卓越した直観、稀にみる予言的な観察眼だ。

ついいましがた、サン＝ミシェル大通りのカフェで、ほぼ四半世紀も前の、こんな出来事を思い出した。エンジニアのCが、飛行機用の新型プロペラの発明のいきさつを、私にルーマニア語で説明している。もちろん、彼の説明は私にはさっぱり分からないが、それでも聞いているようなふりをしている。傍らに、一人の若者がいて、彼の前に大きな白紙を広げている。私が見ていると、彼は、さも考え込んでいるんだといわんばかりの顔つきで、両手で顎を支え、考える人のポーズをして、じっと遠くをみつめている。私の仲間のひとり言――すでに言ったように、これはルーマニア語だった――も邪魔にならないらしく、虚空をみつめつづけていたが、突然、紙の上に置いてあった万年筆を取ると、そこに大きな字で「人生、うかがい知れぬ神秘であることよ！」と書いた。それだけだった。ほんのちょっとの間、前の、あの考え込んでいる姿勢に戻ったが、やがて紙をたたむと出て行った。

このとき彼は、哲学的一瞬を経験したところだったのだ。

私は言葉の抽象的な問題には関心はないが、その理由はいたって簡単である。つまり、母語とは別の言葉で、なんとか文章が書けるようにとひどくつらい思いをしたので、いまさらどうして言葉そのものにかかずらうのか、その理由が分からないのだ。私には、自分が遭遇した具体的な厄介事で充分で、抽象的な厄介事に立ち向かったところで何になろうか。

ホーン岬に近い、チリ側に、ひとつの島がある。デゾラシオン島だ。これが頭から離れない。

ブカレストで学んでいたとき、私はもうひとつの島に熱中していた。思い違いでなければ、それはポリネシアのトンガレワ島だ。

一二月一四日　夜、自問する。生まれないほうがよかったと一度も考えたことのないような人がひとりでもいるだろうかと。人は形而上学的な瞬間をただの一度も経験せずに生きてゆけると私は思わない。そんなことは信じられない。おまけに私たちそれぞれの内部には、私たちの生誕以前の世界への郷愁が、秘められた、本能的な悔恨として存在している。生まれることなどすこしも必要ではなかったのだ。これはだれしも密かに感じていることだが、稀有な機会に遭遇しなければ、はっきりそうだとは考えない。はっきりそうだと考えるとき、私たちはつねに形而上学的な瞬間を経験する。

ランボーの一六歳から一八歳にかけての〈文学〉書簡は、一人の征服者の書簡だ。

自分が不滅ではないと知りながら生きてゆける——これが私には理解できない。

私たちは不滅ではないのだから、この世におさらばし、記憶を絶するはるか昔の不在に、永遠のもうひとつの顔に戻るにはいつでもいいのだ。

私は前衛が好きだ。ただし、それが退屈なものではないという条件つきで。多くの場合、前衛は退屈だ。ニーチェにしろパスカルにしろ、なんらかの前衛を担ぎ出したことがあっただろうか。

最悪なのは、前衛たらんとすることだ。

この世のあらゆる大事件の例にもれず、〈世界の終わり〉は、〈幼稚な男〉……凡庸な狂人を介してやって来るだろう。

R・Cの佩剣の授与式。鞘におさまった——とてもうつくしい——佩剣は、棺台に横たわっているように見えた。

P・Rから聞いた話だが、ブカレストへ行く飛行機内でのこと、アルミニューム製のスプーンが一本みえなくなったといって、一人のステュアーデスが泣き出した。ところで、それは彼女の落ち度だった。みんなで探したところ、やっとスプーンはみつかった。この瑣事は、私の国の現状を一冊の本よりもつぶさに語っている。

　フランス人は、〈社会〉問題に取り組むと、とたんに良識を失い、霊能家になる。

　ガストン・ガリマールは九〇歳。私にこんなことを語る。記憶力は鈍ったけれど、昔のことはとてもよく覚えている……たとえば、幼いころ、ドイツ人女性の家庭教師がいたこと、だからドイツ語が最初に覚えた言葉だったけれど、そのうち完全に忘れてしまい、いまは、ドイツ語のいくつかの単語が記憶によみがえる。またたとえば、とても若いころ、ディオゲネスを読みはじめたけれど、放り出してしまったこと。いまは、また読んでみたいと思っている、等々……

　語りながら、彼は皮肉な笑みを絶やさなかった。また、もう詩は読めないとも言った。実によく分かる！　ある一定の年齢を越えてしまうと、私たちはもう詩が好きになれない。特にフランスでは。

一二月一八日　どこにいるのだろうか、舞踏会に来ているのだろうか、それとも晩餐会だろうか、サロンにいるのだろうか。なにからなにまで完全な成功。とびっきりの美女たちが、それぞれ私からの合図を期待して、私に言い寄って来る。

目が覚めたとき、私は嫌悪のあまり、思わず「悪夢万歳！」と叫びそうになった。

〈都合のいい〉、人の気持ちをくすぐる夢、こういう夢は、一種の罰として耐えなければならない。

　神とは一個の病気である。だれもそれがもとでもう死ぬことはないものだから、みんな治ったと思っているが、それでも時々、その病気がなくなってはいないことを確認して愕然となる。そういう病気だ。

一二月一九日　遠出をする。セルメーズ――アンジェルヴィリエ――サン＝シェロン。風が止まない。願ってもないことだ。風、直接・無媒介の詩。

　ポルフュリオスの語っているところによると、プロティノスの弟子アメリオスは「新月の儀式への参列を怠ったことはなく、月の周期の祭りの祝いを一つとして欠かしたことはなかった。ある日、彼はプロティノスをいっしょに連れて行こうとしたが、プロティノスは、〝私が神々のところへ行く必要はない。神々のほうこそ私のところへ来るべきだ〟と言った。かくも誇り高い言葉を口にしたとき、彼は何を考えていたのか。これは私たちには分からなかったし、また私たちには彼にあえて問いただす勇気もなかった。」

（仏陀の微笑と比較すること）

モンテーニュの言葉を借りれば、死、「このシラブル」。

勝ち誇っている連中を見ると、私に敗北への意欲かきたててくれた神に感謝しないわけにはゆかない。

ついいましがた、ハンガリーのジプシー音楽を聴いた。そしてこの音楽が好きだった両親のことを思い、一九二〇年、シビウに着いたときのことを、カフェやレストランで演奏されていた、あの悲痛な曲のことを思った。そしてまた、まるではじめてのことのように、両親と自分の幼年期のことを思い、私は思わず涙にくれた。それというのも、私たちは自分の幼年期を思い出すときはじめて泣きたくなるからであり、また私の幼年期がすばらしいものだったから、それを思い出させるあらゆるものに、私は感動するからだ。

＊

ドイナは別だが、ルーマニアの民族音楽を聴いても、私には何の感興も湧かない。それどころか鳥肌が立つ。それにひきかえ、マジャールの流行歌を聴くと、ほんの取るに足りないようなものにさえ、何ものにも代えがたい感動を覚える。もし〈ルーマニア〉がなかったら、普通だったら私は、ブダペストとウィーンで学んだことだろう。私は中央ヨーロッパの人間であり、この不幸な民族の諦観は生まれついてのものだが、しかし同時に私は、オーストリア＝ハンガリー人でもあり、旧君主国の人間[7]でもある。子供のころ聴いた流行歌、それを聴くと、かつていっしょに聴いていた人たちがほとんどみな死んでしまったことを思い出す。

かつてシビウで、私は、夜の一時ころ、「ラジオ＝ブダペスト」をよく聴いたものだ。そしてあのジプシー音楽を聴いては、身も世もないような悲しみに沈むのだった。こんなにも悲痛なものを私はほかに知らない。ジプシー音楽を介して、私は私の死者たちのすべてといっしょになる。

＊　前記、七〇八ページ、注参照。

ほんのささいな思い出の悲劇、災難！　五〇年まえのさまざまのこと、さまざまの瑣事を、憂慮すべきほどの激しさで、ありありと思い出す。まるで、つい昨日、経験したかのように！　五〇年、一生。瑣事。私の同意する哲学があるとすれば、それは生を夢にすぎないとする哲学だけだ。たぶん私が生に決着をつけようとしなかったのは、存在しないものを傷つけたところで無駄だと思ったからだ。人は存在しないものを殺しはしない。

この世界は、どう転んだところで、よしんば存在するにしても、実在するものではない。

私は、シビウについてどんなイメージでも思い描くことができるだろうが、だからといって別にどうということもあるまい。だが音楽、私が当時、聴いていた音楽には、すべての死者たちを生き返らせる力がある。
父が死んだとき、そしてその後、母が死んだときにも、私は泣かなかった。その私が、今日、もう彼らはいないのだと考えて泣いたのは、彼らが好きだった流行歌を聴いていたからだ。

純粋・無垢な人に出会うと、いつも私は感動し、それどころか衝撃を受ける。この人はどこから来たのか、私たちのなかで何を探しているのか。この人の出現は、ある転機のあらわれなのか、何かの不幸の前兆なのか。
もちろん、こういう純粋・無垢な人は稀だ。それでも私は、こういう人の何人かに会ったことがある。だが、何も起こらなかった、何も。どう転んでも自分の同胞とは呼べそうにない、ひとりの人間を前にしたときの、あのひどく特殊な不安を除けば。

『未来拒否』。（表題）

一二月二六日　ウージェーヌが六週間ぶりにグラーツから戻る。いつもより疲れているようだ。この六週間はひどく長かったような気がすると言い、こうつけ加えた。「これから六週間生きられるとしても、やっぱりほんのちょっとの間だろうね。」
これを聞いて、私は背筋に戦慄が走るのを覚えた。彼は *a faraway look**。（この言い回しは、チャーチルがルーズベルトとの最後の会談を思い出して使ったものだ。）

＊　ぼんやりした、心ここにあらずといった眼差し。

「時間」の展開のなかで、生はひとつの挿話、あらゆる挿話のなかでもっとも恐ろしい挿話にすぎない。

私に固有の特徴、それは激昂だ。それに無気力。中間項がみつけられなかったのだ。残念だが仕方がない！

一二月二九日
もちろん、生まれるのは損だ。だが、生への執着は生以前のもので、生そのものよりも強い。死産児より長生きしてはなるまいと思ったところで無駄で、私たちは、最初のチャンスでこの世におさらばするかわりに、痴呆患者よろしく、一日でも余計にと現世にしがみつく。

夜ごと夜ごと、価値を洗いざらい再検討する。

明晰な意識が生の欲望を根絶やしにするなどということはない。ただ生への不適格者を生むだけのことだ。

一二月三〇日　夜、ノートルダム寺院へ行く。フランス人が、一二世紀に、こんな記念建造物の計画を立て、実行することができたとは！　当時、彼らには魂があり、そしてその魂をずっと持ちつづけたが、しかし今や、それは失われつつある。

（だからといって、ここは私が改宗するような場所ではない。この寺院でクローデルが衝撃を受け、その影響が生涯にわたったのは不可解だ。）

青年のSが訪ねて来る。これといった適性のない若者の悲劇。彼は精神分析に寝食を忘れるほど熱中している。週に三回の治療。現場監督としての稼ぎは、治療費にみんな消えてしまう。私がこの治療法に全面的に賛成しているわけではないと言うと、その私の考えは〈幼稚だ〉と反論する。明らかにセクトの人間だ。まあしかし、ヤクの購入に金を浪費するより精神分析医のために稼ぐほうがましだろう。治療を一年半うけたというのに、彼はまったく途方に暮れているありさま。

オルレアン公フィリップ、すなわち飽き足りること。

一二月三一日　夜、度はずれの、目のくらむような、壮大な悪夢を見る。母に助けを求めているところで目が覚める。

どんな悪夢だったのか、それは言えそうにない。

訳　注

（1）〈étance〉は、être の現在分詞形 étant からの、〈adjectiveuse〉は、adjectif の女性形 adjective からの造語と思われる。

（2）七三年に出る断章集『生誕の災厄』がこれに当たる。事実、その断章の多くは、この『カイエ』から採られている。

（3）『四つ裂きの刑』（一九七九年）に、「歴史以後」と題する小論がある。

（4）オルレアン公フィリップについては、シオランは、『四つ裂きの刑』の「回想録の愛好家」で、その肖像を描いている。

（5）『論語』の原文は「君子担蕩蕩、小人長戚戚」（「述而篇」）。日本語訳は「君子はおだやかでのんびりしており、小人はいつもこせこせしている」とするのが一般的なようだが、ここはフランス語訳に従った。

（6）「……人肉嗜食の風習が、飽満した惑星をいつの日にか誘惑するにふさわしい風習とともに、閉ざされた経済の一範疇を提示している点は別にしても、私たちは、これほど絵のような、シバリス人のように柔弱遊惰な人々を追い立てることについては決して同意するつもりはない……」（シオラン「文明人の肖像」）。

（7）一三五ページ、訳注（4）参照。

# ［一九七二年］

一九七二年一月一日　憂鬱、これは分析しても無駄だと思う。

Xへのインタヴューを聴く。悪人を話題にしているが、自分がその悪人の一人であるとはつゆ思っていない。哲学者連中のおめでたぶりは理解を絶する。〈自分を知ること〉、これが彼らのお題目だが、しかしそれは抽象的な問題としてであって、実際上の問題としてではない。

よく考えてみると、私があげつらった他人の欠点は、どれもこれも私にもあるものだった。自分の声に耳を傾けたからこそ、私には他人の欠点が書けたのだ。

一九七二年一月二日

サン＝マルタン運河とサン＝ドニのほうを歩く。

醜悪さも、途方もないものになると、醜悪ではなくなる。

（こう言ったからには、夜、こういうところを歩く勇気をもたねばなるまい。）

もしあらゆる人間が〈悟って〉いたら、「歴史」はとっくの昔に終わっていただろう。だが、〈悟る〉ことは生物学的に不可能だ。

そしていつか、たった一人の者を除き、すべての人間が悟るようになったとしても、「歴史」は、その一人がいるために、つづくことになるだろう。たった一つの幻想があるゆえに！

一月五日

「いまや彼［人間］は知っている。自分がジプシーのように宇宙の周辺にいて、そこで生きなければならないことを。」（ジャック・モノー、『偶然と必然』）

これは私が使うべきだったイメージ、明らかに私のものだったイメージだ。ジプシーについて私ほどにも語っている者は、パリにはいないのだから。

戦後、一九五五年（？）ころ、ローレンス・オリヴィエとその一座がモスクワに行き、『ロメオとジュリエット』を上演した。芝居がはねたとき、感きわまった観客は、復活祭の夜のときのように抱き合った。

魂があるとはこういうことだ。

エピグラムと溜め息のあいだのどこかで難破してしまったとは！

一月一〇日

人間はすでに言うべきことは言った。いまは、休息すべきだろう。ところが、聞き容れればこそ、もはや生き残りの段階に入っているというのに、あたかも洋々たる前途に臨むがごとく、猛然と動きまわっている。

インド人はやはりすばらしい。戦闘終結後、パキスタンの士官たちがダッカに集められる。武器は携行したままだ。インド軍の総司令官がちょっとした演説をする。傲慢なところはみじんもないその演説をしめくくって、総司令官はこう言った、「遊びは終わった」と。

ヴェーダーンタでは、存在は遊び（lila）(1)と同じものとみなされている。

一月一九日　うかつにも、*Lacrimi şi Sfinţi*＊のパリでの再版を承諾してしまった。いま、その校正をしている。なんという責め苦！　よくこんなぶざまな文章が書けたものだ（これはルーマニア語ではなくトランシルヴァニア語だ）、そしてこれははるか昔のものだ。こういうバカげた戯言は、いったいどんな内的混乱から生まれたのか！　ブラショフの、あの丘の上の家で、聖者たちの伝記に没頭している自分の姿が目に見える！　あの時期のことは忘れてしまっていたが、それが今よみがえる。だから、この校正（これは当を得た言葉だ）(2)は、まるで無益だということでもあるまい。

＊『涙と聖者』として、サンダ・ストロジャンによって仏訳され（レヌル、一九八六年）、シオランの『作品集』（〈クワルト〉叢書、ガリマール、一九九五年）に再録される。

人間は天使というよりはむしろ堕落した動物、あるいはせいぜい迷える動物だ。

破壊本能は、悲しみの力のあらわれだ。

『涙と聖者』の再版の校正をしながら、私はページごとに感嘆し、それから嫌悪感に襲われる。なんという男か！　ブラショフの、リヴァダ・ポスツィイの丘の上の、あの邸宅で、神について、聖者たちについて、また自分自身についてバカげた戯言を書きちらしている自分の姿が目に浮かぶ。そして私は、ハンガリーの女中たちが歌っていたひどく悲しい流行歌のことをあれこれ思い出す。もっとも、私はこの本に、これらの流行歌のことは忘れずに書き留めている。

この本にはまた、当時、私がどんな詩人よりも高く買っていたリルケ崇拝の跡がみられる。人は自分の抱く嫌悪によるよりも熱狂によって時代遅れになる。私が引用しているほとんどすべての詩人は、当時もっていた〈地位〉を失ってしまった。頼るべきは神だけだ。もっとも、その神も時代遅れになるが。

一月二八日　『涙と聖者』の校正が終わるところだ。最後の部分は最初の部分よりすぐれている。だが私は、かくもおびただしい悲しみ、残忍、絶望に触れて気も狂わんばかりだ。どうしてこれほどまで苦しむことができたのか。三五年まえにこの本を書き、そしてそれ以来、以前にもまさるとも劣らぬ心身の苦しみに耐えてきたのだと思うと、感慨なきをえないが、この感慨には憐憫をはじめ慢心など、お望みのあらゆる思いが含まれている。

（また私はおろかにも、もし私がこの作品をよく知られている言葉で書いていたら、この作品は注目されただろうとも思った。まあしかし、こんなことはもうたくさんだ。）

これは恐ろしい本だ。ジェニー・アクテリアンは、私に手紙をくれて、これほど恐ろしい本はまたとないと言った。その通りだ。それに、この本をくささなかったのは彼女だけだった。

この『涙と聖者』に、そこに漂う孤独に、私は〈衝撃を受けている〉。ほんのささいなことで、わっとばかりに泣き出しそうだ。

（私に衝撃を与えたのは本ではない。本が私に呼び覚ました思い出だ。たとえば、本のある箇所には、私が住んでいた、リヴァダ・ポスツィイの丘の上の邸宅の前に立っているモミの木のことが書いてある。この箇所を読むと、すっかり忘れていた、あのモミの木のイメージが、突然ひときわあざやかに私の前にあらわれるのだ。私たちを感動させ、さまざまの感情の引き金になるのは、こういう細部であって、多少なりと印象に残る美辞麗句などではない。）

二月一日　今朝、ベッドで、うじ虫だらけになった自分のからだが、ひどく鮮明に目に浮かんだ。

こんな……決定的な経験をしたあとで、どうして人は生きつづけることができるのか。

だが私は、生きつづけはしない！

二月二日　人のことはなんだって許せるが、ただし、退屈なのはそうはゆかない。下品万歳！　下品は、すくなくとも気晴らしにはなる。

いままで、言葉のあらゆる意味で、私は異邦人だった。つまり、非-市民だった。しかしいまは、この世界への反逆者とさえ思っていない。何かの役割を果たすことは止めにしたのだ。人間のなかで、私は旧人間にすぎない。

一九七二年二月七日　昨日、マイスター・エックハルトの最新訳にざっと目を通す。まったく読む気にならない。私がどんなに神秘思想から遠ざかってしまったか、驚くばかりだ。とすると、私の過去の一時期は、まるまる、永久に、失われてしまったのだ。

もう私には神をどうすればいいのか分からない（かつて分かっていたとすればの話だが）。

二月一七日

ジュラ山中で三日間すごす。サン＝ポワンの湖、ルー川の谷。

書く気にならない。特に文体を練る気にならない。ということは、私はもの書きではなくなったということだ。それもよかろう。

二月二一日　生きるとは、過去をでっち上げることだ。

二月二三日　夜、私の人生の不幸な一時期のことを考えた。シビウのサクソン人の下宿（私はここで一〇歳から一四歳まで過ごした）には、大部屋に五人の寄宿生がいた。そのうちの四人は……普通のベッドで寝ていたが、両親が貧しくて三食付の寄宿生ではなかった私は、十字フレームベッドをあてがわれ、毎晩それを部屋に運んできては、翌朝に運び出すのだった。この貧乏人のための〈特別〉制度は、私にはことのほか屈辱的だった。夜、こんなことを思い出すと……

「コンコルド広場までできたとき、私の脳裡を占めたのは、自死のことだった。」（G・ド・ネルヴァル）

これは全フランス文学中もっとも感動的な文章だ……

私たちは「存在」と言う――そしてどんな場合にも、この言葉を繰り返すが、その理由は、この言葉が神という言葉ほど使い古されていないからだ。

また「革命」という言葉を口にする連中もいるが、この場合も、神という言葉の代用だ。いずれにせよ、彼らのやっていることは、神を担ぎだした連中と異なるところはない。

二月二七日　エタンプとドゥールダンのあいだを五時間、霧のなかを歩く。

霧、私を一度も裏切ったことのない唯一のもの、地上でもっともみごとな達成。

ショーペンハウアーは、ユーモアのあるただ一人のドイツの哲学者、私を笑わせてくれるただ一人の哲学者だ。あの怒りの爆発、憤怒。スウィフト的な側面。

イギリス人であってもおかしくなかっただろう。ニーチェはどう転んでも駄目だ。

三月一日　復讐の気持ちが湧いてくるのは、純粋無比の音楽を聴いているとき、あるいは、この世のものとも思えぬ美しい風景に接しているときであることに気づいた。

どんな真実も、私たちがそれを発見した瞬間、例外なく一種の解放感をもたらすが、やがて桎梏と化す。同じことは神にも言える。神を慕い、神に愛着を抱いているうちはまだ息ができるが、やがて息苦しくなる。

何ごとにおいても、注目に値するのは始まりと終わりだけだ。両者はともに、自由の瞬間、つまり、創造と解体であり、運動であり、存在への道にして存在から脱出する道である。ここに〈生〉があり、〈自由〉がある。だが、存在の状態は桎梏である。

文学および芸術における黄金律は一つしかない。つまり、わが身の不完全な像を残すこと。

三月五日　昨日、リュクサンブール公園での私の反応は、まぎれもなく老人の反応だった。時流に乗りそこねた、〈置いてきぼり〉をくったとしきりに思う。不思議なのは、私がいま置かれている、こういう状況は、私の〈思想〉によってつねづね賞賛されていたものなのに、右のような思いに、ある種の苦しみを覚えたことだ。やることといえば、さまざまの事件を書きとめるだけ――こうなったが最後、もう私たちは余生を過ごしているようなものだ。事件はもう私たちには関係がない。私たちはどうしても観客にならざるを得ない。ま、いってみれば、悲しみに沈んだ観客。それというのも悲しみは、いまも私たちを生に結ぶ唯一の状態だから。

古代の知恵は、運命を前にしての「黙してあれ」に帰着するとのことだ。いま私たちは、この「黙してあれ」を再発見し、復活させねばならないが、それというのも、キリスト教が反逆し、勝利を収めた当のものこそ、この「黙してあれ」なのだから。運命の下す判決を前に沈黙すること……これこそ私たちが努めて従わねばならぬもの、私たちの闘いだ。ただし、予見され承諾された敗北が問題であるとき、闘いなどという言葉がなお適切であるならばだが。

三月八日　フロイトの全学説で、興味深いのはほとんどフロイトだけだ。

どうして診療所を閉めちゃったのと訊かれると、「アルコール中毒につき」とP・Vは答える。

もっとも、これは嘘ではない。こういう露骨な答えの利点は、余計な詮索を封じてしまうことだ。こういう答えを聞けば、だれも説明は求めない。

三月九日

毒人参を手にしたとき、ソクラテスは、弟子たちが嘆き悲しんでいるので、死ぬときは名言を吐かねばならぬという俚諺があるのを思い出すようにと言った。

なんという役者か！　なんという演出か！　声望かくれもない賢者たる者が、死に臨んで、観客に迎合するとは！

飾り、無駄な凝りすぎ、気取りの偽の気品——私はこういうものが嫌いだ。ヴァレリーを愛読したのは間違いだった！　避けるべきはサロン狂いの貧血症患者、美辞麗句、饒舌であって、情熱でも爆発でもない。

だが、私にはもう爆発は不可能だ。爆発するには私は局外者でありすぎる。

三月一一日　G。彼のケースは印象的だ。私は彼に惹かれる。私よりずっと役立たずの男の一人だ。地球上どこを探しても、彼に向いているような職、ポストはひとつもない。あらゆるものへの完全な不適応者。どんな仕事にも向いていないし、どんな才能も能力もなく、どんな悪癖もどんな美徳も持ちあわせていない。言うことは支離滅裂、何を言おうとしているのかさっぱり分からない。饒舌で、しゃべり出したら止まらない。自分でも、おれは火山のようなものだと言っているが、この火山という単語が、その独特な言葉の爆発、氾濫のなかで頻繁にくり返される。ところが、その意味ときたらまったくといっていいほど分からないのだ。なぜなら、そこには意味などないのだから。彼は一個の幻、かつてない一現象、一個の稀有な無だ。

彼らは自由を選んだ。

彼女には才能があるが、彼にはどんな才能もない。だが彼は、自分は自由なのだから書けるだろうと思っている。これは錯覚、いや虚偽だが、彼はそう思いながらずっと生きてきた。自分を欺くのは、ひとつの古典的な逃げ口上、もっとも確実な方法であり、自分を欺くことで他人を欺くことだ。

この問題で始末に困るのは、才能のある彼女が、彼はいつかきっと自分を表現することができるだろうと信じていることだ。彼女が自由を選んだのは、もっぱら彼のためだ。なんとも言いようのない、衝撃的な幻想。だからこれは、ドン・キホーテとサンチョ・パンサのことではない。二人のドン・キホーテのことなのだ。二重の冒険、二重の幻想、二重の狂気。

私は粗暴な人間だ。だが自分の思想のゆえに、自分が書くもののなかでさえ、暴力に身を委ねることができない——私が生きながら絶えず感じている、あの不快感はここに由来する。

あのバカ者Gのことをまた考える。彼は、ルーマニアでは自己実現を果たすことはできないと思っていた。そしていまもそう思っている。まるで国境を越えれば才能が得られるかのようだ！

数年まえ、私は仕事にゆきずまったとき、その理由は、私が本物の鉛筆、紙の上をすらすら滑り、〈私を助けてくれる〉鉛筆をみつけていないからだと思ったものだ……そして毎日、形も色もまえのものとは違う新しい鉛筆を買ったものだった。だが私の思いつきは、思ったほど役に立たないことが分かった。

私はまたバンジャマン・フォンダーヌのことを考える。フランス解放の数か月まえのこと、フォンダーヌは、占領の終結は自分の胃潰瘍の終わりをおそらく意味しないだろうと言っていた。彼は明晰だった。＊だが、だれもが明晰とはかぎらない。なかでもGなどは。というのも、彼の理屈は、フォンダーヌのそれとは正反対のものだから。おそらく彼は、ドイツ人の敗北は自分にとっては一切の障害の解消を意味すると思っていたに違いない。

＊　前記、六九七ページ、注参照。

汲み尽くしがたいのは幻想だけだ。

〈松明〉を新しい世代に引き継ぐ、といった大時代な言い回しがかつてはあった。松明とは言わず幻想と言うべきだっただろう。事実、私たちは幻想とともに生まれ死ぬのだから、幻想を引き継ぐ必要はない。

これまでずっと、私はほうぼうに忠告を与えてきた。ところがだれも、私の忠告など歯牙にもかけなかった。だが不思議なのは、前日、ヘマはやらないようにと警告しておいたにもかかわらず、そのヘマをやらかしたあげく、翌日またぞろ相談に来る連中がいることである。

もの書きとしての私の地位、ま、いってみれば半世紀も前に、私が死んでしまったようなものだ。すくなくともフランスでは。いままでどんな事態に臨んでもそうだったように、こういう事態を前にしても、私は満足感におとらぬ苛立たしさを感じる。私のなかで何か嘆くものがあると同時に、同じ激しさで、歓喜している何かがある。まじりっけなしの感情となると、私は何に対してであれ、いままで一度も（あるいは稀にしか）感じたことはない。私を喜ばせなかったどんな敗北もないし、私を悲しませなかったどんな成功もない。もちろん、いずれの場合も、部分的にだが。

（どんな成功も恥ずべきものだ。私たちは成功から完全に立ち直ることはないのだから。）

自分の本質を知る苦しみは、忍耐の限度を越えている。もう自分を欺かない者（もしそんな人がいるとしての話だが）は、どんなにか同情に値することか！

一〇年ほど前、クロード・ロワが、その論文のひとつに「レオパルディからサルトルへ」を書いたとき、私はショックのあまり立ち直れなかった。これではまるでイエスからモーリヤックへ、と言ったようなものだから。

人間愚弄の徹底ぶりにかけては『イーリアス』にまさる本を私はほかに知らない。ここでは人間は一個の慰みもののように見える。いや、慰みものどころか、ろくでなしだ。もっとも、このろくでなし、しきたりなど何の価値もないと知りながら、そのしきたりに従って行動しているのだから、並み大抵のものではないが。大向こう――この場合は、オリンポス山――受けを狙った、狂気じみた行動の渦。

三月一二日――ついいましがた、市《いち》で、一人の少女（ムラートか）を見かける。どことなく残酷で、年寄りじみた、悲しげな表情をしている。私は考えた。彼女の生命は、二、三百年まえにさかのぼるものだった、実は、私たちはみな恐ろしく古いもので、染色体がすっかり弱ってしまっていないとはほとんど信じられない！　と。私の判断では、おそらく〈生命〉はまだしばらくはつづくだろうが、未来はない。

三月一三日　バルコニーのドアの修理をする。これで三度目だ。午前中いっぱい費したが、うまくゆかない。全部オシャカ。別のものに換えなければならない。私くらい優柔不断な者に、どうしてこんな粘り強さがあるのか、その原因は自分では分からない。私に実現できたものはたかが知れているが、そのわずかなものも、われながらいつも驚いている、この粘り強さの賜であり、私としては、それは、わがトランシルヴァニアの先祖伝来のものではないかと思っている。（というより、私の精神的な不安定、さまざまの欠陥が原因であるといったほうがいいかも知れない。私の粘り強さは狂人のそれであって、勤勉家のそれではないのだから。）

何かちょっとした事件を見聞したり、新聞の三面記事を読んだり、そうかと思うと、ふと何かを思い出したり、街をひと巡りしてみたりする――こういう日常茶飯事を省みると、ほんの一瞬だけれど、私のものの見方もそんなに見当はずれのものではないと思う。この場合のように、自分の考えの正しさを確認するのは、それが自分のためにならぬものでも、まんざらではない。

封筒に自分の名前を見て吐き気を催す。

サルトルが使ったために、吐き気という言葉が傷つけられてしまったのは残念だ！

有名な作家は言葉を濫用して言葉を汚す。濫用される言葉のほうも、作家と同じくらい人に知られるようになり、その結果、使いものにならなくなる。もっとも、一般大衆の読者は別だが。

時々、未知の人から手紙をもらうことがあるが、こういう手紙は、本来、精神科医に出されてしかるべきものだ。それなのに私ときたら、こういう手紙に返事を書くというとんでもないヘマをやらかしている。その結果、私のまわりには厄介者の数がふえるという次第。

私たちが成功するのも滅びるのも執念による。

私は何も信じていないし、また確固たるどんな信念も持たない。党派的人間とは正反対の者だ。それなのに私を担ぐやつがいる。狂気の沙汰だ！

自分の死を昇進と考えてはじめて、私たちは自分に満足する。

またしても禁欲論の請売りだが、精神の悪癖のなかでももっとも由々しい悪癖、つまり慢心のとりこになるのは、禁欲をきわめ、〈完徳〉の域にもっとも近い修道士だ。

どうしてまだ歴史に固執するのか。歴史が向かいつつある深淵を一段とはっきり自覚するためだ。

昨夜、クリスタベルに、私は〈生〉を愛しているけど、にもかかわらず、私にとっても、またあらゆる人にとっても、存在しなかったほうがずっとよかったのだ思わないわけにはいかないと言うと、彼女は私の考えを認めず、人はみなそれぞれかけがえのないものであり、したがって……と答える。

人々は自分の存在を根本から問題にすることができない——そう私は指摘したが、しかしなぜできないのか。その理由は、各人が自分を内部から見ていて、自分を必要なもの、不可欠のものと思い、一つの全一性、全一性そのものと感じているからだ。私たちは自分と絶対的に一体化すると（これはほとんどすべての人がやっていることだ）、とたんに神として振る舞う。私たちは神である。そうだとすれば、存在しなかったほうがずっとよかったなどという考えをどうして受け入れられようか。

私たちが自分のかけがえのなさと無益性の感情を同時に経験し、そして結局のところ、存在しないほうがよかったのだと、困惑の素振りなどいささかもみせずに認めることができるのは、私たちが自分の内部と外部に同時に生きているときにかぎられる。

終末の予言者であること。

人々から軽蔑され、忘れられた予言者、最後の人間だけが覚えている予言者——できればそんな予言者になりたいものだ。

誇大妄想の虜になると、私は、自分の警告、自分の予言がそういつまでも無視されているはずはない、いつかきっと、私のもてはやされる時が来る、最後の人間の出現を待ってさえいればいいんだ、とわが身に言いきかせる。

「病気」についての討論会への参加を求めてきたF・Bに、「病気」についてしゃべれるほど健康ではないから参加はできない旨の返事を出した。

追放のもつ、否定しがたい精神上の利点。もしフィレンツェから追放されなかったら、そもダンテとは何だったか。

ある作家が私たちに影響を与えるのは、私たちがその作家のものを愛読したからではなく、その作家について考えたからだ。私はことさらパスカルを、レオパルディを、ボードレールを読んだわけではない。そうではなく、彼らのことを絶えず考え、彼らの惨苦が、私自身の惨苦と同じほど忠実に、私についてまわったのだ。

ファン・ゴッホ展。ここにいるのはニーチェのまぎれもない同時代者だ。あの炎の絵のいくつかを眺めつつ、私はニーチェのことを考えた。オーベール＝シュル＝オアーズの『烏のむれとぶ麦畑』。

書くには情熱が必要だ。ところが私ときたら、この原動力の破壊に血道を上げ、その結果、とんでもない目に遭った。もう賢者などは読むまい。彼らのもたらした害ははかり知れない。私は自分の持てる本能に身をゆだね、おのが狂気を花と咲かせるべきだった。それなのに、私がやったのは何もかも正反対のことばかり、無関心の仮面を被ったあげく、ついには仮面が素顔に取って代わってしまった。

どこへ行こうと、精神を圧倒する孤独感。
この孤独感によって、見捨てられた脳髄の内部の狂気を理解すること。

生を厭うとこなく生から自由にならなければならない。

「きみは陽気なのに、悲観的な本を書き、ぼくは陰気なのに、陽気な本を書いた」——二月《ふたつき》以上もまえ、ウージェーヌが私に言ったことをまた考える。
四〇年来の知己がこれほど思い違いをするなら、他人については何をかいわんやだ。
もっとも、どんな人との付きあい、友人との付きあいでさえ、私のほんとうの自分というものが表に出ないのはやはり事実である。バカなことを言う私の一面がいつも表立っていて、そのためだれもが勘違いする。私の堕ちなかった地獄などないと思っているのに！　というのも私たちは、ほかのだれよりも私に恵まれたもの、つまり悲しみによって地獄に堕ちるのだから。

こうもしょちゅう怒りにかられていると、われながら自分が滑稽に見える。

私たちが生きてゆく上で学ばなければならないのは、〈虚無〉感にのっとった振る舞い以外の何ものでもない謙虚さだ。

一九七二年三月二九日

今日、三人の医者に診てもらう。前立腺肥大。老人病。動脈の高血圧症、肝臓肥大など、など。

老齢にともなう身体障害。不幸なことに、私の場合、こういう障害は、はやくも青春時代に、いや、少年時代に始まっている。老いとともに障害は累積される。老いとは障害の寄託、その簿記——そのバランスシートにほかならない。

診察を受けに病院へ行くと、いつも私は埋葬の戒めを受けているような気になる。

もっと簡単に言おう。謙遜の戒めだ。体のあちこちの穴を調べられるという醜態をさらしたあとで、いったいどんな使命を僭称できようか。どうしてまだ自分が信じられようか。病院とは、自分は取るに足りないというあさましい経験をするところだ。つまり、ゼロ以下だ、という経験を。

三月三〇日　私たちに生への嫌悪感を募らせるに病苦にまさるものはない。老いとは絶えざる屈辱だ。老いについて〈平穏〉などという言葉を口にするのは、非常識もいいところだ。ボケていない老人ならだれでも、若いうちに死ななかったのを残念に思うだろう。

齢《よわい》を重ねるたびに、程度の差はあれ、いずれも明白な兆候があらわれて、私たちに、この世におさらばする潮時だと警告する。だが私たちは時間稼ぎをし、いずれ老年期がくれば、それらの兆候は、あれこれためらうのは作法に悖ると見えるほど、歴然となるに違いないと信じている。たしかにそれは歴然としはする。だが私たちはもはや、すぐれて礼儀正しい行為を敢行するだけの活力を失っているのである。

病気は、私たちが病名を告げられ、頸に石をつけられる瞬間から、ようやく自分の病気になるにすぎない。

私たちは腐敗した体制のなかでしか呼吸できないし――また、どなることもできない。だが、私たちがこのことに気づくのは、体制の破壊に一役買ったあげく、体制を懐かしむよりほかに手の打ちようがなくなったときに限られる。

三月三〇日

私が現在まで生きつづけてこられたのは、私の持病がおそろしく多岐にわたり、また相矛盾するものであって、ついには相殺されてしまったからである。

不眠の連中、私は、こういう連中をつねに恐れ、そして尊敬した。

いま読んだところだが、レーニンは不眠に苦しんでいたとのことだ。あの過激さ、強迫観念、偏狭がいまではとてもよく分かる。

午後、すこしまどろんだあとで、三〇年代の人気女優ディタ・パルロの名を思い出した。やれやれ歳をとったもんだ！ と私は叫んだ。……四五年まえ、私は映画が好きだった。だれが、この女優のことをまだ覚えているだろうか。哲学的考察などより、この種の些事のほうが、時間の恐るべき実在性と非実在性とを、ともどもに教えてくれる。

自分のいなくなった、この世界というものをなんとかして想像してみようとするがうまくゆかない。幸いなことに、死というものがあり、私の想像力の不足を補ってくれる。

ニーチェにはユーモアがまったくない。

昔も今も、彼が若者たちにもてる理由のひとつがこれだ。

失望の、あるいは憤激の度数をなんとか減らしたかったら、次のことを想起すべきだろう。すなわち、私たちは互いに相手を不幸にするために生きており、社会にも、生者そのものにも劣らず古い、この事態に逆らうのはバカげている、ということを。

たとえ圧制に苦しむ人々に非があるにしても、彼らに味方しなければならない。もっとも、彼らにしても、その圧制者と本質は変わらないということを見失ってはなるまいが。

四月三日　弟からの手紙によると、ブコヴィナでは、結婚式が執り行われているとき、人々は新婚夫婦について、「おたがい我慢しあえればいいのにね」と繰り返し言っているとのことだ。

弟は、絵画から人間の顔が、姿が消えてしまったことについて語りながら、もう私たちはお互いに我慢できないのだ、と書いてきたのである。
人間が美術から追放される、これはこれで結構なことではないか。現実からも追放されることを願おうではないか。

諦観に心ひかれるようなことがないとき、いつも私は、ほかのだれとも変わらぬ怪物だ。

あらゆる生誕は、例外なく妥協だ。

マイスター・エックハルトで私が好きなのは、誇張だ。
(数日間、レーニンに没頭したあとで、私はまたマイスター・エックハルトに舞い戻った。妥協不可能な二つの世界。だが、両者が、その反応の激しさと強さの点で似ているのは、この誇張、この極端なものへの好みがあるからであり、神秘家における現世の、革命家における天国の全面拒否があるからである。)

四月五日　臆病ゆえに私が犯した、卑劣な、粗野な、残忍な行為のかずかず。

夜、いつもの散歩。耐えがたい激情。私は想像裡に、あらゆる人間と口論し、世界に宣戦を布告した。

私の思想は、一切をあげて諦観をめざしている。それでいて私が神に対して、あるいは神に代わるものに対して、最後通牒をつきつけぬ日とてはただの一日もない。

悔恨、すなわち不安のなかの異様な興奮。

あらゆる生者は敗北者だ。生誕が妥協の発端にほかならないのだから。

私はおろかにも無関心を説く哲学を見かぎり、日々に繰り返される憤怒の克服に力をかしてくれた、あの賢者たちをもう読まなくなった。生きていることに不満の、怒り狂ったあらゆる人のように、私は、平穏をみつけた連中に触れて、痴呆になるよう試みるべきだろう。

人々が悪魔を信じていたあいだは、この世に起こることはすべて理解可能であり、明瞭であった。悪魔を人々が信じなくなって以来、何か事件が起こるたびに、新しい解釈を追い求めねばならなくなった。その解釈たるや、どうしてもひねくれた、また勝手気ままなものたらざるをえず、万人の気を惹きながら、まただれをも満足させることはない。

真実を追求する者にとって、芸術は偶発事にすぎない。絵画に対するパスカルの偏見、あるいは老トルストイの文学への憎しみ、これはこういう者にもある。

感動に、あるいはシニシズムに発するものだけが真実に近づく。

雑駁な文体を避けるには、シニシズムにちょっとばかりの感動の味を効かせるに若《し》かない。

現代の伝記には人の性生活について語るというおかしな癖があるが、これはまたなんという悪癖か！　私の読んだパヴェーゼに関する本では、その第一章で、彼が悩んでいた欠陥、つまり早漏にまつわるさまざまの障害がくどくど説明されている。――「ル・モンド」紙には、カフカの不能について書かれたM・Rの論文が掲載されている。精神分析は、すべてを汚してしまった。いずれにせよ、〈内面の伝記〉と呼ばれていたジャンルを破壊してしまった。

四月八日　六一歳。健康は損なわれている――実をいえば、ずっと前から。私を待ち受けている将来、それは分かりすぎるほど分かっている。

寛容もあまり度がすぎると、笑いはなくなる。どんな種類の相違さえも是認されるから。

西暦紀元初頭のころに流行った修道生活。ローマ帝国は崩壊の軋み音をあげ、蛮族たちが姿をあらわし、あるいは待ち構えていた……どうすればいいのか。この世から逃亡するより仕方があるまい。

……広大な土地がまだだれのものでもなく、この世を棄てて、好きなときにどこへでも行けた幸福な時代！　私たちはいま一切を奪われている。砂漠までも。

四月一一日　だれであってもかまわない、だれかの面貌に何かを読み取ると、私は決まって、まがいものの、グロテスクなものの印象を受ける。

……それでいて、数千年来、厚かましくも神について書いているとは！

私が楽しんで読めるただ一つのもの、それは告白だ。

いま、どんな神とも張り合うことができる、という気持ちになる……時間のあらゆる瞬間の同時性。未来と過去とが、不安をさえ与えかねないほどの充実のなかで、現在に溶け合っている。

それでいて私は、すこしも冷笑する気にならない。

私は純粋状態の悔恨を知った。つまり、理由もなければ役にも立たぬ悔恨、始まりのない悔恨を。

悔恨に苛まれている者に救いの手を差し延べないからといって、どんな処罰の対象になるわけでもない。

神学者たちによる、死についての講演をいくつか読んだところだ。私には何の得るところもなかったが、それはたぶん、死に関して、キリスト教に提供できるのが慰めだけであって、どんな公平な見解でもないからだ。この点では、どんな古代人でも、ずっと満足のゆく考え方をしている。

こんな駄弁でもって、私たちはこれ以上まえへ進むことはできない。つまり、生に耐えることはできない。古代人が私たちに求めたのは信じることではなく、考えることだった。ところで、死に関して、私たちにできるのは、さまざまの考えをめぐらせることだけだ。私はもう、キリスト教とは何の関係もない。自分の嫌う信仰との関係さえない。私はこの宗教を棄てた。もっとも、かりにかつて入信したことがあったとしての話だが。

私は『コーヘレス』[3]の、希望なき嘆きの味方だ。

四月一二日　マクシム・デュ・カーンの言葉を信じるなら、フローベールは、エジプトに行きながら、風景にも記念建造物にも関心を示さず、計画中だった小説『ボヴァリー夫人』の登場人物やノルマンディーの習俗のことを四六時中、考えていた。これこそほんとうの作家というものだ。つまり、自分の作品のほかには何も存在しないのだ。創造するとは、排除することだ。度を越した拒否の能力がなければ、何も創造することはできない。私たちは、自分にとって自分以外のものは何も存在しない、ただその限りでのみ存在する。といっても、倫理的な意味でではなく、ま、形而上学的な意味でだが。

『フィロカリア』[4]を読み返そうとしたが、できない。私は祈りたいのだ、ただし、どんな神にも語りかけずに。

創世記とは逆の道を行き、神の反逆者の役割を果たす――これほど満足のゆく夢をほかに知らない。

すこしばかり気が変な、若いH・Bが、だれもあなたのことなど口にしないよ、と言うから、私は評価されていないんだよ、と答えると――いや、私の言っていることはそんなことじゃないんだ、あなたは無名なんですよ、名前さえ知られていないんですよ、と答える。

いくらか気のふれた連中には、ニュアンスのセンスがあり、正確さを好むところがある。彼らは厳密だ。そこへゆくと、完全な狂人は、ただ粗暴なだけだ。

四月一三日　一方では、人々から排斥され、どんなつながりもないのに、一方では、軽薄な人間にだけできるように、仮象にからめとられている。

執着の絆をすべて断ち切った以上、私は解放感を味わってしかるべきだろう。

たしかに私は、一種の解放感を味わってはいる。あまりに強烈で、享受するのがはばかられるような解放感を。

原罪、悪魔、楽園からの追放――こういったものをそのまま受け取り、あるいは学問用語に置き換えるならば、「歴史」を全体として充分、説明できる。些事を知りたいなら、歴史家の書いたものを読むだけでいい……

自分のやり遂げたことは決して口にすべきではあるまい。宣伝めいて聞こえる。

私たちがことのほか尊敬している人が、ふさわしからぬ行為に出たとき、その人は前よりもいっそう私たちに近しい者になる。その行為で、私たちは崇拝という刑苦を免除してもらえるのである。その人に、私たちが真の愛着を覚えるのは、このときからだ。

四月一五日　歴史はすべて、一連の誤解にほかならない。いや、すべての変化は誤解だ、とさえ言っておこう。私たちは思い違いをする。思い違いをしたいと思っている。この、大抵は無意識の意志がなかったら、事態は、あるがままのものだっただろう。つまり、様相を変えて悪しきものとなる代わりに、変えようもないままに悪しきものであっただろう。

「歴史」の原動力としての誤解。誤解の連続としての「歴史」。あらゆる革命は誤解だ。そしてあらゆる反革命もまた誤解だ。

仮象のかなたをみつめる悪しき習慣を身につけてしまった者にとって、誤解と事件は同義語だ。ことの本質を見極めることは、武器を棄てることだ。

ヴィトゲンシュタインの『手帳』。倫理の問題に取り組みはじめると、とたんに彼の言っていることは脆弱になり……蓋然性のないものになる。人間の現実に立ち向かうには、鋭敏であるだけでは足りない。

四月一八日　人にはそれぞれ一種の限界があり、節度を重んじるなら、これを越えてはなるまい。いつと年齢を問わず、私たちは〈現役を退く〉ことができる。その時が過ぎてもなお生きつづけるのは、悪趣味というものだ。だれもが生きつづけているのだから、これは普遍的な悪趣味だ。どこもかしこも生き残りだらけ……私たちが自分を軽蔑する深い理由は、しかるべき時に、つまり、最初の警告を受けたその時に、この世から消えうせなかったという事実にある。あの無数の生き残りの一人であるということこそ、恥辱であり、恥知らず、不面目というものだ。

断続的な思考だけが、疲れた思想家にふさわしい。

こと疲労に関しては、私の右に出る者はいない。疲労を溜め込みすぎて、私は置き場所に困っている。

真夜中、大きく見ひらかれて、世界大のおおきさになり――空間並みに広くなった目……空間を貫き通す眼差し。

新しい過ちをつねに追い求めたりせずに、事態をそのままにしておくこと、これこそ救いというものだ。

真のメシアがなかなか姿を現わさないのも無理はない。メシアを待ち受けている任務はなまやさしいものではないのだ。最善を求める悪癖から人類を救うには、メシアはいったいどう振る舞えばいいのだろうか。

四月二二日　Bと昼食。彼女とは三〇年来の知り合いだ。彼女の顕著な欠点は、ますますひどくなるばかりだ。彼女ほど欠点の目立たないほかの人も、ことの成りゆきは、似たようなものに違いない。やれやれ！

じゃあ、私の欠点は？　私が衰えたその分、私の欠点は減った。

年齢とともに向上しているように見えるのは、自分の欠点をいつも隠すすべを心得ていた連中だ。

四月二三日　ドゥールダンの近くの――コルブルーズ。

森のなかで、一本の樹木ほど、私に真実の印象を与えたものはなかったな、と考えたものだ。

四月二四日　Xの本にざっと目を通したところだが、どうしようもない嫌悪感に襲われる。もう私は詩のインフレーションに耐えられない。どの文章も意図的に詩のエッセンスたらんとしており、不自然に見える。これは何も表現していない。凝った言葉のむなしさが頭から離れない。――もうずっと前から、私は、あらゆる〈文体〉を忌み嫌っているが、なかでも私に最悪のものと見えるのは、自分が詩人であることを片時たりと忘れたことのない詩人連中の文体だ。

「疲労という果てしない災難」（カフカ）。

私の疲労は、数千年まえにさかのぼる。

敗北につぐ敗北を耐えてのける唯一の方策は、「敗北」をそのものとして愛することだ。そうなれば、もはや不意打ちを食らうこともない。私たちは生起するあらゆる事態よりも優位に立ち、おのが挫折を支配できる。無敵の被害者だ。

大なり小なり勝利の貌をしたものは、私には際立った恥辱と見えるから、私は、どんな場合にも、敗北を選ぶという決意を抱かずには、闘うことはできない。個々の人間が大事とされるような段階を、私はとうに越えてしまった。そして既知の世界では、もはや闘うべきなんらの理由も見出せない。

文法はメランコリーを治してくれる。

おさまらない怒りは不安に変質する。したがって、不安は怒りの合併症といえるかも知れない。

自己憐憫には、慢心に劣らぬ深い根がある。たぶん、二つとも根は同じなのだ。

慢心の数千年を過ごしたあとでは、人間は、残された時間を、自分を悲しんで過ごすことになろう。

「人間が欲望にとりつかれているのは、ものをあるがままに見ないからにほかならない。」（法句経）

もし「真理」とは何かと問われたら、私は、この仏教徒の法句を引き、何もつけ加えないだろう。

私たちは生き、かつ同時に自分が生きていると知ることはできない。どちらかを選ばなければならないのだが、しかしこの選択には、すでにして不可能性が示されている。

幻想が多ければ多いほど、それだけ勇気が湧く。

勇気は、あまりに透徹した明視とは両立しない。

われらが〈父祖たち〉は、一日を開始する前にまず祈った。これはまたなんと道理に適ったやり方だったことか！　なぜなら、神々に向けてであれ、あるいは悪魔に向けてであれ、助けを求める声をあげずに、どうして時間の連続に立ち向かうことができようか。

「長居もいい加減にして、そろそろ荷物をまとめる潮時だよ」と、午前中いっぱい、私はずっと繰り返していた。――それから、どうしてそうなったのか分からないが、私はいつのまにやら、その日のなかに溶け込んでいて、不安だの怒りだのが手つかずのまま残っているのにまたお目にかかることができた。

生へのほとんど病的な渇望を抱いて生まれる不幸、この不幸なら私はだれよりもよく知っている。これは悪意ある贈物、神の復讐だ。こんな状態だったから、私は何ひとつなし遂げることができなかった。ただしこれは、唯一の大事たる、宗教的信仰の次元での話である。私の挫折は、決して偶発的なものではなく、私の存在と不可分のもの、私と一体のものだ。

すべては仮のものとの思いが絶えずこみあげてきた。それは今も、危険なほどこみあげつづけていて、危険水位に達するのも遠くない。

この世で私がめざした唯一のことは、死に対するのと同じように生に対して無関心になることだった。だが、無関心にはなれなかった。

自分との馴れ合いが度を越していて、私は、断腸の思いなしには、そういう状態から自由になれないほどだ。また私は、自分をひどく憎んだ——これはいいことではない。なぜなら、もっとも強固な絆は憎しみの絆だから。

一日また一日と、私は自殺と手をたずさえて生きてきた。だから、自殺を悪しざまにいうのは、私からすれば、不正、恩知らずというものだろう。自殺ほど健全で、自然で、正常な行為があるだろうか。不健全なもの、それは生きてあろうとする狂気じみた欲望だ。人間を損ないかねぬ、もっとも由々しき欠陥、欠陥中の欠陥、わが欠陥。

体を持っているという鋭い意識、これこそが健康の欠如である。つまり私は、かつて丈夫だったことがないということだ。

今朝、またエミリ・ブロンテのことを考えた。なんという手本か！　彼女は、わが身をいたわるのを拒んだが、私にはとてもよく分かる！　心しずかに、死にゆくに任せること！　断念のなかにしか魂の力はない。

怒りの興奮が頂点に達すると、これなら充分、現役の神に太刀打ちできると思うときがある。そしてそんなふうに感じられると、怒りの対象は、一個の哀れな、つまらぬ惑星などではなくなり、銀河系星雲にまで及ぶ。

あれこれと計画を立てるのは別に禁じられてはいないが、その代わり、計画を過信してはならない——病気があるのは、私たちにこのことを思い出させるためだ。

幻視の域にまで、神秘体験の域にまで高められた、無常の知覚。

六月一日　『実存の誘惑』に書いた聖パウロの肖像を、いま読み返したところだ。もうこんなに夢中になって書けないだろう。私は疲れすぎている。昔の熱狂が消えてしまったわけではないが、熱狂こそが取柄だった情熱、というよりむしろ叙情性はない。私の現在の熱狂は、散文体の熱狂だ。

六月六日　眠られぬ夜。はっきりした――そして一般的な苦しみ。

激烈な苦しみのなかにあっても、私たちは、微弱な苦しみのなかにあるとき以上に、つねに観察者の立場を崩さない。そうすることで、たとえどんなに耐えがたい感情にしろ、自分が感情に圧倒されてはいないことをみずからに証明したいと思っているのだ。こうして、私たちは自己の外にとどまる。苦しさのあまり呻いている最中でもだ。

どんな深刻な瞬間も、私たちの内部に必ず心理学者を呼びさますものだ。

仏陀は、どんな政治改革者よりも偉大だ。重大な事実は革命ではなく病気であり、未来ではなく死だ。

病気に比べれば、不正がいったいなんだというのか！　なるほど、病んでいること自体を、不正と見なすことはできる。それに私たちはだれしも、ことの是非を知ろうともせずに、病気を不正と見なしている。

病気はある。病気ほど実在性のあるものは他にはない。もし病気を不正と見るのなら、存在そのものを不正と見る勇気をもたねばならず、要するに、存在することの不正について語らなければならない。

六月九日

いくつであろうと、私たちは現役を退くことができる。人それぞれの存在には限界があり、天井がある。（夜、私も私の天井に達してしまったと考えた。）

六月一二日　『災厄』*をタイプに打つ。――いいものとは思わないが、タイプを打ちつづける。どの〈アフォリズム〉も、個別に見れば、軽く、期待にそうものではないが、全体として見れば、重みがないわけではない。これが幻想にすぎないなら、まあ、仕方がない。

＊『生誕の災厄』（一九七三年）。

六月一七日　夜、三一年ぶりに、ディヌ・ノイカ*の声を聞いた（電話で）。すっかり動転。

＊　前記、七五ページ、注参照。

六月一九日　ディヌ・ノイカを待つ。私たちは、四〇年来の知り合いだ。最後に会ったのは、一九四一年一月だった。
　私には、二人が生きている者だとは考えられない。二人の幽霊の再会のような気がする。
　三〇年間も会わずにいたあとでは、再会はこの世のものではなく、あの世のものだ。人間ももう昔と同じではない。思い出が残っていて、それが深い絆となっている。

　繊細さは、ある一定の段階を越えてしまうと、どうしても偽の繊細さの印象を与える。
　繊細さは、定義上、偽物だ。
　一種の言葉の快挙にすぎない。

　*M'am zbătut*＊――この言い回しをどう訳したものか。フランス語の貧しさに、私はぞっとする。

＊「私はもがいた。」

　ルーマニア語からフランス語への転向は、祈りから契約への転向のようなものだ。

　説明に窮すること。アイルランドが、自殺のいちばんすくない国のひとつだということ。
　カトリシズムがその原因なのか。

六月二四日
『ゴルドベルク変奏曲』。
……これに匹敵するものはない。
神はある、ないときでさえも。

　ロマン派の時代のドイツの、二流どころの人物たちをめぐるいくつかの恋物語を、いま読んだところだ。彼らをはじめ何もかもが消え去ってしまい、跡形もない。私たちの色恋沙汰や苦しみが消え去るように。
　すべては遊戯、本質的に実在性はないと観ずるのが、もっとも透徹したものの見方だ。これに一点の疑いもない。

　いちばん理解し合えないのは、旧友たちだ。私たちの真摯な、そして深刻な経験を納得させるには、彼らは私たちのことを知りすぎている。彼らにとって私たちは、知り合いになったときの人間のままなのである。

六月二九日
　一日の大半をベッドで過ごす。時間に溶け込むことができない。

X――この男には、弟子根性がある。それも不実な弟子の。とらえどころがなく、移り気だから、どういう人間か分からない。

こちらの私的な、もっとも私的なことにさえ口出し、不当に干渉したがっている。繊細で不躾。あえてデリカシーに欠けるといわないのは、繊細であるから、繊細にすぎるから。

独創性を持とうとする意志は、それが本物の情熱にもとづくものでないなら、結局はグロテスクなものとなって終わる。だが情熱の場合は、独創性はことさら求められたものではない。なぜなら、情熱とは、おのずと、意志にかかわりなく、独創的なものであるから。

Nの独特の考え方。――怒るにも怒れないような、やさしい口調で次々に繰り出される極端な考え。精神のアンバランスを、あるいはバカ正直さ……軽傷ではないバカ正直さをうかがわせる、唖然たるばかりの誇張。

Nは自分には責務があると思っている。彼は積極的で、有効性という自分の思想を押しつけようとする。私は勝手にしゃべらせておく。もし私が、私の思想の核心を彼に語ったら、彼につらい思いをさせることは分かっている。私が彼の擁護する一切のものから足を洗ってしまい、もうどんなことにも一切かかわりがないということが、どうして彼に理解できようか。幻想を公然と口にし、時間の経過に苦しむこともなく、またそこにいささかの教訓をも汲もうとしない者との対話は、もう私にはできない。私としては、わが友人たちにむかって、どうか私に、老いるという恩恵を賜るよう求めたいところだ。

彼が各人の功罪をあげつらうのを、別にさえぎろうともせずに聞いている。いずれ私の番がまわって来るだろうと覚悟しながら。個々の人間に対する彼の理解力の欠如ときたら、驚くべきものだ。狡猾なくせにお人好しでもある彼は、人間たちをあたかも一個の本質、一個の範疇ででもあるかのように、無条件に裁いてしまい、時代や状況を一顧だにしない。時間は彼にさほど深傷を負わせていない。そのため彼は、私という人間が、彼の擁護するもの一切の埒外にいるのが我慢できず、彼の賞揚するものが、どれひとつとして私の気を惹かないということが許容できないのだ。

歳月の進行から外れている、変わらない者と交わす会話は、なんの目的もないものになってしまう。私としては、わが愛する人々にむかって、どうか私に、老いるという恩寵を賜るよう求めたいところだ。

七月七日

午前、ルーマニア教会で、バシーレ・ムンテアヌのための追悼ミサ。

……〈În deșert se turbură tot pămînteanul〉（土で……泥で作られた人間は、あるいは簡単にいえば、地上にある者は、無益に動きまわって（動揺して）いるのではないか……）

　この〈パッセージ〉をルーマニア語で聞くたびに、私は深い感動をおぼえる。私が考えてきたもの、感じたもののすべてが、ここに表現されている。私には、つけ加えるべきものは何もない。私の全〈作品〉は、この〈*În deșert*〉の引き延ばしにすぎないといってもいい。

*Umbră, și vis*.*

＊　影、そして夢。

Dは「悪」を自分の身に同化することができない。悪の存在を認めはするのだが、自分の思想に悪を合体させるすべを知らない。たとえ彼が地獄から匍いずり出てきたとしても、人々にはそれと分からないだろう。それほど彼は、話しぶりから見るかぎり、一切の自分を害し、損なうものの埒外にいる。

　彼はひどく苦しんだが、その苦しみの切れっぱしさえ、彼の思考に嗅ぎわけるのは困難だ。傷ついた人間の反射作用を見せるだけで、それももちろん、ほとんど意識していない。すべての否定的なものに、存在の十全性を掘り崩すすべてのものに心を閉ざしている。にもかかわらず、彼の言動には、少なからず悪魔の影が射している。それと気づかぬ破壊者。「善」に凝り固まった破壊者。

　意識は、増大するにしたがって、ますます現実と人間に反旗を翻す。それは絶対的な対立を目指しているのだ。

　私からは忘れ去る（*desvăța*）ものはあっても学び取るものはない、とC・Nも同じように言う。

　人はどこまで堕ちられるか、どこまで堕落できるかを見届けようとする好奇心、これこそ、馬齢を重ねるためのただひとつの申し開きだ。もうこれで限界に達したはずだ、地平線はここで塞がったはずだと思い込んで、私たちは思わず肩を落とすが、それでもしばらくすると、もっと低いところまで堕ちられそうだ、まだまだ未知の分野がありそうだ、希望はことごとく失われたわけではない、とすれば凝固、石化の危険からは遠ざかっていられるようだと気づくのだ。もう少し沈下できる限り、私たちは沈滞を、硬化症を回避できる。なぜなら、気力を持続させるには、長くつづく挫折を準備するのが一番だから。

七月一七日

　暑い、ひどく暑い。この暑さでイビザのことを思い出す。それに、希望の、無垢の、笑いの敵である暑さが引き金になった、あの鬱の発作のことを。

八月三一日　私の人生は、さまざまの持病で台無しになったが、しかし私が生きているのは、つまり、自分が生きているということを知っているのは、持病のおかげだ。

九月一日

すべてを理解しながら、なおかつ生きている――これほどに不誠実な態度はない。

九月一日　従姉妹ゾリツァの娘が訪ねてくる。私の母方の家族を襲った悲劇を洗いざらい私に語る。恐怖、不正、いいようのない屈辱、そして当然のことながら、たてつづけに襲う病気。こういうことを、彼女は冷静に、感情を交えずに語る。話の途中、私のひとりの叔母の家のことに触れ、家の前にあった立木がことごとく切り倒されてしまったと言うと、急に泣き出した。

ヒトラー、すなわち声のある虚無。

すべては実在する。すべては実在しない。

この命題のいずれかにはっきりと賛同するなら、どちらにしても同じような安定が見出せる。だが、両方の命題に心が動き、二つを順番に、あるいは同時に採ると、いつかはどっちつかずのものになる。

死への不同意こそ、死を免れぬ者の最大の悲劇だ。

私たちの死とともに、すべてのものが、まったく例外なしに、永久に消えてなくなるという考えは、もっとも慰めとなる、そしてもっとも背徳的な考えだ。死んでしまえば、他人が私たちにどんなイメージを抱こうとも、私たちには永遠にかかわりはないのだから、そんなものは何ほどのものでもない。死は、挫折の好みをもち、天分をもつような者の救いの神であり、成功を収めなかった者、成功への執念を燃やさなかった者の勝利であり、彼らへの高価な褒賞である。死は、こういう人間のほうに理ありとし、彼らの最後を飾る。これとは別の、成功のために骨身を削ったお人好し連中にとって、死は、彼らの存在と行為すべてに対する否認だ。

死という事実は尋常ではない。死ぬ者は私たちを侮辱する。彼にとっては、私たちはもうものの数にも入らないからだ。私たちから見れば彼がそうであるように、彼から見れば私たちはゼロだ。

私たちとともに、すべては死に、永久に消えうせる。死とはなんという特権、なんという越権行為か！　私たちはなんの努力もしないのに、いまや世界の支配者だ。私たちの消滅に世界を道連れにするのだから。死という事実は、背徳的なものだ。

懐疑的な人間は、明晰の殉教者だ。

陳腐と逆説の調合の仕方を心得ていること、断章のこつはここに帰着する。

人それぞれに与えられた時間の分け前を冷静に検討してみると、まったく同じように、充分だとも見えるし、まるで少なすぎるとも見える。一日から一世紀にわたるとしてもだ。

「私は寿命を終えた」――この言葉ほど、誕生の最初の一瞬を含めて、生のどのような瞬間にも時宜を得て用いられるものは他にない。

飽き足りること――たったいまこの言葉を書いたばかりなのに、何についてのことだったのか、もうすでに私には分からない。それほどこれは、私の感じること考えることの一切、私の愛するものすべて、嫌悪するもののすべてに、飽き足りることそれ自体に、しっくりと嵌まる言葉なのだ。

自分の国を貶め、誹謗し、無と断じ、粉砕し、基底部においてみずからを叩きのめし、自分の土台を攻撃し、おのが出発点を破滅させ、出自そのものによっておのれを罰すること……これはまたなんという解放か！

砂漠の教父たちを愛読し、同時に最新のニュースに動転しているとは！

もう少し辛抱しさえすれば、もう可能なものがすべてなくなり、人類が窮地に追いつめられ、未来の絶対的不在を余儀なくされる時がくるだろう。もう人類は、どの方向へも、ただの一歩も踏み出せなくなるだろう。

たとえ私たちが、この窮地の大略を、いまから思い描くことができるとしても、なお私たちは、なんらかの詳報を求めてやまないだろう。……私たちが、何はともあれ、こんな重大な光景の目撃者になれないのを無念に思うのはこのためだ。

存在という語を大文字で書こうと書くまいと、この語そのものは何も、絶対に何も意味しない。まともな人間に、この語が使えるとは信じられない。

二十歳《はたち》のとき、私は老人どもを皆殺しにすることしか考えていなかった。これはいまも喫緊事だと思っているが、さらにこれに若者どもの皆殺しを加えておこう、といまは思っている。

歳をとるにつれて、私たちのものの見方はより完全なものになるものだ。

ガンディは、いつも決まって午後の六時に食事を摂る習慣だった。聴衆を前にしているときは、その時刻になると食事が運ばれてきて、彼はみんなの前で、いつものヨーグルトと果物を食べるのだった。そんなわけで、彼は自分の原則をこう述べている。「善の向上を願う者は、自分が生きてゆく上での肉体的行為を冷酷に規制しなければならない。」

九月二一日――モンテルランの自殺。彼は過ちを償ったのだと私は思う。もうどんな見せかけも、ポーズもない。というよりむしろ、至高の見せかけ、至高のポーズだ。

人間ではなくなる……失墜の別の形を夢みる。

先日、Rのところへ行ったとき、Rのやつ、またいつものデンで、お世辞を並べ立てるんだろうな、人のいる前で、なかでも、イギリスの著名な批評家Wの前で、そんなことをやられてはかなわないな、と思っていた。夜会の出足は上々、どうでもいいようなことが話題になり、よもやま話に花が咲いたが、そのうち、議論がフランス語のことにおよぶと、Rが待ってましたとばかりに、私に、「シオランさん、あなたは……偉大なひとりですから」と言った。――私は色をなして立ち上がりざま彼の言葉をさえぎり、「お願いだから、お世辞はやめてくれないか」と言った。
私は叫んだと思う。この私の発言、私の怒りの爆発に満座が仰天したが、私にしてもどうして怒りを爆発させたのか、その理由が分からないだけになおさらだった。

トロツキーの『亡命日記』には、政治に関するさまざまの考察が記されている。これらの考察は、いまとなっては時代おくれのものといわざるをえないが、そんななかに、すべてを償ってあまりある、こんな見解が挿入されている。「老いは、人間に訪れてくるもののなかでもっとも予期せぬものだ。」

「希望は、目覚めた人間の夢だ。」(ナジアンゾスの聖グレゴリオス)

途方もなく輝きわたる一〇月。もともと私は、こんなおびただしい光にむいた人間ではない。殺人的な憂鬱。楽園では、私は〈一季節〉どころか、一日だって身がもたないだろう。それなら、楽園に焦がれる私のこの郷愁をどう説明したらいいのだろうか。私には説明できない。私は、この郷愁とともに生まれたのであり、生まれる前から、すでにわが身に引きずっていたのだ。

何ものも、解体されるに値しない。おそらく、何ものも作られるに値しないからである。こんなふうにして人は一切の事象から、初源と同じく終末から、出現と同じく崩壊からも離脱することになる。

その挑発的な炯眼ゆえに、その拒絶の総量ゆえに、私はその男を高く買っていた。その夜、とある小路で、あれこれと歓談していたとき、まったく予期せぬことに、彼はいささか感にたえぬといった口調で、人間が消滅すると思うと何がなし感銘を覚えざるをえないと言った……

そうして私は彼と別かれた。この男のこんな同情、こんな弱さを私は決して許さないだろうと知りながら。

Tは、M・エルンスト、エリアーデ、ドロテア・タニングについての研究ノートを準備している。私に三本の原稿を求めるが、私は怒る。

他人に私たちについて書かせようとする魂胆を私は認めない。私はだれにも、私の……功績を賞揚するよう求めたことはない。そう、そんな弱点は私にはない。もちろん、ほかの弱点はあるが、しかしすくなくとも、そういう弱点は私にしか害を及ぼさない。

他人に賞賛を求めるのは、なんという厚かましさか。私は気質からして、おべっか使いではなく、むしろ誹謗文の書き手だ。それなのに、人々が私に言葉をかけるのは、もっぱらお世辞を！　ホサナを！　バカていねいな挨拶を！　言うためだ。

（ディディエの家の）書斎で、一棚が全部、キーツに関する、いずれも大部の本に占められているのを見たことがある。これらの本を読んでいる連中は、キーツを読むことはないだろう。ところで、大切なのはキーツだけだ。キーツについての解説など、まったく何の役にも立たない。

……この棚からすこし離れたところで、私は、現在では、たぶん、もうだれも読まない小説家ギャスケル夫人について書かれた、ひどく大部の古本があるのに気づいた。それにしてもなぜ、こんな数百ページにもおよぶ本が必要なのか。もちろん、ギャスケル夫人が、ブロンテ姉妹のもっとも美しい伝記を書いたことに間違いはないが、だからといって、夫人についての本が書かれて当然ということにはならない。これらの書物の大部分は、大学の教師が書いたものだ。だから当然のことながら、無益にして無価値。せいぜいよくって有害。

苦悩は苦悩をめぐって無限につづく。苦悩から生まれる思考もそうだ。

すべて深遠なものは、例外なく単調だ。

もはや自分自身が信じられなくなったとき、人は生産し闘争することをやめる。自問自答することさえやめてしまう。ほんとうは逆の事態になるべきだろう。なぜなら、まさにこの瞬間を起点として、はじめて人はさまざまの執着を断ち切って、真なるものを摑み取り、実在的なものとそうでないものとを峻別する能力を得るのだから。だが、ひとたび自分の役割あるいは宿命を信ずる心が涸れてしまうと、人は一切に対して好奇心を失い、〈真実〉に対してさえも、かつてないほどその間近にいながら、無頓着になってしまうのだ。

私に対談を求めてきた同胞のJ・Mに、もの書き連中とつきあって自分の時間を浪費しちゃあ駄目だ、「売春婦かタクシーの運転手との会話のほうがずっと実りは多いよ」と書いて返事を出すと、折り返し、私を非難・罵倒する手紙をよこし、街娼と運転手の状態についての考察の開陳におよぶ始末。ドイツ人だってこんな無様な真似はしないだろう！　たしかに、ユーモアというものはそうざらにあるものではない……だが私は、バルカン人はユーモアにもっと敏感だと思っていた。

突然、Mのことを考える。修道院にいる彼がそこを出るのは、ただもっぱら公証人に会うためだった……

ダビデ――

「主は、人間たちの歓心を買おうとする者たちの骨をばらまかれた。」（詩篇、第五二篇、六節）[5]

キリスト紀元の初めのころに、たとえ「砂漠」に住んでいたとしても、私は、いつしか「神を求めることに倦み疲れて」しまったとされる、あの修道士の一人になっていただろう。

隠者たちに関する書物なら読んで読み飽きるということがない。同じ隠者でも、なるべくならば「神を求めることに倦み疲れた」とされる者たちに関する書物のほうがいい。「砂漠」の落伍者たちに私は取りつかれている。

私は〈哲学〉が大嫌いだ。形而上学と瑣事、好きなのはこれだけだ。

夜の一一時

いま、モンパルナス墓地の近くを通ってきたところ。死んだということは、ともあれやはり、月並みなことではないのだと考える。

一〇月二一日　私は見知らぬ国を旅していた。眼前に、どんな画家にも、普通なら想像できないような風景が繰り広げられる。私ほど想像力の豊かな者はいない。どうして私は、夢のなかで、こんなにも創造の才を発揮することができるのか。いまだかつて見たこともない無数のイメージが、うっとりとなった私の目の前を次々に通りすぎてゆく。これらのイメージは、あるいはひょっとすると先祖伝来のものかも知れない。そして私が創造の才と呼んでいるものは、遺産にすぎないのだ。

森のなか、秋の陽に照り映える羊歯、その二列縦隊のあいだを歩く。これこそが凱歌だ。これに比べれば、群衆の歓呼の声がなんだというのか。

仏陀よりもさらに先まで行くこと、涅槃の上にまで翔けあがること、涅槃などは無用のものとするすべを学ぶこと。もはや何ものにも、解脱にも心を動かされないこと、そんなものはただの一段階、一種の拘束、いっときの敗北と見なすこと……

理解するとは、時間を理解したということだ。

本が関心に値するのは、それが自己矛盾で自壊する、その限りでのことだ。

どこの家にも、思いもよらぬ秘密が隠されているもので、パリのような都市圏では、人々がいったいどれほどつまらぬ、あるいは崇高な心配ごとを抱えているか、想像を絶するよ、と私は友人のR・Mに言った。そしてこの明白な事実を確認して、私たちは別れた。私は最終のメトロに乗った。ひそひそ話と夜逃げ《デバンダード》のメトロに。出札口の前を通りかかったとき、窓口の女が、激しいやりとりを交わしていたとおぼしい同僚にむかって、「私の運命ときたら、なんという運命なの！　なんという運命なの！」と悲痛な声をあげているのが聞こえた。

……あやうくセント＝ヘレナ島にでもいるのかと思うところだった。

たとえ敬服の念からにしろ、ひとりの人間に束縛されるのは、精神の死にひとしい。おのれを救うためには、その人間を殺さなければならない。仏陀を殺さなければならないと言われているように。偶像破壊主義者であること、これこそ、神にふさわしい者となる唯一の方策だ。

ランボーは〈書きつづけて〉いたかも知れないと考えるのはバカげている。『この人を見よ』のあとも書きつづけているニーチェなど想像できようか。

ランボーの場合、その〈沈黙〉以外には何も考えられないし、どんなことも不可解としか考えられない。彼は終わりから始め、一挙に、ある限界に達してしまったが、おのれを否定しないかぎり、この限界は突破できなかっただろう。もし彼が八〇歳まで生きたとしたら、ついには自分の若き日の感情爆発を注釈し、解説し、ほんとうの自分の考えを説明することになったであろう。いずれの場合も瀆神行為だ。

私たちは作品を吟味せずに読み、そして読み返すべきだろう。私たちが意識的に好むあらゆるものは、例外なく私たちを不毛にする。

エクスタシーは、ある到達された極限だ。エクスタシーのあとにやってくるものは、意味も、あるいは味もないように見える。神秘的な作品が興味をそそるのは、あの前代未聞のものの後日談が、至高の経験に由来する、あの転落が描かれているからだ。ランボーの熱狂状態の時期、これは異常に持続したエクスタシー、ただし、いったん底をついてしまえば、二度と再開できぬエクスタシーだったと想像していただきたい。彼の〈沈黙〉は、存在の別の次元への参入にほかならず、文学のカテゴリーよりは禁欲のカテゴリーによるほうがずっとよく把握できる、ある状態への参入にほかならない。

イタリアとスペインとを同時に愛することはできないといわれるが、これと同じように、人はボードレール贔屓であって同時にランボー贔屓であるというわけにはいかない、と言っておこう。私は一貫してボードレール贔屓だった。これはどんなに否定しようと思っても否定しきれない。

私はただひとつの思想を深めてきただけだ。すなわち、人間のなすことは一つの例外もなく、ついには人間に叛くことになる、という思想をである。思想として別に新奇なものではない。だが私は、この思想を、これほど強烈に、狂信や錯乱など及びもつかぬ、ゆるぎない信念をもって生きた人間が一人でもいたとは思わない。この思想のためなら、私は、いかなる殉教、いかなる屈辱をも厭いはしないだろう。ほかのどんな真理、ほかのどんな啓示とも、この思想を取り替えるつもりはない。

わが同胞——哀愁に満ちたペテン師ども。

死を宣告された王朝、崩れゆく帝国、要するにあらゆる時代のモンテスマ王たちに寄せる私の偏愛。おのれ自身とこの世に倦み疲れた者、不可避なものを信じる者、引き裂かれ堕落した者、ロマノフ王家とハプスブルク王家、おのが死刑執行人を待ち望む者たち、いたるところの脅かされ、責め苛まれる者たちへの偏愛。

比類を絶する激しさで生きてきながら、何ひとつ達成しなかったとは！　徒労。

一〇月二九日　モンパルナス墓地を横切る。サント゠ブーヴの墓がここにあるとはいままで気づかなかった。あの老すね者のしかめ面、それを思うと私はつい不愉快になる。してみると私がすくなからぬ時間を費やして読んだ作家の遺骨は、この墓地にあるのだ！　昔、スコットランドで『月曜閑談』の一つを読んだことを思い出す……それから中観派の「空《くう》」のことを考える。こんな場所では、中観派の教義の正しさが実にみごとに立証される。

ディオクレティアヌス、カール五世。

私が書きたいと思っているのは、「退位の歴史」だ。

その苦い文章をいくつとなく思い返したことのある批評家、その批評家の墓の前をそのまま通り過ぎる。まして、生前、自分の究極の崩壊ばかりを考えつづけた詩人(6)の墓の前は素通りだ。別の名前がいくつも私につき纏って離れない。いずれも、無慈悲なままに心を鎮めてくれる教えとつながった名前、精神からすべての妄執を、死の妄執さえも叩き出すには願ってもない幻視に結びついた名前だ。ナーガールジュナ、チャンドラキールティ、シャーンティデーヴァ――比類ない一刀両断の達人、救済に苛まれた弁証家、「空《くう》」の軽業師にして伝道師……賢者のなかの賢者たるこの人たちにとって、「宇宙」などは所詮、ひとつの言葉でしかなかった……

ブローク（アレクサンドル）の予言的なヴィジョン。一九一八年一月一一日に、「われわれ、最後のアーリア人」と書いている。

そしてこう書き加えている。「ヨーロッパ［そのテーマ］、それは芸術と死。ロシア、それは生」と。

一一月一日

正午から二時まで、ソーの公園へ行く。ほとんどだれもいない。最後にここに来たのは、一五年まえのことだ。

〈至高の〉二時間。青空に対するに赤褐色の木の葉。たぶん暑さのせいだろう、疲労を、漠とした重苦しさを、老いを感じる。そう、老いを。

すべてを所有する方法は一つしかない。すなわち、何ひとつ欲しがらぬこと。

一九七二年一一月三日

リュクサンブール公園で、散り急ぐプラタナスの木の葉を見ると、胸をつかれないわけにはいかない。私の背後には六一の秋がある。たとえ無数の秋が背後にあったとしても、秋が見せてくれる光景には決して無関心ではいられないだろう。

あわただしく散ってゆく木の葉――この光景を、秋を迎えるたびごとに私はずっと眺めつづけてきたが、そのたびに、いまでも驚愕のようなものを抑えかねる。もし最後の瞬間に、どこから発生するのかいまもって分からぬ喜悦が、出し抜けにやってこなければ、この驚きは〈背筋を走る悪寒〉に圧倒されてしまうだろう。

一一月五日　ドゥールダンの森で、娘たちが四人、歌をうたっている。その歌いぶりがあまりに調子っぱずれなので、この天分ゆたかな民族に、歌の才能がまるでないのは、いったいどういう否定的奇跡のなせるわざなのか、何度も自問しないわけにはゆかなかった。

私たちが〈創造する〉のは、賛嘆の念からではない。そうではなく、私たちの先人は死体であり、したがって彼らは埋葬しなければならないという確信からだ。

一一月六日　きのう真夜中に、ヴァヴァン通りでサムに逢う。「リラ園」で二時間を過ごす。彼は、最新作の戯曲『私でない』について、ほとんど若者のように熱心に語ってきかせる。顔で見えるのは口だけ、そしてその口から、あえぎあえぎ言葉が発せられる。バーヌースを着た人物が聞き、反応する。

彼が言うには、芝居を上演するのは興奮する、そして三週間の予定でロンドンに行き、芝居のリハーサルに参加し、協力できるのがとても嬉しいとのことだ。

一一月九日　我《が》、これが障害だ。私はこれが乗り越えられない。どうしようもないほどこれにがんじがらめになっている。

豊かな能力をもち、私たちが考えるよりもずっと創意に富んでもいれば、ずっと情け深くもある「時間」には、私たちの助けにはせ参じ、いつでも私たちに新しい屈辱を味わわせてくれるという注目すべき才能がある。

老いる利点は、身体の諸器官の、緩慢な、秩序だった機能退化を、ちかぢかと眺められることだ。器官はいっせいに軋り音を立てはじめる。あるものは派手に、あるものは秘めやかに。器官は身体から剥離してゆく。同時に身体が私たちから剥離してゆく。身体は私たちから脱け落ち、逃走し、もはや私たちのものではない。この変節漢を私たちは告発することさえできない。なぜなら、こいつはどこにも立ち止まらず、だれに仕えようともしないのだから。

私たちがあらゆる信仰からどれほど遠く離れていたとしても、話相手として神しか想定できぬ瞬間というのがある。そのとき、神以外のだれかに話しかけるのは、私たちには不可能とも狂気の沙汰とも思われる。孤独は、その極限の段階に達すると、ある種の会話形式を、それ自体極限的な会話の形式を求めるものである。

一一月一四日　ジュラ山脈での三日間。オゼルの洞窟。

時間は少しも流れようとしなかった。夜明けは遠く、とても来てくれそうもないように思われるのだった。実をいえば、私が待ち望んでいたのは夜明けではなく、前へ進もうとしないこの時間を忘れることだった。死刑執行の前日、少なくとも、良き一晩を送れると確信している死刑囚は幸福だ！　とそのとき私は思ったものだ。

C・Rがルーマニアから戻ってくる。ルーマニアを覆う混乱はひどいもので、コンゴに長期間滞在したことがなかったら、とても理解できなかっただろうと言う……

また、一五年の獄中生活を送ったH・Bの話として、こんなことを私に語る。ある日、H・Bは、一五人つめこまれていた小部屋をひとりで片づけると申し出る。ほかの連中はこの申し出を受け入れ、褒美として、彼らの一日分のポレンタを彼に譲るが、彼はそれを、かなり頭のおかしい大男に回してやる。大男は、たちまちむしゃぶりついたが、全部たいらげる前に、彼に尋ねた。「どうしてわしに全部ゆずってくれたのかね？――私よりあんたのほうが必要だからさ。」これを聞いて、男は何も言わなかったが、しばらく不思議そうに彼をみつめていた。そしてこれ以後、監禁が終わるまで、男は一言も彼に言葉をかけなかった。

ときにはサタンとして起床し、ふぬけとして一日を終えることがある。そうかと思うと、逆の場合もある。

死に損ないは、そうとは考えずに、またときにはそうとは知らずに、自分を軽蔑する。

賢者とは何か。子供に甘いサタンだ。

事物を真正面から見すえる習慣が偏執にまで昂じると、人は熱狂の徒だったかつての自分に哀悼の涙を注ぐ。いまは亡き熱狂の徒に。

四半世紀ぶりに彼に再会した。彼は変わっていず、無疵、昔よりも若々しく、むしろ青春期のほうへ戻ったようにさえ見える。

歳月の爪痕を逃れ、年齢相応の汚れや皺の攻撃をかわすことができたのは、どこに身を潜めていたからか、どんな策略を弄したからなのか。そしていったいどんなふうに生きてきたのだ、もし、ともかく生きてきたのだとすれば？　むしろこれは幽霊だ。きっと、いかさまをやったに違いない、生者としての義務を果たさず、ゲームを規則どおりにやり通さなかったのだ。幽霊、まさにそうだ、その上、木戸銭をごまかした入場者だ。彼の顔にはどんな破壊の痕もないし、亡霊ならぬ現実の、ひとりの人間たることを証す、どんな徴も見えない。私は彼になんといっていいか分からず、気が塞ぎ、恐怖をさえ覚えた。だれであれ、時間から逃れえている者、あるいはたんに時間をはぐらかしている者は、それほどにも私たちを狼狽せしめるのである。

　この世の最悪のもの、それはおべっか使いだ。おべっか使いを相手にしていると、彼が、機会さえあれば、私たちにぺこぺこした腹いせをし、私たちに打撃を与えるのはまず間違いない。そして彼がだれに対してもへりくだっているとき……

　おべっか使いは、例外なく裏切り者だ。こういう連中を私は一貫して軽蔑してきたが、しかし彼らのことをそれほど警戒してはいなかった。

　残念なことに、私たちは、自分についてほんとうのことを、したがって不愉快なことを言う人よりもおべっか使いのほうを大目に見る。だから自分の最悪の敵を助け勇気づけているのは、私たち自身なのだ。

　心おきなく殺せる人間、それはいつも私たちにへつらい、しかもどういうわけか私たちを棄てた〈友人〉だ。

　数年間というもの、私にお世辞のかぎりを尽くし、いまとなっては私の手紙に返事さえよこさぬX。

おべっか使いは、未来の中傷者ではない。変装した中傷者だ。私たちを褒めそやしながら、攻撃の準備をしている。

私たちの敵は、悪事がなされ、もう私たちに害を与えられなくなったとき、死ぬ。

出来損ないの世界、という観念をもたなければ、あらゆる体制下にはびこる不正を見ては、無関心な者でさえ、狂人用の拘束衣を着る破目になるだろう。

## 訳　注

（1）〈lila〉。サンスクリット語では〈līlā〉とつづり、「遊び」、特に「宇宙遊戯」の意。語根の動詞〈lelāy〉は、「燃え上がる」、「輝く」の意味で、〈火〉、〈光〉、〈精霊〉などの概念が含まれる。宇宙創造を「神の戯れ」とも、また「火の輝き」、「炎の戯れ」とも考えるインド思想の特徴がここに見られるともいえる。（エリアーデ『メヒストフェレスとアンドロギニス』参照）

（2）「校正」のフランス語 épreuve には「試練」の意味がある。

（3）〈*Qôheleth*〉。『伝道の書』のヘブライ語名。

（4）ギリシアの禁欲的著述家たちからの抜粋集。コリント出身のマカリオスとアトス山の修道士ニコデムスによって編纂され、一七八二年にヴェネツィアで出版された。〈心の祈り〉が中心にすえられている。

（5）この言葉、当該箇所には見当たらない。ただし第五三篇には、「神はよこしまな者の骨を散らされたからである」とある。

（6）ボードレールのこと。

# 訳者あとがき

本書は、Cioran : *Cahiers 1957–1972*, Gallimard, 1997. の全訳である。ただし、巻末の「人名索引」および「シオラン略年譜」は、訳者の判断で原著に付け加えたものであることをお断りしておく。

『カイエ』は、見られるように、一五年間にわたって断続的に書き継がれた内面の記録である。この膨大な記録がどのように書き継がれ、そしてシオランの死後、どのように発見され、出版されるにいたったのか、この間の経緯についてはシモーヌ・ブエの序文にすべて尽くされているといっていい。すくなくとも訳者には、いまのところこれ以上の情報のもちあわせはない。

繰り返すが、『カイエ』は内面の記録である。なるほど『カイエ』には外部のさまざまな〈事実〉が記述され、語られているが、しかしその膨大な記述を通してつねに聞こえてくるのは、シオランの生の基本感情ともいうべき倦怠と喪失（失墜）に発する悲しみの声であり、嘆きの声であり、苦しみ声である。そして稀に、この灰色一色の、霧でも立ちこめたような暗鬱な空間に、一瞬、歓喜の閃光が走るときがある。バッハの音楽が鳴るときであり、遠出で訪れた田園の風光にシオランがつつまれるときである。だが、この一瞬が過ぎ去れば、また同じ悲しみの声が、嘆きと苦しみの声が聞こえてくる。だから『カイエ』の世界は、ある種の通奏低音がそうであるように、単調といえば単調この上ないものだが、しかしこの点でオランを責めるのは筋ちがいというものだろう。なぜなら彼は『カイエ』を読者を想定して書いたわけでも、あらかじめ『カイエ』の全体を構想して書いたわけでもなく、ただ差し迫った、自分の日々の必要に促されて書いただけなのだから。

『カイエ』の一節に、たとえば彼は次のように書いている。「攻撃するためか、嘆くため、これ以外には私には書けない。暴力と悲しみの泉が私のなかで涸れてしまったら、私はペンを永久に棄てるだろう。」(七九ページ)そしてさらに「……私は鬱状態のときにしか書けない」とも。だが彼は次のようにつづける。「その状態からいくらかでも文章を引き出せば、とたんに鬱状態は和らぐ。だから私の場合、ことは哲学でも文学でもなく、たんに治療法にかかわることなのだ。読者にはともかく、私にはたぶんこれが快適で、また有用なのだ……」(四二九ページ)。日々の「治療法」として書くこと、それは「妄想や気まぐれ」(六五八ページ)の捌け口として必要不可欠の、「有用な」行為であり、それこそがシオランにとって『カイエ』を書き継ぐ根本のモチーフであったように思われる。『カイエ』が膨大な〈事実〉を記述しながらも本質的に外部の記録にはなりえず、内面の記録にならざるをえない理由はここにある。

『カイエ』は読者を想定して書かれたものではない。この点は動かない。そしてほかでもないここに『カイエ』の大きな特徴がある。さきの引用で、シオランは次のようにも言っている。「私が書いたすべてのものは、憂鬱の産物である。だが、私はいつも憂鬱であるとは限らないから、私の作品からうかがえるのは、私という人間の不完全なイメージでしかない。」(四二八―四二九ページ)この考えに即せば、書かれたものということでは、『カイエ』も作品も同じ「憂鬱の産物」ということになる。だがそうだとしても、両者の表現には、それが読者を前提に書かれたものか否かによって、おのずと相違があるはずである。引用にいう「不完全」とは、この場合、あらゆる感情の総合としての人間のイメージから見てのものだが、いま仮に問題を「憂鬱」の次元で考えれば、作品と『カイエ』の表現の相違についてこういえるだろう。つまり、作品にうかがえるシオランのイメージの「憂鬱」における「不完全」性に比べれば、『カイエ』では、いわば「憂鬱」が徹底しているその分、「憂鬱」はより真実に近いもの、したがって「憂鬱」におけるシオランの人間としてのイメージにより近いものだと。同じことは「憂鬱」以外の感情についてもいえるはずだ。事実、『カイエ』のシオランは、ほとんど自分の感情そのままに生きているという意味で、悲しみにおいても嘆きにおいても、また怒りにおいても呪詛においても、作品のシオランよりどんなに生き生きしていることか。どんなに激しくこれらの感情を生きていることか。その赤裸の姿に接することができるだけでも、『カイエ』につきあう甲斐があるというものであり、それは作品に求めて得られるものではない。

『カイエ』は、一九七二年に擱筆される。シオラン六一歳のときである。これ以後、九五年に死去するまでの二三年間、彼は四冊の作品（ルーマニア語による旧作のフランス語版は除く）を発表している。すなわち『生誕の災厄』（七三年）、『四つ裂きの刑』（七九年）、『オマージュの試み』（八六年）、『告白と呪詛』（八七年）がそれである。このうち正面きっての作家・思想家論というよりアンチームな〈肖像〉といっていい『オマージュの試み』を除き、三つの作品はいずれも断章集である（『四つ裂きの刑』も八割方は断章）。そしてそれらの断章は、ことごとく『カイエ』から採られているといっても過言ではない。いや、これらの三つの作品にかぎらない、『悪しき造物主』（六九年）の断章もその多くが『カイエ』から採られているのである。これはどういうことなのか。

『カイエ』が擱筆されたとき、シオランの実質的な著作活動は終わったとみることができるかも知れない。なぜなら、七三年以降の彼の著作活動は、いってみれば『カイエ』の断章の〈推敲〉のようなものだろうから。そうだとすれば、『カイエ』は、シオランのフランス語による全作品、すくなくとも六〇年代以降の全作品にゆうに拮抗しうる一乾坤ともいえるだろう。

本書の訳出にあたり、多くの方々からお力添えをいただいた。なかでも出口裕弘氏からは、その訳業の拙訳での使用について特段のご高配をたまわるとともに、本書の訳出について励ましの言葉をいただいた。ここに記して御礼申し上げる次第である。

またいちいちお名前を挙げるのは控えさせていただくが、友人諸兄には、今回もまたなにかとお知恵を拝借した。渝らぬご厚情に改めて謝意を表したいと思う。

最後になったが、法政大学出版局の編集代表、平川俊彦氏に心から厚く御礼申し上げる。氏のご決断がなかったら、この訳書は永遠に日の目をみることはなかったであろう。それを思うと、なんとお礼を申し上げてよいか言葉に窮する。また割付、校正など、面倒なことを一手に引き受けられ、なにかと助言をおしまれなかった松永辰郎氏に末筆ながら御礼申し上げる次第である。

*

二〇〇六年七月

金　井　裕

（表示価格は税別）

シオラン／金井 裕訳

## 敗者の祈禱書

占領下のパリを彷徨し、己の出自への激しい否定の感情と共に歴史の黄昏を生の根本感情として内面化し、「形而上の流謫者」、「世界市民」としての新たな出発を記す。

2800円

## 悪しき造物主

パリの遊民として、全世界への呪言を綴る異色のエッセー。異端の神々や仏陀に託して己を語り，空・涅槃・死・救済をめぐって，変幻自在に人間存在への憎悪を語る。

3000円

## オマージュの試み

エリアーデ、カイヨワ、ベケット、ボルヘス等々、同時代人たちの肖像。その生身の風貌を友情と愛惜をこめて語りつつ〈窮極的なるものへの情熱〉への共感をつづる。

2400円

## 四つ裂きの刑

死と虚無への挑戦を〈普遍的な無益さ〉として語り、〈日々の啓示〉によって人々を勇気と歓喜へと誘う。シオラン自身から送られた訳者への手紙も掲載。

3200円

P・ボロン／金井 裕訳

## 異端者シオラン

過激なペシミズム、激しい懐疑主義など、シオランの思想の中核にあるものは何か。この異端者の思想形成の足跡をヴィヴィッドに描き出す評伝。

3800円

R・カイヨワ／金井 裕訳

## アルペイオスの流れ

旅路の果てに〈改訳〉

詩と文学、幻想とイメージ、遊び、自然、様々な物との出会いから一個の〈石〉へ、そして挿話的な種としての人類という岸辺へ。自らの思想の遍歴を語る自伝的作品。

3400円

著者

シオラン（Cioran）

1911年，ルーマニアに生まれる．1931年，ブカレスト大学文学部卒業．哲学教授資格を取得後，1937年，パリに留学．以後パリに定住してフランス語で著作を発表．孤独な無国籍者（自称「穴居人」）として，イデオロギーや教義で正当化された文明の虚妄と幻想を徹底的に告発し，人間存在の深奥から，ラディカルな懐疑思想を断章のかたちで展開する．『歴史とユートピア』でコンバ賞受賞．著書：『絶望のきわみで』（1934）『欺瞞の書』（1936）『ルーマニアの変容』（1936）『涙と聖者』（1937）『思想の黄昏』（1940）『敗者の祈禱書』（1940－44）『崩壊概論』（1949）『苦渋の三段論法』（1952）『存在の誘惑』（1956）『歴史とユートピア』（1960）『時間への失墜』（1964）『悪しき造物主』（1969）『生誕の災厄』（1973）『四つ裂きの刑』（1979）『オマージュの試み』（1986）『告白と呪詛』（1987）『シオラン対談集』（1995），ほか．1995年死去．

訳者

金井　裕（かない　ゆう）

1934年，東京に生まれる．京都大学文学部（仏文専攻）卒．訳書：シオラン『悪しき造物主』『時間への失墜』『四つ裂きの刑』『オマージュの試み』『絶望のきわみで』『涙と聖者』『思想の黄昏』『欺瞞の書』『敗者の祈禱書』『シオラン対談集』『ルーマニアの変容』，カイヨワ『夢の現象学』『アルペイオスの流れ』，ボロン『異端者シオラン』ほか．本書『カイエ』の翻訳により第44回日本翻訳文化賞および第13回日仏翻訳文学賞受賞．2024年死去．

カイエ　1957-1972

2006年 9 月11日　　初版第 1 刷発行
2025年 3 月25日　　　　第 3 刷発行

著　者　シオラン
訳　者　金井　裕
発行所　一般財団法人　法政大学出版局
〒102-0071 東京都千代田区富士見2-17-1
電話03(5214)5540／振替00160-6-95814
製版，印刷／三和印刷
製本／積信堂

Printed in Japan

ISBN 978-4-588-15045-6

# 人名索引

1 『カイエ』本文中に言及されているもので，原則としてフルネームの確認できるものに限った。

2 神話・伝説，および宗教上の人物名を，必要と思われる限りで加えた。

3 文学作品中の虚構の人物名は除外した。

4 一部人名のローマ字綴りについてはフランス語の現用に従った。

ア行

アイスキュロス Eschyle 170, 239, 578, 615, 842
アウグスティヌス Augustin 42, 119, 191, 217, 434, 435, 510, 526, 626, 682, 735, 804, 844, 883
アクテリアン Acterian, Arsavir 743
Jenny 55, 977
アークライト Arkwright, Francis 447
アスリノー Asselineau, Charles 940
アダム Adam 36, 59, 137, 160, 161, 207, 580, 647, 685, 694, 799, 865
アダモフ Adamov, Arthur 377, 461, 565, 578, 759, 800, 801, 802, 803
アッチラ Attila 622
アディ・エンドレ Ady, Endre 928, 930
アテナゴラス Athénagore 614
アフマートワ Akhmatova, Anna 665, 686, 928
アベイオ Abellio, Raymond 695, 855
アベル Abel 123, 193, 390, 496, 701
アマドゥ Amadou, Robert 258
アミエル Amiel 120, 322
アミヨ Amyot, Jacques 178
アムザ Amza, Arg. 619
アメリオス Amelius 970
アラビー Arabi, Ibn 301
アラリック Araric 604, 622, 623
アラン Alain 765, 915
アリエ Hallier, Jean-Edem 450
アリスタルコス Aristarque 633
アリストテレス Aristote 191, 612, 746, 864, 878, 955
有田忠郎 485
アルヴェール Arvers, A. F. 74
アルゲージ Arghezi, Tudor 258
アルジンテスク Argintescu, Nicolae 613
アルトー Artaud, Antonin 565, 629, 769
アルノー Arnauld, Antoine 634
アルベルトゥス・マグヌス Albert le Grand 529
アルラン Arland, Marcel 501, 521, 743
アレクサーンドル Alexandru, Ioan 700, 716, 717, 718, 737, 742, 746, 838
アレクサンドロス大王 Alexandre le Grand 625
アロン Aron, Raymond 388, 890
アンジェラ Angèle de Foligno 510
アンティステネス Antisthéne 335
アントネスク（コ）元帥 maréchal Antonescu (co) 233, 667
アントワーヌ（聖） saint Antoine 870
アンナン Hennein 744
アンブロシェ Ambroise, P. 869
イヴ Ève 36, 52, 209, 647
イェイツ Yeats, W. Bulter 57, 471, 554, 774
イェーガーシュトゥッター Jägerstütter, Franz 739
イエス Jésus 18, 144, 182, 219, 258, 265, 270, 380, 421, 517, 644, 654, 679, 711, 719, 752, 797, 817, 865, 881, 909, 925, 982
イエセンスカ Jesenska, Milena 235
イオヴィニアヌス Jovinien 725
イオネスク Ionescu, Nae 756
イグナティウス・デ・ロヨラ Ignace de Loyola 140, 162, 164, 327, 491, 823
イザヤ Isaïe 599, 820
イストラチ Istrati, Panait 93

イノケンティウス九世　Innocent IX　770
イプセン　Ibsen　508
イヨネスコ　Ionesco, Eugène　285, 347, 475, 606, 616, 651, 697, 698, 706, 718, 772, 791, 800, 801, 840, 912, 972, 984
　　Marie-France　803, 834

ヴァイニンガー　Weininger, Otto　766
ヴァインレープ　Weinreb, Friedrich　736, 737
ヴァニーニ　Vanini, Lucilio　411
ヴァランサン神父　père Valensin　391
ヴァリエッホ　Vallejo, Cesar　790
ヴァール　Wahl, Jean　516
ヴァレ　Valet, Paul　443, 719, 814, 842, 891
ヴァレーズ　Varèse, Edgar　315
ヴァレリー　Valéry, Paul　31, 115, 153, 234, 269, 285, 292, 329, 335, 350, 406, 492, 493, 530, 531, 532, 534, 535, 536, 541, 542, 544, 545, 549, 552, 558, 560, 561, 562, 598, 629, 657, 659, 663, 670, 699, 705, 761, 765, 766, 768, 770, 781, 829, 834, 836, 877, 896, 905, 914, 965, 980
ヴァンドリエス　Vandryès, Josephe　66
ヴィアヌ　Vianu, Tudor　936
ヴィクトリア女王　Victoria, la reine　817
ヴィーゼル　Wissel, Elie　364, 621
ヴィテリウス　Vitellius　25
ヴィトゲンシュタイン　Wittgenstein, L.　105, 297, 298, 341, 404, 637, 750, 820, 990
ヴィトルド　Witold, Jean　891
ヴィヨン　Villon, François　176
ウィリアム一世征服王　Guillaume I le Conquérant　141, 621
ウエイトマン　Weightman. J.　567
ウェスパシアヌス　Vespasien　406
ウェーバー　Weber, C. Maria von　824
ヴェーユ　Weil, Simone　210, 220, 221, 369, 371, 372, 472, 610, 619, 620, 654, 657, 659, 820, 896, 910
ヴェルギリウス　Virgile　615
ヴォージュラ　Vaugelas　79
ヴォーブール　Vaubourg, Christiane　810
ヴォルテール　Voltaire　137, 162, 175, 235, 314, 316, 352, 423, 542, 575, 583, 615, 698, 718, 770, 837, 930, 960
ウォルポール　Walpole, Horace　473, 574, 627
ヴォルム　Worms, Jeannine　302
ウージェーヌ──→イヨネスコ
ウッド　Wood, Alan　317
ウナムーノ　Unamuno　735
ヴユイユマン　Vuillemain　578
ヴラシウ　Vlasiu, Ion　865, 884
ヴルカネスク　Vulcanescu, Mircea　550, 651
　　Vivi　551
ウルフ　Woolf, Virginia　627

エウリピデス　Euripide　239
エゼキエル　Ézéchiel　820
エセーニン　Essenine, Serge　185
エチアンブル　Etiemble　796
エッカーマン　Eckermann　440, 442
エックハルト　Eckhart　53, 75, 179, 405, 431, 528, 742, 894, 940, 977, 987
エネスコ　Enesco, Georges　747, 821
エピクテトス　Épictète　10, 155, 326, 553, 716, 926
エピクロス　Épicure　25, 153, 156, 238, 239, 240, 252, 368, 527, 595, 629, 734
エミネスク　Eminescu, Mihai　339, 480, 570, 828
エムリー　Hémery, Jean　718
エリアーデ　Eliade, Mircea　372, 865, 924, 1001
　　Christinel　924
エリオ　Herriot, Edouard　194
エリオット　Eliot, T.S.　772, 896
エリザベート（オーストリアの）Élisabeth d'Autriche　103, 179, 197, 463
エル　Hell, Henri　300
エル・グレコ　El Greco　343, 431
エルシュ　Hersch, Jeanne　651
エルマン　Hermant, Abel　792
エルンスト　Ernst, Max　701, 1001
エレミア　Jérémie　599
エレンブルグ　Ehrenbourg, Ilia　689
エンクルマ　Nkrumah, Kwame　233
エンツェンスベルガー　Enzensberger, H. M.　211

オスター　Oster, Pierre　661
オスマン（男爵）baron Haussmann　198
オーデン　Auden, W. H.　765
オトー　Othon, M. Salvius　210, 545
オブリー　Aubry　829

オーリー　Aury, Dominique　43
オリヴィエ　Olivier, Laurence　742, 975
オリゲネス　Origène　215
オルトラマール　Oltramar　308
オールビー　Albee, Edward　532
オルレアン公フィリップ　Le Régent　809, 960, 961, 973

カ行
カイエタヌス　Cajetan　339
カイザーリング　Keyserling, Hermann　695
カイヨワ　Caillois, Roger　269, 493, 796, 798, 803
カイン　Caïn　59, 123, 193, 209, 647, 701, 703
カヴァリエーリ　Cavalieri　75
ガウラン　Gowran, Mac　807
カエサル　César, Jules　199, 222, 727, 728, 730, 733
カザク　Cazacu, Matei　720
カトー（大）　Caton le Censeur　740
カパーリアン　Caparian, Al.　498
カフカ　Kafka, Franz　156, 235, 463, 570, 657, 662, 663, 680, 746, 910, 947, 988, 991
カミュ　Camus, Albert　34, 35, 38
カリギュラ　Caligula　141, 210, 945
ガリマール　Gallimard, Claude　704
Gaston　970
Robert　800
カルヴァン　Calvin　469, 836, 943
カール五世　Charles Quint　13, 14, 215, 554, 716, 789, 848, 850, 1005
カルコピノ　Carcopino, Jérôme　727
カルデロン　Calderón　714, 948
カルナップ　Carnap, Rudolf　820
カルネアデス　Carnéade　738, 740
ガンチョン　Gantillon, Simon　769
ガンディ　Gândhi　860, 909, 1000
ガンディア公　Gandia, duc de　850
ガンディヤック　Gandillac, M. de　743
カンディンスキー　Kandinsky　677, 821
カント　Kant, Emmanuel　757, 759, 887
カントロヴィッツ　Kantorowicz, Gertrud　760

ギーカ　Ghyka, Matila　347
キケロ　Cicéron　119, 151, 717, 732, 883
キーツ　Keats, John　171, 415, 416, 1001
ギトン　Guitton, Jean　358, 782
ギボン　Gibbon, Edward　623, 630
ギャスケル夫人　Mrs. Gaskell　1001
キュスティーヌ　Custine　118, 269, 952
ギュンデローデ　Günderode, Caroline von　93, 214
キリスト　Christe　10, 14, 310, 853, 865, 921
キルケゴール　Kierkegaard　146, 156, 157, 218, 240, 241, 252, 279, 419, 630, 640, 642, 681, 820
キルシュベルガー　Kirschberger, Walter　821, 893
ギレン　Guillén, Jorge　200

グァルディニ　Gardini, Romano　176, 677
クイッペル　Kuippers, Fritz　752
クインティリアヌス　Quintilien　643
クーザン　Cousin, Victor　578
クセナキス　Xenakis, Yannix　562
クセノポン　Zénophon　788
クセルクセス　Xerxès　111
クノー　Queneau, Raymond　651
クーパー　Cooper, Duff　384
クライスト　Kleist　117, 119, 233, 380, 502, 890
クラウス　Kraus, Werner　537, 861
グラシアン　Grácian　390, 395
クラシウネル　Craciunel　756, 920
グラズーノフ　Glazounov, A. C.　447
グラック　Gracq, Julien　234, 768
クラントール　Crantor　735
グーリアン　Gurian, Sorana　369
クリシュナムルティ　Krishnamurti　372, 840
クリスティーナ（スエーデンの）Christine de Suède　575
クリストマノス　Christmanos　463
クリマコス　Climaque, saint Jean　823
グリム　Grimm　312
クレー　Klee, Paul　792, 811, 821, 877
グレゴリウス（ナジアンゾスの）Grégoire de Nazianze　1000
グレヒュール伯爵夫人　comtesse Greffulhe　958
クロソウスキー　Klossowski, Pierre　296, 709
クローツ　Cloots, Anacharsis　928
クローデル　Claudel, Paul　610, 618, 629, 760, 761, 762, 772, 780, 827, 829, 973
クロポトキン　Kropotkine, le prince　354

ゲイセリスク　Geiséric　623
ゲオルギュー　Gheorghiu, C.V.　614
ゲオルゲ　George, Stefan　808
ケージ　Cage, John　832, 869
ケストラー　Koestler, Arthur　633, 639
ゲーテ　Goethe　57, 117, 345, 351, 440, 442, 765, 950, 951, 952, 954
ケネディ　Kennedy, Jacqueline　192
J. F.　188
ゲノン　Guénon, René　329, 621
ケルスス　Celse　142
ゲルヌ　Guerne, Armel　208, 671, 735
ゲルマニクス　Germanicus, J. Caesar　737
ゴアル　Goar　191
孔子　964
コクトー　Cocteau, Jean　670, 768, 885
ゴーゴリ　Gogol　557, 686, 883
コステル　Coster, Adolphe　390
コット　Kotte, Jan　793
ゴッホ──→ファン・ゴッホ
コテスク　Cotescu, Sibylle　924
コドレアヌ　Codreanu, Corneliu　233, 280
コノリー　Connolly, Cyril　366, 370
ゴビノー　Gobineau　577, 578, 711, 749, 818, 841
コマルネスク　Comarnescu, Petru　374, 862, 878
コムシャ　Comşa, Nicolae　616
コルヴォー男爵──→ロルフェ
ゴルドーニ　Goldoni, Carlo　222
ゴルドベルグ　Goldberg, Jean-Yves　618, 619
ゴルドマン　Goldmann, Lucien　697, 857, 911
コルバン　Corbin, Henry　427, 447, 537, 661
コールリッジ　Coleridge, S. T.　79, 124, 416
コレット　Colette, Gabrielle　693
ゴロペンツィア　Golopenţia, Anton　617
Sanda　830
コロンブス　Colomb　208, 437
ゴンクール兄弟　les Goncourt　394
コンスタン　Constan, Benjamin　240, 294
コンドルセ　Condorcet, marquis de　786
marquise de　796

サ行

サ　Sà, Correia de　644
ザックス　Sachs, Nelly　667
サド　Sade　296, 314, 359, 643, 647
ザプラツァン　Zapraţan, Mircea　200, 404, 443, 756, 759, 920
サフラン　Safran, Alexandre　667
サム──→ベケット
サルヴィアヌス　Salvien　71
サルトル　Sartre, J. -P.　93, 216, 229, 301, 324, 352, 371, 377, 410, 487, 495, 496, 515, 591, 595, 616, 634, 636, 827, 854, 881, 952, 982
サン＝シモン　Saint-Simon　50, 131, 200, 201, 255, 355, 420, 447, 453, 492, 493, 501, 510, 576, 633, 663, 809, 958, 960
サン＝ジョン・ペレス　Saint-John Peres　329, 830
サンチェス　Sanchez, Antoine　706
サント＝ブーヴ　Sainte-Beuve　384, 770, 939, 1004
シエイエス　Sieyès　68, 184,
ジェームズ　James, William　115,
シェークスピア　Shakespeare　85, 157, 161, 223, 239, 278, 381, 481, 507, 695, 750, 841, 886
シェストフ　Chestov, Leon　107, 201, 477, 492
シェラー　Sheller, Max　357, 358
シェリー　Shelley　57, 332, 554, 714, 828, 939
ジェリー──→ブラウアー
シェリング　Shelling F. W. J. von　373, 761
シェリング　Szeryng, Henryk　813
シオラン　Cioran, Aurel（弟）79, 161, 200, 424, 429, 435, 436, 468, 469, 478, 482, 518, 523, 571, 648, 667, 764, 780, 791, 877, 933, 986
Elvira（母）15, 54, 179, 234, 255, 298, 420, 422, 423, 424, 425, 426, 427, 429, 430, 435, 436, 437, 440, 443, 461, 464, 468, 470, 496, 500, 512, 523, 599, 640, 641, 674, 687, 716, 734, 791, 795, 877, 927, 934, 971, 972, 973
Emilian（父）3, 8, 13, 15, 54, 109, 226, 242, 426, 443, 512, 640, 641, 674, 701, 714, 734, 795, 877, 879, 927, 971, 972
Virginia（姉）298, 425, 432, 435, 436, 437, 440, 442, 443, 464, 468, 470, 496, 507, 518, 641, 932

ジッド　Gide, André　530, 629, 761, 795, 829, 905
シニアフスキー　Siniavski, Andrei　481
シビール──→コテスク
シメオン（新神学者）Siméon, le Nouveau Théologien　143
シモン　Simon, Claude　493
シモンズ　Symons, A. J. A.　432
　　Arthur　814
シャガール　Chagall, Marc　516
ジャコメッテイ　Giacometti, Albert　774, 915
シャトーブリアン　Chateaubriand,
　　François-René de　359, 550
　　Lucile de　45, 454
シャピュイ　Chappuis, Charles　335
ジャモア　Jamois, Marguerite　768
シャリアピン　Chaliapine, Féodor　519
シャール　Char, René　941
シャルダン　Chardin, Teilhard de　236, 237, 291, 635, 816, 827, 828, 881, 928
シャンカラ　Çankara　50, 308, 490
シャーンティデーヴァ　Çantideva　488, 1005
シャンフォール　Chamfort　378, 490, 634, 745, 759, 884
シュアレス　Suarès, André　256, 722
ジュアンドー　Jouhandeau, Marcel　709
シュヴァイツアー　Schweitzer, Albert　693
シュヴァリエ　Chevalier, Jacques　358
シュヴェーリン　Schwerin, Christoph　776, 799, 808
　　Hélène　799
シュタイン　Stein, Edith　896
シュテファン大公　Etienne, le Grand　732
シュトックハウゼン　Stockhausen, Karlheinz　562
ジュネ　Genet, Jean　336, 399, 400, 410, 915
ジュベール　Joubert　29, 31, 45, 125, 151, 392, 396, 455, 490
シュペルヴィエル　Supervielle, Jules　43
シューベルト　Schubert, Franz　803
シュペルバー　Superber, Manès　896
シュペングラー　Spengler, Oswald　205, 397, 902
シュミット　Smidt, C.　209
シュリック　Schlick, Moritz　915
シュレーゲル　Schlegel, Friedrich von　416, 562, 687
ショー　Shaw, Bernard　750
ジョイス　Joyce, James　39, 160, 280, 341, 435, 473, 917
ジョゼフィーヌ　Joséphine　693, 916
ショパン　Chopin　196, 512, 516, 762, 792
ジョフラン夫人　Mme Geoffrin　356
ショーペンハウアー　Schopenhauer　103, 133, 190, 317, 333, 351, 364, 387, 392, 438, 522, 523, 531, 581, 666, 692, 761, 769, 770, 861, 899, 936, 978
シラー　Schiller　224, 581
シルバーン　Silburn, Lilian　421
ジルベール　Gilbert, Stuart　732
シーレム　Schilem　615
ジロドゥー　Giraudoux, Jean　487
ジンギス・カン　Gengis-Khan　620, 621
ジンメル　Simmel, Georg　190, 617, 659, 760, 954

スウィフト　Swift　228, 229, 232, 233, 264, 630, 688, 724, 780, 816, 944, 978
スウェチーヌ夫人　Mme Swetchine　584
スヴォーロフ　Souvorov, A. V.　431
スエトニウス　Suétone　185, 199, 727, 737
スカルラッティ　Scarlatti, Alessandro　550, 567
スカロン　Scarron, Paul　809
スコット　Scott, Walter　232
スースロワ　Souslova, A. P.　833
スターリン　Staline　192, 225, 570, 697, 831, 859, 891
スタール夫人　Staël, Mme de　186, 221, 301, 429, 502
スチュアート　Stuart, Marie　507
スティーヴンソン　Stevenson R. L.　671
ステティエ　Stetié, Salah　706
ストリンドベルイ　Strindberg　84, 798, 821, 842
ストロジャン　Stlojan, Sanda　55, 786, 864, 910
スピノザ　Spinoza　46, 57
セバスティアン　Sebastian, Mihail　311
セネカ　Senèque　156, 238, 908, 945, 946
セラフィーム　Séraphin, Sarov de　456, 848, 853, 854
セリーヌ　Céline　210, 538, 634, 841, 842, 848, 857, 859, 867, 917, 920

ゾイゼ　Suso　405, 793
ゾイタ　Zoita, Kawka　587
荘子　570, 670, 891
ソクラテス　Socrate　73, 74, 213, 222, 252, 335, 363, 386, 387, 532, 787, 788, 890, 917, 980
ソッカ　Socca, Susanna（Susan）　23, 408
ソポクレス　Sophocle　239, 302, 615, 846
ソラ　Sora, Marianna　504
ゾラ　Zola, Emile　241
ソラナ──→ツォーパ
ソロヴィヨフ　Soloviev　274, 276, 711, 798
ソロモン（伝道者）　Solomon（l'Ecclésiaste）　59, 240, 245, 348, 880, 926
ソンタグ　Sontag, Susan　530

タ行

ダヴィ　Davy, M. -Madeleine　654, 657
ダウソン　Dawson, Ernest　23, 726
タウラー　Tauler, Johan　405, 536, 597, 598
タキトゥス　Tacite　25, 28, 30, 151, 220, 238, 241, 255, 264, 545, 577, 578, 606, 751, 903
武田朴陽　363
タートゥ　Tatu, Ion　616
タニング　Tanning, Dorothea　1001
ダ・ポンテ　Da Ponte　282
ダメ　Damé　374
タリアン夫人　Mme Tallien　91
ダルシー嬢　Miss d' Arcy　726, 757
タレス　Thalès　38, 871
タレーラン　Talleyrand　233, 385, 421, 429, 462, 463, 554, 562, 702, 703, 801, 844, 880, 939, 960
ダンテ　Dante　137, 179, 225, 596, 864, 984
ダントン　Danton　844
チェ・ゲバラ　Che Guevara　520
チェーホフ　Tchekhov　46, 70, 71, 254, 292, 356
チオトリ　Ciotori, D.　276, 278, 282, 344
チャアダーエフ　Tchaadaïev, Piotre　690
チャーチル　Churchill　192, 258, 410, 670, 859, 972
チャップリン　Chaplin　563
チャプスキ　Czapski, Josef　716, 808
チャンドラキールティ　Çandrakîrti　488, 1005
チュッチェフ　Tioutchev, F. I.　690
ツィンク　Ţincu, Bucur　587, 844
　　Petre　844
　　Stefan　844
ツインマー　Zimmer, Heinrich　808
ツヴェターエワ　Tsvetaieva, Marina　760
ツェラン　Celan, Paul　322, 468, 542, 744, 810, 811, 847, 885, 887, 932, 944, 946
ツォーパ　Ţopa, Sorana　372, 588, 593, 594, 596, 598, 831, 832, 833, 834, 839, 840, 844
ツーツェア　Ţuţea, Petre　237, 756, 920
ティエール　Thiers, L. A.　578
ディオクレティアヌス　Dioclétien　1005
ディオゲネス（シノペの）Diogène（de Sinope）　335, 871, 875, 970
ディオゲネス・ラエルティオス　Diogène Laerce　25, 878
ディオドロス　Diodore　72
ディキンソン Dikinson, Emily　1, 14, 25, 55, 57, 125, 168, 192, 311, 832
ディズレイリ　Disreali, Benjamin　472
ティトゥス　Titus　406
ディドロ　Diderot　223
ディヌ──→ノイカ
ティモン　Timon　576
ティベリウス　Tibère　185
ティリヒ　Tillich, Paul　476
デファン夫人　Deffand, Mme du　627
デフォー　Defoe, Daniel　158, 162
テミストクレス　Thémistocle　111
デモクリトス　Démocrite　445
デュ・ガール　Du Gare, Martin　795
デュ・カーン　Du Camp, Maxim　989
デュミュール　Dumur, Guy　534
デューラー　Dürer　343
テリーヴ　Thérive, André　512, 513
テルトゥリアヌス　Tertullien　31, 218
テレジア（アヴィラの）　Therèse, d'Avila　18, 19, 30, 42, 111, 112, 313, 431, 491, 644, 682, 720
トゥキュディデス　Thucydide　185
トゥッチ　Tucci, Giuseppe　120
ドヴ・ベール（メスリッチュの）Dov Bär（von Mesritsch）　319
ド・クインシー　De Quincey　66
ド・ゴール　De Gaulle　313, 380, 499, 527, 571, 721, 817, 835, 878, 880, 939, 945
ドストエフスキー　Dostoïèvski　10, 186, 254, 260, 291, 381, 413, 435, 436, 481, 492, 563, 592, 636, 663, 747, 830, 833, 834, 836, 837, 841, 863,

883, 908, 928, 940, 957
トックヴィル　Tocquville　50, 576, 577, 578, 582, 584
ドーデ　Daudet, Léon　194
トート　Toth, Imre　722
ドノエル　Denoël, Jean　548
トーブ　Taubes, Jacob　364, 369
ド・ブロイ　de Broglie, L.V.　943
トマ　Thomas, Henri　406
トマス（聖）　saint Thomas　620
トマス　Thomas, Dylan　243, 257
トマス・アキナス　Thomas d'Aquin　295, 746, 787
ドーマル　Daumal, René　621
トラークル　Trakl, Georg　354, 814, 917
トラヤヌス　Trajan　40
ドリヴェ　d' Olivet, Fabre　555
ドリュ・ラ・ロシェル　Drieu, La Rochelle　461
トルストイ　Tolstoï, Léon　149, 157, 167, 172, 173, 174, 175, 186, 228, 245, 274, 286, 341, 436, 447, 458, 663, 667, 676, 698, 750, 988
ドレ夫人　Mme Doré　752
トロツキー　Trotski, Léon　1000

ナ行

ナーガールジュナ──→竜樹
ナハマン（ラビ）　rabbi Nachman　621
ナポレオン　Napoléon, B.　5, 56, 86, 233, 257, 263, 287, 392, 550, 554, 592, 625, 629, 637, 658, 693, 703, 732, 834, 844, 901, 916, 945
Joseph　916
ナマチアヌス　Namatianus　261
ニクソン　Nixon, R. M.　817
ニコライ一世　Nicolas I　632
二世　Nicolas II　964
ニコル　Nicole, Pierre　617, 618
ニーチェ　Nietzsche　31, 50, 101, 104, 110, 199, 201, 247, 259, 291, 319, 323, 325, 328, 363, 369, 387, 397, 400, 406, 413, 441, 478, 492, 495, 524, 535, 579, 581, 634, 647, 661, 666, 669, 693, 709, 754, 756, 757, 758, 762, 763, 769, 770, 773, 775, 776, 778, 792, 804, 814, 861, 867, 887, 902, 913, 917, 939, 969, 978, 984, 986, 1003
ニューマン　Newmann, Hans　529
ネチャーエフ　Netchaïev, S. G.　195, 823
ネネア　Nenea, Ion　864, 920
ネモ　Nemo, Maxime　293, 517, 609, 822
Yvonne　822
ネルウァ　Nerva, M. Cocceius　577
ネルヴァル　Nerval, G. de　978
ネロ　Néron　185, 598, 602, 665, 751, 891, 954
ノイカ　Noïca, Constantin　75, 570, 621, 651, 719, 736, 786, 959, 994, 995
ノヴァーリス　Novalis　149, 212, 416, 479, 687

ハ行

ハイデガー　Heidegger　210, 274, 363, 397, 434, 460, 495, 499, 500, 620, 634, 658, 667, 675, 676, 679, 727, 736, 760, 761, 804, 838, 917, 918
ハイドン　Haydn　592, 632
ハイネ　Heine　128, 396
バイロン　Byron　122, 182, 434, 594, 643, 883
バウアー　Bauer, Felice　947
パヴェーゼ　Pavese, Cesare　988
パヴェル　Pavel, Sorin　755, 756, 920
ハウシェル　Hausherr, Irénée　866
ハウプトマン　Hauptmann, G.　778
パウロ（聖）　saint Paul　10, 27, 217, 310, 314, 340, 534, 566, 654, 664, 740, 828, 870, 994
パウロ六世　Paul VI　782,
パガニーニ　Paganini　768
バシレイオス（聖）　saint Basile　725
パス　Paz, Alvarez de　529
パス　Paz, Octavio　702
パスカル　Pascal, Blaise　32, 38, 50, 86, 89, 97, 98, 107, 131, 134, 151, 155, 201, 260, 268, 284, 287, 291, 319, 375, 443, 471, 536, 581, 592, 606, 609, 618, 634, 658, 668, 686, 695, 697, 716, 820, 852, 881, 903, 925, 935, 963, 969, 984, 988
Jacquline　45, 107, 134
パステルナーク　Pasternak　760
パゼイロ　Paseyro, Ricardo　744
バタイユ　Bataille, G.　104, 296, 371, 957
バッハ　Bach, J. Sebastian　56, 74, 78, 86, 106, 109, 157, 176, 260, 300, 345, 481, 485, 526, 541, 552, 566, 567, 568, 587, 655, 656, 657, 682, 690, 693, 694, 695, 711, 717, 721, 722, 724, 744, 745, 747, 751, 768, 771, 786, 812, 813, 818, 821, 829, 891, 892, 899, 930, 940, 941, 944, 945, 949, 954
Anna-Magdalena　693
Friedemann　815

ハドリアヌス　Hadrien　406
バートン　Burton, Robert　29
パニカール　Panikkar, K. Madhava　636
ハーフェズ　Hafez, Mounir　507, 567
パラケルスス　Paracelse　264
パラマス　Palamas, Gregoire　870
バーラン　Balan, Ion　838
　　George　518, 597
バルザック　Balzac　85, 116
バール＝シェム　Ba'al-Chem　350
バルト　Barth, Karl　586
バルト　Barthes, Roland　382, 499, 927, 959
ハルトマン　Hartmann, Nicolai　761
バルビュス　Barbusse, Henri　841
バルブ　Barbu, Eugen　377
　　Ion　96, 498
　　Marga　372
パルロ　Parlo, Dita　986
パレオローグ　Paleologue, Alexandre　614
バレス　Barrès, Maurice　126, 197, 545, 760
パレストリーナ　Palestrina　75
バレンボイム　Barenboim　631
バロー　Barrault, J. -Louis　769

ピアティエ　Piatier, Jacquline　364, 796, 798
ヒエロニムス（聖）　saint Jérôme　604
ピカソ　Picasso　444, 477, 511
ビスマルク　Bismark　476
ピタゴラス　Pythagore　47
ビーチ　Beach, Sylvia　109
ピッキー──→ポゴヌーニュ
ピトエフ　Pitoeff, Ludmilla　768
ヒトラー　Hitler　141, 152, 225, 258, 300, 359, 364, 410, 430, 445, 476, 573, 635, 739, 820, 842, 858, 859, 876, 890, 891, 917, 998
ヒポクラテス　Hippocrate　19, 234
ヒメネス　Jimenez, J. Ramon　953
ビュホン　Buffon　133
ヒューム　Humc　28, 220, 375, 630, 903, 928, 930
ピュロン　Pyrrhon　374, 378, 526, 527, 537, 593, 602, 880, 921
ピラト　Pilate　764
ピール　Peer, Robert　472
ピルデュスキー　Pildusky　820
ビロー　Birault　298
ヒンダス　Hindus, Milton　841, 848
ピンダロス　Pindare　56

フアッド＝エル＝エトル　Fouad-El-Etre　719
ファラリス　Phalaris　736
ファン・ヴェルデ　Van Velde, J.　492, 752
ファン・ゴッホ　Van Gogh　121, 343, 709, 984
ファン・ロイスブルーク──→ルスブローク
フィシャー＝バルニコル　Fischer-Barnicole　737
フィディアス　Phidias　896
フィーニー　Fini, Léonor　362
フィヒテ　Fichete, J. G.　861
プエク　Puech, H. -Ch.　3, 6
フェステュジエール　Festugière, A. -J.　817, 845
フェヌロン　Fenelon　244, 268
フェリペ二世　Philippe II　304, 789
フェルメール　Vermeer　428
フォークナー　Faulkner, William　93
フォッシュ　Foch, Ferdinand　781
フォラン　Forain, J. -L.　816
フォルトナーゲル　Fortnagel, Lucas　601
フォーレ　Fauré, Gabriel　589
フォンダーヌ　Fondane, Benjamin　697, 981
フォントネル　Fontenelle　270, 356, 357, 490, 805, 935
フォン・マッセンバッハ　von Massenbach　529
フーコー　Foucault, Michel　495, 500
プージェ神父　père Pouget　358
ブッソッティ　Boussotti, Sylvano　869
フッサール　Husserl, Edmund　201
仏陀　31, 76, 117, 122, 240, 263, 270, 293, 307, 326, 348, 374, 380, 396, 421, 470, 486, 487, 502, 526, 537, 538, 566, 573, 602, 701, 739, 744, 747, 751, 764, 774, 806, 811, 874, 875, 878, 902, 962, 971, 994, 1003
ブーニン　Bounine, I. A.　354
ブーヌール　Bounoure, Gabriel　677
ブーバー　Buber, Martin　319, 525, 526
ブラウアー　Brauer, Jerry　510, 843, 936
ブラウン　Braun, Eva　445
ブラウン　Brown, Fred　375
ブラガ　Blaga, Lucian　124, 498
ブラジヤック　Brasillack, Robert　796

ブラッドレー　Bradley, F. H.　353
プラトン　Platon　335, 351, 363, 419, 537, 641, 642, 820, 845, 875
ブラームス　Brahms　717
ブランヴィリエ侯爵夫人　Brinvilliers, marquise de　64, 510
フランシェ　Francher, Mollie　882
ブランシュフェルド　Branchfeld, Oliver　519, 520
ブランショ　Blanchot, Maurice　104, 296, 359, 450, 509, 544, 621
フランチェスコ（聖）　saint François　742
ブラント　Brandt, Willy　913
フーリエ　Fourier, Charles　186, 927, 928
ブリタニクス　Britanicus　751
フリードリヒ二世　Frédéric II　573, 615
プリニウス　Pline　40, 307
ブリュノ　Brunot, F.　552
ブール　Bour, Jacquline　548
ブールジェ　Bourget, Paul　440
フルシチョフ　Khrouchtchev, N. S.　481
プルースト　Proust, Marcel　114, 145, 260, 289, 292, 359, 381, 435, 535, 569, 678, 810, 841, 882, 958
ブルータス　Brutus　403
プルタルコス　Plutarque　102, 111, 112, 736
ブルトン　Breton, André　419, 492, 493, 762, 926, 927
フルンゼティ　Frunzetti, Ion　516
ブレ　Bré, Germaine　668
プーレ　Poulet, Georges　249
ブレアル　Bréal, Michel　679
ブレイク　Blake, Patricia　862
ブレイク　Blake, William　109, 574, 729, 770
ブレジネフ　Brejnev, L. I.　963
フレヒトマン　Frechtmann, Bernard　474, 833
フロイト　Freud, Sigmund　206, 213, 278, 462, 499, 514, 630, 688, 690, 691, 719, 787, 795, 842, 914, 915, 916, 979
ブローク　Blok, Aleksandr　11, 214, 219, 614, 711, 1005
フロサール　Frossard, André　835
ブロッホ　Broch, Ernst　677
ブロッホ　Broch, Hermann　667
プロティノス　Plotin　338, 636, 637, 666, 970
フローベール　Flaubert, G.　294, 989
フロリス　Flore, Joachim de　870
ブロワ　Bloy, Léon　239, 425, 426, 428, 440, 443, 492, 896
ブローン　Brawne, Fanny　171
ブロンテ　Brontë, Brawell　264
　　Emily　97, 430, 674, 993, 1001
フンク＝ブレンターノ　Funk-Brentano　314
ベイリー　Bailey, Benjamin　415
ベガン　Beguin, Albert　774
ペギー　Péguy, Charles　864
ベケット　Beckett, Samuel　364, 409, 410, 481, 606, 612, 717, 729, 755, 757, 774, 796, 797, 807, 812, 813, 814, 829, 849, 851, 886, 923, 1006
　　Suzanne　729, 797, 812, 813, 829, 849, 1006
ヘーゲル　Hegel　83, 190, 351, 397, 505, 555, 581, 671, 688, 746, 761, 780, 861, 870, 919, 949, 954, 955
ベーコン　Bacon, Francis　965
ヘシオドス　Hésiode　652, 671, 821, 829, 919
ペソーア　Pessoa, Fernado　667, 791
ペタン　Pétain, Philippe　792
ヘッカー　Haecker, Th.　677
ベートーヴェン　Beethoven　527, 782
ベーメ　Böhme, Jacob　76
ベラヴァル　Belaval, Yvon　792
ヘラクレイトス　Héraclite　38, 454, 460, 629, 818
ペラン神父　père Perrin　210
ベリオ　Berio, Luciano　562
ヘリゲル　Herigel, Gusty　360, 363
ベルク　Berg, Alban　106
ベルグソン　Bergson, Henri　108, 135, 369, 389, 828, 954
ベルジャーエフ　Berdiaev, Nicolas　798, 823
ヘルダーリン　Hörderlin　173, 224, 273, 363, 418, 495, 581, 714, 940, 955
ヘルツ　Herz, Henriette　120
ヘルマス　Hermas　617
ベルマン　Berman, Antoine　687
ヘレスク　Herescu, N. I.　506
ヘロスタラトス　Érostrate　454
ヘロドトス　Hérodote　79, 919
ベン　Benn, Gottfried　195, 198, 445
ベン・アル＝ハンマラ　Ben al-Hammara　182

ベンダ　Benda, Julien　329
ヘンデル　Händel　24, 192, 205, 437, 485, 517, 537, 551, 655
ベンボ枢機卿　cardinal Bembo　314

ホイスラー　Whistler, J. MacNeill　537
ポゴヌーニュ　Pogoneaunu, Picky　70, 648
ボシュエ　Bossuet　181, 268, 480, 492, 703
ボスケ　Bosquet, Alain　364, 617, 732, 796
菩提達磨　631
ボードレール　Baudelaire　33, 46, 89, 97, 181, 201, 216, 223, 242, 245, 254, 290, 291, 309, 486, 515, 523, 525, 622, 685, 686, 726, 728, 857, 928, 935, 939, 940, 942, 961, 984, 1004
ボナヴェントゥラ（聖）　saint Bonaventure　52
ボナール　Bonnard, Pierre　477
ボノー　Bonneau, Georges　313
ポパ　Popa, Vasco　838
ポプキンズ　Hopkins, Mary　674
ホーフマンスタール　Hofmannsthal　808
ポペスク　Popescu, Mircea　673
Stere　557
ボーマン（飛行士）　Borman　656
ホメーロス　Homère　266, 344, 409, 521, 644, 652, 919
ボーモン夫人　Beamont, Mme de　45
ポーラン　Paulhan, Jean　43, 266, 267, 481, 521, 620, 621, 645, 661, 722
ポルフュリオス　Porphyre　636, 637, 666, 970
ボルヘス　Borges, J. Luis　408, 411, 794
ボレル　Borel, Jacques　748
ホワード　Howard, Jane　582
ボワロー　Boileau, Nicolas　523, 633
ボンディ　Bondy, François　892
ポンペイウス　Pompée　199, 730

マ行
マイトナー　Meidner, Ludwig　821
マガロフ　Magaloff, Nikita　618
マグヌス──→アルベルトゥス
マシス　Massis, Henri　618
マシューズ　Mathews, Jackson　409, 414, 558, 560, 598
Marthiel　411, 501
マスイ　Masui, Jacques　706
マテーイ──→カザク
マニ　Mani　217
マニャン　Magnan, Henry　290, 291
マホメット　Mahomet　137, 704
マヤコフスキー　Maïakovski　93
マラー　Marat, J. -P.　63, 835, 889
マラルメ　Mallarmé, Stéphane　169, 171, 173, 488, 537, 538, 544, 547, 549, 563, 634, 825, 838, 935, 942
マルキオン　Marcion　27, 150
マルクス　Marx, Karl　182, 499, 818, 828, 919
マルクス・アウレリウス　Marc Aurèle　10, 56, 154, 155, 156, 188, 267, 319, 323, 326, 377, 378, 471, 572, 718, 800, 817
マルクーゼ　Marcuse, Herbert　756
Ludwig　756
マルセル　Marcel, Gabriel　298, 445, 551, 597, 618, 697, 732, 734, 736, 737, 746, 821, 854
マルチェッロ　Marcello, Benedetto　228, 524
マールブランシュ　Malebranche, N. de　268
マルロー　Malraux, André　939
マン　Mann, Thomas　458, 617, 778, 916
マンディアルグ　Mandiargues, Bona　701
マントノン夫人　Maintenon, Mme de　420, 576, 809, 893
マン・レイ　Man Ray　576
ミカル（ラビ）Mikhal, Jehiel　399
ミケランジェロ　Michel-Ange　916
ミショー　Michaux, Henri　481, 510, 619, 641, 654, 750, 795, 816, 818
ミッシ　Mish, G.　42
ミュゼリ　Muselli, Jean　557, 559, 608
ミュニエ　Munier, Roger　963
ミュラー　Müller, Max　312
ミラボー　Mirabeau, comte de　301
ミレナ──→イエセンスカ

ムカールジィ　Mukcrdji,　456
ムージル　Musil, Robert　212, 280, 543
ムンク　Munch, Edvard　821
ムンテアヌ　Munteanu, Basile　997

メイエ　Meillet, Antoine　384
メサディエ　Messadier　744
メシアン　Messiaen, O.　25
メーストル　Maistre, Josef de　305, 686, 723, 849

メッテルニヒ　Metternich　629, 703
メーテルランク　Maeterlinck　677, 774
メーヌ・ド・ビラン　Maine de Biran　754, 907
メネトリエ　Menetrier, Jean　851
メレジコフスキー　Merejkovski, D. S.　848
メレディス　Meredith, George　836

毛沢東　697
モーツァルト　Mozart　64, 116, 130, 282, 288, 360, 529, 588, 625, 631, 632, 634, 672
モノー　Monod, Jacques　975
モーラス　Maurras, Charles　329, 792
モーラン　Morand, Paul　841
モランテ　Morante, Nunez　70, 293, 678
モーリヤック　Mauriac, François　834, 835, 858, 982
モリエール　Molière　801
モリノス　Molinos, M. de　894
モルティマー　Mortimer, Raymond　377
モーロワ　Maurois, André　745
モンターギュ夫人　Lady Montagu　311
モンテヴェルディ　Monteverdi　453, 525
モンテスキュー　Montesquieu, Ch. de Scondat 310, 857
モンテスパン夫人　Montespan, Mme de　24, 447
モンテーニュ　Montaigne　32, 182, 364, 423, 471, 609, 716, 971
モンテルラン　Montherlant, H. de　1000
モントクリュルスキー　Montchrulski　833
モンネ　Monnet, Paul　753
モンロー　Monroe, Marilyn　499

ヤ行

ヤーコブ　Jacobs, J. P.　379
ヤスパース　Jaspers, Karl　675
ヤノホ　Ianouch, Gustav　463
ユウェナリス　Juvenal　283
ユゴー　Hugo　31, 85, 185, 914
ユリアヌス　Julien　460
ヨセフス　Josephe, Flavius　693
ヨハネ（十字架の）　Jean de la Croix　321
ヨブ　Jobe　10, 59, 240, 250, 438, 619, 689, 745, 759, 776, 793, 880, 883, 884
ヨルガ　Iorga, Nicolae　752

ラ行

ライスナー　Reisner, Erwin　368, 369, 397, 443
ライプニッツ　Leibniz, G. W.　132, 615, 754
ラーヴァター　Lavater, J. Kaspar　514
ラ・ヴァレ＝プーサン　La Vallée-Poussin, L. de　471
ラヴァリエール嬢　Lavallière, Mlle de　24
ラヴィツ　Rawicz, Piotr　343, 515, 662, 733, 845
ラヴクラフト　Lovecraft, H. P.　808
ラカン　Lacan, Jacques　458
ラシーヌ　Racine, Jean　178, 423, 499
ラス・カーズ　Las Cases　86
ラスキン　Raskin, John　892
ラスプーチン　Raspoutine　512, 963, 964
ラッセル　Russell, Bertrand　298, 317, 656, 801, 948
ラーナー　Rahner, Karl　620
ラニョー　Ragneau, Jules　915
ラパラン　Lapparent, Pierre de　827, 921
ラファイエット夫人　Lafayette, Mme de　610
ラファエロ　Raphaël　224
ラフマニノフ　Rachmaninov, S. V.　661
ラブリオール　Labriole, Pierre de　63
ラ・ブリュイエール　La Bruyère　107
ラーマクリシュナ　Ramakrishna　456, 458, 811
ラーマナ・マハルシ　Ramana Maharshi　800, 848
ラマルチーヌ　Lamartine, A. de　578, 939
ラムネー　Lamennais, F. R. de　151
ラ・レイニエール　La Reynière, G. de　311
ラ・ロシュフーコー　La Rochefoucauld　16, 107, 146, 153, 266, 306, 345, 347, 383, 542, 554, 589, 590, 681, 724
ランク　Rank, Otto　770
ランセ　Rancé, Le Bouthillier　28, 333, 960
ランドン　Random, Michel　811
ランボー　Rimbaud, Arthur　176, 300, 341, 360, 432, 439, 492, 493, 581, 802, 921, 929, 969, 1003, 1004
リヴァロル　Rivarol　137, 294, 401, 814
リヴィエール　Rivière, Jacques　759
リチャードIII世　Richard III　793
リッチ　Ricc, Ruggiero　771
リバデネイラ師　père Ribadeneira　30
リーベルマン　Liebermann, Max　811
リュイセイラン　Luysseyrand　391

竜樹　488, 490, 541, 1005
リーニュ公　Ligne, prince de　537
リヒテンベルク　Lichtenberg, G. C.　350
リルケ　Rilke, R. M.　55, 74, 118, 186, 194, 245, 332, 445, 492, 564, 694, 895, 976
ルイ十四世　Louis XIV　583, 728, 893
ルイ十六世　Louis XVI　907, 964
ルイス・フェルディナント　Louis-Ferdinand　120
ルヴェルディ　Reverdy, Pierre　149
ルキアノス　Lucien　283
ルクレティウス　Lucrèce　75, 153, 181, 222, 246, 733, 734
ルージチコーワ　Ruzickova, Zuzana　432
ルジャンドル　Legendre, Maurice　232
ルスブローク　Rusbrock　231
ルーズベルト　Roosevelt, F. D.　192, 859, 972
ルソー　Rousseau, J. -J.　103, 122, 166, 182, 253, 264, 471, 572, 666, 928, 942
ルター　Luther　75, 140, 155, 215, 339, 340, 606, 607, 943, 948, 966
ルドルフ　Rodolphe de Hapsbourg　380
ルナン　Renan, E.　752
ルネヴィル　Reneville, R. de　96, 107, 429
ルネリュ　Leneru, Marie　795
ルパスコ　Lupassco, Stephane　278, 759
　　　　Yvonne　732
ル・ブラ　Le Braz, Anatole　879
ルメートル　Lemaitre, Jules　85, 499

レヴィ＝ストロース　Lévi-Straus, Claude　913
レヴィナス　Levinas, Emmanuel　902
レヴィン　Levin, Rahel　120
レオ十世　Léon X　314
レオパルディ　Leopardi, Giacomo　333, 366, 389, 486, 495, 508, 982, 984
レス枢機卿　Retz, cardinal de　589
レスピナス　Lespinasse, Mlle de　1, 327
レーナウ　Lenau, Nikolaus　761
レニエ　Régnier, H. de　537
レーニン　Lénine　838, 860, 902, 909, 943, 963, 986, 987
レーミゾフ　Remizov, A. M.　689, 690
レミュザ夫人　Rémusat, Mme de　393, 429
レールモントフ　Lermontov, M. I.　74, 263
レンブラント　Rembrandt　431, 794
老子　121, 293, 313, 745, 867, 881
ローザノフ　Rozanov　161, 202
ロシュフォール　Rochefort, Henri　85
ロスタン　Rostand, François　925
　　　　Jean　925
ロストプシーン　Rostopchine, F. V.　431
ロチ　Loti, Pierre　85, 925
ローデ　Rhode, Erwin　775
ロディティ　Roditi, Georges　720
ロートレアモン　Lautréamont　642
ロバン　Robin, Armand　570, 670, 891
ロベスピエール　Robespierre　471, 557, 844, 943
ロベール　Robert, Marthe　690, 691
ローラン　Laurent, Méry　538
ロルカ　Lorca, F. Garcia　200
ロルフェ　Rolfe, Frederick　432
ロワ　Roy, Claude　982
ロワイエ＝コラール　Royer-Collard, P. P.　576

ワ行

ワイルド　Wilde, Oscar　471
ワーグナー　Wagner, Richard　247, 634, 647
ワッツ　Watts, A. W.　279
ワーズワース　Wordsworth, William　124

# シオラン略年譜

1911年

4月8日，現ルーマニア領トランシルヴァニア南部の山村ラシナリに，三人姉弟の第二子とし生まれる。洗礼名はエミール（Emil)。姉ヴィルジニアは08年生まれ，弟アウレルは13年生まれ。父エミリアンは村の司祭，母エルヴィラ（旧姓コマニシュ）は，地方の公証人を父にもつ裕福な市民階層の出身である。

当時，トランシルヴァニアはオーストリア＝ハンガリー帝国領であった。

1914年（3歳）

7月，第一次大戦勃発。エミールの両親は，ハンガリー当局によってそれぞれオーストリア国境の町に，大戦終結の18年まで強制移住させられる。この間，三人の子供は，祖母と叔母の手で育てられた。

1916年（5歳）

夏，倦怠についてはじめて意識的経験。「私は，私が五歳だったあの夏の日の午後，自分の目の前で世界が空無と化してゆくのを見た，あの午後に生まれたのだ。」(『カイエ』)。

8月，ルーマニア，オーストリア＝ハンガリーに対し宣戦布告。

1917—20年（6—9歳）

村の学童として「王冠を戴いた幼年期」(同上）を過ごす。「もし楽園という言葉に意味があるとすれば，それは私の人生のあの時期にぴったりです。」(アウレル宛て手紙)

11月，ロシアで十月革命，レーニン，政権掌握。

18年11月，第一次大戦終結。12月，ルーマニア国王，トランシルヴァニアの併合を布告。

20年6月，トリアノン条約締結。これにより，トランシルヴァニアはルーマニアの領土となり，いわゆる「大ルーマニア」が成立。

1921—23年（10—12歳）

9月，シビウのリセに進学のためラシナリを去り，サクソン人のペンションに寄宿。〈楽園〉からの追放，〈根こぎ〉の経験。「両親が私を町のリセに連れてゆくために私を馬車に乗せた日，あの日のことは忘れられません。それは私の夢の終わった日，私の世界が潰え去った日でした。」(『対談集』)

5月，ルーマニア共産党創設。23年3月，クザ，ファシスト団体「国家キリスト教擁護連盟」を結成。

1924—27年（13—16歳）

父エミリアン，シビウの府主教参事官に昇進。エミールはペンションから，裁判所通り28番地の「ポーチつきの立派な中流階級ふうの家」に移る。

このころから読書に熱中。「若いときは，膨大な量の本を読みました。それは一種の病気，遁走でした。読書というものが生からの遁走だとすれば，まさにそのようなものでした。」(『対談集』）当時の学習ノートには，エミネスク，ディドロ，バルザック，タゴール，ソロヴィヨフ，リヒテンベルク，ドストエフスキー，フローベール，ショーペンハウアー，ニーチェなどからの丹念な抜き書きが残されている。

4月，共産党非合法化される。27年6月，コドレアヌ，「鉄衛団」の前身「大天使ミハイル軍団」を創設。

**1928—31年（17—20歳）**

９月，バカロレア試験に合格。10月，ブカレスト大学文学部に入学。「ブカレストにはじめて住むことになったころ（1928—29）のことを思い返した。なんと貪欲だったことか！　本へのなんという渇望！　友人はひとりもいなかった。本を読むことが私の生活だった。まるで本など読んだことのない人のように私は読んだものだ。……私はだれとも言葉を交わさずに生きていた。私の辞書には他人という語彙はなかった。」（『カイエ』）読書の主な対象は，カント，ヘーゲル，ショーペンハウアー，ニーチエ，ジンメルなど，ドイツの哲学者だったが，なかでも特にヴァイニンガーの『性と性格』に強い衝撃を受ける。また当時，「生の哲学」との関連で知識人階層に広く読まれていたキルケゴール，ベルグソン，シェストフなどにも並々ならぬ関心をそそいでいた。

大学在学中，終生の友人となるエリアーデ，イヨネスコ，ノイカなどを知る。また大学の論理学と形而上学の教授で，「鉄衛団」のイデオローグでもあったナエ・イオネスクに大きな影響をうける。

29年10月，世界大恐慌。30年春，「大天使ミハイル軍団」，「共産主義との戦いを目的とする」軍事組織として「鉄衛団」に改組。

**1932年（21歳）**

６月，論文「ベルグソンの直感主義」を提出，学士号を取得。「ヴレメア」，「ガレンダルール」など当時の有力誌に，「生の哲学」の立場（「当時の私の神であった〈生〉」）から精力的に論文を発表する。〈生〉の名において理性を批判し，〈生〉の高揚に世界〈再生〉の契機を見届けようとする考えは，政治的には反民主主義的，反議会主義的な考えと通底する。

７月，総選挙でナチス，第一党となる。

**1933年（22歳）**

シビウで，執拗な不眠に苦しみながら第一作『絶望のきわみで』を書く。９月，フンボルト財団の奨学金を得てドイツに留学（35年７月まで，ほぼ２年間）。この間，ドイツ哲学の現状報告，ドイツとフランスの比較文化論，さらには熱烈なヒトラーおよびナチ称賛（「現代の世界の政治家でヒトラーほど私に共感と感嘆の念をいだかせる政治家はいない」）を含む15本ほどの論文を雑誌「ヴレメア」に書き送る。「1933年から35にいたる年月のことを思う。当時，私を見舞った錯乱のことを，途方もない野望のことを，政治的熱狂のことを……思う。……私は疲れを知らぬ狂人だった。」（『カイエ』）

１月，ヒトラー，政権掌握。12月，ルーマニアの首相ドゥカ，鉄衛団員によって射殺される。

**1934年（23歳）**

『絶望のきわみで』，カロル２世王立財団出版から刊行され，アカデミー・ロワイヤル賞を受ける。

**1935年（24歳）**

７月，ドイツから帰国。哲学の教授資格を取得。10月，ブラショフのリセに奉職（36年10月まで）。『欺瞞の書』を，また翌年にかけて『涙と聖者』を書く。「ルーマニア語で『欺瞞の書』を書いていたとき（25歳か？），極度の高揚のうちに生きるあまり，私は自分が宗教の創始者になるのではないかと文字どおり恐れたほどだった。……ベルリンで，そしてミュンヘンで，私は何度かエクスタシーを経験した――それはいつまでも私の生の頂点でありつづけるだろう。」（『カイエ』）「ブラショフで『涙と聖者』を書いていた，あの冬（1937年か？）のことを思う。……なんと孤独だったことか！　それは私の，挫折に終わる嘆きの生が頂点に達した時だった。」（同上）

７月，人民戦線成立（仏）。

1936年（25歳）
『欺瞞の書』，ブカレストで刊行される。この年の下半期に，『ルーマニアの変容』を書く。この反民主主義，反議会主義，反ユダヤ主義的主張を盛った問題の書は，「鉄衛団」系の出版社ヴレメア社から刊行されると，半年で初版が売り切れる。
7月，スペイン内乱起こる。
1937—39年（26—28歳）
9月，ブカレストのフランス学院から奨学金を得て，フランスに留学。ソムラール街13番地，ホテル・マリニアンに投宿。以後，短期間の一時帰国を除いてパリで生涯を過ごす。「私は……1937年パリに来ました。論文を書く約束でしたが，これはしかしまったく形式的な約束で，実際，私は本気で仕事をしてみようと思ったことなどこれっぽちもありませんでした……」（『対談集』）。大学の講義にはほとんど出席せず，折をみては自転車でフランス国内を周遊。フランスを「脚にたたき込む」。
『涙と聖者』，ブカレストで刊行される。
38年2月，カロル2世，全権力を掌握。国王独裁が始まる。11月，「鉄衛団」の指導者コドレアヌ，射殺される。相互のテロ激化。
39年9月，英仏両国，対独宣戦布告，第二次世界大戦始まる。
1940年（29歳）
秋，一時帰国。断章集『思想の黄昏』がシビウで刊行される。この年から44年にかけて，パリでルーマニア語による最後の断章集『敗者の祈禱書』を書く。
7月，ヴィシー政権成立。9月，カロル2世退位。アントネスク元帥，「国家指導者」となり，以後44年8月まで，ルーマニアは彼の独裁体制のもとに置かれる。
1941—46年（30—35歳）
春，ルーマニアから占領下のパリに戻る。再び40年以前の奨学生の「不毛の」生活をはじめる。このころ，ルーマニア出身のユダヤ人バンジャマン・フォンダーヌを知る。
42年，シモーヌ・ブエと知る。以後，半世紀以上にわたり生活を共にする。
44年3月，ナチ秘密警察に逮捕されたフォンダーヌの釈放にジャン・ポーランらと奔走。10月3日，フォンダーヌ，アウシュヴィッツに死す。
44年6月，連合軍ノルマンディ上陸作戦。8月，パリ解放。
45年5月，ドイツ降伏。
1947年（36歳）
夏，ディエップ近くの村に滞在中，フランス語で書くことを決断する。パリに戻り，「ルーマニア語への認識を深めただけだった不毛の10年」に決別すべく，『崩壊概論』の第一稿を書く。書き直すこと4回，2年後の49年，ガリマール社から刊行される。初版2000部。売れ行きははかばかしくなかったが，クロード・モーリヤック，モーリス・ナドーなどの好意的な書評に迎えられ，翌50年にはリヴァロル賞を受ける。
12月，国王ミハイ退位。王政は廃止され，ルーマニアは人民共和国となる。
1948年（37歳）
弟アウレル，「反共陰謀」の嫌疑で逮捕され，7年の禁固刑に処せられる。このころ詩人パウル・ツェランを知る。
1952年（41歳）
断章集『苦渋の三段論法』刊。さっぱり売れず，版元のガリマールでは絶版が検討される。「『三段論法』を面白いと思っているのは若者だけだよ。友人をはじめほかの連中は，軽薄な，取るに足りないものと思っている。……」（アウレル宛て手紙）
1953年（42歳）

ツェラン訳によるドイツ語版『崩壊概論』，ローボルト社から刊行される。すぐれた翻訳であったにもかかわらず，ドイツの読書界からはほとんど黙殺される。

３月，スターリン没。

**1956年**（45歳）

『実存の誘惑』刊。クロード・モーリヤック，アラン・ボスケ，クロード・エルセンなどの絶賛（「このシオランの本の出版に匹敵するような事件は，おそらくここ20年，いや30年，知的世界にはなかった」）にもかかわらず，本はほとんど売れない。

２月，フルシチョフ，秘密報告でスターリン批判。11月，ハンガリー事件。

**1957年**（46歳）

サント＝ブーヴ賞を辞退。６月，現在『カイエ』として知られるノートを書きはじめる。このノートは72年11月まで断続的に書き継がれ，シオランの死後，97年にガリマール社から刊行される。

12月18日，父エミリアン死去。

『ジョゼフ・ド・メーストル選文集』に序文を寄せる。

**1960年**（49歳）

『歴史とユートピア』刊。ユートピア幻想の病理を暴いたこの予言的な本は，「コンバ賞」に推されたが（のち辞退），〈参加〉の時代とあって，一方では時代錯誤の書（ジャン・ドゥヴィニョー）として批判される。

オデオン街21番地に「７階のアパルトマン」を手にいれる。

１月，カミュ事故死。

**1964年**（53歳）

『時間への失墜』刊。「『時間への失墜』の最後の７ページ，これは私が書いた一番いいもので，ことのほか愛着があります。書くのにえらく苦労しましたが，一般には理解されませんでした。私の考えでは，この本は，自分にもっとも関心のあるものを書いた，もっとも個人的なものです……」（シルヴィ・ジョドーとの対談）。

**1966年**（55歳）

夏のヴァカンスを，前年と同じように，地中海の島イビサで過ごす。日録ふうのノート『カイエ・ド・タラマンカ』を書く（2000年，メルキュール・ド・フランス社から刊行される）。

10月18日，母エルヴィラ，シビウで死去。11月24日，姉ヴィルジニア死去。

中国に文化大革命起こる。フーコー『言葉と物』。

**1967年**（56歳）

５月，出口裕弘訳『歴史とユートピア』刊。これにより少数ながら熱心な読者を日本に得る。英訳版『実存の誘惑』，米国で刊行される。

12月，チャウシェスク党書記長，国家元首を兼任。

**1968年**（57歳）

２月，「ヴァレリーとその偶像」を書き上げる。

５月，「５月革命」起こる。８月，チェコ事件。

**1969年**（58歳）

『悪しき造物主』刊。「ル・モンド」紙，見開き２ページにシオラン関係の記事を掲載。ガブリエル・マルセルなどが寄稿する。12月，「ヴァレリーとその偶像」，「ハドソン・レヴュー」に掲載される。

４月，ド・ゴール大統領辞任。７月，宇宙船アポロ月面着陸。

**1970年**（59歳）

２月，「カイヨワ――鉱物の魅惑」を書く。４月，「ベケット――何度かの出会い」を書く。４月，パウル・ツェラン，セーヌ川に投身自殺。
1972年（61歳）
『涙と聖者』のルーマニア語版，パリで再販される（仏訳の刊行は86年）。６月，旧友のディヌ・ノイカと再会。
1973年（62歳）
『カイエ』から採った断章集『生誕の災厄』が刊行される。「……考察だの，挿話だのの寄せ集めで，まあ，よくも悪くもない代物だよ……」（アウレル宛て手紙）。
スペイン語版『崩壊概論』刊。「『概論』がスペインで，それも左翼連中のあいだで評判がいいのは，このところ絶えてなかった驚きで，悪い気はしないよ」（同上）。
４月，ベトナム戦争終結。10月，第４次中東戦争勃発。
1974年（63歳）
６月，『悪しき造物主』，スペインで発禁処分。「……この本が無神論的で，瀆神的で，反キリスト教的だというんだよ。異端審問所は死んではいないんだね」（同上）。
３月，ルーマニア，大統領制を導入。チャウシェスク独裁体制確立。
1976年（65歳）
『三段論法』のペーパーバック版が刊行される。予想に反する売れ行きを見せる。
1977年（66歳）
ジョゼフ・ド・メーストル選文集への序文，『反動思想試論』として刊行される。ニミエ賞を辞退。
３月，ブカレスト地方に大地震発生。
1979年（68歳）
『四つ裂きの刑』刊。「……パリで本を書いてきてそろそろ30年になるけど，ほんとうのことを言うと，評判になった本など一冊もないんだよ。ところが，今度の本は他の本に比べて特別すぐれているわけでもないのに，みんなが話題にするような始末……」（アウレル宛て手紙）。
１月，米中国交樹立。ソ連軍，アフガニスタンに侵攻。
1985年（74歳）
アテネのフランス文化センターの招きに応じて同市に赴き，講演。ギリシア各地を巡る。３月，ゴルバチョフ，ソ連共産党書記長に就任。
1986年（75歳）
『オマージュの試み』刊。「レックスプレス」誌に，「もっとも陽気なわれらが絶望の師」として，２ページにわたる紹介記事が掲載される。
４月，チェルノブイリ原発事故。12月，サハロフ，国内流刑処分解除。
1987年（76歳）
『告白と呪詛』刊。『三段論法』が20年間にわずか500部しか売れなかったのに，一挙に３万部売れる。「屈辱的な成功」の年。
1988―89年（77―78歳）
フランス語版『絶望のきわみで』刊。４月17日，服毒自殺のデマがとぶ。
89年11月，東独，国境を開放。「ベルリンの壁」実質撤廃。12月，ブカレストで反チャウシェスクのデモ。25日，同大統領夫妻処刑。
1991年（80歳）
フランス語版『思想の黄昏』刊。30年代に書かれた論文集『孤独と運命』，ブカレストで刊行される。

２月，湾岸戦争。12月，ゴルバチョフ大統領辞任表明。ソ連消滅。

1992年（81歳）

フランス語版『欺瞞の書』刊。

1993年（82歳）

フランス語版『敗者の祈禱書』刊。

1994年（83歳）

12月，「マガジーヌ・リテレール」誌，シオラン特集号を組む。

1995年（84歳）

６月20日，パリで死去。６月23日，モンパルナス墓地に埋葬。『対談集』，一巻本『作品集』，それぞれガリマール社から刊行される。

1996年

『肖像選集』（シオランの「はしがき」および「序文」つき）刊。

1997年

９月11日，シモーヌ・ブエ死去。『カイエ』，ガリマール社から刊行される。